BASTEI
LÜBBE

# Hedwig Courths-Mahler

## Der stille See

## Heidelerche

## Das Erbe der Rodenberg

BASTEI
LÜBBE

BASTEI-LÜBBE-TASCHENBUCH
Band 14400

1. Auflage: August 2000

Vollständige Taschenbuchausgabe

Bastei Lübbe Taschenbücher ist ein Imprint der
Verlagsgruppe Lübbe


Umschlaggestaltung: Quadro Graphik, Bensberg
Titelfoto: Bastei Archiv
Satz: hanseatenSatz-bremen, Bremen
Druck und Verarbeitung: Elsnerdruck, Berlin
Printed in Germany
ISBN 3-404-14400-7

# Hedwig Courths-Mahler

## Der stille See

BASTEI LÜBBE

## 1

Graf Rochus v. Rochsberg war soeben in der Familiengruft beigesetzt worden. Viele hatten ihm das letzte Geleit gegeben: Offiziere, hohe Würdenträger des Landes, Vertreter des herzoglichen Hofes und Mitglieder der ersten Adelsfamilien. Sie schritten die breite Kastanienallee hinab, welche von der Kapelle zum Schloß führte. Dort wurde ein auserlesenes Frühstück serviert. Dem Toten war sein Recht geworden; nun forderten die Lebenden, was ihnen zukam.

In der mächtigen, holzgetäfelten Halle versammelte sich das Trauergefolge. Hans Rochus, der einzige Sohn des Verstorbenen, begrüßte die Gäste. Er trug die glänzende Uniform des herzoglichen Leibregiments. Seine schlanke, kräftige Gestalt hielt sich straff und aufrecht, und der scharfgeschnittene Kopf mit den tiefliegenden stahlblauen Augen und dem kurzgeschnittenen Haar saß stolz auf den breiten Schultern.

Hans Graf Rochus hatte in seinem Vater einen Freund verloren, und zwar einen, der trotz seines Alters das Leben ungestümer, feuriger genoß als der Sohn. Man wußte in den beteiligten Kreisen längst, daß die beiden Grafen Rochsberg über ihre Verhältnisse lebten. Wie schlecht es aber wirklich um Schloß Rochsberg stand, ahnte kein Mensch. Bis zum letzten Atemzug des verstorbenen Grafen war alles aus dem vollen gegangen, glänzende Feste wurden gefeiert, große Jagden abgehalten, und das Schloß wurde nicht leer von anspruchsvollen Gästen. Auch sonst versagten sich die beiden Herren keinen Lebensgenuß. Der alte Herr war unverbesserlich leichtsinnig und huldigte dem Wahlspruch: »Nach uns die Sintflut«, und sein Sohn, der zuweilen ernste Bedenken geltend machen wollte, wurde immer wieder durch die übermütige Stimmung seines Vaters in das verschwenderische Treiben mit hineingerissen. Der alte Herr ließ seinem Sohn gar nicht die Zeit, sich auf sich selbst zu besinnen.

Und nun hatte der Tod jäh seine Hand nach diesem Mann ausgestreckt. Ganz plötzlich hatte ihn eine Lungenentzündung hinweggerafft, vielleicht gerade noch zur rechten Zeit, ehe der Ruin über ihn hereinbrach.

Das Trauergefolge verabschiedete sich nach dem Frühstück. In langen Reihen fuhren die Wagen zur Residenz zurück, die etwa in zwei Stunden zu erreichen war.

Die Halle leerte sich. Zuletzt waren nur noch die Generalin Sontheim mit ihrer schönen Tochter Hilde und ein Freund des Grafen, Baron Kracht, zurückgeblieben. Die alte Dame mit dem kalten konventionellen Gesichtsausdruck wandte sich an den Grafen:

»Fährst du mit uns zur Stadt zurück, Hans Rochus?«

»Jetzt noch nicht, liebe Tante, ich habe noch einiges hier zu ordnen. Doch kannst du ruhig mit Hilde meinen Wagen benutzen. Ihr sendet ihn zurück, dann ist er noch immer zeitig genug für mich hier.«

Baron Kracht kam heran.

»Wenn ich die Damen in meinem Wagen nach Hause fahren dürfte, wäre das unnötig.«

Das kalte Gesicht der Generalin belebte sich.

»Ah, sehr liebenswürdig, Herr Baron. Hörst du, Hilde, Baron Kracht will uns begleiten.«

Die junge Dame hatte in lässiger Grazie vom Fenster aus der Abfahrt der Gäste zugesehen. Nun wandte sie sich um und trat zu den anderen.

Sie war eine berückend schöne Erscheinung. Das elegante Trauerkostüm schmiegte sich um ihren schlanken, geschmeidigen Körper, dessen Formen wundervolles Ebenmaß verrieten. Ihr Gesicht war fein geschnitten und rassig: Klarer Teint, ein kleiner, rotleuchtender Mund, die schmale gerade Nase mit feinen Nüstern und braune Augen mit einem seltsam lokkenden, faszinierenden Ausdruck, von dunklen, feingezeichneten Brauen überdacht. Dazu kam der eigenartige Kontrast des rotgoldenen üppigen Haares, das zu einer kleidsamen Frisur geordnet war. Hilde Sontheim galt mit Recht als die hervorragendste Schönheit der herzoglichen Residenz, und sie wußte diese Schönheit in graziös verführerischer Weise zur Geltung zu bringen.

Mit einem Lächeln, das dem Baron die Röte in das gutmütige, etwas derbknochige Gesicht trieb, sah sie zu ihm auf und nahm dankend sein Anerbieten an. Während Kracht der Generalin seinen Arm reichte und sie hinausführte, hängte sich Hilde bei Hans Rochus ein und schaute ihn mit einem heißen Blick an.

»Armer Hans Rochus! Steht es wirklich so schlimm um eure Finanzen?« fragte sie leise.

Er sah in ihre lockenden, irrlichternden Augen und preßte ihren Arm fest an sich.

»Ich fürchte, es kann nicht schlechter stehen.«

»Was soll dann aber aus dir werden?«

Er zuckte die Achseln und seufzte tief.

»Ravenport ist noch hier. Ich habe ihn gebeten, in Papas Arbeitszimmer zu warten, bis alle Gäste fort sind. Vielleicht kann ich noch eine Summe flüssig machen, die mich einige Zeit über Wasser hält. Rochsberg ist so und so für mich verloren, wenn nicht ein Wunder geschieht.«

Hilde seufzte. »Schade um den feudalen alten Bau! Wir haben so manche glückliche Stunde hier verlebt.«

»Vielleicht wird schon in kurzer Zeit ein reich gewordener Parvenu alle Spuren von einst verwischen.«

Die junge Dame seufzte wieder.

»Ach, Hans Rochus, daß wir so arm sind, wir beide. Wenn ich dir helfen könnte.«

Sie sah zärtlich zu ihm auf. Wieder preßte er ihren Arm an sich.

»Daß ich dich aufgeben muß, ist das härteste, Hilde. Ich hatte es mir so schön ausgemalt, mit dir zusammen durchs Leben zu gehen«, sagte er gepreßt.

»Daran ist leider nicht zu denken, Hans Rochus, wir müssen vernünftig sein«, erwiderte sie leise.

Ein Schatten flog über sein Gesicht. Hatte er eine andere Antwort erwartet? Hatte er gehofft, das schöne Mädchen würde zu ihm sagen: »Was auch kommen mag, ich gehöre dir«?

Er vermochte nicht mehr zu antworten, sie hatten den Wagen erreicht. Hans Rochus gab Hildes Arm frei und trat mit einer Verbeugung zurück, während ihr Kracht in den Wagen half und sie sorgsam in die weiche Pelzdecke einhüllte. Es war ein frostig kalter Novembertag. Einige Sekunden später rollte der elegante Wagen davon.

Hans Graf Rochus warf einen Blick hinunter zum See, der sich am Fuße des Rochsberges lang und schmal dahinstreckte. Ringsum lagen freundliche Wohnhäuser, weiter hinten, nach dem Wald zu, sogar einige elegante Villen. Die Städter hielten vielfach ihre Sommerfrischen in Rochsberg ab. Das hatte das reizend gelegene Dorf reich gemacht, während die Grafen von Rochsberg von Jahr zu Jahr mehr verarmten. Sie hatten sich freilich auch nicht gegen den Untergang gestemmt, sondern ihn geradezu herbeigerufen.

Hans Rochus sah jetzt ernst und finster aus. Sein Blick wanderte über die Kastanienallee hinunter zur Kapelle, in der die Grafen Rochsberg ihre letzte Ruhestätte gefunden hatten.

»Es ist gut so, Vater, du brauchst den schalen Rest nicht zu erleben«, sagte er, in tiefe Gedanken verloren. Dann ging er in das Schloß zurück.

Schloß Rochsberg war ein mächtiges massives Gebäude im Barockstil. Seine vier Seiten umschlossen einen großen Hof, der im Sommer mit weiten Rasenflächen und Blumenbeeten geschmückt war und in dessen Mitte ein alter Springbrunnen plätscherte. Jetzt war er eingefroren und mit Eis bedeckt.

Ein großer Teil des Gebäudes war unbenutzt, freilich erst seit kurzer Zeit. Der alte Graf hatte sich bis vor zwei Jahren gesträubt, die langen, überflüssigen Zimmerreihen abzuschließen. Aber er mußte es schließlich doch tun. Die Instandhaltung des Schlosses verschlang jährlich eine große Summe.

Hans Rochus durchschritt die Halle und stieg die breite, mit Teppichen belegte Steintreppe empor. Im ersten Stock betrat er das Arbeitszimmer seines verstorbenen Vaters. Es glich mit seiner warmen, behaglichen Ausstattung mehr einem molligen Ruheplätzchen. Und das war wohl auch seine eigentliche Bestimmung gewesen. Zu arbeiten pflegte der verstorbene Graf nie. Er unterschrieb mit lässiger, liebenswürdiger Miene, was ihm sein Inspektor oder sein langjähriger Bankier, Herr Peter Ravenport, an Papieren zur Unterschrift vorlegte, ohne zu prüfen. Wenn er nur die gewünschten Gelder erhielt, dann war alles gut. Um weiteres kümmerte er sich nicht.

Als Hans Rochus eintrat, löste sich vom Fenster eine hagere, schwarzgekleidete Männergestalt und schritt ihm entgegen. Es war Peter Ravenport, der Geschäftsführer und Bankier. Sein blasses, scharfgeschnittenes Gesicht war bartlos und von graumeliertem, dünnem Haar umrahmt. Aus seinen hellen stechenden Augen flog ein prüfender, abwägender Blick zu dem glänzenden Offizier.

Hans Rochus reichte ihm die Hand.

»Ich danke Ihnen, daß Sie geblieben sind, lieber Herr Ravenport.«

Peter Ravenport räusperte sich diskret.

»Das wäre auch ohne Ihre Bitte geschehen. Ich habe Sachen von Wichtigkeit mit Ihnen zu besprechen.«

Hans Rochus schob ihm mit einladender Bewegung einen Stuhl hin und bot ihm Zigarren an. Peter Ravenport ließ sich nieder, dankte jedoch für die Zigarren.

»Ich rauche nie, Herr Graf.«

»Ah so – pardon – ich vergaß.«

Hans Rochus stellte die Zigarren wieder fort. Vor innerer Erregung schauderte er wie im Frost zusammen. Mit einem freudlosen, müden Blick über den winterstarren Schloßpark ließ er sich Ravenport gegenüber in einen Sessel gleiten.

»Also die leidigen Geschäfte, mein lieber Herr Ravenport. Wie immer ist der langen Rede kurzer Sinn: Ich brauche Geld – möglichst viel. Die Beisetzungsfeierlichkeiten haben wieder eine große Summe verschlungen. Ich konnte mir aber nicht versagen, meinen Vater auf seinem letzten Weg noch einmal mit all dem Glanz zu umgeben, der ihm lebensnotwendig war.«

»Und Ihnen, Herr Graf? War dieser Glanz nicht auch Ihnen lebensnotwendig?« frage Ravenport mit einem eigentümlich forschenden Blick.

Hans Rochus stieß einen tiefen Seufzer aus.

»Ich habe nie ein anderes Leben kennengelernt. Manchmal kamen mir ernste Gedanken an die Zukunft, und ich versuchte, meinen Vater zu einer anderen Lebensführung zu bekehren. Aber Sie kannten ja seine übersprudelnde, genußfreudige Art. Er scherzte meine Bedenken weg, schalt mich einen Sauertopf und lachte mich aus. Da blieb alles beim alten. Aber das brauche ich Ihnen ja nicht erst zu erzählen.«

»Allerdings nicht, Herr Graf. Ich kenne Sie und Ihren Herrn Vater lange genug und weiß, daß Sie eigentlich in einem umgekehrten Verhältnis zueinander standen. Er war trotz seines Alters der Jüngere, der einer Leitung bedurft hätte. Leider hatten Sie nicht die Autorität eines Vaters über ihn. Sie nehmen mir, bitte, meine freie Meinung nicht übel.«

»Nein – Sie haben ja recht. Aber lassen wir ruhen, was nicht zu ändern ist. Sagen Sie mir lieber, wieviel Sie für mich flüssig machen können.«

Peter Ravenport strich sich mit einer eigenartigen Bewegung über das spitze Kinn und kniff die Augen zusammen. Er antwortete nicht gleich. Erst nach einer Weile richtete er sich steif empor, legte die knöcherne lange Hand auf die Tischplatte und sagte:

»Es tut mir leid, Herr Graf, Ihnen sagen zu müssen, daß ich Ihnen keine noch so kleine Summe mehr zur Verfügung stellen kann.«

Hans Rochus zog die Stirn zusammen und wurde sehr bleich. »Soll das heißen, daß Sie meine Geschäfte nicht mehr führen wollen?«

Ein leises ironisches Lächeln glitt über Ravenports Gesicht. Es gab ihm ein unheimliches Aussehen. »Es soll heißen, daß es für Sie keine Geschäfte mehr zu führen gibt«, antwortete er ruhig.

Hans Rochus strich sich mit bebender Hand über das kurzgeschnittene Haar und starrte wortlos vor sich hin. Peter Ravenport nahm von neuem das Wort. »Ich muß Ihnen leider die sehr unangenehme Eröffnung machen, daß Ihr Besitz schon stark überschuldet ist. Aus alter Anhänglichkeit an Ihren Herrn Vater habe ich ihm und Ihnen bereits mehr Kapital zur Verfügung gestellt, als ich eigentlich verantworten kann. Ich habe Ihrem Herrn Vater noch vor einigen Wochen eine bedeutende Summe vorgestreckt und ihm dabei gesagt, daß es das letzte sein müsse. Er hat mich ausgelacht. Es war aber mein Ernst. Rochsberg ist mit einer halben Million Schulden belastet. In seiner jetzigen Verfassung ist es kaum fünfhunderttausend Mark wert, das wissen Sie so gut wie ich.«

Hans Rochus fuhr auf.

»Eine halbe Million! Um Gottes willen, wie ist denn das möglich?«

Ravenport zuckte die Achseln.

»Die Papiere, die meine Aussage bestätigen, befinden sich in dieser Mappe, Herr Graf. Ich habe sie Ihnen zur Prüfung mitgebracht.«

Er griff nach seiner Aktenmappe und öffnete sie.

Hans Rochus winkte nervös ab.

»Wie konnte nur eine solche Summe anwachsen?« fragte er außer sich.

Ravenport nahm einige Blätter zur Hand und breitete die Papiere aus.

»Als ich vor dreißig Jahren die Geschäfte Ihres Herrn Vaters übernahm – Sie waren damals gerade auf die Welt gekommen –, da lasteten schon von Ihrem Großvater her schwere Hypotheken auf Rochsberg. Außerdem forderten Park und Schloß hohe Verwaltungsunkosten. Die Landwirtschaft bringt zu wenig ein, um den Aufwand zu decken, zumal das beste Ackergelände und ein großer Teil des ertragsfähigsten Forstes abgetrennt und verkauft werden mußten. So sind die Einkünfte immer geringer geworden, während die Ausgaben nicht eingeschränkt wurden. Im Gegenteil. Solange Ihre Frau Mutter noch lebte, wurde ein glänzendes Haus geführt, nach ihrem Tod wurde es eher schlimmer als besser. Sie wissen so gut wie ich, Herr Graf, daß Ihr Herr Vater nie etwas vom Sparen hören wollte, trotz meiner Ermahnungen. Und Sie selbst – bitte, hier liegen die Schuldscheine, die mit Ihrem eigenen Namen unterzeichnet sind. Ich habe Ihnen jedesmal gesagt, daß es so nicht mehr lange gehen kann.«

Hans Rochus lehnte sich mit untergeschlagenen Armen an den schönen hohen Kamin und starrte düster vor sich hin. »Ich weiß – ich weiß –, an Ermahnungen haben Sie es nicht fehlen lassen. Trotzdem ahnte ich nicht, daß die Verhältnisse so miserabel sind. Das trifft mich hart. Was soll ich nun tun? Helfen Sie, raten Sie mir, lieber Ravenport.«

Er trat an den Tisch heran und sah mit brennenden Augen in das unbewegte Gesicht des Bankiers.

Dieser trommelte wie nachdenklich auf die Tischplatte. Dann sagte er ruhig:

»Rochsberg müßte natürlich verkauft werden. Ich glaube allerdings nicht, daß es im günstigsten Fall mehr als fünfhunderttausend Mark bringt.«

Hans Rochus machte eine ungeduldige Bewegung.

»Damit ist ja nicht einmal Ihre Forderung gedeckt.«

»Leider nicht. Wie gesagt –: Ich ließ mich in meiner Freundschaft für Ihren Herrn Vater verleiten, mehr zu geben, als ich eigentlich verantworten kann. Und schließlich muß ich Rochsberg noch selbst übernehmen, wenn sich, wie ich glaube, kein Käufer findet. Dann bliebe freilich immer noch eine Restschuld von hunderttausend Mark, die ich von Ihnen zu fordern hätte.«

Hans Rochus lachte krampfhaft auf. »Herrliche Aussichten! Selbst wenn ich Rochsberg drangäbe, bleibt mir statt eines Überschusses eine Schuld von hunderttausend Mark. Wovon soll ich Sie bezahlen? Und wovon leben? Ich fürchte, mein lieber Herr Ravenport, Sie haben durch uns Verluste. Wenn ich den besten Willen hätte –, wie soll ich je diese Summe schaffen, um Ihnen gerecht werden zu können? Ich bin ruiniert und habe die Aussicht, mir eine Kugel in den Kopf zu schießen oder in Amerika als Kellner oder Straßenkehrer mein Dasein zu fristen. Eins so verlockend wie das andere.« Es lag eine grimmige Selbstverhöhnung in seinen Worten.

Peter Ravenports Augenlider zuckten, und ein lauernder Blick flog zu dem jungen Offizier hinüber.

»Einem so glänzenden Kavalier bleiben noch andere Mittel, Herr Graf«, sagte er bedächtig.

»Wissen Sie ein solches Mittel? Dann foltern Sie mich nicht erst lange. Heraus mit dem rettenden Zauberwort!«

Ravenport sah auf seine Fingerspitzen herab. Dann blickte er in des jungen Grafen erwartungsvolle Augen.

»Eine reiche Heirat«, sagte er langsam.

Hans Rochus seufzte enttäuscht.

»Lieber Gott – die Millionärstöchter sind nicht so dicht gesät, daß man nur bei Bedarf die Hand nach Ihnen auszustrekken braucht. Und die Herren Väter wollen natürlich von ruinierten Schwiegersöhnen auch nichts wissen.«

»Es käme darauf an. Sie haben einen Namen von gutem altem Klang und eine sympathische Persönlichkeit in die Waagschale zu werfen. Auch sind Sie trotz allem ein ernster und tüchtiger Charakter.«

Hans Rochus setzte sich nieder und stützte den Kopf in die Hände. »Das glaubt Ihnen kein Mensch. Wissen Sie nicht, wie wir beide, mein Vater und ich, im Volksmund heißen? Die tollen Rochsbergs. Der Name ist nicht empfehlenswert.«

»Ich kenne Sie gut genug, um zu wissen, daß Sie ihn nicht verdienen.«

»Gleichviel. Schließlich würden Sie sich auch bedanken, mir Ihre Tochter zur Frau zu geben, wenn Sie eine hätten.«

Peter Ravenport lächelte mit einem dünnen, wäßrigen Lächeln. »Ich habe eine Tochter, Herr Graf, und würde mich nicht bedenken, sie Ihnen zur Frau zu geben.«

Hans Rochus fuhr empor und sah ihn erstaunt an. »Sie haben eine Tochter? Davon habe ich nie etwas gehört.«

»Das glaube ich wohl. Meine Privatverhältnisse sind ja auch bisher ohne Interesse für Sie gewesen. Meine Tochter ist nach dem Tod meiner Frau sofort in ein französisches Pensionat in der Schweiz gekommen und lebt erst seit drei Jahren wieder in meinem Haus.«

»In dem grauen düsteren Haus in der Marienstraße?«

»Ganz recht.«

»Das hat man den grauen Mauern freilich nicht angesehen, daß sich junges Leben dahinter verbarg«, sagte Hans Rochus und fuhr dann seufzend fort, »schade also, daß Sie nicht auch ein paar Milliönchen besitzen. Dann wäre mir vielleicht geholfen.«

Peter Ravenport streichelte sein Kinn und sah den jungen Mann forschend an. »Damit kann ich auch dienen.«

Hans Rochus sprang auf und trat dicht vor ihn hin. »Sie treiben Ihren Scherz mit mir.«

»Nein.«

»So soll ich Ihre Worte ernst nehmen?«

»Ja. Ich bin bereit. Ihnen meine Tochter zur Frau zu geben.«

Hans Rochus fuhr sich über die Stirn. Ein matter Hoffnungsstrahl erhellte das Dunkel, das drückend auf ihm lastete.

»Aus welchem Grund kommen Sie mir mit diesem großmütigen Angebot entgegen?«

»Großmütig? Diese Tugend besitze ich nicht. Ganz offen: Mich leitet der Ehrgeiz. Ich habe mich aus den kleinsten Verhältnissen emporgearbeitet, habe immer nur geschafft und gestrebt, ohne mir vom Leben einen anderen Genuß zu verschaffen als den, vorwärtszukommen. Mit achtunddreißig Jahren verheiratete ich mich. Meine Frau war vermögend, aber schlicht und einfach. Sie half mir, mein Gut zu vermehren. Leider starb sie nach zehnjähriger Ehe, und ich übergab meine einzige Tochter einem der vornehmsten Erziehungsinstitute, denn mein Ehrgeiz ging immer dahin, sie mit einem vornehmen Mann zu verheiraten. Sehen Sie, ich bin ganz offen. Mein Vermögen ist durch Sparsamkeit und glückliche Geschäfte auf einige Millionen angewachsen, ohne daß ich deshalb mein stilles, bescheidenes Leben aufgegeben hätte.

Sie sind nun ganz der Mann, den ich mir für meine Tochter wünsche. Würden Sie mein Schwiegersohn, kämen all die verlorenen Ländereien wieder zu Rochsberg, denn ich habe sie bereits gekauft. Rochsberg würde wieder ertragsfähig, zumal ich dazu noch einiges Kapital vorschießen würde. Natürlich müßte für rationelle Bewirtschaftung gesorgt werden. Der alte Inspektor Seltmann hat viel verbummelt. Dessen Nachfolger ist ja ein tüchtiger Mensch, aber – das Auge des Herrn macht die Kühe fett – es wäre besser, Sie nähmen dann den Abschied und widmeten sich der Bewirtschaftung Ihres Besitzes. Da Sie voriges Jahr bereits einmal den Wunsch äußerten, Rochsberg selbst zu verwalten, wird Ihnen das kaum unangenehm sein. So, Herr Graf, jetzt habe ich Ihnen alles auseinandergesetzt. Ich biete Ihnen mit der Hand meiner Tochter Ihren schuldenfreien, kompletten Besitz, Sie machen dafür meine Tochter zur Gräfin Rochsberg. Da sie meine einzige Erbin ist, bleibt Rochsberg Ihren eventuellen Nachkommen erhalten. Auch brauchen Sie nicht zu fürchten, daß ich Sie zu einem knausernden, zurückgezogenen Leben verdammen will. Im Gegenteil, Sie sollen ein standesgemäßes, glänzendes Haus führen.«

Hans Rochus hatte aufmerksam zugehört. In tiefes Sinnen verloren saß er da. Was Ravenport gesagt, klang sehr verlokkend für ihn, der schon alle Hoffnung aufgegeben hatte. Aber ein liebreizendes Mädchengesicht tauchte vor ihm auf: Hilde Sontheim. Sie hatte ihn bestrickt mit ihrem verheißenden Lächeln. Aber hatte sie vorhin nicht selbst gesagt: »Wir müssen vernünftig sein«. Sie war so und so für ihn verloren, denn sie war verwöhnt und arm. Auch sie würde nur einen reichen Mann heiraten. Sollte er sich deshalb die rettende Aussicht verscherzen? Was bliebe ihm, wenn er nicht zugriff? Das Nichts. Halfen sich nicht viele seiner Standesgenossen durch eine reiche Heirat? Sollte er töricht die rettende Hand von sich stoßen? Rochsberg sollte ihm erhalten bleiben – das liebe alte Schloß, in dem all seine frohen und schönen Erinnerungen wurzelten, sein Heimatboden, auf dem alle seine Vorfahren gelebt hatten. Ihm war zumute, als habe er Rochsberg noch nie mit so tiefer Liebe umfaßt, als nun, wo er es verlieren sollte. Nein, das durfte nicht sein, um keinen Preis. Er richtete sich auf und sah Peter Ravenport mit brennenden Augen an.

»Ihr Anerbieten ist so verlockend, daß ich sofort mit beiden Händen zugreifen würde. Aber, obgleich mir scheint, daß Sie Für und Wider schon im voraus reiflich erwogen haben – eines haben Sie wohl vergessen: Ihre Tochter selbst. Oder handeln Sie im Einverständnis mit ihr?«

Ravenports Gesicht nahm einen sonderbaren Ausdruck an. »Nur weil Sie meine Tochter nicht kennen, ist es Ihnen möglich, ein solches Einverständnis vorauszusetzen.«

Hans Rochus lockerte seinen Uniformkragen, als sei er ihm zu eng.

»Allerdings, ich habe nicht die Ehre, Ihr Fräulein Tochter zu kennen.«

»Vielleicht glauben Sie, meine Tochter sei besonders häßlich oder sonst mit einem Makel oder Fehler behaftet. Das ist nicht der Fall. Sie ist wohl keine besondere Schönheit, ich kann das als Vater nicht klar genug beurteilen. Jedenfalls ist sie rank und schlank gewachsen, gesund an Leib und Seele, 22 Jahre alt und hat eine sorgfältige Erziehung genossen. Hier, ich habe ihre Fotografie eingesteckt, die sie mir vor einigen Jahren aus dem Pensionat schickte. Sie sehen, ich gestehe offen ein, daß ich den Gedanken nach allen Seiten reiflich erwogen habe.«

Er holte aus seiner Brusttasche eine Fotografie und reichte sie dem jungen Offizier hinüber. Hans Rochus nahm sie mit dem unbehaglichen Gefühl, als sei es sein Schicksal, das sich ihm enthüllen sollte. Er sah schweigend auf das Bild herab. Es zeigte ein feingerundetes Mädchengesicht mit großen dunklen Augen, deren Ausdruck wie bei allen Fotografien etwas starr schien. Man konnte aus diesem Bild sehen, daß das Original wohlgebildete Züge hatte, mehr nicht. In Hans Rochus' Herzen regte sich nichts zugunsten von Peter Ravenports Tochter. Im Geiste verglich er diesen Mädchenkopf mit Hilde Sontheims liebreizenden Zügen, und er verblaßte wie ein Schemen. Nach einer Weile gab er das Bild mit dankender Verneigung zurück. Peter Ravenport steckte es umständlich wieder fort und hüstelte leicht. Hans Rochus stand in tiefes Sinnen verloren am Fenster. Plötzlich wandte er sich dem Bankier zu.

»Gesetzt den Fall, ich sage ja zu Ihrem Vorschlag: Wird sich Ihr Fräulein Tochter nicht weigern? Sie kennt mich wahrscheinlich so wenig wie ich sie. Jedenfalls ist es fraglich, ob sie auf diese Verbindung eingehen wird.«

»Meine Tochter ist an strengen Gehorsam gewöhnt«, erwiderte Ravenport überlegen. »Sie ist eine sehr passive Natur und wird sich in alles fügen, was ich für gut halte. Überhaupt«, ein unangenehmes, blasses Lächeln umspielte seinen Mund, »sie wird eine sehr bequeme Frau werden.«

Hans Rochus ging auf und ab. Es lockte ihn, Ravenports Vorschlag anzunehmen, obwohl dieser ihm noch nie so unsympathisch erschienen war wie heute. Besonders gut hatte er ihn nie leiden mögen. Er ahnte auch, daß Ravenport bei den Geschäften mit ihm und seinem Vater sehr auf seinen Vorteil bedacht gewesen war. Jedenfalls blieb ihm jetzt nichts anderes übrig, als auf seinen Vorschlag einzugehen. Es mußte ihm noch als ein großes Glück erscheinen, daß ihn Ravenport durch die Heirat mit seiner Tochter vor dem Ruin bewahren wollte. Sonst konnte er gleich heute noch als Bettler hinausziehen aus dem Schloß seiner Väter.

Ravenport hatte ihn scharf beobachtet. Nun erhob er sich langsam und lehnte sich mit untergeschlagenen Armen gegen den Tisch.

»Mir scheint, mein Vorschlag ist Ihnen nicht sympathisch, Herr Graf. Dann ziehe ich ihn natürlich zurück. Ich meinte es bei allem Ehrgeiz wirklich auch gut mit Ihnen. In Ihrer Entscheidung will ich Sie aber nicht beeinflussen. Überlegen Sie sich in Ruhe die Angelegenheit, und geben Sie mir in einigen Tagen Bescheid.«

Hans Rochus fuhr sich mit der Hand über die Stirn und blieb vor ihm stehen.

»Eine Bedenkzeit ist unnötig, Herr Ravenport. Wenn ich nicht gleich zusagte, so galt mein Zögern dem Umstand, daß ich fürchtete, Sie würden auf Ihr Fräulein Tochter vielleicht einen Zwang ausüben.«

»Das lassen Sie meine Sorge sein. Übrigens können Sie sie ruhig fragen, ob ich irgendwelche gewaltsamen Mittel angewandt habe.«

»Gut, unter dieser Bedingung bin ich mit allem einverstanden«, sagte Hans Rochus. Sich straff zusammennehmend, verbeugte er sich und fuhr fort: »Ich bitte hiermit in aller Form um die Hand Ihres Fräulein Tochter.«

Ravenports Augen blitzten auf. Er reichte dem jungen Offizier die lange knöcherne Hand.

»Ihr Antrag ist uns eine Ehre, Herr Graf. Morgen mittag erwarte ich Sie in meinem Hause, damit ich Ihnen Ruth zuführen kann.«

Hans Rochus verneigte sich wieder. »Ich werde kommen. Eines möchte ich noch bemerken: Die offizielle Verlobung müßte der Trauer wegen wenigstens einige Wochen verschoben werden.«

Hans Rochus dachte dabei weniger an die große Gesellschaft, als an eine einzige Person – Hilde. Sie mußte er erst langsam darauf vorbereiten, daß er eine Braut hatte. Wußte sie auch selbst, daß er nur ein reiches Mädchen heiraten konnte, es würde sie doch schmerzen, der Tatsache gegenüberzustehen, denn sie hatte ihn lieb, das hatten ihm ihre schönen lockenden Augen oft genug verraten.

Ravenport fand seinen Wunsch nur natürlich und war damit einverstanden.

»Das Geschäftliche können wir später ordnen. Sie werden heute ohnedies nach Ruhe verlangen.«

»Ich bin allerdings einigermaßen ermüdet.«

»Kann ich mir denken. Aufreibende Tage liegen hinter Ihnen und ein schwerer Verlust. Ihr Verhältnis zu Ihrem Vater war doch trotz allem sehr innig.«

»Ja. Dem Zauber, der von seiner herzlichen Liebenswürdigkeit ausging, konnte niemand widerstehen. Wie hätte es sein Sohn vermocht.«

Ravenport reichte Hans Rochus die Hand.

»So will ich mich verabschieden. Morgen mittag auf Wiedersehen.«

»Auf Wiedersehen. Sie können meinen Wagen benutzen, ich fahre erst am Abend zur Stadt zurück.«

Hans Rochus begleitete seinen zukünftigen Schwiegervater hinaus und kehrte dann in dasselbe Zimmer zurück. Lange lief er unruhig hin und her und warf sich dann endlich mit einem tiefen Seufzer auf den Diwan. Müde schloß er die Augen, aber er fand keinen Schlaf. Schwer lag ihm das Herz in der Brust, und ihm war zumute wie einem Vogel, dem man die Flügel gestutzt und festgebunden hatte. Es half nichts, daß er sich sagte: »Sei froh, daß dir das Ärgste erspart blieb! Was hätte werden sollen, wenn sich dir diese Aussicht nicht geboten hätte! Dann ständest du dem Nichts gegenüber. Mit dieser Ruth Ravenport wird es sich leben lassen. Ihr Vater sagt ja selbst, sie wird eine bequeme Frau. Jedenfalls hat er sie an Gehorsam gewöhnt, sonst wäre er nicht so sicher gewesen. Oder handelt er doch im Einverständnis mit ihr? Gelüstet es sie, Gräfin Rochsberg zu werden? Ach, was zerbreche ich mir den Kopf, es ist doch alles eins.«

Leichter wurde ihm nicht ums Herz.

Schließlich sprang er auf und trat ans Fenster. Mit trüben Augen blickte er die Kastanienallee hinab nach der Kapelle. »Du schläfst gut, Vater. Wohl dir, daß du nicht mitansehen mußt, wie sich der letzte Rochsberg verkauft«, murmelte er.

## 2

Peter Ravenport fuhr in dem eleganten Rochsberger Wagen nach der Residenzstadt zurück. Er dehnte sich mit sonderbarem Lächeln in den mit lichtgrauem Seidendamast bezogenen Kissen und strich mit der Hand wie besitzergreifend darüber hin.

»Mein – alles mein. Und meine Enkel werden die Grafenkrone im Wappen führen«, dachte er befriedigt. »Vor vierzig Jahren begann ich mit wenig Talern mein Geschäft. Zehn Jahre später wurde ich vom Grafen Rochus als Geschäftsführer angenommen. Und heute ist ein Graf Rochsberg mein Schwiegersohn. Ich kann mit mir zufrieden sein. Freilich – ohne Inspektor Seltmann wäre ich nicht so weit gekommen.

Es war mein Glück, daß er käuflich war. Die Waldparzellen und das übrige Gelände sind für einen Spottpreis an mich gekommen, und an geschlagenen Hölzern und Getreide habe ich die Hälfte verdient. Seltmann hat dabei freilich auch sein Schäfchen ins trockene gebracht. Aber gut ist es doch, daß er vorigen Sommer starb. Er wäre mir jetzt unbequem geworden, der gute Freund. Seine Familie ahnt nichts von unseren geheimen Beziehungen und lebt weitab vom Schuß. Ich bin einen unangenehmen Zeugen los. Gut ist es auch, daß Graf Rochus starb. Es geschah zur rechten Zeit. Er hat gerade lange genug gelebt, um mich mit seinem Leichtsinn vor seines Sohnes scharfen Augen zu schützen. Jetzt brauche ich ihn nicht mehr, denn nun ist alles mein. Er wäre eine unangenehme Zugabe gewesen und hätte mein schönes Geld in alle Winde zerstreut.

Hans Rochus ist von festerem Schlag, er wird unter meiner diskreten Leitung ein vernünftiger Wirtschafter werden. Nun bleibt nur noch Ruth. Das Mädchen gefällt mir schon lange nicht mehr. Sie gibt sich mir nicht mehr offen und klar. Irgendeine Torheit steckt ihr im Kopf. Wenn ich nur wüßte, was sie so verändert hat in ihrem Wesen! In der ersten Zeit, als sie aus dem Pensionat zurückkam, war ich mit ihr zufrieden. Aber dann kam plötzlich etwas Fremdes in ihr Benehmen, etwas, das ich nicht mit Namen nennen kann. Wie eine stille Auflehnung und Abwehr liegt es oft in ihren Augen. Sehr zärtlich war sie ja nie, aber jetzt erscheint sie mir oft geradezu feindlich in ihrer Haltung. Ach was! Sie hat sich zu fügen, Punktum.«

Peter Ravenport bewohnte schon seit langen Jahren ein altes zweistöckiges Gebäude in der Marienstraße. Im Parterre befanden sich die Geschäftsräume hinter mit Eisengittern versehenen Fenstern. Der erste Stock enthielt die bescheiden ausgestatteten Wohnräume. Sie umschlossen noch dieselben schlichten Möbel, die bei Peter Ravenports Verheiratung hineingestellt worden waren. Das einzige neu angeschaffte Stück in dem sogenannten »Salon« war ein schöner Blüthnerflügel, den er seiner Tochter geschenkt hatte, damit sie mit dem Klavierspiel nicht aus der Übung kam. Er nahm sich recht fremd und vornehm in der schlichten Umgebung aus, gleich der Tochter des Hauses, die mit ihren eleganten, eigenartigen Toiletten und den feinen schlanken Händen ganz aus dem Rahmen dieser Umgebung fiel.

Im zweiten Stock lagen die Schlafzimmer Ravenports und seiner Tochter und ein Zimmer für Fräulein Ernestine Hebenstreit, die seit dem Tode der Frau Ravenport den Haushalt führte. Fräulein Ernestine Hebenstreit war eine stille, sanfte Person, die ohne viele Worte ihren Pflichten nachkam und sich als einzigen Luxus eine schwärmerische Verehrung für alles, was vornehm war, leistete. Sie las mit Vorliebe Hofnachrichten und wußte genau über alle Vorkommnisse in den hohen und höchsten Kreisen Bescheid, soweit sie in die Öffentlichkeit drangen. Wenn ihr auf ihren Ausgängen ein Hofwagen begegnete oder sie gar eine der hohen und höchsten Personen zu Gesicht bekam, dann ging sie mit einem erhabenen Gefühl nach Hause, als habe sie etwas Köstliches erlebt.

Für die Tochter ihres Brotherrn hegte sie eine starke, ehrliche Zuneigung, die sie aber scheu verschloß und nur bei ganz besonderen Gelegenheiten durchblicken ließ, während sie Ravenport selbst wohl respektierte, aber eigentlich nicht leiden mochte. Zwar hörte sie nie ein hartes oder scheltendes Wort, er war höflich zu ihr wie zu allen Menschen. Aber bei dieser Höflichkeit fror Fräulein Hebenstreit innerlich immer ein wenig. Am wohlsten war ihr, wenn Ravenport unten in den Geschäftsräumen arbeitete.

Ruth Ravenport wußte ganz genau, daß Fräulein Hebenstreit für sie durchs Feuer gegangen wäre. Da sie aber selbst still und zurückhaltend war und ihre Gefühle hinter einer ruhigen Gleichmäßigkeit verbarg, kam es nicht zu vielen Worten zwischen ihnen. Es ging überhaupt alles sehr ruhig zu im Ravenportschen Hause, denn auch der Hausherr pflegte nur das Nötigste zu sprechen. Dieser reichgewordene Mann gönnte sich keinen Luxus, auch nicht den mit Worten.

Als Ravenport von Rochsberg zurückkam, zog er sich in seinem Zimmer schnell um, wobei er mit peinlichster Akkuratesse sofort jeden Gegenstand an seinen bestimmten Platz legte. Dann nahm er ein frisches Taschentuch, nachdem er sich überzeugt hatte, daß es unter dem Monogramm die nächste Nummer des eben benutzten trug. Wäre es durch irgendeinen Zufall nicht zur Stelle gewesen, vielleicht hätte er sich nicht entschließen können, eines außer der Reihe zu nehmen. Aber solche Unregelmäßigkeiten waren einfach undenkbar in seinem Haus.

Als er fertig war, ging er ins Wohnzimmer, wo er seine Tochter anzutreffen hoffte. Sie saß, über eine Handarbeit gebeugt, am Fenster. Bei seinem Eintritt stieg eine intensive Röte in ihr Gesicht. Sie sah jedoch nicht auf und erwiderte seinen kurzen Gruß in gleicher Weise, ohne ihre Arbeit zu unterbrechen.

»Lege deinen Stickkram beiseite, Ruth, ich habe mit dir zu sprechen.«

Sie folgte sofort seinem Gebot. Die Röte war, so schnell sie gekommen, aus ihren ernsten jungen Zügen verschwunden. Ohne ein Wort der Erwiderung erhob sie sich und stand vor ihm mit niedergeschlagenen Augen.

Er schob ihr einen Stuhl hin und setzte sich ihr gegenüber. Kein Zug in Ruths Gesicht verriet eine besondere Erregung, nur die Hände legten sich fest ineinander, weil ein Beben ihre innere Unruhe hätte verraten können.

Ravenport beobachtete sie scharf. Etwas wie Unwillen glitt kurz über sein Gesicht. Endlich sagte er ruhig, fast geschäftsmäßig:

»Du bist nun in dem Alter, in dem junge Mädchen heiratsfähig genannt werden. Es hat sich auch ein Freier für dich bei mir gemeldet, der alle Eigenschaften besitzt, die ich von meinem künftigen Schwiegersohn erwarte. Ich habe ihm deine

Hand zugesagt. Du wirst mit der Wahl zufrieden sein, die dein Vater bereits für dich getroffen hat.«

Er machte eine Pause. Ruth antwortete nicht. Sie saß noch immer mit gesenkten Augen da. Nur ein unruhiges Heben und Senken der Brust verriet, daß Leben in ihr war.

»Nun, du fragst mich nicht, wer dieser von mir ausgewählte Freier ist?«

»Nein«, antwortete sie leise.

Peter Ravenport war gewöhnt, daß sie sich ruhig all seinen Befehlen und Anordnungen fügte. Daß sie aber auch bei dieser Gelegenheit kein Wort der Erwiderung fand, verursachte ihm einiges Unbehagen.

»Du fragst nicht, weil du wohl überzeugt bist, daß dein Vater eine gute Wahl für dich getroffen hat. Ich habe dich für ein vornehmes Leben erziehen lassen, weil ich dich mit einem vornehmen Mann verheiraten wollte. Jetzt ist der Zeitpunkt gekommen. Also kurz und gut, Graf Rochsberg hat mich um deine Hand gebeten, und ich habe sie ihm zugesagt. Morgen mittag wird er kommen, um persönlich bei dir seine Werbung vorzubringen.«

Ruth preßte die Lippen fest aufeinander, und auf ihrer Stirn erschien eine kleine Falte. Die Hände schlossen sich noch fester ineinander, und die Augenlider zuckten leise. Dieses Zeichen deutete ihm an, daß sie nicht so ruhig war, wie sie schien. Seine Gesichtsmuskeln spannten sich an, als ob er sich auf einen Kampf vorbereiten müßte.

Ruth bezwang aber schnell ihre äußere Unruhe.

»Es ist gut, Vater«, sagte sie fest.

Er richtete sich nun doch überrascht auf. Die glatte Fügsamkeit, ohne eine Frage, eine Einwendung, hatte er nicht erwartet.

»Du scheinst gar nicht überrascht zu sein?« fragte er zögernd.

»Nein«, erwiderte sie kurz.

Er riß etwas ungeduldig an seiner Uhrkette.

»Willst du mir dein sonderbares Benehmen nicht erklären? Wie kommt es, daß du es als so etwas Selbstverständliches annimmst, daß Graf Rochsberg um dich anhält?«

Ruth atmete tief auf.

»Muß ich dir darauf antworten, Vater?« fragte sie ernst.

»Gewiß. Dein Verhalten bei dieser Eröffnung ist so eigentümlich, daß ich dafür eine Erklärung erwarte.«

Das junge Mädchen schlug jetzt die dunklen Augen groß auf und sah dem Vater mit ernstem Ausdruck ins Gesicht, in dem sich eine nervöse Gereiztheit spiegelte.

»Ich habe schon lange gewußt, daß du mich dazu bestimmtest, Graf Rochsbergs Gattin zu werden. Deshalb war ich nicht erstaunt über deine Eröffnung.«

Ravenport fuhr empor.

»Was hast du gewußt? Woher?«

»Muß ich auch das noch sagen, Vater? Es wäre mir lieber, du erließest mir die Antwort auf diese Frage.«

»Ich will es wissen!« rief er scharf.

Ruth strich sich mit beiden Händen über die Stirn. Ein gequälter Ausdruck lag in ihrem Gesicht. Mit leiser Stimme begann sie dann:

»Es ist fast zwei Jahre her, da war ich einmal, ohne es zu wollen, Zeuge einer Unterredung, die du mit dem Rochsberger Inspektor Seltmann hattest.«

Ravenport zuckte zusammen und verfärbte sich. Seine Augen bohrten sich unruhig forschend in ihr Gesicht. »Was hast du gehört?« fragte er heiser.

Sie seufzte tief auf und krampfte die Hände ineinander. »Daß du mit Seltmann auf unrechtmäßige Weise Verkäufe abgeschlossen hast, die einen großen Teil Rochsberger Grund und Boden und alle landwirtschaftlichen Produkte, auch geschlagene Hölzer, für einen Spottpreis an dich brachten. Es handelte sich um hohe Summen, die Graf Rochsberg entzogen wurden. Ich hörte, daß du Seltmann für seine Beihilfe bezahltest und ihm Anweisung gabst, wie er in seine Wirtschaftsbücher die Eintragungen zu machen hätte. Seltmann sagte dir, daß er sich Gewissensbisse machen würde, wenn du ihm nicht die Versicherung gegeben hättest, daß deine Tochter eines Tages Gräfin Rochsberg sein würde. Dann käme ja doch alles wieder in die Hände Rochsbergs zurück. Du bestätigtest das noch einmal ausdrücklich und sagtest ihm, in zwei bis drei Jahren sei deine Tochter sicher mit Graf Hans Rochus vermählt. Er sollte nur weiter ganz nach deinen Wünschen handeln, dann sei es sein Schaden nicht. Das ist alles, was ich weiß.«

Sie hatte das alles gesagt, ohne auch nur einmal die Stimme zu heben. Ravenport hatte sich vorgebeugt, als müsse er ihr die Worte vom Munde ablesen, ehe sie ausgesprochen waren. Sein Gesicht war fahl und schlaff geworden. Als sie geendet hatte, bewegte er einige Male in krampfhafter Art den Unterkiefer, ohne ein Wort hervorzubringen. Endlich fand er die Sprache wieder.

»Wie kamst du dazu, uns zu belauschen?« stieß er heiser hervor.

»Ich war gegen dein Gebot in dein Zimmer gegangen, um mir etwas Schreibpapier zu holen. Da hörte ich dich die Treppe heraufkommen und versteckte mich hinter einem Vorhang. Weil du um diese Zeit immer unten im Kontor warst, glaubte ich, du würdest gleich wieder hinuntergehen. Du tratest jedoch mit Seltmann ein und gingst nicht wieder fort. Ich schämte mich, vorzukommen und mich vor einem Fremden ausschelten zu lassen. So blieb ich und hörte alles.«

Ravenport hatte sich inzwischen gefaßt.

»Und hast dir in deinem Unverstand wer weiß was für grausliche Dinge zusammengereimt. Von Geschäften verstehst du nichts«, sagte er ironisch.

»Nein – aber ich kann Recht und Unrecht unterscheiden.«

Er fuhr auf. »Willst du mir etwa Vorwürfe machen?«

»Gewiß nicht, denn Vorwürfe würden nichts ungeschehen machen«, erwiderte sie ruhig und furchtlos.

Er stand auf und trat ans Fenster, mit finsterer Miene hinausstarrend. Wütend war er auf sich selbst, daß er nicht genügend Vorsicht hatte walten lassen. Freilich – wer konnte daran denken, daß sich seine Tochter in seinem eigenen Zimmer versteckt hatte. Nach einer Weile wandte er sich mit wiedergewonnener Ruhe nach ihr um.

»Was ich getan, geschah für dich, denn du bist mein einziges Kind, meine einzige Erbin.«

Ruth sah ihn schmerzlich an.

»Ich bin nicht anspruchsvoll und verlange nicht nach Glanz und Reichtum. Für mich hättest du die Hände nicht nach fremdem Gut auszustrecken brauchen.«

»Nein, du hast leider keine Spur von dem Ehrgeiz, der mich auf die Höhe gebracht hat.«

»Auf die Höhe?« fragte sie traurig.

»Schweig! Deine Kritik verbitte ich mir. Denkst du, ich fürchte dich?«

Sie legte mit einer müden Bewegung den Kopf zurück.

»Von mir hast du auch nichts zu fürchten.«

Er atmete heimlich auf.

»Natürlich nicht. Es wäre auch sehr sonderbar, daß ein Vater sich vor seinem Kind zu fürchten hätte. Lassen wir das also ruhen und kommen auf den Hauptzweck der Unterredung. Du weißt also, daß Graf Rochsberg um deine Hand angehalten hat und wirst ihm morgen dein Jawort geben.«

Ruth hatte die Augen wieder gesenkt und saß still und bleich vor ihm.

»Da es keine andere Möglichkeit gibt, Graf Rochsberg alles, was ihm rechtmäßig gehört, zurückzugeben, werde ich deinen Wunsch erfüllen«, sagte sie tonlos.

Ravenport atmete tief auf.

»Gut, ich sehe, du bist vernünftig. Und sei versichert, ich habe von Anfang an beabsichtigt, Graf Rochsberg auf diese Weise schadlos zu halten.«

»Lag dir denn so viel daran, daß ich Gräfin Rochsberg werde?« fragte sie.

Ravenports kalte Augen leuchteten auf.

»Ja! Du verstehst wohl nicht, was das für mich bedeutet. Jeden anderen Lebensgenuß habe ich mir versagt. Jetzt bin ich am Ziel, und meine Nachkommen werden die Grafenkrone tragen, mein Geld wird Rochsberg wieder zu Glanz und Ansehen bringen. Wenn mein gräflicher Schwiegersohn Gäste empfängt, werde ich mitten unter ihnen sein und brauche mich nicht mit einem gnädigen Kopfnicken abtun zu lassen. Der Herzog sieht es gern, wenn bürgerliches Geld die erlauchten Geschlechter seines Landes vor dem Untergang bewahrt. Ist das nicht ein Ziel, wert, danach gestrebt zu haben?«

Ruth wollte fragen: »Auch wert, ein Unrecht darum zu begehen?« Aber sie preßte die Lippen zusammen und schwieg. Was nützte es auch?

Still und scheu zog sie sich wieder in sich selbst zurück. Der Vater war ihr immer innerlich fremd gewesen. Sie war unter fremden Menschen aufgewachsen, die gewissenhaft ihr Erziehungswerk an ihr vollendeten, ihren Körper pflegten und ihr genau einprägten, was alles der gute Ton von einem Menschen verlangte, der in den ersten Gesellschaftskreisen verkehren soll. Nach ihrer Seele und dem, was sie bewegte, hatte nie ein Mensch gefragt. Sie hatte auch unter ihren Pensionsschwestern nie eine wirkliche Freundin besessen, mit der sie austauschen konnte, was sie innerlich beschäftigte. Immer war sie allein gewesen im Herzen, auf sich selbst angewiesen in Freude und Leid. Und das hatte sie still und scheu gemacht nach außen und ernst über die Jahre.

Solch einsame Menschen reifen früh und lernen die schwere Kunst der Selbstbeherrschung. Sie leben nach innen.

Ravenport sah sie lange Zeit unschlüssig an. Er fühlte, daß sie ihn trotz aller Fügsamkeit verurteilte. Und zugleich kam ihm die Erkenntnis, daß Ruth ihm nur gehorchte, weil sie auf diese Weise ein Unrecht gutmachen wollte. Obgleich ihm das nur von Nutzen war, genierte es ihn. Er erkannte, daß hinter ihrer scheinbaren Fügsamkeit mehr geistige Selbstbeherrschung und fester Wille verborgen waren als Schwäche. Das beschäftigte Peter Ravenport mehr, als er sich zugestehen wollte. Er hatte allezeit mit den menschlichen Schwächen gerechnet und es meisterhaft verstanden, sich diese nutzbar zu machen. Das war das Geheimnis seines Erfolges. So hatte er auch mit der Bedeutungslosigkeit seiner Tochter gerechnet, und es war für einen solchen Rechenmeister sehr unangenehm, sich geirrt zu haben.

Die Hauptsache war und blieb jedoch, daß sie Rochsbergs Gattin wurde. Wie sie sich innerlich zu ihrem künftigen Gatten stellen würde, war ihre Angelegenheit. Und wenn Ruth erst als Gräfin Rochsberg im Mittelpunkt der vornehmen Gesellschaft stand und bei Hofe vorgestellt war, würde sie schon einsehen, daß ihr Vater gut für sie gewählt hatte.

Das Schweigen zwischen den beiden Menschen war schwer und drückend geworden. Beide fühlten, daß sie sich in dieser Stunde vollends entfremdet hatten. Um nur etwas zu sagen, fragte er endlich:

»Du kennst Hans Graf Rochus wohl nicht? Ich meine vom Ansehen. Er war doch zuweilen unten im Kontor bei mir. Es wäre möglich, daß du ihn hättest das Haus betreten oder verlassen sehen.«

In Ruths Gesicht schoß plötzlich wieder die verräterische Röte. Gegen dieses Erröten bei Gemütserregungen war all ihre Selbstbeherrschung machtlos. Sie wußte das, und es steigerte ihre Erregung noch mehr. Trotzdem klang auch jetzt ihre Stimme ruhig.

»Ich habe ihn einige Male gesehen, als er in das Haus kam. Auch bin ich ihm zuweilen auf der Straße begegnet, wenn ich Besorgungen machte.«

»Und sonst weißt du nichts von ihm?«

Sie zögerte mit der Antwort. Endlich sagte sie: »Ich weiß, daß man ihn und seinen Vater die ›tollen Rochsbergs‹ nennt. Daß er ein glänzender Kavalier und bei Hofe wohlgelitten ist, liest man in den Zeitungen.«

»Dann kann ich dir noch sagen, daß er den Namen ›der tolle Rochsberg‹ durchaus nicht verdient, den hat ihm nur sein Vater eingetragen. Hans Rochus war leichtlebig – ja, leichtsinnig, weil es sein Vater nicht anders wollte. Es steckt ein tüchtiger Kern in ihm, und da er dem verderblichen Einfluß seines Vaters nicht mehr ausgesetzt ist, wird er sich solider entwickeln. Jedenfalls nimmt er seinen Abschied und wird sich der Bewirtschaftung seines Besitzes widmen. Du siehst, ich habe trotz allem nicht vergessen, darauf zu achten, welche Eigenschaften dein künftiger Gatte besitzt. Du wirst bei einiger Klugheit gut mit ihm auskommen, denn er ist sehr gutmütig.«

»Das weiß ich«, sagte Ruth leise.

Er blickte sie unsicher an. »Auch das weißt du schon?«

Sie erhob sich und ging an ihren Fensterplatz zurück, um scheinbar gleichmütig ihre Arbeit wieder aufzunehmen.

»Du kannst dir denken, daß ich einiges Interesse für den Mann hegte, den du mir, wie ich wußte, zum Mann bestimmt hattest. Fräulein Hebenstreit hat mir erzählt, daß sie einmal dazugekommen ist, wie Graf Rochsberg einer armen Frau einen Hundertmarkschein in die Hand gedrückt hat. Ohne auf ihren Dank zu warten, ist er davongeeilt. Fräulein Hebenstreit erfuhr auch, daß Graf Rochsberg am nächsten Tage durch seinen Diener auskundschaften ließ, wie er der Frau weiter helfen konnte. Und er hat es getan, ohne daß die Frau bisher weiß, wer ihr Wohltäter ist.«

Ravenport hatte mit ironischem Lächeln zugehört.

»Es soll mich gar nicht wundern, wenn dieser Hundertmarkschein das letzte flüssige Geld gewesen wäre, das ihm in dem Augenblick zur Verfügung stand. Sonst hätte er wohl noch reichlicher gegeben.«

»Um so gütiger von ihm.«

»Ja, ja – er ist sehr impulsiv. Na, er scheint dir damit imponiert zu haben.«

»Jedenfalls zeugt es für seine Gutherzigkeit. Und daß er

nicht nur einem flüchtigen Impuls gehorchte, geht daraus hervor, daß er später noch weiter half.«

Ravenport strich über sein Kinn und sah sie spöttisch an.

»Du scheinst auch sehr ideale Ansichten vom Leben zu haben. Nun, meinetwegen! Dann wirst du dich mit deinem künftigen Gatten um so besser verstehen. Ich halte ihn nämlich auch für einen Idealisten. Aber ihr könnt euch ja diesen Luxus leisten, da ich genügend vorgesorgt habe. Mir wäre er hinderlich im Leben gewesen.«

Ruth zog die Stirn zusammen, ging aber nicht weiter auf dies Thema ein.

»Du sagtest mir, Graf Rochsberg werde bereits morgen kommen. Ist das nicht verfrüht? Sein Vater ist doch eben erst beerdigt worden«, sagte sie ruhig.

»An eine offizielle Verlobung ist natürlich in den ersten Wochen nicht zu denken, sie kann vielleicht in einem Vierteljahr erfolgen. Die Hochzeit wird erst nach Ablauf des Trauerjahres erfolgen.«

»Hätte er dann nicht seinen Besuch verschieben können bis zur offiziellen Verlobung?«

»Nein – das alles mußte jetzt klar werden, ich wollte die Angelegenheit entschieden wissen. Du sorgst wohl dafür, daß die Hebenstreit erfährt, daß wir morgen mittag einen Gast haben. Umstände sollen nicht gemacht werden. Wir speisen wie jeden Tag.«

»Ich werde alles nach deinem Wunsch anordnen.«

Da war wieder die stille, bedingungslose Fügsamkeit, die ihn über ihren Charakter so lange getäuscht hatte.

Ravenport schritt zur Tür. »Bis später also.« Er winkte ihr gleichgültig zu, als sei das alltäglichste Gespräch zwischen ihm und seiner Tochter eben beendet worden.

Ruth sah ihm nach mit einem schmerzlich grübelnden Ausdruck. Auch jetzt zeigten ihre feinen, stillen Züge keine besondere Aufregung, aber die Arbeit entglitt ihren Händen und die schönen dunklen Augen blickten trübe.

Nach einer Weile erhob sie sich, um Fräulein Hebenstreit den Auftrag ihres Vaters zu übermitteln. Das alte Fräulein saß in ihrem Zimmer und stopfte schadhafte Wäsche. Bei Ruths Eintritt blickte sie mit den wasserblauen, gutmütigen Augen überrascht auf.

»Fräulein Ruth, Sie?«

»Vater schickt mich zu Ihnen, Fräulein Hebenstreit. Wir bekommen morgen mittag einen Gast.«

Das alte Fräulein sah erstaunt auf.

»Einen Gast, einen Tischgast? Das ist doch – lieber Gott, Fräulein Ruth –, das ist doch seit Jahren nicht vorgekommen. Wer kommt denn zu uns?«

»Graf Rochsberg.«

Fräulein Hebenstreit stach sich vor Schreck leicht in den Finger.

»Hans Graf Rochus von Rochsberg, der tolle Rochsberg, der vom Leibregiment unseres Herrn Herzogs?« fragte sie atemlos.

»Ja, den meine ich.«

Fräulein Hebenstreit legte ihre Arbeit aus den Händen. Ein Schauer des Entzückens flog über sie hin. Sie strich sich mit bebenden Händen über das glattgescheitelte, graumelierte Haar, als würde sie schon im nächsten Augenblick von vornehmen Herrschaften mit prüfenden Augen gemustert.

»Lieber Himmel, Fräulein Ruth, er verkehrt ja bei Hofe, neulich hat er mit Prinzessin Friederike getanzt. Ich habe es in der Zeitung gelesen. Und der kommt morgen zu uns zu Tisch? Ja – da muß ich mich sputen, um Himmels willen, da müssen wir doch ein festliches Menü zusammenstellen.«

Ruth mußte über den Eifer lächeln.

»Lassen Sie sich nur Zeit, Fräulein Hebenstreit. Vater wünscht, daß wir speisen wie jeden Tag.«

Das alte Fräulein sah ganz entrüstet aus.

»Das geht doch nicht. Wenn ein so vornehmer Herr zu Tisch kommt, was soll der bloß denken?«

»Sorgen Sie sich nicht darum. Vater wird schon wissen, weshalb er es so bestimmt.«

Fräulein Hebenstreit seufzte und strich an ihrem dunkelgrauen Kleid herab, das die wohlgerundete kleine Gestalt umhüllte.

»Ja, dann freilich! Ach Gott, Fräulein Ruth, wenn das dem Herrn Grafen nur nicht zu gering ist. Der ist das doch ganz anders gewöhnt. Bei Hofe gibt es immer so fünf, sechs Gänge. Und wir haben doch bloß Suppe, Braten und Gemüse und eine Nachspeise.«

Sie sah ganz unglücklich aus. Ruth strich ihr sanft über die Wange.

»Na, der kommt dann nie wieder zu uns. Und er ist so ein lieber, artiger Herr. Ich hätte ihm so gern gezeigt, daß ich auch mit der feinen Küche Bescheid weiß.«

»Ich will dafür sorgen, daß er es auch so erfährt. Vielleicht paßt es ja ein anderes Mal. Er wird jetzt wohl öfter zu uns kommen.«

»Wirklich? Ach, Fräulein Ruth, Sie sind doch ein lieber, guter Mensch. Und nicht wahr, Sie ziehen morgen ein recht schönes Kleid an. Vielleicht das mit den schönen breiten Spitzen und der blauen gestickten Borte am Saum. Oder nein – lieber das graue mit den Seidenblenden, der Stoff schimmert wie Silber und ist so fein wie Spinnweben.«

»Gut, dann ziehe ich das graue an, um Sie über das Menü dann zu trösten.«

»Das tröstet mich wirklich und wahrhaftig. Da möchte ich mal die Hofdame sehen, die vornehmer aussieht als Sie. Ach, Fräulein Ruth, Ihr Herr Vater ist doch so ein schwerreicher Mann. Wenn der nur wollte – dann könnten Sie auch auf Hofbällen tanzen.«

»Meinen Sie, daß ich dann glücklicher wäre als jetzt?« fragte Ruth ernst.

»Aber ja, Fräulein Ruth, aber ja. Da soll es ganz märchenhaft zugehen auf solch einem Ball. Ich gäbe ein Jahr meines

Lebens darum, wenn ich bloß einmal zuschauen dürfte. Diese Pracht, dieser Glanz, wunderbar!«

Sie sah schon bei dem Gedanken daran ganz verklärt aus.

»Wie verschieden die Menschen das Glück auffassen!« dachte Ruth, als sie in das Wohnzimmer zurückging. »Wenn Fräulein Hebenstreit erfährt, daß ich die Gattin des Grafen Rochsberg werde, wird sie mich glücklich preisen.«

Ihr selbst aber lag bei dem Gedanken daran das Herz wie ein Stein in der Brust.

## 3

Hans Graf Rochus von Rochsberg betrat am nächsten Mittag das Kontor Peter Ravenports, in dem er diesen auch bei früheren geschäftlichen Besuchen anzutreffen gewohnt war.

Ravenport erhob sich bei seinem Eintritt sofort und ging ihm einige Schritte entgegen.

Hans Rochus sah etwas bleicher und ernster aus als sonst. Sein scharf geschnittenes Gesicht mit dem gebräunten Teint und den sonst so strahlend stahlblauen Augen verriet, daß er eine unruhige Nacht hinter sich hatte. Auf der Stirn hatte sich eine feine Falte eingegraben, und sein Blick war nicht so klar und sicher wie sonst. Er hielt sich aber straff und aufrecht, und seine ganze Erscheinung machte einen vornehmen und eleganten Eindruck.

Ravenport schob seinem Besuch einen Sessel hin. »Wenn es Ihnen recht ist, Herr Graf, so können wir noch einmal in aller Ruhe über unsere Angelegenheit sprechen. Haben Sie sich alles reiflich überlegt?«

In des Grafen Gesicht zuckte es unruhig.

»Ja, nach allen Seiten«, erwiderte er ernst.

»Und das Resultat?«

»Ist dasselbe geblieben. Ich nehme Ihr Anerbieten an. Nur

ein Bedenken ist stärker geworden: die Sorge, daß Sie auf Ihr Fräulein Tochter irgendeinen Zwang zu meinen Gunsten ausgeübt haben.«

»Ich überlasse es Ihnen, meine Tochter selbst darüber zu befragen. Sie wird Ihnen der Wahrheit gemäß bestätigen, daß sie ohne Vorbehalt ihre Zustimmung zu der Verbindung gab, als ich ihr gestern Mitteilung von unserem Abkommen machte.«

Hans Rochus sah ihn forschend an.

»Sie willigt wirklich ein?«

»Ja, ohne ein Bedenken zu äußern.«

»Ich muß gestehen, das ist mir unbegreiflich. Fräulein Ravenport kennt mich doch ebensowenig wie ich sie und beweist mir ein außerordentliches Vertrauen durch ihre Einwilligung.«

»Wie ich von ihr hörte, sind Sie ihr doch nicht ganz unbekannt. Sie hat Sie zuweilen ins Haus gehen sehen und ist Ihnen auch sonst begegnet. Außerdem weiß sie durch einen Zufall, daß Sie einer armen Frau hundert Mark geschenkt haben und ihr auch sonst behilflich waren. Das hat ihr anscheinend sehr imponiert.«

Hans Rochus errötete, als hätte man ihn auf einer schlimmen Tat ertappt. Es war ihm sehr unangenehm, daß jene Episode nicht ohne Zeugen geblieben war.

Ravenport merkte, daß Hans Rochus peinlich berührt war. Er lenkte schnell ab.

»Ehe ich Sie zu meiner Tochter hinaufbegleite, haben Sie vielleicht die Güte, die wichtigsten Papiere mit mir durchzusehen.«

Hans Rochus winkte ab. »Lassen Sie doch. Diese Prüfung führt ja doch zu nichts. Daß ich ruiniert bin, weiß ich auch ohnedies. Also sparen wir uns die nutzlose und unerfreuliche Mühe. Sie haben Vollmacht wie bisher. Das ist freilich jetzt nur noch eine leere Form.«

In Ravenports Augen zuckte es wie heimliche Befriedigung.

»Wie Sie wünschen. Dann bleibt nur noch eine Kleinigkeit zu regeln. Sie verlangten gestern eine Summe Geld von mir. Wieviel benötigen Sie? Ich will gleich einen Scheck ausfüllen in der gewünschten Höhe.«

In des jungen Offiziers Gesicht schoß jähe Röte.

»Sie sagten mir doch gestern, daß es Ihnen unmöglich wäre, mir noch Geld vorzuschießen.«

Ravenport machte einen mißglückten Versuch, jovial auszusehen, und klopfte dem Grafen lächelnd auf die Schulter.

»Jetzt liegen die Verhältnisse doch anders. Selbstverständlich sorge ich für einen standesgemäßen Unterhalt. Sie müssen mir schon gestatten, Sie von heute ab als meinen Schwiegersohn zu betrachten.«

Hans Rochus erhob sich. »So lassen Sie uns zuvor zu Ihrem Fräulein Tochter gehen. Habe ich ihre Einwilligung, dann werde ich von Ihrem gütigen Anerbieten Gebrauch machen.«

»Wie Sie wünschen. Also bitte.«

Ravenport öffnete die Tür zum Salon, in welchem der schöne Flügel stand, und ließ seinen Besuch eintreten. Nachdem er die Tür hinter sich zugezogen hatte, ging er zu einer Seitentür, die zum Wohnzimmer führte, und öffnete sie.

»Ruth – bitte, komm doch herüber!« rief er hinein.

Das junge Mädchen hatte untätig am Fenster gesessen. Sie hatte Graf Rochsberg in das Haus gehen sehen und wußte, daß sie ihm gleich gegenüberstehen würde. Scheinbar ruhig erhob sie sich und ging in den Salon hinüber.

Sie hatte wirklich »das Graue« angezogen, wie Fräulein Hebenstreit gewünscht. Es war ein elegantes Kostüm, das in weichen Falten ihre schlanke, hohe Gestalt umschmiegte.

Hans Rochus sah mit brennenden, unruhigen Augen dem jungen Mädchen entgegen. Ihre Erscheinung überraschte ihn. Es lag etwas Schwebendes, Gleitendes in ihrer Haltung, wohl durch den eigenartig fließenden Schnitt ihres Kleides bestimmt. Sein Blick ruhte forschend auf dem blassen, stillen Gesicht, und ein erleichternder Atemzug hob seine Brust.

Ruth Ravenport sah weder unschön noch gewöhnlich aus, wie er heimlich befürchtet hatte. Wenn sie auch keine blendende Schönheit war, wie zum Beispiel Hilde Sontheim, so hatte sie doch feine, angenehme Züge. Sie bewegte sich sicher, mit natürlicher Anmut, und sah entschieden distinguiert aus. Wäre er ihr an einem anderen Ort begegnet, hätte er sie für eine Dame aus seinen Kreisen gehalten.

Während Ravenport die beiden jungen Leute bekannt machte, hob Ruth nur flüchtig die Lider und blickte ihn mit ihren ernsten dunklen Augen einen Moment an. Dann sah sie wieder zu Boden, und ihr Gesicht bekam etwas Starres, Lebloses.

Hans Rochus sprach einige formelle Worte der Begrüßung, und sie erwiderte sie ruhig und höflich. Er bemerkte dabei, daß ihre Stimme einen vollen, weichen Klang hatte und daß sie ihre Muttersprache mit einem leisen, fremden Beiklang gebrauchte, wie er sich bei langem Aufenthalt im Ausland herausbildet. Beides berührte ihn angenehm. Es paßte zu ihrer eigenartigen Erscheinung.

Als er sich über ihre Hand neigte, um sie zu küssen, fühlte er, wie diese Hand leicht zurückzuckte. So berührte er sie kaum mit seinem blonden, elegant gestutzten Lippenbart und gab sie schnell wieder frei.

Ravenport half beiden über die peinliche Situation hinweg, indem er einige allgemeine Phrasen hervorbrachte. Erst als er merkte, daß sie ihre Fassung wiedergefunden hatten, kam er auf den Kernpunkt der Sache.

»Graf Rochsberg ist, wie du weißt, gekommen, um dich zu fragen, ob du seinen ehrenvollen Antrag annehmen und ihm die Hand zum Bund fürs Leben reichen willst«, sagte er zu seiner Tochter. »Da dir und Ihnen, Herr Graf, eine ungestörte Aussprache erwünscht sein wird, werde ich inzwischen noch einige Geschäfte erledigen. Sie bleiben natürlich zu Tisch, mein lieber Graf? Wir haben später doch noch einiges zu besprechen.«

Hans Rochus verbeugte sich zustimmend, und Ravenport ging hinaus.

Eine Weile standen sich die jungen Leute schweigend gegenüber. Endlich raffte sich Hans Rochus auf. Zugleich machte Ruth eine Handbewegung und sagte höflich:

»Bitte, wollen Sie Platz nehmen, Herr Graf.«

Sie setzten sich nieder, fast die ganze Breite des Zimmers zwischen sich. Hans Rochus sah zu Ruth hinüber und wartete vergeblich, daß sie die Augen aufschlug. Sie saß da, als ob sie gar keine Notiz von ihm nähme. Er ahnte nicht, daß sie qualvoll um diese äußere Ruhe ringen mußte.

»Mein gnädiges Fräulein – eigenartige Verhältnisse führen uns zusammen. Es ist mir nicht leicht, mich Ihnen verständlich zu machen. Ich sehe Sie heute zum erstenmal. Trotzdem wage ich es, Sie um Ihre Hand zu bitten. Ich bin ein ruinierter Mann, ohne Ihres Herrn Vaters großmütiges Angebot müßte ich wie ein Bettler von Rochsberg gehen. Ich habe nichts in die Waagschale zu werfen als meinen Namen und den ehrlichen Willen, Ihnen meine Dankbarkeit zu beweisen, wenn Sie wirklich meine Gattin werden wollen. Daß Sie das wollen, hat mir Ihr Herr Vater versichert. Er sagte mir auch, daß Sie freiwillig Ihre Zusage gegeben haben. Aber ich muß es von Ihnen selbst hören, mein gnädiges Fräulein. Wenn man irgendeinen Zwang auf Ihre Entschließung ausgeübt hat, wenn Sie irgendein Widerstreben gegen meine Person empfinden, so sagen Sie es mir offen. Ich will lieber alle Konsequenzen auf mich nehmen, als Sie gegen Ihren Willen an mich fesseln. Haben Sie Vertrauen zu mir, und sagen Sie mir die Wahrheit.«

Er hatte mit ehrlicher Wärme zu ihr gesprochen und sah sie erwartungsvoll an.

Ruth schlug jetzt die Augen auf zu ihm. Sie waren matt und ausdruckslos, wie verschleiert, als wohne keine fühlende Seele dahinter.

»Ich habe ohne jeden Zwang meine Einwilligung gegeben,

Herr Graf«, sagte sie ruhig und tonlos, scheinbar ohne jede Erregung.

»Sie erweisen mir damit ein großes Vertrauen, gnädiges Fräulein, und ich kann Ihre Güte kaum begreifen.«

»Mein Vater wünscht die Verbindung. Ich bin gewohnt, ihm zu gehorchen. Er wird Sie besser kennen als ich, und ich füge mich ohne Widerstreben«, sagte sie wieder, ohne eine Miene zu verziehen.

»Ein unbedeutendes Geschöpf, sanftmütig, an Gehorsam gewöhnt und scheinbar zu bequem und passiv, für sich selbst zu denken«, dachte er im stillen. Laut aber sagte er, indem er aufstand und an sie herantrat:

»Ich danke Ihnen für Ihre Güte, die mich vor Schlimmem bewahrt. Bitte, reichen Sie mir Ihre Hand zur Bekräftigung unseres Verlöbnisses.«

Sie erhob sich ebenfalls und legte ihre Hand in die seine.

»Danken Sie mir nicht, Sie sind mir keinen Dank schuldig«, sagte sie leise.

Er zog ihre Hand an seine Lippen.

»Ich hoffe, Ihnen durch mein Verhalten dennoch meinen Dank beweisen zu können. Möge Sie Ihr Entschluß niemals gereuen.«

»Das wird gewiß nie der Fall sein«, erwiderte sie fest.

Er sah sie an mit forschenden Blicken.

»Viele Ehen werden ohne die himmelstürmende Liebe geschlossen, und oft finden sich die Gatten doch im gegenseitigen freundlichen Verständnis. An meinem Willen dazu soll es gewiß nicht fehlen.«

»Wenn der gute Wille auf beiden Seiten da ist, übernommene Pflichten ehrlich zu erfüllen, ist schon viel gewonnen«, erwiderte sie.

»Und haben Sie diesen guten Willen, Ruth?« fragte er dringend.

Die Röte schoß ihr ins Gesicht, als er sie beim Vornamen nannte. Sie fühlte es und wandte sich von ihm ab.

»Ich habe ihn«, sagte sie sehr kühl, im Bestreben, ihre Unruhe zu verbergen.

Er sah ihr Erröten nicht, hörte nur den kühlen, fast abweisenden Ton.

»Anscheinend liegt ihr an meiner Person sehr wenig: Sie will Gräfin Rochsberg werden, das scheint die Triebfeder ihrer Handlung zu sein. Sie wird auch als solche sehr gut ihren Platz ausfüllen mit ihrer kühlen Gelassenheit. Ich kann zufrieden sein mit ihr. Es hätte viel schlimmer kommen können.«

So dachte Hans Rochus, während er eine Unterhaltung begann, wie sie zwischen Personen geführt wird, die sich eben erst kennengelernt haben. Ruth atmete auf, als ihr Vater nach einer Weile wieder eintrat.

Bei Tisch wurde über Einzelheiten, die auf die Verlobung Bezug hatten, gesprochen. Fräulein Hebenstreit sorgte aufgeregt und übereifrig, daß die einfachen Speisen möglichst dekorativ aufgetragen wurden. Ruth stellte sie dem Offizier vor, als sie den Nachtisch selbst hereinbrachte. Das alte Fräulein war ganz außer sich vor Aufregung. Einem leibhaftigen Grafen vorgestellt und von ihm mit einer liebenswürdigen Ansprache beehrt zu werden, das war für Ernestine Hebenstreit ein überwältigendes Ereignis. Sie war froh, als sie wieder draußen war und sich von dem erschütternden Vorgang erholen konnte.

Hans Rochus wunderte sich im stillen über die bescheidene Häuslichkeit Ravenports. Ruth überstrahlte mit ihrer eleganten Toilette und ihrer vornehm lässigen Art ihre Umgebung. In Schloß Rochsberg würde sie ganz an ihrem Platz sein und manche hochgeborene Dame an äußerer Distinktion übertreffen. Und da fiel ihm ein, daß es ihr vielleicht darum zu tun sei, bei Hofe vorgestellt zu werden.

»Nach unserer Verheiratung muß ich Sie auch den allerhöchsten Herrschaften vorstellen, Ruth«, sagte er, sie scharf beobachtend.

In ihrem Gesicht regte sich bei seinen Worten nichts.

»Ich hoffe, daß es mir gelingen wird, den Anforderungen gerecht zu werden, die Sie an Ihre künftige Gattin zu stellen berechtigt sind«, erwiderte sie ruhig.

»Entweder ist sie wirklich so gleichgültig, oder aber sie spielt Komödie, weiß sich zu beherrschen und will tatsächlich nichts als Gräfin Rochsberg werden. Jedenfalls wird sie eine bequeme Frau sein und mich nicht sehr genieren. Und das ist alles, was ich unter den obwaltenden Umständen verlangen kann«, dachte Hans Rochus.

Dabei entging ihm das stolze Aufleuchten in Ravenports Augen. Diesen hatte die Andeutung, daß seine Tochter bei Hofe vorgestellt werden würde, mit großer Genugtuung erfüllt. Er war jedenfalls der Befriedigtste bei dieser sonderbaren Verlobung.

Hans Rochus wünschte das Ende dieses Besuchs so sehnlich herbei wie Ruth. Diese konnte nur mit Aufbietung all ihrer Willensstärke ihre Ruhe und Gleichmäßigkeit bewahren. Etwas in ihr lehnte sich auf gegen den furchtbaren Zwang, dem ihre Seele unterworfen war. Es war ihr in all der Zeit so natürlich und einfach erschienen, daß sie durch eine Heirat mit Hans Rochus diesem das zurückgab, was ihm ihr Vater genommen. Nun aber empfand sie die übernommene Pflicht als kaum erträglich. Nicht, daß ihr Hans Rochus unsympathisch gewesen wäre. Im Gegenteil, seine ritterliche Art gefiel ihr, und seine ehrliche Besorgnis, daß man ihr Zwang angetan haben könnte, zeigte ihr, daß er seine Rettung nur ihrem freien Willen verdanken wollte. Aber gerade daß er ihr Achtung abnötigte, machte ihr das Opfer schwerer. Sie erkannte erst jetzt klar, was sie auf sich genommen hatte.

Hans Rochus aber dachte voll heißer Sehnsucht an Hilde. Wenn er doch bei ihr sein könnte, um ihr zu beichten, wie schwer und trübe ihm ums Herz war. Was würde sie sagen, wenn sie seine Verlobung erfuhr? Ihre schönen Augen würden den Glanz verlieren, und der Mund, der so reizend lachen und plaudern konnte, würde sich schmerzhaft verziehen. »Wir müssen vernünftig sein, Hans Rochus, für uns gibt es eben kein gemeinsames Glück«, würde sie sagen. Aber ob sie es je im Herzen verwand, daß er ihr verloren war?

Das kühl und gleichmütig dreinblickende Mädchen drüben war seine Braut, der Gedanke an Hilde war schon ein Unrecht an ihr. Niemals würde sie jedoch Hildes Stelle in seinem Herzen einnehmen. Gleich nach Tisch verabschiedete er sich von Ruth, und sobald er unten im Kontor noch die Geldangelegenheit mit Ravenport geregelt hatte, auch von diesem. Aufatmend trat er ins Freie und ging hastig davon.

Ruth hatte starr und still oben im Wohnzimmer am Fenster gesessen. Sie sah ihn aus dem Hause treten und bog sich hastig zurück. Er dachte nicht daran, hinaufzusehen.

Ein schwerer Seufzer entfloh ihrer Brust. Sie preßte die Lippen aufeinander, als wollte sie selbst diesen Zeugen einer inneren Erregung ersticken. Ruth Ravenport war zu sehr gewöhnt, in allen Lebenslagen äußerlich Haltung zu bewahren. Sie kannte nicht die Wohltat, die Tränen und Seufzer einem bedrückten Herzen gewähren.

Nach einer Weile erhob sie sich, um ihr Zimmer aufzusuchen. Sie stand eine Weile mit schlaff herabhängenden Armen in der Mitte des mäßig großen Raumes. Dann ging sie langsam bis zum Fenster, wo ein kleiner Schreibtisch stand. Sie ließ sich schwer und müde daran nieder und begann zu schreiben. Erst langsam, zögernd – dann immer schneller und fließender. Und was sie schrieb, schien ihr Befreiung und Ruhe zu bringen. Ihr Gesicht verlor den starren, schmerzlichen Ausdruck. Wie stiller Friede lag es auf ihren Zügen.

# 4

Die Witwe des Generals Sontheim saß mit ihrer Tochter in dem kleinen, elegant eingerichteten Salon ihrer sonst sehr bescheidenen Mietwohnung und blätterte lässig in der Modezeitung. Hilde lag graziös in einen Sessel geschmiegt, tippte die rosigen Fingerspitzen gegeneinander und sah auf ihre schmalen Füßchen herab. Zuweilen gähnte sie herzhaft und ungeniert, was ihr jedesmal einen unwilligen Blick ihrer Mutter eintrug.

»Du bist schrecklich gleichgültig, Hilde. Sieh dir die neuesten Moden an. Sie sind sehr kleidsam.«

»Ach, laß doch, Mama. Anstandshalber müssen wir doch jetzt einige Wochen Trauer tragen um Hans Rochus' Vater. Er ist sehr zur Unzeit gestorben – gerade zum Beginn der Wintersaison.«

»Und außerdem hindert uns dieser Todesfall, schon jetzt deine Verlobung bekanntzugeben. Es ist recht fatal.«

»Wir wollen nicht murren. Wer weiß, ob Kracht so schnell seine ängstliche Zurückhaltung aufgegeben hätte, wäre ich ihm nicht so trostbedürftig erschienen. Daß ich auf der Heimfahrt von Rochsberg weinte, löste ihm die Zunge.«

Sie lachte leise auf.

Die Generalin seufzte befriedigt.

»Gottlob, Hilde, daß du vernünftig warst. Ich hatte eine furchtbare Angst, daß du ihn abweisen würdest oder dich in irgendeine aussichtslose Liebelei verstrickt hättest. Solch eine glänzende Partie bietet sich dir nie wieder.«

»Aber Mama, ich bin doch kein Wickelkind! Wie konntest du an meiner Vernunft zweifeln. Ich weiß doch, daß ich reich heiraten muß. Auf Kracht hatte ich es schon längst abgesehen. Er ist nicht nur der vermögendste von allen heiratsfähigen Männern aus unseren Kreisen, sondern sieht auch recht gut und schneidig aus. Ein großes Licht ist er ja nicht, dafür wird er ein sehr bequemer Ehemann werden.

Und ich will auch als Frau das Leben genießen, das versichere ich dir.«

»Kannst du ja auch, Hilde. Du kommst, gottlob, in glänzende Verhältnisse. Weißt du, ich hatte Angst, du hättest dich mit Hans Rochus oder mit Wendling zu stark engagiert. Das machte mir einige Sorgen.«

Hilde zuckte lässig die Achseln.

»So ein bißchen Flirt gehört zum Amüsement.«

»Wenn sich nun aber Kracht dadurch hätte abschrecken lassen?«

»Ich bitte dich, Mama; Kracht saß fest, das wußte ich genau. Und ein bißchen Eifersucht spornt das Begehren.«

»Und was werden die beiden anderen zu deiner Verlobung sagen?«

Hilde zog die Stirn kraus und seufzte.

»Ganz ehrlich, Mama, Wendling hätte mir gefährlich werden können. Ich mochte ihn sehr, sehr gern. Und er war rein toll vor Liebe. Aber ich habe ihn und mich zur Vernunft gebracht. Es war nicht leicht, das kannst du mir glauben. Er bekommt von einem Onkel seinen mageren Zuschuß. Da dieser Oheim selbst einen Sohn hat, ist an eine Erbschaft nicht zu denken. Also war eine Verbindung zwischen uns ganz ausgeschlossen.«

»Es wäre am besten, er ließe sich versetzen.«

»Das wird er wohl auch tun. Ach Gott, ein lieber Mensch ist er schon, und leicht ist es mir nicht geworden, ihn aufzugeben.«

»Und Hans Rochus? Mir schien, als hätte der auch Feuer gefangen.«

Hilde lachte.

»Weißt du, Hans Rochus hat so ein wenig Blitzableiter spielen müssen. Der gute Kerl! Als Verwandten durfte ich ihn schon ein wenig vertraulicher behandeln als die anderen. Und da fiel es nicht so auf, wenn ich auch Wendling gegenüber freundlich war. Kracht glaubt nun, ich habe die beiden so ausgezeichnet, weil sie seine besten Freunde sind. Was Hans Rochus betrifft, so ist es höchste Zeit, daß er sich nach einer vermögenden Frau umsieht. Um ihn brauchst du dir meinetwegen keine Sorge zu machen. Übrigens bin ich erstaunt, daß er uns noch nicht wieder aufgesucht hat. Ich möchte ihn auf jeden Fall ein wenig vorbereiten. Von anderer Seite soll er meine Verlobung nicht erfahren. In rosiger Stimmung wird er ohnedies nicht sein.«

»Wahrscheinlich nicht. Sein Vater hat es reichlich toll getrieben. Wie ein Wahnsinniger hat er in den Tag hineingelebt.«

»Ach Gott, im Grunde hat er recht getan. Er hat dem Leben abgewonnen, was es hergeben wollte.«

»Dafür hat sein Sohn jetzt zu büßen«, sagte die Generalin weise.

»Er ist ein schneidiger, eleganter Mensch, und sein Name hat guten Klang. Ein Goldfisch dürfte nicht schwer für ihn zu fangen sein. Aber er hat, obwohl er der tolle Rochsberg heißt, doch eine schwerfällige, etwas sentimentale Ader. Vor lauter Bedenken wird er nicht zum Ziel kommen, wenn man ihm nicht ein bißchen hilft. Laß uns ein wenig nachdenken, Mama, wer für ihn in Frage käme.«

»Da ist die Auswahl nicht sehr groß. Wenigstens hier bei uns.«

»Hm! Vielleicht finde ich etwas für ihn, wenn ich nach der Hochzeit auf Reisen gehe. Schließlich muß man etwas tun für seine Verwandten.« Sie lachte.

In diesem Augenblick ertönte die Vorsaalklingel. Hilde hob lauschend den Kopf.

»Das wird Hans Rochus sein, Mama. Du läßt mich wohl eine Weile mit ihm allein, damit ich ihm meine Verlobung schonend beibringen kann.«

Die Generalin nickte. Gleich darauf meldete das Mädchen Graf Rochsberg. Hans Rochus trat ein und küßte den beiden Damen zur Begrüßung die Hand. Er erkundigte sich nach ihrem Befinden und ließ seine Augen dabei nicht von Hildes liebreizendem Gesicht. Sie erschien ihm schöner denn je.

Die Generalin klopfte ihm mütterlich auf die Schulter.

»Wie steht es um Rochsberg, Hans Rochus? Hast du mit Ravenport konferiert?«

»Ja, Tante« – er nannte die Generalin immer so, obwohl der Verwandtschaftsgrad ein ziemlich weitläufiger war –, »ich habe völlige Klarheit über meine Verhältnisse, Rochsberg ist bereits stark verschuldet.«

Die beiden Damen sahen ihn erschrocken an.

»So schlimm steht es?« fragte die Generalin, ihn mitleidig betrachtend. »Was willst du nun tun?«

Hans Rochus hätte nun sofort von seiner Verlobung mit Ruth Ravenport berichten können, aber Hildes Augen sahen ihn so teilnehmend und zärtlich an, daß er alles andere vergaß.

»Ich bin noch nicht mit mir zu Rate gegangen«, antwortete er ausweichend.

»Du nimmst doch den Tee mit uns, Hans Rochus?«

»Gern, liebe Tante.«

»Dann entschuldige mich einen Augenblick. Wir können ja nachher noch über deine Angelegenheit sprechen«, erwiderte sie und ging hinaus.

Hans Rochus war froh, daß ihn die Generalin mit Hilde allein ließ. Er zog ihre Hand an die Lippen und sah ihr tief in die Augen.

»Hilde, liebe Hilde!«

Sie erwiderte seinen Blick und seufzte.

»Armer Hans Rochus, es wird Zeit, daß du dich nach einer reichen Frau umsiehst«, sagte sie leise.

Er sah ihr mit brennenden Augen ins Gesicht.

»Wenn ich es täte, Hilde? Was würdest du dann tun?«

»Vernünftig sein, Hans Rochus. Sieh mal, die Tändelei zwischen uns muß ohnedies aufhören. Du mußt eine reiche Frau heiraten, ich einen reichen Mann, das ist uns doch klar gewesen, nicht?«

»Bisher hatte ich daran nicht gedacht«, sagte er bedrückt.

»Aber die Kinderei muß doch mal ein Ende nehmen«, sagte sie halb im Scherz.

Er sah sie groß und betroffen an.

»Hast du das, was wir füreinander empfanden, als Kinderei und Tändelei angesehen?« fragte er ernst.

Sie lachte leicht und fuhr ihm mit der Hand über das Haar.

»Als was denn sonst, Hans Rochus? So einen kleinen verwandtschaftlichen Flirt, der schon in den Kindertagen seinen Anfang genommen, den nimmt man doch nicht ernst.«

Er war bleich geworden und preßte die Lippen aufeinander. Seine Blicke hefteten sich forschend in ihre schimmernden Augen, die ihn sonst immer so zärtlich angesehen hatten. Jetzt schienen sie ihm kalt und fremd zu blicken.

»Ich habe dich sehr lieb, Hilde«, stieß er rauh hervor.

»Ja doch, Hans Rochus, ich dich auch. Aber nun müssen wir vernünftig sein. Und ich habe damit den Anfang gemacht. Du sollst es von mir hören, daß ich mich gestern verlobt habe.«

Er fuhr zurück, als habe er einen Schlag ins Gesicht bekommen.

»Du – dich verlobt?«

Er sah wie durch einen Schleier auf das reizende Geschöpf, das sich in ihrer eleganten Robe wie ein Kätzchen in den Sessel schmiegte. Da hatte er sich gesorgt und gebangt, wie er schonungsvoll seine eigene, von der Not gebotene Verlobung mitteilen sollte. Das Herz hatte ihm weh getan, weil er an ihre Liebe zu ihm geglaubt. Er hatte gefürchtet, sie durch die Mitteilung seiner Verlobung aufs tiefste zu verwunden und sich auf eine Szene mit Tränen, Seufzern und Klagen gefaßt gemacht. Und nun sprach sie, noch ehe sie seine Verlobung erfuhr, kühl und verständig von Tändeleien und Kindereien, mit denen sie fertig war, und teilte ihm mit, daß sie sich verlobt hatte. Ein bitteres Gefühl stieg in ihm empor. Jetzt erst spürte er, wie lieb er sie gehabt hatte, und wie schwer es ihm werden würde, sie aufzugeben. Es war ihm jetzt nicht möglich, ihr von Ruth zu sprechen. Was lag daran, ob sie es einige Tage früher oder später erfuhr?

»Die Nachricht ist allerdings sehr – sehr überraschend. Darf ich fragen, wer der Glückliche ist?«

Sie faßte seine Hand.

»Nicht so, Hans Rochus. Du darfst mir nicht böse sein. Wir bleiben gute Freunde, nicht wahr? Es hilft doch nun mal nichts. Und uns bleibt doch die Erinnerung an eine schöne Zeit.«

Zum erstenmal schien ihm ihre Zärtlichkeit falsch und gemacht, ihr Lächeln konventionell und gezwungen. Waren das dieselben Augen, die ihm ein so heißes Glücksgefühl in das Herz gezaubert hatten, war es dasselbe Lächeln, das ihn so unwiderstehlich angelockt hatte? Er fuhr sich über die Augen, als wollte er etwas fortwischen.

»Verzeih, ich bin ein wenig außer Fassung geraten. Laß dich dadurch nicht stören. Natürlich bleiben wir gut Freund. Mit wem hast du dich verlobt?« fragte er, bemüht, ruhig zu erscheinen. Schließlich hatte er ja kein Recht, ihr Vorwürfe zu machen. War er nicht auch an eine andere gebunden? Er konnte im Grunde froh sein, daß alles so gekommen war.

Aber trotz dieser vernünftigen Betrachtung war ihm zumute, als hätte er etwas verloren.

Hilde faßte seine Hand. »Erst sag mir, daß du nicht mehr böse bist.«

»Nein, ich bin nicht böse«, erwiderte er, gab aber ihre Hand ohne Druck frei.

Sie merkte es und warf den Kopf trotzig zurück.

»Ich habe mich mit Kracht verlobt«, sagte sie.

»So, mit Kracht. Dann kann ich dir gratulieren. Er ist nicht nur enorm reich, sondern auch ein selten guter und liebenswürdiger Mensch. Nimm meinen Glückwunsch entgegen.«

Er küßte ihr mit konventioneller Höflichkeit die Hand.

Sie dankte ihm und sagte leise einschmeichelnd:

»Hans Rochus, mach doch nicht so ein trauriges Gesicht. Sieh – für dich ist es doch nun die höchste Zeit, daß du dich nach einer vermögenden Frau umsiehst. Ich will dir helfen – ja? Ich suche dir eine Frau aus, die nicht nur reich, sondern auch liebenswürdig ist.«

Am liebsten hätte er ihr voll Bitterkeit ins Gesicht gelacht.

»Du bist zu gütig, Hilde. Aber ich muß danken. Mach dir um mich keine Sorgen«, sagte er ruhig.

»Dann sei aber nicht mehr so traurig. Kracht kann jede Minute hier sein. Er braucht dir nichts anzumerken.«

Er lächelte bitter. Ihre Sorge galt nur dem Umstand, daß Kracht keinen Verdacht schöpfte.

»Sei unbesorgt, ich werde mich zu beherrschen wissen. Außerdem weiß Kracht als mein Freund, daß ich in schwierigen Verhältnissen stecke. Er wird es begreiflich finden, daß ich nicht so lustig bin.«

Die Generalin trat wieder ein und tauschte einen forschenden Blick mit Hilde. Hans Rochus fing diesen Blick auf und fühlte ein starkes Unbehagen. Er wußte nun, daß die beiden Damen im Einverständnis waren.

»Krachts Wagen ist eben vorgefahren, Hilde«, rief ihr die Mutter wie warnend zu.

»Es ist gut, Mama, Hans Rochus habe ich meine Verlobung schon heute mitgeteilt. Er gehört doch zur Familie.«

»Allerdings. Was sagst du dazu, Hans Rochus? Macht Hilde nicht eine glänzende Partie?«

»Gestatte, daß ich dir meine Glückwünsche darbringe, liebe Tante.«

»Ich danke dir, Hans Rochus. Mach es nur Hilde bald nach.«

Er neigte nur stumm das Haupt. Kracht trat ein. Mit strahlendem Lächeln begrüßte ihn Hilde. »Hans Rochus ist eingeweiht«, sagte sie.

Die beiden Freunde reichten sich die Hand, und Hans Rochus empfand plötzlich Mitleid mit Kracht. Er war ein so grundehrlicher, gutmütiger Mensch und liebte Hilde gewiß von ganzem Herzen. Daß sie in ihm nur die reiche Partie sah, wußte er gewiß. Es war ihm sehr unangenehm, mit ansehen zu müssen, daß Hilde Kracht gegenüber scheinbar in Liebe und Zärtlichkeit aufzugehen schien. Obwohl er wußte, daß das nicht echt war, tat ihm doch das Herz weh. Gar zu reizend sah das schöne Mädchen aus. Jetzt verschwendete sie all ihren betörenden Zauber an ihren Verlobten, und obwohl er wußte, daß es nur Komödie war, neidete er Kracht doch jeden ihrer Blicke. Schließlich verabschiedete er sich unter dem Vorwand einer getroffenen Verabredung.

Tief verstimmt und niedergedrückt schritt er seiner Wohnung zu. Das Leben erschien ihm schrecklich schal und öde. Lohnte es sich denn, es weiterzuführen? War es nicht besser, er machte Schluß? Was hatte er denn Hilde voraus? Durfte er ihr einen Vorwurf machen? Freilich, sie heuchelte Liebe, wo sie keine empfand. Das brauchte er gottlob nicht. Ruth Ravenport gab und verlangte keine Liebe von ihm. Er durfte ihr gegenüber wahr und ehrlich bleiben. Das allein machte ihm das Verhältnis erträglich. Und war nicht Ruths kühles, nüchternes Benehmen achtenswerter als Hildes Zärtlichkeitskomödie? Freilich, wollte sie den reichen Mann haben, mußte sie sich ihn durch dieses Spiel erwerben. Das hatte Ruth Ravenport nicht nötig. Sie schenkte ihrem Verlobten mit ihrer Hand das Schloß seiner Väter zurück und ein großes Vermögen dazu. Warum tat sie es nur? Wirklich nur, um Gräfin Rochsberg zu heißen und in seine Kreise eingeführt zu werden?

Bisher hatte Hans Rochus ziemlich gedankenlos in den Tag hineingelebt, ohne sich Sorgen über die Zukunft zu machen. Er hatte wohl längst gewußt, daß er eines Tages dem Ruin gegenüberstehen würde, und gleich vielen seiner Standesgenossen war ihm eine reiche Heirat als das einzige erschienen, sich wieder flottzumachen. So war ihm Ravenports Vorschlag nicht so ungeheuerlich erschienen. Nur der Gedanke an Hilde hatte ihn bedrückt. Und nun war er auch dieser Sorge ledig.

Aber statt erleichtert aufzuatmen, fing er an zu grübeln. Es war durch alle diese Verhältnisse etwas in ihm wachgerufen worden, was sich nicht zum Schweigen bringen lassen wollte. Hatte er früher ernsten Gedanken nachhängen wollen, dann hatte ihn sein leichtlebiger, immer zu Lust und Freude aufgelegter Vater schnell wieder in den Strudel der Lebensfreuden hineingerissen. Jetzt hatte er niemand mehr, der ihn seinen Grübeleien entriß. Wenn er den Abschied schon vor Jahren genommen und Rochsberg selbst bewirtschaftet hätte mit Einsatz seiner ganzen Kraft? Ob da der Ruin nicht aufzuhalten gewesen wäre?

Es war noch gesundes männliches Empfinden in ihm, daß es ihm demütigend schien, einer Frau danken zu müssen, wenn er nicht unterging. Und mit einem Male war die Liebe zu seinem angestammten Besitz wieder in ihm wach. Der Gedanke, seinen Abschied zu nehmen und wenigstens seinen ehrlichen Willen in die Waagschale zu legen, um Rochsberg wieder emporzubringen, söhnte ihn etwas aus mit den bestehenden Verhältnissen. Er wollte nicht mehr tatenlos seine Tage verbringen, wollte ihnen einen Inhalt geben, um das Gefühl der Demütigung überwinden zu können, das ihn niederdrückte. Und zwischen seine peinvollen Gedanken schob sich immer wieder die Erinnerung an Ruth. Er konnte nicht ergründen, was sie zu dieser Verbindung getrieben hatte. Ihr Kostüm war kostbar und elegant gewesen und entstammte sicher einem erstklassigen Modeatelier, und ihre ganze Erscheinung fiel aus dem Rahmen der engen Häuslichkeit. Hilde kleidete sich nicht eleganter, und daß diese sehr anspruchsvoll in ihrer Toilette war, wußte er.

Und da war er wieder bei Hilde mit seinen Gedanken. Er fürchtete sich, in seine Wohnung zu gehen und neue Grillen zu fangen. Er suchte eine Weinstube auf, wo er wußte, daß er Kameraden antraf. Auch Heinz von Wendling war anwesend. Hans Rochus wußte, daß dieser sich auch eifrig um Hildes Gunst beworben hatte. Ob er schon eine Ahnung hatte, daß sie mit Kracht verlobt war? Er sah sehr blaß und niedergeschlagen aus. Aber wie sollte er es wissen? Die Verlobung war doch noch Geheimnis.

Er ahnte nicht, daß Hilde am Vormittag bereits eine Unterredung mit Wendling gehabt, und daß dieser, gleich ihm, von ihr Beweise einer erwiderten Neigung erhalten hatte, ehe sie sich mit Kracht verlobte.

## 5

Hans Rochus hatte Ruth jeden Tag einige frische Blumen gesandt und sich nach ihrem Befinden erkundigt. Es waren keine kostbaren Arrangements. Das wäre ihm unter den obwaltenden Umständen geschmacklos erschienen.

Jeden zweiten Tag sprach er selbst vor. Ravenport empfing ihn stets liebenswürdig, aber nicht aufdringlich. Das berührte Hans Rochus angenehm.

Noch taktvoller war Ruths Benehmen. Nachdem sie ihre innere Ruhe wiedergefunden hatte, begegnete sie ihm mit ihrer stillen Gelassenheit. Sie unterhielt sich freundlich, aber zurückhaltend mit ihm über Allgemeines, dankte ihm höflich für seine Blumen und machte ihm in keiner Weise fühlbar, daß er an sie gefesselt war. Ihr ruhiger Ernst wirkte jetzt in der Zerrissenheit seines Gemüts nicht unangenehm auf ihn. Er hatte ein Gefühl, als könnte man sich in ihrer Gegenwart ausruhen von allen menschlichen Leidenschaften.

Er betrachtete Ruth zuweilen mit gewissenhaftem Eifer, um alle Vorzüge, die sie besaß, zu entdecken. Ihre stillen, anmutigen Bewegungen gefielen ihm. Daß sie eine schöne, ebenmäßige Gestalt und schlanke, wohlgebildete Hände hatte, war ihm angenehm. Auch schönes, reiches Haar besaß sie und verstand es geschickt und kleidsam zu ordnen. Ihre Züge waren fein, der Teint etwas bleich, aber gesund und zart. Daß sie leicht und spontan errötete, hatte er auch schon bemerkt, und dieses schnelle Erröten gab ihr zuweilen ein belebteres Aussehen. Nur an ihren Augen fand er etwas auszusetzen. Sie waren zwar schön geschnitten und von langen dunklen Wimpern umsäumt, aber sie blickten zu starr und ausdruckslos, wie verschleiert. Aufschluß über ihr Seelenleben gaben sie ihm nicht.

Hans Rochus hatte bei dem regierenden Herzog um eine Audienz nachgesucht, die ihm freundlich bewilligt wurde. Er machte dem hohen Herrn Mitteilung von seiner bevorstehenden Verlobung mit Ravenports Tochter. Nach Klarlegung der Verhältnisse sprach der Herzog seine Freude aus, daß eines der ältesten Adelsgeschlechter seines Landes vor dem Untergang bewahrt blieb. Er erkundigte sich sehr eingehend nach Peter Ravenport und seiner Tochter und sprach den Wunsch aus, die junge Gräfin Rochsberg nach ihrer Vermählung in Gesellschaft ihres Gatten recht oft bei Hofe zu sehen. Als er später Ravenport in Ruths Gegenwart über diese Audienz Bericht erstattete, leuchtete dessen Gesicht in stolzem Triumph. Hans Rochus war gerecht genug, seinem Schwiegervater diesen Triumph zu gönnen. Machte dieser doch kein Hehl daraus, daß er von ehrgeizigem Streben erfüllt war.

Daß sich bei seinem Bericht über die Audienz in Ruths Gesicht kein Zug veränderte, hatte er bemerkt. Sehr scharf beobachtete er sie, als er erzählte, daß der Herzog die künftige Gräfin Rochsberg oft bei Hofe zu sehen wünschte. Sie behielt aber ihre gleichmäßige Ruhe. Er konnte sich nicht enthalten zu fragen:

»Es ist dir doch nicht unangenehm, Ruth, bei Hofe erscheinen zu müssen?«

Sie nannten sich auf seinen Wunsch schon jetzt du.

Ruth hatte ihn mit einem ausdruckslosen Blick gestreift und dann ruhig geantwortet:

»Wenn es zu den Pflichten der Gräfin Rochsberg gehört, bei Hofe zu erscheinen, werde ich mich dieser Pflicht nicht entziehen.«

Und wieder wurde Hans Rochus sich nicht klar, ob diese Gleichgültigkeit nur Verstellung war.

Bei Sontheims war Hans Rochus in der letzten Zeit seltener gewesen. Die Besuche ganz zu unterlassen, ging nicht an. Es hätte vor allen Dingen Kracht auffallen müssen. Diesen traf Hans Rochus fast jedesmal bei den Damen, und er sah dann mit einer Art dumpf-schmerzlicher Neugier Hildes Treiben zu. Sie schien nur für Kracht auf der Welt zu sein. Schmeichelnd und bestrickend war ihr Wesen ihm gegenüber. Ihre Augen strahlten ihn an, als sei er der eine, einzige, dem ihre Seele in heißer Sehnsucht entgegenflog. Und Hans Rochus wußte doch, daß es berechnende Komödie war. So hatte sie auch mit ihm gespielt, früher, und hatte ihn um Sinn und Verstand gebracht. Etwas wie Verachtung für ihr Wesen erwachte in ihm, aber trotzdem empfand er den quälenden Schmerz um ihren Verlust.

Und Kracht strahlte vor Glück. Sein gutmütiges, etwas breites Gesicht verklärte sich, wenn er Hilde betrachtete. Wie ein ungelenker Bär wirkte er neben seiner schlanken, graziösen Braut. Triumphierend blickte er Hans Rochus an, als wollte er sagen: »Gibt es wohl noch einen Menschen, der so zu beneiden ist wie ich?« Hans Rochus beschränkte seine Besuche, so gut es ging, und hielt sich nie lange auf.

Einmal traf er mit Herrn von Wendling bei Sontheims zusammen. Wendling glaubte noch immer, daß Hilde Sontheim nur ihn allein liebte, und daß sie nur äußere Verhältnisse zur Verlobung mit Kracht gezwungen hätten. Sie hatte ihm unter Tränen versichert, daß sie nur auf den dringenden Wunsch ihrer Mutter Kracht ihr Jawort gegeben habe. Dasselbe Spiel wie mit Hans Rochus. Nur, daß Hilde für Wendling wirklich etwas wie Liebe empfand, soviel ihre innerlich kalte Natur empfinden konnte.

Als er mit Wendling fortging, faßte ihn Hans Rochus mitleidig unter den Arm.

»Komm, laß uns eine Flasche Wein trinken. Wir wollen

vergessen, daß ein anderer mehr Glück hatte als wir«, sagte er eindringlich und zog ihn mit sich weiter.

Wendling sah in düster an.

»Ich weiß, Hans Rochus, du hast sie auch geliebt. Kracht ist ein beneidenswerter Mensch.«

»Wer weiß. Ich glaube nicht, daß sie ihn liebt«, erwiderte dieser, um Wendling zu trösten.

»Nein, sie liebt ihn nicht, ich weiß es, sie ist ein beklagenswertes Opfer der Verhältnisse. Wenn sie wenigstens glücklich wäre.«

Hans Rochus preßte die Lippen aufeinander. Wo nahm Wendling diese Gewißheit her? Hilde hatte sich mit einem so sprechenden Blick von ihm verabschiedet – es war klar, sie hatte auch mit ihm gespielt.

Groll und Verachtung wuchsen bei dieser Erkenntnis in seiner Brust.

Hilde Sontheim war nicht wert, daß er noch einen schmerzlichen Gedanken an sie verschwendete ...

Als Hans Rochus das nächste Mal zu Sontheims ging, beschloß er, den Damen seine Verlobung mit Ruth Ravenport anzuzeigen. Die offizielle Bekanntmachung sollte ohnedies in einigen Wochen erfolgen.

Trotz seiner Erkenntnis von Hildes Unwert bezauberte sie ihn auch heute wieder.

Sie sah ihn lächelnd an.

»Du siehst jetzt immer so ernst und feierlich aus, Hans Rochus. Das gefällt mir gar nicht an dir.«

»Du weißt doch, daß ich Veranlassung dazu habe.«

»Ja doch, ja –, aber vom Kopfhängen werden deine Verhältnisse nicht besser. Ich sehe schon, du machst keinen Ernst; ich muß mich wohl nach einer passenden Partie für dich umsehen.«

Hans Rochus bekam einen roten Kopf. Ihr Ton erschien ihm fast frivol.

»Die Mühe kannst du dir sparen, Hilde, ich bin bereits verlobt, in zwei bis drei Wochen schicke ich die Anzeigen weg.«

Sie reckte sich empor und sah ihn erstaunt an.

»Verlobt? Du hast dich verlobt?«

»Ja.«

»Und wer ist die Glückliche?« fragte sie ein wenig mokant und sah ihm tief in die Augen.

»Ruth Ravenport«, sagte er ernst.

Sie öffnete die Augen weit und sah ganz fassungslos aus.

»Ruth Ravenport? Wer ist denn das? Doch nicht eine Verwandte eures Bankiers Ravenport?«

»Doch. Es ist seine Tochter.«

»Ich bitte dich, ist denn Ravenport so reich, daß seine Tochter überhaupt für dich in Frage kommt?«

Wieder rötete sich sein Gesicht unwillig.

»Er ist mehrfacher Millionär.«

Hilde sprang auf und blieb vor ihm stehen.

»Da bin ich allerdings äußerst erstaunt. Das sieht man diesem Menschen gar nicht an. Ist denn das ganz sicher, Hans Rochus?«

»So sicher, als ihm Rochsberg verfallen war mit allem, was früher dazugehörte.«

Sie legte die Hand auf seine Schulter. »Dann wünsche ich dir Glück, Hans Rochus«, sagte sie leise.

»Ich danke dir«, erwiderte er.

Die Generalin kam, und Hilde rief ihr entgegen:

»Denke nur, Mama, eine Neuigkeit: Hans Rochus hat sich verlobt. Mit Peter Ravenports Tochter.«

Die Generalin war mindestens ebenso erstaunt wie Hilde.

»Ravenports Tochter? Dieser Bankier hat eine Tochter?«

»Ja, ja – Mama. Und Millionär, mehrfacher Millionär ist er außerdem, du darfst Hans Rochus gratulieren.«

Ihre Mutter setzte eine mütterlich wohlwollende Miene auf.

»Wirklich, Hans Rochus? Darf ich dir Glück wünschen?«

»Du darfst es, liebe Tante.«

»Mein Gott, das ist eine frohe Nachricht. Nun bist du mit einmal aus der scheußlichen Lage heraus. Knappe Verhältnisse sind doch unerträglich für dich. Und Ravenport Millionär? Davon ahnt doch kein Mensch etwas. Er lebt so still und zurückgezogen in seinem düsteren grauen Hause. Und darin ist nun die künftige Gräfin Rochsberg aufgewachsen?«

»Meine Braut ist lange Jahre in einem französischen Pensionat gewesen.«

»Ist sie schön, Hans Rochus?« fragte Hilde voll Neugier.

»Schön? Ich weiß nicht, ob ich sie so nennen darf. Jedenfalls eine eigenartige Erscheinung«, erwiderte er.

»Also häßlich«, dachte Hilde befriedigt. Sie gehörte zu den Frauen, die allein schön sein wollten. Laut fuhr sie nun fort zu fragen:

»Blond oder brünett?«

»Sie hat dunkles Haar und dunkle Augen.«

»Groß oder klein?«

»Größer als du.«

»Ich bin schrecklich neugierig, sie zu sehen. Du mußt sie zu uns bringen, Hans Rochus, und bald, hörst du?«

»Vor der offiziellen Verlobung wollten wir natürlich keine Besuche machen.«

»Aber mit uns machst du eine Ausnahme. Wir sind doch deine einzigen Verwandten«, rief die Generalin mit großer, zur Schau getragenen Herzlichkeit.

»Ich werde Ruth bitten, mit mir in den nächsten Tagen einen Besuch bei euch zu machen.«

»Das erwarten wir bestimmt, Hans Rochus«, rief Hilde lebhaft.

Hans Rochus sah mit gemischten Gefühlen in Hildes Augen, die ihn heute plötzlich wieder mit dem alten Feuer anstrahlten. Weshalb tat sie das? Weckte es ihr Interesse an ihm, daß er verlobt war? Wollte sie probieren, ob ihr Zauber trotz seiner Verlobung mit einer anderen noch Macht über ihn besaß?

»Sie ist ein gefallsüchtiges, oberflächliches Geschöpf«, sagte er sich und mühte sich, ihre Blicke zu meiden.

Als Kracht kam, flog ihm Hilde entgegen.

»Hans Rochus, ich darf doch Willi die große Neuigkeit anvertrauen? Er gehört ja zur Familie.«

»Meinetwegen«, erwiderte dieser mehr ärgerlich als höflich.

»Hu, so ein böses Gesicht. Schütze mich vor ihm, Willi, er sieht aus, als möchte er beißen«, scherzte sie.

Kracht schloß sie in die Arme.

»Wehe dem, der dir auch nur ein Härchen krümmt, Liebling. Ich lege ihn dir tot zu Füßen«, erwiderte dieser.

»Hörst du es, Hans Rochus? Nun nimm dich in acht.«

»Ich tue dir gewiß nichts zuleide«, sagte Hans Rochus, scheinbar auf den Scherz eingehend.

»Also hör zu, Willi: Es gibt ein neues Brautpaar. Hans Rochus hat sich verlobt mit Ruth Ravenport. Vorläufig erfährst du es unter Diskretion.«

Die Herren schüttelten sich die Hände und tauschten freundliche Worte. Kracht wußte, daß Hans Rochus eine Geldheirat machen mußte. Er enthielt sich jeder Frage.

Hans Rochus verabschiedete sich bald. Planlos lief er durch die belebten Straßen. Die Menschen hasteten an ihm vorbei, er ließ seine Augen gleichgültig über sie dahinstreifen. Da fesselte plötzlich eine weibliche Gestalt seine Aufmerksamkeit. Sie war eben aus einem Geschäft auf die Straße getreten und ging in einiger Entfernung vor ihm her. Etwas an ihrer Haltung fiel ihm auf. War das Ruth?

Er hatte sie zu Hause nur in ihren eigenartig langfließenden Gewändern gesehen. Die Dame vor ihm trug ein elegant sitzendes, enganliegendes Straßenkleid, welches die edlen, schlanken Formen zur vollen Geltung brachte. Er beeilte sich, in die Nähe der Dame zu kommen, und als er sie erreicht hatte, sah er, daß er wirklich Ruth vor sich hatte.

»Ruth!«

Sie zuckte leise zusammen und sah zu ihm auf. Zum erstenmal traf ihn ihr Blick voll und klar, ohne den eigentümlich verschleierten Ausdruck.

Er sah sie überrascht an. Bei dieser plötzlichen und unerwarteten Begegnung hatte sie ihre kühle Gelassenheit verloren und sah ganz anders aus als sonst. Worin der veränderte Ausdruck lag, wurde ihm nicht klar, und ehe er es ergründen konnte, hatte sie sich schon gefaßt und sah aus wie immer.

Sie trug zwei kleine Paketchen. Er streckte wie selbstverständlich die Hand danach aus.

»Gestatte, daß ich dir das trage, Ruth«, sagte er.

»Ich – ich will dich nicht aufhalten, du hast gewiß ein anderes Ziel.«

Er nahm ihr die Pakete ruhig aus der Hand.

»Gar kein Ziel. Ich bummelte zwecklos in den Straßen herum. Du erlaubst doch, daß ich dich begleite.«

Er sah ihr an, daß sie gern abgelehnt hätte, wenn sie es auch nicht aussprach, sondern nur zustimmend den Kopf neigte. So gingen sie nebeneinander her, zwei elegante, harmonierende Gestalten.

Während er mit ihr plauderte, sah er sie prüfend von der Seite an. Er freute sich, daß sie so schick und vornehm aussah. Schade, daß sie wieder so gleichgültig und verschlossen erschien.

Vorhin hatten ihre Augen einen Moment ganz anders geblickt, und ihr Gesicht hatte dadurch einen völlig anderen Ausdruck erhalten. Als sie in eine stillere Gegend kamen, trug er ihr die Bitte vor, daß sie Sontheims einen Besuch in seiner Gesellschaft machen möge. Ob er sie in den nächsten Tagen zu ihnen führen dürfte. Ruth zeigte sich sofort bereit. Sie fand es selbstverständlich, daß er die Damen von seiner Verlobung unterrichtet hatte. So setzten sie den Besuch für den übernächsten Tag fest.

Hans Rochus begleitete Ruth bis nach Hause und stattete

gleich seinem künftigen Schwiegervater noch einen kurzen Besuch ab im Kontor.

Peter Ravenport hörte mit Vergnügen, daß Ruth der Generalin Sontheim und ihrer Tochter vorgestellt werden sollte. Er kannte die Damen schon seit Jahren. Die Generalin war immer reichlich hochmütig gewesen, und Hilde hatte überhaupt keine Notiz von ihm genommen. In Zukunft würden sie sich wohl eines anderen Tones ihm gegenüber befleißigen müssen, wenn sie in Rochsberg verkehren wollten.

Ein befriedigtes Lächeln umspielte Peter Ravenports Lippen. Seine Stellung in der Gesellschaft würde eine ganz andere sein, wenn man erfuhr, daß er des Grafen Rochsberg Schwiegervater wurde.

## 6

Hans Rochus holte am übernächsten Tag Ruth im Rochsberger Wagen ab. Fräulein Hebenstreit hatte am selben Morgen von Ruth erfahren, daß sie mit Graf Rochsberg verlobt sei. Die gute Seele wäre fast zu Boden gesunken. Ihr Fräulein Ruth eine Gräfin, eine wirkliche, richtige Gräfin! Das war zuviel für ihren schlichten Verstand. Als sie sich von ihrem Schrecken erholt hatte, ging sie wie auf rosigen Wolken einher. Ihr Fräulein würde natürlich die märchenhaften Hofbälle mitmachen. All die vornehmen Grafen und Barone würden sie wie ihresgleichen behandeln. Und sie würden ihr die Hand küssen, wie sie es von Graf Rochsberg gesehen hatte. Überhaupt, ihr Fräulein Ruth hatte schon immer so etwas Vornehmes an sich gehabt. Am Ende durfte sie sie einmal in ihrem Schloß besuchen, wenn sie erst dort wohnte.

Als Hans Rochus vorfuhr, um Ruth abzuholen, wäre Fräulein Hebenstreit vor lauter Ehrfurcht beinahe um alle Haltung gekommen. Sie sah mit feuchten Augen hinter ihrem Fräulein her, das in einem eleganten hellgrauen Tuchkostüm in den Wagen stieg.

Auch Hans Rochus warf einen befriedigten Seitenblick auf Ruths Erscheinung. Das Kostüm war tadellos in Schnitt und Farbe und saß vorzüglich. Er hatte ein geübtes Auge für Damentoiletten. Hans Rochus war sehr zufrieden. Daß Hilde seine Braut sehr scharf mustern würde, sah er im voraus, und es wäre ihm unangenehm gewesen, hätte sie Veranlassung zu einem Lächeln gefunden.

Wenn Ruth nur nicht wieder so sehr still gewesen wäre. Sie saß neben ihm wie eine Fremde und gab ihm nur kurze, wenn auch freundliche Antworten. Sah sie einmal auf, so geschah es in der leblosen Weise, die ihn so seltsam berührte. Und er wußte doch jetzt, daß sie anders blicken konnte.

Während der Fahrt entfiel ihr das kleine elegante Täschchen. Sie bückten sich beide zugleich danach, und dabei berührten sich ihre Wangen einen Moment. Ruth fuhr zurück und wurde glühend rot. Um es zu verbergen, sah sie zum Fenster hinaus.

Er bemerkte, daß sie mühsam nach Fassung rang, und sie tat ihm plötzlich leid. Er empfand mit einem Male ganz deutlich, daß sie unter dem seltsamen Verhältnis litt. Entschieden mußte es für sie drückender sein als für ihn. Das Ritterliche seines Wesens wurde geweckt. Er nahm sich vor, ihr in zartester Weise darüber hinwegzuhelfen.

Das Täschchen hatte sich beim Herabfallen geöffnet, und einige Karten waren herausgefallen. Er beschäftigte sich eifrig damit, um ihr Zeit zu lassen, ihre Unbefangenheit wiederzugewinnen. Schließlich betrachtete er eine der Karten.

»Ruth Ravenport«, las er laut. »Ich habe immer eine große Vorliebe für deinen Vornamen gehabt. Warum, weiß ich nicht. Aber das weiß ich sicher, daß ich mir unter einer Ruth immer ein sehr sympathisches, ausgeglichenes und sanftes Wesen vorgestellt habe.«

»Vielleicht hast du dich durch die biblische Ruth zu dieser Vorstellung bestimmen lassen«, erwiderte sie.

Er lächelte. »Es ist sehr wenig, was ich von der biblischen Ruth weiß. Daß sie Ährenleserin war, und daß ein sehr schöner Spruch von ihr existiert: Wo du hingehst, da will ich auch hingehen, dein Gott ist mein Gott, und so weiter. Das ist alles, was mir noch über sie bekannt ist.«

»Viel mehr weiß ich auch nicht von ihr«, erwiderte Ruth. Dann schwieg sie wieder.

In der ersten Zeit ihres Verkehrs hatte Hans Rochus Ruths schweigsame, kühle Art bedrückend und quälend empfunden, weil er glaubte, sie sei nur ihm gegenüber so zurückhaltend. Dann aber hatte er bemerkt, daß sie ihrem Vater gegenüber mindestens ebenso verschlossen war. Mit der Zeit hatte er sich daran gewöhnt und fand sich damit ab. Es war immerhin angenehmer, als wenn sie eine gedankenlose, leichte Schwätzerin gewesen wäre. Diese Sorte Frauen konnte er durchaus nicht leiden. War Ruth gedankenlos und unbedeutend, so war sie es wenigstens nicht in unerträglicher Art. Aber war sie wirklich so beschränkten Geistes, besaß sie wirklich so wenig Seele, wie sie zeigte?

Immer wieder mußte er darüber nachdenken, wes Geistes Kind sie eigentlich sei. Manchmal gab sie ihm so kluge Antworten. Freilich, der Drill im Pensionat konnte nicht ganz ohne Wirkung geblieben sein. Wenn sie eingelernte Schulweisheit besaß, war das noch immer kein Beweis, daß sie eigene Gedanken hatte.

Jedenfalls lenkte ihn das Nachdenken über Ruths eigentliches Wesen etwas von seinem Schmerz um Hilde ab. Und das empfand er schon als Wohltat. Er wollte fertig werden mit der unseligen Leidenschaft für ein Mädchen, das ihm unwert erschien.

Die Generalin und Hilde empfingen das Brautpaar mit glatter, oberflächlicher Liebenswürdigkeit. Hilde plauderte in der witzigen, eleganten Art, die Hans Rochus immer so bezaubert hatte. Wenn er auch in der letzten Zeit einen anderen Maßstab an ihr Wesen gelegt hatte, so konnte er nicht umhin, zu konstatieren, daß Ruth neben Hilde doppelt steif und zurückhaltend erschien. Mit reizender Dringlichkeit versicherte Hilde der »neuen Verwandten«, daß sie recht gute Freundinnen werden wollten und viel miteinander verkehren würden.

Ruth war nie imstande gewesen, im Handumdrehen eine sogenannte Freundschaft anzuknüpfen. Dieses Spielen mit Gefühlen war ihr verhaßt. Sie sagte sich, daß es unmöglich sei, einen Menschen innerhalb einer Viertelstunde so kennenzulernen, daß man ihm mit ehrlichem Herzen eine Freundschaft antragen konnte. Sie erkannte in Hilde die oberflächliche Weltdame. Daß sie in Zukunft mit ihr verkehren mußte, gehörte zu den Pflichten, die sie mit ihrer Verlobung übernommen hatte. Sie nahm auch diese ruhig auf sich und versprach, mit Hilde Besuche auszutauschen. Auf das Thema der Freundschaft ging sie jedoch nicht ein.

Hilde merkte es wohl, und ein spöttisches Lächeln umspielte ihren Mund. Fühlte Ruth Ravenport mit dem feinen Instinkt der Frau, daß ihr Verlobter eine große Zuneigung für sie gehabt hatte, vielleicht – nein, gewiß noch hegte?

Hans Rochus sah Hildes Lächeln, und er glaubte, es gälte Ruths Unvermögen, auf den leichten Plauderton einzugehen. Er fühlte etwas wie Unwillen gegen Ruth. Warum saß sie so steif und zeremoniell da? In anderer, fremder Gesellschaft wäre das am Platze gewesen. Hier war man aber doch bei Verwandten.

Er vergaß in seinem Ärger, daß Ruth hier ganz fremd war. Wäre er gerecht gewesen, hätte er sich sagen müssen, daß Hilde sich eher im Ton vergriff und fast aufdringlich wirkte im Bestreben, um jeden Preis zu bezaubern. Aber er war nicht gerecht in diesem Augenblick.

Nach Ablauf der üblichen Visitenzeit gab Hans Rochus Ruth einen Wink, den Besuch abzubrechen. Ruth verstand ihn sofort und verabschiedete sich. Während ihr die Generalin wortreich versicherte, wie sehr sie sich gefreut habe, sie kennenzulernen, trat Hilde dicht an Hans Rochus heran und sah in seine Augen.

»Armer Hans Rochus, komm bald wieder, daß ich dich zum Auftauen bringe. Bei der erstarrt ja alles fröhliche Leben«, flüsterte sie ihm zu.

Ihre Worte berührten ihn sehr unangenehm, zumal sie sich gleich darauf mit überschwenglicher Herzlichkeit von Ruth verabschiedete. Sie war doch falsch und unwahr in jeder Beziehung. Da war er mit Ruth wahrlich besser dran. Sie heuchelte wenigstens nicht Gefühle, die sie nicht empfand.

Sorgsam geleitete er seine Braut zum Wagen. Eine Weile blieb sie stumm. Ihr Gesicht war unbewegt wie immer, aber auf der Stirn sah er ein paar feine Fältchen. Ruth war sehr feinfühlig.

»Wie gefallen dir die beiden Damen, Ruth?« fragte Hans Rochus plötzlich.

Sie errötete leicht, weil sie glaubte, er habe ihre Gedanken erraten.

»Fräulein von Sontheim ist eine große Schönheit, und ihre Mutter war sehr liebenswürdig.«

Es gefiel ihm, daß sie nicht mehr sagte, aber es reizte ihn, sie weiter zu fragen:

»Ist das dein erschöpfendes Urteil?«

Sie blickte flüchtig zu ihm auf. »Verlangst du ein solches von mir?«

»Es wäre mir interessant, deine Meinung über die Damen zu erfahren.«

»Dann mußt du mir Zeit lassen, bis ich sie näher kennengelernt habe. So schnell vermag ich mir kein Urteil über Menschen zu bilden.«

»Ich glaubte, etwas in Hildes Wesen sei dir unsympathisch, weil du nicht darauf eingingst, als sie dir ihre Freundschaft anbot.«

Wieder errötete Ruth.

»Ich empfand, daß sich Fräulein von Sontheim damit übereilte. Sie meinte es gewiß gut, aber ich vermag nicht so schnell Freundschaft zu empfinden. Das braucht Zeit bei mir.«

»Und lügen möchtest du nicht, nicht wahr?«

»Wenn nicht die Not dazu zwingt –«

Er seufzte. »Auch ohne Not wird gelogen, glaube es mir. Aber um noch einmal auf das Thema der Freundschaft zu kommen: Du sagst, du vermagst nicht so schnell Freundschaft zu empfinden. Wie lange mußt du wohl einen Menschen kennen, um zu wissen, ob du ihn zu deinen Freunden rechnen möchtest?«

Sie preßte die Lippen aufeinander, als wolle sie eine schnelle Antwort zurückhalten.

»Darauf kann ich dir keine genaue Antwort geben«, sagte sie dann zögernd.

Er sah ihr an, daß ihr das Eingehen auf diese Frage unangenehm war. Es war aber das erste Mal, daß sie sich überhaupt mit ihm auf eine tiefergehende Unterhaltung einließ, und er wollte sie nicht freigeben.

»Schade«, sagte er halblaut, »ich hätte es gern gewußt.«

Sie fragte nicht, warum. So fuhr er fort:

»Da ich nun weiß, daß du nicht aus Höflichkeit eine Freundschaft heuchelst, die du nicht empfindest, hätte ich gern gefragt, ob ich mir deine Freundschaft erringen kann.«

Nun wurde sie dunkelrot, und ihr Mund zuckte wie im Schmerz. Er sah sie forschend an, und sie empfand es, obwohl sie die Augen gesenkt hielt.

»Gewiß kannst du es. Wenn wir uns länger kennen, wirst du aber vielleicht einsehen, daß es sich nicht lohnt, um meine Freundschaft zu werben.«

»Darüber gestatte mir, selbst zu entscheiden.«

Sie schwieg und sah von ihm fort zum Fenster hinaus. Dabei wünschte sie sehnlichst, daß dieses Alleinsein ein Ende haben möge.

Hans Rochus ließ sie gewähren. Man muß nicht zuviel von einem Menschen verlangen, sagte er sich.

Als er sich später von ihr verabschiedet hatte und seiner Wohnung zuschritt, dachte er schon nicht mehr an sie. Sein Interesse an ihr hielt nur an, solange er sie sah.

Die Generalin und Hilde erwiderten schon in den nächsten Tagen Ruths Besuch. Sie waren viel zu neugierig, wie es in dem Haus Ravenports aussah. Seine Millionen verliehen ihm einen gewissen Nimbus.

Peter Ravenport kam herauf und begrüßte die Damen. Kein Zug seines Gesichts verriet, daß er im stillen darüber triumphierte, daß die beiden ihm bedeutend liebenswürdiger begegneten als sonst. Er hatte es nicht anders erwartet, denn er kannte die Menschen und wußte, daß Gold eine Macht war, der so leicht niemand widerstand.

Als die Sontheimschen Damen auf dem Heimweg waren, sagte Hilde verwundert:

»Mir ist unbegreiflich, daß die Ravenports in so kleinbürgerlichen Verhältnissen leben bei dem enormen Vermögen. Wenn ich mir Hans Rochus in diesem gräßlichen Salon denke, kommt mich das Lachen an.«

Ihre Mutter zuckte die Schultern.

»Was willst du, Ravenport ist eben ein Emporkömmling. Zum Glück für Hans Rochus aber keiner von der Sorte, der anständigen Menschen auf die Nerven fällt. Auch seine Tochter benimmt sich tadellos. Sie sind beide ruhig und zurückhaltend, während derartige Menschen sonst leicht aufdringlich werden.«

»Mir scheint, als ob diese Ruth in der Zurückhaltung zu weit geht.«

»Ich fand sie heute ganz nett. Neulich erschien sie mir auch etwas steif und schwerfällig. Sie war sicher befangen, weil sie nicht gewöhnt ist, in unseren Kreisen zu verkehren.«

»Mag sein. Aber wie ein Bild ohne Gnade wirkte sie auch heute. Hans Rochus wird erfrieren in ihrer Gesellschaft.«

Die Generalin lachte spöttisch.

»Er wird sich gewiß schadlos halten. Bei solch einer Vernunftsheirat schneiden die Männer immer noch am besten ab. Man kann seiner Braut nur gratulieren, wenn sie fischblütig ist.«

Hildes Augen starrten mit einem sonderbaren Ausdruck vor sich hin.

»Ja, in solchen Fällen ist heißes Blut für eine Frau eine schlimme Zugabe«, sagte sie gepreßt.

Die Generalin kannte ihre Tochter nicht. Sie hatte sich nie die Mühe genommen, ihr Inneres zu ergründen. Früher, zu Lebzeiten ihres Gatten, als sie selbst noch eine schöne Frau war, hatten sie eigene Angelegenheiten zu stark beschäftigt. Die Erziehung ihrer Tochter hatte sie fremden Menschen überlassen. Und als dann Hilde begann, ihr Interesse zu erwecken, als ihre Schönheit ein wichtiger Faktor im Rechenexempel der Mutter wurde, da hatte die junge Dame schon gelernt, Komödie zu spielen, auch der Mutter gegenüber. Diese wußte auch jetzt nicht, was in der Seele ihres Kindes vorging.

Es waren verbotene Wege, die Hildes Gedanken gingen. Sie dachte an Wendling. Seit sie Krachts Verlobte geworden war, wußte sie erst, wie lieb sie jenen gehabt hatte. Auch reizte alles Verbotene ihre Natur. Sie sah Wendling jetzt selten, obwohl er sich nicht hatte versetzen lassen. Aber zuweilen trafen sie doch zusammen, und wenn dann seine dunklen, faszinierenden Augen in die ihren tauchten, dann hätte sie sich am liebsten, alles vergessend, in seine Arme geworfen wie einst.

Als Hans Rochus einige Tage später wieder bei den Sontheimschen Damen vorsprach, öffnete ihm das Mädchen mit schnippischer Miene die Tür. Die Generalin und Hilde pflegten nicht sehr liebenswürdig ihrer Dienerin gegenüber zu sein, hauptsächlich Hilde war launisch und ungerecht. Das Mädchen gehörte aber nicht zu den sanftmütigen, die alles geduldig ertragen. Gelegentlich rächte sie sich durch scheinbare Ungeschicklichkeiten und bereitete ihren Damen unangenehme Überraschungen. Sie verstand es dann vorzüglich, eine harmlose oder zerknirschte Miene anzunehmen und entschuldigte sich wortreich, so daß die Damen nie an eine böse Absicht glaubten.

Auch heute war Mally von ihren Damen einer Kleinigkeit wegen heftig gescholten worden und fühlte sich gekränkt. Die Generalin war ausgegangen, und wie oft in der letzten Zeit, war Herr von Wendling bald darauf gekommen. Mally war schlau. Es gab nicht umsonst Schlüssellöcher. Sie wußte ganz genau, daß zwischen Herrn von Wendling und dem gnädigen Fräulein durchaus nicht nur ein kühl freundschaftliches Verhältnis bestand. Als daher Hans Rochus kam, öffnete sie schnell, ohne ihn anzumelden, die Tür zum Salon und ließ ihn eintreten.

Mit höhnischer Befriedigung schloß sie die Tür. Nachher würde es Vorwürfe hageln über ihre Ungeschicklichkeit, aber das nahm sie ruhig in Kauf. Gerächt hatte sie sich doch. Und das stolze Fräulein sollte sich nur in acht nehmen.

Hans Rochus war ahnungslos eingetreten und hatte geglaubt, beide Damen vorzufinden. Statt dessen sah er Hilde und Wendling sehr dicht beisammenstehen und mit roten Köpfen auseinanderfahren.

Ein scharfer, schneidender Schmerz durchfuhr seine Seele, schärfer und brennender als damals, als er erfuhr, daß Hilde Krachts Braut geworden war. Daß sie Kracht nicht liebte, wußte er. Wenn sich aber ein so kluges und berechnendes Geschöpf wie Hilde in einer seltsamen Situation mit einem Menschen überraschen läßt, dann liebt sie ihn. Er wußte jetzt mit einem Male, daß ihr Herz weder für ihn noch für Kracht jemals wärmer geschlagen hatte und daß sie Wendling liebte, soweit bei einer Frau wie Hilde von Liebe zu reden war.

Und diese Erkenntnis wühlte noch einmal alles in ihm auf. Wendling verabschiedete sich etwas hastig und unmotiviert, und so blieb er mit Hilde allein. Sie wollte um jeden Preis den

Anschein erwecken, als wäre die Situation, in welcher er sie mit Wendling überraschte, ganz harmlos zu erklären.

»Schau, Hans Rochus«, sagte sie, als Wendling fort war, »mein Verlobter hat mir dies wundervolle Armband geschenkt. Komm, sieh es dir genau an, ich zeigte es eben auch Herrn von Wendling.«

Sie zog ihn in die Nähe des Fensters, trat dicht neben ihn und hielt ihm das feine, runde Handgelenk unter die Augen.

Mit einem Seufzer machte er sich hastig los und trat zurück. Es wurde ihm klar, daß sie ihn nur betören wollte, um ihn die Szene von vorhin vergessen zu machen.

»Nun, gefällt dir das Armband nicht?« fragte sie scheinbar harmlos.

»Es ist sehr schön«, erwiderte er heiser. »Bleibt deine Mutter noch lange aus?«

»Ich weiß es nicht. Sie wollte Frau von Helfers einen Besuch machen. Du willst doch nicht gleich wieder gehen? Nimm bitte Platz.«

Sie ließ sich selbst graziös in einen Sessel gleiten. Er setzte sich ihr gegenüber, erkaltet und ernüchtert bis ins Innerste.

»Ihr habt Ruth euren Gegenbesuch gemacht, wie ich hörte«, sagte er, um ein ungefährliches Thema anzuschlagen.

Sie bejahte und neckte ihn mit seiner Eisjungfrau, indem sie Ruths still zurückhaltendes Wesen stark karikierte. Es berührte ihn sehr unangenehm, und er bat sie ernst, das zu unterlassen.

Sie machte große Augen.

»Hans Rochus, sei doch nicht so langweilig. Vor mir brauchst du dich doch nicht zu verstellen. Ich weiß doch, daß du Ruth Ravenport nicht aus Liebe heiratest.«

»Ob ich Ruth liebe oder nicht, steht hier nicht zur Debatte, jedenfalls sollst du es unterlassen, ihre Art zu bespötteln. Vergiß nicht, daß sie meine Braut ist.«

»Nein, nein, ich vergesse es ebensowenig, wie daß Willi Kracht mein Verlobter ist. Aber man wird doch einen Scherz machen dürfen, du Brummbär. Ach, du bist jetzt schrecklich langweilig, Hans Rochus. Wenn das so weitergeht, verliebe ich mich aus lauter Verzweiflung in meinen Bräutigam.«

»Das möchte ich dir wünschen. Kracht ist es wert, geliebt zu werden.«

Sie wippte mit den Füßen und rieb die Handflächen gegeneinander. Dabei sah sie ihn voll drolliger Verzweiflung an.

»Jedenfalls ist er viel netter als du«, sagte sie seufzend.

Im stillen ärgerte sie sich über seine Zurückhaltung. Sie war viel zu gefallsüchtig, um ruhig darüber zu sein, daß sein Interesse für sie erkaltete. Am liebsten hätte sie alle Männer vor ihren Triumphwagen gespannt, trotz ihrer Liebe zu Wendling, die immer leidenschaftlicher wurde, je näher für sie die Hochzeit mit einem anderen heranrückte.

Hans Rochus empfahl sich bald. Ihr Gebaren erstickte mehr und mehr die Achtung vor ihr. Er bedauerte nur Kracht, der Hilde anbetete und an ihre Liebe glaubte. Nicht um die Welt hätte Hans Rochus Hilde jetzt noch zu seiner Frau machen mögen.

Seine Ehre war bei Ruth Ravenport besser aufgehoben. Sie würde nicht mit anderen Männern kokettieren. Das wußte er sicher. Eine gewisse Befriedigung erfüllte ihn bei diesem Gedanken.

## 7

Vor einem halben Jahr hatte Hans Rochus seinen Abschied genommen vom Regiment und wohnte jetzt ständig auf Rochsberg. Mit Eifer und großem Ernst suchte er sich einzuarbeiten in die ihm neuen Geschäfte. Seit Rochsberg für ihn auf dem Spiel gestanden hatte, liebte er es doppelt, und er empfand eine innige Freude, daß er seine Kräfte einsetzen durfte, um es emporzubringen. Peter Ravenport und der neue Inspektor unterstützten ihn darin. Im Frühjahr gab es gleich reichlich Arbeit für ihn. Er kam nicht oft in die Stadt. So sah er Ruth seltener. Anfang Juni reiste seine Braut auf zwei Monate in die französische Schweiz, um den beiden alten Damen, die das Pensionat leiteten, in dem sie erzogen worden war, einen längeren Besuch zu machen. Vorwiegend hatte Ruth wohl die Reise unternommen, um nicht zu oft mit Hans Rochus zusammensein zu müssen.

Das Brautpaar hatte nach der Bekanntmachung der Verlobung die üblichen Besuche gemacht, und Ruth war froh, diese peinliche Angelegenheit hinter sich zu haben. Es war doch alles so viel schwerer, als sie es sich gedacht hatte. Deshalb war sie froh, einen Vorwand zu finden, auf einige Zeit fortzukommen.

Nun war sie heimgekehrt. Und Hans Rochus machte ein ehrlich erfreutes Gesicht, als er Ruth wiedersah. Er blickte der Vereinigung mit ihr in friedlicher Ruhe entgegen.

Wie Ruth über diese Vereinigung dachte, erfuhr kein Mensch. Sie begegnete Hans Rochus noch mit derselben gelassenen Ruhe und Zurückhaltung wie im Anfang. Wenn Pläne über die gemeinsame Zukunft gemacht wurden, verhandelte Hans Rochus mit Peter Ravenport.

Ruth fügte sich stumm oder mit einigen freundlich beistimmenden Worten in alles, was die beiden Herren bestimmten. So wurde ausgemacht, welche Zimmer Ruth in Rochsberg bewohnen sollte, daß sie im Sommer Gäste bei sich haben würden und im Winter sich lebhaft an dem geselligen Leben der Residenz beteiligen wollten. Peter Ravenport wünschte, daß das junge Paar allen Glanz entfalten sollte, zu dem sie der Name Rochsberg verpflichtete. Hans Rochus bekam bei derartigen Gesprächen einen Einblick, wie reich sein künftiger Schwiegervater war.

Ruth hatte nur wenig eigene Wünsche. Als eines Tages von der Einrichtung eines Salons für ihren persönlichen Gebrauch gesprochen wurde, fragte sie Hans Rochus, ob sie auch in bezug auf diesen Raum keine Bestimmung treffen wolle.

»Doch«, erwiderte sie ruhig. »Ich möchte meinen Flügel mitnehmen und darin aufstellen lassen.«

Hans Rochus sah erstaunt zu dem Flügel hinüber, dessen Anwesenheit ihm zum erstenmal auffiel.

»Bist du musikalisch, Ruth?«

»Ja, ich spiele Klavier.«

»Ich habe dich noch nie gehört.«

»Vor Fremden spiele ich nicht gern.«

»Vor Fremden?« fragte er vorwurfsvoll.

Sie errötete. »Du wirst mich vielleicht noch öfter hören, als dir lieb ist.«

Hans Rochus liebte gute Musik leidenschaftlich, und alles Stümperhafte in dieser Beziehung war ihm ein Greuel. Ein leises Grauen schüttelte ihn bei dem Gedanken, daß Ruth eine jener mittelmäßigen Spielerinnen sein könnte, denen er zu seinem Leidwesen so oft in Gesellschaft begegnete. Dennoch sagte er höflich:

»In Rochsberg gibt es einen sehr schönen Flügel, der allerdings im großen Gartensaal steht und meist bei Gesellschaften benutzt wird. Außerdem ist das Instrument meiner Mutter noch vorhanden; es dürfte jedoch im Lauf der Jahre sehr verloren haben. Da wird es wohl besser sein, du läßt dir deinen Flügel in deinem Salon aufstellen.«

Dabei dachte er mit einiger Genugtuung an die dicken Mauern von Schloß Rochsberg. Die würden unliebsame Klänge nicht durch das ganze Haus dringen lassen.

»Allerdings wäre es mir so am liebsten«, erwiderte Ruth bestimmt. Das war fast der einzige Wunsch, den sie aussprach.

Ravenport benahm sich Hans Rochus gegenüber mit großer Delikatesse. Die beiden Herren kamen sehr gut miteinander aus. Der alte Herr war auf seinen künftigen Schwiegersohn sehr stolz – und nicht nur, weil er ein Graf Rochsberg war.

Der ehrliche Wille und der nimmermüde Fleiß des jungen

Mannes nötigten ihm Achtung ab. Befriedigt sagte er sich, daß der liebevollste Vater keinen besseren Mann für seine Tochter hätte wählen können.

In vier Wochen sollte Hilde Sontheims Hochzeit mit Baron Kracht stattfinden. Die beiden Damen hatten alle Hände voll zu tun mit der Ausstattung. Kracht überschüttete seine schöne Braut mit Geschenken und konnte sich nicht genug tun, ihr seine Liebe zu beweisen. Hilde nahm das alles lächelnd hin, wie einen Tribut, den man ihrer Schönheit zollte. Sie empfand darum nicht im mindesten wärmer für ihren Verlobten. Im Gegenteil, je näher die Hochzeit kam, desto kälter wurde ihr Gefühl für ihn. Und sie konnte Wendling nicht vergessen, wollte es auch gar nicht ernstlich. Er hatte sich versetzen lassen wollen, weil er es kaum noch ertragen konnte, Kracht und Hilde zusammen zu sehen. Sie bat ihn aber dringend, zu bleiben. Nach der Hochzeit würde sie sich doch mit Kracht auf dessen Güter zurückziehen. Dann würden sie sich ohnehin nicht mehr sehen.

Wendling war zu schwach, ihr zu widerstehen. Die kurzen Augenblicke eines gestohlenen Glücks hielten ihn immer wieder fest. Er kam, so oft er Hilde allein wußte, und sie vergaßen dann auf kurze Minuten, daß ihr Los Trennung und Entsagen hieß.

Sie ahnten beide nicht, daß das Mädchen sie belauschte. Sonst wäre Hilde in der Behandlung Mallys vorsichtiger gewesen und hätte sie nicht durch Hochmut und Ungerechtigkeit gereizt.

Hans Rochus kam jetzt selten. Wenn er von Rochsberg hereinkam, hatte er immer viel zu erledigen. Die Generalin bat ihn eines Tages brieflich um seinen Besuch. Sie wollte wegen der Hochzeitsfeier ihrer Tochter einiges mit ihm besprechen. In den nächsten Tagen sollten die Einladungen ausgeschickt werden, und allerlei festliche Veranstaltungen wurden geplant. Da sollte Hans Rochus helfen.

Er wußte aus diesem Brief, daß Kracht für einige Tage auf

seine Güter gereist war, um dort für den Einzug der künftigen Herrin Vorbereitungen zu treffen. Deshalb war er sehr erstaunt, als er Krachts Wagen eben vom Haus der Damen fortfahren sah, als er mit dem seinen vorfuhr. Er machte Kracht ein Zeichen und rief ihn an. Dieser hatte sich aber mit müder Bewegung zurückgelehnt und sah nicht auf.

Auf der Treppe begegnete ihm Wendling mit blassem, verstörtem Gesicht. Er erwiderte seinen Gruß wie geistesabwesend und ging hastig weiter. Ein beklemmendes Gefühl überkam Hans Rochus, die Ahnung, als sei etwas Böses im Anzug.

Langsam stieg er die Treppe vollends empor. Mally öffnete ihm. Er fragte direkt, ob die Generalin zu Hause sei. Das Mädchen verneinte. Er sah unschlüssig in ihr Gesicht. Es sah höhnisch verkniffen aus. Es fiel ihm ein, daß ihn Mally neulich so schnell eintreten ließ, als Wendling und Hilde vertraulich beisammenstanden. Wenn heute Kracht statt seiner unangemeldet und unerwartet eingelassen worden war und –? Hans Rochus stieg das Blut zu Kopfe.

»Melden Sie mich dem gnädigen Fräulein«, sagte er schroff.

Mally warf impertinent den Kopf zurück. Sie wußte, ihre Rolle hier war ausgespielt. Aber ihre Rache hatte sie genommen an der hochmütigen Prinzessin, die ihren Verlobten hinterging und sich wer weiß wie hoch über eine arme Dienerin erhaben dünkte.

Hans Rochus' Ahnung kam der Wahrheit ziemlich nahe. Mally hatte Kracht einen Brief geschrieben, der diesen veranlaßte, seine Reise aufzuschieben und seine Braut zu einer Zeit zu besuchen, in der diese nach Mallys Behauptung einen Nebenbuhler empfing.

Mally wußte, daß Wendling sich mit Hilde um diese Zeit verabredet hatte. Als Wendling ahnungslos mit Hilde zusammensaß, lauerte Mally draußen an der Korridortür auf Kracht. Als er bleich und mit düsterer Miene erschien, öffnete sie ihm geräuschlos die Eingangstür und ließ ihn ein. Dann flüsterte sie ihm zu: »Ich kann es nicht länger mit ansehen, wie der Herr Baron betrogen werden.«

Kracht sah sie drohend an. Sein sonst so gutmütiges, frisches Gesicht war bleich und finster. Er warf Mally verächtlich eine Banknote hin und öffnete selbst mit hastigem Griff die Tür zum Salon. Wie zu Stein erstarrt sah er auf Wendling und Hilde, die dicht beieinanderstanden und sich küßten. Ein qualvolles Stöhnen entrang sich seiner Brust. Schweigend betrachtete er die Erschrockenen eine Weile. Als aber Hilde eine Bewegung machte und auf ihn zueilen wollte, wandte er sich eilig zum Gehen. Ohne ein Wort gesprochen zu haben, nur einen drohenden Blick auf Wendling werfend, warf er die Tür hinter sich zu und ging mit festen Schritten davon. Unten fiel er wie vernichtet in die Kissen des Wagens. Er hatte Hans Rochus gar nicht bemerkt.

Hilde und Wendling hatten sich eine Weile stumm und starr gegenübergestanden. Dann war die junge Dame weinend in einen Sessel gefallen.

»Nun ist alles aus. Wärst du doch nicht gekommen!« hatte sie ausgerufen.

Wendling wollte sie trösten.

»Geh – geh, du bist schuld!« rief sie zornig und wehrte ihn grob ab.

Da war er gegangen, mit bleicher, verstörter Miene.

Sie hatte recht. Er hätte sie nach der Verlobung nicht wiedersehen dürfen. Nun war er an seinem Kameraden zum Verräter geworden und hatte Hilde um Krachts Vertrauen gebracht. Es half ihm nichts, daß er sich vor sich selbst mit seiner heißen Liebe entschuldigte. Er hätte stark sein müssen für sie beide. Nun würde es zum Duell zwischen ihm und Kracht kommen. Wer auch fiel von ihnen beiden, Hildes Leben war zerstört, und er war schuld daran. Diese Erkenntnis verursachte ihm bittere Pein. Er liebte Hilde zu sehr, um ihr einen Vorwurf zu machen. Sich selbst maß er alle Schuld bei, und es war ihm furchtbar, daß er sie nicht allein sühnen konnte.

Hilde hatte noch weinend im Salon gesessen, als Mally Hans Rochus meldete. Erst wollte sie ihn abweisen lassen, aber dann sagte sie sich, daß dies auffallen mußte.

Sie zwang sich zu einigen unbefangenen Worten, aber Hans Rochus merkte doch, wie verstört und niedergedrückt sie war. Keines ihrer koketten Manöver, die ihr zur zweiten Natur geworden waren, führte sie aus. Hans Rochus' Vermutung, die der Wahrheit ziemlich nahe kam, befestigte sich. Er erkundigte sich nach ihrem Befinden. Sie sagte etwas von Kopfweh und Nervosität. So empfahl er sich bald und versprach, am nächsten Tage um dieselbe Zeit zu kommen, damit er die Generalin bestimmt antreffen würde.

Hilde sah ihm mit heißen trockenen Augen nach und lief dann unruhig im Zimmer auf und ab, bis ihre Mutter nach Hause kam. Ahnungslos trat diese ein.

»Denk dir Hilde, Kracht ist noch nicht abgereist. Ich sah ihn eben an seiner Wohnung aus dem Wagen steigen, als ich in der Droschke vorbeifuhr. Er hat mich gar nicht gesehen.«

Hilde warf sich seufzend in einen Sessel und sah die Mutter an.

»Kracht war hier«, sagte sie.

»Er war hier? Warum hat er seine Reise aufgeschoben?«

»Ich weiß es nicht.«

»Hast du ihn nicht gefragt?«

»Nein.«

»Mein Gott, Hilde, du bist so lakonisch. Habt ihr euch gar gezankt?«

»Nein, wir haben kein Wort miteinander gesprochen.«

Die Generalin sah äußerst erstaunt aus.

»Aber Hilde, was soll denn das heißen? Du sagst, Kracht war hier und behauptest, kein Wort mit ihm gesprochen zu haben? Wie soll ich das verstehen? So rede doch!«

Hilde sprang auf und lief einige Male im Zimmer hin und

her. Plötzlich blieb sie vor der Mutter stehen und sah sie mit unsicherem Blick an.

»Mama – ich –, ich fürchte, es ist aus mit Kracht, ganz aus«, sagte sie mit trockenen Lippen.

Die Generalin sah sie entgeistert an.

»Hilde – um Himmels willen, was ist geschehen?« rief sie entsetzt.

Die junge Dame preßte die Hände gegen die Schläfen.

»Ja, du mußt es erfahren, Mama. Wendling war hier, als Kracht kam. Ich glaubte ihn doch verreist. Und Wendling – du weißt, Mama, ich hatte ihn lieb, wollte aber vernünftig sein und wurde Krachts Braut. Nachher merkte ich erst, wie sehr ich ihn liebte, und – und wir konnten beide nicht vergessen, was wir uns gewesen. Wir sahen uns zuweilen einen Augenblick allein, und wir stahlen uns ein bißchen Glück, sagten uns, wie sehr wir beide unter der Trennung litten. Heute kam er, weil er wußte, daß du ausgegangen warst. Es sollte das letzte Mal sein, der Abschied für immer. Wir küßten uns, da trat Kracht ein. Ich weiß nicht, wie er so plötzlich vor uns stand. Er sah uns starr und stumm an. Fürchterlich sah er aus, und ohne zu sprechen ging er gleich wieder fort. Wendling ist ihm gefolgt. Nun weißt du alles.«

Hilde hatte das alles hastig hervorgestoßen. Ihre Mutter war wie gelähmt in einen Sessel gefallen. Nun rang sie jammernd die Hände.

»Du Unglückskind! Was soll nun werden? Das gibt ein Duell. Und Kracht tritt natürlich von der Verlobung zurück. Mein Gott, dieser Skandal, diese Blamage, wir sind unmöglich, wenn davon etwas bekannt wird! Und etwas sickert immer durch in solchen Fällen. Wie konntest du dir und mir das antun, Hilde? Das ist ja furchtbar – furchtbar.«

Hilde legte gequält die Hände an die Ohren und sah angstverzerrt in das blasse Gesicht der Mutter.

»Hör auf, Mama, hör auf! Vorwürfe mache ich mir selbst genug. Wie konnte ich denn ahnen, daß Kracht nicht abgereist ist! Und Mally ließ ihn so schnell eintreten – nicht einmal geklingelt hat er draußen. Diese Mally ist eine ganz unbrauchbare Person, sie muß aus dem Hause.«

»Damit sie alles ausplaudert. Bist du von Sinnen? Herrgott, was tun wir nun bloß? Es kann und darf nicht zum Skandal kommen. Ich will zu Kracht gehen, jetzt gleich, ich muß ihn sprechen. Vielleicht ist noch etwas zu retten. Wenn ich die Szene mit Wendling als jugendliche Torheit hinstellte? Mein Gott, den Skandal überlebe ich nicht! Es darf nicht dazu kommen! Konntest du nicht vernünftig sein und diese törichte Liebelei aufgeben? Alles kann man nicht haben im Leben. Diese glänzende Partie – nie findet sich eine solche wieder für dich. Dieser Eklat – dieser Eklat, so kurz vor der Hochzeit!«

Sie lief händeringend umher.

Hilde barg das Gesicht in den Händen.

»Mach mich nicht wahnsinnig mit deinen Vorwürfen. Fahr zu Kracht, ich bitte dich! Er soll mir verzeihen – soll zu mir kommen. Auf den Knien will ich ihn um Verzeihung bitten. Alles will ich tun, was er verlangt, nur verstoßen soll er mich nicht. Geh, ich bitte dich, geh schnell! Er ist ja so gut, er kann nicht hart bleiben. Bring ihn zu mir, ich will ihm mit meinen Bitten die Verzeihung abzwingen. Geh – geh schnell.«

Die Generalin eilte mit zitternden Knien die Treppe hinab und stieg unten in die nächste Droschke, die ihr begegnete. Sie fuhr zu Krachts Wohnung. Sein Diener meldete ihr jedoch, daß er eben wieder fortgegangen sei. Die Zeit seiner Rückkehr habe er nicht angegeben.

Die Generalin war außer sich. In ihrer Herzensangst wollte sie Hans Rochus um Hilfe bitten. Aber dann unterließ sie es, ihn aufzusuchen. Es war besser, niemand außer den Beteiligten erfuhr von der Angelegenheit.

Nach planloser Hin- und Herfahrt begab sie sich nochmals zu Kracht. Er war inzwischen heimgekehrt, hatte aber Weisung gegeben, daß er für niemand zu Hause sei – auch für die

Generalin nicht –, nur für zwei Herren, die er genau bezeichnete. So mußte sie unverrichteter Dinge wieder heimkehren.

Hilde hatte inzwischen einen Brief an Kracht geschrieben. In diesem Schreiben suchte sie ihr Verhalten als eine momentane Verwirrung hinzustellen. Ihr Herz sei unbeteiligt dabei gewesen. Wendling habe ihr so leid getan, weil er sie liebte. Da habe sie sich verleiten lassen, ihn aus Erbarmen zu küssen. Er solle ihr diese vorübergehende Verwirrung verzeihen. Erst jetzt wisse sie, wie teuer er ihr sei, jetzt, da sie fürchten müsse, ihn zu verlieren. Er dürfe sie nicht so hart strafen und müsse zu ihr zurückkehren, sonst sei sie vor Verzweiflung außer sich.

Als die Generalin erfolglos zurückkehrte, fand sie Hilde todelend vor. Sie machte ihr jetzt keine Vorwürfe mehr. Dazu war es auch zu spät. Sie erbot sich aber, den Brief selbst zu Kracht zu bringen. So fuhr sie gleich wieder fort.

Der Diener trug den Brief sogleich zu seinem Herrn. Kracht lag regungslos auf dem Diwan. Er ließ den Brief ungeöffnet liegen bis zum Abend. So schrankenlos seine Liebe zu Hilde gewesen, so unbegrenzt sein Vertrauen – über das, was er mit eigenen Augen gesehen hatte, kam er nicht hinweg. Er war fertig mit Hilde, für immer. Sie hatte ihn betrogen, hatte Liebe geheuchelt – für sein ganzes volles Herz hatte sie ihm nichts gegeben als ein falsches Spiel. Er konnte ihr nicht die Ehre seines Namens anvertrauen. So heiß er sie geliebt, so tief war er verwundet.

Als er Mallys Brief erhalten, die ihre junge Herrin mit klaren, nüchternen Worten der Untreue anklagte, da war er voll Zorn auf dieses Mädchen gewesen. Er hatte es für Lüge und Verleumdung gehalten und war zu Sontheims gefahren, um die Person aus dem Hause zu jagen. Und nun war alles wahr, war all sein Glück in Scherben gegangen, sein Glaube, sein Vertrauen. Das Herz lag ihm schwer in der Brust.

Er hatte sofort die nötigen Schritte getan und Wendling seine Forderung überbringen lassen.

Erst am nächsten Tag erhielt Hilde Antwort von ihm. Als sie nach einer unruhigen Nacht am Frühstückstisch ihrer Mutter gegenübersaß, brachte Mally einen Brief von Kracht herein.

Hilde faßte mit zitternden Händen danach. Ihre Finger berührten einen harten Gegenstand. Sie ließ die Hand mit dem Brief herabsinken und sah ihre Mutter an. Als Mally draußen war, sagte die Generalin hastig:

»So lies doch – was schreibt er denn?«

Hilde war totenblaß geworden.

»Er schickt den Ring zurück. Es war alles umsonst«, sagte sie heiser.

Sie warf den Brief ungeöffnet auf den Tisch und vergrub das Gesicht in den Händen. Nun war es aus mit Glanz und Reichtum, nun hieß es, wieder in die trostlos engen Verhältnisse zurückkehren. Was half es, daß sie sich Vorwürfe machte, daß sie sich und Wendling grollte. Es war umsonst. Es änderte nichts, gar nichts.

Die Generalin öffnete inzwischen mit zitternden Fingern den Brief. Der Ring fiel ihr entgegen. Er war von einem kurzen Billett begleitet:

Ich kann nicht mehr glauben und vertrauen. Meine künftige Gemahlin muß über jeden Zweifel erhaben sein. Eine Gemeinschaft zwischen uns ist undenkbar. Ich werde jeden Skandal zu vermeiden suchen im beiderseitigen Interesse und alle Schuld auf mich nehmen. Lebe wohl –

Das war alles.

Wie erstarrt saßen sich Mutter und Tochter gegenüber, und schwere Seufzer durchzitterten den stillen Raum. Sie vermochten beide nicht zu sprechen.

Daß es zwischen Kracht und Wendling zu einem blutigen Nachspiel kommen würde, wußten sie beide. Und zu aller Verzweiflung über ihre Entlobung gesellte sich in Hildes Herzen noch die Angst um Wendling. Trotz allem Egoismus, der sie sonst beherrschte, fürchtete sie für sein Leben. Kracht würde ihn nicht schonen. Und sie hatte ihn gestern im Groll gehen lassen, ohne ein gutes Wort. Wenn er nun im Duell fiel, wenn sich seine dunklen heißen Augen schlossen für immer, dann war sie schuld an seinem Tod.

Sooft die Korridorklingel ertönte, fuhren die beiden Frauen empor im jähen Schreck.

Gegen Mittag kam Hans Rochus. Er sah sehr ernst und blaß aus. Nachdem er die Generalin begrüßt hatte, fragte diese ihn hastig, ob er nichts Neues wisse. Hans Rochus sah Hilde an, die sehr elend und müde, aber bildschön aussah.

»Zwischen Wendling und Kracht hat ein – Zerwürfnis stattgefunden, wie ich hörte; das wißt ihr wohl?«

Hilde fuhr auf und starrte ihn an.

»Was ist geschehen? Hans Rochus, sag – sag mir alles, ich bitte dich.«

Er sah fort von den schreckensblassen Gesichtern der beiden Frauen.

»Kracht hat einen Unfall gehabt. Die rechte Schulter ist durch einen unvorsichtigen Schuß verwundet.«

Hilde erhob sich und sah Hans Rochus angstvoll an.

»Und – und Wendling?« fragte sie, unbekümmert, daß sie sich damit verriet.

»Er begegnete mir eben und läßt sich den Damen empfehlen. Eine dringende Reise hat ihn gezwungen, Urlaub zu nehmen. Wahrscheinlich wird er nicht zurückkehren. Er wollte sich schon längst versetzen lassen.«

Hilde war in einen Sessel zurückgesunken. Gottlob! Wendling war unverwundet, und Kracht würde vielleicht gerettet werden.

»Weiß man Näheres über Krachts Verwundung?« fragte die Generalin furchtsam.

»Nein, liebe Tante. Kracht hat mich zu sich bitten lassen. Ich will nachher zu ihm gehen.«

Es entstand ein Schweigen. Endlich sagte Hilde leise:

»Meine Verlobung mit Kracht ist aufgehoben, Hans Rochus.«

Er sah in ihr blasses Gesicht. Das Herz tat ihm weh bei ihrem Anblick.

»Ich fürchtete so etwas.«

»Du weißt –?«

»Nichts; ich will auch weiter nichts wissen, nur, ob ich dir nützen kann.«

»Dann bringe mir Bescheid, wie es Kracht geht. Und – seine Verzeihung.«

Er erhob sich sofort.

»Ich kehre sogleich zurück, wenn ich mit Kracht gesprochen habe.«

Kracht lag mit verbundener Schulter im Bett. Er reichte Hans Rochus die gesunde linke Hand zum Gruß und schickte seinen Diener und die Krankenschwester hinaus. Hans Rochus nahm an seinem Bett Platz.

»Wie geht es dir, Willi?«

»Nicht sehr gut, wie du siehst. Ich danke dir, daß du gleich gekommen bist, Hans Rochus. Ich hörte, daß du diese Nacht in deiner Stadtwohnung warst. So konnte ich dich zum Glück leicht erreichen.«

»Sprichst du auch nicht zuviel?«

»Sei unbesorgt, ich bin kein zimperliches Weib. Das bißchen Aderlaß macht mir nichts. Etwas anderes macht mir mehr zu schaffen. Ich brauche einen Menschen, dem ich vertrauen kann, deshalb ließ ich dich rufen – weil du Hilde Sontheims Verwandter bist.«

»Ich war eben bei den Damen und hörte von Hilde, daß – daß eure Verlobung aufgehoben sei.«

Kracht preßte die Lippen aufeinander. Dann sagte er scheinbar ruhig: »Dann brauche ich es dir nicht erst zu sagen. Du als Hildes Verwandter hast ein Recht, mich zu fragen, weshalb ich ihr den Ring zurückgeschickt habe. Ich bitte dich aber, es nicht zu tun. Nur soviel: Ich konnte nicht anders handeln. Es gibt Dinge, über die man nicht hinwegkommen kann.«

»Sei unbesorgt, ich frage dich nicht. Ich weiß, wie sehr du

Hilde geliebt hast, und daß nur zwingende Gründe dich zu solch einem Schritt bewegen konnten.«

»Ich danke dir, Hans Rochus. Und nun zu meiner Bitte. Nimm dich der Damen an. Vielleicht kommen sie durch die Auflösung der Verlobung in mißliche Verhältnisse. Hilf ihnen, jede Summe steht dir zur Verfügung. Ich weiß, daß schon allerlei Vorbereitungen getroffen sind. Ordne das alles in delikater Weise. Ich kann ja leider nicht ausgehen. Es wäre mir schrecklich, wenn die Damen Schwierigkeiten hätten. Du verstehst, daß mich das quält. Meine Erkrankung kann den Vorwand zum Aufschub der Hochzeit geben. Das weitere findet sich dann. Irgendein Grund zur Entlobung läßt sich später finden. Hilde soll das alles einrichten, wie es ihr beliebt.«

»Du kannst dich auf mich verlassen, Willi.«

»Danke dir. Und noch eins. Da – lieber Hans Rochus – da ist das Mädchen, die Dienerin bei Sontheims, Mally heißt sie wohl. Sorge, daß sie dort aus dem Hause kommt. Sie – weißt du – gib ihr einen Wink, daß sie eine bestimmte Summe von mir erhalten soll, wenn sie hier aus der Stadt verschwindet.«

Hans Rochus verstand sofort, was Kracht damit sagen wollte.

»Es ist gut, Willi. Ich sorge dafür, daß sie geht.«

»Schön. Dann ist alles geordnet. Ich danke dir, guter Kerl.« Er lächelte Hans Rochus wehmütig zu.

Dieser drückte ihm die Hand. »Du wirst darüber hinwegkommen, Willi.«

Kracht antwortete nicht. Sein Blick war umflort, der Mund schmerzhaft zusammengepreßt.

»Ich habe noch einen Auftrag, Willi«, fuhr Hans Rochus fort. »Hilde läßt dich durch mich um Verzeihung bitten.«

Kracht seufzte und wandte den Kopf ab.

Hans Rochus erhob sich. »Dann will ich gehen, Willi. Du mußt Ruhe haben. Wenn ich wieder von Rochsberg hereinkomme, sehe ich nach dir. Mach, daß du fertig damit wirst, innen und außen.«

»An dem guten Willen dazu soll es nicht fehlen. Grüß deine Braut, Hans Rochus.«

»Danke dir. Ich sehe sie heute noch und will ihr den Gruß bestellen. Leb wohl, und gute Besserung.«

## 8

Hans Rochus fand die Damen in nervöser Erwartung. Er unterrichtete sie, soweit es angängig war, von seiner Unterredung mit Kracht. Auch seinen Wunsch, Mally aus dem Hause zu entfernen, verriet er ihnen. Sie sahen unliebsam überrascht auf.

»Mally? Ah, sollte sie irgendeine Rolle gespielt haben in dieser Sache?« fragte die Generalin erregt.

»Jedenfalls eine sehr häßliche, sonst würde Kracht nicht auf ihre Entfernung dringen.«

»Wir können sie unmöglich entlassen, sie wird uns ins Gerede bringen.«

»Laß das unsere Sorge sein, gnädige Tante. Das Mädchen wird die Stadt verlassen. Solche Menschen sind für Geld zu allem zu haben.«

»Mein Gott, Hans Rochus, du tust, als wenn Geld für uns gar keine Rolle spielte. Wir haben durch diese Verlobung so große Kosten gehabt – natürlich kommen wir nun in die greulichste Verlegenheit.«

»Kracht hat mich beauftragt, alles zu ordnen, Tante. Er will nicht, daß ihr auch nur die geringsten pekuniären Opfer zu bringen habt. Überlaß das alles mir. Auch mit dem Mädchen werde ich selbst verhandeln, am besten gleich. Ihr sollt euch um gar nichts kümmern. Vorläufig bleiben wir bei der Angabe, daß die Hochzeit wegen der Erkrankung Krachts aufgeschoben ist. Alles andere findet sich.«

Die Generalin atmete auf.

»Das ist wenigstens ein Trost in all der Misere. Ach Hilde! Ich könnte mich totärgern über dich.«

Hilde sah gar nicht auf. Ein bitteres Lächeln verzog ihren Mund. Es war eine tiefe Demütigung für das stolze Geschöpf, so über sich hinweg verhandeln zu lassen.

Sie gab sich ganz der Verzweiflung hin. Nun, da die Sorge um den Ausgang des Duells von ihr genommen war, dachte sie an nichts weiter als an die vereitelte Hoffnung, als Baronin Kracht eine glänzende Rolle zu spielen. Wie würde man über sie spötteln, wenn ihre Entlobung bekannt wurde! Gab sie sich auch den Anschein, daß sie von ihr ausgegangen war, man würde ihr doch allerlei nachreden. Sie kannte die Gesellschaft.

Hans Rochus ging hinaus, um mit Mally zu sprechen. Es war schnell alles geregelt. Geld machte das Mädchen gefügig. Ihre Rache hatte sie genommen. Sie nahm den Vorschlag an und packte ihre Sachen.

Hans Rochus verabschiedete sich und versprach, wiederzukommen.

»Du bist unser einziger Schutz jetzt, Hans Rochus«, sagte Hilde, als sie ihm zum Abschied die Hand reichte.

»Verfügt ganz über mich«, antwortete er ernst.

Ruth saß, in die Lektüre eines Buches vertieft, am Fenster, als Hans Rochus am Nachmittag zu ihr kam. Es war das erste Mal, daß er sie beim Lesen eines Buches traf, und er war neugierig, zu wissen, was ihre Aufmerksamkeit gefesselt hatte.

Sie legte das Buch beiseite und erwiderte in freundlicher Gelassenheit seinen Gruß.

»Ich glaubte, du seiest schon wieder nach Rochsberg hinaus«, sagte sie ruhig.

»Ich wurde durch allerlei Unvorhergesehenes aufgehalten. Jedenfalls wäre ich nicht gegangen, ohne mich von dir und deinem Vater zu verabschieden.«

»Vater ist unten.«

Er lächelte – ein bißchen gütig überlegen, wie er ihr immer begegnete.

»Soll das heißen, daß du mich los sein möchtest?«

»Nein, ich glaube nur, daß du mit meinem Vater noch zu sprechen hast.«

»Das soll auch noch geschehen. Wie ich sehe, störe ich bei der Lektüre. Darf ich sehen, was du liest?«

Er griff nach dem Buch, das sie weggelegt hatte. Ruth machte eine rasche, unwillkürliche Bewegung, als wolle sie ihn daran hindern. Das bemerkte er nicht. Dafür sah er das verräterische Rot in ihre Wangen steigen, als er den Titel gelesen hatte.

»Der stille See – ach, ich entsinne mich, über dieses Buch wurde neulich bei Frau von Heldrungen gesprochen. Du warst ja dabei, Ruth. Es wurde so sehr gelobt. Daraufhin hast du es dir gewiß kommen lassen.«

Ruth war innerlich sehr unruhig, obwohl sie sich schnell faßte.

»Ich besaß das Buch schon früher«, sagte sie leise, ohne ihn anzusehen.

»Aber hattest es noch nicht gelesen?«

»Doch.«

»Du sagtest aber kein Wort davon, als die Damen so begeistert darüber sprachen.«

»Ich konnte in ihr Lob nicht einstimmen.«

»So hättest du ruhig deine Meinung äußern sollen.«

»Über dies Buch habe ich keine Meinung. Ich weiß nur, daß es viele Schwächen hat.«

»Du machst mich neugierig, es zu lesen. Darf ich es mitnehmen?«

Ruth errötete von neuem. »Bitte, es steht zu deiner Verfügung.«

Er steckte es zu sich und seufzte ein wenig. Es wollte ihm nie gelingen, sie aus ihrer kühlen Reserve zu bringen. Zwar war er überzeugt, daß nicht viel hinter Ruths stillem Wesen verborgen war, aber es reizte ihn doch immer wieder, das wenige, was er davon bei ihr vermutete, ans Licht zu bringen. Nun gelüstete es ihn, dies Buch zu lesen, das einige Damen seiner Gesellschaft neulich für geistvoll, fesselnd, feinsinnig und poetisch erklärten. Ruth schien keinen Gefallen daran zu haben, sie beurteilte es ungünstiger. Und doch hatte er auch in den Zeitungen gute Kritiken darüber gelesen. Wahrscheinlich war es zu hoch für Ruths geistigen Horizont.

Ruth selbst griff ein anderes Thema auf, was selten bei ihr geschah.

»Warst du bei deinen Verwandten?«

»Ja, ich komme eben von ihnen.«

»Ich bin Hilde einen Besuch schuldig und will morgen zu ihr gehen.«

Er fuhr sich nervös übers Haar. Dann sagte er unbehaglich:

»Verschieb diesen Besuch lieber einige Tage, Ruth. Hilde ist nicht in der Stimmung, Besuche zu empfangen.«

»Sie ist doch nicht krank?«

»Nein, Hilde nicht aber Kracht.«

»Kracht? So schnell? Es ist doch nichts Ernstes?«

Er machte ein verlegenes Gesicht. Sie merkte es und wollte ablenken. Da trat er dicht neben ihren Sessel.

»Dir will ich nichts vorflunkern, Ruth. Nicht wahr, wir wollen immer ehrlich zueinander sein. Und deiner Verschwiegenheit bin ich sicher. Also, du brauchst dir das Kostüm zu Hildes Hochzeit nicht machen zu lassen. Die Hochzeit wird nicht stattfinden.«

»Nicht stattfinden? Du meinst, sie wird wegen Krachts Krankheit aufgeschoben.«

»So soll es vorläufig vor den Leuten heißen. In Wahrheit: Kracht und Hilde haben sich entlobt. Warum? Ich weiß es selbst nicht genau. Tatsache ist es.«

Ruth sah eine Weile stumm vor sich hin. Dann sagte sie zögernd:

»Ist das unabänderlich?«

»Ja.«

»Ich dachte, Kracht und Hilde haben aus Liebe zusammengefunden?«

»Und du meinst, dann wäre eine Entlobung unmöglich.«

»Wenigstens unverständlich.«

»Nun, dann will ich dir auch noch verraten, daß Hilde Kracht nie geliebt hat. Er sie wohl, aber sie nicht ihn.«

Ruth sah zum Fenster hinaus und legte die Hände fest ineinander. Sie mochte Hilde nicht leiden, aber jetzt regte sich in ihrem Herzen ein Gefühl, gemischt aus Mitleid und Bewunderung. Hilde liebte Kracht nicht und hatte wohl dessen Bewerbung angenommen, weil er eine glänzende Partie war. Und nun? Hatte sie eingesehen, daß es zu schwer war, ihm ohne Liebe anzugehören?

Sie besaß den Mut, sich frei zu machen, obwohl die Hochzeit schon nahe bevorstand. Und noch ein anderes Gefühl stieg in Ruth auf: etwas wie Neid. Ach, wenn sie doch auch gleich Hilde von ihrer Verbindung mit Hans Rochus zurücktreten könnte! Welch eine Wohltat mußte es sein, sagen zu dürfen: Ich will nicht. Sie mußte wollen, sie hatte eine schwere und drückende Pflicht auf sich genommen und mußte sie erfüllen.

Hans Rochus betrachtete Ruth von der Seite. Er bemerkte den sinnenden Zug in ihrem Gesicht. Woran mochte sie denken? Zog sie Vergleiche zwischen sich und Hilde? Wollte sie sich nicht auch dem ungeliebten Manne zu eigen geben, äußeren Glanzes wegen? Oder lastete doch des Vaters Wille als heimlicher Zwang auf ihr?

Prüfend betrachtete er die reine Linie ihres Profils. Sein Blick glitt über die ganze schlanke Erscheinung. So schön und blendend wie Hilde war Ruth freilich nicht, aber es lag doch eine edle, wohltuende Harmonie über ihrer Persönlichkeit. Ihre Kleidung hatte immer etwas Eigenartiges, Besonderes. Und die stille Anmut ihrer Bewegungen gab ihr trotz ihrer nüchternen Gelassenheit ein graziles Gepräge. Wenn er nur ihren Augen diesen kühl gleichgültigen und verschleierten Ausdruck hätte nehmen können! Dann hätte sie ihm viel besser gefallen.

»Woran denkst du, Ruth?« fragte er plötzlich.

Sie zuckte leicht zusammen. So tief hatte sie sich in ihre Gedanken eingesponnen, daß sie seine Gegenwart vergessen hatte.

»An mein Kostüm; ich hatte es schon bestellt«, sagte sie verwirrt.

Ein ärgerlicher Ausdruck trat in sein Gesicht. Wenn er doch aufgeben wollte, immer wieder nach Geist oder Seele bei ihr zu forschen. Er mußte doch nun endlich wissen, daß es vergeblich war.

»Das macht dir bei der ganzen traurigen Angelegenheit wohl die meisten Kopfschmerzen?« sagte er ironisch.

Ihre Lippen zuckten leise. »Jedenfalls muß es in Erwägung gezogen werden«, erwiderte sie kühl.

Ein minutenlanges Schweigen entstand. Endlich raffte sich Hans Rochus auf aus seiner Verstimmung.

»Ich soll dir einen Gruß von Kracht bestellen.«

»Danke dir. Wenn du zu ihm gehst, erwidere ihn und sage ihm, daß ich ihm gute Besserung wünsche. Ist er wirklich ernstlich krank?«

»Ja; es werden Wochen vergehen, bis er geheilt ist. Du bewahrst aber, bitte, strenge Diskretion über alles, was ich dir sagte.«

»Selbstverständlich.«

Er wußte, daß er sich auf ihr Wort verlassen konnte. Daß sie wahrhaft und zuverlässig war, hatte er schon oft erprobt.

Als Hans Rochus im Wagen saß, um nach Rochsberg zurückzufahren, holte er das Buch, welches er von Ruth geliehen hatte, hervor. Ehe er zu lesen begann, sah er auf das Titelblatt. »Der stille See«, von Hans Volkmar.

Der Autor wurde in der Kritik, die Hans Rochus gelesen hatte, ein junger Anfänger genannt, der viel geistvolle Eigenart besäße, und ihm wurde eine große Zukunft prophezeit. Hans

Rochus begann zu lesen. Die Lektüre fesselte ihn ungemein. Die Sprache war originell, die Charaktere in markanten Zügen gezeichnet und mit feinem Verständnis für das Ungewöhnliche ausgearbeitet. Im Mittelpunkt der Handlung stand eine Frau, die ihm bekannt und vertraut erschien, ohne daß er sie hätte mit einer Frau seiner Bekanntschaft vergleichen können. Ein stiller, tiefangelegter Frauencharakter, der in ernste, innere Konflikte verwickelt wurde und mutig den Kampf mit einem widerwärtigen Geschick aufnahm. Diese Frau wurde mit einem stillen See verglichen, dessen Oberfläche glatt und ruhig blieb, während in der Tiefe feindliche Gewalten miteinander rangen. Perlen lagen auf dem Grund, und niemand ahnte den Reichtum, der sich vor allen Augen versteckte.

Hans Rochus las das Buch bis zu Ende durch. Es ließ ihn nicht los.

»Ob es wohl solche Frauen gibt? Ob der Autor jemals einer solchen Gestalt begegnet ist? Nein, das ist das Ideal seiner Dichterseele. So hat sich der Verfasser wohl das Weib geträumt, nach dem seine Seele verlangt. Ein Wunschbild nur.«

Hans Rochus verlor sich selbst in Träume. Sein Herz war jetzt verwaist.

Für Hilde empfand er nur noch zuweilen ein aus Schmerz und Groll gemischtes Gefühl. Und Ruth war ihm noch weniger. Sie war zu unbedeutend, um seiner düsteren Seele etwas zu geben. Und sein eigenes, innerstes Wesen rang nach Vertiefung. Seit seines Vaters Tod war er ein anderer geworden. Der Leichtsinn, die Oberflächlichkeit waren von ihm abgefallen wie ein geborgtes Kleid. Er hatte sich auf sich selbst besonnen, und im steten Umgang mit der gütigen, segenspendenden Natur erweiterte und vertiefte sich seine Seele. Sinnend blätterte er noch einmal in dem Buch und suchte Stellen, die ihm so vertraut und bekannt erschienen, als wären sie seinen Gedanken entsprungen. Ruth waren wohl diese tiefen, seelenvollen Gedanken sehr langweilig erschienen. Sie vermochte schwerlich den verborgenen Sinn zu fassen. Es war kein oberflächlicher Dutzendroman. Dies Buch regte zum Denken an. Und damit befaßte sich Ruth anscheinend ungern. Ihr enger Gedankenkreis ging nicht über ihre Toiletten und kleinliche Alltagssorgen hinaus.

Er seufzte unzufrieden und war verstimmt wie ein Mensch, dem das Leben das Beste versagte.

Als er seine Braut das nächste Mal besuchte, brachte er ihr das Buch zurück, ohne etwas darüber zu sagen. Ruth fragte schließlich etwas scheu: »Hat es dir gefallen?«

Er strich zärtlich über das Buch. Da schoß dunkle Röte in ihr Gesicht.

»Es ist ein herrliches Buch – mit Geist und feinem Verständnis geschrieben. Zuweilen wirkt es herb, schroff, als habe der Autor nur widerwillig seine Gedanken freigegeben, oder als müsse er noch mit der Form ringen. Und doch merkt man, daß er viel zu sagen hat, was wertvoll ist. Es muß wohl ein junger Mensch sein, er sieht das Leben noch mit idealen Augen an. Aber schön ist dieser Idealismus. Er erhebt und vertieft.«

Ruth hatte sich währenddessen am Büfett zu schaffen gemacht und brachte Gläser herbei, um Hans Rochus eine Erfrischung zu reichen. Ihr Gesicht zeigte wieder die leicht aufsteigende Röte. Sonst erschien sie ruhig wie immer. Hans Rochus war ärgerlich, daß sie gar nichts antwortete.

»Die Damen sprachen neulich in gleich anerkennender Weise über das Buch. Auch die Kritik lobt es. Nur du bist nicht zufrieden damit. Was mißfällt dir eigentlich daran?« fuhr er fort.

»Es ist eine Anfängerarbeit. Sie hat viele Mängel«, erwiderte sie scheu.

»So scharf ist dein Urteil? Wäre das Buch von einem bekannten Autor geschrieben, hätte es wohl eher Gnade vor deinen Augen gefunden?« fragte er ironisch.

Ohne auf seine Frage zu antworten, wechselte sie schnell das Thema.

»Weißt du, wie es Kracht geht?«

»Etwas besser; ich war bei ihm, ehe ich zu euch kam.«

»Gehst du zu Sontheims?«

»Ja, ich will sehen, wie Hilde über diese schweren Tage hinweggekommen ist.«

»Soll ich dich begleiten?«

Er sah überrascht auf. Ein solches Anerbieten machte sie ihm das erstemal. Es tat ihm deshalb doppelt leid, daß er es zurückweisen mußte.

»Es tut mir leid, auf deine Begleitung verzichten zu müssen. Ich fürchte jedoch, Hilde ist zu gedrückt. Sie bangt naturgemäß vor dem Aufsehen, das ihre Entlobung hervorrufen wird. Und um monatelang auf Reisen zu gehen und draußen zu warten, bis Gras über die Sache gewachsen ist, sind sie nicht vermögend genug.«

Ruth sah auf ihre Hände.

»Sie könnten doch für einige Monate nach Rochsberg kommen, Hans Rochus. Bis zu unserer Hochzeit könnten sie dir Gesellschaft leisten. Das wäre für dich doch angenehmer. Und Hilde ginge hier allen Unannehmlichkeiten aus dem Wege.«

Er sah sie nachdenklich an.

»Das ist eine gute Idee, Ruth, ich habe mir schon den Kopf zerbrochen, wie ich den Damen von Nutzen sein kann. Doch ich wäre vor lauter Nachdenken nicht darauf gekommen. Ihr Frauen seid doch geborene Praktiker. Ich danke dir für diesen Hinweis.«

Er küßte ihr die Hand und sah sie freundlich an. Daß sie Hilde nicht besonders gut leiden mochte, wußte er. Um so höher rechnete er ihr diesen Vorschlag an, der von ihrer Gutmütigkeit zeugte.

Ruth zog ihre Hand zurück.

»Da ist nichts zu danken, Hans Rochus. Es ist doch natürlich, daß ich mich als Frau leichter in Hildes Zustand versetzen kann. In Rochsberg ist sie vorläufig geborgen. Erhältst du

Besuche von Kameraden, so kann sie sich zurückziehen, und sonst wird niemand hinauskommen. Grüße Hilde von mir, und wenn ich ihr irgendwie von Nutzen sein kann, soll sie es mich wissen lassen.«

»Ich werde ihr Mitteilung machen von deinem liebenswürdigen Anerbieten. Und – du botest mir vorhin deine Begleitung an, es ist herrliches Wetter. Laß uns eine Stunde in den Stadtpark gehen. Zu Sontheims komme ich immer noch früh genug.«

Es war ein rein höfliches Anerbieten. Das fühlte auch Ruth heraus. Trotzdem stimmte sie freundlich zu.

In wenigen Minuten war sie zum Ausgehen bereit. Fräulein Hebenstreit brachte ihr Schirm und Handschuhe herbei. Hans Rochus scherzte ein wenig mit dem alten Fräulein, während Ruth vor dem Spiegel den Hut aufsetzte. Da sah er, wie ein Lächeln über das sonst so ernste junge Gesicht huschte, und dieses Lächeln überraschte ihn, wie jener eine klare ausdrucksvolle Blick, mit dem sie ihn einmal angesehen hatte, als er sie auf der Straße traf. Wie hübsch sie wurde mit diesem Lächeln. Es hatte etwas Gütiges, Herzliches. Wahrscheinlich wirkte es doppelt, weil sie sonst immer so kühl und ernst aussah. Ruth wußte nicht, daß er ihr Lächeln gesehen hatte.

Unterwegs fing er plötzlich an, über Fräulein Hebenstreit gutmütige Scherze zu machen, und er hatte Erfolg. Das Lächeln erschien wieder in Ruths Gesicht. Das reizte ihn förmlich zu übermütigen Reden, und schließlich lachte Ruth leise vor sich hin.

Er verhielt den Schritt. Sie waren im Stadtpark angelangt, und die Wege lagen still und menschenleer. Er sah sie vergnügt an.

»Ruth – das ist das erste Mal, daß ich dich lachen höre«, sagte er herzlich. Da war schon wieder die tiefe Röte in ihrem Gesicht, und gleich wieder auch der kühl abwehrende Ausdruck. Er ging verstimmt an ihrer Seite weiter. Es tat ihr leid, ihn verstimmt zu haben, aber jedes Eingehen auf ihre Persönlichkeit von seiner Seite machte sie befangen, weil sie annahm, daß es nichts als Höflichkeit war. Sie sah scheu zu ihm auf und begegnete seinem Blick. Sofort sah sie von ihm fort.

Er legte die Hand auf die ihre, die auf seinem Arm ruhte. Wieder kam es ihm zum Bewußtsein, daß Ruth unter ihrem seltsamen Verhältnis leiden mußte. Er machte sich Vorwürfe, nicht zart genug gewesen zu sein. Ihre Scheu sprach deutlich genug dafür, daß er noch immer nicht den rechten Ton für sie gefunden hatte.

»Ich möchte so gern dein Freund sein, Ruth. Ist es dir so schwer, mir Vertrauen entgegenzubringen? Sicher hältst du mich für einen leichtsinnigen, unzuverlässigen Menschen?«

Sie sah vor sich hin.

»Nein, ich weiß, daß du gütig, zuverlässig und verständig bist.«

Er wurde rot. Sonderbarerweise freute ihn diese Anerkennung aus ihrem Mund wie eine besondere Auszeichnung.

»Und doch schenkst du mir so wenig Vertrauen?«

»Das ist ein Irrtum von dir. Ich kenne keinen Menschen, dem ich mehr vertraute als dir. Ich bin nur schwerfällig und kann nicht zum Ausdruck bringen, was ich möchte. Du mußt Geduld mit mir haben. Ich will mir in allem Mühe geben, deine Zufriedenheit zu erringen.«

Ihre Demut rührte ihn. Sie sah gewiß selbst ein, daß sie zu unbedeutend für ihn war, und er begegnete ihr so oft mit einer leichten Ironie. Das gab ihr wohl ein Gefühl der Unsicherheit. Er nahm sich vor, wie so oft, wenn er mit ihr zusammen war, nachsichtiger zu sein. Er mußte sich mit ihrer Art abfinden und war ein Tor, daß er mehr von ihr verlangte, als sie geben konnte. Hätte er ihr nicht auch viel schuldig bleiben müssen, wenn sie mit berechtigten Forderungen an ihn herangetreten wäre?

Er bemühte sich, ein leichtes Gespräch in Gang zu bringen, und Ruth kam ihm dabei entgegen. Als er sie nach einer Stunde wieder nach Hause begleitete, war er für heute mit sich zufrieden.

Hilde Sontheim hatte die Tage in verzweifelter Stimmung verbracht. Sie war außer sich, daß sie sich ihre glänzende Zukunft verscherzt hatte, und die Vorwürfe, mit denen die Mutter sie nun wieder überhäufte, verschärften ihre Pein.

Ihre Liebe zu Wendling war nicht stark genug, um ihr Trost zu gewähren. Wendling hatte ihr einen Brief geschrieben, in welchem er sie innig um Verzeihung bat, daß er nicht stark genug gewesen war, sie vor Leid zu schützen. Er gehe in die Verbannung – mit schwerem, traurigem Herzen.

Sie hatte ihm nicht einmal darauf geantwortet. Was konnte ihr seine Liebe nützen? An eine Heirat mit ihm war nicht zu denken bei den bestehenden Verhältnissen.

Daß sie sich durch die heimlichen Zusammenkünfte mit Wendling gegen Kracht vergangen hatte, darüber machte ihr die Mutter keinen Vorwurf, nur darüber, daß sie nicht vorsichtiger gewesen sei. Dieser Standpunkt kennzeichnete die Generalin zur Genüge.

Aber alle Vorwürfe änderten nun nichts an der Tatsache, daß es vorbei war mit der glänzenden Zukunft. Ein neuer Freier würde sich so bald nicht für sie finden. Wenigstens nicht in dieser kleinen Residenz, wo einer über die Verhältnisse des anderen unterrichtet war.

Wenn sie doch wenigstens die erste Zeit nach der Bekanntgabe ihrer Entlobung von der Bildfläche hätte verschwinden können. Es mußte furchtbar sein, jedem Rede und Antwort stehen zu müssen, es gab unglaublich taktlose Menschen.

In dieser trostlosen Stimmung fand Hans Rochus die Damen. Hilde hatte verweinte Augen und eine zornige Falte auf der Stirn, und ihre Mutter sah aus wie die verkörperte Empörung.

Hans Rochus kam sogleich mit seinem Vorschlag heraus und lud sie ein, nach Rochsberg zu kommen.

»Ihr könnt ruhig bis Ende Oktober draußenbleiben. Meine

Hochzeit findet am 15. November statt. Bei dieser Gelegenheit könntet ihr dann zum ersten Mal wieder mit der Gesellschaft in Berührung kommen. Bis dahin ist die Angelegenheit längst in Vergessenheit geraten.«

Die Generalin stimmte freudig zu, und Hilde stand auf und umfaßte seinen Arm.

»Hans Rochus, das vergesse ich dir nicht!«

Er sah sie ernst an. Aber sein Herz blieb ruhig, obgleich sie sich voll rührender Innigkeit an ihn schmiegte.

»Wir sind doch Verwandte, Hilde. Es ist selbstverständlich, daß ich euch helfe, wo ich kann.«

»Du bist mein einziger Trost jetzt. Den Gedanken, uns nach Rochsberg einzuladen, hat dir der Himmel eingegeben.«

»Ruth kann sich für diesen Vergleich bei dir bedanken. Sie hat mich zuerst darauf gebracht.«

Hildes Gesicht verlor den weichen Ausdruck.

»So, Ruth hat dir das eingegeben? Am Ende bist du selbst gar nicht erbaut von unserem Besuch?«

»Aber Hilde, rede doch nicht so töricht! Hans Rochus müßte doch kein Rochsberg sein, wenn er nicht verstünde, Gastfreundschaft zu gewähren«, rief die Generalin in ärgerlicher Sorge, daß Hans Rochus sein Anerbieten zurückziehen könnte.

»Du weißt, liebe Tante, daß ihr mir willkommen seid. Wenn auch Ruth es war, die mich auf den Gedanken brachte, so habe ich ihn doch sofort voll Freude aufgenommen. Wann darf ich euch erwarten?«

Die Generalin sann nach.

»Ende dieser Woche, sagen wir Samstag. Ist es dir recht so?«

»Gewiß, Tante. Ich schicke euch den Wagen herein.«

»Ruth läßt dich fragen, Hilde, ob sie dir sonst irgendwie nützen könnte.«

Hilde machte ein schmollendes Gesicht und seufzte.

»Nein, sie kann mir nicht helfen, kein Mensch kann es.

Ach, sie hat es gut, deine Braut, sie ist die Tochter eines reichen Mannes und braucht sich nicht um den elenden Mammon zu quälen. Weiß sie, daß – daß Kracht mir den Ring zurückgeschickt hat?«

»Nein, sie braucht es auch nie zu erfahren, so wenig wie andere Leute. Sie glaubt, du habest die Verlobung rückgängig gemacht.«

»Es ist gut so, ich danke dir.«

Sie reichte ihm die Hand, die er an die Lippen führte. Dabei fühlte er sich wie befreit von einer langen, quälenden Krankheit. Hildes Zauberbann war gebrochen. Er konnte dem täglichen Zusammensein mit ihr ruhig entgegensehen. Sie würde seinen Seelenfrieden nicht mehr stören.

Gleich am nächsten Tage machten die Damen einige Abschiedsbesuche. Sie erklärten, daß Hildes Hochzeit wegen Krachts Erkrankung auf unbestimmte Zeit verschoben würde, und daß sie auf einige Monate nach Rochsberg übersiedeln wollten.

Als einige Wochen später die Entlobung Krachts und Hilde Sontheims bekannt wurde, lächelte man vielsagend und machte einige Glossen. Es drangen auch unbestimmte Gerüchte über ein Duell durch. Aber da niemand genau orientiert war, schlief das Interesse an der Sache ein. Kracht verreiste nach seiner erfolgten Heilung. Wendling war nach verbüßter Festungshaft gleich in seine neue Garnison gegangen, und Hilde lebte zurückgezogen auf Schloß Rochsberg.

## 9

Ruth Ravenport war nun Gräfin von Rochsberg geworden.

Gleich nach der Hochzeit ging das junge Paar auf sechs Wochen an die Riviera. Nach Neujahr kehrten sie zurück. Ruth sollte Anfang Januar bei einer größeren Hoffestlichkeit den höchsten Herrschaften vorgestellt werden. Sie wurde auch gnädig aufgenommen, und sowohl der Herzog als auch die Herzogin zeichneten sie durch eine längere Ansprache aus.

Ruth trat sicher und unbefangen auf. Hans Rochus merkte ihr keinerlei Erregung an. Er wußte, daß selbst Damen aus seinen Kreisen in fieberhafter Unruhe waren, wenn sie mit den regierenden Herrschaften zusammentreffen durften. Auf Ruth schien es keinen Eindruck zu machen. Sie zog ihre Schleppe mit derselben stillen Anmut hinter sich her, als wenn sie daheim in ihren hübschen fließenden Kleidern über die schöngetäfelten Fußböden des Rochsberger Schlosses schritte.

In den letzten Tagen des Januar sollte eine glänzende Festlichkeit auf Schloß Rochsberg stattfinden. Zahlreiche Einladungen waren ergangen. Selbst der Herzog und seine Gemahlin hatten ihr Erscheinen zugesagt.

Peter Ravenport war natürlich auch unter den Gästen, und an diesem Abend erreichte er den Gipfel der Zufriedenheit. Er wurde von Hans Rochus dem Herzog vorgestellt, und dieser unterhielt sich in leutseligster Weise mit ihm.

Ruth blickte mit umflorten Augen und zuckenden Lippen in sein von erfülltem Ehrgeiz strahlendes Gesicht. Nun hatte er alles erreicht, wonach er strebte. Ob ihn das nun wirklich glücklich machte?

Sie schritt am Arm ihres Gatten durch die Säle und begrüßte ihre Gäste mit ihrer ruhig-vornehmen Freundlichkeit. So kritisch auch manches Auge an der jungen Frau haftete, niemand fand an ihrer Haltung etwas auszusetzen. Nur Hilde flüsterte ihrer Mutter mit gereiztem Lächeln eine höhnische Bemerkung über die »Krämerstochter«, zu, die sich »die Allüren einer Fürstin« anzunehmen bestrebte. Sie war neidisch auf Ruths Erfolg, zumal sie selbst gezwungen war, eine sehr bescheidene Rolle zu spielen.

So ging es von Fest zu Fest. Hans Rochus und seine junge

Frau wurden überall eingeladen. Sie kamen gar nicht zur Besinnung und waren nur selten allein.

Hans Rochus fragte Ruth zuweilen, ob ihr diese rege Geselligkeit nicht zuviel würde. Sie verneinte. Es war ihr ganz recht so. Auf diese Weise kam sie am leichtesten über diese erste Zeit der Ehe hinweg.

Sie lebten in ruhiger Weise nebeneinander hin. Ruth hatte auch jetzt ihre Passivität noch nicht aufgegeben, und Hans Rochus war nun fest überzeugt, daß sie nicht intensiver empfinden könnte, als sie es zeigte.

Sie kamen ganz gut miteinander aus. Eins ließ das andere gewähren. Jeder hatte Freiheit für sein Tun und Denken. Dabei hegten sie beide unbedingte Hochachtung voreinander, und das gab ihrer Ehe einen festen Halt. Ihr Inneres blieb ihnen aber gegenseitig fremd. Ruth verschloß sich nach wie vor, weil sie wußte, daß nur die Notwendigkeit ihn gezwungen hatte, sie zu heiraten, und Hans Rochus hatte es aufgegeben, hinter Ruths Ruhe etwas anderes zu suchen als Gleichgültigkeit.

So ging der Winter vorüber. Im Frühjahr gab es für Hans Rochus viel Arbeit. Das junge Paar war nun öfter allein, als in den ersten Monaten seiner Ehe. Meist saßen sie sich aber stumm gegenüber bei den Mahlzeiten. Zuweilen erzählte Hans Rochus von seinem Schaffen und Wirken, das ihn sehr befriedigte. Dann hörte ihm Ruth aufmerksam und freundlich zu.

Ihr Vater kam jede Woche heraus. Auch die Generalin und Hilde machten zuweilen einen Ausflug nach Rochsberg. Hans Rochus' frühere Kameraden sprachen häufig vor, gelegentlich eines Spazierritts, oder sie verlebten einmal einen dienstfreien Nachmittag in dem gastfreien Schloß. Ruth war gegen alle gleich freundlich und empfing sie in tadelloser Weise.

Ihr Wesen hatte jedoch seit ihrer Verheiratung etwas Träumerisches, Versonnenes angenommen. War Hans Rochus nicht zu Hause, dann trieb sie eine seltsame Unrast durch die weiten Räume des Schlosses. Sah sie ihn auf seinem Lieblingspferd »Ramiro« von den Feldern her oder aus dem Wald heimkehren, stand sie regungslos hinter den Gardinen verborgen, bis er abgestiegen war. Sobald er auf das Haus zukam, setzte sie sich scheinbar gleichmütig mit einer Handarbeit ans Fenster. So fand er sie meistens vor.

Der Mai war mit allem Blütenzauber ins Land gezogen. Im Rochsberger Park standen die Bäume wie mit zartgrünen Schleiern bedeckt, und die Birken dufteten mit dem frischen Erdgeruch um die Wette.

Ruth war viel im Freien. Sie empfand diesen Frühling auf dem Land als etwas Köstliches. Schon am frühen Morgen machte sie weite Spaziergänge, meistens allein, denn Hans Rochus nahm es ernst mit der Arbeit und war stark beschäftigt.

Eines Morgens, als er früher als sonst vom Feld heimkehrte und auf dem weichen Waldboden im Schritt geritten kam, sah er Ruth an einen Baum gelehnt stehen. Sie hatte sein Herankommen nicht bemerkt.

Unwillkürlich hielt er sein Pferd an und betrachtete sie erstaunt. Sie sah so anders aus als sonst. Ein träumerisches Lächeln umspielte ihren Mund, und die Augen waren groß und klar aufgeschlagen.

Es fiel ihm auf, daß sie blühender und frischer aussah als früher. Mit heimlichem Wohlgefallen glitt sein Blick über die anmutige Gestalt. Zum ersten Mal bemerkte er, daß Ruth sehr schön und lieblich aussehen konnte. Diese lächelnden, halb geöffneten Lippen, der Ausdruck der voll aufgeschlagenen Augen, das lauschende Entzücken, das sich in diesen Augen widerspiegelte – es war ihm alles so neu und fremd an ihr. Sie schien dem Gesang der Vögel zuzuhören. Er konnte den Blick nicht von ihr wenden. Eine heimliche Unruhe bemächtigte sich seiner. Warum sah sie nie so aus, wenn er bei ihr war? Weshalb zeigte sie immer das gleichgültige, verschleierte Gesicht, selbst dann, wenn er versuchte, freundlich oder zärtlich zu ihr zu sein? Im Gegenteil, je zärtlicher er wurde, um so kälter und starrer wurde der Ausdruck ihres Gesichtes.

Wieder versuchte er das Rätsel ihres Wesens zu ergründen. Barg sich doch etwas hinter diesem äußerlichen Gleichmut, das sie vor ihm verstecken wollte? Und warum tat sie es? Ramiro machte eine hastige Bewegung. Da wurde Ruth auf ihn aufmerksam. Er sah, daß sie leise zusammenschrak. Das Lächeln verschwand, die Augen verschleierten sich, und das spontane Erröten, das er schon so gut an ihr kannte und für einen rein körperlichen Vorgang hielt, erschien in ihrem Gesicht.

Sie ging auf ihn zu, mit einer graziösen Bewegung das weiße Gewand emporraffend.

»Du kommst heute zeitig zurück«, sagte sie ruhig.

Sie trat dicht an das Pferd heran und klopfte es sanft auf den Hals, während er abstieg. »Ein schönes Tier, dein Hans Rochus Ramiro.«

»Ja, er ist sich dessen bewußt. Sieh nur, wie stolz er den Kopf hebt.«

»Schöne Pferde sind ein herrlicher Anblick. Ich liebe sie sehr.«

»Möchtest du nicht reiten lernen, Ruth? Dein Vater hat unseren Stall so vorzüglich ergänzt, es findet sich gewiß ein gutes Damenpferd darunter.«

Sie sah scheu zu ihm auf. »Ich fürchte, dazu fehlt es mir an Courage.«

»Das überwindest du.«

»Nein, sicher nicht.«

»Schade, du würdest sehr gut zu Pferde aussehen. Meine Mutter war auch eine vorzügliche Reiterin.«

»Wie du mir erzähltest, ist sie auf dem Land aufgewachsen. Da lernt man frühzeitig, mit Tieren umzugehen.«

»Vielleicht lernst du es auch noch. Wie gefällt es dir eigentlich jetzt in Rochsberg, deinem neuen Zuhause?«

»Wunderschön. Der Frühling ist mir noch nie so herrlich erschienen.«

Hans Rochus sah mit leuchtenden Augen um sich und atmete tief auf.

»Nicht wahr, meine Heimat ist schön. Wenn ich jetzt manchmal daran denke, daß ich sie hätte aufgeben müssen – Ruth! –, wenn ich dir doch meine Dankbarkeit beweisen könnte.«

Er faßte bewegt ihre Hand und zog sie an seine Lippen. Sie entzog sie ihm hastig.

»Nicht, sprich nicht davon! Du bist mir keinen Dank schuldig«, stieß sie hervor, und auf ihrer Stirn erschienen schmerzliche Falten.

Das war es ja, was sie am meisten quälte. Er glaubte, ihr Dank schuldig zu sein, und all seine Bemühungen um sie waren nichts als das Bestreben, ihr diesen Dank zu bezeugen. Scheu wehrte sie sich deshalb gegen jeden warmen, herzlichen Ton, den er ihr gegenüber anschlug. Ihr war dann immer zumute, als habe sie sich das alles erschlichen. Seine Güte ihr gegenüber würde sich sofort ins Gegenteil verwandeln, wenn er wüßte, weshalb sie seine Frau geworden war.

Stumm schritten sie nebeneinander hin. Ramiro folgte, von Hans Rochus am Zügel geführt, hier und da an einem Blättchen oder einer Baumrinde nagend. So kamen sie bis zur breiten Kastanienallee. Durch die Bäume hatte man auf der einen Seite einen herrlichen Ausblick über das Tal. Der schmale, langgestreckte See bildete die Mitte des Talkessels. An seinen Ufern lag das Dorf Rochsberg mit seiner hübschen Kirche und den schmucken Häusern.

Viele Residenzler benutzten das Dorf als Sommerfrische. Das brachte Wohlstand unter die Bauern. Einige von ihnen hatten sich hübsche, villenähnliche Häuser bauen lassen, nach dem Wald zu. Das gab eine malerische Wirkung. Ein großer, sauberer Gasthof war auch vorhanden, mit schattigem Garten, einer Kegelbahn und sogar einem Tennisplatz. Dieser

Gasthof wurde auch an schönen Wintertagen stark besucht. Ruth sah voll stiller Freude auf das reizende Tal.

»Welch ein schönes Landschaftsbild!« sagte sie halblaut.

Er sah sie an und suchte nach dem Ausdruck von vorhin in ihrem Gesicht, ohne ihn zu finden.

Eine leise Ungeduld stieg in ihm auf und machte ihn unruhig. War diese Frau ein Rätsel, das er zu lösen nicht imstande war? Oder bildete er sich das nur immer wieder ein?

»Ist es dir nicht zu einsam jetzt in Rochsberg?« fragte er sie plötzlich.

»O nein.«

»Hast du nie Langeweile?«

»Nein, niemals. Das kenne ich gar nicht. Im Haus meines Vaters war es doch viel stiller und einsamer als hier.«

»Für einige Abwechslung sorgen hier schon meine ehemaligen Kameraden. Sie haben Rochsberg immer gern besucht. Und die Damen vom Regiment mögen dich scheinbar gut leiden.«

»Sie sind alle sehr freundlich zu mir.«

»Wenn du willst, kannst du dir ja auch Hilde auf einige Wochen einladen.«

Sie war nicht sehr erfreut von dieser Aussicht. Hilde mißfiel ihr immer mehr, je näher sie sie kennenlernte. Sie ließ sich das jedoch nicht merken, um Hans Rochus nicht zu kränken. So erwiderte sie freundlich:

»Damit wollen wir warten bis zum Hochsommer. Dann hat Hilde mehr von ihrem Aufenthalt hier.«

»Ich schlug es nur in deinem Interesse vor.«

»Du brauchst dich wirklich nicht um mich zu sorgen. Ich bin ein Mensch, der in sich selbst Genüge findet. Viel Gesellschaft brauche ich nicht.«

»Mit was beschäftigst du dich eigentlich, wenn du so stundenlang allein bist?« fragte er forschend.

»Oh – ich –, ich habe allerlei zu tun. Übrigens wollte ich eine Bitte an dich richten.«

»Sie ist dir im voraus gewährt, zumal du so selten um etwas bittest.«

»Ich sah heute drüben im Park, am äußersten Ende, einen hübschen kleinen Pavillon stehen. Er ist ringsum von einer Veranda umgeben. Man hat von dort einen prachtvollen Ausblick ins Tal. Der innere Raum ist ganz reizend ausgestattet, wie das Boudoir einer Dame.«

»Ah, du meinst Mutters Eremitage. Sie pflegte sich gern dort aufzuhalten. Seit ihrem Tod ist sie nicht mehr benutzt worden.«

»Würde es dir pietätlos erscheinen, wenn ich dich bitte, den Pavillon wieder instand setzen zu lassen? Im Sommer bietet er einen entzückenden Aufenthalt, und ich möchte ihn benutzen.«

»Gleich morgen soll er in Ordnung gebracht werden. Pietätlos finde ich es gewiß nicht, wenn du den Geschmack meiner Mutter teilst. Ich wollte, du hättest einmal eine schwerer zu erfüllende Bitte an mich. Wenn es dir recht ist, gehen wir heute nachmittag hinüber. Du kannst mir gleich sagen, was du geändert haben willst.«

»Du bist sehr freundlich zu mir.«

Er faßte ihren Arm.

»Du machst mir das auch sehr leicht. Anders als freundlich kann man auch kaum zu dir sein.«

Sie schlug die Augen nieder, ihr Gesicht bekam den kühlen, leeren Ausdruck wieder.

Da seufzte er entmutigt auf und gab ihren Arm wieder frei.

Als sie im Schloß ankamen, wurde ihnen Peter Ravenport gemeldet. Ruth begrüßte ihn kühl und zurückhaltend wie immer. Hans Rochus wußte, daß zwischen Vater und Tochter kein sonderlich inniges Verhältnis bestand. Die Begrüßung zwischen ihm und Ravenport fiel herzlicher aus.

Nach Tisch zogen sich die beiden Herren in den Rauchsalon zurück, um von Geschäften zu reden. Ruth ging in ihren kleinen Salon, der sich in der ersten Etage neben einer Reihe von Zimmern befand, die alle zu ihrem ausschließlichen Gebrauch bestimmt waren. Hier hielt sie sich am liebsten auf. Ihr Flügel hatte hier Aufstellung gefunden, und wenn sie Hans Rochus abwesend wußte, musizierte sie fleißig.

Sie glaubte, Hans Rochus liebe Klavierspiel nicht. Einmal hatte er wütend auf die »elende Klavierseuche« und »stümperhaftes Geklimper« gescholten, als eine Dame in einer Gesellschaft etwas vorspielte. So rührte sie keine Taste an, solange sie ihn zu Hause wußte.

Auch musizierte sie am liebsten, wenn sie allein war, denn etwas von dem, was sie sonst scheu in sich verschloß, pflegte sie in Tönen zu verraten. Daß sie eine Meisterin im Klavierspiel war, hatte man ihr schon im Pensionat gesagt. Auch zu Hause hatte sie nur musiziert, wenn der Vater nicht daheim war. Peter Ravenport war alle Musik nur ein störender Lärm. Und sie glaubte, Hans Rochus teile diese Ansicht.

Ruth stand jetzt am Fenster ihres Salons und sah hinaus in den maiengrünen Park. Ein schwerer Seufzer hob ihre Brust. Und dann ging sie lange Zeit rastlos im Zimmer auf und ab, die Stirn in schmerzliche Falten gezogen, die Augen halb geschlossen.

Jetzt sah ihr Gesicht weder kühl noch gedankenleer aus. Das war nicht mehr die gleichmäßig ruhige Ruth. Dies schmerzverzogene Gesicht war das einer Frau, in deren Seele feindliche Gewalten miteinander rangen. In der Einsamkeit ihres Zimmers warf sie die Maske ab. Hier war sie ganz sie selbst.

Endlich schien sie ruhiger zu werden. Ihre Schritte verlangsamten, das Gesicht glättete sich. Schließlich trat sie an den Schreibtisch, der schräg vor dem Fenster stand. Sie ließ sich daran nieder und stützte den Kopf in die Hände. Nach einer Weile öffnete sie ein Fach und nahm einen Stoß unbeschriebenes Papier heraus. Sie begann zu schreiben. Blatt um Blatt füllte sich mit ihrer festen, charakteristischen Schrift, und dabei nahm ihr Gesicht einen friedlich abgeklärten Ausdruck an. Und die großen dunklen Augen leuchteten wie von einem inneren Feuer erhellt.

Was hätte Hans Rochus wohl gedacht, wenn er sie so gesehen hätte?

## 10

An einem heiteren Julitag waren einige Offiziere mit ihren Damen im Rochsberger Schloß gewesen. Sie waren gleich nach Tisch mit der Bahn angekommen und hatten den kurzen, sehr schönen Weg, der von der Station bergaufwärts durch den Wald führte, zu Fuß zurückgelegt.

Als sie gegen Abend wieder aufbrachen, nach einem fröhlich verlebten Nachmittag, hatten die Damen Lust, auch den Rückweg in gleicher Weise anzutreten. Ruth verabschiedete sich am Fuße der Freitreppe von ihren fröhlich plaudernden Gästen. Hans Rochus rief seiner Frau zu, daß er den Herrschaften das Geleit geben wollte, und winkte ihr freundlich zu.

Sie sah eine Weile hinter ihnen her und ging dann in ihren Salon. Hans Rochus würde eine Stunde brauchen, bis er zurückkam. Die Zeit wollte sie benützen, um wieder einmal nach Herzenslust zu musizieren.

Da sie sich allein wußte, gab sie sich mit ganzer Seele dem Spiel hin.

Hans Rochus hatte jedoch seine Gäste nur bis zum Parktor begleitet und kehrte viel früher zurück. Als er unten durch die weite Halle schritt und die mit dicken Teppichen belegte Treppe emporstieg, blieb er plötzlich lauschend stehen. In vollen, brausenden Akkorden tönten ihm die Klänge des Flügels entgegen.

Ein verständnisvolles Aufblitzen in seinen Augen verriet,

daß er sofort die Situation erfaßt hatte. Ruth spielte, weil sie ihn abwesend glaubte.

Er hatte sie noch nie spielen hören, war auch gar nicht begierig darauf gewesen, sich die üblichen Salonstückchen vorsetzen zu lassen. Es war ihm ganz entfallen, daß sie soviel Gewicht darauf gelegt hatte, ihren Flügel mit nach Rochsberg zu nehmen.

Nun sollte ihn ein Zufall daran erinnern. Je näher er ihrem Zimmer kam, desto größer und erstaunter wurden seine Augen. War das wirklich Ruth, unter deren Fingern diese beseelten Töne hervorquollen?

Leise öffnete er die Tür zu dem Zimmer, das dem kleinen Salon am nächsten lag. Dort setzte er sich still in einen Sessel und lauschte wie gebannt auf Ruths Spiel.

Wie Perlen reihten sich die Töne aneinander. Es sang und klang heißes, pulsierendes Leben unter ihren Händen hervor. Schmerz und Klage, wildes, brennendes Weh und Leid, und dann wieder ein sanftes Auflösen in schmeichelnden Molltönen.

Hans Rochus rührte sich nicht. Mit geschlossenen Augen lag er im Sessel und trank die Töne in sich hinein.

Nun begann Ruth ein Nocturno von Chopin. Hans Rochus glaubte, es noch nie in so vollendeter Weise gehört zu haben.

Als sie damit zu Ende war, präludierte sie wie träumend eine leise, sanfte Melodie, die er nicht kannte, die ihn aber seltsam ergriff. Und dann begann sie die Mondschein-Sonate.

Sein Gesicht wurde bleich vor innerer Erregung. War das wirklich Ruth, die stille, gleichgültige Frau mit dem kalten, leeren Gesicht? Quollen diese herrlichen Töne wirklich unter ihren Fingern hervor, diese seelenvolle Musik, Beethovens göttliche Offenbarung? Hauchte sie dem Instrument eine Seele ein? Eine Seele? Dieses Spiel war beseelt. Ein unbedeutender, gedankenarmer Mensch vermochte so Beethovens Schöpfung nicht wiederzugeben.

Hans Rochus saß wie in einen Traum versunken. Auch

dann regte er sich nicht, als Ruth drüben aufstand und den Flügel schloß.

Hatte er einen Blick in eine scheu verschlossene Frauenseele getan? Würde er jetzt den Schlüssel finden zu ihrem seltsamen Wesen?

Er hörte, wie sie sich dem Zimmer näherte, in dem er saß. Seine Augen hefteten sich forschend auf die Tür. Ruth trat ein. Als sie ihn dort sitzen sah, schrak sie heftig zusammen und trat einen Schritt zurück.

»Du bist hier«, stammelte sie.

Er erhob sich langsam, ohne sie aus den Augen zu lassen, und sah, daß sie mühsam um Fassung rang. In seinen Augen blitzte es auf. Da stand sie vor ihm und mühte sich, die alte starre Miene anzunehmen. Diese Miene würde ihn aber nicht mehr täuschen. Er wollte des Rätsels Lösung finden, das ihm seine eigene Frau aufgab.

Sie sollte nicht merken, daß er in dieser Stunde eine Offenbarung erhalten hatte. Heimlich wollte er sie weiter studieren, und es würde ein reizvolles Studium sein. Trotz ihrer Gegenwehr würde er ihr eines Tages sagen können: Ich kenne dich; sage mir, warum du mich getäuscht, warum du diese seelenlose Maske getragen hast.

Scheinbar unbefangen trat er zu ihr. »Ja, ich bin schon eine ganze Weile hier und höre dir zu.«

»Ich glaubte, du wärest mit zu der Station gegangen«, sagte sie, noch immer etwas unsicher.

»Nur bis zum Parktor.«

»Das wußte ich nicht.«

»Sonst hättest du wohl nicht musiziert?« fragte er lächelnd.

»Gewiß nicht«, erwiderte sie, endlich wieder kühl und gefaßt.

»Und warum nicht?«

Sie ließ sich in einen Sessel gleiten und strich nervös an den Falten ihres Kleides herab.

»Ich weiß, daß du Klavierspiel nicht leiden magst.«

»So, das weißt du? Darf ich fragen woher?«

»Von dir selbst.«

»Von mir selbst?«

»Ja. Du hast einmal sehr böse gescholten, als Fräulein von Lüttich spielte.«

Er lachte herzlich.

»Ach, ich erinnere mich, sie quälte sich und ihre Zuhörer, daß mir die Haare zu Berge standen. Aber du willst doch dein Spiel nicht mit diesem Gestümper vergleichen«, fuhr er wieder ernst werdend fort.

»Ich wußte ja nicht, ob du einen Unterschied gelten läßt.«

»Hältst du mich für einen Barbaren?«

»Gewiß nicht. Manche Menschen mögen Musik eben nicht. Zu Hause spielte ich auch nur in Abwesenheit meines Vaters. Mein Spiel störte ihn.«

»Dann kann ich ihn nur bedauern, Ruth. Ich habe dir mit Andacht zugehört. Dein Spiel hat mir einen großen Genuß bereitet, für den ich dir danke.«

Sie machte ein kühl abweisendes Gesicht, wie immer, wenn er herzlich wurde. Doch heute hatte das Abschreckungsmittel seine Wirkung verloren.

»Nein, Ruth, nicht diese abweisende Miene«, fuhr er ruhig fort. »Damit willst du mich immer zurückschrecken, wenn ich dir eine Zärtlichkeit erweisen oder dir innerlich näherkommen will. Wir sind doch Mann und Frau und gehören uns an vor Gott und den Menschen. Warum suchst du mir immer von neuem auszuweichen? Trotz scheinbarer Fügung in meinen Willen, trotz der scheinbaren Hingabe, ist mir zuweilen zumute, als wolltest du mir fremd bleiben. Du mußt mir versprechen, in Zukunft auch in meiner Gegenwart fleißig zu musizieren.«

Sie hatte erglühend die Lider gesenkt. Die langen, dunklen Wimpern mit den gebogenen Spitzen lagen wie feine Schatten auf ihren Wangen. Auch jetzt hielt sie gewaltsam den ruhigen Ausdruck fest; aber ihre Lippen zuckten, und ihre Hände schlossen sich fest ineinander.

»Du brauchst nur zu bestimmen, wenn du mich hören willst. Aber jetzt entschuldige mich einen Augenblick, ich – ich habe mein Taschentuch vergessen.« Sie erhob sich hastig und eilte aus dem Zimmer, ehe er etwas erwidern konnte.

Hans Rochus blickte mit einem unbeschreiblichen Ausdruck hinter ihr her. Ein grübelnder Zug erschien in seinem Gesicht.

Ruth war davongeeilt, weil sie mit sich allein sein wollte. Zu heftig war sie beim Anblick ihres Mannes erschrocken. Sie wußte, daß sie ihre ganze Seele in ihr Spiel gelegt hatte, weil sie sich allein glaubte. Und nun war ihr zumute, als habe sie ihr Innerstes preisgegeben, ihm, der sie nur neben sich duldete, weil sie der Preis war, um Rochsberg zu erhalten. Alles hatte sie ihm gegeben, nur ihre Seele hatte sie zurückbehalten. Darauf besaß er kein Anrecht. Sie barg das Gesicht in ihren bebenden Händen und stöhnte leise.

Als sie später wieder zu Hans Rochus ins Zimmer trat, sah sie bleich und müde aus, und ihre Miene war starrer und lebloser denn je.

Hans Rochus ließ sich jedoch dadurch nicht mehr täuschen. Er wußte nun, daß sie sich mit Absicht den Anschein einer kühl und gleichgültig empfindenden Natur gab.

Und von dieser Stunde an betrachtete er seine Frau mit anderen Augen. Die nachsichtige Duldung, die er ihr gegenüber an den Tag legte, machte einem unruhigen Forschen Platz. Zu schnell und unerwartet war ihm die Erkenntnis aufgegangen, daß er Ruth unterschätzt hatte.

Eins war ihm gewiß: Sie wollte ihm ihr Innerstes nicht preisgeben. Warum? Hielt sie ihn für unwert, ihm die Tiefe ihres Seins zu erschließen?

Er fand keine Antwort auf seine Frage. Fest stand es aber bei ihm, zu ergründen, was sie ihm verbergen wollte. Aber vorsichtig mußte er dabei zu Werke gehen. Zuerst mußte er versuchen, ihr Vertrauen zu erringen. Daß er es noch nicht besaß, hatte ihn diese Stunde gelehrt.

Er war ehrlich genug, sich einzugestehen, daß er auch nichts getan hatte, dieses Vertrauen zu gewinnen. So wie er Ruth bis jetzt entgegengetreten war, hatte er sich vollständig im Ton vergriffen. Das war keine Frau, der man zeigen durfte, daß man sie innerlich nicht für ebenbürtig hielt. Und das hatte er bisher getan. Für voll hatte er sie nicht genommen, wenn er auch nie vergaß, was er ihr zu danken hatte. Zwischen all diesen neuen Fragen wachte auch die alte Unsicherheit wieder auf. Warum war Ruth Ravenport seine Frau geworden?

Ruth war viel zu fein empfindend, um sein verändertes Wesen nicht zu bemerken. Daß er sich mehr und intensiver mit ihr beschäftigte, war ihr klar. Es raubte ihr die Fassung. Die scheue Hilflosigkeit gab ihr einen rührenden Ausdruck. Hans Rochus sah mit staunenden Augen, wie reizend sie aussehen konnte, und sein Herz wurde warm dabei.

Eines Abends fragte er sie, ob sie nicht wieder einmal musizieren wolle. »Du würdest mir eine große Freude machen«, sagte er dringend.

Sie erhob sich sofort, ging aber hinüber in den großen Saal, wo auch ein Flügel stand. Ohne Zögern begann sie zu spielen, was ihr an Noten gerade in die Hände kam. Ein Walzer von Chopin, Mendelsohns Lieder ohne Worte, ein Präludium von Bach, schließlich allerlei aus einer Oper von Mozart.

Sie spielte auch heute vorzüglich, mit feinem Verständnis, aber doch ganz anders als neulich. Von ihrer eigenen Seele legte sie nichts hinein. Hans Rochus hatte ein feines Ohr dafür, er merkte es wohl, sagte aber nichts.

Inzwischen war der Pavillon, wie Ruth gewünscht, in Ordnung gebracht worden. Sie hielt sich täglich einige Stunden dort auf. Es war ein friedliches, stilles Plätzchen, vor allem konnte sie hier Hans Rochus ausweichen. Ruth war froh, wenn sie ihn wenig sah. Seine forschenden, fragenden Blicke beunruhigten sie. Sie fühlte sich nicht mehr sicher unter ihrer Maske.

So saß sie wieder eines Tages auf der hübschen Veranda.

Auf einem Tisch neben ihr lagen neue Bücher, die ihr der Buchhändler am Morgen gesandt. Ruth hatte sie noch nicht berührt. Ihr Blick schweifte gedankenverloren in die Weite.

Da hörte sie plötzlich Schritte, dicht neben sich schon, und als sie sich umwandte, erblickte sie Hans Rochus. Er war im Reitanzug und trug die silberbeschlagene Gerte in der Hand.

»Störe ich?« fragte er lächelnd.

»O nein«, antwortete sie zögernd.

»Dann darf ich dir ein Weilchen Gesellschaft leisten?«

»Wenn du nichts Besseres und Wichtigeres vorhast!«

»Besseres? Nein. Wichtigeres? Ich glaube, auch nicht.«

Er schwang sich mit einem eleganten Satz über die Brüstung der Veranda und legte Hut und Reitgerte auf den Tisch. Dabei mußte er die Bücher etwas beiseite schieben.

»Du hast neue Lektüre bekommen? Darf ich sehen?«

»Bitte.«

Er sah die Bände durch, einen nach dem anderen, es waren Neuerscheinungen erstklassiger Autoren. Seine Stirn war bewölkt. Hätte er ihr wohl früher eine derartige Lektüre zugetraut? Nein. Jetzt befremdete ihn ihre Wahl keineswegs. Etwas abseits von den anderen Büchern lag ein Band, den sie wohl abgesondert hatte, um ihn zuerst zu lesen. Als er auch danach griff und sie dabei ansah, merkte er, daß sie unruhig wurde. Das Blut wallte ihm zum Herzen. Ihm war zumute, als müsse er den Arm um sie legen und sie bitten: Vertraue mir doch, siehst du nicht, daß ich um dein Vertrauen ringe, daß es mir leid tut, deinen Wert nicht schon früher erkannt zu haben?

Er schwieg aber und schlug das Buch auf.

Als er den Namen des Autors las, stutzte er. Hans Volkmar! Der Name war ihm noch gut in Erinnerung.

Das war doch der Verfasser jenes Buches, das ihn so mächtig gefesselt hatte. »Der stille See«, hatte es geheißen. »Der stille See« – Hans Rochus rief sich den Inhalt ins Gedächtnis zurück. Und plötzlich fiel ihm die Unterredung ein, die er mit Ruth über das Buch gehabt. War sie nicht sehr sonderbar dabei gewesen? Hatte sie nicht auch einige Unruhe verraten, damals, als er das Buch zu lesen wünschte? Jetzt erfaßte er den Sinn ihres merkwürdigen Wesens. Sie hatte ihn hindern wollen, das Buch zu lesen, weil sie gefühlt, daß der Verfasser sie selbst gezeichnet hatte.

War sie nicht selbst so ein stiller See, dessen Oberfläche kein Mensch anmerken konnte, welche Tiefe er barg? Er sah scharf zu ihr hinüber. Sie schien wieder ruhig. Aber sie täuschte ihn nicht. Er nahm sich vor, sich das Buch kommen zu lassen und es noch einmal zu lesen. Vielleicht fand er darin einen Fingerzeig, wie er sich ihr Wesen erschließen konnte. Das Buch, das er in der Hand hielt, trug den Titel: »Der Wille zur Liebe«.

»Hans Volkmar? Das ist doch derselbe Autor, dessen Erstlingswerk »Der stille See« soviel gerühmt wurde?« fragte er scheinbar gleichmütig.

»Ich glaube wohl.«

Er lächelte. Wie leicht es ihm jetzt wurde, die innere Unruhe hinter ihrem starren Gesicht zu bemerken.

»Hast du das Buch schon gelesen?«

»Ja.«

»Dein Urteil über das Erstlingswerk des Autors war nicht günstig. Bist du mit diesem zufrieden?«

Sie wurde sehr rot. »Nein, zufrieden nicht.«

»Du scheinst in bezug auf Lektüre sehr anspruchsvoll zu sein. Das beweisen auch diese Namen hier.«

Er deutete auf die anderen Bücher. Sie lehnte sich wie gleichmütig in den zierlichen Korbsessel zurück.

»Diese Autoren sind ausgereifte Schriftsteller, ihr Ruhm spricht für ihre Werke. Mit diesen Namen läßt sich – Hans Volkmar nicht in einem Atem nennen.«

»Vielleicht erreicht er aber einst dieselbe Höhe. Das Zeug dazu hat er. Du kennst doch nur sein erstes Werk. Danach kann man sich noch kein erschöpfendes Urteil bilden.«

»Nein, gewiß nicht.«

»Jedenfalls gelüstet es mich sehr, auch dies Buch von ihm kennenzulernen. Ich darf es doch zu mir stecken?«

»Bitte – es steht dir zur Verfügung.«

Eine Weile saßen sie schweigend beieinander und blickten ins Tal hinaus. Ein freudiges Wiehern schreckte sie empor. Ramiro machte sich bemerkbar. Ruth sah sich nach ihm um.

»Wo hast du Ramiro gelassen?«

»Drüben hinter dem Gebüsch habe ich ihn an einen Baum gebunden. Übrigens hast du recht, dieser Pavillon ist ein reizender Aufenthalt. Du bist oft hier, nicht wahr?«

»Fast jeden Tag.«

»Wundere dich nicht, wenn ich dir jetzt öfter Gesellschaft leiste. Oder darf ich dich hier nicht stören?«

Sie sah zu ihm auf – nur einen Moment. Sein Gesicht verriet jedoch nichts, was ihr Aufschluß gegeben hätte.

Warum suchte er jetzt so oft ihre Nähe? Weshalb sah er sie immer so eigentümlich an? Sein ganzes Benehmen ihr gegenüber war verändert seit jenem Abend, als er sie beim Spiel belauscht hatte. Sie wußte, daß er nicht mehr an ihre ruhige Gleichgültigkeit glaubte. Jetzt fing er an, sich eingehend mit ihr zu beschäftigen, und das war ihr qualvoll. Sie hatte ihm so viel zu verbergen. Solange er sie wenig beachtet hatte, war das leicht gewesen. Jetzt fiel es ihr schwer und machte sie unsicher. Warum störte er ihre mühsam errungene Ruhe? War es nur müßige Neugier? Oder –

Dieses Oder jagte ihr das Blut zum Herzen und verursachte ihr ein Gefühl, als verlöre sie den festen Boden unter ihren Füßen.

Sie wies es weit von sich. Nur eins war ihr gewiß, sie mußte versuchen, seine Aufmerksamkeit von sich abzulenken. Aber wie?

Da fiel ihr Hilde ein in ihrer Not. Das war ein rettender Gedanke. Hilde mußte kommen. Hans Rochus verstand sich so gut mit ihr, und Hilde war ganz die Person, alle Aufmerksamkeit auf sich zu ziehen. Er hatte ihr ja gesagt, daß sie sich Hilde einladen sollte. Damals hatte sie keine Lust gehabt, darauf einzugehen. Jetzt griff sie den Gedanken an ihren Besuch auf wie eine Erlösung.

Hans Rochus hatte Ruth unverwandt betrachtet. Ihr Atem ging schnell und unruhig, und ihre Lippen waren fest und herb aufeinandergepreßt. Sie tat ihm leid. Er fühlte, daß sie innere Kämpfe zu bestehen hatte, wenn er auch den Grund dafür nicht erkennen konnte.

Wenn er ihr doch helfen könnte! Zum erstenmal regte sich tiefe, reine Zärtlichkeit für sie.

»Ruth, fehlt dir irgend etwas in Rochsberg? Mir scheint, du bist nicht zufrieden mit deinem Leben hier?«

Sie ließ ihre Hand wie leblos in der seinen ruhen. Dabei war ihr zumute, als müsse sie vor Schmerz aufschreien.

Warum drängte er sich in ihre innersten Gedanken? Was war sie ihm denn anders als ein notwendiges Übel, das ihm das Schicksal aufgedrungen hatte. Er sollte sie doch in Ruhe lassen. Sie ertrug es nicht.

»Ich möchte dich bitten, Hilde einzuladen. Es ist doch jetzt ein wenig einsam draußen«, stieß sie hastig hervor.

Ein Schatten flog über sein Gesicht. Die Erinnerung an Hilde war ihm unangenehm. Ihrem Wunsch konnte er sich aber nicht widersetzen, obgleich er den Beweggrund dazu erkannte. So antwortete er ruhig:

»Ich werde deinen Wunsch selbstverständlich erfüllen. Wann soll Hilde kommen?«

»Bald! Wenn du heute gleich einen Boten hinsendest in die Stadt, dann könnte ich sie übermorgen selbst abholen.«

»Wie du willst. Hilde wird sehr gern kommen, da sie jetzt wenig Abwechslung hat. Es ist mir auch ganz lieb, daß du Gesellschaft bekommst, da ich nächste Woche auf acht Tage nach Berlin reisen will.«

»Dann trifft es sich gut«, erwiderte Ruth, obwohl es ihr im selben Augenblick leid tat, daß sie um diese Reise nicht früher gewußt hatte. Dann wäre sie diese Tage lieber allein geblieben und hätte Hilde erst nach seiner Rückkehr gebeten. Nun ließ sich das aber nicht mehr ändern.

Hilde so lange wie möglich in Rochsberg festzuhalten, mußte ihre Sorge sein. Sie konnte bis in den Herbst hinein bleiben, und dann begann die Festsaison, und man war wieder viel in der Gesellschaft.

Am Abend desselben Tages, als Ruth sich schon zurückgezogen hatte, lag Hans Rochus im Rauchsalon auf dem Diwan und las das Buch, welches er am Nachmittag an sich genommen hatte. Es reizte ihn, zu ergründen, weshalb ihn Ruth auch an der Lektüre dieses Buches gern gehindert hätte.

Auch diesmal fesselte ihn der Autor durch die geistvolle, und feinsinnige Sprache. Vor allem aber interessierte ihn die Handlung selbst.

Es war die Geschichte zweier Menschen, die durch äußere Notwendigkeit gezwungen wurden, eine Ehe einzugehen. Beide waren ehrliche Charaktere. Mit dem Vorsatz zur ernsten Pflichterfüllung hatten sie ihre Hände ineinandergelegt. Beide erfüllt von dem ehrlichen Wunsch, sich mit der Zeit mehr sein zu dürfen. Sie hatten beide den »Willen zur Liebe«. Meisterhaft waren auch in diesem Buch die schweren Seelenkämpfe der Frau geschildert. Was sie empfand, als sie sich ohne Liebe dem Mann zu eigen geben mußte, das war ergreifend zum Ausdruck gebracht. Hans Rochus seufzte einigemal tief auf. Hatte Ruth ihr Schicksal mit dieser Frau verglichen? Und er war achtlos neben ihr dahingegangen und hatte an ihre Gleichgültigkeit geglaubt.

Er ließ das Buch sinken und starrte eine Weile vor sich hin. Dann las er weiter.

Der Mann war flüchtiger gezeichnet, nicht mit so sicheren Strichen. Auch er besaß den ehrlichen Willen zur Liebe, weil er der Frau Dank schuldig zu sein glaubte, und weil er ritterlich, gutherzig und zartfühlend war. So lebten sie beide nebeneinander hin, erfüllt von dem Bestreben, sich näherzukommen. Sie wollten sich zwingen zur Liebe. Aber Liebe läßt sich nicht erzwingen. Sie muß von selbst entstehen, ein freies Geschenk des Himmels.

Eines Tages wurden die Gründe, die sie zusammengeführt, hinfällig. Da gingen die beiden Menschen auseinander, für immer. Dies war der Inhalt des Buches.

Als Hans Rochus zu Ende war, da wußte er, weshalb Ruth ihn am liebsten an der Lektüre des Buches gehindert hätte. Gleich ihm würde sie empfunden haben, daß es sehr gut ihre eigene Geschichte hätte sein können.

Seltsam, daß die beiden Werke desselben Autors gleichsam persönliche Erfahrungen bekundeten. Schon »Der stille See« erzählte von einer Frau, zu der nach seiner neuen Erkenntnis wohl Ruth Modell gestanden haben konnte. Und »Der Wille zur Liebe« schien eine Darstellung ihrer eigenen Ehe.

Mehr noch als dieser seltsame Zufall beschäftigte ihn der Gedanke an Ruths Stellungnahme zu der Frage, die in diesem Buch behandelt wurde. Hatte auch sie den Willen zur Liebe? Und war ihr, gleich der Heldin des Romans, auch schon klargeworden, daß die Liebe am Zwang sterben muß? Fühlte auch sie sich innerlich gedemütigt und gepeinigt von der ehelichen Gemeinschaft mit ihm? Welch ein furchtbarer Gedanke!

Eines war ihm plötzlich unumstößlich Gewißheit: Ruth war nicht seine Frau geworden, weil sie es gelüstete, als Gräfin Rochsberg eine glänzende Rolle zu spielen. Irgendein heimlicher Zwang hatte sie dazu getrieben. Der Wille ihres Vaters allein konnte sie nicht dazu bewegt haben. Um dessen Ehrgeiz zu befriedigen, war es nicht geschehen. Warum also wurde sie seine Frau?

Als Rochus am nächsten Morgen in dem eichengetäfelten Speisezimmer mit Ruth am Frühstückstisch saß, sah er sehr bleich und abgespannt aus, und seine Augen brannten. Zerstreut krümelte er ein Stück Brot zwischen seinen Fingern. Ruth sah scheu zu ihm hinüber.

Dann raffte er sich auf.

»Ich habe gestern abend noch das neue Werk von Hans Volkmar gelesen. Ist dir bei der Lektüre nicht aufgefallen, daß diese Geschichte einige Ähnlichkeit mit unserer eigenen hat?« fragte er mit unsicherer Stimme und sah sie an.

Ruth mußte auf eine ähnliche Frage vorbereitet gewesen sein, denn kein Zug in ihrem Gesicht veränderte sich.

»Es ist die Geschichte einer Vernunftehe, wie es deren viele gibt«, antwortete sie ausweichend.

»Du hast dir doch sicher eine Meinung darüber gebildet. Bist du auch, gleich dem Autor, überzeugt, daß sich Liebe nicht erzwingen läßt?«

Seine Augen hingen gespannt an ihrem stillen Gesicht. Nichts regte sich darin. Nur das lebendige Rot war schon wieder erschienen.

»Mein Urteil dürfte nicht maßgebend sein, ich – kenne die Liebe nicht«, sagte sie herb.

»Mir ist nicht um ein maßgebendes Urteil zu tun, sondern um deine Ansicht.«

»Die deckt sich mit der des Autors.«

»Also auch du glaubst, der Wille zur Liebe genügt nicht, um Liebe zu empfinden?«

»Ich bin überzeugt, die Liebe stirbt am Zwang.«

Er stand auf und trat ans Fenster. Sie preßte hinter seinem Rücken die Hände fest aufs Herz und schloß einen Moment die Augen.

Nach einer Weile wandte er sich wieder um, scheinbar in ruhiger Stimmung.

»Gestatte, daß ich jetzt gehe, ich muß auf die Felder. Du wirst wohl für Hildes Besuch einige Vorbereitungen treffen wollen. Wir sehen uns zum Essen.«

»Dann adieu bis heute mittag.«

Er küßte ihr wie immer beim Fortgehen die Hand und ging.

Ramiro hatte heute alle Veranlassung, unzufrieden zu sein mit seinem Herrn. Einmal mußte er in wilder Hast vorwärtsstürmen, dann erschlafften plötzlich die Zügel, und das Pferd hätte stillstehen können, ohne daß es Hans Rochus gemerkt hätte. Schließlich verfiel er in einen gleichmäßigen Trab, bis er unten am See haltmachte.

## 11

Hilde Sontheim hatte mit Freuden die Einladung nach Rochsberg angenommen. Sie langweilte sich zum Sterben in ihrer engen, stillen Stadtwohnung. Und ihre Mutter machte ihr durch Vorwürfe das Leben zur Qual. Die Generalin konnte es Hilde nicht verzeihen, daß sie sich durch ihren Leichtsinn die glänzende Verbindung verscherzt hatte.

So begrüßte sie die Einladung nach Rochsberg. Auf Ruth irgendwelche Rücksicht zu nehmen, fiel ihr nicht ein. Im Grunde mochte sie diese nicht ausstehen. Es konnte der langweiligen, fischblütigen »Krämerstochter« gar nichts schaden, wenn sie ein bißchen aus ihrer Ruhe aufgescheucht wurde.

Ob sie zornig und heftig werden konnte wie andere Frauen auch? Das zu ergründen, würde nicht ohne Reiz sein. Jedenfalls könnte es ihr die Langeweile verscheuchen.

Mit dieser menschenfreundlichen Gesinnung rüstete sich Hilde für ihre Übersiedelung nach Rochsberg. Ihre Mutter war einverstanden mit dem Besuch, da sie auf einige Zeit eine alte Freundin aufsuchen wollte.

So trennten sich Mutter und Tochter mit heimlicher Befriedigung, als Ruth kam, um Hilde abzuholen. Die beiden Damen fuhren nach Rochsberg hinaus. Ein befriedigtes Lächeln umspielte Hildes Mund, als ihnen Hans Rochus im Wald entgegenkam. Sie glaubte, die Sehnsucht nach ihr habe ihn dazu veranlaßt.

»Gottlob, Hans Rochus, daß ihr mich losgeeist habt. Es war zum Versauern in unserer verschlafenen Residenz. Mama läßt grüßen.«

Er dankte höflich, aber ein wenig reserviert.

Unterwegs plauderte sie in ihrer witzigen, eleganten Art mit ihm. Ruth hörte still zu. Nie hätte sie so amüsant über Nichtigkeiten sprechen können wie Hilde.

Hans Rochus wurde auch lebhaft. Diese beiden Menschen verstanden sich, sie gehörten einer Gesellschaftsklasse an und fanden in jedem Wort Berührungspunkte. Ruth kam sich selbst entsetzlich steif und ungelenk vor. Als man in Rochsberg angekommen war, wollte Ruth Hilde nach ihren Zimmern begleiten. Hilde wehrte lachend ab.

»Ich finde sie schon selbst, Ruth. Du hast mich doch in meinen alten Zimmern im Eckturm untergebracht?«

»Ja, du sollst alles haben wie sonst.«

»Schön, dann bleib nur bei deinem Ehegespons. Ich ziehe mich schnell um und komme dann in den Speisesaal. Ich spüre schon die Wirkung der Landluft.«

Hilde sprang graziös die Treppe hinauf. Ruth folgte ihr, um sich gleichfalls umzukleiden.

Sie beeilte sich nicht damit, und als sie in den Speisesaal trat, fand sie dort Hilde schon in angeregter Unterhaltung mit Hans Rochus.

Hilde hatte sich bildschön gemacht. Sie trug eine weiße, duftige Robe, die alle ihre Reize zur Geltung brachte.

Als Ruth eintrat, zog sich Hildes Stirn in Falten. Die Gräfin von Rochsberg sah unglaublich vornehm und feudal aus, gar nicht wie eine »Krämerstochter«. Freilich, wer sich auch solche Toiletten leisten konnte!

»Du trägst ein märchenhaft schönes Kostüm, Ruth. Worth oder Gerson?«

»Keines von beiden, es ist bei Kranz gearbeitet.«

»Unglaublich! Der Hoflieferant unsrer Frau Herzogin leistet sich doch sonst meist nur Geschmacklosigkeiten. Dieses Kostüm hätte ich ihm nie zugetraut.«

»Ich lasse alles dort arbeiten mit wenigen Ausnahmen. Aber ich bestimme selbst die Art meiner Kleidung und mache genaue Angaben. Meist entwerfe ich die Zeichnung dazu und gebe auch die Farben an.«

Hilde hörte erstaunt zu, und Hans Rochus musterte aufmerksam Ruths Kleid. Daß sie sich immer sehr geschmackvoll und vornehm kleidete, hatte er schon oft mit Befriedigung bemerkt. Nun war ihm auch das Eigenartige, Individuelle ihrer Kleidung erklärlich, als er hörte, daß sie ihre Kostüme selbst ersann und entwarf. Deshalb hatte ihre Erscheinung nie etwas Schablonenhaftes, obwohl sie die Mode berücksichtigte. Hilde bemerkte seinen prüfenden Blick und lachte spöttisch.

»Gib dir keine Mühe, Hans Rochus, davon verstehst du nichts. Das ist unsere ureigenste Domäne.«

»Aber bitte sehr, für schöne Toiletten habe ich immer Verständnis gehabt«, sagte er, seiner Frau eine leichte Verbeugung machend.

Bei Tisch entstand zwischen Hilde und Hans Rochus ein heiteres Wortgeplänkel. Die junge Dame war sehr lustig und aufgeräumt. Ruth beteiligte sich wenig am Gespräch.

Sinnend ließ sie den Blick auf Hildes schönem, lebensprühendem Gesicht ruhen. Man merkte dieser gar nicht an, daß sie schwere Herzenskämpfe hinter sich hatte. Spurlos schien alles an ihr vorübergegangen zu sein. Freilich, sie hatte Kracht nicht geliebt. Aber weh getan hatte sie ihm doch. Er hatte an ihre Liebe geglaubt. Und einem Menschen weh tun müssen, das erschien Ruth als etwas Grausames. Wäre sie an Hildes Stelle gewesen, sie hätte nicht scherzen und lachen können.

Wie konnte sich Ruth auch in den schillernden, oberflächlichen Charakter hineindenken! Hätte sie die wahren Tatsachen über Hildes Entlobung gekannt, es wäre ihr noch unfaßbarer gewesen.

Hans Rochus ging auf den fröhlichen Ton mit ein, schon um Hilde nicht merken zu lassen, daß ihn innerlich ein ernstes Problem beschäftigte. Sein warm klingendes Lachen tönte laut und klar durch den Raum.

Ruth hatte ihn nie so lachen hören, und es legte sich ihr der

Gedanke wie ein Alp auf die Brust, daß sie es war, die ihn am rechten Frohsinn hinderte.

War Hilde mit Ruth allein, ließ sie mit der liebenswürdigsten Miene kleine Bosheiten los, die den Zweck hatten, die junge Frau zu beunruhigen.

Einmal sagte sie, sich in einen Sessel schmiegend:

»Du wunderst dich gewiß, Ruth, daß ich so fröhlich scheine nach meinem trüben Erlebnis mit Kracht. Im Grunde ist mir gar nicht so zumute.«

»Warum verstellst du dich dann? Uns gegenüber kannst du dich wirklich gern geben, wie dir ums Herz ist.«

Hilde seufzte.

»Ich – mir tut Hans Rochus so leid.«

»Hans Rochus? Warum?«

»Lieber Gott, der arme Mensch ist doch selbst so still und ernst geworden. Man kennt ihn kaum mehr. Soll ich ihm da auch ein grilliges Gesicht zeigen?«

Ruths Gesicht rötete sich.

»War er früher lebhafter und fröhlicher? Ich kenne ihn nicht anders, als er jetzt ist.«

Hilde nickte, als wollte sie sagen: Das verstehe ich sehr gut. Dann erwiderte sie laut:

»Ganz anders war er früher. Ja, ja, das Leben nimmt einen in eine harte Schule. Wir zwei haben es an uns erfahren müssen, Hans Rochus und ich.«

Sie stützte das Haupt in die Hand und starrte trübsinnig vor sich hin.

Ruth befiel ein lähmendes, unbehagliches Gefühl bei Hildes Worten, dem sie keinen Namen geben konnte. Sie hätte um die Welt auf diese berechnete Bosheit keine Antwort gefunden.

Hilde warf einen Seitenblick zu ihr hinüber. In ihren Augen flackerte ein böses Licht.

»Ob dieser Eiszapfen durch nichts zu erschüttern ist?« dachte sie voll boshafter Neugier.

Sie beneidete Ruth glühend um ihren Reichtum, mit dem sie sich alles kaufen konnte, was ihr Herz begehrte.

Daß zwischen Hans Rochus und seiner Frau noch immer ein kühles, formelles Verhältnis bestand, merkte sie schon in den ersten Stunden. Wie hätte es auch anders sein können! Der übermütige, tolle Rochsberg und diese steife, unbedeutende Frau mit der steinernen Miene – das gab im Leben keine Harmonie. Hans Rochus tat ihr wahrhaftig leid.

Sie ahnte nicht, daß Hans Rochus am liebsten gesehen hätte, wenn sie schleunigst wieder nach Hause zurückgekehrt wäre! Es war ihm jetzt geradezu störend, daß immer Hildes neugierige Augen sein Tun beobachteten. Unter diesen Umständen war es doppelt schwer, Ruth näherzukommen. Und es war eine treibende, unklare Sehnsucht in ihm, das Wesen seiner Frau zu ergründen.

Die geplante Reise nach Berlin hätte er gut noch verschieben können, aber jetzt war es ihm lieb, daß er fortkam. Fern von Ruth wurde ihm vielleicht eher klar, wie er sich ihr gegenüber verhalten sollte.

Als Hilde erfuhr, daß Hans Rochus auf acht Tage nach Berlin reisen wollte, war sie unangenehm überrascht. Sie brauchte nicht mehr zu heucheln, um eine betrübte Miene zu zeigen.

Sie saßen zusammen auf der Veranda, die zu beiden Seiten der Freitreppe die ganze östliche Front des Schlosses einnahm. Hans Rochus verabschiedete sich von den Damen, um noch einmal einen Inspizierungsritt vorzunehmen, weil er am nächsten Morgen abreisen wollte.

Als er die Treppe hinunterschritt, um Ramiro zu besteigen, hing sich Hilde in seinen Arm.

»Mußt du wirklich jetzt fort, Hans Rochus, gerade jetzt, wo ich in Rochsberg bin?« fragte sie.

Hans Rochus war es unangenehm, daß Hilde sich so an ihn schmiegte. Was mußte Ruth denken?

Dunkle Röte stieg in sein Gesicht. Er fand Hildes Betragen taktlos.

»Es ist wirklich nötig, daß ich reise, Hilde«, sagte er ruhig.

»Aber, was soll ich hier, wenn du nicht da bist?«

»Aber Hilde, Ruth bleibt doch hier.«

»Ach, Ruth – weißt du, sie ist doch richtig langweilig, ganz unter uns.«

Seine Stirne zog sich kraus.

»Alle Frauen können nicht so quecksilbrig sein wie du«, sagte er halb ernst, halb scherzend.

»Geh, du willst mich doch nicht glauben machen, daß du Ruth amüsant findest!«

Sein Gesicht verfinsterte sich.

»Gar nichts will ich dich glauben machen, Hilde. Aber ich möchte dich bitten, nicht in diesem Ton über meine Frau zu sprechen.«

Sie lachte leise.

»Armer Hans Rochus, dir scheint die Einsamkeit nicht zu bekommen. Am Ende verliebst du dich aus lauter Verzweiflung in deine eigene Frau. Aber nein, das ist ja unmöglich. Du, der schneidigste, amüsanteste Kavalier – und dieses Bild ohne Gnade!«

Das alles sollte scherzhaft klingen, aber es lag doch genug versteckte Bosheit darin, daß Hans Rochus immer finsterer dreinsah.

Hilde schien es nicht zu bemerken. »Weißt du noch, Hans Rochus?« Sie weckte vergessene Bilder in seiner Erinnerung.

Hans Rochus fand bei alledem nichts als ein gesteigertes Unbehagen. Er warf verstohlene Blicke zu Ruth hinauf. Sie saß gelassen in ihrem Sessel, nur die helle Röte war in ihr Gesicht gestiegen.

Hildes Betragen erschien ihm frivol. Sie war doch ein seelisch verderbtes Geschöpf. Er steuerte nun direkt auf Ramiro los und rief den Reitknecht herbei.

»Du mußt entschuldigen, Hilde, ich habe Eile fortzukommen«, sagte er hart und kalt. Schnell schwang er sich aufs

Pferd, grüßte sie höflich und winkte mit aufleuchtenden Augen zu Ruth hinauf.

Hilde war viel zu schlau, um nicht zu merken, daß ihre Pfeile wirkungslos abprallten. Ein wilder Zorn stieg in ihr auf. War denn ihre Schönheit verschwunden, ihr Reiz verblaßt, daß sie keine Gewalt mehr über Männerherzen hatte?

Sie drehte sich um und stieg langsam die Freitreppe wieder hinauf.

Ruth sah ihr mit heimlicher Unruhe entgegen. Sehr gegen ihren Willen erregte sie Hildes Koketterie ihrem Manne gegenüber. Forschend streifte sie Hildes Gesicht, als sich diese mit zusammengezogenen Brauen in einen Sessel warf.

Schweigend saßen sich die beiden Frauen gegenüber, jede mit ihren eigenen unerfreulichen Gedanken beschäftigt. Und die Sonne schien so golden und klar, ringsum war alles in strahlendes Licht getaucht. Wohin das Auge fiel: Schönheit, Licht und Wärme. Dieser Erdenfleck schien geschaffen, glücklichen Menschen eine Heimat zu sein.

Am nächsten Tage reiste Hans Rochus ab. Als er sich von Ruth verabschiedete, hielt er ihre Hand länger und fester als sonst. Zum erstenmal fiel ihm der Abschied von ihr schwer. Es war, als ob er ihr noch etwas zu sagen hätte, etwas Warmes, Liebes. Nur die rechten Worte fand er nicht, um seinem Empfinden Ausdruck zu geben. Und als er noch danach suchte, trat Hilde heran.

»Teures Weib, gebiete deinen Tränen«, zitierte sie höhnisch. Da war die gute, weiche Stimmung verloren. Die beiden Gatten tauschten höfliche Abschiedsworte. Hans Rochus küßte den Damen die Hand und stieg in den Wagen. Gleich darauf fuhr er los. Aber er sah noch einmal zurück, und sein Blick suchte nicht das schöne Antlitz Hildes, sondern er ruhte forschend auf dem stillen Antlitz seiner Frau. Es war kühl und unbewegt wie immer.

Die beiden Damen wußten so recht nichts miteinander anzufangen. Ruth bot zwar alles auf, Hilde zu unterhalten, aber es fiel ihr noch schwerer als sonst. Sie war innerlich von einer quälenden Unruhe befallen. Hildes Verhalten ihrem Mann gegenüber gab ihr zu denken. Seit Hans Rochus fort war, schien aller Frohsinn von ihr genommen. Es drängte sich Ruth der Gedanke auf, warum sie wohl die Verlobung mit Kracht gelöst haben mochte. Daß sie ihn nicht liebte, hatte sie doch vorher gewußt.

Wie war es gekommen, daß sie bis kurz vor der Hochzeit wartete, ehe sie ihm den Ring zurückgab? Ehe sie sich recht überlegt hatte, warum sie das mit einemmal so brennend interessierte, hatte sie die Frage ausgesprochen.

»Wie kam es eigentlich, Hilde, daß du Kracht aufgabst?«

Hilde machte ein böses Gesicht. Was hatte Ruth danach zu fragen? Weshalb rührte sie an diese unangenehme Sache? Doch nur, um sie zu kränken.

Hilde maß Ruth an ihrem eigenen boshaften Charakter. In ihren Augen blitzte es zornig auf. Sie wollte ihr schon eine barsche Antwort geben, die ihr den Ärger vergalt, den sie ihr zufügte.

Ruth war über sich selbst erschrocken, als die Frage heraus war.

»Verzeih, Hilde – ich war taktlos. Du sollst mir gar keine Antwort geben. Vergiß, was ich dich fragte.«

Hilde richtete sich stolz auf.

»Oh, du kannst ruhig fragen. Dir brauche ich kein Hehl daraus zu machen. Sei nur ehrlich: Du wußtest schon, daß ich Kracht aufgab, weil ich einen anderen liebte, dem ich nicht angehören konnte.«

»Nein, das wußte ich nicht. Ich erfuhr nur, daß du Kracht nicht liebtest.«

Hilde sah sie scheinbar erstaunt an.

»Du willst mich doch nicht glauben machen, daß dir Hans Rochus nicht alles gesagt hat?«

Ruth zuckte zusammen. Ein heißer Schmerz brannte in ihrer Seele.

»Hans Rochus? Nein, er hat mir nichts weiter gesagt, als daß du Kracht nicht liebst.«

Hilde machte ein sehr bestürztes Gesicht.

»Nichts? Du weißt nichts? Oh, dann – vergiß, was ich sagte. Ich dachte, du wüßtest es von Hans Rochus selbst.«

»Was soll ich von ihm wissen, Hilde?« fragte Ruth mit trockenen Lippen.

Diese spielte mit Geschick die Verlegene.

»Ach, laß doch, Ruth. Sprechen wir von etwas anderem.«

Ruth erhob sich und trat vor Hilde.

»Nein, sei ehrlich zu mir! Du weißt, Hans Rochus und ich, wir sind eine Vernunftehe eingegangen. Er war mir seine Liebe nicht schuldig. Du schadest ihm nicht, wenn du mir alles sagst.«

Hilde seufzte ergeben.

»Wie du willst, Ruth. Ich glaubte ja, Hans Rochus habe dir gebeichtet, daß wir uns einmal sehr liebhatten. Siehst du, wir waren beide zu arm, um uns angehören zu können. Da hieß es, die Zähne zusammenbeißen und durch. Weh tut es freilich, aber es hilft nichts. Wir wollten vernünftig sein, Hans Rochus verlobte sich mit dir, ich mit Kracht. Aber ein Mann findet sich leichter in ein solches Verhältnis. Ich konnte es nicht, aller Vernunft zum Trotz machte ich mich frei von Kracht. Das ist alles.«

Ruth war wieder in ihren Sessel gesunken.

»Das ist alles«, sagte sie matt.

»Natürlich ist zwischen uns nie mehr ein Wort von Liebe gefallen, Ruth, das glaubst du mir doch. Hans Rochus ist ein Ehrenmann; er weiß, was er dir schuldig ist.«

Ein schattenhaftes Lächeln irrte um Ruths Mund.

»Ja, er ist ein Ehrenmann; er ginge lieber zugrunde, als etwas zu tun, das unehrenhaft ist«, sagte sie tonlos.

Hilde beobachtete sie schadenfroh.

»Wir werden uns ja auch mit der Zeit abfinden. Hans Rochus wird in dir Ersatz finden, und ich – was liegt an mir!«

Nach Hildes »Geständnis« saß Ruth eine Weile schweigend da. Ihr Gesicht verriet auch jetzt nicht viel von dem, was sie empfand. Sie wußte nun, was sie befürchtet hatte. Hans Rochus hatte also Hilde geliebt, liebte sie noch! Und wenn auch die Armut diese beiden Menschen verhindert hatte, sich anzugehören, Ruth kam sich doch vor wie ein Eindringling!

Hatte sie recht getan, Hans Rochus' Frau zu werden?

Nach der Erkenntnis, daß ihres Mannes Herz einer anderen gehörte, kam sie sich doppelt gedemütigt vor durch ihre Ehe. Und zugleich erkannte sie mit heißem Erschrecken, daß ihr Herz ihm gegenüber durchaus nicht so kühl und gleichgültig geblieben war, wie sie sich eingeredet hatte. Der Schmerz bei Hildes Eröffnung lehrte sie, sich selbst zu erkennen. Hilde aber sah sich getäuscht. Die »Krämerstochter« verlor auch jetzt ihre Fassung nicht. Sie erhob sich nach einer Weile und sagte leise:

»Entschuldige mich ein Stündchen, Hilde, ich habe Kopfweh und will mich ein bißchen hinlegen.«

»Du bist nicht böse, Ruth?«

»Nein, ich danke dir für deine Offenheit.«

Ruth ging langsam hinaus.

Hilde sah ihr nach und zog ein spöttisches Gesicht.

»So, Gräfin Rochsberg, jetzt sind wir quitt. Du fragst mich nicht wieder nach meiner Entlobung«, dachte sie mit boshafter Befriedigung. Dann lehnte sie sich bequem in ihren Sessel zurück und gähnte herzhaft.

Ruth saß oben in ihrem Zimmer am Fenster und starrte mit heißen, brennenden Augen vor sich hin.

Wenn sie doch jetzt gehen könnte, weit fort, wo niemand sie kannte, und wo sie Hans Rochus nicht mehr zu begegnen brauchte! Wie lästig mußte sie ihm sein, sie, die ungeliebte Frau, die er nur duldete, weil er Rochsberg sonst nicht hätte halten können. Wenn sie jetzt vor ihn hintreten könnte und ihm sagen: Rochsberg ist dein; mein Vater betrog dich nur darum. Was er dann wohl tun würde?

Aber sie durfte es nicht tun, sie mußte die qualvolle, erniedrigende Lüge weiterleben, weil sie den eigenen Vater nicht anklagen konnte.

Als eine Erleichterung empfand sie, daß Hans Rochus jetzt nicht hier war. So hatte sie Zeit, sich mit der neuen Demütigung abzufinden. Wenn nur auch Hilde nicht zugegen gewesen wäre! Sie grollte ihr, obwohl sie sich sagte, daß es ungerecht sei. Was konnte Hilde dafür, daß sie Hans Rochus liebte und von ihm wiedergeliebt wurde? Freilich, sie hätte nicht nach Rochsberg kommen dürfen. Ruth hätte es an ihrer Stelle nicht getan.

Es war mehr als eine Stunde vergangen, als Ruth endlich hinunterging, um ihren Pflichten als Hausfrau nachzukommen. Sie fand Hilde über einem französischen Roman. Sie entschuldigte sich ihres Ausbleibens wegen. Dann befahl sie den Tee.

Der vorbereitete zierliche Teetisch wurde auf Rädern von dem Diener hereingeschoben. In wenigen Minuten war das duftende Getränk bereitet.

Ruth bediente Hilde artig, reichte ihr Kekse und Toast und plauderte höflich mit ihr, als sei alles beim alten. Trotzdem fühlte sich Hilde unbehaglich und nahm sich nochmals vor, sobald sich ein passender Vorwand fand, heimzukehren. Mit Hans Rochus war ohnedies nichts mehr anzufangen. Mochte er mitsamt seiner Gemahlin zu Eis erstarren, was kümmerte es sie?

Die Damen saßen noch beim Tee, als ein Bote aus der Stadt eintraf und die Frau Gräfin selbst zu sprechen wünschte. Ruth ließ ihn eintreten und erkannte den Kontordiener ihres Vaters. Sie sah ihn betroffen an.

»Was bringen Sie, Martens?«

Der Mann machte eine ungelenke Verbeugung und drehte den Hut verlegen in der Hand. Die beiden eleganten Damen in dem hohen, vornehmen Gemach schüchterten ihn ein. Endlich stotterte er:

»Fräulein Hebenstreit schickt mich. Die Gräfin möchten, wenn es möglich wäre, sofort nach Hause – ich meine, nach der Marienstraße kommen. Herr Ravenport ist krank geworden.«

Ruth fuhr auf.

»Mein Vater? Krank – so plötzlich?« fragte sie mehr erstaunt als besorgt.

»Ja, es kam mit einem Male: Er fiel ganz plötzlich um im Kontor.«

Ruth stand jetzt doch erschrocken auf.

»Er fiel um? Eine Ohnmacht?«

»Nun, das heißt – ja, ich sollte bloß sagen, daß der Herr Ravenport krank ist.«

»Hat man den Arzt geholt?«

»Ja, Fräulein Hebenstreit hat gleich nach Doktor Sörensen geschickt.«

»Und hat er gesagt, was meinem Vater fehlt?«

»Hm – ja, das wohl. Aber das soll ich nicht sagen. Fräulein Hebenstreit will es wohl der Frau Gräfin selbst schonend beibringen.«

Ruth zuckte zusammen. Dann faßte sie sich.

»Es ist gut, Martens, ich fahre sogleich. Sie können sich zum Kutscher setzen. Lassen Sie sich etwas zu essen geben in der Küche«, sagte sie ruhig.

Hilde sah sie verwundert an.

»Du besitzt wirklich eine beneidenswerte Selbstbeherrschung, Ruth. Anscheinend ist dein Vater ernstlich erkrankt.«

»Dann brauche ich meine Selbstbeherrschung um so nötiger. Leider muß ich dich nun schon wieder allein lassen, Hilde. Es ist mir peinlich.«

»Aber nicht zu ändern. Du mußt natürlich sofort nach Hause. Hoffentlich ist es nicht so schlimm, wie es nach dem diplomatischen Bericht des braven Mannes aussieht.«

»Jedenfalls komme ich so schnell wie möglich zurück. Also auf Wiedersehen!«

Zehn Minuten später war Ruth unterwegs.

## 12

Hans Rochus hatte inzwischen in Berlin allerlei Geschäftliches erledigt. Abends war er meistens im Theater, in der Oper oder im Konzert. So waren fünf Tage vergangen, seit er von Rochsberg fort war. Sonderbarerweise war er mit seinen Gedanken fast ohne Unterlaß bei Ruth, und er empfand eine unruhige Sehnsucht nach ihr. Mit großem Unbehagen erfüllte ihn der Gedanke an Hilde. Solange sie da war, konnte er nicht daran denken, Ruth näherzukommen. Und doch erfüllte ihn der brennende Wunsch, ein innigeres Verhältnis mit ihr anzubahnen.

Es war kein Zweifel, Ruth war ihm teuer geworden, und es drängte ihn, ihr das zu zeigen und zu versuchen, ihr herb abweisendes Wesen zu besiegen.

Eigentlich war er mit seinen Geschäften zu Ende. Er hätte gleich wieder heimkehren können, aber der Gedanke an Hilde hielt ihn ab. So bummelte er am Nachmittag planlos unter den Linden, als er jäh aus seinen Träumereien aufgeschreckt wurde.

»Hans Rochus, du hier?«

Er sah auf und erblickte Wendling, der ihm mit erregter Miene gegenüberstand.

»Dich hätte ich allerdings hier auch nicht zu sehen erwartet. Wie geht es dir?«

Wendling war blaß und hager geworden, seine Augen lagen tief in den Höhlen.

»Man muß zufrieden sein. Hast du ein Stündchen Zeit für mich? Ich möchte gern allerlei mit dir reden.«

»Ich bin ganz frei, Heinz. Komm, laß uns irgendein stilles Eckchen aufsuchen, und dann erzählst du mir von deinem Leben.«

Sie suchten eine Weinstube auf und saßen erst eine Weile schweigend einander gegenüber. Beide dachten an Hilde Sontheim, freilich jeder auf andere Weise.

Endlich erkundigte sich Wendling nach gemeinsamen Bekannten. Hans Rochus gab ihm ausführlichen Bescheid. Und dann erzählte Heinz von seinem Leben. Er war auf seinen Wunsch in eine kleine Garnison versetzt worden, aus Sparsamkeitsrücksichten. Ein langweiliges Spießbürgernest, in dem er so recht Zeit hatte, allerlei trübsinnige Grillen zu fangen. Jetzt war er auf der Durchreise in Berlin. Der einzige Sohn seines Oheims, dessen Güte er seinen Zuschuß verdankte, war in wenigen Tagen einer Lungenentzündung erlegen, und Wendling war zur Beerdigung gewesen.

Obwohl seine Aussichten auf die Zukunft dadurch plötzlich sehr günstig geworden wären, hatte ihn der Jammer der bedauernswerten Eltern sehr ergriffen. Er vermochte sich nicht darüber zu freuen, daß er nun Aussicht auf ein reiches Erbe hatte.

Und doch war in seinem Herzen ein heißes, heimliches Hoffen erwacht. Er liebte Hilde Sontheim noch immer mit leidenschaftlicher Innigkeit, und da ihn nichts von ihr zurückgehalten als seine Armut, so war durch die Änderung in seinen Verhältnissen eine Möglichkeit geboten, sie zu erringen. Mit unsicherer Stimme fragte er Hans Rochus nach ihr.

Dieser erzählte ihm, daß Hilde in Rochsberg zu Besuch sei und seit ihrer Entlobung sehr zurückgezogen lebe. Wendling tat ihm von Herzen leid. Er sah, wie heiße Unruhe in seinen Blicken flackerte, als er nach Hilde fragte. Sie war solch treuer Liebe gewiß nicht wert, aber er vermochte nicht, Wendling von seiner Meinung über sie etwas zu sagen.

»Willst du sie von mir grüßen, Hans Rochus?«

»Gern.«

»Weißt du, ob sie mir zürnt?«

»Weshalb sollte sie das?«

»Ach, verstell dich nicht, Hans Rochus. Du weißt ja doch, daß ich schuld war, daß Kracht zurücktrat.«

»Ja, Heinz, ich habe es gewußt. Aber wie kann Hilde dir zürnen? Ihre Schuld war so groß wie die deine.«

»Nein, nein, ich hätte vernünftig sein und gehen müssen,

solange es Zeit war. Aber glaube mir, ich konnte nicht, es hielt mich in ihrer Nähe wie mit tausend Banden. Und seit ich sie nicht mehr sehen kann, ist mir zumute, als sei alles Licht, alle Wärme aus meinem Leben verschwunden. Ich habe sie unsagbar lieb.«

Hans Rochus faßte seine Hand.

»Sitzt es immer noch so tief, Heinz?«

Wendling lächelte trübe. »Das wird nie anders werden.«

Sie schwiegen eine Weile. Dann sagte Wendling hastig:

»Meinst du, daß ich hoffen darf, sie zu erringen, wenn sich meine Verhältnisse bessern? Mein Onkel sieht jetzt in mir seinen einzigen Erben. Wenn ich nach einiger Zeit mit ihm Rücksprache nähme, er würde mir sicher helfen, daß ich heiraten könnte. Nur darf ich jetzt seinen Schmerz nicht mißbrauchen. Meinst du, daß Hilde meine Frau würde?«

»Sie liebt dich doch, nicht wahr?«

»Ob sie mich jetzt noch liebt? Einst tat sie es.«

»Dann kannst du dir wohl Hoffnung machen. Jedenfalls ist sie noch frei, das weiß ich bestimmt.«

Wendling atmete auf und drückte Hans Rochus die Hand.

»Dank dir für diese Nachricht.«

»Da ist doch nichts zu danken.«

»Ich war so sehr in Sorge. Hilde ist schön, an Bewerbern wird es ihr nicht fehlen.«

Hans Rochus hätte ihm wohl zum Trost sagen können, daß Hilde nicht sehr begehrt wurde seit der Affäre mit Kracht. Aber er schwieg.

Nach einer Weile sagte Wendling:

»Weißt du, wie es Kracht geht?«

»Er ist vollständig geheilt, war lange auf Reisen und lebt jetzt auf seinen Gütern.«

»Ob er innerlich fertig ist mit der Enttäuschung?«

»Wer weiß? Wir wollen es ihm wünschen.«

Sie plauderten noch allerlei und verbrachten auch den weiteren Abend still und nachdenklich miteinander.

Wendling sagte Hans Rochus beim Abschied, daß er an Hilde schreiben würde, sobald er mit seinem Onkel Rücksprache genommen hätte.

Mit festem Händedruck schieden sie voneinander.

Hans Rochus ging in tiefe Gedanken verloren in sein Hotel zurück. So wie Wendling hatte auch er einmal für Hilde Sontheim geschwärmt. Jetzt war das vorbei. Ruth hatte ihn gelehrt, einen anderen Maßstab an die Frauen zu legen, obwohl sie ihm das Tiefste und Beste ihres Wesens noch verschloß. Er wußte jetzt, daß sie über Hilde stand und daß sie ihm teurer war, als diese ihm je gewesen.

Als er im Hotel ankam, überreichte man ihm ein Telegramm. Er öffnete es hastig. Es war von Ruth, »Mein Vater ist plötzlich einem Gehirnschlag erlegen. Wenn du kannst, komm sofort zurück.«

Sein Schrecken war groß. Er konnte erst gar nicht fassen, daß Peter Ravenport tot sein sollte. Dann rüstete er sich sofort zur Abreise. Wenn auch Ruth ihrem Vater immer sehr kühl gegenübergestanden hatte, in solchem Fall spricht die Stimme der Natur. Ruth litt Schmerzen, also gehörte er an ihre Seite, sie zu stützen und zu trösten. Warm stieg es in ihm auf, als er sich dieser Zusammengehörigkeit mit ihr bewußt ward.

Ohne erst nach Rochsberg hinauszufahren, begab er sich gleich in das Haus seines Schwiegervaters. Er fand Ruth an der bereits aufgebahrten Leiche.

Peter Ravenport hatte sich nicht lange seines Erfolgs erfreuen können. Nun er den Gipfel seines Strebens erklommen, war der Tod ganz unerwartet an ihn herangetreten, hatte ihn an der Stelle seines rastlosen Wirkens, im Kontor, aufgesucht, ohne einen Vorboten zu schicken.

Als Ruth von Rochsberg gekommen war, hatte ihr Vater bereits den letzten Atemzug getan. Ganz allein war er gestorben, hatte nicht ein letztes gutes Wort von seinem Kind mit hinübernehmen können ins Jenseits. Fräulein Hebenstreit hatte ihm die Augen zugedrückt. Die gute Seele weinte jammervoll, und Ruth kostete es Mühe, sie zu beruhigen.

»Ach Gott, ach Gott, liebe Frau Gräfin, ich habe ihm doch all die Jahre das Hauswesen geführt. Und nun ist er tot, und für wen soll ich nun schaffen und sorgen?«

»Sie bleiben bei mir, Fräulein Hebenstreit. Weinen Sie doch nicht mehr. Wir bleiben zusammen.«

Das hatte das alte Fräulein gleich wunderbar beruhigt und getröstet.

Hans Rochus war durch die Plötzlichkeit dieses Ereignisses tief erschüttert. Hatte er auch Ravenport innerlich nicht besonders nahegestanden, so fühlte er sich ihm doch sehr zu Dank verpflichtet. Peter Ravenport hatte ihm nicht nur die Hand seiner Tochter gegeben, er war ihm auch ein kluger Berater gewesen und hatte ihm geholfen, in ehrlicher Arbeit sich selbst wiederzufinden.

Daß Ruth nicht sehr verzweifelt sein würde über den Verlust, hatte er vorausgesehen. Nun fand er sie mit bleichem Gesicht und starren, dunkel umrandeten Augen, fast versteinert im wortlosen Schmerz. Er ahnte ja nicht, daß Ruth in ihrem Innern einen Kampf zu bestehen hatte, der sie elend machte, und neben dem der Schmerz um den Verlust des Vaters verblaßte.

Sie sah still und tränenlos in das starre Totengesicht, mit einem Ausdruck, als wolle sie eine Frage an das Schicksal tun, worauf sie keine Antwort erhielt.

Hans Rochus umgab sie mit zartester Fürsorge, nahm ihr alles Störende und Unangenehme ab und drang schließlich darauf, daß sie am Abend mit ihm nach Rochsberg zurückfuhr.

Hilde empfing das Ehepaar mißgelaunt. Ruth hatte ihr nur Nachricht von dem Tod ihres Vaters gesandt und war noch nicht wieder in Rochsberg gewesen.

Hilde benutzte diesen Vorfall, um am nächsten Tag in die Stadt zurückzufahren. Was sollte sie noch hier? Jetzt wurde es vollends trist und langweilig in Rochsberg.

Als sie hörte, daß Hans Rochus Wendling getroffen und er sie grüßen ließ, flog eine helle Röte in ihr Gesicht. Sie warf einen schnellen Seitenblick auf Ruth. Diese hatte jedoch gar nicht gehört, was ihr Gatte sagte. Sie war mit ihren Gedanken weit weg.

Kühl war am nächsten Tag der Abschied, den die beiden Damen voneinander nahmen. Höflich gab Ruth ihrem Gast das Geleit bis zum Wagen. Sie fühlte sich zu elend, um mit nach der Stadt fahren zu können. Hans Rochus erbot sich, alles Nötige zu ordnen.

Er sagte seiner Frau mit herzlich besorgten Blicken adieu. Er sah es ihr an, daß sie sich nicht wohl fühlte. Eine Erleichterung war ihm Hildes Heimkehr. Nun würde er wieder mit Ruth allein sein.

Als er zu Hilde in den Wagen stieg, rief er ihr zu: »Auf Wiedersehen heute abend, Ruth. Hoffentlich finde ich dich wohler.«

»Auf Wiedersehen«, antwortete sie leise und sah dem davonrollenden Wagen mit trüben Blicken nach. Hilde hatte Hans Rochus' Arm umfaßt und schmiegte sich dicht an seine Seite. Sie schien eifrig auf ihn einzureden.

Ruth ging mit schweren Schritten wieder hinein. Langsam schritt sie die Treppe hinauf zu ihren Zimmern. Die hohen Spiegel warfen ihre Gestalt zurück. Wie eine Verkörperung der Trauer sah sie aus in ihrem schwarzen, langfließenden Gewand. Aus dem weißen Gesicht leuchteten die dunklen Augen, als wenn Tränen auf ihrem Grund ruhten und den Weg nicht fänden.

Müde warf sie sich auf den Diwan und starrte zur Decke empor. Seit ihr Vater gestorben, war nur ein einziger Gedanke in ihr lebendig gewesen: »Jetzt mußt du die Lüge abwerfen, die dich erniedrigt hat vor dir selbst.«

Vor kurzer Zeit noch hätte sie diesen Gedanken wie eine Erlösung begrüßt. Sie hätte Hans Rochus alles gebeichtet und in seine Hände die Entscheidung gelegt, wie ihr Zusammenleben sich künftig gestalten sollte – vor der Welt, denn an eine innere Gemeinschaft wäre dann nicht zu denken gewesen. Jetzt aber konnte sie sich's sparen, seine Entscheidung anzurufen; sie selbst mußte entscheiden. Hildes Geständnis hatte ihr den Weg gezeigt, den sie zu gehen hatte. Ja, sie würde Hans Rochus nach der Beerdigung ihres Vaters erklären, warum sie seine Frau geworden war.

Sie würde mit der Zeit wohl die Erniedrigung vergessen, daß sie die ungeliebte Frau eines Mannes geworden, dessen Herz nach einer anderen verlangte. Sie würde vergessen, daß sich ihr Herz in scheuer, aber tiefer Liebe ihm zugewandt.

Ja, sie liebte ihren Mann, hatte ihn schon geliebt, ehe sie seine Frau wurde. Weil sie wußte, daß sie ihm angehören mußte, hatte sie ihr Herz an ihn gehängt, aus dem Gefühl heraus, daß ihre Schmach geringer wurde, wenn sie ihn liebte. Sie hatte den Willen zur Liebe gehabt, und ihre Liebe war nicht an heimlichem Zwang gestorben. Sie war erstarkt unter Schmerzen und Demütigungen.

Zu stolz war sie aber gewesen, um seine Liebe zu betteln. Mitleid hätte sie nicht ertragen.

Seit ihr Hilde gesagt, daß Hans Rochus sie geliebt habe, war sie unsagbar elend geworden. Vorher war es ihr fast leicht geworden, mit ihm zusammenzuleben, Seine ritterliche Rücksichtnahme hatte sie ruhig gemacht. Als sie aber erfuhr, daß er eine andere liebte, da wußte sie nicht, wie sie es ertragen sollte, weiter neben ihm zu leben.

Und nun hatte das Schicksal sie von dieser schwersten Demütigung erlöst. Sie dachte darüber nach, was sie ihrem Mann alles sagen wollte, wie sie die Worte setzen mußte, um ihn zu überzeugen.

Hans Rochus kam erst spät aus der Stadt zurück. Peter Ravenport hatte zwar als vorsichtiger Mann für den Fall seines Todes alles weise eingerichtet. Es gab aber doch allerhand zu erledigen.

Ruth ließ sich entschuldigen. Sie sei noch zu müde und

wolle gleich liegenbleiben, ließ sie ihm sagen. So saß er allein in dem großen Speisezimmer und fühlte sich schrecklich einsam und unbehaglich. Am liebsten wäre er hinaufgegangen zu Ruth und hätte sich still an ihr Lager gesetzt. Aber er fühlte, daß sie Ruhe brauchte. Irgend etwas mußte sie bei dem plötzlichen Tod ihres Vaters furchtbar erschüttert haben.

So ging er auch zeitig zu Bett. Am nächsten Morgen fuhr Ruth mit Hans Rochus zur Beerdigung. Gleich nachdem sie vorüber war, kehrte sie nach Rochsberg zurück, während Hans Rochus noch blieb.

Peter Ravenport hatte seinen langjährigen Geschäftsleiter zu seinem Nachfolger bestimmt. Sein Nachlaß war in musterhafter Ordnung und Ruth seine alleinige Erbin.

Bis zum späten Abend arbeitete Hans Rochus mit dem Geschäftsleiter. Dann fuhr er nach Hause zurück. Ruth war wieder zur Ruhe gegangen.

Am nächsten Morgen mußte er nochmals in die Stadt, und da Ruth noch nicht sichtbar war, ließ er ihr sagen, daß er wahrscheinlich vor dem Abend nicht zurückkommen würde.

So mußte Ruth ihre Beichte wieder verschieben. Sie war im Grunde froh über den Aufschub. Sie wollte Abschied nehmen von ihrem reizenden Winkelchen im Park. Morgen würde sie vielleicht Rochsberg schon verlassen.

Während sie still und in sich versunken auf der kleinen Veranda saß, war ihr Mann nach Hause zurückgekehrt. Er war früher fertig geworden, als er gedacht, und war voll unruhiger Sehnsucht nach Hause gefahren.

Er fragte die Dienerschaft nach seiner Frau. Man hatte sie nicht fortgehen sehen und glaubte sie in ihren Zimmern.

Hans Rochus ging, nachdem er sich umgezogen hatte, in Ruths kleinen Salon, wo er sie zu finden hoffte.

Vergeblich ging er durch ihre Zimmer. Schließlich kam er wieder in den kleinen Salon zurück und setzte sich vor Ruths Schreibtisch ans Fenster. Er glaubte, Ruth würde bald zurückkehren. Vielleicht hatte sie nur einen kurzen Spaziergang gemacht.

Er ließ den Blick suchend hinausschweifen, ohne sie zu entdecken. Dann spann ihn der stille Friede des reizenden Raumes ein.

Träumerisch ließ er seinen Blick von einem Möbel zum andern schweifen. Dort stand ihr Flügel, dem sie an jenem Sommerabend so wundersame Töne entlockt hatte. Seit jener Stunde war etwas Großes, Schönes in ihm aufgewacht, für das er erst keinen Namen finden konnte.

Er ließ den Blick weiter gleiten und schließlich haftete er auf dem Schreibtisch. Nie hatte er gesehen, daß sie dieses Möbel benutzte. Heute lag eine kleine schwarze Ledermappe darauf – wie vergessen. Sie hatte sicher nicht beabsichtigt, lange fortzubleiben, sonst wäre diese Mappe nicht liegengeblieben.

Er streckte gedankenverloren die Hand danach aus und öffnete sie. Dabei entglitt sie seiner Hand und Briefe fielen heraus. Geschäftspapiere scheinbar, denn sie waren mit der Schreibmaschine geschrieben und hatten eine Firma aufgedruckt. Er hob sie auf, um sie wieder in die Mappe zu stekken. Dabei blätterte ein Brief auseinander, und als ihn Hans Rochus zusammenfalten wollte, las er absichtslos einen Namen. »Herrn Hans Volkmar.«

Er stutzte und blickte erstaunt darauf nieder. Der Briefkopf zeigte die Firma einer bedeutenden Verlagsanstalt.

Mechanisch las Hans Rochus den Inhalt des Briefes. Und dann weiteten sich seine Augen – er las ihn noch einmal. Auch einen zweiten und dritten Brief. Alle waren von derselben Firma an Herrn Hans Volkmar gerichtet, und der Inhalt behandelte Verlagsbedingungen über die Werke des Verfassers. Plötzlich hatte Hans Rochus den Sinn erfaßt. Er warf die Mappe mit den Briefen auf den Schreibtisch und sprang empor. War das möglich, war das denkbar? Ruth, die stille, schweigsame Ruth, die er für gedankenarm und seelenlos gehalten hatte – Ruth war Hans Volkmar. Sie hatte »Der stille See« und »Der Wille zur Liebe« geschrieben, sie war der feinsinnige, geistvolle Erzähler, der ihn so sehr gefesselt hatte. Und sie selbst war der stille See, die herbe, verschlossene Frau, die stumm und ohne Klage mit feindlichen Mächten rang. Und er hatte es nicht verstanden, sie in ihrem ganzen Wert zu erkennen. Er schlug sich vor die Stirn. Nun wurde ihm manches klar. Ihr sonderbares Wesen, als er mit ihr über die Bücher sprach, ihr zurückhaltendes Urteil. War er denn blind neben ihr hergegangen, daß er nicht begriff, welch ein wertvoller Mensch sie war, welch hoher Geist und welch tiefe Seele sich unter ihrem stillen Wesen barg?

Er ging unruhig auf und ab und konnte das Überraschende nicht fassen. Und plötzlich trieb es ihn hinaus. Er konnte hier nicht mehr untätig warten, bis sie kam, er mußte sie suchen, ihr ins Auge sehen und sie fragen: »Weshalb wurdest du meine Frau, und warum hast du dir diese Maske vorgenommen, die mich täuschte und mich verleitete, dich zu verkennen in schmählicher Weise?«

Er stürmte davon, aber ehe er das Zimmer verlassen hatte, trat Ruth ein. Sie sah voll und ernst in sein Gesicht, und unter diesem klaren Blick errötete er wie ein Schuljunge, der Böses getan.

»Ruth, ich suchte dich hier. Ein Zufall ließ mich diese Briefe finden.«

Sie sah zum Schreibtisch hinüber und errötete, faßte sich aber sofort. Es war ja so einerlei jetzt, ob er das wußte oder nicht. Es hatte keine Bedeutung mehr.

»Ruth, du hast diese Bücher geschrieben?« fragte er gepreßt.

»Ja, ich.«

»Und warum hast du mir das nie gesagt? Ruth, ich stehe beschämt vor dir. Ich bin wie ein Tor neben dir hergegangen.«

Sie hob die Hand. Eine stille Klarheit war in ihrem Wesen,

und ihre Augen ruhten zum ersten Male lang und fest auf seinem Gesicht.

»Laß das, Hans Rochus. Du konntest das natürlich nicht wissen. Verzeih, wenn ich es dir verheimlichte. Ich glaubte nicht, daß es Interesse für dich hätte. Übrigens ist es mir lieb, dich hier zu finden. Ich habe Wichtiges mit dir zu besprechen. Hast du Zeit für mich?«

Ihre Art berührte ihn seltsam. Er war wie gelähmt.

»Verfüge über mich.«

»Laß uns niedersitzen, ich habe dir viel zu sagen.«

Sie setzten sich einander gegenüber, ein kleines Tischchen mit kostbarer eingelegter Platte zwischen sich.

»Bist du mit der Nachlaßordnung fertig?« fragte Ruth, gleichsam als Einleitung. Hans Rochus wurde es schwer, ihr ruhig gegenüberzusitzen. Tausend Fragen hätte er an sie richten mögen. Aber ihr Benehmen, das ihm seltsam verändert schien, bannte ihn. Nicht einmal nach ihren schlanken weißen Händen faßte er, obwohl sie dicht vor ihm lagen und seine Augen wie magnetisch auf sich zogen.

Er war noch fassungslos über die Entdeckung, die er gemacht hatte, und nur mit Mühe zwang er sich zur Ruhe. Er wollte hören, was sie ihm zu sagen hatte. Vielleicht gab sie ihm freiwillig Aufschluß über alles, was er zu wissen verlangte. So antwortete er mit verhaltener Erregung:

»Ja. Im gröbsten ist alles geordnet. Deines Vaters letztwillige Bestimmungen waren so klar und ausführlich, daß mir nicht viel zu tun übrig blieb. Hendrich führt das Geschäft deines Vaters fort. Der größte Teil deines Vermögens ist in durchaus sicheren Papieren und Unternehmungen festgelegt. Du bist eine sehr reiche Erbin, Ruth.«

Sie strich mit der Hand über die Tischplatte.

»Ich danke dir, daß du mir all das abgenommen hast. Hast du auch meines Vaters Schreibtisch durchgesehen?«

»Gewiß, da du es wünschtest, habe ich's getan. Er enthielt außer geschäftlichen Dingen nichts von Wichtigkeit.«

»So hast du auch nichts gefunden, was dir Aufschluß gab, warum ich deine Frau geworden bin?«

Er fuhr auf und blickte forschend in ihre großen dunklen Augen, die heute einen so ganz anderen Ausdruck hatten. Sie waren schön in Schnitt und Farbe, und da sie nicht mehr so verschleiert blickten, strahlten sie einen warmen, sanften Glanz aus.

»Nein, ich habe nichts gefunden, Ruth. Aber da du selbst das Thema berührst, diese Frage hat mich oft beunruhigt und in letzter Zeit nicht losgelassen. Alle meine Vermutungen nach dieser Seite sind mit der Zeit hinfällig geworden. Und als ich dich vor unserer Verlobung fragte, sagtest du mir, daß der Wille deines Vaters bestimmend für dich gewesen wäre. Damals glaubte ich dir das, denn ich kannte dich nicht. Jetzt weiß ich, daß du dich aus sklavischem Gehorsam nicht in eine Ehe hineindrängen ließest. Willst du mir nun endlich Aufschluß geben?«

»Ja, du sollst alles wissen. Ich konnte dich nicht aufklären, solange mein Vater lebte. Ich will mich kurz fassen. Das Bekenntnis fällt mir nicht leicht, denn ich muß meinen Vater noch im Grabe ehrlos machen.«

Jetzt faßte er erschrocken ihre Hand.

Sie zog sie langsam zurück.

»Bitte, hör weiter und unterbrich mich nicht mehr, bis ich dir alles gesagt habe.«

Er sah, wie ihre Lippen zuckten, wie ihre Stirn sich im Schmerz zusammenzog. Er hätte sie am liebsten in seine Arme genommen und ihr gesagt: »Sprich nicht weiter, du quälst dich. Ich will nichts hören, sag mir nur, ob ich je deine Liebe erringen kann, denn ich liebe dich und möchte dich glücklich machen.«

Aber er schwieg und sah sie erwartungsvoll an. Sie seufzte tief und fuhr fort:

»Mein Vater hat in Gemeinschaft mit eurem alten Inspektor Seltmann dich und deinen Vater in widerrechtlicher Weise übervorteilt. Eure Leichtgläubigkeit und Geschäftsunkenntnis machten sie sich zunutze. Sie schlossen Verkäufe ab, die euch eine bedeutende Summe verlieren ließen. Die genaue Höhe kann ich nicht angeben. Ich weiß nur, daß dir auf diese Weise ein großer Teil deines Vermögens verlorenging.«

Hans Rochus hatte sich vorgeneigt und sah ihr betroffen ins Gesicht.

»Ruth, bedenkst du, was du sagst?«

Sie lächelte bitter.

»Ich klage meinen Vater an, das muß dich überzeugen.«

Ein tiefes, lastendes Schweigen entstand. Endlich sagte er ruhig:

»Und wie kamst du zur Kenntnis dieser – dieser Unregelmäßigkeiten?«

»Nenne es nur beim rechten Namen: dieses Betrugs. Ich war einmal durch Zufall Zeuge einer Unterredung zwischen Seltmann und meinem Vater. Da hörte ich alles mit meinen eigenen Ohren. Und noch mehr. Ich erfuhr, daß mein Vater den ehrgeizigen Plan hegte, mich zur Gräfin von Rochsberg zu machen. Erlaß mir, was ich dabei empfand. Ich konnte nichts unternehmen, was dich wieder in den Besitz der veruntreuten Summe setzte. Meinen Vater anklagen und ins Gefängnis bringen, das war unmöglich. Und sonst bot sich mir kein Ausweg. Da blieb mir nur das eine: meines Vaters Wunsch zu erfüllen und deine Frau zu werden, damit du durch meine Hand zurückerhieltest, was dir genommen wurde.

So nahm ich deine Werbung an und konnte dir auf deine Frage versichern, daß ich aus freiem Willen deine Frau werden wollte. Ich war sosehr durchdrungen von dem Wunsch, geschehenes Unrecht gutzumachen, daß ich mich dir verlobte, obwohl ich dich nicht liebte und von dir nicht geliebt wurde.

Seit meines Vaters plötzlichem Tod steht es bei mir fest, dir alles zu sagen. Auf den Lebenden mußte ich Rücksicht neh men, die Rücksicht auf den Toten kann mich nicht bestimmen, dieses Leben der Lüge fortzuführen.

Ich habe alles bedacht und überlegt in diesen Tagen. Als verständige Menschen wollen wir uns das Auseinandergehen erleichtern. Ich werde morgen Rochsberg verlassen und mit Fräulein Hebenstreit abreisen. An irgendeinem hübschen Ort lasse ich mich nieder. Der Dienerschaft gegenüber kann ich vorläufig als verreist gelten, aus Gesundheitsrücksichten. Rochsberg bleibt natürlich in deinem Besitz. Nur so bin ich sicher, daß alles unrechtmäßige Gut wieder in deine Hände zurückkommt. So können wir beide die Lüge abwerfen, die unsere Ehe im Grunde war. Ich hoffe, du bist mit allem einverstanden.«

Sie hatte das alles schnell und monoton gesagt, wie etwas Eingelerntes. Nichts verriet ihre innere Qual.

Hans Rochus begriff von dem allen nur das eine: Sie wollte sich von ihm trennen, weil sie ihn nicht liebte, weil ihr das Leben an seiner Seite ein Zwang gewesen war, den sie nun abschüttelte.

Diese Gewißheit erfüllte ihn mit heißem Schmerz. Er machte sich Vorwürfe, daß er die Zeit, die sie ihm angehörte, nicht genügend genutzt hatte, um ihre Liebe zu erringen. Er erkannte aber auch, daß er sie nicht halten durfte, wenn sie nicht freiwillig blieb. Das Zusammenleben mit ihm mußte ihr ein stetes, stilles Martyrium gewesen sein, weil sie ihn nicht liebte. Und auch er hatte sie nicht geliebt, bis ihm vor kurzem die Augen über ihren Wert aufgegangen waren. Ach, wenn er sie doch halten dürfte!

Langsam, aus tiefem Sinnen heraus sagte er:

»Der heutige Tag bringt mir viele Überraschungen. Ich kann mich nicht so schnell hineinfinden. Jedenfalls habe ich dir viel abzubitten, Ruth. Ich habe dich vollständig verkannt. Freilich, du hast es mir auch sehr schwer gemacht, dich zu erkennen. Verzeih mir, wenn ich dich je gekränkt habe.«

»Ich habe dir nichts zu verzeihen; du warst stets ritterlich und voll Rücksicht gegen mich. Und du wirst mir auch jetzt in dieser kritischen Lage deine Güte beweisen.«

»Indem ich dich ungehindert gehen lasse?« fragte er gepreßt.

»Ja. Eine weitere Gemeinschaft zwischen uns ist nun unmöglich.«

Er sah resigniert vor sich hin.

»Du hast mich nie geliebt und wirst mich niemals lieben lernen.«

Sie fühlte, wie ihr das Blut ins Gesicht schoß. Deshalb erwiderte sie doppelt schroff:

»Nein. Ich habe mir Mühe gegeben, dich lieben zu lernen, als ich deine Frau wurde. Aber die Liebe stirbt am Zwang.«

Er sah sie trübe an.

»Die Liebe stirbt am Zwang. So sagtest du in einem deiner Bücher, in dem du unsere Geschichte schriebst. Vorahnend hast du das Ende erfaßt. Die Liebe stirbt am Zwang, du hast recht. Sie muß von selber kommen. Und wenn wir die Augen aufschlagen, um sie zu erkennen, sind wir geblendet von dem hellen Licht und können sie nicht gleich erfassen. Wir sind blind und taub, bis wir sie erkennen mit allen Wundern. Manchmal ist es dann zu spät.«

Ruth hatte sich zurückgelehnt. Sie wünschte sehnlichst, daß diese Unterhaltung zu Ende sein möchte, damit sie in der Einsamkeit den Schmerz austoben lassen könnte, der ihre Seele fast erdrückte.

Nach einer Weile fuhr Hans Rochus aus schwerem Sinnen empor und zwang sich zu einer sachlichen Miene. Als wenn es sich um ein Geschäft handelte, so mußten sie ihre Verbindung lösen.

»Deinen Wunsch nach Befreiung kann ich verstehen. Was ich dabei empfinde, ist jetzt gleichgültig. Ich will dich nicht halten gegen deinen Willen. Du bist frei, sobald du es wünschst. Was du über Rochsberg sagst – ich weiß nicht, wie ich mich dazu verhalten soll. Zugegeben, dein Vater hat mich übervorteilt; wie soll man jetzt herausfinden, in welcher Weise? Ich soll Rochsberg als mein Eigentum behalten, aber ich kann das nicht annehmen.«

Ruth sah mit bangen, unruhigen Augen zu ihm hinüber.

»Du mußt, Hans Rochus, du mußt! Ich appelliere an deine Ritterlichkeit. Soll mein Opfer umsonst gewesen sein? Ich habe mich nicht besonnen, deine Frau zu werden, weil ich es als Notwendigkeit empfand, dir dein Eigentum zurückzugeben. Du darfst dich nicht weigern, es anzunehmen. Wenn ich dir, solange wir uns kennen, auch nur eine Spur von Achtung und Sympathie eingeflößt habe, so laß mich nicht vergeblich bitten. Nimm an, was ich dir biete, im innigen Bestreben, meines Vaters Schuld zu sühnen. Es soll mir ein Zeichen sein, daß du mir und ihm großherzig verzeihst.«

Sie sagte es in leidenschaftlicher Erregung. Zum ersten Mal sah er sie anders als ruhig und beherrscht. Und sie sah so schön aus mit diesem belebten, erregten Ausdruck. Doppelt hart war es ihm, sie zu verlieren.

Er sprang auf und trat an das Fenster. Draußen war die Sonne im Untergehen. Sie warf die letzten roten Strahlen durch die Bäume und tauchte den Himmel in loderndes Licht. Im Park unter den Bäumen lagerten schon die Schatten der beginnenden Dämmerung. Er starrte auf das herrliche Schauspiel, ohne es zu sehen. Endlich wandte er sich um. Sein Gesicht war bleich und abgespannt wie nach einem schweren Kampf. Er hielt es im Schatten und sah zu ihr hinüber, die vom Widerschein der goldroten Glut beleuchtet war. Wie schön sie ihm erschien mit den bang und erwartungsvoll aufgeschlagenen Augen, mit den bebenden, leise geöffneten Lippen. Er seufzte tief auf.

»Du sollst mich auch dazu bereit finden, Ruth. Umsonst darfst du nicht an meine Ritterlichkeit appellieren«, sagte er fest.

Sie erhob sich und reichte ihm die Hand.

»Ich danke dir. Und nun gestatte, daß ich mich zurückziehe. Morgen vormittag möchte ich Rochsberg verlassen und habe noch allerlei zu ordnen. Wir scheiden in Frieden, Hans Rochus, nicht wahr? Und wir wollen uns freundliches Gedenken bewahren. Sobald ich einen festen Wohnsitz habe, erhältst du Nachricht von mir.«

»Es soll alles nach deinem Wunsch geschehen«, sagte er rauh und preßte ihre Hand an die Lippen.

»Und – verzeih, daß ich eine Störung in dein Leben brachte; werde glücklich!« sagte sie leise.

Er richtete sich empor und trat zurück.

»Ich habe dir nichts zu verzeihen. Hab Dank – ich werde nie vergessen, was du für mich getan hast.«

Langsam ging sie hinaus. Wie ein schwarzer Schatten verschwand die Schleppe ihres Kleides.

Er sah ihr nach mit dumpfer Trauer und warf sich in einen Sessel, den Kopf in den Händen bergend.

Wie ein Lichtschein war sie durch sein Leben geglitten, ihm einen anderen Begriff davon zu bringen. Nun war der Lichtschein erloschen. Er faßte es nicht.

Wie so oft im Leben entschied ein Mißverständnis über das Schicksal zweier Menschen. Ihre Herzen strebten einander entgegen, aber sie fanden nicht den Mut, das erlösende Wort zu sprechen, weil eine neidische Seele Mißtrauen gesät hatte, und weil einer dem anderen stolz verbarg, was er empfand.

Ruth lag auf ihrem Bett wie gebrochen. Zwischen den geschlossenen Lidern quollen heiße Tränen hervor. Sie brachten ihr jedoch keine Erleichterung.

Nach einer Stunde etwa erhob sie sich, entfernte die Spuren der Tränen und klingelte ihrer Dienerin. Sie wies sie an, alles zur Abreise zu rüsten. Ruhig traf sie die Anordnungen, um alles zu vermeiden, was Aufsehen erregen konnte.

Am anderen Morgen saßen sich die beiden Gatten noch einmal beim Frühstück gegenüber. Sie sprachen ruhig miteinander, nicht, als ob sie im Begriff ständen, sich für immer zu trennen.

Hans Rochus fragte, ob er Ruth bis zum Haus ihres Vaters begleiten solle. Sie dankte. Es hieße die Qual verlängern. So begleitete er sie nur bis zum Wagen. Sorglich erwies er ihr noch ein letztes Mal all die kleinen Höflichkeiten. Dabei sah er sehr blaß und elend aus. Mühsam zwangen sie sich noch zu einigen förmlichen Worten.

Als er Ruth in den Wagen hineinhob, übermannte ihn die Erregung.

»Muß es sein, Ruth, mußt du gehen?« fragte er leise mit heiserer Stimme.

Sie sah ihn nicht an, sonst hätte ihr der schmerzvolle Blick vielleicht verraten, was ihm dieser Abschied galt.

»Es muß sein«, erwiderte sie ruhig. Sie glaubte, er habe nur der Form halber gefragt und fühle sich befreit.

Noch einmal zog er ihre Hand an die Lippen. Dann schloß er den Wagenschlag und trat zurück.

Starr sah er dem Wagen nach. Ruth wandte sich nicht mehr zurück, sonst hätte er sehen müssen, wie brennende Tränen über ihre blassen Wangen rannen.

Hans Rochus suchte sein Zimmer auf und warf sich in seinen Sessel. Lange saß er wie versteinert im Schmerz. Dann richtete er sich auf und nahm aus einem Fach seines Schreibtisches zwei Bücher: Hans Volkmars Werke. Er preßte sie an sich, als wären sie ein Teil von ihr, und vertiefte sich in ihren Inhalt. Als spräche sie selbst zu ihm, so war ihm zumute. Und dabei sah er sie vor sich, wie gestern, als die untergehende Sonne ihre Strahlen auf sie warf, als sie mit erregtem Gesicht und ängstlich bittenden Augen vor ihm gestanden hatte. War es denn möglich, daß er sie ganz und für immer verloren hatte? Konnte sie nichts zurückbringen in sein verlassenes Haus, in seine sehnend ausgestreckten Arme?

Vorbei, vorbei, es war zu Ende. Nichts als diese zwei Bücher waren von ihr geblieben.

# 13

Fräulein Hebenstreit war vor Schrecken und Bestürzung außer sich, als ihr Ruth erklärte, daß sie sich von ihrem Manne zu trennen beabsichtige. Sie starrte Ruth an, als zweifle sie an ihrem Verstand. Für sie galt das Bibelwort: Was Gott zusammengefügt, das soll der Mensch nicht scheiden!

Als sie sah, wie elend und blaß Ruth aussah, und wie sie so bestimmt und unerschütterlich bei ihrem Entschluß blieb, abzureisen und sich irgendwo ein neues Leben aufzubauen, da schwieg sie still und schüttelte nur immer wieder verwundert den Kopf.

Ruth fragte sie, ob sie mit ihr gehen wolle oder ob sie allein gehen müsse. Da wurde das alte Fräulein ganz zornig.

»Aber, wo werde ich denn, Fräulein Ruth – wollte sagen, Frau Gräfin. Wo werde ich Sie denn allein gehenlassen? Was soll ich denn mit meinem bißchen Leben anfangen, wenn ich nicht bei Ihnen bleibe. So eine schöne junge Frau braucht einen Schutz, und ich will den sehen, der Ihnen zu nahe kommt! Ich gehe mit Ihnen, meinetwegen bis auf den Mond.«

Trotz ihres guten Willens sah das alte Fräulein recht ängstlich aus, und es war sehr wahrscheinlich, daß Ruth ihr gegenüber viel mehr die Beschützerin als die Beschützte sein würde. Es war Fräulein Hebenstreit nicht viel anders, als wenn andere Leute eine Reise nach dem Mond unternehmen. Aber wenn es auch in die schrecklichste Einöde oder Wüstenei gegangen wäre, sie hätte Ruth nicht allein gelassen.

Und wie notwendig die junge Frau einen Menschen brauchte, der ihr treu ergeben war, das merkte sie erst nach einigen Wochen, als sie mit dem alten Fräulein bereits ein hübsches kleines Landhäuschen in der Nähe einer rheinischen Stadt bewohnte.

Sie lebte dort still für sich. Der schöne große Garten, der das Häuschen umgab, hatte es ihr angetan. Fräulein Hebenstreit engagierte ein Mädchen, und der alte Gärtner, der das

Häuschen bisher verwaltet hatte, blieb in seiner Wohnung im Erdgeschoß und hielt den Garten in Ordnung.

Ruth hatte in den ersten Wochen nicht Rast noch Ruhe gefunden, und Fräulein Hebenstreit seufzte manchmal beklommen auf, wenn es immer wieder weiter ging von Ort zu Ort.

Nun waren sie endlich zur Ruhe gekommen, und das alte Fräulein fühlte sich bald behaglich in dem hübschen kleinen Haus.

Aber Ruth merkte erst jetzt in der Stille, die sie umgab, wie unglücklich sie war.

Sie versuchte zu schreiben, aber Befriedigung und Befreiung brachte ihr das nicht. Auch fühlte sie sich, schon seit sie Rochsberg verlassen hatte, sehr unwohl. Zuerst schob sie das auf die Nachwirkung ihres Kummers. Schließlich, als es nicht besser werden wollte, folgte sie aber doch Fräulein Hebenstreits Bitte und ließ den Arzt kommen.

Dieser brauchte nicht lange, um Ruths Zustand zu erkennen. Nach einer ernsten Unterredung fuhr er mit lächelndem Gesicht wieder fort.

Ruth saß wie erstarrt, als er sie allein gelassen. Langsam vermochte sie erst zu fassen, daß sie, ehe der nächste Frühling ins Land zog, Mutter sein würde.

Zunächst war sie in tiefster Seele erschrocken. Jetzt sollte sie Mutter werden, jetzt, da sie sich von dem Vater ihres Kindes getrennt hatte? Durfte denn das sein? Mußte sie Hans Rochus nicht sofort Nachricht geben?

Lockend sah sie ein leuchtendes Ziel vor sich aufsteigen. Wenn er es erfuhr, mußte er sie dann nicht zurückholen? Mußten sie nicht beieinander bleiben, schon des Kindes wegen? Und wenn sie ihm ein liebes kleines Kind in die Arme legte, ob er ihr dann nicht eines Tages sein Herz zuwenden würde?

Sie sprang auf und setzte sich an den Schreibtisch, um ihm zu schreiben. Aber ehe sie noch die Anrede begonnen hatte, warf sie die Feder hin und barg das Gesicht in den Händen.

Nein, sie durfte ihn nicht in neue Fesseln schlagen, jetzt, da er sich frei glaubte und die Arme nach dem Glück ausstreckte. Er würde die Mutter seines Kindes gewiß ohne Weigerung wieder aufnehmen, weil er es für seine Pflicht hielt. Was aber würde ihm das Kind der ungeliebten Frau bedeuten? Eine Fessel, wie sie selbst. Er würde es nicht lieben, weil es sich zwischen ihn und das Glück stellte.

Nein, es durfte nicht sein. Der Brief an Hans Rochus blieb ungeschrieben. Sie ahnte ja nicht, mit welchem Jubel er ihn empfangen haben würde. Das stille Glück, welches sie in der Erwartung ihres Kindes empfand, half ihr über den Schmerz hinweg, den ihr die Trennung von Hans Rochus bereitete. Aber ihre Liebe zu ihm wurde tiefer und fester. War er ihr auch verloren, ihr Herz gehörte ihm. Und eines Tages würde ihr das Kind den Vater ersetzen.

Fräulein Hebenstreit umgab ihre junge Herrin mit doppelter Liebe und Sorgfalt, seit sie ihr Geheimnis erfahren. Die alte treue Seele gab die Hoffnung nicht auf, daß ihre Frau Gräfin eines Tages nach Rochsberg zurückkehren werde. Ihr einfaches Gemüt wußte nichts von tiefen, seelischen Konflikten. Das junge Paar hatte sich nach ihrer Meinung verzankt, und wenn es ausgetrotzt hatte, würde schon alles wieder gut werden. Wenn der junge Herr Graf nun erst erfuhr, daß er Vater war, kam er sicher so schnell wie es ging und holte Frau und Kind heim. Ruth hörte mit wehmütigem Lächeln zu, wenn das gute alte Fräulein Luftschlösser baute. Weshalb sollte sie ihre Illusionen zerstören? Die Zeit würde ihr zeigen, daß sie vergeblich auf eine Wiedervereinigung des jungen Paares gehofft hatte.

Hans Rochus lebte inzwischen wie ein Einsiedler in Rochsberg. Er kam nur selten in die Stadt, und Besucher stellten sich wenig ein, da man gehört hatte, daß die Gräfin Rochsberg ihrer angegriffenen Gesundheit wegen längere Zeit verreist war.

Hans Rochus merkte es kaum, daß er mehr und mehr vereinsamte. Er arbeitete von früh bis spät, um zu vergessen. Und am Abend saß er in Ruths kleinem Salon und las ihre Bücher – immer wieder und immer wieder. Er kannte sie fast auswendig. Im Anfang korrespondierte er noch mit Ruth. Es gab noch mancherlei zu ordnen. Die Briefe waren hüben und drüben höflich gehalten und verrieten nichts von den Gefühlen, welche die Briefschreiber beherrschten.

Aber nie erwähnte Hans Rochus etwas von Scheidung. Er vermochte es nicht. Wollte sie frei sein, so sollte sie die Scheidung beantragen. Ihm war es unmöglich, das letzte Band zwischen sich und der geliebten Frau zu zerschneiden.

Nach und nach wurden die Nachrichten selten; schließlich hörte die Korrespondenz auf. Ruth stellte sie zuerst ein. Jeder neue Brief war eine Qual für sie. Wozu immer die alten Wunden aufreißen?

Hilde Sontheim und ihre Mutter besuchten Hans Rochus zuweilen. Die Generalin konnte sich nicht genug wundern über die lange Abwesenheit der jungen Gräfin. Sie brachte Hans Rochus zum Verzweifeln mit ihren neugierigen Fragen. Es fiel ihm schwer, höflich darauf zu antworten. Hilde beobachtete ihn mit unsicheren Blicken. Ihr war gar nicht sehr wohl bei der Angelegenheit. Sie allein ahnte etwas und war nicht sicher, ob ihre boshaften Äußerungen nicht von entscheidendem Einfluß auf Ruth gewesen waren.

Sie hütete sich natürlich, etwas davon merken zu lassen. Jedenfalls verhielt sich Hans Rochus ihr gegenüber sehr zurückhaltend, aber nicht so, als habe ihm Ruth etwas von Hildes Äußerungen mitgeteilt. Sie hatte ja im voraus gewußt, daß Ruth darüber schweigen würde.

Hilde war mißgelaunter denn je, und ihre Mutter übertraf sie noch darin. Es wollte sich kein neuer Verehrer zeigen. Kracht sollte, wie man erzählte, einer jungen Dame in seiner Nachbarschaft eifrig den Hof machen. Er hatte jedenfalls die Neigung zu Hilde Sontheim überwunden. Und das beleidigte sie. Alle ihre ehemaligen Verehrer wurden ihr im Herzen untreu und neue fanden sich nicht ein. Das waren keine glänzenden Aussichten für die Zukunft.

Da traf eines Tages ein Brief von Wendling ein. Hilde war nach Empfang desselben wie verwandelt. Wendling teilte ihr mit, daß sein Onkel ihm die nötigen Mittel zu einer standesgemäßen Verbindung bewilligte, und daß er einst der alleinige Erbe sein würde. Ob ihn Hilde noch liebe? Er sei ihr mit jedem Atemzuge treu ergeben. Wenn sie wolle, könnten sie nach Ablauf des Trauerjahres um seinen Cousin heiraten. Mit der Verlobung würden sie warten bis einige Monate vor der Hochzeit. Diese Frist einzuhalten, sei er genötigt, aus Rücksicht auf Onkel und Tante, die den Verlust ihres Sohnes noch nicht verschmerzt hätten. Er verlange aber danach, Gewißheit zu erhalten, ob Hilde ihn noch liebe und seine Frau werden wolle.

Hilde besann sich nicht lange. Etwas Weiches, Gutes erwachte in ihr, als sie erkannte, wie treu sie von Wendling geliebt wurde. Ihr hochmütiges Selbstbewußtsein hatte sie verlassen in der letzten Zeit. War Wendling auch keine so glänzende Partie wie Kracht, so brauchte sie doch an seiner Seite nicht auf alles Schöne zu verzichten, was das Leben bot. Und lieber als alle anderen hatte sie Wendling immer gehabt.

Sie schrieb ihm eine Zusage und sagte ihm, wie sehr sie sich nach ihm gesehnt, und daß sie ohne ihn nie glücklich geworden wäre. Wendling war des Glückes voll. Er glaubte an Hilde und kannte die Schattenseiten ihres Charakters nicht.

So entstand ein zärtlicher und sehr reger Briefwechsel zwischen ihnen. Kommen wollte er nicht, bevor sie sich nicht verloben konnten. Es hätte nur unnützes Gerede gegeben.

Die Generalin bekam auch wieder bessere Laune und trug den Kopf stolzer und selbstbewußter, seit sie Hilde versorgt wußte für die Zukunft. Niemand erfuhr von dem Einverständnis zwischen Wendling und Hilde, auch Hans Rochus nicht. Ihn hätte es in seinem deprimierten Seelenzustand auch wenig interessiert. Was ging ihn Hilde an, was die ganze Welt! Er ging auf in dem Gedanken an Ruth.

Manchmal war ihm zumute, als könne es nicht möglich sein, daß sie für immer gegangen sei. Dann trieb es ihn, zu ihr zu eilen und ihr zu sagen, wie lieb er sie hatte und sie zu bitten, zu ihm zurückzukehren. Wenn er im heißen Bemühen um ihre Liebe werben würde, ob sie dann nicht wärmer für ihn empfinden konnte?

Er führte jedoch diesen Vorsatz nie aus, denn ehe er dazu kam, aufzubrechen, hielt ihn die Erinnerung an ihren Ausspruch fest: Die Liebe stirbt am Zwang. Es war besser, er blieb ihr fern.

## *14*

Anfang April ward in dem stillen Landhaus am Rhein ein Knabe geboren.

Fräulein Hebenstreit war fast so selig wie die junge Mutter selbst, wenn sie das winzige Menschenkind im Arm hielt. Ruth schaute mit großen, leuchtenden Augen das kleine Wunder an. Und in all ihrer zärtlichen Seligkeit fragte sie sich bang und verzagt, ob sie nicht ein Unrecht getan habe, Hans Rochus die bevorstehende Geburt seines Kindes zu verschweigen. Durfte sie ihm die Nachricht länger vorenthalten? Sie ging ernstlich mit sich zu Rate und wußte nicht, wie sie handeln sollte.

Fräulein Hebenstreit hielt nicht mit ihrer Ansicht zurück. Der Vater habe doch ebensoviel Recht an dem Kind wie die Mutter.

Ruth drückte ihr Kind ans Herz mit inniger Freude.

»Ja – dein Vater soll wissen, daß du lebst, mein Herzenskind«, sagte sie leise. Sie versprach Fräulein Hebenstreit, an ihren Mann zu schreiben, sobald sie wohlauf wäre. Es vergingen aber Wochen, ehe sie dazu kam. Zuerst nahm das kleine Menschenkind sie ausschließlich in Anspruch. Sie ließ in ihrer Muttersorglichkeit ihr Bübchen nicht aus den Augen und behütete jeden Atemzug. Als er dann kräftiger wurde und von seiner gesunden Lunge oft ausgiebig Gebrauch machte, hätte sie ja mehr Zeit gehabt. Zum Schreiben kam sie aber noch immer nicht.

Wohl setzte sie sich oft mit den besten Vorsätzen an den Schreibtisch, wenn Fräulein Hebenstreit mit unzufriedenem Gesicht um sie herumstrich. Sie fand aber die rechten Worte nicht. Auch wartete sie von Tag zu Tag, daß sie Nachricht über die Einleitung der Scheidung bekam. Warum zögerte Rochus so lange? Wollte er sich aus Rücksicht auf sie nicht übereilen, damit es nicht aussah, als könne er die Zeit nicht erwarten, von ihr loszukommen? Sie seufzte tief bei dem Gedanken.

So saß sie wieder eines Tages im vergeblichen Bemühen, die rechten Worte für Hans Rochus zu finden. Mehrere Briefbogen hatte sie schon begonnen und unzufrieden wieder zerrissen. Da brachte ihr Fräulein Hebenstreit einen Brief herein. Ruth erschrak. Der Brief trug den Poststempel ihrer Vaterstadt. Die Handschrift auf dem Kuvert war ihr fremd. Sie schloß einen Moment die Augen. Das war sicher die erwartete Nachricht von der eingeleiteten Scheidung, die ihr von einem Rechtsanwalt zugeschickt wurde.

Langsam, mit bebenden Händen, öffnete sie das Kuvert. Es enthielt eine steife Doppelkarte. Ruth schlug sie auseinander und blickte darauf nieder. Im jähen Schreck fuhr sie empor und preßte die Hand aufs Herz. Mit weit geöffneten Augen sah sie auf die Verlobungsanzeige Hilde Sontheims mit Heinz Wendling.

Sie fuhr unsicher mit der Hand über die Augen, als wolle sie ein äffendes Trugbild zerstören. Das war doch nicht möglich: Hilde Sontheim die Braut eines anderen, jetzt, da Hans Rochus frei war und im schuldenfreien Besitz seines Gutes?

Hilde hatte ihr doch klar und deutlich gesagt, daß sie und Hans Rochus sich geliebt und nur der Not gehorchend aufeinander verzichtet hatten.

Wilde, unklare Gefühle durchtobten ihr Inneres. Also deshalb hatte Hans Rochus noch nicht Ernst gemacht mit der Scheidung, weil Hilde ihm ohnedies verloren war! Aber wie denn – hätte er denn nicht Hilde schon vor langen Monaten sagen können, daß er frei sein würde? Warum wartete sie denn nicht auf ihn, und warum hatte Hans Rochus die Scheidung nicht beschleunigt?

Sie konnte sich nicht zurechtfinden in den auf sie einstürmenden Gedanken. Nur eins wurde ihr klar: Sie war umsonst von Hans Rochus gegangen, umsonst hatte sie ihm die Nachricht von der Geburt ihres Kindes verheimlicht. Sie hatte ihm das Glück nicht erkaufen können.

War es zu spät gewesen? Hatte sich Hildes Herz inzwischen einem anderen zugewandt? Saß nun Hans Rochus einsam in Rochsberg und war unglücklich, trostbedürftig?

Ach, sie hatte ja einen Trost für ihn, einen herrlichen, beseligenden Trost! An sich selbst hatte sie es doch erfahren, was so ein geliebtes Kind für Wunder vollbringt. Gleich wollte sie es ihm mitteilen, nicht eine Minute durfte sie mehr zögern. Er mußte wissen, daß ihm ein Sohn lebte, und dann – dann mochte er bestimmen, was aus ihr und dem Kind werden sollte. Fort jetzt mit allem Stolz, vielleicht brauchte er sie. Da konnte sie nicht an sich selbst denken, nur an ihn, der ihres Lebens Höchstes war.

Sie setzte sich wieder an ihren Schreibtisch, und nun flog die Feder in stürmender Hast über das Papier. Sie schrieb:

Lieber Hans Rochus! Soeben erhalte ich die Verlobungsanzeige Hildes mit Wendling. Ich bin dadurch in große Unruhe und Aufregung versetzt worden. Hilde hat mir an dem Tag, als mein Vater starb, gestanden, daß Du sie geliebt hast, daß Euch nur die Verhältnisse zwangen, einander zu entsagen.

Ich glaubte, nur Dein Glück zu begründen, wenn ich Dich freigab. Deshalb drang ich auf unsere Trennung. Sonst hätte ich die Entscheidung, was nach meiner Beichte über meines Vaters Unrecht aus uns werden sollte, in Deine Hände gelegt. Mich trieb nichts fort von Rochsberg als die Sorge um Dein Glück. Und nun höre ich, daß Hilde Wendlings Braut ist. Ich kann das nicht fassen und verstehen.

Zugleich muß ich Dir noch etwas beichten, was ich Dir in der Sorge um die Gefährdung Deines Glücks verheimlichte. Zürne mir nicht darum, ich tat es nur, weil ich Dich nicht mit neuen Fesseln binden wollte.

Hans Rochus, am fünften April ist uns ein Sohn geboren worden, er heißt wie sein Vater: Hans Rochus. Verzeihe, wenn ich Dir diese Nachricht vorenthielt. Vielleicht vermag Dich der Gedanke zu trösten, wenn Du traurig bist. Und da Hilde nicht mehr zwischen uns steht, vermag ich auch zu bitten, Hans Rochus. Wenn Du mich wieder aufnehmen wolltest – um des Kindes willen –, damit unser Sohn unter den Augen seiner Eltern aufwachsen kann. Für mein Kind bitte ich Dich, damit es den Vater nicht entbehre. Liebe verlange ich nicht von Dir; wenn Du sie mir nicht zu geben vermagst, laß mich still an Deiner Seite leben als Deine ergebene Freundin, als Dein Kamerad im Kampf des Lebens. Willst Du das, so sende mir bald Nachricht, ich erwarte sie voll Unruhe.

Ruth

Sie kuvertierte das Schreiben und ließ es zur Post bringen. In der Nacht fand sie keinen Schlaf. Immer wieder irrten ihre Gedanken wie scheue Vögel um das Rochsberger Schloß. Dort prangte der Park jetzt auch im frischen Grün. Um den kleinen Pavillon rankte sich das knospende Gesträuch, und Hans Rochus ritt auf seinem Ramiro wieder fleißig aufs Feld.

Sie rechnete sich aus, wann ihr Brief ihn erreichen, und wann sie im günstigsten Fall Antwort erhalten würde. Drei

Tage mußte sie wohl annehmen. Also konnte sie frühestens übermorgen Nachricht haben.

Sie drückte das heiße Gesicht in die Kissen, und dann fuhr sie wieder empor und lauschte auf die leisen Atemzüge ihres schlummernden Kindes. Sein Bettchen stand dicht neben dem ihren.

Am nächsten Morgen saß sie ermüdet am Fenster ihres hübschen, behaglichen Wohnzimmers, als der Postbote durch den Garten kam. Obwohl Ruth wußte, daß ihr Brief noch gar nicht in Rochsberg eingetroffen sein konnte, schoß ihr doch heiße Röte ins Gesicht, als er ihr einen Brief durchs Fenster hereinreichte. Und fast hätte sie aufgeschrien, als sie Hans Rochus' Handschrift erkannte. So hatten sich ihre Briefe gekreuzt.

Eine lähmende Angst erfaßte sie vor dem, was dieser Brief enthalten könnte. Wenn es nun die Ankündigung enthielt, daß die Scheidung eingeleitet war? Hans Rochus schrieb:

Liebe Ruth! Soeben komme ich von einem frohen Verlobungsfest nach Hause. Hilde ist nun doch noch Heinz Wendlings Braut geworden. Er war damals an der Auflösung ihrer Verlobung mit Kracht schuld. Unvermutet haben sich seine Vermögensverhältnisse so gebessert, daß er an eine Heirat mit Hilde denken kann. Hoffentlich wird er mit ihr glücklich; ich habe keine sehr hohe Meinung von Hilde, obwohl ich einst selber sehr nahe daran war, ihretwegen den Verstand zu verlieren. Zum Glück sah ich ein, daß sie nur mit mir spielte. Einem Flirt war sie nie abgeneigt, wird es auch nie sein. Aber nun genug von ihr. Ich habe mein Herz damals befreit von dieser Verirrung. Ein anderes Bild steht jetzt auf dem Altar meines Herzens, rein, schön und unvergänglich.

Warum ich Dir dies erzähle? Ich fühle mich heute nach dem fröhlichen Fest doppelt so einsam in meinem stillen Rochsberg. Der Mond steht über dem Park und übergießt ihn mit mildem Licht. Mir ist das Herz so voll und schwer. Erst habe ich in Deinen Büchern gelesen. Sie sind alles, was mir von Dir geblieben ist. Und nun hält es mich nicht mehr, ich muß Dir sagen, wie es um mich steht. Man fragte mich heute von allen Seiten nach Dir, ob sich Deine Gesundheit noch nicht so weit gefestigt habe, daß Du heimkehren kannst. Und ich vermag nicht zu sagen: »Sie ist für immer von mir gegangen!« Manchmal ist es mir, als höre ich Deinen leichten Schritt vor meiner Tür, manchmal Deine Stimme. Doch Du bist fern und zürnst wohl dem Säumigen. Aber ich werde den Schritt nie tun, nie. Das wollte ich Dir sagen. Willst Du unsere Ehe lösen, so tue selbst die nötigen Schritte, dann muß ich mich fügen. Aber vorher sollst Du wissen, Ruth, daß ich Dich liebe mit grenzenloser, sehnsuchtsvoller Innigkeit.

Wie das in mir gewachsen ist, ich weiß es nicht, weiß nur, daß Du meines Lebens höchster Wert bist. Das wußte ich schon, als Du von mir gingst, aber ich hielt Dich nicht, weil Du mir sagtest, daß Dich die Fesseln drückten, die Dich an mich binden. So ließ ich Dich gehen und schwieg Dir auch von meiner Liebe. Du solltest nicht wissen, wie weh Du mir tatest.

Aber meine Liebe zu Dir wird stärker von Tag zu Tag, meine Sehnsucht nach Dir brennender. Und so komme ich Dir mit einer innigen Bitte: Kehre zurück zu mir, laß mich um Deine Liebe werben. Vielleicht gelingt es mir doch, Dein Herz zu bezwingen. Sei barmherzig, geliebte Frau, schreibe mir bald ein Wort, daß ich kommen darf, Dich heimzuholen. Unbegrenzt soll meine Dankbarkeit sein.

In heißer Liebe Dein Hans Rochus

Aus Ruths Augen fielen schon lange, ehe sie bis zu Ende gelesen, heiße, erlösende Tränen. Was für unsagbare Wonne empfand sie beim Lesen seiner innigen Worte. Mit dem Brief in der Hand eilte sie an das Bettchen ihres Kindes und drückte ihr tränenfeuchtes Gesicht an seine schlafwarme Wange.

»Er holt uns heim, mein Kind, er holt uns heim«, schluchzte sie fassungslos. Das Kind wurde wach und tappte mit den kleinen Händen ungeschickt in das Gesicht der Mutter. Ruth hob es hoch empor in jubelnder Wonne.

Als Fräulein Hebenstreit kam, umfaßte Ruth sie lachend und weinend und küßte die vor Erstaunen Sprachlose auf die Wange.

»Mein Mann holt uns heim, bald, liebe treue Seele, bald. Alle Not hat ein Ende, und wir gehen nach Rochsberg zurück.«

Sie ließ das alte Fräulein stehen und lief schnell davon. Ihre Herzensfreude mußte in den lachenden Frühling getragen werden.

Fräulein Hebenstreit sah ihr mit feuchten Augen nach. So hatte sie Ruth noch nicht gesehen, so fassungslos und außer sich. Von der Nachricht selbst war sie gar nicht so überrascht. Sie hatte es ganz sicher gewußt, daß die beiden sich wieder versöhnen würden, schon des Kindes wegen.

Kaum war sie ins Haus getreten, als auch Ruth zurückkam und an ihren Schreibtisch ging. Es war ihr eingefallen, daß sie in ihren Briefen nicht ein Wort geschrieben hatte, daß sie Hans Rochus liebte. Er sollte nicht eine Minute länger als nötig im Zweifel bleiben.

Sie schrieb mit fliegender Hand:

Mein geliebter Hans Rochus!

Geliebt! Da steht es geschrieben; geliebt bist Du von Deiner Frau. So töricht war ich, Hans Rochus, so töricht, und quälte Dich und mich. Ich habe Dich so lieb, schon seit langer, langer Zeit, und war nur zu stolz, es Dir zu sagen, weil ich glaubte, Du liebtest mich nicht. Ach, Hans Rochus, Du liebst mich, ich liebe Dich! Ich zähle die Minuten, bis Du bei mir bist, bei mir und unserem Kind. Deine glückselige Ruth

Drei Tage waren vergangen. Es waren Ewigkeiten für Ruth.

Sie fuhr ihr Kind auf den kiesbestreuten Gartenwegen auf und ab und sah mit großen träumenden Augen vor sich hin.

Dann nahm sie hinter dem Haus unter einer Linde Platz und hob das Kind aus dem Wagen. Mutter und Kind boten ein reizendes Bild. Sie hob das Kind empor in jauchzender Freude. So stand sie in ihrer ganzen schlanken Höhe aufgerichtet und sah zu dem zappelnden Menschlein empor.

Dieses Bild nahm Hans Rochus in sich auf, als er in demselben Augenblick um die Hauswand bog. Fräulein Hebenstreit hatte ihn kommen sehen und ihn lächelnd hinter das Haus gewiesen. Da stand er nun wie gebannt und schaute auf das Wunder. Seine Augen sogen sich fest an Ruths glückstrahlendem Gesicht. So schön und lieblich war sie anzuschauen. Sie hatte ihn nicht kommen sehen, ahnte nicht, daß er sie belauschte. Sie plauderte mit dem Kind. »Mein Herzensbub, mein Goldkind, freue dich doch, dein Vater kommt und holt uns heim! Da schaust du so drollig erstaunt, mein süßes Dummerle, und begreifst nicht, welches Glück ich dir verkünde. Hörst du nicht, Herzblatt, dein Vater kommt!«

Hans Rochus sah mit umflorten Augen, welche Veränderung mit Ruth vor sich gegangen. Dieses glückstrahlende junge Weib glich so wenig der scheuen, stillen Ruth, die er kannte. Tief bewegt rang er nach Fassung.

Leise, um sie nicht zu erschrecken, rief er ihren Namen. Sie sah auf, in seine sehnsüchtigen Augen hinein. Ein Zittern lief über ihre Gestalt, und dunkle Glut trat in ihr Gesicht.

Stumm standen sie sich eine Weile gegenüber, die Augen tief ineinandergesenkt in einer ernsten, innigen Sprache. Dann streckte ihm Ruth mit einer unbeschreiblichen Bewegung das Kind entgegen, als wollte sie ihm das Beste bieten, was sie besaß.

Mit einem unterdrückten Ruf unsäglicher Freude umschloß Hans Rochus Frau und Kind mit beiden Armen. Sprechen konnte er nicht, so wenig wie sie. Stumm sahen sie sich in die flammenden Augen.

Seine Lippen preßten sich auf ihren zuckenden Mund, die Welt versank um die beiden glücklichen Menschen.

Der kleine Hans Rochus weckte sie mit unzufriedenen Lauten aus ihrer Versunkenheit. Der Vater nahm das Bübchen aus dem Arm der Mutter und betrachtete es mit feuchtschimmernden Augen. Dann wollte er es in den Wagen zurücklegen. Er stellte sich dabei jedoch so ungeschickt an, daß Ruth in all ihrer Ergriffenheit hell auflachen mußte. Dieses warm klingende Lachen berührte ihn ganz seltsam. Nie hatte er sie so lachen hören. Er zog sie von neuem in die Arme.

»Bist du glücklich, Ruth? Ist es wirklich wahr, daß du mich liebst?«

Sie schmiegte sich an sein Herz.

»Ich liebe dich, Hans Rochus. Unsagbar habe ich gelitten, als ich dich aufgeben sollte.«

»Und gingst doch so ruhig von mir?«

Sie sah ihn an mit ihren schönen, zärtlich schimmernden Augen.

»Ruhig? Ach, wenn du nur hättest in meiner Seele lesen können!«

Er strich ihr sanft über das Haar.

»Ja, ich war blind und verstand nicht zu lesen, was hinter der starren Maske vorging. Hättest du mir ein einziges Mal so in die Augen gesehen, wie du es jetzt tust! Nun zeigst du mir immer dieses beseelte Gesicht, nicht wahr?«

»Das wird mir leichter werden als das andere, glaube es mir.«

»Und du gehst mit mir nach Rochsberg zurück?«

Sie umfaßte seinen Hals und legte ihre Wange an die seine.

»Wo du hingehst, da will ich auch hingehen«, sagte sie ernst und innig.

Wenige Tage später war Ruth mit ihrem Mann und dem kleinen Hans Rochus wieder in Rochsberg.

Als Hans Rochus von Ruth erfuhr, wie intrigant Hilde gewesen war, wollte er im ersten Zorn jeden Verkehr mit ihr abbrechen. Ruth bat jedoch für sie.

»Im Grunde hat sie dadurch viel dazu beigetragen, daß wir so glücklich geworden sind. Sag ihr kein schlimmes Wort, Liebster! Wir wollen ihr verzeihen.«

»Als wenn ich dir etwas versagen könnte, wenn du mich so lieb anschaust. Sag mir, was hast du mit deinen Augen gemacht? Früher schienen sie mir so kühl und leer, jetzt liegt mein Himmel darin.«

»Weil du mich jetzt liebst, siehst du mich auch mit anderen Augen an als früher.«

Bald wurde der kleine Hans Rochus getauft. Eine glänzende Gesellschaft war geladen. Man hatte schon angefangen, allerlei Vermutungen auszusprechen über die lange Abwesenheit der Gräfin Rochsberg. Nun glaubte man des Rätsels Lösung gefunden zu haben. Gräfin Ruth hatte aus Rücksicht für den zu erwartenden Erben in stillster Zurückgezogenheit leben müssen.

Nun sah man sie in strahlender Frische neben ihrem sehr glücklich aussehenden Gatten. Man glaubte wieder, weil man sah.

Als die Taufgäste sich entfernt hatten, trat Ruth mit Hans Rochus an das Bettchen ihres Kindes. Es lag, die rosigen Fäustchen an die Wangen gedrückt, im tiefen Schlaf. Ruth beugte sich über das Kind und sah lächelnd in das kleine Gesichtchen. Dann richtete sie sich auf und warf sich mit leidenschaftlicher Innigkeit an die Brust ihres Gatten. Er hielt sie fest an seinem Herzen und sah ihr tief in die glänzenden Augen, die seinen Himmel bargen.

# Hedwig Courths-Mahler

# Heidelerche

BASTEI LÜBBE

# 1

Geh hinüber zu meiner Schwester, Franz, und bitte sie, zu mir zu kommen.«

»Aber gnädiger Herr, Sie sollten doch noch etwas ruhen, nach der schlechten Nacht, die Sie gehabt haben«, sagte der alte Diener besorgt.

»Geh nur, mein alter Franz, ich sitze hier ja ganz behaglich und will nur mit meiner Schwester etwas Wichtiges besprechen, was nicht länger aufgeschoben werden darf.«

»Nehmen Sie wenigstens erst noch diese Tasse Fleischbrü he, Sie haben gestern mal wieder fast nichts gegessen.«

»Gib her, du alter Quälgeist, du läßt mir ja sonst doch keine Ruhe.«

Der Diener servierte seinem Herrn das gebrachte Frühstück und sah mit Genugtuung, daß dieser auch eines der leckeren belegten Brote verzehrte. Manfred Hallerstedt schob aber dann das Tablett zurück.

»So, nun rufe meine Schwester.«

Franz entfernte sich, ging einen weiten, langen Gang hinab bis zu der breiten Treppe, die in die Schloßhalle hinunterführte, und schritt dann eine etwas schmälere Treppe hinauf in das zweite Stockwerk. Hier betrat er ein an der Treppe liegendes Vorzimmer und klopfte in diesem an eine Tür.

Eine Frauenstimme rief zum Eintritt. Franz öffnete auch diese Tür und stand nun in einem vornehm und behaglich eingerichteten großen Gemach. Darin saß an dem einen Fenster eine Dame von etwa fünfzig Jahren, mit grauem, dichtem Haar, einem noch immer schönen, aber hochmütigen und seelenlosen Gesicht und aufrechter, stolzer Haltung. Ihr gegenüber an dem andern Fenster hatte eine jüngere Dame, die dreißigjährige Tochter Frau Renate von Seebachs, Platz genommen. Sie war Witwe geworden nach kurzer, unglücklicher und stürmischer Ehe mit dem Freiherrn von Holst und hatte mitsamt ihren beiden Kindern wieder Zuflucht gefunden auf Schloß Lindeck, das ihrem Onkel Manfred Hallerstedt seit vielen Jahren gehörte. Inge von Holst war sehr schön, groß und schlank gewachsen wie ihre Mutter und hatte wie diese eines jener Gesichter, die kaum altern und sich wenig verändern, weil sie immer gleichmütig und ruhig scheinen.

Es befand sich noch eine dritte Person in diesem Zimmer, Anita von Seebach, die aus der ersten Ehe ihres Gatten stammende Stieftochter Frau Renates. Als diese mit Herrn von Seebach vor den Altar trat, war sie selbst schon Witwe gewesen, und zwar eines Majors von Fuchs. Aus dieser Verbindung stammten die jetzt dreißigjährige Inge von Holst, geborene von Fuchs, und der achtundzwanzigjährige Kurt von Fuchs, der momentan in Berlin studierte. Freilich mit ziemlich negativem Erfolg, denn er arbeitete nicht gern und glaubte das auch als Neffe seines unverheirateten Onkels Manfred Hallerstedt nicht nötig zu haben.

Anita von Seebach war erst drei Jahre alt gewesen, als sie Frau Renate zur Stiefmutter bekam. Ihre eigene Mutter war einem Unglück zum Opfer gefallen, und sie war die Erbin von deren Vermögen geworden, während ihrem Vater bis zu seinem Tode nur die Nutznießung davon zugebilligt war. Hiervon hatte Renate von Seebach nichts gewußt, sie hatte geglaubt, einen sehr reichen Mann zu heiraten, der ihr und ihren beiden Kindern aus erster Ehe eine für alle Zeiten gesicherte Existenz bieten würde. Als Herr von Seebach aber vor drei Jahren starb, hatte sich herausgestellt, daß er ein armer Mann war und daß nun das gesamte von seiner ersten Frau hinterlassene Vermögen Anita gehörte.

Das war ein schwerer Schlag für die stolze Frau gewesen. Anita hatte ihr zwar in ihrer sanften, liebenswürdigen Art angeboten, daß sie in ihrem Hause bleiben und nebst ihren Kindern, Anitas Stiefgeschwistern, von ihr erhalten werden sollte; allein Frau von Seebach hatte doch lieber das Angebot ihres Bruders angenommen, ihm den Haushalt zu führen und zu repräsentieren, und war zu diesem Zwecke nach Schloß Lindeck übergesiedelt. Ihre Tochter Inge war mit ihren beiden Kindern bald nachgefolgt, als ihr Mann starb, und Anita, die Manfred Hallerstedt besonders liebte, obwohl sie gar nicht blutsverwandt waren, hatte gern angenommen, auch mit nach Schloß Lindeck überzusiedeln, und das um so lieber, da Manfred Hallerstedt auf Wunsch ihres verstorbenen Vaters ihr Vormund geworden war. Anita besaß zwar als Erbin ihrer Mutter die Villa in Berlin, in der sie mit ihrem Vater und ihrer Stiefmutter bis zum Tode ihres Vaters gelebt hatte, aber diese Villa blieb vorläufig verschlossen und wurde nur benutzt, wenn man im Winter einige Monate in Berlin verlebte. Dann waren alle bei Anita zu Gast. Damit revanchierte sie sich für die Gastfreundschaft, die sie auf Schloß Lindeck genoß.

Mit ihrer Stiefmutter verband sie kein warmes Gefühl, aber Manfred Hallerstedt, ihr Vormund, war ihr sehr lieb. Mit ihm verstand sie sich sehr gut. Wenn sie auch inzwischen großjährig geworden war, sie ging doch immer nur zu ihm, sobald sie Rat und Hilfe brauchte in irgendeiner Angelegenheit. Denn ihre Stiefmutter oder ihre Stiefgeschwister mit etwas zu behelligen, was ihr am Herzen lag, das kam ihr gar nicht in den Sinn. Sie stand ihnen fremd gegenüber und spürte instinktiv, daß sie es ihr nachtrugen, daß sie allein den Reichtum ihrer Mutter geerbt hatte.

Der Diener meldete Frau von Seebach, daß Herr Hallerstedt sie bitten lasse, zu ihr zu kommen.

Renate von Seebach sah von ihrer Handarbeit auf.

»Wie geht es meinem Bruder, Franz? Hat er die Nacht gut verbracht?«

»Leider nicht, gnädige Frau, er hat fast gar nicht geschlafen, er hatte einige schlimme Herzanfälle, hat es sich aber leider nicht nehmen lassen, aufzustehen. Er sitzt in seinem Arbeitszimmer und erwartet die gnädige Frau.«

»Es ist gut, Franz, ich komme sofort und werde ihn ausschelten, daß er nicht liegengeblieben ist.«

Frau von Seebach hatte sich erhoben, zog einen Taschenspiegel nebst einer kleinen Puderquaste und einem Lippenstift aus ihrer Handtasche und bearbeitete ihr Gesicht. Sie war noch sehr eitel und ließ sich auch vor ihrem Bruder nicht sehen, wenn sie nicht gut zurechtgemacht war.

Frau von Seebach begab sich in das Arbeitszimmer ihres Bruders und fand diesen, von Franz sorglich in Decken eingehüllt, in einem Sessel vor dem Schreibtisch sitzen.

»Guten Morgen, mein lieber Bruder, wie geht es dir? Franz sagte mir, du habest eine schlechte Nacht gehabt, und er verdient Schelte, daß er dich hat aufstehen lassen. Du solltest dir nach so schlechten Nächten mehr Ruhe gönnen.«

»Zank nur nicht, Renate! Ich weiß ja, es ist gut von dir gemeint, aber ich bin zu alt, um mich noch gängeln zu lassen, und als alter, eingefleischter Junggeselle bin ich es nicht gewohnt, mich dem milden Zepter einer Frau zu beugen.«

»Ich zanke doch nicht, ich sorge mich nur um dich.«

»Na also, davon jetzt nichts mehr. Ich habe, wie gesagt, Wichtiges mit dir zu besprechen. Ich weiß sehr wohl, daß es schon längst hätte geschehen müssen, aber bisher war mir der Mund verschlossen. Jetzt darf ich reden – und nun will ich offen mit dir über das sprechen, was hier nach meinem Tode geschehen soll.«

Er nahm von der Schreibtischplatte ein Telegramm und hielt es ihr hin.

»Bitte, lies das!«

»Meine Mutter soeben verschieden – muß noch einige Zeit in Stockholm verweilen zur Nachlaßordnung – bitte Urlaub bis Erledigung – in Ergebenheit und Treue – Gunnar Lundström.«

»Ah, von deinem Direktor und Prokuristen? So wird er wohl noch länger ausbleiben. Das ist mir deinetwegen nicht lieb, weil du nur noch mehr Arbeit haben wirst.«

Manfred Hallerstedt wischte verstohlen über seine Augen, eine sich vordrängende Träne zu verbergen.

»Ja, er wird länger bleiben, als ich gedacht habe, und – weiß Gott – das wird mir schwer genug werden, nicht der Arbeit wegen. Aber gerade jetzt, daß ich endlich sprechen darf, gerade jetzt quält es mich, ihn fern zu wissen. Ich ... ich habe Angst, daß ich sterben könnte, ehe er zurückkommt.«

Sie sah ihn wieder mit ihrer sanft beleidigten Würde an.

»Mein Gott, du scheinst diesen Menschen beinahe lieber zu haben als uns, deine nächsten Verwandten. Immer ziehst du ihn uns vor. Du hast ihm trotz seiner Jugend die erste und verantwortungsreichste Stellung in deinem großen Betrieb anvertraut, bringst ihm ein unerschütterliches Vertrauen entgegen, ziehst ihn eigentlich uns allen vor – und alles nur, weil du mit seinen Eltern befreundet warst.«

Er zögerte eine Weile und sah mit brennenden Augen vor sich hin, in denen eine heiße, quälende Sehnsucht brannte.

»Ja«, sagte er dann, schwer aufatmend, »ja, er steht mir auch näher, viel näher als ihr alle!«

»Aber Manfred!«

Er lächelte wehmütig.

»Rege dich nicht auf, Renate, gönne es mir, daß ich das einmal aussprechen darf. Ich fiebere danach, es auch ihm sagen zu dürfen, denn ... Renate – hast du nie bemerkt, wie sehr ähnlich mir Gunnar Lundström ist?«

Sie sah ihn konsterniert an.

»Nun ja – er ist ganz der Typ wie du ... aber, was soll das? Deshalb muß einem ein Mensch doch nicht gleich so lieb und teuer sein, nur weil er einem ähnlich sieht?«

Ein schwaches Lächeln huschte um Hallerstedts ausdrucksvollen Mund. »Nun, vielleicht könnte das doch der Fall sein, bei einer gewissen Eigenliebe. Aber dann muß man wohl sehr eitel sein. Ich denke, von dieser Untugend kann ich mich freisprechen. Nein, nein, das ist es nicht! Diese Ähnlichkeit ist tiefer begründet – viel tiefer. Renate, noch immer will es schwer über meine Lippen, obwohl ich es hinausjubeln möchte. Wie habe ich mich danach gesehnt, es zu dürfen. Aber mein Mund mußte verschlossen bleiben. Jetzt ... jetzt endlich, Renate, Gunnar Lundström ... ist mein Sohn!«

Es klang nun doch wie ein Schrei voll Jubel und Qual zugleich, der sich löste aus einer bedrängten Brust.

Frau von Seebach zuckte zusammen wie unter einem Schlag und wurde sehr blaß. Um ihren Mund erschien ein seltsam verkniffener Zug, und ihre Augen blickten starr und erschrocken.

»Mein Gott! Was soll das heißen, Manfred? Du redest wohl irre? Du bist krank ...«

Er hatte feuchte Augen und sah geradeaus an ihr vorbei wie in weite Fernen.

»Mein Sohn! Mein Sohn, Gunnar ... mein Sohn! Ach nein, Renate, ich rede nicht irre, ich habe es nur so viele Jahre verschweigen müssen. Hatte ich doch gelobt, nie dieses Geheimnis zu verraten, solange Gunnars vermeintlicher Vater und seine Mutter noch lebten. Sein Vater ist ja schon seit Jahren tot, zu spät freilich, als daß es mir noch vergönnt gewesen wäre, an Rahnhild Lundström gutzumachen, was ich ihr angetan habe. Ich warb freilich damals um ihre Hand, sobald sie frei war, aber sie wies mich ab. Sie schrieb mir: Zu spät, mein Freund, ich bin eine zermürbte alte Frau, lasse mich in meinem gewohnten Kreise. Ich kann dir nichts mehr sein! Ja, Renate, so schrieb sie mir.«

»Aber Manfred, du willst doch nicht sagen, daß du ... daß diese Frau dir einen Sohn schenkte ... als sie mit Lundström verheiratet war?«

Es zuckte um seinen Mund.

»Das begreifst du nicht, Renate, ich kann es mir denken. Ich will auch nicht versuchen, es dir begreiflich zu machen.

Aber bitte, laß dir nicht einfallen, verächtlich über diese Frau zu reden oder nur zu denken. Man hatte sie als halbes Kind an einen Mann verkuppelt, der ihr Vater hätte sein können, der brutal, zynisch, tyrannisch und ihr widerwärtig war. Wir lernten uns in Rom kennen ... ein Zufall führte uns zusammen, vor einem Kunstwerk, das wir andachtsvoll betrachteten. Sie erschien mir wie eine Heilige! Wir wohnten in einer Pension, und ich war, da unsere Zimmer nebeneinanderlagen, Zeuge, wie ihr Mann sie quälte und mißhandelte. Wochenlang lebten wir so, liebten uns, sehnten uns nacheinander und ... ich haßte ihren brutalen Mann wie meinen schlimmsten Feind. Wie gesagt, unsere Herzen fanden sich, bei mir wurde aus Mitleid Liebe, und sie suchte Schutz in meiner Anbetung. Und ... so fanden wir uns, zu einem kurzen, aber überschwenglichen Glück. Ich wollte sie lösen von diesem Mann, aber sie war unlösbar gebunden, weil er die Ehre ihres Vaters in seinen Händen hielt.

So mußten wir uns trennen; und ehe wir schieden, wurde es mir offenbar, daß unsere Liebe die höchste Weihe erhalten hatte. Sie wußte, daß sie ein Kind haben würde, und ich mußte ihr schwören, nie zu verraten, solange sie und ihr Mann am Leben sein würden, daß ich der Vater dieses Kindes sei. Ich habe es geschworen, aber ... ich rang es mir ab, mit diesem Mann in brieflicher Verbindung zu bleiben, damit ich immer hören konnte, wie es Rahnhild ging ... und meinem Sohn. Und als Gunnar erwachsen war, setzte ich es durch, daß er zu mir kam, ich bot ihm eine so gute Stellung, daß sein ... Vater selbst darauf drang, daß er sie annahm. Ich habe Rahnhild Lundström nie wiedergesehen, sie hat sich mir entzogen, sooft ich auch versuchte, in ihre Nähe zu kommen. Sie lebte nur ihrem Sohn. Aber ... ich habe nie eine andere Frau lieben können als sie, habe ihretwegen nie geheiratet. Und du kannst dir denken, wie schmerzlich bewegt und doch glücklich ich war, wenn Gunnar Lundström mir von zu Hause erzählte, von seiner Mutter, die er anbetete, und ...

von seinem Vater – seinem vermeintlichen Vater –, den er verachtete. Wie gern hätte ich ihm längst gesagt: Nicht er, sondern ich bin dein Vater. Aber ... es durfte nicht sein, mein Schwur hat mich gebunden. Und als ich, wie bereits erwähnt, nach Lundströms Tode Rahnhild bat, meine Frau zu werden, lehnte sie es ab. Denn sie glaubte, mir nichts mehr sein zu können. Wir waren ja inzwischen auch beide alt geworden. Aber nun ist sie tot, und noch immer zuckt mein Herz, wenn ich daran denke, daß die Frau nicht mehr atmet, die ich einmal so namenlos geliebt habe. Du wirst das kaum verstehen können, Renate, deine kühle Veranlagung macht es dir unmöglich, aber glaube mir, so kurz mein Glück gewesen ist, so vollkommen war es auch. Und als Gunnars Vater habe ich mich ebenfalls immer beglückt gefühlt, er ist ganz mein Sohn – bis ins Innerste hinein. Und wenn er jetzt heimkehrt zu mir – Gott mag geben, daß ich es noch erlebe –, dann werde ich mich zu ihm bekennen dürfen und restlos glücklich sein. Ich will ihm schon begreiflich machen, daß er sich seines Vaters so wenig zu schämen braucht wie seiner Mutter. Aber ... diese Nacht, da alles in mir aufgewühlt war durch Rahnhild Lundströms Tod, da war mir, als greife auch eine kalte Hand nach meinem Herzen, als müsse es mich dieser allzeit geliebten Frau nachziehen, unwiderstehlich nachziehen. Und ich bin bange, daß ich Gunnars Rückkehr vielleicht nicht erlebe. Ich möchte ihm zurufen, daß er kommen möge, so schnell er kann. Aber soll ich ihn vom Totenbett seiner Mutter fortreißen? Ich muß schon warten, bis er kommt, und Gott wird mich noch so lange am Leben lassen. Aber mit dir kann und darf ich nun über das alles sprechen, Renate, und es wird nötig sein.«

Sie sah ihn mit einem unbeschreiblichen Blick an.

»Nun weiß ich, weshalb du diesen Gunnar Lundström immer meinem Sohn vorzogst. Oftmals hat es mich gekränkt, daß nicht er an Lundströms Stelle die bevorzugte Stellung in deinem Betriebe erhielt«, sagte sie bitter und gekränkt.

Ein Lächeln zuckte um seinen Mund, und ein stolzes Leuchten lag in seinen Augen.

»Dein Sohn, meine liebe Renate, wäre gar nicht imstande gewesen, eine so verantwortungsvolle Stellung einzunehmen, dazu gehört ein ganzer Mann – wie mein Sohn! Kurt, dein Sohn, ist, verzeihe, daß ich das jetzt ausspreche, ein untüchtiger, unzuverlässiger und fauler Schlingel, der nicht einmal sein Studium bisher zu Ende gebracht hat. Ich brauche in meinem Betrieb einen ganzen Kerl, auf den ich mich verlassen kann. Kurt würde nie dazu getaugt haben, auch nicht, wenn ich meinem Sohn nicht diese Stellung eingeräumt hätte.«

»Weil du ihn mit dieser Hintansetzung gekränkt hast, hat er die Lust zum Studium verloren.«

»Mach dir doch das nicht weis, Renate, oder laß es dir von ihm nicht weismachen. Wäre er ein tüchtiger Mensch, hätte er mir zum Trotz gezeigt, daß ich ihn zu niedrig eingeschätzt habe. Ich glaube, ich kenne Kurt besser als du. Er strebt danach, hier als mein Erbe den Herrn zu spielen, die Hände in den Taschen. Das weiß ich längst. Und ihm kann es nicht schaden, wenn er beizeiten erfährt, daß es damit nichts ist. Dir hätte ich es gern längst schon gesagt, daß ich einen anderen Erben habe, aber auch dir gegenüber war ich bisher durch meinen Schwur gebunden. Nun sollst du es aber sofort wissen. Also, Gunnar, mein Sohn, wird mein Haupterbe.«

Es war, als könne Manfred Hallerstedt gar nicht oft genug »mein Sohn« sagen, er berauschte sich gewissermaßen an dem Klang dieses Wortes. Aber Frau Renate von Seebach gellte das wie Hohn in den Ohren. In dieser Stunde wurde eine Hoffnung zerstört, die sie gleich ihren beiden Kindern gehegt hatte. Sie war überzeugt gewesen, daß nur sie und ihre Kinder als Manfreds Erben in Betracht kämen. Leichenblaß starrte sie den Bruder an und sagte heiser:

»Das kann doch dein Ernst nicht sein, Manfred! Du weißt

doch, wie unsere Verhältnisse liegen, weißt, daß seit dem Tode meines Mannes kein Pfennig für uns geblieben ist, weil alles an Anita zurückfallen mußte, da alles von ihrer Mutter herstammte. Was brauche ich dir das noch zu sagen; du weißt doch, daß wir bettelarm sind, denn auch Inges Mann hat ihr nichts hinterlassen.«

»Sei nur ruhig, Renate; denkst du, ich werde euch Not leiden lassen? Davon kann keine Rede sein. Nur dürft ihr eben nicht länger in dem Wahn gelassen werden, dereinst meine Haupterben zu sein. Ich habe mein Testament schon seit Jahren gemacht. Gunnar ist mein Haupterbe. Dir wird bis zu deinem Lebensende ein Asyl auf Schloß Lindeck nebst freier Station und angemessenem Nadelgeld gewährt. Für Inge dasselbe, und ihre beiden Kinder erhalten ein Kapital, für das Mädel zu einer Aussteuer, für den Buben eventuell genug zu einem Studium. Kurt aber erhält bis zur Beendigung seines Studiums den bisherigen Wechsel und dann zwanzigtausend Mark, womit er sich eine Praxis einrichten kann. Dann soll er arbeiten und selbst Geld verdienen. Anita ist ja reich und wird gern ein übriges tun, wenn es nötig sein wird. Du siehst also, daß du keine Veranlassung hast, dich um deine und deiner Kinder Zukunft zu sorgen. Nur sollst du dich nicht länger in der Hoffnung auf die Rechte einer Universalerbin wiegen. Und deshalb ergreife ich die erste Gelegenheit, dir dies alles mitzuteilen.«

Frau von Seebach hatte sich mühsam gefaßt. Ihr Bruder ahnte nicht, wie sehr sie enttäuscht war, wie fest sie mit ihren Kindern schon damit gerechnet hatte, ihn eines Tages zu beerben und daß sie gehofft hatten, daß dieser Tag nicht zu weit in der Zukunft liegen möge. Daß Manfred Hallerstedt herzleidend war und sicherlich nicht sehr alt werden würde, damit hatten die »liebevollen« Verwandten nur zu sicher gerechnet. Hauptsächlich Kurt, der sich deshalb auch gar nicht viel Mühe mit seinem Studium gab. Er glaubte, das nicht nötig zu haben.

Nun waren diese Hoffnungen plötzlich zerstört worden, und Frau von Seebach fürchtete sich davor, ihren Kindern diese Enttäuschung zu bereiten. Zugleich wuchs aber die Abneigung gegen Gunnar Lundström, die sie wegen seiner Bevorzugung durch Manfred Hallerstedt lange schon gehegt hatte, sich zu einem wütenden Haß aus. Wie kam dieser hergelaufene Bastard dazu, dieses große Erbe an sich zu reißen? Er war doch als illegitimer Sohn Manfreds durchaus nicht erbberechtigt. Wie konnte Manfred ihr die Schmach antun, sich als Vater zu diesem Menschen zu bekennen?

»Oh, Manfred, ich finde dein Verhalten uns gegenüber ziemlich lieblos. Wäre es denn nicht genug, du ließest dir daran genügen, daß du Gunnar Lundström zum Direktor deines Betriebs gemacht und mit ihm darüber einen zehnjährigen Vertrag abgeschlossen hast?«

»Nein, das ist mir nicht genug. Diesen Vertrag habe ich nur mit ihm gemacht, um ihn an mich binden zu können. Ich wollte ihm die feste Gewißheit geben, bei mir eine Lebensstellung zu haben. Und ich hätte wahrlich keinen tüchtigeren und zuverlässigeren Direktor finden können. Und weil ich ihn auch in meinem Hause um mich haben wollte, stellte ich ihm den Seitentrakt des Schlosses zur Verfügung. Dort sollte er sein Heim haben, sollte wissen, daß ihn niemand daraus vertreiben könnte. Aber all das genügt mir nicht. Und deshalb habe ich ihn in meinem Testament zum Haupterben eingesetzt. Sieh hier – in diesem Schreibtischfach verwahre ich mein Testament; mein alter Freund Justizrat Brünnig hat ihm rechtsgültige Form gegeben, ehe er starb. Er hat nicht erfahren, daß Gunnar mein Sohn ist, damals durfte ich ja noch nicht darüber sprechen. Aber ich habe diesem Testament einen ausführlichen Brief an meinen Sohn beigefügt, den er jedoch erst nach dem Tod seiner Mutter öffnen sollte. Daraus sollte er alles erfahren, was ich ihm nun hoffe selbst sagen zu dürfen.«

Er hatte ein langes gelbes Kuvert aus dem Fach seines

Schreibtisches genommen, ein Fach, das wie ein Safe in den Schreibtisch eingearbeitet war und bis in die Wand hineinragte. Das zeigte er seiner Schwester. Es stand nichts darauf als: »Nach meinem Tode von dem Direktor meines Betriebes zu öffnen.« Es war mit fünf Siegeln versehen. Mit einem weichen Lächeln strich er darüber hinweg.

»Siehst du, Renate«, fuhr er fort, »in diesem Kuvert befinden sich mein Letzter Wille und meine Beichte an meinen Sohn. Ich habe geglaubt, daß ich mich auf dieses schriftliche Bekenntnis würde beschränken müssen, aber nun hoffe ich, ihm alles Auge in Auge sagen zu können. Er wird ja nicht allzulange ausbleiben, denn bei meinem Leiden entscheidet oft ein Augenblick. Ich will mich recht schonen und mich vor jeder Aufregung hüten, damit meine Lebensflamme nicht erlischt, ehe ich ihn nicht wiedergesehen und als meinen Sohn begrüßt habe. Und nun mache nicht mehr ein so böses Gesicht, Renate, gönne es mir, daß ich mich zu meinem Sohn bekennen kann. Ich bin einsam gewesen mein Leben lang.«

Sie sah ihn noch immer in ihrer gekränkten Würde an.

»Das sagst du mir, die ich immer besorgt war, dir dein Haus behaglich zu machen und Freude und Leid mit dir zu teilen, wie das auch meiner Kinder inniges Bestreben war?« fragte sie vorwurfsvoll.

Er mußte daran denken, daß weder sie noch ihre Kinder imstande gewesen waren, ihm das Herz zu erwärmen. Da war nur diese junge Anita von Seebach, sein bisheriges Mündel, die das verstanden hatte und die ihm lieb geworden war. Zuweilen hatte er sich gefragt, ob sein Sohn nicht sein Herz an dieses sanfte, blonde Mädchen verlieren könne, sie erschien ihm so recht passend für ihn. Aber auf eine diskrete Anfrage bei Gunnar hatte dieser lächelnd gesagt:

»Fräulein Anita ist gewiß ganz dafür geschaffen, das Ideal eines Mannes zu sein, aber ich könnte sie nur lieben, wie man eine junge, hilflose, kleine Schwester liebt. Als Lebenskameradin müßte ich mir eine andere Frau aussuchen, eine, die lebensfrisch und zielbewußt an meiner Seite gehen kann.«

Da hatte Manfred Hallerstedt gewußt, daß Gunnar und Anita nicht zusammenpassen würden. Zudem hatte ihm auch Anita in einer vertrauten Stunde gesagt:

»Herr Lundström ist ein Mann, den man bewundern muß. Aber heiraten möchte ihn nicht, ich müßte ja immer zu ihm aufsehen wie zu einem Wesen höherer Art und würde mir neben ihm klein und töricht vorkommen. Man kann freilich mit allen Sorgen und Ängsten zu ihm kommen, gewiß, daß er einem helfen wird, aber wenn man mit seinem Gatten nicht auf einer Stufe steht, dann gibt es ein Mißverhältnis. Meinst du nicht auch, Onkel Manfred?«

Er hatte lächelnd über ihr Haar gestrichen; da er wußte, daß Gunnars Herz nicht Anita gehörte, machte ihm ihre Ansicht keine Sorge.

»Hast schon recht, Anita, entweder muß man in der Ehe ganz gleichartig sein oder ganz voneinander verschieden.«

Und damit hatte er diesen leisen Wunsch begraben.

Also, nur Anita war ihm in diesen Jahren ans Herz gewachsen. Aber weder Inge von Holst, noch sein Neffe, Kurt von Fuchs, waren ihm sehr lieb geworden. Höchstens Inges Kinder schmeichelten sich mit ihrer unbekümmerten und unberechnenden Art in sein vereinsamtes Herz. Bei den andern fühlte er zu deutlich, daß sie auf sein Erbe warteten. So sagte er ruhig:

»Du kannst gewiß sein, Renate, daß ich dir dankbar bin, daß du mir eine Hausfrau ersetzt hast, und sei überzeugt, daß ich weder dir noch deinen Kinder nur ein Quentchen weniger Liebe entgegenbringe, als ihr mir entgegengebracht habt. Ich hoffe daher, nicht euer Schuldner zu sein. Aber meinen Sohn könnt ihr mir doch nicht ersetzen, und auch nicht die Frau, die ich geliebt habe mit allen Fasern meines Seins. Und nun gib mir die Hand, Schwester, und sage mir, daß du mir nicht zürnst, daß ich so lange auch dir gegenüber schweigen mußte.«

Er sprach so warm und herzlich, daß sie, wenn auch mühsam, ihren Groll auf kurze Zeit vergessen mußte. Sie legte, allerdings mit einem erzwungenen Lächeln, ihre Hand in die seine.

»Du konntest ja nicht anders, Manfred. Ich will dir nur wünschen, daß du an ... deinem Sohne soviel Freude erlebst, wie du es dir wünschest, und daß er dir all deine Güte nicht mit Undank lohnt.«

Wieder huschte ein Lächeln um seinen Mund.

»Undankbar? Nein, dann wäre er nicht mein Sohn. Aber ich muß seine Dankbarkeit wie ein Geschenk annehmen, denn schuldig ist er mir keinen Dank.«

»Du willst ihm doch ein großes Erbe hinterlassen?«

»Das ist nur ein schwacher Ersatz für alles, was ich ihm schuldig bleiben mußte.«

»Du gabst ihm aber doch auch das Leben.«

»Gut, ich zwang ihn ins Leben hinein, damit übernahm ich aber auch die Verantwortung, ihm das Leben so schön und lebenswert zu machen, wie es in meinen Kräften steht. Meinst du, daß die Kinder ihren Eltern Dank schuldig sind dafür, daß sie ins Leben gerufen wurden?«

»Ganz gewiß!«

»Nun, ich bin anderer Ansicht. Aber darüber wollen wir nicht streiten, Renate.«

Mit diesen Worten legte Manfred Hallerstedt das lange, schmale Kuvert wieder in den eingebauten Safe zurück, worin er noch andere wichtige Papiere verwahrte.

Frau Renate erhob sich langsam. Ihr Blick brannte auf diesem Kuvert, das in seinem Innern ihre nun zerstörten Hoffnungen barg, bis es verschwunden war. Dann sagte sie seufzend:

»Hast du mir sonst noch etwas zu sagen?«

»Nein, Renate, ich fühle mich zwar erleichtert durch diese Beichte, aber immerhin etwas abgespannt. Bitte, schicke mir doch Franz herein, ich möchte versuchen, ein wenig zu schlafen.«

Frau Renate verschwand. Ihre schlanke Gestalt hielt sich gerade und aufrecht wie immer, und niemand hätte ihr angemerkt, daß sie in dieser Stunde eine herbe, bittere Enttäuschung erlebt hatte. Ihr Bruder sah ihr sinnend nach und atmete tief auf. Er hatte sich vor dieser Beichte ein wenig gefürchtet, gerade weil er wußte, daß seine Schwester und ihre Kinder fest auf das Erbe hofften.

Gleich darauf trat Franz wieder ein und brachte seinen Herrn zur Ruhe.

## 2

Renate von Seebach ging wieder in das große Wohngemach, aus dem sie der Diener gerufen hatte. Sie benutzte mit ihrer Tochter und ihrer Stieftochter die ganze zweite Etage des Mitteltraktes von Schloß Lindeck. Auch für Kurt von Fuchs befanden sich hier zwei Zimmer, die er bewohnte, wenn er in den Ferien nach Lindeck kam.

Sie fand ihre beiden Enkelchen, einen Jungen und ein Mädchen, hier vor, mit denen sich aber nur Anita beschäftigte. Ihre Mutter hatte fast nie Lust, auf die Wünsche der Kinder einzugehen. Um so mehr wurde dafür Tante Anita geliebt und verehrt, weil sie immer Zeit für die Kinder hatte, weil sie sich wundervolle Spiele ausdenken konnte und außerdem immer Näschereien für die kleinen Leckermäulchen in Bereitschaft hatte.

Auch jetzt waren die Kleinen dabei, eine Konfektschale gewissenhaft auf ihren Inhalt zu prüfen. Als die mehr gefürchtete als geliebte Großmama eintrat, sahen die Kinder sehr enttäuscht aus, denn sie wußten im voraus, daß sie nun gleich aus dem Wohnzimmer verbannt werden würden und, was schlimmer war, aus dem Bereich der Konfektschale.

Und die Großmama sagte auch gleich mit einem nervösen Zusammenziehen der Stirn:

»Sei so gut, Anita, bringe die Kinder hinaus. Du könntest ein Stündchen mit ihnen im Park spazierengehen, es ist schön warm und sonnig draußen und – ich habe etwas mit Inge zu besprechen.«

Anita erhob sich bereitwillig, sie war froh, Urlaub zu bekommen, und die Kinder hingen sich entzückt an ihre Arme und zeigten ihre Freude, mit der geliebten Tante Anita in den Park gehen zu dürfen. Sonst wurden sie auf solchen Spaziergängen nur von einer Bonne begleitet, die sie ihrer Strenge wegen nicht allzusehr liebten. Dagegen konnte man mit Tante Anita herumtollen, soviel man wollte, und die sagte nicht immerfort: »Laß das sein!«

Also zogen die Kinder mit Anita begeistert von dannen.

Inge sah die Mutter unruhig fragend an.

»Was hast du mir zu sagen, Mama? Du siehst verärgert aus.«

Frau Renate sank in ihren Sessel am Fenster und lachte höhnisch auf.

»Verärgert? Das ist sehr zahm ausgedrückt für das, was ich empfinde, Inge. Ich habe eine böse Stunde durchgemacht, und du wirst sogleich dieselbe Enttäuschung erleben müssen, die ich gehabt habe. Also – kurz und bündig –, Onkel Manfred hat mir soeben eröffnet, daß wir nicht darauf rechnen dürfen, seine Erben zu werden.«

Inge verfärbte sich und sah mit ihren kalten blauen Augen die Mutter erschrocken an.

»Aber Mama ... wer soll ihn denn beerben, wenn nicht wir?«

Die Mutter lachte wieder hart und höhnisch auf.

»Sein Sohn!«

Inge starrte sie fassungslos an.

»Sein Sohn? Er hat doch keinen Sohn, er ist doch nie verheiratet gewesen.«

»Deshalb kann er doch einen Sohn haben, und, Gott sei es geklagt, er hat einen! Weißt du, wie er heißt? Gunnar Lundström!«

Inge zuckte zusammen.

»Mein Gott, er?«

»Ja, nun weiß ich wenigstens, was es mit diesem Getue für eine Bewandtnis hatte. Es war mir von jeher ein Rätsel, daß Onkel Manfred so viel Aufhebens von diesem Menschen machte.«

Und sie berichtete, was sie von ihrem Bruder gehört hatte, allerdings mit den Kommentaren, die ihr der Haß eingab. Ja, wenn sie bisher Gunnar Lundström die Bevorzugung durch ihren Bruder lediglich mißgönnt hatte, so haßte sie ihn jetzt mit der ganzen Intensität einer Enttäuschten, der das, worauf sie Anspruch zu haben glaubte, geraubt hatte. Inge konnte sie nur zu gut verstehen, und sie war drauf und dran, Gunnar Lundström gleichfalls mit ihrem Haß zu beehren, als ihr plötzlich ein Gedanke kam, der ihr sagte, es sei klüger, sich mit ihm gut zu stellen, als ihm feindlich zu begegnen. Wie, wenn sie Gunnar Lundström für sich gewinnen könnte? Er war ein interessanter und ansehnlicher Mann, der jetzt als Onkels Erbe eine ganz andere Bedeutung für sie bekam als vordem, und das um so mehr, als sie nun nicht mehr auf das reiche Erbe hoffen konnte. Wie, wenn man sich Gunnar Lundström als zweiten Gatten eroberte?

Dieser Gedanke schoß ihr wie ein Blitz durch den Kopf und veranlaßte sie, vorläufig allem Haß zu entsagen. Aber sie war viel zu vorsichtig, um diesem Gedanken Worte zu verleihen. Sie ließ den ganzen Zorn und Haß der Mutter auf diesen Mann über sich ausströmen und widersprach nicht. Als die Mutter fertig war, sagte sie:

»Das ist freilich eine sehr unangenehme Überraschung, Mama, und vor allen Dingen wird es Kurt sehr bekümmern.

Aber wir, du und ich, haben doch immerhin Asylrecht in Lindeck, und, wie du sagst, auch allerlei Vergünstigungen. Was hilft es, wir müssen damit zufrieden sein.«

Die Mutter bäumte sich auf.

»Zufrieden sein? Bist du von Sinnen? Wie kann man zufrieden sein, wenn einem statt eines großen Erbes ein Bettel zugeworfen wird!«

»Aber Mama, eine gesicherte Zukunft ist doch wahrlich nicht als Bettel zu betrachten. Ich kann dir sagen, daß ich froh bin, daß es nicht schlimmer kam. Wie, wenn uns Onkel Manfred ganz enterbt hätte?«

Wieder fuhr die Mutter auf.

»Ich verstehe dich nicht, Inge. Wie kannst du nur so ruhig sein, angesichts dieses Unglücks ... dieser Katastrophe? Du hast dich doch sonst nicht so genügsam gezeigt. Ich bin außer mir! Dieser Eindringling verdrängt uns aus unseren Rechten. Ich kann dir sagen, am liebsten hätte ich Onkel Manfred dies schmähliche Testament aus den Händen gerissen und es ins Feuer geworfen.«

Inge sah sie nachdenklich an. Freilich, wenn man das ungestraft hätte tun können, wäre es sehr schön gewesen. Man hätte ja dann immer noch Gunnar Lundström heiraten können, aber man wäre dann die Gebende, die Gewährende und könnte sich eine ganz andere Stellung sichern.

Sie seufzte.

»Ich kann dir das nachfühlen, Mama, und selbstverständlich wäre auch ich entzückt, könnte dieses Testament vernichtet werden. Denn wenn Onkel ohne Testament sterben würde – dann wären ohne Zweifel nur wir seine Erben. Ein illegitimer Sohn ist ja nicht erbberechtigt. Aber da sich das alles so gefügt hat, müssen wir gute Miene zum bösen Spiel machen. Onkel wird Gunnar Lundström nach seiner Rückkehr vermutlich sogleich in die Rechte eines Sohnes einsetzen, und wir dürfen nicht einmal die Genugtuung haben, ihm ein unfreundliches Gesicht zu zeigen. Onkel würde das sehr übelnehmen, und was dann, wenn er uns das entgelten läßt und unser Erbe noch mehr beschränkt?«

»Das wäre unerhört. Was wird nur Kurt sagen, Inge? Er hat fest darauf gebaut, nicht nur Herr auf Schloß Lindeck, sondern auch über Onkel Manfreds Betrieb zu werden.«

Ungerührt zuckte Inge mit den Schultern.

»Er wird sich fügen müssen wie wir, Mama. Und du darfst nicht vergessen, daß Lundström sowieso fast noch zehn Jahre lang fest auf seinem Posten als Direktor des Betriebs gesessen hätte, auch wenn er nicht der Erbe geworden wäre. Er hat als Direktor unbeschränkte Machtvollkommenheit über den ganzen Betrieb. Und ganz ehrlich – das war eine sehr weise Bestimmung von Onkel Manfred, denn Lundström ist schon lange die Seele der Geschäfte, seit Onkel sich wegen seines Herzens soviel Schonung auferlegen mußte, und nie hätte Kurt die Zügel so straff in die Hand genommen, wie er es getan hat.«

»Ach Unsinn, wem Gott ein Amt gibt, dem gibt er auch den Verstand.«

»Ich will nicht mit dir streiten, Mama, aber Kurt erscheint mir keineswegs befähigt, eine so verantwortungsreiche Stellung einzunehmen.«

»Nun, Lundström hätte ja meinetwegen weiter die Geschäfte führen können. Kurt hätte ihm das sicherlich nicht streitig gemacht.«

»Das glaube ich auch nicht. Kurt hätte es genügt, den Herrn zu spielen und auf dem hohen Pferd zu sitzen.«

»Du sprichst lieblos von deinem Bruder.«

»Aber Mama, im Grunde bist du ja derselben Ansicht wie ich. Wir müssen uns jedenfalls mit der Tatsache abfinden, daß Lundström Onkels Haupterbe ist, da wir ja leider das Testament nicht ... verschwinden lassen können.«

Das warf Inge anscheinend leicht hin, aber ihre Augen sahen dabei seltsam lauernd in die ihrer Mutter, und diese gab den Blick ebenso zurück. Die beiden Frauen sahen sich in diesem Augenblick so ähnlich, wie nur zwei Menschen einander ähnlich sein können. Auf beiden Gesichtern lag eine heimliche Gier, ein lauerndes Forschen und eine stillschweigende Übereinstimmung.

Und seit dieser Stunde umkreisten die Gedanken beider unablässig das im Safe des Hausherrn liegende Testament. Und weiter gingen ihre heimlichen Wünsche, wenn sie diese auch jedem Menschen gegenüber verleugnet hätten. Sie malten sich beide aus, wie leicht dies Testament verschwinden könnte, falls Onkel Manfred Gunnar Lundströms Rückkehr nicht erleben würde.

Und von dieser Stunde an fanden seltsam magnetische Ströme ihren Weg aus den Herzen von Mutter und Tochter zu Manfred Hallerstedt hinüber, Ströme, die, wenn sie mächtig genug gewesen wären, sein Lebenslicht zum Erlöschen gebracht hätten. Könnten Wünsche töten, dann wäre Manfred Hallerstedt schon in dieser Nacht gestorben, denn der Wille zweier Frauen wollte ihm den Lebensnerv abschneiden ...

Frau Renate von Seebach ging nach einer Weile in ihr Zimmer hinüber, um an ihren Sohn zu schreiben und ihm mitzuteilen, was geschehen war. Er mußte nach Lindeck kommen! Sofort! Damit sie alles mit ihm besprechen konnte. Es dauerte ja nicht mehr lange bis zu den Osterferien, mochte er diese etwas früher antreten.

Inge hatte ihrer Mutter mit zusammengekniffenen Augen nachgesehen und überlegte nun genau, wie sie bei dem Stand der Dinge am besten abschneiden könne. Sie hielt es für gut, zwei Eisen im Feuer zu haben. Starb der Onkel nicht, bevor Lundström wiederkam – der Arzt hatte doch zu der Mutter gesagt, daß sein Leben nur an einem Fädchen hinge, das jeden Moment zerreißen könne –, dann mußte sie versuchen, Lundströms Gunst zu gewinnen, damit er sie zu seiner Frau machte. Es wäre so übel nicht, an seiner Seite Schloßherrin von Lindeck zu werden. Aber es würde nicht leicht sein, Lundströms Gunst zu gewinnen. Sie hatte zu wenig vorgesorgt; sie war ihm immer kalt und abweisend begegnet, weil sie ihm, gleich Mutter und Bruder, die Bevorzugung des Onkels mißgönnte. Immerhin, man war zu jung, um sein Leben als Witwe zu beschließen, und Gunnar Lundström war ein Mann, mit dem man sich sehen lassen konnte, wenn er auch nur ein Bastard war. Und in Inges Augen zuckten begehrliche Lichter auf. War sie auch nicht imstande, im Herzen eine große Liebe zu hegen, so waren ihre Sinne doch noch jung und lebenswach.

»Man wird sehen!« sagte sie vor sich hin und trat an den Spiegel heran, der zwischen den Fensterpfeilern angebracht war. Aufmerksam betrachtete sie sich, legte noch ein wenig Puder auf und strich mit dem Lippenstift über die etwas farblosen Lippen. Sie war zufrieden mit ihrem Aussehen und ahnte jedenfalls nicht, daß Gunnar Lundström sie immer für eine reizlose Frau gehalten hatte, weil sie, nach seiner Ansicht, keine Seele besaß und nicht einmal für ihre beiden reizenden Kinder ein warmes Gefühl hegte. Hatte er doch lange mit ihr auf Schloß Lindeck gelebt, denn er wohnte nicht nur in dem Seitenflügel des Schlosses, sondern nahm auch, wenn er nicht durch Geschäfte abgehalten wurde, an den Mahlzeiten und an den abendlichen geselligen Zusammenkünften im Schloß teil.

Manfred Hallerstedt war Besitzer großer Weingüter längs des Rheins und der Mosel. Er besaß große Kellereien und Keltereien, in denen auch ein sehr beliebter Schaumwein hergestellt wurde. Seine Weine waren nicht nur in Deutschland, sondern in der ganzen Welt bekannt und beliebt. Schloß Lindeck, das auf einem Berg in einem Nebental des Rheins lag, hatte er vor Jahren gekauft und ausbauen lassen. Hierher hatte er seinen dauernden Wohnsitz verlegt. Oft genug war er von den Frauen umworben worden, denn er war noch jetzt ein interessanter und charmanter Mann, aber keine hatte ihm gefährlich werden können, weil keine den Vergleich mit Rahnhild Lundström ausgehalten hatte. Er hatte seinen Sohn zu sich kommen lassen, sobald er sein Studium beendet hatte. Seit fast zehn Jahren hatte er ihn nun schon um sich und ihn sich zum Nachfolger erzogen. Innerlich waren sich diese beiden Männer nahegekommen. Gunnar verehrte seinen Vater ungemein, ohne zu ahnen, daß er sein Vater war. Den, den er für seinen Vater hielt, hatte er nie schätzen und lieben können, denn er sah in ihm nur den brutalen und grausamen Unterdrücker seiner innig geliebten Mutter. Er war froh gewesen, daß ihn »ein Freund seiner Eltern« fortrief von zu Hause. Wäre er in Stockholm geblieben, wäre es sicherlich so weit gekommen, daß er sich einmal an seinem Vater vergriffen hätte, wenn er die Mutter wieder und wieder drangsalierte.

Und die Mutter hatte ihn dringend gebeten, dem Rufe Manfred Hallerstedts zu folgen. Er ahnte nicht, warum sie es so gern sah, daß er zu ihm ging.

Manfred Hallerstedts Leben war reich und schön geworden, seit sein Sohn in seinem Hause weilte, seit er ihn beeinflussen und nach seiner Wesensart lenken und leiten konnte. Und ein heißes Glücksgefühl beseligte ihn immer wieder, wenn er merkte, daß sein Sohn ihm innerlich näher und näher kam. Gunnar vertraute ihm alles, was ihn bewegte, an; er erzählte offen von den Verhältnissen im Elternhause, und eines Tages hatte er impulsiv ausgerufen:

»Ja, wenn ich einen solchen Vater hätte, wie Sie es sind, wie glücklich wäre ich da zu preisen!«

Wie das auf Manfred Hallerstedt gewirkt hatte, kann man sich denken. Aber er mußte schweigen, immer wieder schweigen ...

Von Schloß Lindeck aus hatte man einen herrlichen Rundblick über Fluß und Ebene, auch über die bewaldeten Berge ringsum. Es war ein herrliches Erdenfleckchen, und Gunnar Lundström war glücklich gewesen, hier eine Heimat gefunden zu haben. Denn wenn er mit Frau von Seebach und ihren beiden Kindern auch stets auf einem kühl reservierten Fuße stand, so hatte er sich doch herzlich mit Anita befreundet, und die beiden Kinder liebten ihn sehr als immer gefälligen Onkel.

Dazu kam das wundervolle Verhältnis, das ihn mit seinem ihm überaus gewogenen »Chef« verband. So fühlte er sich sehr froh und glücklich auf Schloß Lindeck und konnte seiner Mutter, die sehnsüchtig darauf wartete, die herrlichsten Berichte über sein Leben geben.

Nie hätte er aber daran gedacht, zu Inge von Holst in engere Beziehungen zu treten, und auch sie hatte das bisher nie in Betracht gezogen. Jetzt tat sie es aber – und sie lächelte eitel und zufrieden ihr Spiegelbild an.

Gunnar Lundström war eben von der Beisetzung seiner Mutter in deren Wohnung zurückgekehrt. Diese Wohnung lag an einer der vielen Wasserstraßen Stockholms. Er stand eine Weile am Fenster und sah auf das lebhafte Treiben hinab. Sein charakteristisches, energisches Gesicht zeigte tiefe Trauer. Er hatte seine Mutter sehr geliebt, und es hatte ihn tief getroffen, daß er sie verlieren mußte. Hier in dieser friedlichen Vierzimmerwohnung lebte sie seit dem Tode ihres Gatten, der ihr zwar kein Vermögen, aber eine bescheidene Pension hinterlassen hatte, mit der sie bei ihren einfachen Ansprüchen gut ausgekommen war. Eine alte Dienerin, die sie aus ihrem Elternhause schon übernommen hatte und die ihr in all den schrecklichen Jahren ihrer Ehe treu geblieben war, stand auch jetzt noch dem schlichten Haushalt vor. Sie betrat nach leisem Anklopfen das Zimmer.

»Wünschen Sie etwas heißen Tee, Herr Gunnar? Es war frisch draußen, und Sie sind gewiß durchfroren?«

Er wandte sich um und sah sie mit einem ernsten Blick an. »Ja, Christine, bringen Sie mir Tee und einige Toasts. Ist noch alles Nötige im Hause? Ich habe bisher noch gar keine Zeit gehabt, danach zu fragen.«

»Keine Sorge, Herr Gunnar, ich habe noch von allem. Essen und Trinken muß man doch, auch wenn das Herz noch so weh tut.«

Er nickte.

»Ihnen tut es sicherlich auch sehr weh, Christine, Sie waren meiner Mutter allzeit treu ergeben.«

Christine preßte den Schürzenzipfel an die Augen.

»Das weiß der Himmel, Herr Gunnar, ich habe doch alle ihre Schmerzen mit gelitten in den vielen Jahren. Gottlob nur, daß Sie noch zurecht kamen, daß Ihre Mutter Sie noch einmal bei Bewußtsein gesehen und von Ihnen Abschied genommen hat. Sie hätte doch sonst nicht ruhig sterben können. Ein schweres Leben hat sie gehabt; und nur die letzten Jahre, seit dem Tode des Herrn Rat – Gott verzeihe ihm seine Sünden –, hat sie etwas Ruhe gehabt. Aber sie war schon ganz zermürbt, der Herr Rat hatte ihr zuviel Böses zugefügt. Keine ruhige Stunde hat sie gehabt. Und immer sagte sie: Wie gut, daß mein Sohn das nicht mitansehen muß, das ist mein einziger Trost, Christine.«

Gunnar preßte die Lippen zusammen.

»Ich weiß, sie war eine Märtyrerin, Christine, und ... sie hat so früh sterben müssen, weil sie zuviel gelitten hat. Aber gottlob ist sie sanft und ruhig eingeschlafen. Aber nun wollen wir von Ihnen reden, Christine, was wird jetzt aus Ihnen? Mutter hat mir ans Herz gelegt, ich solle für Sie sorgen, und das ist auch mir ein Bedürfnis, denn ich danke es nur Ihnen, daß Mutter nicht ganz einsam und verlassen zurückblieb, als ich nach Deutschland ging.«

»Ach, und wie hat sie sich gefreut, daß Sie dort alles so gut getroffen haben! Die Briefe aus Deutschland waren immer ein glückliches Ereignis für sie. Und was aus mir werden wird, Herr Gunnar? Nun, mit meinen sechzig Jahren kann ich leider nicht mehr viel leisten, aber was ich brauche, werde ich wohl noch verdienen können.«

»Es kann gar nicht in Frage kommen, Christine, daß Sie noch eine andere Stellung annehmen. Ich verdiene gottlob genug, um Ihnen eine kleine Rente bis an Ihr Lebensende aussetzen zu können. Und bis auf einige Andenken, die ich mitnehmen werde, soll alles, was in dieser Wohnung sich befindet, Ihnen gehören. Sie können vielleicht noch ein Zimmer an eine junge Dame vermieten, damit Sie immer jemand um sich haben.«

Christine hob erschrocken die Hände.

»Ach nein, Herr Gunnar, das ist doch viel zuviel, das kann ich doch nicht annehmen.«

»Machen Sie kein Aufhebens von etwas Selbstverständlichem, Christine. Was soll ich anfangen mit all den Sachen, die hier herumstehen und -liegen? Ich kann sie nicht mit mir nehmen. Und sie verkaufen? Ich will alles, was Mutter berührt hat, in guten Händen wissen. Und ich will Sie auch dafür belohnen, daß Sie meiner Mutter das Leben ein wenig leichter gemacht haben. Also kein Wort mehr darüber. Sie bleiben ruhig hier in Mutters Wohnung. Wenn mich dann die Sehnsucht packt, besuche ich Sie und lasse mir von Ihnen erzählen, wovon Mutter mit Ihnen geplaudert hat.«

Christine liefen die hellen Tränen über das Gesicht.

»Wie soll ich Ihnen nur für soviel Güte danken? Wenn ich wirklich hierbleiben darf und Sie mir das alles schenken wollen, dann brauche ich wirklich nicht mehr viel, Herr Gunnar, ich habe doch mein Erspartes. Und wenn ich dann zwei Zimmer für mich habe, ist es reichlich genug. Ich könnte sogar zwei Zimmer vermieten, dann reiche ich schon so ziemlich aus. Und wenn ich noch für meine Mieter mitkoche, bleibt das wenige, was ich esse, über.«

»Nun gut, Christine, Sie schreiben mir, was Sie monatlich noch brauchen, um gut und bequem auszukommen, und das schicke ich Ihnen jeden Monat.«

Die alte Dienerin wollte ihm ganz aufgeregt danken, aber er schob sie mit einem guten Lächeln zur Tür hinaus.

»Gehen Sie, Christine, bereiten Sie mir den Tee, ich will Mutters Schreibtisch noch durchsehen und ordnen, was zu ordnen ist. So bald wie möglich muß ich wieder nach Deutschland zurück.«

Christine ging, vor Freude weinend, hinaus, und Gunnar blieb im Wohnzimmer seiner Mutter vor ihrem Schreibtisch stehen. Über diesem hing eine etwa vor Jahresfrist aufgenommene Fotografie von ihm selbst, und darüber ein kleines Bildchen von seiner Mutter aus den ersten Jahren ihrer Ehe. Sinnend betrachtete er dieses Bild. Sie mußte einmal eine sehr schöne Frau gewesen sein, aber schon damals lag ein tiefer Leidenszug um ihren Mund, und die Augen blickten traurig und unglücklich in die Welt.

»Arme Mutter!« sagte er leise vor sich hin.

Und er war froh, daß nirgends ein Bild vom Rat Lundström, seinem vermeintlichen Vater, hier in der Wohnung zu sehen war. Nie hatte Gunnar ihn geliebt, sondern ihn immer nur als überstrengen Erzieher und als engherzigen, tyrannischen Despoten gefürchtet. Und später, als er mit offenen Augen sah, wie sehr die Mutter unter diesem Mann zu leiden hatte, war etwas wie ohnmächtiger Haß in ihm aufgekommen. Er war wirklich froh gewesen, als er das Vaterhaus verlassen konnte.

Aufatmend ließ er sich vor dem Schreibtisch nieder. Nach dem Tode Lundströms hatte er seine Mutter gebeten, zu ihm nach Deutschland zu kommen, damit er ihr nahe sein könne. Doch sie hatte das ruhig und sanft, aber trotz aller Sanftheit sehr energisch abgelehnt. Sie behauptete, zu alt zu sein, um sich noch in fremden Boden verpflanzen zu lassen.

Aber kurz bevor sie in seinen Armen verschieden war, hatte sie zu ihm gesagt:

»Wenn ich nicht mehr am Leben bin, mein Gunnar, dann wirst du in meinem Schreibtisch ein Päckchen finden, das mein Tagebuch enthält und ein Schreiben an dich. Ich habe dir ein ganzes Leben lang etwas verheimlichen müssen. Über den Tod hinaus will ich das nicht tun. Du sollst mein Tagebuch lesen, sollst daraus erkennen, daß ich gefehlt und warum und wie ich gefehlt habe. Die schweren Jahre an der Seite deines Vaters betrachtete ich als Buße für das, was ich begangen habe. Aber, du wirst dann auch erkennen, warum ich so glücklich war, daß du nach Deutschland gerufen wurdest und warum ich dir nicht dahin folgen wollte. Du sollst alles verstehen, deshalb mußt du alles lesen, was ich aufgezeichnet habe. Und ich hoffe, mein Gunnar, daß du deiner Mutter verzeihen wirst.«

»Ach, meine liebe Mutter, du hast sicherlich nichts Böses getan, du warst allezeit eine Heilige und eine bewundernswerte Dulderin«, hatte Gunnar erwidert.

Darauf sagte seine Mutter leise: »Ich war keine Heilige, mein Sohn, ich war ein armer, irrender Mensch, aber das eine muß ich dir sagen, das, was ich gefehlt habe, war das einzige Glück meines Lebens, und ich kann es nicht bereuen. Suche mich zu verstehen, dann wirst du mir verzeihen können.«

Sie hatte nicht weitersprechen können. Und bald darauf hatte sie ihren Geist aufgegeben. Und ihre letzten Worte waren gewesen:

»Grüß deinen Vater, mein Sohn – alles Glück mit euch beiden!«

Er hatte geglaubt, ihr Geist habe sich schon verwirrt, denn sie hatte seit dem Tode ihres Gatten den Rat nie wieder erwähnt. Gunnar wußte ja nicht, daß dieser letzte Gruß einem andern galt als dem Rat Lundström.

Jetzt, als er vor dem Schreibtisch saß, kamen ihm diese Worte der Mutter wieder in den Sinn. Er schloß nunmehr den Schreibtisch auf und suchte das Päckchen, von dem sie gesprochen hatte.

Er fand es bald und öffnete es. Und dieses Päckchen enthielt das ziemlich abgegriffene Tagebuch der Mutter, einen Brief und ... die Fotografie eines Mannes. Er nahm sie zuerst in die Hand und sah darauf nieder. Da zuckte er leise zusammen. Die gleiche Fotografie hatte er in Schloß Lindeck an einer Wand des dortigen Wohnzimmers hängen sehen. Es war ein Jugendbildnis Manfred Hallerstedts, seines verehrten und geliebten Chefs.

Betroffen sah er auf das Bild herab. Wie kam seine Mutter zu dieser Aufnahme? Verständnislos schüttelte er den Kopf. Dann legte er das Bild beiseite. Aber plötzlich faßte er wieder danach, und ein Lächeln flog um seinen Mund. Richtig, die Eltern hatten ja auf ihrer ersten und einzigen Italienreise in Rom Manfred Hallerstedt kennengelernt. Daraus war dann eine Art Freundschaft zwischen Manfred Hallerstedt und seinem Vater entstanden. Oft genug hatte sich Gunnar freilich gesagt, wenn sein Chef seinen Vater in seiner ganzen Engherzigkeit und Niedertracht kennengelernt hätte, wäre er nie darauf gekommen, Freundschaft mit ihm zu schließen.

Wieder legte er das Bild beiseite und öffnete nun den Brief seiner Mutter. Dieser lautete:

»Mein innig geliebter Sohn! Wenn Du diese Zeilen liest, wird Deine Mutter nicht mehr unter den Lebenden sein. Sie war zu feige, Dir Auge in Auge zu gestehen, was sie Dir jetzt sagen muß. Du hast mich einmal gefragt: Mutter, wie ist es möglich, daß mein Vater mir so verhaßt sein kann, daß ich ihn ins Gesicht schlagen könnte? Wie kann ein Sohn so verschieden von seinem Vater sein?

Wie gern hätte ich Dir diese Frage beantwortet, weil ich wußte, daß diese Antwort eine Erlösung für Dich bedeutet hätte. Ich fand nicht die Kraft, Dir die richtige Antwort zu geben, solange Deine Augen noch auf mir ruhen konnten. Nun sollst du diese Antwort haben: Du warst nicht der Sohn Axel Lundströms. Glaube nicht, daß ich mich schäme, einem andern Mann soviel Liebe gegeben zu haben, wie ich sie Deinem wirklichen Vater gab. Er war der einzige Mann, den ich je geliebt habe, und mein Herz hat ihm gehört bis zum Tode. Du brauchst Dich Deiner Mutter nicht zu schämen, in meinem Tagebuch findest Du alles, was mich in die Arme Deines Vaters trieb, und Du wirst es verstehen und verzeihen. Stolz aber kannst Du sein auf Deinen Vater, mein Sohn – wie er stolz auf Dich ist, das weiß ich. Grüße ihn ein letztes Mal von mir – schenke ihm Deine Liebe und sage ihm, daß ich nichts bereut habe, weil mein Gefühl für ihn viel zu groß und zu tief, zu ehrlich und heilig war, als daß ich es nicht wie meinen höchsten, herrlichsten Schatz gehütet hätte. Alles andere findest Du in meinem Tagebuch. Ich lege Dir das Bild Deines Vaters bei, das er mir gab, als uns das Schicksal trennte. Dein Vater heißt Manfred Hallerstedt! Gott mit ihm und mit Dir!

Deine Mutter.«

Fahl und blaß war Gunnars Gesicht geworden, während er las. Aber in seinen Augen lag ein Leuchten. Mit einem Male wußte er, was ihn so mächtig zu Manfred Hallerstedt gezogen hatte, was ihn diesen Mann lieben und bewundern ließ. Oft genug hatte er darüber gegrübelt, warum er Manfred Hallerstedt in allen Dingen so ähnlich war, warum dessen Augen oft so liebevoll, ja zärtlich auf ihm geruht hatten. Das also war des Rätsels Lösung, daß er dem Mann, den er fälschlich für seinen Vater gehalten, so fremd und feindlich gegenüberstehen konnte.

Er saß da wie gelähmt und fühlte sich doch wie erlöst. Und schrak erst zusammen, als Christine mit dem Teegeschirr eintrat.

Er sah nicht auf zu ihr, er konnte jetzt mit keinem Menschen sprechen. Christine ging verständnisvoll schweigend wieder hinaus. Gunnar ließ den Tee kalt werden; er hatte das Tagebuch seiner Mutter geöffnet und las erschüttert die Geschichte ihres Lebens, las, daß sie sich für die Ehre ihres Vaters geopfert hatte, der mit Axel Lundström zusammen im Amt gewesen und von diesem bei einem Fehltritt belauscht worden war. Und dann las er die Geschichte ihrer Liebe, erlebte gleichsam mit ihr die Tage in Rom, die ihres Lebens höchstes Glück umschlossen hatten. Und er las auch, daß sie Manfred Hallerstedt das Wort abgenommen hatte, keinem

Menschen vor ihrem und Lundströms Tode zu verraten, wenn sie ihm ein Kind schenken würde.

Er sah in die Seele seiner Mutter hinein wie in dieses aufgeschlagene Buch und erkannte, daß sie bei aller Duldsamkeit eine stolze Seele gehabt hatte. Alles, was sie an der Seite ihres Gatten erduldet hatte, war ihr wie eine Buße erschienen, aber trotzdem bekannte sie sich stolz zu ihrer Liebe, der sie ihr Leben lang treu geblieben war.

Und wie gut konnte Gunnar verstehen, daß seine Mutter diesen Mann hatte lieben müssen, daß sie dem Zauber seiner Persönlichkeit erlegen war. Und es war ein herrliches Gefühl für ihn, daß Manfred Hallerstedt seine Mutter hatte von ihrem Gatten lösen, daß er sich zu ihr und seinem Kinde hatte bekennen wollen. Die Mutter hatte sich nicht lösen dürfen von dem Mann, den sie nur verachten konnte, weil er sonst ihren Vater vernichtet hätte. So mußte sie schweigend das unerhörte Opfer weiter bringen.

Er las und las, und es ließ ihn nicht los, was die Mutter schrieb.

Welche Seligkeit klang aus ihren Worten, als sie niedergeschrieben, Manfred Hallerstedt habe seinen Sohn zu sich gerufen! Wieviel Glück hatte sie in allem Leid empfunden, wenn Gunnar ihr geschildert, wie gut es ihm in Lindeck gefiele und wie sehr er seinen Chef verehre.

Dann kam Gunnar an die Zeit, als Manfred Hallerstedt nach Lundströms Tode die Bitte an Rahnhild ausgesprochen hatte, jetzt noch seine Frau zu werden. Sie hatte in das Tagebuch eingetragen, was sie auf seine Bewerbung geantwortet hatte.

»Mein lieber, teurer Manfred! Für Deinen lieben, lieben Brief danke ich Dir von Herzen. Du kannst Dir denken, wie es mich bewegt hat, nach so langer Zeit wieder von Dir zu hören. Daß meine Gedanken immer bei Dir waren, weißt Du, und wie selig ich bin, daß Du Gunnar bei Dir hast, daß Du ihn liebst und stolz auf ihn bist, kannst Du Dir denken. Es hat mich sehr gerührt, daß Du mir jetzt, nachdem mich Lundströms Tod frei gemacht hat von jahrelanger Qual, anbietest, Deine Frau zu werden, jetzt noch, nach langen Trennungsjahren. Aber, mein lieber Manfred, so lieb ich Dich habe, das kann ich nicht. Nicht, weil ich Dich weniger liebe als früher, ach, meine Liebe währet ewiglich –, sondern weil ich durch diese jahrelangen Qualen so zermürbt bin, daß ich mir nicht mehr die Kraft zutraue, Dich glücklich zu machen. Ich weiß, ich würde Dich enttäuschen. Und ich mag Dich auch nicht wiedersehen, weil ich mich Dir nicht zeigen will, wie ich jetzt bin, ein müdes, kraftloses Weib, das gar nicht mehr der Rahnhild gleicht, die Du einst geliebt hast. Es ist schön und ehrenwert von Dir, daß Du mich jetzt noch zu Deiner Frau machen willst, und es zeigt mir, daß auch in Deinem Herzen noch nicht das erloschen ist, was uns einst unwiderstehlich zusammenführte. Aber ich habe keine Kraft mehr, glücklich zu sein und – ich will nicht selbst die heilige Flamme verlöschen, die mir Entschuldigung war für alles, was ich gefehlt. Wir dürfen uns nicht wiedersehen, Manfred. Behalte mich in Deiner Erinnerung, wie ich damals war, und auch Du sollst mir immer so im Gedächtnis bleiben. Eine Liebe, wie wir sie füreinander empfanden, ist kein Gefühl für den Alltag – ich mag es nicht getötet sehen durch eine Vereinigung, die viel zu spät kommen würde, um für uns noch ein Glück zu bedeuten. Dank – innigsten Dank für Deine Werbung. Ich sandte Dir als mein höchstes Geschenk meinen – unseren Sohn. Liebe ihn! Gib ihm alles, was Du an Liebe zu geben hast. Und einst, nach meinem Tode, der wohl nicht mehr allzufern sein wird, wirst Du Dich zu ihm bekennen können. Und er wird Dich lieben; er tut es schon jetzt, obwohl er nicht ahnt, was Du ihm bist. Alles Gute für Dich, mein lieber Manfred! Lasse mir meinen stillen, schwer erkämpften Frieden.

Deine Rahnhild bis in den Tod.«

Dieser Brief bewegte Gunnar tief. Wie dankbar war er seinem Vater, daß er die Mutter hatte heiraten wollen, als sie Witwe geworden war. Er sagte sich aber, sie habe recht getan, als sie diese Werbung ausschlug. Denn er verglich im Geiste die stolze, gebietende und interessante Erscheinung Manfred Hallerstedts mit seiner schlichten, durch ewige Demütigungen zermürbten Mutter, die zwar im Tode noch schön gewesen war, aber keine Lebenskraft und Frische mehr besessen hatte.

Nicht einen Moment fühlte er das Bestreben in sich aufsteigen, seiner Mutter und seinem Vater ein Richter zu sein. Er wußte und fühlte, zwei außerordentlich wertvolle Menschen waren zu der Notwendigkeit getrieben worden, das Recht auf Glück und Liebe im geheimen zu suchen, weil ihnen kein Weg blieb, seiner auf andere Weise teilhaftig zu werden. Sie hatten sich beide der Verantwortung nicht entziehen wollen. Sie waren nur gezwungen gewesen, sich für andere zu opfern. Das Schicksal hatte sie freilich nur zusammengeführt, um sie bald darauf grausam zu trennen. Immer hatte Gunnar Lundström seine Mutter wie eine Heilige verehrt. Er tat es auch jetzt noch, nachdem er ihr Tagebuch bis zu Ende durchgelesen hatte. Er wußte, wie schwer sie in ihrer unglücklichen Ehe hatte leiden müssen, und wer unter uns ist ohne Schuld? Er nahm seines Vaters Bild noch einmal in die Hände, und alle Liebe, die er bisher seiner Mutter geschenkt hatte, übertrug er nun auf ihn. Eine Sehnsucht ohnegleichen befiel ihn, ihn wiederzusehen. Jetzt würde sich der Vater zu ihm bekennen, hatte er es doch all die Jahre hindurch nur nicht getan, weil er der Mutter geschworen hatte zu schweigen. Nun brauchte er es nicht mehr, und dessen würde er froh sein, das schien ihm gewiß.

Langsam packte er das Tagebuch zusammen mit des Vaters Bild und der Mutter Brief. Er wollte das alles dem Vater bringen. Auch er sollte das alles lesen und daraus erkennen, wie sehr er geliebt worden war und wie reinen Herzens die Mutter gewesen, trotz ihrer Schuld, die im Grunde eigentlich keine war.

Er saß noch lange und sann über das alles nach, bis Christine wieder erschien und das Teegeschirr abräumen wollte. Da sah sie, daß er es noch gar nicht benutzt hatte. Vorwurfsvoll blickte sie ihn an.

»Aber, aber, Herr Gunnar, Sie haben doch gar nichts zu sich genommen?«

Wie aus einem Traum erwachend, sah er zu ihr auf.

»Ach richtig, Christine, das habe ich ganz vergessen! Darf ich Sie bitten, mir noch einmal frischen Tee aufzugießen? Die belegten Brote lassen Sie ruhig hier, die verzehre ich nun gleich zum Nachtmahl.«

Mitleidig sah Christine zu ihm hinüber und schämte sich ein wenig, daß sie imstande gewesen war, einen kräftigen Imbiß zu sich zu nehmen und ihre üblichen vier Tassen Tee zu trinken.

Eifrig ging sie hinaus, kam bald darauf mit frischem Tee herein und blieb neben ihm stehen, ihn bedienend, bis er etwas zu sich genommen hatte. Sie besprachen dabei noch allerlei, und Gunnar sagte ihr, daß er am übernächsten Morgen abreisen werde. Er hoffe, morgen noch alles Nötige erledigen zu können.

Und wirklich reiste Gunnar zur vorgesehenen Stunde ab. Vor der Abreise gab er ein Telegramm an Manfred Hallerstedt auf, das seine Rückkehr meldete.

## 3

An demselben Morgen, an dem Gunnar Stockholm verließ, betrat Anita von Seebach das Arbeitszimmer ihres Vormundes. Sie hatte durch den alten Franz anfragen lassen, ob sich Onkel Manfred wohl genug befinde, um sie zu empfangen.

Der alte Herr hatte leider abermals eine sehr schlechte Nacht gehabt, und Franz hätte am liebsten heute niemand zu ihm gelassen, aber diese junge Dame pflegte immer einen sehr günstigen Einfluß auf seinen Herrn auszuüben, und deshalb ging er, um ihn zu fragen.

Manfred Hallerstedt saß wieder, in halb liegender Stellung, am Schreibtisch. Hier waren alle telefonischen Anschlüsse für ihn erreichbar, und in Gunnar Lundströms Abwesenheit mußte er sich mehr als sonst mit Geschäften befassen. So ließ er sich jedesmal gleich an den Schreibtisch bringen, wenn er das Bett verließ. Er war nicht zu bewegen, im Bett zu bleiben.

Als ihm Franz Anita meldete, nickte er lächelnd:

»Laß sie herein, Franz, sie wirkt immer wie ein heller Sonnenstrahl in meinem Krankenzimmer.«

Gleich darauf stand Anita vor ihm. Sie beugte sich lächelnd zu ihm herab und küßte seine Stirn.

»Guten Morgen, Onkel Manfred! Du mußt es aber ganz offen sagen, wenn ich dir lästig bin.«

»Das bist du gewiß niemals, Anita. Komm, setze dich zu mir und laß dich anschauen. Entzückend siehst du aus, wie immer.«

Sie lachte ihn schelmisch an.

»Forderst du damit ein Gegenkompliment heraus?«

Er lachte leise.

»Ich werde dich doch nicht zu Unwahrheiten verleiten.«

»Oh, wenn ich dir sage, daß du absolut nicht wie ein Kranker aussiehst, sondern wie immer sehr interessant und anziehend, dann ist das keine Lüge. Wirklich, Onkel Manfred, wenn man mir nicht immer wieder sagen würde, du seist leidend, ich würde es nicht glauben.«

Er seufzte ein wenig.

»Kleines Mädchen, meine Krankheit ist von der Art, die bis zum letzten Atemzuge äußerliches Wohlsein vortäuscht, um dann mit einemmal sehr energisch zuzupacken und einen zu erledigen. Aber nichts davon. Was führt dich zu mir? Willst du mir nur einen Besuch machen, oder hast du etwas auf dem Herzen?«

»Beides, lieber Onkel. Meinen Besuch hatte ich dir schon zugedacht. Aber gleichzeitig will ich etwas fragen.«

»Heraus damit!«

»Würdest du es mir erlauben, ein eigenes Auto zu halten?« Er sah sie forschend an, sagte dann aber ruhig:

»Ich habe dir gar nichts mehr zu erlauben oder zu verbieten, Anita. Du bist ja meiner Vormundschaft entwachsen. Aber ... dir steht doch jederzeit das Auto zur Verfügung, das ich für euch Damen angeschafft habe.«

Sie lächelte ein wenig verlegen, sagte aber dann frei heraus:

»Ich weiß sehr wohl, daß du in deiner Güte die Limousine auch mir zur Verfügung stellst, aber sie ist meistens besetzt durch Mama und Inge, die dann oft die Kinder mitnehmen. Dann ist es ein wenig eng. Und meistens fährt man dann nach Köln oder Koblenz. Ich möchte jedoch oft viel lieber weitere Ausflüge machen, den Rhein hinauf, an der Mosel entlang oder ins Lahntal, dahin, wo nicht so viele Menschen kommen, die mir die Natur verschandeln. Du mußt das nicht als einen Anfall von Menschenfeindlichkeit auffassen, aber ich möchte eben zuweilen allein sein, oder nur mit den Kindern zusammen. Sind die unter Aufsicht von der Großmama oder der Mutter, dann erstarren sie immer vor lauter Wohlerzogenheit, sind aber in dem Zustand für mich einfach bejammernswert. Hätte ich nun einen eigenen Wagen, würde ich Mama und Inge ruhig nach Köln oder Koblenz fahren lassen, würde mir die Kinder einladen oder allein losfahren und hätte ein herrliches Gefühl der Freiheit. Auch ich ersticke beinahe vor lauter Bravheit und Wohlerzogenheit, wenn Mamas oder Inges strenge Augen auf mir ruhen.«

Es zuckte amüsiert um den Mund des alten Herrn.

»Oh, ich verstehe dich, Anita, und es kann dich niemand

hindern, dir zu diesem löblichen Zweck ein Auto anzuschaffen.«

»Freilich, Mama wird wieder sagen, das sei eine Verschwendung, und daß ich besser tun würde, das Geld anders anzuwenden.«

»Womit sie selbstverständlich meint, daß du es lieber ihr zur Verfügung stellen könntest?«

Anita wurde rot.

»Das meinte ich nicht gerade, aber ...«

»Aber es ist schon so, meine liebe Anita. Und da will ich dir einmal ganz energisch und rückhaltlos sagen, daß sowohl meine Schwester als auch Inge von mir so gestellt sind, daß sie von dir nichts brauchen. Du mußt es dir unbedingt abgewöhnen, dich gewissermaßen durch allerlei unangebrachte Spenden von den mehr oder minder deutlichen Vorwürfen deiner Stiefmutter loszukaufen, daß du allein die Erbin des Vermögens deiner Mutter geworden bist. Das bist du nach Gesetz und Recht. Dein Vater hat bis zu seinem Lebensende die Nutznießung deines Vermögens gehabt. Wenn er darüber hinaus in meiner Schwester Hoffnungen erweckt hat, sie würde auch nach seinem Tode glänzend gestellt sein, so war das unrichtig von ihm; er hat ja gewußt, wie das Testament deiner Mutter abgefaßt war. Du hast keinerlei Verpflichtungen deiner Stiefmutter und ihren Kindern gegenüber, und ich sage dir nochmals: Befreie dich von solchem unangebrachten Pflichtgefühl! Ich habe meine Schwester und ihre Kinder in meinem Testament so bedacht, daß sie stets ihr Auskommen haben werden, wenn ich sie auch nicht, wie sie annahmen, zu meinen Haupterben eingesetzt habe. Meinen Haupterben wirst du bald kennenlernen, Anita. Aber davon jetzt nichts weiter. Kurz und gut, du kannst es dir sehr wohl leisten, dir ein hübsches und elegantes Auto zu kaufen und dir auch einen eigenen Chauffeur zu halten. Wähle dir nur einen recht tüchtigen, zuverlässigen und repräsentativen Fahrer aus. Und laß dich nicht irremachen durch direkte und indirekte Vorwürfe über Verschwendungssucht. Davon kann bei dir gar keine Rede sein. Du bist reich genug, um dir, wenn du es willst, noch ganz andere Dinge zu leisten. Also raffe dich endlich energisch auf, und weise etwaige Vorwürfe ruhig und bestimmt zurück. Es ist sogar eine soziale Pflicht, daß du von deinem Reichtum anderen Verdienstmöglichkeiten schaffst. Man darf nicht auf dem Geldsack sitzen und das Geld hüten, wenn einem das Schicksal davon reichlich genug beschert hat, sondern man muß es auch unter die Leute bringen. Du kannst getrost jedes Jahr deine Zinsen ausgeben, ohne nur im geringsten zu verschwenden. Und wenn du dir zwei oder drei Autos halten wolltest, würde das noch immer deine Verhältnisse nicht übersteigen. Ich habe dir doch bei meiner Rechnungslegung anläßlich deiner Großjährigkeit deine Verhältnisse klargelegt. Somit weißt du, wieviel du jedes Jahr einnimmst, und daß du unbesorgt ebensoviel ausgeben kannst. Du wirst kaum imstande sein, deine Zinsen ganz aufzubrauchen. Also sei unbesorgt und kaufe dir eine hübsche, elegante Limousine. Meine Schwester und Inge werden ohnedies auch davon profitieren, da sie dann den andern Wagen für sich allein haben und du ihnen oft genug die Kinder abnehmen wirst.«

Anita nickte ihm froh aufatmend zu.

»Ich danke dir, Onkel Manfred, für alles, was du mir gesagt hast.«

»Das gehörte noch zu meinen vormundschaftlichen Pflichten, Anita. Aber warte mit dem Kauf des Wagens, bis Gunnar Lundström wieder zurück ist. Ich kann jetzt nicht aus dem Hause, er aber wird dir gern behilflich sein und dir gewissenhaft raten.«

Sie nickte lächelnd.

»Oh, ja, da bin ich ganz außer Sorge, er ist ein absolut zuverlässiger Mensch.«

Des alten Herrn Augen leuchteten auf.

»Ja, das ist er.«

»Übrigens, Onkel, hast du bereits gehört, daß Kurt von Fuchs sein Kommen angemeldet hat?«

Manfred Hallerstedt sah sie lächelnd an.

»Vielleicht hat er irgendein dringendes Anliegen ... vermutlich an mich. Immerhin, er macht somit sehr zeitig Ferien. Das wird übrigens nicht viel ausmachen, denn er arbeitet in der Zeit der Vorlesungen ebenfalls kaum mehr als in den Ferien.«

Um ihren Mund zuckte es.

»Darüber möchte ich nicht sprechen, Onkel Manfred, Mama würde mir sehr böse sein, ließe ich meine Ansicht darüber laut werden.«

Er nickte.

»Ja, ja, Anita, das ist ein böses Kapitel, und meine Schwester wird es noch sehr bereuen, daß sie ihn nicht strenger gehalten hat. Leider ist er in dem Wahn gehalten worden, er würde immer aus dem vollen schöpfen können, ohne etwas leisten zu müssen. Erst hat er damit gerechnet, daß dein Vater ihm etwas vermachen würde, und nun spekuliert er darauf, mich zu beerben. Er dürfte sehr deprimiert sein, erfährt er, daß auch letzteres nicht der Fall sein wird. Aber es ist sicherlich das einzige, was ihn noch retten kann. Er wird dann vielleicht einsehen, daß er arbeiten muß. Wahrscheinlich ist er jetzt von seiner Mutter hergerufen, damit sie ihm sagen kann, was ich ihr bezüglich meiner letztwilligen Verfügungen mitgeteilt habe. Mache nicht so große, fragende Augen, kleine Anita, in kurzer Zeit wirst du alles erfahren.«

Sie atmete tief auf.

»Ich ahnte, daß irgend etwas Schwerwiegendes in diesen Tagen geschehen ist. Mama und Inge waren sehr schlechter Laune.«

»Daran trage ich die Schuld, Anita. Ich habe meiner Schwester eine Hoffnung zerstören müssen. Es hätte früher geschehen sollen, aber ich durfte nicht eher sprechen.«

Anita erhob sich.

»Ich will dich nun nicht länger stören, Onkel Manfred. Mama hat es mir auf die Seele gebunden, ich solle nur zehn Minuten bei dir bleiben, damit du dich nicht überanstrengst.«

Er faßte ihre Hand und streichelte sie.

»Du störst mich gewiß nicht, Anita, und ich würde dich gern stundenlang bei mir behalten, aber erstens will ich dich nicht solange in einem Krankenzimmer fesseln, und dann würden die andern auch so lange bei mir bleiben wollen und ... das ertrüge ich freilich schwer. Also geh, meine liebe Anita. Und sobald Gunnar Lundström zurück ist, fährst du mit ihm nach Köln oder Frankfurt und kaufst dir einen Wagen. Dein Scheckbuch hast du wohl noch gar nicht eingeweiht?«

»Nein, Onkel Manfred.«

»Aber du weißt, daß du mit Schecks alles bezahlen kannst. Ich habe dir das alles klargemacht. Du mußt dein Vermögen nun ja selbst verwalten. Aber wenn ich nicht mehr da bin, dann wende dich ruhig an Gunnar Lundström, er wird dir in allen Dingen gut und ehrlich raten.«

»Das weiß ich. Und ich werde in Zukunft daran denken, daß ich nicht verschwenderisch bin, wenn ich mir schöne Dinge kaufe, sondern daß ich damit eine soziale Pflicht erfülle«, sagte sie schelmisch.

Er nickte ihr lächelnd zu.

»Und nicht mehr bange machen lassen, Anita! Ich will dir gestatten, das Gehalt der Erzieherin für die Kinder bezahlen zu dürfen, ich tue das aber nur, damit du dadurch ein gewisses Recht erhältst, die Erziehung der Kinder zu beeinflussen, und daß du eine Persönlichkeit wählen kannst, die dir gefällt. Sie soll dich als ihre Herrin betrachten dürfen.«

»Ja, Onkel Manfred, so habe ich mir das auch gedacht.«

Sie neigte sich herab, drückte seine Hand an ihre Wange und lächelte ihm mit ihrem sonnigen Lächeln zu.

»Recht gute Besserung, Onkel Manfred, und wenn du gestattest, komme ich morgen vormittag wieder auf ein Viertelstündchen zu dir.«

»Darauf will ich mich freuen.«

Anita verließ das Zimmer, indem sie ihm von der Tür aus noch einmal zunickte.

Als Anita das im zweiten Stock gelegene Wohnzimmer betreten wollte, blieb sie erschrocken im Vorraum stehen. Sie vernahm eine laute, zornige Männerstimme und erkannte die ihres Stiefbruders Kurt von Fuchs. Sie zögerte, einzutreten. Wahrscheinlich hatte er soeben von seiner Mutter erfahren, daß er nicht der Erbe seines Onkels sein würde. Sie grübelte darüber nach, wen Onkel Manfred wohl zu seinem Haupterben bestimmt haben mochte. Daß er seine Schwester und ihre Kinder nicht ganz übergehen würde, erschien ihr gewiß. Hatte er doch gesagt, daß für diese gesorgt sei und daß sie ihnen nicht immer noch zuschießen solle. Wenn Onkel Manfred wüßte, wie oft sie Kurt mit Geld hatte aushelfen müssen!

Unschlüssig stand sie da und überlegte, ob sie fortgehen oder eintreten sollte. Da hörte sie Kurt ganz deutlich mit lauter Stimme sagen:

»Das ist eine Gemeinheit, eine Vorspiegelung falscher Tatsachen. Er hat den Glauben in uns erweckt, wir seien seine Erben. Und jetzt soll ein anderer sein Haupterbe sein, ein hergelaufener Bastard! Das werden wir uns doch nicht gefallen lassen, Mama, dagegen muß man doch protestieren!«

Seine Stimme überschlug sich nun im Zorn, so daß Anita nichts weiter verstehen konnte. Sie hörte jetzt die beschwichtigende Stimme seiner Mutter und lief eilig davon. Sie wollte nichts mehr vernehmen, wollte auch nicht vor diese maßlos zornigen und erregten Menschen hintreten.

Eiligst begab sie sich in das Kinderzimmer, um sich zu überzeugen, daß die Kleinen nichts von diesem Lärm hörten.

Indessen versuchte die Mutter, den erregten Sohn zu beschwichtigen, so gut es gehen wollte.

»Ich bitte dich, Kurt, mäßige dich. Wenn Onkel das hört,

dann entzieht er dir vielleicht gar auch das noch, was er dir ausgesetzt hat.«

»Diesen Bettel, den er uns hinwirft wie ein Almosen! Dieser Trottel, der seinen Bastard in alle Rechte eines ehelich geborenen Kindes einsetzen will. Das leiden wir doch nicht, Mama, dagegen müssen wir doch etwas tun«, sagte er etwas gemäßigter, aber immer noch kochend vor Zorn.

Die Mutter faßte seine Hand.

»Nichts können wir tun, Kurt, ich habe schon telefonisch bei unserm alten Rechtsanwalt angefragt. Wenn Onkel ein Testament hinterläßt, dann gilt nur das, was in dem Testament steht. Ich bin selbstverständlich nicht näher auf die Sache eingegangen, sondern habe nur so im allgemeinen angefragt. Also, wenn nicht durch einen unerhörten Glücksfall das Testament ... verschwindet, dann müssen wir uns in das Unvermeidliche fügen.«

Bei diesen Worten sahen sich Mutter und Sohn mit einem seltsam gespannten Blick an. Kurt dämpfte seine Stimme noch mehr, als er fragte:

»Aber wie ... wie könnte das Testament verschwinden? Wo befindet es sich?«

Sie berichtete ihm flüsternd, wo ihr Bruder das Testament verwahrte. Dann sagte sie heiser:

»Weiß Gott, Kurt, ich hätte es meinem Bruder am liebsten entrissen und vernichtet, wenn ich damit hätte etwas ändern können. Aber er hätte es dann von neuem aufgesetzt, und hätte uns ganz enterbt. Nur eine Chance haben wir ... wenn Onkel Manfred sterben sollte, ehe Lundström zurückkehren kann. Dann könnten wir es verschwinden lassen ... irgendwie. Kommt aber Lundström noch zurück, ehe das Ende meines Bruders erfolgt, dann wird er mit Lundström sprechen und ihm sagen, daß er sein Sohn ist und daß er sein Erbe sein wird. Und dann haben wir gar keine Hoffnung mehr.«

Er sah finster vor sich nieder.

»Es wäre doch nur unser gutes Recht, Mutter, dieser Bastard ist doch vor dem Gesetz nicht erbberechtigt. Alles würde uns gehören, wenn eben ... kein Testament vorhanden sein würde.«

»So ist es. Aber es wird eben vorhanden sein, und Lundström wird von Onkel erfahren, wo sein Testament sich befindet, wenn er mit ihm darüber sprechen kann.«

Wieder starrten sie sich lange an. Dann trat plötzlich Inge ein, die vom Nebenzimmer aus das ganze Gespräch zwischen Mutter und Sohn belauscht hatte.

»Es ist gleich elf Uhr, wir müssen zu Onkel Manfred gehen«, sagte sie.

Kurt warf sich in einen Sessel und starrte vor sich hin.

Seine Schwester trat zu ihm.

»Nimm dich zusammen, Kurt, und lasse Onkel nichts von deinem Groll merken. Du weißt, er darf nicht die mindeste Aufregung haben, der Arzt hat uns gewarnt. Eine kleine Erregung kann sein Lebenslicht sehr plötzlich verlöschen lassen«, sagte sie mit einer seltsamen Betonung.

Er blickte rasch und lauernd zu ihr auf, und die Mutter sah ebenso zu der Tochter hinüber.

»Du hast gelauscht, Inge?«

»Ja, Mama!« erwiderte Inge hart und laut.

Ein Schweigen entstand, und die drei Menschen sahen sich mit bedeutungsvollen Blicken an. Jeder von ihnen war zum mindesten von dem glühenden Wunsche beseelt, daß Manfred Hallerstedt sterben möge, ehe Gunnar Lundström zurückkommen würde.

Nach einer Weile richtete sich Frau von Seelbach, wie immer, kerzengerade empor.

»Also kommt, Kinder, wir wollen zum Onkel gehen; er erwartet uns.«

Kurt sah sie finster an.

»Bitte, gehe mit Inge voraus. Du kannst ja ruhig sagen, daß ich völlig vernichtet sei durch das, was du mir gesagt hast. Ich müsse mich erst fassen und würde nachkommen, um ihm die schuldige Reverenz zu erweisen. Ich muß mir alles erst noch einmal durch den Kopf gehen lassen.«

Die beiden Damen sahen ihn eigentümlich forschend an und verließen das Zimmer. Kurt von Fuchs sprang, sobald er allein war, auf und lief aufgeregt im Zimmer auf und ab. Seine Miene wurde immer finsterer, und der Groll gegen seinen Onkel wurde immer intensiver. Er entwarf einen Plan nach dem andern, wie das fatale Testament unschädlich gemacht werden könnte. Er kam jedoch zu keinem endgültigen Entschluß und nahm sich daher vor, sich durch den Augenblick bestimmen zu lassen. Daß er nicht gewillt war, seinen Onkel schonungsvoll zu behandeln, sah man ihm an.

Als er nach einer Weile das Zimmer verlassen wollte, trat Anita mit den beiden Kindern ein. Sie hatte geglaubt, daß mit den Damen auch Kurt zu dem Onkel hinuntergegangen sei. Nun sah sie, unangenehm überrascht, in sein finsteres Gesicht.

»Ah, du bist hier, Kurt?«

»Wie du siehst, in Lebensgröße.«

»Ich hörte von Mama, daß du heute kommen würdest. Hast du schon Ferien?«

»Nein, eigentlich noch nicht, wahrscheinlich muß ich erst noch einmal nach Berlin zurück.«

Kurt von Fuchs blieb nie gern allzulange auf Schloß Lindeck, da war es ihm zu langweilig.

»Nun, du hättest deine Ferien sonst auch wohl zu früh angetreten.«

Er wollte ihr eben antworten, daß sie das nichts angehe, als er daran dachte, wie schlecht er bei Kasse war. Anita hatte ihm auf seine Bitte schon oft mit Geld ausgeholfen, das er wiederzugeben versprach. Er hatte aber nie einen Pfennig zurückgezahlt. Und er konnte immer Geld gebrauchen, und heute besonders. So blieb er stehen, zog Hannelore an den blonden Locken und gab Dieter einen Klaps. Auf liebenswürdigere Weise pflegte er mit seinem Neffen und seiner Nichte nicht zu verkehren. Die Kinder schrien auf, und Anita sah ihn vorwurfsvoll an.

»Die Kinder werden von ihrer Bonne leider viel zuviel gequält, du brauchst ihnen nicht auch noch weh tun«, sagte sie.

»Ach was, es schadet ihnen nichts, wenn sie mal einen Katzenkopf kriegen. Ich habe eben schlechte Laune, sehr schlechte Laune.«

»Die solltest du aber nicht an den wehrlosen Kindern auslassen.«

Er lachte spöttisch auf.

»Du verwöhnst die Gören also immer noch? Na, meinetwegen. Aber du solltest dein Mitleid auch auf mich ausdehnen, mir geht es schlechter als diesen Kindern, verdammt schlecht. Ich wollte Geld von Mama haben.«

»Wie gewöhnlich!« sagte sie tadelnd.

»Ja, und wie gewöhnlich habe ich nichts bekommen. Sie hat mir nicht nur die entzückende Botschaft gebracht, daß Onkel Manfred uns eventuell enterben will, sondern hat mir auch gesagt, daß sie jetzt nicht einen Pfennig entbehren kann. Und dabei sind wir erst mitten im Monat, und ich habe keinen Heller mehr und keine Aussicht, vor meinem Monatswechsel am Ersten etwas zu erhalten. Kannst du mir nicht hilfreich unter die Arme greifen, Anita?«

Sie sah ihn ruhig an und dachte an das, was ihr Manfred Hallerstedt gesagt hatte.

»Nein! Das kann ich nicht«, sagte sie, sich aufrichtend.

Er blickte sie finster an.

»Sag lieber, du willst nicht, denn daß du es bei deinem Reichtum nicht kannst, halte ich für ausgeschlossen.«

»Nun gut, so nimm an, daß ich nicht will. Ich habe dir seit Weihnachten schon viertausend Mark gegeben. Du wolltest sie bis Ostern zurückzahlen, statt dessen willst du noch mehr haben.«

Er warf den Kopf zurück.

»Reiche Leute sind immer geizig«, sagte er verbissen.

Sie zuckte ungerührt mit den Schultern.

»Vielleicht fängst du endlich an, dich mit dem einzurichten, was Onkel dir monatlich bewilligt; ich finde, er gibt dir einen sehr anständigen Wechsel.«

»Danke für gute Ratschläge, dafür kann ich mir nichts kaufen. Sei doch nicht so hartnäckig, Anita! Nur tausend Mark noch!«

»Nein, ich besitze kaum noch hundert Mark.«

»So schreib mir einen Scheck aus, das fühlst du doch gar nicht.«

»Aber ich werde es trotzdem nicht tun. Bevor du mir die viertausend Mark nicht zurückgezahlt hast, erhältst du keinen Pfennig von mir. Zahlst du mir die viertausend Mark zurück, dann werde ich dir wieder Geld leihen, aber immer nur bis zu dieser Summe.«

Mit flimmernden Augen sah er zu ihr hinüber und merkte zu seinem großen Ärger, daß sie ihm anders gegenüberstand als sonst. Immer war es ihm leicht gewesen, ihr eine Summe abzunötigen. Sie hatte sich nie gewehrt. Woher kam plötzlich diese ruhige Entschlossenheit? Gerade jetzt, da sie großjährig war und über ihr Vermögen verfügen konnte, hatte er darauf gerechnet, ab und zu eine größere Summe von ihr zu leihen, natürlich wie immer mit dem Vorsatz, ihr nie etwas zurückzugeben.

Ihre Weigerung verbesserte seine Stimmung nicht, und wütend verließ er das Zimmer, ohne ein weiteres Wort zu sagen.

Die Kinder hatten sich an Anita geschmiegt und sie mit den Armen umfaßt. Hannelore sah nun zu ihr auf.

»Böser Onkel Kurt!«

Dieter aber drohte mit der kleinen Faust hinter ihm her. »Ich haue ihn, wenn ich erst groß bin, Tante Anita, weil er mich immer haut.«

Sie streichelte die beiden Kinderköpfe.

»Er meint es ja nicht böse, Kinder.«

»Doch, er meint! Immer ist er böse zu uns, nur noch nicht so schlimm wie Fräulein Helene«, meinte Dieter.

Fräulein Helene war das Kindermädchen, das wirklich sehr garstig zu den Kindern war.

Anita setzte sich auf den Diwan und zog die Kinder zu sich heran.

»Fräulein Helene geht ja nun bald fort von Lindeck.«

Hoffnungsvoll sahen die beiden Kinder zu ihr auf.

»Kommt sie auch nicht wieder?«

»Nein, bestimmt nicht.«

»Oh, dann bleibst du immer bei uns? Das wird wunderschön«, meinte Hannelore vergnügt.

»Nun, immer kann ich nicht bei euch sein. Aber ihr sollt eine liebe, gute Lehrerin bekommen, von der ihr viel Schönes und Herrliches lernen werdet.«

»Schlägt die uns nicht?«

»Ganz gewiß nicht, sie wird immer gut zu euch sein, wenn ihr lieb und artig seid, und wird nie schlechte Laune haben wie Fräulein Helene. Nur sehr traurig wird sie sein, wenn ihr nicht artig seid.«

»Das wollen wir nicht. Traurige Menschen mögen wir nicht, wir wollen lieber lachen und rumtollen«, rief Dieter begeistert.

»Ihr müßt nur immer lieb und gut zu ihr sein, immer in allen Dingen die Wahrheit sagen und kein einziges Mal lügen ... wie ihr es leider Fräulein Helene gegenüber zuweilen getan habt.«

»Aber sie schlägt uns doch, wenn wir die Wahrheit sagen, Tante Anita«, verteidigte sich Hannelore.

»Auch dann hättet ihr nicht lügen dürfen und lieber die Schläge hinnehmen sollen.«

Dieter sah sie tiefsinnig an.

»Dann dünkt es uns aber furchtbar schwer, die Wahrheit zu sagen, und Mama und Großmama sagen auch nicht immer die Wahrheit, das haben wir wohl gemerkt.«

»Ach, ihr seid dumme, kleine Kinder. Große Leute müssen schon manchmal eine Unwahrheit sagen, um etwas Schlimmes zu verhüten. Das könnt ihr aber noch nicht begreifen. Kinder müssen immer wahr sein.«

»Dann dünkt mich, daß Kinder viel Schwereres tun müssen als große Leute. Fräulein Helene sagt auch sehr oft die Unwahrheit, und wenn wir das Mama sagen, dann schlägt uns Fräulein Helene ganz toll. Und ich möchte nur wissen, ob die Lehrerin, die wir bekommen, auch schlägt, wenn wir merken, daß sie die Unwahrheit sagt.«

»Die wird ganz bestimmt keine Unwahrheiten sagen, ich werde schon eine aussuchen, die das nicht tut und die euch auf keinen Fall schlägt. Dann braucht ihr auch keine Unwahrheit zu sagen, was doch überhaupt sehr schlecht und unartig bei kleinen Kindern ist.«

Nachdenklich sah Dieter in Anitas von heiligem Eifer beseeltes Gesicht.

»Wie groß müssen wir denn sein, um auch Unwahrheiten sagen zu dürfen?«

Anita erkannte wie so mancher Erzieher, wie schwer Kinderfragen oft zu beantworten sind.

»Das merkt ihr dann schon, aber erst müßt ihr furchtbar viel lernen, und eines Tages werdet ihr dann fühlen, daß ihr klug genug seid, um zu erkennen, wann ihr einmal die Unwahrheit sagen dürft, um etwas Gutes damit zu bezwecken. Denn nur, wenn man etwas sehr Gutes damit tun kann, darf man eine Unwahrheit sagen, nur dann verzeiht es der liebe Gott.«

Hannelore seufzte. »Das ist mir noch zu schwer, und mich dünkt, du könntest uns jetzt lieber ein paar Kekse oder Bonbons geben.« Anita erhob sich und ließ dieser Lektion süßen Lohn folgen.

Manfred Hallerstedt saß noch im Arbeitszimmer, als seine Schwester und Inge bei ihm eintraten. Sie begrüßten ihn sehr herzlich und liebevoll, anscheinend wenigstens, wie immer; Inge streichelte ihm die Wange und fragte schmeichelnd:

»Wie geht es dir denn, mein geliebter Onkel? Ich freue mich, daß ich dich endlich wieder sehen und sprechen kann. Drei Tage mußte ich dir fernbleiben.«

Inge legte jetzt sozusagen ihr zweites Eisen ins Feuer und umschmeichelte den Onkel für den Fall, daß Gunnar Lundström sein Erbe wurde. Sie wollte ihm schon jetzt zeigen, wie reizend und liebenswert sie sein konnte, so daß er sie gern als Gattin Lundströms sehen würde.

»Setz dich hierher, Inge«, sagte der Onkel ruhig. Er wußte ganz genau, wie er Liebenswürdigkeiten von seiten seiner Verwandten zu bewerten hatte. Auch Frau Renate begrüßte den Bruder in ihrer feierlichen Art und legte ihm sorglich das Rückenkissen zurecht, ehe auch sie sich niederließ. Und dann fragte sie: »Wo ist denn dein Diener Franz, Manfred? Er war gar nicht im Vorzimmer, um uns anzumelden.«

»Franz habe ich eine Stunde ins Freie geschickt, er kommt fast gar nicht an die Luft, und ich wußte ja, daß ihr mich jetzt besuchen würdet. Ich hatte schon vorhin Anitas Besuch.«

»Ich weiß, Manfred, hoffentlich hat sie dich nicht zu sehr belästigt.«

»Ausgeschlossen. Sie hat mir nur einige Fragen vorgelegt. Zum Beispiel will sie sich ein eigenes Auto kaufen, damit sie nicht immer auf euch angewiesen ist.«

Es zuckte um die Lippen der beiden Damen.

»Sie kann sich das ja leisten«, sagte Inge bitter.

Er wußte ganz genau, wie er den beiden Damen alles mundgerecht beibringen mußte.

»Allerdings, und deshalb habe ich ihr auch zugeredet. Es ist nicht nötig, daß sie mit an eurem Wagen partizipiert, so daß ihr euch beschränken müßt im Platz. Sie besitzt ja Geld genug.«

»Das meine ich auch«, kam es prompt von Frau von Seebachs Lippen.

»Sie will euch dann auch zuweilen die Kinder abnehmen und mit in ihrem Wagen fahren lassen. Ihr könnt dann immer allein und ungestört Köln, Frankfurt oder Koblenz als Ziel wählen. Anita macht sich nicht viel aus solchen Stadtfahrten, sie fährt lieber ins Grüne, und dabei sind die Kinder am besten aufgehoben.«

»Ja, aber sie muß dann doch auch die Bonne mitnehmen«, meinte Inge, froh über dies Arrangement, das ihr mehr Freiheit verschaffte. Denn sie war keine liebevolle Mutter, die ihre Kinder gern immer um sich hat.

»Nun, immer wird das nicht nötig sein; Anita befaßt sich ja gern zuweilen mit den Kindern.«

»Sie verwöhnt sie nur zu sehr.«

»Nun, ein bißchen mehr Liebe können die Kinder schon vertragen, Fräulein Helene verwöhnt sie dafür recht wenig. Und da wir einmal bei diesem Thema sind, möchte ich dir zu bedenken geben, daß die Bonne nun überhaupt allmählich einer Lehrerin Platz machen müßte. In dem Punkt habe ich sehr strenge Ansichten. Mit dem Lernen können die Kinder nicht früh genug beginnen.«

Inge warf ihm einen scheinbar traurigen Blick zu.

»Ach, lieber Onkel, eine Lehrerin kostet mindestens das Doppelte als die Bonne, die ja auch noch Zofendienste bei mir verrichtet. Ich habe soviel Geld nicht übrig. Mama hat mir bereits mitgeteilt, wie du über unsere Zukunft verfügt hast, und wenn ich mich auch für dich sehr freue, daß du einen Sohn hast und du dich nun, obzwar er illegitim ist, zu ihm bekennen willst, so müssen wir uns selbstverständlich künftighin ganz anders einstellen. Die Ausgabe für eine Lehrerin würde mich sehr belasten.«

Er strich sich über die Stirn.

»Das habe ich mir auch gesagt und deshalb habe ich Anita gewissermaßen suggeriert, sie könnte das Gehalt für die Lehrerin aus ihrer Tasche bezahlen. Ich habe ihr das diplomatisch ein wenig schmackhaft gemacht, indem ich sagte, sie tue den

Kindern damit etwas Gutes und könnte dir, Inge, zudem eine Mühe abnehmen und die Erzieherin selbst engagieren. Sie ist dann auch gleich darauf eingegangen und hat mich, dein Einverständnis vorausgesetzt, beauftragt, auf ihre Kosten ein Inserat in die Zeitung rücken zu lassen. Ich nehme als selbstverständlich an, daß du nichts dawider hast und habe auch gleich ein Inserat aufgesetzt. Hier lies es durch und sage mir, ob es dir recht ist.«

Inge war viel zuwenig Mutter, um sich sonderlich um die Erziehung ihrer Kinder zu kümmern. Sie war im Grunde zu träge, um Einwände zu machen, und dachte um so weniger daran, es zu tun, als sie sich sagte, sie könne das Gehalt für die Bonne sparen, da Anita die Lehrerin bezahlen wollte. Nur der Form wegen griff sie nach dem aufgesetzten Inserat und las:

»Erzieherin, gepr. Lehrerin, gesucht für zwei Kinder, ein Mädchen von fünf, einen Knaben von sechs Jahren. Bewerberinnen, nicht über dreißig Jahre, wollen Offerte einsenden nach Schloß Lindeck. Man bittet, Fotografie und Zeugnisabschriften beizufügen.«

Sie gab es ihrem Onkel mit einem leichten Neigen des Kopfes zurück.

»Selbstverständlich bin ich einverstanden, Onkel Manfred. Ich danke dir vielmals für deine Bemühungen. Anita werde ich selbst meinen Dank abstatten.«

»Das tue nur, und laß ihr den Spaß, die Erzieherin selbst auszuwählen, sie will sich gern nützlich machen. Der Bonne kannst du dann schon kündigen, denn die ist nun doch überflüssig.«

Dann gab er telefonisch das Inserat auf. Inge überlegte, ob sie die künftige Erzieherin ihrer Kinder in ihren Mußestunden wohl auch zu persönlichen Diensten heranziehen könnte. Solche »Personen« waren oft sehr prätentiös. Man mußte sehen.

Erst mal abwarten, wie die Erbschaftsgeschichte sich erledigen ließ. Vielleicht wurde man so gestellt, daß man sich in Zukunft eine Jungfer halten konnte ...

Frau Renate hatte inzwischen, uninteressiert an der Erziehungsfrage, darüber nachgedacht, daß Anita besser getan hätte, ihr das Geld zu überlassen, was sie »höchst unnötigerweise« für ein Auto ausgeben wollte. Selbstverständlich aber war es ihr lieb, wenn Anita nicht immer mit ihrem Wagen fahren würde, und wenn sie recht oft die Kinder übernahm, die einen immer so nervös machten.

Und während sie das überlegte, wurden ihre Blicke wie magnetisch angezogen von dem Schlüsselbund, der vor ihrem Bruder auf dem Schreibtisch lag. Besaß man den Schlüssel zu dem Safe, dann konnte man unschwer an das Testament gelangen, falls Manfred eines Tages starb. Dann war es möglich, dies wichtige Dokument verschwinden zu lassen, selbst dann noch, wenn Gunnar Lundström schon wieder zurückgekehrt sein sollte. Mochte sein Vater ihm getrost Mitteilung davon machen, daß er sein illegitimer Sohn sei – ohne das Testament konnte er das Erbe in keinem Fall an sich reißen. Wie sollte er dann beweisen, daß sein Vater ihn hatte zu seinem Erben einsetzen wollen? Das konnte er nur durch Vorweisen des Testaments, sonst nicht, sonst ganz gewiß nicht. Ja, könnte man nur den Safeschlüssel an sich bringen! Eine Gelegenheit, das Testament verschwinden zu lassen, ergab sich im Falle von Hallerstedts Tode ganz bestimmt.

Der Gedanke faszinierte und beschäftigte sie so stark, daß sie sich zusammenreißen mußte, um wieder an dem Gespräch teilnehmen zu können. Und so hörte sie auch, wie Manfred fragte:

»Anita sagte mir, daß du Kurt schon heute erwartest. Hat er schon Ferien?«

»Noch nicht, Manfred, aber ich hielt es für notwendig, ihn herbeizurufen, um ihm mitzuteilen, daß du einen Sohn hast, der dein Erbe werden soll. Kurt ist vor etwa einer Stunde eingetroffen, und ich habe ihm auch schon diese Eröffnung gemacht. Du kannst dir vielleicht denken, wie sie auf ihn gewirkt hat. Er ist völlig zerbrochen und läßt noch eine Weile um Entschuldigung bitten. Sobald er sich etwas gefaßt hat, wird er uns folgen.«

Manfred Hallerstedt zuckte leicht die Schultern.

»Ich habe es ihm nicht ersparen können, und wie ich dir schon sagte, ist es vielleicht ein Glück für ihn, daß er nun dem Ernst des Lebens ins Gesicht schauen muß.«

In diesem Augenblick klopfte er an die Tür, und auf Manfreds Zuruf trat Kurt ein. Er sah sehr blaß und finster aus, und die Muskeln seines Gesichts zuckten wie im Krampf. Mit hastigen Schritten trat er auf seinen Onkel zu und sah ihn starr an.

»Guten Tag, Onkel! Ich hoffe, du wirst nicht von mir verlangen, daß ich dir ein freundliches und vergnügtes Gesicht zeige. Mir ist nach dem, was man mir mitgeteilt hat, nicht danach zumute, dir liebenswürdige Worte zu sagen«, stieß er heiser und erregt hervor.

Sein Onkel sah ihn ruhig an. »Nein, ich verlange nicht, daß du mir ein freundliches Gesicht zeigst. Aber ich verlange, daß du einen etwas höflicheren Ton anschlägst, wenn du in mein Zimmer kommst.«

Mutter und Schwester sahen Kurt beschwörend an, und die Mutter sagte bittend: »Kurt, sei doch vernünftig!«

Sie legte dabei ihre Hand auf seinen Arm. Aber er schüttelte sie ab.

»Vernünftig! Wie soll man da vernünftig sein? Ich finde es unerhört von Onkel Manfred, daß er uns in dieser heimtückischen Art all die Jahre in dem Wahne ließ, wir würden seine Erben sein. Wir sind dadurch in eine falsche Situation gedrängt worden. Ich finde das unerhört, grausam und hinterhältig.«

»Aber Kurt, mein Gott, Kurt, komm doch zu dir!« rief die

Mutter, und Inge schüttelte den vor Wut anscheinend sinnlosen Bruder zornig am Arm.

»Komm zu dir, Kurt! Du darfst Onkel nicht aufregen«, sagte sie, um sich bei dem Onkel einzuschmeicheln.

Dieser war sehr blaß geworden und wollte sich erheben, um Kurt zur Ruhe zu bringen, aber er fühlte, daß er dazu nicht die Kraft besaß. Kurts Wutanfall regte ihn mehr auf, als ihm gut war, und ... vielleicht war das von Kurt beabsichtigt. Er spielte vabanque, setzte jetzt alles auf eine Karte, denn er wußte nur zu genau, für ihn war »der Bettel«, den ihm der Onkel hinterlassen wollte, einfach bedeutungslos. Damit konnte er nicht einmal seine Verpflichtungen regulieren.

»Benimm dich anständig!« rief ihm der Onkel zu.

Aber Kurt ballte die Hände vor seinem Gesicht.

»Anständig? Hast du dich vielleicht anständig gegen uns benommen? Setzest da plötzlich deinen Bastard als Erben ein und willst uns mit einem Butterbrot abspeisen? Denkst du, das lasse ich mir gefallen, nachdem ich jahrelang als dein Erbe, als Herr von Schloß Lindeck, als künftiger Chef deiner Betriebe gegolten habe? Jetzt soll ich diesem hergelaufenen Bastard Platz machen, dem Sohn einer Ehebrecherin, irgendeiner leichtsinnigen Abenteuerin, die ...«

Jetzt raffte Manfred Hallerstedt seine ganze Kraft zusammen, er bäumte sich mühsam auf und hob seine Hände wie zum Schlage.

»Schweig, du Lümmel, schweig – kein Wort mehr über meinen Sohn und seine Mutter, die hoch, hoch über dir stehen! Hinaus, hinaus mit dir ...«

Er konnte nicht weitersprechen. Er fiel plötzlich blaß und kraftlos in sich zusammen, versuchte sich noch einmal aufzubäumen, aber es war vergeblich. Mit einem gurgelnden Stöhnen fiel ihm der Kopf zurück, seine Augen starrten gebrochen geradeaus ... Manfred Hallerstedt war tot. Der längst gefürchtete Herzschlag war eingetreten. Eine kleinere Erregung als diese hätte ihn herbeiführen können.

Es war plötzlich unheimlich still im Zimmer. Kurt fiel, wie aller Kraft beraubt, in einen Sessel, und es war ihm nicht möglich, seinem Onkel in das wachsbleiche Gesicht zu sehen. Eine Stimme wurde laut in seinem Innern: Du hast getötet ... mit Absicht getötet. Wenn dich auch kein Mensch verurteilen kann ... du wirst es immer wissen, daß du ihn mit Absicht getötet hast.

Inge fing vor Nervosität an zu weinen. Aber da erhob sich ihre Mutter zu ihrer stolzen, steifen Höhe. Sie drückte Inges Arm und sah sie mit einem unbeschreiblichen Blick an.

»Schweig! Keinen Laut, schweig!«

Sie trat an ihren Bruder heran und schloß ihm die Augen.

»Es hat keinen Zweck, Kurt, dir Vorwürfe zu machen über deine allerdings begreifliche Heftigkeit. Onkels Ende war ja lange vorauszusehen. Gott selbst hat es gewollt, daß wir nicht durch einen Bastard in unsern Rechten geschmälert werden sollen. Raffe dich auf, Kurt, du mußt jetzt handeln!«

Und mit einer in dieser Minute grauenhaften Ruhe nahm Renate von Seebach den Schlüsselbund, der auf dem Schreibtisch lag, öffnete den Safe und entnahm ihm das lange, gelbe Kuvert, das ihr der Bruder neulich gezeigt hatte.

»Nimm das an dich! Und verlasse Lindeck sofort. Kehre nach Berlin zurück und sieh dort den Inhalt dieses Kuverts durch. Was vernichtet werden muß, vernichte sorgfältig. Hier haben wir weder Zeit noch Gelegenheit dazu. Du beorderst sofort das Auto und fährst damit nach Berlin; gib an, daß Onkel das angeordnet habe. In spätestens zehn Minuten mußt du Lindeck verlassen haben. Niemand darf ahnen, daß Onkel soeben gestorben ist. Du mußt längst über alle Berge sein, wenn man es merkt. Inge und ich verweilen hier, bis du fort bist, dann ziehen auch wir uns zurück, und erst, wenn Franz zurückkommt, wird er entdecken, daß Onkel gestorben ist. Schnell, schnell ... zögere keine Sekunde!«

Willenlos nahm Kurt das Kuvert und barg es in seiner Brusttasche, für die es fast zu groß war. Dann stürzte er aus dem Zimmer, begreifend, daß alles, was die Mutter gesagt hatte, gut und richtig sei. Er eilte in sein Zimmer hinauf, nachdem er einem Diener aufgetragen hatte, sogleich den offenen Wagen vorfahren zu lassen. Dabei hielt er seinen Rock, der das gelbe Kuvert barg, fest an sich gedrückt. Oben in seinem Zimmer zog er schnell den Überzieher an und verstaute in dessen viel größeren Taschen das Kuvert. Dann nahm er Hut und Handschuhe, ergriff seinen noch nicht ausgepackten Handkoffer und verließ sein Zimmer.

Unten hörte er Anita mit den Kindern scherzen und lachen. In fliegender Hast eilte er die Treppe hinab. Gerade fuhr der große Wagen vor, den sonst nur Manfred Hallerstedt oder Gunnar Lindström zu längeren Geschäftsreisen zu benutzen pflegten.

Kurt warf seinen Handkoffer in den Wagen und stieg anscheinend gelassen ein.

»Wir fahren nach Berlin, Kreiner; Onkel gestattet mir, den Wagen bis Berlin zu benutzen, ich muß morgen früh wieder im Kolleg sein«, sagte er zu dem Chauffeur.

Dieser verbeugte sich. »Sehr wohl, gnädiger Herr!«

Er schloß hinter Kurt den Wagenschlag und nahm dann am Steuer Platz.

Kurt sah mit einem scheuen Blick nach den Fenstern von seines Onkels Arbeitszimmer. Das eine wurde jetzt geöffnet, und seine Mutter wurde sichtbar, ein wenig blasser als sonst, aber anscheinend ruhig.

»Adieu, Mama!« rief er, seinen Hut ziehend.

»Adieu, Kurt, Onkel läßt dir sagen, du sollst nicht über siebzig Kilometer fahren, du kommst zeitig genug nach Berlin!«

Das vermochte sie ihrem Sohne ganz ruhig zuzurufen!

Aber als der Wagen den Schloßberg hinuntersauste, brach sie kraftlos in einem Sessel zusammen.

Inge hatte die ganze Zeit wortlos, wie unter einem Bann stehend, in ihrem Sessel gesessen. Nun wandte sie den Kopf zu der Mutter herum.

»Mama, um Gottes willen, Mama, wenn das nur gutgeht«, flüsterte sie und wagte nicht, nach dem Toten hinüberzusehen.

Die Mutter erhob sich und trat zu ihr.

»Es liegt nur an uns, daß alles gutgeht. Wir nahmen uns unser Recht, nichts weiter. Komm, wir gehen jetzt ruhig wieder hinauf. In einer guten Viertelstunde wird Franz zurück sein und seinen Herrn finden.«

Ruhig und beherrscht sah sich Frau Renate noch einmal prüfend im Zimmer um. Alles war in Ordnung. Der Schlüsselbund lag genau wie vorhin an derselben Stelle. Manfred Hallerstedt lehnte, als ob er schliefe, in seinem Sessel. Frau Renate drückte nochmals sanft auf seine Augen.

»Ich tat es für meine Kinder, Manfred, du wirst mir verzeihen. Lundström soll ruhig in seiner gesicherten Stellung bleiben und wird auch so zu seinem Rechte kommen«, sagte sie vor sich hin.

Inge warf nun doch einen Blick zu dem Onkel hinüber. »Ich will mein Teil von deinem Erbe mit Gunnar Lundström teilen, wenn er mein Gatte werden will«, sagte sie leise zu dem Toten, und dieser Entschluß schien ihr wie eine Entsühnung, daß sie schweigen würde zu allem, was hier geschehen war – und daß sie es billigte.

Ohne Hast verließen die beiden Damen das Arbeitszimmer, das Manfred Hallerstedts Sterbezimmer geworden war.

Niemand sah sie herauskommen. Erst vorn an der Treppe, die nach oben und unten führte, erschien ein Diener, der vom Erdgeschoß heraufkam.

Er sah die beiden Damen an, und Frau von Seebach sagte ruhig:

»Der gnädige Herr will ein wenig schlafen, bis Franz zurückkommt. Sorgen Sie dafür, daß er nicht gestört wird.«

»Sehr wohl, gnädige Frau!« erwiderte der Diener.

Die Damen stiegen hinauf nach der zweiten Etage und traten in das Wohnzimmer.

## 4

Anita saß noch bei den Kindern.

»Ihr kommt schon zurück von Onkel Manfred?«

»Ja, Anita, er bedurfte der Ruhe. Leider ist er nur noch wenig widerstandsfähig. Aber er war lieb und gut und hat Kurt sogar gestattet, in seinem Sportwagen nach Berlin zurückzukehren, damit er morgen zeitig genug ins Kolleg kommt. Er hat auch mit uns gesprochen, daß du dir einen Wagen kaufen willst für deinen eigenen Gebrauch. Wie er uns das erklärt hat, ist es ja auch ganz richtig. Wozu sollst du dich mit uns zusammen in einen Wagen hineinzwängen, da du dir doch einen eigenen leisten kannst.«

Anita war angenehm enttäuscht, daß man ihr darüber keine Vorwürfe machte, und dachte bei sich, der Onkel müsse das den beiden Damen sehr diplomatisch beigebracht haben.

»Ich freue mich, daß ihr mir zustimmt. Sobald Herr Lundström zurückkommt, will ich ihn bitten, mit mir nach Köln oder Frankfurt zu fahren, um mir bei dem Kauf mit seinem Rat beizustehen. Ich will mir dann auch einen eigenen Chauffeur halten.«

»Das ist ja selbstverständlich, sonst müßten wir immer aufeinander Rücksicht nehmen.«

Anita war sehr erstaunt über das ungewöhnlich liebenswürdige Wesen von Mutter und Tochter. Sie hatte doch gehört, daß es vorhin eine sehr erregte Szene zwischen ihnen und Kurt gegeben hatte. Und nun hatte Kurt sicherlich auch mit dem Onkel eine Auseinandersetzung gehabt wegen der ihm entzogenen Erbschaft. Kurt war in Onkels Wagen aber nach Berlin zurückgefahren – das deutete immerhin auf einen friedlichen Ausgang. Auf einen solchen deutete aber auch die große Liebenswürdigkeit von Mutter und Tochter. Anita war es sehr lieb, daß anscheinend alles friedlich erledigt worden war, denn sie hatte unter den Zwistigkeiten der Familienmitglieder stets am meisten zu leiden. Um die günstige Gelegenheit zugunsten der Kinder auszunützen, fragte sie leise:

»Hat Onkel euch auch berichtet, daß er es für nötig hält, für die Kinder eine Erzieherin, oder besser Lehrerin, zu engagieren?«

»Jawohl, Anita, und es ist sehr lieb von dir, daß du das Gehalt für diese Lehrerin bezahlen willst. Das ist für mich eine große Hilfe. Ich danke dir herzlich für deine Güte.«

Das sagte Inge mit voller Absicht. Anita sollte nicht darauf verfallen, daß sie nebst Mutter und Bruder sich schon als Onkel Manfreds Erben betrachteten. Es durfte kein Mensch erfahren, daß sie schon von dem Tode des Onkels wußten und daß sie dessen Ableben beigewohnt hatten.

Anita bekam einen roten Kopf. Es beschämte sie, daß Inge ihr dankte, denn sie hatte das alles doch nur der Kinder wegen getan.

»Bitte, sprich doch nicht davon, es macht mir ja Freude. Onkel Manfred wollte gleich heute noch ein Inserat einrükken lassen.«

»Ja, er hat es sogar in unserer Gegenwart telefonisch aufgegeben. Er sagte auch, daß es dir Freude machen würde, die Erzieherin zu engagieren, weil du dich gern nützlich machen wolltest. Das werde ich dir auch bereitwillig gestatten, ich befasse mich nicht gern mit solchen Dingen.«

Anita ahnte nicht, daß man sie durch diese Liebenswürdigkeiten nur blind machen wollte für alles, was sonst geschehen war.

»Ich freue mich, Inge, daß du soviel Vertrauen in mich setzest. Du kannst dich darauf verlassen, daß ich mit der größten Sorgfalt an die Sache herangehen werde. Du darfst nicht glauben, daß ich die Kinder verwöhnen will, aber ... ein bißchen mehr Liebe, als sie von Fräulein Helene erfahren haben, können sie wirklich gut vertragen.«

»Du magst schon recht haben, Anita, aber Fräulein Helene war mir sonst beinahe unentbehrlich, da sie mir eine Zofe ersetzte. Aber eine Mutter muß für das Wohl ihrer Kinder Opfer bringen, und darum werde ich ihr kündigen.«

Inge rechnete hierbei damit, daß das nun gerettete Erbe ihr gestatten würde, sich auch eine perfekte Zofe für ihre Bedienung zu halten. Deshalb trennte sie sich leichten Herzens von Helene.

Anita war sehr froh, alles erreicht zu haben, was ihr am Herzen lag, und hätte am liebsten Onkel Manfred einen Dankbesuch gemacht.

Inzwischen war längst die Zeit verstrichen, die Franz noch hatte ausbleiben wollen. Mutter und Tochter fieberten vor Erwartung, aber sie nahmen scheinbar ruhig ihre Handarbeiten auf. Anita wollte mit den Kindern noch ein Stündchen in den Park gehen, denn Fräulein Helene hatte reichlich damit zu tun, für Inge von Holst feine Spitzen zu bügeln und Halsgarnituren an deren Kleider zu heften. Das ging selbstverständlich vor. So bekam Anita bereitwillig Urlaub, denn Mutter und Tochter wollten sehr gern allein bleiben. Ehe Anita ging, fragte sie lächelnd:

»Ob ich wohl mit den Kindern einen Augenblick zu Onkel Manfred hineingehen kann, damit sie ihm für seine Bemühungen danken können?«

Da fuhren die beiden Damen entsetzt und erblassend empor.

»Auf keinen Fall!« rief Inge. Und Frau von Seebach fügte, sich schnell wieder fassend, hinzu:

»Onkel Manfred wollte versuchen, ein wenig zu schlafen, ihr dürft ihn daher auf keinen Fall stören.«

»Dann selbstverständlich nicht«, erwiderte Anita und ging mit den Kindern hinaus. Aber während diese vergnügt vor ihr hertollten, fragte sie sich betroffen, weshalb die beiden Damen so entsetzt gewesen waren, weil sie geäußert hatte, sie wolle mit den Kindern zu Onkel Manfred hineingehen. Sie hätten ihr doch ruhig sagen können, daß der alte Herr zu schlafen wünsche. Warum denn dieses Erblassen und Erschrecken? Überhaupt, alles kam ihr auf einmal höchst seltsam vor. Die beiden Damen waren außerordentlich liebenswürdig gewesen, und doch beinahe wie geistesabwesend, so, als seien sie nur halb bei der Sache und warteten auf irgend etwas. Jedenfalls waren sie ganz anders als sonst. Irgend etwas mußte geschehen sein, was beide heftig beunruhigte. Auch daß Kurt so pünktlich nach Berlin zurückgekehrt war, erschien ihr merkwürdig. Aber als sie draußen im Park war, nahmen die Kinder ihre ganze Aufmerksamkeit in Anspruch, und sie wurde von ihrem Grübeln abgelenkt.

Sie sah auf einmal einen Depeschenboten durch den Park kommen und auf das Schloß zugehen. Es kam öfter vor, daß Telegramme im Schloß abgegeben wurden, und Anita kümmerte sich nicht weiter darum. Der Depeschenbote betrat den Seiteneingang des Schlosses, der für Lieferanten und für die Dienerschaft bestimmt war. Hier gab er die Depesche dem in einer Art Portierloge sitzenden Hausmeister, der ihm wie gewöhnlich bedeutete, er möge sich in der Küche eine Erfrischung geben lassen.

Das Telegramm war an Herrn Manfred Hallerstedt gerichtet und kam von Gunnar Lundström. Es war dasselbe, das er vor seiner Abreise in Stockholm aufgegeben hatte und das seine Heimkehr meldete.

Gleich nach dem Telegrafenboten betrat der Diener Franz durch den gleichen Eingang das Schloß, und der Hausmeister klopfte an das Schiebefenster.

»Da ist eben ein Telegramm für den gnädigen Herrn abgegeben worden, Franz. Bitte, nehmen Sie es gleich mit hinauf.«

Franz nahm es an sich und setzte seinen Weg fort. Er betrat zunächst sein eigenes Zimmer, legte hier Mütze und Rock ab und zog die weiß und blau gestreifte Dienerjacke an. Er sah nach der Uhr. Es war genau eine Stunde vergangen, seit er das Schloß verlassen und seinen Spaziergang gemacht hatte.

Ruhig nahm er die Depesche und ging hinüber in das Zimmer seines Herrn.

Als er die Tür vorsichtig öffnete, sah er seinen Herrn noch wie vorhin vor seinem Schreibtisch sitzen. Unschlüssig sah er zu ihm hinüber. Herr Hallerstedt schien zu schlafen, und Franz wollte ihn nicht gern wecken, trotzdem die Depesche vielleicht wichtig war. Wichtiger aber war der Schlaf seines Herrn, da ihn sein Leiden nur selten ruhigen Schlummer finden ließ. Schon wollte sich Franz leise wieder zurückziehen, als ihm irgend etwas in der Haltung seines Herrn auffiel. Er sah genauer hin, und plötzlich erfaßte ihn jähe Unruhe. Er betrat nun doch das Zimmer, und gar nicht so leise, wie er es eigentlich wollte, weil er irgendwie erschrocken war. »Gnädiger Herr!« rief er halblaut und in ängstlicher Besorgnis.

Aber sein Herr, der sonst, auch wenn er schlief, eine Stecknadel hätte fallen hören, rührte sich nicht.

Da hielt es Franz nicht länger, er trat schnell zu ihm heran.

»Gnädiger Herr, eine Depesche!«

Wieder rührte sich Manfred Hallerstedt nicht. Franz starrte ihn an, und es berührte ihn unheimlich, daß sein Herr im Lehnsessel so seltsam aussah. Wirklich, wären seine Augen nicht geschlossen gewesen, hätte man glauben können, einen Toten vor sich zu haben. Aber Tote halten doch die Augen offen, bis man sie ihnen schließt, und ... der Herr war doch allein, niemand war bei ihm ...

Jetzt legte Franz seine Hand auf die seines Herrn, die eigenartig schlaff herabhing. Und da durchzuckte es ihn wie ein Schlag. Er fühlte plötzlich mit Gewißheit, daß er die Hand eines Toten in der seinen hielt.

Erschrocken warf er die Depesche auf den Schreibtisch; sie fiel dicht neben dem Schlüsselbund nieder. Franz starrte auf diese. Er wußte, diese Schlüssel waren dem gnädigen Herrn immer sehr wichtig gewesen. Am liebsten hätte der Diener sie an sich genommen, sie Direktor Lundström zu übergeben, denn der gnädige Herr hegte für diesen Herrn eine große Vorliebe, schenkte ihm sein volles Vertrauen und hatte ihm wohl auch allerlei Aufträge und Verordnungen für den Fall seines Todes gegeben. Wäre Gunnar Lundström hiergewesen, wäre Franz zuerst zu ihm geeilt, hätte zuerst ihm den Tod seines Herrn gemeldet und sich von ihm Direktiven geben lassen. Daß sein Herr mit seinen Verwandten nicht besonders gut stand, wußte Franz, und er hatte das Gefühl, daß sein Herr sehr zur Unzeit gestorben sei. Aber was konnte er tun? Es war seine Pflicht, Frau von Seebach zuerst den Tod Hallerstedts zu melden. Und ... den Schlüsselbund mußte er wohl unberührt liegenlassen, sonst konnte man ihn irgendwie verdächtigen. Denn daß Frau von Seebach ihm nicht sonderlich gewogen war, wußte er nur zu gut. Aber er wußte auch, daß sein Herr ihm gesagt hatte, daß er ihn in seinem Testament so bedacht habe, daß er nicht auf die Gnade seiner Schwester angewiesen sein würde.

Franz atmete tief auf. Er ergriff das Telegramm und nahm es mit sich. Er wollte es Frau von Seebach übergeben, da der Herr nicht mehr am Leben war.

Einen traurigen Blick warf er noch auf dessen ruhiges Gesicht, und wunderte sich noch einmal, daß dessen Augen so fest geschlossen waren. Aber er dachte nicht weiter darüber nach, sondern ging mit schweren Schritten hinauf in die zweite Etage. Als er oben an Frau von Seebachs Wohnzimmer klopfte, schraken drinnen die beiden Damen, die vor Nervosität schon ganz zermürbt waren, heftig zusammen. Aber dann rief Frau von Seebach, sich schnell fassend, zum Eintritt.

Franz stand blaß und verstört auf der Schwelle.

»Gnädige Frau, mein Gott – gnädige Frau, es ist ... ein Unglück geschehen, der gnädige Herr ...«

Er konnte nicht weitersprechen. Frau von Seebach fuhr empor.

»Was ist? Mein Gott, so sprechen Sie doch, Franz, was ist

geschehen? Sie sehen ja ganz verstört aus. Ist meinem Bruder nicht wohl?«

Er streckte ihr nun hilflos die Hand mit dem Telegramm entgegen.

»Mein gnädiger Herr ... ich wollte ihm dieses Telegramm bringen, er ... er ist tot!«

Mutter und Tochter brachen mit einem lauten Entsetzensschrei in ihren Sesseln zusammen und brauchten nicht einmal Komödie zu spielen. Diese Frist des Wartens hatte sie so nervös gemacht, daß sie ihrer Kräfte wie beraubt waren. Franz wunderte sich, daß seine Nachricht eine derartige Wirkung hervorrief, wußte er doch, daß das Verhältnis zwischen den Verwandten kein sonderlich inniges gewesen war. Also schienen die Damen den Toten doch mehr geliebt zu haben, als er angenommen hatte. Etwas benommen blieb er an der Tür stehen und sah dem anscheinend ungeheuren Schmerz der Damen zu. Endlich faßte sich Frau von Seebach wieder und erhob sich, wie es schien, mit großer Anstrengung.

»Wie ist das nur möglich, Franz? Wir haben meinen Bruder vor nicht ganz einer Viertelstunde verlassen, weil er müde war und ein wenig schlafen wollte.«

»Ja, gnädige Frau, wie ein Schlafender lag er auch in seinem Sessel vor dem Schreibtisch, er hat sogar die Augen fest geschlossen, was doch sonst bei Verstorbenen nicht der Fall zu sein pflegt.«

Frau von Seebach erschrak innerlich. Erst jetzt fiel ihr ein, daß es eine Torheit von ihr gewesen war, ihrem Bruder die gebrochenen Augen zu schließen. Auch Inge kam zu dieser Erkenntnis und sah die Mutter unruhig an. Diesen Blick bemerkte aber Franz; und es erging ihm seltsam, er mußte sich fragen, weshalb Frau von Holst bei seinen Worten ihre Mutter so sonderbar angesehen habe ... fast vorwurfsvoll.

Um sich zu fassen, streckte Frau von Seebach die Hand aus.

»Zeigen Sie mir das Telegramm, Franz, ich werde es öffnen müssen.«

Sie tat das und las:

»Eintreffe Mittwoch abend – innigst ergebenen Gruß – Gunnar.«

Es berührte sie peinlich, daß Lundström nur mit seinem Vornamen unterzeichnet hatte. Und: innigst ergebenen Gruß? Das klang ebenfalls sehr vertraut. Sollte Lundström ahnen oder gar wissen, daß er Manfreds Sohn war? Hatte vielleicht seine Mutter vor ihrem Ableben das Geheimnis seiner Geburt gelüftet? Das wäre allerdings unangenehm. Aber – gottlob – das Testament war verschwunden, und ohne ein solches konnte Lundström, auch wenn er wußte, daß Manfred Hallerstedt sein Vater war, keine Erbansprüche geltend machen. Er würde sich freilich mit diesem Wissen brüsten und wahrscheinlich versuchen, sich in die Familie einzudrängen. Da mußte man gleich von Anfang an die nötige Distanz wahren. Illegitime Kinder besitzen kein Familienrecht, soweit es die Verwandten des Vaters betrifft.

Frau von Seebach nahm wieder ihre gewohnte Haltung steifer Würde an.

»Wenn meines Bruders Augen geschlossen waren, so ist das ein Zeichen, daß ihn der Tod im Schlaf überfiel. Wir können also hoffen, daß er ein leichtes, sanftes Ende gehabt hat. Leider mußten wir ja schon lange auf einen plötzlichen Eintritt der Katastrophe gefaßt sein. Ich bin froh, daß gerade wir noch ein so angenehmes und friedliches Plauderstündchen mit ihm gehabt haben. Er war so heiter und gütig, stellte meinem Sohn noch seinen Sportwagen zur Verfügung, damit er Berlin noch heute abend erreichen könnte. Nun müssen wir schnell an Kurt depeschieren, Inge, er kann gleich mit dem Wagen wieder zurückkommen, denn ich bin so fassungslos, daß ich mich um nichts werde kümmern können.«

Inge von Holst atmete bei der Erklärung ihrer Mutter bezüglich der geschlossenen Augen des Verstorbenen erleichtert auf, und auch dies Aufatmen bemerkte Franz mit einigem Befremden.

»Was hast du da für ein Telegramm, Mama, von wem ist es?«

»Von Direktor Lundström. Er wird morgen abend hier eintreffen.«

Inges Augen leuchteten auf.

»Oh, wie gut, dann haben wir auch an ihm eine Stütze, denn Kurt wird viel zu fassungslos sein in seinem Schmerz, als daß wir auf ihn besonders rechnen könnten.«

Frau von Seebach drückte ihr Taschentuch an die Augen.

»Komm, Inge – wir wollen Franz zu unserem geliebten Toten folgen. Sie begleiten uns, Franz!«

Und die beiden Damen schritten, von Franz gefolgt, nach Manfreds Arbeits- und Sterbezimmer.

Franz folgte ihnen mit sehr nachdenklichem Gesicht. Aber er war doch sehr froh, daß er zum Mitkommen aufgefordert wurde und ahnte nicht, daß er nur als Zeuge gebraucht werden sollte, daß die beiden Damen den geheimen Safe nicht berührten.

Sie betraten alle drei das Zimmer, wo der Tote noch immer wie schlafend neben seinem Schreibtisch saß. Die Damen fielen laut aufweinend vor ihm in die Knie, und vielleicht zwang sie hierzu wirklich ihr heimliches Schuldbewußtsein. Sie wagten beide nicht, in das Gesicht des Verstorbenen zu blicken.

Franz stand stumm an der Tür und faltete die Hände, um ein Vaterunser für seinen Herrn zu beten. Als er damit fertig war und traurig zu dem Verstorbenen hinübersah, erhob sich Frau von Seebach und sah sich im Zimmer um. Sie widerstand der Versuchung, den ihr widerwärtigen Diener hinauszuweisen, weil sie ihn als Zeugen brauchte. Wie unschlüssig wandte sie sich an ihn:

»Was müssen wir nun zuerst tun, Franz? Ich bin so erschüttert, daß ich kaum einen klaren Gedanken fassen kann.«

»Es gilt wohl zuerst den Arzt herbeizurufen, gnädige Frau.«

»Richtig, hier ist ja das Telefon, klingeln Sie gleich einmal an.«

Franz tat das, und als er den Hörer wieder weggelegt hatte, sagte Frau von Seebach:

»Ich sehe soeben, daß meines Bruders Schlüssel hier offen herumliegen, das darf nicht sein. Die müssen wir zuerst in Sicherheit bringen, denn vielleicht kommen jetzt fremde Menschen herein. Was tun wir mit den Schlüsseln, Franz?«

»Wenn ich mir erlauben darf, eine Meinung zu äußern«, sagte Franz erleichtert, »so möchte ich vorschlagen, die Schlüssel in ein großes, festes Kuvert einzusiegeln. Mein gnädiger Herr hat mir einmal gesagt, falls ihm etwas zustoßen würde, sollte ich seinen Schlüsselbund, ehe ich irgend etwas anderes täte, Herrn Direktor Lundström übergeben, der wisse dann schon, was damit zu geschehen habe. Aber Herr Direktor Lundström ist ja leider nicht hier, und ich wagte daher nicht, die Schlüssel zu berühren. Wenn gnädige Frau damit einverstanden sind, siegeln wir die Schlüssel ein und verwahren Sie für Herrn Direktor Lundström.« Franz hatte während dieser Worte bemerkt, daß die Damen zusammenzuckten und sich wieder einen Moment betroffen ansahen.

Und wirklich waren sie sehr bestürzt, als sie hörten, daß der Verstorbene diese Bestimmung getroffen habe. Also hatte er doch wohl mit Lundström über das gesprochen, was nach seinem Tode geschehen solle. Frau von Seebach fand aber schnell ihre Fassung wieder, denn der Bruder hatte ihr doch gesagt, daß Gunnar noch nichts davon wisse, daß er sein Sohn sei. Folglich war auch bisher keinesfalls von dem Testament gesprochen worden. Er hatte wohl nur allgemeine Anweisungen gegeben. Und war wirklich von einem Testament die Rede gewesen, so hatte das auch nichts auf sich. Dann war das Testament eben verschwunden, und wer wollte denn beweisen, daß Manfred es nicht selber vernichtet hatte ...

Frau von Seebach fiel allerdings doch etwas kraftlos in einen Sessel und gab Franz Befehl, den Schlüsselbund seinem Vorschlag gemäß zu verwahren. Dieser machte sich auch sogleich daran, denn ihm war, als sei es sehr wichtig, daß Frau von Seebach die Schlüssel nicht benutzen könne.

Er nahm aus dem stets unverschlossenen Schreibtischfach, in dem sein Herr Schreibmaterial zu verwahren pflegte, ein Kuvert, gab die Schlüssel hinein, verschloß die gummierte Fläche und versiegelte den Umschlag fünffach mit dem Petschaft des Toten. Er legte das Kuvert vor Frau von Seebach hin, und diese ergriff einen Federhalter und schrieb auf die Rückseite:

»Geschlossen und versiegelt in unserem Beisein. Renate von Seebach.« Dann gab sie ihrer Tochter den Federhalter.

»So, Inge, nun unterschreibe du, und dann muß auch Franz unterschreiben. Es ist besser, wenn wir ganz korrekt und sorgfältig vorgehen. Nun legen wir das Kuvert mit den Schlüsseln in dies immer offene Fach des Schreibtisches, dem Franz vorhin das Kuvert entnahm. Dort kann es bleiben, bis Direktor Lundström zurückkommt. Dem können Sie es dann der Weisung des Verstorbenen gemäß ausliefern. Ich denke, so haben wir alles getan, was wir tun konnten. Sobald der Arzt eintrifft, werden wir meinen geliebten Bruder in sein Schlafzimmer bringen lassen. Danach wird dieses Zimmer abgeschlossen, und Sie nehmen bis zur Rückkehr des Herrn Lundström den Schlüssel an sich.«

Franz war der Gedanke, diesen Schlüssel an sich zu nehmen, irgendwie unsympathisch, und er sagte:

»Wenn gnädige Frau gestatten, werde ich den Schlüssel lieber unten im Hauptbüro abgeben, damit er im Tresor verwahrt wird.«

»Gut, Franz, das wird noch besser sein«, erwiderte Frau von Seebach mit einer Leutseligkeit, die Franz gar nicht an ihr kannte und die ihm nicht eben angenehm war, weil er sie nicht für echt hielt.

Hier sei gleich noch erwähnt, daß Franz nachher, als er das Kuvert mit den Schlüsseln abgegeben hatte, Frau von Seebach eine Quittung darüber vorlegte, die er sich der Ordnung halber von dem Kassierer hatte ausstellen lassen. Es war eine instinktive Vorsichtsmaßregel des Dieners, oder besser, eine Art Mißtrauensvotum Frau von Seebach gegenüber. Er wollte sicher sein, daß sie ihm nichts vorwerfen konnte, denn er hatte das Gefühl, sie müsse einen Grund haben, weswegen sie mit dem Schlüsselbund so vorsichtig verfuhr, obzwar er diesen Grund nicht anzugeben vermochte. Jedenfalls prägte er sich alles genau ein, was geschehen war, seit er seinen Herrn hier tot aufgefunden hatte.

Im übrigen geschah nun, was bei Sterbefällen überall zu geschehen pflegt. Frau von Seebach gab ein Telegramm an ihren Sohn auf, ihm ganz offiziell das Ableben seines Onkels meldend, als habe er keine Ahnung davon, und gebot ihm, sofort zurückzukommen, da sie seiner bedürfe.

Der Arzt konstatierte das Ableben Manfred Hallerstedts infolge eines Herzschlags und ließ den Toten in seinem Schlafzimmer aufbahren. Er kondolierte den Angehörigen und meinte, er habe es ja schon lange vorausgesagt, daß eine geringfügige Aufregung das Ende herbeiführen könnte. Er erkundigte sich selbstverständlich danach, ob der Verstorbene irgendeine Aufregung gehabt habe, und Frau von Seebach erzählte ihm wahrheitsgemäß alles, was sie und Inge mit ihm besprochen hatten, bevor Kurt eingetreten war. Von Kurts Verhalten seinem Onkel gegenüber, das dessen Tod im Gefolge gehabt hatte, sprach sie freilich nicht, rühmte jedoch noch einmal die Liebenswürdigkeit ihres Bruders, der Kurt sein Auto zur Fahrt nach Berlin zur Verfügung gestellt habe, damit dieser am nächsten Morgen sein Kolleg nicht zu versäumen brauche. Weshalb Kurt auf so kurze Zeit nach Lindeck gekommen sei, überging sie mit

Stillschweigen. Aber sie war auch auf diese Frage vorbereitet, und falls jemand sie ihr vorlegen sollte, würde sie antworten, ihr Sohn habe etwas bezüglich seines Studiums mit ihr zu besprechen gehabt.

Als Anita mit den Kindern aus dem Park zurückkehrte, vernahm sie erst, daß der Hausherr die Augen für immer geschlossen habe. Sie war darüber sehr erschrocken, obwohl es ihr längst bekannt war, daß diese Katastrophe vielleicht einmal ganz unerwartet eintreten könnte. Sie brachte schnell die Kinder zu Fräulein Helene und lief dann hinunter in die Zimmer des Verstorbenen. Immer gewohnt, ihn in seinem Arbeitszimmer aufzusuchen, wollte sie die Tür zu diesem Gemach öffnen, fand sie aber schon verschlossen. Ein Diener, der eben aus dem Schlafzimmer kam, meldete ihr, der Arzt sei noch mit dem Verstorbenen beschäftigt, aber Frau von Seebach und Frau von Holst befänden sich nebenan.

Dorthin begab sich Anita nun und fand die Stiefmutter und die Stiefschwester in rührenden Trauerposen. Beklommen trat sie zu ihnen hin und sprach ihnen mit bebender Stimme ihr Beileid aus:

»Wie traurig müßt ihr sein, da es mich schon so sehr betrübt, Onkel Manfred nicht mehr am Leben zu wissen. Er war ein so guter, edler Mensch«, sagte sie leise und reichte den beiden Damen die Hand.

»Wir sind auf das schmerzlichste betroffen, Anita, das kannst du dir denken«, entgegnete die Stiefmutter und drückte das Taschentuch an die Augen.

Auch Anita mußte weinen, aber bei ihr waren die Tränen echt. Leise sagte sie:

»Er muß gleich darauf verstorben sein, nachdem ihr das Zimmer verlassen hattet.«

»Wahrscheinlich wohl. Es ist uns unbegreiflich, da er gerade heute so wohl und lebhaft erschien.«

»Und ihr hattet doch auch keine aufregende Unterhaltung, nicht wahr?« fragte Anita teilnahmsvoll.

»Absolut nicht! Was denkst du, wir haben alles Aufregende stets ängstlich von ihm ferngehalten. Kurt hat ihm einige lustige Anekdoten erzählt, über die er freilich nur gelächelt hat.«

Anita stutzte. Sie konnte es sich, wie sie ihren Stiefbruder kannte, nicht denken, daß er in der Stimmung gewesen war, dem Onkel lustige Anekdoten zu erzählen, denn er war schäumend vor Zorn und Wut davongestürmt, als sie ihm das verlangte Geld verweigert hatte. Er konnte ja auch kaum zehn Minuten bei dem Onkel gewesen sein, da er so bald nach Berlin gefahren war.

Vielleicht hat er auch von seinem Onkel Geld verlangt, dachte sie, sprach es aber nicht aus.

Etwas wollte ihr nicht aus dem Gedächtnis kommen: Kurts maßlose Wut, als er in dem Zimmer der Mutter gewesen war; und was hatte es mit dem auf sich, was sie gehört, als sie hatte eintreten wollen? Unwillkürlich drängte sich ihr die Frage auf: Hatten die Stiefmutter und Stiefgeschwister damals schon gewußt, wer Onkel Manfreds Haupterbe war? Es mußte ihnen wohl bekannt gewesen sein, denn warum hätte Kurt diesen Erben sonst Bastard genannt?

Was mochte das alles zu bedeuten haben?

Sie tröstete sich jedoch damit, daß der Onkel ihr versichert hatte, er habe, obwohl sein Vermögen in der Hauptsache einem andern zufallen würde, die Zukunft seiner Schwester und deren Kinder dennoch sichergestellt, damit sie nicht von ihr, Anita, unterstützt zu werden brauchten.

Sie würde zwar nach wie vor mancherlei für die Stiefmutter und Stiefgeschwister tun, aber nur soweit es ihr eigener Wille war. Durch Vorwürfe und Klagen wollte sie sich jedenfalls nichts mehr abnötigen lassen. Auf keinen Fall würde sie Kurt noch weiter unterstützen, denn dieser mußte wirklich endlich einmal lernen, auf eigenen Füßen zu stehen. Onkel hatte ihr das alles eingeprägt, und sie wollte sich danach richten. Sie wunderte sich nur, daß Onkel Manfred Kurt seinen schweren Sportwagen zur Verfügung gestellt hatte.

Aber das alles huschte nur flüchtig durch ihre Gedanken. Ehrliche Trauer um den Verstorbenen erfüllte ihr Herz.

Als sie dann, nach erfolgter Aufbahrung, an seine Leiche herantrat, war ihr zumute, als habe sie ihren besten und treuesten Freund verloren. Nun blieb ihr nur noch Gunnar Lundström ...

Sie fragte sich, ob sie nun wohl Schloß Lindeck verlassen müsse. Wenn ein anderer Erbe hier einzog, dann war es sehr wohl möglich, daß sie und vielleicht auch die Stiefmutter und die Stiefgeschwister Schloß Lindeck verlassen mußten. Das war ja nicht gerade schlimm, man würde dann einfach nach Berlin in ihre Villa übersiedeln, und selbstverständlich würde sie auch die Mama und Inge mitsamt den Kindern dort heimisch werden lassen. Während sie das alles überlegte, bekam sie eine große Sehnsucht nach Gunnar Lundström. Wenn er nur erst hier wäre! Sie wußte, auf ihn war in allen Dingen Verlaß, er würde sich auch ihrer wie ein freundlicher Bruder annehmen. Wie gut war es, daß er schon morgen abend zu erwarten war!

Sie suchte die Kinder wieder auf, die verschüchtert in einer Ecke des Kinderzimmers über einigen Bilderbüchern saßen. Fräulein Helene stand mitten in dem Zimmer am Bügelbrett, um für Frau Inge weiße Spitzen zu bügeln. Die Kinder jubelten auf, als Tante Anita eintrat. Fräulein Helene warf ihr freilich einen bösen Seitenblick zu. Anita hatte schon ein schlichtes schwarzes Kleid angelegt, das sie unter ihren Toiletten gefunden hatte. Sie sagte zu Fräulein Helene:

»Es ist besser, Sie lassen jetzt die hellen Spitzen beiseite und legen schwarze Kleider für Mama und meine Schwester zurecht. Sie wissen doch wohl, daß Herr Hallerstedt gestorben ist.«

»Selbstverständlich weiß ich das, aber ich habe von der gnädigen Frau den Auftrag erhalten, diese Spitzen in Ordnung zu bringen und an ihre Kleider zu heften.«

»Mama und meine Schwester sind zweifelsohne zu niedergeschlagen, um sich schon jetzt um ihre Kleider kümmern zu können. Deshalb sage ich Ihnen Bescheid. Es ist jedenfalls im Sinne der Damen, wenn Sie Ihr Augenmerk jetzt auf schwarze Kleider richten.«

Fräulein Helene machte ein schnippisches Gesicht.

»Schließlich bin ich doch als Kinderfrau engagiert und nicht als Kammerzofe.«

»Nun, immerhin sind Sie als Zofe besser verwendbar denn als Bonne! Ich möchte Ihnen raten, in Zukunft sich lieber mit Kleidern zu beschäftigen als mit Kindern. Kommt, Hannelore und Dieter, wir wollen hinüber ins Wohnzimmer gehen, da habt ihr mehr Platz als hier.« Und Anita führte die erlösten Kinder hinaus.

Fräulein Helene sandte ihr einen bösen Blick nach und ballte die Spitzen sehr unsanft zu einem Klumpen zusammen. Es fiel ihr vorläufig durchaus nicht ein, sich um schwarze Kleider für die beiden Damen zu kümmern. Sie holte schnell einen sehr spannenden Roman aus einer Schublade hervor, blätterte ihn auf an der Stelle, wo sie stehengeblieben war, und begann darin zu lesen. Damit sie nicht auf verbotenen Wegen betroffen werden konnte, nahm sie eine der Spitzen und eine Nähnadel in die Hand. Kam nun jemand unerwartet herein, dann brauchte sie nur die Schublade zuzuschieben und sich mit der Näherei zu befassen.

Das mußte sie allerdings sehr bald tun, denn Frau Inge und ihre Mutter erschienen bald darauf in dem Kinderzimmer und ersuchten Fräulein Helene, ihnen schwarze Kleider herauszusuchen. Fräulein Helene war sehr ungnädig über die Störung und maulte über die ewige »Hin- und Herhetzerei«. Diese Gelegenheit ergriff zu ihrem restlosen Erstaunen Frau Inge, um ihr in aller Form zu kündigen. Darüber war Helene einfach sprachlos. Sie hatte sich wie so viele Angestellte für unersetzlich gehalten und sah nun zu ihrer Verblüffung, daß dies nicht der Fall zu sein schien. Sie wollte schnell einlenken und entschuldigte sich mit Überarbeitung, die Kinder hätten ihr soviel zu schaffen gemacht, aber Inge revanchierte sich für manchen Ärger, den ihr Fräulein Helene verursacht hatte, und schnitt ihr kurz das Wort ab: Fräulein Helene solle am ersten Mai Schloß Lindeck verlassen.

Die Damen legten nun schwarze, in ihrem Besitz befindliche Kleider an und debattierten dann drüben im Wohnzimmer in Gegenwart Anitas darüber, was für Trauertoiletten sie sich anschaffen wollten und welches Berliner Modeatelier sie dafür in Aussicht nehmen würden. Dabei fiel Anita auf, daß sie anscheinend sehr viel Geld für diese Toiletten auszugeben beabsichtigten, und sie wunderte sich darüber, da die Damen doch wissen mußten, daß sie als Nebenerben nur über beschränkte Mittel verfügen konnten.

Mutter und Tochter vertieften sich so lebhaft in dieses Thema, daß sie ganz vergaßen, die trauernden Hinterbliebenen zu spielen. Sie glaubten auch Anita zu sehr mit den Kindern beschäftigt. Nach einer Weile, als das Thema endlich erschöpft war, sagte Inge über die Schulter hinweg zu der Stiefschwester:

»Übrigens habe ich vorhin Fräulein Helene zum ersten Mai gekündigt. Ich möchte dich daher bitten, Anita, dich um das Engagement der neuen Erzieherin zu kümmern, denn ich werde in nächster Zeit außerstande sein, mich mit dieser Sache zu befassen. Meine Nerven sind furchtbar mitgenommen durch den Tod Onkel Manfreds; es wird lange währen, bis ich meine frühere geistige und körperliche Frische zurückerlangt habe.«

Anita mußte denken, daß sie sich eben bei Beratung der Toiletten recht kräftig gezeigt hätte, sprach das aber nicht aus. Sie war viel zu froh darüber, daß man ihr gestattete, die Erzieherin selbst auswählen zu dürfen.

»Ich nehme dir das sehr gern ab, Inge, zumal ich es Onkel Manfred schon versprochen hatte«, sagte sie.

Inge nickte ihr zu und vertiefte sich mit ihrer Mutter in einen Stoß Modezeitschriften, die diese herbeigeholt hatte.

## 5

Eine junge, blonde Dame im kurzen Wanderkleid schritt eben durch den Wald nach der Chaussee hinüber, um in das nächste Dorf zu gelangen. Sie hatte den schlichten Hut vom Kopf genommen und in die weiten Taschen ihres Kostüms gesteckt. Die Jacke, die sie trug, stand offen und ließ eine helle Bluse sehen. Mit einem frohen Ausdruck blickten ihre braunen Augen, in denen Sonnenfunken gefangen zu sein schienen, um sich. Ab und zu summte sie ein Liedchen vor sich hin. Sie hatte sich von einem Strauch einen Stecken geschnitten, an dem winzige Blattspitzen sichtbar waren, und sie ließ diese immer wieder über ihre Wangen gleiten.

Diese junge Dame hieß Herma Hell und machte ihrem Namen alle Ehre, denn an ihr war alles hell und klar, und das reizende Gesicht zeigte einen Ausdruck von Lebensfrische, der bezaubernd wirkte.

Herma Hell hatte momentan wirklich Ursache, froh und zuversichtlich in die Welt zu schauen, denn sie hatte vor wenigen Tagen ihr Lehrerinnenexamen mit der höchsten Auszeichnung bestanden und war nun dabei, zur Erholung und Auffrischung eine Fußtour durch das Lahntal zu machen. Sie hatte freilich sonst nicht eben viel Veranlassung, in rosiger Stimmung zu sein, denn sie war Waise, und ein sehr kleines ererbtes Vermögen hatte gerade nur gereicht, um ihr die Ausbildung als Lehrerin zu ermöglichen. Es war ihr nur noch ein Betrag von einigen hundert Mark geblieben, aber ferienselig hatte sie sich entschlossen, mit einem Teil dieses Restes die

Kosten einer Fußreise zu bestreiten. Nachher wollte sie alles daransetzen, um möglichst bald eine für sie geeignete Stellung zu bekommen. Sie meinte, es müsse ihr besser gelingen, eine solche auszufüllen, wenn sie vorher den vom vielen Lernen rauchenden Kopf und die von vielem Sitzen steifen Glieder ausgelüftet hätte.

»Der Mensch muß etwas riskieren«, hatte sie sich gesagt, als das Examen hinter ihr lag. Und so hatte sie das kleine Zimmer, das sie bei einer Frau Brausig bewohnte, aufgegeben, hatte ihre wenigen Habseligkeiten versandfertig auf deren Speicher gestellt und die gute Alte gebeten, ihre Habseligkeiten abzusenden, sobald sie ihre Adresse angeben würde.

In einem kleinen Handkoffer hatte sie das Nötigste für ihre beabsichtigte Wanderschaft gepackt, denn der Koffer sollte nicht schwer sein, so daß sie ihn eventuell überall mit sich nehmen konnte. Momentan stand er freilich im Gasthof des Dorfes, dem sie nach einer wundervollen Wanderung von fast sechs Stunden wieder zustrebte. Sie hatte eine kleine Tasche bei sich, in der sich Proviant befunden hatte. Dieser war inzwischen verzehrt und die Tasche leer. Sie freute sich nun schon auf das warme Abendessen, das sie sich im Gasthof leisten würde, und rechnete aus, was es wohl kosten dürfe. Viel selbstverständlich nicht, denn sie wollte gern bis zum Rhein kommen, bis Koblenz mindestens.

Was dann würde, wußte sie freilich noch nicht, aber sie dachte: Dann wird der liebe Gott schon weiterhelfen, er wird doch einen Menschen nicht umkommen lassen, der gern und freudig arbeiten und seine Pflicht erfüllen will. Nur nicht zaghaft sein – und jetzt mit vollen Zügen diese herrliche Wandertour genießen; wer weiß, ob einem so etwas noch einmal beschert wird.

Als sie nahe an die Chaussee herangekommen war, sah sie ein offenes Auto vorüberfahren und bemerkte, daß der darin sitzende Herr sich seines Mantels entledigte und ihn hinter sich über die Rücklehne warf. Dabei mußte wohl etwas aus der Tasche geglitten sein, denn Herma sah, daß etwas Gelbes aus dem Auto auf die Straße fiel. Sie rief dem Herrn im Auto laut zu, er habe etwas verloren, aber ihre Stimme drang nicht zu ihm, das Geräusch des Motors ließ das nicht zu.

Herma sprang schnell die Böschung hinauf auf die Chaussee und sah laut rufend dem Auto nach, aber niemand reagierte darauf, weder der Herr noch der Chauffeur. In schnellem Tempo fuhr der Wagen weiter, und Herma konnte gerade noch die Nummer von weitem erkennen: 1722 – die sie vorsorglich in ein kleines Notizbuch kritzelte, nachdem sie sich vorher gebückt und den herabgefallenden Gegenstand aufgehoben hatte. Es war ein großes, gelbes versiegeltes Kuvert, auf dem stand:

»Nach meinem Tod von dem Direktor meines Betriebes zu öffnen.«

Herma sah lange hinter dem Auto her und winkte immer wieder, bis es verschwunden war.

Der Herr wird sich ja wundern, dachte sie, wenn er das Kuvert sucht und nicht mehr in seiner Tasche findet. Wahrscheinlich ist es sogar ein ziemlich wichtiger Brief? Es scheinen mehrere Papiere darin zu sein. Wie fange ich es nur an, daß ich dem Verlierer diesen Brief zurückerstatten kann? Ein Glück, daß ich die Nummer seines Autos habe! Gescheit, Herma, daß du gleich danach gesehen hast. Also 1722! Aber, ach Herma, bist du dumm, man merkt, daß du sehr unerfahren bist im Umgang mit Autos. Du hättest dir doch vor allem den Buchstaben merken müssen, mit Hilfe dessen man die Stadt ermitteln kann, aus der ein Auto stammt. Herrgott, bist du dumm! Und du willst Lehrerin sein? Na, die armen Kinder, die du gescheit machen sollst, können mir jetzt schon leid tun.

So sprach sie humorvoll mit sich selbst und überlegte dann weiter:

Wichtig scheint der Brief unbedingt zu sein. Wer weiß, vielleicht wird eine große Belohnung von dem Verlierer ausgesetzt? Das wäre ein Glücksfall, wie du ihn ganz gut gebrauchen könntest. Von woher kam wohl der Wagen? Vermutlich von Koblenz; das kann ja, wenn man ein solches Tempo vorgelegt hat, kaum eine Stunde entfernt sein. Also – was tun?

Sie wog den Brief in der Hand. Dann schüttelte sie den Kopf und steckte das Kuvert in ihre Provianttasche. Da war er vorläufig sicher aufgehoben. Sie würde im Gasthof sagen, sie habe einen Brief gefunden, und wenn sich der Verlierer melde, möge er in Koblenz in einem kleinen Gasthof dritter Ordnung, der im Baedeker als gut bezeichnet war, Nachfrage halten. War der Brief sehr wichtig, würde der Verlierer aller Wahrscheinlichkeit nach umkehren und in den von ihm passierten Ortschaften Nachfrage halten. Vielleicht geschah es heute noch. – Morgen früh würde sie ihre Wanderung nach Koblenz fortsetzen. Wenn der Wagen nach dort gehörte, würde dessen Besitzer wohl nicht allzuschwer zu ermitteln sein.

Sie setzte ihren Weg fort, aber nicht mehr so vergnügt wie zuvor, sondern nachdenklich. Immer wieder schaute sie hinter sich, ob sie das Auto nicht zurückkommen sähe. Es kamen auch verschiedene Wagen an ihr vorbei, aber sie erkannte regelmäßig, daß es nicht der große, elegante Wagen war, aus dem das Kuvert gefallen war.

Im Dorfgasthof angekommen, erzählte sie der freundlichen, sauberen Wirtin, sie habe einen Brief gefunden, der aus einem Auto gefallen sei. Die Wirtin lachte.

»Na, eines Briefes wegen wird nicht gleich einer umkehren. Aber ich will schon Bescheid geben, wenn der Verlierer nachfragen sollte.«

Damit gab sich Herma zufrieden. Sie suchte ihr Zimmer auf, nachdem sie der Wirtin ihre Wünsche bezüglich eines Abendessens mitgeteilt hatte. Hier nahm sie erst einmal eine gründliche Säuberung ihres äußeren Menschen vor. Eine frische Bluse wurde aus dem Handköfferchen geholt und dafür das versiegelte gelbe Kuvert darin verstaut. So, nun noch das blonde, naturgewellte Haar geglättet und die Hände manikürt, dann war man allen Ereignissen gegenüber gewappnet. Ihr Appetit war noch viel stärker geworden, und von unten aus der Küche duftete es vielversprechend zu ihr herauf.

Herma ging hinunter, und in der nächsten halben Stunde dachte sie nicht mehr an den Brief, auch später nicht. Sie begab sich zeitig zur Ruhe, weil sie, sobald es hell wurde, weiterzuwandern gedachte, um möglicherweise noch morgen Koblenz zu erreichen, von wo aus sie noch eine kleine Rheintour stromaufwärts machen wollte.

Sie schlief herrlich und unbeschwert, bis der Hausknecht eindringlich an ihre Tür klopfte.

Mit einem Satz war sie aus dem Bett. Wie sie es fertigbrachte, in dem ziemlich kleinen Waschbecken ein Vollbad zu nehmen, war ihr Geheimnis, aber es ging.

Dann machte sie ihre gewohnten gymnastischen Übungen, frisierte sich und sang ein Liedchen vor sich hin. Das gelbe Kuvert war vergessen. Sie kleidete sich an, packte ihren Handkoffer und ließ nur den Proviantbeutel draußen, den sie nachher wieder seinem Zweck zuführen wollte. Dabei gedachte sie freilich wieder des gelben Kuverts, weil sie es in ihrem Koffer liegen sah, aber sie hielt sich in Gedanken nicht dabei auf. Mochte der Verlierer sehen, wie er sie und das Kuvert erreichte, wenn es ihm wichtig war.

Mit bestem Appetit nahm sie ihr Frühstück ein und bezahlte dann ihre bescheidene Rechnung.

Darauf machte sie sich auf den Weg, immer am Lahnufer entlang.

Heute wanderte es sich nicht ganz so gut wie gestern, weil sie ihr Handköfferchen schleppen mußte. Aber ab und zu begegnete sie einem kleinen Wagen, der sie ein Stück mitnahm. Das wurde dann als Extraglücksfall mit Inbrunst genossen, und danach ging das Wandern wieder besser.

Es begann freilich schon zu dämmern, als sie in Koblenz ankam, denn sie hatte verschiedene Male Rast gemacht.

Sie suchte den Gasthof auf, in dem sie übernachten wollte,

und fand dort ein hübsches, sauberes Zimmer und eine anständige Mahlzeit. Als sie sich zur Ruhe begab, genoß sie im Geist noch einmal ihre Wanderung durch das herrliche Lahntal und erinnerte sich daran, daß sie morgen nach dem Besitzer des Autos Nummer 1722 forschen wollte. Vielleicht stammte das bewußte Auto doch aus Koblenz, und vielleicht erhielt sie gar eine Belohnung. Dann würde sie ganz leichtsinnig sein und eine Dampferfahrt auf dem Rhein machen.

Mit diesem Gedanken schlief sie ein.

Kurt von Fuchs war in ziemlich schnellem Tempo weitergefahren. Keine Ahnung sagte ihm, daß er das wichtige und kostbare Kuvert verloren hatte. Er hatte nicht darauf geachtet, daß es, als er seinen Mantel ablegte und über die Rücklehne warf, aus der Brusttasche herausgeglitten und auf die Chaussee gefallen war. Während der ganzen Fahrt merkte er den Verlust nicht. Auch dann nicht, als er seinen Mantel wieder anzog.

In Berlin angekommen, ließ er dem Chauffeur von seiner Wirtin Abendessen geben. Dabei erfuhr er, daß inzwischen ein Telegramm angekommen sei. Er wußte sehr wohl, was es enthalten würde. Aber selbstverständlich spielte er dem Chauffeur eine wirksame Komödie vor. Er taumelte in die Küche seiner Wirtin hinein, in der der Chauffeur seinen Imbiß verzehrte, hielt diesem stöhnend und ächzend das Telegramm vor die Augen und rief:

»Allmächtiger Gott! Mein armer Onkel! Er ist gestorben, er hat einen Herzschlag erlitten! Ich soll sofort wieder nach Lindeck kommen. Bitte, machen Sie den Wagen zurecht, und tanken Sie, wenn Sie gegessen haben; ich fahre mit Ihnen zurück. Einige Stunden habe ich freilich noch zu tun, währenddessen müssen wir aufbrechen, damit ich morgen früh an Ort und Stelle bin. Meine arme Mutter ist vor Schmerz ganz von Sinnen.«

Der Chauffeur bedauerte sehr, daß sein allzeit gütiger

Herr gestorben sei, und stammelte einige Beileidsworte. Er versprach aber, alles nach Kurts Wünschen zu regeln, denn er vermutete, dieser würde der Erbe seines Onkels sein. Darüber war in Lindeck in der Domestikenstube allerhand geschwatzt worden, und niemand hatte bezweifelt, daß das Hallerstedtsche Vermögen an die Seebach-, respektive an die Fuchs-Familie fallen würde. Nur Franz hatte sich niemals darüber geäußert, er allein glaubte nicht so ganz fest daran ...

Kurt kehrte in sein Zimmer zurück, und nun erst legte er seinen Mantel ab, griff aber zuvor in die Tasche, um das Kuvert mit dem Testament herauszunehmen. Ein furchtbarer Schreck durchzuckte ihn, als er seine Brusttasche leer fand. Wie gelähmt stand er eine Weile da, nachdem er nervös und vergeblich alle Taschen durchsucht hatte. Wohin war denn um des Himmels willen das gelbe Kuvert gekommen? Er hatte es in Lindeck doch ganz bestimmt in die weite Innentasche gesteckt und hatte es auch, wie er sich genau entsann, in Koblenz noch gehabt, als er dort eine Erfrischung in einem Hotel eingenommen hatte. Als er den Wagen wieder bestieg, hatte er nach dem Kuvert gefühlt und es an seiner Stelle gefunden. Aber dann? Ja, dann war ihm im Sonnenschein einmal etwas zu warm geworden, und er hatte den Mantel ausgezogen und ihn über die Rücklehne gelegt. Dabei hatte er freilich vergessen, sich zu vergewissern, ob das Kuvert noch an seinem Platze sei. Aber wenn es dabei herausgefallen war, konnte es doch nur im Auto liegen, vielleicht hinten in den Falten des Verdecks?

Er stürmte hinaus in die Küche.

»Geben Sie mir schnell den Schlüssel zum Auto, ich muß etwas verloren haben.«

Er raste die Treppe hinab, schloß das Auto auf, stieg hinein und durchsuchte es mit sich immer steigernder Unruhe. Keine Falte, keinen Winkel ließ er undurchsucht, allein er fand das gelbe Kuvert nirgends. Seinen blassen Lippen entfuhr ein

Fluch nach dem andern, aber es half alles nichts, das Kuvert blieb verschwunden, und es wurde ihm schrecklich klar, daß es irgendwo, während der Mantel über die Rückenlehne herabhing, auf der Fahrt herausgefallen sein mußte. Aber wo und wann?

Langsam stieg er die Treppe wieder hinauf und zergrübelte sich den Kopf, was nun zu tun sei.

Er malte sich aus, was die Mutter sagen würde, wenn sie den Verlust des wichtigen Dokuments erfuhr. Zwar hatte er es vernichten sollen und hatte das eben tun wollen, als er den Verlust entdeckte. Aber da es verloren war, konnte es gefunden werden. Und wenn das geschah, würde man wahrscheinlich das Kuvert öffnen und nachsehen, was es enthielt. Entweder öffnete es der Finder in der Hoffnung, Geld oder Geldeswert darin zu entdecken, oder aber er wollte wenigstens nachsehen, ob aus dem Inhalt der Verlierer zu ermitteln sei. Es kam dann auf die Intelligenz des Betreffenden an, was er mit dem Kuvert und seinem Inhalt anfangen würde.

Kurt warf sich in einen Sessel und starrte vor sich hin. Es gab nur zwei Hoffnungen, daß das Kuvert irgendwo liegen blieb und mit der Zeit verwitterte, oder aber es wurde von einem Menschen gefunden, der es achtlos vernichtete, entweder weil er kein Geld darin fand oder weil ihm die darin enthaltenen Papiere nicht wichtig erschienen, zum wenigsten nicht wichtig genug, um nach dem Verlierer umständlich zu forschen.

Der Angstschweiß war ihm ausgebrochen, und er überschüttete sich mit einer Reihe von zoologischen Namen, weil er das Dokument nicht achtsamer behandelt hatte. Immer wieder fragte er sich, was zu tun sei. Forschte er auf dem Rückweg nach seinem Verlust – er konnte ja in jeder Ortschaft im Gemeindeamt danach fragen –, so riskierte er, daß man inzwischen schon Einsicht genommen hatte und daß es dann irgendwie publik wurde, daß er das Testament seines

Onkels entwendet hatte. Nein, das ging nicht an! Wurde das Testament gefunden und nach Lindeck zurückgebracht, dann mußte er wenigstens ganz unbeteiligt erscheinen, ebenso wie seine Mutter und Inge. Niemand durfte ahnen, daß er das Testament entführt hatte. Ganz bestimmt würde das Testament, wenn überhaupt, sehr bald nach Lindeck gesandt und der Fund wenigstens gemeldet werden. Geschah das nicht in den nächsten Tagen, dann würde es verwittern und somit unentzifferbar werden.

Qualvoll würden die nächsten Tage sein. Man mußte in Lindeck zudem sehr auf der Hut sein, falls sich jemand mit einem Fund melden sollte oder ein solcher brieflich angezeigt wurde. Jedenfalls mußte seine Mutter dafür sorgen, daß ihr von jetzt an alle Post ausgefolgt und jeder Besucher gemeldet wurde. Das würde sich unter irgendeinem Vorwande leicht durchführen lassen.

Etwas erleichtert atmete er auf, aber wohl zumute war ihm keineswegs. Er konnte sich lebhaft vorstellen, welche Szene die Mutter ihm machen würde. Gar noch Vorwürfe! Er machte sich deren selbst schon genug! Wie hatte er nur so unvorsichtig sein können! Aber freilich, die Erinnerung an das, was im Zimmer des Onkels geschehen war, hatte ihn auf dem ganzen Weg nicht losgelassen. Er konnte sich doch nicht verhehlen, daß er durch sein Ausfälligwerden das Ende des Leidenden zum mindesten beschleunigt hatte; und er konnte es auch vor sich selbst nicht ableugnen, daß dies seine Absicht gewesen war; er hatte es gewollt, daß die Aufregung das Leben des alten Herrn gefährden sollte, ja ... das hatte er beabsichtigt! Aber warum brachte er ihn in diese Situation? Man konnte sich doch nicht so mir nichts, dir nichts um ein so reiches Erbe bringen lassen, um es einem hergelaufenen Bastard auszuliefern! Und das Leben des Onkels hätte sowieso nur noch nach Tagen oder Wochen gezählt. Es war Unsinn, wenn er sich deswegen Vorwürfe machte. Wenn nur das Testament nicht verlorengegangen wäre! Ein scheußlicher Gedanke, wenn alles das, was er gewagt hatte, umsonst gewesen sein sollte!

Über eine Stunde saß er so, in finsteres Brüten versunken. Aber er kam zu keinem andern Entschluß, er durfte nicht nach dem verlorenen Kuvert forschen, durfte nicht zugeben, daß er es gehabt hatte. Tauchte es wirklich wieder auf, dann mußten er und die Mutter wenigstens außerhalb jeden Verdachtes stehen. Tauchte es aber in den nächsten acht Tagen nicht wieder auf, dann war wohl jede Gefahr so gut wie vorüber, dann war es auf irgendeine Weise unschädlich gemacht worden. Er raffte sich auf und zwang sich, jedenfalls einen Imbiß zu nehmen und eine Tasse Tee zu trinken. Dann machte er sich fertig zur abermaligen Fahrt nach Lindeck. Und als nach einigen Stunden der Chauffeur sich meldete, übergab er ihm seinen Koffer und folgte ihm hinunter zu dem Wagen.

Während der Fahrt versuchte er zu schlafen, aber es gelang ihm nicht. Immer wieder mußte er an das verlorene Testament denken.

Er kam in Lindeck an, als seine Mutter und Inge und Anita gerade beim Frühstück saßen. In Gegenwart Anitas konnte er selbstverständlich nicht von dem sprechen, was ihn bedrückte. Er schilderte nur sein Erschrecken, als er zu Hause das Telegramm der Mutter vorgefunden habe, und fragte anscheinend bewegt, wann und wie der Onkel gestorben sei. Ausführlich berichtete seine Mutter ihm, wie sich alles vermutlich zugetragen habe, und dabei fiel es Anita auf, daß Kurt mit seiner Mutter und Schwester bedeutungsvolle Blicke tauschte. Es überkam sie ein seltsames Gefühl, als walte zwischen der Stiefmutter und den Stiefgeschwistern ein rätselhaftes Einverständnis, das hinter Worten gleichgültiger Art verborgen werden sollte. Sie konnte das Gefühl nicht loswerden, daß gestern irgend etwas Geheimnisvolles geschehen sei, um das Mutter und Kinder wußten.

Kurt nahm mit den Damen das Frühstück ein, und danach forderte Frau von Seebach ihren Sohn auf, mit ihr an die Bahre seines Onkels zu treten. Er sei bereits aufgebahrt und in Blumen gebettet worden.

Kurt wurde bei dieser Aufforderung sehr bleich, was Anita wohl bemerkte.

»Muß das sein, Mama? Ich gestehe, daß mir der Anblick von toten Menschen unheimlich ist.«

»Unsinn, Kurt, Onkel liegt so friedlich da, als ob er schliefe. Du mußt doch ein Gebet an seiner Bahre verrichten.«

Und die Mutter warf ihm bei diesen Worten einen gebietenden Blick zu.

Er erhob sich auch und verließ mit ihr das Zimmer.

Sie begaben sich wirklich nach dem Schlafzimmer des Onkels, in dem das Paradebett stand, aber ehe sie die Tür erreichten, hielt Kurt seine Mutter fest.

»Ich kann nicht, Mutter, erlasse es mir.«

Sie sah in seine erschlafften Züge und hätte seinen Wunsch vielleicht erfüllt, wenn nicht gerade der Diener Franz aus dem Nebenzimmer getreten wäre.

»Nimm dich zusammen!« flüsterte sie ihrem Sohn zu und öffnete die Tür zu dem Totenzimmer.

Der Diener Franz sah ganz deutlich, wie Kurt leichenblaß zurücktaumelte und daß sein Gesicht ein unbeschreibliches Entsetzen ausdrückte.

Der sieht aus wie einer, der ein schlechtes Gewissen hat, dachte Franz, als er wahrnahm, wie Frau von Seebach ihren Sohn fast mit Gewalt mit sich zog.

Leise trat Franz zurück, konnte es sich aber nicht versagen, in der Nähe der Tür zu verweilen. Er hörte, wie Frau von Seebach sagte:

»Nimm dich doch zusammen, Kurt! Du brauchst ja nicht hinüberzusehen. Bleibe nur einen Moment hier, dann ist es überstanden.«

Kurt schien nichts darauf zu erwidern, und gleich darauf hörte Franz die Tür wieder gehen. Mutter und Sohn waren wirklich nur einen Moment bei dem Toten geblieben.

Ich möchte wissen, warum der junge Herr plötzlich so schwache Nerven hat, er ist doch sonst nicht so. Dahinter steckt vermutlich etwas, dachte Franz sich.

Und wieder kam es ihm in den Sinn, daß die Augen seines toten Herrn geschlossen gewesen waren.

Ob sie ihm nicht doch jemand zugedrückt hatte? Einer von seinen Verwandten? Aber ... dann mußten sie doch zugegen gewesen sein, als er starb. Und der Schlüsselbund hatte auf dem Schreibtisch gelegen. Warum hatte Frau von Seebach so großen Wert darauf gelegt, daß er so sorgsam verwahrt wurde, und zwar in seiner Gegenwart, so daß niemand auf den Gedanken kommen könnte, daß sie ihn vielleicht nach dem Tod ihres Bruders benützt habe?

Franz traute weder Frau von Seebach noch ihrem Sohn viel Gutes zu. Aber er war nur ein Diener und hatte zu schweigen ...

Er ging wieder an seine Arbeit, aber er konnte es nicht lassen, weiter über das alles nachzudenken.

Frau von Seebach hatte sich inzwischen mit Kurt in ihr eigenes Zimmer begeben, und hier schalt sie ihn ärgerlich aus.

»Du bist doch ein Mann, Kurt, wie kannst du dich nur so gehenlassen!«

Er warf sich ziemlich ungezogen in einen Sessel und starrte vor sich nieder.

»Ich konnte ihn nicht ansehen, du weißt doch, daß er starb, weil ich ihn durch meine Bemerkungen über seinen Bastard aufregte.«

Er sagte das so laut, daß ihm die Mutter die Hand auf den Mund legte. Sie ahnten aber beide nicht, daß Anita, deren Zimmer neben dem der Stiefmutter gelegen war, sich momentan in diesem befand. Sie hatte die laut herausgestoßenen Worte Kurts gehört und erschrak so sehr darüber, daß sie schnell und leise das Gemach verließ. Draußen blieb sie einen Moment stehen und preßte die Hand auf das Herz. Obwohl sie nicht mehr als diese Worte gehört hatte, wurde ihr dennoch klar, daß Kurt sich eine Schuld an dem plötzlichen Ableben des Onkels beimaß. Sie sann diesen Worten nach und kam der Wahrheit ziemlich nahe. Hatte es nicht fast den Anschein, als ob Manfred Hallerstedt in Gegenwart seiner Angehörigen gestorben war, daß er sich über Bemerkungen Kurts dermaßen aufgeregt hatte, daß ihn der Schlag rührte? Und weiter ... um das zu vertuschen, war Kurt so plötzlich abgereist, hatten seine Mutter und seine Schwester behauptet, sie hätten den Onkel verlassen, weil er schlafen wollte. Und deshalb auch die Nervosität und das Verstörtsein der beiden Damen! Diese hatten vermutlich mit Herzklopfen darauf gewartet, daß Franz ihnen die Kunde von dem Ableben seines Herrn bringen sollte.

Sie atmete tief auf.

Sie hatte keinen Augenblick an das Märchen geglaubt, daß Kurt dem Onkel lustige Anekdoten erzählt habe. Unmöglich das, wenn sie sich vergegenwärtigte, in welcher Wut er gewesen war, als er zu dem Arbeitszimmer des Onkels stürmte. Und dann ... daß dieser ihm den schweren Wagen zur Verfügung gestellt haben sollte ... höchst verwunderlich war ihr das von Anfang an erschienen! Aber was hatte das alles mit einem »Bastard« zu tun? Wo waren die Zusammenhänge? Wäre Gunnar nur hiergewesen, würde sie ihm von allem Mitteilung gemacht und ihn gefragt haben, was er von den Tatsachen, was von ihren Beobachtungen hielt ...

Gott sei Dank, daß er wenigstens heute abend eintraf!

Die Stiefmutter hatte heute morgen geäußert, man werde vorläufig alles ruhenlassen, bis Herr Direktor Lundström komme; der werde vielleicht von Onkel Manfred Direktiven erhalten haben, was nach seinem Tode zu geschehen habe.

Ach, Anita war bei alledem so unbehaglich zu Sinn, daß sie sich danach sehnte, Gunnar Lundström möge kommen.

Sie hatte sich leise davongeschlichen, denn sie wollte um Himmels willen nicht weiter belauschen, was zwischen Mutter und Sohn verhandelt wurde. Hätte sie es getan, wäre sie um vieles klüger geworden.

Frau Renate hatte rasch ihre Hand auf des Sohnes Mund gelegt und gesagt:

»Schwatze doch nicht solchen Unsinn und bilde dir nichts ein. Die Tage des Onkels waren gezählt, und eine Stecknadel, die unerwartet neben ihm niedergefallen wäre, hätte ihm ebensogut einen Herzschlag verursachen können wie deine unbedachten Worte.«

Kurt hätte am liebsten herausgeschrien: Es waren aber keine unbedachten Worte, ich wählte sie mit Absicht so, um Onkel aufzuregen, weil ich ihn töten wollte.

Aber das brachte er doch nicht über die Lippen.

Er schwieg und starrte vor sich hin. Die Mutter sah indessen vorsichtig zu den beiden Türen hinaus, von denen die eine nach Anitas Zimmer, die andere nach dem Korridor führte. Zum Glück hatte sich Anita schon in Sicherheit gebracht. Nun kehrte die Mutter zu Kurt zurück und blieb vor ihm stehen.

»Nun erst einmal zu Wichtigerem, Kurt. Hast du die Papiere durchgesehen und vernichtet?«

Kurt fuhr sich mit der Hand durch das Haar.

»Beides nicht! Ehe ich es tun konnte, habe ich das Kuvert verloren!« sagte er heiser.

Sie zuckte zusammen und fiel erbleichend in einen Sessel.

»Verloren? Bist du von Sinnen? So etwas verliert man doch nicht ...«

Er lachte heiser auf.

»Zum Vergnügen sicherlich nicht! Ich war in einer scheußlichen Stimmung und mußte immer an den Tod Onkel Manfreds denken. Und dabei wurde mir so heiß, daß ich meinen Mantel auszog. Das Kuvert hatte ich in dessen Tasche gesteckt, weil die im Rock zu eng war und ich Angst hatte, daß es zu stark auftragen würde. So ist das Kuvert wohl während der Fahrt, ich weiß nicht wie und wo, herausgefallen. Ich entdeckte den Verlust erst nach meiner Ankunft in Berlin. Alles Durchsuchen des Autos war vergeblich.«

Frau von Seebach war außer sich und rang die Hände. Kurt suchte sie mit denselben Argumenten zu beschwichtigen, mit denen er sich selbst beruhigt hatte. Es ließ sich leider nichts ungeschehen machen, und sie hofften und wünschten beide, daß das gelbe Kuvert mit seinem Inhalt nie wieder auftauchen möchte, sondern irgendwie der Vernichtung anheimfallen würde. Ihre Stimmung war selbstverständlich dementsprechend, und sie brauchten keine Trauermiene vorzutäuschen, nur daß diese nicht dem Toten galt, sondern der Sorge, was aus dem gelben Kuvert geworden sei.

## 6

Herma Hell hatte sich wirklich am nächsten Tag erkundigt, wem das Auto 1722 in Koblenz gehöre. Man hatte es ihr gesagt, und sie machte sich, das gelbe Kuvert in ihrer Provianttasche tragend, auf den Weg zum Besitzer dieses Wagens. Aber als sie vor dem Haus stand, wußte sie, daß sie nicht an der richtigen Stelle war. Dort stand nämlich ein altes kleines Auto, das diese Nummer trug. Das war auf keinen Fall identisch mit dem eleganten großen Wagen, aus dem das Kuvert gefallen war. So ging sie gar nicht erst in das Haus hinein, sondern kehrte wieder um.

Trotzdem nun der Traum von einem Finderlohn, vorläufig wenigstens, ausgeträumt war, beschloß sie doch, einige Ausflüge von Koblenz aus zu machen, und zwar ein Stück den Rhein aufwärts. Es war doch so wunderschön hier, und sie kam vielleicht nie im Leben wieder an den Rhein.

Sie richtete sich überall so billig wie möglich ein, und das Wetter war in diesen Apriltagen so maienhaft schön, daß sie vor Freude auf ihren Wanderungen immerfort jauchzte. Wie herrlich war die Welt! So hamsterte man wenigstens Erinnerungen ein für eine Zeit, in der es nicht mehr so wonnig sein würde.

Sie leistete es sich sogar, einige Stationen weit mit einem Rheindampfer zu fahren. In ihren sonnenfunkelnden Augen stand die Frage: Was kostet die Welt? Und sie dünkte sich in diesen Tagen so reich, daß sie sich beinahe einbildete, die Welt kaufen zu können.

Jeden Abend aber, wenn sie nach dem Gasthof zurückkehrte, sah sie sorgfältig die hier ausliegenden Koblenzer und Kölner Zeitungen durch. Erstens einmal hoffte sie, irgendeiner das gelbe Kuvert betreffenden Verlustanzeige zu begegnen, und zweitens überflog sie auch die Stellenangebote. Falls sie Glück hatte, konnte sie vielleicht hier in der Rheingegend eine Stellung finden. Das wäre wunderschön! Sie stammte aus Hannover und hätte sehr gern ihr Domizil gewechselt, zumal in ihrer Heimat sehr wenig Aussicht war, bald eine Anstellung zu erhalten.

Schon am zweiten Abend fand sie in der Kölnischen Zeitung das Inserat, das Manfred Hallerstedt kurz vor seinem Tod telefonisch aufgegeben hatte. Sie ersah daraus, daß auf Schloß Lindeck eine Erzieherin gesucht wurde, eine Lehrerin für ein fünfjähriges Mädchen und einen sechsjährigen Knaben. Sie hatte zwar den Ehrgeiz, ihr Wissen besser zu verwerten und zu älteren Kindern zu kommen, aber schließlich war es ja gleichgültig, wie sie ihren Unterhalt bezog. Und gar auf einem Schloß wurde diese Erzieherin gesucht! Schloß Lindeck! Hm, das klang außerordentlich feudal. Sie versuchte, in Gedanken würdevoll durch die »Räume des Schlosses zu schreiten« und ihren Zöglingen zu imponieren. Sie mußte vor sich hinlachen. Aber selbstverständlich reizte es sie, sich um diese Stellung zu bemühen, und das um so mehr, als sie erfuhr, daß Schloß Lindeck gar nicht weit entfernt und in einer wundervollen Gegend läge.

Ohne langes Besinnen machte sie sich daran, ihr Zeugnis

abzuschreiben und einen »schwungvollen« Bewerbungsbrief zu verfassen. In ihrer Stimmung gelang es ihr, einen so munteren, lebensfrischen Ton zu treffen, daß sie beim nochmaligen Überlesen des Schreibens in Versuchung geriet, es zu zerreißen und einen mehr formellen und würdevollen Brief abzufassen. Aber dann lachte sie vor sich hin. Nein, genauso wie er war, sollte der Brief bleiben. Vielleicht glückte es, gerade damit Eindruck auf die Leute zu machen, die eine Erzieherin für ihre Kinder suchten. Hoffentlich waren es gutartige und hübsche Kinder. Sie wußte, daß sie immer den Fehler gehabt hatte, hübsche Menschen angenehmer zu finden als häßliche, trotzdem sie sich selbst darüber Vorwürfe machte.

So, nun noch die Zeugnisabschrift hinein und die Fotografie. Diese sah sie erst mit kritischen Augen an.

Nun, meine liebe Herma, für eine respektheischende Lehrerin machst du freilich ein zu vergnügtes Gesicht. Warum siehst du eigentlich immer so unerlaubt lustig aus? Du hast im Grunde doch gar keine Veranlassung dazu! Und damit machst du auch wohl kaum den Eindruck, als könntest du die nötige Strenge aufbringen, die von einer Lehrerin verlangt wird. Es wäre vermutlich besser, du hättest dir eine Brille auf die vorwitzige Nase gesetzt, oder du hättest bei dem Fotografen wenigstens daran gedacht, was dir dein gestrenger Vormund so oft gesagt hat: »Mehr Ernst und Gediegenheit, Herma, du bist ein armes Mädchen und mußt daher mit zusammengebissenen Zähnen den Lebenskampf aufnehmen!«

Sie mußte lachen, als sie dabei an den Herrn Vormund dachte, der befreit aufgeatmet hatte, als er sich nach ihrer Mündigkeit nicht mehr um sie hatte zu kümmern brauchen. Lieber Gott, es war ihr viel notwendiger gewesen, ihren guten Humor nicht zu verlieren, der sie wie ein Schwimmgürtel über die Wogen des Lebens hinwegtrug. Denn Ernstes genug hatte das Leben ohnedies mit sich gebracht, und die Tapferkeit hatte sich auch von selbst eingestellt, weil sie oft bitter nötig gewesen war. Nein, sie wollte sich ihren Frohsinn nicht trüben lassen. Der liebe Gott würde schon helfen, daß die Leute auf Schloß Lindeck hinter ihrem vergnügten Gesicht den festen Willen hervorleuchten sahen, immer und unverdrossen ihre Pflicht zu tun. Und außerdem hatte sie ihnen ihren Lebenslauf geschildert, und aus dem von ihr Gesagten erhellte nur zu deutlich, daß sie nicht immer Gelegenheit gehabt hatte, den Himmel voller Geigen hängen zu sehen.

So, das Bewerbungsschreiben war fertig, sie wollte es gleich noch in den Briefkasten werfen und dann zu Abend essen. Sie hatte schon wieder Hunger. Wo der nur immer herkam! Scheußlich, was der Mensch so verfuttern konnte, das kostete ja ein Heidengeld!

Sie überrechnete wie immer ihre Barschaft und gestattete sich heute in der Hoffnung, bald eine Stellung zu bekommen, ein Schweinekotelett mit Bratkartoffeln, Ob man auf Schloß Lindeck auch so etwas Gutes zu essen bekam? Vielleicht sogar Kalbsbraten mit gemischtem Gemüse, sonntags wenigstens? Und obendrein noch eine Süßspeise zum Nachtisch? Na, man wollte lieber nicht in so paradiesischen Träumen schwelgen.

Nach dem Essen nahm sie die Zeitungen wieder vor, ob sie heute darin vielleicht eine das verlorene Kuvert betreffende Notiz finden würde. Aber sie fand keine Anzeige. Sie beschloß, bis zum nächsten Sonntag in Koblenz zu bleiben, länger aber bestimmt nicht. Wenn bis dahin keine Antwort auf ihr Bewerbungsschreiben eintraf, dann war anzunehmen, daß die Sache aussichtslos war.

Sie verfaßte aber in den nächsten Tagen lieber noch einige Bewerbungsschreiben, da sie noch einige Inserate fand, die sie dazu anregten.

Aber ihre sehnlichste Hoffnung zielte doch immer wieder nach Schloß Lindeck, und sie nahm sich schließlich vor, ehe sie hier ihren Aufenthalt abbrach, einen Ausflug dorthin zu machen. Denn ein solcher war ihr als sehr lohnend geschildert. Sie wollte wenigstens »ihr Traumschloß« einmal gesehen haben.

Eine Verlustanzeige wegen des gelben Kuverts kam ihr nicht vor die Augen, und so packte sie dieses schließlich ganz tief in ihren Handkoffer. Den Mut, es zu öffnen und innen nach etwaigen Verlierern zu forschen, hatte sie nicht, es war vielleicht ein Unrecht. Vielleicht, wenn sich gar niemand meldete, würde sie etwa in Jahresfrist den Mut haben, das Kuvert zu öffnen und hineinzusehen. Wahrscheinlich war der Inhalt wertlos für den Verlierer, sonst hätte er doch wohl nach dem Verbleib des Kuverts geforscht. Möglicherweise hatte der Herr, der die Worte auf das Kuvert geschrieben hatte, es selbst verloren, besaß entweder eine Kopie davon, oder konnte sich eine solche anfertigen, beziehungsweise anfertigen lassen. Er mußte allem Anschein nach der Besitzer eines großen Betriebes sein, da er einen Direktor angestellt hatte, der das Kuvert nach seinem Tode öffnen sollte.

Nun, man würde sich jetzt nicht mehr den Kopf damit beschweren, mochte das Kuvert mit seinem Inhalt vorläufig in ihrem Koffer ruhen, bis der Himmel es vielleicht fügte, daß es seiner Bestimmung doch noch zugeführt wurde.

Herma ließ sich in dem Genuß ihrer Ferien nicht weiter stören. Die ganze schöne Umgegend durchwanderte sie wohlgemut und dem Schicksal dankbar. Daß die Tage klar und sonnig blieben, sah sie als eine ihr zugedachte Freundlichkeit des Wettergottes an; erst war sie ein wenig bange gewesen, er möchte im April vielleicht übler Laune sein, aber sie konnte sich eben die Zeit nicht aussuchen. Und nun hätte sie es wahrlich nicht besser treffen können. Und ihre Stimme wetteiferte mit den Lerchen und Amseln; sie freute sich, daß die jungen Blattknospen jeden Tag ein wenig dicker wurden und daß sie endlich die Hüllen zu sprengen begannen. Wenn sie ein besonders schönes Landschaftsbild vor Augen hatte, sagte sie andachtsvoll:

»Lieber Gott, das hast du sicherlich extra für mich hierhergezaubert. Wie wunderschön ist doch deine Welt!«

Und sie ahnte nicht einmal, daß sie selbst das Schönste war inmitten dieser schönen Welt, denn sie war durchaus nicht eitel und sehr selten so mit sich zufrieden, wie sie es hätte sein dürfen. So verging die Zeit, die sie hatte bleiben wollen, sehr schnell. Am nächsten Tage gedachte sie nun den geplanten Ausflug nach Schloß Lindeck zu machen. Dann mußte es genug sein mit den Ferien.

In Schloß Lindeck herrschte bei allen Bewohnern eine seltsam gespannte Stimmung. Fast alle warteten sehnsüchtig auf Direktor Lundström, als liege es in seiner Hand, alles Gestörte und in Unordnung Geratene wieder in die Reihe zu bringen. Man war zu sehr daran gewöhnt, daß er die Führung nicht nur im Betrieb der Weinberge, Kellereien und Keltereien hatte, sondern auch im Schloß selbst. War er doch schon seit Jahren die rechte Hand Manfred Hallerstedts gewesen.

So atmeten unwillkürlich alle auf, als er endlich erschien.

Frau von Seebach hatte dem Chauffeur, der ihn vom Bahnhof abholte, strengstens verboten, ihm etwas von dem Ableben ihres Bruders zu sagen. Sobald Gunnar angekommen war, ließ sie ihn sofort zu sich bitten. Gunnar hätte gern Herrn von Hallerstedt aufgesucht, denn er sehnte sich danach, ihn mit dem Bewußtsein wiederzusehen, daß er sein Vater war. Aber er nahm an, daß der immer Leidende momentan nicht fähig sei, ihn zu empfangen, und folgte daher ohne weiteres dem Rufe Frau von Seebachs.

Er fand in deren Wohnzimmer sie selbst und ihre Tochter Inge, die darauf bestanden hatte, Lundström mit zu empfangen. Inge hatte sich besonders schön gemacht. Sie sah mit den lebhaft geröteten Wangen und den erwartungsvoll glänzenden Augen sehr vorteilhaft aus. Aber Gunnar Lundström bemerkte nichts von alledem, er sah nur, daß die beiden Damen Trauerkleider trugen, und er fühlte, daß sich ihm bei diesem Anblick das Herz zusammenkrampfte.

Mit großen Augen sah er Mutter und Tochter an, küßte ihnen die Hände und sagte heiser vor unterdrückter Erregung:

»Sie wünschten mich zu sprechen, gnädige Frau? Ich ... ich sehe die beiden Damen in Trauerkleidern, bitte ... sagen Sie mir, was Sie zu sagen haben.«

Frau von Seebach streckte ihm mit dem Ausdruck tiefster Ergriffenheit die Hand entgegen, und Inge drückte ihr Taschentuch an die Augen.

»Ich sehe Ihnen an, Herr Direktor, Sie ahnen schon, welches Leid uns betroffen hat. Gestern ist mein geliebter Bruder einem Herzschlag erlegen.«

Gunnar Lundström wurde totenbleich, und Inge mußte denken, wie stark die Ähnlichkeit mit Onkel Manfred auf einmal bei ihm hervortrat.

»Mein Gott, er ist ... tot?« stieß Gunnar hervor, mit den Händen eine Sessellehne umkrampfend, als müsse er sich daran halten.

»Ja, mein lieber Herr Direktor, bedauern Sie uns, es ist ein unersetzlicher Verlust, der uns betroffen hat«, sagte Inge und reichte ihm die Hand.

Er fühlte trotz der betonten Trauer das Unechte in dem Wesen der beiden Frauen. Ihm selbst war das Herz wie mitten durchgerissen. So erwartungsvoll, so liebevoll erregt hatte er dem Wiedersehen mit seinem Vater entgegengesehen, so voll von Wärme und Verehrung, so voll Sehnsucht nach diesem Mann, den er immer schon hoch verehrt hatte, noch ehe er die engen Bande kannte, die sie beide aneinander fesselten. Und nun erfuhr er, daß er zu spät kam, zu spät, um ihm zu zeigen, wie lieb und teuer er ihm war, zu spät, um ihm die letzten Grüße der Mutter zu bringen. Wie bald war er der Mutter gefolgt! Waren sie nun vereint? Sahen sie aus irgendeiner Himmelsferne herab auf ihren Sohn? Er war sehr blaß geworden, und seine Augen brannten von ungeweinten Tränen. Erschüttert neigte er sein Haupt wie unter einem Schlag. Er mußte erst den herbsten Schmerz in sich niederkämpfen, ehe er mit rauher Stimme sagte:

»Das trifft mich hart! Er war mein Wohltäter, unendlich viel danke ich ihm, und kann meine Dankesschuld nun nimmer abtragen.«

Die Damen ahnten nicht, daß er damit sagen wollte, daß er ihm das Leben verdanke. Sie zogen es auch vor, ihm nicht zu verraten, daß sie wußten, in welchem Verhältnis er zu ihnen stand. Hatte er es wirklich von seiner sterbenden Mutter erfahren, so tat er gut daran, es diskret zu verschweigen, denn man war keineswegs gesonnen, ihn als Blutsverwandten anzusehen.

Wußte er es nicht, um so besser, dann galt sein Schmerz, der ihm unleugbar und in ehrlicher Ergriffenheit auf dem Gesicht stand, wirklich nur seinem Wohltäter. Mochte es so bleiben!

»Wir können uns denken, daß das Ableben meines teuren Bruders Sie tief erschüttert, wissen wir doch, wie freundlich er Ihnen gegenüberstand. Und wir warteten voll Schmerzen auf Sie, denn Sie waren seine rechte Hand, und hier ist sozusagen durch seinen Tod alles führerlos geworden. Wir rechnen darauf, daß Sie die ihm entfallenen Zügel in Ihre bewährten Hände nehmen.«

Gunnar biß die Zähne zusammen und richtete sich mühsam auf. Die Züge seines sonst so energischen Gesichts waren jetzt schlaff und bleich.

»Gnädige Frau, Sie können in jeder Weise auf mich zählen. Nur, bitte, entschuldigen Sie mich für kurze Zeit, diese Nachricht traf mich hart und unvorbereitet. Sie gestatten, daß ich mich jetzt zurückziehe. Ich wäre Ihnen aber sehr dankbar, wollten Sie mir gestatten, an ... an der Bahre des Verstorbenen ein stilles Gebet verrichten zu dürfen.«

Mutter und Tochter sahen sich einen Moment verstohlen an. Dann sagte Inge schnell, ihm abermals die Hand reichend:

»Selbstverständlich gestatten wir das, Herr Direktor, wissen wir doch, wie gut Sie sich mit meinem Onkel gestanden haben. Er ist in seinem Schlafzimmer aufgebahrt. Wir werden Sie nicht begleiten, da wir begreifen, daß Sie mit dem Toten allein zu sein wünschen. Niemand soll Sie stören.«

Er wunderte sich, daß die sonst so kalte und unnahbare Frau von Holst so warm und herzlich sprechen konnte, und dankte ihr durch einen Handkuß.

»Sobald ich mich etwas gefaßt habe, werde ich mich Ihnen zur Verfügung stellen, meine gnädigsten Damen.«

»Für heute abend beurlauben wir Sie, Herr Direktor, Sie werden nicht in der Stimmung sein, Notwendiges, aber doch sozusagen nur Geschäftliches, mit uns zu besprechen. Morgen früh erwarten wir Sie, sobald Sie dazu imstande sind.«

Er verneigte sich dankend, sprechen konnte er nicht mehr. Schnell verließ er das Zimmer, und draußen lehnte er sich eine kleine Weile kraftlos an die Wand. Da öffnete sich Anitas Zimmer, und sie huschte zu ihm hinüber, erschrak aber vor seinem Aussehen, und in diesem Moment wurde ihr plötzlich vieles klar. Denn Gunnar sah mit diesem blassen, verfallenen Gesicht Onkel Manfred so ähnlich, daß es ihr wie ein Blitz durch den Kopf schoß: Er war der »Bastard«, von dem Kurt gesprochen hatte – er war Onkel Manfreds Sohn! So ähnlich sein konnten sich nur Vater und Sohn! Sie hatte zwar schon immer eine Ähnlichkeit zwischen ihnen beiden herausgefunden, allein so stark war sie noch nie hervorgetreten wie in diesem Moment.

Ganz benommen von dieser Entdeckung stand sie vor ihm und ergriff seine Hand; sie fühlte, wie weh ihm Onkel Manfreds Tod tat, ahnte, daß er wußte, was dieser ihm gewesen war.

»Gunnar Lundström, mein lieber Freund, sind Sie endlich zurückgekommen?« sagte sie leise.

Er war zusammengezuckt und richtete sich mühsam auf. Sprechen konnte er nicht, er winkte ihr nur zu und sah sie bittend an. Sie verstand ihn ohne Worte, trat zurück und ließ ihn gehen.

Sie blieb stehen, bis sie die Tür zum Schlafzimmer des Verstorbenen öffnen und schließen hörte, und sagte tief erschüttert:

»Der Sohn geht zu seinem toten Vater.«

Ihr war, als müsse sie ihm jede Störung fernhalten. Leise huschte sie hinunter und ging auf dem Korridor hin und her, bis sie Franz von unten kommen sah. Sie trat zu ihm:

»Franz, Direktor Lundström nimmt Abschied von Onkel Manfred; bitte, bleiben Sie hier, bis er wieder herauskommt. Niemand soll ihn stören ... Sie wissen, wie sehr er Onkel geliebt und verehrt hat.«

Franz nickte.

»Niemand weiß das besser als ich, gnädiges Fräulein, ich habe die beiden Herren doch so oft zusammen gesehen, und sie verkehrten miteinander eher wie Vater und Sohn als wie Herr und Angestellter. Der gnädige Herr hat große Stücke auf den Herrn Direktor gehalten, das weiß ich. Niemand soll ihn stören.«

Anita nickte ihm zu und huschte die Treppe wieder hinauf.

Drinnen aber lag Gunnar Lundström neben der Bahre seines Vaters auf den Knien und sprach mit ihm, als sei er noch am Leben, flüsterte ihm zu, was er ihm so gern gesagt hätte, wenn er ihn lebend angetroffen hätte.

Franz mußte draußen sehr lange warten, bis Gunnar Lundström wieder sichtbar wurde. Als dieser den Alten erblickte, nickte er ihm zu und drückte seine Hand.

»Morgen alles Weitere, Franz!«

Nach diesen Worten ging er hinüber in den Seitentrakt, in dem sich seine Wohnung befand.

Franz aber starrte ihm nach, als habe er einen Geist gesehen, denn auch ihm fiel es, genau wie Anita, auf, wie sehr Direktor Lundström seinem verstorbenen Gebieter ähnelte. Ihm war das bisher noch nie richtig aufgefallen. Jetzt aber sprang es ihm so sehr ins Auge, daß er wie gelähmt stehenblieb.

Er grübelte der Entdeckung dieser Ähnlichkeit die halbe Nacht nach. Er wurde erst wieder ruhiger, als er am andern Morgen Direktor Lundström wiedersah und in dessen nun wieder ruhigem, gestrafftem Antlitz nur noch eine leise Spur dieser Ähnlichkeit bemerkte, die sehr wohl zufällig sein konnte.

Gunnar Lundström hatte sich, in seinen Zimmern angelangt, aller Kraft beraubt in einen Sessel geworfen. Er fühlte sich bis in sein tiefstes Sein aufgewühlt. Und während er hier allein saß, war ihm, als sei ihm der Vater ganz nahe, näher noch als an seiner Bahre. Und ihm schien es, als stünde die Mutter neben ihm, als betrachteten sie beide ihn mit Liebe. Mit geschlossenen Lidern saß er so und wagte die Augen nicht zu öffnen, um dieses liebe Bild nicht zu verscheuchen. Doppelte Trauer erfüllte seine Seele, die um die Mutter und die um den Vater. Er hätte sehnlichst gewünscht, sie beide noch im Lichte wandelnd zu wissen, um ihnen dafür danken zu können, daß sie ihm das Leben gegeben und ihm gute, wertvolle Eigenschaften vererbt hatten. Denn er fühlte es, daß das Beste seines Wesens von ihnen herstammte.

Er ging in dieser Nacht nicht zu Bett; er saß wach bis zum Morgengrauen und verfiel dann erst auf einige Stunden in einen festen, tiefen Schlaf, der ihn erquickte, trotzdem er im Sessel sitzengeblieben war.

Als er am Morgen erwachte, sprang er rasch auf und blickte erstaunt umher. Aber dann kehrte die Erinnerung an das gestern Erlebte zurück, und er mußte wieder die Zähne zusammenbeißen. Aber er war keine schwächliche Natur, die mit einem Schmerz nicht fertig werden konnte. Er raffte sich auf, und während er wie jeden Morgen ein kühles Bad nahm, suchte er sich darüber klar zu werden, was er nun zu tun habe. Er rief sich alles ins Gedächtnis zurück, was sein Vater ihm vor seiner Abreise bezüglich seines eventuellen Ablebens gesagt hatte. Er hatte ihm mitgeteilt, daß er in seinem Safe sein Testament aufbewahre, zusammen mit einem an ihn gerichteten Schreiben. Dieses Schreiben möge er aber erst an dem Zeitpunkt lesen, der darauf vermerkt sei.

Er ahnte freilich nicht, daß auf diesem Briefe stand: »Erst nach dem Tode Ihrer Mutter zu lesen.«

Auch andere, ganz bestimmte Anweisungen hatte der Verewigte ihm erteilt: daß die Eröffnung des Testaments durch den gegenwärtigen Notar der Firma erfolgen solle, und zwar in seiner, Gunnars, Gegenwart und in der seiner Angehörigen, und daß auch Franz und einige sonstige langjährige Diener und Dienerinnen, die ebenfalls von ihm bedacht seien, bei der Verkündigung seines Letzten Willens zugegen sein sollten.

Endlich hatte Manfred Hallerstedt noch hinzugefügt:

»Vielleicht werden Sie sich wundern, lieber Gunnar, weshalb ich mein Testament so abgefaßt habe, wie es geschehen ist, aber nach Kenntnisnahme des Briefes, den ich Ihnen hinterlasse, werden Sie alles verstehen. Versprechen Sie mir in die Hand, daß Sie sich allen von mir getroffenen Bestimmungen fügen werden.«

Gunnar hatte das feste Vertrauen gehabt, daß er das unbedenklich versprechen könne, da Herr Hallerstedt immer nur sein Bestes im Auge gehabt hatte. Das hatte er auch dadurch bewiesen, daß er ihn nach seiner Ernennung zum Prokuristen und Direktor durch Vertrag auf zehn Jahre für diesen Posten verpflichtete. Dieser Vertrag gab ihm so viele Vollmachten, wie sie sein Chef nur einem ganz zuverlässigen und vertrauenswürdigen Beamten zubilligen konnte. Jetzt wußte Gunnar, daß im Grunde nur ein Vater imstande war, seinem Sohn einen solchen Vertrag vorzulegen. Denn er machte für die darin vorgesehene Zeit Gunnar zum fast unbeschränkten Herrn nicht nur über den gesamten Geschäftsbetrieb, sondern auch über den Haushalt von Schloß Lindeck.

Das Vertragsverhältnis hatte bisher etwa zwei Jahre Bestand gehabt. Gunnar war somit noch für reichlich acht Jahre gebunden. Er hätte trotz aller ihm gebotenen Vorteile wahrscheinlich nicht unterzeichnet, wäre ihm nicht auch im Falle von Hallerstedts Tode freie Hand gelassen und volles Verfügungsrecht zugebilligt worden. Darum sagte sich Lundström, mochte das Testament ausfallen, wie es wollte, mochten seines Vaters Verwandte Erben des Schlosses und der Firma werden ... er würde, solange der Vertrag in Kraft war, sich dennoch niemandem zu beugen haben. Denn es wäre ihm unmöglich gewesen, etwa dem durchaus untüchtigen und launenhaften Kurt von Fuchs oder Frau von Seebach Untertan zu sein. Von jeher hatte er die Empfindung gehabt, daß diese ihm feindlich gegenüberständen und ihm Manfred Hallerstedts Wohlwollen neideten.

Er hatte inzwischen seinen Anzug beendet und ging nunmehr hinüber in den Mittelbau, in dem er alle Mahlzeiten einzunehmen pflegte. Auch wenn Manfred Hallerstedt unpäßlich gewesen war, hatte er doch mit der Familie gespeist. So begab er sich auch heute in das Frühstückszimmer und fand hier Anita bereits anwesend. Sie stand am Fenster und wartete auf die Stiefmutter und die Stiefgeschwister, mit denen sie zusammen frühstücken wollte. Schnell wandte sie sich um und ging auf Gunnar zu. Impulsiv streckte sie ihm die Hand entgegen und sah ihm unruhig in die Augen. Er beugte sich über ihre Hand.

»Verzeihen Sie, Fräulein Anita, daß ich Sie gestern so geistesabwesend begrüßt habe. Sie können sich aber wohl denken, daß mich die Nachricht von Herrn Hallerstedts Ableben tief erschüttert hat. Ich vermochte an nichts anderes zu denken.«

Sie sah ihn teilnahmsvoll an.

»Es bedarf keiner Entschuldigung, Herr Lundström. Nur zu wohl konnte ich verstehen, wie Ihnen zumute war. Onkel Manfred war doch zu Ihnen wie ein Vater. Wie sollte sein Tod Sie nicht erschüttern!«

Er atmete tief auf.

»Nicht wahr, das ist zu verstehen«, sagte er. »Aber nun bin ich ganz gefaßt und hoffe, den Damen in allen Dingen helfen und raten zu können. Selbst wenn Herr von Fuchs kommen sollte, wüßte ich dennoch, daß er wenig imstande wäre, seiner Mutter und seiner Schwester zu helfen.«

Anitas Gesicht bekam einen harten Ausdruck.

»Gar nichts kann er helfen, er kann höchstens alle Dinge verhängnisvoll komplizieren. Im übrigen ist er schon seit gestern morgen wieder hier; er fuhr am Todestag Onkel Manfreds, an dem er auf eine sehr kurze Visite von Berlin hierhergekommen war, wieder nach dort zurück, und zwar in Onkel Manfreds Sportwagen. Als er angekommen war, fand er in Berlin schon das Telegramm seiner Mutter vor, das ihm Onkel Manfreds Tod mitteilte. Da ist er gleich in dem großen Wagen zurückgekommen.«

Gunnar sah sie etwas erstaunt an, er wußte, daß sein Vater sehr eigen mit diesem Wagen gewesen war und ihn kaum jemandem anvertraut hatte. Und daß er Herrn von Fuchs für wenig zuverlässig gehalten, wußte er ebenfalls.

»So? In Herrn Hallerstedts Sportwagen? Das ist aber eine große Seltenheit, daß Herr Hallerstedt jemanden diesen Wagen benutzen ließ.«

Anita sah mit einem seltsamen Blick zu ihm auf.

»Ja, ich habe es auch nicht begreifen können, daß Kurt gerade mit diesem Wagen nach Berlin fahren durfte. Aber ...«

Sie sprach nicht weiter; sie sah ihn nur unschlüssig an.

»Aber?« fragte er forschend.

»Ach, ich weiß nicht, mir ist, als hätte ich Ihnen noch allerlei Unbegreifliches zu erzählen, nur ist es vielleicht töricht von mir, wenn ich es tue.«

»Wissen Sie nicht, Fräulein Anita, daß wir gute, treue Freunde sind und daß Sie mir alles anvertrauen dürfen?«

Sie atmete auf und nickte ihm zu.

»Gewiß, das weiß ich schon, und Onkel Manfred hat mir noch kurz vor seinem Tode gesagt, daß ich mich immer an

Sie wenden sollte, wenn ich irgendeinen Rat oder eine Hilfe brauche. Doch in diesem Falle will manches nicht ganz leicht über meine Lippen, und doch habe ich das Gefühl, daß ich Ihnen alles sagen müßte. Wer bürgt mir aber dafür, daß ich das Rechte tue, wenn ich spreche?«

Ernst sah er zu ihr herab.

»Ihr Herz und Ihr unbeirrbares Rechtlichkeitsgefühl, Fräulein Anita.«

»Beide dringen darauf, Ihnen, gerade Ihnen alles zu sagen. Und ich hatte mir auch schon vorgenommen, es zu tun. Aber nun ich Sie vor mir sehe, weiß ich nicht, ob ich nicht gerade Ihnen damit weh tue – es handelt sich um eine peinliche Sache.«

Ein schwaches Lächeln huschte um seinen ausdrucksvollen Mund, und seine grauen Augen, die so hell und warm aus dem gebräunten Gesicht herausblickten, sahen sie gütig an.

»Wenn Sie nichts weiter fürchten, als mir weh tun zu müssen, dann sollten Sie sich das Herz erleichtern.«

Sie sah sinnend und seltsam forschend zu ihm auf.

»Ich sehe schon ein, es muß sein, wenn ... wenn ich mich nicht durch Stillschweigen an irgendeinem von mir geahnten Unrecht beteiligen will. Aber geben Sie mir noch ein paar Tage Zeit, ich muß mir erst selbst ganz klar über meine Eindrücke werden.«

Sie suchte wieder in seinem Gesicht die große Ähnlichkeit mit Onkel Manfred, die ihr gestern abend so stark aufgefallen war, daß sie ihr ein Geheimnis verriet. Heute sah aber Gunnar seinem verstorbenen Vater nicht mehr allzusehr ähnlich. Und doch verwischte sich bei ihr der gestern abend erhaltene Eindruck nicht mehr. Es gab für sie keinen Zweifel mehr, daß Gunnar Lundström der Sohn Onkel Manfreds war – den Kurt so verächtlich »Bastard« genannt hatte.

»Lassen Sie sich ruhig Zeit, Fräulein Anita, und kommen Sie erst dann zu mir, wenn Sie sich über alles klar geworden sind.«

Sie nickte ihm zu.

»Und dann möchte ich zu Ihnen hinunter ins Büro kommen, da werden wir am ungestörtesten sein. Ich habe auch sonst ein Anliegen an Sie, das wir dann gleich besprechen können und das mir den Vorwand gibt, Sie aufzusuchen.«

Er verneigte sich.

»Ich werde Sie erwarten.«

Sie sprachen nun von unwichtigen Dingen, bis Frau von Seebach mit Inge und gleich nach Ihnen Kurt von Fuchs eintrat.

Man begrüßte sich in formell kühler Art, nur Inge drückte Gunnar sehr warm und kräftig die Hand und sah ihn besonders liebenswürdig an, was er sich durchaus nicht erklären konnte. Er war sonst immer von allen Verwandten seines Vaters sehr zurückhaltend, wenn nicht abweisend behandelt worden; auch von Inge. Sie kam ihm überhaupt sehr verändert vor. Auch Frau von Seebach zeigte sich eine Nuance liebenswürdiger als sonst. Nur Kurt war sich gleich geblieben, sprach ziemlich von oben herab mit ihm und versuchte, ihn seine Überlegenheit fühlen zu lassen. Er ahnte nämlich nicht, wieviel Machtvollkommenheiten Gunnar in seinem zehnjährigen Vertrag zugebilligt worden waren und hoffte, ihn nun bald den Herrn fühlen lassen zu können. Zwar lastete der Verlust des gelben Kuverts immer noch ein wenig auf seiner Seele, und er war immer auf dem Sprung, die Post oder Besucher abzufangen und erst einmal mit Beschlag zu belegen, aber mit jeder Stunde, die verging, ohne daß Nachricht gekommen wäre, das gelbe Kuvert sei gefunden worden, wuchs seine Zuversichtlichkeit. Auch seiner Mutter erging es so.

Während man beim Frühstück saß und nochmals das traurige Ereignis besprochen hatte, sagte Frau von Seebach sehr liebenswürdig zu Gunnar:

»Ich hoffe, Sie haben sich so weit gefaßt, Herr Direktor, daß Sie uns nunmehr helfen können, alles zu tun, was in solchen Fällen getan werden muß. Ich vermute sogar, daß mein Bruder Ihnen besondere Direktiven für den Fall seines Todes gegeben hat.«

Gunnar verneigte sich.

»So ist es in der Tat, gnädige Frau.«

Kurt fuhr auf und sah ihn finster an.

»Wieso? Was haben Sie mit der ganzen Angelegenheit zu tun?«

Seine Mutter warf ihm einen warnenden Blick zu, worauf er sich wieder in seinen Sessel zurücklehnte.

Gunnar blieb ganz ruhig und sah ihn fest und bestimmt an.

»Ich habe wahrscheinlich mehr damit zu tun, als Sie ahnen, Herr von Fuchs.«

Dieser verfärbte sich und richtete sich wieder mit einem Ruck empor.

»Was soll das heißen?« fragte er fast drohend.

»Das soll heißen, daß mich Herr Hallerstedt ersucht hat, mich gleich nach seiner Beerdigung um die Eröffnung seines Testamentes zu kümmern. Ich soll den Notar, der uns in geschäftlichen Angelegenheiten berät, veranlassen, gleich nach der Beisetzung den Safe im Arbeitszimmer des Herrn Hallerstedt zu öffnen und das darin befindliche Testament zu verlesen. Bei dieser Testamentseröffnung sollen alle Anverwandten Herrn Hallerstedts sowie die langjährigen Diener, vor allen Dingen aber Franz, anwesend sein. Ich habe ferner den Auftrag, das Geld für alle Legate, die ausgesetzt worden sind, sofort flüssigzumachen und auszuzahlen. Alle weiteren Zahlungen müssen für die Frist eines Jahres gesperrt werden, soweit es sich nicht um im Betrieb und im Haushalt notwendige Zahlungen handelt.«

Kurt lachte heiser auf.

»Das klingt ja, als seien Sie zum Herrn über uns alle eingesetzt worden.«

»Sie verkennen die Sachlage; ich bin nichts als der Bevollmächtigte des Herrn Hallerstedt und sein Betriebsleiter.«

Kurt wurde Gunnars Ruhe gegenüber immer gereizter.

»Und wie wollen Sie beweisen, daß Sie derartige Vollmachten erhalten haben? Ich meine doch, das alles stünde mehr mir, dem einzigen männlichen Verwandten meines Onkels, zu!«

Gunnar zog die Stirn ein wenig zusammen, blieb aber ruhig und gelassen.

»Wie ich das beweisen will? Nun, wer mich kennt, würde sich ohne weiteres auf mein Wort verlassen. Aber Sie kennen mich nicht, Herr von Fuchs, und weil ich, als ich diesen Auftrag erhielt, voraussah, daß man mir wahrscheinlich Schwierigkeiten bereiten würde bei der Ausübung meiner Pflicht, habe ich Herrn Hallerstedt um eine schriftliche Vollmacht für alles gebeten. Diese werde ich selbstverständlich dem amtierenden Notar vorlegen.«

Kurt konnte kaum seine Wut verbergen, aber seine Mutter, die gleich ihm die seitens ihres Bruders getroffenen Maßnahmen als etwas sehr Peinliches empfand, zwang sich zu liebenswürdiger Freundlichkeit.

»Sei doch froh, Kurt, daß uns Herr Lundström alle diese unangenehmen Dinge abnimmt. Du wärest wahrscheinlich tatsächlich nicht in der Lage, alles so übersehen zu können wie Herr Lundström, da du ja bisher den Geschäften ganz ferngestanden hast. Das wird sicherlich alles anders werden, wenn du, wie ich annehme, Onkels Nachfolger im Betrieb wirst. Ich denke, du wirst dann dein Studium aufgeben müssen, um dich selbst in die Geschäfte einzuarbeiten.«

Anita sah die Stiefmutter etwas betroffen an. Diese wußte doch, daß nicht Kurt der Haupterbe sein würde? Kurt hatte doch mit ihr darüber gesprochen. Was lag da nur vor? Die Sache wurde immer geheimnisvoller.

Sie sagte aber kein Wort. Immer deutlicher erkannte sie jedoch, daß es ihre Pflicht sei, Gunnar Lundström ihre Beobachtungen mitzuteilen.

Kurt war durchaus nicht entzückt von der Aussicht, »sich

einarbeiten zu sollen«. Das konnte ihm gerade fehlen, daß er als Herr auf Lindeck noch arbeiten sollte. Er sah in die warnenden Augen seiner Mutter, die ihm ja schon vorher gesagt hatte, man müsse Lundström bei möglichst guter Laune erhalten, damit er gefügig würde. Das fiel ihm nun wieder ein, und er ließ daher die aggressive Haltung fallen und lehnte sich mit gleichgültiger Miene in seinem Sessel zurück.

»Nun ja, es ist richtig, Mama, es ist gewiß gut, wenn Herr Direktor Lundström uns zur Seite steht. Ich bitte, meine Einwände nur als rein sachlich aufzufassen, Herr Direktor.«

Gunnar verneigte sich kühl und ruhig. Er war durchaus nicht im Zweifel, daß Herr von Fuchs als einziger männlicher Verwandter seines Onkels als Haupterbe in Betracht kam. Es fiel ihm gar nicht ein, sich irgendwie selbst als erbberechtigt zu fühlen. Aber er war doch sehr froh, daß sein Vertrag und seine Vollmacht ihm weiteste Machtvollkommenheiten gaben und daß er sich von diesem unreifen und untüchtigen Burschen nicht dreinzureden lassen brauchte.

»Ich werde also alles Nötige bezüglich der Testamentseröffnung anordnen, gnädige Frau. Wollen Sie mir gütigst sagen, ob alles für die Beisetzung des Herrn Hallerstedt angeordnet ist?«

»Ich denke, soweit ist alles erledigt. Der Arzt meines Bruders hat sich uns freundlichst zur Verfügung gestellt. Daß mein Bruder eine Feuerbestattung wünscht, hat er ja schriftlich niedergelegt, und so ist denn alles darauf Bezügliche in die Wege gleitet. Wir werden nach der Einäscherungsfeier hierher zurückkehren, damit die Testamentseröffnung stattfinden kann.«

Sie wußte ganz genau, daß kein Testament vorhanden war, aber sie mußte sich unbedingt den Anschein geben, als glaube sie an die Existenz eines solchen. Ebenso Kurt und Inge.

Gunnar erhob sich.

»Wenn Sie gestatten, werde ich mich hinunter in die Büros

begeben, um zu sehen, ob geschäftlich alles in Ordnung ist. Sollten Sie meiner noch bedürfen, so bitte ich um einen telefonischen Anruf.«

»Sehr freundlich, Herr Direktor! Das Geschäft geht selbstverständlich vor«, sagte Frau von Seebach in verbindlichem Ton.

Inge aber reichte Gunnar die Hand und gönnte ihm ein Lächeln, das ihn bezaubern sollte.

»Lassen Sie mich Ihnen für uns alle danken, daß Sie sich so freundlich für uns bemühen, Herr Direktor.«

Gunnar sah sie ganz benommen an und ging hinaus, und auch Anita blickte erstaunt zu ihr hinüber. Frau von Seebach fand das Verhalten ihrer Tochter sehr klug, aber Kurt sah seine Schwester höhnisch an.

»Warum gibst du diesem unausstehlichen Patron noch Zukker, Inge? Der muß ja mit der Zeit größenwahnsinnig werden, dieser Bas...«

Ehe er das Wort aussprechen konnte, rief seine Mutter laut, ihn direkt überschreiend:

»Kurt! Schweig! Sei doch endlich gescheit und vernünftig, und vergiß nicht, daß wir ihn brauchen.«

Und sie winkte verstohlen nach Anita hinüber. Diese sah das sehr wohl, wie sie auch ganz genau wußte, daß Kurt das häßliche Wort wiederum hatte aussprechen wollen. Nun war sie vollkommen davon überzeugt, daß man Gunnar Lundström damit meinte, daß also dieser Onkel Manfreds Sohn sei. Sie senkte die Augen und beschäftigte sich mit ihrer Tasse. Inge aber sagte sehr bestimmt:

»Ich bitte mir aus, daß du mich nicht kritisierst, Kurt. Ich finde dein Betragen Herrn Lundström gegenüber einfach flegelhaft. Nimm dir lieber ein Beispiel an ihm. Er ist kaum fünf oder sechs Jahre älter als du und hat schon einen verantwortungsvollen Posten.«

Kurt rekelte sich ungezogen in seinem Sessel.

»Kunststück, wenn man so protegiert wird.«

Wieder rief ihn seine Mutter zu Ordnung. Und Inge sagte hart und laut:

»Dir hätte alle Protektion nicht geholfen, weil du ein fauler, unnützer Schlingel bist.«

»Das geht dich einen Dreck an!« rief er wütend.

Inge wollte noch schärfer werden und noch entschiedener Gunnars Partei ergreifen, denn er gefiel ihr plötzlich so ungemein, daß sie sich sehr intensiv mit dem Gedanken trug, ihn zu heiraten. Aber ehe sie sprechen konnte, rief ihre Mutter beschwörend:

»Seid ihr denn von Sinnen, euch solcher Nichtigkeiten halber zu zanken. Ich denke doch, es ist wichtig genug, daß wir einig sind und zusammenhalten. Du bist einfach unklug, Kurt. Inge ist viel vernünftiger als du, wenn sie Lundström freundlich und liebenswürdig begegnet. Bitte, tue du das auch.«

Und wieder warf sie einen Seitenblick auf Anita, die das alles mit anhörte und ihre Schlüsse daraus zog. Sie erhob sich, denn dieses Gezänk war ihr, abgesehen von allem anderen, in tiefster Seele zuwider.

»Ich will nach den Kindern sehen, denn Fräulein Helene dürfte nach ihrer Kündigung schlechte Laune haben und die Kinder dafür büßen lassen.«

»Ach ja, Anita, bitte tu das. Ich bin wahrhaftig nicht imstande, mich darum zu kümmern! Ich danke dir herzlich, daß du mir das abnimmst, es ist sehr lieb von dir«, sagte Inge.

Dabei zog sie Anita zu sich herab und gab ihr einen Kuß auf die Wange. Anita konnte sich ihr verändertes Wesen gar nicht erklären. Sie wußte nicht, daß Inge sich in Liebreiz und Sanftmut übte, um Gunnar Lundström zu gefallen.

Als sie in die Schloßhalle gelangte, sah sie Gunnar in dieser stehen. Er hatte Dieter rittlings auf seine Schulter gesetzt, und Hannelore examinierte ihn eben, ob er nichts mitgebracht habe. Hilflos lächelnd sah er zu Anita hinüber, und als sie herantrat, sagte er leise:

»Das habe ich total vergessen.«

Sie nickte ihm zu und sagte schnell zu den Kindern:

»Selbstverständlich hat Herr Lundström euch etwas mitgebracht, er hat es mir schon in Verwahrung gegeben, und wenn ihr artig seid, bekommt ihr es nachher.«

»Oh, fein!« rief Hannelore.

Und Dieter sagte belehrend, als ihn Gunnar wieder von seiner Schulter herabließ:

»Heißt ›Onkel Lundström‹, Tante Anita. Wir mögen ihn toll gern.«

Da strich Gunnar mit einem weichen Lächeln über Dieters Schopf. Es berührte ihn so warm, daß dieser, sein kleiner Blutsverwandter, ihn unbedingt als Onkel eingeschätzt sehen wollte. Anita sah das leise Zucken in Gunnars Gesicht und zog die Kinder an sich.

»Ihr habt schon recht, laßt euch diesen guten Onkel nicht nehmen, er meint es sehr gut mit euch.«

»Wie Tante Anita auch!« rief Gunnar und eilte davon, nachdem er Anita dankbar zugenickt hatte, weil sie ihm helfen wollte, etwas von ihm Versäumtes nachzuholen. Es hätte ihn bedrückt, wenn er den Wunsch Hannelores nicht hätte erfüllen können. Anita würde aus irgendeinem Schatzkästlein etwas Schönes hervorzaubern.

Und wirklich holte Anita zwei leckere Bonbontüten aus ihrem Vorrat und gab sie den Kindern mit dem Bedeuten, daß Onkel Lundström sie ihnen mitgebracht habe.

## 7

Am übernächsten Tag, dem Bestattungstag Manfred Hallerstedts, hatte Anita einen ganzen Stoß Offerten auf ihr Erzieherinnengesuch erhalten, mußte sie aber vorläufig beiseite legen. Kurt hatte ihr diese Post übergeben. Er hatte jetzt energisch das Amt an sich gerissen, die Posttasche an sich zu nehmen und die Eingänge zu sortieren. Dabei konnte er am besten kontrollieren, ob Briefe ins Haus kamen, die etwas mit seinem verlorenen Kuvert zu tun hatten. Bis jetzt war das zu seiner Erleichterung nicht der Fall gewesen, und er und seine Mutter wurden daher immer zuversichtlicher.

Manfred Hallerstedts Leiche war bereits nach dem Krematorium überführt worden.

Zur bestimmten Stunde begaben sich die Bewohner von Schloß Lindeck zu der Trauerfeier. In dem großen Wagen saßen die Herren: Kurt, Gunnar, der Notar und der Arzt des Verstorbenen; neben dem Chauffeur hatte auf Gunnars Bitte hin Franz, der Diener, seinen Platz.

In der Limousine waren die drei Damen untergebracht.

Verschiedene Mietautos beförderten die höheren Beamten des Betriebes zu dem Krematorium. Verschiedene Privatautos schlossen sich dem Trauerzug an.

Der Heimgegangene sollte in einem Kölner Krematorium eingeäschert werden. Gunnar hatte, bevor man den Sarg schloß, eine Gelegenheit erspäht, noch einmal mit der Leiche seines Vaters allein sein zu können. Das war ihm ein Herzensbedürfnis gewesen, und niemand hatte darum gewußt als Anita und der alte Franz.

Nun saß Gunnar still und ernst neben Kurt, dem Notar gegenüber. Es wurde fast nichts gesprochen auf der ganzen Fahrt.

Die Feier ging vorüber wie alle Veranstaltungen solcher Art: für die Menschen, die etwas Liebes hergeben müssen, erschütternd, für die Fernstehenden mehr oder minder quälend.

Frau von Seebach und Inge schluchzten herzbrechend unter ihren dichten Trauerschleiern, Anita zwang ihre echten Tränen verstohlen in ihr Taschentuch, und Gunnar war sehr blaß und ernst, aber anscheinend ruhig. Kurt stand mit etwas benommenem Gesicht dabei und sah sehr müde und abgespannt aus. Er hatte sich gestern abend in der Stille seines

Zimmers so voll Alkohol gepumpt, daß er wie ein Klotz geschlafen hatte und heute einen gehörigen Katzenjammer verspürte. Solange die Leiche des Onkels im Hause war, fühlte er sich unfrei und beklommen. Er hoffte, dies würde besser werden, wenn die Bestattung stattgefunden hätte. Falls dem nicht so war, wollte er nach Berlin zurückgehen. Jetzt konnte er dort in dem vornehmsten Hotel wohnen, sich an allerlei Vergnügungen berauschen und ein Leben führen, wie es ihm immer als Ideal vorgeschwebt hatte, ein Leben ohne Arbeit, ohne Pflichten, nur dem Genuß geweiht – und zwar nicht gerade dem edelsten Genuß.

Als die Feier zu Ende war, fuhr man nach Schloß Lindeck zurück. Die Trauergäste verabschiedeten sich schon in Köln. Man war also sozusagen unter sich.

Gunnar hatte die Testamentseröffnung auf drei Uhr nachmittags angesetzt. Somit hatte man noch Muße, zu speisen und sich ein wenig auszuruhen.

Anita für ihren Teil befaßte sich damit, die Briefe durchzu sehen, die von Bewerberinnen für die Erzieherinnenstelle eingegangen waren, und hatte sich zu diesem Behuf in ihr Zimmer zuzurückgezogen. Bald lagen unzählige Briefe, Zeugnisabschriften und Fotos vor ihr. Keines zeigte ihr das, was sie suchte. Entweder sahen harte, verknöcherte Gesichter sie an, oder solche modernster Aufmachung. Nirgends aber entdeckte Anita, was sie suchte, einen jungen, warmherzigen und zugleich klugen und zielbewußten Menschen.

Sie hatte schon mehr als die Hälfte der Offerten durchgesehen, als ihr die Herma Hells in die Hände fiel. Und als sie in deren lachende, lebenbejahende Augen sah, in dies reizende, frische Gesicht mit dem Schelmenlächeln und dem klugen und doch gütigen Ausdruck blickte, da lachte sie leise in sich hinein.

»Das ist die Rechte!« sagte sie vor sich hin und vertiefte sich mit großem Interesse in die Zeugnisabschrift und in den von keinerlei Geisteshochmut angekränkelten, natürlich und menschlich gehaltenen Brief mit dem knappen, prägnanten aber entschieden warmherzig geschilderten Lebenslauf, in dem viel von Nöten und Kämpfen die Rede war, der aber zugleich Kunde gab von heiterer Tapferkeit und fröhlichem Gottvertrauen.

Zweimal las Anita diesen Brief durch, sah dann lange in Herma Hells Gesicht, in die strahlenden Augen hinein, und atmete befriedigt auf.

»Ja, das ist bestimmt die Rechte. Bei ihr werden die Kinder gern lernen und ganz gewiß nicht gequält werden«, sagte sie zu sich.

Gewissenhaft sah sie auch die anderen Offerten durch, fand aber nichts Passendes mehr.

Sie verwahrte die Offerte Herma Hells und deren Bild an besonderer Stelle und packte alles übrige zusammen. Sie wollte Gunnar bitten, sämtliche Zuschriften im Kontor beantworten und die Fotos mit einigen liebenswürdigen Dankesworten zurücksenden zu lassen. Als sie sah, sie habe noch Zeit, beschloß sie, Herma Hells Offerte gleich noch zu beantworten, aber sie sagte sich doch, es sei besser, wenn sie Inge wenigstens die Fotografie vorlegte. Und so ging sie in der Stiefschwester Zimmer hinüber.

Diese war eben damit beschäftigt, sich für die bevorstehende Testamentseröffnung zu schmücken, soweit das bei der Trauertoilette möglich war. Sie war so sehr in das Studium ihres schönen, aber ziemlich unbeseelten Gesichts vertieft, daß sie sich etwas ungehalten nach Anita umwandte.

»Ach du bist es, Anita? Was willst du denn?«

»Verzeih, wenn ich störe, aber ich habe eben die Offerten durchgesehen, die auf das noch von Onkel Manfred aufgegebene Inserat eingegangen sind. Leider habe ich nur eine einzige darunter gefunden, die in Betracht kommen könnte, aber ich will dir, ehe ich sie beantworte, erst das Bild der jungen Dame zeigen.«

Sie hielt Inge Herma Hells Foto vor die Augen.

Diese zog eben mit einem Tuschestift ihre ziemlich farblosen Augenbrauen nach und sah währenddessen so nebenbei auf das Bild herab.

»Hm! Sieht ein bißchen sehr vergnügt aus und ist anscheinend noch ziemlich jung.«

»Das ist gewiß kein Fehler, Inge. Die Kinder können sehr wohl ein bißchen Frohsinn gebrauchen, und sie besitzt ein erstklassiges Zeugnis.«

»Nun gut, wenn du meinst, daß sie sich eignet, mir soll es recht sein. Aber bitte, störe mich nicht weiter, ich werde sonst nicht fertig. Mußt du dich denn nicht auch umkleiden?«

»Ich bin fertig; ich bleibe so, wie ich bin.«

»Gut, gut. Also wenn du denkst, dann engagiere dieses Fräulein ... wie heißt es?«

»Herma Hell!«

»Der Name ist leicht zu merken. Vielen Dank für deine Mühe, Anita.«

»Bitte sehr, Inge, ich tue es gern.«

Damit war die Angelegenheit für Inge erledigt, die ihr im Grunde hätte wichtiger sein müssen als das Nachzeichnen ihrer Augenbrauen.

Anita schrieb unverzüglich an Fräulein Hell und teilte ihr mit, daß die Wahl auf sie gefallen sei und daß man sie, falls es ihr recht sei, am übernächsten Tage mit dem Auto vor dem Koblenzer Gasthof erwarten würde. Sollte sie aber lieber erst noch einige Zeit frei haben und nach Hannover zurückkehren wollen, dann möge sie nach Schloß Lindeck telefonieren und sich Fräulein Anita von Seebach an den Apparat rufen lassen.

Anita war nämlich der Meinung, es sei wünschenswert, daß die neue Erzieherin baldigst ihre neue Stellung antrete, denn das war das sicherste Mittel, die Kinder Fräulein Helenes Ungnade zu entziehen.

Sie nahm sich vor, übermorgen selbst nach Koblenz zu fahren, um Fräulein Hell abzuholen. Sie konnte dieser dann unterwegs ungestört die nötigen Direktiven geben.

Der Brief wurde fertiggemacht und in die Posttasche gelegt, die noch vor Abend abgeholt wurde.

Dann war es Zeit, sich hinunter in das Arbeitszimmer Onkel Manfreds zu begeben.

Franz hatte Direktor Lundström auf seine Frage, warum das Arbeitszimmer verschlossen sei, die Auskunft erteilt, daß Frau von Seebach das angeordnet habe, und er berichtete ferner, wie das geschehen sei und daß er den Schlüssel bei dem Kassierer abgegeben habe.

Gunnar hatte das gut und richtig gefunden, und Franz hatte vorläufig nichts erwähnt von seinem Argwohn bezüglich der geschlossenen Augen seines Herrn und alles sonstigen, was ihm verdächtig erschienen war.

Punkt drei Uhr hatte Gunnar den Kassierer mit dem Schlüssel beordert, und als dieser erschien, standen sämtliche zur Testamentseröffnung Geladenen auf dem breiten Gang vor dem Arbeitszimmer. Der Kassierer überreichte Gunnar den Schlüssel, und dieser öffnete die Tür. Man betrat in feierlicher Prozession dieses Gemach, in dem, wie alle wußten, Manfred Hallerstedt verschieden war. Es wurden schnell bereitgestellte Sessel hereingebracht, auf denen man Platz nahm.

Als das geschehen war, übergab Gunnar dem Notar seine von Manfred Hallerstedt ausgestellte Vollmacht. Es war alles darin genau aufgeführt, was zu geschehen habe.

Der Notar verlas diese Vollmacht und gab sie Gunnar zurück, und dieser bestimmte nun, der Notar solle zunächst den Safe und dann das darin befindliche gelbe Kuvert öffnen.

Der Notar trat an den Schreibtisch heran, in dem der Safe eingebaut war.

»Wo ist der Schlüssel?«

Frau von Seebach erhob sich und erklärte, wo der Schlüsselbund sich befände, und wie sie ihn mit Hilfe des Dieners Franz in einem Kuvert versiegelt habe. Sie fügte hinzu, es sei sogleich geschehen, nachdem sie, von Franz herbeigerufen, in das Zimmer eingetreten sei und ihren geliebten Bruder entseelt darin aufgefunden habe.

Der Notar hob das versiegelte Kuvert aus dem bezeichneten offenen Fach des Schreibtisches, erbrach es und entnahm ihm, nachdem er die Siegel geprüft und unverletzt gefunden hatte, den Schlüsselbund. Dann probierte er erst einige andere Schlüssel, ehe er den richtigen fand, und öffnete den Safe.

Atemlose Stille herrschte in dem Raum. Gunnar saß ernst, aber gelassen da, Frau von Seebach und ihre Kinder hatten blasse Gesichter und zwangen sich unter Aufbietung aller Selbstbeherrschung zur Ruhe. Anita saß etwas seitwärts, und zwar so, daß sie die andern alle genau betrachten konnte. Sie hatte im Grunde nichts hier zu suchen, war aber mit hereingekommen, weil sie doch gewissermaßen auch mit zu Onkel Manfreds Verwandten gehörte.

Hinter seinen direkten Angehörigen saßen die aufgeforderten Diener und Dienerinnen. Gunnar hatte seinen Platz abseits von den Verwandten des Erblassers, Anita gegenüber. Dieser klangen unausgesetzt die wider ihren Willen erlauschten Worte der Stiefmutter und ihrer Stiefgeschwister in den Ohren. Gunnar der Haupterbe; sie wußten es und vermochten trotzdem so ruhig und zuversichtlich auszusehen. Sie konnte nicht anders, als diese drei Menschen scharf zu beobachten, und Gunnar Lundström ebenso.

Der Notar beugte sich hinab, um in den Safe hineinzusehen und das gelbe Kuvert zu entdecken. Er griff auch hinein und fühlte auf dem Boden des Safes herum, fand aber nichts, was einem gelben oder überhaupt einem Kuvert ähnlich gewesen wäre.

Er wandte sich verdutzt zu der Versammlung herum, und Anita bemerkte, wie sich plötzlich der Diener Franz auf seinem Stuhle hoch emporrichtete, und mit großen Augen und erregt zuckendem Gesicht auf den Notar starrte.

Dieser wandte sich nun an Gunnar.

»Herr Direktor, ich kann kein gelbes Kuvert entdecken, überhaupt kein Kuvert, es scheint hier nur noch eine Kassette mit Wertgegenständen vorhanden zu sein, die vielleicht Schmuck enthält.«

Gunnar blieb ruhig sitzen.

»So öffnen Sie ruhig die Kassette, in der, soviel mir bekannt, alter Familienschmuck aufbewahrt wird. Wahrscheinlich hat Herr Hallerstedt das Testament noch besonders in die Kassette eingeschlossen.«

Es war auf einmal, als sei das Zimmer mit Elektrizität geladen. Spannung verrieten die Mienen aller Anwesenden. Franz hatte sich halb von seinem Sessel erhoben und bemühte sich, das Gesicht Frau von Seebachs sehen zu können.

Der Notar suchte indessen einen kleinen, zu der Kassette passenden Schlüssel heraus und öffnete auch diese. In ihrem Innern befand sich Familienschmuck der Hallerstedts. Er war nicht eben sehr kostbar und nur durch seine Originalität wertvoll. Auf diesem Schmuck lag aber nur ein Zettel, auf dem stand:

»Dieser Familienschmuck geht nach meinem Tode ohne weiteres an meine Schwester, Renate von Seebach, oder ihre Erben über.«

Aber von einem gelben Kuvert mit einem Testament war auch hier nichts zu sehen. Der Notar teilte das den Anwesenden mit und zeigte die Kassette herum. Zuletzt übergab er sie Frau von Seebach. Diese nickte ruhig – scheinbar ruhig – mit dem Kopf.

»Ja, das sind Erbstücke aus unserer Familie, die immer auf den Ältesten vererbt wurden«, sagte sie.

Der Notar sah fragend zu Gunnar hinüber.

»Wo aber ist das Testament? Wissen Sie genau, Herr Direktor, daß ein solches vorhanden war?«

Gunnar trat zu ihm.

»Ja, das weiß ich genau, denn bevor ich nach Stockholm reiste, zeigte es mir Herr Hallerstedt, es befand sich in einem schmalen, langen Kuvert, das die Aufschrift trug: ›Nach meinem Tode von dem Direktor meines Betriebes zu öffnen‹. Er gab mir danach die Vollmacht, die Sie ja eben verlesen haben und in der Sie ja auch den Hinweis finden, daß ich die im Testament bezeichneten Legate sogleich auszahlen soll, während alle anderen Zahlungen, die nicht im Betrieb oder im Haushalt laufend gebraucht werden, auf ein Jahr gesperrt werden sollen.«

Das sagte er mit so bestimmtem Tone, daß man ihm seine feste Überzeugung am Vorhandensein des Testamentes anmerkte.

Jetzt erhob sich Frau von Seebach zu ihrer vollen Höhe.

»Wenn Ihnen mein Bruder das, wie ich nicht bezweifle, mitgeteilt und seine Vollmacht danach ausgestellt hat, so muß er wohl während Ihrer Abwesenheit seine Ansicht geändert haben. Ich sprach noch ganz kurz vor meines Bruders Tod, während wir, meine Kinder und ich, ihm einen Besuch machten, mit ihm über sein bevorstehendes Ableben, dem er ja mit bewundernswerter Ruhe entgegensah. Und er sagte mir: ›Ich habe wohl früher ein Testament gemacht, es sind mir aber einige Zweifel gekommen, ob meine Bestimmungen richtig waren, und ich werde deshalb nächstens ein anderes Testament aufsetzen. Es ist aber vielleicht gar nicht nötig, da ihr, du und deine Kinder, meine alleinigen Erben seid.‹ Ich lenkte aber meinen Bruder von diesem Thema ab, weil es mir schmerzlich war, und wir sprachen nicht weiter darüber.«

Sie drückte das Taschentuch vor ihre Augen und sank, wie von Schmerz überwältigt, in ihren Sessel zurück.

Anita war aufgefahren, als wolle sie etwas sagen, wußte sie doch, daß ihre Stiefmutter eben gelogen, mit Bewußtsein gelogen hatte. Denn kurz vor ihr war sie doch selbst bei Onkel Manfred gewesen, und dieser hatte ihr ausdrücklich gesagt, daß ein anderer als seine Schwester Haupterbe werden würde. Sie bezwang sich jedoch. Nein, sie konnte ihre Stiefmutter nicht vor aller Augen der Lüge zeihen und ... des offensichtlichen Betruges. Aber – das stand fest bei ihr – Gunnar mußte alles erfahren.

Dieser hatte nachdenklich den Worten Frau von Seebachs gelauscht und sagte nun mit schöner, abgeklärter Ruhe:

»Es ist wohl möglich, daß Herr Hallerstedt sich anders besonnen hat und vielleicht auch das Testament vernichtete, ohne daß er dazu kam, ein anderes aufzusetzen. Es ist auch sicherlich sein Wille gewesen, seine Angehörigen zu seinen Erben einzusetzen. Nur würde es mir leid tun, wenn die von ihm ausgesetzten Legate nicht zur Auszahlung kommen könnten, und deshalb müssen wir unter allen Umständen versuchen, das Testament zu finden. Es könnte ja auch sein, daß er es an einer anderen Stelle aufbewahrt hätte.«

Jetzt sprang Kurt von Fuchs empor. Seine Augen glühten haßerfüllt zu Gunnar hinüber.

»Sie hoffen wohl, daß er auch Sie mit einem möglichst hohen Legat bedacht hat?« fragte er höhnisch.

Alle ringsum fuhren erschrocken über diese aggressiven Worte zusammen.

Gunnar aber sah verächtlich in Kurts verzerrtes Gesicht.

»Man soll nie von sich auf andere schließen, Herr von Fuchs. Ich verzichte darauf, mich gegen diesen perfiden Vorwurf zu verteidigen. Mein verehrungswürdiger, verstorbener Chef hat mich so gestellt, daß ich es nicht nötig habe, auf ein Erbteil zu warten. Das danke ich ihm über den Tod hinaus. Im übrigen verlasse ich mich gern auf meine eigene Kraft. An ererbtem Geld liegt mir nichts.«

Und seinem ruhigen, energischen Gesicht mit den vornehmen, edlen Zügen war der Stempel der Wahrheit aufgeprägt, so daß niemand an seinen Worten zweifeln konnte. Selbst Kurt verstummte, zumal seine Mutter ihn verstohlen angestoßen hatte, um ihn zur Vernunft zu bringen.

Zu aller Erstaunen aber erhob sich Inge, sah Gunnar mit strahlenden Augen an und sagte fest und laut:

»Wir glauben Ihnen das, Herr Direktor; mein Bruder ist etwas nervös und unbesonnen.«

Darauf wollte Kurt freilich wieder auffahren, aber seine Mutter hielt ihn mit einer Hand fest.

Anita hatte das alles genau beobachtet, und sie glaubte, das hier Geschehende durchschauen zu können.

In diesem Augenblick erhob sich der alte Diener Franz.

»Ist es mir gestattet, einige Worte in dieser Angelegenheit zu sagen?«

»Gewiß, sprechen Sie nur«, sagte Gunnar.

Franz holte tief Atem.

»Ich möchte bemerken, daß mein gnädiger Herr am Morgen seines Todestages, da ich ihn ankleidete, zu mir sagte, wie oft schon zuvor: ›Mein alter Franz, du hast viel Plage mit mir, aber es wird nicht mehr lange dauern, und ich habe dich in meinem Testament so bedacht, daß du nicht mehr zu arbeiten brauchst und dich dann ausruhen kannst.‹«

Nach diesen Worten ließ sich Franz wieder nieder.

Frau von Seebach sah sich mit hartem, kaltem Blick nach ihm um.

»Aus Ihnen spricht wohl die Hoffnung, daß wir, meines Bruders Erben, Ihnen eine erhebliche Rente aussetzen möchten. Es wäre uns selbstverständlich erschienen, für Sie in angemessener Weise zu sorgen, aber auf diese plumpe Art lassen wir uns nicht beeinflussen. Ich teile Ihnen gleich hier mit, daß Sie Ihres Dienstes entlassen sind. Sie sind hier überflüssig, aber wir werden Ihnen selbstverständlich für ein Vierteljahr Lohn und Unterhaltskosten auszahlen.«

Franz fuhr erblassend zusammen.

»Gnädige Frau, ich bin nur ein Diener, aber ich habe auch meine Ehre. Das lasse ich mir nicht gefallen ... das nicht.«

»Schweigen Sie; was ich gesagt habe, gilt!«

Frau von Seebach war froh, den ihr lästigen Franz auf diese Weise loszuwerden. Gunnar aber sagte jetzt:

»Verzeihen Sie, gnädige Frau, aber ich hoffe, Sie lassen

sich nicht zu dieser Härte verleiten. Franz hat ohne jeden Zweifel die Wahrheit gesagt, denn in ähnlicher Weise hat Herr Hallerstedt auch mit mir über die Sicherstellung seines langjährigen, treuen Dieners gesprochen.«

Wieder fuhr Kurt empor.

»Nun gut, so schaffen Sie doch dieses sagenhafte Testament herbei, dann werden wir ja sehen, ob mein Onkel so testiert hat.«

Gunnar würdigte ihn keines Blickes, sagte aber klar und ruhig:

»Sie können versichert sein, daß ich alles daransetzen werde, das Testament zu finden, respektive das gelbe Kuvert, in dem sich auch, wie mir Herr Hallerstedt anvertraute, ein ausführliches Schreiben an mich befinden soll. Allein schon um dieses Schreibens willen werde ich alles nach dem gelben Kuvert durchsuchen. Da, wie ich von Frau von Seebach erfuhr, Herr Hallerstedt seit meiner Abwesenheit das Schloß nicht mehr verlassen hat und vor meiner Abreise auch das gelbe Kuvert mit Inhalt sich in dem Safe befand, kann es nur in den Räumen dieses Schlosses zu finden sein, sofern es nicht vor seinem Tode von Herrn Hallerstedt selbst vernichtet worden ist.«

»Schön, Herr Direktor, Sie haben recht, wenn Sie danach suchen wollen. Mein Bruder hat seine Gemächer nicht mehr verlassen, Sie können sich also darauf beschränken, diese Zimmer zu durchsuchen. Wir bringen Ihnen soviel Vertrauen entgegen, daß wir Ihnen allein den Zutritt offenhalten.«

»Ich danke Ihnen sehr, Frau von Seebach, aber es wäre mir lieber, dürfte ich diese Durchsuchung in Gegenwart des Herrn Notars vornehmen. Es ist in solchen Fällen immer besser, wenn man einen Zeugen hat; nicht wahr, Herr von Fuchs, das ist doch wohl auch Ihre Meinung?« Es lag eine leise Ironie in seinen Worten. Kurt aber warf den Kopf zurück.

»Sie haben recht, es ist wohl so in Ordnung.«

Inge sandte einen so vertrauensseligen Blick zu Gunnar

hinüber, daß dieser immer erstaunter wurde über ihr rätselhaftes Verhalten.

Er sagte aber ruhig und bestimmt:

»Vorläufig ist also in dieser Angelegenheit nichts mehr zu tun. Findet sich wirklich kein Testament, so werden Sie, gnädige Frau, und Ihre Kinder sicherlich als alleinige Erben des Herrn Hallerstedt anerkannt werden. Das wäre dann wohl alles ordnungsgemäß durch den Herrn Notar zu erledigen. Für mich bleibt allerdings die Vollmacht des Herrn Hallerstedt bestehen, laut der ich binnen Jahresfrist keine besonderen Zahlungen leisten darf, soweit solche nicht als laufende Bezüge anzusprechen sind.«

Kurt fuhr wieder auf.

»Soll das vielleicht heißen, daß wir von dieser Erbschaft vor Jahresfrist nichts abheben dürfen?«

Gunnar verneigte sich formell.

»Allerdings! Es heißt hier ausdrücklich: Außer den Legaten wird vor Ablauf eines Jahres nach meinem Tode weder von meinem Vermögen noch von Eingängen aus dem Betrieb etwas Besonderes ausgezahlt, also nichts, was nicht zu den laufenden Ausgaben für Betrieb und Haushalt gehört.«

Kurt lachte wütend auf.

»Also, ich kann von meinem Erbe nicht abheben, was ich haben möchte?«

»Zu den laufenden Beträgen gehört für die Dauer dieses Jahres nur Ihr üblicher Monatswechsel.«

»Das ist ja toll, einfach toll! Wic konnte mein Onkel Ihnen nur eine so weitgehende Vollmacht ausstellen?«

»Darauf vermag ich Ihnen keine Antwort zu erteilen. Es ist aber jedenfalls geschehen, und ich habe mich nach dieser Vollmacht zu richten. Im übrigen muß ja doch erst allen Formalitäten Genüge geschehen, auch wenn Sie dieses Erbe antreten, und dieses eine Jahr wird schnell vergehen. Dann haben Sie ja freie Verfügung über alles, was Ihnen zusteht.«

Finster sah Kurt vor sich hin. Auf diese Weise war es nichts mit einem flotten Leben, wie er es sich ausgemalt hatte, wenigstens nicht vor Ablauf dieses Jahres. Aber man konnte sich voraussichtlich auf diese Erbschaft hin genügend Kredit verschaffen. Er würde schon einen gefälligen Geldmann finden, der gegen hohe Zinsen auf ein so sicheres Geschäft einging. War es aber absolut sicher? Wenn nun wider Erwarten das gelbe Kuvert auftauchte?

Für diesen Fall hätte er eben gern gleich eine sehr hohe Summe von Onkel Manfreds Vermögen abgehoben und sie für sich in Sicherheit gebracht – für alle Fälle. Aber dieser alte Trottel, womit er seinen Onkel meinte, hatte ja seinen Bastard gleichsam zum Herrn und Meister über sie alle gesetzt.

Aber aller Ärger und alles Grübeln nützten nichts. Die Dienerschaft hatte bereits das Zimmer verlassen. Inge trat an Gunnar heran, reichte ihm mit einem bezaubernden Blick die Hand und sagte liebenswürdig: »Sie werden künftighin viele Mühen haben unsertwegen, mein lieber Herr Direktor. Aber vielleicht behalten Sie Zeit, mit uns den Tee zu nehmen, damit wir noch einmal vertraulich über alles reden können.«

Wieder war er sehr verwundert, sagte aber mit einer Verbeugung:

»Ich weiß nicht, wie lange Zeit der Herr Notar heute noch hat. Jedenfalls möchte ich mit ihm gleich die Nachforschungen nach dem gelben Kuvert beginnen. Ich halte es für selbstverständlich, daß Sie, Herr von Fuchs, und Ihre Frau Mutter die Erben sind, aber immerhin ist es unsere Pflicht, nach dem Testament zu suchen.«

Mit einem schmeichelnden Schelmenlächeln sah Inge ihn an.

»Und Sie sind nicht der Mann, sich einer Pflicht zu entziehen. Gerade das finde ich so bewundernswert an Ihnen. Also wenn der Herr Notar zum Tee nicht mehr hier sein sollte, erwarten wir Sie in jedem Fall.«

Stumm verneigte Gunnar sich, und als sie ihm jetzt wieder

einen sehr sprechenden Blick zuwarf, fragte er sich ziemlich konsterniert:

Was will sie nur? Weshalb verschwendet sie plötzlich soviel Gnade und Güte an mich?

Er wurde aber gleich von anderer Seite in Anspruch genommen. Franz trat an ihn heran, nachdem Frau von Seebach mit ihren Kindern und Anita ebenfalls das Zimmer verlassen hatten und außer Gunnar nur der Notar noch anwesend war.

»Verzeihung, Herr Direktor, würden Sie mir eine Unterredung gestatten?«

Gunnar sah ihn freundlich an. Er schätzte Franz, wie sein Vater diesen treuen, zuverlässigen Diener geschätzt hatte, und es tat ihm sehr leid, daß Frau von Seebach ihn so rücksichtslos und hart behandelt hatte.

»Sehr gern, Franz, aber jetzt muß ich mich dem Herrn Notar zur Verfügung stellen. Herr Doktor, wie lange haben Sie Zeit für unsere Nachforschungen?«

Dieser sah nach der Uhr. »Wohl eine Stunde noch, Herr Direktor.«

»Gut! Dann trinke ich den Tee mit den Damen, die mir wahrscheinlich noch allerlei Wünsche unterbreiten wollen. Danach muß ich aber noch einmal ins Büro hinunter, um die Post zu unterschreiben. Hat Ihre Angelegenheit bis um sieben Uhr Zeit, Franz?«

»Gewiß, Herr Direktor.«

»Gut, dann kommen Sie um sieben Uhr zu mir hinüber in den Seitenflügel, da dürften wir auch am ungestörtesten sein.«

Franz verneigte sich aufatmend.

»Ich danke Ihnen, Herr Direktor!«

Und Franz verließ das Zimmer.

Gunnar und der Notar machten sich gemeinschaftlich daran, den Schreibtisch des Verstorbenen genau durchzusehen. Nichts ließen sie undurchsucht, aber nirgends fanden sie auch nur eine Spur von dem gelben Kuvert. Dann mußte der

Notar gehen, und Gunnar bat ihn, den Schlüsselbund Manfred Hallerstedts mit sich zu nehmen, so daß er in seiner Abwesenheit nicht weiterforschen konnte. Er wollte sich etwaigen weiteren Ausfällen des Herrn von Fuchs gegenüber sichern. Jede seiner Handlungen mußte jetzt streng korrekt sein, denn er wußte, Kurt war aus irgendeinem Grunde sein Widersacher, von dem er allerlei Anfeindungen gewärtigen konnte. Er war seinem verstorbenen Vater daher in tiefstem Herzen dankbar, daß er seine Stellung so unbedingt unantastbar gemacht hatte.

Frau von Seebach hatte mit ihren Kindern das Wohnzimmer aufgesucht, und hier tobte sich Kurt erst einmal aus und schimpfte wie ein Rohrspatz über den »anmaßenden, hergelaufenen Bastard«, der sich aufspielte, als sei er der Herr im Haus und im ganzen Betrieb. Seine Mutter beschwor ihn, vernünftig zu sein und nicht alles durch sein unbeherrschtes Wesen zu verderben. Man müsse Lundström jetzt unbedingt bei guter Laune erhalten, da man zum mindesten noch ein Jahr hindurch von seinen Entschließungen abhängig sei.

»Das ist es ja, was mich so wütend macht. Um jeden Groschen muß man bei ihm betteln.«

»So streng wird das nicht zu nehmen sein, Kurt. Wenn sich das Testament nicht findet, dann werden wir in alle Erbrechte eingesetzt, und dann wird Lundström schon mit sich reden lassen, allerdings nur, wenn wir ihn nicht reizen. Deshalb sage ich immer wieder, wir müssen uns gut mit ihm stellen.«

»Das sage ich auch«, warf Inge ein, »und er macht es uns doch wahrhaftig nicht schwer. Ich habe ihm früher gar nicht so viel Beachtung geschenkt, und darum ist es mir nie aufgefallen, ein wie wertvoller und ansehnlicher Mensch er ist. Ich finde seine ganze Haltung bewundernswert.«

Ihr Bruder sah sie spöttisch an.

»Na, weißt du, es fällt mir auf, daß du jetzt immer sehr eifrig seine Partei nimmst. Bist du etwa deines Witwendaseins müde und willst dich an ihn heranmachen?«

Sie wurde sehr rot, warf aber stolz den Kopf zurück und entgegnete ruhig:

»Nun, wenn es mir gelänge, ihn dahin zu bringen, um meine Hand anzuhalten, würde ich ihn bestimmt nicht abweisen, schon deshalb nicht, weil ich dann das Meine täte, an ihm wiedergutzumachen, was ihr, du und Mama, ihm angetan habt durch das Entwenden des ...«

»Schweig! Sprich doch solche Dinge nicht aus, Inge!« rief die Mutter und sah schnell zu allen Türen hinaus, ob sie vor Lauschern sicher seien.

»Ich verteidige mich nur gegen Kurts unzarte Angriffe. Was geht es ihn schließlich an, ob und wann ich mich noch einmal verheiraten will.«

»Na schön, meinen Segen hast du. Aber bitte, hänge dir nicht ein so kleidsames Mäntelchen um, von wegen gutmachen und so. Und tue nicht, als ob du so unschuldig wärst wie ein neugeborenes Kind; du hast dich an der ganzen Sache genausoviel beteiligt wie Mama und ich. Das ist so die richtige Art, profitieren möchtest du wohl von allem, aber wir, Mama und ich, sollen für dich die Kastanien aus dem Feuer holen. Nein, nein, meine Liebe, mitgegangen, mitgehangen. Das laß dir gesagt sein. Im übrigen, wenn du unbedingt Frau Direktor Lundström werden willst ... bitte! Außer uns weiß kein Mensch, daß er auf diesen netten schwedischen Namen kein Anrecht hat.«

»Mama, ich bitte dich, mich vor Kurts Anpöbeleien in Schutz zu nehmen, das lasse ich mir nicht gefallen. Er soll froh sein, wenn ich das Unrecht an Lundström wenigstens zum Teil gutzumachen suche.«

Frau von Seebach rang die Hände.

»Ich kann euch immer wieder nur beschwören, vernünftig zu sein. Kurt, du solltest deine Schwester nicht reizen und kränken. Sie hat vollkommen recht. Wird sie Lundströms

Frau, haben wir nichts mehr von ihm zu befürchten, dann ist alles gut. Du solltest diesen Plan nach Kräften unterstützen, statt ihn zu verhindern. Inge ist wirklich viel klüger als du. Und schließlich ist Direktor Lundström nicht die schlechteste Partie. Er hat ein glänzendes Einkommen, eine angesehene Stellung, und daß ein kleiner Makel seiner Geburt anhaftet ... lieber Gott, wer fragt denn heute noch nach so etwas?«

»Na schön, dann will ich mich langsam darauf vorbereiten, in ihm meinen künftigen Schwager zu sehen, denn wenn du es sanktionierst, Mama, und deine Beihilfe nicht versagst, dann sitzt er ja schon sicher im Netz. Also keine Feindschaft, Inge! Einen Glückwunsch will ich dir aber noch nicht darbringen, das würde ein schlechtes Omen sein. Und mich dispensiert ihr heute wohl von der intimen Teestunde mit Herrn Direktor Lundström, ich bin innerlich noch nicht so gefestigt, um seine hochnäsige Überlegenheit widerspruchslos hinzunehmen. Ich werde mit eurer Erlaubnis die Limousine benutzen und ein bißchen nach Köln hinüberfahren. Hast du nicht ein wenig Kleingeld, Mama?«

Diese nahm einen Hundertmarkschein aus ihrer Kasse. Sie brauchte ja jetzt nicht mehr so sparsam zu sein. Kurt steckte ihn achtlos zu sich.

»Na, zu einem leidlich anständigen Souper reicht das ja. Ihr braucht mich zum Abend nicht zu erwarten. Viel Vergnügen beim Tee!« Damit entfernte er sich, machte sich in seinem Zimmer fertig, nachdem er Weisung gegeben hatte, daß die Limousine vorfahren solle. Als er, zur Ausfahrt bereit, in die Halle hinunterkam, begegnete er Anita, die mit den Kindern von einem Parkspaziergang zurückkam.

»Na, Anita, wieder mal Kindermädchen gespielt? Dafür scheinst du ja große Begabung zu haben.«

»Die Hauptsache ist, daß man zu etwas nütze ist auf der Welt«, erwiderte sie, ruhig an ihm vorübergehend.

Er sah ihr höhnisch nach.

»Na, na, komm nur herunter von der hohen Warte deiner Vortrefflichkeit. Jetzt kannst du uns nicht mehr imponieren mit deinem Reichtum, jetzt sind wir selbst reiche Leute.«

Sie antwortete ihm gar nicht, nahm die Kinder bei den Händen und ging mit ihnen die Treppe hinauf. Ihr war nicht danach zumute, sich mit Kurt zu streiten. Sie hatte heute auch den Kindern gegenüber nicht viel Aufmerksamkeit aufgebracht. Immer wieder mußte sie darüber grübeln, wohin das Testament verschwunden sein mochte. Sie hätte vielleicht sagen müssen, daß Onkel Manfred ihr, kurz bevor er seiner Schwester in der von ihr geschilderten Weise von dem Testament gesprochen haben sollte, eine ganz andere Erklärung gegeben und dabei die bestimmte Angabe gemacht hatte, daß nicht seine Angehörigen, sondern ein anderer sein Haupterbe werden solle. Und Onkel Manfred war ganz gewiß nicht der Mann, seine Ansicht über so wichtige Dinge binnen einiger Minuten zu ändern. Auch würde er ganz gewiß seiner Schwester keine falsche Angabe gemacht haben. Also blieb nur übrig, daß die Stiefmutter gelogen hatte – mit Absicht gelogen, und daß sie dafür einen bestimmten Grund gehabt haben mußte. Auch sonst paßte ihre Aussage nicht zu dem, was Anita zufallig erlauscht hatte. Ganz deutlich klangen die Worte ihr noch in den Ohren, die Kurt wütend herausgestoßen hatte: »Das ist eine Gemeinheit, eine Vorspiegelung falscher Tatsachen. Er hat uns in dem Glauben gelassen, wir seien seine Erben. Und jetzt soll ein anderer sein Haupterbe sein, ein hergelaufener Bastard! Das werden wir uns doch nicht gefallen lassen, Mama; dagegen müssen wir doch protestieren!« Also, als er das damals so wütend herausstieß, wußten er und seine Mutter bereits, daß ein anderer der Haupterbe Onkel Manfreds werden sollte. Wahrscheinlich hatte dieser mit seiner Schwester offen darüber gesprochen. Und dann wiederholte sie sich auch das, was sie von Kurt gehört hatte, als sie in ihrem Zimmer war:

»Du weißt doch, daß er starb, weil ich ihn durch meine Bemerkung über seinen Bastard aufregte.«

War das nicht der Beweis, daß sie bei Onkel Manfreds Tod zugegen waren, daß Kurt ihn durch kränkende Worte gegen seinen Sohn so aufregte, daß sein immer gefürchtetes Ende eintrat?

Und ... dann waren sie mit dem Toten allein gewesen ... die Schlüssel hatten auf dem Schreibtisch gelegen ... der Schlüsselbund, an dem auch der Schlüssel zum Safe hing. Wenn man nun in jenem unbewachten Augenblick den Safe geöffnet ... wenn man das gelbe Kuvert herausgenommen ... wenn Kurt es vielleicht mit sich nach Berlin genommen hatte ... um es zu vernichten? Mein Gott, Onkel Manfred hatte gewiß nicht mehr gelebt, als die drei ihn verließen, hatte wahrscheinlich schon den letzten Seufzer ausgehaucht, als Kurt mit seinem Auto davonfuhr. Wie schrecklich für sie, das alles denken zu müssen! Sie wollte es nicht mehr, und doch drängten sich ihr die Gedanken immer wieder auf. Mutter und Tochter waren doch so nervös, so geistesabwesend gewesen, als sie aus dem Zimmer unten heraufkamen. Und als sie die Absicht geäußert hatte, mit den Kindern einen Augenblick bei Onkel Manfred vorzusprechen, war Inge doch auf das höchste erschrocken aufgefahren und hatte ihr das verboten, und ihre Mutter hatte gesagt, Onkel Manfred wolle ein wenig schlafen ...

Anita schickte die Kinder hinauf in das Kinderzimmer, wo sie ihre Nachmittagsmilch einnehmen sollten. Sie selbst blieb in einem Winkelchen der großen Halle sitzen. Sie empfand keine Lust, sich augenblicklich mit den Damen zu unterhalten. Es tat ihr wohl, allein zu sein, um sich ungestört überlegen zu können, was sie Gunnar mitteilen wollte. Auf keinen Fall durfte sie ihm verschweigen, was sie wußte und vermutete. Sonst machte sie sich mitschuldig an dem falschen Spiel, das hier gespielt wurde. Am besten war es vielleicht, sie begab sich morgen zu ihm in das Büro und bat ihn, wegen des

Ankaufes eines Wagens mit ihr nach Köln oder Frankfurt zu fahren. Unterwegs konnte man dann ungestört miteinander reden; zumal, wenn man die Limousine nahm. Aber sie konnte ihn ja schon am Teetisch ersuchen, morgen mit ihr den Wagenkauf zu tätigen. Dann nahm sie seine Zeit nicht doppelt in Anspruch.

Sie erhob sich und wollte nach oben gehen, denn die Zeit für die Teestunde war gekommen.

Auf der Treppe kam ihr Franz entgegen. Sie sah mitleidig in sein blasses, vergrämtes Gesicht. Sich umschauend, ob sie unbelauscht seien, sagte sie halblaut:

»Franz, seien Sie ganz ruhig und grämen Sie sich nicht darüber, daß Mama Sie entlassen hat. Sie ist jetzt etwas nervös. Ich wollte Ihnen nur sagen, Franz, daß ich in Berlin in meiner Villa sehr nötig einen treuen, gewissenhaften Menschen als Hausverwalter brauche, der während meiner oftmals langen Abwesenheit überall nach dem Rechten sieht. Zu Ihnen hätte ich das Vertrauen, und es würde mir eine große Beruhigung sein, wenn Sie diesen Posten annehmen würden.«

Franz war rot und blaß geworden und sah sie mit feuchten Augen an.

»Ach, gnädiges Fräulein, ist das wirklich Ihr Ernst? Brauchen Sie wirklich einen Menschen, der Ihnen so treu ergeben ist, wie ich es bin?«

»Ja, Franz, sehr nötig. Sie wissen nicht, was in Berlin ein treuer und zuverlässiger Angestellter wert ist.«

»Aber ... die gnädige Frau Mutter ... wird sie es nicht verbieten?«

Anita richtete sich stolz auf. »Sie hat mir nichts zu verbieten, Franz. Also, einverstanden?«

»Lieber Gott, da fragen Sie noch? Wohin soll denn ein alter Mensch wie ich? Ich habe wohl mein bißchen Erspartes, aber durch die Inflation ist das sehr zusammengeschmolzen. Leben kann ich davon nicht. Und was mein seliger gnädiger

Herr für mich tun wollte, das ... ja, das haben böse Menschen vereitelt.«

Anita sah erschrocken um sich, dann blickte sie Franz forschend an. Wußte er etwas?

»Franz, seien Sie beruhigt, Sie werden es gut haben bei mir und sind versorgt für alle Zeit.«

»Das lohne Ihnen der Himmel, gnädiges Fräulein! Ich kann Ihnen nicht genug danken, schon darum nicht, weil Sie mir das Gefühl nehmen, daß ich ein schlechter, unbrauchbarer Diener sein soll, den man hinausjagen muß.«

»Daran müssen Sie gar nicht denken. Also, wenn Sie hier fortgehen, fahren Sie nach Berlin und melden sich bei meiner Köchin, Frau Lüders. Sie wird von mir Auftrag bekommen, Sie aufzunehmen. Sie wird froh sein, wenn ein Mannsbild ins Haus kommt, denn sie ist mit einem Hausmädchen allein, wenn wir nicht in Berlin sind. Alles andere besprechen wir noch; es wird sich eine Gelegenheit dazu finden, bevor Sie gehen. Jetzt muß ich zum Tee hinauf.«

Sie nickte ihm freundlich lächelnd zu und eilte in das Wohnzimmer, wo auch heute der Tee eingenommen werden sollte, trotzdem man Gunnar Lundström erwartete.

Als sie eintrat, saßen Mutter und Tochter mit Direktor Lundström schon am Teetisch.

Anita entschuldigte sich wegen der Verspätung, und Inge sagte freundlich:

»Du hast dich wieder um die Kinder gekümmert, Anita, das ist sehr lieb von dir. Ich hätte jetzt wirklich keine Zeit für sie.«

Und sie erzählte Gunnar, daß Anita eine Erzieherin für die Kinder engagiert habe und ihr überhaupt manche Mühe abnehme.

Auch darüber wunderte sich Gunnar im stillen, wußte er doch ganz genau, daß sowohl Inge als auch deren Mutter nicht gerade sehr liebevoll mit Anita umzugehen pflegten. Er ahnte eben noch immer nicht, daß Inge ihm einen guten, liebenswerten Eindruck machen wollte, wenn ihm auch langsam unter ihren Bemühungen die Augen aufzugehen begannen. Er war nur so wenig eitel und besaß absolut keine Arroganz, daß er immer wieder an seinen Beobachtungen zweifelte.

»Ja«, sagte Anita lächelnd, »übermorgen tritt die neue Erzieherin ihr Amt an. Ich werde sie selbst von Koblenz herüberholen, wo sie momentan weilt. Aber ich habe für morgen ein Attentat auf Ihre Zeit vor, Herr Direktor. Ich möchte mir einen eigenen Wagen kaufen, und Onkel Manfred meinte, ich könne mich in dieser Beziehung wie in jeder andern fest auf Sie verlassen. Sie würden mir bei diesem Autokauf mit Ihrem Rat zur Seite stehen. Darf ich Ihre kostbare Zeit also morgen in Anspruch nehmen und Sie bitten, mich nach Köln oder nach Frankfurt zu begleiten? Selbstverständlich nur, wenn Sie abkommen können.«

Gunnar Lundström verneigte sich.

»Würde es Ihnen morgen vormittag um zehn Uhr recht sein, Fräulein Anita? Dann können wir bis Mittag zurücksein. Ich würde Frankfurt vorschlagen, da haben Sie bessere Auswahl und werden sicherlich etwas Gutes und Passendes finden.«

»Gut, ich bin um zehn Uhr bereit. Über meine Wünsche bezüglich des Wagens werde ich Sie auf der Fahrt unterrichten. Damit will ich Mama und Inge nicht langweilen. Sie haben jetzt vermutlich Wichtigeres zu besprechen.«

Gunnar verneigte sich zustimmend und widmete sich dann wieder den beiden Damen.

## *8*

Herma Hell war am Morgen mit dem Vorsatz aufgestanden, den geplanten Ausflug nach Schloß Lindeck zu machen. Sie hatte sich schon so ziemlich darein ergeben, daß sie keine Antwort auf ihre Offerte bekommen würde oder höchstens eine ablehnende.

Sie machte sich also für ihre Wanderung fertig und begab sich mit ihrem Proviantbeutel, den sie wieder mit Wegzehrung versehen wollte, hinunter in das bescheidene Gastzimmer, wo ihr das Frühstück serviert wurde.

Lukullisch war es freilich nicht, aber immerhin ganz anständig, wenn man den niedrigen Preis in Betracht zog. Während des Essens blätterte sie schnell noch ein wenig in der Morgenzeitung und sah den Anzeigenteil durch. Noch immer suchte sie, ob niemand den Verlust des gelben Kuverts anzeigen würde.

Es war auch heute wieder vergebens.

Als sie noch so dasaß, wurde ihr ein Brief gebracht. Sie zuckte zusammen, legte schnell die Zeitung beiseite und faßte nach dem Kuvert. Das elegante Büttenpapier und das eingeprägte Monogramm ließen sie vermuten, daß dies eine Antwort auf eine ihrer Offerten sein müsse. Sie nahm zur Stärkung schnell noch einen Schluck Kaffee und sagte sich, um ihre Erregung zu dämpfen: »Selbstverständlich eine Absage, meine liebe Herma; spitze dich nur um Himmels willen nicht auf etwas anderes. Wir danken sehr, aber Sie sehen uns für eine Lehrerin zu vergnügt und zu unbedeutend aus. Punktum, Streusand darauf.«

Noch ein tiefer Atemzug und der Stoßseufzer: »Nur Mut, es wird schon schiefgehen.« Dann öffnete sie den Umschlag und zog den Briefbogen heraus.

»Schloß Lindeck, am 5. Mai 19..

Sehr geehrtes Fräulein Hell!

Wir hatten eine ganze Anzahl Offerten, aber keine sagte uns so zu wie die Ihre.«

Herma stieß erst einmal einen halberstickten Ausruf aus und sagte vor sich hin:

»Ach du lieber Gott, gib bloß, daß sie mich haben wollen!«

Dann las sie weiter:

»Sie erscheinen zwar meiner Schwester, für deren beide Kinder eine Erzieherin gesucht wird, etwas jung und vielleicht nicht streng genug, aber ich empfinde beides als Vorzug. Die armen Kinder sind nämlich von ihrer bisherigen Kinderfrau weder an Vergnügen noch am Milde gewöhnt. Ich bin freilich zu unerfahren, um ganz genau zu wissen, wie Kinder erzogen werden müssen, aber eines erscheint mir gewiß, daß vor allem Herz dazugehört. Und – aus Ihren frohen, lebensfrischen Augen leuchtet mir ein warmes Herz entgegen, und das war mir die Hauptsache. Man hat mir den Auftrag erteilt, eine Erzieherin zu engagieren, und wem Gott ein Amt gibt, dem gibt er auch den Verstand dazu. Ihre Jugend ist ja ein Fehler, der sich mit jedem Tag bessern wird. Und Ihr Zeugnis ist außerdem so glänzend, daß man es auch als gewissenhaftester Mensch riskieren kann, Sie zu engagieren. Und das tue ich hiermit.«

Herma lehnte sich, als sie so weit gekommen war, zunächst fassungslos in ihren Stuhl zurück und preßte den Brief ans Herz.

»Ach du lieber Gott, sie wollen mich wirklich haben! Nach Schloß Lindeck soll ich kommen! Wenn ich jetzt doch draußen im Freien wäre, so ganz allein mit meinem lieben Gott, dann könnte ich wenigstens meinem Herzen Luft machen und einen Purzelbaum schlagen. Aber nein, Herma, besinne dich doch, du mußt jetzt endlich vernünftig werden. Purzelbäume darfst du nicht mehr schlagen, auch nicht, wenn du ganz allein bist. Also Haltung, meine Liebe!«

Sie richtete sich auf und las mit strahlenden Augen weiter:

»Über das Gehalt werden wir uns einigen, darüber habe ich zum Glück selbst zu bestimmen. Sie werden freie Station auf Schloß Lindeck haben und auch ein hübsches Zimmerchen. In den Wintermonaten sind wir meistens in Berlin in meiner Villa, und da werde ich schon dafür sorgen, daß Sie zuweilen auch ein Vergnügen haben, denn in Lindeck leben wir ziemlich abgeschieden. Es ist aber wunderschön hier, zumal im Frühling und Sommer.

Es wäre mir sehr lieb, wenn Sie sofort Ihre Stellung antreten könnten, denn die gekündigte Kinderfrau macht unsern Kleinen das Leben nicht gerade angenehm. Sie ahnt nicht, daß man auch mit Liebe jemanden zur Pflicht führen kann. Und meine Schwester, die Witwe ist, hält außerordentliche Strenge bei der Kindererziehung für unerläßlich. Ich halte liebevolle Behandlung für wichtiger. Damit gebe ich Ihnen gleich einige Fingerzeige. Sie brauchen meiner Schwester nicht zu verraten, daß Sie hoffentlich auch für Milde plädieren. Seien Sie ihr gegenüber nur so würdevoll wie möglich. Alles Weitere besprechen wir noch, wenn ich Sie übermorgen, am 5. Mai, vormittags elf Uhr, in Koblenz von Ihrem Hotel abhole. Müssen Sie aber erst noch einmal nach Hannover, dann klingeln Sie in Schloß Lindeck an, und verlangen Sie Fräulein Anita von Seebach zu sprechen. Wenn kein Anruf erfolgt, nehme ich an, daß Sie einverstanden sind. Alles Weitere mündlich.

Hochachtungsvoll

Anita von Seebach.«

Wieder drückte Herma den Brief an ihr Herz. Sie war dieser jungen Dame aus tiefstem Herzen dankbar. Oder war sie gar nicht jung, war sie vielleicht ein altes Fräulein? Nun, gleichviel, reizend war der Brief, so gar nicht geschraubt und von oben herab. Und Direktiven gab sie ihr auch gleich, damit sie wußte, wie sie sich bei der Vorstellung bei der Frau Schwester zu verhalten habe. Nun, man würde schon den nötigen Ernst markieren. Die Kleinen sollten es gut haben, hoffentlich waren es nette, hübsche Kinderchen, dann würde alles noch einmal so gut gehen. Sie sollten schon vergnügt sein, sollten aber auch tüchtig lernen. Das würde schon alles gehen. Heute war der vierte Mai, also morgen würde diese liebenswürdige Anita von Seebach schon kommen. Selbstverständlich ging sie mit Wonne sofort mit ihr nach Schloß Lindeck. Ein hübsches Zimmer sollte sie auch haben. Herrgott, vielleicht so ein Turmstübchen, ganz oben, dem lieben Gott am nächsten, von dem aus man einen herrlichen Ausblick hatte. Aber halt, meine liebe Herma, komm mal schnell wieder herunter aus dem Turmstübchen, wer weiß, ob Lindeck Türme hat und man ausgerechnet dir ein Turmstübchen geben wird. Wahrscheinlich bist du dicht über der Küche nach dem Wirtschaftshof hinaus einquartiert. Aber das wird auch nichts schaden. Denk mal, was für gute Sachen du da gratis und franko zu riechen bekommst. Aber nun sei doch mal vernünftig, jetzt gibt es doch Wichtigeres zu bedenken. Kannst du denn so mit deinem Wanderkleid und deinen drei Waschblusen, vier Paar Strümpfen, zweimal Wäschewechsel und außer den Wanderschuhen mit einem Paar Schuhen und Morgenschuhen auskommen, bis deine Sachen von Frau Brausig nachgeschickt werden? Ach, es muß einfach gehen. Höchstens kaufe ich mir heute noch ein einfaches schwarzes Abendkleidchen, das wird ja den Kopf nicht kosten, und damit muß man doch unbedingt ausgestattet sein, und dein altes Abendkleid ist ohnedies schon ein bißchen knapp. Jawohl, seien wir mal leichtsinnig, und investieren wir die Reste eines einst fürstlichen Vermögens in einem Abendkleid – mit einem Spitzenkragen selbstverständlich, das war doch immer schon dein Traum. Wird gemacht! Und nun zuerst gleich ein Telegramm an Frau Brausig aufgeben. Koffer sofort abschicken, Eilgut, Schloß Lindeck bei Koblenz. Jawohl, das genügt. Herrgott, das wird der alten Brausig in die wackeligen Beine fahren – Schloß Lindeck! Wundervoll, ich werde in einem Schloß wohnen! Zwar wird es mir nicht gehören, doch das ist Nebensache, wenn ich nur darin wohne.

So purzelten ihre Gedanken durcheinander. Das Telegramm wurde aufgegeben. Das Abendkleid samt Spitzenkragen, der drei Mark kostete – ungeheure Verschwendung! , gekauft. Der Ausflug nach Lindeck wurde begreiflicherweise aufgegeben. Das hatte man ja morgen sehr viel bequemer, wahrscheinlich in einem eleganten Auto. So, und nun noch die Garderobe nachgesehen und die Wäsche, die eben gewaschen abgeliefert worden war. Auch der kleinste Schaden wurde repariert, das Abendkleid noch einmal anprobiert und »himmlisch« gefunden. Und als der Tag vergangen war, stand Herma Hell in sich gefestigt, aber brennend vor Erwartung den kommenden Ereignissen gegenüber. Sorgfältig packte sie ihr Köfferchen, damit alles hineinging, und da kam ihr das gefundene gelbe Kuvert wieder in die Hände. Sie legte es wieder ganz zuunterst in das Köfferchen und ahnte nicht, daß es gerade nach Schloß Lindeck gehörte und daß sozusagen das ganze Schloß auf dem Kopf stand, weil es verschwunden war.

Als sie dann, ziemlich zeitig, ihr Lager aufgesucht hatte, richtete sie ein inniges Dankgebet zum Himmel, und dann streckte sie sich aus und sagte vor sich hin:

»Morgen, so Gott will, schlummere ich in Schloß Lindeck.«

Sie konnte nicht gleich einschlafen, es ging ihr allzuviel durch den Kopf. Aber schließlich fielen ihr doch die Augen zu, und sie träumte, sie sei in Schloß Lindeck und gewahrte, daß da alle Zimmer keine Fenster hatten. Nirgends konnte sie hinausblicken, und sie sagte sich, es müsse doch ein dummer Baumeister gewesen sein, der die Fenster vergessen hatte. Aber da wurde sie schon wieder geweckt, und der helle Morgen leuchtete in ihr Zimmerchen.

Der Morgen des fünften Mai ...

Schnell aus dem Bett, große Wäsche, Gymnastik, das letzte einpacken, den Koffer schließen und hinunter zum Frühstück. Sie bezahlte ihre Rechnung und machte sich alsdann erwartungsvoll und heimlich erregt über die neuen Morgenzeitungen her. Den Stellenangeboten zog sie übermütig eine kleine Grimasse. »Gott sei Dank, ich bin versehen!«

War das ein herrliches Gefühl. Fräulein Herma Hell, Erzieherin auf Schloß Lindeck! Was für ein Gehalt würde sie wohl beziehen? So bei freier Station ... vielleicht ... allerhöchstens hundert Mark im Monat. Aber damit käme man herrlich aus, konnte noch sparen. Ganz gewiß! Der liebe Gott würde schon helfen.

Gunnar Lundström empfing gegen sieben Uhr, wie verabredet, den Diener Franz in seinem Zimmer.

»Nun, Franz, was haben Sie mir zu sagen?« fragte er freundlich.

Der alte Mann sah ihn unsicher an.

»Ach, Herr Direktor, mein Leben hat inzwischen eine so freundliche Wendung genommen, daß ich eigentlich sehr zufrieden sein könnte und mich um die ganze Geschichte nicht mehr zu kümmern brauchte. Fräulein von Seebach hat mir – Gott segne sie – einen Posten als Hausverwalter in ihrer Villa in Berlin angeboten.«

Ein weiches Lächeln huschte um Gunnars Mund.

»Ah, das gute Kind! Sie bleibt sich doch immer gleich. Das freut mich herzlich für Sie, Franz, denn leider haben wir heute nachmittag vergeblich den ganzen Schreibtisch nach dem verschwundenen Testament durchsucht. Und ich kann mir kaum denken, daß Herr Hallerstedt es an irgendeiner anderen Stelle verwahrt haben sollte. Ich verstehe das alles nicht.«

»Ja, Herr Direktor, es ist auch sehr unverständlich. Nur, in meinem alten Kopf, da ist so ein unbestimmter Verdacht aufgewacht, wohin es gekommen sein könnte, und ich weiß nun nicht, ob ich Ihnen das alles sagen darf. Wie gesagt, wegen mir würde ich es heute nicht mehr tun, aber es quält mich, daß meines gnädigen Herrn Wille nicht erfüllt werden soll. Und vielleicht ist es darum meine Pflicht, wenn ich mir alles vom Herzen rede. Selbstverständlich nur Ihnen gegenüber. Sie sind klug und werden besser als ich verstehen, was daraus zu machen ist.«

Gunnar schob dem alten Mann einen Sessel hin.

»So, Franz, nehmen Sie zuerst einmal Platz, Sie sind ja heute den ganzen Tag sehr aufgeregt hin und her gelaufen. Und nun schütten Sie mir ungehindert ihr Herz aus. Wenn Ihr Verdacht haltlos ist, werde ich ihn zu entkräften suchen, hat er aber nur die geringste Berechtigung, dann ist es unbedingt wichtig, daß Sie ihn mir anvertrauen.«

»Das habe ich mir auch gesagt. Also, Herr Direktor, ich weiß bestimmt, daß mein gnädiger Herr ein Testament gemacht hat und daß er es immer in dem Safe aufbewahrte. Und, wie gesagt, er hat auch am letzten Morgen noch davon gesprochen. Nach Tisch sagte er mir dann, ich möge endlich einmal wieder eine Stunde spazierengehen, ich könne es unbesorgt tun, denn erst käme Fräulein Anita zu ihm, die er sehr liebhätte, und dann würden sich seine Schwester und Frau von Holst bei ihm einfinden, da sei er in guter Gesellschaft. Ich habe mich dann auch fortschicken lassen; ich wünschte, ich wäre geblieben, dann wäre vielleicht alles ganz anders gekommen.«

»Wie meinen Sie das, Franz?«

»Also, als ich nach einer Stunde zurückkomme, da gibt mir der Hausverwalter ein Telegramm für den gnädigen Herrn, und da ich wußte, wie sehr er darauf wartete, bin ich auch gleich in sein Zimmer geeilt. Der Herr saß am Schreibtisch, und ich dachte erst, er schliefe, und wollte ihn ruhig weiterschlafen lassen. Aber es fiel mir auf, daß er nicht gleich erwachte ... sonst wurde er doch gleich wach, wenn sich nur etwas regte. Vielleicht fühlt man es auch, wenn man einen Toten vor sich hat, kurzum, ich lief auf ihn zu und rief, während ich die Depesche auf den Schreibtisch warf, ganz laut seinen Namen. Ich sah, daß der Schlüsselbund des gnädigen Herrn neben der Depesche lag. Und da sah ich meinen gnädigen Herrn an, und ich glaubte doch, er schliefe noch, weil er ... hören Sie gut zu ... weil er die Augen ganz fest geschlossen hielt.«

Gunnar hatte ruhig zugehört. Jetzt richtete er sich plötzlich interessiert hoch.

»Die Augen waren geschlossen?«

»Ja, Herr Direktor. Ich habe schon manchen Menschen gesehen, der gestorben war, aber keiner hatte die Augen geschlossen, bevor sie ihm nicht zugedrückt wurden. Manche hielten sie ganz offen, manche nur einen Spalt, aber keiner so fest zu, wie wenn er schliefe. Das geschah immer erst, wenn man ihm die Augen zugedrückt hatte.«

Gunnar stutzte und sah nachdenklich vor sich hin. Dann sagte er beherrscht: »Reden Sie ruhig weiter.«

Franz erzählte nun alles, was weiter geschehen war, die umständliche und wichtige Art, wie Frau von Seebach die Schlüssel hatte versiegeln und das Zimmer abschließen lassen. Dann sprach er von seinem Verdacht wegen des Sportwagens, dann, was er gesehen und erlauscht hatte, als Frau von Seebach ihren Sohn ins Schlafzimmer zu der Leiche führte. Vor allem aber schilderte er Gunnar, daß zwischen seiner Rückkehr und dem Zeitpunkt, zu dem Frau von Seebach mit ihren Kindern das Zimmer seines Herrn verließ, höchstens eine Viertelstunde gelegen haben konnte. Der Tote habe sich aber bereits so kalt angefühlt, als sei er schon eine halbe Stunde früher gestorben.

»Kurz und gut, Herr Direktor, ich weiß, daß mein gnädiger Herr schon vor einigen Tagen darüber mit seiner Schwester gesprochen hat, daß er sie und ihre Kinder nicht zu Haupterben einsetzen würde. Der gnädige Herr sprach doch zuweilen mit sich selbst, und er sagte einmal: ›Das hat die Renate geärgert, daß ein anderer Haupterbe vorhanden ist.‹«

Gunnar fuhr zusammen und starrte ihn an.

»Haben Sie sich da nicht verhört?«

»Nein, Herr Lundström, bestimmt nicht. Und ich wußte auch, daß kurz vorher die gnädige Frau bei ihm gewesen war.«

Gunnar sah sinnend vor sich hin. Dann sagte er heiser:

»Wollen Sie mir nun unumwunden sagen, was für einen Verdacht Sie haben? Ich gebe Ihnen mein Wort, daß ich ihn ohne Ihren Willen keinem Menschen verraten werde.«

Franz zögerte nur noch einen Moment, dann sagte er fest und klar: »Ich hege den Verdacht, daß mein gnädiger Herr starb, während seine Schwester und deren Kinder bei ihm waren, und daß sie ihn irgendwie aufgeregt haben, denn davor hat der Arzt immer sehr gewarnt. Ferner argwöhne ich, daß einer von den dreien meinem gnädigen Herrn die Augen geschlossen hat, daß dann einer von ihnen den Schlüsselbund ergriff, den Safe öffnete und das gelbe Kuvert mit dem Testament herausnahm. Ich nehme ferner an, daß Herr von Fuchs schleunigst mit dem gelben Kuvert nach Berlin zurückfuhr, um das Testament dort durchzusehen und, wenn nötig, zu vernichten. Zudem vermute ich, daß Frau von Seebach erst nach Herrn Kurts Abreise, um diese nicht auffällig zu machen, mit Frau von Holst das Zimmer meines gnädigen Herrn verließ, daß sie also genau wußte, daß er schon tot sei. Sie sagte einem Diener, der gnädige Herr wolle ein wenig schlafen, und bevor ich nicht zurückkäme, wünsche er nicht gestört zu werden. – So, Herr Direktor, das mußte mir vom Herzen herunter! Ich habe diese Nacht auch von meinem gnädigen Herrn geträumt, und er hat mir mit seinem klugen Lächeln zugenickt und gesagt: ›Tue es nur, Franz, es ist schon richtig!‹ Ich bin ja nur ein einfacher Diener, aber wenn man so lange in einem Hause ist, da verwächst man mit seiner Herrschaft und lernt manches begreifen, was selbst die besten Freunde des Hauses nicht wissen. Ich habe Ihnen nun alles gesagt, Herr Direktor, und lege alles Weitere vertrauensvoll in Ihre Hände, denn mein gnädiger Herr hat gesagt: ›Wenn du mal nicht weißt, was du in einer Sache tun sollst, dann gehe zu Direktor Lundström und frage ihn um Rat.‹ Sie müssen nicht glauben, daß ich das alles hergeschwatzt habe, um Frau von Seebach Ungelegenheiten zu bereiten. Dann hätte ich mich wohl richtiger an den Herrn Notar gewandt.

Ich will nur, daß der Wille meines gnädigen Herrn erfüllt wird, deshalb kam ich zu Ihnen.«

Gunnar sah nachdenklich vor sich hin. Irgend etwas in dem Bericht des Dieners wirkte suggestiv auf ihn. Aber gerade darum wollte er sich seinen klaren Blick nicht trüben lassen. Nach einer Weile richtete er sich auf.

»Ich danke Ihnen für Ihr Vertrauen, Franz, aber ehe ich mich dazu äußere, muß ich mir alles mir Mitgeteilte reiflich überlegen, das werden Sie verstehen. Ich weiß, daß Sie so etwas nicht nur so hinschwatzen, aber es widerstrebt mir andererseits, etwas so Ungeheuerliches zu glauben. Bitte, geben Sie mir einige Tage Zeit, alles zu überdenken. Auch mir erscheint dieses rätselhafte Verschwinden des Testaments verdächtig. Denn ich kann es beschwören, daß Herr Hallerstedt mir vor meiner Abreise das gelbe Kuvert gezeigt hat.«

»Es ist auch bestimmt noch dagewesen, Herr Direktor ... und ich weiß auch, daß nicht nur für mich ein Legat ausgesetzt war und für einige meiner Kollegen; auch für die alte Frau Kuhnert hat der gnädige Herr sorgen wollen, weil sie wegen ihres Rheumas sich zur Ruhe setzen sollte. Das hat der gnädige Herr mir auch einmal gesagt. Und dann ... ich weiß auch, daß er Sie irgendwie im Testament bedacht hatte. Er sprach doch – wie gesagt – in letzter Zeit manchmal mit sich selbst und daraus konnte ich entnehmen, daß er etwas Besonderes mit Ihnen vorhatte.«

Gunnar machte eine hastige, abwehrende Bewegung.

»Er hat mir bei seinen Lebzeiten soviel Gutes erwiesen, Franz, daß ich gar nicht daran denken mag, auch in seinem Testament von ihm bedacht worden zu sein. Aber eines schmerzt mich. Es ist mir bekannt, daß in dem gelben Kuvert ein Brief an mich enthalten war – und es tut mir weh, daß ich den nicht bekommen soll. Ich würde, ich weiß nicht was, darum geben, ihn zu besitzen. Doch wie gesagt, ich muß mir vielerlei genau überlegen, bevor ich handle. Aber vor allen Dingen bin ich erfreut darüber, daß Fräulein Anita für Sie gesorgt hat. Ich wünsche Ihnen Glück dazu, lieber Franz.«

Und er reichte dem Diener mit herzlichem Druck die Hand.

Am andern Vormittag fuhren Anita und Gunnar pünktlich um zehn Uhr von Lindeck ab. Sie wollten über Mainz nach Frankfurt fahren. Eine Weile saßen sie stumm nebeneinander, jedes in tiefe Gedanken versunken. Endlich richtete sich Anita auf und wandte sich ihrem Begleiter zu.

»Jetzt haben wir uns beide wohl lange genug ausgeschwiegen.«

Er schrak auf. »Verzeihen Sie, Fräulein Anita, ich hätte Sie besser unterhalten sollen, aber mir ging mancherlei im Kopf herum.«

»Das kann ich mir denken. Sie beschäftigen sich mit dem verschwundenen Testament, nicht wahr?«

»Ja, damit in erster Linie.«

Sie preßte die Handflächen zusammen.

»Ich sagte Ihnen doch, daß ich etwas mit Ihnen zu besprechen hätte und Sie deswegen im Büro aufsuchen wollte.«

»Ja, ich weiß.«

»Nun, ich habe mir gedacht, daß wir die Zeit unterwegs dazu benutzen könnten, dann brauche ich Sie nicht doppelt zu stören.«

»Wenn Sie sich schon schlüssig sind über das, was Sie mir sagen wollten ...«

»Ja, ich bin mir jetzt vollkommen schlüssig darüber, denn ich weiß positiv, daß ich mich an einem großen Unrecht beteiligen würde, sagte ich Ihnen nicht alles, was mir das Herz bedrückt.«

»Dann sprechen Sie sich ruhig aus, Fräulein Anita. Wenn es in meiner Macht steht, werde ich Ihnen helfen.«

»Ich werde Ihnen aber vielleicht weh tun müssen.«

»Mir?«

»Ja, Ihnen.«

Sie faßte plötzlich seine Hand.

»Lieber Gunnar, haben Sie eine Ahnung, weshalb Onkel Manfred Sie sehr liebgehabt hat?«

Er wurde ein wenig bleich und sah sie betroffen an.

»Wollen Sie damit sagen, daß Sie wissen ... weshalb er mich liebhatte?«

Sie nickte und drückte seine Hand.

»Ja, ich weiß es.«

Er richtete sich hastig auf.

»Hat mein ... hat Herr Hallerstedt selbst mit Ihnen davon gesprochen?«

Sie schüttelte den Kopf.

»Nein, davon nicht. Aber ... ich habe zufällig und wider meinen Willen etwas gehört, was Kurt in sehr zorniger und unbeherrschter Weise seiner Mutter zurief. Ich wußte erst nicht, daß Sie damit gemeint waren – es war ein sehr häßliches Wort –, und wenn ich es ausspreche, werde ich Ihnen weh tun. Und doch muß ich Ihnen alles sagen, auch das.«

Er biß die Zähne wie im Krampf zusammen. Dann sagte er heiser:

»So will ich dieses Wort aussprechen, Fräulein Anita. Es gilt wohl als Schimpfwort, doch für mich ist es keines. Kurt von Fuchs nannte mich einen Bastard, nicht wahr?«

Sie zuckte zusammen und ergriff wiederum seine Hand.

»Ja, so nannte er den Mann, den sein Onkel zum Haupterben eingesetzt hatte. Und Onkel Manfred sagte mir kurz zuvor – als ich ihn das letztemal sah und sprach –, daß er seine Verwandten nicht zu seinen Haupterben einsetzen werde, er habe einen andern dazu ausersehen.«

Gunnar strich sich über die Stirn.

»Also, Fräulein Anita, es erscheint mir notwendig, daß wir gegenseitig ganz offen zueinander sind. Ich will Ihnen also sagen, daß Manfred Hallerstedt mein Vater war und daß er nur deshalb sich mir nicht als solcher zu erkennen gab, weil meine Mutter ihm einen Schwur abverlangt hatte, vor ihrem und meines Stiefvaters Tod nichts darüber verlauten zu lassen, nicht einmal mir gegenüber. Und ich weiß aus meines Vaters Mund, daß dasselbe Kuvert, das das Testament umschloß, einen Brief enthielt, durch den ich zu gegebener Zeit von ihm selbst das Geheimnis meiner Abstammung erfahren sollte. Bedenken Sie wohl: In diesem Briefe wollte und konnte mein Vater zum ersten und einzigen Mal als ein solcher zu seinem Sohn sprechen. Und deshalb schmerzt mich der Verlust dieses Schriftstückes ganz außerordentlich. Daß er mich zu seinem Haupterben eingesetzt hatte, halte ich für möglich. Allein das gilt mir nicht soviel wie der Besitz dieses Briefes, denn der Verewigte hat mich in seiner Güte schon bei seinen Lebzeiten so gestellt, daß ich nicht nach seinem Reichtum zu trachten brauche. Aber an dem Brief ist mir alles gelegen! Begreifen Sie das?«

»Ja, Freund Gunnar, ich begreife das sehr wohl, und deshalb will ich Ihnen all meine Zweifel, meine Beobachtungen und Befürchtungen mitteilen.«

Er beugte sich vor und sah sie mit brennenden Augen an. »Ich bitte darum, Fräulein Anita, Sie würden sich mir gegenüber dann als echte und rechte Freundin bewähren.«

»Das eben will ich. Also hören Sie zu ...«

Und sie berichtete ihm alles, wovon sie wußte. Nicht die kleinste Nebensache verschwieg sie ihm, und das alles verband sich für ihn mit dem, was Franz ihm gestern abend mitgeteilt hatte, zu einem fast absolut klaren Bild.

Nachdem Anita alles berichtet hatte, schloß sie aufatmend:

»Keinem andern als Ihnen hätte ich alles anvertrauen können, denn ich weiß, daß Ihnen ebensoviel daran gelegen ist wie mir, jeden Skandal zu vermeiden. Sie allein werden vielleicht imstande sein, sich Ihr Recht zu verschaffen. Es ist mir nicht leicht geworden, Stiefmutter und Stiefgeschwister anzuklagen, aber ich habe es für meine Pflicht gehalten um des Toten willen, der nicht nur mein Vormund, sondern auch mein bester, treuester Freund und Berater war. Ich weiß nur zu wohl, daß sein letzter Wille durchkreuzt werden soll und daß er keine Ruhe im Grabe finden wird, wenn das ungestraft und ungehindert geschieht. Ich muß es auf mich nehmen, diese drei Menschen angeklagt zu haben, weil ich sonst selbst schuldig geworden wäre.«

Er nahm ihre Hand mit festem Druck und beugte sich dankbar zum Kusse über sie.

»Machen Sie sich keine Vorwürfe, Fräulein Anita. Was Sie mir anvertrauten, vervollständigt mir nur, was ich schon ahnte. Gestern abend war Franz bei mir. Er sagte mir, daß Sie in großmütigster Weise für ihn gesorgt haben und daß er dem ihm entgangenen Legat kaum mehr nachzutrauern brauche, aber er habe das Gefühl, daß seines gnädigen Herrn Wille erfüllt werden müsse, und deshalb teilte er mir seine Beobachtungen mit.«

Und dann berichtete er von dem, was Franz ihm kundgetan hatte. Anita atmete tief auf, als er fertig war.

»Ich fürchte, Franz hat ganz recht mit seinem Verdacht. Auch mir erscheint es gewiß, daß, als er starb, Mama, Inge und Kurt bei Onkel Manfred weilten. Das geht auch aus Kurts Worten hervor: ›Du weißt doch, daß er starb, weil ich ihn durch die Bemerkung über seinen Bastard aufregte.‹ Ach, lieber Freund, wie schrecklich ist das alles!«

Gunnar streichelte ihr beruhigend die Hand.

»Es ist gewiß schrecklich, Fräulein Anita. Und wenn ich daran denke, daß ich meinen Vater vielleicht lebend angetroffen hätte, wäre ihm diese letzte Aufregung erspart geblieben, dann ... bei Gott, dann könnte ich Kurt von Fuchs niederschlagen wie einen tollen Hund. Ich sehe nun klar und weiß, wie alles sich zugetragen hat, als sei ich dabeigewesen. Aber – wohin hat Herr von Fuchs das gelbe Kuvert gebracht? Wenn er wirklich, wie Franz annimmt, damit nach Berlin fuhr, dann hat er es ohne Zweifel vernichtet. Alles, was Sie und Franz mir sagten, genügt wohl, das ganze Ränkewerk zu durchschauen, aber wenn ich die Schuldigen daraufhin alle verklagen wollte, gäbe es einen unerhörten Skandal, und alles wäre doch nur ein Schlag ins Wasser. Ich muß mir reiflich überlegen, welche Schritte ich zu tun habe. Es wird mir kaum etwas anderes übrigbleiben, als Herrn von Fuchs auf den Kopf zuzusagen, daß er das Testament unterschlagen hat. Ich kann ihm seine eigenen verräterischen Worte vorhalten und alles, was ich jetzt in Erfahrung gebracht habe. Doch das wird den Brief meines Vaters nicht wieder herbeischaffen, wenn er, was ich als gewiß annehme, schon vernichtet ist. Aber die mir jetzt bekannten Dinge sollen wenigstens dazu dienen, daß Franz, die alte Frau Kuhnert, die Köchin und die anderen langjährigen Diener, wenn irgend möglich, ihre Legate ausgezahlt bekommen. Vorläufig bitte ich Sie, Fräulein Anita, über alles das zu schweigen. Ich werde mit dem Notar alles noch einmal durchsuchen, wenn ich auch nicht mehr darauf hoffe, das Kuvert zu finden. Aber vielleicht finden wir sonst irgend etwas, worauf wir weiterbauen können. Auch im Privatkontor meines Vaters müssen wir noch nachsehen. Vielleicht entdeckt man da irgendwelche Notizen über die Höhe der ausgesetzten Legate. Wie ich mich des weiteren Frau von Seebach und ihren Kindern gegenüber verhalten soll, weiß ich im Moment noch nicht. Aber das wird sich finden. Also nicht wahr ... Sie schweigen gegen jedermann?«

Sie reichte ihm die Hand und sagte leise:

»Nun ist mir das Herz schon viel leichter geworden, und dessen bin ich froh. Ich kam mir selbst vor wie eine Verräterin an Ihnen. Und ... nun mache ich verwandtschaftliche Rechte an Sie geltend, Gunnar Lundström; Onkel Manfred war mir wirklich ein lieber Onkel geworden, wenn er sozusagen auch nur mein Stiefonkel war. Sie müssen mir in Zukunft gestatten, Sie als meinen Vetter zu betrachten. Immer hatte ich schon ein Gefühl, als stünde ich Ihnen wie eine Schwester gegenüber. Ich werde mich aber nun auch mit der Rolle einer Base begnügen. Und vor allen Dingen wollen wir beide treu zusammenstehen, nicht wahr?«

Er gab den Druck ihrer Hand fest und warm zurück.

»Sie beschenken mich damit reich, Anita! Lassen Sie sich meinen innigsten Dank gefallen. Es freut mich aufrichtig, daß Sie sich mir verwandtschaftlich nahefühlen wollen, freut mich besonders deshalb, weil ich weiß, daß mein Vater Sie sehr liebhatte. Er sagte gewöhnlich immer zu mir: Wenn ich nicht mehr sein werde, mein lieber Gunnar, dann nehmen Sie sich Anitas ein wenig an, sie wird dessen bedürfen, denn ich muß leider bemerken, daß meine Angehörigen sie in einer wenig vornehmen Weise ausnützen, so sehr ich das zu verhüten suche. Verhindern auch Sie es nach Kräften. Er hat mir damit nichts Neues gesagt, denn ich habe selbst Augen im Kopf. Seien Sie also davon überzeugt, daß ich Ihnen immer in jeder Beziehung treu wie ein Bruder zur Seite stehe.«

Sie nickte ihm lächelnd zu.

»Ich würde gern vorschlagen, das verwandtschaftliche Du zwischen uns einzuführen, aber es ist wohl besser, wir unterlassen das jetzt noch. Wir müssen es der andern wegen beim Sie lassen; aber Freund Gunnar und Freundin Anita wollen wir auch vor den andern bleiben.«

»Es ist mir lieb, daß Sic darin dic Führung übernehmen, Anita, ich will auf alle Fälle vermeiden, Ihnen irgendwelche Unannehmlichkeiten zu bereiten. Und um noch einmal auf diese leidige Testamentsangelegenheit zu kommen: Aus Ihren und des alten Franz' Berichten glaube ich entnehmen zu können, daß mein Vater, sobald er von mir die Nachricht vom Tode meiner Mutter erhielt, seiner Schwester offen bekannt hat, daß ich sein Sohn bin und vielleicht auch, daß er mich zum Haupterben eingesetzt hat.«

»Beides nehme ich als sicher an, und es erklärt mir das fernere Verhalten meiner Stiefmutter und Stiefgeschwister.«

»So ist alles nur zu erklären! Die zornigen Worte, die Sie von Kurt hörten, beweisen es. Als dieser, von seiner Mutter gerufen, nach Lindeck kam, geriet er über diese Eröffnung sehr in Zorn, da er ja bestimmt damit gerechnet hatte, der

Haupterbe zu werden. Als er dann von Ihnen vergeblich Geld gefordert hatte, steigerte sich seine Wut. Er folgte Mutter und Schwester zu seinem Onkel und machte diesem eine Szene. Darüber regte sich mein armer Vater so sehr auf, zumal Kurt auch mich beschimpfte, daß er einem Herzschlag erlag. Seine Mutter schickte Kurt dann mit dem entwendeten gelben Kuvert nach Berlin, um es dort zu vernichten ... oder zu verbergen. Um jeden Verdacht zu ersticken, verschwieg sie das Ableben meines Vaters. Auf diese Weise deckte sie Kurt den Rücken, damit er ungehindert das Testament entführen konnte. Deshalb erfand sie das Märchen, daß mein Vater Kurt seinen Wagen zur Verfügung gestellt habe, was er bestimmt nie getan hätte. Als sie Kurt noch vom Fenster aus einige Worte nachrief, wollte sie den Anschein erwecken, daß mein Vater noch lebte. Ich erfahre vielleicht vom Chauffeur, der den Wagen fuhr, was sie nachgerufen hat. Als Kurt davongefahren war, verließ Frau von Seebach nebst Frau von Holst den Toten, nachdem sie ihm die Augen geschlossen hatte, nicht ahnend, daß sie sich dadurch verraten könnte. Und als Franz dann nach seiner Rückkehr meinen Vater als Leiche fand, vermochte selbstverständlich niemand positiv zu behaupten, er sei schon gestorben, solange seine Angehörigen noch bei ihm gewesen waren. So erkläre ich mir das jetzt alles, und nur das eine weiß ich nicht: ob Kurt das gelbe Kuvert mit Inhalt in Berlin irgendwo versteckt hat. Lediglich in letzterem Falle, der mir freilich sehr unwahrscheinlich erscheint, hätte ich noch einige Hoffnung, jemals in den Besitz des Briefes meines Vaters zu gelangen. Leider muß ich aber annehmen, daß Kurt von Fuchs so klug war, das gelbe Kuvert mit Inhalt sogleich zu vernichten. Ich werde jedoch alles daransetzen, mir Gewißheit zu verschaffen. Worte meines Vaters an mich, seinen Sohn, sind mir unersetzlich. Soviel Liebes und Gutes ich auch von ihm hörte ..., immer glaubte ich doch, seine Worte gälten nur dem Sohn seiner Freunde. Freilich, wenn ich jetzt in meinen Erinnerungen schürfe, fällt mir manches auf, was ich mir heute ganz anders deuten kann und darf. Aber dieser letzte Brief ..., daß man mich um den betrogen hat, das erfüllt mein Herz mit unsäglicher Bitterkeit. Verstehen Sie mich, Anita?«

Sie nickte ihm zu.

»Oh, nur zu gut, Gunnar. Aber sagen Sie mir, was werden Sie nun beginnen?«

»Ich weiß es noch nicht. Jedenfalls genügt mir alles von Ihnen und von Franz Gehörte und das, was ich selbst beobachtet habe, noch nicht, irgendwelche Rechte geltend zu machen, zumal ich ja den Weg in die Öffentlichkeit vermeiden will. Ich muß, wie gesagt, nachforschen, ob mein Vater nicht sonstige Aufzeichnungen hinterlassen hat, muß vor allem den Chauffeur verhören, der den Wagen nach Berlin gesteuert hat, und muß die drei Menschen, die mich um so vieles betrogen haben, sorgfältig im Auge behalten. Dabei hoffe ich auf Ihre getreuliche Mithilfe, Anita. Sie müssen mir auch fernerhin alles berichten, was Sie hören und sehen werden. Vielleicht kann ich eines Tages doch soviel ergründen, um mit diesen drei Menschen abrechnen zu können.«

»Es muß doch eine Gerechtigkeit geben, Gunnar!«

»Wir wollen darauf hoffen.«

Sie besprachen den Fall noch einmal ausführlich, beleuchteten ihn von allen Seiten, und es wurde ihnen immer klarer, daß sich alles nur so zugetragen haben konnte, wie sie es rekonstruiert hatten.

Inzwischen waren sie in Frankfurt angekommen und begaben sich sogleich zu einem der größten Automobilgeschäfte.

Hier fand Anita unter Gunnars Assistenz bald einen für sie passenden Wagen, eine reizend ausgestattete Limousine.

Bei der Unterhaltung mit dem Verkäufer kamen sie darauf zu sprechen, daß Anita einen tüchtigen und zuverlässigen Chauffeur suche. Gunnar fragte, ob man nicht einen solchen empfehlen könne. Der Verkäufer wußte auch sogleich Rat. Er berichtete, daß sich ein junger Mann als Privatchauffeur angeboten habe, am liebsten nach auswärts. Er habe eine Telefonnummer angegeben, mit Hilfe derer er zu erreichen sei. Wenn die Herrschaften wünschten, könne er gleich einmal anrufen. Der Mann mache einen sehr guten und soliden Eindruck, so daß man ihm schon Aussicht gemacht habe, ihn in der Firma zu beschäftigen, aber er habe erwidert, daß er Familienrücksichten halber hier in Frankfurt nicht als Chauffeur Dienst zu tun wünsche. – Er sei unbedingt »etwas Besseres«. Er habe Ingenieur werden wollen, sein Studium aber nicht beenden können. Und nun fehle es ihm an einer passenden Position. So meinte der Verkäufer. Anita war sofort bereit, sich mit dem Mann in Verbindung zu setzen; es könne ihr nur lieb sein, meinte sie, wenn der Chauffeur ein gebildeter Mann sei. Auch Gunnar leuchtete das sofort ein.

Sehr bald war die Verbindung mit dem Chauffeur hergestellt und ihm mitgeteilt, er werde in seinem eigenen Interesse gebeten, unverzüglich in das Geschäft zu kommen.

Eine halbe Stunde darauf, während welcher Anita und Gunnar den Wagen noch einmal gründlich inspiziert hatten, traf er ein. Als er das Geschäft betrat, glaubten Anita und Gunnar, der hochgewachsene, gutgekleidete junge Herr sei ein Käufer. Sie staunten beide ein wenig, daß dies der in Frage stehende Chauffeur sein sollte. Und als er Anita mit einer tadellosen Verbeugung gegenübertrat und der Verkäufer ihn vorgestellt hatte, sah sie mit einem seltsam beklommenen Gefühl in sein energisches, interessantes Gesicht. Sie würde ihn in jeder Gesellschaft als einen Gleichberechtigten begrüßt haben, so vollkommen wirkte er als ein Mann aus ihren Kreisen. Daß er eine Stelle als Chauffeur suchte, erschien ihr unverständlich. Aber nicht das allein machte sie befangen, sondern vielmehr der Ausdruck seiner stahlblauen Augen, die fest und kühl auf sie niedersahen. Diese Augen machten sie unruhig, so unruhig, daß sie unter ihrem Blick errötete.

In ihrer Verwirrung überhörte sie die ersten Worte, die

Gunnar mit dem jungen Mann wechselte. Sie kam erst wieder zu sich, als sie Gunnar sagen hörte:

»Sie würden vorläufig in Schloß Lindeck stationiert werden und später vielleicht mit Fräulein von Seebach nach Berlin gehen müssen, wo diese im Winter eine Villa bewohnt.«

Die Augen des jungen Mannes blickten nun wieder in die Anitas.

»Das würde mir sehr recht sein. Ehe Sie sich aber für oder gegen mich entscheiden, gestatten Sie mir, Sie auf einiges aufmerksam zu machen. Ich habe noch nie die Stelle eines Chauffeurs bekleidet. Gleich nach dem Kriege, den ich als ganz junger Mensch während der letzten zwei Jahre mitgemacht habe, begann ich mein Studium an der Hochschule in Charlottenburg, denn ich wollte Maschineningenieur werden. Zwei Jahre vor Vollendung meiner Studien mußte ich diese aufgeben, da mein Vater durch die Inflation sein Vermögen verloren hatte. Ich hatte inzwischen eingesehen, daß ich in dem mir gewählten Beruf wenig Aussicht auf ein gesichertes Vorwärtskommen haben würde. Aber wie schwer es sein würde, als halbfertiger Ingenieur eine halbwegs annehmbare Stellung zu erhalten, ahnte ich nicht. Ich habe alles mögliche versucht ... habe mich damit knapp über Wasser gehalten. Mein Schwager, der Mann meiner einzigen Schwester, wollte mich in seinem Betrieb anstellen, aber ich mußte eine solche Anstellung als ein Almosen ansehen. Gebraucht wurde ich in Wirklichkeit nicht, jeder andere hätte mich ersetzen können für billigeres Geld. Es widerstrebt mir, meinen Schwager zu belasten, der ohnedies in dieser Zeit schwer zu kämpfen hat, um sein Geschäft flottzuhalten. Momentan bin ich bei meinem Schwager zu Besuch, denn ich bin wieder einmal ohne jeden Verdienst. Ich habe Schwester und Schwager gesagt, ich wolle mich um einen Posten als Privatchauffeur bewerben, denn für einen solchen besäße ich die erforderlichen Kenntnisse und Fähigkeiten. Meine Verwandten protestierten dagegen, sie wollten mich lieber als Dauergast im Hause behalten, als zuzulassen, meine Absichten zu verwirklichen. Mir liegt es aber nicht, mich durchfüttern zu lassen – ich will arbeiten.«

Und seine Zähne bissen sich nach diesen Worten so fest aufeinander, daß man ihm anmerkte, wie sehr er unter seiner Existenzlosigkeit litt.

Gunnar hatte ihm mit großem Interesse zugehört, und in Anitas Augen schimmerte es vor Mitgefühl feucht. Sie hatte das Empfinden, daß man diesem Manne helfen müsse, wenn sie sich auch sagte, daß er für einen Chauffeurposten nicht geschaffen sei.

Gunnar richtete noch einige sachliche Fragen an Frank Soltau – so hieß der junge Mann –, und dieser gab freimütig Antwort auf alles, wonach er gefragt wurde.

Anita hörte, wie er sagte: »Wenn die Herrschaften es mit mir versuchen wollten; ich würde mein Bestes tun.«

»Sind Sie denn genügend eingefahren?«

»Darüber können Sie unbesorgt sein. Ich habe schon als ganz junger Mensch den Führerschein erhalten, habe Berlin kreuz und quer durchmessen, habe einen Mercedes durch ganz Deutschland bis nach Italien gesteuert, die Schweiz durchfahren und die höchsten Pässe genommen und weiß in ganz Deutschland auf der Karte genau Bescheid.«

Interessiert lauschten Anita und Gunnar.

»Trotzdem Sie noch nie als Chauffeur angestellt waren?«

Frank Soltaus Stirn rötete sich. »Der Mercedes gehörte meinem Vater. Im übrigen habe ich auch den Studebaker meines Schwagers eingefahren und ihm auf großen Touren Dienste als Chauffeur geleistet.«

Anita und Gunnar sahen sich fragend an. Und Frank Soltau wußte, daß dieser Blick darüber entschied, ob er die Stellung erhalten würde oder nicht. Er fragte sich, ob diese beiden jungen Herrschaften wohl miteinander verlobt seien. Mann und Frau waren sie sicherlich nicht, auch nicht Bruder und

Schwester. Sie nannten sich Sie, aber sie standen anscheinend auf ziemlich vertrautem Fuß.

Ehe er zu einem abschließenden Urteil gekommen war, sagte Gunnar Lundström:

»Also, Fräulein von Seebach will Sie engagieren, und ich als ihr Berater kann nur sagen, daß Sie einen sehr guten Eindruck auf mich gemacht haben. Aber da ich als gewissenhafter Berater nicht nur die Sympathie entscheiden lassen darf, möchte ich doch fragen, ob Sie uns nicht irgendwelche Referenzen angeben können.«

Frank Soltau zögerte einen Moment; seine Züge strafften sich, als müsse er ein Hindernis bewältigen.

Endlich sagte er entschlossen:

»An Referenzen würde es nicht fehlen, aber aus Rücksicht auf meinen Schwager und meine Schwester müßte ich Sie bitten, bei Erkundungen über mich nicht zu bemerken, daß ich mich um die Stelle eines Chauffeurs bei Ihnen bewerbe. Mir selbst wäre das gleichgültig, ich denke, jede ehrliche Arbeit kann man ohne Bedenken verrichten, aber meine Schwester und mein Schwager sind etwas geniert. Meine Schwester hat mich so lieb, daß sie es quält, mich nicht besser im Leben untergebracht zu sehen, und mein Schwager ... nun, er hat geschäftliche und gesellschaftliche Rücksichten zu nehmen. Nur deshalb bitte ich zu verschweigen, daß ich Ihnen meine Dienste als Chauffeur angeboten habe. Sie können ja einfach angeben, daß ich mich um eine Position in Ihrem Hause bewerbe und daß Sie deswegen eine Auskunft über mich benötigen.«

»Gut, diesen Wunsch werden wir gern erfüllen. Es ist aller Ehren wert, daß Sie den Lebenskampf auch auf diese Weise aufnehmen wollen, da es Ihnen versagt ist, ihn auf andere Weise zu führen. Ich gebe Ihnen mein Wort, daß ich die Art Ihrer Stellung nicht berühren werde.«

Darauf übergab Frank Soltau Gunnar eine Reihe von Adressen.

»Sind die Herrschaften nicht telefonisch zu erreichen?« fragte Anita, der der Wunsch aus den Augen brannte, diesen Chauffeur zu engagieren.

Soltau verneigte sich artig.

»Gewiß, gnädiges Fräulein, die Telefonnummern sind mit angegeben.«

Gunnar lächelte.

»Nun, so werde ich gleich telefonische Erkundigungen einziehen.«

Und sich an den im Hintergrund stehenden Verkäufer wendend, fragte er weiter: »Kann ich einige Gespräche gleich bei Ihnen erledigen?«

Der Verkäufer führte Gunnar in einen anstoßenden Raum, wo sich das Telefon befand, und Anita war somit eine Weile mit Frank Soltau allein. Sie sah etwas verlegen zu ihm auf.

»Es wäre nicht nötig gewesen, daß Herr Direktor Lundström erst Erkundigungen einzog, aber er ist sehr gewissenhaft.«

»Es war seine Pflicht, gnädiges Fräulein. Aber ich danke Ihnen sehr, daß Sie mir auch ohnedies Vertrauen schenken.«

Sie richtete sich auf.

»Sie machen einen sehr vertrauenerweckenden Eindruck, und alles, was Sie uns sagten, klingt ehrenhaft und zuverlässig. Ich muß einen Chauffeur haben, auf den ich mich verlassen kann, denn ich selbst verstehe gar nichts vom Autofahren. Und doch bin ich viel unterwegs.«

»Gnädiges Fräulein dürfen sich mir getrost anvertrauen, ich werde alles aufbieten, um Sie zufriedenzustellen.«

Es zuckte leise in seinem Gesicht.

»Wie traurig für Sie, daß Sie keine andere, bessere Position finden konnten.«

»Heute fragt man nur, ob man überhaupt eine Stellung finden kann. Man darf nicht wählerisch sein, und ich würde es jedenfalls als ein großes Glück betrachten, wenn Sie mich engagieren wollten.«

Ein leises Lächeln huschte um ihren Mund, und er fand dies Lächeln noch entzückender und bezaubernder als ihre ganze liebreizende Persönlichkeit.

»Wenn Direktor Lundström zufriedenstellende Auskünfte erhält, woran ich nicht zweifle, können Sie sich schon als engagiert betrachten.«

In seinen stahlblauen Augen lag ein warmer, dankbarer Ausdruck. »Gnädiges Fräulein sind sehr gütig, ich danke ergebenst für diese Versicherung. Die Referenzen werden alle gut ausfallen, davon bin ich überzeugt.«

»Wollen Sie sich inzwischen einmal den Wagen ansehen, den ich gekauft habe und den Sie im gegebenen Falle steuern sollen?«

»Ich wäre sehr dankbar dafür.«

Sie führte ihn an die Limousine heran, und er betrachtete diese mit Kennerblicken, untersuchte den Motor und die anderen technischen Dinge, warf aber nur einen flüchtigen Blick auf die Karosserie. Diese erschien Anita aber als die Hauptsache, und als er sich anerkennend über die sonstige Qualität des Wagens äußerte, sagte sie leise lachend:

»Die Hauptsache war mir die Karosserie. Ist die nicht entzückend?«

Nun betrachtete er sich auch diese eingehend, und ein Lächeln spielte um seinen schmallippigen, ausdrucksvollen Mund.

»O ja, sie ist reizend, für eine junge vornehme Dame vortrefflich geeignet. Mit dem Chauffeur können sechs Personen befördert werden.«

»So ist es. Meistens werde ich sie mit den Kindern allein benutzen.«

Er stutzte und sagte dann etwas benommen:

»Verzeihung, gnädige Frau, ich habe Sie wohl falsch angeredet?«

Wieder lachte sie schelmisch.

»O nein, die Kinder gehören meiner Stiefschwester, die

ebenfalls auf Schloß Lindeck lebt. Aber die Kinder mögen viel lieber mit mir fahren als mit ihrer Mutter.«

Frank Soltau konnte das nur zu begreiflich finden, obwohl er die Mutter der Kinder nicht kannte. Aber selbstverständlich sprach er das nicht aus, sondern verneigte sich nur. Er machte sich noch allerlei an dem Wagen zu schaffen, und man merkte ihm an, daß es ihm Freude machen würde, ihn zu steuern.

»Er muß sehr saubergehalten werden«, sagte er.

»Darum brauchen Sie sich nicht zu kümmern, auf Lindeck gibt es noch zwei weitere Autos, und es ist ein Wagenwäscher angestellt, der sie in Ordnung hält und auch diesen Wagen in Pflege nehmen wird.«

Diese Aussicht ließ Frank Soltau noch dringender wünschen, engagiert zu werden, denn welcher Chauffeur würde sich danach sehnen, seinen Wagen selbst putzen zu müssen? Aber er sagte ruhig:

»Ich werde mich trotzdem immer darum kümmern, daß diese Arbeit tadellos ausgeführt wird und, wenn nötig, selbst zugreifen.«

Dennoch hatte sie das Gefühl, daß er sehr froh darüber sei, einen Wagenwäscher auf Lindeck zu wissen.

Eben kam Lundström mit dem Verkäufer zurück und sagte lächelnd: »Ich habe die allerbesten Auskünfte über Sie erhalten, man hat Sie uns sogar sehr dringend empfohlen.«

Frank Soltaus Stirn rötete sich ein wenig, aber er verneigte sich nur.

Gunnar zog Anita mit sich in den Hintergrund des Ladens und fragte sie, ihr die erhaltenen Auskünfte wiederholend, ob sie diesen Herrn Soltau engagieren wolle. Sie nickte energisch.

»Er macht einen sehr guten, zuverlässigen Eindruck, und ich denke, es ist ein Glücksfall, daß wir einen solchen Mann gefunden haben. Bitte, machen Sie alles Geschäftliche mit ihm ab.«

So wurde Frank Soltau engagiert. Er sollte ein Gehalt von zweihundert Mark bei freier Station erhalten. Soltau war sehr erfreut. Gunnar gab ihm auf, den Wagen am nächsten Tage selbst nach Schloß Lindeck zu bringen. Alles Nötige wurde besprochen, und als Soltau sich entfernt hatte, sagte Gunnar lächelnd:

»Nun wollen wir aber einen Imbiß nehmen, ehe wir heimfahren, sonst wird uns auf der Rückfahrt flau zumute.«

Anita war einverstanden. Und sie war, während sie in einem Hotel speisten, sehr lebhaft und angeregt und brachte die Rede immer wieder auf ihren neuen Chauffeur. Sie sprach wiederholt ihr Bedauern aus, daß ein Mann wie er so hart um seine Existenz ringen müsse. Gunnar fiel es wohl auf, daß Anita sich anscheinend sehr für den neuen Chauffeur interessierte, aber er war von seinen eigenen Gedanken so stark in Anspruch genommen, daß er nicht weiter darüber nachsann.

Gleich nach dem Essen fuhren sie wieder nach Schloß Lindeck zurück.

## 9

Am andern Vormittag machte sich Anita nach Koblenz auf, um Herma Hell abzuholen. Pünktlich hielt sie vor dem kleinen Hotel, in dem diese wohnte, und gleich darauf trat aus dessen Tür die neue Erzieherin. Etwas unsicher, aber doch ruhig und besonnen trat Herma an den Wagen heran.

Oh, was für ein liebes, freundliches Gesicht! Du bist doch ein ausgemachter Glückspilz, Herma; wenn deine künftige Herrin dich mit solchen Augen ansieht, dann hast du es ja wieder einmal herrlich getroffen, dachte sie, verneigte sich artig und bescheiden und fragte:

»Habe ich die große Ehre, Fräulein von Seebach vor mir zu sehen?«

Der Chauffeur hatte schon den Wagenschlag geöffnet. Anita streckte Herma, sehr angenehm berührt durch deren warme, frische Stimme, ihre Hand entgegen.

»Ich begrüße Sie herzlich, Fräulein Hell! Bitte, steigen Sie nur ein. Ist das Ihr ganzes Gepäck?« fragte sie, auf Hermas Koffer zeigend, den diese in der Hand hielt und den ihr der Chauffeur jetzt abnahm.

»Ja, gnädiges Fräulein, ich habe nur dieses leichte Reisegepäck bei mir, da ich ja auf einer Fußtour begriffen war. Mein großes Gepäck habe ich aber schon von Hannover aus direkt nach Lindeck beordert und hoffe, es in wenigen Tagen zu bekommen.«

Damit war Herma eingestiegen und wollte sich bescheiden einen der Notsitze herunterklappen. Anita fiel ihr lachend in die Arme und zog sie neben sich auf den Fondsitz.

»Wir sind ja allein, weshalb wollen Sie da auf dem schmalen Notsitz Platz nehmen?«

Herma mußte lachen, weil sie ziemlich ungeschickt in den weichen Sitz gefallen war.

»Ach du lieber Gott, selbst ein solcher würde mir vorkommen wie ein Thron im Olymp. Sie müssen bedenken, gnädiges Fräulein, daß mein bisheriges Beförderungsmittel hauptsächlich aus meinen beiden Füßen bestand.«

Anita lachte mit. »Das scheint Ihnen aber die gute Laune nicht verdorben zu haben ...«

»O nein, die Füße waren gottlob immer gesund. Aber trotzdem muß ich gestehen, daß es eine Himmelsgabe ist, wenn man so komfortabel durch eine so herrliche Landschaft kutschieren kann. Man muß eben alles erst einmal selbst erlebt haben, ehe man sich ein Urteil über irgend etwas bilden kann.«

Amüsiert sah Anita in Hermas reizendes, lebensfrisches Gesicht.

»Da Sie sich nunmehr dieses Urteil bilden können, was würden Sie in Zukunft vorziehen als Beförderungsmittel: ein komfortables Auto, oder – Ihre Füße?«

Nachdenklich sah Herma vor sich hin. Dann blickte sie Anita freimütig an und sagte lachend:

»Offen gestanden – meine Füße! Die gehören mir, und ich brauche nicht in Sorge zu sein, daß sie mir einmal nicht zur Verfügung stehen. Was jedoch nicht ausschließt, daß ich es stets als ein Gnadengeschenk des Himmels betrachten werde, wenn ich gelegentlich einmal ein so herrliches Auto mitbenutzen darf.«

»Nun, Sie werden sehr oft eines benutzen müssen, nicht dieses, welches meiner Stiefmutter gehört, aber ein anderes, das ich mir gestern selbst gekauft habe und worin ich die Kinder meiner Schwester oft spazierenzufahren gedenke, wobei Sie uns begleiten werden.«

Herma drückte die Hände auf das Herz und sagte aufatmend: »Ich habe es ja gesagt – ich bin ein Glückspilz! Mir fallen alle guten Dinge sozusagen vom Himmel herunter, ohne jedes Verdienst.«

Mit einem warmen Blick sah Anita in Hermas strahlendes Gesicht.

Lieber Gott, ist das ein prachtvolles Geschöpf! Das sprüht ja nur so vor Zufriedenheit und Lebensfrische. Das soll uns guttun auf Lindeck, dachte sie. Und sie sagte lächelnd: »Sie werden es schon irgendwie verdient haben, wenn der Himmel es gut mit Ihnen meint, allein schon durch Ihr fröhliches Gottvertrauen.«

»Daran fehlte es freilich nicht. Wie sollte es auch, ich wäre ja direkt undankbar, wollte ich nicht froh und zufrieden sein. Mir selbst ist es immer gutgegangen. Kaum wurde mir mein lieber Vater im Kriege genommen, was sich meine Mutter so zu Herzen nahm, daß sie bald darauf starb, so waren schon gute Menschen da, die sich meiner annahmen. Ein Freund meines Vaters wurde mein Vormund, verwaltete das kleine Vermögen, das meine Eltern hinterlassen hatten, ehrlich und redlich, so daß ich meine Ausbildung beenden konnte, trotz der Inflation, die das meiste entwertete. Ich konnte mein Lehrerinnenexamen machen und behielt noch soviel übrig, daß ich mir diese herrliche Erholungsreise leisten konnte und gar noch einen Notgroschen besitze. Und kaum bin ich darauf aus, mir eine Stellung zu suchen, da fällt mir sozusagen eine vom Himmel, und ... anscheinend eine sehr gute. Jetzt sitze ich nun in diesem wundervollen Wagen, fahre nach einem Märchenschloß in der herrlichen Rheingegend und möchte nun wirklich wissen, was ich mir noch weiter wünschen sollte.«

»Sie sind in der Tat ein beneidenswerter Mensch, weil Sie zufrieden sind mit Ihrem Schicksal. Woher wissen Sie aber, daß Lindeck ein Märchenschloß ist?«

Herma lachte. »Oh, für mich ist jedes Schloß ein Märchenschloß. Ich habe, seit Sie mich engagiert haben, immerzu davon geträumt. Nur eines macht mir einige Sorge, und, wenn Sie gestatten, gnädiges Fräulein, dann schütte ich Ihnen darüber mein Herz aus.«

»Reden Sie nur, Fräulein Hell!«

»Also, ich denke mir, in einem Schloß muß man, auch wenn man nur Angestellte ist, prächtige Kleider haben, damit man nicht störend in der feudalen Umgebung wirkt. Und in diesem Punkt hapert es bei mir. Ich habe ja immer nur meine Schulkleider gehabt und eines für die Sonntage. Selbstverständlich habe ich mir in Koblenz, als Sie mich engagiert hatten, gleich ein schwarzes Abendkleidchen gekauft. Aber außer dem, was ich trage, und einigen Blusen zum Wechseln, besitze ich, wenn mein Gepäck kommt, nur noch einige sehr bescheidene Schulkleider und mein Sonntagsgewand, das aber auch nicht mehr sehr schön ist. Ich wollte schon meinen Notgroschen angreifen, um mich besser auszustatten, aber es ist mein letztes Geld, und man darf doch nicht leichtsinnig sein. Wenn Sie aber meinen, daß ich mit meinem Kleiderbestand nicht auskomme, dann muß ich mir doch noch etwas schicken lassen. Ich habe in dem Geschäft, wo ich mein Abendkleid kaufte, meine Maße hinterlassen und brauche mithin nur zu bestellen.«

Anita sah gerührt in Hermas eifriges und sorgenvolles Gesicht. Sie dachte daran, daß zu Hause in ihrem Zimmer zwei Kartons mit neuen Kleidern standen, die von Berlin gekommen waren und die sie der Trauer wegen im Augenblick nicht benutzen konnte. Dieses Fräulein Hell hatte fast genau ihre Figur ... wenn man ihr die Kleider gab, enthob man sie aller Sorgen. Denn bis sie die Kleider benutzen konnte, waren sie nicht mehr modern. Aber wie sollte man sie dieser jungen Lehrerin anbieten, ohne sie zu verletzen? Vielleicht fühlte sie sich beleidigt? Anita sann über eine möglichst zarte und taktvolle Art nach, wie sie diese vier Kleider – es waren zum Glück nur schlichte Haus- und Nachmittagskleider – Fräulein Hell anbieten könnte.

»Ja« – sagte sie nachdenklich –, »es wäre allerdings gut, wenn Sie ein paar hübsche Kleider besäßen; meine Stiefmutter ist in diesem Punkte sehr penibel, und Sie sollen doch mit an unserer Tafel essen, denn auch die Kinder nehmen an den Hauptmahlzeiten teil und benötigen während dieser eine Beaufsichtigung. Aber, da fällt mir ein, wir sind plötzlich in Trauer gekommen, mein Onkel ist dieser Tage gestorben. Ich hatte mir kurz vorher einige neue Kleider bestellt, die ich nun nicht tragen kann, was sehr ärgerlich ist. Nun – Sie brauchen selbstverständlich nicht zu trauern –, wenn Sie mir die vier Kleider abnehmen könnten, wäre ich direkt froh. Ich glaube, sie passen Ihnen so gut wie mir. Ehe ich sie tragen kann, sind sie für mich wertlos.«

Herma war sehr rot geworden, und es zuckte in ihrem Gesicht. So zart Anita ihr Anerbieten auch vorbrachte, es war ihr immerhin unangenehm, Kleider als Geschenk anzunehmen. Anita beeilte sich daher zu sagen:

»Ich würde sie Ihnen selbstverständlich billig berechnen, da sie ja, wie gesagt, für mich ganz wertlos sind. Sagen wir mal ... zehn Mark pro Stück? Ich ziehe Ihnen jeden Monat den Betrag für eines der Kleider von Ihrem Gehalt ab, dann fällt es Ihnen nicht schwer, diese Anschaffungen zu machen.

Und es ahnt niemand, daß Sie die Kleider von mir kauften. Sie sind erst heute morgen angekommen, ich habe sie noch nicht einmal ausgepackt. Gleich im Karton lasse ich sie auf Ihr Zimmer stellen. Wenn eine Kleinigkeit daran zu ändern ist, dann erledigen das wohl Ihre geschickten Finger. Und Sie sind dann gleich ausstaffiert, und werden in Lindeck so auftreten können, daß meine Stiefmutter nichts an Ihrer Toilette auszusetzen haben wird. Einverstanden?«

Herma saß da wie gelähmt. Die Farbe wechselte auf ihren Wagen. Und ihre Augen schimmerten feucht. Ihr sonst so lachendes Gesicht war sehr ernst geworden, und, sich schnell über die Augen wischend, wandte sie sich Anita zu, schluckte ein paarmal, um die aufsteigenden Tränen zu bekämpfen und sagte endlich mit zitternder Stimme:

»Was soll ich Ihnen nur antworten, gnädiges Fräulein. Wie zart und lieb haben Sie mir Hilfe angeboten; nicht die leiseste Unruhe haben Sie mir gelassen, ob ich das annehmen darf oder nicht. Denken Sie nur nicht, daß ich so weltfremd bin, zu glauben, daß zehn Mark für ein Kleid, wie Sie es sich bestellt haben, als Preis in Frage kommen könnte. Mein kleines, bescheidenes Abendkleidchen kostet mich vierzig Mark. Und so taktvoll, wie Sie mir das geboten haben ... ich, ich ... ach, nun zweifeln Sie doch nicht mehr, daß ich ein Glückskind bin. So etwas kann doch nur einem solchen passieren. Und ich darf doch nicht einen Moment daran denken, Ihnen die Freude an Ihrer guten Tat zu verderben. Dankbar nehme ich an ... von Herzen dankbar. Hoffentlich geben Sie mir einmal Gelegenheit, das alles wettzumachen.«

Anita reichte ihr impulsiv die Hand.

»Man kann nie wissen! Ich nehme Sie beim Wort und werde mir schon meinen Lohn dafür einfordern, daß Sie mich von einigen nutzlosen Kleidern befreit haben. Ich hoffe, sie sind recht hübsch ausgefallen, damit ich mich wenigstens daran freuen kann, wenn Sie sie tragen. Also abgemacht – ich lasse die Kleider in Ihr Zimmer stellen. Und alles bleibt selbstverständlich zwischen uns Geheimnis.«

Herma sah sie mit einem Blick an, in dem Anita las, daß sie sich diese junge Lehrerin zur Freundin gemacht habe. Sie brachte nun schnell ein anderes Thema ins Gespräch und gab Herma dadurch Gelegenheit, sich zu fassen. Freundlich weihte sie sie in die Verhältnisse ein, die sie auf Lindeck vorfinden würde. Vorsichtig schilderte sie das Wesen der Stiefmutter und Stiefgeschwister und teilte ihr mit, sie wünsche, daß die an sich gutartigen Kinder mit Liebe erzogen würden und daß Strenge nur da walten solle, wo sie unbedingt nötig sei. Sie sprach sich rückhaltlos darüber aus, wie sehr Fräulein Helene die Kinder drangsaliert habe, freilich wohl hauptsächlich deswegen, weil sie zuviel anderweitig in Anspruch genommen worden sei und für die Kinder keine Zeit gehabt habe.

Herma entnahm aus dem allen, Anita müsse so etwas wie ein guter Engel für die Kinder sein. Sie begann nun ihrerseits von ihren pädagogischen Prinzipien zu sprechen. Anita billigte diese rückhaltlos und bat Herma, von diesen nicht abzuweichen, selbst dann nicht, wenn die Mutter und die Großmutter etwas dagegen vorbringen sollten. Sie brauche den beiden Damen ja nicht zu widersprechen, möge sich geduldig alles anhören, aber immer nur nach ihrem Gutdünken und nach Anitas Plan handeln. Die beiden Damen würden sich, sei sie nur erst installiert, wenig um sie und die Kinder kümmern.

Anita schilderte in der Folge auch die andern Hausgenossen, Kurt und Gunnar Lundström, und die Art, wie sie von letzterem sprach, erweckte in Herma die Vorstellung, dieser müsse ihr wohl sehr lieb sein. War das auch ein falscher Schluß, interessierte sie sich doch schon im voraus lebhaft für Direktor Lundström.

Die Zeit verging beiden jungen Damen sehr schnell, und als Schloß Lindeck auftauchte und Anita Herma darauf aufmerksam machte, war diese außer sich vor Entzücken. Sie machte diesem in ihrer frischen, munteren Art in einer Weise Luft, daß Anita sie am liebsten in die Arme genommen und herzhaft abgeküßt hätte. Zum ersten Male empfand sie freundschaftlich für eine junge Dame. Herma gefiel ihr mit jeder Minute, die sie in ihrer Gesellschaft verbrachte, mehr. Sie kamen in sehr angeregter Stimmung in Schloß Lindeck an.

Der alte Franz stand unter dem Portal, und Anita begrüßte ihn freundlich und fragte ihn, wann er nach Berlin abzureisen gedenke. Herma merkte sogleich, daß Anita bei der Dienerschaft sehr beliebt sein müsse, denn alle zeigten ihr ein freundliches Gesicht. Anita sagte im Vorübergehen zu Franz:

»Stellen Sie die Kartons, die heute mit der Post für mich angekommen sind, aus meinen Zimmern in das von Fräulein Hell. Tun Sie es gleich, Franz!«

Anita stieg nunmehr mit Herma zur zweiten Etage empor.

Die zum Oberstock führende Treppe wies eine eigenartige Anlage auf. Man erstieg sie vom Hintergrunde der Halle aus und gelangte zunächst auf einen in halber Höhe nach vorn zu rund ausladenden Podest. Man hätte ihn als Bühne benutzen können, denn er ragte wie eine große Kanzel in die Halle hinein. Das Geländer dieses Podestes, auf dem einige Sessel standen, wies hübsche Holzschnitzereien auf.

Lautlos glitt die Dienerschaft auf den dicken Teppichen an ihnen vorüber.

Überall bemerkte man den Reichtum des Hauses.

So tapfer und unverzagt Herma sonst auch war, jetzt klopfte ihr das Herz dennoch etwas bange und unruhig in der Brust.

Wenige Augenblicke später stand sie vor Frau von Seebach und Frau von Holst, und beider Augen musterten sie kühl und kritisch. Frau von Seebach hielt noch dazu ein Stiellorgnon vor die Augen und betrachtete sie wie ein Stück Ware, das man ihr zum Kauf vorgelegt hatte.

Dann wurde Herma einem Verhör unterzogen. Anita stand seitwärts hinter den beiden Damen und lächelte Herma ermutigend zu. Langsam hoben sich deren Lebensgeister wieder. Anitas Lächeln flößte ihr Mut ein, und sie fand schließlich ihre muntere, unverzagte Art wieder. Sie gab ruhige, präzise Antworten und hörte aufmerksam zu, als Frau von Holst ihr auseinandersetzte, was sie unter Erziehung verstehe. Anitas Ratschläge befolgend, widersprach sie nicht, wenn sie zuweilen auch am liebsten ausgerufen hätte: Lieber Gott, die armen Kinder! Denn Frau von Holst betonte immer wieder, daß die Kinder streng angefaßt werden müßten und daß sofort ein bestimmter Lehrplan eingeführt werden solle, nach dem die Kinder zu drillen seien. Herma dachte ganz anders über Kindererziehung, und sie wäre Frau von Holst gern verschiedene Male in die Parade gefahren und hätte gefragt: Sollen Ihre Kinder Menschen werden oder Heuchler und Duckmäuser?

Aber sie bezwang sich tapfer und erklärte zum Schluß nur, daß sie sich Mühe geben werde, die Kinder zu tüchtigen Menschen zu erziehen.

Sie bekam noch verschiedene Befehle und wurde dann entlassen mit dem Bemerken, sie werde zur Mittagstafel im Speisesaal erwartet.

Herma machte eine artige Verbeugung und ging, von Anita begleitet, hinaus. Diese wollte sie zu den Kindern führen, um sie mit ihnen bekannt zu machen.

Frau von Holst sah Herma indigniert nach und meinte zu ihrer Mutter: »Sie ist viel zu hübsch für eine Erzieherin.«

»Hübsch ist noch sehr gelinde ausgedrückt. Stecke diese Person in elegante Kleider, und du wirst erleben, daß sie eine Schönheit ist. Zum Glück ist das bei einer Erzieherin Nebensache, und solche Mädchen wissen auch gar keinen Gebrauch zu machen von körperlichen Vorzügen. Sie scheint aber sehr artig und bescheiden zu sein, und das ist die Hauptsache. Im übrigen hättest du nicht gar zu sehr zu betonen brauchen, daß die Kinder streng angefaßt werden sollen, das tun Erzieherinnen ohnedies zur Genüge.«

»Ich wollte nur vorbauen, da Anita sich der Sache sehr annimmt und sie die Kinder leicht verwöhnen lassen könnte.«

Damit war das Thema für die Mutter und Großmutter der Kinder erledigt. Sie hatten gerade jetzt Wichtigeres zu tun und zu denken, als sich um Kindererziehung zu kümmern.

Als Anita mit Herma wieder draußen stand, fragte sie lächelnd: »War es sehr schlimm, Fräulein Hell?«

Diese atmete tief auf.

»Oh, du lieber Gott, in diesem Schlosse ist alles ungemein vornehm, aber die beiden Damen sind wohl das vornehmste darin. Wenn ich mich nur nicht sehr dumm benommen habe.«

»Ganz bestimmt nicht. Klug und besonnen waren Sie. Nun ist das überstanden. Ich glaube nicht, daß man sich viel damit abgeben wird, Rechenschaft von Ihnen zu verlangen über die Erziehung der Kinder. Dazu haben Mama und meine Schwester gar keine Zeit. Aber nun kommen Sie zu den Kindern.«

Sie führte Herma in das Kinderzimmer. Da saßen die beiden Geschwister ziemlich bedrückt und unfrei an einem kleinen Tische. Dieter spielte mit einem Baukasten, und Hannelore hatte ein Kästchen mit Glasperlen vor sich, die sie auf einen Zwirnsfaden reihte. Am Fenster aber saß mit strenger, verbissener Miene Fräulein Helene und stichelte an seidener Unterwäsche ihrer Herrin herum. Beim Eintritt Anitas zuckten die Kinder auf, als wollten sie der geliebten Tante entgegeneilen, aber Fräulein Helene rief hart und laut: »Sitzen bleiben!«

Selbst beim Spiel drillte sie die Kinder.

Herma war Anita in das Zimmer gefolgt und warf einen forschenden Blick zuerst auf Fräulein Helene. Dann sah sie mit warmem Blick die Kinder an und atmete tief auf. Gottlob, das waren hübsche und reizende Kinder. Für die konnte sie gleich ein Herz fassen. Es würde ihr ganz gewiß nicht schwerfallen, sie lieb zu gewinnen, und dann würde alles gutgehen.

Anita wandte sich an Fräulein Helene.

»Sie können sich jetzt zurückziehen, Fräulein, wir bleiben bei den Kindern.«

Fräulein Helene erhob sich nicht ohne stummen Protest und sagte spitz: »Gnädige Frau hat mir anbefohlen, das Spiel der Kinder zu beaufsichtigen.«

Anita wußte nur zu gut, daß diese Beaufsichtigung nur darin bestand, die Kinder zur absoluten Ruhe und zum qualvollen Stillsitzen zu verdammen. Sie erwiderte mit großer Ruhe:

»Gehen Sie nur. Sie können sich ungestört Ihrer Näherei hingeben, ich bleibe bis zum Essen hier.«

Mit obstinat zurückgeworfenem Kopf verließ Fräulein Helene das Zimmer. Kaum war sie hinaus, als die Kinder wie erlöst aufsprangen und sich jubelnd Anita in die Arme warfen.

»Oh, Tante Anita, wie gut, daß du endlich wieder da bist!«

»Hast du uns etwas mitgebracht?« fragte Hannelore, wie immer sehr interessiert für Mitgebrachtes.

»Ja, ich habe euch etwas Herrliches mitgebracht, seht es euch an: Dies ist Fräulein Herma, eure neue Lehrerin und Erzieherin.«

Die Kinder nahmen erst jetzt Notiz von Herma und blickten sie, Anita nicht loslassend, kritisch wägend an.

Erst lag in den beiden Kindergesichtern eine scheue Frage, ein Forschen, ob wohl dieses Fräulein Herma wirklich etwas Netteres war als Fräulein Helene. Sie sahen in deren lachende Augen hinein, sahen, daß diese wie bittend die Hände nach ihnen ausstreckte, und hörten ihre weiche, warme Stimme fragen:

»Wollt ihr nicht ›Guten Tag‹ sagen?«

Da lösten sich die Kinder zagend von Anita und sahen sie

fragend an. Als diese leise nickte, gingen sie auf ihre neue Erzieherin zu und fingen dann plötzlich auch wie erlöst und befreit an zu lachen.

Herma fing die beiden Kinderhände ein. Damit zog sie die Kinder nahe an sich heran.

»Ich freue mich sehr, bei euch sein zu dürfen«, sagte sie.

»Ach, Fräulein Helene freut sich nie an uns, sie zankt nur immer«, meinte Dieter, vorsichtig sondierend.

»Ich werde niemals zanken«, erklärte Herma.

»Auch nicht, wenn wir unartig sind?« forschte Hannelore.

»Auch dann nicht! Nur sehr traurig bin ich dann, und das möchte ich nicht gern sein. Ich finde es viel netter, wenn wir alle sehr vergnügt sein können.«

Die Kinder sahen sie staunend an und jubelten hellauf.

»O fein, das mögen wir auch sehr gern. Aber Fräulein Helene mag es nicht, wenn wir vergnügt sind, sie hat dann Nerven«, meinte Dieter.

»Haben Sie auch Nerven, wenn man ein bißchen laut ist, Fräulein – wie heißen Sie doch gleich?«

Herma lachte herzlich und umfaßte Hannelores Schultern.

»Ihr sollt mich Fräulein Herma nennen. Und Nerven habe ich in eurem Sinne gottlob nicht, meine Nerven können schon etwas vertragen.«

»Dann können wir in Ihrer Gegenwart so richtig herumtollen?« examinierte Dieter.

»Soweit ihr damit andere Menschen nicht stört – mich stört ihr gewiß nicht. Ich tolle sogar gern ein wenig mit, das heißt, im Freien.«

Wieder sahen die Kinder sie staunend an, und plötzlich umfaßte Dieter seine neue Lehrerin mit Enthusiasmus.

»Das ist famos! Ich glaube, Sie gefallen uns sehr; nicht, Hannelore?«

Diese nickte und hing sich in Hermas Arm.

»Glaube ich auch! Aber, wir müssen wohl schrecklich viel bei Ihnen lernen? Fräulein Helene hat uns gesagt, wir sollen uns nur nicht auf Sie freuen, Sie würden uns schon rankriegen mit Lernen und so.«

Herma merkte, daß Fräulein Helene ihrem Privatgrimm reichlich Luft gemacht hatte. Aber sie blieb ganz ruhig.

»Fräulein Helene kennt mich ja gar nicht, weiß also auch nicht, was ich mit euch vorhabe. Und wenn ihr mich fragt, ob ihr bei mir viel lernen müßt, so kann ich euch nur sagen, ihr müßt nicht lernen, aber ihr dürft lernen. Lernen ist nämlich etwas Wunderschönes, was viel Freude macht und wovon man nie genug bekommen kann, wenn man mal angefangen hat. Wenn wir gespielt haben und vor Langeweile dann nicht mehr wissen, was tun, dann lernen wir tüchtig miteinander, und wer am meisten gelernt hat, der wird König.«

Herma hatte den richtigen Ton gefunden, um den Kindern die Furcht vor dem Lernen zu nehmen. Wie sie es hinstellte, schien Lernen etwas ganz Vergnügtes zu sein.

»Ha, dann will ich König sein, Hannelore ist noch zu klein und zu dumm dazu«, erklärte Dieter großartig.

»Ach du, warte nur, ich lerne dir alles vor der Nase weg, du garstiger Dieter«, schalt Hannelore eifersüchtig.

»Ach, ihr wollt doch nicht miteinander streiten? Das lassen wir lieber bleiben. Wir werden ruhig abwarten, wer König wird. Immer nur der, der am besten lernt. Gelt, wir freuen uns schon auf das Lernen?«

»Wenn das so eine vergnügliche Sache ist, ja!« meinte Dieter ernsthaft.

Und Hannelore war sein Echo.

So hatte Herma die Kinder schon dort, wohin sie sie haben wollte. Das Lernen war kein Schreckgespenst mehr. Und Anita, die stumm zugehört hatte, fand es fabelhaft, wie Herma die Kinder gleich von Anfang an zu nehmen verstand. Lernen muß man nicht, das darf man! Also fiel der lästige Zwang. Das Lernen war als Vergnügen hingestellt, wobei man genau wie beim Spiel zeigen konnte, wer es am besten konnte. Sie nickte Herma zu und sagte dann:

»Jetzt müßt ihr Fräulein Herma aber gehen lassen, sie muß sich noch vor Tisch in ihrem Zimmer einrichten und umkleiden. Wollen wir sie alle drei in ihr Zimmer führen? Ich habe nebenan ein Schulzimmer für euch einrichten lassen. Darin ist alles fertig zum Beginn des Unterrichts. Es wird euch schon gefallen.«

Alles Neue wurde von den Kindern mit Begeisterung aufgenommen. Sie hingen sich rechts und links von Herma in deren Arme und folgten Anita, die voranschritt, um den Weg zu zeigen.

Es ging einen langen Gang hinunter und dann um die Ecke. Hermas Zimmer lag im Seitenflügel, zwei Etagen über Gunnar Lundströms Arbeitszimmer. Anita öffnete die Tür und ließ Herma eintreten. Diese stand fassungslos vor Entzücken in dem reizenden, in ganz lichten Farben gehaltenen Schlafzimmer, an das rechts ein kleines Badezimmer stieß. Die Fenster zeigten eine herrliche Aussicht über sich weit hinstrekkende Weinberge. Beugte man sich aus den Fenstern hinaus, dann sah man in das herrliche Grün des Parkes.

»So, Fräulein Herma – ich darf Sie doch auch so nennen? –, dies ist Ihr Schlafzimmer, und hier nebenan befindet sich das Schulzimmer, das aber zugleich, wenn es nicht zum Unterricht benutzt wird, Ihr Wohnzimmer sein soll, weshalb ich es etwas behaglich habe einrichten lassen. Ich hoffe, daß Sie sich hier wohlfühlen werden.«

Herma wußte nicht, ob sie vor Freude einen Luftsprung machen oder ob sie ganz still die Hände falten sollte. Die beiden Zimmer übertrafen ihre kühnsten Erwartungen. Wenn das Schlafzimmer ihr wie ein Märchentraum erschien, so hätte sie beim Anblick des Wohnzimmers vor Behagen schnurren mögen. An dem einen großen Fenster stand ein ehrwürdig-alter Schreibtisch in flämischem Barock und davor ein mit Genueser Samt überzogener Prunksessel im gleichen Stil. An der Wand hinter dem Schreibtisch befand sich ein behaglicher Diwan, der mit großen Kissen belegt war. Neben diesem stand ein Glasschränkchen mit allerlei hübschen Kleinigkeiten und in der Ecke ein herrlicher alter Lehnsessel neben einem runden Tischchen, auf dem ein Blumenstrauß prangte.

War so die eine Seite des Zimmers ganz als Wohnzimmer für Herma eingerichtet, so sah man der andern Seite sehr wohl an, daß es als Unterrichtszimmer dienen sollte. Nahe dem Fenster befand sich eine Schulbank für zwei Kinder, vor der ein Pult Platz gefunden hatte. An der Wand hing eine große Landkarte und der Schulbank gegenüber hinter dem für Herma bestimmten Pult eine Wandtafel. Daneben befand sich ein Bücherregal. Ein großer runder, mit dunkelgrüner Decke belegter Tisch in der Mitte und einige Sessel und Kleinmöbel vervollständigten die Einrichtung.

»Ich habe dieses Zimmer mit älteren Möbeln ausstatten lassen, Fräulein Herma«, sagte Anita, »Sie dürfen sich nicht daran stoßen, daß alles ein bißchen zusammengewürfelt ist, aber ich versuchte Ihnen auf diese Weise ein Fleckchen einzurichten, wo sie auch einmal allein sein können, wenn die Kinder nicht gerade Unterricht haben. Sie hätten sich sonst auf ihr Schlafzimmer beschränken müssen.«

Herma drückte die Hände aufs Herz.

»Ich finde mich herrlich untergebracht, gnädiges Fräulein. Wenn Sie wüßten, wie ich bisher gewohnt habe, dann würden Sie mir nachfühlen können, daß ich vor Freude ganz fassungslos bin«, sagte sie tiefbewegt.

Anita nickte ihr zu.

»Aber bitte, Fräulein Herma, da ich Sie beim Vornamen nenne, müssen Sie das gleiche tun. Ich freue mich sehr, daß nun außer mir noch ein junges Mädchen in Lindeck ist, und wir wollen überflüssige Förmlichkeiten im Verkehr streichen, nicht wahr?«

»Gern, wenn Sie es wünschen, Fräulein Anita; ich bin mir sehr wohl der Auszeichnung bewußt, die Sie mir damit zuteil werden lassen. Ich danke Ihnen dafür.«

Die Kinder hatten inzwischen die neue Schulbank mit

Begeisterung einer gründlichen Musterung unterzogen und fanden, daß Tante Anita allerlei hübsche Sachen zur Erhöhung des Fleißes beschafft hatte, wie Schulhefte, Bleistifte, Federhalter und dergleichen mehr. Alles das wurde mit Jubel bestaunt. Auch eine kleine Schreibmaschine stand in der Ecke am Fenster, denn die Kinder sollten zugleich Unterricht auf der Schreibmaschine bekommen. Da die Kinder in ihren ersten Lebensjahren in Paris aufgewachsen waren, wo ihr Vater, Herr von Holst, der Gesandtschaft attachiert gewesen war, hatten sie die französische Sprache gleichsam mit ihrer Muttersprache zusammen erlernt. Man hatte auch hier in Deutschland viel französisch mit ihnen gesprochen, um sie in Übung zu halten, und so brauchte der französische Unterricht nur weiter darauf aufgcbaut zu werden. Die englische Sprache mußte von Grund auf erlernt werden. Das besprach Anita schnell noch mit Herma und stellte in Aussicht, daß sie an den Sprachstunden zur Übung gern mit teilnehmen würde. Herma war nur zu gern damit einverstanden, denn Anita hatte es schon verstanden, ihr jede Scheu zu nehmen.

Anita und die Kinder entfernten sich nun, um der neuen Hausgenossin Zeit zu lassen, sich einzurichten und umzukleiden. Auf dem Tisch in ihrem Schlafzimmer standen bereits die beiden uneröffneten Postkartons.

Anita deutete lächelnd darauf hin.

»Sie müssen noch auspacken, und ich werde mich freuen, Sie in einem dieser Kleider zu sehen. Eine gute Stunde haben Sie noch Zeit bis zu Tisch. Der Speisesaal befindet sich im Parterre; ich werde Franz heraufschicken, um Sie hinunterführen zu lassen.«

»Vielen Dank, Fräulein Anita; ich würde mich sonst vielleicht verlaufen.«

Dann war Herma allein, und nun eilte sie erst einmal an das Fenster, um die Aussicht mit Wonne zu genießen.

»Bin ich nun ein Glückskind oder nicht?« fragte sie, als

wollte sie jeden Widerspruch im Keime ersticken. Aber es widersprach ihr niemand, sie sah mit strahlenden Augen hinaus in die Weite. Die Weinberge selbst boten zwar jetzt noch keinen sehr malerischer Anblick, aber darüber hinaus sah man bewaldete Hügel emporstreben, und weit in der Ferne war eine Burgruine zu sehen, die in dichtes Frühlingsgrün gebettet dalag.

Herma beugte sich weit hinaus, um auch den Park übersehen zu können. Dankbar ließ sie ihre Blicke über die hohen Bäume gleiten. Das alles war doch viel zu schön, um Wirklichkeit zu sein. Wenn sie nur nicht plötzlich aufwachte in ihrem engen, kleinen Zimmerchen in Hannover, in das sich nur kurz vor Sonnenuntergang ein flüchtiger Sonnenstrahl zu verirren pflegte.

Aber nein, sie war wach, es war kein Märchentraum, aber wie ein Märchen erschien es ihr doch, daß sie diese reizenden Zimmer bewohnen sollte.

»Und da kommt auch schon der Märchenprinz«, sagte sie übermütig vor sich hin, denn um die Ecke des Schlosses bog gerade ein junger, hochgewachsener Mann mit einem gebräunten, charakteristischen Gesicht, das so feste Züge zeigte, wie Herma solche für einen echten Mann unerläßlich fand.

Es war Gunnar Lundström, der eben aus dem Büro heraufkam, um sich für die Mittagstafel umzukleiden. Denn die Damen hielten sehr streng auf Form. Er ahnte nicht, daß er von der zweiten Etage aus beobachtet und gar mit einem Märchenprinzen verglichen wurde, denn bisher war er der einzige Bewohner dieses Schloßflügels gewesen, und er wußte nicht, daß da eben eine sehr reizende junge Dame ihren Einzug gehalten hatte. Er sah nicht hinauf, aber auch, wenn er es getan hätte, wäre der blonde Mädchenkopf schon längst verschwunden gewesen, denn Herma war schnell zurückgewichen, um nicht gesehen zu werden. Aber dieser eine Blick auf den jungen Herrn hatte genügt, ihr ein wenig

Herzklopfen zu verursachen, und sie bekam das sonst nicht so leicht.

»Das war vermutlich Herr Direktor Lundström, von dem mir Fräulein Anita mit so warmen Worten berichtet hat. Wahrscheinlich mag sie ihn sehr gern, und ganz abgesehen davon, daß er ein mächtiger Herr ist, zu dem man nur respektvoll emporsehen darf, wirst du sehr gut tun, Herma Hell, ihn nicht wieder mit einem Märchenprinzen zu identifizieren. Das könnte nur unnötige Komplikationen herbeiführen. Also heißt es, auf der Hut sein.«

Als ob solche Ermahnungen jemals davor geschützt hätten, daß ein junges Mädchen sein Herz verlieren könnte!

Herma machte sich nun schnell daran, die geheimnisvollen Kartons auszupacken. Sie machte große Augen, als sic deren Inhalt zutage förderte. Da war zuerst ein reizendes, erdbeerfarbig und weiß gestreiftes Faltenkleid mit weißem Ledergürtel und weißen Hals- und Ärmelgarnituren. Dann kam ein fesches, graues Laufkleid mit dazu passendem Mantel, danach ein dunkelblaues Crêpe-Satin-Kleid, das abwechselnd mit der stumpfen und der glänzenden Seite verarbeitet war. Und zuletzt packte sie ein steingrünes, mit geblümter Seide garniertes, mit einem modernen Glockenrock gearbeitetes Kleid aus. Ganz erschöpft vor Aufregung ließ Herma die Arme sinken und fiel in einen Sessel.

»Also, wenn das kein Märchen ist, dann möchte ich wissen, wie ein solches beschaffen sein soll. Lieber Himmel! Das sind doch Prachtgewänder, wie sie Aschenbrödel von der guten Fee übergeworfen bekam. Mal ganz abgesehen von, nun ja, von dem Märchenprinzen, aber die gute Fee ist entschieden da, und sie ist eine sehr schöne junge Dame mit wundervollem goldbraunem Haar und herrlichen grauen Augen, die wie Perlmutter schimmern. Ja, Fräulein Anita muß eine Fee sein, die extra nach Schloß Lindeck gekommen ist, um mich mit vier solchen Prachtgewändern auszustaffieren. Und zehn Mark pro Stück? Ich wette, da kostet jedes Kleid mindestens hundertfünfzig Mark – wenn es reicht. Ich muß doch mal eben mein neues Abendkleid dagegenhalten, das doch schon vierzig Mark gekostet hat.«

Nach diesem Selbstgespräch sprang sie auf und packte ihr Handköfferchen aus. Sie hielt das schwarze Abendkleid neben die vier Kleider, die ihr Anita so gütig überlassen hatte. Das war freilich ein Unterschied. Gar kein Vergleich! Es sah sehr billig daneben aus, trotzdem es ihr vordem sehr schön erschienen war.

»Aber nun erst mal anprobieren, dann kann man die Pracht doch erst so richtig einschätzen.«

Sie begann eines der Kleider nach dem andern anzuziehen, und zu ihrem Entzücken entdeckte sie in den Kartons auch noch die dazu passenden Strümpfe. Sie jauchzte auf. Und nun betrachtete sie sich mit großen Augen. Sie hätte keine junge Frau sein dürfen, wenn es ihr nicht Freude gemacht hätte, daß die reizenden Kleider ihr so gut paßten, als seien sie für sie angefertigt worden. Sie bot auch in dem einen wie in dem andern einen entzückenden Anblick, und Frau von Seebach hatte nur zu recht, wenn sie zu ihrer Tochter sagte: »Stecke diese Person in elegante Kleider, und du wirst erleben, daß sie eine Schönheit ist.«

Herma fand das freilich nicht heraus. Sie erschien sich überhaupt als Nebensache, sie bewunderte nur die schönen Kleider und hatte ihre Freude daran, daß sie absolut nichts daran ändern mußte.

Aber nun kam das Kopfzerbrechen. Welches dieser Gewänder sollte sie für die heutige Mittagstafel anziehen? Dies Wort weckte einen sehr gesunden Appetit bei ihr, sie lachte in sich hinein und malte sich verlockend aus, was sie wohl heute zu essen bekommen würde. Da sie an der Familientafel teilnahm, würde sie doch wahrscheinlich all die guten Sachen zu essen bekommen, die für die Herrschaften aufgetragen wurden. Und lachend dachte sie an eine Schulkollegin von sich, mit der zusammen sie das Lehrerinnenexamen gemacht und bei ihrer Wirtin das einfache Mittagessen eingenommen hatte. Diese Schulkollegin, ein ebenso lustiges und vergnügtes Menschenkind wie sie selbst, hatte jedesmal, wenn sie sich zu Tische setzte, vor sich hingesagt:

»Bescheidenheit, Bescheidenheit,
verlaß mich nicht bei Tische
Und gib, daß ich zu jeder Zeit,
das beste Stück erwische.«

Daran mußte Herma denken.

Aber dann sprang sie auf und begab sich erst einmal in das kleine Badezimmer nebenan. Und da jauchzte sie wieder auf. Himmel, war das reizend! In dieses Badezimmer war eine Badewanne aus weißen Fliesen eingebaut, und der Fußboden war mit rotgefärbtem Zement ausgegossen. Ein großes Badelaken hing über einer Glasstange, und vor der Wanne lag ein weiß und rot gewürfelter Badeteppich. Das Badezimmerchen war gerade groß genug, um sich genügend darin bewegen zu können, aber sie fand es über alle Begriffe herrlich und komfortabel. Versuchsweise öffnete sie den mit »Warm« bezeichneten Hahn, und sofort lief heißes Wasser heraus. Die Brause funktionierte tadellos. Herma konnte nicht widerstehen, schnell nahm sie ihr erstes Bad in Schloß Lindeck und lief dann übermütig, das Laken wie eine Schleppe hinter sich herziehend, mit wahrhaft königlichem Anstand in ihrem Schlafzimmer auf und nieder. Sie kam sich wie eine Prinzessin aus dem Märchenland vor. Und die Freude an allem, was ihr hier geboten wurde, verjagte den ganzen königlichen Anstand, und mit einem Male überschlug sie sich und tanzte im Zimmer herum. Aber dann stand sie still und hielt sich eine Strafpredigt.

»Du bist ja ganz aus dem Häuschen, Herma Hell; jetzt muß ich doch mal ernsthaft mit dir reden. Benimmt sich so eine behördlich konzessionierte Erzieherin? Solche Narreteien müssen jetzt aufhören, verstanden? Ein paar solide gymnastische Übungen will ich dir noch zubilligen. Dann ziehst du dich schnell an, damit du zur Zeit fertig bist.«

Und mit erzwungenem Ernst führte sie ihre gymnastischen Übungen aus, hing dann das Badelaken fein sorgsam auf, machte die Wanne wieder sauber und öffnete das Fenster. Dann schlüpfte sie in ihre Sachen. Nun aber wurde die Frage akut, welches Kleid sie anziehen sollte. Am liebsten hätte sie das fraisefarbene mit den weißen Streifen und dem weißen Besatz gewählt; die Farbe, die an Erdbeeren mit Sahne erinnerte, hatte es ihr angetan. Aber dieses Kleid erschien ihr doch zu festlich, das mußte man sich zu einer besonderen Gelegenheit aufheben. Das steingrüne mit der blumigen Garnitur wirkte ebenfalls zu festlich, wenigstens für ihre Begriffe. Das graue Complet, Kleid und Mantel zusammen, war mehr für die Straße berechnet. Also blieb nur das dunkelblaue, mit matten und glänzenden Streifen abgenähte, das um Hals und Ärmel eine Spitzengarnitur aufwies.

Das erschien ihr freilich auch noch viel zu kostbar, aber es war wohl das passendste.

Sie schlüpfte hinein, nachdem sie ihr Haar gekämmt und kleidsam um den feinen Kopf frisiert hatte. Ihr helles Blond hatte eine ganz besondere Schattierung, bei der man gleich merkte, daß sie nicht künstlich erzeugt sein konnte. Herma sah entzückend aus in dem hübschen und eleganten blauen Kleid.

Schnell räumte sie nun alles fort, stellte auch die leeren Kartons in den großen Kleiderschrank, der halb für Kleider, halb für Wäsche eingerichtet war, und dessen Tür ein großer Spiegel bildete.

So, nun war sie fertig und harrte der Dinge, die da kommen sollten. Sie stellte fest, daß der Schrank, auch wenn ihr Gepäck von Hannover kam, kaum zur Hälfte gefüllt sein würde. Also die Kartons und ihr Handkoffer hatten bequem noch darin Platz.

Sie nahm sich vor, diese schönen neuen Kleider immer nur bei Tisch und höchstens an den Sonntagen zu tragen.

Während des Unterrichts und in der ihr bewilligten Freizeit wollte sie ihre alten Sachen auftragen. Aber, sie bezog ja ein gutes Gehalt, und würde sie später mal wieder etwas nötig haben, konnte sie sich selbst hübsche Kleider arbeiten lassen, wenn diese selbstverständlich auch nicht so elegant sein würden wie diese vier Gewänder, neben denen nicht einmal ihr neues Abendkleid bestehen konnte.

Aber drollig war es doch, daß ihr die Kleider des Fräulein Anita so famos paßten.

Sie drehte sich noch einmal vor dem Spiegel hin und her und lachte sich vergnügt an.

Plötzlich klopfte es an der Tür, und als sie zum Eintritt rief, stand der alte Franz auf der Schwelle. Zu gleicher Zeit ertönte unten in der Halle der Gong, der zu Tisch rief.

»Ich bin beauftragt, Sie zum Speisesaal zu führen, Fräulein Hell!« sagte Franz.

Herma nickte ihm freundlich zu. »Ich danke Ihnen für Ihre Mühe.«

»Ich tue es gern, Fräulein Hell!«

Franz geleitete Herma den langen Gang hinunter bis zur Treppe. Unten in der Halle führte er sie dann durch ein Vorzimmer in den Speisesaal.

In diesem befanden sich bereits Gunnar und Anita. Es bestand zwischen ihnen eine stille Vereinbarung, daß sie immer etwas früher als die andern sich hier einfanden. So hatten sie einige Minuten, um sich mitteilen zu können, was Dritte nicht zu hören brauchten. Heute hatte Anita Gunnar lächelnd von der jungen Erzieherin erzählt, von deren Frische und Munterkeit und von der reizenden Art, wie sie sogleich die Herzen der Kinder gewonnen hatte.

Ihre begeisterte Schilderung weckte bei Gunnar Interesse für die neue Hausgenossin. Sie sprachen dann über die Zukunft von Anitas Auto, die am Nachmittag erfolgen sollte, und Gunnar teilte mit, er habe für Franz Soltau in dem von ihm selbst bewohnten Seitenflügel eines der leerstehenden Gastzimmer zurechtmachen lassen, da die über der Garage befindlichen Räume nur für die beiden anderen Chauffeure ausreichten. Soltau konnte dann wie Gunnar den Nebeneingang benutzen, da sein Zimmer im Parterre gelegen war. Dieses Erdgeschoß war für sich abgeschlossen, besaß keine Verbindung mit dem Schloß und es konnte nur durch den Nebeneingang betreten werden, während man in die oberen Räume durch den Haupteingang gelangen konnte.

Anita sah Gunnar erfreut an.

»Oh, das ist gut, so braucht mein Chauffeur nicht mit den andern Dienstboten zusammenzukommen. Das wird ihm sehr lieb sein.«

»Das dachte ich ebenfalls und nahm darum an, daß diese meine Anordnung Ihnen genehm sein würde.«

Ohne daß sie wußte, warum, stieg Anita bei diesen seinen Worten das Blut ins Gesicht, aber sie zwang sich, ruhig zu sagen: »Sie haben wieder einmal das Richtige getroffen, Freund Gunnar. Auf Sie kann man sich doch jederzeit verlassen.«

»Sie sollen das auch immer können, Anita.«

Sie reichte ihm die Hand. In diesem Moment trat Herma Hell in den Speisesaal und erblickte die beiden Menschen Hand in Hand am Fenster stehend. Sofort erkannte Herma in Gunnar ihren »Märchenprinzen«.

Mit einem Gruß trat sie näher.

Gunnar war bei ihrem Anblick ein wenig zusammengezuckt. Wohl hatte Anita ihm gesagt, daß die Lehrerin sehr reizend sei, aber nun frappierte ihn Hermas Anblick doch. So viele schöne Frauen er auch schon gesehen hatte, dieses junge Mädchen wirkte gleich beim ersten Sehen so stark auf ihn wie kein weibliches Wesen jemals zuvor. Seine Augen leuchteten auf, als Anita ihn jetzt vorstellte. Impulsiv streckte er Herma die Hand entgegen.

»Darf ich Sie als Hausgenossin begrüßen, Fräulein Hell?«

Unter dem zwingenden Blick seiner schönen Augen legte sie schnell ihre Hand in die seine, und er fragte gleich weiter:

»Hoffentlich gefällt es Ihnen auf Schloß Lindeck?«

Sie atmete tief auf.

»Ach, hier ist es einfach wundervoll. Auf Schritt und Tritt erlebe ich ein Märchen, und ich bin noch benommen von all den neuen Eindrücken.«

Anita lachte.

»Also immer noch in Märchenstimmung?«

Herma sah sie dankbar an.

»Wie kann es anders sein ...«

Und während Gunnar durch den Saal schritt, um einige Sessel herbeizuholen, sagte Herma leise, an ihrem Kleide herabstreichend:

»Bäumchen, rüttle und schüttle dich,
Wirf gold'ne Kleider über mich.«

Anita hatte sie prüfend angesehen.

»Ich sagte Ihnen ja, wir haben eine Figur.«

Und als Gunnar jetzt wieder herbeitrat, stellte sich Anita neben Herma und fragte ihn: »Nicht wahr, Freund Gunnar, wir haben beide dieselbe Figur?«

Gunnar verglich die beiden Damen und neigte lächelnd das Haupt.

»Unbedingt! Und beide blondes Haar. Nur ist das Ihre etwas dunkler, Anita, aber das im Verein mit Ihren grauen Augen ... ein charmanter Kontrast! Aber nicht minder Fräulein Hells lichteres Blond und ihre braunen Augen. Sehr reizvoll, ohne alle Frage!«

Anita lachte.

»Wir wollen großmütig sein, lieber Gunnar, und Ihr Kompliment erwidern. Ihre hellgrauen Augen wirken sehr auffallend in Ihrem gebräunten Gesicht und stehen in famosem Gegensatz zu Ihrem dunkelbraunen Haar.«

Über Gunnars Gesicht huschte ein Lächeln.

»Sie wissen ja nicht, Anita, ob Fräulein Hell auch so großmütig sein will?«

Herma wurde rot unter seinem schelmischen Blick, aber sie faßte Mut und wagte es, diesen auszuhalten.

»Ich kann nur konstatieren, Herr Direktor, daß Sie eine ausgeprägte nordische Erscheinung sind.«

»Meine Mutter war eine Schwedin«, sagte er. Aber von seinem Vater sprach er nicht.

Sie plauderten nun anscheinend unbefangen weiter. Gunnar sagte Herma lächelnd, daß Anita ihm erzählt habe, wie gut sie gleich bei der ersten Bekanntschaft mit den Kindern abgeschnitten habe. Herma atmete froh auf.

»Ich bin sehr glücklich, daß die Kinder reizend sind und ich gleich warme Sympathie für sie gefaßt habe. Somit wird alles leicht gehen. Es ist immer schlimm, wenn man erst Antipathien bezwingen muß, und gewöhnlich sind sowohl Sympathien wie Antipathien gegenseitig. So darf ich hoffen, daß es den Kindern auch nicht allzu schwer fallen wird, sich mir anzuschließen.«

»Darüber kann ich Sie beruhigen. Ich habe bei meiner Heimkehr vorhin Dieter und Hannelore begrüßt. Sie pflegen mir immer aufzulauern, wenn ich aus dem Büro heraufkomme. Und da hörte ich ein begeistertes Loblied auf Fräulein Herma.«

Wieder schoß Herma das Blut ins Gesicht, aber es waren nicht seine Worte, die diese Blutwelle auslösten, sondern der weiche, warme Klang, mit dem er ihren Namen aussprach. Ihr wurde mit einem Mal bewußt, wie schön ihr Name klingen konnte. Die etwas fremdartige Sprechweise im Verein mit dem warmen, sonoren Organ Gunnars hatte diese Wirkung hervorgebracht. Fast erschrocken sah sie zu Anita hinüber. Wenn diese, wie sie annahm, diesen Mann liebte, dann mußte es ihr auf alle Fälle unangenehm sein, daß er den Namen einer andern Frau in dieser Weise aussprach. Aber sie sah in Anitas Augen nur eine restlose Zustimmung. Ob sie ihn vielleicht doch nicht liebte?

Diese Frage löste ein so rebellisches Herzklopfen bei Herma aus, daß sie es wieder einmal sehr nötig hatte, sich ganz schnell und heimlich eine ernste Strafpredigt zu halten. Aber sie kam damit nicht weit, denn nun traten Frau von Seebach und ihre Tochter Inge ein und gleich darauf Kurt von Fuchs. Hinter diesem erschien Fräulein Helene und lieferte die beiden Kinder ab.

Inge nahm gleich Gelegenheit, Herma mitzuteilen, daß in Zukunft sie für das pünktliche Erscheinen der Kinder bei Tisch zu sorgen habe. Herma verneigte sich und nahm sich sogleich der Kinder an, die etwas verschüchtert zwischen den Großen standen. In Gegenwart von Mutter und Großmutter waren sie stets unfrei und in der Fräulein Helenes nicht minder. Und mit Onkel Kurt hatten sie auch nicht viel Gutes im Sinne. Zwar tollte er manchmal mit ihnen im Park umher, wenn er gute Laune hatte, aber es gab andererseits auch gleich Katzenköpfe, wenn er verdrießlich war und man ihm in den Weg lief.

So wußten die Kinder nie, wie sie mit ihm dran waren. Nur »Onkel Gunnar« und Tante Anita waren ihre echten Freunde, und dazu kam nun entschieden noch Fräulein Herma. Und froh vertrauten sich die Kinder deren Führung an.

Frau von Seebach stellte Herma flüchtig ihrem Sohn vor, während sie und Inge erstaunt auf die elegante Erscheinung der jungen Lehrerin blickten. Frau von Seebach sah ihre Tochter an, als wollte sie sagen: Nun, hatte ich nicht recht? Sieh dir diese junge Person an. Sie trägt jetzt ein sehr geschmackvolles und elegantes Kleid und ist bildschön.

Inge konstatierte ärgerlich, daß »diese kleine Lehrerin« wirklich fabelhaft aussah. Sie war aber doch zu eitel und zu arrogant, als daß sie gefürchtet hätte, von ihr ausgestochen zu werden. Ohne weiter auf Herma zu achten, wandte sie sich mit einem liebenswürdigen Lächeln an Gunnar und belegte ihn mit Beschlag.

Dafür wandte sich aber Kurts Interesse intensiv der neuen Hausgenossin zu. Donnerwetter! Ein reizender Käfer! Eine Schönheit geradezu! Die konnte einem über die Langeweile in Lindeck hinweghelfen. Denn seine Mutter hielt es für nötig, daß er längere Zeit hierblieb und, soweit es anging, den Herrn herauskehrte. Man war ja dank der vermaledeiten Vollmacht mehr als angenehm von diesem Direktor Lundström abhängig. Diese Vollmacht machte es einem leider auch unmöglich, sich hinlänglich mit Geldmitteln versehen zu können. Und der Geldverleiher nahm Wucherzinsen. So hatte Kurt beschlossen, in diesem Jahr tunlichst sparsam zu wirtschaften. Wenigstens hatte man jetzt die Gewißheit, ein reicher Erbe zu sein. An eine Fortsetzung seines Studiums dachte er überhaupt nicht mehr.

Aber diese kleine Lehrerin ... Famos, daß so was im Hause war. Alle Wetter, hatte die ein Paar Augen im Kopf. Und zudem sah sie so vergnügt in die Welt, daß man bei ihr sehr wohl auf Gegenliebe rechnen konnte! Die war ganz gewiß keine Spielverderberin.

Bei Tisch ließ Kurt die Augen fast unausgesetzt auf Hermas Gesicht ruhen, was Gunnar sehr wohl bemerkte. Und das gefiel ihm gar nicht. Irgendein beunruhigendes Gefühl erwachte in ihm, und seine Antipathie gegen Kurt verstärkte sich von Minute zu Minute. Er sollte sich hüten, diese junge Dame zu belästigen.

Er war für Inge ein sehr zerstreuter Tischnachbar, und seine Augen flogen durchaus nicht seltener zu Herma hinüber als die Kurts, nur daß in seinen Blicken Achtung und Ehrerbietung lagen, wie er solche allen Frauen entgegenbrachte.

Inge widmete sich Gunnar wiederum mit der intensiven Hingabe, die Anita schon einige Zeit aufgefallen war und die ihr zu denken gab. Sie wußte aber sehr wohl, daß Inge bei Gunnar nichts zu hoffen hatte. Bei dieser hingegen war aus dem Spiel mehr und mehr Ernst geworden. Jetzt interessierte Gunnar sie nicht nur als Sohn ihres Onkels, sondern in erster Linie als Mann. Sie entdeckte plötzlich, wie interessant er war, wie stolz und sicher sein Auftreten und was für eine imponierende Erscheinung er abgab. Das Weib in ihr war nach mehrjähriger Witwenschaft wieder erwacht und verlangte nach dem Mann, obwohl sie im Grunde eine sehr kühle Natur war. Mit dem Herzen hatte wohl auch das, was sie für Lundström empfand, nichts zu tun. Es war mehr Berechnung und ein Aufflammen der Sinne, was sie zu ihm zog.

Gunnar wurde bei alledem etwas unbehaglich zumute. Die kalte, unnahbar hochmütige Inge von früher war ihm lieber gewesen. Inge stand es auch gar nicht, das liebende und werbende Weib zu spielen. Es wirkte unecht. So verhielt sich Gunnar sehr reserviert. Inge aber nahm in ihrer Arroganz an, er wagte nur noch nicht, an sein Glück zu glauben, und sie sagte sich, dieser Widerstand, der seiner Bescheidenheit entspringe, müsse erst überwunden werden. Sie fühlte, sie müsse wahrscheinlich deutlicher werden, um ihm Mut zu machen, um sie zu werben.

Herma beschäftigte sich sehr viel mit den Kindern und sprach mit den andern nur, wenn sie direkt gefragt wurde. Dafür beobachtete sie mit ihren klugen Augen mancherlei.

Dessen ungeachtet gab sie sich den ihr fremden Tafelgenüssen mit großer Andacht hin. Man servierte zuerst eine wunderbare Gemüsesuppe, dann ein Fischragout, das von Frau von Seebach bemäkelt wurde, Herma aber äußerst delikat erschien. Danach wurde ein saftiger Kalbsbraten mit Champignonsoße und Kompott und Salat aufgetragen, und zum Schluß gab es noch eine »himmlische« Süßspeise, die anscheinend aus Schlagsahne und Früchten hergestellt war.

Und das mitten in der Woche! Wie soll denn das am Sonntag werden? So fragte sich Herma. Und wenn sie nicht Gunnar Lundströms Augen etwas irritiert hätten, wäre sie ganz in den Genuß dieser Tafelfreuden versunken. So gut hatte sie in ihrem Leben noch nicht gespeist.

Und es schien niemandem so gut zu schmecken wie ihr. Alle nahmen nur wenig, und so wagte auch sie nicht mehr zuzulangen, was ja vielleicht in Anbetracht ihrer schlanken Taille sehr gut war.

Nur von der Süßspeise – da konnte sie nicht widerstehen –, da nahm sie noch ein zweites Mal, als sie merkte, daß auch Anita und Gunnar noch einmal zulangten. Die Kinder durften nur eine Portion bekommen. Als Herma ihnen auf ihr Bitten noch einmal davon vorlegen wollte, protestierte Frau Inge sehr energisch.

»Die Kinder bekommen von allem nur einmal vorgelegt, Fräulein Hell; bitte, merken Sie sich das«, sagte sie hart und laut.

Herma verneigte sich stumm und schob die leeren Teller der Kinder wieder zurück. Sie hatte sich zum Glück schon das zweite Mal aufgetan, sonst hätte sie das jetzt nicht mehr gewagt.

Verstohlen sah sie zu Gunnar hinüber, der eben seine zweite Portion in Angriff nahm, und sie gewahrte, wie ein ganz leises Lächeln um seinen Mund zuckte. Er hatte Herma die Gedanken von ihrem sprechenden Gesicht abgelesen. Sie bemerkte dieses Lächeln und wußte vor Verlegenheit nicht, wohin sie blicken sollte. Und da trafen ihre Augen in die Kurts, der ihr verstohlen zublinzelte. Sie erschrak und setzte sich steif aufrecht. Es lag gar nicht in ihrem Sinn, sich von diesem ihr sehr unangenehmen Herrn von Fuchs zublinzeln zu lassen. Und auf ihrem Gesicht erschien ein so abweisender Ausdruck, daß Gunnar, der ihn bemerkte, sehr zufrieden mit ihr war. Er nahm sofort an, daß Kurt sie in unangebracht vertraulicher Weise angesehen hatte.

Schnell warf er einen Blick zu Kurt hinüber und bemerkte gerade noch, wie dieser, gleichsam abbittend, die Fingerspitzen zusammenlegte. Darauf reagierte Herma aber nur mit einem stolzen Zurückwerfen des Kopfes und mit fernerer vollständiger Nichtbeachtung Kurts.

Gunnar konstatierte das mit Genugtuung.

Die Unterhaltung bei Tisch war nicht sehr angeregt. Anita erzählte nur, daß heute nachmittag ihr neues Auto ankommen würde und zugleich der neu engagierte Chauffeur. Man brachte dieser Bemerkung wenig Interesse entgegen. Kurt erkundigte sich nur nach der Marke des Wagens und Inge nach der Einrichtung der Karosserie, die Anita begeistert beschrieb.

Dann war auch dieses Thema erledigt. Ganz kurz berichtete Anita noch, ihr Chauffeur sei im Seitenflügel untergebracht; sie hoffe, daß es Mama so recht sei. Diese hatte nichts dagegen; es war ihr zu unwichtig, wo der Chauffeur ihrer Stieftochter wohnte; war diese es ihr doch selbst geworden, seit sie nicht mehr von ihr nach Belieben Geld ziehen konnte. Außerdem fühlte sie sich mit ihren Kindern schon als Herrin von Lindeck. Wohl zuckte zuweilen noch einmal eine heimliche Angst in ihr auf, das verlorengegangene Testament könne doch noch auftauchen, aber diese Angst verblaßte mehr und mehr, da sich niemand als Finder meldete. Keine Ahnung kam ihr, auch Kurt nicht, daß das reizende blonde Mädchen neben Inges Kindern in ihrem Kleiderschrank das gelbe Kuvert noch immer in ihrem Handköfferchen verwahrte. Herma hatte es beim Auspacken ihres Koffers ruhig darin liegenlassen, weil sie nicht wußte, wo sie es sonst verwahren sollte. Hatte sie doch keine Ahnung, wie wichtig dieses gelbe Kuvert für alle Bewohner von Schloß Lindeck war.

## 10

Die Büros, Kellereien und Keltereien der Firma Manfred Hallerstedt lagen am Fuße des Lindecker Schloßberges. Weithin dehnten sich die Gebäude, in denen der ganze Betrieb untergebracht war. Es war ein riesiges Unternehmen. Hier wurde der berühmte Lindecker Schloßabzug aus auserlesen guten Trauben hergestellt. Außerdem wurde in einem der Gebäude Schaumwein fabriziert, der ebenfalls einen sehr guten Ruf hatte. Riesige Weinberge gehörten zu dem Betrieb, denn die Ernte wurde von vielen Weinbauern aufgekauft. Ein Maschinenhaus war vorhanden und ein eigenes Elektrizitätswerk. Tagtäglich schafften große Lastautos Weinkisten zur Bahn. Auch in Fässern wurde der edle Stoff verladen. Und in den Kellereien lagerten besonders feine Marken, bis sie genügend »reif« zum Versand waren.

Seit Jahren schon war Gunnar Kopf und Seele des gesamten Unternehmens, und mit inniger Genugtuung hatte Manfred Hallerstedt beobachtet, wie sein Sohn immer mehr mit dem Werk verwuchs. Jeder im gesamten Betrieb hatte sich längst daran gewöhnt, ihn als die allein maßgebende Instanz anzusehen, und darin änderte sich auch jetzt nichts, obwohl Kurt von Fuchs als Erbe und Rechtsnachfolger des alten Herrn galt. Wußte doch jedes Kind, daß Lundström noch auf Jahre hinaus die Führung des Ganzen in seiner Hand hatte.

Ruhig und unbeirrt ging Gunnar den Weg der Pflicht weiter. Er tat es um so freudiger, seitdem er wußte, daß sein Vater ihn auf den Posten gestellt hatte, auf dem er stand.

Als er an diesem Tag von dem Schloß herabkam, ließ er sich den Chauffeur rufen, der den Sportwagen zu fahren pflegte und außerdem eines der großen Lastautos steuerte. Er hatte ihn schon am Vormittag sprechen wollen, aber Kreiner hatte gerade eine Ladung auf dem Lastauto fortgebracht und wurde erst am Nachmittag zurückerwartet.

Nun war er zurückgekehrt, und Gunnar ließ ihn rufen.

Mit der Mütze in der Hand stand Kreiner vor dem Herrn Direktor. Dieser nickte ihm freundlich zu. Er war gegen alle Angestellten freundlich, und sie hatten ihn alle gern, weil er nie eine Ungerechtigkeit duldete und auch ein Herz für den kleinsten Angestellten hatte.

»Kreiner, ich wollte Sie fragen, ob Sie sich noch genau auf die Fahrt nach Berlin besinnen können am Todestag des Herrn Hallerstedt?«

»Gewiß, Herr Direktor, ganz genau. Die Fahrt kam etwas überraschend, es blieb mir gar keine Zeit, mich vorzubereiten. Es ging alles Hals über Kopf. Nicht einmal genug Benzin konnte ich einfüllen, weil es so schnell gehen mußte. Wir haben unterwegs tanken müssen.«

»Haben Sie die Fahrt sonst noch auf dem Hinweg unterbrochen?«

»Nein, Herr Direktor. Herr von Fuchs schien es sehr eilig zu haben. Er blieb sogar während des Tankens im Wagen sitzen. Ich sollte durchaus neunzig Kilometer fahren. Aber mein seliger gnädiger Herr hatte mir doch verboten, jemals mehr als siebzig Kilometer zu fahren, und Frau von Seebach wollte das auch. Ich habe Herrn von Fuchs zwar nicht widersprochen, habe aber trotzdem die siebzig Kilometer eingehalten.«

»Und was sagte Herr von Fuchs dazu?«

Kreiner lachte ein wenig.

»Er hat es gar nicht gemerkt, denn er versteht nichts davon.«

»Und wann kamen Sie in Berlin an?«

»Gegen zehn Uhr. Herr von Fuchs ließ mir von seiner Wirtin eine kleine Erfrischung reichen, ich hatte auch tüchtigen Hunger und Durst. Aber da Herr von Fuchs ein Telegramm vorfand, das ihm das Ableben des gnädigen Herrn mitteilte, wollte er gleich wieder mit nach Lindeck zurückkommen.«

»Also entschloß sich Herr von Fuchs erst in Berlin zu der Rückfahrt?«

Kreiner stutzte erst einen Augenblick. Dann sagte er nachdenklich:

»Doch wohl! Aber, da fällt mir ein, als er vor seiner Wohnung ausstieg, sagte er so nebenhin: ›Fahren Sie noch nicht weiter, vielleicht brauche ich Sie noch. Sie müssen ja ohnedies erst essen und trinken.‹«

»Wissen Sie genau, daß er sagte: ›Vielleicht brauche ich Sie noch‹?«

»Ganz genau, Herr Direktor, ich wunderte mich darüber, denn ich weiß doch, wie heikel Herr Hallerstedt mit seinem Wagen war, und wußte nicht, ob ich mich damit Herrn von Fuchs noch weiter zur Verfügung stellen dürfte. Ich war mir über diese Frage auch noch nicht ganz klar, als Herr Fuchs mir sagte, daß er ein Telegramm bekommen habe mit der Meldung von dem Ableben des gnädigen Herrn, was mich erschütterte. Er war ja immer ein guter Herr. Aber daß Herr von Fuchs nun gleich wieder mit nach Lindeck zurückkehren wollte, konnte ich schon verstehen.«

Sinnend sah Gunnar vor sich hin. Ihm war cs nur zu klar, daß Kurt schon bei seiner Abfahrt genau gewußt haben mußte, daß sein Onkel tot sei.

Die ganze Fahrt hatte nur den einen Zweck gehabt, das Testament verschwinden zu lassen und den Anschein zu erwekken, daß Kurt bereits vor dem Tode seines Onkels Lindeck verlassen habe.

»Und sonst ist nichts Besonderes mehr geschehen, Kreiner? Als Sie gespeist hatten, sind Sie wieder mit Herrn von Fuchs zurückgefahren?«

»Ja! Das heißt, etwas geschah doch noch, ich weiß aber nicht, ob das für Sie wichtig ist, Herr Direktor.«

»Sagen Sie es mir nur, ich habe besondere Gründe, mich für diese Fahrt des Herrn von Fuchs zu interessieren.«

»Nun, wie ich bei dessen Wirtin in der Küche saß, kam er

plötzlich mit einem sehr blassen und erregten Gesicht zu uns herein und verlangte von mir die Wagenschlüssel. Er habe etwas verloren.«

Gunnar richtete sich gespannt auf. »Verloren?«

»Ja!«

»Wissen Sie, was er verloren hatte?«

»Ich fragte, ob Herr von Fuchs einen Wertgegenstand verloren habe, und wollte mit hinuntergehen, um zu suchen, aber er lehnte das sehr entschieden ab, nahm die Schlüssel und stürmte die Treppe hinunter. Nach einer Weile kam er wieder herauf und gab mir die Schlüssel zurück. Er sah noch immer sehr blaß aus und ... schien sehr ärgerlich zu sein. Ich fragte, ob er das Gesuchte gefunden habe. Er wehrte aber ärgerlich ab. Nein, er habe es nicht gefunden, aber es sei auch nicht so wichtig, es sei eine ganz wertlose Kleinigkeit gewesen, die er nur nicht gerne misse. Ich mußte mich wundern, daß er wegen einer wertlosen Kleinigkeit so blaß geworden war und nicht einfach mich hinuntergeschickt hatte, um im Wagen nachzusehen.«

Kreiners Bericht warf für Gunnar wieder ein eindeutsames Streiflicht auf die ganze Angelegenheit und bestärkte seinen Verdacht. Gar zu gern hätte er gewußt, ob der verlorene Gegenstand, wie er annahm, wirklich das gelbe Kuvert gewesen war. Vielleicht hatte Kurt es in der Hast nicht sorgfältig eingesteckt, vielleicht war es ihm irgendwie entfallen. Allerdings wäre das in seiner Lage ein unverantwortlicher Leichtsinn gewesen, aber Gunnar wußte nur zu gut, wie leichtsinnig Kurt selbst wichtige Dinge zu behandeln pflegte. Warum sollte er nicht auch hierbei leichtsinnig verfahren sein?

Aber gesetzt den Fall, daß das gelbe Kuvert verlorengegangen war, wo sollte man es suchen, wie es zurückerlangen? Das war fast ebenso unmöglich, wie es wieder herbeizuschaffen, wenn es vernichtet worden wäre.

Und selbst wenn es gefunden war, wie sollte es dem Verlierer zurückgegeben werden?

Es fiel ihm plötzlich ein, daß Kurt und seine Mutter in den letzten Tagen sich in auffälliger Weise bemüht hatten, die Post zuerst in die Hände zu bekommen. Glaubten sie vielleicht, es würde eine Anzeige von dem Fund des gelben Kuverts mit der Post einlaufen?

Soviel ihm bekannt war, trug das Kuvert lediglich die Aufschrift: »Nach meinem Tode von dem Direktor meines Betriebes zu öffnen.«

Danach konnte ein etwaiger Finder unmöglich den Verlierer feststellen. Wollte er das, mußte er unbedingt das Kuvert öffnen.

Vielleicht aber war das bereits durch Kurt geschehen ...

Sollte ein etwaiger Finder das getan haben, so scheute er sich vielleicht aus Furcht, in den Verdacht unangebrachter Neugier zu geraten, davor, den Inhalt abzuliefern, oder er hielt das nicht für der Mühe wert, weil er nicht ahnte oder begriff, welchen Wert der Fund für Dritte hatte oder haben konnte.

Schließlich bestand auch noch die Möglichkeit, daß das Kuvert, von niemandem entdeckt oder aufgehoben, in Wind und Wetter verkam.

Alles das ging Gunnar durch den Kopf, als er nach Kreiners Weggang grübelnd vor sich hinstarrte. Oh, daß er klarsehen könnte in der ganzen Angelegenheit! Oh, daß er Gewißheit hätte! Mit Freuden würde er auf das ganze Erbe Verzicht leisten, sähe er sich nur im Besitz des Briefes seines Vaters!

Kreiners Mitteilungen hatten ihn keinen Schritt weitergebracht.

Er trat an das Fenster und erblickte gerade die von Anita erworbene Limousine, die Frank Soltau vorübersteuern wollte. Er öffnete das Fenster und gab ihm ein Zeichen zu halten.

Dann ging er hinunter und trat an den Wagen heran. Franz Soltau war von seinem Führersitz herabgeglitten und erwartete Gunnar in aufrechter Haltung.

»Nun, ist die Fahrt gut verlaufen – alles in Ordnung?«

Soltau verbeugte sich.

»Alles in Ordnung, Herr Direktor. Wohin darf ich den Wagen bringen?«

»Hinauf in die Schloßgarage. Warten Sie, ich komme mit hinauf.«

Gunnar gab schnell in dem großen Büro einige Anweisungen, nahm seinen Hut und ging wieder hinaus. Er nahm neben Soltau Platz und dirigierte, wohin dieser fahren sollte. Die Garage für die Privatwagen lag, sobald die volle Höhe erreicht war, gleich an der aufwärts führenden Straße. Gunnar teilte Soltau mit, daß er nicht in den Chauffeurwohnungen untergebracht sei, da diese schon besetzt seien, und daß man ihn im Seitenflügel installiert habe.

»Ich dachte mir, daß Ihnen das vielleicht lieb sein würde«, sagte er lächelnd.

Soltau verneigte sich. »Ich bin Ihnen dafür zu großem Dank verpflichtet, Herr Direktor.«

»Ich sehe, Sie haben Ihren Koffer gleich mitgebracht. Ich will Sie selbst zu Ihrer Wohnung führen. Nehmen Sie den Koffer mit?«

»Wenn Sie gestatten, ja.«

Soltau stellte zunächst den neuen Wagen an die ihm von Gunnar bezeichnete Stelle in der Garage und nahm dann seinen Koffer heraus. Er hob das ziemlich schwere Gepäck mit elastischer Leichtigkeit auf seine Schultern. Gunnar sah ihm lächelnd zu.

»Das ist eine Ihnen ungewohnte Arbeit, aber man merkt es nicht.«

»Oh, man muß alles einmal zum ersten Mal tun, und wenn mir nichts Schlimmeres beschieden wäre, wollte ich zufrieden sein.«

»Also kommen Sie!«

Gunnar führte Soltau durch das Parktor und gleich hinter dem Schloß herum, damit sie dessen Bewohnern nicht in die Hände zu laufen brauchten. An der Seitenpforte angelangt, betrat er diese zuerst und führte Soltau zu seinem Zimmer. Hier setzte dieser das schwere Gepäckstück mit einem leichten Schwung zu Boden und stand nun wieder abwartend vor Gunnar, die Mütze in der Hand.

»So, Soltau, hier können Sie sich wohnlich einrichten. Ich habe veranlaßt, daß Ihre Mahlzeiten Ihnen hier serviert werden, im Einverständnis mit Fräulein von Seebach.«

Ein leichtes Rot stieg in Soltaus Stirn.

»Auch dafür meinen ergebensten Dank, Herr Direktor.«

Dieser lächelte.

»Ihnen diese Ausnahmestellung einzuräumen, war nur möglich, weil Sie ab heute der Privatchauffeur von Fräulein von Seebach sind, die ja hier gewissermaßen nur als Gast weilt. Sonst hätten Sie mit der andern Dienerschaft zusammen essen müssen.«

»Auch damit hätte ich mich abgefunden, Herr Direktor, aber ich bin Ihnen und dem gnädigen Fräulein sehr dankbar, daß ich das nicht nötig habe.«

»Also installieren Sie sich hier erst einmal, und um vier Uhr lassen Sie sich bei Fräulein von Seebach melden. Sie müssen um das Schloß herum zum Hauptportal gehen. Fräulein von Seebach erwartet Sie zu der angegebenen Zeit.«

»Ich werde pünktlich sein.«

Gunnar nickte ihm zu und verschwand. Frank Soltau stand nun allein in seinem Zimmer. Es war sauber und freundlich eingerichtet, und aus den Fenstern hatte er fast die gleiche Aussicht wie Herma Hell aus den ihren. Tief aufatmend strich er über seine Stirn, als sei ihm zu heiß. Er dachte an das, was seine Schwester ihm gestern gesagt hatte, als er sie nach seinem Engagement besuchte und ihr erzählte, daß er eine Stellung als Chauffeur angenommen habe. Sie hatte schmerzlich aufgeweint und gesagt:

»Das deklassiert dich doch, Frank; wie konntest du mir das nur antun?«

Er hatte geantwortet: »Nach meinem Ermessen hätte es

mich viel mehr deklassiert, hätte ich im Geschäft deines Mannes sozusagen das Gnadenbrot gegessen. Dazu konnte ich mich nicht entschließen, Silva, du mußt mich schon nach meiner eigenen Fasson mit dem Leben fertig werden lassen.«

»Aber mein Mann wird außer sich sein.«

»Auch das kann mich nicht beirren, mir mein Brot auf ehrliche Weise zu verdienen. Ihr könnt übrigens außer Sorge sein, ich werde euch niemals zu nahe kommen, werde euch immer fernbleiben, solange ich eine solche Stellung bekleide.«

»Wie soll ich dich aber dann sehen und sprechen, Frank? Du weißt doch, wie sehr mein Herz an dir hängt. Ich muß dich doch zuweilen wiedersehen dürfen.«

»Dein Mann wird, wie ich ihn kenne, es nicht gestatten, daß ich als schlichter Chauffeur Besuche in eurem Hause mache, ganz abgesehen davon, daß ich dazu wahrscheinlich keine Zeit haben werde.«

Sie war ihm um den Hals gefallen.

»Ich muß dich aber zuweilen wiedersehen, Frank. Wie können wir das nur einrichten?«

Sie hatten zusammen überlegt, daß seine Schwester, solange er in Schloß Lindeck weilen würde, jeden Monat einmal mit einem Rheindampfer von Mainz bis zu der Lindeck am nächsten liegenden Dampferstation fahren solle. Sie würde ihm dann jedesmal auf einer Postkarte oder in einem Brief mitteilen, ob und wann sie abkommen konnte.

»Ich werde mich ganz schlicht kleiden, Frank, und wir treffen dann entweder unterwegs zusammen, oder ich besuche dich, wenn sich das machen läßt, in deiner Wohnung. Du mußt selbstverständlich zunächst das Terrain sondieren. Aber irgendwie treffen wir jeden Monat für einige Stunden zusammen. Ich sage meinem Mann lieber vorher gar nichts davon, damit er es mir nicht erst verbieten kann.«

Bei dieser Verabredung war es geblieben. Als sein Schwager dazugekommen war und vernahm, er habe sich als Chauffeur verdingt und wohin, hatte er ärgerlich mit den Schultern gezuckt.

»Du weißt, daß mir das sehr unangenehm ist, Frank.«

»Ja, das weiß ich, aber ich kann es nicht ändern. Ich kann mich dir nicht als lästigen Brotesser aufhalsen, und eine andere Wahl bleibt mir vorläufig nicht. Ich hoffe ja, einmal wieder emporzukommen, aber vorläufig betrachte ich es sogar als einen Glücksfall, diese Stelle erhalten zu haben, und ich bitte dich, dich ebenfalls damit abzufinden. In Lindeck bin ich ja aus eurer Nähe, und wenn meine Herrin nach Berlin in ihre Villa übersiedelt, kann ich daselbst vollends spurlos für euch untertauchen. Nimm es also nicht tragisch, ich kann es ja auch nicht so nehmen.«

Frank sah sich sein Domizil zunächst einmal daraufhin an, ob er seine Schwester in ihm würde empfangen können. Das Zimmer lag anscheinend ganz isoliert, und der hinter dem Schloß herumführende Weg, den ihn der Direktor mit dem Bemerken geführt hatte, hier würde ihnen niemand begegnen, konnte vielleicht auch von Silva gegangen werden.

Erwies sich das bei näherer Ergründung der Gelegenheit jedoch nicht als angängig, mußte er sich mit der Schwester zwischen Lindeck und der nahen Dampferstation im Wald treffen. Er hatte beim Vorüberfahren dort ein kleines Sommerlokal bemerkt, das nicht sehr frequentiert zu sein schien und vielleicht nur sonntags viel besucht wurde. Dort konnte er dann eine Stunde ungestört mit Silva verplaudern.

Jedenfalls erfüllte es ihn mit Befriedigung und Dankbarkeit zugleich, daß sowohl sein gnädiges Fräulein wie auch Herr Direktor Lundström gewillt waren, ihm hier auf Lindeck nach Möglichkeit eine Sonderstellung einzuräumen.

Er ordnete nun schnell seine Sachen in den Kleider- beziehungsweise Wäscheschrank und stellte sein Rasierzeug, seine Bürsten, Kämme und Toilettengegenstände, die er täglich in Gebrauch nehmen würde, auf einen kleinen Tisch neben dem Waschtisch, der zu seiner Freude kaltes und warmes Wasser lieferte. Das war schon eine große Wohltat. Er besaß aus besseren Tagen eine große Schüssel aus wasserdichtem Stoff, die ihm bei irgendeinem primitiven Unterkommen schon oft die Badewanne hatte ersetzen können. Er brauchte also auf eine tägliche Erfrischung des ganzen Körpers zum Glück nicht zu verzichten. Seine beiden sorglich gehüteten Anzüge hing er säuberlich über den Bügel in den Kleiderschrank und überlegte sich ein wenig beklommen, ob er wohl Livree tragen müsse und wie dieselbe beschaffen sein würde. Mit einem gewissen Galgenhumor sah er sich im Geist auffallend uniformiert am Volant sitzen. Aber dann sagte er sich zum Trost, daß seine schöne blonde Herrin sicherlich so viel Geschmack haben würde, daß sie ihren Chauffeur nicht auffallend kostümierte.

Schnell machte er sich nun fertig. Und fünf Minuten vor vier Uhr stand er vor dem Schloßportal und wurde hier von Franz, der sich schon ganz als Anitas Diener betrachtete und von ihr instruiert worden war, empfangen und nach Anitas Zimmern geführt. Franz war allerdings einen Moment fassungslos, als Frank Soltau sich ihm als Chauffeur des Fräulein von Seebach vorstellte. Er hätte ihn eher für einen Besucher gehalten. Aber ohne eine Miene zu verziehen, bat er ihn, ihm zu folgen.

Anita befand sich im kleinen Salon und erwartete ihren Chauffeur mit einer ihr sonst fremden Beklommenheit. Sie war erst vor wenigen Minuten aus dem Schulzimmer herübergekommen, wo sie eine Weile dem Debüt Hermas als Erzieherin beigewohnt hatte. Es war sehr vergnüglich dabei zugegangen, und die Kinder waren begeistert von dem Beginn des Unterrichts, der ihnen von Herma zunächst in spielerischer Form schmackhaft gemacht wurde.

Nun stand Anita am Fenster ihres kleinen Salons und sah hinab auf den Park. Sie hatte den Kindern und Herma versprochen, nach dem Tee mit ihnen eine Spazierfahrt in ihrem neuen Auto zu unternehmen. Und nun wartete sie auf dessen Lenker und zankte sich selbst aus, daß sie das nicht ohne innere Erregung zu tun vermochte.

Aber als Frank ihr durch den Diener gemeldet wurde, richtete sie sich energisch auf und zwang sich zu einer ruhigen, stolzen Haltung.

Eben trat Frank Soltau über die Schwelle.

»Sie sind also pünktlich eingetroffen?« redete Anita ihn an.

»So ist es, gnädiges Fräulein.«

»Und sind Sie schon gut untergebracht worden?«

»Herr Direktor Lundström war so gütig, mir selbst mein Zimmer zu zeigen.«

»Sie sind zufrieden damit?«

»Sehr ... und sehr dankbar, gnädiges Fräulein.«

Das sagte er mit so warmer Aufrichtigkeit, daß helle Röte in Anitas Gesicht schoß.

»In Berlin werden Sie allerdings die über meiner Garage befindliche Chauffeurwohnung beziehen müssen, aber Sie werden dort ganz allein wohnen.«

»Gnädiges Fräulein nehmen sehr viel Rücksicht auf mich, dafür kann ich nicht dankbar genug sein.«

Sie richtete sich wie in jäher Abwehr auf.

»Ich trage nur den Verhältnissen Rechnung und will nicht vergessen, daß Sie aus einer andern Sphäre stammen.«

Auch er richtete sich straff empor, weil er die Abwehr merkte.

»Trotzdem bitte ich darum, gnädiges Fräulein, sich meinetwegen nicht irgendwelche Mühe zu machen. Ich bin mit Bewußtsein aus meiner Sphäre geschieden und werde alle Konsequenzen tragen.«

Nun überkam sie doch wieder das Mitleid mit diesem Mann, der so tapfer den Kampf mit dem Leben aufnahm.

Und mit einem weichen Lächeln sagte sie:

»Es ist ja so leicht, Ihnen diesen Schritt ein wenig erträglicher zu machen. Und das ist Menschenpflicht.«

»Ich habe schon gemerkt, daß gnädiges Fräulein sehr gütig und großherzig sind.«

»Also, ich wollte mit Ihnen bezüglich Ihrer Dienstkleidung sprechen. Meine gesamte Dienerschaft trägt in Berlin schlichte, dunkelblaue Sakkoanzüge, ohne jedes Abzeichen. Bitte, wollen Sie sich an Adam in Berlin wenden und sich nach Ihren Maßen einen ebensolchen dunkelblauen Sakkoanzug bestellen. Dazu einen Wettermantel in grauer Farbe für kühlere Tage. Das Tragen einer Mütze kann ich Ihnen nicht erlassen, aber Sie können diese auch ganz schlicht in Dunkelblau wählen, so wie sie früher die Offiziere zur See trugen.«

Es zuckte leise in seinem Gesicht. Er fand seine junge Herrin anbetungswürdig in ihrer Güte und hätte ihr das am liebsten gesagt. Aber das durfte selbstverständlich nicht sein. So verneigte er sich nur.

»Ich werde alles nach Ihren Befehlen erledigen, gnädiges Fräulein.«

»Gut! Teilen Sie Adam mit, daß alles auf meine Rechnung hierhergeliefert werden soll, und zwar schnellstens. Bis die Sachen eingetroffen sind, muß ich Sie bitten, Ihre eigenen Anzüge zu tragen. Und nun bedarf ich Ihrer vorläufig nicht mehr. Franz, der Sie herbegleitete, hat Weisung erhalten, in der Küche dafür zu sorgen, daß Sie pünktlich Ihre Mahlzeiten bekommen. Wenn auch Sie den Tee eingenommen haben, bitte ich Sie, den Wagen um halb sechs Uhr vorzufahren, ich will darin mit meinem Neffen und meiner Nichte samt deren Lehrerin eine Ausfahrt machen.«

»Sehr wohl, gnädiges Fräulein!«

Damit war Frank Soltau entlassen. Draußen empfing ihn Franz und führte ihn wieder hinab.

Anita stand unbeweglich mitten in ihrem kleinen Salon und sah auf die Tür, die sich hinter Frank Soltau geschlossen hatte. Dann drückte sie mit einer fast unwilligen Bewegung die Hände aufs Herz und warf den Kopf zurück.

Sie war nicht zufrieden mit sich und wußte doch nicht, warum. Irgend etwas hatte sie aus ihrer Ruhe, ihrem Gleichgewicht gebracht.

Punkt halb sechs trat sie mit Herma Hell, der das Vergnügen an der geplanten Ausfahrt aus den Augen lachte, und den Kindern aus dem Portal. Frank Soltau stand am Wagenschlag und öffnete diesen. Artig half er den beiden Damen beim Einsteigen und hob die Kinder hinein, die ihn und den Wagen neugierig ansahen und sogleich begannen, eine Kritik über beide loszulassen.

»Oh, der Wagen ist fein, Tante Anita, er ist viel blanker als der von Großmama.«

»Aber dein Chauffeur sieht wie ein Herr aus!«

»Sieh doch nur, Hannelore, hier ist sogar ein Schirmständer drin!«

»Und die Kissen sind viel weicher, hach ... in denen versinkt man ja beinahe!«

So sprudelten sie hervor.

Herma wollte sich auf einen der kleineren Klappsessel setzen, aber Anita zog sie neben sich.

»Auf denen können die Kinder sitzen, Fräulein Herma!«

Franz überzeugte sich zunächst, ob die Damen und die Kinder bequem untergebracht seien; dann fragte er:

»Wohin befehlen gnädiges Fräulein zu fahren?«

Anita nannte ihm einen Ausflugsort. Der Weg dahin führte durch den Wald. Sie brauchte ihn nicht näher zu bezeichnen, Frank kannte ihn. Mit einer Verbeugung trat er zurück und nahm am Steuer Platz. Langsam fuhr er an und den Berg hinunter. Der Wagen federte vorzüglich, man spürte kaum eine Erschütterung, zumal auch der Weg sehr gut war. Anita blickte über die Köpfe der Kinder hinweg auf ihren Chauffeur. Sein schmaler rassiger Kopf mit der freien, stolzen Haltung hielt ihren Blick fest. Die breiten Schultern und die ruhigen kraftvollen Bewegungen fielen ihr auf. Und nun sagte Herma neben ihr:

»Die Kinder haben recht, Fräulein Anita, Ihr Chauffeur sieht wie ein Herr aus.«

Ein leichtes Rot huschte über Anitas Gesicht.

»Er ist auch ein Herr! Die Not der Zeit hat ihn aus seiner angestammten Sphäre gedrängt. Er konnte sein Studium als Ingenieur nicht beenden und mußte, der Not gehorchend, diese Stellung annehmen.«

»Ach, der Ärmste! Es geht ihm wie so vielen. Aber er kann sich immerhin glücklich schätzen, daß er gerade bei Ihnen Stellung erhielt; ich weiß, daß Sie ihm diese leicht machen werden.«

»Das ist Menschenpflicht!«

»Oh, wie wenige Menschen üben solche Pflichten aus.«

»Tante Anita, dein neuer Wagen geht wie Öl! Darf ich auf der Rückfahrt beim Chauffeur sitzen?« fragte Dieter.

»Möchtest du das so gern, Dieter?«

»Oh, furchtbar gern!«

»Du hast das aber doch sonst nie verlangt?«

»Tja, bei Großmamas Chauffeur mag ich nicht sitzen, der gefällt mir nicht. Aber deiner gefällt mir.«

»Nun, so wirst du ihn fragen müssen, ob er es dir erlaubt, neben ihm zu sitzen.«

»Hat der darüber zu bestimmen?«

»Ganz gewiß, der Platz am Volant gehört ihm.«

»Gut, dann werde ich ihn fragen.«

Nun erkundigte sich Hannelore, warum der Chauffeur wie ein Herr aussähe und keinen Chauffeuranzug trage.

»Wir müssen erst von Berlin einen neuen schicken lassen, Hannelore.«

»Was denn für einen?«

»Einen dunkelblauen, wie die Dienerschaft in meiner Villa in Berlin sie trägt.«

»Gehen wir im Winter wieder mit dir nach Berlin?«

»Das weiß ich noch nicht, darüber entscheiden Mama und Großmama.«

»Aber die Villa in Berlin gehört doch dir.«

»Das wohl, aber Mama und Großmama sind dort meine Gäste, sooft und solange sie wollen.«

»Ah, ich weiß, warum!« rief Dieter.

»Nun?«

»Weil dir die Villa zu Unrecht gehört; Großmama sagte mal zu Mama, wenn es gerecht zugegangen wäre, würde die Villa in Berlin ihr gehören.«

Herma sah Anita erschrocken an, aber diese lächelte nur. Sie wußte sehr wohl, daß ihre Stiefmutter der Ansicht war, daß eigentlich sie das Anita zukommende Erbe hätte antreten müssen. Und sie sagte nur ruhig:

»Darüber ist Großmama im Irrtum, die Villa in Berlin habe ich von meiner Mutter geerbt, der sie gehörte.«

Sie setzte das den Kindern nicht weiter auseinander, fügte aber, nur für Herma verständlich, hinzu:

»Meine Stiefmutter war sehr enttäuscht, als sie nach dem Tode meines Vaters erfuhr, daß aller Reichtum nur mir gehörte, weil mein Vater nur auf Lebenszeit die Nutznießung davon hatte. Das hat viele Unannehmlichkeiten für mich im Gefolge gehabt. Meine Stiefmutter hat sich nur schwer damit abfinden können und trägt es mir immer noch nach.«

»Aber Sie sind doch ganz unschuldig daran.«

»Danach geht es nicht immer.«

Herma hatte schon bei Tische bemerkt, daß Frau von Seebach und Frau von Holst Anita wenig liebevoll behandelten. Und sie dachte bei sich:

Reichtum allein macht doch nicht glücklich.

Aber Anita schlug schnell ein anderes Thema an, und bald herrschte ein lebhafter, vergnügter Ton in dem neuen Auto. Frank hörte zuweilen, trotzdem die halbrunden Fenster zwischen seinem Platz und dem Innern des Wagens geschlossen waren, ein helles, übermütiges Lachen, und er freute sich darüber.

Am Ziel der Ausfahrt angekommen, hielt er den Wagen an,

und die Damen bestiegen hier einen Aussichtsturm mit den Kindern.

Die beiden Frauenstimmen und das lebhafte Geplauder der Kinder schallten zu ihm herab, während er sinnend neben seinem Wagen stand und in das vom Rhein durchströmte Tal hinabsah. Als die Damen mit den Kindern wieder herunterkamen, stellte sich Dieter vor ihn hin.

»Herr Chauffeur, wollen Sie mir erlauben, auf der Rückfahrt neben Ihnen am Steuer zu sitzen?«

Franz sah zu Anita hinüber, als müsse er ihre Erlaubnis dazu einholen, und sie nickte ihm lächelnd zu.

»Gewiß werde ich das erlauben, kleiner Herr!«

»Ich heiße Dieter, nicht ›kleiner Herr‹.«

»Gut, Dieter, so steig hier ein.«

Er öffnete den Wagenschlag am Steuer, wo Dieter sitzen sollte. Dieser kletterte hinein, und Frank schloß den Schlag. Dann half er wieder den beiden Damen beim Einstiegen und hob Hannelore hinein.

Zuletzt nahm er selber am Volant Platz, und Dieter hatte nun eine Menge Fragen an ihn zu richten. Der kleine Mann interessierte sich lebhaft für den Autosport und wollte sich genau informieren. Bereitwillig gab Frank ihm Auskunft, denn der kleine Schlingel machte ihm Spaß.

Allerseits befriedigt von dieser ersten Ausfahrt in Anitas neuem Wagen kam man wieder in Lindeck an.

Dieter war geradezu begeistert von seinem »Freund«, dem Chauffeur, und fuhr noch mit ihm in die Garage zurück. Frank brachte ihn dann bis zum Schloßportal, wo er ihn an Franz ablieferte.

Frank Soltau war mit seiner Stellung sehr zufrieden, nur fehlte es ihm an Beschäftigung. Wenn es viel war, fuhr er seine Herrin zweimal am Tag aus. In der Zwischenzeit hatte er nichts zu tun, zumal der Wagen vom Wagenwäscher in Ordnung gebracht und sehr gut gehalten wurde. Nach einigen Tagen bat er Anita, ihm doch irgendeine Beschäftigung zu geben, er wolle doch für sein Gehalt etwas leisten. Sie sah ihn nachdenklich an und sagte dann schnell:

»Bitte, sprechen Sie darüber mit Herrn Direktor Lundström, er wird vielleicht irgendwelche Verwendung für Sie haben.«

So ging Frank am Nachmittag ins Büro hinunter zu Direktor Lundström. Dieser hatte aber im Moment keine Zeit.

»Ich muß jetzt ins Maschinenhaus hinüber, da ist etwas an den Motoren nicht in Ordnung. Wir haben schon nach einem Ingenieur telefoniert.«

Frank sah ihn mit gespannten Zügen an.

»Würden Sie mir gestatten, das Maschinenhaus zu besichtigen?«

»Selbstverständlich, gern, kommen Sie gleich mit. Was Sie mir dann zu sagen haben, kann geschehen, wenn der Ingenieur die Sache in Ordnung gebracht hat.«

Soltau folgte Gunnar in das Maschinenhaus und fand dort schon den herbeigerufenen Ingenieur und einige Arbeiter um einen der Motoren versammelt. Interessiert trat er mit heran. Der Ingenieur, ein junger, blaßblonder Mensch mit nicht sehr intelligentem Gesicht, bastelte ratlos an dem Motor herum und konnte nicht finden, was ihn zum Stillstand gebracht hatte. Frank Soltaus Augen hefteten sich brennend auf den Motor. Wenn er auch sein Studium als Maschineningenieur nicht hatte beenden können, so hatte er doch all die Jahre seit dem Verlassen der Hochschule sein Wissen durch fleißiges Selbststudium bereichert. Er war auch einige Zeit als Arbeiter in einem Betrieb gewesen, um sich praktische Kenntnisse anzueignen. Und er wußte sehr wohl, daß er jederzeit sein Examen würde machen können, wenn er nur das nötige Geld dazu hätte beschaffen können. Seine Absicht ging dahin, sich von seinem Gehalt zu sparen, was er entbehren konnte, um sein Studium eines Tages doch noch offiziell abschließen zu können.

Sofort merkte er, daß der kleine blonde Ingenieur kein großes Licht war, und nachdem dieser sich vergeblich bemüht hatte, den Motor wieder in Ordnung zu bringen, trat Frank an Gunnar heran:

»Herr Direktor, würden Sie mir gestatten, zu versuchen, den Schaden zu beheben?«

Gunnar stutzte, sah ihn forschend an und merkte, wie Frank der Eifer und das Interesse aus den Augen leuchtete.

»Gut, versuchen Sie Ihr Heil!« sagte er und trat zurück, um ihn an den Motor heranzulassen.

Frank Soltau hatte Glück, nach einer halben Stunde war der Schaden kuriert, und der blonde Ingenieur durfte wieder nach Köln zurückkehren, ohne einen Erfolg verzeichnen zu können.

Einer der höheren Beamten, der ebenfalls sorgenvoll den Motor mit umstanden hatte, sagte zu Gunnar:

»Es wird wohl nichts übrigbleiben, Herr Direktor, als daß wir, wie es Herr Hallerstedt schon in Erwägung gezogen hatte, einen tüchtigen Ingenieur für dauernd anstellen. Störungen wie diese kommen leider oft genug vor und halten den Betrieb immer zu lange auf. Wir haben einen ganzen Tag eingebüßt. Und die herbeigerufenen Ingenieure kosten auch Geld, und wenn sie überhaupt etwas erreichen, dann hält es meistens nicht lange vor. Sie sehen, ein einfacher Chauffeur wußte besser Bescheid als der Kölner Herr.«

Gunnar sah sich lächelnd nach Soltau um, der dabeistand.

»Dieser einfache Chauffeur ist nun allerdings ein halber Ingenieur ... wer weiß, vielleicht sogar ein ganzer. Sie haben uns aus einer großen Verlegenheit geholfen, Soltau. Und Sie scheinen mir in der Tat sehr tüchtig zu sein im Maschinenfach.«

»Ich habe in aller Stille mein Studium weiter fortgesetzt, Herr Direktor, und ich hoffe allerdings, nicht mehr weit von einem fertigen Ingenieur entfernt zu sein.«

Gunnar Lundström sah ihn nachdenklich an. Dann wandte er sich zu dem Beamten.

»Wir wollen das mit der Einstellung eines Ingenieurs in Erwägung ziehen und sprechen noch darüber.«

Sie sahen nun alle drei eine Weile zu, wie der Motor wieder tadellos seine Dienste verrichtete. Dann sagte Gunnar zu Soltau:

»Ich habe jetzt einen Rundgang durch sämtliche Arbeitsräume vor, vielleicht interessiert es Sie, sich anzuschließen und sich einmal bei uns umzusehen. Was Sie mit mir zu besprechen haben, kann nachher geschehen.«

Soltaus Augen glänzten auf.

»Ich würde mich sehr freuen, Herr Direktor, den Betrieb kennenzulernen.«

So führte Gunnar ihn überall herum, durch die Keltereien und durch die weiten, gut gelüfteten und wohltemperierten Keller. Überall gab es für Soltau etwas zu lernen. Als er mit Gunnar in einem der großen Keller vor mehreren Riesenfässern stand, sagte dieser:

»Das sind momentan unsere Sorgenkinder, diese drei Faßriesen. Sehen Sie, die haltenden Stützen beginnen morsch zu werden. Das Unterschieben von neuen ist unbedingt notwendig, aber diese Fässer dürfen nicht einen Moment aus ihrer Lage gebracht werden. Wir sind nun in Sorge, daß die Stützen brechen können, denn das würde uns unberechenbaren Schaden bringen.«

Frank Soltau sah sich die Fässer genau an, betrachtete die Stützen und beschaute die Decke und die Wände.

»Es würde sich also darum handeln, die Fässer so weit emporzuheben, daß man neue Stützen unterschieben könnte.«

»Ganz recht, aber dabei dürfen eben die Fässer nicht im geringsten aus ihrer Lage kommen; der Inhalt dürfte in keiner Weise aufgerührt werden, und das eben ist nicht möglich.«

Sie gingen weiter, Soltau mit einem sehr nachdenklichen Gesicht.

Als sie den Rundgang beendet hatten, begaben sie sich beide in das Büro des Direktors.

Hier reichte Gunnar Soltau eine Zigarre und zündete sich selbst eine an.

»So, nun sagen Sie mir, was Sie auf dem Herzen haben. Fräulein von Seebach hat schon heute mittag mir gegenüber geäußert, daß Sie mich aufsuchen würden. Ich konnte nur nicht weiter mit ihr darüber sprechen.«

»Ja, Herr Direktor, das gnädige Fräulein verwies mich an Sie. Ich habe ihr gesagt, ich hätte viel zuviel freie Zeit. Im ganzen bin ich höchstens drei Stunden am Tage tätig. Das ist mir zuwenig.«

»Nun, dann bleibt Ihnen um so mehr Zeit zu Ihrem Selbststudium.«

»Ja, aber dafür werde ich nicht bezahlt, Herr Direktor. Mein Selbststudium kann ich in meinen Freistunden betreiben. Aber bei dem guten Gehalt, das ich beziehe, fühle ich mich verpflichtet, mehr zu leisten. Und als ich das Fräulein von Seebach sagte, meinte sie, ich möchte mich an Sie wenden, vielleicht hätten Sie Arbeit für mich.«

Gunnar lächelte.

»Nun, wir haben Ihnen ja gleich Arbeit gegeben.«

»Das war nur eine zufällige Gelegenheit. Fräulein von Seebach fährt meistens vormittags zwischen elf und zwölf aus, und nachmittags zwischen fünf und sieben. In der übrigen Zeit bin ich unbeschäftigt. Hätten Sie nicht etwas für mich zu tun?«

Längst schon hatte Gunnar Soltau beobachtet. Als er ihn vorhin am Motor so geschickt und sicher hantieren sah, hatte er sehr wohl gemerkt, daß er viel mehr verstand als der Kölner Ingenieur. Und ihm selbst war es auch schon durch den Kopf gegangen, daß man eine Kraft einstellen müsse, die den ganzen maschinellen Betrieb unter Kontrolle zu halten hätte. Wie nun, wenn er diesen jungen Mann einstellte ... vorläufig erst einmal zur Probe? Dazu genügten seine Freistunden vollkommen. Man konnte sehen, ob er wirklich gut zu brauchen und ob er wirklich so tüchtig war, wie es den Anschein hatte.

Eine Weile sah er Frank forschend an, als wolle er ergründen, ob er damit nicht nur ein gutes Werk tun, sondern auch dem Betrieb eine wertvolle Kraft zuführen würde. Und er dachte weiter, auf diese Weise könnte man Soltau zu einer besseren Lebensstellung verhelfen. Er schien es zu verdienen. Freilich, dann würde Anita einen unstreitig tüchtigen Chauffeur los. Aber wie er sie kannte, würde sie sich nicht einen Moment besinnen, ihm die Aussicht zu einer besseren Stellung zu eröffnen. Sie schien ja überhaupt großes Interesse an diesem jungen Mann zu nehmen.

Er wandte sich Soltau wieder zu.

»Zu tun hätte ich allerlei für Sie, denn Sie scheinen sehr anstellig und tüchtig zu sein. Davon habe ich mich vorhin selbst überzeugt. Ich will gelegentlich mit Fräulein von Seebach darüber sprechen, inwieweit wir über Ihre Zeit verfügen können. Die andern Chauffeure müssen ja in ihrer Freizeit unsere Lastautos fahren.«

»Dazu wäre ich selbstverständlich auch gern bereit, Herr Direktor.«

Gunnar lächelte. »Nun, ich weiß vielleicht eine Arbeit für Sie, die Ihnen mehr zusagen dürfte. Machen Sie sich doch in unserm Maschinenhaus nützlich. Da ist für Leute Ihres Schlages immer etwas zu tun.«

Soltaus Augen blitzten auf.

»Dürfte ich das? Es wäre mir sehr interessant.«

»Das dachte ich mir. Ich werde Weisung geben, daß Sie jederzeit ungehindert im Maschinenhaus aus und ein gehen können, und daß man sich immer an Sie wenden soll, wenn irgend etwas nicht in Ordnung ist. Sie können dabei die Leute zugleich ein wenig kontrollieren. Ich halte Sie für absolut zuverlässig. Vorläufig wollen wir dieses Abkommen einmal für eine Probezeit abschließen. Danach wollen wir weitersehen. Ich möchte Ihnen gern voranhelfen.«

Soltaus Augen strahlten.

»Ich bin Ihnen vielen Dank schuldig, Herr Direktor!«

Gunnar reichte ihm schnell mit warmem Druck die Hand.

»Sie interessieren mich, Soltau, und ... als Chauffeur sind Sie nicht am rechten Platz. Vielleicht findet sich einmal ein anderer für Sie, aber das soll vorläufig ganz unverbindlich sein. Ich will Fräulein von Seebach nicht um ihren tüchtigen Chauffeur bringen und muß erst mit ihr sprechen.«

Soltau hatte den Druck von Gunnars Hand ebenso fest zurückgegeben.

»Wo Sie mich auch hinweisen werden, Herr Direktor, glauben Sie mir, ich werde meinen Mann stehen.«

»Das weiß ich. Und nun muß ich Sie fortschicken, ich habe zu tun. Also, hier haben Sie einen Passierschein für das Maschinenhaus, ich spreche noch selbst mit dem Werkführer.«

Er schrieb schnell einige Zeilen auf und übergab sie Soltau.

Dieser verneigte sich und ging.

Er begab sich gleich noch einmal in das Maschinenhaus hinüber und betrachtete mit Kennerblicken sämtliche Motoren. Und dann dachte er wieder an die Fässer, die neue Stützen bekommen sollten. Wie konnte man die emporheben, ohne sie zu erschüttern?

## *11*

Es war am nächsten Vormittag kurz vor Tisch. Gunnar kam vom Büro herauf und wollte noch einen kleinen Spaziergang durch den Park machen, da er noch eine Viertelstunde Zeit hatte. In tiefes Sinnen verloren, schritt er die gutgehaltenen Parkwege entlang. Er dachte wieder einmal darüber nach, wie er sich in der Erbschaftsangelegenheit zu verhalten habe. Sein Verdacht, daß Kurt und seine Mutter sehr wohl um das Verschwinden des Testaments wußten, hatte sich immer mehr verdichtet. Er hatte, seitdem er den Chauffeur Kreiner verhört hatte, seine Beobachtungen fortgesetzt und festgestellt, daß entweder Kurt von Fuchs oder seine Mutter täglich die Posttasche öffneten und die Post austeilten. Auch hatte er durch Franz gehört, es sei Befehl gegeben worden, jeden fremden Besuch ausschließlich Frau von Seebach oder Herrn von Fuchs zu melden.

Er hatte mit Anita über das gesprochen, was er von Kreiner in Erfahrung gebracht hatte, und auch Anita war jetzt ganz fest davon überzeugt, daß ihre Stiefmutter und ihr Stiefbruder das Testament hatten verschwinden lassen. Gunnar hatte ihr gesagt:

»Ich nehme an, daß Kurt das gelbe Kuvert oder dessen Inhalt ganz oder teilweise verloren hat. Ist das der Fall, so wäre er selbstverständlich leicht zu überführen.«

»Aber wie?« hatte Anita gespannt gefragt.

»Sehr einfach. Man brauchte nur einen Brief nach Lindeck zu schicken mit einem etwas geheimnisvollen Inhalt, der das Testament betrifft oder nur von verlorenen Papieren spricht. Man müßte um postlagernde Antwort bitten und eine Belohnung verlangen. Ich wette, dieser Brief würde von Kurt oder seiner Mutter geöffnet werden, wenn auch die Anschrift nicht direkt an sie gerichtet wäre. Eine Antwort dürfte ebenfalls nicht ausbleiben.«

Anita sah ihn an.

»Würde Ihnen das genügende Gründe in die Hand geben, vorgehen zu können?«

»Immerhin nur, wenn ich die Öffentlichkeit nicht scheuen würde. Das tue ich aber, aus Pietät für meinen Vater. Aber ... ich könnte mir auf diese Weise wenigstens Gewißheit verschaffen, ob unser Verdacht begründet ist, und ob Testament und Brief vernichtet sind. Sind sie das, dann wird nicht auf dieses Schreiben geantwortet werden. Man müßte selbstverständlich Maschinenschrift wählen.«

»So tun Sie es doch, Gunnar, tun Sie es!«

»Ich will es mir überlegen, Anita; vielleicht greife ich wirklich zu dieser List, um mir Gewißheit zu verschaffen.«

Er hatte es bisher noch nicht getan, aber auch jetzt, beim Durchschreiten des Parkes, grübelte er wieder darüber nach, wie dieser Brief wohl abgefaßt werden müßte.

Plötzlich entriß ihn etwas seinen Grübeleien. Er hörte lauten Kinderjubel und danach eine warme, weiche Frauenstimme. Diese kannte er bereits. Sie klang immer so frisch und klar, daß sie sich ihm längst schon ins Herz geschmeichelt hatte. Es war die Stimme Herma Hells, und er wußte somit, daß sie mit den Kindern im Park weilte. Unwillkürlich leiser auftretend, ging er dem Klang dieser Stimme nach. Und gleich darauf sah er durch ein Gebüsch auf einem sonnenbeschienenen Platze Fräulein Hell an einem runden Steintisch stehen, während die Kinder kleine Kieselsteine herbeitrugen.

»So, jetzt ist es genug, nun kommt her, wir wollen die Steine aufmarschieren lassen.«

So sagte Herma Hell, und er konnte ihr reizendes, frohes Gesicht ganz deutlich sehen. Nun erblickte er auch die Kinderköpfe am Tisch. Er sah interessiert zu, wie Herma mit den kleinen Kieselsteinen hantierte, sie in Gruppen sortierte und auseinanderschob.

»So, jetzt wollen wir sehen, wie viele Steine zu jeder Gruppe gehören; du zählst eine nach, Dieter, und du eine andere, Hannelore!«

Die Kinder zählten nacheinander die Steine einer Gruppe. Die Hannelores zählte sechzehn Steine und die Dieters neunzehn.

»So, nun möchte ich gern wissen, wie viele Steine das zusammen sind«, sagte Herma.

»Oh, das werden wir gleich haben, Fräulein Herma. Ich zähle zu meinen neunzehn Steinen die sechzehn von Hannelore hinzu.«

»Richtig! Wie klug du bist, Dieter!«

»Ich auch!« rief Hannelore ehrgeizig.

»Gewiß, du kommst dann auch dran, Hannelore. Erst einmal Dieter!«

Und Dieter zählte und brachte auf die Art richtig heraus, daß neunzehn und sechzehn fünfunddreißig ergeben.

Darauf zählte Hannelore zwei Gruppen zusammen, aus dreizehn und einundzwanzig Steinen und kam zu dem Ergebnis, daß dies vierunddreißig Steine ausmache. Dann wurden andere Experimente gemacht. Die Kinder lernten auf diese vergnügliche und gar nicht anstrengende Weise addieren, subtrahieren und dividieren und waren eifrig bei der Sache. Es wurde dabei viel gelacht, und die Kinder blieben in Bewegung und in der frischen Luft.

Gunnar aber konnte seinen Blick nicht losreißen von Herma Hells reizendem Gesicht. Sie hatte keine Ahnung, daß sie beobachtet wurde, sie fühlte sich mit den Kindern ganz allein, und alles an ihr war echt und ungekünstelt. Er hatte sie in diesen Tagen bei den Mahlzeiten viel beobachtet und hatte sich gefreut an ihrer reinen Menschlichkeit. Es wurde ihm immer klarer, daß er noch nie einer Frau begegnet war, an der alles so wahr und klar, so lebensfrisch und echt war wie an ihr. Nie zuvor war der Wunsch in ihm aufgestiegen, diese oder jene Frau für das Leben an sich zu fesseln, nicht einmal Anita, die er doch sehr gern hatte und hoch verehrte. Allein diese kleine Lehrerin ließ diesen Wunsch leise in seinem Herzen rege werden. Einen solchen Lebenskameraden zu besitzen – so eine Frau an seiner Seite zu haben ... wie schön mußte das sein!

Er stand lange Zeit wie gebannt da und sah durch das junge Blattgrün des Gebüschs in ihr Gesicht, auf das leuchtende Blondhaar, auf die ganze liebreizende Erscheinung. Endlich merkte er, daß er seinen Lauscherposten aufgeben mußte, denn Herma sagte soeben:

»So, nun wollen wir alle die hübschen Steine, die uns soviel gelehrt haben, wieder zu ihren Kameraden hinuntergeben. Sie haben sich vielleicht schon gefürchtet, daß sie allein hier oben zurückbleiben könnten. Schnell, wir wollen sie von dieser Furcht erlösen, und dann heißt es hineingehen und die Finger gut waschen, da wir dann zu Tisch gehen müssen.«

Anscheinend ruhig trat Gunnar nun wieder auf den Weg und schritt weiter, so daß er ihr und den Kindern sichtbar werden konnte. Die Kinder eilten auf ihn zu.

»Onkel Gunnar! Ach, Onkel Gunnar, weißt du, wieviel zwölf und siebzehn ist?« fragte Dieter, ihn umfassend.

Gunnar lachte.

»Oh, ich denke, du wirst es mir sagen können.«

»Ja, zwölf und siebzehn ist neunundzwanzig.«

»Ha, aber weißt du vielleicht, wie oft man drei aus zwölf machen kann, Onkel Gunnar?« fragte Hannelore.

Er sah lachend zu Herma hinüber und legte sehr nachdenklich den Finger an die Nase.

»Da muß ich mich erst lange besinnen«, sagte er.

Hannelore hüpfte an ihm empor.

»Oh, ich weiß es aber gleich, viermal kann ich drei von zwölf nehmen.«

»Mir scheint, Fräulein Hell, ich bin gerade zur Zeit gekommen, um die Ergebnisse einer Rechenstunde zu erfahren?«

Herma hatte ihren »Märchenprinzen« etwas verlegen angesehen und mußte sich zur Unbefangenheit zwingen.

»Ja, wir haben heute die Rechenstunde im Freien abgehalten, die Sonne schien so schön. Aber nun wollen wir hinein und uns zurechtmachen.«

»Gestatten Sie, daß ich mich anschließe, ich habe nur schnell ein wenig frische Luft geschöpft.«

Herma verneigte sich zustimmend, ohne etwas zu erwidern. Und dabei hielt sie sich wieder einmal eine Moralpredigt:

Du dummes Ding, weshalb bist du denn so verlegen? Hast du noch nie mit einem Mann gesprochen? Warum klopft dir denn das Herz bis zum Hals hinauf? Und rot bist du wahrscheinlich auch noch geworden. Aber das kommt bloß von deinen Narreteien, du denkst immer nur daran, daß du ihn beim ersten Erblicken einen Märchenprinzen genannt hast. Das will dir nicht aus dem Kopf, und darum benimmst du dich wie ein Gänschen. Und vor allem vergiß nicht ... dieser Mann ist tabu für dich; Fräulein Anita hat ihn lieb. Da hat dein dummes Herz gar nichts zu klopfen, verstanden!

»Ich hoffe, die Kinder machen Ihnen nicht viele Schwierigkeiten?«

So fragte Gunnar in diese ihre Gedanken hinein.

Sie gab sich einen Ruck und vermochte nun wieder ganz ruhig zu sein oder wenigstens so zu scheinen.

»Schwierigkeiten habe ich bisher gar nicht zu überwinden gehabt, meine Schüler machen mir nur Freude. Sie begreifen leicht und lernen gern.«

»Das ist kein Wunder, wenn ihnen alles so leicht gemacht wird. Fräulein von Seebach hat mir erzählt, wie gut Sie es verstehen, den Unterricht immer zu einem Fest für die Kinder zu machen.«

Sie konnte es nicht hindern, daß bei diesen seinen warmen Worten das Blut erneut in ihr Gesicht schoß.

»Ich habe es immer für dic höchste und edelste Pflicht des Lehrers gehalten, seinen Schülern das Lernen lieb und leicht zu machen. Man muß vermeiden, einen Zwang auf Kinder auszuüben. Das geht allerdings nur bei gutartigen und begabten Kindern, und ich hatte das Glück, solche zu Schülern zu bekommen. Ich ... ich bin überhaupt ein Glückskind!«

Die letzten Worte brachen wieder in all ihrer Munterkeit über ihre Lippen.

Mit einem warmen Blick sah er sie an.

»Das können sehr wenige Menschen von sich sagen, aber noch wenigere werden das eingestehen.«

»Oh, wenn man sich glücklich fühlt, soll man das auch dankbar eingestehen, damit das Glück die nötige Anerkennung findet. Es müht sich dann um so lieber für einen.«

»Also Bestechungsversuche?« neckte er.

Sie lachte.

»Vielleicht! Aber, kann ich dafür, daß mir die Welt so unaussprechlich gut gefällt?«

Er sann nach.

»Das habe ich schon einmal gehört ...«

Sie nickte.

»Wahrscheinlich haben Sie einmal das Bühnenstück ›Der Talisman‹ von Fulda gesehen oder gelesen. Rita, die Korbmacherstochter, sagt darin:

›Und Himmel und Erde laden mich ein
Zum Glücklichsein!
Kann ich dafür, daß mir die Welt
So unaussprechlich gut gefällt?‹

Ich kann freilich nicht verbürgen, ob ich wörtlich zitiere, aber ungefähr so spricht die immer zufriedene Rita. Und vielleicht habe ich von ihr gelernt, immer zufrieden zu sein.«

»Eine große und herrliche Gabe.«

»Für die ich meinem Schöpfer nicht genug danken kann.«

»Wie gefällt es Ihnen hier, nachdem Sie sich ein wenig eingelebt haben?«

Sie preßte die Hände aufs Herz.

»Ach, lieber Gott, schenke mir recht viele so gute und schöne Tage, wie ich sie hier erleben darf.«

Das kam so spontan über ihre Lippen, daß es warm in ihm aufstieg. Er sagte sich, es müsse köstlich sein, dieses reizende Geschöpf in seine Arme nehmen zu dürfen und noch viel mehr des Glücks für sie einzufangen.

Die Kinder machten jetzt ihre Rechte geltend, sie wollten nun auch mit Onkel Gunnar plaudern. Er ergab sich auch gutmütig in sein Schicksal und begnügte sich, ab und zu einen lachenden Blick mit Herma zu tauschen, wenn die Kinder etwas Drolliges sagten.

So kamen sie vor dem Schloß an, und Gunnar verabschiedete sich mit einer Verbeugung von Herma und von den Kindern mit einem Scherz. Herma führte die beiden Kleinen hinein, überwachte ihr Händewaschen und streifte ihnen schnell andere Anzüge über. Sie hatte Fräulein Helene gar nicht mehr an die Kinder herangelassen und war ihnen immer selbst behilflich. Als sie fertig waren, trat Anita, die Briefe geschrieben hatte, bei ihnen ein. Sie war schon für die Tafel gekleidet.

»Darf ich Ihnen die Kinder ein paar Minuten übergeben, Fräulein Anita? Ich will nur noch schnell ein anderes Kleid überwerfen – eines von meinen Prachtgewändern«, sagte Herma schelmisch.

Anita nickte ihr zu.

»Gehen Sie nur, ich warte hier mit Ihren Schutzbefohlenen auf Sie.«

Während die Kinder der Tante Wunderdinge berichteten über das, was sie alles an diesem Vormittag gelernt hatten, eilte Herma in ihr Schlafzimmer. Schnell wusch sie sich die Hände, kühlte das glühende Gesicht und warf das steingrüne Kleid über. Nun noch das Haar mit einigen Strichen geordnet, dann war sie fertig. Als sie vor dem Spiegel stand, sah sie sich sehr ernsthaft und streng an.

»Weiter fehlte dir ja nichts, als daß du dein dummes Herz verlieren würdest ... an den Märchenprinzen, du törichte Herma. Wie denkst du dir das nur, ihn unglücklich lieben zu müssen?«

Aber da kehrte sie sich selbst den Rücken und sagte wie zum Trotz vor sich hin: »Trotz allem – wunderschön!«

Und das wurde ihr in der nächsten Zeit mehr und mehr klar, daß selbst eine unglückliche Liebe zu Gunnar Lundström etwas Herrliches für sie sein würde. Eine glückliche Liebe war nun mal für ein so armes Ding wie sie etwas Unmögliches, also mußte sie sich mit einer unglücklichen begnügen. Auch die war viel schöner und wunderbarer, als wenn man die Liebe überhaupt nicht kennengelernt hätte. Als sie heute bei Tisch wieder ihre Beobachtungen anstellte, fiel ihr besonders auf, daß Frau von Holst Gunnar Lundström so deutliche Avancen machte, daß sie sich unruhig fragte:

»Merkt Fräulein Anita das nicht? Und wenn ja, wie denkt sie darüber?«

Sie blickte zu Anita hinüber. Diese schien Inges Anstrengungen wohl zu bemerken, sich aber nicht viel darum zu kümmern. Entweder war sie Gunnar Lundströms sehr sicher, oder ... am Ende liebte sie ihn doch nicht, am Ende war es wirklich, wie sie sagte, nur Freundschaft, was sie mit ihm verband? Herma hatte dabei das Gefühl, sie würde sich sehr glücklich schätzen dürfen, wußte sie genau, daß Fräulein Anita Gunnar Lundström nicht liebte. Sonderbarerweise würde es ihr viel gleichgültiger sein, wenn Frau von Holst ihn liebte. Und warum? Weil sie aus seinem ganzen Benehmen dieser gegenüber sehr wohl merkte, daß er nichts für sie empfand. Sie war ihm mehr als gleichgültig, das erriet sie mit dem Instinkt der eigenen Liebe zu ihm.

Wiederum machte Herma auch heute die unangenehme Entdeckung, daß die schwarzen Augen des Herrn von Fuchs mit einer unangenehmen Aufdringlichkeit die ihren suchten. Sie gab sich Mühe, seinen Blicken auszuweichen, aber immer, wenn ihre Augen zufällig zu ihm hinübersahen, begegnete sie diesem Blick, der sie beleidigte.

Kurt von Fuchs hatte bereits verschiedentlich versucht, sie zu treffen und sie in ein Gespräch zu verwickeln. Aber es war ihr immer geglückt, ihm schnell auszuweichen. Was dachte sich dieser unangenehme junge Herr, der anscheinend nichts weiter zu tun hatte, als dem lieben Gott die Tage zu stehlen? Er sollte sie gefälligst zufriedenlassen und ihr nicht durch sein Verhalten das Leben auf Schloß Lindeck verleiden! Dieses herrliche Leben, das sie so glücklich machte, das ihr soviel des Lieben und Schönen schenkte und in dem es obendrein einen Märchenprinzen gab, von dem man in ganz törichten Stunden ein klein wenig träumen konnte. Ach, daß es für ein armes Mädchen nichts anderes gab als ein Traumglück. Aber das sollte man ihr ja nicht stören. Sie wollte so gern in Lindeck bleiben.

Gewohnheitsgemäß erkundigte sich Frau von Holst bei Tisch nach den Fortschritten der Kinder. Aber sobald Herma zu berichten anhub, hörte sie schon nicht mehr zu, sondern suchte mit schmachtendem Ausdruck ihrer Augen die Blicke Gunnars auf sich zu ziehen.

Das bemerkten selbstverständlich auch die andern. Aber ihre Mutter und ihr Bruder kannten ja den Zweck, den Inge verfolgte, und Anita wunderte sich nur darüber, daß Inge sich Gunnar so deutlich antrug. Daß sie kein Glück bei ihm haben würde, wußte sie nur zu genau, denn sie kannte seine Einstellung Inge gegenüber.

Der Mokka sollte, weil es heute sehr schön warm draußen war, auf der Terrasse serviert werden. Man ging also hinaus unter die gestreiften Sonnenzelte. Inge hielt Gunnar im Gespräch fest und schritt mit ihm bis zur Brüstung der Terrasse, die mit Geranien geschmückt war. Als sie hier standen, kam gerade Frank Soltau vorüber. Er zog artig den Hut. Seine Chauffeuruniform war noch nicht eingetroffen, und er trug noch seinen Zivilanzug. Inge richtete sich interessiert empor und fragte Gunnar, der Soltaus Gruß erwiderte: »Wer war das?«

»Fräulein Anitas Chauffeur, gnädige Frau.«

Inge wandte sich nach Anita um.

»Ah, du hast dir ja einen sehr interessanten Chauffeur ausgesucht, Anita«, meinte sie spöttisch.

Herma, die mit den Kindern und Anita zusammenstand, sah, wie diese bei den spöttischen Worten der Stiefschwester leicht errötete. Aber Anita erwiderte ganz ruhig:

»Ich habe ihn mir nicht ausgesucht, Inge, es war der einzige, der in Frage kam, weil er uns von dem Automobilgeschäft empfohlen wurde.«

»Nun, er sieht aber mehr wie ein Kavalier aus wie ein Chauffeur.«

Anita hatte sich gut in der Gewalt.

»Du hast ganz recht, Inge, er ist weit mehr Kavalier als Chauffeur. Er hat infolge widriger Verhältnisse das Unglück gehabt, aus seiner Bahn gedrängt zu werden.«

»Nun, Anita, ich rate dir gut, da sehr vorsichtig zu sein; diese entgleisten Existenzen gehen oft aufs Ganze«, warf Kurt von Fuchs in hämischem Ton ein. Anita richtete sich hoch auf und sah ihn groß und ernst an.

»Man muß nicht immer von sich auf andere schließen, Kurt«, erwiderte sie halblaut, so daß nur er und Herma es hören konnten.

Herma erschrak, aber sie gönnte Herrn von Fuchs diese Abfuhr. Sie sah aber auch, daß er Anita einen giftigen Blick zuwarf.

»Wie immer sehr liebenswürdig!« rief er Anita zu.

Sie kehrte ihm ruhig den Rücken zu.

Aber Herma sah betroffen in ihr erblaßtes Gesicht. Und eine leise Ahnung stieg in ihr auf, daß Anita ihrem neuen Chauffeur nicht ganz gleichgültig gegenüberstand.

Jetzt nahm Inge wieder das Wort:

»Kurt hat ganz recht, Anita; man muß sich vor solchen Elementen hüten. Dein Chauffeur sieht in der Tat auffallend interessant aus. Halte nur dein Herz fest.«

Anita biß einen Moment die Zähne zusammen, dann sagte sie ruhig: »Warum sollte ich es gerade diesem Mann gegenüber besonders festhalten?«

»Nun, man hat schon erlebt, daß Chauffeure ihre Herrinnen erobert haben. Kurt hat schon recht, solche Männer gehen oft aufs Ganze.«

»Du brauchst dich nicht zu sorgen, Inge, so leicht bin ich nicht zu erobern. Doch ich kann dir sagen, ich würde mich nicht fünf Minuten bedenken, einen Chauffeur mit meiner Hand zu beglücken, wenn er nur ein ganzer, anständiger Mann wäre. Nicht darauf kommt es an, was ein Mann ist, sondern wie er ist – und ob man ihn liebt.«

Inge sah mit einem schmachtenden Augenaufschlag zu Gunnar auf.

»Was sagen Sie zu dieser Auffassung Anitas?«

»Daß sie anbetungswürdig ist«, erwiderte er, Anita herzlich ansehend.

Sie ahnte nicht, daß sie ihm mit ihren Worten ein Bekenntnis abgelegt hatte. Er fühlte plötzlich, daß Anita für Frank Soltau hatte eintreten wollen. Den Spott der Schwester und den hämischen Ausfall des Bruders auf Soltau hatte sie mit diesem stolzen Bekenntnis entkräftet. Und er beschloß, ihr treu zur Seite zu stehen in jeder Lebenslage. Vor allen Dingen aber wurde ihm klar, daß er Frank Soltau zu einer andern Lebensstellung verhelfen müsse, noch ehe sich Anita vielleicht im Herzen zu ihm bekannt hatte. War ihm schon einige Male aufgefallen, daß sie diesem gegenüber nicht so ruhig blieb wie sonst, so witterte er jetzt ernste Konflikte für sie, falls er ihr nicht beisprang, ehe es zu spät wurde.

Auch Herma machte sich allerhand Gedanken über Anita und ihren neuen Chauffeur. Aber auch sie fand es richtig und vorbildlich, daß jene sich so ruhig dazu bekannte, eventuell auch einem Chauffeur die Hand zu reichen, wenn er ein ganzer Mann wäre, und vor allem ... wenn sie ihn liebte.

Immer mehr fiel die Vermutung von ihr ab, daß zwischen Gunnar Lundström und Anita etwas anderes bestehe als ehrliche Freundschaft. Und das machte ihr das Herz leicht und frei. Sie widmete sich wiederum den Kindern und gab sich taktvoll den Anschein, als habe sie dies ganze Gespräch nicht gehört. Und Frau von Seebach sagte kühl und den Schlußstrich unter diese Unterhaltung ziehend:

»Anita habe ich immer für etwas extravagant gehalten, und es sollte mich gar nicht wundern, würde sie einmal eine sehr törichte Neigungsheirat eingehen.«

Diese Worte der Stiefmutter und deren Erhabenheit über menschliche Schwächen erschienen Anita so komisch, daß sie ihren Humor wiederfand und lachend erwiderte: »Es freut mich, Mama, daß du auf das Schrecklichste gefaßt bist.«

Damit gab sie der ganzen Angelegenheit einen heiteren Anstrich, so, als sei alles nur scherzhaft gemeint gewesen.

Aber Gunnar und Herma ahnten, daß es ihr ernst gewesen war.

Gunnar machte etwas gewaltsame Anstrengungen, sich von Inge zu lösen. Als der Mokka serviert wurde, trat er an Anitas Seite und sagte leise:

»Ich hätte gern etwas mit Ihnen besprochen. Würden Sie mich nachher ein Stück begleiten, wenn ich in das Büro hinuntergehe?«

Sie nickte ihm zu.

»Gern, ich erwarte Sie am Parktor.«

In diesem Augenblick ging wieder Frank Soltau vorüber. Er hatte aus seinem Zimmer ein Werkzeug geholt, das er brauchte, da er im Maschinensaal eine kleine Verbesserung an einem Motor angebracht hatte. Er war mit Feuereifer bei seiner neuen Beschäftigung. Diesmal sah ihn aber niemand als Anita und Gunnar. Und dieser bemerkte, daß Anita mit einem seltsam versonnenen Blick hinter Soltau hersah.

Gern hätte er noch einige Worte mit Herma Hell gesprochen, aber sie hatte sich bereits mit den Kindern zurückgezogen. So verabschiedete auch er sich und ging nach seiner Wohnung hinüber. Anita aber eilte zu dem Parktor, um ihn dort zu erwarten.

Frau von Seebach blieb mit ihren beiden Kindern noch eine Weile auf der Terrasse sitzen, dann zogen auch sie sich zurück; Mutter und Tochter zu einer Siesta und Kurt, um zu versuchen, ob er den »reizenden kleinen Käfer«, wie er Herma bei sich nannte, nicht ohne die Kinder treffen könnte. Die Kinder, das wußte er, mußten nach Tisch gleichfalls eine kurze Siesta halten. So war die Aussicht vorhanden, Herma isolieren zu können. Aber er sollte abermals enttäuscht werden.

Zwar sah er Herma aus dem Schlafzimmer der Kinder treten, aber ehe er noch bei ihr war, verschwand sie schon um die Ecke des Ganges, wo ihre Zimmer lagen. Vorsichtig sah er sich um. Niemand war zu sehen. Seine Mutter und Schwester hatten ihre Gemächer aufgesucht, die Kinder waren versorgt und aufgehoben, und Anita hatte er im Park verschwinden sehen.

So klopfte er kühn an die Tür des »Schulzimmers«, das, wie er wußte, zugleich Hermas Wohnzimmer war. Herma aber ahnte, wer draußen stand, denn sie hatte Kurt kommen sehen. Vorsichtigerweise hatte sie das Zimmer hinter sich abgeschlossen. Auf das erste Klopfen reagierte sie überhaupt nicht. Als er aber wieder klopfte, trat sie innen an die Tür heran.

»Wer ist da?«

»Ich bin es, Kurt von Fuchs. Bitte öffnen Sie, ich habe Ihnen etwas zu sagen«, erwiderte er halblaut, damit ihn kein Unberufener hören könnte.

»Bedaure, ich empfange hier keine Besuche. Was Sie mir zu sagen haben, müssen Sie mir in Gegenwart Ihrer Frau Mutter mitteilen.«

Kurt lachte ärgerlich. »Seien Sie doch nicht so schwerfällig! Bitte, öffnen Sie!«

»Nein!« Das klang hart und laut und sehr energisch.

»Dann kommen Sie wenigstens hinunter in den Park, an den kleinen Pavillon. Ich habe Ihnen wirklich etwas Wichtiges zu sagen.«

»Das werde ich mir nur in Gegenwart Ihrer Frau Mutter oder Ihrer Frau Schwester anhören.«

»Aber süßes kleines Fräulein, reden Sie doch nicht solchen Unsinn!«

»Ich verbitte mir das, ich bin Fräulein Hell für Sie, nichts anderes. Und jetzt erwidere ich Ihnen kein Wort mehr.«

Kurt sah ein, daß dieses hübsche, lustige Mädchen energischer zu sein schien, als er angenommen hatte, und daß es durchaus nicht im Handumdrehen zu erobern war. Aber vielleicht gerade darum verlangte es ihn noch intensiver danach, Herma zu gewinnen. Man mußte sie anscheinend vollkommen als Dame behandeln, sie gab sich nicht leichten Kaufes hin und dachte wahrscheinlich wie alle diese Rackerchen: »Ein wenig Wehren spornt das Begehren!«

Das hatte sie ja nun auch erreicht, und er würde es sich schon etwas kosten lassen müssen, denn so billig, wie er gedacht hatte, war sie nun einmal nicht zu haben. Nun, man konnte es sich ja auch leisten. Er lebte hier auf Lindeck fabelhaft billig. Und nach Berlin kehrte er ganz bestimmt nicht eher zurück, als bis er nicht sein Ziel bei Herma Hell erreicht hatte. Langsam ging er davon. Als er eben die Treppe hinabgehen wollte, sah er den alten Franz ihm entgegenkommen.

»Was wollen Sie hier oben? Weshalb haben Sie Lindeck überhaupt noch nicht verlassen?« herrschte er ihn an, seinen Ärger an ihm auslassend.

»Ich will eben nach meinem Zimmer hinaufgehen, gnädiger Herr, um meine letzten Sachen einzupacken. Ich habe noch auf meine Wäsche gewartet. Morgen früh verlasse ich das Schloß.«

»Nun gut! Sie haben es sich selbst zuzuschreiben, daß Sie entlassen wurden.«

Groß und furchtlos sah Franz ihn an.

»Der liebe Gott hat es so gefügt; er wird wissen, warum. Und er wird es schon in die Wege leiten, daß der Wille meines seligen gnädigen Herrn erfüllt wird, daran will ich fest glauben.«

Kurt hätte sich am liebsten in seinem Zorn an dem alten Manne vergriffen, aber irgend etwas in dessen Augen hinderte ihn daran. Er wandte sich brüsk ab und sagte nur:

»Also morgen früh verlassen Sie Lindeck, verstanden?«

»Jawohl, gnädiger Herr!«

»Ein Zeugnis wird Ihnen meine Mutter ausstellen!«

»Ich verzichte darauf, gnädiger Herr, ich war ja nicht bei Frau von Seebach in Diensten, sondern bei meinem seligen Herrn.«

»Aha, und Sie haben auch wohl ohne Legat so gut für sich gesorgt, daß Sie nun den Rentner spielen können?«

»Nein, gnädiger Herr, den Hauptteil meiner Ersparnisse hat die Inflation verzehrt. Aber mein gnädiger Herr hat mir bei Lebzeiten ein Zeugnis ausgestellt, und ich habe auch schon wieder Stellung gefunden.«

»Nun, da haben Sie aber Glück gehabt; wer engagiert denn einen solchen Tattergreis?« höhnte Kurt, der doch wieder stehengeblieben war. Er spürte in Franz den Widersacher und wollte den alten Mann kränken. Franz stieg nun auch das Blut zu Kopf.

»Ein Tattergreis kann immerhin noch mehr arbeiten als ein junger Mensch, der dem lieben Gott die Tage stiehlt. Und es gibt noch edle und gute Menschen, die gerade einen alten Mann, der schuldlos seine Stellung verloren hat, nicht umkommen lassen.«

Kurt fuhr wütend nach ihm herum.

»Holla, werden Sie nicht frech! Ist das eine Art von einem Diener seinem Herrn gegenüber?«

»Sie sind nicht mein Herr, sind es nie gewesen, und ... werden es niemals sein.«

Damit ging Franz ruhig weiter, hinauf nach den Dienerzimmern.

Kurts Laune war nicht verbessert durch dieses Intermezzo; wütend warf er sich in seinem Zimmer auf den Diwan.

Anita war langsam bis zum Parktor gegangen und promenierte in dessen Nähe, bis Gunnar erschien. Sie ging auf ihn zu und reichte ihm die Hand.

»Was hat mein Freund Gunnar mir zu sagen?«

»Verzeihen Sie, Anita, daß ich Sie hierherbestellte, aber es findet sich jetzt so selten eine Gelegenheit für uns, ungestört miteinander zu sprechen, und was ich Ihnen zu sagen habe, kann nicht in Gegenwart der andern geschehen.«

»Haben Sie etwas Neues in der Testamentsangelegenheit ergründet?«

»Nein, leider noch nicht. Ich wollte mit Ihnen über Ihren neuen Chauffeur sprechen.«

Er sah sehr wohl, daß dunkles Rot in ihr Gesicht stieg, und das bestätigte ihm, daß Soltau einen ganz besonderen Eindruck auf sie gemacht haben mußte. Seinem Vorsatz getreu wollte er ihr und ihm helfen.

Unruhig forschend sah Anita ihn an.

»Über Frank Soltau?« fragte sie.

Es fiel ihm nicht zum erstenmal auf, daß sie, wenn sie von ihm sprach, vermied, ihn »mein Chauffeur« zu nennen. Meistens nannte sie ihn wie jetzt »Frank Soltau«, also auch nicht einfach »Soltau«, wie sie es wohl getan haben würde, wenn nicht ein besonderes Interesse für ihn bei ihr vorhanden gewesen wäre.

»Ja, über ihn, Anita; ich habe Sie immer als einen edlen, hilfsbereiten Menschen kennengelernt. Was wir von Soltau wissen, ist, daß er sich nur in sehr schwerer Notlage entschlossen hat, einen Chauffeurposten anzunehmen. Ich habe ihn in diesen Tagen beobachtet und ... das Ergebnis dieser Beobachtung ist, daß er zu schade ist für seine jetzige Stellung.«

Sie wechselte rasch die Farbe, und auch das entging ihm nicht. Aber sich zur Ruhe zwingend, erwiderte sie:

»Das habe ich mir auch schon gedacht. Aber, sollten wir ihm diesen Posten vorenthalten, da er doch so dringend Arbeit suchte?«

»Nein, nein, das sollten wir nicht, wir mußten ihm unbedingt helfen. Aber ich habe mir durch den Kopf gehen lassen, ob wir ihm auch wirklich geholfen haben damit, daß wir ihn als Chauffeur engagierten. Zweifelsohne besitzen Sie in ihm einen tadellosen Chauffeur, und es liegt nicht in Ihrem Interesse, wenn ich Ihnen sage ... ich wüßte etwas anderes, das besser für ihn paßt.«

Sie zuckte leicht zusammen und sah ihn gespannt an.

»Einen andern Posten?«

»Ja, ich bin nämlich der Ansicht, daß er, obgleich er sein Studium nicht vollenden konnte, durch fleißiges Selbststudium schon längst für das Ingenieurexamen reif ist. Es wird nur eine Geldfrage gewesen sein, wenn er seinen Diplomingenieur noch nicht machen konnte. Davon hatten wir gestern einen Beweis. Bei einem Motor, den ein aus Köln herbeigeholter Ingenieur nicht in Ordnung bringen konnte, hatte Soltau in einer halben Stunde den Fehler gefunden und alles wieder in Gang gebracht. Mein Vater hatte vor seinem Tod die Absicht, einen ständigen Ingenieur bei uns anzustellen, weil öfters einmal derartige Störungen vorkommen und schnelle Abhilfe stets nötig ist. Durch die Verzögerung entsteht immer viel Schaden. Und so habe ich mir gedacht, daß es ganz gewiß im Sinne meines Vaters wäre, würde ich diesem anscheinend so tüchtigen jungen Mann Gelegenheit geben, sich bei uns die Sporen zu verdienen. Er bat mich gestern dringend um Arbeit und, wie gesagt, wir konnten beobachten, wie sicher und verständnisvoll er einzugreifen vermochte. Übertrüge man ihm diesen Posten, hätte er Gelegenheit, zu zeigen, wessen er fähig ist. Er könnte uns zudem viel nützen, und es wäre ihm Gelegenheit geboten, doch noch sein Examen zu machen. Sobald Sie einen neuen Chauffeur gefunden haben werden – und das dürfte nicht allzu schwer sein –, stelle ich Soltau im Betrieb ein. Es kommt somit lediglich auf Sie an, Anita, ob Sie ihn freigeben wollen.«

Sie hatte erregt zugehört. Jetzt faßte sie mit festem Griff seine Hand.

»Ich freue mich, Gunnar, daß Sie sich für ihn verwenden. Offen gestanden, es war mir von Anfang an peinlich, ihn als Chauffeur zu behandeln, man hat unwillkürlich das Gefühl, ihn dadurch zu deklassieren. Es war mir direkt peinlich, ihn zu veranlassen, sich Chauffeurkleidung zu bestellen. Sie ist zum Glück noch nicht eingetroffen, und er soll sie nun auch gar nicht erst tragen. Dadurch fällt mir ein Stein vom Herzen. Ich danke Ihnen, daß Sie mir das erspart haben. Also, er ist von Stund' an frei. Ja, helfen Sie ihm, ich bin überzeugt, daß er es wert ist. Und es macht mich glücklich, mit dazu beitragen zu können, ihm emporzuhelfen. Solange ich keinen Chauffeur habe, werde ich ihn darum bitten, meinen Wagen zu steuern, aber nur so, wie mir jeder Kavalier in der Verlegenheit diesen Dienst leisten würde.«

Er sah lächelnd in ihre Augen.

»Ich habe es mir gedacht, Anita, daß sie ihm keinen Stein in den Weg legen würden. Wenn Sie ihn heute nachmittag sehen, sagen Sie ihm bitte, daß Sie ihn freigeben, denn wie ich ihn kenne, würde er Sie nicht darum zu bitten wagen. Er fühlt sich Ihnen zu Dank verpflichtet.«

»Selbstverständlich werde ich es ihm sagen; darf ich ihm zugleich verkünden, daß Sie bessere Verwendung für ihn haben?«

Er nickte ihr lächelnd zu. Der Wunsch, Soltau die Erlösung zu überbringen, leuchtete ihr aus den Augen.

»Ja, sagen Sie es ihm, ich werde vielleicht heute nicht mehr mit ihm sprechen können. Er soll mich morgen früh wieder im Büro aufsuchen. Seine Wohnung im Seitenflügel kann er ja vorläufig behalten, denn sonst müßte er wie die andern Angestellten in die nächste Stadt ziehen. Mag die Verbindung dabei zwar gut sein, so wäre es mir doch lieb, ihn immer in der Nähe zu haben, besonders für den Fall, daß nachts einmal etwas mit den Maschinen passiert. Es wird mir eine große Erleichterung sein, wenn ich dafür die Verantwortung auf seine Schultern legen kann, denn ich habe ohnedies reichlich genug zu tun.«

»Das ist gewiß, Freund Gunnar, und ich freue mich, daß Sie sich selbst einen kleinen Dienst leisten können durch die Besetzung dieses Postens.«

Gunnar wußte, daß es ihr Ernst gewesen war, als sie sagte, sie würde sich nicht bedenken, einem Chauffeur ihre Hand zu reichen, sofern er nur ein ganzer Mann sei. Aber er wußte auch, daß sie froh sein würde, das nicht nötig zu haben. Er nahm sich vor, Soltau in jeder Weise zu fördern, damit er seinen Diplomingenieur bald machen konnte und vorankam. Dann würde kein Hindernis zwischen ihm und Anita stehen, falls ihre Herzen sich fanden. Allerdings hatte er keine Ahnung, ob Soltaus Herz noch frei war und ob es sich Anita zuneigen würde.

Sie besprachen noch einiges, und dann verabschiedete Gunnar sich. Er ging hinunter ins Büro, und Anita kehrte ins Schloß zurück. Sie suchte ihr Zimmer auf und setzte sich am Fenster in einen Sessel. Die Frage bewegte sie, warum sie so glücklich darüber war, daß ihr Chauffeur einen besseren Posten bekommen sollte. War das wirklich nur Menschenliebe? Freute sie sich nur deshalb darüber, weil dieser junge Mann, den man einen Entwurzelten genannt hatte, nun wieder auf das rechte Geleise kam?

Lange blieb sie so sitzen, in Gedanken versunken. Endlich pochte es an ihre Tür, und als sie herein rief, trat Herma Hell ein. Sie sah Anita mit unruhigen Augen an.

»Kommen Sie, liebe Herma, setzen Sie sich zu mir. Sie stören mich nicht. Was haben Sie auf dem Herzen?«

»Verzeihen Sie, wenn ich Sie störe, Fräulein Anita, aber ich möchte gern etwas mit Ihnen besprechen und Sie um Rat fragen.«

Herma setzte sich zu ihr, und Anita schob ihr lächelnd einen Karton Pralinen hin, damit sie zulangen sollte. Herma tat das sonst sehr gern, aber jetzt brannte eine verhaltene Erregung in ihren Augen.

»Ich muß Herrn von Fuchs bei Ihnen anklagen, Fräulein Anita. Es wäre allerdings wohl richtiger, ich ginge zu seiner Mutter, aber ich weiß nicht, ob das die rechte Schmiede wäre. Sie wissen, wie glücklich ich bin, die Stellung hier gefunden zu haben, und nur die Angst, durch irgend etwas sie wieder verlieren zu können, treibt mich gleich beim ersten Anlaß zu Ihnen, denn ich weiß, daß ich nur bei Ihnen Rat und Hilfe finden kann.«

Anita hatte schon bemerkt, daß Kurt Herma bei Tisch mit den Augen förmlich verschlang, und sie ahnte darum, um was es sich handle.

»Sprechen Sie sich ruhig aus, liebste Herma. Ich vermute, daß mein Stiefbruder zudringlich geworden ist.«

Herma nickte erregt.

»Er hat schon einige Male versucht, mich mit Blicken und heimlich zugeraunten Worten darauf aufmerksam zu machen, daß ich für ihn als Freiwild gelte. Aber heute ist er so weit gegangen, daß ich das nicht wie bisher einfach ignorieren kann.«

Sie berichtete darauf Wort für Wort, was Kurt ihr durch die verschlossene Tür zu sagen gewagt hatte.

Anitas Gesicht rötete sich vor Zorn.

»Er ist ein Frechling, das habe ich schon gewußt. Aber er soll den Hausfrieden respektieren und die Erzieherin der Kinder seiner Schwester nicht mit seinen unreinen Begierden verfolgen. Es ist gut, Herma, daß Sie mir alles gesagt haben. Hoffentlich hat er die Abfuhr, die Sie ihm erteilten, richtig verstanden. Aber ich weiß, er ist ziemlich dickfellig. Bitte, sagen Sie es mir sofort, wenn er sich erdreistet, Ihnen noch einmal zu nahe zu treten. Ich werde dann mit seiner Mutter sprechen und, wenn das nicht hilft, mit Direktor Lundström.«

Herma fuhr erschrocken auf.

»Oh, bitte nein ... nicht mit ihm!«

Anita sah überrascht in ihr erglühendes Gesicht.

»Warum nicht?« fragte sie.

Herma war so verlegen, wie Anita sie noch nie gesehen hatte, und ein leiser Verdacht regte sich in ihr. War Gunnar Lundström dem Herzen Hermas gefährlich geworden?

Aber sie verriet mit keinem Wort, daß diese Vermutung in ihr aufgestiegen war.

Herma begann zu stottern, daß es ihr furchtbar peinlich sein würde, wenn Herr Direktor Lundström erführe, daß Kurt von Fuchs sich etwas Derartiges ihr gegenüber herausgenommen habe. Er könne vielleicht glauben, daß sie nicht unschuldig daran sei.

Anita beruhigte sie lächelnd.

»Der kennt Kurt besser als wir; seien Sie ganz ruhig. Ich hoffe ja, es kann unter uns bleiben. Überdies glaube ich bestimmt, daß Kurt Ihnen nicht wieder zu nahe kommen wird. Er dürfte ja gemerkt haben, daß er bei Ihnen nichts zu hoffen hat.«

»Mir ist auch bereits wieder leichter ums Herz. Ich hatte große Angst, daß meine Stellung gefährdet sein könnte.«

»Deswegen seien Sie unbesorgt, ich werde jederzeit für Sie eintreten.«

»Dafür danke ich Ihnen, Fräulein Anita, und nun will ich Sie nicht länger stören.«

»Davon kann keine Rede sein. Die Kinder werden Sie ja doch gleich wieder in Anspruch nehmen.«

»Ja, von vier bis fünf haben wir Schreibunterricht.«

Anita lachte.

»Es gibt einstweilen noch schauderhafte Krakelfüße, wie ich gesehen habe.«

»Das wird nicht mehr lange dauern.«

»Bei Ihrer Methode bin ich davon überzeugt. Nach dem Tee fahren wir wieder zusammen aus.«

»Ich freue mich schr darauf.«

»Nun, vorhin, als Sie hier eintraten, sah ich Sie zum erstenmal unfroh und verzagt. Da war Ihnen wohl für eine Weile die Überzeugung verlorengegangen, ein Glückskind zu sein?«

Herma lachte schon wieder.

»Wenn ich kein Glückskind wäre, hätte ich nicht in Ihnen eine so verständnisvolle Helferin gefunden.«

»Ach, Fräulein Herma, erhalten Sie sich nur diese Überzeugung. Aber ... was ich noch sagen wollte ... meinen Chauffeur werde ich auch schon wieder los!«

Herma stutzte und sah sie betroffen an.

»Oh, wie soll ich das verstehen?«

»Ich werde ihm nachher den Dienst kündigen«, sagte Anita mit einem schelmischen Lächeln.

Herma sah sie forschend an.

»Wenn Sie nicht wieder Ihr gütiges Lächeln im Gesicht hätten, würde es mir um Soltau leid tun, aber wenn Sie so lächeln, können Sie nichts Böses mit ihm vorhaben.«

»So fest vertrauen Sie auf meine Güte?«

»Ganz fest!« rief Herma warm.

»Nun ja, Soltau soll etwas Gutes widerfahren, aber das geht nicht von mir aus, sondern von meinem Freund Lundström.«

»Bei ihm habe ich immer, wie bei Ihnen, das Gefühl, als könnten Sie beide nur Gutes tun«, kam es leise über Hermas Lippen.

Wieder sah Anita forschend in Hermas Gesicht. Aber sie sagte anscheinend unbefangen:

»Mir geht es ebenso, soweit es ihn betrifft. Also denken Sie, er will Soltau unten im Betrieb als Ingenieur beschäftigen. Ein solcher wird gebraucht, und Soltau hat gestern einen Motor wieder in Gang gebracht, den ein aus Köln herbeigerufener Ingenieur nicht wieder in Ordnung bringen konnte.«

Jetzt war es an Herma, Anita forschend zu betrachten.

»Das ist ja für Soltau sehr angenehm, aber – Sie werden dadurch einen tüchtigen Chauffeur verlieren.«

»Glauben Sie, daß eigennützige Gedanken dieser Art mich bestimmen könnten, das Fortkommen eines Menschen zu verhindern?«

»Nein – das glaube ich nicht«, erwiderte Herma herzlich.

»Also Soltau wird jetzt nur noch aus Gefälligkeit meinen Wagen steuern, bis ich Ersatz für ihn gefunden habe. Daher dürfen wir ihn nicht mehr als Chauffeur behandeln.«

Herma lachte ein wenig.

»Das fiel einem ohnedies schwer, weil er in keiner Weise den Eindruck machte, als sei er für eine abhängige Stellung geboren.«

Anita lachte mit. Und das Herz war ihr leicht, seit sie sich mit Herma darüber ausgesprochen hatte. Diese war ihr wirklich lieb geworden wie eine Freundin.

»Sie haben recht, Fräulein Herma, ich empfand immer Hemmungen ihm gegenüber, denn er erschien mir stets wie ein Kavalier, der sich freiwillig für uns mühte.«

»Aber Dieter wird sehr betrübt sein, daß er nun nicht mehr sagen kann: mein Freund, Tante Anitas Chauffeur.«

Sie lachten beide, und Herma verabschiedete sich, um nach den Kindern zu sehen.

## *12*

Anita schickte nach der Wohnung Frank Soltaus hinüber. Er möge in ihren Salon kommen, sie habe ihm etwas zu sagen.

Wieder erwartete sie ihn mit Herzklopfen, aber diesmal war es doch ein anderes Gefühl als neulich. Sie wußte ja, daß sie ihn heute nicht mit dem Hinweis auf eine Art Livree zu quälen brauchte, sondern ihm eine sehr freudige Botschaft zu überbringen hatte. Sie war Gunnar dankbar, daß er es ihr gestattete, Soltau die Eröffnung von seiner Beförderung zu machen, und sie ahnte nicht, daß Gunnar ganz genau wußte, welche Freude er ihr damit gemacht hatte.

Soltau war gerade dabei, seine reichlich schmutzigen Hände zu säubern, da er in der Maschinenhalle kräftig zugegriffen hatte, als ihn der Diener zu seiner Herrin rief. Er beeilte sich, dem Rufe Folge zu leisten, ging aber nicht eher, als bis er seine Hände und Fingernägel wieder tadellos in Ordnung gebracht hatte.

Wenige Minuten später überschritt er Anitas Schwelle.

»Gnädiges Fräulein haben Befehle für mich?«

Ein weiches Lächeln huschte um ihren Mund.

»Nein, Befehle habe ich jetzt überhaupt nicht mehr für Sie, und ich bin dessen froh. Sie wollten mir ohnehin Ihnen gegenüber nicht leicht über die Lippen. Also kurz und gut, ich entlasse Sie aus Ihrer Stellung als mein Chauffeur.«

Er wurde blaß, und seine stahlblauen Augen wurden so dunkel vor Erregung, als seien sie schwarz.

»Habe ich durch irgend etwas Ihr Mißfallen erregt, gnädiges Fräulein?« fragte er heiser.

Mit einem schelmischen Lächeln schüttelte sie den Kopf. »Nein, nein, durchaus nicht, aber Herr Direktor Lundström hat mich dringend gebeten, Sie aus meinen Diensten zu entlassen. Er hat nämlich andere Verwendung für Sie.«

Er atmete auf, sagte aber fest und ruhig:

»Ich halte mich trotzdem für gebunden, gnädiges Fräulein. Ich werde Sie ganz gewiß nicht aus Eigennutz im Stich lassen, solange Sie meiner bedürfen. Ich bin Ihnen überaus dankbar, daß Sie den Versuch mit mir gewagt haben, und will mich nun nicht undankbar erweisen.«

»Aber ich bin froh darüber, daß ich Sie nun nicht erst in den Chauffeuranzug stecken muß! Herr Direktor Lundström hat mir selbstverständlich freigestellt, Sie erst zu entlassen, wenn ich Ersatz für Sie gefunden habe, aber ich habe ihm klargemacht, daß Sie ebensogut als Angestellter des Betriebes so lange meinen Wagen führen können, bis ein neuer Fahrer zur Stelle ist. Aber darum müßte ich Sie selbstverständlich bitten.«

Er strich sich über die heiße Stirn.

»Ich bin etwas benommen von dem, was Sie die Güte haben, mir zu sagen, und verstehe vorläufig noch nicht, welche Dienste Herr Direktor Lundström von mir verlangt.«

»Ihnen das zu sagen, bin ich durch ihn autorisiert und beauftragt worden. Die Firma braucht einen Ingenieur, der fortdauernd die Maschinen und Motoren überwacht und auch sonst im Betrieb nach dem Rechten sieht. Dafür sollen von nun an Sie sorgen.«

Seine Stirn rötete sich jäh. »Ich! Aber – ich bin leider noch kein fertiger Ingenieur ...«

»Direktor Lundström ist aber der Ansicht, daß Sie es dennoch bereits sind, obwohl Sie noch nicht im Besitz eines Patentes sind. Er hat eine große Meinung von Ihren Fähigkeiten und will Ihnen auch Gelegenheit geben, Ihr Examen nachzuholen. Kurzum, es tut ihm leid, daß Sie Ihre Kräfte an einem falschen Platz vergeuden, und er hat mir daher klargemacht, ich dürfe Ihnen nicht hinderlich sein, wenn es sich um Ihr Fortkommen handelt und eine Stellung sich Ihnen bietet, für die Sie sich besser eignen als für die eines Chauffeurs. Und ... ich bin nicht schwerfällig und auch nicht egoistisch genug, das nicht einzusehen.«

Sie bemerkte, wie die Erregung in ihm arbeitete. Er war sehr blaß geworden, und die Muskeln seines Gesichts zuckten. Endlich stieß er hervor:

»Sie können mir kaum nachfühlen, gnädiges Fräulein, eine wie große Wohltat Sie mir erwiesen haben und ... Herr Direktor Lundström mir erweisen will. Ich vermag das auch nicht in Worte zu fassen. Ich kann nur sagen, daß ich mein möglichstes tun werde, um mich solcher Güte wert zu zeigen. Darf ich Ihnen danken, gnädiges Fräulein?«

»Ich habe keinen Dank verdient! Daß ich unter diesen Umständen unser gegenseitiges Verhältnis sofort gelöst habe, ist selbstverständlich. Und nun lassen Sie mich Ihnen zu Ihrer neuen Stellung herzlich gratulieren, Herr Soltau!«

Er beugte sich tief ergriffen zum Kuß über ihre Hand.

»Ich danke Ihnen, danke Ihnen von ganzem Herzen, mein gnädiges Fräulein. Hoffentlich vergönnt mir das Schicksal, Ihnen einmal einen Dienst zu erweisen, der meiner Dankbarkeit besseren Ausdruck geben kann. Aber – da fällt mir ein – ich fand soeben ein Postpaket von Adam in meinem

Zimmer; es enthält wahrscheinlich die für mich bestellte Dienstkleidung.«

Sie errötete leicht, weil es ihr quälend war, daran erinnert zu werden, daß sie ihn in dieses Dienstkleid hatte stecken wollen.

»Das können Sie sogleich dem Diener Franz übergeben, er ist so ziemlich von Ihrer Größe, und da er in Lindeck entlassen wurde und ich diese alte treue Seele nicht brotlos werden lassen wollte, habe ich ihn für mich nach Berlin engagiert. Er kann nun gleich die Sachen für sich verwenden.«

Er verbeugte sich.

»Haben Sie sonst noch Befehle für mich?«

»Nein, nein, Befehle überhaupt nicht mehr. Aber ich bitte Sie, mich halb sechs Uhr wieder am Portal mit dem Wagen zu erwarten. Ich möchte mit den Kindern und Fräulein Hell nach Koblenz hinüber.«

»Ich werde pünktlich zur Stelle sein.«

»Und morgen vormittag erwartet Sie Direktor Lundström im Büro, um alles Weitere mit Ihnen zu besprechen. Ich will Ihnen auch gleich noch sagen, daß Sie Ihre Zimmer im Seitenflügel ruhig behalten können, denn Direktor Lundström möchte nicht, daß Sie unten in der Stadt wohnen, sondern immer in der Nähe des Maschinenhauses weilen.«

Seine Augen strahlten. Ihm war, als hätte es sehr schmerzlich für ihn sein müssen, ganz aus der Nähe dieser anbetungswürdigen jungen Dame verbannt zu werden. Dafür wäre selbst die neue, ihm zugedachte Stellung kein vollwertiger Ersatz gewesen.

»Ich danke Ihnen für alle diese Mitteilungen, mein gnädiges Fräulein. Ich bin viel zu tief bewegt, um Worte zu finden für das, was ich jetzt empfinde.«

Sie reichte ihm noch einmal die Hand, ganz wie einem Gleichgestellten, und lächelte ihm zu.

»Ich kann Ihnen das ganz wohl nachfühlen und freue mich sehr, daß ich zu Ihrer Erlösung ein wenig mit beitragen durfte. Und jetzt will ich Ihre Zeit nicht länger in Anspruch nehmen.«

Noch einmal beugte er sich verehrungsvoll über ihre Hand, sah sie noch einmal mit so intensiver Dankbarkeit an, daß ihr das Blut ins Gesicht schoß, und verließ dann mit einer Verbeugung das Zimmer.

Draußen stand er einen Moment aufatmend still und strich sich über die Stirn. Dann ging er weiter.

Er begab sich in sein Zimmer, und dort schrieb er einige Zeilen an seine Schwester.

»Liebste Silvaschwester! In aller Eile eine große Freudenbotschaft, ich bin als Chauffeur bereits wieder entlassen, habe dafür aber eine Anstellung als Ingenieur im Hallerstedtschen Betrieb erhalten und werde in die Lage gesetzt werden, mein Examen zu beenden. Wie sich das so alles zugetragen hat, erfährst Du morgen. Für heute nur soviel, damit Deine Seele befreit wird von dem bedrückenden Bewußtsein, einen Bruder zu haben, der Chauffeurdienste verrichtet. Es gibt also doch noch Glücksepochen, und so Gott will, ist jetzt eine für mich angebrochen. Und es gibt noch Engel auf der Welt! Das ist die feste Überzeugung Deines Bruders Frank.«

Er schloß den Brief mit herzlichen Grüßen an Schwester und Schwager und machte ihn sogleich postfertig.

Dann trug er den Karton mit der Chauffeurkleidung zu Franz hinüber, und als das geschehen war, machte er sich für die Fahrt nach Koblenz fertig. Während er alsdann auf den Tee wartete, überdachte er die Wendung seines Schicksals. Und sein dankbares Gemüt beschäftigte sich mit der Frage, was er nur tun könnte, den beiden Menschen, die ihn aus schwieriger Lage befreit hatten, seine Dankbarkeit zu bekunden. Wie er das Anita gegenüber möglich machen sollte, wußte er nicht, aber Direktor Lundström würde er schon beweisen können, daß er sich für keinen Unwürdigen interessiert hatte.

Es fiel ihm bei diesem Grübeln ein, was dieser ihm über die drei »Sorgenkinder«, die drei Riesenfässer, gesagt hatte, deren Stützen nicht lange mehr halten würden und die doch nicht vom Fleck gerührt werden durften, sollte die Güte des Weins nicht gefährdet werden. Er hatte schon seit gestern immer wieder darüber nachgedacht. Und auch jetzt beschäftigte er sich wieder damit. Wie konnte man neue Stützen unter die Riesenfässer bringen, ohne sie nur im geringsten zu bewegen?

Darüber sann er hin und her, bis er mit dem Wagen vorfahren mußte. Als man von dieser Ausfahrt zurückgekommen war, auf der man ihn ganz als Kavalier behandelt hatte, der einer Dame freiwillig einen Dienst leistet, grübelte er weiter. Er opferte sogar den Schlaf der halben Nacht, und plötzlich hatte er in Gedanken das Problem gelöst. Er wußte jetzt, wie die Sache angefaßt werden mußte, und freute sich darauf, sich auf diese Weise günstig in sein neues Amt einführen zu können. Um so mehr, als er sich sagen konnte, er würde der Firma einen großen Dienst leisten.

Er schlief einige Stunden fest und tief, bis das Schnurren seines Weckers ihn munter machte. Schnell war er aus dem Bett, schnell bereitete er sich in dem wasserdichten Becken sein kühles Morgenbad, machte seine gymnastischen Übungen und kleidete sich an. Er war kaum rasiert und fertig angekleidet, als ihm sein Frühstück gebracht wurde. Der Diener meldete ihm, er möge »so freundlich sein«, halb zehn Uhr mit dem Wagen am Portal zu warten, er brauche erst nach der Rückkehr von der Ausfahrt bei Herrn Direktor Lundström vorzusprechen.

Als man drüben beim Frühstück saß und Anita und Lundström den Herrschaften mitteilten, daß der Chauffeur Anitas avanciert sei und in welcher Weise, fühlte Kurt von Fuchs sich sogleich veranlaßt, wieder einmal den Herrn herauszukehren. Sehr von oben herab fragte er:

»Muß nicht erst um meine Zustimmung nachgesucht werden, Herr Direktor, ehe Sie eine solche Einstellung perfekt machen?«

Ruhig und mit der Überlegenheit, die Kurt immer wütend machte, sah Gunnar ihn an.

»Nein, Herr von Fuchs, Ihre Zustimmung ist nicht nötig, solange ich Direktor des Betriebes bin. Ich habe uneingeschränkte Vollmachten, und Sie würden ja auch gar nicht entscheiden können, ob ein solches Engagement nötig ist und wer sich dafür eignet.«

»Ah, und Sie wollen so ohne weiteres im voraus wissen, daß dieser Chauffeur plötzlich Qualitäten als Ingenieur aufzuweisen hat?«

»Hätten Sie gesehen, wie er in einer halben Stunde einen Motor wieder in Gang bekam, den ein von Köln herbeigerufener Ingenieur nicht zu reparieren vermochte, ja, der nicht einmal erkannte, wo der Fehler steckte, würden selbst Sie nicht mehr an Herrn Soltaus Fähigkeiten zweifeln. Dieser hat übrigens sieben Semester an einer Hochschule studiert und kann jeden Tag sein Examen machen. Er soll das sogar in kürzester Zeit nachholen, es fehlte ihm bisher nur an den nötigen Mitteln dazu.«

»Aber Kurt, du kannst dir doch denken, daß Herr Direktor seiner Sache, wie immer, sicher ist«, warf Inge ein, Gunnar mit einem schmachtenden Blick ansehend.

Die ihm von dieser Seite zuteilwerdende Hilfe empfand Gunnar keineswegs als besonders angenehm. Wie immer irritierte ihn dieser schmachtende Blick. Er sah zu Herma Hell hinüber und gewahrte, daß deren Gesicht den Ausdruck unruhiger Spannung aufwies. Das berührte ihn eigenartig, und nicht minder, als er auf einmal ihre Wangen erglühen sah. Was bedeutete das? Hatte sie bemerkt, daß sein Auge sie gesucht hatte? Bestand auf einmal ein geheimnisvoller Kontakt zwischen ihnen?

Ihre Augen lösten sich sofort wieder voneinander, aber sie beide fühlten auf einmal sehr wohl, daß von Stund' an etwas sie beide miteinander verband, was zuvor noch nicht bestanden hatte.

Kurt hatte heute morgen bereits wieder versucht, Herma aufzulauern, allein er war ihr erst begegnet, als sie mit Anita und den Kindern aus dem Kinderzimmer trat.

»Wartest du hier auf mich, Kurt?« fragte Anita, ihn groß ansehend.

»Wieso?«

»Weil du auf dem Gang hier doch sonst nichts zu tun hast.«

»Willst du das nicht mir überlassen?« fragte er schroff.

»Nur solange du uns nicht störst; hier auf dieser Seite können wir eigentlich keine Männer gebrauchen.«

»Ich hatte auch gar nicht die Absicht, dir in den Weg zu laufen.«

»Das kann ich mir denken. Deine Mutter und Inge sind aber bereits unten. Oder wolltest du dich deiner Onkelpflichten erinnern und die Kinder begrüßen? Das ist doch sonst nicht deine Art.«

»Ich möchte nur wissen, warum dich das interessiert.«

Sie richtete sich hoch auf.

»Weil du der Ansicht zu sein scheinst, daß du dich hier auf der Tauentzienstraße in Berlin befindest. Damit bist du aber sehr im Irrtum, und ich ersuche dich dringend, Lindeck nicht mit Charlottenburg zu verwechseln.«

»Willst du auch das nicht meine Sache sein lassen?«

»Nein! Aber wenn du wünschest, werde ich deine Mutter bitten, dich zu beeinflussen, daß du den Hausfrieden hier respektierst.«

Kurt sah zu Herma hinüber, die bei Anitas Worten blaß geworden war. Es war kein Zweifel, sie hatte Anita anvertraut, daß sie von ihm belästigt worden sei, aber er war weit davon entfernt, anzunehmen, die von seiten der reizenden Lehrerin erteilte Abfuhr sei eine endgültige. Er nahm vielmehr an, sie habe nur im Interesse ihres guten Rufes Anita von seiner Anwesenheit an ihrer Tür Mitteilung gemacht. Denn es war ja nicht ausgeschlossen, daß irgendwer ihn gesehen oder gehört haben konnte.

Herma mit seinen schwarzen Augen unternehmend anblikkend, sagte er anscheinend gleichmütig:

»Mama wird sich mit derartigen Bagatellen wohl kaum befassen.«

Aber es war ihm durchaus nicht darum zu tun, daß seine Mutter von seinen Absichten auf Herma unterrichtet wurde. So ging er achselzuckend davon.

Unten beim Frühstück gab er sich den Anschein völliger Unbefangenheit. Er nahm sich aber vor, Herma heute irgendwie zu stellen, er wollte beobachten, ob sie nicht mit den Kindern in den Park ging. Die Kinder für eine Weile zu entfernen, sollte ihm nicht schwer werden.

Vorläufig fuhr aber Herma mit den Kindern und Anita nach dem Frühstück im Auto davon – mit »diesem Chauffeur, von dem so lächerlich viel Aufhebens gemacht wird«, wie er wütend bei sich konstatierte.

Gleich nach elf Uhr stand Frank Soltau dann vor Gunnar Lundström. »Sie haben mich zu sprechen gewünscht, Herr Direktor?«

Gunnar nickte ihm lächelnd zu.

»Nun, die Hauptsache wissen Sie ja wohl schon von Fräulein von Seebach, Herr Soltau.«

Dieser verneigte sich artig, aber nicht mehr wie ein Chauffeur, sondern wie ein gebildeter Mann es vor einem andern tut.

»Fräulein von Seebach hat mir allerdings eine sehr beglükkende Eröffnung gemacht, an die ich noch nicht recht zu glauben wage. Aber ich stehe jedenfalls mit einem sehr dankbaren Herzen vor Ihnen, Herr Direktor.«

Dieser sah ihn groß und ernst an, als müsse er ihn bis ins Innerste prüfen.

»Ich hoffe, Herr Soltau, daß ich es als Direktor dieses Unternehmens verantworten kann, daß ich Sie hier einzustellen gedenke. Wenn mich meine Menschenkenntnis nicht trügt, so werden Sie den Ehrgeiz besitzen, uns einen Ingenieur vollwertig zu ersetzen. Ich bin zudem davon überzeugt, daß Sie alle Ihre Kräfte anspannen werden, um sich in dieser Stellung zu behaupten. Ich wollte Ihnen eine Chance bieten, ihr Lebensschiff, das von der geraden Richtung abgetrieben wurde, in voller Fahrt wieder geradeaus steuern zu können. Sie gefielen mir gleich bei unserer ersten Begegnung, und auch Fräulein von Seebach hat in Ihnen einen vollwertigen Menschen erkannt. Sie und ich sind beide nicht so geartet, um ruhig zuzusehen, wie ein Mensch mit allen Kräften um seine Existenz ringt und nur einer kleinen Hilfe bedarf, um hochzukommen. Diese Hilfe wollte ich Ihnen mit Fräulein von Seebachs Zustimmung geben. Und ich bin überzeugt, Sie werden mich nicht enttäuschen.«

Es schimmerte ein wenig feucht in Frank Soltaus Augen. Er erfaßte Gunnars Hand und drückte sie in stummer Ergriffenheit. Eine Weile vermochte er nicht zu sprechen, und Gunnar gab ihm Zeit, sich zu fassen. Dann besprach er alle Bedingungen mit ihm, setzte das Gehalt fest und stellte ihm frei, sich für Anita so lange zur Verfügung zu halten, bis sie seiner nicht mehr bedürfen würde. Frank Soltau willigte bedingungslos in alles ein.

Dann dankte ihm Gunnar, daß er auch gestern wieder eine Reparatur an einer der Maschinen vorgenommen hatte. Soltau wehrte fast verlegen ab und sagte, es habe ihm Freude gemacht. Als alles andere besprochen war, hub Soltau, tief aufatmend, an:

»Sie haben mir von Ihren Sorgenkindern gesprochen, Herr Direktor, von den drei Riesenfässern.«

Gunnar sah überrascht auf.

»Ja, ich sprach davon. Die Geschichte liegt uns allen sehr am Herzen, zumal wir wissen, daß keine Abhilfe möglich ist. Die Stützen werden nur noch kurze Zeit halten. Brechen sie unter der Last zusammen, dann haben wir einen ungeheuren und unersetzbaren Schaden. Es handelt sich hier um unsere kostbarsten Jahrgänge.«

Frank Soltaus Augen leuchteten. »Ich werde das Problem lösen, Herr Direktor!«

Gunnar zuckte zusammen und starrte ihn ungläubig an. »Das ist doch nicht Ihr Ernst?«

»Doch, Herr Direktor, es ist mein voller Ernst.«

Jetzt wurde Gunnar sehr erregt.

»Wenn Sie das fertigbrächten, aber nein ... dann wären Sie für die Firma von unschätzbarem Wert; wenn Sie ein Mittel finden könnten, neue Stützen unter die Fässer zu ziehen, ohne daß diese bewegt werden müßten ... Es wäre nicht abzusehen, was Ihre Hilfe uns wert wäre, wenn Sie wirklich ... aber, ich halte das für ausgeschlossen, ganz ausgeschlossen.«

Frank Soltau lachte froh auf.

»Vielleicht habe ich aber doch das Ei des Kolumbus gefunden, Herr Direktor. Ich habe seit dem Moment, da Sie mir diese Sorge anvertrauten, darüber nachgedacht, wie ich sie beheben könnte, und heute nacht ist mir endlich die Erleuchtung gekommen. Ich garantiere Ihnen, daß die Fässer neue, bessere Stützen erhalten sollen, ohne nur im geringsten bewegt werden zu müssen, und daß dieses Verfahren ungeniert bei allen anderen Fässern, gleichviel wie groß und schwer sie sind, angewandt werden kann.«

Gunnar faßte ihn bei den Schultern und schüttelte ihn ein wenig.

»Dann macht sich Ihre Anstellung auf lange Jahre hinaus für uns bezahlt, und ich erhöhe Ihr Gehalt ohne weiteres um ein Drittel, wenn Sie das fertigbringen. Aber nun reden Sie! Ist Ihr Verfahren mit großen Kosten verknüpft?«

»Nein, es wird nur geringe Kosten verursachen.«

»Dann heraus mit dem Fuchs aus dem Loch ... ich kann es noch immer nicht glauben.«

Frank richtete sich straff auf. Seine Augen leuchteten tatendurstig. »Ich will Ihnen das sogleich anschaulich demonstrieren, Herr Direktor. Bitte, geben Sie Auftrag, daß man ein kleines, leeres Fäßchen mit den dazugehörigen Stützen hierherbringt.«

Gunnar klingelte etwas erregt und gab dem eintretenden Bürodiener Befehl, das Benötigte herbeizuschaffen. Und Frank setzte noch hinzu:

»Bringen Sie mir auch gleich vier Bretter mit, etwa in dieser Größe.«

Und er bezeichnete die Größe.

Während die beiden Herren auf das Gewünschte warteten, sagte Frank:

»Es hat keinen Zweck, wenn ich Ihnen etwas von meiner Idee verrate, ehe ich Ihnen nicht zugleich zeigen kann, wie alles ausgeführt werden muß.«

»Nun gut, zuvor unterzeichnen Sie hier den Vertrag, den ich habe aufsetzen lassen. Lesen Sie ihn in Ruhe durch. Sie sehen darauf, daß ich Ihnen darin die Möglichkeit gegeben habe, den nötigen Urlaub zu nehmen zwecks Ablegung Ihres Examens. Dazu werden Sie einige Zeit nach Charlottenburg gehen müssen. Über den Zeitpunkt einigen wir uns noch.«

Frank las den Vertrag durch, und ehe er unterschreiben konnte, machte Gunnar schnell noch einen Nachsatz, daß das Gehalt um eine Drittel erhöht werden würde, falls es Soltau gelänge, tragfähige Stützen unter Fässern von beliebiger Größe anzubringen, ohne daß diese bewegt zu werden brauchten. Lächelnd unterzeichnete Frank den schon von Gunnar unterfertigten Vertrag.

Inzwischen kamen das kleine Faß, die Stützen und die Bretter.

Frank machte den großen Tisch am Fenster frei, stellte zuerst die Stützen auf, in denen das Faß ruhen sollte, also so, daß es unten im Halbrund gestützt wurde.

»So«, sagte er, »nun stellen Sie sich bitte vor, dies Faß wäre eines der Riesenfässer. Stellen Sie sich des weiteren vor, diese Stützen seien morsch und durch neue zu ersetzen, ohne daß das Faß erschüttert werden dürfe.«

Gunnar nickte. »Gut, ich stelle mir das vor.«

»Nun wohl, jetzt nehme ich diese vier Bretter, die man sich als den Fässern entsprechend groß und stark vorzustellen hat. Mit diesen umrahme ich, nachdem sie untereinander verbunden sind, die Fässer im Rechteck, und zwar in gleicher Höhe der höchsten Stellen der Stützen.«

Gunnar nickte gespannt.

Frank hatte die auf die schmale Kante gestellten Bretter indessen um das Faß und die Stützen geordnet.

»Sie müssen bedenken, daß diese vier Bretter jetzt ein festes Rechteck um die Riesenfässer bilden. Ist das geschehen, so brauchen wir nur flüssigen Beton – sagen wir Eisenbeton – in diese durch Bretter markierte Form zu gießen, bis zur Höhe der höchsten Stelle der Stützen. Der Beton füllt alle Stellen unter den Fässern aus, erstarrt und bildet eine neue feste Unterlage. Ist er erstarrt, dann entfernen wir die Bretter und ersetzen sie durch festes Mauerwerk. Die morschen Stützen können alsdann liegenbleiben oder nicht, sie haben ausgedient und bedeuten nichts mehr. Die Fässer dagegen liegen fest, sind nicht berührt worden, und Ihre Sorgen sind beseitigt. Die Kosten sind gering. In kurzer Zeit kann alles erledigt sein.«

Gespannt hatte Gunnar Franks Vortrag gelauscht. Nun warf er sich aufatmend in seinen Sessel und sah mit strahlenden Augen in das von Eifer gerötete Antlitz Soltaus. Er faßte seine Hand und drückte sie fest.

»Ich habe es ja gefühlt und gewußt, daß Sie der richtige Mann für uns sind. Mit einem Schlage haben Sie mir das bewiesen. Herrgott im Himmel, ich danke dir! Das ist wirklich das Ei des Kolumbus, und daß Sie darauf gekommen sind, beweist mir, daß Sie ein heller Kopf sind. Ich habe auch ohnedies nicht daran gezweifelt. Also los, Herr Soltau, das soll ihr erstes Werk sein. Bitte, treffen Sie sofort alle Vorbereitungen. Ich werde inzwischen unsern obersten Beamten, die meine Sorge teilten, Mitteilung machen, daß alle Not behoben ist. Auf welche Weise, werde ich jedoch nicht eher verraten, als bis es ausgeführt ist. Ich will Ihnen die Freude nicht nehmen; Sie sollen die Herren selbst damit überraschen.«

Durch die von Frank Soltau in Angriff genommenen Arbeiten wurde Gunnar zunächst wieder einmal von seinen Privatinteressen abgelenkt. Ganz Lindeck war in Spannung und Aufregung, und jeder interessierte sich für Frank Soltaus Tätigkeit; sogar der sonst so indolente Kurt von Fuchs, obwohl er es nicht an hämischen Zweifeln am Gelingen des Ganzen fehlen ließ. Anita aber war von einer fieberhaften Spannung erfüllt und gab in diesen Tagen sogar ihre Ausfahrten auf, um Frank Soltau keine Minute seiner kostbaren Zeit zu rauben.

Nach acht Tagen war das Werk gelungen. Alle im Betrieb atmeten wie befreit auf, und man beglückwünschte Frank Soltau von allen Seiten zu seinem Erfolg. Das machte ihn ganz verlegen, und er äußerte abwehrend immer wieder, alles sei im Grunde doch überaus einfach gewesen und besonderen Aufhebens gar nicht wert.

Immerhin waren, abgesehen von Anita, auch die Damen sehr interessiert gewesen, und Frau von Seebach ließ sich sogar huldvollst herab, Frank Soltau für den nächsten Sonntag zu Tisch zu bitten. Anita hätte ihr dafür am liebsten um den Hals fallen mögen, denn das war auf alle Fälle eine gesellschaftliche Anerkennung Frank Soltaus. Man war bereit zu vergessen, daß er zuerst als Chauffeur auf Lindeck gedient hatte. Frank freute sich über diese Einladung aber vor allem, weil er Anita, seiner ehemaligen Herrin, nunmehr als Gleichberechtigter an einem Tisch gegenübersitzen würde.

Anitas Jubel über Soltaus Erfolg verriet Gunnar nur zu sehr, wie es um sie stand. Sie war jetzt auch gar nicht mehr so ängstlich darauf bedacht, sich nicht zu verraten, wenigstens nicht ihrem besten, treuesten Freund gegenüber.

Sie hatte gezittert und gebangt, ob Frank Soltau sein Werk gelingen würde, und als ihr Gunnar meldete, daß alles zur Zufriedenheit ausgefallen sei, jauchzte sie und drückte ihm im Übermaß ihres Empfindens die Hand.

»Wie freue ich mich!« rief sie aus.

Mit ziemlicher Unruhe erwartete sie den Sonntag.

Sie machte an diesem Tag besonders sorgfältig Toilette. Zwar konnte sie der Trauer wegen nur ein schwarzes Kleid tragen, aber sie wählte eines, von dem sie wußte, daß es sie besonders gut kleidete. Schwarz wirkte überhaupt vortrefflich zu ihrem goldbraunen Haar und ihrem blütenzarten Teint. Und die großen grauen Augen leuchteten heute doppelt stark aus ihrem reizenden Gesicht.

Herma fühlte instinktiv, daß dieser Tag ein für Anita bedeutungsvoller sei, und so hielt auch sie ihrerseits den Zeitpunkt für gekommen, um das von ihr so sehr geliebte fraisefarbene Kleid mit dem weißen Ledergürtel und dem weißen Besatz um Kragen und Ärmel anziehen zu können. Dies war doch unbedingt eine festliche Gelegenheit. Freilich dachte Herma zugleich sehr intensiv darüber nach, ob sie ihrem »Märchenprinzen« in diesem wunderschönen Kleid wohl gefallen würde. Seit sie herausgefühlt hatte, daß zwischen Anita und Gunnar Lundström tatsächlich nur ein freundschaftliches Verhältnis bestand und daß diese sich viel mehr als für ihn für Frank Soltau interessierte, gestattete sie sich eher einmal »ein Märchen zu träumen«, in dem Direktor Lundström jedesmal als Märchenprinz fungierte ...

Gunnar hatte es einige Male ermöglicht, sie im Park zu treffen, wenn sie sich mit den Kindern draußen aufhielt, und er war dann so freundlich und herzlich gewesen, daß Herma sich in den Himmel versetzt fühlte.

Freilich waren ihr auch unangenehme Stunden nicht erspart geblieben, denn immer wieder stellte Kurt ihr nach, wußte sich ihr in den Weg zu drängen oder sie sonstwie mit seiner Zudringlichkeit zu belästigen. Er nahm dabei wenig

Rücksicht auf die Kinder und wurde in seinen Anspielungen manchmal so deutlich, daß Herma das Blut zu Kopfe stieg.

Nach Kräften suchte sie ihm zu verstehen zu geben, daß er ihr lästig sei, ja sie ersuchte ihn schließlich ganz energisch, die Unterrichtsstunden nicht zu stören und sie hinfort nicht mehr zu behelligen – allein, er ließ sich nicht abschrecken.

Als Herma am Sonntag ihr Schlafzimmer aufsuchte, um sich für die Tafel anzukleiden, entdeckte sie auf ihrem Nachttischchen ein kleines Paket und daneben einen an sie adressierten Brief. Unruhig starrte sie darauf nieder, und es schoß ihr gleich durch den Kopf, Kurt von Fuchs möchte dieses beides hierhergelegt haben. Durch die Dienerschaft hatte er es sicherlich nicht bewerkstelligt, also war er so unverschämt gewesen, in ihrer Abwesenheit selbst ihr Zimmer zu betreten. Bis jetzt hatte sie Anita noch nichts wieder von seiner Aufdringlichkeit gesagt, denn sie wollte ihr nicht damit lästig fallen. Nun aber konnte sie nicht länger schweigen. Hastig machte sie sich fertig. Sie betrachtete sich prüfend und kritisch im Spiegel und fand sich in dem reizenden Gewand zwar sehr schön, allein freuen konnte sie sich nicht darüber. Das war ihr durch Kurt verdorben worden. Als sie fertig war, nahm sie mit spitzen Fingern den Brief und das Paketchen, ohne beides zu öffnen, und begab sich damit zu Anita hinüber.

Diese hatte soeben ihre Toilette beendet und sah in einem schwarzen Velourkleid, das sich weich ihren vollendeten Formen anschmiegte, wunderschön aus. Lächelnd, mit froh erregtem Gesicht, wandte sie sich nach Herma um.

»Ah, heute also ist das von Ihnen so geliebte Fraisefarbene an der Reihe«, sagte sie, ihr Gegenüber lächelnd betrachtend.

»Ja, Fräulein Anita, ich dachte, es sei heute eine festliche Gelegenheit.«

»Es kleidet Sie entzückend, Fräulein Herma!«

»Ich kann nur entgegnen, daß Sie wundervoll in diesem

Velourkleid aussehen«, erwiderte diese, einen Augenblick über Anitas Anblick ihren Kummer vergessend.

Diese betrachtete sich noch einmal im Spiegel und war sehr zufrieden. Da sagte Herma leise:

»Darf ich Sie noch einmal mit einer persönlichen Angelegenheit behelligen, Fräulein Anita?«

Diese wandte sich schnell um und sah sie forschend an.

»Ach, ich sehe jetzt erst, daß Sie ein sehr ernstes Gesicht machen, das gar nicht zu Ihrem Festkleid paßt. Ist Ihnen etwas Unangenehmes begegnet?«

Herma hob die Hand, in der sie Brief und Paketchen hielt, und zeigte ihr beides.

»Ich wollte Sie, wenn möglich, nicht mehr in Anspruch nehmen, Fräulein Anita, aber ... Herr von Fuchs hat mich noch verschiedentlich in wenig artiger Weise attackiert und mir Dinge gesagt, die ich nur als Beleidigung auffassen konnte. Ich habe mir das mehr als einmal sehr energisch verbeten, aber leider ohne jeden Erfolg. Bisher konnte ich das alles aber wenigstens ignorieren. Aber, nun fand ich eben das hier auf meinem Nachttisch. Ich muß annehmen, daß Herr von Fuchs es darauf niedergelegt hat. Wer hier im Schloß sollte mir sonst einen Brief und ein Paket auf mein Zimmer legen? Der Dienerschaft hat er es bestimmt nicht anvertraut. Ich konnte mir nicht anders helfen, als Ihnen beides zu bringen und Sie zu bitten, es Herrn von Fuchs zurückzugeben.«

Anita war vor Zorn ganz bleich geworden. Sie nahm Herma beides aus den Händen und sah darauf nieder.

»Gestatten Sie mir, Brief und Paket zu öffnen, Fräulein Herma?«

»Selbstverständlich! Ich selbst hätte es nicht getan.«

Anita öffnete zuerst den Brief und las:

»Süße, reizende Herma! Warum noch immer so spröde? Fühlen Sie nicht, wie ich für Sie glühe? Sie brauchen wirklich durch Ihre Abwehr das Feuer in meiner Brust nicht noch mehr zu schüren, ich bin schon ganz Ihr Sklave, reizendste aller Lehrerinnen. Geben Sie doch Ihr Sträuben endlich auf. Wir könnten so glücklich sein und uns die Langeweile von Lindeck erträglicher machen. Ich liebe Sie, ich verschmachte nach Ihnen. Sie sollen es nicht bereuen, mich zu erhören. Ich werde alle Ihre Wünsche erfüllen. Noch nie habe ich mich so heftig danach gesehnt, ein Weib zu besitzen, wie jetzt, seitdem ich Sie kenne. Quälen Sie mich nicht länger, süßes Kind. Nehmen Sie beifolgendes Schmuckstück als kleine Aufmerksamkeit von Ihrem Sie leidenschaftlich liebenden Kurt, und geben Sie mir eine kurze Nachricht, wann ich zu Ihnen kommen kann, um Ihnen meine Liebe zu beweisen.«

Zornig knitterte Anita diese Zeilen mit der Rechten zusammen.

»Ich will Ihnen das gar nicht zu lesen geben, Herma, es ist ein perfides Stückchen meines Herrn Stiefbruders. Und das dazugehörige Schmuckstück, womit er glaubt, Sie gefügig machen zu können, wollen wir gar nicht erst auspacken. Ich bin empört über diese Unverschämtheit und fühle mich mit Ihnen beleidigt. Lassen Sie mir das hier, ich werde es ihm zurückgeben und mit meiner Meinung darüber nicht zurückhalten. Lassen Sie mich um Verzeihung bitten für diese Rüpelei meines Stiefbruders. Ich werde ihm sehr gründlich den Kopf waschen, und kommt er Ihnen noch ein einziges Mal zu nahe, so werde ich seiner Mutter davon Mitteilung machen. Versprechen Sie mir, es mir sogleich zu melden, falls er sich Ihnen noch einmal in so ungezogener Weise nähern sollte.«

Herma faßte impulsiv ihre Hand.

»Ich danke Ihnen von ganzem Herzen, Fräulein Anita! Sie können mir glauben, ich bin nicht einen Moment von meiner korrekten Haltung ihm gegenüber abgewichen.«

»Das brauchen Sie mir nicht erst zu sagen, Herma. Ich kenne ihn doch. Er hat in meiner Villa in Berlin schon des öfteren meine weiblichen Angestellten attackiert, so daß ich ihm deswegen mein Haus verschließen mußte. Er hat die letzten Jahre nicht mehr bei mir wohnen dürfen. Daß er aber auch Sie belästigt, ist die Höhe. Leider kann ich ihn nicht aus Lindeck weisen, aber seine Mutter muß helfen, sofern er jetzt nicht auf mich hört. Ich muß Ihnen sagen, daß ich am liebsten Direktor Lundström von dem Vorgefallenen unterrichten würde. Vor dem hat er immerhin einige Furcht.«

Herma erblaßte, und Anita bemerkte das sehr wohl.

»Ach bitte, Fräulein Anita, sprechen Sie nicht mit Direktor Lundström darüber. Es wäre mir furchtbar, könnte er annehmen, ich sei nicht ganz schuldlos an dem Vorgefallenen. Man sucht in solchen Fällen doch gewöhnlich die Schuld bei der Frau«, sagte Herma mit bebender Stimme und mit angstvollen Augen.

Und Anita fiel es wieder auf, wie seltsam unruhig Herma wurde, sobald von Direktor Lundström die Rede war. Nachdenklich sah sie Herma an. Sollte dieser wundervoll frische, lebensfrohe Mensch, der sich so oft jubelnd ein Glückskind genannt hatte, hier seine schöne Herzensruhe verlieren? Aufrichtiges Mitgefühl regte sich in Anita. Sie faßte Hermas Hand und sah ihr gütig in die Augen.

»Nun sehen Sie nur nicht so betreten aus, Liebste, Beste; Sie sind doch sonst so tapfer und unverzagt. Ich werde meinem Freund Gunnar vorläufig noch nichts verraten. Wir werden ja Kurt schon allein zur Vernunft bringen, Ich werde heute nachmittag sehr energisch mit ihm reden, und zwar hier in meinem Zimmer. Ich hoffe überdies, daß er es nicht lange mehr in Lindeck aushält, weil es ihm hier zu langweilig werden wird, zumal er bei Ihnen absolut kein Glück hat. Was sich solche Bengel überhaupt einbilden? Denken, eine Frau warte nur darauf, ihnen als Spielzeug zu dienen. Er hat Ohrfeigen verdient! Diese Art Männer, wenn man sie überhaupt Männer nennen kann, sind doch nur dazu auf der Welt, Unheil anzurichten!«

Sie strich Herma gütig über das Haar. Diese fing ihre Hand ein und drückte schnell ihre Lippen darauf.

»Ich danke Ihnen, oh, ich danke Ihnen vielmals für Ihre verständnisvolle Güte!«

Anita lächelte ihr zu.

»Aber nun zeigen Sie mir auch wieder Ihr frohes, lachendes Gesicht, kleine Herma, wir werden uns doch von so einem ungezogenen Bengel nicht die Laune verderben lassen. Also schnell noch die Wangen ein bißchen gerieben, damit Sie wieder Farbe ins Gesicht bekommen, sonst kommt das Fraisefarbene nicht zur Geltung.«

Da mußte Herma schon wieder lachen.

»Das wäre wirklich jammerschade! Ich bin so stolz darauf. Ist es nicht wundervoll?«

Anita zog sie neben sich vor den Spiegel.

»Nun, ich denke, wir können uns schon sehen lassen!«

Sie nickten sich im Spiegel zu; dann huschte Herma davon, um die Kinder zu holen und sich mit ihnen ins Speisezimmer zu begeben.

Als sie dort eintrat, war Gunnar bereits anwesend. Er war heute etwas früher als sonst herübergekommen, uneingestandenermaßen in der Hoffnung, Herma für einen Augenblick allein sprechen zu können.

Die Kinder begrüßten ihn mit so lebhafter Freude, daß es eine kleine Weile währte, ehe er sich Herma zuwenden konnte. Wie schön sie heute war! Bewundernd ruhten seine Augen auf ihr.

»Sie tragen heute ein reizendes Kleid, Fräulein Hell, das Sie besonders gut kleidet!« sagte er, während die Kinder um sie herumsprangen.

Ach, Herma fühlte sich wie im siebenten Himmel, weil er ihr Kleid reizend fand. Ihm gegenüber konnte sie aber nicht verschweigen, woher dieses Kleid stammte. Sie sagte hastig:

»Es ist eigentlich viel zu kostbar für mich, und ich bin auch nur deswegen zu vier so schönen Kleidern gekommen, weil Fräulein Anita sie für sich bestellt hatte, sie aber der Trauer halber nicht tragen konnte. Da hat sie sie mir überlassen, sozusagen verkauft ... aber für einen so lächerlich geringen Preis, daß ich sehr wohl verstanden habe, daß sie mir nur die Beschämung ersparen wollte, ein so großes Geschenk von ihr anzunehmen. Sie ist eben unbeschreiblich gütig.«

Mit heimlicher Rührung hörte er dieses Geständnis an.

»Ja«, sagte er herzlich, »sie ist so lieb und gut wie wenige Menschen, und Sie haben ihr mit der Abnahme der Kleider jedenfalls eine Freude gemacht.«

Sie zwang sich zur Ruhe und lachte ihn nun mit ihren samtbraunen Augen an, daß wieder Sonnenfunken darin leuchteten.

»Ich habe mich wahrhaftig nicht lange gewehrt, denn ich war für meine neue Stellung keineswegs hinreichend mit Kleidern ausgestattet. Ich muß mir erst wieder Geld verdienen, um mir anständige Garderobe kaufen zu können; mein Studium hat fast alles aufgezehrt, was ich besaß.«

Er hätte sie am liebsten in die Arme gezogen und sie liebevoll gestreichelt. Es wurde ihm warm ums Herz bei ihrem Anblick. Er wußte und fühlte, daß er sie liebte, und er sehnte sich danach, ihre Gegenliebe zu gewinnen.

Leider wurden sie jetzt gestört, und zwar durch Frau Inge, die in einem kostbaren, verführerischen Trauergewand in das Zimmer rauschte. Etwas indigniert sah sie Herma in anscheinend angeregter Unterhaltung dicht bei Gunnar stehen, und plötzlich zuckte ein mißtrauischer Blick von dem einen zu dem andern hin.

»Ich hörte die Kinder schon draußen lärmen, Fräulein Hell, Sie haben wohl nicht genügend auf sie geachtet«, sagte sie, sehr von oben herab.

Herma wurde blaß, gerade in Gunnars Gegenwart berührte sie ein Tadel doppelt schmerzlich. Aber ehe sie ein Wort der Erwiderung fand, sagte Gunnar, sie verteidigend: »Dafür müssen Sie mich verantwortlich machen, gnädige Frau, wir haben ein wenig getollt, die Kinder und ich.«

Frau Inge schob die Kinder schnell Herma zu und trat lächelnd an Gunnars Seite, ihm schelmisch mit dem Finger drohend:

»Sie verwöhnen mir die kleine Gesellschaft zu sehr, lieber Herr Direktor, aber Sie werden auch sehr von ihnen geliebt.«

Sie legte dabei, wie von ihren Gefühlen überwältigt, ihre Hand auf seinen Arm und sah ihn hingebend an.

Unbehaglich davon berührt, rückte Gunnar unauffällig ein wenig von ihr ab und warf einen raschen Blick zu Herma hinüber. Und in deren sprechendem Gesicht las er etwas wie Schmerz und Unruhe, und noch etwas, das ihm kundtat, daß sie seine Gefühle erwiderte. Zugleich aber wurde ihm sehr unangenehm klar, worauf Frau Inge ausging. Weshalb sie ihm so deutlich Avancen machte, konnte er sich zwar nicht erklären, aber daß sie darauf hinsteuerte, ihn an sich zu fesseln, lag ohne weiteres zutage. Daß sie ihn plötzlich lieben sollte, erschien ihm unmöglich, denn sie war ihm früher stets kalt und ablehnend begegnet.

Immer stärker verlangte ihn nun danach, sich Gewißheit zu verschaffen, ob Inge, ihre Mutter und Kurt wirklich das Testament unterschlagen hatten. Wenn er es auch nicht wieder herbeizuschaffen vermochte, so wollte er sich doch nicht von diesen drei Menschen am Narrenseil führen lassen, wollte wenigstens nicht mehr die Komödie spielen müssen, als glaube er an ihre Erbberechtigung.

Gerade als er vor Inge zurückwich, traten Kurt und seine Mutter ein, hinter ihnen Anita. Sie waren kaum alle im Speisesaal versammelt, als der Diener Herrn Soltau meldete und ihn eintreten ließ.

Frank Soltau hatte am Tag zuvor Frau von Seebach ordnungsgemäß seinen Besuch gemacht, hatte sie aber nicht angetroffen. Nun mußte Gunnar ihn Frau von Seebach, Inge und Kurt vorstellen.

Frau von Seebach begrüßte ihn mit der ihr eigenen hoheitsvollen Unnahbarkeit, Inge mit einem verbindlichen Lächeln und Kurt mit einer knappen studentischen Verbeugung. Anita aber reichte ihm mit einem schönen, gütigen Lächeln die Hand und hieß ihn willkommen. Mit Herma tauschte er einen artigen Gruß, und Dieter und Hannelore sahen ihn groß und erfreut an. Es erschien ihnen etwas befremdlich, daß »Tante Anitas Chauffeur« mit am Tisch saß, und sie flüsterten Herma ihre Verwunderung darüber zu. Sie sagte ihnen aber leise, Herr Soltau sei gar kein richtiger Chauffeur, er sei ein Herr.

»Mir hat er doch gleich so ausgesehen!« meinte Dieter, und das entfuhr ihm so laut, daß es am Tisch gehört wurde. Aber obwohl alle ahnten, was der Kleine damit hatte sagen wollen, ignorierte man es doch.

Frank Soltau gab sich nach Überwindung der ersten Verlegenheit so unbefangen und gewandt, daß bald niemand mehr daran dachte, die Situation als peinlich zu empfinden. Man hatte ihn zwischen Gunnar und Dieter placiert, und er wurde von Gunnar nach Kräften unterstützt. Bald war er in eine so rege Unterhaltung mit diesem und Anita vertieft, daß die andern interessiert zuhörten. Frau von Seebach fand, daß dieser junge Mann eine tadellose Figur für den Salon darstellte, Frau Inge wollte sich Gunnar gefällig zeigen und mischte sich ebenfalls in die Unterhaltung, während Kurt mit studentischen Ausdrücken zu imponieren suchte. So plauderte man sehr angeregt. Daß Franks Blicke immer wieder in dankbarer Verehrung Anitas reizendes Gesicht suchten, fiel niemand auf. Jedenfalls schnitt Frank Soltau vorzüglich ab, und als er sich, nachdem der Mokka auf der Terrasse eingenommen war, artig verabschiedete, ließ sich Frau von Seebach herab zu sagen:

»Wir werden uns freuen, wenn Sie uns des Sonntags öfter das Vergnügen machen, mit uns zu speisen.«

Frank Soltau dankte höflich und erwiderte, sie brauche nur zu befehlen.

Anita hätte erneut am liebsten ihre Stiefmutter abgeküßt für diese Soltau erwiesene Liebenswürdigkeit. Als er sich von ihr verabschiedete, sagte sie bittend:

»Werden Sie uns heute das Vergnügen machen, uns ein Stück am Rhein entlang zu fahren? Ich habe es den Kindern versprochen. Aus Rücksicht auf Ihr so viel notwendigeres Werk sind wir in der letzten Woche gar nicht aus dem Hause gekommen.«

Er verbeugte sich strahlend.

»Um welche Zeit befehlen Sie den Wagen, mein gnädiges Fräulein?«

»Wieder halb sechs Uhr, nach dem Tee.«

»Ich werde pünktlich zur Stelle sein.«

Als Frank Soltau gegangen war, meinte Frau von Seebach huldvoll: »Dieser junge Mann hat tadellose Manieren und ist sehr unterhaltend. Ich hoffe, im Sinne von euch allen gesprochen zu haben, wenn ich ihn für die Sonntage zum Mittagessen einlud.«

Sie erhielt lebhafte Zustimmung von allen Seiten, nur Kurt sagte lässig: »Wir sind ohnedies nur zwei Herren unter so vielen Damen, da ist eine Verstärkung des männlichen Elementes nur am Platze.«

Man ging darauf auseinander wie jeden Tag zwischen dem Mittagessen und der Teestunde. Anita sagte halblaut zu Kurt:

»Würdest du einige Minuten mit auf mein Zimmer kommen, Kurt, ich möchte etwas mit dir besprechen.«

Sie sagte es ganz ruhig und beiläufig, aber er sah sie unsicher und unbehaglich an.

»Gewiß, gern, ich weiß ohnedies nicht, was ich vor Langeweile anfangen soll.«

Und er ging neben ihr her. »Möchtest du es nicht einmal mit einer ernsten Arbeit versuchen, Kurt? Es muß doch entsetzlich für einen Mann sein, so untätig dahinzuleben, wie du es tust.«

Er zuckte mit den Schultern.

»Wozu soll ich arbeiten? Etwa mein Studium beenden? Wem soll das nützen? Ich werde doch einem andern armen Schlucker nicht das Brot wegnehmen.«

Sie sah ihn ernst an.

»Im Grunde kannst du einem leid tun.«

»Warum? Ich komme mir gar nicht besonders bemitleidenswert vor. Tue mir nur den Gefallen und komm mir nicht mit sogenannten sittlichen Forderungen, damit kannst du dich bei mir nicht einschmeicheln.«

Sie erwiderte vorläufig nichts; sie sprach erst wieder, als sie mit ihm in ihrem Salon angelangt war.

»Also, was hast du auf dem Herzen, Anita?« fragte Kurt, als er ihr gegenüber in einem Sessel lag, die Beine übereinandergeschlagen und die Fingerspitzen gegeneinanderstoßend.

Sie war an ein Schränkchen herangetreten, in dem sie den Brief und das Päckchen mit dem Schmuckstück verwahrt hatte, und entnahm diesem beides. Sie legte es vor ihm hin auf den Tisch und sagte ruhig:

»Ich wollte dir das zurückgeben.«

Er stutzte, sah darauf nieder und richtete sich ärgerlich empor. »Was soll das?«

»Du hörst es ja, ich will dir das zurückgeben.«

Mit einem giftigen Blick sah er zu ihr auf.

»Sage mal, mischst du dich nicht etwas reichlich in meine Angelegenheiten? Ich kümmere mich doch auch nicht darum, ob du mit deinem Chauffeur techtelmechtelst und ihn zum Ingenieur avancieren läßt.«

Sie wurde ein wenig blaß, verlor aber die Ruhe nicht. »Es ist nur gut, daß einen Leute deines Schlages nicht beleidigen können. Im übrigen hättest du für diese Worte eine Ohrfeige verdient, und du kannst dich ruhig als von mir geohrfeigt betrachten.«

Er sah nun doch ein, daß er zu weit gegangen war.

»Nun ja, entschuldige, ich habe etwas Dummes gesagt, aber man muß doch wütend werden, wenn du einem immer in die Quere kommst.«

»Ich habe nicht die Absicht, dir in die Quere zu kommen, aber ich bin beauftragt, dir diesen Brief und dieses Päckchen zurückzugeben. Fräulein Hell brachte mir beides, ratlos über deine Zudringlichkeit. Sie hat weder Brief noch Paket geöffnet, ich habe mit ihrer Zustimmung den Brief gelesen. Sie weiß zum Glück nicht, was darinnen steht. Wie denkst du dir das? Kannst du keinen Unterschied machen zwischen einer anständigen Dame und deinen sonstigen Bekanntschaften? Du hast mich schon so weit getrieben, dir mein Haus in Berlin verbieten zu müssen, weil du dich meinem weiblichen Personal gegenüber unerhört benommen hast. Daß du aber eine junge Dame wie Fräulein Hell belästigst – das ist nicht nur ungezogen, das ist auch dumm.«

»Na, erlaube mal.«

»Nein, bitte, laß mich erst ausreden. Ja, es ist dumm! Soviel Menschenkenntnis müßtest du eigentlich haben, dir sagen zu können, daß eine Dame wie Fräulein Hell nicht für leichtfertige Liebeleien zu haben ist.«

»Ach, lehre du mich die Weiber kennen! Ich weiß schon, wie ich mit Ihnen dran bin.«

»Mit den Weibern, die du kennst, vielleicht. Frauen wie Herma Hell geben sich mit deinesgleichen nicht ab, das kannst du mir glauben. Und vergiß nicht, daß sie die Erzieherin deines Neffen und deiner Nichte ist. Bringe dieses arme Mädchen, das sich ihr Brot schwer genug verdienen muß, nicht in Gefahr, denn eine Gefahr ist es für sie schon, wenn du ihr nachstellst; nicht, weil ich fürchte, sie könnte dir verfallen, sondern weil du sie durch deine Leichtfertigkeit um ihre Stelle bringen kannst.«

»Sie ist überhaupt viel zu schade für den Posten einer Lehrerin, so ein schönes Mädchen ist zu andern Dingen nütze, und ich würde sie selbstverständlich reich entschädigen für alles, was sie aufgeben müßte.«

»Sie wird sich dafür bedanken, deine Mätresse zu werden.«

»So? Und ... wenn ich sie nun heiraten würde?« trumpfte er auf.

»Wenn du diese Absicht haben solltest, hättest du es reichlich ungeschickt angefangen. Eine Dame, die man heiraten will, beschimpft und beleidigt man nicht zuvor.«

Er lachte zynisch auf.

»Nun, ich wollte eben erst einmal versuchen, sie billiger als mit dem Ehering zu haben. Aber wenn das nicht möglich ist, nun gut, warum soll ich sie nicht heiraten? Ich bin, weiß Gott, verschossen genug in sie, um sie auch dieser Dummheit wert zu finden. Also rege dich ab, schöne Seele, ich werde deinem Schützling nicht mehr in unehrerbietiger Weise zu nahe treten, sondern ernsthaft um dessen Hand werben. Aber versprich mir, daß du Mama und Inge nichts davon sagen wirst, die schwatzen mir sonst zuviel dazwischen. Und ich würde nicht auf sie hören. Dieses süße Mädel muß mein werden ... um jeden Preis! Selbst um den meiner Freiheit!«

»Nun gut, wenn du ehrliche Absichten hast, dann habe ich nichts mehr zu sagen. Du wirst ja wissen, was du zu tun hast. Aber baue nicht zu fest darauf, daß du auf diese Art zu deinem Ziel kommst.«

Er lachte spöttisch auf. »Willst du vielleicht sagen, die kleine Lehrerin würde sich einen Moment bedenken, meine Werbung anzunehmen, wenn ich sie zu meiner Frau machen wollte?« fragte er großsprecherisch.

Sie sah ihn ernst an. »Diese kleine Lehrerin ist, nebenbei gesagt, ein wertvoller Charakter; sie wird, wie ich sie kenne, nur den Mann heiraten, den sie liebt.«

»Oho! Daß ich nicht lache!«

»Männer wie du und von deiner Art werden umlernen müssen in bezug auf die Frauen. Diese haben jetzt gelernt, für sich selbst einzustehen und trachten nicht mehr lediglich danach, versorgt zu werden. Ich will dich nur warnen, nicht gar so zuversichtlich zu sein.«

»Nun, laß nur, mein Herzchen, du kannst mir mit deiner Weisheit wenig imponieren. Wetten, daß die kleine Herma mir gerührt in die Arme sinkt, wenn ich sie frage, ob sie meine Frau werden will?«

»Ich wette nie, am wenigsten um solche Dinge. Ich glaube aber nicht, daß ich mich täusche.«

»Wir werden sehen. Also bestelle, bitte, Fräulein Hell eine ehrerbietige Empfehlung, und ich lasse sie um Verzeihung bitten. Du kannst ihr gern zu verstehen geben, daß ich mich in ihr getäuscht habe und ihr jetzt anders, mit den ernstesten Absichten, gegenüberstehe.«

»Gut, das werde ich um so lieber tun, als das die Beleidigung, die du ihr zugefügt hast, einigermaßen wettmacht. Und nun nimm dein Präsentpäckchen und deinen Brief, und laß mich allein.«

Er steckte Brief und Päckchen zu sich und erhob sich. Dann sagte er wieder ziemlich flegelhaft:

»Im übrigen, zu fest soll die Kleine noch nicht drauf bauen, daß sie Frau von Fuchs wird, ich muß es mir noch einmal beschlafen.«

Sie zuckte nur mit den Schultern.

»Ich habe es einstweilen auch noch nicht besonders ernstgenommen. Mir ist die Hauptsache, daß du Fräulein Hell fernerhin nicht mehr beleidigst und sie um Ruhe und Frieden bringst.«

Er erwiderte kein Wort mehr, sondern schob sich in seiner lässigen Art aus dem Zimmer.

Anita ging zu Herma hinüber und berichtete ihr ehrlich und ziemlich wortgetreu, was sie mit Kurt gesprochen hatte. Wie sie vorausgesehen hatte, schrak Herma entsetzt empor, als sie hörte, daß Kurt um sie werben wolle.

»Um Gottes willen, Fräulein Anita, das darf nicht geschehen. Wenn ich ihn abweisen würde, wäre meine Stellung hier ja unhaltbar.«

Anita atmete auf. »Also Sie würden ihn abweisen?«

»Unbedingt! Er ist mir gleichgültig – ja schlimmer als das ... widerwärtig«, sagte Herma sehr energisch und bestimmt.

Anita mußte lächeln.

»Kleines Fräulein, wissen sie denn, was Sie damit ausschlagen? Kurt von Fuchs ist ein reicher Erbe.«

Herma reckte sich auf. »Aber sonst nichts!«

»Vergessen Sie eines nicht, Sie würden aller Sorgen ledig werden, brauchten nicht mehr das Brot der Abhängigkeit zu essen, könnten die Herrin von Lindeck werden.«

Herma mußte ein wenig lachen.

»Ach, danach trage ich kein Verlangen, wenn ich nur einige Jahre hier meine gute Stellung behalte und meine Kinder erziehen kann. Dann hilft der liebe Gott schon weiter. Ach nein, Fräulein Anita, ich habe wirklich kein Verlangen, Frau von Fuchs zu werden; bitte, legen Sie mir das nicht als Hochmut aus, aber ich könnte einfach nicht ›ja‹ sagen, ganz ausgeschlossen.«

Anita sah sie forschend an.

»Dann ist Ihr Herz nicht mehr frei?«

Herma wurde dunkelrot und sah verwirrt in Anitas Gesicht. Aber dann richtete sie sich mit edler Würde auf und sagte ernst und innig:

»Nein, Fräulein Anita, mein Herz ist nicht mehr frei, wenn es auch ganz hoffnungslos liebt. Aber auch, wenn das nicht der Fall wäre, Herrn von Fuchs würde ich doch nicht heiraten, weil ich ihn nicht liebe. Bitte, machen Sie ihm doch klar, daß er mir um Gottes willen keinen Antrag machen soll, damit ich ihm keinen Korb zu geben brauche. Es wäre mir schrecklich peinlich.«

Anita trat plötzlich auf sie zu und zog sie in ihre Arme. »Sie tapferes kleines Mädchen! Ich habe Sie liebgewonnen. Wollen Sie meine Freundin werden?«

Herma wurde glühendrot vor Freude. Impulsiv umarmte auch sie Anita.

»Da sehen Sie nun wieder, daß ich ein Glückskind bin! Alles schlägt mir zum Glück aus! Kaum kommt mir mal eine unangenehme Sache in die Quere, gleich springt schon wieder ein Glück für mich aus ihr heraus. In meinem Herzen sind Sie schon längst als meine liebste, teuerste Freundin verzeichnet, denn von Ihnen kommt mir doch alles Gute. Ob ich Ihre Freundin werden will – lieber Gott – wie gern ... wie gern! Ich danke Ihnen, danke Ihnen von ganzem Herzen«, sagte sie lachend und weinend. Sie umarmten und küßten sich und sahen sich herzlich in die Augen.

Anita sagte leise: »Glauben Sie mir, Herma, ich bin nicht weniger einsam als Sie und bedarf einer Freundin ebensosehr wie Sie. Stehe ich doch ganz allein in der Welt. Mein Vormund ist gestorben, und Gunnar, der mir wirklich ein guter, ehrlicher Freund ist, kann sich wenig um mich kümmern. Meine Stiefmutter und meine Stiefgeschwister stehen mir beinahe feindlich gegenüber. So habe ich keinen Menschen.«

Herma sah sie bange forschend an.

»Darf ich etwas sehr Vertrauliches fragen?«

»Als meine Freundin, gewiß.«

»Ich habe erst geglaubt, daß Direktor Lundström Ihnen mehr, viel mehr sei als ein Freund.«

Ruhig schüttelte Anita den Kopf.

»Nein, Herma, wir sind zu gute Freunde, als daß wir uns etwas anderes sein könnten.«

Herma atmete auf. »Ich habe das schon bald selbst empfunden.«

Aber sie rührte nicht daran, daß sie glaubte, daß Frank Soltau Anita teuer geworden sei. Sie fühlte, in Herzenssachen würde Anita genauso verschwiegen sein wie sie selbst.

Die beiden jungen Damen ahnten eine von der andern, wem sie ihr Herz geschenkt hatten, ohne nur mit einem Hauch daran zu rühren.

Sie sprachen noch eine Weile vertraulich über andere Dinge, dann mußte Herma die Kinder holen. Anita hatte ihr versprochen, ihr gegen Kurt auch fernerhin beizustehen. Sie riet ihr aber, jetzt erst einmal ruhig abzuwarten, ob er wirklich allen Ernstes um sie werben würde. Ihm könne ein Korb gewiß nicht schaden, und daß sie dadurch ihre Stellung nicht verlieren würde, dafür wollte Anita sorgen.

## *13*

Gunnar hatte nach Tisch seine Wohnung aufgesucht. Seitdem die Angelegenheit mit dem Stützen der Fässer erledigt war, hatte er endlich wieder Zeit, an seine eigene Sache zu denken. Und in der sonntäglichen Ruhe dachte er nochmals darüber nach, wie er sich Gewißheit verschaffen könnte, ob Kurt und seine Mutter das Testament wirklich beiseite gebracht hatten und auf welche Weise. Daß er zu einer List greifen müsse, erschien ihm zweifellos. Auf geradem Wege war nichts zu erreichen. Vergeblich hatte er mit dem Notar alles durchgesucht, auch den Schreibtisch seines Vaters in dessen Büro, aber nichts war gefunden worden, nur einige Notizzettel mit Zahlen, die wohl eine Berechnung der einzelnen Legate darstellten, wobei aber nichts bemerkt war, was man als Ausweis benutzen konnte.

Er wußte aber, daß Kurt und seine Mutter noch immer ängstlich als erste die Postsachen durchsuchten, was sie doch früher nie getan hatten. Und darauf baute er seinen Plan. Hatte Kurt wirklich das Kuvert mit Inhalt oder einen Teil des Inhaltes verloren, so mußte ein fingierter Brief seine Wirkung tun. Er war daher entschlossen, diesen Brief zu schreiben. Er setzte, die Worte sorgsam wägend, den Text zunächst einmal auf. War er ein Schlag ins Blaue, dann durfte er selbstverständlich noch weniger bei Kurt und seiner Mutter eine Ahnung aufkommen lassen, daß er von ihm herrührte. Als er mit dem Konzept zufrieden war, nahm er seine kleine Schreibmaschine vor, die er immer zur Hand hatte, wenn es abends oder sonntags etwas zu schreiben gab und er nicht erst ins Büro hinuntergehen wollte. Und er schrieb den Brief ab. Schrieb auch das Kuvert mit der Schreibmaschine und schloß es dann.

Nun kam es darauf an, den Brief mit einem unverfänglichen Poststempel zu versehen. Zu diesem Zweck fuhr er nach Koblenz, ohne daß jemand etwas von diesem seinem Ausflug wußte. Dort steckte er den Brief in den Postkasten, kehrte sofort wieder nach Lindeck zurück und war zur Teestunde schon wieder mit sämtlichen Hausgenossen zusammen. Es hatte alles tadellos geklappt, er hatte die beiden Züge gerade so erwischt, daß er nicht zu warten brauchte. Sonst hätte er es nicht geschafft. Es war gar nicht aufgefallen, daß er in der Zwischenzeit Lindeck verlassen hatte.

Als nach dem Tee Anita und Herma mit den Kindern ausfuhren, sagte Gunnar lächelnd zu der ersteren: »Nehmen Sie mich doch auch mit, Anita, ich habe heute Langeweile und kann ja neben Herrn Soltau am Steuer sitzen.«

Anita nickte ihm lächelnd zu. »Gern, Freund Gunnar, machen Sie sich schnell fertig zur Fahrt, wir fahren rheinaufwärts.«

Befriedigt hatte Gunnar gesehen, wie ein helles Rot in Hermas Gesicht stieg und wie ihre Augen freudig aufleuchteten. Sie freute sich also, daß er mit von der Partie war. Aber Kurt von Fuchs und Inge standen ärgerlich dabei, als das Auto abfuhr. Kurt war wütend, daß er nicht auf den Gedanken gekommen war, sich den letzten Platz im Wagen zu sichern, und Inge war indigniert, daß Gunnar, den sie doch schon als ihr Eigentum betrachtete, mit der Lehrerin zusammen davonfuhr. Sie hatte heute verschiedene Blicke zwischen beiden aufgefangen, die ihr verdächtig erschienen. Zwar ließ es ihre Eitelkeit nicht zu, auf eine Lehrerin eifersüchtig zu sein, aber es war doch etwas wie Eifersucht, was sie überfallen hatte. Sie beschloß daher, aufs Ganze zu gehen. Gunnar mußte merken, daß er bei ihr Chancen habe, dann würde er sich gewiß nicht mehr um die kleine Lehrerin bekümmern, auch wenn sie noch so hübsch war. Mit ihr konnte sie doch keinen Vergleich aushalten ... allerdings, sie war jung, mindestens zehn Jahre jünger als sie. Und die Männer waren unberechenbar. Also, nicht mehr lange zögern!

Diese Parole gab sie für sich selbst aus.

Während der Wagen mit vier sehr vergnügten Erwachsenen und zwei ebenso vergnügten Kindern rheinaufwärts fuhr, überlegte Inge, wie sie Gunnar am schnellsten dazu bringen könnte, um ihre Hand anzuhalten.

Kurt von Fuchs aber rekelte sich gelangweilt in seinem Zimmer in einem Sessel und erwog allen Ernstes, die kleine Lehrerin mit seiner Hand zu beglücken. Daß sie »beglückt« sein würde, daran zweifelte er nicht einen Moment.

Am nächsten Morgen bemächtigte sich Kurt, wie immer, zuerst der Posttasche und sortierte gleich in der Halle an einem großen Tisch die Briefe und Zeitungen. Und heute sollte sein Suchen und sein »Auf-der-Hut-Sein« endlich von Erfolg gekrönt werden. Unter den Briefen befand sich einer mit dem Poststempel Koblenz, der folgende Anschrift in Maschinenschrift trug:

»An den Herrn Direktor oder maßgebende Persönlichkeit in Schloß Lindeck. Betrifft Fundsache.«

Kurt zuckte zusammen und warf einen scheuen Blick um sich. Aufatmend konstatierte er, daß er ganz allein war. Hastig schob er den Brief in die Brusttasche. Es fiel ihm selbstverständlich nicht ein, diesen Brief dem Direktor auszuhändigen, für den er, der Aufschrift nach, zweifelsohne bestimmt war.

Er sortierte die Post weiter und begab sich dann ins Frühstückszimmer, wo er die andern alle beisammen fand. Anscheinend gleichmütig teilte er die Briefe und Zeitungen aus, aber Gunnar merkte sehr wohl, daß er sehr blaß aussah und daß seine Hände unsicher zu sein schienen. Er selbst war gleichfalls nicht wenig erregt, wenn er sich auch ganz ruhig gab, denn er sagte sich, sein Brief müsse mit dieser Post angekommen sein, und wenn sein Verdacht unbegründet gewesen wäre, hätte Kurt ihm jetzt den von ihm selbst geschriebenen Brief aushändigen oder ihn zum mindesten zeigen müssen.

Sich zur Ruhe zwingend, nahm Gunnar sein Frühstück ein. Er hatte keine Post bekommen, Frau von Seebach und Inge auch nicht. Nur Herma hatte einen ziemlich unwichtigen Brief von ihrem Vormund erhalten, und Anita hatte eine Zuschrift von Franz, der gut in Berlin angekommen und nun schon in seinem neuen Amt tätig war. Franz hatte vor seiner Abreise noch einmal mit Gunnar gesprochen, und dieser hatte ihm zugesichert, daß er seine Sache nicht aus dem Auge lassen würde.

Sonst waren nur noch einige Zeitungen und Drucksachen in der Posttasche gewesen.

Gunnar empfahl sich bald, um sich ins Büro zu begeben. Er hatte Anita gegenüber eine Anspielung gemacht, daß er seinen Plan mit dem Brief endlich ausgeführt habe. Sie war nun ebenso gespannt wie Gunnar, zeigte das aber ebensowenig wie er.

Kaum war Gunnar fortgegangen, als Kurt aufsprang und zu seiner Mutter sagte:

»Ich habe etwas mit dir zu besprechen, Mama; bitte, komm mit mir auf mein Zimmer. Du kannst dich ebenfalls anschließen, Inge.«

Herma sah mit bangen Augen zu Anita hinüber. Wollte Kurt vielleicht gar mit seiner Mutter über sie sprechen? Sie war entschieden unruhig. Aber Anita lächelte ihr beruhigend zu, und als die drei das Zimmer verlassen hatten, sagte sie tröstend:

»Es geht ganz bestimmt nicht um Ihren Kopf, Herma; nur Ruhe, so schnell kommt die Entscheidung nicht.«

Anita und Herma gingen mit den Kindern in den Park, es

sollten jetzt Sprachstunden abgehalten werden, und das war sehr gut im Freien möglich.

Inzwischen waren Kurt und die beiden Damen in Frau von Seebachs Salon angelangt. Dort fragte Frau von Seebach unruhig: »Was hast du, Kurt?«

Dieser zog den Brief aus der Tasche und hielt ihn seiner Mutter vor die Augen. Diese las und zuckte zusammen. »Um Gottes willen!«

»Was denn?« fragte Inge unruhig.

Kurt hielt auch ihr den Brief hin, und auch sie wurde blaß.

»Was steht darin? Mein Gott, wie gut, daß wir die Post kontrollierten. Öffne doch schnell, Kurt«, drängte die Mutter.

Kurt tat es, zog einen Bogen heraus und las halblaut vor:

»Schreiber dieses hat Papiere gefunden, die sicherlich für die Bewohner von Schloß Lindeck von großem Wert sind. Bin bereit, die Papiere unter Nachnahme einer entsprechenden Belohnung nach Schloß Lindeck zu schicken, wenn mir der Sicherheit wegen angegeben wird, wie die verlorenen Papiere beschaffen sind und wo und wann sie verloren wurden. Möchte sie nicht in unrechte Hände gelangen lassen. Bitte Beschreibung und Angabe der Belohnungssumme unter ›Fundsache‹ Hauptpostamt Koblenz. Nachnahme wird dann sofort abgesandt. Der Finder.« Sprachlos sahen sich die drei Menschen an.

»Was sollen wir tun?« fragte Inge entsetzt.

»Nur Ruhe!« mahnte die Mutter. »Das müssen wir reiflich überlegen. Gottlob, daß dieser Brief in unsere Hände fiel, ich habe ja immer gesagt, daß wir nicht nachlassen dürfen mit unseren Vorsichtsmaßregeln. Aber nun ist wohl alle Gefahr behoben, wir setzen dem Mann eine anständige Belohnung aus, und er wird uns unter Nachnahme den Fund zusenden. Ich möchte nur wissen, ob er das Kuvert geöffnet hat.«

»Vermutlich doch, wie hätte er sonst wissen können, daß die Papiere nach Schloß Lindeck gehören«, erwiderte Kurt.

»Richtig, und mit dieser Indiskretion des Finders müssen wir rechnen. Vermutlich hat aber sowohl auf dem Umschlag zu dem Testament wie auf dem des Briefes, der sich nach Lundströms Behauptung ebenfalls in dem Kuvert befunden hat, eine Aufschrift gestanden, aus der hervorging, daß beides nach Schloß Lindeck gehörte. Er wird sodann vermieden haben, die Umschläge zu öffnen, da er ja anscheinend eine Belohnung haben will. Hätte er beides gelesen, Brief und Testament, dann würde er wohl gemerkt haben, um was es hierbei geht, und er hätte voraussichtlich sogleich eine erhebliche Forderung gestellt. Wir wollen wenigstens hoffen, daß es sich so verhält.«

»Das wollen wir freilich hoffen, Mama. Wir müssen unter allen Umständen bestrebt sein, uns so schnell wie möglich in den Besitz der Papiere zu setzen. Was meinst du, was wir ihm bieten?«

Sie sann nach.

»Zu hoch darf die Summe nicht sein, sonst wittert er ein großes Geschäft. Wir müssen ihm vor allem beizubringen versuchen, daß es sich nur um Duplikate handelt, die keinen besonderen Wert haben, die wir aber nicht in fremden Händen lassen wollen, weil sie Familienangelegenheiten berühren. Laß mich den Brief abfassen, ich verstehe das besser als du! Hier muß diplomatisch vorgegangen werden. Wir werden ihm ... fünfhundert Mark bieten, damit wird er wohl zufrieden sein.«

Frau von Seebach machte sich sofort daran, einen Brief aufzusetzen, der Kurts und auch Inges Beifall fand. Er wurde sofort fertiggemacht und Kurt beauftragt, im Wagen seiner Mutter sofort nach Koblenz zu fahren, um den Brief selbst auf dem Hauptpostamt abzugeben.

Selbstverständlich waren die drei Personen in großer heimlicher Aufregung und Erwartung. Frau von Seebach hatte genau angegeben, wie die Papiere einzupacken und wie sie zu adressieren seien. Da sie unter Nachnahme geschickt werden sollten, hielt Frau von Seebach die fünfhundert Mark bereit. Die Nachnahmesendung sollte der »Finder« an Herrn Kurt von Fuchs adressieren. Selbstverständlich waren sie alle drei in größter Sorge, ob der »Finder« sich als ehrlicher Mensch bemühen, oder ob er vielleicht versuchen würde, Erpressungen zu begehen. Sehr wohl war ihnen allen nicht dabei, und Inge beschloß, sich auf eigene Hand nach Möglichkeit zu sichern. Gunnar mußte unbedingt sofort dazu gebracht werden, um sie anzuhalten. Als seine Verlobte hatte sie nichts mehr zu fürchten, weder so noch so.

Sie entwarf daher einen Plan, den sie noch an demselben Abend auszuführen beschloß.

Es war nach dem gemeinsamen Abendessen an diesem Tage. Gunnar hatte sich auf sein Zimmer zurückgezogen, weil er noch zu arbeiten hatte. Er saß an seinem Schreibtisch und rauchte eine Zigarette, während er verschiedene wichtige Geschäftsbriefe abfaßte. In diesem Seitenflügel des Schlosses war es sehr still, war er doch nur im Parterre von Gunnar und Soltau bewohnt. Deshalb fiel es Gunnar sogleich auf, als er hörte, wie die Pforte leise geöffnet und geschlossen wurde. Er lauschte angestrengt. War Soltau hinausgegangen? Daß dieser sein Zimmer bereits aufgesucht hatte, wußte er.

Plötzlich, als er noch lauschte, wurde an seine Tür geklopft. Er rief zum Eintritt und glaubte, Soltau habe ihm etwas zu sagen. Aber er zuckte zusammen, als sich die Tür öffnete und – Inge von Holst auf der Schwelle erschien. Sie zog die Tür schnell und leise hinter sich zu und stand nun etwas atemlos und erregt Gunnar gegenüber.

Dieser sprang auf. »Gnädige Frau, was verschafft mir die Ehre Ihres Besuchs?«

Sie sah momentan bildschön aus, hatte sich entschieden besonders sorgfältig hergerichtet, und die Erregung über den etwas gewagten Schritt hatte ihre Wangen höher gefärbt; auch ihre Augen leuchteten intensiver als sonst.

Sie trat langsam weiter ins Zimmer hinein. Mit einem etwas verlegenen Lächeln sah sie zu Lundström auf.

»Sie sind erstaunt, mich hier zu sehen!«

»Allerdings, gnädige Frau. Hoffentlich hat Sie nichts Unangenehmes zu mir geführt.«

»Nein, nein, nur ... ich möchte mich gern einmal mit Ihnen aussprechen. Leider haben wir so selten Gelegenheit, uns näher miteinander zu befassen. Und Sie sind mir sehr sympathisch, ich hege eine große Hochachtung für Sie und kann Onkel Manfred sehr wohl nachfühlen, daß er Sie zum obersten Leiter seines Betriebes einsetzte. Was in Ihre Hände gelegt wird, ist wohl aufgehoben.«

Er verneigte sich artig, aber formell.

»Es ist ehrenvoll für mich, das von Ihnen zu hören.«

»Darf ich Platz nehmen?« fragte sie.

Er schob ihr schnell einen Sessel hin.

»Verzeihen Sie, daß ich Sie nicht dazu aufforderte, aber ich war zu sehr überrascht über Ihr Kommen.«

Sie setzte sich nieder und bat ihn durch eine Handbewegung, ebenfalls Platz zu nehmen.

»Mein Entschluß, Sie aufzusuchen, war ein ganz spontaner. Als ich heute abend mit meinen Kindern das Nachtgebet sprach, sagte Dieter plötzlich zu mir: ›Mama, warum ist Onkel Gunnar nicht unser Vater?‹ – Kinder sind oft sehr drollig, nicht wahr?«

Gunnar hatte ein Gefühl, als müsse er sich in steifer Abwehr aufrichten. Er sagte aber nur:

»Ja, es ist doch unglaublich, was Kinder oft zusammenschwatzen.«

Sie sah ihn mit dem schmachtendsten Blicke an, den sie zur Verfügung hatte. Und sie ahnte nicht, daß er ganz genau wußte, daß sie es regelmäßig fremden Menschen überließ, das Abendgebet mit den Kindern zu sprechen. Er wußte, daß zur Zeit Herma Hell dieses Amt übernommen hatte.

»Nun, in diesem Fall fand ich Dieters Worte leicht verständlich und begreiflich. Die Kinder lieben Sie so sehr ... Gunnar ... sie fühlen, daß ihr Schicksal in Ihren Händen gut aufgehoben wäre. Und ich will ganz offen zu Ihnen sein ... ich fühle das auch. Und ich bin meines Witwendaseins müde. Sie werden verstehen, daß ich noch zu jung bin, um auf ein Eheglück zu verzichten. Ich weiß, daß Sie immer zu stolz sein würden, sich mir zu nähern. Deshalb demütige ich mich und will Ihnen selbst sagen: Wenn Sie bei mir anfragen würden, Sie bekämen kein Nein als Antwort. Ich weiß, wie lieb Onkel Manfred Sie hatte, weiß, daß er es sehr billigen würde, ließe ich Sie durch eine Verbindung mit Ihnen gewissermaßen an seinem Erbe partizipieren. Wie sehr ich Sie schätze und Ihnen vertraue, soll Ihnen mein ganzes Verhalten beweisen. Keinem andern Mann würde ich so weit entgegenkommen. Ihnen kann ich das alles sagen. Und deshalb bin ich heute abend hierhergekommen. Alles Weitere überlasse ich Ihnen, Gunnar ... ich habe nun nichts mehr zu sagen.«

Er war fassungslos. Er konnte sich denken, wie schwer dieser stolzen Frau dieser Schritt geworden sein mochte. Auch nahm er zu ihrer Ehre an, daß sie wirklich der Wunsch getrieben hatte, ihn auf diese Weise am Erbe seines Vaters teilnehmen zu lassen. Sicherlich wußte sie darum, daß er Manfred Hallerstedts Sohn war, sie war aller Wahrscheinlichkeit nach an der Testamentsunterschlagung beteiligt und wollte auf ihre Art gewissermaßen gutmachen, was sie geholfen hatte, ihm anzutun. Er war ein Mann, dem es unerhört peinlich war, eine Frau zurückzuweisen. Selbstverständlich kam es aber für ihn gar nicht in Frage, um Inge zu werben, denn sein Herz gehörte Herma Hell, das fühlte er jetzt wieder sehr deutlich. Er durfte Inge darum nicht gehen lassen, ohne ihr klargemacht zu haben, daß an eine Verbindung zwischen ihnen nicht zu denken sei. Einen Moment zögerte er, dann richtete er sich auf.

»Gnädige Frau, Sie erwiesen mir eine große Ehre, mir Ihr Vertrauen zu schenken. Allein ... ich darf Sie nicht einen Augenblick in dem Wahn lassen, daß eine Verbindung zwischen uns möglich sei. Es fällt mir schwer, das auszusprechen, aber ich habe sehr triftige Gründe, eine Verbindung zwischen uns für unmöglich zu halten.«

Sie war sehr blaß geworden, ihr Stolz litt unter dieser direkten Absage. Auch hatten ihre Sinne angefangen, für Gunnar zu sprechen.

»Was sind das für Gründe?« fragte sie heiser.

Er sah sie groß und ernst an.

»Ich muß Ihnen ein Geheimnis enthüllen, gnädige Frau. Manfred Hallerstedt ... war mein Vater.«

Sie zuckte leise zusammen, und in der Überraschung verriet sie sich. »Sie wissen es? Ich meine ... wissen Sie das bestimmt?«

»Ja, ich weiß es bestimmt. Und wenn mein Vater auch bei Lebzeiten nicht dazu gekommen ist, mich anzuerkennen, so weiß ich doch, daß er es tun wollte. Jedenfalls bin ich auf diese Weise, ob legitim oder nicht, Ihr Vetter. Verwandtenehen gehen aber selten gut aus. Ich ... würde eine solche nie eingehen.«

»Mein Gott, es heiraten doch heutzutage so viele Vettern ihre Kusinen.«

»Das mag sein. Ich würde es jedoch niemals tun. Und ... außerdem ... mein Herz ist nicht mehr frei, gnädige Frau.«

Sie zuckte zusammen, und ihr Gesicht verzerrte sich. Stolz richtete sie sich auf.

»Ah so ... dann freilich ... dann, bitte, betrachten Sie dies Gespräch als nicht geführt. Ich ...«

Sie schritt schnell zur Tür. Gunnar kam ihr zuvor.

»Bitte, warten Sie einen Augenblick, ich will erst nachsehen, ob Sie unbemerkt passieren können. Soltau könnte gerade auf dem Wege sein. Und ... mein Wort darauf: Was hier gesprochen wurde, bleibt unter uns! Es wird vergessen sein, sobald Sie das Zimmer verlassen haben.«

Sie neigte nur stumm den Kopf. Er ging schnell hinaus

und inspizierte, und erst als er festgestellt hatte, daß Soltau in seinem Zimmer war, begleitete er Inge hinaus bis zur Ecke des Schlosses. Hier blieb er stehen, bis sie im Portal verschwunden war. Dann begab er sich wieder in sein Arbeitszimmer zurück. Er schloß die Tür hinter sich ab, als müsse er sicher sein, daß sie nicht noch einmal zurückkehre. Aufatmend warf er sich in einen Sessel und starrte vor sich hin.

Es hätte ihm eine kleine Genugtuung sein können, daß diese Frau, die sicherlich mitgeholfen hatte, ihm das Seine zu entreißen, sich vor ihm gedemütigt hatte. Aber solche Gefühle waren ihm fremd, es war ihm namenlos peinlich, daß er sie hatte zurückweisen müssen, obwohl er sich nicht den kleinsten Vorwurf zu machen brauchte. Nie hatte er sie im Zweifel darüber gelassen, daß er ihr fremd gegenüberstände. Alle ihre Avancen hatte er kühl abgelehnt. Sie mußte es sich selbst zuschreiben, daß sie diese Niederlage hatte erleben müssen. Das hatte sie vermutlich nicht für möglich gehalten, sie hatte angenommen, daß er mit beiden Händen zugreifen würde, wenn sie ihm den Teil ihres Erbes bot, der bei dem Raub für sie abfallen würde. Aber sie kannte ihn nicht. Sonst hätte sie sich diese Demütigung und ihm diese peinvolle Szene erspart.

Daß sie ihn liebte, glaubte er nicht. Er hielt sie überhaupt eines tiefen Gefühls für unfähig. Und nachdem er noch eine Weile darüber gegrübelt hatte, warum sie gerade heute zu ihm gekommen war, fiel ihm der Brief ein, den er gestern in der Testamentsangelegenheit geschrieben hatte. Kurt hatte ihn bestimmt unter den Posteingängen gefunden und ihn an sich genommen. Das war schon Beweis genug. Und er hatte Mutter und Schwester selbstverständlich den Brief gezeigt. Ob Inge sich da nicht vielleicht gedacht hatte, die Testamentsunterschlagung könnte möglicherweise doch noch herauskommen und daß es jedenfalls richtig sei, wenn sie sich Gunnars Hand im voraus sichere?

Das wurde ihm immer klarer und machte ihn hart und kalt. Sie hatte sich verrechnet und mußte die Folgen tragen!

Aber er war nun doppelt gespannt auf die Antwort, die er postlagernd erhalten würde.

## *14*

Frank Soltau sollte sich als eine sehr glückliche Erwerbung für die Firma erweisen. Es war, als würde er in allen Zweigen des Betriebs notwendig gebraucht. Wenn irgendwo etwas in Unordnung geraten war, wenn man sich irgendwo nicht zu helfen wußte – er schaffte Rat und Abhilfe. Es machte ihm große Freude, daß er sich so nützlich machen konnte, und als Gunnar eines Tages im Fabrikgebäude zu ihm sagte: »Ich weiß gar nicht, wie wir früher ohne Sie fertig geworden sind«, strahlte ihn Soltau förmlich an und erwiderte lachend:

»Und Sie wissen gar nicht, wie glücklich Sie mich mit solchen Worten machen. Ich wünsche mir ja nichts anderes, als mich praktisch betätigen zu können.«

Und er war von früh bis spät auf dem Posten, fand immer Arbeit, griff überall zu und war niemals müde.

Gunnar freute sich, diesen brauchbaren und zuverlässigen Mitarbeiter für den Betrieb gewonnen zu haben, und es kam ganz von selbst, daß beide Männer sich immer näher kamen, ohne daß sie etwas Besonderes dazu getan hätten.

Sie fanden sich in der Folge öfter abends auf ein Stündchen zusammen, saßen dann in Gunnars Arbeitszimmer und rauchten eine Zigarre. Dabei erzählten sie sich mancherlei aus ihrem Leben und vertrauten einander mehr an, als sie sonst fremden Menschen offenbart hätten. Selbstverständlich sprachen sie auch über die Schloßbewohner und tauschten ihre Meinungen über diese aus. Soltau sprach in den höchsten Tönen von Anita, und Gunnar entnahm daraus unschwer, daß er sie schwärmerisch verehrte. Seine Augen leuchteten auf, wenn er von ihr sprach, und seine Stimme bekam einen weichen Klang. Das beruhigte Gunnar sehr, denn er erkannte immer mehr, daß Anita den jungen Ingenieur sehr hoch schätzte, daß ihre Gefühle für ihn wärmer und tiefer waren als sonst für einen Menschen. Es hätte ihm in der Tat sehr leid getan, wenn diese unerwidert geblieben wären. Das war nach Frank Soltaus Verhalten nicht zu befürchten, wenn er wahrscheinlich auch weit davon entfernt war, sich irgendwelche Hoffnungen auf Anita zu machen.

So vergingen wieder einige Tage, während welcher das Leben in Schloß Lindeck seinen gewöhnlichen Gang ging. Nur Frau Inge war merklich verstimmt, ließ sich einige Male bei Tisch entschuldigen und kümmerte sich plötzlich wieder einmal um ihre Kinder. Das gab einige sehr unangenehme Tage für Herma, die, sie wußte nicht warum, plötzlich von Frau Inge schikaniert wurde. Wenn Anita sich nicht schützend vor sie gestellt hätte, wäre es noch viel schlimmer geworden. Herma glaubte, sie habe dieses plötzliche Mißfallen der Frau von Holst Kurt von Fuchs zu verdanken. Vielleicht hatte dieser etwas davon merken lassen, daß er ernstlich um sie werben wolle, und seine Schwester war darüber anscheinend böse. Aber Herma war im Irrtum; dies Mißfallen Frau Inges entstammte nur der Eifersucht. Denn Inge beobachtete Gunnar im stillen sehr scharf und fing immer öfter Blicke aus seinen Augen auf, die Herma galten und die der verschmähten Frau verrieten, warum sie verschmäht worden war. Am liebsten hätte sie Herma sofort entlassen, aber sie wußte keinen stichhaltigen Grund dafür zu finden und lag nun auf der Lauer, einen solchen ausfindig zu machen.

Gunnar hatte erst am nächsten Donnerstag Gelegenheit, nach Koblenz zu fahren und sich den postlagernden Brief abzuholen. Als er ihn in den Händen hielt, packte ihn eine starke Erregung. Er erkannte die Schrift Frau von Seebachs auf dem

Kuvert. Schnell schob er den Brief in seine Brusttasche und fuhr wieder nach Lindeck zurück. Er wollte ihn erst lesen, wenn er allein war.

Er war am späten Nachmittag nach der Stadt gefahren und kam erst kurz vor dem Abendessen wieder nach Hause. Es blieb ihm gerade nur Zeit, sich fertigzumachen, und er verschob die Lektüre des Briefes daher auf später.

Als er in das Speisezimmer trat, fand er dort nur Herma vor. Abends nahmen die Kinder nicht am gemeinsamen Abendessen teil, sie bekamen um sieben Uhr eine leichte Mahlzeit und wurden dann zu Bett gebracht. So war also Herma allein. Wie immer, wenn er zu ihr trat, schoß ihr das Blut ins Gesicht. Sie merkte das sehr wohl und war unglücklich über diesen jähen Farbenwechsel, dem sie nicht gebieten konnte. Er jedoch war glücklich darüber.

Des Abends trug Herma stets ihr schwarzes Abendkleidchen, das sie sich in Koblenz gekauft hatte. Auch darin sah sie lieb und reizend aus. Das fand Gunnar immer wieder von neuem. Er begrüßte sie herzlich in seiner gütigen Art, die er für fast alle Menschen hatte, die ihm aber ihr gegenüber besonders leichtfiel.

»Nun, Fräulein Hell, sind Ihre Trabanten schon zur Ruhe gebracht?«

»Ja, Herr Direktor, und sie haben mir extra noch Grüße an Onkel Gunnar aufgetragen. Frau von Holst hat mir zwar ausdrücklich verboten, sie Ihnen auszurichten, aber ich weiß doch, daß Sie es gewiß nicht verdrießt, wenn die Kinder an Sie denken.«

»So, Frau von Holst wünscht nicht, daß Sie mir diese Grüße bestellen?« fragte er anscheinend unbefangen.

»Sie glaubt vielleicht, daß Sie dadurch belästigt werden. Ich wüßte nicht, weshalb sie es sonst verbieten sollte. Früher hatte sie nichts dagegen.«

Er wußte sehr wohl, warum ihm die Grüße der Kinder entzogen werden sollten.

»Sie hat vielleicht ihre Ansichten darüber geändert«, sagte er ruhig.

»Oh, Frau von Holst ist jetzt leider überhaupt sehr leicht verstimmt und gereizt. Ich kann ihr schon gar nichts mehr recht machen, und wenn Fräulein Anita nicht wäre ... ich glaube, ich würde meine Entlassung schon erhalten haben.«

Er richtete sich hoch auf.

»Wie sollte das möglich sein? Eine bessere und zuverlässigere Erzieherin für ihre Kinder würde sie nie wieder bekommen.«

»Ich hatte eigentlich geglaubt, sie zufriedenzustellen, aber seit einigen Tagen scheine ich ihr nichts mehr recht machen zu können. Ich bin sehr traurig darüber.«

Nachdenklich sah er sie an. Was mochte Inge bewegen, Herma Hell plötzlich ihre Unzufriedenheit zu zeigen? Ahnte sie vielleicht, daß Herma ihm teuer war?

Seine Augen ruhten voll warmen Mitleids auf Hermas Gesicht, das heute nicht so froh aussah wie sonst. Heute sah sie nicht aus, als würde sie von Himmel und Erde zum Glücklichsein eingeladen.

»Sie dürfen nicht traurig sein, Fräulein Hell, vornchmc Damen haben zuweilen ihre Launen. Davon aber darf sich ein Mensch, der seine Pflicht tut, nicht beeinflussen lassen.«

Es lag ein scharfer Tadel für Inge in diesen seinen Worten; sie sah ihn seltsam forschend an und erwiderte erleichtert:

»Vielleicht fühlt Frau von Holst sich nicht recht wohl. Ich will mich wirklich nicht dadurch niederdrücken lassen, sondern wie bisher meine Pflicht erfüllen. Dann wird sie schon merken, daß sie mir unrecht tut, wenn sie mich auszankt.«

Es blitzte in seinen Augen auf.

»Hat sie sich dazu hinreißen lassen?«

Sie erschrak vor diesem zornigen Ausdruck.

»Oh, es war wohl nicht so schlimm gemeint; sie fühlt sich vielleicht wirklich nicht ganz wohl oder ist verstimmt, und dann wägt man seine Worte nicht.«

»Sie soll ihre schlechte Laune aber nicht an Ihnen auslassen!« sagte er so heftig, wie sie ihn noch nie gesehen hatte.

Aber trotzdem war ihr mit einem Mal zumute, als schiene die Sonne viel schöner, als könne ihr nun gar nichts Schlimmes mehr geschehen. Oh, gesegnet sollte Frau von Holsts schlechte Laune sein, sie hatte ihr eingebracht, daß ihr »Märchenprinz« ritterlich für sie eintrat. Sie wurde zwar vor Verlegenheit sehr rot, aber in ihren Augen sprühten die Sonnenfunken, und sie sagte mit bebender Stimme:

»Es ist furchtbar nett von Ihnen, mir das zu sagen. Aber, bitte, zürnen Sie nur Frau von Holst nicht. Ich bin ein ganz dummes, empfindliches Ding.«

Das kam impulsiv über ihre Lippen, und doch ärgerte sie sich, daß sie sich so unbeholfen ausgedrückt hatte. »Furchtbar« nett? So ein Unsinn, er mußte sie für ein rechtes Gänschen halten.

Und scheu sah sie in sein Gesicht. Aber als sie seinen Augen begegnete, erschrak sie sehr, denn was in diesen lag, lieber Gott ... ach ... bis ins Herz hinein traf sie das.

Wieder hatte Gunnar große Mühe, ihr gegenüber ruhig zu bleiben. Aber es konnte jeden Augenblick jemand eintreten, und deshalb durfte er sie nicht noch mehr aus der Fassung bringen. Er merkte nur zu gut, daß er es schon reichlich getan hatte.

So lächelte er sie gutmütig an.

»Ich habe Sie bisher weder für dumm noch für empfindlich gehalten, sondern für eine sehr kluge und tapfere junge Dame«, sagte er.

In diesem Moment trat Frau von Holst über die Schwelle. Sie maß Herma mit einem sehr indignierten Blick und erwiderte Gunnars Begrüßung sehr von oben herab. Herma staunte. Was war denn da geschehen? Frau von Holst hatte den Herrn Direktor doch früher immer mit schmachtenden Augen angesehen und hatte immer nur ausgesucht liebenswürdige Worte für ihn gehabt? Und jetzt konnte sie ihm kaum einen Gruß bieten und sah eiskalt und unnahbar aus ...?

Herma blickte forschend zu Gunnar hinüber, wie der das wohl aufnahm. Aber er zeigte ein ganz ruhiges und zufriedenes Gesicht.

Herma mußte an diesem Abend noch sehr viel darüber nachdenken, weshalb Frau von Holst Gunnar Lundström gegenüber ganz anders war als früher, und warum er so böse ausgesehen hatte, als er sagte, Inge solle ihre schlechte Laune nicht an ihr auslassen. Aber zur Klarheit kam sie nicht über diese beiden Punkte; sie erkannte nur, daß zwischen diesen beiden Menschen etwas nicht mehr stimmte. Oder ... hatte es überhaupt von seiner Seite aus nie gestimmt? Er war doch eigentlich immer formell und kühl gewesen.

Das gab gleich wieder eine Gelegenheit für Herma, sich selbst zur Ordnung zu rufen:

Was geht dich das im Grunde an, meine liebe Herma? Warum hüpft dir darüber das Herz so übermütig in der Brust? Du denkst wohl, weil er in seiner Güte und Menschlichkeit ein paar freundliche Worte für dich gehabt hat, daß du nun gleich vor Glückseligkeit aus dem Häuschen sein mußt? Sei mal vernünftig, und werde nicht hoffärtig vor lauter Übermut.

So kanzelte sie sich nach ihrer Art ab und wurde wieder ganz klein und häßlich vor sich selbst.

Es ging an diesem Abend überhaupt etwas still bei Tisch zu. Frau von Seebach und Kurt waren vor lauter Erwartung wegen der Nachnahmesendung schon ganz nervös, so daß Kurt nicht einmal auf Herma achtete. Anita war auch still, sie wußte, daß Gunnar heute den Brief aus Koblenz hatte abholen wollen, und ein fragender, ihm zugesandter Blick hatte ihr bestätigt, daß er ihn bekommen habe. Nun war sie sehr gespannt, was Gunnar wohl in Erfahrung bringen würde.

Man ging zeitiger als sonst auseinander; Anita hing sich bei Herma ein und sagte:

»Ich komme noch auf ein Plauderstündchen ins Schulzimmer, liebe Herma.«

Diese nickte ihr erfreut zu. Das Verhältnis zwischen den

beiden jungen Damen war immer herzlicher geworden, und als sie dann zusammen saßen und Herma wieder ihrem Erstaunen Luft machte, weshalb Frau von Holst plötzlich so unzufrieden mit ihr sei, sagte Anita abwehrend:

»Machen Sie sich keine Kopfschmerzen darüber, Herma, ich weiß, daß sowohl meine Schwester, als auch meine Stiefmutter und Kurt momentan durch irgend etwas stark beunruhigt werden. Inge läßt tatsächlich nur ihre schlechte Laune an Ihnen aus. Kurt wird Ihnen dafür jetzt Ruhe lassen, weil er eben wichtigere Dinge im Kopfe hat.«

Herma lachte ein wenig.

»Das kann mir selbstverständlich nur lieb sein.«

Anita hatte freilich keine Ahnung, was zwischen Inge und Gunnar vorgegangen war. Sie glaubte nur, ihre Stiefmutter und Stiefgeschwister seien jetzt in Sorge wegen der Testamentsangelegenheit.

Gunnar hatte, in seinem Zimmer angelangt, das er hinter sich abschloß, den Brief herausgezogen und setzte sich damit an seinen Schreibtisch nieder. Er öffnete den Umschlag und zog einen Briefbogen heraus. Als er diesen entfaltet hatte, las er den von Frau von Seebachs Hand geschriebenen Inhalt:

»Sehr geehrter Herr! Wir haben das an uns gerichtete Schreiben erhalten und daraus ersehen, daß Sie im Besitz des von uns verlorenen gelben Kuverts sind, das die Anschrift trägt: ›Nach meinem Tode von dem Direktor meines Betriebes zu öffnen.‹ Das Kuvert enthält die Duplikate einiger für unsere Familie wichtiger, für jeden andern wertloser Papiere, die, wie gesagt, nur eine Abschrift des Originals sind. Obwohl sie keinen besonderen Wert an sich haben, möchten wir sie doch nicht in fremden Händen wissen. Das Kuvert war, als mein Sohn es auf einer Fahrt zwischen Koblenz und Berlin wahrscheinlich aus dem Wagen verlor, mit fünf Siegeln verschlossen. Das Siegel zeigt einen Widderkopf über einem Halbmond. Damit werden wir unseren Verlust genügend gekennzeichnet haben, so daß Sie überzeugt sein werden, daß wir die rechtmäßigen Besitzer sind. Bitte senden Sie uns das Kuvert mit Inhalt gut verpackt unter Nachnahme von fünfhundert Mark zu. Damit hoffen wir, Ihre Mühe entsprechend belohnt zu haben. Ein Wertobjekt sind die Papiere, wie schon bemerkt, nicht, sie besitzen nur für uns einigen ideellen Wert. Bitte adressieren Sie an: Herrn Kurt von Fuchs, Schloß Lindeck. Privat.

Hochachtungsvoll

Frau von Fuchs.«

Es war wohl noch eine besondere Vorsichtsmaßregel von Frau von Seebach, daß sie mit dem Namen ihres ersten Gatten unterzeichnete. Gunnar lachte grimmig vor sich hin.

»In die Falle gegangen«, sagte er und warf den Bogen auf seinen Schreibtisch.

Mit diesem Brief hatte er Frau von Seebach und ihre Kinder in der Hand. Sie lieferten ihm damit den Beweis, daß sein, Anitas und des Dieners Franz Verdacht begründet war. Es hatte sich wohl alles ziemlich genauso abgespielt, wie sie es sich ausgemalt hatten. Mit diesem Briefe würde er genügend Material in der Hand haben, die Klage gegen die unberechtigten Erben auf Herausgabe des Erbes anzustrengen. Aber das würde einen großen Skandal geben, und auch um einen solchen Preis mochte er den Namen seines Vaters nicht in den Staub zerren.

Er wußte nun aber auch, daß Kurt von Fuchs das gelbe Kuvert, das er nach Berlin entführen wollte, verloren hatte; ganz wie er es sich gedacht. Er hatte also das Kuvert noch nicht einmal geöffnet. Das bewies aber, daß Kurt, seine Mutter und wahrscheinlich auch Inge das Testament unterschlagen hatten, weil sie ganz genau wußten, daß er Manfred Hallerstedts Sohn und Erbe war.

Aber das Testament war verloren und, was für ihn das

schmerzlichste von allem war, auch der Brief seines Vaters an ihn. Und es war wohl anzunehmen, daß beides nie wieder auftauchen würde. Was aber sollte er nun tun? Stillschweigend die Sache weitergehen lassen und diesen verbrecherischen Menschen das ergaunerte Erbe gönnen, ohne ihnen kundzutun, daß er ihr Verbrechen kannte? Nein, die Genugtuung wollte er sich wenigstens verschaffen, ihnen offen ins Gesicht zu sagen, daß er sie als Betrüger entlarvt hatte.

Wie unruhig sie wohl auf das Eintreffen der Nachnahme warten mochten! Er hatte ihnen diese Unruhe schon angemerkt. Er war keiner unedlen Handlung fähig, sonst hätte er sie erst noch eine Weile gequält mit dieser Unruhe. Verdient hätten sie es.

Er hätte gern Anita heute abend noch Bescheid gesagt, welchen Inhalt der postlagernde Brief hatte, aber es wäre aufgefallen, wenn er sich jetzt noch hätte bei ihr melden lassen. Er mußte bis morgen früh warten. Beim Frühstück würde sich eine Gelegenheit finden, ihr einen Wink zu geben. Mit ihr wollte er auch beratschlagen, welche Haltung er künftighin den drei Betrügern gegenüber einnehmen solle. Endlich hatte er sich beruhigt und steckte den Brief zu sich.

Dann zündete er sich eine Zigarette an und warf sich am offenen Fenster in einen Sessel.

Schwere Gedanken bedrückten ihn.

Am nächsten Morgen traf Gunnar im Frühstückszimmer zuerst mit Anita zusammen. Sie verabredeten, sich nachher wieder am Parktor zu treffen, denn es erschien nicht ratsam, hier über den Brief zu sprechen. Gleich darauf erschien Kurt schon mit den Postsachen. Er zeigte ein sehr unruhiges und verdrießliches Gesicht. Aber als jetzt Herma mit den Kindern eintrat, ging er auf sie zu, machte eine tadellose Verbeugung vor ihr und fragte, ob sie gut geschlafen habe. Er suchte sie zu isolieren, und Anita merkte, daß Gunnar unruhig zu den beiden hinübersah. Seine Augen verrieten ihr, wie schon oft, ein wie starkes Interesse er für Herma hegte. Ein leises Lächeln stahl sich um Anitas Mund. Und anscheinend absichtslos ließ sie ihn stehen und ging zu Herma hinüber. Sie machte es Kurt dadurch unmöglich, diese in ein Gespräch zu verwickeln.

Jetzt erschienen auch Mutter und Tochter, und Frau von Seebach fragte ihren Sohn hastig: »Ist die Post schon da?«

»Ja, Mama!«

»Und ... ist das Nachnahmepäckchen mit meinen Spitzen gekommen?«

»Leider nicht, Mama, du mußt dich schon noch ein wenig gedulden!«

Frau von Seebach machte ein sehr nervöses, ärgerliches Gesicht.

»Mein Gott, man kann sich doch niemals auf die Leute verlassen.«

»Erwartest du Spitzen, Mama, hast du welche gekauft?« fragte Anita harmlos.

»Ja, ich brauche für Wäsche und Kleider neue Spitzenbesätze und habe darum geschrieben. Ich habe Kurts Adresse angegeben. Es ist sehr ärgerlich, daß sie noch nicht eingetroffen sind.«

Daß auch Inge darüber sehr ärgerlich war, ging daraus hervor, daß sie Dieter, der sich an ihren Arm hängen wollte, unwirsch abschüttelte und Herma zurief: »Achten Sie doch auf die Kinder, Fräulein Hell. Wenn ich mich ewig um sie bekümmern soll, brauche ich Sie nicht.«

Herma wurde bei diesem ungezogenen Ton ein wenig blaß, sie erwiderte aber nichts und zog nur Dieter an ihre Seite.

Man nahm Platz an dem Frühstückstisch, und Herma versorgte wie immer zuerst die Kinder, ehe sie sich selbst bediente. Inge bemerkte, daß Gunnar mitleidig zu ihr hinübersah. Das brachte Inge erst recht in böse Stimmung.

»In Zukunft können Sie mit den Kindern im Schulzimmer frühstücken, Fräulein Hell; man kann hier ja sonst kein Wort ungeniert reden.«

Herma verneigte sich ruhig.

»Wie Sie befehlen, gnädige Frau.«

Anita und Gunnar wechselten einen Blick, der deutlich verriet, wie wenig sie Inges Verhalten billigten. Und Anita sagte gelassen:

»Dann frühstücke ich mit im Schulzimmer, Fräulein Herma; ich bin zu sehr gewohnt, die Kinder gleich beim Frühstück um mich zu haben.«

Gunnar aber meinte ebenso gelassen:

»Bei dieser Gelegenheit möchte ich gleich bemerken, daß es sehr wünschenswert wäre, mein Frühstück in meinem Zimmer serviert zu bekommen, ich werde dann mit Herrn Soltau zusammen frühstücken und kann die Zeit gleich benutzen, allerlei Geschäftliches mit ihm zu besprechen. Ich möchte also darum bitten, mich von dem gemeinsamen Frühstück zu dispensieren.«

Hermas Herz klopfte bis zum Hals hinauf. Sie konnte nicht verkennen, daß dies eine Abfuhr für Frau Inge war, sowohl von Anitas wie von Gunnars Seite. Inge war vor Zorn ganz bleich geworden, fand aber keine Worte und verneigte sich nur kühl zustimmend.

Kurt war durchaus nicht davon erbaut, in Zukunft mit seiner Mutter und seiner Schwester allein den Morgenimbiß einzunehmen. Es paßte ihm hauptsächlich nicht, daß Herma nicht mehr daran teilnehmen würde. Er warf seiner Schwester daher einen wenig liebenswürdigen Blick zu.

Der Rest des Frühstücks wurde schweigend eingenommen, nicht einmal die Kinder sprachen mehr ein Wort, sie empfanden instinktiv die Gewitterstimmung.

Bald darauf gingen alle auseinander. Herma begab sich mit den Kindern in den Park, um dort eine Rechenstunde abzuhalten. Gunnar ging schnell noch einmal auf sein Zimmer, und Anita eilte an das Parktor. Sie begegnete auf dem Wege dorthin Frank Soltau, der zum Maschinenhaus gehen wollte. Artig begrüßte er sie und wollte stumm vorübergehen, aber Anita rief ihn an:

»Schon auf dem Wege zur Arbeit, Herr Soltau?«

Er verneigte sich. »Ja, gnädiges Fräulein, es ist meine Zeit.«

»Sie haben sich wohl schon gut eingearbeitet?«

»Ich glaube wohl, ich bin mit dem Betrieb schon ganz vertraut.«

»Herr Direktor Lundström hat mir gesagt, er sei sehr zufrieden mit Ihnen und mir dankbar, daß ich Sie freigegeben hätte. Ich brauche Sie auch nicht länger Ihren Pflichten zu entziehen; morgen tritt ein neuer Chauffeur an.«

»Ich hätte mich sehr gern weiter zur Verfügung gestellt, aber selbstverständlich ist es für Sie angenehmer, wenn Sie jederzeit über Ihren Chauffeur verfügen können. Hoffentlich haben Sie einen zuverlässigen Menschen gefunden.«

»Ich hoffe es. Werden wir Sie am Sonntag wieder bei uns zu Tisch sehen?«

Seine Augen sahen strahlend in die ihren.

»Frau von Seebach war so liebenswürdig, mich wissen zu lassen, daß ich Sonntag wieder erwartet würde. Es freut und ehrt mich doppelt, wenn auch Sie nichts dagegen haben.«

»Ganz gewiß nicht, im Gegenteil! Sie verstehen so interessant zu plaudern. Aber nun will ich Sie nicht mehr aufhalten. Auf Wiedersehen am Sonntag!«

»Auf Wiedersehen, mein gnädiges Fräulein!«

Mit einer abermaligen Verbeugung ging Frank davon. Anita sah ihm nach und freute sich an dem elastischen Gang dieser kraftvollen, schlanken Erscheinung. Das Herz wurde ihr warm und weit, seine Augen hatten mit strahlendem und dankbarem Blick die ihren gesucht. Und ihr Empfinden für diesen Mann wurde immer wärmer. Sie freute sich, daß seine Tüchtigkeit im Betrieb allgemeine Anerkennung gefunden hatte. Es war aber nicht nur die Freude über ein gutes Werk, das sie vollbracht hatte; diese Freude entsprang einem tieferen Gefühl.

Als er ihren Blicken entschwunden war – er hatte nicht gewagt, sich noch einmal umzuwenden, ging sie langsam den Weg zurück, und gleich darauf kam ihr Gunnar entgegen. Sie reichte ihm die Hand.

»Nun, lieber Freund Gunnar, was hat der bewußte Brief enthalten?«

»Ein volles Eingeständnis der Schuld. Die Herrschaften waren sehr unvorsichtig und sehr leichtgläubig im Bestreben, das verlorene Testament wieder in ihre Hände zu bekommen.«

»Das Spitzenpaketchen per Nachnahme hing wohl damit zusammen?«

»Ganz recht, es hängt damit zusammen, aber es wird wohl niemals eintreffen. Hier sind wir ja allein ... bitte, lesen Sie diesen Brief.«

Anita las und wurde sehr blaß. Sie gab den Brief zurück und sagte leise: »So haben wir ihnen mit unserem Verdacht nicht unrecht getan!«

»Nein, leider, Anita, wir haben so ziemlich das Richtige getroffen.«

»Und mit diesem Brief haben sie sich nun in Ihre Hand gegeben.«

»So ist es.«

»Was werden Sie tun, Freund Gunnar?«

»Ich werde es selbstverständlich nicht zu einer Klage kommen lassen. Den Brief meines Vaters werde ich kaum je zurückgewinnen können; wer weiß, wo ihn der mehr als leichtsinnige Kurt hat aus dem Wagen fallen lassen. Wäre das Kuvert gefunden worden, hätte man es doch wohl geöffnet und darauf ermittelt, wohin es gehörte. Da es bisher nicht geschehen ist, wird es kaum noch geschehen. Aber, meinen Sie nicht, daß ich den betrügerischen Menschen wenigstens sagen müßte, daß ich um ihr Vergehen weiß und daß ich an Hand dieses Schuldbekenntnisses soviel aus Ihnen herausholen sollte, daß die treuen Diener ihre Legate ausgezahlt bekommen?«

Sie faßte seine Hand. »Das sieht Ihnen wieder ähnlich, an sich denken Sie nicht, nur an die andern! Und es geht doch um ein großes Erbe für Sie!«

»Die andern brauchen es nötiger als ich, Anita. Also, ich werde mit den Herrschaften ein ernstes Wort reden. Sie sollen wenigstens merken, daß sie mit mir nicht umspringen können, wie es ihnen beliebt.«

»Wann werden Sie mit ihnen abrechnen?«

»Ich weiß es noch nicht; ich will eine günstige Gelegenheit abwarten. Sie werden jetzt nicht gerade in beneidenswerter Stimmung sein. Sie warten mit nervöser Unruhe auf das Nachnahmepaket. Sie sollen es wissen, wann ich mit ihnen rede, und ... ich lege Wert darauf, daß Sie anwesend sind, Anita.«

Sie nickte ernst.

»Wenn Sie es wünschen, gewiß, Gunnar. Übrigens möchte ich noch etwas mit Ihnen besprechen. Es betrifft Herma Hell.«

Sie sah, wie er leise zusammenzuckte und wie seine Stirn sich jäh rötete.

»Was ist mit ihr?«

»Man macht ihr das Leben schwer. Ich habe das Gefühl, daß Inge sie forthaben will. Seit einigen Tagen kann sie ihr nichts mehr recht machen. Und ich glaube, ich weiß, welchen Grund das hat.«

Er sah sie forschend an.

»Und was für einen, Ihrer Meinung nach?«

Sie zögerte.

»Eigentlich dürfte ich nicht davon sprechen. Herma Hell hat mich sehr darum gebeten, gerade Ihnen nichts davon zu sagen.«

»Gerade mir nicht? Warum gerade mir nicht?«

Ein Lächeln flog über ihr Gesicht.

»Sie hat eine schier unbeschreibliche Angst davor, von Ihnen falsch eingeschätzt zu werden. Aber das ist töricht von ihr. Sie werden sie gewiß darum nicht weniger hochschätzen, weil sie das Unglück hat, von einem minderwertigen Mann begehrt zu werden.«

Er wurde sehr blaß.

»Was soll das heißen?«

»Ich sehe schon, es ist das beste, wenn ich auch mit dieser Sorge offen zu Ihnen komme. Herma Hell ist mir sehr lieb geworden, ich schätze sie hoch und habe ihr meine Freundschaft geschenkt, wie sie mir die ihre. Sie hat sich vertrauensvoll in einer sehr heiklen Angelegenheit an mich gewandt und mich um Hilfe gebeten. So gut ich es vermochte, habe ich ihr diese angedeihen lassen. Ich schlug ihr vor, weil ich nicht wußte, ob diese ausreichen würde, Sie mit ins Vertrauen zu ziehen, aber sie hat das sehr entschieden abgelehnt. Es liegt ihr anscheinend sehr viel an Ihrer Wertschätzung, und sie denkt sich, die könnte ihr verlorengehen.«

Er schüttelte heftig den Kopf.

»Das braucht sie ganz gewiß nicht zu fürchten.«

»Ich habe ihr das auch gesagt, aber ... gerade in bezug auf Sie ist sie sehr ängstlich. Um sie zu beruhigen, habe ich ihr auch versprochen, Ihnen vorläufig nichts zu sagen, aber ich fürchte doch, wir kommen ohne Ihre Hilfe nicht aus. Und so will ich diesen kleinen Vertrauensbruch auf mich nehmen und Ihnen alles kundtun. Sie dürfen sie nur nicht merken lassen, daß ich Sie eingeweiht habe.«

Er faßte ihre Hand.

»Ich bitte Sie, Anita, sagen Sie mir alles ... wenn Sie glauben, daß ich helfen kann.«

»Wahrscheinlich nur Sie, Gunnar. Also, hören Sie mir zu.«

Und sie berichtete ihm, wie Kurt versucht hatte, zu Herma in Beziehung zu treten, wie sie ihn abgewiesen hatte und zu ihr gekommen war, weil sie sich allein nicht zu helfen wußte. Nichts verschwieg sie ihm, obwohl sie sah, wie sehr ihre Worte ihn erregten. Sie machte ihm auch Mitteilung von ihrer Unterredung mit Kurt, von dessen Heiratsabsichten und was Herma darauf erwidert hatte, als sie ihr dies kundgetan.

Da sah sie, daß ein befreiter Atemzug Gunnars Brust hob und daß seine Augen wieder ruhiger blickten.

»Ich nehme an«, fuhr sie nach kurzer Pause fort, »daß Kurt von seinen Heiratsabsichten in bezug auf Herma Hell mit Inge gesprochen hat. Ich nehme an, daß sie, hochmütig wie sie ist, diesem Plan weiterhin feindlich gegenübersteht und Herma deswegen aus dem Hause haben möchte. Sie sucht nun nach einem stichhaltigen Grund dafür. Ich aber mag es nicht zulassen, daß Herma ihre Stellung verliert. Sie war so glücklich, sie gefunden zu haben, und für die Kinder kann ich mir keine idealere Erzieherin denken. Ich könnte vielleicht Inge sagen, daß sie nicht in Sorge zu sein braucht, daß Herma Kurts Bewerbung annimmt, aber erstens würde sie mir das kaum glauben, und zweitens ... wenn ich mich nun irrte und Kurt hätte noch nicht mit ihr gesprochen, dann würde ich Hermas Stellung nur noch mehr erschweren. Deshalb komme ich zu Ihnen, Gunnar. Was soll ich tun?«

Er atmete tief auf.

»Ich danke Ihnen zunächst einmal sehr herzlich für Ihr Vertrauen, Anita. Sie können sich nicht denken, welchen Dienst Sie auch mir damit geleistet haben. Ganz offen, meine verehrte Freundin ... ich liebe Herma Hell, und ... ich hoffe, nicht arrogant zu sein, wenn ich annehme, daß auch sie mir nicht ganz gleichgültig gegenübersteht.«

Sie hing sich froh bewegt in seinen Arm, und wie Sonnenschein huschte es über ihr Gesicht.

»Ei, diese kleine Lehrerin scheint ja eine große Macht über Männerherzen zu besitzen. Also auch mein Freund Gunnar hat ihrem Zauber erliegen müssen? Nun, Offenheit gegen Offenheit ... ich ahnte etwas davon, wie ich auch ahne, daß Hermas Herz sich Ihnen zugewandt hat. Erwähne ich nur Ihren Namen, schießt ihr das Blut ins Gesicht, und spreche ich Gutes von Ihnen, hört sie mir ganz verklärt zu und ist restlos einverstanden mit mir, daß Sie der beste, zuverlässigste und vornehmste Mensch auf Erden sind. Aber weiter will ich nichts von meinen Beobachtungen verraten, das geht nur Sie und Herma selbst an. Und nun weiß ich auch, daß ich recht hatte, mich mit meinen Sorgen an Sie zu wenden. Glauben Sie nicht auch, daß Inge so unleidlich gegen Herma ist, weil sie in ihrem Hochmut fürchtet, sie zur Schwägerin zu bekommen?«

Gunnar wußte nur zu gut, daß Inge einen andern Grund für ihr Verhalten hatte. Er fühlte heraus, sie ahne, daß Herma ihm teuer war und daß die von ihm verschmähte Frau nun von einer gewissen Eifersucht erfüllt war. Aber er wollte das nicht aussprechen, immerhin wollte er Inge schonen.

»Nein, Anita, ich weiß ziemlich bestimmt, woher Inges schlimme Laune stammt. Aber ich kann Ihnen Genaueres nicht verraten. Es erscheint mir daher besser, Sie sprechen nicht mit Inge darüber. Kurt kann sich aber glücklich schätzen, daß er seine Unverschämtheit gegen Herma Hell wenigstens durch eine ernste Werbung gutmachen wollte, sonst würde ich sehr wenig glimpflich mit ihm verfahren sein. Ich bitte Sie, lassen Sie die Dinge vorläufig ruhig ihren Gang gehen. Reden Sie Herma Hell nur gut zu, sie solle sich nicht darüber betrüben, daß Frau von Holst anscheinend nicht mit ihr zufrieden ist. Zu einer Kündigung wird Inge es schon deshalb nicht kommen lassen, weil Sie Herma engagiert haben und nur Sie sie entlassen können. Machen Sie ihr das klar. Nicht wahr, wir lassen diese kleine frohe Heidelerche nicht wieder fort von Lindeck?«

Das sagte er in einem so warmen, weichen Ton, daß Anita die Augen feucht wurden. Sie drückte seine Hand.

»Ich sage es ja, Gunnar, wenn man sich mit seinen Sorgen nur zu Ihnen flüchten kann, dann sind sie schon behoben.«

Er sah sie forschend an.

»Waren das alle Ihre Sorgen, Anita? Das waren doch mehr anderer Leute Sorgen. Haben Sie nicht auch selber welche?«

Sie errötete jäh, lachte halb schelmisch, halb verlegen und sagte leise:

»Oh, ich hätte schon welche, aber die sind noch nicht akut. Vorläufig werde ich noch selbst damit fertig. Sollte das eines Tages nicht mehr der Fall sein, dann ... seien Sie gewiß, dann komme ich auch mit meinen eigenen Sorgen zu Ihnen.«

»Das fordere ich mit dem Recht der Freundschaft, Anita. Und nun nochmals innigsten Dank, daß Sie diesen kleinen Vertrauensbruch an Herma Hell begangen haben. Sie haben mir damit viel Unruhe erspart. Und ich brauche Sie wohl nicht erst zu bitten, der Kleinen auch in Zukunft zur Seite zu stehen.«

»Nein, das brauchen Sie nicht. Sie ist meine Freundin, und daß ich es mit der Freundschaft ernst nehme, wissen Sie.«

Er nickte ihr zu, und sie reichten sich zum Abschied mit festem Druck die Hände.

Anita kehrte ins Schloß zurück, und Gunnar ging in sein Kontor, wo, wie immer, viel Arbeit auf ihn wartete.

## 15

Herma befand sich mit den Kindern im Park, um dort ihre Unterrichtsstunde abzuhalten. Im Verkehr mit ihren Zöglingen vergaß sie ihre Kümmernisse und wurde froh und heiter, wie sonst immer. Es ging wieder sehr vergnüglich zu beim Rechenunterricht, bei dem heute Blumen gezählt und zusammengerechnet wurden. Wie viele Blumen braucht man zu einem Strauß, zu einem Kranz? Wie viele Kränze kann man aus hundert Blumen binden? Ein Strauß für die Großmama muß dreißig Blumen haben, einer für Mama fünfundzwanzig und einer für Tante Anita zwanzig.

Und dazwischen flocht Herma aus Wiesenblumen einen Kranz für Hannelore. Dieter wollte etwas als Ersatz für den Kranz haben, bekam aber nur eine Vorlesung über Ritterlichkeit. Männer müssen zugunsten von Frauen zuweilen auf einen Wunsch verzichten, und Dieter hatte zuweilen schon die Überzeugung, daß er ein Mann sei und Hannelore »nur ein kleines Mädchen«. Da wurde er sofort mit schelmischer Grazie von Herma geduckt. Ei, wenn er ein Mann sein wollte, dann müsse er sehr ritterlich gegen das kleine Mädchen sein. Und Hannelore bekam ihren Kranz. Er wurde ihr sogar von Dieter feierlich auf das blonde Haupt gesetzt. Dafür bekam Dieter nun eine Schärpe aus Blättern, die mit dünnen Hölzchen zusammengesteckt wurden. Diese Schärpe legte ihm Hannelore um seine Matrosenbluse. So war er belohnt worden für seine Ritterlichkeit. Aber nun mußte man schnell ausrechnen, wie viele grüne Blätter zu dieser Schärpe gebraucht wurden und wie viele Hölzchen.

So brachte Herma im Spiel den Kindern bei, was sie zu lernen hatten.

Aber heute sollte diese vergnügliche Unterrichtsstunde unliebsam durch Kurt gestört werden. Er kam auf dem breiten Parkweg dahergeschlendert, die Hände in den Hosentaschen und den Strohhut weit aus der Stirn geschoben. Er pflanzte sich vor der Lehrerin und den Kindern auf und sah Herma mit so eroberungslustigen Augen an, daß sie vor Ärger aus dem Konzept kam.

»Kann man nicht auch ein wenig von Ihrem Rechenunterricht profitieren, Fräulein Hell?«

Sie sah ihn ruhig und ernst an.

»Bitte, wollen Sie nicht lieber weitergehen und die Kinder nicht beim Lernen stören. Sie werden unaufmerksam, wenn jemand zuhört.«

»Immer wollen Sie mich fortschicken? Seien Sie doch nicht so grausam. Sie haben mich doch schon so jämmerlich kleingekriegt. Hat Ihnen Anita nicht gesagt, welches Opfer ich bringen will für Ihren Besitz?«

Herma gab sich den Anschein, seine Worte gar nicht gehört zu haben. Sie sagte nur zu Dieter:

»Dieter, willst du mir einmal sagen, was ein Herr nicht darf, wenn er mit einer Dame spricht?«

Dieter brannte das Verlangen aus den Augen, seine Weisheit an den Mann zu bringen.

»Ein Herr darf nicht den Hut auf dem Kopf behalten, und er darf auch nicht die Hände in die Hosentaschen stecken«, sagte er, nachdem er seinen Onkel prüfend betrachtet hatte.

Dieser zog zwar die Hände aus den Taschen, machte aber einen Gebrauch davon, der Dieter nicht gefiel. Er faßte ihn wütend an den Schultern, schüttelte ihn hin und her und gab ihm einen ziemlich heftigen Backenstreich. Herma riß erschrocken den Knaben zurück.

»Pfui! Wie können Sie das Kind dafür strafen, daß es tat, was ich ihm gebot!«

Kurt glühte sie leidenschaftlich mit seinen schwarzen Augen an. »Reizen Sie mich doch nicht immer, schöne Herma. Sie können ganz zufrieden sein, daß ich nicht Sie dafür strafe, daß Sie mich in solcher Weise zurechtwiesen. Das wäre freilich auf andere Art geschehen.«

»Sie hatten es verdient! Wenn ich auch nur eine arme Lehrerin bin, verlange ich doch von Ihnen ein achtungsvolles Benehmen mir gegenüber.«

»Verlangen Sie noch mehr Hochachtung von mir, als daß ich Sie zu meiner Frau machen will?«

Sie warf stolz den Kopf zurück.

»Vergessen Sie nicht, daß die Kinder jedes Wort hören. Bitte, verlassen Sie uns!«

»Sie vereiteln ja jede Gelegenheit, allein mit Ihnen sprechen zu können.«

»Ich habe nichts mit Ihnen allein zu sprechen.«

»Stolze Herma! Wenn Sie nur nicht so reizend wären.«

Herma hatte Dieter an sich herangezogen und streichelte die geschlagene Wange. Dieter kämpfte heldenhaft mit den Tränen.

Ohne sich weiter um Kurt zu kümmern, setzte Herma ihren

Unterricht fort. Kurt blieb noch eine Weile stehen und funkelte sie mit seinen schwarzen Augen an. Herma war durchaus nicht so ruhig, wie sie sich den Anschein gab. Sie wollte um jeden Preis verhüten, daß er eine regelrechte Werbung vorbrachte, denn wenn sie ihm einen glatten, runden Korb geben mußte, dann war ihres Bleibens kaum noch auf Schloß Lindeck.

»Also dann bleibt mir nichts weiter übrig, als Sie in Gegenwart meiner Mutter um Ihre schöne Hand zu bitten. Damit werden Sie hoffentlich zufrieden sein.«

Sie gab sich wieder den Anschein, nichts gehört zu haben, und da er halblaut gesprochen hatte, um nur ihr verständlich zu sein, war das immerhin glaubhaft. Er ging nun wenigstens davon, und sie atmete auf. Die Kinder sahen ihm beklommen nach. Nach einer Weile fragte Hannelore:

»Warum sind denn Onkels so sehr verschieden, Fräulein Herma?«

»Wie meinst du das, Hannelore?«

»Nun, Onkel Gunnar ist immer lieb und gut zu uns, schenkt uns immer schöne Dinge und ist so lustig und vergnügt, wenn er uns sieht. Onkel Kurt aber schlägt uns oft, sieht uns immer böse an und spricht kein freundliches Wort mit uns.«

»Es sind eben alle Menschen verschieden, Hannelore.«

»Ich will mal so ein Onkel werden wie Onkel Gunnar«, meinte Dieter.

Hermas Augen strahlten. »Ja, Dieter, dann werden dich alle Menschen liebhaben.«

»Ich werde nie kleine Kinder schlagen, wenn ich ein großer Mann bin.«

»Das darfst du auch nicht.«

»Warum darf es Onkel Kurt?«

»Er darf es eigentlich auch nicht, es war aber wohl gar nicht so böse gemeint.«

»Doch, er meint es immer böse, sieh nur mal in seine Augen, wenn er uns schlägt.«

Herma lenkte die Kinder von diesem Thema ab. Schnell waren sie wieder mitten im Lernen. Nach einer Weile kam Kurt auf dem Rückweg seines Spazierganges wieder vorbei. Er blieb aber nicht, wie Herma fürchtete, stehen, sondern sagte nur, dicht an ihr vorüberstreichend:

»Süßer Trotzkopf, mein wirst du doch!«

Und dann ging er weiter.

Sie sah ihm mit zusammengezogenen Brauen nach. Niemals! dachte sie. Und sie setzte den Unterricht fort.

Als sie mittags mit Anita zusammentraf, erzählte sie ihr, was im Park geschehen war. Anita streichelte ihre Hand.

»Nur keine Bange, Herma, er wird jetzt andere Dinge im Kopf haben und nicht so bald Ernst machen mit seiner Werbung. Das sind alles nur Vorpostengeplänkel; er wird überhaupt nicht Ernst machen, sondern sich die Sache anders überlegen.«

Anita sagte sich, daß Gunnar Kurt vorläufig außer Gefecht setzen würde. Er dürfte ihm einheizen, daß ihm vorläufig Liebesangelegenheiten als Nebensachen erscheinen würden. Das konnte sie Herma allerdings nicht sagen.

Herma seufzte tief auf. »Wie schön könnte alles sein, wenn Herr von Fuchs so vernünftig sein wollte einzusehen, daß ich doch gar nicht zu seiner Frau passe. Dann würde auch Frau von Holst wieder freundlicher zu mir sein.«

»Lassen Sie sich deswegen doch keine grauen Haare wachsen, Herma! Ich will Ihnen zu Ihrer Beruhigung eines versprechen.«

»Was denn?« fragte Herma, schon wieder lächelnd.

»Daß wir unsere kleine Heidelerche nicht wieder von Lindeck fortlassen«, sagte sie ruhig, Gunnars Worte wiederholend.

Herma sah sie mit strahlender Dankbarkeit an.

»Wenn das nur wahr würde!« Dabei drückte sie Anita die Hand, daß diese eine kleine Grimasse schnitt.

Sie mußte dabei denken: Wüßte Herma, daß ich nur Gunnars Worte wiederholte, hätte ich wohl meine Finger nicht mehr rühren können ...

Bei Tisch herrschte heute eine nervös-gereizte Stimmung. Frau von Seebach und ihre Kinder waren unstreitig wieder einmal sehr schlecht gelaunt. Inge machte erneut verschiedene Ausfälle auf Herma, wurde aber sehr rot, als Gunnar sie deshalb groß und vorwurfsvoll ansah.

Kurt hatte selbstverständlich längst gemerkt, daß Gunnar bei seiner Schwester in Ungnade gefallen war, und machte sich den richtigen Vers darauf. Auch ihrer Mutter entging das nicht, aber sie hatte ganz andere Dinge im Kopfe und sprach mit ihrer Tochter nicht darüber. Das alles war nicht wichtig, solange die schwebende Angelegenheit nicht erledigt war. Hatte man erst das Testament in Händen, so daß es endgültig vernichtet werden konnte, dann erst durfte man sich ganz sicher fühlen, dann erst war man die Sorge los, die einen unablässig quälte, die Sorge, daß das Testament eines Tages doch noch wieder auftauchen könnte. Erst wenn es vernichtet war, konnte man ganz anders vorgehen und bezüglich der Erbschaft ganz anders disponieren ...

Es war am nächsten Abend, als Gunnar nach Tisch sagte: »Ich möchte die Herrschaften um eine Unterredung bitten, da ich verschiedenes mit Ihnen besprechen möchte. Fräulein Hell, Sie haben wohl die Güte, sich zurückzuziehen, es handelt sich um Familienangelegenheiten.«

Herma erhob sich sofort und verabschiedete sich. Sie fing gerade noch einen Blick von Gunnar auf, der so liebevoll und herzlich war, daß sie bis ins tiefste Herz hinein erschrak. Das Blut stieg ihr wieder rebellisch ins Gesicht, und sie war froh, als sich die Tür zwischen ihr und »dem Märchenprinzen« schloß.

Als sie verschwunden war, sagte Frau von Seebach etwas verwundert:

»Was haben Sie uns zu sagen, Herr Direktor?«

»Zuerst wollte ich Ihnen ordnungsgemäß melden, daß der Herr Notar und ich gewissermaßen überall nach dem verschwundenen Testament gesucht haben. Nichts ist gefunden worden.«

»Das hätte ich Ihnen gleich sagen können, Herr Direktor. Es ist wohl eine Einbildung von Ihnen gewesen, daß mein Onkel ein Testament gemacht haben sollte.«

»Nein, das war keine Einbildung, Herr von Fuchs. Das Testament war vorhanden, es war sogar am Sterbetag Ihres Onkels noch in seiner Todesstunde vorhanden. Dafür habe ich Beweise.«

Frau von Seebach und ihre beiden Kinder verfärbten sich und fuhren erschrocken zusammen. Dann aber lachte Kurt heiser auf.

»Ach, wie interessant! Wie wollen Sie das begründen? Was haben Sie dafür für Beweise?«

»Das werde ich Ihnen gleich mitteilen. Die Beweise werde ich Ihnen sogar vorlegen. Sie gestatten mir vielleicht, Ihnen mitzuteilen, auf welche Weise und wann das Testament verschwunden ist.«

Frau von Seebach wurde sehr blaß, und Inge wagte Gunnar nicht anzusehen.

»Da bin ich aber wirklich neugierig!« rief Frau von Seebach.

»Ich kann es mir denken, gnädige Frau, daß Sie sehr neugierig sind, ob ich das einwandfrei feststellen kann. Aber bevor ich so weit gehe, möchte ich offiziell hier vor Ihnen erklären, was Sie allerdings alle schon wissen ... daß ich nämlich der illegitime Sohn Manfred Hallerstedts bin.«

Eine Weile blieb es totenstill im Zimmer. Anita lehnte sich mit geschlossenen Augen in ihrem Sessel zurück und war sehr blaß geworden vor Erregung. Ihre Stiefmutter aber und deren beiden Kindern saßen reglos und wie erstarrt da und wagten einander nicht anzusehen. Endlich stieß Frau von Seebach heiser hervor:

»Das ist uns ja ganz neu!«

»Gestatten Sie, gnädige Frau, daß ich das bezweifle. Mein Vater selbst hat Ihnen vor seinem Tode Mitteilung davon gemacht und hat Ihnen wahrscheinlich auch bekanntgegeben, weshalb er das so lange geheimgehalten hat.«

»Sie müssen uns schon erlauben, dazu überhaupt keine Stellung zu nehmen, Herr Direktor Lundström. Es dürfte Ihnen wohl bekannt sein, daß Bas ..., illegitime Kinder keinerlei Zugehörigkeit zu der Familie ihrer Väter besitzen und keinerlei Erbansprüche machen können«, stieß Kurt heftig hervor.

Mit steinernem Gesicht verneigte sich Gunnar.

»Sie können ruhig das Wort aussprechen, das Ihnen mir gegenüber nicht über die Lippen wollte. Illegitime Kinder hat man schon immer Bastarde genannt, aber es dürfte Ihnen aus der Geschichte bekannt sein, daß gerade Bastarde zuweilen zu den höchsten Ehrenämtern gelangten, weil sie, als Kinder der Liebe, oftmals hervorragend begabt waren. Ich bin nicht arrogant genug, damit sagen zu wollen, daß ich mich für besonders begabt halte, ich will damit nur betonen, daß illegitime Kinder oft stärkere Lebenskräfte mit auf den Weg bekommen als ehelich gezeugte, weil ihre Existenz eben durch besonders intensive Lebensbejahung hervorgerufen wurde. Doch das nur nebenbei. Ich bekenne aber gern, daß ich es durchaus nicht so beschämend betrachte, nicht die Frucht einer gesetzlich sanktionierten Verbindung zu sein, denn ich weiß, daß starke und heilige Gefühle meine Eltern miteinander verbanden und daß beide edle, wertvolle Menschen waren, denen nur ein widriges Geschick es versagte, sich vor der Welt angehören zu dürfen. Ich bitte um Verzeihung, wenn ich mich über diesen Punkt so weitschweifig ausließ, aber ich bezwecke damit, Herrn von Fuchs klarzumachen, daß ich ihm nicht gestatte, auch nur noch ein einziges Mal in verächtlichem Ton über meine Geburt zu sprechen. Daß ich als illegitimer Sohn meines Vaters keinerlei Ansprüche geltend mache, in seine Familie aufgenommen zu werden, versichere ich Ihnen. Ich verzichte dankend auf jede derartige Gemeinschaft. Aber ich weiß, daß meines Vaters letzter Wille mich zu seinem Haupterben machte.«

Kurt lachte heiser auf.

»Das müßten Sie erst einmal beweisen!«

»Sehr richtig ... das müßte ich erst beweisen, weil eben sein Testament zusammen mit einem letzten Brief an mich verschwunden ist, und zwar ... erst in seiner Todesstunde, kurz, nachdem er die Augen schloß.«

»Erzählen Sie uns doch keine Märchen!« rief Frau von Seebach, die ihre Ruhe wiedergefunden hatte.

Er sah sie groß und ernst an.

»Gerade Sie wissen am besten, daß ich keine Märchen erzähle.«

»Was wollen Sie damit sagen?« fragte sie drohend. Er blieb ganz ruhig.

»Ich will damit sagen, daß mein Vater Ihnen kurze Zeit vor seinem Tode mitteilte, daß er mich, seinen Sohn, als seinen Haupterben in seinem Testament bezeichnet habe. Er hatte Ihnen früher keine Mitteilung davon machen können, weil er meiner Mutter geschworen hatte, vor ihrem Tode das Geheimnis meiner Geburt nicht zu lüften. Vielleicht hat er Ihnen in jener Stunde auch mitgeteilt, daß er meine Mutter, nachdem sie Witwe geworden war, heiraten wollte und daß diese das abgelehnt hat. Ich ahnte, daß es meinem Vater sehr schwer geworden ist, auch mir gegenüber dieses Geheimnis zu wahren und nehme als bestimmt an, daß er in dem von ihm hinterlassenen und für mich bestimmten Brief zum ersten und letzten Male so zu mir spricht wie ein Vater zu seinem Sohn.«

»Ich glaube, Sie haben Halluzinationen!« rief Frau von Seebach in heftiger Erregung.

»O nein, ich bin sehr klar bei Verstand. Ich verlange gar

nicht, daß Sie mir das zugestehen, gnädige Frau. Ich weiß es aber sehr wohl, weiß sogar noch viel mehr als Sie glauben.«

»Da wäre ich doch sehr gespannt!« entgegnete Frau von Seebach, blaß bis in die Lippen, aber hoheitsvoll.

»Nun also, ich weiß, daß Sie Ihren Sohn nach Lindeck kommen ließen, sobald mein Vater Ihnen Mitteilung von unserer Zusammengehörigkeit gemacht hatte, die er mich, wenn er sie auch nicht eingestehen durfte, doch immer fühlen ließ durch seine große Güte und Liebe. Sie teilten Ihrem Herrn Sohn mit, daß ich der Haupterbe sein würde. Darüber erboste sich Herr von Fuchs derart, daß er kurze Zeit darauf in meines Vaters Zimmer stürmte und ihn dermaßen durch seinen Wutausbruch erregte, daß mein Vater ein vorzeitiges Ende fand.«

Kurt fuhr kreidebleich empor.

»Unverschämter! Was erlauben Sie sich?«

Gunnar sah ihn kalt und scharf an. »Ich werde mir gleich noch mehr erlauben, Herr von Fuchs. Dadurch, daß Sie meinem Vater ein vorzeitiges Ende bereiteten, trotzdem Sie wußten, daß jede Erregung ihn töten konnte, haben Sie mir ein viel größeres Leid zugefügt als durch alles andere, was Sie taten, denn ich hätte meinen Vater noch lebend antreffen können und wenigstens ein einziges Mal den Sohnesnamen von ihm hören dürfen. Ihre Gier nach der Erbschaft schreckte nicht davor zurück, durch Ihr Betragen den Herzkranken so stark zu erregen, daß er sterben mußte. Denn Sie wußten ja, daß in seinem Schreibtisch sein Testament verborgen war, wußten, daß, wenn ich noch zeitig genug heimkam, ich von meinem Vater als Sohn und Erbe anerkannt worden wäre. Und als mein Vater tot zusammenbrach, entwendeten Sie, einer von Ihnen oder alle drei, das versiegelte Kuvert. Sie, Herr von Fuchs, reisten sofort im Auto meines Vaters, das er Ihnen nie anvertraut hätte, nach Berlin, um das Testament in Sicherheit zu bringen oder zu vernichten. Ihre Frau Mutter und Frau von Holst deckten Ihnen den Rücken, indem sie vortäuschten, daß mein Vater noch am Leben gewesen sei, als Sie davonfuhren. Erst dann verließen die beiden Damen meinen toten Vater. Und die einzige mitleidige Handlung, zu der sich eine von ihnen bewegen ließ, war, dem Verschiedenen die Augen zuzudrücken. Aber gerade die einzige menschliche Tat verriet, daß mein Vater bereits starb, solange Sie drei noch bei ihm weilten.«

Es lag wie eine Erstarrung über den drei Betrügern, aber Frau von Seebach erwies sich als die stärkste unter ihnen. Sie gab den Kampf nicht auf, und auch die hoheitsvolle Pose nicht, die allerdings sehr statuenmäßig ausfiel.

»Wahrscheinlich haben Sie sich da ein schauerliches Märchen ausgesonnen, Herr Direktor Lundström, und ich weise Ihre Verleumdung ganz energisch zurück. Es ist unerhört, daß wir uns das von Ihnen gefallen lassen müssen.«

Ein bitteres Lächeln zuckte um Gunnars Mund.

»Geben Sie die beleidigte Pose auf, gnädige Frau; es gelingt Ihnen nicht, mich damit einzuschüchtern. Ich hätte trotz meiner Überzeugung und trotz meines gerechten Zornes nicht gewagt, so zu Ihnen zu sprechen, wenn ich mir nicht hätte Beweise dafür verschaffen können.«

»Unsinn! Beweise! Wo haben Sie denn Ihre Beweise?« schrie Kurt außer sich vor Wut.

»Ich werde sie Ihnen schon noch vorlegen, Herr von Fuchs, auch Ihrer Frau Mutter und Ihrer Frau Schwester. Frau von Seebach, es ist vergebene Mühe, wenn Sie noch auf das Spitzenpaketchen warten, das unter einer Nachnahme von fünfhundert Mark dieser Tage eintreffen sollte. Es wird nicht eintreffen!«

Jetzt fuhren alle drei jäh empor.

»Sie haben es ... Sie haben es unterschlagen!« schrie Frau von Seebach, fahl bis in die Lippen.

Gunnar schüttelte mit einem leisen Lächeln den Kopf.

»Leider nicht! Darüber kann ich Sie beruhigen. Wozu ... sollte ich Spitzen gebrauchen? Oder wurde in dem Nachnahmepaket vielleicht etwas anderes erwartet? Glaubten Sie, daß Ihnen darin ein ehrlicher Finder das verlorengegangene gelbe Kuvert mit Inhalt einsenden würde? Ihr Herr Sohn ist ein unverbesserlicher Leichtfuß, nicht einmal ein verbrecherisch erbeutetes Testament konnte er so sorgfältig aufbewahren, daß es ihm nicht aus dem Wagen fiel. Aber Sie sehen nun wohl ein, daß ich alles weiß. Ich wußte freilich schon vorher alles, es fehlte mir nur der Beweis. Und den haben Sie mir nun selbst in die Hände geliefert. Die schlauesten Verbrecher machen eine Dummheit. Hier in meiner Brusttasche verwahre ich Ihr Schreiben, Frau von Seebach, in dem Sie mir mitteilen, daß Ihr Sohn auf dem Wege zwischen Koblenz und Berlin ein gelbes Kuvert aus dem Wagen verloren habe, das mit fünf Siegeln gesiegelt war, die das Wappen meines Vaters trugen und das mit der Aufschrift versehen war: ›Nach dem Tode von dem Direktor meines Betriebes zu öffnen‹. Also just das Kuvert, das meines Vaters Testament enthielt und einen Brief an mich. Ich habe mir nämlich erlaubt, mir durch eine List Ihr Geständnis zu verschaffen. Denn ohne eine solche würden Sie doch alles geleugnet haben.«

Halb ohnmächtig fiel jetzt Frau von Seebach in ihren Sessel zurück.

»Sie Teufel! Sie Teufel! Sie wollen mich töten durch ihre Brutalität!« stöhnte sie.

Inge aber hob wie flehend die Hände zu Gunnar empor.

»Ich wollte doch gutmachen, Gunnar, deshalb bot ich Ihnen meine Hand«, stieß sie hervor, nicht daran denkend, daß sie sich damit nicht nur vor Mutter und Bruder, sondern auch vor Anita als verschmähte Frau verriet. Sie dachte jetzt aber nur daran, wie sie ihren Kopf aus der Schlinge ziehen könnte.

Nur Kurt behielt noch einen Rest seiner Unverschämtheit. Er sprang auf und sagte heiser:

»Was Sie sich da aus Wahrheit und Dichtung zusammengereimt haben, ist barer Unsinn. Wer soll Ihnen denn dies Ammenmärchen glauben? Ein feiner Schachzug, Herr Direktor Lundström! Auf diese Weise wollen Sie sich ein Erbe erschleichen. Bringen Sie uns doch das Testament. Wie wollen Sie beweisen, daß es zu Ihren Gunsten verfaßt wurde? Es ist ja nicht wahr; wir sind die rechtmäßigen Erben Onkel Manfreds, wir allein. Wir lassen uns nicht schrecken. Mama, Inge, seid doch nicht so schwachmütig! Fallt doch nicht auf einen derartigen Bluff herein!«

Gunnar sah ihn voll Ironie und Überlegenheit an.

»Sie haben die Sache richtig erfaßt, Herr von Fuchs, das Testament müßte her, wenn ich meine Erbansprüche beweisen wollte. Aber meines Vaters Namen in einen Skandal zu verwickeln, wird mir niemals einfallen. Es schmerzt mich auch kaum, daß ich des mir zugedachten Erbes verlustig gehe, denn ich werde immer für mich selbst einstehen können. Was mich schmerzt, ist nur der Verlust des Briefes meines Vaters. Also beruhigen Sie sich. Nachdem ich Ihnen bewiesen habe, daß mir kein blauer Dunst vorzumachen ist, werde ich die Sache auf sich beruhen lassen. Nur wenn ich das Testament meines Vaters vorweisen könntc, würde ich Erbansprüche erheben. Sie können sich also nach wie vor Ihres Raubes freuen und brauchen nur darum zu beten, daß das gelbe Kuvert mit Inhalt nicht doch noch gefunden wird und in meine Hände gelangt. Dann freilich würde ich auf meinem Recht bestehen. Also beruhigen Sie sich, meine Herrschaften. Ich werde mir nur den netten Brief von ›Frau von Fuchs‹ als Andenken aufbewahren. – Eine Bedingung muß ich allerdings stellen.«

Frau von Seebach und Inge hatten sich etwas erholt von ihrem Schreck und mußten beide still bei sich denken, daß dieser Mann doch mehr »großen Stil« habe als sie alle zusammen. Langsam kamen sie wieder zu sich. Noch war ja nichts verloren, Lundström stellte keine Ansprüche an das Erbe!

Kurt aber starrte Gunnar völlig fassungslos an. Daß dieser so ohne weiteres auf ein so großes Erbe verzichtete, hätte er nicht für möglich gehalten, und wenn die Sache so lag, dann war es wohl das beste, man suchte sich mit ihm zu einigen. Erlöst aufatmend, sagte er:

»Was für eine Bedingung ist das?«

»Ich weiß, daß mein Vater für seinen alten Diener Franz sowie für die alte Köchin Kuhnert und noch mehrere der alten Dienerschaft Legate ausgesetzt hat. Nach gefundenen Notizzetteln nehme ich an, daß Franz zwanzigtausend Mark bekommen sollte, Frau Kuhnert fünfzehntausend, die andern alten Diener je zehntausend Mark. Es sind noch drei, die in Frage kommen. Alles beläuft sich im ganzen mithin auf fünfundsechzigtausend Mark. Ich bestehe darauf, daß diese Leute ausgezahlt werden. Soweit es sich nur um mein Interesse handelt, verzichte ich auf eine Klage, wird aber diesen Leuten ihr Recht streitig gemacht, werde ich für sie einstehen. Erklären Sie sich also bereit, diese Legate auszuzahlen?«

Frau von Seebach und Kurt beeilten sich, ihre Zustimmung zu erteilen. Gunnar verneigte sich.

»Dann habe ich für heute nichts mehr zu sagen und werde mich mit Ihrer Erlaubnis zurückziehen. Fräulein Anita, ich bitte Sie um Verzeihung, daß ich Sie dieser Verhandlung beiwohnen ließ, aber ich wollte mir gern einen Zeugen sichern, auf dessen Redlichkeit und Unbestechlichkeit ich bauen kann.«

Er küßte Anita die Hand, und diese drückte die seine warm und herzlich. Den andern machte Gunnar eine kurze Verbeugung und verließ das Zimmer. Anita folgte ihm sogleich, sie hatte nicht Lust, sich noch in Erörterungen einzulassen. Die drei andern blieben allein, und es war keine schöne Stunde, die sie einander jetzt noch bereiteten.

Anita ging hinauf und klopfte am Schulzimmer an. Herma pflegte sich seit einiger Zeit immer einzuschließen. Sie fragte auch jetzt vorsichtig: »Wer ist da?« Als Anita antwortete, machte sie schnell die Tür auf.

»Darf ich noch auf einen Schwatz zu Ihnen hineinkommen, Herma?«

»Oh, wie gern!«

»Störe ich Sie nicht?«

»Nein, nein, ich bin nur gerade dabei, mir frische Halskrausen an meine Kleider zu heften.«

»Da sehe ich Ihnen ein wenig zu. Sie haben zum Nähen geschickte Hände, wie ich schon beobachtet habe.«

Herma lachte. »Ich habe mir schon manches Kleid selbst anfertigen müssen. Das waren dann freilich keine Prachtstükke wie die, die ich von Ihnen bekommen habe. Aber anziehen konnte ich sie doch.«

Anita seufzte.

»Ach, bei Ihnen hier oben ist es so schön still und friedlich, und wenn ich in Ihr frohes, rosiges Gesicht sehe, ist mir immer, als umwehe ein frischer Luftzug mir die Stirn. Unten ging es eben sehr stürmisch zu, aber es wehte keine frische Luft. Aber Gunnar Lundström war herrlich, er hat mal wieder gezeigt, daß er ein ganzer Mann ist.«

»Es gab doch keine Unanehmlichkeiten für ihn?«

Anita sah lächelnd in Hermas besorgtes Gesicht.

»Nun, ein wenig heiß ging es her, auch für ihn. Aber an Stelle der andern hätte ich nicht sein mögen. Doch lassen Sie uns jetzt von erfreulicheren Dingen reden. Nur eins will ich Ihnen noch sagen ... Sie sind wirklich im Irrtum, wenn Sie meinen, daß meine Stiefschwester Ihnen grolle, weil Kurt Sie heiraten will. Ich kenne jetzt den Grund.«

Mit großen Augen sah Herma zu ihr auf.

»Ich darf ihn aber wohl nicht wissen?«

Anita überlegte. Dann schüttelte sie lachend den Kopf.

»Nein, besser nicht. Aber sie dürfen gewiß sein: Gunnar Lundström wird es gewiß nicht zulassen, daß man Sie von Lindeck fortschickt.«

Da schoß prompt wieder das Blut in Hermas Wangen. Sie stach sich bei ihrer Näherei in den Finger, weil sie zusammengezuckt war.

»Er? Ach er! Was wird er sich um die arme kleine Lehrerin kümmern?«

»Nun, haben Sie noch nicht herausgefunden, daß er gerade für die Hilflosen am liebsten eintritt?«

Herma nickte und atmete tief auf.

»Ja, freilich, er ist überhaupt ein besonders vornehmer und guter Mensch; von ihm wäre es schon verständlich, wenn er sogar eine arme kleine Lehrerin beschützen würde.«

»Nicht wahr? Und darauf können Sie sich ganz bestimmt verlassen.«

»Das will ich denn auch tun; wenn Sie es sagen, wird es schon wahr sein.«

Sie wandten sich nun anderen Dingen zu, kamen auf Literatur zu sprechen und tauschten ihre Meinungen über verschiedene Bücher aus, die sie beide gelesen hatten. So verging schnell ein Stündchen, und dann war es Zeit, zur Ruhe zu gehen.

Nach diesem Abend herrschte eine seltsam gedrückte Stimmung auf Schloß Lindeck. Die gemeinschaftlichen Mahlzeiten, bis auf das Frühstück, wurden immer noch eingehalten. Weder Frau von Seebach und ihren Kindern noch Gunnar war daran gelegen, daß die Dienerschaft etwas von einem Zerwürfnis gewahr wurde. Man befleißigte sich gegenseitig eines sehr artigen Tones.

Frau Inge stellte sogar ihre Angriffe gegen Herma ein, und zwar zu deren großer Erleichterung. Unwillkürlich fragte Herma sich, ob das vielleicht die Folge von Lundströms Eingreifen sei. Anitas Worte gingen ihr begreiflicherweise oft im Kopf herum, und alle Mahnpredigten halfen nicht mehr, die Liebe zu diesem Manne, zu ihrem Märchenprinzen, nahm ihr ganzes Herz gefangen. Es war eine wunschlose Liebe, aber sie war vielleicht gerade darum so besonders tief und innig. Herma empfand diese, wie sie meinte, unerwiderte Liebe aber nicht als ein Unglück, sondern als ein herrliches Geschenk des Himmels. Und wenn Gunnar in diesen Tagen zuweilen einige Worte mit ihr sprechen konnte, sah er in ihren Augen, ohne daß sie es ahnte, was sie für ihn fühlte, obgleich sie meinte, sich ganz in der Gewalt zu haben.

Er wollte aber nichts übereilen, sondern ihr Zeit lassen, sich ihrer Gefühle für ihn sicherer zu werden.

Am nächsten Sonntag war Soltau wieder Tischgast im Schlosse, und für alle bedeutete seine Anwesenheit eine Erleichterung, denn er brachte als Unbefangener einen frischen Zug in die Unterhaltung.

Frau von Seebach war wieder sehr liebenswürdig zu ihm und sagte während des Essens:

»Sie können sich ein für allemal sonntags als Tischgast geladen betrachten, Herr Soltau; ich werde Sie nicht mehr besonders auffordern.«

Frank sah zuerst bei diesen Worten zu Anita hinüber, ob es ihr auch recht sei, und als sie ihm lächelnd zunickte, sagte er gern zu.

Nach aufgehobener Tafel, als die andern sich zurückzogen, forderte Gunnar Soltau auf, mit ihm einen Spaziergang zu machen. Dieser war sogleich dazu bereit, und Gunnar wandte sich nun an Anita.

»Wollen Sie uns nicht das Vergnügen machen, uns zu begleiten?«

Sie wurde ein wenig rot, sagte aber dann schnell:

»Dann müssen Sie auch Fräulein Hell mit ins Schlepptau nehmen! Wir hatten schon einen gemeinsamen Spaziergang verabredet, denn die Kinder ruhen, und sie hat somit Zeit.«

Ein Blick Gunnars dankte ihr für diesen Gegendienst. Herma, die eben die Kinder zur Mittagsruhe brachte, wurde dort erwartet, wo sie sich mit Anita verabredet hatte. Nun war sie sehr angenehm überrascht, daß auch die beiden Herren mit von der Partie waren. Daß Anita sich sehr stark für Soltau interessierte, wußte Herma längst, und daß sie einen Sonntagnachmittagsspaziergang in Gesellschaft ihres Märchenprinzen machen durfte, war für sie mehr als Seligkeit.

Es machte sich ganz von selbst, daß Frank Soltau sich an Anitas Seite hielt, während Gunnar neben Herma dahinschritt. Und beide Paare kamen in eine sehr angeregte Unterhaltung. Es war ihnen bisher selten vergönnt gewesen, miteinander ernstere, tiefere Dinge zu berühren. Heute war das möglich, und sie vertieften sich gegenseitig sehr intensiv in den jeweiligen Unterhaltungsstoff. Gunnar konstatierte mit Entzücken, daß seine kleine Heidelerche munter wie ein glückliches Vöglein zwitscherte und doch so tiefinnige Worte zutage förderte, daß er beglückt gewahr wurde, wie tief sie bei aller Heiterkeit veranlagt war und welch großer Lebensernst sich hinter ihrer Heiterkeit verbarg.

Frank Soltau schritt nicht minder glücklich an Anitas Seite dahin, und auch diese beiden jungen Menschen erschlossen sich ihre Herzen, wie sie es noch nie hatten tun können. Mit glühenden Wangen hörte Anita zu, wie Frank von seiner Jugend sprach und von dem wundervoll harmonischen Verhältnis zu seinen Eltern, die er kurz hintereinander viel zu früh verloren hatte. Und doch pries er seine Mutter glücklich, daß sie gestorben war, ehe sie den durch die Inflation und deren Folgen bewirkten Ruin ihres Gatten hätte mit ansehen müssen. Der Vater war ihr bald gefolgt, die Schwester hatte sich verheiratet und er allein im Leben gestanden, allein als ein durch die Verhältnisse aus der Bahn Geschleuderter. Er klagte nicht, er jubelte nur, daß er jetzt wieder festen Boden unter den Füßen hatte und wieder beginnen konnte, aufzubauen. Er schwärmte ihr vor von Gunnar, von dessen vornehmer Persönlichkeit und seiner uneigennützigen Hilfsbereitschaft, und dazwischen kam immer wieder ein heißes Dankeswort für Anita, die geholfen hatte, ihn aus drückenden Verhältnissen zu befreien. Auch Frau von Seebach war er dankbar, daß sie ihm gestattet hatte, weiterhin als Gast auf Lindeck zu weilen.

Aus alledem ging hervor, wie zufrieden er sich jetzt fühlte, vor allem deshalb, weil er gesellschaftlich gleichberechtigt mit Anita verkehren durfte. Er sprach das auch aus, sagte ihr, daß er zwar gern lebenslänglich als treuer Diener und Chauffeur für sie gewirkt hätte, daß er aber nun doppelt glücklich sei, da sie ihm gestatte, an ihrer Seite zu schreiten und sich mit ihr zu unterhalten.

Kurzum, die beiden Paare kamen sich bei diesem Spaziergang wesentlich näher als bei ihrem bisherigen Verkehr.

Im Fluge verstrich die Zeit, und als die beiden Herren sich am Schloßportal von den Damen verabschiedeten, sagte Gunnar, lächelnd in Hermas glückstrahlende Augen sehend:

»Ich schlage vor, diese Sonntagsspaziergänge beizubehalten. Es war sehr interessant.«

Die andern stimmten freudig zu, aber Herma erschrak und erwiderte kleinlaut:

»Wenn ich wiederkommen darf?«

Lachend wurde ihr die Erlaubnis erteilt, wobei es nicht ohne einige Neckereien abging.

Als die beiden jungen Damen die Halle betraten, kam ihnen Kurt entgegen. Er hatte die Verabschiedung der beiden Herren mit angesehen.

»Nun, man hat sich wohl sehr gut unterhalten?« höhnte er, eifersüchtig Hermas strahlendes Gesicht betrachtend.

Anita aber lachte ihn fast übermütig an.

»Jawohl, man hat!«

Ihren Arm in den Hermas legend, zog sie diese alsdann mit sich fort, damit sie nicht mit Kurt allein bliebe. Dieser sah finster hinter ihnen her. Er war seit jenem Abend, an dem Gunnar Abrechnung mit ihm und den beiden Damen gehalten hatte, sehr schlechter Laune, denn selbstverständlich war er von Mutter und Schwester mit den bittersten Vorwürfen überschüttet worden, daß er das gelbe Kuvert so leichtsinnig verloren hatte.

Seitdem war noch kein rechter Friede wieder eingetreten zwischen den drei Verbündeten. Sie konnten immerhin sehr zufrieden sein, denn Gunnar hätte ihnen nicht nur das Erbe streitig machen, sondern sie auch noch unter Anklage stellen können. Sie lebten jetzt nur noch in der Angst, daß das gelbe Kuvert doch noch einmal auftauchen und Gunnar in die Hände fallen könne. Dann war es mit aller Erbherrlichkeit vorbei, das hatte er klar und präzise ausgedrückt. Nur die Angst vor einem Skandalprozeß hielt ihn davon ab, seine Rechte geltend zu machen. Konnte er aber das Testament vorlegen, dann mußte sich ja alles glatt zu seinen Gunsten abwickeln.

Gunnar hatte aber schon endgültig verzichtet, er hatte keine Hoffnung mehr, daß das gelbe Kuvert gefunden und in seine Hände gelangen würde. Keine Ahnung hatte er, daß eben dieses Kuvert samt Inhalt unversehrt und wohlverwahrt in dem schlichten Handköfferchen der kleinen Lehrerin lag, die er so innig liebte. Herma hatte sein Vorhandensein als unwichtig vergessen. Ja, sie hatte den Handkoffer eigentlich überhaupt vergessen ...

Einige Wochen vergingen.

Alle Sonntage wanderten die beiden jungen Paare in Gottes schöne Natur hinaus, und immer taten ihre Herzen sich gegenseitig weiter auf. Beinahe erschien es Herma nicht mehr als ganz unmöglich, daß der Märchenprinz ihr einmal sein Herz schenken könne, und auch Frank Soltaus Gedanken nahmen gelegentlich sehr hohe Flüge.

Ach, wenn er nur sein Examen erst bestanden hätte! Aber war er dann im Grunde viel mehr als jetzt? So oder so konnte er niemals daran denken, seine Hand nach Anita auszustrekken, er, der nichts besaß als seine Kenntnisse, als den festen Willen, emporzukommen. Für immer und alle Zeit trennte Anitas Reichtum ihn von ihr. Aber ... mußten zwei, die sich liebten, unbedingt darauf verzichten, einander anzugehören, nur weil der eine reich war und der andere nicht?

In ihrer Gegenwart erschien es Frank so leicht, Anita den Satz ins Ohr zu flüstern: »Ich liebe dich.« Aber war er ihr fern, erschien es ihm ganz unmöglich, die Worte jemals aussprechen zu können.

Feinfühlig, wie sie war, entging es Anita nicht, welchen Kampf Frank mit sich kämpfte. Sie fühlte, daß sie ihm teuer war. Es klang aus seiner Stimme, glänzte in seinen Augen. Und wenn sie dann auseinandergingen und sie die tiefe Trauer in seinem Blick sah, dann hätte sie ihm am liebsten gesagt: Greif nur zu – ich wehre mich nicht!

Am ruhigsten von den vier Freunden war Gunnar. Er war sich ziemlich klar darüber, daß Herma ihn liebe, allein er wollte sie nicht mit einer Frage überfallen, ehe er sich nicht ganz klar über sich selbst geworden war. Zudem war zu erwägen, wo er Herma ein Heim bereiten könnte. Für die Dauer seines Vertrages standen ihm drei Zimmer zur Verfügung; aber das war vielleicht nicht genügend für eine junge Frau, für eine eventuelle Familie. Er begann daher mit dem Gedanken zu spielen, sich ein eigenes Häuschen zu kaufen oder ein solches sich zu erbauen. Letzteres reizte ihn ganz besonders. Da war ein passendes Grundstück, ganz dicht an den Ufern des Rheins. Es gehörte zu Lindeck, und Gunnar sagte sich, die Erben seines Vaters würden vielleicht geneigt sein, es ihm zu überlassen.

War das alles geklärt, wollte er nicht länger zögern, Herma die entscheidende Frage vorzulegen.

## 16

An einem herrlichen Junitage war es. Anita lag in ihrer Hängematte, die an einer schattigen Stelle des Parks zwischen zwei Bäumen befestigt war, allwo dichtes Unterholz sie vor unbefugten Blicken vollkommen schützte, von wo aus sie jedoch den von Frank und von Gunnar bewohnten Seitenflügel gut übersehen konnte.

Sie hatte, von ihrem Buch aufblickend, bereits des öfteren zu Soltaus Fenstern hinübergesehen. Diese standen weit offen, und die Stores waren zum Teil zurückgeschoben, so daß man ein gutes Stück des Zimmers übersehen konnte.

Dies Vergnügen machte sich Anita immer wieder. Und plötzlich merkte sie, daß die Gardine des einen Fensters durch einen heftigen Luftzug bewegt wurde. Wahrscheinlich war jemand in das Zimmer getreten. Unwillkürlich richtete sie sich empor und spähte durch das Gebüsch hinüber. War es möglich, daß Frank Soltau jetzt schon nach Hause kam? Es war doch noch nicht Geschäftsschluß ...

Aber da sah sie ihn wirklich am Fenster erscheinen und ... mein Gott, neben ihm erschien eine schlanke Frauengestalt. Sie trug ein schlichtes, aber elegantes Komplet, und Frank Soltau legte liebevoll den Arm um sie, führte sie dicht an das Fenster heran und schien ihr die Umgegend zu erklären. Anita konnte das Gesicht der Dame nicht genau erkennen, aber unstreitig war es eine junge und elegante Dame. Die beiden sprachen zusammen, und plötzlich wandte sich die Dame Frank Soltau zu und warf die Arme um seinen Hals. Anita schrak zusammen wie unter einem Schlag. Ihre Augen weiteten sich vor Entsetzen. Und sie sah ganz deutlich, daß Frank Soltau die junge Dame fest an sich drückte und sehr herzlich küßte. Wange an Wange geschmiegt, standen sie eine Weile und sahen lachend und plaudernd zum Fenster hinaus.

Anita war plötzlich zumute, als habe sich die Sonne verdunkelt. Sie schauerte zusammen wie im Frost und warf sich zurück, um dies vom Fensterrahmen umgebene Bild nicht mehr sehen zu müssen. Ein leises Stöhnen brach aus ihrer Brust. Keinen Moment zweifelte sie daran, daß da drüben Frank Soltau seine Geliebte im Arme hielt ... seine Geliebte oder seine Braut, jedenfalls die Frau, die er liebte.

Und all ihre Träume von Glück und Liebe waren plötzlich ausgeträumt. Sie kam sich betrogen und gedemütigt vor von dem Manne, den sie mit der ganzen Innigkeit ihres unverbrauchten Empfindens liebte. Eine tiefe Bitterkeit stieg in ihr empor. Wie hatte sie nur glauben können, daß er sie liebte? Reiche Mädchen liebt man nicht, die begehrt man höchstens ihres Geldes wegen! Und nur, weil sie reich war, hatte er ihr schöne Augen gemacht, hatte er mit einem so warmen Klange in der Stimme zu ihr gesprochen. Aber seine Augen hatten sie belogen – ja, absichtlich belogen. Er hatte sie glauben machen wollen, daß er sie liebte. Warum? Wollte er sich den Goldfisch fangen? Und diese andere Frau? Was war sie ihm, Geliebte oder Braut? Ach, das war doch so jammervoll gleichgültig, er liebte sie jedenfalls, und ihr selbst hatte er nur Gefühle vorgetäuscht, die er nicht empfand. Aber vielleicht tat sie ihm unrecht, er hatte ihr wohl nur seine Dankbarkeit zeigen wollen, und sie war töricht genug gewesen, sich das anders zu deuten. Nein, er war nicht schlecht und unehrenhaft, sie hatte sich nur Dinge eingebildet, die ihr wünschenswert erschienen waren.

So suchte sie ihn trotz ihres Schmerzes vor sich selbst zu verteidigen. Aber sie fühlte sich so unglücklich wie noch nie zuvor in ihrem Leben. Aufschluchzend barg sie das Gesicht in ihren Händen und gab sich ihrem Schmerze hin. Gottlob, daß er nicht ahnte, daß sie ihn mit dieser Dame gesehen hatte. Noch hatte sie sich zum Glück nichts vergeben, noch hatte sie ihm nicht gar zu offen gezeigt, was er ihr war. Und sie mußte nun versuchen, unauffällig ihm klarzumachen, daß sie nichts für ihn empfand als freundliche Teilnahme an seinem Geschick.

Wie beneidenswert war diese Frau, der seine Liebe gehörte: Sie richtete sich hastig wieder empor und starrte noch einmal hinüber, als müsse sie sich den Dolch noch tiefer ins Herz stoßen.

Die beiden waren vom Fenster verschwunden, aber gleich darauf tauchten sie an dem des zweiten Zimmers auf. Eine jähe Glut schoß Anita ins Gesicht. Sie erkannte, daß die junge Dame sogar Frank Soltaus Schlafzimmer betreten hatte. Wie ungeniert sie sich an dessen Fenster zeigte! Sie konnte doch auch von jemand anders gesehen werden. Unruhig spähte Anita umher. Ihr war, als müsse es sie selber demütigen, wenn jemand diese Dame in Soltaus Schlafzimmer zu Gesicht bekäme. Es war zum mindesten sehr unvorsichtig von ihm, zuzulassen, daß sein Besuch sich am Fenster zeigte. Aber er war wohl seiner Sache sicher, daß niemand sie belauschen konnte. Wenn er ahnte, daß sie dieses alles beobachtete ... oh, er würde wohl sehr verlegen geworden sein.

Und wie vertrug es sich mit seinem sonstigen Pflichtgefühl, daß er um diese Zeit schon vom Geschäft heraufkam? Ach, tausend schmerzliche und bittere Gedanken kreisten in Anitas Hirn, und ihr war, als könne sie nun nie wieder froh werden. Wie glücklich war sie all die Zeit über gewesen, seit er in Lindeck weilte! Nun aber war sie todunglücklich. Jetzt fühlte sie erst, wie lieb sie ihn hatte.

Zu ihrer Qual hatte diese Entdeckung ihre Liebe zu ihm nicht getötet. Mit schmerzlicher Sehnsucht und brennenden Augen sah sie hinüber. Jetzt verschwand die Dame für eine Weile, tauchte aber erneut in seinem Wohnzimmer auf. Und sie sah, wie er ihr auf der Hand ein zusammengelegtes Oberhemd hinhielt. Sie betrachtete es sich genau und zuckte die Achseln, als wollte sie sagen: »Damit ist nichts zu machen.« Wie intim das alles aussah. Sie schien sich also sogar um seine Wäsche zu kümmern. Welche Qual für sie, welch unnennbarer Jammer! Aber sie wagte nicht sich zu entfernen, keine

Ahnung durfte er haben, daß er von ihr beobachtet worden war.

Sie warf sich wieder zurück und starrte mit brennenden Augen zu den Wipfeln der Bäume empor. Es erging ihr nicht anders als allen Liebenden, die eine so schmerzliche Entdekkung machen müssen; sie wünschte sich, sterben zu können, um ihren Schmerz nicht mehr zu spüren. Nach einiger Zeit wagte sie wieder hinüberzusehen, aber nun waren die beiden endgültig verschwunden.

Müde und elend erhob sie sich und nahm ihr Buch und ihr Kissen, um ins Schloß zurückzugehen. Angstvoll sah sie sich um, damit sie Frank nicht etwa in den Weg liefe. Aber kein Mensch begegnete ihr.

Niemand außer Herma bemerkte, daß eine große Veränderung mit Anita vorgegangen war. Gunnar sah sie immer nur bei den Mahlzeiten, wo sie meistens still gewesen war, und die andern achteten nicht auf sie. Nur Herma fiel es auf, daß nur selten noch ein Lächeln auf ihrem blassen Gesicht erschien.

Am nächsten Sonntag entschuldigte sie sich kurz vor dem Mittagessen mit Kopfweh. Das betrübte am meisten Frank Soltau, der keine Ahnung hatte, daß sie nicht zu Tisch kam, nur um ihm auszuweichen. Gunnar bat Herma, sie möge Anita seine Grüße bringen und ihr sagen, es tue ihm sehr leid, daß sie sich nicht wohl fühle, aber vielleicht bekäme es ihr gut, wenn sie sich dem gewohnten Sonntagsspaziergang anschließen würde.

Frank Soltau hörte das und bat Herma, dem gnädigen Fräulein seine ergebenen Grüße zu überbringen und ihr zu sagen, auch er würde sich sehr freuen, wenn sie sich entschließen könne, mit von der Partie zu sein.

Herma versprach, alles auszurichten, und ging, nachdem sie die Kinder zur Ruhe gebracht hatte, zu Anita. Diese hatte sich wieder eingeschlossen, und als Herma ihr zurief, sie habe ihr Grüße zu bringen, rief sie zurück, sie brauche nur Ruhe und wolle allein sein.

Etwas beklommen starrte Herma eine Weile auf die geschlossene Tür. Dann ging sie langsam hinunter. Sie hatte das Gefühl, als müsse sie nun ebenfalls auf den Spaziergang verzichten, da Anita nicht daran teilnehmen konnte. Das erklärte sie auch den beiden Herren, die in der Halle auf sie warteten. Gunnar wollte sie bereden, doch mitzukommen, aber sie schüttelte traurig den Kopf.

»Nein, bitte, entschuldigen Sie auch mich. Ich ... ich habe das Gefühl, daß Fräulein Anita nicht körperlich leidet, sondern seelisch. Ich habe das schon seit einigen Tagen bemerkt. Sie ist niedergeschlagen, ist traurig. Wenn ich versuchte, sie aufzuheitern, schossen ihr die Tränen in die Augen, statt daß sie wie sonst über meine Dummheiten lachte.«

Gunnar wurde nachdenklich und Frank Soltau ganz blaß. Herma merkte ihm sehr wohl an, daß er betrübt war.

Das muß ich Anita sagen, es wird sie freuen, dachte Herma. Und sie verabschiedete sich von den Herren, die sich nun allein auf den Weg machten, aber gar nicht in gute Stimmung kommen konnten. Hermas Worte hatten sie zum Nachdenken gebracht. Was konnte Anita bedrücken?

Schließlich stieß Frank erregt hervor: »Fräulein von Seebach wird doch nicht ernsthaft zu leiden haben?«

Gunnar sah von der Seite in sein bekümmertes Gesicht. »Ich werde sie morgen mit dem Recht des Freundes fragen, dann wird sie mir schon Rede stehen. Aber ich glaube nicht, daß es etwas Ernsthaftes ist. Junge Mädchen sind leicht einmal verstimmt, und Anita ist ein sehr tief veranlagter Charakter und wird nicht eben leicht mit etwas fertig, was sie leiden läßt. Vielleicht hat es einmal wieder etwas mit ihren Angehörigen gegeben.«

»Verzeihen Sie, kommt das öfter vor?«

»Nun, es gibt da manche Gegensätze.«

»Das habe ich auch schon empfunden. Wenn ich mir erlauben darf, darüber meine Meinung zu äußern, so muß ich sagen, daß Fräulein von Seebach mit ihrem reichen Seelenleben auf sehr wenig Verständnis bei ihren Verwandten zu stoßen scheint. Frau von Seebach ist zwar eine sehr stolze und hoheitsvolle Dame, aber sie scheint für ihre Stieftochter nicht viel übrig zu haben.«

»Unter uns, Herr Soltau, sie hat nicht einmal für ihre Kinder und Enkel viel übrig, viel weniger noch für ihre Stieftochter. Und die Stiefgeschwister Anitas stehen ihr noch kälter und herzloser gegenüber. Sie haben alle zusammen Anita nur ausgenützt, und mein ... Herr Hallerstedt, mein verstorbener Chef, hat es mir direkt zur Pflicht gemacht, darüber zu wachen, daß seine Verwandten sich nicht immer wieder auf ihre Kosten bereichern.«

»Aber die Herrschaften sind doch selbst sehr reich?«

»Sie waren es aber nicht, bevor sie nicht Hallerstedts Erben wurden. Jetzt brauchen sie Anita nicht mehr, aber dafür stehen sie ihr auch noch viel kälter gegenüber als früher. Es ist nur gut, daß sie im ganzen nicht eben schwer darunter leidet, denn sie ist ihnen im Herzen auch immer fremder geworden.«

»Und lebt Fräulein von Seebach das ganze Jahr hier auf Lindeck? Ich hörte, sie besitze eine Villa in Berlin.«

»Sehr richtig, und im Winter wohnt sozusagen die ganze Familie bei ihr, außer Kurt, den sie eines Tages energisch vor die Tür setzen mußte.«

Frank fuhr auf. Er mochte Kurt nicht leiden, und der Gedanke, er könne sich so gegen Anita benommen haben, daß sie gezwungen war, ihn aus ihrem Hause zu weisen, erregte ihn.

»Hat er sich so betragen, daß das nötig war?«

»Allerdings, er ließ ihre weiblichen Angestellten nicht in Ruhe. Da machte Anita kurzen Prozeß. Bei aller Weichheit ihres Empfindens kann sie sehr energisch sein.«

»Es wirft ein schlechtes Licht auf Herrn von Fuchs, daß dies nötig war.«

Gunnar lachte hart auf.

»Oh, er ist in dieser und auch in anderer Hinsicht höchst minderwertig. Zum Beispiel hat er die Frechheit besessen, Fräulein Hell mit seinen Anträgen zu verfolgen. Zum Glück hat ihr Anita beistehen können und ihm so energisch ins Gewissen geredet, daß er beschlossen hat, sie um ihre Hand zu bitten.«

Frank Soltau fuhr nach ihm herum und sah ihn erschrocken an.

»Und Sie?« entfuhr es seinen Lippen, als könne er nicht fassen, daß Gunnar so ruhig dabei blieb.

Auf dessen Gesicht zeigte sich aber jetzt ein grimmiges Lächeln.

»Seien Sie ganz ruhig, lieber Herr Soltau, mit diesem Herrn habe ich noch ganz andere Rechnungen glattzumachen. Und von Fräulein Hell wird er, wenn er um sie anhält, einen sehr stattlichen Korb erhalten, wenn er es auch nicht wird fassen können, daß eine arme Lehrerin einen reichen Erben ausschlägt.«

»Frauen wie Fräulein Hell verkaufen sich nicht«, sagte Soltau in ehrlicher Überzeugung.

Gunnars Gesicht leuchtete.

»Ganz gewiß nicht und ... es ist herrlich, daß man diese Überzeugung haben darf.«

Frank Soltau hatte schon geahnt, daß Gunnar Herma Hell liebte. Seine Worte erschienen ihm deshalb ein unumwundenes Eingeständnis. Er seufzte tief auf, Gunnar sah ihn fragend an.

»Wo flog dieser Seufzer hin?«

»Ich beneide Sie!« stieß Frank hervor.

»Um was?«

Verlegen sah Frank zur Seite.

»Verzeihen Sie, das flog mir so heraus.«

»Und doch würde es mich sehr interessieren, um was Sie mich beneiden.«

»Sie würden mich vielleicht für undelikat halten.«

»Das werde ich bestimmt nicht, ich kenne Sie besser.«

»Nun wohl, ich beneide Sie, daß Sie der Frau, die Sie ... lieben, sicher sind und ... daß Sie ihr eine gesicherte Existenz zu bieten haben.«

Ernst sah Gunnar ihn an.

»Ich verstehe Sie! Und da Sie mir so ziemlich auf den Kopf zugesagt haben, daß ich Herma Hell liebe, so will ich mich revanchieren und Ihnen auf den Kopf zusagen, daß ... Sie Anita von Seebach lieben.«

Soltau zuckte zusammen und wurde blaß.

»Es ist eine Vermessenheit von mir. Aber ich widerspreche nicht. Aber Ihnen kann man in allen Dingen vertrauen, das weiß ich. Ja, ich liebe sie ... ich bete sie an, aber ich weiß, daß ich dieses Gefühl fest in mir verschließen muß.«

»Ich konnte mir denken, daß Sie das für nötig halten. Aber gerade deshalb bringe ich Sie zum Sprechen. Warum müssen Sie dieses Gefühl in sich verschließen?«

Frank Soltau sah ihm blaß und erregt ins Gesicht.

»Halten Sie es für möglich, daß ein Mann wie ich, der nichts ist, der nichts zu bieten hat, um eine Frau werben dürfte, die so hoch über ihm steht?«

»Nun, ein Mann wie Sie hat immerhin ein redliches Herz zu bieten und einen festen Willen, den Lebenskampf zu meistern. Immerhin sind Sie ein ganzer Mann, was nicht jeder von sich behaupten kann, der ohne Zögern seine Werbung vorbringen würde.«

Frank Soltau lachte bitter auf. »Was glauben Sie wohl, würde Fräulein von Seebach sagen, wenn ihr ehemaliger Chauffeur sich unterfinge, ihr von Liebe zu sprechen?«

Ein schönes Lächeln glitt über Gunnars Gesicht. Er wußte, wo Anitas Glück lag; und was er heute zu Soltau sprach, sollte verschiedene Hindernisse zu ihrem Glück aus dem Wege räumen.

Darum sagte er ernst und ruhig:

»Ich glaube, darüber kann ich Ihnen ziemlich sicheren Bescheid geben. Zufällig wurde diese Frage einmal angeschnitten zwischen Anita und ihren Angehörigen, also die Frage, ob sie einen Chauffeur heiraten würde oder nicht. Darauf sagte sie mit ihrer lieben, ernsten Ruhe, die sie vor soviel leichtsinnigen und oberflächlichen Frauen auszeichnet: ›Ich würde mich nicht fünf Minuten bedenken, einen Chauffeur mit meiner Hand zu beglücken, wenn er nur ein guter, wenn er ein anständiger Mann wäre. Nicht darauf kommt es an, was ein Mann ist, sondern wie er ist.‹ Und Sie können mir glauben, lieber Soltau, sie hat das ganz ernsthaft gemeint.«

Soltau tat einen tiefen Atemzug. Er ahnte freilich nicht, daß damals von ihm selbst die Rede gewesen war, aber dennoch weckten Gunnars Worte eine leise Hoffnung in seiner Brust. Doch dann sagte er wieder sehr niedergeschlagen:

»Ich glaube, daß sie in ihrer großen Güte das wirklich so gemeint hat, aber ich würde doch niemals den Mut haben, in meiner bescheidenen Stellung um ihre Hand anzuhalten. Ja, wenn sie arm wäre wie ich ...«

»Dann würden Sie beide erst recht nicht daran denken können, sich zu heiraten! Gewiß, ich kann Ihnen nachfühlen, daß es Ihnen angenehmer wäre, wenn Sie reich wären und Anita arm. Ich meine aber, eine wirkliche, tiefe Liebe überwindet auch solche Hindernisse.«

»Ach, bester Herr Direktor, Sie sollten mir lieber eindringlich klarmachen, daß ich so vermessene Wünsche nicht hegen darf, denn mein Herz ist zuweilen sehr rebellisch und redet mir zu, solche Äußerlichkeiten nicht zu wichtig zu nehmen. Aber ganz abgesehen davon, daß ich vielleicht einmal den Mut aufbringen könnte, Fräulein Anita Herz und Hand eines armen Schluckers zu Füßen zu legen ... weiß ich denn, ob sie mich liebt?«

Gunnar lachte.

»Das müssen Sie selbstverständlich erst zu ergründen versuchen. Selbst wenn ich Ihnen darauf antworten könnte, würde ich es nicht tun. Nur eines will ich Ihnen zu bedenken geben: Gesetzt den Fall, Anita liebte Sie, würden Sie es dann für richtiger finden, nicht nur sich selbst, sondern auch sie dadurch unglücklich zu machen, daß Sie ihr Ihre Liebe verschweigen? Sie kann doch das erlösende Wort unmöglich aussprechen. Und selbst auf die Gefahr einer Abweisung hin, wäre es nicht männlicher, Sie würden sich einer solchen aussetzen, als durch Ihre ängstliche Zurückhaltung die Frau quälen, die Sie vielleicht ebenso sehnsüchtig liebt wie Sie sie?«

Frank Soltau war sehr blaß geworden. Mit bebender Stimme erwiderte er:

»Würden Sie mich nicht verachten, wenn ich es wagte, um Fräulein von Seebach zu werben? Würden Sie mich nicht für einen Mitgiftjäger halten?«

Gunnar blieb stehen und legte ihm die Hand auf die Schulter. »Sehen Sie wohl, da lugt die männliche Eitelkeit hervor. Aus Angst, es könnte Ihnen jemand unlautere Motive unterschieben, würden Sie sich fürchten, die Hand nach einem erstrebenswerten Glück auszustrecken. Nein, mein lieber Soltau, für einen Mitgiftjäger halte ich Sie ganz gewiß nicht; das wird auch kein Mensch tun, der Sie kennt. Sollte es aber doch einer wagen ... nun, ich halte Sie für Manns genug, sich über eine so irrige Annahme hinwegzusetzen.«

Frank Soltau faßte mit krampfhaftem Druck seine Hand. »Ich danke Ihnen, danke Ihnen herzlich und innig, wie ich Ihnen schon für so vieles zu danken habe. Wenn Sie mich nur nicht mißverstehen, Sie und Fräulein von Seebach; an der Meinung der andern liegt mir nichts!«

»Bravo! Das gefällt mir schon besser. Und nun lassen Sie sich meine Worte ruhig durch den Kopf gehen und handeln Sie dann so, daß Sie nicht nur an das eigene Glück denken, sondern vor allem an das einer geliebten Frau. Liebt Anita Sie, dann weiß ich ihr Schicksal in Ihren Händen wohlgeborgen. Und liebt sie Sie nicht, dann wird sie sowieso nicht die

Ihre werden. Davon müssen Sie sich, wie gesagt, selbst überzeugen. Und nun wollen wir von anderen Dingen reden. Sie hatten dieser Tage den Besuch Ihrer Frau Schwester. Ist sie denn nun etwas beruhigt über Ihr Schicksal?«

Mit einem strahlenden Blick sah Soltau ihn an.

»Oh, sie ist überglücklich, daß ich hier eine so gute, geachtete Stellung gefunden habe. Ich habe sie auch in meine Zimmer geführt, um ihr zu zeigen, wie gut ich untergebracht bin. Ich war Ihnen aufrichtig dankbar, daß Sie mir einige Stunden Urlaub gaben. Ich konnte meine Schwester zur nächsten Dampferstation zurückbringen. Ihr ist nun ein Stein vom Herzen gefallen, hauptsächlich ihres Mannes wegen, der sehr verstimmt war, daß ich eine Stellung als Chauffeur angenommen hatte. Er hätte es viel lieber gesehen, ich hätte mich von ihm aushalten lassen.«

Die beiden Herren dehnten ihren Spaziergang heute länger aus als sonst. Heute waren sie Herren ihrer Zeit.

Als sie an diesem Tag auseinandergingen, sagte Gunnar lächelnd: »Ich hoffe, daß wir mit der Zeit noch sehr gute Freunde werden, lieber Soltau!«

Frank stieg das Blut vor Freude in die Stirn.

»Sie machen mich ungemein stolz, indem Sie mir diese Möglichkeit vor Augen stellen. Glauben Sie mir, ich würde mich immer Ihrer Freundschaft würdig zeigen.«

»Das weiß ich, sonst hätte ich heute nicht so zu Ihnen gesprochen, wie ich es getan habe.«

Es war einige Tage später. Anita hatte sich so weit in ihr Schicksal ergeben, daß sie äußerlich wieder ruhig und gleichmütig mit den andern verkehren konnte. Aber vor dem nächsten Sonntag fürchtete sie sich. Herma fühlte instinktiv, daß sie ein Leid zu tragen hatte, und suchte sie darum aufzuheitern, so gut es gehen wollte.

In letzter Zeit wurde Kurt von Fuchs wieder sehr aggressiv Herma gegenüber und suchte nach Gelegenheiten, sie zu isolieren, denn seine Leidenschaft für das schöne Mädchen hatte sich so weit gesteigert, daß er wirklich fest entschlossen war, sie zu heiraten.

Er beschloß, sich vor allem mit seiner Mutter und mit Inge über diese Angelegenheit auseinanderzusetzen. Das würde nicht ganz glattgehen. Sie waren noch nicht wieder ganz einig. Überhaupt hatten alle drei eine fast abergläubische Scheu vor Gunnar Lundström.

Sie fragten sich immer wieder, wie er alles das herausgebracht habe. Stimmten seine Angaben doch fast ganz genau. Keine Ahnung verriet ihnen, daß Anita mit dazu beigetragen habe, sie zu entlarven. Auf Franz hatten sie freilich einen Verdacht, denn der mußte das mit Manfred Hallerstedts geschlossenen Augen festgestellt und Gunnar verraten haben.

So vermochten sie sich noch immer nicht ihres so schwer errungenen Sieges zu freuen.

Kurt von Fuchs suchte an diesem Tag seine Mutter auf und erklärte ihr ziemlich kurz und bündig, er wolle Herma Hell zu seiner Frau machen. Sie starrte ihn an, als sei er von Sinnen, und es folgte eine sehr erregte Szene. Kurt wollte sich jedoch nicht von seinem Vorhaben abbringen lassen. Da sagte seine Mutter schließlich:

»Nun gut, wenn du nicht hören willst, wenn du dich so sehr von einer unsinnigen Leidenschaft für dies Mädchen beherrschen läßt, das der liebe Gott uns in seinem Zorn ins Haus geführt hat, so tue es. Aber bedenke eines ... es kann immerhin noch ein Unglück geschehen und das gelbe Kuvert wird gefunden. Dann ist es vorbei mit der Erbschaft, und dann kannst du sehen, wie du dir die nötigen Existenzmittel verschaffst. Sei doch vernünftig, Kurt! Als Erbe von Lindeck kannst du jetzt glänzende Partien machen, du würdest überall Chancen haben. Und dann hättest du wenigstens eine reiche Frau, falls etwas eintreten sollte, was dich schließlich doch noch um dieses Erbe bringt. Was willst du überhaupt mit einer armen Frau anfangen? Soviel ich weiß, hat Onkel Manfred dir in dem Testament nur eine Lappalie ausgesetzt und für mich auch nur, was ich selber brauche. Ich könnte dir nicht helfen. Das bedenke wohl, ehe du eine Verbindung eingehst, die du später bitter bereuen würdest. Schlage dir die Sache aus dem Kopf. Andere Mütter haben auch liebe Kinder. Ich würde dir raten, jetzt bald nach Berlin zu gehen und dich dort zu amüsieren.«

»Dazu habe ich kein Geld, und Lundström rückt nicht mehr als meinen Monatswechsel heraus.«

Frau von Seebach dachte nach. Sie sah ein, daß sie hier ein Opfer bringen müsse. Zögernd sagte sie:

»Ich werde dir zweitausend Mark leihen, die ich als Notgroschen zurückgelegt habe. Du kannst sie mir später wiedergeben. Damit kannst du in Berlin schon einige Zeit flott leben. Vielleicht findest du in der Zeit dort eine reiche Partie. Es könnte nichts schaden, selbst wenn wir endlich die Erbschaft antreten, wenn du noch ein zweites Eisen im Feuer hättest. Also sei gescheit! Versuche es wenigstens, ohne dieses Mädchen auszukommen. Kannst du wirklich nicht von ihr lassen, dann sprechen wir später noch einmal darüber.«

Kurt lockte es vor allem, daß die Mutter ihm Geld geben wollte. Ein paar vergnügte Wochen in Berlin wären so übel nicht. Er wollte es versuchen.

Das sagte er seiner Mutter, und sie war sehr froh darüber.

So beschloß Kurt, am nächsten Montag nach Berlin zu gehen, und somit unterblieb die Werbung um Herma vorläufig.

Frau von Seebach plante, in Kurts Abwesenheit Herma von Lindeck zu entfernen. Eine Veranlassung dazu würde sich schon finden lassen.

Mittags bei Tisch verkündete Kurt, daß er am Montag nach Berlin fahren werde. Es erregte bei niemandem irgendwelche Betrübnis, Herma atmete sogar tief auf, was jedoch nur Gunnar bemerkte.

Nach beendeter Mahlzeit trat Gunnar an Anita heran. Die andern hatten das Speisezimmer schon verlassen.

»Endlich komme ich dazu, Sie zu fragen, was Ihnen eigentlich auf der Seele lastet. Sie gefallen mir seit einigen Tagen gar nicht mehr. Und Ihr Unwohlsein am Sonntag, Ihre sogenannten Kopfschmerzen, schienen mir nur ein Vorwand zu sein.«

Daran, daß sie sehr rot und verlegen wurde, merkte er, daß er auf der richtigen Fährte war.

Sie sah an ihm vorbei und sagte nur:

»Es ist nichts, Freund Gunnar, ein wenig verstimmt bin ich, nichts weiter!«

»Hatten Sie Unannehmlichkeiten mit Ihren Verwandten?«

Sie schüttelte den Kopf.

»Nein, nein!«

Er sah sie vorwurfsvoll an.

»Haben Sie kein Vertrauen zu mir, Anita?«

Ein tiefer Atemzug hob ihre Brust.

»Ich glaube, Sie sind der einzige Mensch, zu dem ich immer Vertrauen haben werde. Dennoch bitte ich Sie, dringen Sie nicht in mich, es gibt Dinge, mit denen man allein fertig werden muß.«

Er verbeugte sich. »Dann werde ich schweigen.«

»Es ist sehr lieb von Ihnen, daß Sie sich um mich sorgen.«

»Oh, nicht ich allein tue das. Fräulein Hell sorgt sich genausosehr um Sie wie ich. Und ... Frank Soltau war sehr, sehr betrübt, daß Sie am Sonntag nicht an unserm Spaziergang teilnahmen.«

Es zuckte in ihrem Gesicht, und sie warf stolz den Kopf zurück.

»Herrn Soltau wird das nicht so wichtig gewesen sein.«

Er stutzte. Warum sprach sie plötzlich in diesem abweisenden Tone von Frank? Nachdenklich sah er sie an. Dann fuhr er fort, von Soltau zu sprechen.

»Wir zwei sind am Sonntag ganz allein spazierengegangen, denn auch Fräulein Hell wollte uns nicht begleiten, was mir sehr leid getan hat. Da wir allein waren, konnten Soltau und ich uns einmal gründlich über viele Dinge aussprechen. Ich glaube, wir werden bald sehr gute Freunde sein. Er hat mir unter anderm erzählt, wie glücklich seine Schwester ist, daß er nun nicht mehr Chauffeur zu sein braucht. Sie hat ihn neulich hier besucht, er hat sie sogar mit in seine Zimmer genommen, um ihr zu zeigen, wie gut er untergebracht ist. Ich hatte ihm früher Urlaub gegeben, und er hat sie dann bis zur Dampferstation gebracht. Sie ist sehr glücklich darüber, daß es mit ihm vorangeht, die Geschwister haben sich sehr lieb.«

Er hatte nur ganz harmlos von Soltaus Schwester gesprochen, aber nun sah er, wie es in Anitas Gesicht zuckte, wie sie jäh die Farbe wechselte und ihn mit großen Augen ansah. Und plötzlich stürzten ihr die hellen Tränen aus den Augen. Sie warf sich an Gunnars Brust, um diese Tränen zu verbergen, und stieß schluchzend heraus:

»Seine Schwester? Seine Schwester war das?«

Er sah sie erst erschrocken an, aber dann dämmerte es langsam bei ihm. Gütig und mitleidig strich er über ihr Haar.

»Kleine Anita, haben Sie vielleicht Frank Soltau mit seiner Schwester gesehen?«

Sie nickte, ohne den Kopf zu heben, umfaßte mit krampfhaftem Druck seinen Arm und schluchzte sich alles Leid von der Seele. Ruhig ließ er sie eine Weile gewähren, immer nur beruhigend ihr Köpfchen streichelnd. Endlich faßte Anita Mut und richtete sich auf. Sie trocknete energisch ihre Tränen und sah ihn halb verlegen, halb ernst an.

»Ach, lieber Freund, wie töricht bin ich gewesen. Ja, ich sah Frank Soltau von meiner Hängematte aus mit einer Dame in seinem Zimmer am Fenster stehen und ich sah, wie sie sich küßten ... und ... ach – ich brauche Ihnen doch nichts weiter zu sagen ...«

Ein Lächeln lag auf seinem Gesicht.

»Nein, nein, kleine, törichte Anita; ich brauche nichts weiter zu erfahren und weiß zudem ganz genau, daß all Ihr

Schmerz nunmehr verflogen ist. Es war wirklich nur seine Schwester, Anita. Erstens würde er eine andere Frau bestimmt nicht mit hier heraufbringen, und zweitens ... existiert für ihn überhaupt nur eine einzige Frau! Und er hat mir am Sonntag gestanden, wie teuer diese ihm ist und wie sehr er bedauert, kein reicher Mann zu sein. Auf einmal ist er nicht mehr zufrieden mit dem bisher von ihm Erreichten. Er meint, als armer Schlucker dürfe er seine Augen nicht erheben zu einer gewissen jungen Dame, die zu seinem Schmerz eine reiche Erbin ist. Er sähe es weit lieber, besäße er die Millionen und die bewußte junge Dame wäre arm wie eine Kirchenmaus. Nun, ich brauche Ihnen weiter nichts zu sagen, alles andere ist seine Sache. Ich habe ihm nämlich Mut gemacht und ihm gesagt, die bewußte junge Dame sei in dieser Beziehung sehr sonderbar. Für sie seien Geldangelegenheiten etwas sehr Nebensächliches. Und ich glaube, er hat sich über diesen Punkt von mir beruhigen lassen. Meinen Sie nicht, daß es richtig von mir war, ihm diese Angst vor einer reichen Frau auszutreiben? Denken Sie nur, er wäre fähig gewesen, sein Glück und das der jungen Dame aufs Spiel zu setzen, nur, damit ihn niemand für einen Mitgiftjäger halten sollte!«

Sie umfaßte ihn plötzlich mit einem leisen, glücklichen Lachen, küßte ihn auf die Wange und flüsterte ihm ins Ohr: »Sehr, sehr richtig war es von Ihnen, lieber, lieber Gunnar. Was hätte bloß aus der armen reichen jungen Dame werden sollen, wenn Sie nicht eingegriffen hätten ...«

Er sah sie lächelnd an.

»Ja, was hätte aus ihr werden sollen?«

»Ein sehr, sehr unglückliches Geschöpf, Gunnar, das glauben Sie mir. Sie war schon drauf und dran, sich recht törichte Sachen einzubilden. Aber sie hat eben einen guten, lieben, treuen Freund, der auf sie achtgibt, daß sie keine Torheiten begeht.«

Und sie küßte ihn noch einmal auf die Wange und lief davon. Wie sie mit ihrem Schmerz hatte allein sein müssen, so wollte sie jetzt auch mit ihrem Glück allein sein.

Gunnar aber ging befriedigt in sein Büro hinunter. Er sah aber erst einmal in das Maschinenhaus hinein und erblickte dort Frank Soltau, der eben lang auf der Erde lag und einen Motor von unten her besah. Lachend rief Gunnar ihn an.

Er sprang sofort auf und stellte sich aufrecht vor Gunnar hin.

»Sie wünschen, Herr Direktor?«

»Oh, ich will Ihnen im Vertrauen nur schnell sagen, weshalb Fräulein von Seebach am Sonntag nicht zu Tisch kam und nicht mit uns spazierenging.«

Franks Gesicht drückte zur Genüge sein brennendes Interesse aus.

»War sie krank, oder war sie wirklich seelisch leidend, wie Fräulein Hell annahm?«

»Nun, jedenfalls ist sie seit heute mittag wieder sehr munter und wohlauf. Ich habe ihr nämlich ganz per Zufall erzählt, daß Ihre Schwester hier war und sich Ihre Wohnung angesehen hat. Und da war mit einem Mal all ihr Leiden verflogen. Sie hat nämlich zufällig von ihrer Hängematte aus gesehen, daß Sie mit Ihrer Frau Schwester am Fenster Ihres Zimmers standen und sich küßten. Und ... sie wußte ja nicht, wer die Fremde war. Mahlzeit, lieber Herr Soltau!«

Gunnar ging hinaus und ließ den vollständig fassungslosen und konsternierten Soltau allein in der Maschinenhalle stehen. Aber kaum hatte sich die Tür hinter Lundström geschlossen, so kam Frank wieder zu sich, machte einen Riesensatz bis zur Tür, riß sie auf und lief Gunnar nach. Er fing dessen Hand ein, drückte sie, daß jener eine Grimasse schneiden mußte, und rannte ohne ein Wort wieder zum Maschinenhaus zurück. Dort warf er sich wieder auf die Erde, um seine Arbeit fortzusetzen, blieb aber eine Weile ganz still liegen, das Gesicht in den Händen verbergend, und flüsterte innig und sehnsuchtsvoll:

»Anita, süße, angebetete Anita – hab' ich dir weh tun müssen?«

Und der Himmel hing ihm voller Geigen. Er hätte jubeln und jauchzen mögen vor Glückseligkeit.

## 17

Am nächsten Tag stieg Herma mit Anita und den Kindern die in die große Halle führende Treppe hinab. Wie immer blieben die Kinder auf dem breiten Treppenpodest stehen, der sich wie eine Riesenkanzel in die Halle vorschob. Hier turnten sie meist an dem Geländer herum, und Herma hatte immer Mühe, sie von hier fortzubekommen. Heute hatte sie eine Hilfe an Anita, die Hannelore am Arm fortzog. So konnte sie mit Dieter bequem fertig werden.

»Es ist sonderbar, welche Anziehungskraft dieser Podest ausübt. Mir geht es selbst kaum anders. Immer möchte ich hier oben stehenbleiben und eine ›Rede an mein Volk‹ halten«, scherzte Herma.

Anita, die zu Hermas Freude all ihre frohe Laune wiedergefunden hatte, meinte lachend:

»Und ich habe immer die Vorstellung, daß hier auf diesem Podest die Minnesänger des Altertums einen herrlichen Platz gehabt hätten, ihre Lieder den staunenden Zuhörern vorzutragen. Denken Sie sich da unten in der Halle eine Reihe von Sesseln mit Gästen besetzt, die dem Vortrag der Minnesänger lauschen wollen.«

»Wunderbar, die beste Szenerie für den Wartburgakt im Tannhäuser. Im Geist sehe ich die Elisabeth dort drüben durch die Flügeltür kommen. ›Dich, teure Halle, grüß' ich wieder!‹ Und hier oben stehen schon die Minnesänger und stimmen ihre Harfen.«

Die jungen Damen lachten und schritten mit den Kindern

die letzte halbe Treppe hinab. In der Halle wandte sich Herma nochmals um und sah zu dem Podest hinauf.

»Wissen Sie, was ich oft tun möchte, wenn ich da oben auf dem Podest stehe?«

»Nun?«

»Ich möchte mit einem Satz über die Brüstung springen ... hier hinunter in die Halle.«

Anita maß lachend die Höhe bis zum Podest.

»Würden Sie das schaffen?«

»Ich glaube wohl; ein bißchen hoch ist es freilich, aber wenn man sich kühn über die Brüstung schwingt, landet man sicher ganz wohlbehalten hier unten. Trotzdem möchte ich es nicht ohne Not riskieren, man könnte sich bei aller Vorsicht doch ein Bein brechen oder sich wenigstens den Knöchel verstauchen!«

»Das wäre nicht ausgeschlossen, und deshalb wollen wir es lieber nicht auf diese Probe ankommen lassen. Aber nun begleiten Sie mich zur Garage, Herma. Wir wollen nach dem Wagen sehen, ob die Schramme im Lack, die wir neulich bei der leisen Kollision mit einem Baumstamm davongetragen haben, tadellos ausgebessert wurde. Wir können dann dem Chauffeur gleich sagen, daß wir heute vormittag nicht ausfahren werden.«

Die beiden Damen und die Kinder schritten zum Parktor. Es war noch gut eine Stunde Zeit bis zum Mittagessen.

Auf dem zementierten Plateau vor der Garage stand Anitas Wagen und daneben der große Sportwagen Manfred Hallerstedts, der eben gewaschen worden war, weil Kurt ihn am Montag zur Fahrt nach Berlin benutzen wollte.

Beide Damen sahen nach der Stelle an Anitas Wagen, die beschädigt gewesen war. Sie war tadellos in Ordnung gebracht. Die Kinder kletterten inzwischen jubelnd in den offenen Sportwagen. Herma eilte zu ihnen und holte sie heraus. Und gerade wollten sie weitergehen, als Herma plötzlich an der Rückseite des Wagens die Nummer 1722 erblickte. Sie stutzte. Diese Zahl hatte sie sich so fest eingeprägt, daß sie sofort wußte, das war die Nummer des Wagens, aus dem das gelbe Kuvert herausgefallen war. Mit weit aufgerissenen Augen musterte sie den Wagen. Ja, ein derartig großer offener Wagen war das damals auch gewesen, und sicherlich hatte er diese Nummer getragen ...

Anita wandte sich zu ihr herum:

»So kommen Sie doch, Herma. Was stehen Sie da, was fesselt Sie an dem Wagen?«

Herma strich sich das Haar aus der Stirn.

»Ach, das ist sehr seltsam!«

»Was denn?«

»Der Wagen ... die Nummer ... ein solcher Wagen mit eben dieser Nummer ist mir auch einmal begegnet, als ich meine Wandertour nach Koblenz machte. Und gerade als er an mir vorüberfuhr, sah ich, daß der Herr, der darin fuhr, seinen Paletot auszog und über die Rücklehne warf. Und zugleich fiel ein großes gelbes Kuvert auf die Landstraße.«

»Ein großes gelbes Kuvert?« fragte Anita atemlos.

Herma nickte.

»Ja, es war mit fünf Siegeln gesiegelt und trug die Aufschrift: ›Nach meinem Tode von dem Direktor meines Betriebes zu öffnen‹. Ich hatte es nämlich aufgehoben.«

Anita schüttelte plötzlich Herma erregt bei den Schultern.

»Nun, und ... Herma, um Gottes willen, reden Sie, wo ist dieses Kuvert geblieben?«

Herma sah sie verdutzt an.

»Mein Gott, es wird doch nicht ausgerechnet nach Lindeck gehören? Aber vom Direktor meines Betriebes? Herrgott, das könnte doch stimmen! Am Ende war es wirklich derselbe Wagen und das Kuvert gehört hierher ...«

Wieder schüttelte Anita sie an den Schultern. »So reden Sie doch, wo ist dieses Kuvert geblieben?«

Ganz hilflos sah Herma sie an.

»Lieber Gott, ich habe doch alle Zeitungen durchgesehen,

ob sich der Verlierer nicht danach erkundigen würde. Nichts habe ich gefunden. Und da habe ich es in meinen Koffer gelegt ... und rein vergessen! Jetzt eben denke ich erst wieder daran beim Erblicken der Nummer dieses Wagens.«

»Sie haben es noch! Ach, Gott sei Dank, Gott sei Dank!« rief Anita außer sich vor Freude.

Herma war fassungslos. »Ist es denn etwas so Wichtiges?«

»O mein Gott! Und wie wichtig, Herma! Haben Sie denn das Kuvert nicht aufgemacht?«

»Nein, selbstverständlich nicht, ich war dazu ja nicht berechtigt.«

Jubelnd drückte Anita einen Kuß auf Hermas Wange. »Liebste Herma, haben Sie dies Kuvert auch bestimmt noch?«

»Ja doch, es liegt in meinem Kleiderschrank in meinem Köfferchen. Aber nun sagen Sie mir doch, was für eine Bewandtnis hat es denn damit?«

»Kind, Sie haben mit diesem Fund Gunnar Lundström den größten Dienst erwiesen, den ihm jemand erweisen kann.«

Hermas Augen leuchteten auf. »Wirklich? Und es ist auch noch nicht zu spät, ich habe nichts verdorben, daß ich nicht eher davon sprach?«

»Noch ist alles gutzumachen. Laufen Sie schnell in Ihr Zimmer, Herma, holen Sie das Kuvert. Ich gehe einstweilen mit den Kindern zu Gunnar und berichte ihm, daß das Kuvert sich in Ihrem Besitz befindet. Er wird dann sofort mit mir heraufkommen.«

»Ach ... dann ist er wohl der Direktor, der das Kuvert öffnen soll?«

»Ja doch, und es geht um viel, um sehr viel für ihn. Gottlob, daß Sie das Kuvert gefunden haben, das ist eine Fügung des Himmels. Gehen Sie, ich komme sofort mit Gunnar hinauf. Holen Sie das Kuvert, aber es darf nur in Gunnars Hände gelangen; hören Sie wohl, niemand anders darf es anrühren. Alles Weitere erfahren Sie später.«

Anita ließ Herma stehen und eilte hinunter in Gunnars Kontor. Eilig berichtete sie ihm, was sich bei der Garage zugetragen hatte, und er begleitete sie gleich hinauf, besorgt, daß das Kuvert, das auf so wunderbare Weise nun doch seinen richtigen Weg gefunden hatte, auch in seine Hände gelangen würde.

Herma lief schnell ins Schloß und hinauf in ihr Schlafzimmer. Mit unruhigen Händen öffnete sie Schrank und Koffer und entnahm ihm aufatmend das so lange hier verwahrte Kuvert. Sie drückte es an sich, glücklich, daß sie, wie Anita gesagt hatte, Gunnar Lundström damit einen großen Dienst erweisen konnte. Sie ahnte freilich nicht, was für kostbare Dokumente das Kuvert enthielt, ahnte noch weniger, daß es für Frau von Seebach und deren Kinder mindestens ebenso wichtig und begehrenswert war wie für Gunnar. Sonst hätte sie es vielleicht auf dem Wege durch das Schloß sorgsam vor aller Augen verborgen. So aber trug sie es offen in der Hand, als gerade in diesem Augenblick Frau von Seebach aus ihrem Zimmer kam. Sie sah Herma, sah das ihr so wohlbekannte Kuvert in deren Hand und trat rasch auf sie zu.

»Was haben Sie da?«

»Oh, das ist ... das gehört Herrn Direktor Lundström!«

Die alte Dame hatte mit scharfen Blicken auf das Kuvert gesehen und war nun nicht mehr im Zweifel, daß es dasselbe war, was ihr Sohn verloren hatte. Wie es plötzlich in die Hände dieses Mädchens kam, wußte sie nicht, sie wußte nur, daß sie es ihr um jeden Preis abnehmen mußte.

»Nein, das gehört mir! Geben Sie mir sofort dies Kuvert heraus.«

Dabei trat sie dicht an Herma heran und wollte ihr das Kuvert entreißen. Aber diese sprang mit einem Satz zurück. Anita hatte gesagt: »Es darf nur in Gunnars Hände gelangen, niemand anders darf es anrühren.« Und sie hätte es deshalb mit ihrem Leben verteidigt.

»Es gehört Direktor Lundström!« rief sie wieder und eilte

an der alten Dame vorüber nach der Treppe und jagte dieselbe hinunter. Frau Renate folgte ihr und rief laut hinter ihr her:

»Haltet die Diebin, sie hat mir eben wertvolle Papiere gestohlen!«

Herma ließ sich nicht aufhalten, sie eilte die Treppe hinab zum ersten Stock, und Frau von Seebach lief, so schnell sie konnte, hinter ihr her.

Immer wieder rief sie dabei:

»Haltet die Diebin!«

Plötzlich sah sie unten in der Halle ihren Sohn Kurt. Sie rief ihm laut und warnend zu:

»Halte sie, Kurt, sie hat das gelbe Kuvert, nimm es ihr ab!«

Kurt hatte das Schreien und Rufen seiner Mutter schon gehört und sah nach oben. Als er diese Worte hörte und Herma erblickte, die das große gelbe Kuvert an sich gepreßt hielt, eilte er an die Treppe, um ihr den Weg abzuschneiden und sie in seinen Armen aufzufangen. Herma stutzte auf dem breiten Podest und stand nun zwischen Kurt und seiner Mutter.

»Kommen Sie, schöne Herma, geben Sie Ihren Raub heraus!« rief ihr Kurt heiser vor Aufregung zu und breitete die Arme aus, um sie nicht an sich vorbeizulassen.

Herma wollte aber das Kuvert nicht herausgeben. Gerade das Gebaren dieser beiden Menschen überzeugte sie von der Wichtigkeit ihres Fundes.

»Sie bekommen es nicht!« rief sie laut, nahm das Kuvert zwischen ihre Zähne, stützte sich auf die Brüstung des Podestes und schwang sich mit einer kraftvollen Bewegung darüber hinweg.

Sie fiel in der Halle auf die Knie, aber ehe Kurt zu ihr herumzukommen vermochte, war sie wieder auf den Beinen und eilte weiter. Sie hatte nicht bemerkt, daß in dem Augenblick, da sie sich über die Brüstung schwang, Gunnar und Anita in der Haustür erschienen waren. Sie sahen Herma springen, das Kuvert zwischen den Zähnen, sahen von oben Frau von Seebach herunterhasten und erblickten nun auch Kurt, der um die Treppe herumkam und hinter Herma herrannte. Aber diese eilte auf Gunnar zu, hob das Kuvert zu ihm empor und brach dann bewußtlos vor seinen Füßen zusammen.

Hastig barg Gunnar das Kuvert in seiner Brusttasche. Dann beugte er sich erschrocken zu Herma nieder, sie in seinen Armen emporhebend, und wollte sie Anita übergeben.

Kurt wollte sich auf ihn stürzen.

»Geben Sie das heraus. Es sind Wertpapiere, die meiner Mutter gehören und die Fräulein Hell gestohlen hat.«

Gunnar hielt Herma in dem einen Arm, mit dem andern führte er einen Boxhieb gegen Kurt, so daß dieser in die Knie zusammenbrach.

»Elender Verleumder!« stieß Gunnar grimmig hervor.

Kurt erhob sich, so schnell er konnte, und wollte sich abermals auf Gunnar stürzen. Dieser hatte Herma in Anitas Arme gelegt und wandte sich Kurt wieder zu.

»Wollen Sie unbedingt von mir zu Boden geschlagen werden? Ich rate Ihnen in Ihrem eigenen Interesse, bleiben Sie mir vom Leibe. Das Kuvert bekommen Sie selbstverständlich nicht. Der Himmel selbst hat es endlich in meine Hände gelegt.«

Kurt hatte schon von dem einen Hieb genug, er taumelte noch ein wenig. Er mußte einsehen, daß alles verloren war. Erschöpft fiel er in einen Sessel.

Gunnar wandte sich darauf Herma zu, die eben in Anitas Armen wieder zu sich kam.

»Kleine, tapfere Herma, haben Sie sich sehr weh getan?«

Ach ... Herma war zumute, als öffne sich ihr der Himmel unter seinem liebevollen Blick.

»O nein, nur ein wenig, ich sprang in der Eile zu kurz, und der Knöchel kippte mir um. Aber es ist schon wieder gut, ich bin schon wieder ganz munter.«

Er faßte ihre Hand. »Wissen Sie, einen wie großen Dienst Sie mir erwiesen haben?«

Nein, sie wußte gar nichts; sie wußte nur, daß, wenn er sie so ansah, die Welt um sie her versank.

»Wenn ich nur nichts Dummes gemacht habe, daß ich das Kuvert so lange in meinem Koffer behielt. Ich habe es auf der Landstraße gefunden, lange bevor ich nach Lindeck kam. Aber ich konnte doch nicht ahnen, daß es hierhergehörte.«

Anita hatte Gunnar berichtet, wie Herma dazu gekommen war, von dem Kuvert zu sprechen. Er küßte nun ganz andächtig Hermas Hand.

»Sie sollen später erfahren, einen wie wertvollen Fund Sie gemacht haben und was es für mich bedeutet, daß Sie ihn jetzt so tapfer verteidigt haben. Ich danke Ihnen von ganzem Herzen.«

Herma lachte, halb beklommen, halb beseligt.

»Oh, ich bin überglücklich, wenn ich Ihnen einen Dienst erweisen konnte. Und daß das Kuvert Ihnen gehörte und ich es niemandem außer Ihnen geben dürfte, das hatte mir doch Anita gesagt.«

Kurt und seine Mutter hatten das alles mit anhören und mit Schrecken erkennen müssen, daß das Gefürchtete nun doch eingetreten war und Gunnar seines Vaters Testament in Händen hielt.

Kaum fähig, ihre Erregung zu meistern, entfernten sie sich.

Gunnar blieb mit den beiden jungen Damen allein, und nachdem er sich davon überzeugt hatte, daß Herma wirklich keinen Schaden genommen hatte, berichtete er ihr, was es mit dem Kuvert auf sich habe. Konnte sie jetzt doch mit Fug und Recht fordern, in alles eingeweiht zu werden.

Herma meinte, das Herz solle ihr vor Seligkeit zerspringen. Ihrem »Märchenprinzen« hatte sie einen Dienst erweisen können!

Oh, das war fast zuviel des Glückes!

Auf einmal erinnerte sie sich ihrer Zöglinge.

»Um Gottes willen, Anita, wo sind die Kinder?« fragte sie erschrocken.

Anita lachte.

»Die sind beim Chauffeur versorgt und aufgehoben. Ich ließ sie in der Garage zurück.«

Gunnar verabschiedete sich nunmehr von den Damen. Es verlangte ihn danach, endlich den Brief seines Vaters zu lesen. Da er ermächtigt war, das Kuvert zu öffnen, brauchte er damit nicht zu warten. Und während die Damen zu den Kindern gingen, saß er in seinem Zimmer und las, was sein Vater ihm geschrieben hatte.

Das gelbe Kuvert enthielt zwei andere Kuverts. Auf dem größeren stand: »Mein Testament.« Es war noch einmal versiegelt, und Gunnar brauchte es nur so beim Gericht vorzulegen. Das kleinere trug die Aufschrift:

»An Gunnar Lundström. Erst nach dem Tode seiner Mutter zu öffnen.«

Da dieser inzwischen eingetreten war, durfte er es unverzüglich tun. Nun las er:

»Mein einzig geliebter Sohn! Endlich wirst Du erfahren, was ich Dir mit tausend Schmerzen verschweigen mußte, weil ich es Deiner lieben Mutter geschworen hatte. Du bist mein Sohn! Stolz bekenne ich mich zu Dir. Stolz habe ich all die Jahre in Dir meinen Sohn gesehen und Dich als solchen geliebt. Wenn es mir nicht mehr vergönnt sein wird, Dir das alles auszusprechen, so mag dieser Brief Dir Kunde geben, wie heiß ich Dich geliebt, wie glücklich es mich gemacht hat, daß ich Dich Jahre hindurch bei mir wissen durfte. Ich kenne Dich zu gut, habe Dich all die Zeit über so beeinflussen können, daß ich weiß, Du wirst Deinen Eltern nicht zürnen, weil sie Dich ins Leben riefen, ohne durch gesetzliche Bande verknüpft zu sein. Du brauchst Dich dessen nicht zu schämen, daß nur der liebe Gott unsern Bund gesegnet hat. Das Glück, uns für alle Zeit angehören zu dürfen, hat uns, Deiner Mutter und mir, nicht beschert sein sollen. Aber trotzdem war sie mir immer wie eine Heilige, und ich weiß, sie hat mich immer geliebt, trotzdem ein unseliges Verhängnis sie an einen andern Mann fesselte. Schwer genug haben wir für unser kurzes Glück büßen müssen durch eine lebenslange Trennung. Aber meinen Sohn durfte ich doch einige Jahre bei mir haben. Das war mein schönstes, reichstes und reinstes Glück. Und nun, mein Sohn, wirst du wissen, daß Du berechtigt bist, mein Erbe zu sein.

Es ist für mich ein tröstlicher Gedanke, daß alles, was ich an irdischen Gütern besitze, mit nur geringfügigen Ausnahmen in Deine Hände übergehen wird. Habe Dank, mein Sohn, für die Liebe, die Du mir gegeben hast, trotzdem Du nicht ahntest, daß ich Dein Vater war. Ich mußte mich mit der Rolle eines väterlichen Freundes begnügen, aber ich habe gefühlt, daß Du mich darüber hinaus geliebt hast. Das danke ich Dir über das Grab hinaus. Gott mit Dir, mein geliebter Sohn, mein einzig geliebter Sohn. Behalte lieb

Deinen treuen Vater Manfred Hallerstedt.«

Tief bewegt las Gunnar diese Zeilen. Viele kleine Geschehnisse fielen ihm ein, aus denen deutlich die Liebe dieses von ihm so hoch verehrten Mannes gesprochen hatte. Es schmerzte ihn, daß er ihn nicht ein einziges Mal hatte Vater nennen können.

Lange saß er in tiefe Gedanken verloren, bis der Gong mahnte, daß man im Schloß zu Tisch ging. Nur ungern raffte er sich auf, um hinüberzugehen. Aber er wußte, er hatte jetzt noch andere Pflichten zu erfüllen.

Wieder mußte er an Herma denken, an seine kleine, tapfere Heidelerche, die so mutig für seinen Besitz gekämpft hatte. Er wollte es ihr lohnen durch seine Liebe, durch seine Dankbarkeit. Die arme kleine Lehrerin sollte nunmehr seine stolze Schloßherrin werden. Jetzt hinderte ihn nichts, das Erbe seines Vaters anzutreten. Und niemand konnte es ihm noch streitig machen.

Er erhob sich, machte sich schnell fertig und ging hinüber.

Als er in den Speisesaal trat, erblickte er dort Anita, Herma und die Kinder. Frau von Seebach hatte sich nebst Kurt und Inge entschuldigen lassen. Sie saßen oben in ihrem Wohnzimmer und überlegten sorgenschwer, was nun mit ihnen werden sollte. Sie zweifelten nicht daran, daß sie von Gunnar Lundström keine Gnade zu erwarten hätten.

Kurt von Fuchs brütete vor sich hin. Für ihn hieß es fortan, zu arbeiten und sich einem Beruf zu widmen. Das war gar nicht nach seinem Sinn. Er wußte auch, daß er nie etwas Besonderes leisten würde. Vielleicht war es doch am besten, sich eine reiche Frau zu suchen. Aber dazu mußte er wenigstens seinen Doktor gemacht haben, da er ja, so einsichtsvoll war er immerhin, sonst nichts in die Waagschale zu werfen hatte.

Während diese drei sorgenschwer über ihr immerhin nicht beneidenswertes Schicksal nachsannen, saßen unten im Speisesaal Anita, Herma und Gunnar mit den Kindern an der Tafel und fanden es herrlich, unter sich sein zu dürfen und auf niemanden Rücksicht nehmen zu brauchen. Die Kinder plauderten nach Herzenslust, obwohl ihnen nicht sehr aufmerksam zugehört wurde. Gunnar konnte seine Augen ungeniert auf Hermas glühendem Gesicht ruhen lassen, Anita bekümmerte sich nach Möglichkeit um die Kinder, damit das stumme Augenspiel zwischen den Liebenden nicht gestört würde. Sie war eine sehr verständnisvolle Gesellschafterin und suchte Gunnar jetzt zu vergelten, was er ihr Gutes getan hatte.

In eine Gesprächspause hinein sagte sie:

»In der Tat, ich bewundere Ihren Elan, Herma, mit dem Sie über die Podestbrüstung gesprungen sind. Eine Stunde vorher haben Sie mir noch erklärt, daß Sie dieses Risiko ohne Not nicht auf sich nehmen würden.«

Herma wurde sehr rot.

»Ich war eben in Not, Anita. Frau von Seebach schrie hinter mir her: ›Haltet die Diebin‹, und unten breitete Herr von Fuchs seine Arme aus und wollte mich auffangen, um mir das Kuvert abzunehmen. Da ich aber durch Sie wußte, daß mein Fund in keine anderen Hände geraten dürfe als in die des Herrn Direktor Lundström, so blieb mir nichts übrig, um es an richtiger Stelle abliefern zu können, als über die Podestbrüstung in die Halle zu springen. Sonst hätte man mir das Kuvert entrissen.«

Dann fuhr sie mutiger fort: »Ich habe mich vielleicht sehr dumm benommen, aber ich wußte ja nicht, welche Bedeutung der Inhalt des Kuverts hatte. Sonst wäre ich vielleicht so gescheit gewesen, es nicht für jedermann sichtbar in der Hand zu halten. Gott sei Dank, daß Frau von Seebach und Herr von Fuchs es mir nicht entrissen haben, die beiden hätten es nebst Inhalt sonst wohl auf der Stelle vernichtet, nicht wahr?«

Gunnar hatte seine Augen nicht von ihr gelassen, und es zuckte bei ihrer Selbstanklage wie Rührung um seinen Mund.

»Das wäre ganz bestimmt geschehen, Fräulein Hell, aber der liebe Gott hat es nicht zugelassen. Wenn irgend etwas auf der Welt so recht verworren und schwierig geworden ist, dann schickt er einen Engel und läßt ihn die verworrenen Fäden lösen.«

Sie lachte verlegen.

»Damit wollen Sie doch hoffentlich nicht andeuten, daß ich ein Engel bin?«

»Doch, das will ich nicht nur andeuten, sondern ich behaupte es sehr energisch. Sie haben mir ein großes Opfer gebracht, als Sie über die Brüstung sprangen, wenn mir auch vor Schrecken das Herz fast stillstand, als ich Sie springen sah. Gottlob haben Sie sich nicht ernstlich verletzt. Aber Sie haben meinetwegen Schmerzen ertragen müssen, und das werde ich Ihnen nie vergessen.«

»Ach, es war gar nicht so schlimm!« wehrte sie ab.

»Jedenfalls schlimm genug, um ein so gesundes und willensstarkes Geschöpf wie Sie darüber das Bewußtsein verlieren zu lassen.«

»Ja, ein scheußlicher Schwachmatikus bin ich gewesen, ich schäme mich meiner Schlappheit. Aber es war wohl weniger der Schmerz als die Nachwirkung der Angst, Herrn von Fuchs in die Hände fallen zu können. Es war eigentlich recht gut, daß ich vorher nicht ahnte, welchen Wert das Kuvert für Sie hatte, sonst wäre ich in meiner Angst, daß man es mir abnehmen würde, wohl kaum so glimpflich davongekommen.«

Das Essen war zu Ende, und Anita erklärte kurz und bündig, sie werde die Kinder heute zur Ruhe bringen, Herma dürfe mit ihrem wehen Knöchel noch nicht so oft die Treppe steigen.

»Leisten Sie Herrn Direktor noch ein Weilchen Gesellschaft, Herma, ich komme bald wieder herunter, und wir plaudern noch ein wenig zusammen.«

Herma wollte entsetzt aufspringen. Sie hatte das Gefühl, als dürfe sie jetzt um keinen Preis mit ihrem Märchenprinzen allein bleiben. Aber Anita drückte sie sehr energisch in ihren Sessel zurück.

»Sitzen geblieben! Nicht gemuckst, bis ich wiederkomme! Gunnar, Sie sorgen mir dafür, daß diese leichtsinnige junge Dame sich nicht aus diesem Zimmer rührt, bis ich wieder in Erscheinung trete.«

Gunnar sah Anita dankbar an.

»Ich schwöre, daß ich sie nicht hinauslassen werde«, rief er fast übermütig.

Anita verschwand mit den Kindern, und Herma saß in brennender Verlegenheit in ihrem Sessel und starrte hilflos nach der Tür, hinter der Anita mit den Kindern verschwunden war. Gunnar trat an ihre Seite.

»Stillsitzen ist wohl etwas sehr Schweres für Sie, Fräulein Hell?«

Sie wagte nicht, zu ihm aufzusehen. Was sollte sie denn beginnen, wenn er sie wieder so ansah wie vorhin? Sicherlich würde sie dann irgend etwas ganz Unsinniges tun und sich hinterher die Augen aus dem Kopfe schämen.

»Ach Gott, es ist doch ganz und gar unnötig, daß Anita mich hier festsetzt. Ich hätte meine Zöglinge ebensogut selbst zur Ruhe bringen können.«

Gerührt sah er auf sie herab.

»Nein, es war sehr nötig, daß Sie hierblieben; Anita hat das ganz richtig erkannt.«

Es trat etwas wie Trotz in ihr Gesicht.

»Aber bitte, lassen Sie sich wenigstens nicht durch mich von Ihrer Arbeit abhalten. Sie haben vermutlich Wichtigeres zu tun, als ein dummes Mädel zu hüten, damit es auf seinem Stühlchen sitzenbleibt. Ich verspreche Ihnen freiwillig, daß ich mich bis zu Anitas Rückkehr nicht von der Stelle rühren werde. Und somit sind Sie erlöst.«

Da nahm er mit einer zarten Bewegung ihre Hand. Leise streichelte er darüber hin und spürte, daß sie erzitterte. Das machte ihn selbstverständlich nicht ruhiger.

»Herma, meine kleine Heidelerche, setzen Sie sich nur nicht mehr trotzig zur Wehr, es hilft Ihnen doch nichts, Sie müssen sich mir ergeben.«

Angstvoll riß sie ihre Hand aus der seinen und wollte emporspringen. Aber er hielt sie fest.

»Sie haben mir doch eben erst versprochen, sich nicht von der Stelle zu rühren! Nun halten Sie Ihr Wort! Ich lasse Sie übrigens sowieso nicht mehr los. Nie mehr, süße kleine Heidelerche! Sie gehören mir für alle Zeit.«

Es wurde ihr heiß und kalt. Sie strich sich über die Stirn.

»Ach du lieber Gott!« seufzte sie, halb erschrocken, halb vergehend vor Glückseligkeit.

Er mußte lachen, und so nahm er sie in seine Arme und küßte sie mit einer solchen Inbrunst und Ausdauer, daß sie gar nichts anderes tun konnte, als wiederzuküssen und unterzutauchen in einem Meer von unbeschreiblicher Seligkeit. Er zog sie zu sich empor, hielt sie ganz fest an seinem Herzen und fand kein Ende, seine Lippen auf die ihren zu pressen.

Als er ihr endlich eine kleine Pause gönnte, sagte sie ganz erschöpft: »Sollte ich das nur geträumt haben, wäre es doch schön genug gewesen, um fürs ganze Leben auszureichen.«

Da mußte er notwendigerweise wieder küssen, mußte sie streicheln und ihr dazwischen all die süßen, dummen, herrlichen Torheiten zuflüstern, die nur im Lexikon für Liebende stehen. Das fand Herma so wunderschön und herrlich, daß auch sie endlich begriff, daß sie etwas anderes sagen mußte als eine Dummheit nach der andern. Und sie fand nichts anderes im Augenblick als den Namen, den sie Gunnar im Herzen schon immer gegeben hatte:

»Mein Märchenprinz!«

Lachend sah er in ihr glühendes Gesicht. »Heidelerche, wie nennst du mich da?«

Sie lachte nun auch, sah ihn an mit Augen, aus denen Sonnenfunken seligster Liebe hervorsprudelten, und sagte halb verlegen, halb trotzig:

»Nun ja, so habe ich dich genannt in meinem Herzen, solange ich dich kenne!«

Lachend küßte er den Trotz aus ihrem Gesicht. »Aber warum denn gerade Märchenprinz, kleine Heidelerche?«

Sie erzählte ihm von ihrem Märchentraum am Tag ihrer Ankunft in Lindeck und wie sie aus dem Fenster gesehen und ihn erblickt habe.

»Da sagte ich übermütig vor mich hin: ›Da ist ja auch schon der Märchenprinz!‹ Und so bist du mein Märchenprinz geworden ... ach, und wirst es immer bleiben. Denn mit rechten Dingen geht es doch nicht zu, daß du dein Herz an mich kleines dummes Mädel gehängt hast, das kommt sonst doch nur im Märchen vor.«

Entzückt sah er in ihr reizendes, schelmisches Gesicht.

»Laß nur niemand hören, daß du ein dummes Mädel bist, sonst wollen deine Schüler schon jetzt nichts mehr von dir lernen. Lange gestatte ich ihnen das überhaupt nicht mehr. Ich habe jetzt eine andere Anstellung für dich ... als meine Frau, als Herrin von Lindeck!«

Sie seufzte tief auf.

»Ach, da wird mir vor Angst ganz heiß, lieber ... lieber ... Gunnar, ach du, klingt das schön – mein Gunnar – aber weißt du, so als Schloßherrin ... nein, da wird mir wirklich bange, da werde ich viele Dummheiten anstellen.«

Wieder mußte er sie lachend küssen.

»Es hilft nichts, Heidelerche, du mußt dich schon in dein Schicksal ergeben.«

»Mein Gott, du bist nun so ein reicher, mächtiger Herr, und ich ... nun hast du dir eine arme Kirchenmaus zur Frau erwählt.«

»Just so ist es mir recht. Aber bedenke nur zu deiner Beruhigung, eine wie große Mitgift du mir zugebracht hast mit dem gelben Kuvert. Hättest du es nicht gefunden und es mir nicht aufbewahrt, wäre ich niemals Schloßherr von Lindeck geworden.«

Da küßte sie ihn zum ersten Mal freiwillig und sah ihm tief in die Augen.

»Hättest du mich auch zu deiner Frau gemacht, wenn ich dir den Fund nicht gebracht hätte?«

»Selbstverständlich, ich trug mich schon mit Bauplänen für ein kleines Haus, in dem ich mit dir wohnen wollte.«

Sie schluckte tapfer die Tränen der Rührung hinunter und barg ihr Gesicht an seiner Brust.

»Wie kann ein einziger Mensch nur so viel Glück haben wie ich! Ich bin und bleibe doch ein Glückskind, alles schlägt mir zum Guten aus!«

»Mag's immer so bleiben, meine süße Heidelerche! Verlerne ja dein frohes Lied nicht. Wie war es doch! ›Kann ich dafür, daß mir die Welt so unaussprechlich wohl gefällt!‹ Damit hast du dich mir ins Herz gesungen.«

Und wieder versanken die beiden Glücklichen in ein Meer

von Seligkeit und herzten und küßten sich, bis endlich Anita ins Zimmer sah.

Erschrocken fuhren sie auseinander. Herma lief auf Anita zu, lachte und weinte durcheinander und sagte mit bebender Stimme:

»Ach, Anita, hier hat sich inzwischen Wunderbares, Märchenhaftes begeben. Ich ... ich bin so glücklich!«

Anita lachte leise.

»Das scheint mir auch so, kleine Herma! Laß dir Glück wünschen, denn von heute an nennen wir uns du. Freund Gunnar, ich trage dir auch das Du an, jetzt können wir uns wohl unbesorgt um Mißdeutung dazu bekennen. Gott schenke dir so viel Glück, wie ich dir und Herma wünsche.«

Und sie küßte Gunnar herzlich und schwesterlich, küßte Herma und legte diese dann in seine Arme zurück.

»Verzeiht, daß ich euch schon gestört habe, aber ich konnte es nicht mehr aushalten vor Neugier, ob Gunnar die günstige Gelegenheit ergriffen hätte, dich einzufangen, kleine Heidelerche.«

Herma staunte.

»Du hast es gewußt ... daß er ...«

»Daß er dich liebt und dich möglichst bald zu seiner Frau machen wollte? Ja, Herma, das habe ich gewußt. Gunnar und ich wissen alles voneinander, weil wir eben echte, rechte Freunde sind.«

## *18*

Gunnar Lundström hatte sogleich alle nötigen Schritte getan, um sein Erbe antreten zu können. Er hatte dem Notar das Testament seines Vaters übergeben mit der Erklärung, daß es sich doch noch gefunden habe. Er sagte ihm nun auch, daß er Manfred Hallerstedts Sohn sei.

Die Testamentseröffnung sollte in einigen Tagen stattfinden; man wartete nur noch auf die Ankunft des Dieners Franz aus Berlin, denn Gunnar wollte diesen treuen Menschen unbedingt dabeihaben.

Am nächsten Morgen nach ihrem Verlobungstag fand Herma im Schulzimmer einen von Frau von Holst unterzeichneten Entlassungsbrief. Sie verzichte auf ihre weiteren Dienste als Erzieherin ihrer Kinder. Keine Ahnung hatten Frau von Holst nebst ihrer Mutter und ihrem Bruder, daß inzwischen Herma Gunnars Verlobte geworden war. Sie wies beim Frühstück, das sie mit Gunnar und Anita einnahm, diesen Brief vor und sagte schelmisch:

»Nun bist du noch schlimmer daran mit mir, Gunnar, jetzt bin ich eine stellungslose Lehrerin.«

»Ja, was man mit dir für Sorgen hat!« seufzte er und umfing sie lachend.

Anita aber meinte wichtig:

»Freue dich nur nicht zu früh, Herma, daß du nun plötzlich engagementlos bist. Du weißt doch, daß ich dich engagiert habe; folglich habe nur ich das Recht, dir zu kündigen oder eine Kündigung von dir entgegenzunehmen. Ich denke nicht daran, dich zu entlassen. Und wenn man dir das Amt als Erzieherin entzieht, woran ich meine Schwester ja nicht hindern kann, so bleibst du als meine Gesellschafterin in meinen Diensten, bis Gunnar dich als Gattin heimführt. Ich nehme es nämlich als gewiß an, daß Gunnar mich nicht aus dem Hause weist, wenigstens vorläufig nicht. Wie stellst du dich dazu, künftiger Schloßherr von Lindeck?«

Gunnar küßte ihr die Hand.

»Lindeck wird immer deine Heimat bleiben, Anita, solange du hier weilen willst.«

Sie nickte ihm zu.

»Wir werden sehen, wie es das Schicksal fügt. Vorläufig denke ich noch nicht daran, das Schloß zu verlassen, und wenn ich nach Berlin gehe, hoffe ich, daß ihr dort meine Gäste sein werdet, zum mindesten für einige Wintermonate, so wie ich immer einige Sommermonate in Lindeck zuzubringen gedenke. Einverstanden?«

»Selbstverständlich, Anita.«

Diese suchte nun ihre Schwester auf und fand sie mit Mutter und Bruder im Wohnzimmer.

Man empfing sie sehr trübselig, aber entschieden etwas liebenswürdiger als in der letzten Zeit. Anita war für sie jetzt wieder eine Persönlichkeit, die sie auszunützen beabsichtigten und die deshalb bei guter Laune erhalten werden mußte.

»Du hast Fräulein Hell entlassen, Inge. Aber du vergißt, daß ich sie engagiert, daß ich ihr Gehalt gezahlt habe und folglich auch des weiteren alle Verpflichtungen übernehmen werde.«

»Die Person muß sofort aus dem Hause!« rief Frau von Seebach zornig.

»Es liegt aber gar keine Veranlassung vor, sie plötzlich zu entlassen, und ich werde es bestimmt nicht tun!«

»Ich vertraue aber meine Kinder nicht einen Tag länger dieser Person an. Veranlassung, sie zu entlassen, haben wir genug. Erstens hat sie gegen uns konspiriert, und zweitens hat sie Kurt in ihre Netze gezogen und ihn dazu gebracht, daß er ihr seine Hand anbieten wollte. Mama hat das nur mit Mühe und Not verhindert.«

Anita lächelte.

»Ich glaube, ihr seid sehr einseitig informiert. Zufällig weiß ich besser Bescheid, wie Kurt es euch bezeugen kann. Fräulein Hell hat sich sehr energisch bedankt, nicht nur für alle Aufmerksamkeiten von seiner Seite, wenn man seine Belästigungen so nennen will, sondern auch dafür, seine Frau zu werden.«

Höhnisch lachte Frau von Seebach auf.

»Selbstverständlich, jetzt, da sie weiß, daß Kurt nicht der reiche Erbe ist.«

»O nein, Mama, sie hat schon dafür gedankt, als er noch als reicher Erbe galt. Und was ihre angebliche Konspiration betrifft, so liegt kein Grund vor, sie dessen zu beschuldigen. Sie hat einfach einen Fund zurückgegeben.«

»Weshalb hat sie ihn uns nicht ausgehändigt?«

Es zuckte um Anitas Mund.

»Weil ausdrücklich auf dem Kuvert stand, daß es von einem Direktor geöffnet werden sollte. Das war für sie der einzige stichhaltige Hinweis, wem dieses Kuvert ausgeliefert werden durfte. Und so hat sie es pflichtgemäß Gunnar übergeben.«

»Du nimmst sie ja außerordentlich in Schutz. Überhaupt hast du dich sehr feindlich gegen uns eingestellt!« rief Kurt bissig.

»Ich habe mich nur auf die Seite des Rechts gestellt, wie es meine Pflicht war.«

»Und was soll nun aus uns werden? Dieser Lundström schnappt uns das eigentlich uns gehörende Erbe vor der Nase fort«, sagte Frau von Seebach.

»Aber Mama, wem käme das Erbe eher zu als dem Sohne Onkel Manfreds?« fragte Anita.

Die alte Dame lachte hart und bitter auf.

»Er ist doch nur ein Bastard!«

»Jedenfalls ist er Onkel Manfreds Sohn, und dieser hat ihm das Erbe zugedacht. Ihr solltet nicht immer wieder diesen Schimpfnamen für ihn haben. Er hat sich euch gegenüber weiß Gott von einer sehr vornehmen und edelmütigen Seite gezeigt.«

»Aber jetzt reißt er doch alles an sich!«

»Er nimmt sich sein Recht, da er es beweisen kann. Immerhin hat er euch gegenüber große Milde walten lassen. Ein anderer hätte es euch nicht so leichtgemacht.«

»Du bist eben Partei!«

»Ich bilde mir ein, vollkommen unparteiisch zu sein.«

»Aber wir fragen dich nochmals, was soll aus uns werden?«

»Wartet doch erst einmal ab, was das Testament für euch

bestimmt. Ich müßte Onkel Manfred schlecht gekannt haben, wenn er nicht auch für euch gesorgt hätte.«

»Ich kann dir das genau sagen. Ein Bettel fällt für uns ab. Für Inge und mich ein Asylrecht auf Lindeck. Herr Lundström wird zudem darüber zu bestimmen haben, wo wir wohnen dürfen, und uns wahrscheinlich in einen Seitenflügel verbannen. Dazu erhalten wir bei freier Station jede monatlich dreihundert Mark Nadelgeld. Kurt bekommt seinen Wechsel noch weiterhin ausgezahlt, bis sein Studium beendet ist, und danach zur Einrichtung einer Praxis zwanzigtausend Mark. Dann erhalten Inges Kinder bei ihrer Großjährigkeit jedes zwanzigtausend Mark. Das ist alles.«

Anita rechnete aus und meinte dann:

»Es ist doch immerhin ein anständiges Auskommen, Mama.«

»Aber wenig genug im Verhältnis zu dem, was wir nach Recht und Billigkeit erwarten konnten.«

Mit einem Achselzucken sah Anita vor sich hin.

»Es wird aber nicht mehr zu ändern sein und ... es hätte noch schlimmer kommen können.«

»Ich finde es reichlich schlimm!« rief Kurt wütend.

Anita sah ihn sehr ernst an.

»Wie du nur jammern kannst! Du bist doch ein Mann! Dein Onkel Manfred hat mit weniger den Lebenskampf beginnen müssen. Viele andere Männer, die ein großes Ziel erreicht haben, nicht minder; du wirst eben zeigen müssen, daß du für dich selbst einstehen kannst.«

»Danke für deine guten Lehren, sie sind wohlfeil wie Brombeeren.«

»Wenn du uns wenigstens etwas helfen wolltest, Anita!« sagte Frau von Seebach.

Anita errötete für sie. »Ich werde das mit Gunnar besprechen, er ist mein Berater in allen Geldangelegenheiten.«

»Du willst dich nur hinter ihm verschanzen, um nichts hergeben zu müssen!« rief Kurt erbost.

Sie richtete sich hoch auf.

»Das eine will ich dir jetzt schon sagen ... du bekommst von mir nicht einen Heller mehr! Das einzige, was ich für dich noch tun werde, ist, daß ich stillschweigend über die viertausend Mark zu quittieren gedenke, die du von mir geliehen hast; ich würde sie ja sowieso niemals zurückbekommen. Im übrigen werde ich mich von niemand mehr nötigen lassen. Was ich für Mama noch tun will, werde ich freiwillig tun. Das ist mein letztes Wort in dieser Angelegenheit. Seit meines Vaters Tode habe ich für euch insgesamt gegen sechzigtausend Mark ausgegeben, ganz abgesehen davon, daß ich Mama, Inge und die Kinder, solange sie in meinem Hause lebten, selbstverständlich unterhalten habe. Ich will das nur einmal konstatieren und bemerken, daß ich für mich selbst in dieser Zeit nicht einmal die Hälfte dieser Summe verbrauchte, trotzdem ich mir ein Auto gekauft habe. Würde ich euch weiter wie bisher unterstützen, käme ich bald dahin, über meine Verhältnisse zu leben. Das darf nicht sein, das hat mir Onkel Manfred klargemacht. Und soviel verstehe ich bereits von Geldangelegenheiten, daß ich nicht mehr ausgeben darf als meine Zinsen, denn ich habe kein Geschäft, in dem wieder verdient wird. Bitte, macht euch das klar.«

Frau von Seebach war immerhin froh, daß Anita ihr überhaupt eine Hilfe in Aussicht stellte. Sie entgegnete weinerlich: »Du mußt nur bedenken, Anita, daß wir ein ganz anderes Leben gewöhnt sind, erst im Hause deines Vaters und dann hier auf Lindeck.«

»Ich bedenke das alles. Und ich werde alles mit Gunnar besprechen. Dann sollt ihr meine Entschließung hören. Ihr tut jedenfalls sehr gut, euch recht freundlich mit ihm zu stellen, er ist großmütig und vornehm; das wißt ihr.«

Bald darauf verabschiedete sich Anita von ihren Verwandten, und als die Tür hinter ihr zufiel, atmete sie sehr tief auf, als habe sie eine Atemnot gehabt.

Sonntagmittag hielten es Mutter und Kinder für angezeigt, endlich wieder zu Tisch in den Speisesaal zu kommen. Frank Soltaus Anwesenheit würde einen unbefangenen Ton möglich machen. Dieser ahnte nicht, was für Ereignisse diese Tage gebracht hatten, er wußte nur, daß Anita traurig gewesen war, weil sie seine Schwester für etwas anderes gehalten hatte. Und so konzentrierte sich sein Interesse noch mehr als sonst lediglich auf Anita. Als er sie begrüßte, merkte er, daß sie jäh errötete und daß ihre Hand in der seinen bebte. Das machte ihn nicht gerade ruhiger. Trotzdem sein Interesse in der Hauptsache von Anita in Anspruch genommen wurde, fiel es ihm dennoch auf, daß heute ein anderer Ton am Tisch herrschte als sonst, wenngleich alle sich bemühten, sich unbefangen zu stellen.

Anita hatte ihrer Stiefmutter und ihren Stiefgeschwistern mitgeteilt, daß Herma Hell, da sie nicht mehr als Lehrerin für die Kinder gelten sollte, vorläufig als ihre Gesellschafterin in Lindeck bleiben würde. Man hatte die Achseln darüber gezuckt, und Inge hatte es wohl schon im stillen leid getan, diese Kündigung ausgesprochen zu haben, denn Anita hatte es kurz abgelehnt, eine andere Lehrerin zu engagieren. Es tue ihr um der Kinder willen leid, daß sie eine so ausgezeichnete Erzieherin verlieren müßten, aber sich noch einmal um diese Angelegenheit zu kümmern, falle ihr nicht ein.

So saß denn Herma wieder mit an der Tafel, und zwar neben Anita, während sich Inge selbst um die Kinder kümmern mußte. Anita hatte über alles Rücksprache mit Gunnar genommen, und der hatte sie gebeten, alle Sorgen von sich zu werfen, er werde es sich angelegen sein lassen, daß die Kinder eine andere Lehrerin erhielten, die er aus seiner Tasche bezahlen würde. Was Anita dadurch erspare, könne sie eventuell ihrer Stiefmutter zubilligen. Im übrigen werde er sich strikt an die Bestimmungen seines Vaters halten, denn dieser habe sich sicherlich alles reiflich überlegt.

Als man beim Nachtisch angelangt war, erhob sich Gunnar, verneigte sich und sagte ruhig:

»Gestatten Sie mir, Ihnen mitzuteilen, daß am Mittwoch vormittag die Eröffnung von Manfred Hallerstedts Testament stattfindet. Ich habe den Notar auf elf Uhr bestellt, und das Testament wird, genau wie Herr Hallerstedt es bestimmt hatte, in seinem ehemaligen Arbeitszimmer verlesen werden. Bitte, wollen Sie außer Herrn Soltau alle dazu erscheinen.«

Man gab allerseits durch eine Verneigung seine Zustimmung. Dann fuhr Gunnar fort:

»Obwohl wir uns noch in einem Trauerhaus befinden, möchte ich doch, um heikle Situationen zu verhindern, den anwesenden Herrschaften mitteilen, daß ich mir die Ehre gebe, Fräulein Hell als meine Verlobte vorzustellen. Anita hat meine Braut vorläufig als ihre Gesellschafterin verpflichtet, bis die Verhältnisse es uns gestatten, Hochzeit zu halten. Ich mache Ihnen nur diese Eröffnung, um meine Braut in jeder Beziehung behüten und beschützen zu können. Vorläufig genügt diese Mitteilung. Alles Weitere werden wir dann nach der Testamentseröffnung besprechen.«

Frau von Seebach und ihre Tochter saßen starr und steif aufgerichtet da, und nur die Mutter gewann es über sich, einen formellen Glückwunsch zu stammeln. Inge fühlte sich dazu nicht imstande ... sie sah mit haßerfüllten Blicken zu Herma hinüber, die blaß und mit gesenktem Kopf dasaß, weil sie spürte, welche Gefühle man ihr gegenüber hegte. Kurt sah mit fahlem, verzerrtem Gesicht erst auf Herma und dann auf Gunnar, und plötzlich erhob er sich, machte eine kurze Verbeugung und verließ das Zimmer. Inge starrte ihre Mutter an, und auch diese erhob sich und erklärte, man sei ja nun zu Ende mit der Tafel, und sie bitte, sich mit ihrer Tochter und den Kindern zurückziehen zu dürfen.

Traurig sahen die beiden Kinder auf Herma, die sich heute gar nicht um sie kümmerte. Sie wußten nicht, was geschehen war, und fühlten nur, daß sie Hermas liebevolle Fürsorge schmerzlich vermißten.

Als die Damen mit den Kindern sich zurückgezogen hatten, erhob sich auch Frank und wollte sich verabschieden, nachdem er dem Brautpaar einen herzlichen Glückwunsch abgestattet hatte. Er fühlte, daß irgend etwas Schwerwiegendes in der Luft lag.

Gunnar aber hielt ihn lächelnd fest.

»Ich hoffe, lieber Herr Soltau, Sie bleiben noch und trinken mit uns ein Glas Sekt auf unsere Verlobung.«

Frank sah unschlüssig auf Anita.

»Ich weiß nicht, ob ich bleiben darf ... im Grunde bin ich ja doch Frau von Seebachs Gast.«

Anita lächelte ihm zu.

»Bleiben Sie nur ruhig, auf Schloß Lindeck hat niemand Gastfreundschaft zu üben als Direktor Lundström.«

Etwas betreten sah Frank zu Gunnar hinüber. Er hatte zwar gehört, daß bei der beabsichtigten Testamentseröffnung des verstorbenen Schloßherrn dessen Testament verschwunden gewesen war – das hatte sich im Betrieb herumgesprochen –, aber heute hatte er vernommen, daß das Testament am Mittwoch eröffnet werden sollte. Also hatte es sich wohl wiedergefunden. Wie aber sollte er sich Anitas Worte erklären, daß niemand hier Gastfreundschaft zu üben habe als Direktor Lundström? Er blickte etwas beklommen von einem zum andern. Da erhob sich Gunnar, schob seinen Arm unter den Soltaus und sagte lächelnd:

»Bleiben Sie nur ruhig hier. Und wenn wir auf unsere Verlobung angestoßen haben, dann wollen wir beide Schmollis trinken. Sind Sie dann offiziell mein Freund, lieber Soltau, dann will ich Sie einweihen in alles das, was Ihnen unerklärlich erscheinen mag. Sie werden dann schnell begreifen. Also setzen Sie sich, und wir wollen recht vergnügt sein.«

Beruhigt nahm Soltau wiederum Platz, und Gunnar rief zu Herma hinüber:

»Heidelerche, laß dein frohes Lied erschallen, damit uns die Herzen wieder leicht werden.«

Sie sah ihn mit leuchtenden Augen an.

»Ach, mir wird's schon leicht, zu singen, Gunnar. Wenn man so glücklich ist, kommen die Lieder von allein ...«

Anita küßte sie.

»Gelt, Herma, wir lassen uns das schöne Leben nicht verdunkeln?«

Langsam wurden die vier Personen wieder vergnügt. Der Sekt, der auf das Wohl des Brautpaares getrunken wurde, half mit dazu. Gunnar und Frank tranken Brüderschaft, und Frank erklärte bewegt, er sei sehr stolz darauf.

»Das können Sie auch, Herr Soltau, das ist so gut wie ein Ritterschlag«, meinte Anita warm und herzlich.

Er küßte ihr die Hand und sah sie einen Moment mit so heißen Blicken an, daß sie jäh errötete. Gunnar berichtete Soltau dann alles, was er bezüglich des Testamentes wissen mußte. Er schlug dann vor, man solle den gewohnten Spaziergang machen.

»Heute können wir bleiben, so lange wir wollen. Meine Herma braucht nicht zur festgesetzten Zeit in ihr Amt zurück«, sagte er.

»Es tut mir nur leid um meine Kinderchen, die haben darunter zu leiden«, seufzte Herma.

»Wir können es aber nicht ändern, da sie eine so unvernünftige Mutter haben. Jetzt komme ich zuerst, Heidelerche.«

Dabei legte er ihre Hand auf seinen Arm und zog sie mit sich fort.

Anita und Frank Soltau folgten. Sie konnten aber nicht schnell genug nachkommen, so daß eine größere Entfernung zwischen den beiden Paaren entstand, die keines von ihnen zu vermindern suchte. Gunnar und Herma hatten mit sich zu tun, und Gunnar wollte außerdem seiner Freundin Anita den Liebesdienst von neulich vergelten. Er wußte sehr gut, daß er den beiden ein Alleinsein verschaffen mußte.

Aber Anita und Soltau gingen zunächst stumm nebeneinander her. Dann sagte Frank, noch ganz benommen:

»Wenn ich vorher gewußt hätte, daß Herr Direktor Lundström der Schloßherr von Lindeck und der Erbe seines Vaters ist, hätte ich kaum gewagt, seine Freundschaft anzunehmen.«

Sie sah mit ernsten Augen zu ihm auf.

»Macht das einen Unterschied aus zwischen zwei Männern, die sich ihre Freundschaft schenken wollen, weil sie sich gegenseitig schätzen?«

Er atmete tief auf.

»Es ist vielleicht schwer, Ihnen das begreiflich zu machen.«

Fast unwillig schüttelte sie den Kopf.

»Ein Mann wie Sie dürfte keine Minderwertigkeitskomplexe haben.«

»Wissen Sie, daß Sie mich mit diesen Worten über mich selbst hinausheben?«

»Ich kann Sie nicht über sich selbst hinausheben, Herr Soltau, Sie ... Sie stehen für mich schon ganz oben.«

Ihre Stimme zitterte dabei, aber sie sagte sich, daß sie ihm Mut machen müsse. Und ihre Worte schienen diesen Zweck auch erfüllt zu haben. Er blieb plötzlich stehen und sah erregt in ihr Gesicht. Sehr blaß sah er aus, und seine Augen waren fast schwarz.

»Anita, ist das wahr?« stieß er heiser hervor.

Strahlend und liebevoll blickte sie zu ihm auf.

»Ihnen das zu sagen, habe ich mir abgerungen als Sühne dafür, daß ich Sie in einem falschen Verdacht gehabt habe. Es wäre auch kaum über meine Lippen gekommen, wenn mein Freund Gunnar mir nicht verraten hätte, was Sie ihm vorigen Sonntag anvertraut haben. Das hat mir Mut gemacht ... Ihnen Mut zu machen!«

Er faßte ihre Hände, er wollte noch etwas sagen, aber es rang sich nichts über seine Lippen, kein einziges Wort. Er nahm nur die geliebte Frau in seine Arme und preßte seine Lippen auf die ihren. Weder er noch sie dachten daran, ob sie von den anderen beiden gesehen werden könnten, sie fühlten sich wunderselig allein miteinander, ganz versunken in das berauschende Glück dieser Stunde.

Frank dachte nicht mehr daran, daß er ein armer Schlukker war, er dünkte sich reich wie ein König. Verfügte er doch über einen großen Schatz an Liebe, den er Anita zu Füßen legen konnte. Und sie fühlte, er gab ihr mindestens ebensoviel wie sie ihm. Was galt es ihr, daß er arm war? Nichts! Sie liebte ihn, und er liebte sie, darüber vergaßen sie beide alles andere.

Als sie endlich wieder zu sich kamen, hielten sie erstaunt nach den beiden andern Ausschau. Die waren verschwunden. Da lachten sie sich glückselig an.

»Sie brauchen uns jetzt ebensowenig wie wir sie«, rief Frank im Übermaß seines Glückes.

Und dann mußte Anita beichten, was sie von ihm gedacht habe, als sie ihn mit seiner Schwester zusammen gesehen. Sie suchte ihm ihren Schmerz zu schildern.

»Und du hieltest mich für einen Bösewicht?« fragte er.

»Nein, ich hielt mich nur für eine Närrin, Frank, die in dem Wahn lebte, du hättest sie liebevoll angesehen.«

»Ach, süße Anita, wenn ich dich immer angesehen hätte, so wie mir ums Herz war ..., dann hättest du keinen Moment an mir zweifeln dürfen. Aber das sage ich dir, wenn Gunnar, unser gütiger Freund, nicht gewesen wäre, hätte ich wahrscheinlich nie den Mut aufgebracht, um dich anzuhalten.«

Schelmisch sah sie zu ihm auf.

»Ich mag Männer nicht, die keinen Mut haben!«

Das mußte sie büßen. Er erstickte sie fast mit seinen Küssen, bis sie um Gnade flehte.

Fast zwei Stunden später trafen die beiden Brautpaare wieder zusammen, und die jungen Bräute hatten verdächtig brennende Lippen und strahlende Augen.

Am Mittwoch fand die Testamentseröffnung statt. Gunnar hatte die Legate für die Dienerschaft richtig bemessen. Für seine Verwandten hatte Manfred Hallerstedt in der seiner Schwester angegebenen Weise gesorgt. Aber am Schluß seines Testamentes hatte er noch hinzugefügt, daß sein Sohn berechtigt sein solle, Frau von Seebach und ihre Tochter mit fünfzigtausend Mark für das Asylrecht in Schloß Lindeck abzufinden, falls sich, wie er beinahe fürchte, ein harmonisches Zusammenleben nicht ermöglichen lasse.

Gunnar bot den beiden Damen an, diese Summe auf das Doppelte zu erhöhen, wenn sie bereit seien, Schloß Lindeck zu verlassen, wo sie sich nach dem Vorangegangenen sowieso kaum wohl fühlen würden. Damit aber Kurt nicht etwa leichtsinnig über dieses Geld verfügen könne, bestimmte Gunnar, daß das Kapital von hunderttausend Mark festgelegt werden solle, so daß die Damen nur die Zinsen erhalten würden. Später sollte der Betrag für Inges Kinder disponibel sein, wenn Mutter und Großmutter nicht mehr am Leben sein würden. Die Damen nahmen ohne weiteres dieses Angebot an, denn sie sahen ein, daß ihre Rolle in Lindeck ausgespielt war. Sie wollten schon in den nächsten Tagen abreisen und vorläufig in Berlin in Anitas Villa Wohnung nehmen, bis sie sich ein eigenes Heim gegründet hätten. Das nötige Mobiliar dazu wollten Anita und Gunnar aus eigenen Beständen beisteuern.

So reisten denn die beiden Damen einigermaßen getröstet mit den Kindern ab. Der alte Franz blieb wieder auf Lindeck und fungierte als eine Art Haushofmeister. Die beiden Bräute blieben im Schloß wohnen, während die beiden Verlobten auch fernerhin im Seitenflügel hausten. Zu Beginn des Herbstes sollte die Hochzeit beider Paare stattfinden, worauf Anita mit ihrem Gatten nach Berlin gehen wollte, wo Frank seinen Doktor-Ingenieur in Charlottenburg machen wollte. Er hatte die Absicht, sich dann an einer Maschinenfabrik zu beteiligen oder selbst eine zu gründen. Anita war bereit, ihm das Geld dazu vorzustrecken, denn er wünschte, sich auf eigene Füße zu stellen und ihr das Geld später zurückzuzahlen. Daß er dieses Ziel erreichen würde, erschien bei seinem Charakter selbstverständlich.

Kurt von Fuchs mühte sich, widerwillig genug, sein Studium zu beenden, und es half ihm nichts, er mußte arbeiten.

Gleich nach der Weinlese, die Gunnars ganze Kraft und Zeit in Anspruch nahm, wurde auf Lindeck die Doppelhochzeit gefeiert. Und es war schwer festzustellen, welches der jungen Paare am glücklichsten war.

# Hedwig Courths-Mahler

## Das Erbe der Rodenberg

BASTEI LÜBBE

# 1

Der Sturm heulte und rüttelte an den Türen und Fenstern der Villa Rodenberg, als müsse er sich Einlaß erzwingen. Feste, harte Hagelkörner schlugen wie Geschosse von Maschinengewehren gegen die Fenster und prallten auf die äußeren, mit Zinkblechen beschlagenen Fensterbretter nieder. Die Dunkelheit war bei diesem Unwetter etwas früher als sonst hereingebrochen. Eva Maria Dornau, die Enkelin des Hüttenbesitzers Georg Rodenberg, zog fröstelnd das schwarze Seidentuch um ihre schlanke Gestalt und sah immer wieder besorgt nach dem Bett hinüber, in dem der kranke Großvater, der Vater ihrer verstorbenen Mutter, lag. Zuweilen, wenn der Sturm ein wenig nachließ, hörte sie die tiefen Atemzüge des Kranken. Sein scharfes, edles Profil hob sich von den tiefroten, an der Wand hinter dem Bett angebrachten Vorhängen ab, als sei es aus Marmor gemeißelt. Noch sehr dichtes, graues Haar umgab das bleiche Gesicht und lag wirr auf dem weißen Kopfkissen.

Vor Eva Maria lag ein Buch auf dem Tisch; sie versuchte immer wieder zu lesen, aber die Angst und Unruhe in ihr ließen sie oft aufschrecken. Zwar war der Zustand des geliebten Großvaters etwas besser geworden, und er schlief nun schon seit Stunden tief und ruhig, aber sie sorgte sich auch noch um ihren um zwei Jahre jüngeren Bruder, der gleich ihr seit dem Tode ihrer Eltern im Hause des Großvaters lebte und den sie in diesem Unwetter unterwegs wußte.

Der Großvater war der einzige Mensch, der für sie und

ihren Bruder Liebe und Zärtlichkeit empfand. Heimlich mochte wohl auch Tante Melanie, die jüngere Schwester ihrer Mutter, ein wenig Zuneigung für die beiden verwaisten Kinder fühlen, aber sie durfte das nicht ihren Gatten, Arthur Mertens, merken lassen, der die beiden Geschwister haßte, weil sein Neffe als Sohn der ältesten Tochter des jetzigen Besitzers eines Tages Herr der Hüttenwerke sein würde. Arthur Mertens' Kinder hatten erst an zweiter Stelle Erbaussichten. Eva Maria und ihr Bruder wußten um die Gefühle ihres Onkels für sie, wenngleich dieser seinen Haß unter einer Maske scheinheiliger Freundlichkeit und salbungsvoller Biederkeit zu verbergen wußte. Er tat das so geschickt, daß selbst der Großvater keine Ahnung davon hatte und glaubte, Arthur Mertens sei der beste und uneigennützigste Freund seiner verwaisten Enkelkinder.

Eva Maria und ihr Bruder Hans wußten das, wie gesagt, besser, aber sie wollten dem Großvater nicht das Herz damit beschweren, und so behielten sie es für sich. Nur untereinander sprachen sie sich zuweilen darüber aus.

Immer wieder blickte Eva Maria zu dem Großvater hinüber. Sie war von Herzen froh, daß der Arzt ihr gesagt hatte, die Krise sei vorüber, und der Kranke werde nun der Genesung entgegengehen. Sie wagte noch gar nicht daran zu glauben, war doch der Großvater sehr krank gewesen, so krank, daß man um sein Leben zittern mußte. Fast ganz allein hatte Eva Maria ihn gepflegt, nur zuweilen war Tante Melanie aus ihrem Haus – sie wohnte mit ihrer Familie in einer von der des Vaters nicht allzu weit entfernten Villa – herübergekommen, um die Nichte stundenweise abzulösen. So schwer die Pflege für Eva Maria auch gewesen sein mochte, war sie doch froh, etwas tun zu können, um dem Großvater ihre Dankbarkeit zu beweisen. Denn er ersetzte ihr und dem Bruder seit dem bei einem Eisenbahnunglück erfolgten gemeinsamen Tode ihrer Eltern Vater und Mutter zugleich, während sie wiederum für ihren jüngeren Bruder wie eine Mutter sorgte.

Das Toben des seit Stunden wütenden Unwetters verursachte Eva Maria zumal darum so große Angst, weil ihr junger Bruder Hans in das Gebirge hinaufgestiegen war, um nach den Holzarbeitern zu schauen, die dort oben Bäume fällten. Überall sollte er nach dem Rechten sehen, denn er war nun schon seit Jahresfrist in dem Betriebe angestellt, um sich für seine künftige Stellung und Tätigkeit vorzubereiten. Da mußte er alle Zweige des umfangreichen Werkes gründlich kennenlernen. So wollte es der Großvater. Hans war schon seit dem Morgen von Hause fort, und es war möglich, daß er oben in den Holzfällerhütten vor dem Unwetter Unterschlupf gesucht hatte. Ebenso möglich konnte es aber auch sein, daß er sich bei Ausbrechen des Wetters schon auf dem Rückweg befunden hatte, und dann war sein Weg lebensgefährlich.

Im Hause war es totenstill. Die Dienerschaft saß im Souterrain in dem großen Domestikenzimmer, und wenn auch ein leichter Druck auf die elektrische Klingel genügte, um sofort jemand von den Angestellten herbeizurufen, so kam Eva Maria sich doch sehr einsam und verlassen vor. Sie mußte sich zusammennehmen, um ihre Ruhe wenigstens äußerlich zu bewahren.

Plötzlich schrak sie empor. Sie hatte eine Tür schlagen hören; der Sturm hatte sie wohl einem in das Haus Tretenden aus der Hand gerissen. Besorgt sah das junge Mädchen nach dem Großvater hinüber. Gottlob, er schlief ruhig weiter. Atemlos lauschte sie hinaus und hörte bald darauf einen behutsamen, aber etwas schwankenden Schritt die Treppe heraufkommen. Sie atmete, wie von schwerer Last befreit, auf. Das war der Schritt ihres Bruders, sie kannte ihn genau, nur etwas müde und unsicher erschien er ihr gegen sonst. Das war aber kein Wunder; wenn Hans den Rückweg in diesem Unwetter zurückgelegt hatte, dann war er gewiß müde und abgehetzt.

Leise erhob sie sich, ging, jedes Geräusch vermeidend, zur

Tür und öffnete sie behutsam. Sie huschte hinaus auf den breiten Korridor. Da sah sie den Bruder die Treppe heraufkommen, er trug einen vollständig durchnäßten Wettermantel, der jetzt offen über seinen breiten Schultern hing. Sein blonder Schopf war sturmverweht, aber obwohl er keuchte, lachte er die Schwester beruhigend an.

»Oh, Hans, gottlob, daß du wieder zu Hause bist. So warst du also doch in dem Sturm, Regen und Hagel unterwegs?« sagte Eva Maria, erlöst aufatmend.

Hans Dornau strich mit der Hand die nassen, zerwühlten Haare aus der Stirn.

»Heia, Eva Maria! Der Sturm hat mich gründlich gebeutelt und mir mehr als einen Baumstamm in den Weg geworfen. Auf die Nase bin ich auch mehrere Male gefallen, denn ich machte Riesensprünge, um heimzukommen. Deine Angst konnte ich mir ja vorstellen, aber – es war wundervoll!«

Und er reckte seine schlanke, kraftvolle Gestalt. Er erschien älter als er war, aber seine blauen Augen lachten jungenhaft unbekümmert.

»Du warst also doch schon auf dem Rückweg, als das Wetter losbrach, Hans?«

Er nickte.

»Ich war noch nicht weit von den Holzfällerhütten entfernt, als es losbrach, aber umkehren wollte ich nicht, du weißt, das liebe ich nicht. Und ich dachte auch nicht, daß es so schlimm käme, sonst würde ich doch wohl lieber die Nacht oben in der Hütte geblieben sein. Die Holzfäller warnten mich freilich, aber ich lachte sie aus. Nun habe ich es aber geschafft – und schön war es doch, so mitten durch den Sturm siegreich dahinzuschreiten.«

Sie strich ihm liebevoll über das nasse Haar.

»Tollkopf, du lieber!«

»Gelt, hast dich um mich gesorgt, Eva Maria?«

»Das kannst du dir denken, Hans. Gottlob, daß dir nichts Schlimmes geschehen ist.«

»Nur die Mütze ist davongeflogen! Meine schöne, neue Ledermütze. Die liegt nun irgendwo und wird im Wasser aufweichen.«

»Die Mütze wollen wir gern verschmerzen. Wie gut, daß Großvater den ganzen Sturm verschlafen hat, er hätte sich mit mir um die Wette um dich gebangt.«

»Wie geht es ihm?«

»Doktor Pfalz sagt, die Krise sei vorüber und er gehe der Genesung entgegen.«

Die Augen des Jünglings leuchteten auf, seine Gestalt reckte sich, er nahm den nassen Mantel von den Schultern und wollte ihn ausschlagen. Mit einem Blick auf die Schwester ließ er aber davon ab.

»Gott sei Dank, Eva Maria, daß es soweit ist. Wir brauchen Großvater doch gar zu nötig, denn wenn Onkel Arthur hier an das Ruder kommt, was, wenn Großvater stürbe, vor meiner Mündigkeit wohl zu befürchten wäre, dann gnade uns Gott!«

Sie legte ihm die Hand auf den Mund und lauschte ängstlich die Treppe hinunter.

»Vorsicht, Hans, es könnte jemand von den Leuten horchen.«

»Nun ja, er hat überall seine Spione, aber mögen sie es ihm wiedersagen, daß ich ihn verachte.«

Kriegerisch hatte er die Stimme erhoben. Eva Maria sah ihn flehend an.

»Still doch, Hans! Vergiß nicht, daß er Großvaters Vertrauen besitzt.«

»Weil er es sich mit seiner scheinheiligen Biederkeit erschlichen hat. Großvater in seiner Herzensgüte vertraut ihm, weil er selbst so ohne Falsch ist. Man müßte ihm die Augen öffnen.«

»Oh, Hans, möchtest du ihm diesen Schmerz zufügen? Die Erkenntnis, sein Vertrauen einem Unwürdigen geschenkt zu haben, würde ihn tief niederdrücken.«

Hans schüttelte den Kopf.

»Selbstverständlich werde ich das nicht tun, aber ich weiß nicht, ob es nicht ein Unrecht ist. Aber er hat schon so viel Schweres ertragen müssen. Tante Melanie ist sein letztes Kind. Unsere Mutter wurde ihm auf schreckliche Weise genommen und – Onkel Lutz –«

Eva Maria lauschte ängstlich an der Tür des Krankenzimmers. Es war aber alles still.

»Zieh dir trockene Kleider an, Hans.«

»Das will ich, Eva Maria. Und einen Mordshunger habe ich.«

»Laß dir zu essen geben, ich muß wieder zu Großvater hinein.«

»Wenn er wach ist, rufst du mich aber.«

»Ja, Hans.«

Die Geschwister drückten sich die Hände und nickten sich in geschwisterlicher Zärtlichkeit zu. Sie hingen sehr aneinander. Eva Maria ging in das Zimmer zurück.

Der Sturm hatte etwas nachgelassen, es war, als mache ihm das Toben und Wüten keinen Spaß mehr, weil der junge Dornau nicht mehr gegen ihn ankämpfte. Eva Maria versuchte, wieder zu lesen, und jetzt ging es besser, da sie die Sorge um den Bruder los war. Aber lange blieb sie nicht ungestört, der Kranke erwachte.

»Eva Maria!«

Schnell war sie bei ihm, das schwarze Seidentuch abwerfend, das sie gehindert hätte, ihm Handreichungen zu leisten. Liebevoll sah sie auf den Kranken nieder.

»Wie fühlst du dich, Großvater?«

Er lächelte, ein bißchen matt noch, aber mit klaren Augen.

»So zerschlagen, als hätte ich sieben Klafter Holz gehackt«, scherzte er.

»Komm, nimm schnell noch einmal die Medizin, die dir so gutgetan hat. Dann wird es gleich besser werden. Nach den bösen Fiebertagen ist es kein Wunder, wenn du matt und kraftlos bist.«

Sie reichte ihm den Heiltrank, den er gehorsam schluckte. Dann lauschte er.

»Oh, was für ein Sturm heute!«

Sie setzte sich zu ihm und lächelte ihn an.

»Das Schlimmste hast du zum Glück verschlafen, Großvater, es war ein tolles Unwetter mit Hagelschlag.«

Er sah unruhig aus. »Und Hans?«

»Ist heil und gesund zurück.«

»Gottlob! Ach, Eva Maria, ich habe so wunderschön geträumt.«

Sie nahm seine Hand.

»Ich freue mich, daß du gut und fest geschlafen hast. Nun wird es besser werden mit dir, Doktor Pfalz sagt, du seist über den Berg.«

»Von meinem Sohn Lutz habe ich geträumt.«

Zärtlich strich sie ihm das Haar aus der Stirn.

»Es war seltsam, Eva Maria; er stand auf der breiten Veranda eines fremdartigen Hauses, und rings um das Haus blühten wundersame, farbenprächtige Blumen. Heller Sonnenschein lag über allem, und mein Sohn trug eine Art Tropenanzug. Sein Arm lag auf der Schulter eines zierlichen, jungen Mädchens, es war noch ein Kind. Es hatte blondes Haar, das in der Sonne wie gesponnenes Gold leuchtete und, denke dir, sie nannte meinen Sohn Vater. Und er lächelte ihr zu und sagte: ›Wenn uns Großvater jetzt sehen könnte, mein Kind, wie würde er sich freuen.‹ Das Kind aber erwiderte: ›So weit kann Großvater doch nicht sehen, lieber Vater.‹ Und dann winkten sie mir beide zu. Dabei wich das Haus immer weiter zurück, verblaßte und verschwand in dichten Nebeln. Aber solange ich es sehen konnte, so lange winkten mir beide mit liebevollem Lächeln zu.«

»Das war ein sehr seltsamer Traum, Großvater.«

»Nicht wahr? Und denke dir, Lutz war so viel älter und reifer als damals, da er für immer von mir ging. So würde er vielleicht jetzt aussehen, wenn er noch am Leben wäre. Was sagst du zu diesem Traum, Eva Maria?«

»Daß du auch im Schlaf an Onkel Lutz denkst und dich mit ihm beschäftigst. Du träumst doch so oft von ihm.«

»Aber noch nie sah ich ihn so deutlich und so lebendig vor mir. Ich spreche mit niemandem als mit dir über diese Träume. Die andern würden mich vielleicht auslachen oder kindisch schelten. Nur dir vertraue ich es an, daß ich zuweilen das Gefühl habe, er müsse noch am Leben sein, er könne doch gerettet sein, als damals das Schiff unterging.«

»Lieber Großvater, ich verstehe sehr wohl, daß dein Vaterherz sich an die Möglichkeit klammert, dein Sohn könne noch am Leben sein, allein du weißt doch, daß kein einziger von den Passagieren jenes Dampfers gerettet wurde, und daß man nur einen Matrosen und einen Steuermann einige Tage nach der Katastrophe halb verhungert und verdurstet und fast wahnsinnig vor Entbehrungen aufgefischt hat. Sie bezeugten doch, daß alle übrigen mit dem Dampfer untergegangen seien. So hast du mir doch selbst erzählt.«

Erschöpft sank der Kranke zurück, und auf seinem Gesicht erschien ein herber Leidenszug.

»Ja, ja, Eva Maria, ich weiß ja selbst, daß es unwahrscheinlich ist. Aber – laß mir doch diese stille Hoffnung, ich tue ja niemandem weh damit.«

»Ich will sie dir gewiß nicht rauben, Großvater, weiß ich doch, wie sehr du an Onkel Lutz gehangen hast. Aber – strengt dich das Sprechen auch nicht an?«

»Nein, nein, laß mich nur, es ist mir stets eine Erleichterung, kann ich mit dir von Lutz sprechen. Die anderen hören ja nie mehr zu, wenn ich es tue, und machen dann immer Gesichter, als hielten sie mich für schwachsinnig.«

Niemand wollte ihn mehr von dem Sohne sprechen hören, dessen Ende ihn so tief erschüttert hatte, aber Eva Maria schenkte ihm immer wieder geduldig ihr Ohr.

»Das mußt du nicht denken, sie meinen wohl nur, du schadest dir, wenn du von jener Katastrophe sprichst.«

»Im Gegenteil, es ist mir eine Wohltat, wenn ich davon

sprechen kann. Es quält mich viel mehr, wenn ich es in mich verschließen muß. Darf ich dir noch einmal erzählen, wie es kam, daß mein Lutz die Heimat verlassen mußte, um in den Tod zu gehen?«

Wieder strich sie ihm liebevoll das Haar aus der hohen Stirn.

»Gern höre ich dir zu, Großvater, wenn dir daran liegt und es dich nicht anstrengt.«

»Im Gegenteil, es erleichtert mich. Also: Lutz hatte an der Hochschule in Charlottenburg sein Studium vollendet. Es gab nur noch einige Formalitäten zu erledigen, und deshalb hielt er sich noch einige Zeit in Charlottenburg auf. Weil er sein Examen glänzend bestanden hatte, hatte ich ihm in stolzer Freude gestattet, zur Belohnung nach Abschluß des Studiums eine große Auslandsreise zu machen. Er sollte in verschiedenen Ländern große Hüttenwerke besuchen und dabei praktische Kenntnisse erwerben. Er hatte seine Reisevorbereitungen getroffen. Nun erwartete ich ihn noch für einige Tage daheim. Nach Beendigung dieser Reise sollte er dann in unseren Hüttenbetrieb eintreten, sah ich doch in ihm meinen einzigen Sohn, meinen Nachfolger. Aber alles sollte ganz anders kommen. Lutz war am Abend vor seiner Abreise von hier mit einigen Studienfreunden zusammengewesen; sie hatten wohl ein wenig intensiv Abschied gefeiert und traten in etwas ausgelassener Stimmung den Heimweg an. Auf der Straße wurden sie von einigen andern wohl ebenfalls etwas angeheiterten jungen Leuten aus irgendeinem nichtigen Grunde angerempelt. Es gab anfänglich einen Wortwechsel, dann aber ernste Streitigkeiten, und zuletzt arteten diese in Tätlichkeiten aus. Plötzlich fiel einer von der Gegenpartei, von einem Schlage getroffen, tot zu Boden. Entsetzt, plötzlich ganz nüchtern geworden, stoben alle auseinander, nur ein Freund des Getöteten blieb bei ihm zurück. Wer den tödlichen Schlag geführt hatte, wußte keiner. Nur stellte sich später heraus, daß er mit einem Schlagring geführt worden war. Lutz stand am andern Tag blaß und verstört vor mir, berichtete mir alles und sagte mir, er wisse nicht, ob er der Mörder des jungen Menschen geworden sei. Jedenfalls habe er, als er sich bedroht sah, mit einem Schlagring zugeschlagen. Wie ein Ertrinkender, der nach Rettung sucht, faßte er wie im Krampf meine Hand und sagte: ›Ehe ich ins Gefängnis gehe und mich als Totschläger aburteilen lasse, bringe ich mich selbst um. Ich muß fliehen, Vater, bevor die Polizei auf meinen Fersen ist. Bitte, hilf mir, Vater, gib mir genügend Geld, daß ich mich einige Jahre im Ausland aufhalten kann, bis Gras über diese Sache gewachsen ist. Ich ertrage es nicht, verhaftet und festgesetzt zu werden. Dein Sohn soll nicht im Gefängnis sitzen.‹ – Siehst du, Eva Maria, er war mein Einziger und mein ganzer Stolz, und es zerbrach an jenem Tage etwas in mir. So versah ich ihn denn mit reichlichen Geldmitteln und trieb ihn selber an, sofort abzureisen, denn zuerst wäre er ja bei mir gesucht worden. Zum Glück hatte er seine Reisepässe schon in Ordnung. Somit stand ihm die Welt offen. Er sagte mir noch, daß er sich von Spanien aus nach Südamerika einschiffen werde. Ein Telegramm, dessen Inhalt wir vereinbarten, sollte mir melden, mit welchem Dampfer er reisen würde. Der Abschied war schwer, Eva Maria. Mir brach fast das Herz, und er sah zum Erbarmen blaß und verstört aus.

Zwei Tage später forschte die Polizei bei mir nach Lutz. Es hatte sich, wie ich später erst in den Zeitungen las, herausgestellt, daß der Getötete mit einem Schlagring erschlagen worden war, und nur mein Sohn sollte einen solchen besessen haben. Das ging durch alle Blätter. Mein armer Junge war gebrandmarkt – er war ein Totschläger geworden, ohne recht zu wissen, wie. Zum Glück war er entkommen. Nach einigen Tagen erhielt ich das verabredete Telegramm, das nichts enthielt als den Namen des Dampfers. Unruhe und Angst im Herzen, hatte ich im Geiste seine Spur verfolgt, und wenige Wochen später ging durch alle Zeitungen die Nachricht, daß jener Dampfer mit Mann und Maus untergegangen sei. Nur ein Matrose und ein Steuermann wurden nach einigen Tagen als die einzigen Überlebenden aufgefunden. Lutz Rodenbergs Name stand auf der Passagierliste. Ich hatte gehofft, er könne doch noch mit einem andern Dampfer gereist sein, allein diese Hoffnung wurde zunichte. Eva Maria, damals war ich dem Wahnsinn nahe. Auf diese Weise meinen einzigen Sohn, meinen Stolz, zu verlieren, war hart. Ich habe es nie ganz verwinden können. Weiß Gott, ich hätte ihn nun doch lieber im Gefängnis gesehen, dann wäre er wenigstens am Leben geblieben.«

Eva Maria strich leise und sanft über die Hände des alten Herrn.

»Mein armer, lieber Großvater, nun hast du dich von neuem aufgeregt.«

»Aber ich bin dir dankbar, daß du mich anhörst. Nun habe ich es mir wieder einmal vom Herzen gewälzt und obendrein von meinem Lutz geträumt. Ich habe ihn vor mir gesehen, und er hat mir zugewinkt mitsamt dem reizenden Kinde, das ihn Vater nannte! Nun ist mir leichter ums Herz. Nun darf ich mir wieder einbilden, mein Sohn lebe noch und habe in einem fernen Lande eine Heimat gefunden.«

»Wäre das der Fall, Großvater, so hätte er dir doch bestimmt einmal eine Nachricht gesandt.«

»Vielleicht wagte er das nicht. Vielleicht fürchtete er, seine Briefe könnten in falsche Hände geraten. Vielleicht wollte er für tot gelten, damit er nicht weiter verfolgt würde. Das Verfahren wurde nach Meldung seines Todes eingestellt. Er wollte mir vielleicht kein Lebenszeichen geben, um mich nicht in Konflikte mit der Polizei zu bringen. Nimm mir nur nicht diese Hoffnung, mein Kind, an die ich mich klammere, sie ist mein einziger Trost in all meinem Unglück.«

Ein tiefes Erbarmen spiegelte sich in Eva Marias Zügen. Sie sah ein, daß man dem Großvater diesen Trost lassen müsse. Mitleidvoll sagte sie:

»Nun ja, Großvater, es sind ja schon wunderbarere Dinge

geschehen, man kann nicht wissen, ob Onkel Lutz nicht doch noch lebt. Zeuge seines Todes ist ja niemand gewesen, und vielleicht ist es wirklich so, wie du es dir ausgedacht hast.«

Lebhaft umklammerte er ihre Hand.

»Nicht wahr, Eva Maria, irgendwie könnte er doch gerettet worden sein, ohne daß es jemand erfahren hätte. Und daß ich so oft von ihm träume und ihn dann immer älter und reifer geworden vor mir sehe, ist doch auch wie ein Wunder.«

Ablenkend sagte sie freundlich, aber bestimmt:

»Nun mußt du aber etwas zu dir nehmen, Großvater, Doktor Pfalz hat verordnet, du solltest ein wenig Hühnerbrühe und ein Stückchen Brustfleisch von einem zarten Huhn genießen. Ich habe das alles vorbereiten lassen, und du mußt es nun zu dir nehmen.«

Er lächelte ihr zu.

»Ich werde ganz folgsam sein, meine kleine Samariterin. Und dann möchte ich Hans sehen. Er soll mir berichten, wie es oben bei den Holzfällern aussieht.«

Eva Maria klingelte und gab, als ein Diener erschien, die nötigen Befehle. Hans Dornau kam auch sogleich und berichtete dem Großvater, wie er seinen Auftrag ausgeführt hatte.

Inzwischen brachte der Diener den Imbiß für den Kranken, und Eva Maria fütterte ihn sorgsam und liebevoll. Hans saß dabei, half der Schwester, und er trieb zugleich allerlei kleine Possen, um den Großvater aufzuheitern. Der sah ihn einige Male forschend an und sagte dann ganz versonnen:

»Du gleichst deinem armen Onkel Lutz von Tag zu Tag mehr, mein lieber Hans. Mögest du glücklicher werden als er.«

Eva Maria ging aber schnell auf ein anderes Thema über, und als der Großvater gespeist hatte, trieb sie Hans aus dem Zimmer.

»Großvater muß jetzt wieder schlafen, Hans.«

»Nun gut, Eva Maria, der Sturm hat nachgelassen, und ich gehe noch einmal nach den Hochöfen hinüber.«

»Tue das, Hans, du mußt beizeiten lernen, überall nach dem Rechten zu sehen«, sagte der alte Herr.

Und dann versuchte er, wieder zu schlafen.

## 2

Es war einige Tage später. Eva Maria stand am Fenster des Krankenzimmers und schaute über die Bäume des Parkes hinweg, hinab auf die Rodenberg-Werke. Das Wohnhaus, Villa Rodenberg genannt, lag oben auf einem Berge, und von den Fenstern der oberen Etagen konnte man die ganze Anlage überblicken. Aus einer großen Anzahl von Schornsteinen sah man den Rauch in die helle, klare Morgenluft emporsteigen. Das Wohnhaus lag so, daß der Wind den Rauch nicht hierhertreiben konnte, denn zwischen der Villa und den Werken lag eine große Strecke Wiesenland und niederes Gebüsch und außerdem ein Stück Wald. Erst jenseits der Wiesen dehnten sich die hohen, die ganze Anlage umgebenden Mauern aus.

Der aufsteigende Rauch verteilte sich hoch oben in der Luft und legte sich dann, langsam, aber stetig, gleich dichten Schleiern oder wie Spinnweben über die weitläufigen Maschinenhallen aus Glas und Eisenwerk, in denen es unablässig pochte und hämmerte. Hoch oben das mechanische Greifen der eisernen Fangarme, die spielend schwere Lasten emporhoben. Dazu das schütternde Geräusch der Maschinen, das Knirschen von Metallen, das Splittern von Holz, das Sausen der Räder, das Schleifen der Treibriemen und das stete feine Rieseln der Schlacken, die sich zu hohen Bergen auftürmten. Tote, verglühte Erde war das, der jeder Wert genommen war durch Menschenfleiß und Menschengeist. Sie wurde unentwegt aus den Loren gekippt. Dazwischen schnurrte das Surren des die Hölzer für den Grubenbau zerschneidenden Sägewerkes, das Klirren von Werkzeugen und das Sausen der

Maschinen, eine Symphonie der Arbeit, des hastenden Fleißes, der Tausende von Menschen anspornte, das beste herzugeben.

Eva Maria kannte und liebte diese Melodie der Arbeit. Sie war eine echte Rodenberg, kannte jeden Arbeiter des Werkes, jedes Arbeiterkind. Drüben, jenseits der Betriebsanlagen, befanden sich die kleinen, schmucken Arbeiterhäuser, alle mit kleinen Gärten davor, alle nett und praktisch eingerichtet. Diese kleine Arbeiterstadt hatte der Großvater erbauen lassen, um seinen Leuten menschenwürdige Behausungen zu scharfen. Großartige sanitäre Einrichtungen waren von ihm geschaffen worden, und sowohl Eva Maria als auch ihre Tante Melanie beteiligten sich an den Wohlfahrtsbestrebungen für die Arbeiterfamilien. Hauptsächlich Eva Maria widmete den Familien viel von ihrer freien Zeit und war überall gern gesehen, weil man spürte, daß sie ein Herz für die Arbeiter hatte. Die Kinder hingen an ihr, denn sie kam nie mit leeren Händen zu ihnen, und wenn sich gar Hans in ihrer Begleitung befand, der immer kleine Späße mit ihnen machte, gab es nur fröhliche Gesichter überall.

In Hans Dornau sahen die Rodenberger Arbeiter schon jetzt ihren zukünftigen Chef. Ihn und seine schöne Schwester liebten sie, während sie Georg Rodenberg, den Chef der Werke, verehrten, aber mit einem großen Respekt.

Den Onkel der Geschwister aber, Arthur Mertens, fürchteten die meisten, trotzdem immer ein öliges Biedermannslächeln auf seinem runden, rosigen Gesicht lag. Die Arbeiter wußten ganz genau, daß Direktor Mertens ihnen die von Georg Rodenberg zugebilligten kleinen Vergünstigungen mißgönnte, und daß er diese, soweit es an ihm lag, zu hintertreiben versuchte. Sie wußten auch, daß Mertens seinen ganzen Einfluß aufbot, den alten Herrn von seiner »gutmütigen Schwäche« zu kurieren. Alles das fühlten die Leute instinktiv, zumal die, die fast ihr ganzes Leben auf den Werken verbracht hatten. Und es waren deren viele. Sie wußten genau

Bescheid, daß Mertens ein knauseriger, engherziger Mensch war, der immer nur zusammenscharren wollte. Sie trauten seinem Biedermannslächeln schon lange nicht mehr, denn sie fühlten, daß es unecht war und nur täuschen sollte.

Eva Maria wußte ganz genau, daß die Leute den Onkel als den bösen Geist der Werke betrachteten, genauso wie sie selber und ihr Bruder Hans es taten.

Nur dem Großvater war das alles fremd. Dieser sonst so gute Menschenkenner war wie blind und taub, wenn es sich um Arthur Mertens handelte. Er ließ sich betören durch das sanfte Biedermannslächeln, glaubte dessen scheinbar unbestechliche Gerechtigkeit. Und Arthur Mertens' unbestreitbare Geschäftstüchtigkeit tat das ihre dazu, ihn dem alten Herrn unentbehrlich zu machen. Er hatte es verstanden, sich das Vertrauen seines Schwiegervaters zu erringen, allein niemand wußte so recht, wodurch ihm das gelungen war. Er hatte es erschlichen, das war sicher, aber so, daß Georg Rodenberg nichts von dieser Schleicherei merkte. Zudem benutzte Mertens seinen Einfluß auf seinen Schwiegervater so klug und behutsam, daß dieser erstaunt gewesen wäre, wenn man ihm gesagt hätte, wie sehr man ihn beeinflusse.

Trotzdem behielt er sich in manchen Dingen gewisse Reservate vor, zum Beispiel in allem, was seinen verschollenen Sohn Lutz betraf. Das entsprang einer gewissen Schamhaftigkeit des alten Herrn. Mertens sollte nicht merken, daß er noch immer nicht an den Tod seines Sohnes glauben wollte.

Auch in einer andern damit zusammenhängenden Angelegenheit hatte Georg Rodenberg seinem Schwiegersohn Mertens sein Vertrauen vorenthalten. Er hatte eines Tages sein Testament gemacht, ohne ihm über dessen Inhalt irgendwelche Mitteilung zu machen. Nur mit Eva Maria und Hans Dornau hatte er ausführlich darüber gesprochen. So wußten die Geschwister, daß er letztwillig zunächst seinen Sohn Lutz als Erben eingesetzt hatte. Erst wenn dieser zwanzig Jahre nach jenem Schiffsunglück nicht wieder auftauchen sollte, würde Hans Dornau der Erbe der Rodenberg-Werke sein. Fast fünfzehn Jahre waren seither verstrichen. Also fünf Jahre mußten noch vergehen, ehe sich Hans als Erbe betrachten konnte. Der Großvater hatte zu ihm gesagt:

»Du sollst es wissen, Hans, daß ich es noch immer für möglich halte, daß dein Onkel Lutz, sobald seine Schuld verjährt ist, noch einmal ein Lebenszeichen von sich geben könnte und zurückkehrt. Dann soll er sein Erbe antreten können, sofern ich es nicht erlebe. Kehrt er nicht heim, so daß auch für mich jede Hoffnung schwinden müßte, dann freilich sollst du der Erbe der Rodenberg-Werke werden, bis dahin wirst du etwa fünfundzwanzig Jahre alt sein.«

Und da niemand außer dem alten Herrn noch daran glaubte, Lutz Rodenberg könne noch am Leben sein, galt Hans überall als der künftige Herr. Nur Hans selbst dachte noch nicht daran, und so antwortete er dem Großvater:

»Ich wünsche dir und mir, Großvater, daß du den Tag noch erleben mögest, an dem Onkel Lutz zurückkehrt.«

»Ich weiß es, Hans. Du würdest es ihm gönnen, wenn er sein Erbe antreten könnte, auch wenn dir damit sehr viel verlorenginge. Aber nach meinem Sohne möchte ich niemand als Chef der Werke sehen als dich. Du allein hast die Gaben und Fähigkeiten, mein Nachfolger zu sein. Aber ich kann jeden Tag sterben, und du bist noch zu jung, auch zu unreif, um jetzt schon als Chef der Werke fungieren zu können. So habe ich in meinem Testament bestimmt, daß Onkel Arthur nach meinem Ableben dein Vormund und oberster Leiter der Werke sein soll, bis du dein fünfundzwanzigstes Jahr vollendet hast. Bis zu diesem Zeitpunkt wäre auch die Frist verstrichen, die ich für Onkel Lutz reserviert habe. Und bis dahin sollst du nichts tun und bestimmen können, was Onkel Arthur nicht gutheißt. Er ist ein äußerst tüchtiger Geschäftsmann, ist gewohnt, alles in meinem Sinne zu leiten, und du wirst es daher verständlich finden, daß ich dir bis dahin einen verständigen

Führer und Berater an die Seite stelle, falls ich selber es nicht mehr zu sein vermag.«

Mit gelindem Grauen hatte Hans es allerdings vernommen, daß gerade Onkel Arthur ihm als Vormund bestellt sein sollte, denn er wußte sehr wohl, daß dieser ihm Gefühle entgegenbrachte, die kaum etwas anderes waren als ausgesprochener Haß. So hatte er denn das Gefühl, daß Mertens alles tun würde, was in seiner Macht stand, ihm sein Erbe zu entreißen. Denn abgesehen davon, daß Mertens sehr geldgierig war, war er auch ungeheuer machthungrig und ehrgeizig. Hätte der Großvater ihn gekannt, wie er und seine Schwester, würde er ihn gewiß nicht als Vormund für den Enkel ausersehen haben. Aber die Geschwister wollten das Vertrauen nicht erschüttern, das der alte Herr in Mertens setzte. Sie wußten, daß sie ihn dadurch nur betrüben würden, und es fehlte ihnen andererseits auch an Beweisen, denn Mertens war viel zu klug, um sich eine Blöße zu geben.

Darum waren sie sehr glücklich darüber, zu sehen, daß des Großvaters Befinden sich wieder gebessert hatte und er sich von Tag zu Tag mehr erholte. Er war bereits imstande, einige seiner Beamten zum Vortrag zu empfangen. Onkel Arthur kam jeden Vormittag, um mit ihm zu konferieren. Aber Eva Maria hielt streng darauf, daß er sich nicht überanstrengte. Sobald sie merkte, daß er müde wurde, legte sie ein Veto ein und schickte die Herren fort, wer auch gerade anwesend war.

Arthur Mertens besaß zwei Kinder, einen Sohn und eine Tochter. Diese beiden Kinder seiner jüngsten Tochter waren Georg Rodenberg nicht so sehr ans Herz gewachsen wie Hans und Eva Maria. Sie waren seiner Wesensart zu fremd. Trotzdem würden auch sie dereinst ein reiches Erbe zu erwarten haben, denn auf Melanie fiel nach seinem Tode doppelt so viel Vermögen, wie Eva Maria erhalten würde; folglich würden ihre Kinder genauso gestellt sein wie diese. Aber der Besitz der Rodenberg-Werke sollte in einer Hand vereinigt bleiben, und wenn er nicht auf seinen Sohn Lutz übergehen konnte, sollte er Hans als dem Sohn seiner ältesten Tochter zufallen. Dieser war dann nur verpflichtet, seiner Tante Melanie oder deren Kindern sowie seiner Schwester Eva Maria einen bestimmten Prozentsatz des Reingewinns auszuzahlen, und das Barvermögen, das Georg Rodenberg hinterließ, würde zwischen seinen Erben aufzuteilen sein. Sollte Lutz jedoch eines Tages zurückkehren, würde Hans mit seiner Schwester gleichgestellt.

Es war Arthur Mertens unbekannt, daß sein Schwiegervater zunächst seinen Sohn Lutz zum Erben eingesetzt hatte. Aber wenn auch, trotzdem würde er Hans als den Haupterben betrachtet haben, denn er glaubte fest an Lutz' Tod. Aus diesem Grunde galt sein Groll einzig und allein Hans. Er allein stand ihm im Wege zu einer unbegrenzten Machtstellung. Hätte Georg Rodenberg geahnt, wie sehnsüchtig Mertens seinen Tod erwartete, wäre ihm endlich wohl ein Licht über diesen aufgegangen. Denn Mertens hoffte, Hans auf irgendeine Weise für sich unschädlich zu machen, und grübelte jetzt schon Tag und Nacht darüber nach, wie das am unauffälligsten geschehen könne. Daß sein Schwiegervater seine schwere Krankheit überstanden, war eine große Enttäuschung für ihn, und so setzte er seine alleinige Hoffnung darauf, daß sein Herzleiden den alten Herrn eines Tages plötzlich hinraffen könne. Und je eher das geschah, desto eher bekam er das Heft in die Hand, und dann – dann gedachte er seine Macht rücksichtslos zu gebrauchen.

Instinktiv ahnten die Geschwister diese dunklen Wünsche und Pläne des Onkels. Diese Ahnung war es, die sie mit Furcht und Grauen vor ihm erfüllten.

Hans hätte gern auf das ihm zugedachte Erbe verzichtet. Ihm wäre es lieber gewesen, Onkel Lutz noch am Leben zu wissen. Neidlos hätte er sogar Tante Melanie und seinem Cousin Egon, deren Sohn, das Vorrecht eingeräumt, aber der Großvater hatte nun einmal anders verfügt, und immerhin war Hans, obwohl er den Namen Dornau trug, seiner Art, seinem ganzen Wesen nach, ein echter Rodenberg, und er war sich auch bewußt, daß er zugleich mit dem einstigen Erbe bedeutende Pflichten zu übernehmen hatte.

Als der alte Herr zum ersten Male mit den Geschwistern über seine Absichten gesprochen hatte, hatten diese ihn gefragt, ob er wirklich des Glaubens sei, daß Hans die Fähigkeiten besitze, Chef eines so großen Unternehmens zu sein. Er habe auf dem Gymnasium nur mäßig abgeschnitten, während Egon stets sehr gute Zensuren heimgebracht habe.

»Trotzdem, lieber Hans«, hatte Georg Rodenberg erwidert, »traue ich es dir zu, daß du das Zeug dazu hast, das Unternehmen in meinem Sinne weiterzuführen. Du bist Blut von meinem Blut, hast den nötigen Elan, besitzt Schaffenslust und impulsive Schaffenskraft. Trotz deiner allerdings sehr mittelmäßigen Leistungen in der Schule habe ich längst das Schöpferische und Gestaltende in dir erkannt. Das aber geht Egon ab. Er ist nur mäßig begabt, wenn er auch strebsam ist. Er wird eine ihm gestellte Aufgabe stets gewissenhaft bis auf das Tüpfelchen erfüllen, allein seinem Hirn entspringen keine schöpferischen Gedanken. Du dagegen bist deines Onkels Lutz Ebenbild und hast auch dessen produktive Genialität geerbt. Ich glaube sogar, daß du gerade deshalb auf dem Gymnasium nicht eben gut abgeschnitten hast. Für die Schablone bist du nicht geschaffen. Aus diesem Grunde kann ich auch allein nur in dir meinen Nachfolger sehen, wenn es mein eigener Sohn nicht sein darf. Hüte dich nur vor dem einen, mein Junge, daß du nicht allzusehr überschäumst und deine Kräfte nicht verzettelst. Mit Bedacht stellte ich dich jetzt schon, gleich nach deinem Abitur, mitten in den Betrieb der Werke, damit du dessen gesamten Zweige im einzelnen und von Grund auf kennenlernst. Ich habe ebenfalls nicht studiert, und war von meinem Vater gleichfalls dazu angehalten, von der Pike auf zu dienen und alles aus eigener Anschauung kennenzulernen. Nur so wirst du einmal alles übersehen können. Das übrige leisten die Beamten und Ingenieure. Du mußt nur imstande sein, alles zu überblicken, damit du über allem zu stehen vermagst. Eventuell kannst du später noch einige Semester auf einer Hochschule belegen. Aber selbst dann, wenn dein Onkel eines Tages heimkehren sollte, wünsche ich deine Kraft den Werken erhalten zu wissen. Das ist in meinem Testament genau bestimmt. Du würdest alsdann unter seiner Leitung und gemeinsam mit ihm zu arbeiten haben. Dein Vetter Egon mag, seinem Wunsche gemäß, Jura studieren. An seiner Mitarbeit liegt mir nichts. Er hat ja nicht einmal das kaufmännische Genie seines Vaters geerbt. Eigne du dir nur so viele praktische Kenntnisse wie irgend möglich an. Du wirst wie ein echter Rodenberg überall deinen Mann stellen. Davon bin ich überzeugt.«

Diese Worte hatten Hans sehr stolz gemacht, und er suchte fortan das von dem Großvater in ihn gesetzte Vertrauen nach besten Kräften zu rechtfertigen.

An alles das mußte Eva Maria denken, als sie jetzt, während der Großvater schlief, am Fenster stand und in den Park hinausblickte und auf die Dächer der Werksbauten.

Stille herrschte im ganzen Hause. Nur die ruhigen Atemzüge des seiner Genesung Entgegenschlummernden drangen leise an ihr Ohr.

Gedanken kamen und gingen. Gottlob, daß der Großvater ihr und dem Bruder erhalten blieb. Wäre er ihnen genommen, schutzlos würden sie beide zurückgeblieben sein und nur allein aufeinander angewiesen. Egon und Jolante standen ihnen fremd gegenüber. Sie besaßen überhaupt nicht viel Gefühl. Höchstens daß Tante Melanie ihnen, den Kindern ihrer auf so jammervolle Weise ums Leben gekommenen Schwester, freundlich gesonnen war. Aber sie war so haltlos und schwach und stand vollkommen unter dem Einfluß ihres Gatten. Es erschien Eva Maria wie ein Rätsel, daß die gute, weichherzige Tante einen Mann wie ihn überhaupt zu lieben vermochte und sich ihm willenlos unterordnete.

Ein Schauer rann Eva Maria bei dem Gedanken an ihn

durch die Glieder. Sie fürchtete sich vor ihm, wiewohl er ihr stets freundlich, ihrer Meinung nach sogar zu freundlich, begegnete. Es war ihr schon zuwider, wenn er ihr nur die Hand reichte, und sie wurde niemals das Gefühl los, als müsse sie vor ihm auf der Hut sein. Vielleicht lag das daran, daß sie zuweilen, wenn er sich unbeobachtet wähnte, einen seiner auf Hans gerichteten Blicke aufgefangen hatte, einen Blick, in dem etwas Scharfes, Stechendes lag, was mit seiner sonst stets betonten wohlwollenden Sanftmut in Widerspruch stand. Zuweilen verriet auch, sobald er sich mit Hans allein wähnte, ein ihm unversehens entfahrenes Wort seine Feindseligkeit. So war ständig etwas da, was sie in Gegenwart des Onkels ängstigte, was sich nicht in Worte kleiden, was sich nicht bannen ließ und ihr doch immer wieder von neuem fühlbar wurde.

Wie gern hätte sie ihre Angst und Furcht vor diesem Menschen dem Großvater anvertraut, aber sie sorgte sich, ihm damit Kummer zu bereiten, und davor und vor jeder Aufregung sollte er behütet werden, weil sein Herz nicht intakt war. Um keinen Preis hätten die Geschwister den geliebten Großvater aufgeregt.

Eva Maria lehnte noch sinnend am Fenster. Plötzlich zuckte sie zusammen. Der Klang eines hellen Frauenlachens drang an ihr Ohr. Sie kannte dieses Lachen, das ein wenig schrill und hart klang. Unruhig spähte sie hinaus, und da erblickte sie auch schon ein helles Kleid, das durch die Bäume schimmerte. Da drüben auf dem durch den Park den Berg hinaufführenden Weg erschien ihre Cousine Jolante, von allen Familienmitgliedern nur Jo genannt. Sie tänzelte an der Seite eines hochgewachsenen jungen Mannes und balancierte so unvorsichtig, daß sie gerade in dem Moment, da die beiden Gestalten in Eva Marias Sehfeld kamen, ein wenig taumelte. Dabei stieß sie einen kleinen Schrei aus, als erschrecke sie, und ihr junger Begleiter mußte notgedrungen schnell zufassen, um sie vor einem Fall zu bewahren. Lachend schmiegte sich Jo ein Weilchen in den zufassenden Arm und sah mit einem koketten Augenaufschlag zu ihrem Gefährten empor. Dabei gab sie sich den Anschein, als habe sie Eva Maria noch nicht bemerkt, aber ihre scharfen Augen hatten sie längst entdeckt. Gerade Eva Marias wegen hatte sie die kleine Komödie aufgeführt, sie wollte ihren Begleiter veranlassen, seinen Arm um sie zu legen. Sie hatte besondere Gründe dazu.

Eva Maria hörte abermals das girrende Lachen Jos und vernahm auch, was sie sagte.

»Vielen Dank, lieber Herr Doktor, ohne Ihre Hilfe wäre ich jetzt sicherlich gestürzt, und vielleicht hätte ich mich schlimm verletzt.«

»Es war selbstverständlich, daß ich ihnen geholfen habe«, erwiderte eine warme, sonore Männerstimme.

»Bitte, geben Sie mir Ihren Arm, Herr Doktor, ich möchte nicht noch einmal straucheln«, sagte Jo mit einem kokettem Lächeln.

Eva Maria sah, daß der junge Herr seine Aktenmappe fest unter den Arm klemmte und Jo den Arm bot. Diese hängte sich recht vertraulich bei ihm ein, während heimlich ein triumphierender Blick zu Eva Maria hinaufflog.

Als die beiden bis an das Portal der Villa herangekommen waren, gab der junge Herr Jolantes Arm mit einer Verbeugung frei.

Jolante markierte ein kleines verlegenes Erschrecken.

»Ach, da bist du, Eva Maria? Stehst du vielleicht schon lange am Fenster?«

Eva Maria nickte nur stumm, weil sie den Großvater nicht wecken wollte.

»Wie geht es Großpapa?« fragte Jolante.

Eva Maria legte den Finger auf den Mund und zeigte in das Zimmer, um Jolante anzudeuten, daß der Großvater schlafe. Dieser war aber bereits aufgewacht und rief Eva Maria an.

»War das nicht Jos Stimme, Eva Maria?«

Diese eilte schnell zu ihm hinüber.

»Ja, Großvater, sie kam soeben in Gesellschaft Doktor Bernds herauf, der dir einen Vortrag halten will. Und Jo ist gekommen, um sich nach deinem Befinden zu erkundigen. Darf ich sie zu dir hereinlassen?«

»Nun ja, Doktor Bernd erwarte ich schon. Und Jo laß auch auf einige Minuten herein, aber dann entferne dich mit ihr. Sie ist immer ein wenig geräuschvoll, und man braucht starke Nerven, um ihre Gegenwart zu ertragen. So stark fühle ich mich doch noch nicht, um ihren ›modernen Weltanschauungen‹ standzuhalten. Wenn sie fort ist, kommst du ruhig wieder herein, du störst uns nicht.«

Eva Maria wandte sich zurück zum Fenster und rief Jolante und Doktor Bernd zu, sie möchten heraufkommen, der alte Herr sei erwacht. Dann begab sie sich wieder zu dem Großvater, richtete ihn auf, reichte ihm seine Medizin und stellte ein erfrischendes Getränk handlich zurecht. Sie legte ihm stützende Kissen unter, so daß er bequem sitzen konnte, und streichelte zärtlich sein graues Haar.

Er lächelte zu ihr empor.

»Liebe kleine Samariterin, nun hast du mich bald wieder ganz gesund gepflegt und wirst dir endlich wieder etwas mehr Ruhe gönnen können.«

»Danach verlangt mich gar nicht, lieber Großvater.«

»Du hast so viele Mühe mit mir und meiner Pflege gehabt, weil ich egoistischer alter Mann mich so schwer an die Krankenschwester gewöhnen konnte, die ich nur zu den notwendigsten Handreichungen um mich dulden mochte.«

Sie lächelte ihm zu, wie nur Eva Maria Dornau lächeln konnte, so voll Güte und Liebe.

»Es hat mir aufrichtige Freude gemacht, dir nützen zu können, und daß du immer nach mir verlangtest. Nur um deinetwillen freue ich mich, daß du meiner bald nicht mehr bedürfen wirst.«

»Mein gutes, liebes Kind. Wie du deiner schönen Mutter

immer ähnlicher wirst. Sie war auch so lieb und gut wie du und paßte vortrefflich zur Frau eines Arztes. Und so glücklich war sie mit deinem Vater – sie führten eine Idealehe. Dein Vater war ein tüchtiger Arzt. Er hat vielen Menschen das Leben gerettet, so jung er auch noch war, als er sterben mußte. Und wie deine Eltern in Liebe vereint gelebt haben, so starben sie auch gemeinsam, einen schrecklichen Tod. – Aber es war, als wollte eines das andere nicht allein lassen. Sie gedachten, zu einem Kongreß zu fahren, und dein Vater wollte nicht ohne deine Mutter reisen. Da brachte sie euch beide, dich und Hans, für diese Zeit zu uns; damals lebte ja Großmutter noch. Sie war so glücklich, euch mal einige Zeit ganz für sich zu haben, und ahnte nicht, daß ihr nie wieder fortgehen würdet. Als dann die Nachricht von dem jähen Tod eurer Eltern kam, brach Großmutter zusammen und hat sich auch nicht mehr von diesem Schreck erholt. Sie starb bald darauf und erlebte es zum Glück nicht mehr, daß unser Lutz uns bald darauf ebenfalls genommen wurde. Und all das Elend und den Jammer habe ich überdauert«, schloß er schmerzbewegt.

Sie küßte ihn auf die Wange.

»Nicht daran denken jetzt, Großvater, du mußt gesund werden. Bitte, rege dich nicht auf, ich habe so große Angst um dich. Du weißt, daß dein Herz geschont werden muß.«

»Ja, ja, mein Kind, ich denke schon daran. Und – ich möchte doch noch erleben, daß mein Lutz wieder heimkommt. Immer wieder träume ich von ihm, immer sehe ich ihn lebend und gesund.«

»Auch unsertwegen sollst du dich erholen, lieber Großvater. Wir brauchen dich so nötig, Hans und ich. Wenn du uns genommen würdest, wären wir ganz verwaist. Als die Eltern starben, waren wir noch zu jung, um die ganze Größe unseres Verlustes zu ermessen, wenn wir auch schon alt genug waren, um Schmerz darüber empfinden zu können. Hans war fünf, ich sieben Jahre alt, und ein Jahr darauf starb

Großmutter, was uns auch sehr betrübte. Aber deinen Verlust, Großvater, könnten wir nicht verwinden, wir haben ja nur dich.«

»Nun, nun, Eva Maria, Tante Melanie ist doch auch noch da und Onkel Arthur.«

Es zuckte in Eva Marias Gesicht.

»Niemand kann dich ersetzen, auch Tante Melanie nicht, so lieb und gut sie auch ist. Sie hat ihren Mann und ihre Kinder, das füllt sie ganz aus.«

Er nickte mit einem mitleidigen Lächeln.

»Meine gute Melanie! Sie liebt ihren Mann über alles, weil er sie liebt. Sie war nicht so begehrt und umschwärmt wie deine schöne Mutter, immer mußte sie beiseite stehen, unbeachtet. Und doch war sie stolz auf ihre schöne Schwester. Und ich danke es Onkel Arthur jeden Tag in meinem Herzen, daß er Tante Melanie so glücklich gemacht hat.«

Eva Maria wagte kein Wort gegen Arthur Mertens zu sagen, wenn sie auch nicht glaubte, daß er seine Frau wirklich liebte und aus Liebe geheiratet hatte. Sie durfte den Großvater nicht betrüben. Ablenkend sagte sie: »Du darfst dich jetzt aber nicht mehr aufregen, Großvater, sonst lasse ich Doktor Bernd gar nicht erst zu dir ins Zimmer.«

Er lachte.

»Laß ihn nur unbesorgt herein, du weißt, wie wohltuend mir seine Gesellschaft ist. Er ist nicht nur unser tüchtigster, befähigster Ingenieur, sondern er ist mir auch als Mensch sehr sympathisch. Und seine Stimme hat direkt etwas Beruhigendes für mich. Ich bin froh, daß Hans sich gerade an Doktor Bernd so innig angeschlossen hat. Von ihm kann er viel lernen. Deshalb habe ich bestimmt, daß er in seinem Büro direkt unter seiner Leitung arbeitet, wenn er nicht praktisch in den Werken beschäftigt ist.«

Eva Marias Wangen hatten sich bei diesen Worten des Großvaters leicht gerötet, und ihre Augen glänzten verräterisch. Laut und stark klopfte ihr Herz, weil sich der Großvater so anerkennend über Doktor Bernd äußerte. Aber sie sagte ruhig:

»Ich glaube es ebenfalls, Großvater, daß Doktor Bernd einen sehr guten Einfluß auf Hans ausübt. Seine ruhige, bestimmte Art ist für unsern Heißsporn sicherlich sehr heilsam.«

Der alte Herr lächelte.

»Sag' mir nichts gegen sein Temperament. Das ist echte Rodenbergart.« Und seufzend fuhr er fort: »Mein Lutz hatte das auch – aber leider ist es ihm in einer schlimmen Stunde zum Verhängnis geworden. Gott mag geben, daß Hans nie solch ein Unglück begegnet. Aber in seinem Temperament liegt so viel urwüchsige Kraft und Wärme! – Die Ruhe kommt mit den Jahren von selbst.«

Jetzt trat leise ein Diener ein. Es war Hermann, der Kammerdiener des alten Herrn, der schon über vierzig Jahre in seiner Stellung war.

»Herr Doktor Bernd und das gnädige Fräulein Jolante sind angekommen; sie sagten mir, sie hätten Erlaubnis zum Eintritt erhalten!«

Eva Maria nickte ihm freundlich zu.

»Ja, Hermann, lassen Sie die Herrschaften ruhig eintreten. Großvater ist wach und will sie empfangen.«

Hermann öffnete nun die Tür, die er bisher heldenmütig verteidigt hatte, weil er glaubte, daß sein Herr noch schlafe. Jolante trat etwas verärgert in das Zimmer, und Doktor Bernd folgte ihr.

»Was sagst du dazu, Großvater, Hermann wollte mich wahrhaftig nicht hereinlassen, obwohl ich sagte, daß ich erwartet würde. Er nimmt sich wirklich manchmal sehr viel heraus.«

»Er hat gehandelt, wie ihm befohlen war, Jo. Guten Morgen übrigens.«

Lachend beugte sich Jolante über den Großvater und küßte ihn auf die Wange.

Und sie fiel mit einem wahren Wortschwall über ihn her: daß die Mama herzlich grüßen lasse, aber heute nicht kommen könne, weil sie Migräne habe, daß aber ihr Bruder Egon am Nachmittag den Großvater besuchen werde. Egon sei spät nach Hause gekommen und habe vermutlich einen Kater. Sie plapperte das alles in ihrer gewollt lebhaften Art heraus und kokettierte dabei heftig zu Doktor Bernd hinüber, der ruhig wartend an der Tür stand, nachdem er Eva Maria artig begrüßt hatte. Einen Moment hatten sich dabei seine und ihre Augen getroffen, und dieser eine Blick genügte, um Eva Marias Herz wieder frei und leicht zu machen. Vorüber war das beklemmende Gefühl, das sie vorhin hatte erblassen lassen, als sie sah, wie Jo sich so innig an ihn schmiegte. Ein Blick in das edel geschnittene, markante Gesicht des jungen Mannes, in seine klaren, stolzen Augen hinein beruhigte sie. Das war nicht der Mann, der sich durch die koketten Mätzchen ihrer Cousine einfangen ließ. Sie tauschte, während Jo mit dem Großvater sprach, einige Worte mit ihm in ihrer ruhigen, gütigen Art.

Nach einigen Minuten wandte sich Eva Maria auf einen heimlichen Wink des Großvaters an die Cousine.

»Komm Jo, wir wollen die Herren nicht länger stören, Großvater hat mit Herrn Doktor Bernd zu konferieren.«

Jo erhob sich schmollend.

»Niemals läßt du einem Zeit zu einer richtigen Aussprache mit Großpapa. Ich habe noch so allerlei auf dem Herzen. Ich bin doch eben erst gekommen. Du hast es gut, du kannst den ganzen Tag um Großvater sein.«

»Du würdest bestimmt nicht mit Eva Maria tauschen wollen, Jo, sie hat schwere Wochen mit mir durchgemacht.«

»Oh, ich würde dich auch gern gepflegt haben.«

Er lachte leise.

»Offen heraus, Jo, dir traue ich keine Befähigung zur Samariterin zu. Mit Eva Maria kannst du in dieser Beziehung sicherlich nicht konkurrieren.«

Jolante warf Eva Maria einen bösen Blick zu.

»Das käme auf eine Probe an.«

»Nein, nein, dieser Probe will ich mich lieber nicht unterziehen. Deine Mutter ist die einzige, die mir Eva Maria auf Stunden ersetzen kann.«

»Nun ja, vielleicht bin ich zu lebhaft und zu temperamentvoll zur Krankenpflegerin, dazu muß man wohl Eva Marias langweilige Sanftmut haben.«

Bei diesen Worten klang Jolantes Stimme sehr scharf. Eva Maria aber lachte über diesen Ausfall.

»Du hast schon recht, Jo, du bist zu lebhaft und unruhig. Aber nun komm, Großvater darf nicht länger aufgehalten werden.«

Sie legte bei diesen Worten energisch die Hand auf den Arm der Cousine und zog sie mit sich fort. Jo wußte, daß nun nichts mehr zu machen war. Wenn Eva Maria ein solches Gesicht machte wie eben jetzt, war nicht mit ihr zu spaßen. Und sie wollte sich doch vor Doktor Bernd nicht blamieren. Sie warf ihm noch ein kokettes Lächeln zu. Er verneigte sich, aber er tat sehr formell. Seine Augen suchten nur Eva Marias Gesicht. Sie sagte im Hinausgehen zu ihm:

»Herr Doktor, Sie klingeln bitte, wenn Sie mit Großvater gesprochen haben oder wenn er mich braucht.«

»Gewiß, mein gnädiges Fräulein.«

»Und bitte, nichts Aufregendes für meinen Patienten.«

»Ausgeschlossen, ich habe nur Erfreuliches zu melden.«

Die beiden Damen hatten das Zimmer verlassen, und Doktor Bernd öffnete seine Aktenmappe, um seinen Vortrag zu beginnen.

# 3

Eva Maria führte die Cousine in ihren kleinen Salon in der Nähe des Krankenzimmers.

»Bitte, nimm Platz, Jo! Darf ich dir eine Erfrischung reichen lassen? Es ist heute morgen schon sehr warm.«

»Danke, ich mag nichts«, erwiderte Jo und warf sich ziemlich ungezogen in einen Sessel. Sie zog eine Puderquaste und einen Taschenspiegel hervor und rieb sich das Gesicht ab. Alsdann ordnete sie ihr schwarzes Haar, das im Nacken kurz geschnitten und über der Stirn in tiefe Wellen gelegt war. Darauf sagte sie schroff:

»Du siehst übrigens erbärmlich aus, Eva Maria. Dein Teint hat alle Frische verloren. Ich hielte es wirklich nicht aus, Tag für Tag und auch noch die Nacht zuweilen im Krankenzimmer zu verbringen. Ganz scharfe Züge hast du bekommen; du verblühst vor der Zeit und siehst nicht wie zweiundzwanzig, sondern wie achtundzwanzig aus.«

Das entsprach durchaus nicht der Wahrheit. Eva Maria sah entzückend und jugendfrisch aus, wenn man ihr auch anmerkte, daß sie in letzter Zeit nicht viel im Freien gewesen war. Aber Jolante Mertens sagte, sofern sie es ungestraft tun konnte, den meisten Menschen lieber etwas Unangenehmes als etwas Angenehmes. Darin unterschied sie sich von ihrem Vater, der immer bemüht war, jedermann mit etwas Angenehmem zu dienen, wenn es ihm auch fast nie von Herzen kam.

Eva Maria mußte lachen. Sie kannte Jolantes Art und erwiderte sehr gelassen:

»Ich kann dir dies ›Kompliment‹ nicht zurückgeben, wenn ich ehrlich sein soll, du siehst sehr frisch und hübsch aus und hast heute entschieden deinen guten Tag.«

Jolante war etwas entwaffnet. Sie warf noch einen koketten Blick in den Taschenspiegel – wenn sie niemand anders zum Kokettieren hatte, tat sie es mit sich selber – und sah mit blitzenden Augen zu Eva Maria empor.

»Findest du? Doktor Bernd verglich mich poetisch mit einem Frühlingsmorgen. Na, überhaupt, er spart nicht mit Komplimenten.«

Ihr lauernder Blick ließ dabei nicht von Eva Marias Gesicht, und sie bemerkte befriedigt, daß die Cousine sich verfärbte. Dieser stockte wirklich für einen Moment der Herzschlag, aber dann sah sie Jolantes Blick, und da wußte sie, daß diese, wie auch sonst oftmals, gelogen hatte.

Ohne mit einer Wimper zu zucken, entgegnete sie daher: »Wenn dir Doktor Bernd Angenehmes über dein Aussehen gesagt hat, so ist das kein Kompliment, sondern die Wahrheit.«

Jolante machte eine abwehrende Bewegung.

»Ich weiß schon, worauf er hinaus will. Er möchte um jeden Preis eine der Enkelinnen unseres Großvaters heiraten. Man kennt das, auf eine glänzende Partie sind die jungen Herren immer aus. Und wir sind doch glänzende Partien, nicht wahr?«

»Das ist wohl nicht zu leugnen, Jo.«

»Nun siehst du! Und da du ihm gegenüber doch, wie gegen alle Männer, ein Bild ohne Gnade bist, so versucht er eben sein Heil bei mir. Ich mache mir keine Illusionen. Aber – trotzdem mag ich ihn furchtbar gern, er ist mein Typ, weißt du, ich mag diese großen, stolzen Männer mit den markanten, intelligenten Gesichtern und der kraftvollen Persönlichkeit. Ein interessanter Mensch ist er auf jeden Fall, er wird mir sehr gut zu Gesicht stehen, nicht? Seine grauen Augen, die so hell aus dem gebräunten Gesicht leuchten, kontrastieren mit meinen schwarzen Augen. Ich reiche ihm gerade bis an die Brust, also passen wir in der Größe famos zusammen. Also ich werde kein Unmensch sein. Ein bißchen zappeln lasse ich ihn doch, das erhöht den Reiz. Aber ich werde gelegentlich durchblicken lassen, daß seine Bemühungen nicht hoffnungslos sind. Und eines Tages, wenn er erst zum Oberingenieur avanciert ist, was bei seiner Begabung nicht lange dauern kann, werde ich ihn erhören. Er ist aus guter Familie, selbst nicht ganz unvermögend, und Großpapa scheint viel von ihm zu halten. Papa freilich steht ihm nicht sehr freundlich gegenüber, ich glaube, weil er sehr aufrecht und stolz ist. Väter verhalten sich zukünftigen Schwiegersöhnen gegenüber immer etwas feindlich. Aber das wird sich legen, wenn es erst soweit ist. Also, ich werde eines Tages Herrn Doktor Ralf Bernd erhören. Ralf heißt er mit Vornamen – klingt ganz nett mit Jo zusammen, findest du nicht? Dir komme ich doch bestimmt nicht ins Gehege, Eva Maria? Oder irre ich mich?«

Eva Maria sah das boshafte Funkeln in Jolantes Augen. Sie unterdrückte die heimliche Erregung, die bei der Cousine Worten in ihr aufgestiegen war. Um keinen Preis der Welt hätte sie verraten, daß ihr Ralf Bernd mehr galt als alle andern Männer, und daß sie nur ihn allein liebte. Sie wollte sich nicht schwach zeigen.

»Nein, Jo, du irrst dich nicht, mir kommst du bestimmt nicht ins Gehege. Ein Mann, der um dich wirbt, würde ohne alles Interesse für mich sein, wenn er mich auch bis dahin interessiert hätte.«

Jolante lachte vergnügt auf, fest davon überzeugt, daß sie Eva Maria bis ins Herz getroffen hatte, denn es war ihr nicht entgangen, daß diese Doktor Bernd nicht gleichgültig gegenüberstand. Gerade deshalb erschien er ihr begehrenswert. Obwohl er ihr gefiel, liebte sie ihn doch nicht. Jedenfalls machte es ihr Vergnügen, Eva Maria zu kränken, denn sie mißgönnte ihr, daß der Großvater sie bevorzugte und daß sie seit ihrer Mündigkeit bereits über eigenes Vermögen verfügte, das ihr der Vater hinterlassen hatte. Jolante dagegen wurde von ihrem Vater sehr knapp gehalten. So machte es ihr immer Freude, Eva Maria irgendwie zu ärgern.

»Also gut, dann bleibt Doktor Bernd für mich reserviert, denn sicherlich ist er fest entschlossen, eine der Enkelinnen des Chefs der Rodenberg-Werke für sich zu gewinnen. Gar zu schwer werde ich ihm das nicht machen, denn wie gesagt, er ist mein Typ. Sage mal, findest du, daß mich dieses Kostüm gut kleidet?«

»Ausgezeichnet«, erwiderte Eva Maria scheinbar ruhig.

»Du müßtest etwas Rot auflegen, Eva Maria. Du siehst wirklich miserabel aus, mindestens zehn Jahre älter als du bist.«

Eva Maria mußte lachen. Jolantes Unarten konnten sie kaum mehr treffen. Sie war daran gewöhnt.

»Ich verzichte darauf, Rot aufzulegen, Jo. Ich würde es auch nicht tun, wenn ich zwanzig Jahre älter aussähe.«

»Mein Gott, bist du rückständig, alle Welt schminkt sich jetzt doch. Dies graue Kleid steht dir übrigens gar nicht, du siehst ja wie eine Nonne darin aus.«

»Im Krankenzimmer kommt es nur darauf an, was praktisch und hygienisch ist.«

»Hu! Wie eine alte Großmutter sprichst du. Aber, nun will ich gehen. Offen gestanden, ich bin nur mit heraufgekommen, weil ich weiß, daß Doktor Bernd immer um diese Zeit zu Großpapa geht. Ich muß ihm doch Gelegenheit geben, mich zu treffen. Bis Großpapa ganz gesund ist und selbst wieder zu den Werken hinübergeht, kann ich Bernd täglich begegnen, wenn er hierherkommt. Später findet sich dann eine andere Gelegenheit.«

Eva Maria wollte etwas erwidern, preßte aber die Lippen zusammen. Jolante sah sie fragend an.

»Wolltest du vielleicht sagen, es sei unpassend, einem Herrn nachzulaufen?«

»Es würde dich sehr wenig kümmern, fände ich etwas unpassend.«

Jolante lachte laut auf.

»Ich bin ein modernes Mädchen. Man sitzt nicht mehr hinter dem Ofen und wartet, bis er, der Herrlichste von allen, so gut sein wird, seine Wahl zu treffen. Man greift jetzt selbst bestimmend in sein Schicksal ein.«

»Ja, du bist ein modernes Mädchen mit einer modernen

Weltanschauung, wie du mir schon oft gesagt hast. Ich aber bin wirklich ein wenig rückständig, Jo, und kann mich zu deinen Ansichten nicht bekehren. Die Hauptsache ist aber, daß jede von uns auf ihre Art glücklich wird. Ich wünsche es dir jedenfalls von Herzen.«

»Oh, dafür laß mich nur sorgen. Und nun gehe ich wirklich. Falls Mamas Migräne besser ist, wollen wir zur Stadt fahren und Besorgungen machen. Du, einen Hut habe ich bei der Bendow gesehen – todschick, sage ich dir, nur rasend teuer. Mama wird allerdings einen billigeren für mich aussuchen wollen. Ich bin ja leider nicht in so einer glücklichen Lage wie du. Du kannst dir kaufen, was du willst.«

Mit einem gütigen Lächeln sah Eva Maria zu Jolante hinüber.

»Willst du mir gestatten, dir den Hut zu schenken, Jo?«

Jolante sah ziemlich konsterniert zu ihr auf. Diese Eva Maria war doch wirklich ein sonderbares Geschöpf. Jetzt hatte sie ihr eine Menge der übelsten Dinge gesagt, hatte sie zu ärgern und zu kränken versucht, und nun wollte sie ihr zum Dank dafür den entzückenden Hut schenken.

»Aber nein, Eva Maria, das kann ich doch nicht annehmen«, sagte sie ein wenig verlegen.

»Warum nicht, Jo, du tust mir direkt einen Gefallen, dann brauche ich mir nicht den Kopf zu zerbrechen, was für ein Geschenk ich für dich auswählen soll.«

»Nun, wenn ich dir damit einen Gefallen tue, gern, Eva Maria, aber er wird, wie gesagt, teuer sein.«

»Schadet nichts, ich habe jetzt ohnedies nicht viel von meinem Toilettengeld aufgebraucht. Laß den Hut bei der Bendow auf meine Rechnung schreiben.«

Jo umarmte Eva Maria lachend.

»Du, das ist famos! Jetzt lasse ich mir erst von Mama einen andern Hut kaufen, und dann kaufe ich mir auf deine Rechnung den, den ich mir wünsche. Wenn es dir nur nicht leid tut, er kleidet mich nämlich wundervoll.«

»Es wird mir bestimmt nicht leid tun. Ich freue mich, dir einen Wunsch erfüllen zu können.«

»Dann also auf Wiedersehn, Eva Maria, grüße den alten Herrn von mir. Schönen Dank nochmals!«

»Auf Wiedersehn, Jo!«

Diese küßte Eva Maria nochmals auf die Wange. Eva Maria ließ es sich gefallen. Sie trug es Jolante nicht einmal nach, daß sie ihr allerlei Bosheiten gesagt hatte. Im Grunde bemitleidete sie die Cousine ihres Charakters wegen.

Nachdem Jolante fort war, blieb Eva Maria eine Weile mit geschlossenen Augen mitten im Zimmer stehen und drückte die Hände aufs Herz. Ein wenig hatten sie die Worte der Cousine bezüglich Ralf Bernd doch beunruhigt.

Eva Maria liebte Ralf Bernd mit der ganzen Ausschließlichkeit und Innigkeit ihres Herzens. Und sie hatte keinerlei Gewißheit, ob diese Liebe erwidert würde. Höchstens daß bisweilen ein unbeherrschter Blick seiner Augen, ein leises Schwanken seiner Stimme, wenn er mit ihr sprach, es sie hoffen ließ. Freilich hatten selbst diese kleinen, sie innig beglükkenden Anzeichen ihr Hoffnung gegeben, daß Ralf Bernd sie ebensosehr liebte wie sie ihn, aber Jolantes feste Absicht, ihn für sich zu erobern, hatte sie doch beunruhigt. Aber dann schüttelte sie aufatmend den Kopf, und ihre Augen begannen wieder zuversichtlich zu leuchten. Ein wertvoller, tiefgründiger Mensch ließ sich nicht von einer Frau erobern, er suchte sich selbst eine Frau nach seinem Herzen aus. Es war eine ganz irrige Ansicht von Jo, wenn sie meinte, er gehe darauf aus, eine der Enkelinnen Georg Rodenbergs zu gewinnen, um eine glänzende Partie zu machen. Ein Mann wie er bestimmte sein Schicksal selber und machte sich nicht abhängig von einer reichen Frau. Das erschien Eva Maria gewiß.

Sie wehrte sich gegen die Unsicherheit, die sie bei Jolantes Worten überfallen hatte, aber sie trat doch etwas zaghaft an den Spiegel heran und betrachtete sich mit kritischen Blikken. Hatte Jo recht, sah sie wirklich so jämmerlich aus, wie diese gesagt hatte?

Aber aus dem Spiegel sah ihr eine jugendfrische, reizende Erscheinung entgegen. Wohl waren die Wangen infolge der anstrengenden Krankenpflege ein wenig blasser als sonst, aber die tiefblauen Augen leuchteten so klar wie je, und um den blaßroten, feingeschnittenen Mund lag ein reizendes Lächeln voll leiser Schelmerei. Sie lachte sich selbst ein wenig aus, weil sie sich so kritisch betrachtete. Das schmucklose graue Kleid, das sie trug, wollte ihr auf einmal jedoch selber nicht mehr gefallen. Jo hatte recht, sie sah ein wenig wie eine Nonne darin aus.

Eva Maria eilte auf ihr Zimmer und warf schnell ein blaßblaues Sommerkleid über. Es verschönerte sie noch mehr, und ein wenig errötend sagte sie sich, ob sie darin Doktor Bernd wohl besser gefallen würde als in dem grauen Nonnenkleid. Sie war kaum umgekleidet, als aus des Großvaters Zimmer die Klingel ertönte, die sie herbeirief. Schnell eilte sie hinüber.

»Sind Sie fertig mit Ihrem Vortrag, Herr Doktor?« fragte sie, mit reizendem Lächeln zu ihm aufsehend.

Ralf Bernd verneigte sich, und das Aufstrahlen seiner Augen verriet ihr zu Genüge, wie sehr sie ihm gefiel.

»Ja, mein gnädiges Fräulein, ich bin fertig, und Herr Rodenberg hat mich beauftragt, Sie herbeizurufen.«

»Deine Ruhepause war sehr kurz, Eva Maria, und dein anspruchsvoller Patient hat schon wieder allerlei Wünsche bereit«, sagte der alte Herr.

»Die ich dir gern erfüllen werde, lieber Großvater. Hast du dich auch gewiß nicht zu sehr angestrengt?«

»Nein, nein, Herr Doktor Bernd hat mir alles so vorgetragen, daß es absolut keine Anstrengung war. Jetzt möchte ich aber ein kräftiges Frühstück einnehmen.«

»Oh, wie mich das freut, daß du Appetit hast. Gleich lasse ich alles herbeibringen.«

»Tue das, mein Kind. Erst wollen wir uns aber von Herrn Doktor Bernd verabschieden. Auf Wiedersehn, lieber Herr Doktor, morgen früh erwarte ich Sie zur selben Zeit.«

Ralf Bernd hatte selbstvergessen zugesehen, wie sich Eva Maria liebreich um den Großvater mühte. Nun schrak er zusammen und verneigte sich vor seinem Chef und dessen Enkelin.

»Ich werde pünktlich zur Stelle sein, Herr Rodenberg.«

»Auf Wiedersehn, Herr Doktor«, sagte nun auch Eva Maria und reichte ihm mit einem lieben Lächeln die Hand. Das beglückte ihn so sehr, daß seine Augen in die ihren strahlten. Sie errötete unter seinem Blick, und er fühlte, wie ihre Hand leise bebte. Es wurde ihm sehr schwer, zu gehen, aber es mußte sein.

Großvater und Enkelin waren nun wieder allein. Dann brachte Hermann das Frühstück für den Kranken und half Eva Maria, es ihm mundgerecht zu machen. Nachdem der Großvater sich gestärkt hatte, verordnete Eva Maria ihm wieder ein Ruhestündchen.

»Du mußt jetzt erst wieder ein wenig schlafen, Großvater, ehe Onkel Arthur kommt, um Geschäftliches mir dir zu besprechen.«

Er ließ sich lächelnd die Kissen richten und sah zu ihr auf.

»Wie reizend du in diesem blauen Kleid aussiehst, Kind. Wenn ich Jo betrachte, frage ich mich immer, ob sie nicht viel eher wie ein Knabe aussieht. Sie hat so wenig Weibliches. Mir gefällt diese knabenhafte Weiblichkeit von heute gar nicht.«

»Oh, lasse das Jo nicht hören, Großvater, dann nennt sie dich rückständig und macht dir den Vorwurf, du seist nicht mit der Zeit fortgeschritten«, scherzte Eva Maria.

»Wenn der Fortschritt darin besteht, daß die Frauen sich wie Männer und die Männer sich wie Frauen kleiden und gebärden, will ich nichts damit zu tun haben. Aber – du bist doch auch eine recht moderne junge Dame und bleibst doch

Frau dabei, das lasse ich gelten. Jedenfalls freue ich mich, wie reizend dich dieses lichte Blau kleidet.«

»Großvater, wenn du mir weiter solche Komplimente machst, dann werde ich eitel.«

»Nein, dazu neigst du nicht«, scherzte er.

Sie lachte.

»Jo würde mir das auch schnell austreiben. Sie hat mir vorhin gesagt, ich sähe miserabel aus und mindestens zehn Jahre älter als ich bin.«

Er streichelte ihre Hand und mußte mitlachen.

»Da hat Jo also wieder einmal nicht an Schüchternheit gelitten. Aber, sehr blaß bist du in diesen schweren Wochen allerdings geworden; ich mache mir Vorwürfe, du mußt jetzt täglich wieder einige Stunden ins Freie.«

»Das holen wir beide zusammen nach, Großvater, in einigen Tagen darfst du wieder aufstehen, der Arzt wünschte nur noch einige Tage Bettruhe für dich zur Kräftigung nach den schweren Fiebertagen. Ich hoffe, daß du am Sonntag aufstehen darfst. Dann bringen wir dich hinaus in die Sonne, und ich leiste dir da auch Gesellschaft.«

Er lächelte ihr zu.

»Ich bin schon froh, daß ich wieder aufstehen kann. Es wird schon recht langweilig, noch im Bett zu bleiben.«

Sie machte ein drollig-strenges Gesicht.

»Langweile ist die beste Medizin für einen Genesenden. Und jetzt schläfst du noch ein Stündchen, damit du frisch bist, wenn Onkel Arthur kommt.«

»Ich wage nicht zu widersprechen, meine gestrenge Samariterin. Und während ich ruhe, gehst du ein Stündchen im Park spazieren. Die Krankenschwester kann zu deiner Beruhigung im Nebenzimmer bleiben.«

Das geschah dann auch. Eva Maria durchstreifte den Park und sog tiefatmend die würzige Luft ein. Ihr war, als habe sie mit dem grauen Kleide alle Sorgen abgestreift, als müsse nun alles wieder gut werden. Nach einer Stunde kehrte sie erfrischt zurück. Der Großvater schlief noch, aber gleich darauf erschien Onkel Arthur. Er trug einen eleganten, vorzüglich geschnittenen grauen Anzug. Damit es nicht auffallen sollte, daß sein schwarzes Haar schon sehr gelichtet war, hatte er sich den ganzen Kopf glatt abrasieren lassen, so daß er einer polierten Kugel glich. Die Züge seines Gesichts erschienen flach und ausdruckslos, nur das Kinn schob sich seltsam hart und kantig vor, was dem Gesicht etwas Unausgeglichenes gab. Seine schwarzen Augen waren hinter leicht gefärbten Brillengläsern verborgen. Nur ein sehr scharfer Beobachter konnte in ihnen zuweilen ein seltsam aufzuckendes Glimmen, wie in den Augen eines Raubtieres, wahrnehmen, das die gefärbten Brillengläser nicht ganz verbergen konnten.

Mit einem unbehaglichen Gefühl trat Eva Maria dem Onkel entgegen, der ihr mit seinem gewohnten Lächeln die Hand reichte. Es war eine seltsam weiche, fleischige Hand mit dicken Fingern und stumpfen Nägeln. Und doch faßten diese Finger mit festem, hartem Druck zu, so daß Eva Maria jedesmal das Gefühl hatte, als presse diese fleischige Hand ihr das Herz zusammen. Schnell zog sie die ihre wieder zurück.

»Guten Morgen, meine liebe Eva Maria. Wie entzückend du aussiehst! So frisch und wohl – ich freue mich, mein liebes Kind. Diese Farbe kleidet dich vorzüglich. Du wirst wahrhaftig von Tag zu Tag schöner.«

Sie mußte denken, daß er im Gegensatz zu seiner Tochter immer etwas Liebenswürdiges sagte, aber diese Liebenswürdigkeiten erschienen ihr weitaus unerträglicher als Jolantes Bosheiten.

»Ich war eben eine Stunde im Freien«, sagte sie, so freundlich sie konnte. »Großvater schläft noch.«

»Es freut mich, daß du dir jetzt etwas mehr Ruhe gönnen kannst. Es war ein schweres Opfer für dich, Großvaters Pflege zu übernehmen.«

»Es war kein Opfer«, wehrte sie hastig ab.

»Doch, doch, es war bewundernswert von dir, wirklich, das macht dir so leicht keiner nach. Jo wäre dazu ganz unbrauchbar.«

In diesem Augenblick trat zu Eva Marias Erleichterung die Krankenschwester ein und meldete, Herr Rodenberg sei erwacht und wünsche Herrn Mertens zu sprechen. Das gnädige Fräulein möchte aber erst noch einmal mit hereinkommen.

Mertens betrat dicht hinter Eva Maria das Krankenzimmer, und diese hatte wieder das seltsam beängstigende Gefühl, als drohe ihr von ihm eine Gefahr.

Der Großvater saß schon aufgerichtet im Bett und nickte Eva Maria zu. »War es schön draußen, Kind?«

»Wunderschön, Großvater! Da habe ich dir einen Strauß Maiblumen mitgebracht, sieh, wie schön. Aber ich glaube, es sind die letzten. Du liebst sie so sehr. Ich stelle sie hinüber an das Fenster, damit du dich an ihrem Anblick freuen kannst. Hierher neben das Bett möchte ich sie nicht stellen, da stört dich der Duft vielleicht.«

Der Kranke sog den Duft der Blumen ein.

»Maiblumen noch Anfang Juni! Wie schön, Eva Maria. Ich danke dir. Also bitte, stelle sie nur an das Fenster. Guten Tag, Arthur, was bringst du mir?«

Mertens beugte sich über ihn und streichelte ihm, wie von Gefühlen übermannt, die Hand.

»Guten Morgen, lieber Schwiegervater, allerlei Wichtiges ist es, worüber ich nicht gern allein entscheiden möchte. Zu meiner großen Freude sehe ich, daß du heute wieder etwas frischer und wohler aus den Augen blickst, ganz hell und klar leuchten sie.«

Der alte Herr lächelte.

»Nun, so sehr weit ist es nicht her mit der Klarheit und Helligkeit. Ohne Brille kann ich nicht einmal dein Gesicht vor mir sehen. Bitte, gib mir doch meine Brille herüber, Eva Maria.«

Diese hatte inzwischen die Maiblumen in einer Vase geordnet und auf einen kleinen Tisch am Fenster gestellt. Nun brachte sie rasch die Brille herbei und setzte sie dem Großvater vor die Augen. Schnell und fürsorglich schüttelte sie ihm die Kissen noch einmal zurecht. Er nickte ihr dankend zu.

»Nun kannst du mich mit Onkel Arthur allein lassen, mein Kind.«

Arthur Mertens sah mit seinem glatten Lächeln zu Eva Maria hinüber.

»Mit einer so liebevollen Pflegerin wie Eva Maria, ist es fast ein Vergnügen, krank zu sein, lieber Vater.«

Der alte Herr nickte zustimmend, einen zärtlichen Blick auf seine Enkelin werfend. Als Eva Maria verschwunden war, besprachen die beiden Herren allerlei Geschäftliches. Es wurde alles schnell erledigt, und anerkennend sagte Georg Rodenberg:

»Du bist mir in dieser Zeit eine große Stütze und Hilfe gewesen, Arthur, alles hast du in meinem Sinne geordnet.«

Mertens beugte sich abermals über die Hand des alten Herrn und küßte sie.

»Wenn du wüßtest, wie stolz mich deine Anerkennung macht, lieber Vater. Ich setze alle meine Kräfte ein, um dir meine Dankbarkeit zu beweisen«, sagte er wie in tiefer Ergriffenheit.

»Dankbarkeit? Wofür glaubst du mir die schuldig zu sein, mein lieber Arthur?«

»Dafür, daß du mich für wert hieltest, dein Sohn zu werden. Nie vergesse ich dir das.«

Der alte Herr sah ein wenig verlegen aus. Er mußte daran denken, daß er Mertens nur ungern in seine Familie aufgenommen hatte. Als ihm seine Tochter Melanie damals gestand, sie liebe Mertens und werde von ihm wiedergeliebt, hatte er angenommen, daß er sich nur um die glänzende Partie bewarb, denn seine Tochter Melanie war im Gegensatz zu ihrer schönen Schwester immer ein unansehnliches, reizloses Geschöpf gewesen. Und da Mertens ganz arm war, lag der

Verdacht nahe, daß es ihm nur an ihrem Reichtum gelegen war. Er unterwarf ihn daher erst einer Probe, erklärte, daß er seine Einwilligung zu dieser Verbindung nicht geben werde, und wenn Melanie trotzdem nicht von Mertens ablassen wolle, werde er sie enterben. Mertens aber war schlau genug gewesen, das nur für eine Falle zu halten und hatte mit zur Schau getragener großer Leidenschaftlichkeit erklärt, er werde Melanie auch heimführen, wenn sie bettelarm wäre. Und so hatte der alte Herr schließlich nachgegeben, denn er wollte seine von der Natur stiefmütterlich behandelte Tochter nicht unglücklich machen.

So sagte er nun mit einem kleinen verlegenen Lächeln:

»Dafür bist du mir keinen Dank schuldig, das mußt du nur Melanies Liebe danken. Offen heraus, ich hatte andere Pläne mit ihr, aber sie wollte um keinen Preis von dir lassen. So mußte ich in euren Bund willigen und – ich habe es nie bereut.«

Wieder küßte Arthur Mertens die Hand des alten Herrn: »Es macht mich glücklich, daß du es nie bereut hast.«

»Nein, Arthur, du hast Melanie glücklich gemacht.«

»Aber ich war ein armer Schlucker, und für die Vermessenheit, mit der ich um deine Tochter warb, kann ich eben nur meine große Liebe zu Melanie als Entschuldigung angeben.«

»Nun, du hast andere Werte mit in die Ehe gebracht, als Reichtum. Ich habe eine tüchtige Stütze an dir gefunden und, wie gesagt, daß du Melanie durch deine Liebe so glücklich gemacht hast, rechne ich dir hoch an.«

Arthur Mertens allein wußte, daß er seine Frau nie geliebt hatte, daß es ihm nur um die glänzende Partie zu tun gewesen war. Aber er hatte bisher die Rolle des liebenden Gatten so gut gespielt, daß er alle getäuscht hatte, auch seine Frau. Niemand ahnte, daß er es mit der ehelichen Treue durchaus nicht genau nahm.

Mit seiner öligen Stimme sagte er aufseufzend:

»Ich wäre ein todunglücklicher Mensch geworden, hätte

ich meine Melanie nicht heimführen dürfen. Daß du sie mir gabst, lieber Vater, verpflichtet mich dir gegenüber auf ewig zur Dankbarkeit. Und ich werde nie nachlassen, dir diese zu beweisen und bitte dich, mich vor immer schwierigere Aufgaben zu stellen.«

»Daran wird es nicht fehlen, mein lieber Arthur, auch über meinen Tod hinaus nicht. Diesmal ist der Sensenmann ja noch an mir vorbeigegangen, aber wer kann wissen, wie kurz die mir noch gestellte Frist sein mag. Sterbe ich vor Hans' fünfundzwanzigstem Lebensjahre, mußt du deine Kraft und Treue in seine Dienste stellen, mußt ihm Führer und Berater sein, bis er selbst die Zügel in die Hand nehmen kann. Auch darüber hinaus sollst du ihm zur Seite stehen.«

»Ich brauche dir nicht zu versichern, daß ich das tun werde, lieber Vater.«

Der alte Herr spürte nicht, wie der Groll an Mertens Herzen fraß, daß Hans Dornau und nicht er eines Tages Chef der Rodenberg-Werke sein sollte. Er fand sich schließlich damit ab, daß nicht sein eigener Sohn Haupterbe sein würde, aber daß er übergangen wurde, daß er hinter diesem jungen Menschen eines Tages erst an zweiter Stelle stehen sollte, das verwand er nicht. Dafür hatte er nicht Jahr für Jahr den alten Herrn umschmeichelt, sich nicht mit dieser reizlosen Frau begnügt, um nun übergangen zu werden. Sein Ehrgeiz und seine Machtgier strebten sehr hoch, und er war bereit, einen hohen Preis für deren Befriedigung zu zahlen.

Als die beiden Herren den geschäftlichen Teil erledigt hatten, begann Georg Rodenberg: »Ich wollte noch etwas mit dir besprechen, Arthur, es betrifft unseren tüchtigen Ingenieur Doktor Bernd. Er hatte heute morgen nach dem üblichen Vortrag über die technischen Arbeiten mit mir von einer Erfindung gesprochen, die er gemacht hat und die ich für unsere Werke für außerordentlich wichtig halte. Ich habe ihm bereits gesagt, daß ich sie anzukaufen gedächte. Er ist zweifellos unser begabtester und genialster Ingenieur und hat eine Auszeichnung verdient, ganz abgesehen von seiner Erfindung – ich möchte ihn zum Oberingenieur avancieren lassen. Sobald ich ganz gesund bin und wieder in die Werke komme, soll das geschehen.«

Wenn Arthur Mertens außer gegen Hans noch gegen einen Menschen eine tiefe Abneigung hegte, so war es Doktor Bernd. Die aufrechte, stolze Art des jungen Mannes reizte den eitlen Herrn Direktor ungemein.

Seine gefärbten Brillengläser verbargen ein zorniges Aufblitzen seiner Augen. Was sein Schwiegervater ihm sagte, mißfiel ihm gründlich. Es paßte nicht in seine Pläne, daß Hans von Doktor Bernd beeinflußt wurde, weil er diesen Einfluß nicht bestimmen konnte. Am liebsten hätte er Doktor Bernd von den Rodenberg-Werken entfernt, aber dazu fehlte ihm vorläufig jede Möglichkeit, da sein Schwiegervater so große Stücke auf den Ingenieur hielt. Immer grübelte er über einen Vorwand nach, wie man sich Bernds entledigen könne. Bisher war ihm das nicht gelungen, und nun plante der alte Herr gar noch eine Auszeichnung für diesen. Das paßte ihm durchaus nicht.

Er nahm sich aber zusammen, und um Zeit zu gewinnen, sagte er:

»Ah, Doktor Bernd hat eine Erfindung gemacht? Davon hat er mir doch kein Wort gesagt.«

»Das ist ja verständlich, Arthur, da du nur Kaufmann bist.«

»Nun, immerhin. Ich bin doch genügend mit den Werken verwachsen, um mich auch für dergleichen zu interessieren, und eine Erfindung würde ich wohl auch beurteilen können. Jedenfalls ist es ein wenig anmaßend von dem jungen Mann, daß er dich jetzt damit belästigt, wo du noch nicht ganz gesund bist. Er hätte besser getan, erst einmal bei mir anzufragen, ob er dir zur Zeit damit kommen dürfte. Aber das entspricht ganz seiner etwas überheblichen Art. Ich halte ihn für ziemlich arrogant.«

»Damit tust du ihm unrecht, Arthur. Wohl ist Doktor Bernd

ein Mensch, der sich seines Wertes bewußt ist, wie jeder rechte Mann, aber von Arroganz habe ich nie eine Spur bei ihm bemerkt. Er hat mich übrigens durchaus nicht mit seiner Erfindung belästigt. Er hatte bereits mit Hans darüber gesprochen. Hans hat sogar daran mitgearbeitet und war des Lobes voll davon. Daraufhin habe ich Doktor Bernd selbst danach gefragt und ihn gebeten, mir heute einen Vortrag darüber zu halten. Das hat er dann auch getan, und die Erfindung ist, wie gesagt, sehr wichtig für uns und zeugt von seiner Genialität. Ich habe nicht gezögert, sie uns zu sichern.«

Mertens hatte sich wieder gefaßt.

»Du mußt das ja beurteilen können, lieber Vater. Hans hätte nur damit warten können, bis du wieder ganz gesund bist, wir sind doch so sehr in Sorge um dich. Und ich muß dabei bleiben, daß Doktor Bernd ein für seine Jugend allzu ausgeprägtes Selbstbewußtsein besitzt, und deshalb dürfte es wohl genügen, wenn du es dabei bewenden läßt, seine Erfindung anzukaufen. Zum Oberingenieur würde ich ihn an deiner Stelle erst später einmal avancieren lassen. Es könnte auch die andern Ingenieure verstimmen, wenn er ihnen außer der Reihe vorgezogen wird.«

Georg Rodenberg wehrte aber mit einer Handbewegung diesen Einwand ab.

»Es steht jedem Ingenieur frei, sich auszuzeichnen, und es wird dann keinem an Anerkennung fehlen. Es spornt im Gegenteil an, wenn sie wissen, daß ihnen auch außer der Reihe eine Auszeichnung möglich ist. Hegen sie aber die Überzeugung, daß eine Beförderung nur erfolgt, wenn jeder eine bestimmte Reihe von Jahren abgedient hat, lähmt das jedes Streben. Doktor Bernd ist, wie gesagt, ein außerordentlich befähigter Mensch und der ihm zugedachten Auszeichnung in jeder Weise wert. Deshalb soll es schon dabei bleiben; sobald ich wieder drüben amtieren kann, erfolgt seine Ernennung.«

Arthur Mertens kochte innerlich vor Wut, aber er hatte es immer verstanden, sich zu beherrschen. Er wußte auch, wenn sein Schwiegervater in diesem energischen Ton sprach, war nichts zu ändern. Sein ganzer Ärger konzentrierte sich in der Hauptsache wieder auf Hans. Wie kam der Junge dazu, diesen Doktor Bernd hervorzuheben, indem er seinem Großvater große Dinge von dessen Erfindung vorerzählte.

»Wie du willst, lieber Vater«, sagte Mertens, seinen Groll hinabwürgend, »ich beuge mich deiner besseren Einsicht. Aber eines möchte ich dir noch zu bedenken geben: Hältst du es für gut, wenn dieser selbstbewußte junge Mann einen so starken Einfluß auf Hans bekommt? Die beiden sind fast unzertrennlich, und Hans vergöttert ihn geradezu.«

Der alte Herr lächelte.

»Jugendlicher Überschwang steht einem Jüngling wohl an, und ich wüßte nicht, warum ich es nicht für gut halten sollte, daß Hans sich an Doktor Bernd anschließt. Er kann ja nur Gutes von ihm lernen, denn ich schätze Bernd als einen zielsicheren, energischen, fleißigen und ehrenhaften Mann.«

»Nun, lieber Vater, du zwingst mich, dir zu sagen, daß ich die feste Überzeugung habe, daß er sich sehr hohe Ziele gesteckt hat, viel höher, als du ahnst.«

»Was meinst du damit?«

Mertens strich sich über seinen runden Kopf, als sei ihm zu heiß. Er war erst in diesem Moment darauf gekommen, scheinbar einer Sache Wichtigkeit zuzulegen, die er bisher kaum beachtet hatte. Als Mittel zum Zweck kam sie ihm plötzlich jedoch sehr gelegen.

»Nun, so muß ich Farbe bekennen. Doktor Bernd scheint also den festen Vorsatz zu haben, eine deiner Enkelinnen zu erobern.«

Jetzt stutzte der alte Herr.

»Wie kommst du darauf?«

»Nun, rund heraus, Jo hat sich verraten. Sie macht kein Hehl daraus, daß sich Doktor Bernd um sie bemüht, und sie erklärte mir sogar, sie habe die Absicht, seine Werbung zu erhören. Du kennst Jo, sie ist sehr eigenwillig, und deshalb wäre es vielleicht angebracht, Doktor Bernd von den Rodenberg-Werken zu entfernen, ehe es zu spät ist, statt ihn noch enger an die Werke zu fesseln.«

Nachdenklich sah Georg Rodenberg vor sich hin. Dann sagte er ungläubig:

»So, so, er meint Jo, ich –«

Er stockte, er hatte sagen wollen: Ich glaubte, er sähe Eva Maria gern. – Aber er unterdrückte es und fuhr nun fort:

»Ich könnte darin kein Unglück sehen. Würde es dir denn so schlimm erscheinen, wenn er sich um deine Tochter bewürbe?«

»Aber lieber Vater, es liegt doch auf der Hand, daß es ihm nur um eine glänzende Partie zu tun ist. Er spekuliert augenscheinlich darauf, sich durch Jo in den Rodenberg-Werken festzusetzen.«

Damit hatte Arthur Mertens eine Unklugkeit begangen. Der alte Herr sah ihn mit einem seltsamen Lächeln an.

»Mein lieber Arthur, das habe ich auch einmal von dir gedacht, als du um Melanie warbest. Meinst du, daß Doktor Bernd nur an die glänzende Partie denkt, wenn er sich wirklich um Jo bewirbt?«

Mertens fuhr etwas erschrocken zusammen. Um Gottes willen seinen Schwiegervater nicht mißtrauisch machen.

»Jo ist nicht eben eine Schönheit«, stammelte er.

»Das war deine Frau auch nicht, und du hast sie doch aus Liebe geheiratet.«

Jetzt spielte Mertens eine gelungene Komödie, die bei dem alten Herrn jedes Mißtrauen im Keime erstickte.

»Meine Melanie? Aber Vater, mir ist nie eine Frau schöner und liebenswerter erschienen, als meine Melanie«, sagte er in überfließender Zärtlichkeit.

Arglos lachte der alte Herr.

»Nun wohl, vielleicht erscheint Jo dem jungen Mann auch so schön und liebenswert. Aber als Vater steht man seinen künftigen Schwiegersöhnen meistens etwas mißtrauisch gegenüber, und nun verstehe ich mit einem Male deine Abwehrstellung gegen Doktor Bernd. Ich bin aber überzeugt, daß du dich sehr schnell mit ihm aussöhnen wirst, falls er wirklich um Jo anhält.«

Mertens' Kopf durchschoß plötzlich ein Gedanke, der mit einem Male seine Einstellung zu Doktor Bernd völlig umwandelte. Wie, wenn er diesen durch eine Verbindung mit seiner Tochter in die Hand bekäme und ihn dadurch auf seine Seite brächte?

Er konnte diesen Gedanken jetzt nicht von allen Seiten beleuchten, deshalb sagte er nur einlenkend:

»Du würdest also nicht gegen eine solche Verbindung protestieren?«

»Absolut nicht! Wenn Doktor Bernd sich um Jo bewirbt und sie ihn heiraten will – ich meine, einen besseren Mann kann sie nicht finden. Jo braucht eine feste Hand. Offen gesagt, je eher sie unter die Haube kommt, desto besser.«

Arthur Mertens wurde immer nachdenklicher. War es nicht wirklich das klügste, wenn er diesen Mann, der so viel Einfluß auf Hans hatte, durch die Hand seiner Tochter an sich kettete und ihn zu einem willigen Werkzeug für seine Pläne machte? Da er nicht von Rodenberg zu entfernen war, wenigstens nicht, solange sein Schwiegervater lebte, so war es vielleicht klüger, er machte gemeinsame Sache mit ihm. Einlenkend sagte er daher:

»Da du nichts dagegen einzuwenden hast, lieber Vater, brauche ich auch keinen Widerstand zu leisten. Ich ziehe also alle meine Bedenken zurück. Ich dachte, du würdest gegen eine eventuelle Verbindung Jos mit Bernd sein. Nun aber hast du mir diese Sorge abgenommen durch dein gütiges Verständnis, und ich bin meine Angst los. Wir wollen also die Dinge laufen lassen, wir brauchen nichts pro oder kontra zu unternehmen, es wird sich alles von selber fügen. Wenn du Doktor Bernd für würdig hältst, deine Enkelin zu heiraten, so darf auch ich nicht dagegen protestieren. Es wird vielleicht ganz gut sein, wenn du ihn zum Oberingenieur avancieren läßt. Es klingt dann vielleicht besser.«

Der alte Herr lächelte.

»Ein Mann wie Doktor Bernd kann einem Vater auch ohne Titel als Schwiegersohn willkommen sein. Außerdem ist er aus guter Familie und selbst vermögend. Und wird er Jos Gatte, halten wir ihn für immer auf den Rodenberg-Werken und können uns dazu beglückwünschen. Laß also die Dinge laufen.«

Im besten Einvernehmen schieden die beiden Herren voneinander; Arthur Mertens entfernte sich mit nachdenklichem Gesicht, nachdem er Eva Maria noch einige Liebenswürdigkeiten gesagt und sie scheinbar sehr herzlich gebeten hatte, sich bald einmal wieder in der Villa Melanie einzufinden.

»Wir haben so lange nicht mehr die Freude gehabt, dich bei uns zu sehen. Jetzt hält dich Großvaters Pflege nicht mehr so fest, und darum lassen wir keine Entschuldigung mehr gelten, du mußt sehr bald kommen.«

Eva Maria sagte zu, obwohl es ihr immer widerstrebte, in das Haus zu gehen, wo er Hausherr war. Selbst die Liebe zu ihrer Tante Melanie konnte daran nichts ändern.

In tiefes Nachdenken versunken kehrte Mertens zu den Werken zurück.

## *4*

Als Eva Maria eine Weile später bei ihrem Großvater saß und ihm die Zeitungen vorlesen wollte, sagte dieser plötzlich:

»Sag' einmal, Eva Maria, ist es dir aufgefallen, daß Doktor Bernd ein besonderes Interesse für Jo an den Tag legt?«

Er sah sie dabei forschend an und gewahrte, daß sie tief errötete. Aber ihre schönen blauen Augen sahen ihn groß und ernst an.

»Nein, Großvater, das habe ich noch nie bemerkt. Wohl aber hat mir Jo heute morgen ganz offen erklärt, er sei ihr Typ, er gefalle ihr und sie habe die Absicht, ihn zu erobern. Sie behandelte diese Angelegenheit durchaus nicht geheimnisvoll, und deshalb begehe ich wohl keine Indiskretion, wenn ich darüber spreche.«

Er betrachtete sie sinnend; ihr Erröten verriet ihm viel.

»Nein, es ist keine Indiskretion, zumal Jo ihrem Vater auch etwas Ähnliches erklärt hat. Also Jo will diesen Mann erobern? Sag' mal, was ist das für eine verkehrte Welt? Gehört das auch zur modernen Weltanschauung, daß die Frauen jetzt die Männer erobern? Möchtest du dir einen Mann erobern, Eva Maria?«

Sie schüttelte den Kopf.

»Nein, Großvater, ganz gewiß nicht, aber ich bin auch kein modernes Mädchen wie Jo, sondern etwas rückständig, wie sie sagt.«

»Ich freue mich, daß ich wenigstens eine Enkelin habe, die in dieser Hinsicht rückständig ist. Aber um noch mal auf Doktor Bernd zu kommen, meinst du, daß er der Mann ist, der sich von einer Frau ›erobern‹ läßt?«

Eva Marias Augen leuchteten auf. Sie wußte nicht, was für eine starke Zuversicht und welch schrankenloses Vertrauen in diesem Aufleuchten lag.

»Nein, Großvater, ich bin fest davon überzeugt, daß er in dieser Beziehung auch rückständig ist und sich eine Frau nach seinem Herzen selber wählt.«

Der alte Herr nickte.

»Also wird sich Jo wohl nach einem anderen Mann umsehen müssen. Wie ich sie kenne, wird sie nicht an gebrochenem Herzen sterben.«

Eva Maria mußte lachen.

»Jo? Ganz gewiß nicht, Großvater, das wäre doch zu unmodern.«

Wieder sah der alte Herr sinnend in Eva Marias reizendes

Gesicht, in ihre reinen, stolzen Augen hinein. Dann sagte er, sich befriedigt zurücklehnend:

»Nun lies mir vor, mein Kind.«

Sie tat es, und ihre dunkle, weiche Stimme schmeichelte sich in sein Ohr. Sein Blick streifte immer wieder ihre feinen Züge, die zartgeschwungenen Lippen und das blonde, schimmernde Haar. Und dann sah er im Geiste Doktor Bernds kraftvolle Erscheinung an ihrer Seite. Ja, zu Eva Maria paßte er besser als zu Jo. Arthur hatte sich sicherlich umsonst gesorgt, daß Doktor Bernd sein Schwiegersohn werden könne. Eva Maria und Doktor Bernd würden ein sehr harmonisches Paar abgeben, und er hatte sich bestimmt nicht getäuscht, glaubte er, bemerkt zu haben, daß sie einander nicht mit gleichgültigen Augen ansahen. Aber auch er sagte sich: Nicht daran rühren, es wird sich alles ohne unser Dazutun entwickeln.

In den nächsten Tagen beobachtete der alte Herr die beiden jungen Leute schärfer als zuvor, wenn Doktor Bernd morgens zum Vortrag kam, und wußte es stets so einzurichten, daß sie sich eine Weile ungestört unterhalten konnten. Mit Befriedigung sah er, daß die beiden Augenpaare sehr oft selbstvergessen ineinandertauchten. Immer fester wurde daher seine Überzeugung, daß Jo hier nichts zu hoffen habe, und er begann zu überlegen, ob er Arthur Mertens einen Wink geben solle. Aber es erschien ihm indiskret, Eva Marias Herzensgeheimnis verraten zu wollen, zumal er es selbst nur ahnte. Schließlich war er weder verpflichtet noch berechtigt, mit irgend jemandem darüber zu sprechen, auch Mertens gegenüber nicht. Und für Jo war es vielleicht sogar eine sehr gute Lehre, wenn sie einmal ihren Willen nicht durchsetzte und merkte, daß auch die Männer von heute eine weibliche Frau haben wollten, handelte es sich für sie um die Wahl einer Gattin.

Am nächsten Sonntag durfte der alte Herr wirklich aufstehen, und die ganze Familie war in der Villa Rodenberg versammelt, um ihn zu beglückwünschen. Er durfte auch ein halbes Stündchen auf der Terrasse im Sonnenschein sitzen, und die Freude an seiner Genesung strahlte ihm aus den Augen.

Er wollte nichts davon hören, daß er nach Ablauf der ihm zugestandenen Zeit wieder in das Krankenzimmer zurück sollte, aber Eva Maria bestand energisch darauf. Jo und Egon zankten mir ihr, sie tyrannisiere Großvater, er werde schon selbst wissen, was ihm zuviel werde. Sogar Tante Melanie bat um Aufschub für den Vater, ein Viertelstündchen könne man doch noch zugeben, aber Hans und Eva Maria faßten den Großvater bei den Armen und führten ihn ins Haus. Eva Maria sah ihn dabei so ernst und mahnend an, daß er lachend gehorchte.

Als die drei verschwunden waren, sagte Jo ärgerlich:

»Was Eva Maria sich nur herausnimmt. Weil sie Großvater gepflegt hat, glaubt sie, über ihn bestimmen zu können.«

»Du darfst nicht vergessen, Jo, daß sie ein schweres Pflegeamt hatte, und daß sie um Großpapa in großer Sorge ist«, lenkte Frau Melanie, eine gutmütig, aber unbedeutend aussehende Dame im Beginn der Vierzig, ein.

»Auf dieses Pflegeamt tut sie sich auch allerhand zugute, man bekommt es bis zum Überdruß zu hören, was für eine vortreffliche Pflegerin sie ist«, höhnte Jo.

»Sie hat sich dadurch noch mehr als zuvor in Großvaters Gunst eingeschmeichelt. Und Hans ist von jeher lieb Kind bei Großpapa gewesen, sonst wäre er nicht zum Erben der Rodenberg-Werke bestimmt worden. Schließlich wäre ich doch genauso gut dazu berechtigt«, fügte Egon Mertens hinzu. »Es grenzt direkt an Erbschleicherei, wie die beiden sich aufführen.«

»Pfui, Egon, wie kannst du so etwas Häßliches sagen«, ereiferte sich seine Mutter. »Es ist doch selbstverständlich, daß Hans, als Sohn meiner ältesten Schwester, Chef der Rodenberg-Werke wird. Da Onkel Lutz nicht mehr am Leben ist, ist er der nächste dazu, und einer kann es doch nur werden. Es ist schade, daß mein armer Bruder verschollen ist.«

»Sprich doch nicht davon, daß er verschollen ist, Melanie, er ist tot«, warf ihr Mann ein.

»Leider müssen wir uns wohl darüber klar sein, Arthur.«

»Bedauere das nur nicht so sehr, es könnte nicht angenehm sein, einen Totschläger in der Familie zu haben. Er hat eben seine Strafe dafür erhalten, daß er einen Menschen erschlug«, sagte Mertens salbungsvoll.

Frau Melanie wurde blaß.

»Oh, bitte, sprich nicht so, Arthur, es war ein furchtbares Unglück, aber keine Schuld.«

»Darüber bin ich anderer Ansicht.«

»Laß das um Gottes willen Vater nicht hören, er ertrüge es nicht, wenn du in dieser Weise von Lutz sprächest.«

»Keine Sorge, Melanie, ich weiß sehr wohl, daß man auf seine Schwäche Rücksicht nehmen muß. Aber wir unter uns können doch das Ding beim rechten Namen nennen.«

»Ich kann ebenfalls nicht begreifen, wie man einen Totschläger noch mit einem Glorienschein umgeben kann«, sagte Jo schroff und hart. »Eva Maria spricht immer in den höchsten Tönen von ihm, als habe er Gott weiß was für eine Heldentat verrichtet. Das ist blöde Sentimentalität.«

Frau Melanie legte ihr die Hand auf den Mund.

»Schweig', ich kann es nicht ertragen, daß du so über meinen toten Bruder sprichst, ich – ich habe ihn sehr liebgehabt.«

Arthur Mertens nahm die Hand seiner Frau und streichelte sie.

»Du bist eine schwache Frau, meine Melanie, und deine Schwäche erscheint mir, wie immer, liebenswert«, sagte er mit süßlicher Weichheit, die Melanies Augen aufleuchten ließ.

Jo und ihr Bruder Egon sahen sich verstohlen an. Sie schätzten ihres Vaters Liebenswürdigkeit gegen die Mutter richtig ein.

Jetzt kam Hans zurück. Eva Maria war noch bei dem Großvater geblieben. Die Unterhaltung nahm nun einen ganz anderen Verlauf. Arthur Mertens und seine Kinder freuten sich lautstark, daß Großvater wieder gesund sei. Nur Melanie stimmte nicht mit ein. Sie dankte Gott im stillen für die Genesung ihres Vaters, dafür meinte sie es aber ehrlich. Auch Hans gab kein Wort dazu, und Jo fragte ihn daher aggressiv:

»Nun, Hans, willst du nicht auch deiner Freude über Großpapas Genesung Ausdruck geben?«

Hans hatte sich neben Tante Melanie gesetzt. Er fuhr mit der Hand durch seinen blonden Schopf, der immer ein wenig wild um die gutgebaute Stirn stand, während sein Vetter Egon stets auf einen wohlgepflegten Scheitel Wert legte. Mit einem ernsten Blick sah er seine Cousine an.

»Ich empfinde diese Freude so stark und intensiv, daß ich keine Worte finde.«

»So, so? Na, jedenfalls verstehst du diese Freude aber vorzüglich zu beherrschen.«

»Und du verstehst ihr prächtig Ausdruck zu geben, jeder nach seiner Art, Jo.«

Sie zuckte die Achseln.

»Im übrigen könntest du endlich einmal etwas für deine Frisur tun. Du siehst ja wüst aus mit deinem wilden Haarschopf.«

Hans lachte unbekümmert.

»Eva Maria zankt auch zuweilen mit mir darüber, aber mein Schopf ist so widerspenstig.«

»Weil du immer mit beiden Händen hineinfährst.«

»Ich kann mir schon denken, Jo, daß dir Egons herrlicher Scheitel besser gefällt. Wie lange braucht er denn aber jeden Tag, um dies Wunderwerk zu vollenden?« spottete Hans gutmütig.

Frau Melanie fuhr mit ihrer kleinen, rundlichen Hand lächelnd durch das blonde Haar ihres Neffen.

»Laßt nur seinen Schopf in Ruhe, ein korrekter Scheitel paßt nicht zu ihm. Ein Heißsporn wie er kann keinen Scheitel tragen.«

Hans zog ihre Hand an seine Lippen.

»Wenn ich einen Scheitel hätte, würdest du mich nicht mehr zausen, und Eva Maria und Großvater täten es auch nicht mehr.«

»Es scheint dir also viel daran zu liegen, gezaust zu werden«, spottete Egon, der etwa gleichen Alters wie Hans war.

Hans sah ihn mit einem seltsamen Ausdruck an.

»Ja, aber nur von lieben Händen.«

Egon lachte höhnisch auf.

»Schau, schau! Nur von lieben Händen«, sagte er zynisch.

Hans stieg das Blut in den Kopf.

»Was du unter lieben Händen verstehst, meine ich nicht«, sagte er scharf zurückweisend.

»Nein, nein, du bist der keusche Josef«, höhnte Egon hämisch.

»Du aber nicht!« rief Hans verächtlich.

»Aber ihr Bengel, wollt ihr wohl Ruhe halten!« fuhr Arthur Mertens dazwischen.

Egon sah Hans mit verkniffener Miene an. Er wußte, daß Hans ihn vor einigen Tagen in der Stadt mit einer fragwürdigen Dame gesehen hatte. So jung er noch war, machte er doch schon reichlich von dem Recht der modernen Jugend, sich ausleben zu dürfen, Gebrauch. Aber er wünschte doch nicht, daß Hans ihn verraten sollte. Deshalb schwieg er und zündete sich mit überheblicher Miene eine Zigarette an.

Hans unterhielt sich mit Tante Melanie, und Jo folgte dem Beispiel ihres Bruders. Arthur Mertens beobachtete Hans mit scharfen Blicken und mit nachdenklicher Miene. Er brütete wieder über seinen Plänen. Seit er mit seinem Schwiegervater über Doktor Bernd gesprochen hatte, grübelte er darüber nach, wie er Bernd gegen Hans ausspielen könne. Er hatte es in diesen Tagen vermieden, mit Bernd zusammenzutreffen, weil er sich noch nicht klar war über die Haltung, die er ihm gegenüber einnehmen sollte.

Nach einer Weile kam Eva Maria wieder heraus und meldete, daß der Großvater eingeschlafen sei.

Mertens erhob sich sogleich.

»Dann können wir ja wieder heimfahren«, sagte er.

Alle waren damit einverstanden und verabschiedeten sich von den Geschwistern.

Eva Maria und Hans sahen dem Auto eine Weile schweigend nach. Es fuhr langsam hinab ins Tal. Die Villa Melanie lag westlich von den Werken mitten im Walde. Per Auto war man von der Rodenbergschen Villa aus in zehn Minuten dort.

Hans atmete tief auf. »Gottlob, Eva Maria, daß wir wieder allein sind.«

Sie sah lächelnd zu ihm auf. »Es kostet dich immer viel Überwindung, mit Jo und Egon Frieden zu halten.«

Er zuckte die Achseln.

»Eigentlich müßte man die beiden permanent ohrfeigen, aber trotzdem werde ich mit ihnen einigermaßen fertig. Onkel Arthurs ölige Biedermannsmiene ist viel schwerer zu ertragen. Es wäre direkt eine Wohltat, wenn er sein wirkliches Gesicht zeigte.«

»Wir müssen ihn ertragen, wie er ist. Und nun laß uns nicht mehr daran denken. Komm, setz' dich zu mir, wir wollen uns den herrlichen Sonntag und die Freude an Großvaters Genesung nicht trüben lassen. Er hat diesen ersten Ausflug gut überstanden.«

»Gottlob! Ich bin dem Schicksal innig dankbar, daß er wieder gesund ist, wenn Jo, die dumme Gans, das auch anzweifelt. Sie glauben nämlich, außer Tante Melanie, allesamt, daß ich auf den Tod des Großvaters gewartet habe, um mein Erbe antreten zu können. Ekelhafte Bande!«

Eva Maria legte ihre Hand auf die seine.

»Laß dich nicht kümmern, was sie denken, Hans.«

»Du hast recht, man muß es ignorieren. Aber immer überfallen sie mich mit ihren Bosheiten und reizen mich. Aber das schlimmste ist, wenn Onkel Arthur seine unechten Liebenswürdigkeiten losläßt. Wenn ich nur um Gottes willen nie unter seine Vormundschaft gerate.«

»Wir wollen hoffen, daß Großvater uns erhalten bleibt, bis du selbständig werden kannst.«

»Das ist auch mein heißester Wunsch, weiß Gott, Eva Maria. Mir wäre es lieber, Onkel Lutz wäre da und nach Großvaters Ableben Herr der Werke. Dann würde Onkel Arthur mich wenigstens nicht mit seinem Haß verfolgen. – Meinetwegen könnte auch Egon an meine Stelle treten. Ich hätte freilich dann das Gefühl, daß unsere Arbeiter es sehr schlecht haben würden, und das möchte ich nicht.«

»Nein, Hans, das möchte ich auch nicht. Aber nun laß uns von anderen Dingen reden. Wie hast du gestern drüben den Tag verbracht. Wir haben darüber bisher noch nicht sprechen können.«

»Oh, es war ein Tag voller neuer Eindrücke. Welch ein herrliches Unternehmen. Gestern früh bin ich mit eingefahren in die Gruben und habe mit den Bergleuten um die Wette gearbeitet. Kein Wunder, daß sie alle so ernst und still sind. Mir vergeht auch immer das Lachen, wenn ich mit unter Tag bin, und immer denke ich dann: Wirst du die Sonne wiedersehn? Aber trotzdem pulsiert auch da das Leben, und man fühlt sich als ein Teil der treibenden Kräfte, die das Werk durchdringen.«

Liebevoll sah die Schwester dem Bruder in die leuchtenden Augen, die den ihren so sehr glichen.

»Wie schön das klingt, was du sagst, Hans.«

Er atmete auf und warf den Kopf zurück.

»Oh, da mußt du erst mal Doktor Bernd sprechen hören! Da geht einem das Herz auf, und man begreift erst, wie alle Dinge im Leben ineinandergreifen. – Er hat mir überhaupt das Verständnis für unsere Arbeiter und für alles, was auf den Werken geleistet wird, vermittelt. Es gibt sozusagen selbst den toten Dingen eine Seele. Mit einem Wort, Eva Maria, ein herrlicher Mann!«

Eva Maria klopfte das Herz bis in den Hals hinauf.

»Ich freue mich, daß du dich ihm so eng angeschlossen hast.«

»Und ich, daß er sich meiner so annimmt. Hat dir Großvater schon von seiner neuen Erfindung gesprochen?«

Überrascht sah sie auf.

»Nein, Hans, hat er eine Erfindung gemacht?«

»Ja, und zwar eine ganz großartige. Ich durfte bisher nicht darüber sprechen, dergleichen muß Geheimnis bleiben, bis alles fertig ist. Aber nun ist es soweit, und er hat Großvater schon einen Vortrag darüber gehalten. Denke dir, diese Erfindung bedeutet eine große Wohltat für unsere Grubenarbeiter. Er sinnt ja immer darüber nach, wie er ihnen das schwere Los erleichtern kann. Mit mir hat er zuerst darüber gesprochen, und ich habe ihm dann mithelfen dürfen. Das hat mich, wie du dir denken kannst, sehr stolz gemacht. Und sobald er damit fertig war, habe ich Großvater unverzüglich davon berichtet, ohne daß er es wußte und wollte. Bei seiner Bescheidenheit hätte er sich nicht gleich an Großvater gewendet. Aber dem leuchtete sogleich ein, daß die Sache wertvoll war, und er hat darum von Bernd einen ausführlichen Bericht gefordert. Du weißt ja, daß Großvater alles tut, um den Bergarbeitern Erleichterung zu schaffen, und er hat Doktor Bernd gesagt, die Erfindung solle für die Werke angekauft werden.«

Hell leuchteten Eva Marias Augen.

»Wie freue ich mich für Doktor Bernd und auch für unsere Leute.«

»Ich mich auch. Er hat zwar ein bißchen mit mir gezankt, daß ich mit Großvater darüber gesprochen habe, ehe dieser ganz gesund war, aber in solchem Falle darf man nicht lange zögern. Zugunsten unserer Leute kann diese Erfindung nicht schnell genug im Betriebe angewendet werden. Das habe ich ihm auch zu meiner Entschuldigung erwidert, und da hat er mir die Hand gedrückt, ganz fest und warm, und gesagt: Sie werden den Rodenberg-Werken einmal ein Idealchef sein, das weiß ich. – Und da habe ich ihm geantwortet: Dazu brauche ich Leute wie Sie, Herr Doktor, und ich hoffe, daß Sie immer bei uns bleiben werden.«

»Und – was hat er darauf erwidert?« fragte sie leise.

»Ich habe keinen andern Wunsch, als immer auf den Rodenberg-Werken arbeiten zu können, Herr Hans. – So nennt er mich immer.«

Und Hans schwärmte noch eine ganze Weile von Doktor Bernds Vorzügen. Er ahnte nicht, wie sehr sich seine Schwester darüber freute. Selten hatte er Eva Maria einmal mit Doktor Bernd zusammen gesehen und hatte nicht, wie der Großvater, seine Beobachtungen machen können. Hätte er aber eine Ahnung gehabt, würde er sich sehr gefreut haben.

## 5

Am nächsten Vormittag arbeitete Hans unter Doktor Bernds Anleitung in dessen Büro. Er war eifrig mit einer technischen Zeichnung beschäftigt, während Doktor Bernd mit einigen Apparaten hantierte. Da trat plötzlich Arthur Mertens ein. Wie gewöhnlich hatten die beiden Herren ihn nicht kommen hören. Immer war es, als schleiche er unhörbar durch die Werke. Plötzlich pflegte er aufzutauchen, in den Arbeitssälen, in den Maschinenräumen, in den Kontoren und Büros. Dieses spürende Umherschleichen war einer der Hauptgründe für seine Unbeliebtheit; es machte ihn geradezu verhaßt. Jeder fühlte sich von ihm umlauert. Er spionierte alles aus, und immer schien er da zu sein, wo man ihn am wenigsten erwartete. Jede Kleinigkeit, jedes unbedeutende Versehen wurde dann leicht zu einem schlimmen Vergehen aufgebauscht.

Auch Hans und Doktor Bernd empfanden seinen plötzlichen Eintritt unliebsam, wenn sie auch durchaus nichts zu verbergen hatten. Und das heuchlerisch freundliche Gesicht Mertens' milderte dies Empfinden durchaus nicht.

»Guten Morgen, Hans, guten Morgen, Herr Doktor! Mir sind kürzlich Wunderdinge erzählt worden von einer genialen Erfindung, die Sie gemacht haben.«

»Guten Morgen, Onkel Arthur. Ja, da bist du recht unterrichtet. Doktor Bernd hat eine großartige Erfindung gemacht.«

Mertens wandte sich mit zusammengekniffenen Augen dem Neffen zu.

»Du bist immer ein wenig überschwenglich, mein lieber Hans. Das Vorrecht der Jugend! Aber ich möchte mir doch lieber ein eigenes Urteil über diese Erfindung bilden. Sie haben es bisher nicht für nötig befunden, Herr Doktor, mir davon Mitteilung zu machen.«

Es lag bei aller Freundlichkeit eine leichte Gereiztheit in seinen Worten.

Doktor Bernd hatte sich höflich zum Gegengruß verneigt. Nun erwiderte er ruhig:

»Da Sie nicht Fachmann sind, Herr Direktor, sondern Kaufmann, wollte ich Sie nicht damit belästigen.«

»Aber meinen kranken Schwiegervater haben Sie ohne weiteres damit behelligt«, entgegnete ihm Mertens ziemlich scharf. Sein heimlicher Groll auf den so wenig unterwürfigen jungen Ingenieur ging mit ihm durch. Trotzdem er in Erwägung gezogen hatte, ihn als Faktor in sein Rechenexempel einzusetzen, vermochte er sich ihm gegenüber nicht gleich zu einem anderen Ton zu bequemen. Er hatte deshalb schon einige Tage gezögert, bevor er ihn aufsuchte.

Doktor Bernd war das Blut in die Stirn gestiegen, aber ehe er noch antworten konnte, sagte Hans hastig:

»Du irrst, Onkel Arthur, Doktor Bernd hat Großvater durchaus nicht belästigt. Ich selbst hielt es für meine Pflicht, ihn ohne Doktor Bernds Wissen auf dessen Erfindung aufmerksam zu machen, und Großvater interessierte sich gleich so sehr dafür, daß er Doktor Bernd veranlaßte, ihm einen Vortrag darüber zu halten. Er selbst hätte gewiß nicht gewagt, mit Großvater während seiner Rekonvaleszenz davon zu sprechen.«

Arthur Mertens wandte sich an Hans.

»Mein lieber Junge, meines Wissens habe ich dich nicht aufgefordert, mir Auskunft zu geben. Überlasse das ruhig Herrn Doktor Bernd.«

Hans biß sich auf die Lippen, aber er schwieg, während der junge Ingenieur ruhig und bestimmt sagte: »Ich habe aber den Worten von Herrn Hans nichts hinzuzufügen, Herr Direktor.«

»Ich bin eigens dazu hergekommen, um mich von Ihnen über diese Erfindung informieren zu lassen. Zwar ist mein Schwiegervater, wie er mir sagte, willens, einen Ankauf zu erwägen, er bat mich jedoch, zuvor mein Urteil darüber abzugeben.«

Das ist erlogen, dachte Hans. Er wußte sehr wohl, daß der Großvater Mertens als Kaufmann sehr hoch einschätzte, ihm aber in technischen Fragen ganz bestimmt kein kompetentes Urteil zutraute. Auch Doktor Bernd konnte sich nicht denken, daß Georg Rodenberg seinen Entschluß von dem Urteil Direktor Mertens' abhängig machen würde, aber er behielt diese Meinung für sich.

»Wenn Sie wünschen, werde ich Ihnen alles in einer auch für Nichtfachleute verständlichen Form erklären.«

Mertens ärgerte sich über diese Entgegnung. Der junge Mann erwies ihm, wie schon immer, zu wenig Unterwürfigkeit, und das erboste ihn von neuem. Es wurde ihm schwer, sich vorzustellen, daß dieser »respektlose« Doktor Bernd eines Tages sein Schwiegersohn werden könne. Aus Klugheit zwang er jedoch seinen Ärger nieder und sagte scheinbar gelassen:

»Gut, ich brenne darauf; wenn ich auch kein Fachmann bin, habe ich mir in meiner langjährigen, leitenden Stellung hier im Betrieb doch das nötige Verständnis für alle technischen Fragen angeeignet. Jedenfalls verstehe ich zum mindesten ebensoviel davon wie mein Neffe Hans.«

Ralf Bernd verneigte sich ruhig.

»Wünschen Sie jetzt gleich meinen Vortrag darüber anzuhören?«

»Gewiß, dazu kam ich her.«

Doktor Bernd holte alle Unterlagen herbei und breitete mit Hilfe von Hans seine Pläne vor Mertens aus. Dabei sagte er in seiner bestimmten Art:

»Bevor ich beginne, möchte ich noch bemerken, daß gerade Herr Hans das vollste Verständnis für meine Erfindung besitzt, ein so gutes sogar, daß er mir fleißig bei der Ausführung geholfen hat. Ich kann wohl sagen, er war mein Mitarbeiter.«

Hans bekam vor Freude einen roten Kopf.

»Aber bitte, Herr Doktor, machen Sie doch kein Aufhebens von meiner bescheidenen Mithilfe. Ich habe doch sozusagen nur Handlangerdienste dabei geleistet und bin nur so weit Ihren Gedanken gefolgt, um mir ein Urteil zu bilden, daß Ihre Erfindung eine geniale und segensreiche ist.«

»Nun, ich wäre jedenfalls noch nicht damit zu Ende gekommen, wenn Sie mich nicht so wirksam dabei unterstützt hätten.«

Mit einem hinterhältigen Blick sah Mertens von einem zum andern.

»Es wäre mir lieb, wenn Sie meine Zeit nicht mit gegenseitigen Komplimenten in Anspruch nähmen«, bemerkte er leichthin.

Doktor Bernd und Hans sahen sich einen Moment in die Augen. Hans erwiderte kein Wort, und Ralf Bernd begann sofort mit seinen Ausführungen. Mertens hörte aufmerksam zu und sah auf die Zeichnungen herab, aber er war im voraus fest entschlossen, allerlei an der Erfindung auszusetzen. Hans hatte sich seiner Arbeit wieder zugewandt, aber zuweilen sah er mit einem forschenden Blick zu dem Onkel hinüber. Er kannte ihn gut genug, um überzeugt zu sein, daß er allerlei Einwände machen würde, schon, um seine Überlegenheit zu dokumentieren.

Schweigend hörte Mertens zu, bis Doktor Bernd zu Ende war. Dann zeigte er eine sehr überlegene, süffisante Miene und klopfte mit dem Bleistiftende auf die Zeichnung.

»Ja, ja, mein lieber Herr Doktor, das ist alles ganz gut und schön. Eine bemerkenswerte Idee, segensreich, wie mein Neffe so schön sagte, aber haben Sie sich klargemacht, welche Unsummen nötig wären, das von Ihnen Ersonnene in allen Gruben anbringen zu lassen?«

Hans und Doktor Bernd zuckten leise unter dieser höhnischen Frage zusammen. Wieder tauschten sie einen schnellen Blick.

»Jawohl, Herr Direktor, ich habe sogar eine sehr genaue Berechnung darüber aufgestellt und sie Herrn Rodenberg ebenfalls unterbreitet.«

Mertens kugelrunden Kopf überzog eine jähe Röte.

»Ich sage ja, Sie hätten meinen kranken Schwiegervater nicht damit belästigen sollen, wenigstens nicht, ohne vorher mit mir darüber gesprochen zu haben. Es ist gut, daß er mir den Auftrag gab, mich darüber zu informieren und mein Urteil abzugeben. Als geschäftlicher Leiter der Rodenberg-Werke hätte ich Ihnen im voraus sagen können, daß die Ausführung wegen der hohen Kosten unmöglich ist.«

Mertens bezweckte mit diesen Einwänden zweierlei, er wollte Doktor Bernd ein wenig ducken und ihm die Überzeugung beibringen, daß, wenn seine Erfindung angekauft und ausgeführt würde, er es lediglich ihm zu verdanken habe. Er wollte sich Ralf Bernd damit verpflichten. Denn daß er in Wirklichkeit nichts gegen den Ankauf und die Ausführung tun konnte, nachdem sein Schwiegervater alles angenommen und begutachtet hatte, wußte er sehr wohl. Doktor Bernd sollte aber erkennen, wie einflußreich er sei, und daß es nur sein Vorteil sein könne, wenn er sich gut mit ihm stellte.

Hans war empört aufgesprungen.

»Wie kannst du so etwas sagen, Onkel Arthur, nachdem Großvater die Erfindung angekauft und die Ausführung geplant hat?«

Ein haßerfüllter Blick schoß für einen Moment hinter den gefärbten Brillengläsern hervor, einer jener unbeherrschten Blicke, die Hans verraten hatten, daß dieser Mann sein erbitterter Feind war. Und diesen Blick fing auch Doktor Bernd auf.

»Du bist zu jung und zu unreif, um mitreden zu können, mein lieber Hans. Auf deine Meinung kommt es hier gar nicht an. Deine Freundschaft für Herrn Doktor hat dich verleitet, Großvater mit der ganzen Angelegenheit zu überrumpeln.«

»Großvaters Urteil allein ist maßgebend, auch für dich«, stieß Hans zornig hervor.

»Bitte, Herr Hans, streiten Sie sich meinetwegen nicht mit Ihrem Herrn Onkel. Ich werde ruhig warten, bis Ihr Herr Großvater völlig genesen ist und alles nochmals in Ruhe prüfen kann. Ich stelle es Ihnen anheim, Herr Direktor, Herrn Rodenberg gegenüber alle Ihre Bedenken zu äußern.«

Mertens sah ein, daß er zu weit gegangen sei. Wenn er Doktor Bernd zu seinem Werkzeug machen und auf seine Seite ziehen wollte, mußte er jetzt einlenken. Lächelnd sagte er daher:

»Sie brauchen nicht gleich über das Ziel hinauszuschießen, Herr Doktor, wie mein Neffe Hans. Es ist meine Pflicht als kaufmännischer Leiter der Werke, unnütze Ausgaben zu vermeiden.«

»Unnütze Ausgaben nennst du das, für eine Sache, von der Wohl und Leid, Leben und Gesundheit unserer Arbeiter abhängt? Oh, gottlob ist Großvater in diesem Punkte anderer Meinung als du.«

»Ich sage ja, mein lieber Hans, du bist zu unreif, um hier mitreden zu können. Deine Volksbeglückungsideen gehen immer ins Schwärmerische, und du hast Großvater vermutlich zugesetzt, sich einem Ankauf geneigt zu zeigen.«

»Das hatte ich nicht nötig; ich habe die Erfindung für sich selbst sprechen lassen, und Großvater wird ganz bestimmt ihre Ausführung verfügen.«

»Das werden wir sehen. Ereifere dich nicht, du kannst, wie gesagt, nicht mitreden. Herr Doktor, legen Sie mir einmal Ihre genaue Berechnung vor; ich werde sie gewissenhaft prüfen, wie es meine Pflicht ist. Und Sie können versichert sein, daß ich, wenn ich es mit meiner Pflicht vereinbaren kann, wie ich hoffe, den Ankauf und die Ausführung Ihrer Erfindung selbst bei meinem Schwiegervater befürworten werde. Mir liegt doch auch das Wohl unserer Arbeiter am Herzen, und ich wünsche aufrichtig, daß ich meinen Schwiegervater zu Ihren Gunsten beeinflussen kann. Unsere Entscheidung werde ich Ihnen mitteilen. Guten Morgen!«

Damit nickte Mertens den beiden jungen Leuten mit jovialem Lächeln zu und ging hinaus.

Es blieb eine Weile ganz still. Die beiden sahen sich mit großen Augen an. Dann begann Doktor Bernd ruhig, seine Pläne wieder zusammenzuwickeln. Hans legte erregt die Hand auf seinen Arm.

»Sie können vollkommen ruhig sein, Herr Doktor. Großvater wird sich ganz bestimmt nicht umstimmen lassen; er weiß, was er will, und seine Entschlüsse sind gefaßt. Sie hätten nur hören sollen, wie lobend er sich über alles ausgesprochen hat. Und – nun will ich Ihnen auch etwas verraten, was ich eigentlich verschweigen wollte, bis es an der Zeit sei. Großvater will Sie zum Oberingenieur befördern lassen, sobald er wieder in den Werken ist. Ich verrate Ihnen das nur, um Sie vergessen zu machen, daß mein Onkel Sie demütigen wollte. Dieser Mensch will sich nur wichtig machen, wie immer.«

Die letzten Worte fuhren Hans in überschäumendem Zorn über die Lippen.

Dieser Mensch! So nannte er seinen Onkel zum erstenmal

im Beisein eines Fremden. Nur Eva Maria hatte das bisher zuweilen von ihm gehört. Und Ralf Bernd entnahm aus diesen Worten die ganze tiefe Empörung des jungen Mannes und zugleich ein wildes Auflehnen gegen die diktatorische Art seines Onkels. Fest faßte er seine Hand.

»Herr Hans, regen Sie sich bitte meinetwegen nicht über Ihren Onkel auf, er ist etwas beleidigt, daß ich ihn überging. Das wollte er mich fühlen lassen. Aber, wenn ich ihm auch einigen Einfluß auf Ihren Herrn Großvater zutraue, es wird ihm doch nicht gelingen, ihn umzustimmen. Herr Rodenberg ist stets darauf bedacht, seinen Arbeitern Erleichterung zu schaffen. Und was Sie mir in Ihrer Erregung von der Absicht Ihres Herrn Großvaters, mich avancieren zu lassen, verraten haben, will ich gar nicht gehört haben. Es ist vergessen. Es sollen Ihnen meinetwegen keine Unannehmlichkeiten erwachsen, weil Sie mich erfreuen und trösten wollten.«

Hans sah ihn mit brennenden Augen an.

»Onkel Arthur will Sie nur schikanieren – weil Sie mein Freund sind. Er haßt mich, haßt alles, was zu mir hält, auch meine Schwester«, stieß er unbeherrscht hervor.

Doktor Bernds offene Augen sahen ernst in die seinen.

»Hüten Sie sich vor derartigen Einbildungen, Herr Hans, weshalb sollte ihr Onkel Sie hassen?«

Hans strich durch seinen blonden Schopf und zwang sich zur Ruhe.

»Weil ich eines Tages der Chef der Rodenberg-Werke werden soll, weil Großvater mich und nicht ihn oder seinen Sohn dazu bestimmt hat. Deshalb haßt er mich, haßt meine Schwester, weil sie zu mir hält und – er wird auch Sie hassen, weil Sie mein Freund geworden sind und mir Gutes tun.«

Bestürzt sah Ralf Bernd in das erregte, zuckende Gesicht seines jungen Freundes. Er dachte an den Blick von Mertens, den er aufgefangen hatte.

»Sie sprechen da eine sehr schwere Beschuldigung aus, Herr Hans.«

»Oh, ich könnte sie begründen. Sie ahnen nicht, in welcher für mich deutlichen Weise er zuweilen seinen Haß durchblicken läßt, so freundlich er sich auch immer gibt. Das ist Falschheit! Er wird mich diesen Haß noch viel härter fühlen lassen, wenn mir das Unglück widerfahren sollte, daß mein Großvater von mir genommen wird, ehe ich mein fünfundzwanzigstes Lebensjahr erreicht habe. Bis dahin werde ich unter seiner Vormundschaft stehen müssen, erst dann werde ich unabhängig von ihm sein. Ich ahne, was mir dann bevorstehen würde, und – ich bin wahrhaftig kein Feigling – aber ich fürchte mich vor diesem Mann, weil er im Dunkeln schleicht. Und Sie wird er ebenfalls so lange schikanieren, wie Sie auf meiner Seite stehen. Sagen Sie sich lieber los von mir, Herr Doktor, damit er Sie in Ruhe läßt.«

Das kam in wilder Erregung über die Lippen des jungen Menschen. Doktor Bernd legte beruhigend, mit einem warmen, guten Lächeln, die Hand auf seine Schulter. Er zweifelte kaum an den Worten seines jungen Freundes. Arthur Mertens war ihm gleichfalls sehr unsympathisch, weil er ihn für einen heuchlerischen Streber hielt.

»Das trauen Sie mir doch nicht im Ernst zu, Herr Hans. Wenn ich jemandem meine Freundschaft schenke, tue ich es erst nach reiflicher Überlegung, aber dann entziehe ich sie ihm nicht wieder, am wenigsten Ihnen, denn ich glaube, Sie brauchen sie.«

Hans schluckte seine Erregung nieder.

»Wahrhaftig, Herr Doktor, außer meinem Großvater und meiner Schwester habe ich niemanden, der zu mir hält.«

»Das sagen Sie nicht, ich glaube, auf den ganzen Werken gibt es niemand, der nicht zu Ihnen hielte.«

»Aber Sie stehen mir nach diesen beiden am nächsten. Und gerade deshalb möchte ich Sie nicht in die Gefahr bringen, sich bei meinem Onkel unbeliebt zu machen.«

»Keine Sorge, Herr Hans, ich tue meine Pflicht und fürchte

daher weder Ihren Herrn Onkel noch sonst jemanden. Also bitte, kündigen Sie mir Ihre Freundschaft nicht, ich möchte sie nie mehr missen.«

Mit flammenden Augen sah Hans zu ihm auf.

»Liegt Ihnen wirklich etwas an mir?«

Ralf Bernd dachte daran, daß Hans der Bruder von Eva Maria sei, daß er ihn mit den tiefblauen Augen seiner Schwester ansah und daß er ein Mensch sei, um den es sich lohnte, Mißhelligkeiten in Kauf zu nehmen. Mit einem warmen, herzlichen Blick sah er ihn an.

»Viel liegt mir an Ihnen, sehr viel, glauben Sie mir das.«

Wieder schluckte Hans tapfer seine Erregung nieder.

»Das macht mich stolz! Und ich werde es Eva Maria und Großvater erzählen, daß Sie mein Freund sind, es wird sie freuen.«

Eine leichte Röte stieg in Ralf Bernds Stirn, als Hans von Eva Maria sprach. Er wandte sich ab und sagte so ruhig, wie er konnte:

»Nun wollen wir wieder an unsere Arbeit gehen, damit wir unsere Pflicht nicht verletzen.«

Hans gehorchte sofort.

Als er am Mittag nach Hause kam, eilte er zu seinem Großvater. Er fand Eva Maria bei ihm. Und nun sprudelte er heraus, daß Arthur gegen die Ausführung der Erfindung Doktor Bernds sei und beschwor den Großvater, sich nicht beirren zu lassen. Lächelnd hörten der alte Herr und Eva Maria mit brennendem Interesse zu. Als Hans geendet hatte, fuhr ihm der Großvater lächelnd durch den blonden Schopf.

»Nur Ruhe, du Heißsporn, Onkel Arthur war bereits bei mir und hat mir seine Bedenken nicht vorenthalten. Du mußt ins Auge fassen, daß es seine Pflicht als kaufmännischer Leiter der Werke ist, zuerst den finanziellen Aspekt zu erwägen. Aber ich habe ihn überzeugt, daß dies Geld gut angelegt sein und mit der Zeit auch Zinsen bringen wird. Denn wenn unsere Leute geschont werden, bleibt manche andere Ausgabe erspart. Ereifere dich nicht mehr, es ist alles in bester Ordnung, und Onkel Arthur wird bereits heute nachmittag Herrn Doktor Bernd sagen, daß ich seine Bedenken zerstreut habe.«

Hans atmete auf. Er drückte dem Großvater die Hand so fest, daß dieser eine kleine Grimasse schnitt.

Hans berichtete dann strahlend, daß Doktor Bernd für immer sein Freund sein wolle, verschwieg aber alles, was irgendein Licht auf Mertens' Verhalten werfen konnte. Das erzählte er erst später, während der Großvater Mittagsruhe hielt, seiner Schwester. Sie hörte erregt zu, und ihre Augen glänzten, als sie hörte, daß Ralf Bernd so herzlich zu Hans gewesen war.

»Halte dich seiner Freundschaft nur wert, mein lieber Hans«, sagte sie aufatmend.

»Darauf kannst du dich verlassen, Eva Maria. So etwas setzt man nicht aufs Spiel«, erwiderte er.

Am Nachmittag erschien Arthur Mertens wieder im Büro Doktor Bernds und sagte mit öligem Lächeln:

»Also mein lieber Herr Doktor, ich habe mich überzeugt, daß die Kosten für die Ausführung Ihrer Erfindung nicht so hoch sind, wie ich anfangs fürchtete, und ich habe meinem Schwiegervater deshalb mit reinem Gewissen zureden können, Ihre Erfindung ankaufen und ausführen zu lassen. Wir haben es beide gemeinsam beschlossen.«

Ralf Bernd verneigte sich. Er ahnte, daß die Dinge etwas anders lagen und mußte daran denken, was Hans ihm gesagt hatte.

»Ich danke Ihnen, Herr Direktor.«

»Keine Ursache! Wie gesagt, es freut mich, daß meine Pflicht mich nicht zwang, Ihre Erfindung abzulehnen. Aber, bei dieser Gelegenheit möchte ich Ihnen einen Wink geben. Wie ich bemerkt habe, hat sich mein Neffe Ihnen sehr eng angeschlossen. Ich möchte Sie bitten, Ihren Einfluß auf diesen jungen Heißsporn zu einem segensreichen zu gestalten. Er ist ein wenig ungebärdig, es kann daher nicht schaden, wenn sie ihn ein wenig unter die Fuchtel nehmen würden.«

Ralf Bernd wollte dies Ansinnen kurz und scharf zurückweisen, aber da sah er, daß die Augen von Mertens mit einem gewissen lauernden Ausdruck auf ihm ruhten, und das warnte ihn. Er fühlte plötzlich, daß Hans recht hatte, wenn er behauptete, daß sein Onkel ihn hasse. Er sagte sich daher, daß es Hans vielleicht besser nützen könne, wenn er scheinbar zustimmte, um die wahre Gesinnung dieses Mannes seinem Neffen gegenüber zu ergründen.

»In welcher Weise wünschen Sie, daß ich den jungen Herrn beeinflussen soll«, fragte er scheinbar sehr gelassen, »es wäre mir lieb, entsprechende Anweisungen von Ihnen zu erhalten.«

Das sagte er, ohne es zu wissen, in einer unterwürfigeren Art als sonst. Mertens meinte daraus zu entnehmen, er habe sich den jungen Ingenieur bereits verpflichtet durch die Angabe, er habe für die Annahme der Erfindung gestimmt. Also auch Ralf Bernd schien käuflich zu sein, wenn es sich für ihn nur lohnte.

Er lächelte hinterhältig. »Nun, mein lieber Herr Doktor, darüber müßten wir uns erst einmal aussprechen. Einerseits ist Hans ein heißblütiger Draufgänger, andererseits aber scheint er mir – nun, sagen wir – braver, als es einem jungen Manne zukommt. Ich hätte Ihnen – selbstverständlich nur zum Besten meines Neffen – allerlei Wünsche zu unterbreiten. Es würde mich freuen, wollten Sie am Sonntag mittag bei uns speisen. Wir geben an, wir hätten uns wegen Ihrer Erfindung des näheren zu unterhalten. Das kann ja nebenher ebenfalls geschehen. Allein in der Hauptsache möchte ich mich Ihrer Beihilfe bezüglich der Erziehung meines Neffen versichern. Er darf davon allerdings keine Ahnung haben, sonst bockt er gleich im voraus. Da Ihr Besuch bei uns nicht unbemerkt bleiben könnte, schieben wir also die Besprechung wegen der Erfindung vor, haben Sie verstanden?«

Ralf Bernd zeigte ein unergründliches Gesicht, aber er schien sehr diensteifrig und bereitwillig. Instinktiv witterte er eine Gefahr für Hans und sagte sich, daß er diese vielleicht abwehren könne, gäbe er sich den Anschein, als sei er willens, seine Freundschaft für Hans zu verraten.

Scheinbar bereit, Mertens in jeder Weise zu Willen zu sein, sagte er zustimmend: »Gern werde ich Ihnen helfen, Herr Direktor, Sie brauchen mir nur zu sagen, wie ich Herrn Hans beeinflussen soll, und es wird geschehen. Ich möchte Ihnen doch meine Dankbarkeit beweisen.«

Mertens nickte befriedigt und reichte Ralf Bernd seine fleischige Hand, an der ein großer Solitär funkelte.

»Gut, gut, mein lieber Herr Doktor, wir werden uns schon verständigen. Und es soll Ihr Schaden nicht sein, wenn Sie auf meine Wünsche eingehen. Mein Schwiegervater verzieht den Schlingel ein wenig zu sehr, aber er hat sein Wohl in meine Hände gelegt, auch für den Fall seines Todes. Hans möchte schon jetzt hier ein wenig den Herrn herauskehren, weil er später der Chef der Werke werden soll. Erst muß er sich aber einmal den Wind um die Nase wehen lassen, er ist noch viel zu unreif, noch viel zu unerfahren, verstehen Sie?«

Ralf verstand durchaus noch nicht, worauf Mertens hinauswollte, aber als dieser ihn jetzt listig lächelnd anstieß, nickte er scheinbar verständnisinnig mit und sagte vorsichtig:

»Er ist eben noch sehr jung.«

»Ganz recht. Und sein Großvater verzärtelt ihn und breitet seine Hände über ihn. Und dann hängt er seiner Schwester viel zuviel am Schürzenband, ein junger Mann muß doch das Leben kennenlernen. Meine Nichte ist ein wenig sentimental und altmodisch. Auch sie möchte Hans sozusagen in Watte wickeln. Aber ein junger Mensch muß sich doch austoben, nicht wahr?«

Jetzt wurde es Ralf Bernd ungefähr klar, worauf Mertens hinauswollte. Er ahnte plötzlich, daß man ihn mit einer sehr sonderbaren Mission betrauen wollte. Sein Mißtrauen war geweckt, und er freute sich, daß er damit begonnen hatte, Mertens eine Komödie vorzuspielen. Er mußte sicher gemacht werden und ihn für ein williges Werkzeug halten, damit er Farbe bekannte, was er mit Hans vorhabe.

»Ich glaube Sie zu verstehen, Herr Direktor, und bin gern bereit, auf Ihre Wünsche einzugehen. Rechnen Sie ganz auf mich. Nur müssen Sie mich am Sonntag noch genauer informieren, damit ich keinen Fehler begehe und ganz in Ihrem Sinne zu handeln vermag.«

Mertens frohlockte. So leicht hatte er es sich nicht gedacht, diesen bisher stets ein wenig halsstarrigen Menschen gefügig zu machen. Hm – es war eben immer und überall das gleiche. Man brauchte einen Menschen nur bei seiner schwachen Stelle anzugreifen – ein jeder wurde dann zugänglich! Und dieser hier mochte gemerkt haben, daß er ihn protegieren wollte, und das hatte ihn vollkommen umgewandelt. Vielleicht wünschte er sich auch dem zukünftigen Schwiegervater gefällig zu zeigen. Jo mußte wohl ziemlich sicher sein, daß er um sie werben wollte, sonst hätte sie nicht so positiv davon gesprochen. Nun, man würde ja sehen! Machte der junge Mann gemeinsame Sache mit ihm, sollte es sein Schaden nicht sein. Nur erst die Fühler weiter ausstrecken – das übrige kam dann von selber.

»Also gut, Herr Doktor, am Sonntag mittag bei uns. Wir speisen um halb zwei, und danach halten Sie sich noch ein paar Stunden für uns frei. Meine Frau wird sich freuen, und meine Tochter erst recht.«

Dabei nickte er Ralf Bernd vertraulich zu, drückte ihm die Hand und entfernte sich. Eine Weile sah Ralf ihm mit einem unbeschreiblichen Blick nach. Dann zog er die Stirn finster zusammen.

Falls dieser Herr Direktor glaubt, mich zu unlauteren Zwecken benutzen zu können, irrt er sich. Aber besser, ich weiß, inwieweit meinem jungen Freunde und vielleicht auch seiner Schwester Gefahr von seiten dieses Menschen droht. Dafür lohnt es sich schon, eine Weile den Intriganten zu spielen. Nur darf Hans Dornaus Vertrauen nicht erschüttert werden. Deshalb werde ich meine Vorkehrungen treffen, dachte er.

Etwa eine Stunde später trat Hans wieder bei ihm ein. Er hatte in der Maschinenhalle zu tun gehabt. Strahlend berichtete er Ralf von dem, was ihm der Großvater gesagt hatte. Dieser nickte lächelnd.

»Direktor Mertens war bereits bei mir, um mir das mitzuteilen.«

»Oh, ich gönne es ihm, daß er klein beigeben mußte.«

Ralf lachte.

»Das hat er nicht getan, er hat mir das wesentlich anders berichtet, so, als habe er seinen Einfluß zu meinen Gunsten geltend gemacht, nachdem er ausgerechnet habe, daß die Sache nicht so teuer sei, wie er glaubte. Er war außerordentlich liebenswürdig.«

»Dann führt er sicherlich etwas im Schilde, seiner Liebenswürdigkeit traue ich nie. Können Sie verstehen, Herr Doktor, daß mein Großvater sich von diesem Menschen Sand in seine sonst so hell und klar blickenden Augen streuen läßt?«

Ralf zuckte die Achseln.

»Vielleicht, weil er in ihm den tüchtigen, gewissenhaften Geschäftsmann achtet.«

»Ein tüchtiger Geschäftsmann? Nun gut, aber zugleich ein schlauer Fuchs und ein schlechter Mensch, das glauben Sie mir. Mit Ihnen kann ich ja offen darüber sprechen.«

»Sie dürfen das aber sonst keinem Menschen gegenüber tun, Herr Hans«, mahnte Ralf Bernd.

»Nein, nein, aber ich habe zu niemand so unbedingtes Vertrauen wie zu Ihnen.«

Ralf zögerte eine Weile, dann trat er dicht an Hans heran.

»Sie haben mich mit Ihrem Mißtrauen angesteckt, Herr Hans. Ich will Ihnen beweisen, daß ich Ihr Freund bin. Werden Sie mir aber nicht Ihr Vertrauen entziehen, wenn Sie merken, daß ich plötzlich sehr gut Freund mit Ihrem Herrn Onkel sein werde, und wenn sie hören, daß er mich zum Beispiel für nächsten Sonntag mittag zu Tisch eingeladen hat?«

Hans blickte rasch zu ihm auf. In seinen Augen lag eine staunende Frage.

»Er hat Sie eingeladen?«

»Ja! Aber ehe ich weiterspreche, geben Sie mir Ihr Wort, daß das, was ich Ihnen jetzt berichte, unter uns bleibt.«

Hans fuhr sich durch das Haar, als sei ihm zu heiß.

»Gut, Sie haben mein Wort.«

»Nun hören Sie zu. Ihr Herr Onkel will mir Anweisungen geben, in welcher Weise ich Sie beeinflussen soll. Eine ganz scheußliche Komödie habe ich ihm vorgespielt, weil ich mir sagte, wenn Ihr Mißtrauen berechtigt ist, dann müssen wir ihn mit seinen eigenen Waffen schlagen. Ich werde ihn in dem Glauben lassen, daß er in mir ein williges Werkzeug für seine Pläne findet, und werde mich ihm gegenüber danach verhalten, so verächtlich mir das auch vorkommt. Werden Sie deshalb an mir zweifeln?«

In seine ehrlichen, klaren Augen blickend, reichte Hans ihm impulsiv die Hand.

»An Ihnen niemals, Herr Doktor. Aber es tut mir leid, daß Sie sich um meinetwillen auf einen solchen Handel einlassen müssen. Darf ich das von Ihnen annehmen?«

»Da wir Freunde sind, ist es unsere Pflicht, füreinander einzustehen und selbst etwas zu tun, was uns schwerfällt. Wie gesagt, Sie haben mich mit Ihrem Mißtrauen angesteckt, und ich habe auf einmal das Gefühl, als sei es an mir, Sie und Ihr Fräulein Schwester vor einem Feinde zu schützen. Es gilt jetzt vor allem, zu erfahren, was Direktor Mertens mit Ihnen vorhat. Also, wundern Sie sich bitte nicht, tue oder sage ich in Zukunft etwas, was Ihnen vielleicht unverständlich erscheint. Lassen Sie es sich nicht befremden, falls ich Ihrem Onkel gegenüber plötzlich sehr servil bin, oder wenn ich häufiger zu ihm eingeladen werde. Soweit es geht, werde ich Ihnen Bericht erstatten, doch Sie müssen mir auch vertrauen, wenn ich schweige. Es hat dann seinen bestimmten Grund.«

»Ich danke Ihnen, daß Sie das alles für mich tun wollen. Wie ich Ihnen schon sagte – vor meinem Onkel fürchte ich mich so wie vor keinem Menschen, ich weiß nicht, warum, aber dies Gefühl ist nun einmal da. Und meine Schwester teilt diese Furcht. Uns beide beschleicht ein Grauen, wenn er uns ansieht oder bei den Händen faßt. Und so ein Gefühl kann doch nicht grundlos sein.«

Besorgt sah Ralf in sein erregtes Gesicht.

»Man sollte es meinen, Herr Hans, und solche Warnungen soll man nicht unbeachtet lassen. Aber wir werden auf der Hut sein. Und zu diesem Zweck kommt es mir auch nicht auf ein kleines Intrigenspiel an, ich tue es für Sie – und für Ihr hochverehrtes Fräulein Schwester.«

Forschend blickte Hans in sein Gesicht. Die letzten Worte hatten so seltsam warm und weich geklungen. Eine Ahnung stieg plötzlich in ihm auf. Sollte Doktor Bernd ein besonderes Interesse an seiner Schwester nehmen? Und Eva Maria? Erkundigte sie sich nicht immer auffallend teilnehmend nach Doktor Bernd? Ja – es ging ihm plötzlich ein Licht auf. Und er drückte Ralf Bernds Hand so fest, wie er konnte und sah ihn mit strahlenden Augen an.

»Also, ich werde vertrauen und schweigen, Herr Doktor, was Sie auch beginnen werden«, sagte er erregt. »Nur meine Schwester werde ich einweihen, und für ihr Schweigen verbürge ich mich ebenfalls.«

# 6

Am Abend dieses Tages saßen die Geschwister in Eva Marias kleinem Salon. Zunächst berichtete Hans von dem Inhalt seines heute nachmittag mit Doktor Bernd geführten Gespräches.

Mit geröteten Wangen hatte Eva Maria zugehört. Nun fragte Hans:

»Was sagst du dazu, Eva Maria?«

Sie atmete tief auf. »Ich würde sagen, Hans, daß du sehr unklug gewesen bist, einem Menschen dein Mißtrauen gegen Onkel Arthur zu enthüllen – wenn dieser eine Mensch nicht eben Doktor Bernd gewesen wäre.«

»Wir werden Onkel Arthurs Vorhaben ja mit Doktor Bernds Hilfe herausbekommen. Ist es nicht gut, daß wir ihn zum Bundesgenossen haben? Er wird alles für uns tun – ja, auch für dich, ganz ausdrücklich hat er gesagt: Ich tue es für Sie – und für Ihr hochverehrtes Fräulein Schwester.«

Dunkle Röte stieg in Eva Marias Gesicht, was Hans mit Vergnügen bemerkte.

»Es ist sehr gut von ihm, Hans, aber es tut mir leid, daß er unsertwegen eine derartige Komödie aufführen muß. Das wird ihm schwerfallen, ich weiß es. So etwas liegt seinem offenen, ehrenhaften Charakter nicht. Wir müssen ihm sehr dankbar sein.«

Hans beschloß, Doktor Bernd jedes Wort seiner Schwester zu wiederholen. Und er tat es auch am nächsten Tage und sah dabei vergnügt, daß sich Doktor Bernds Stirn jäh rötete und daß seine Augen entschieden glücklich aufstrahlten.

Die Woche verging. Auch für Eva Maria enteilte die Zeit sehr schnell. Sie ging jetzt jeden Tag mit dem Großvater im Park spazieren und beobachtete erfreut, daß er täglich ein Stück weiter gehen konnte. Die Krankenschwester war entlassen worden, der Kammerdiener Hermann hatte wieder seinen täglichen Dienst übernommen. Das schöne Juniwetter war besonders günstig zur Erholung für den alten Herrn.

Er speiste wieder wie vor seiner Krankheit mit seinen beiden Enkelkindern, die darin wetteiferten, ihm die besten Speisen vorzusetzen. Sie freuten sich, den Großvater jetzt noch eine Weile ganz für sich zu haben, ehe er wieder in die Werke hinüberging.

Zwar kamen Jo und Tante Melanie zuweilen herüber, und Onkel Arthur wie auch Doktor Bernd stellten sich noch jeden Morgen zur Konferenz ein, aber sonst waren sie doch mit ihm allein.

Egon war zur Universität abgereist, um sein Studium zu beginnen. Außer seiner Mutter vermißte ihn niemand, denn sein Vater stand seinen beiden Kindern ziemlich kalt gegenüber. Arthur Mertens liebte nur sich selbst. Frau Melanie hing aber sehr an ihrem Sohn, eigentlich mehr als an Jolante, deren ganze Art der einfachen, unkomplizierten Frau einiges Unbehagen einflößte.

Im Grunde war Frau Melanie ein bedauernswürdiges Geschöpf, sie wußte es nur nicht. Ihr weiches, liebevolles Herz, das Gatten und Kinder mit inniger Liebe umschloß, wurde von allen betrogen. Der Gatte heuchelte ihr Gefühle, die ihm fremd waren; Egon tat das gleiche, und Jo nahm die unmoderne Mutter überhaupt nicht für voll. Trotzdem glaubte Frau Melanie, daß sie geliebt würde, und diese Illusion machte sie glücklich. Daß es nur ein Scheinglück war, empfand sie nicht.

Kam sie des Nachmittags einmal allein in die Villa Rodenberg hinüber, taute sie förmlich auf unter ihres Vaters und Eva Marias freundlicher Güte. Es wäre ihr aber nie eingefallen, sich oder einem andern Menschen einzugestehen, daß sie etwas entbehre. Sie hing an ihrem Gatten heute noch mit derselben kritiklosen, hörigen Zärtlichkeit, wie im Anfang ihrer Ehe. Er war ihr Abgott, und sie sah bewundernd zu ihm auf, ohne zu ahnen, daß ihre Kinder das komisch fanden. Willig ordnete sie sich ihm unter, und niemals wäre es ihr eingefallen, darauf zu pochen, daß sie eine reiche Erbin sei, und daß ihr Gatte alles nur ihr verdanke. Weil sie stets nur mit schwärmerischer Verehrung von ihm sprach, wenn sie bei dem Vater war, glaubte auch dieser an ihr Glück und war Arthur Mertens dankbar dafür, daß er seinem unscheinbaren Kinde das Leben so hell und licht gemacht hatte. Vielleicht gründete sich hierauf in der Hauptsache das felsenfeste Vertrauen, das er dem Schwiegersohn entgegenbrachte.

Dieses war so fest gegründet, daß es fraglich gewesen wäre, ob die Geschwister Dornau es zu erschüttern vermocht hätten. Sie versuchten es nicht einmal, denn Beweise besaßen sie nicht, und mit vagen Vermutungen durften sie den Großvater nicht beunruhigen.

Für den nächsten Montag hatte Georg Rodenberg sich vorgenommen, seine gewohnte Tätigkeit wieder aufzunehmen. Er war der Untätigkeit müde und fühlte sich kräftig genug, seine Arbeit zu verrichten. Eva Maria hatte protestieren wollen, der Großvater müsse sich erst noch mehr erholen, aber er hatte sie lächelnd unter das Kinn gefaßt.

»Nun ist deine Macht zu Ende, kleine Tyrannin, dein Patient fühlt sich gesund genug.«

»Aber du darfst dir um keinen Preis zuviel zumuten. Vergiß nicht, daß Doktor Papst dich deines Herzens wegen dringend ermahnt hat, jede Aufregung zu vermeiden.«

»Unbesorgt, ich werde das nicht vergessen. Ich will aber trotz meiner siebzig Jahre noch nicht ganz aus den Reihen der Schaffenden ausscheiden. Solange ich atme, möchte ich auch noch arbeiten, denn ohne Arbeit ist mir das Leben nicht lebenswert.«

So mußte sich Eva Maria fügen, und da der Großvater sehr gut und erholt aussah, tat sie es ohne allzu große Sorgen.

Am Sonntag mittag erwartete man in Villa Melanie Doktor Bernd als Gast. Frau Melanie freute sich herzlich darüber, denn sie mochte den jungen Ingenieur sehr gut leiden. Und Jolante hatte dem Vater, was selten geschah, einen Kuß gegeben, als er ihr gesagt hatte, wen er zu Tisch geladen habe.

»Famos, Papa, da hast du mal ein gutes Werk getan«, hatte sie lachend gesagt.

»Wieso?« hatte er scheinbar begriffsstutzig geantwortet.

Sie hatte sich auf dem Absatz herumgedreht.

»Tu doch nicht, als wüßtest du nicht, was die Glocke geschlagen hat. Ich habe dir doch kein Hehl daraus gemacht, daß Doktor Bernd bei mir Chancen hat. Ich werde ihn heiraten, Papa! Als treusorgender Vater ist es deine Pflicht, für Gelegenheit zu sorgen, daß wir einander möglichst oft begegnen können. Da Großvater von morgen ab wieder täglich in die Werke geht, hören Doktor Bernds Morgenbesuche bei ihm auf, und ich habe dann keine Möglichkeit mehr, ihm zufällig in den Weg zu laufen.«

»Aber Jo, wie kannst du nur so etwas sagen«, hatte sich Frau Melanie empört.

»Was denn, Mama? Du solltest doch wissen, daß wir, die neue Generation, mit allen verlogenen Sentimentalitäten aufgeräumt haben. Warum soll ein Mädchen nicht berechtigt sein, dem Mann ihrer Wahl ihr Wohlgefallen zu zeigen und ihn merken zu lassen, daß er Chancen hat. Ich finde das ganz selbstverständlich.«

»Nun, zu meiner Zeit hätte man sich über solche Ansichten entsetzt.«

»Ja, Mama, zu deiner Zeit sind die Mädchen lieber mit sittsam niedergeschlagenen Augen sitzengeblieben, statt sich resolut einen Mann zu erkämpfen. Ich werde jedenfalls das letztere tun, das kannst du mir glauben.«

»Mein Gott, Jo, das klingt ja wahrhaftig, als wolltest du ihm einen Antrag machen.«

Jolante lachte hell auf.

»Oh, arme Mutter, dein Entsetzen möchte ich sehen, wenn du das an deiner Tochter erleben solltest. Aber es muß ja nicht dazu kommen, daß ich Doktor Bernd in wohlgesetzten Worten einen Heiratsantrag mache. Es gibt ja noch andere Mittel, um einem Mann zu verstehen zu geben, daß er die Hand nach einem ausstrecken darf, und ich habe mir nun mal Doktor Bernd in den Kopf gesetzt. Da Papa vernünftigerweise seinen Widerstand aufgegeben zu haben scheint, wird sich schon alles entwickeln. Famos, Papa, daß du ihn eingeladen hast. Das muß öfter geschehen, damit die Sache richtig in Schwung kommt.«

»Jo, es ist entsetzlich, wie du redest. Ich will nur hoffen, daß das alles nur scherzhaft gemeint ist.«

»Nimm es an, wenn es dich beruhigt, Mama. Aber daß Doktor Bernd dein Schwiegersohn wird, mit dem Gedanken mache dich nur schon langsam vertraut.«

Frau Melanies Gesicht bekam einen fast hilflosen Ausdruck. Sie warf ihrem Gatten einen unsicheren Blick zu, als suche sie Unterstützung bei ihm, der unternehmenden Tochter gegenüber. Aber er sah diesen Blick nicht oder wollte ihn nicht sehen. Mit einem öligen Lächeln sagte er:

»Großvater hat ganz recht, du mußt bald unter die Haube gebracht werden, Jo, und unter die feste Hand eines Mannes kommen. Schließlich ist Doktor Bernd nicht der Schlechteste. Ich werde ihn also zuweilen einladen.«

Da hatte er einen Kuß von Jolante bekommen.

»Du bist ein anerkannt vernünftiger Vater! Meine Hochachtung.« –

Pünktlich zur festgesetzten Stunde traf Doktor Bernd ein. Es war nicht das erste Mal, daß er hier zu Gaste geladen war, aber bisher war das nur geschehen, hatte Mertens sämtliche Ingenieure und die obersten Beamten zu sich entboten. Heute war Ralf der einzige Gast. Er sah, wie immer, sehr gut aus in seiner unauffälligen, diskreten Eleganz. Man merkte ihm an, daß er gewohnt war, sich in guter Gesellschaft zu bewegen. Er brachte für Frau Melanie Blumen mit und überreichte sie ihr mit liebenswürdiger Sicherheit. Weil sie ihn gerne sah, begrüßte sie ihn mit schlichter Herzlichkeit. Jo dagegen schlug sogleich einen sehr legeren Ton an, so daß er einige Mühe hatte, ihre Vertraulichkeit zu parieren, ohne gerade allzu deutlich abwehren zu müssen. Jo war ihm ziemlich unsympathisch. Ihre betonte »moderne Weltanschauung« hatte er anfänglich gelassen über sich ergehen lassen, wenn sie ihm wieder und wieder auf seinem Wege nach Villa Rodenberg begegnete, aber schließlich wurde es ihm langweilig, ihre stets gleichen Tiraden anhören zu müssen. Zunächst hatte er auch an zufällige Begegnungen geglaubt, wenn sie ihm in den Weg gelaufen war, aber bald merkte er doch, daß sie ihm auflauerte, und schließlich gab sie das auch ganz ungeniert zu.

Das gefiel ihm sehr wenig, er hatte andere Begriffe von Weiblichkeit.

Sie hatte ihr häufiges Warten auf ihn folgendermaßen begründet. »Ich unterhalte mich gerne mit Ihnen, und ich langweile mich furchtbar, da Großvaters Krankheit uns zu einem ganz eingezogenen Leben zwingt. Deshalb verlangt es mich nach Ihrer Gesellschaft.«

So wenig arrogant Ralf an sich auch war, mußte er aus Jolantes Verhalten dennoch entnehmen, daß sie ihm absichtlich Avancen mache.

Hatte sie ihm schon vorher wenig gefallen, so verstärkte sich seine Abneigung gegen sie dadurch jetzt noch mehr. Oftmals zog er zwischen ihr und Eva Maria Vergleiche, und diese fielen allemal zugunsten der letzteren aus.

Als Jolante sich auch heute in Gegenwart ihrer Eltern so ungemein vertraulich gab, stutzte er unwillkürlich. Es fiel ihm auch wieder ein, daß ihr Vater ihm bei seiner Einladung betont hatte, seine Frau werde sich freuen und noch mehr seine Tochter. Die Eltern schienen also gar nichts bei dieser Vertraulichkeit zu finden. Was sollte das bedeuten?

Frau Melanie versuchte zwar, etwas verlegen, Jolantes Art soweit wie möglich zu dämpfen, aber ihr Vater ging mit einem Augenzwinkern und einem gelegentlichen Scherz darüber hinweg. Das alles gab Ralf Bernd zu denken, und er erkannte, daß er geschickt lavieren müsse, um den nötigen Abstand zwischen Jolante und sich nicht zu verwischen.

Unter diesen Umständen verlief das Mittagsmahl ein wenig unbehaglich für Ralf Bernd. Frau Melanies Küche war zwar ausgezeichnet, und der Hausherr hatte einen guten Tropfen aufsetzen lassen, aber Ralf war doch sehr froh, als die Tafel aufgehoben wurde, denn Jolantes schwarze Augen wichen kaum von seinem Gesicht, und immer wieder nickte sie ihm verstohlen zu, als gäbe es ein Geheimnis zwischen ihnen.

Mertens bat seinen Gast nach Tisch, sich mit ihm in sein Arbeitszimmer zurückzuziehen.

»Wir wollen eine Zigarre rauchen, mein lieber Herr Doktor«, sagte er.

Jo erklärte jedoch ungeniert:

»Ich rauche gerne mit, Papa, mich brauchst du nicht auszuschließen.«

Aber der Vater erklärte kurz und bündig:

»Du mußt bis zum Tee auf unsere Gesellschaft verzichten, Jo, wir haben geschäftlich miteinander zu reden, und dabei können wir keine jungen Damen gebrauchen.«

Jolante zog sich schmollend zurück und maulte ein wenig, was ihr aber nichts half.

Als beide Herren allein waren, ging Arthur Mertens ziemlich energisch auf sein Ziel los, freilich erst, nachdem er zuvor noch einmal vorsichtig ertastet hatte, wieweit er Doktor Bernd sein Vertrauen schenken könne. Dieser jedoch spielte seine Rolle so gut, daß sein Partner fest davon überzeugt war, er sei zu jeder Niederträchtigkeit bereit, wenn es sich für ihn nur lohne.

Mertens ging blindlings in die ihm gestellte Falle und ließ sich zu mancher Unklugheit hinreißen, und wenn er sich auch bemühte, sich sehr vorsichtig auszudrücken, so ging doch aus seinen Worten deutlich hervor, daß er nichts Geringeres verlange, als daß Ralf den jungen Hans dem Laster in die Arme führe. Augenscheinlich hoffte er, daß sein Neffe alsdann Schaden an seiner Gesundheit nehmen und seine Kraft und Energie gelähmt würde.

Ralf hätte ihm angesichts solcher Zumutung am liebsten ins Gesicht geschlagen, allein er beherrschte sich und trieb Mertens dadurch dazu, sich mehr und mehr zu demaskieren. So wurde dieser immer unvorsichtiger, endlich aber empfand er selber wohl, etwas zu weit gegangen zu sein und suchte darum seine Worte wieder abzuschwächen.

Er schränkte das bereits Gesagte dahin ein, daß er Sorge trage, Hans könne, am Schürzenbande seiner Schwester hängend, zum Weichling oder Duckmäuser werden. Darum müsse man ihn Eva Marias Einfluß entziehen, denn sie breite genau wie ihr Großvater allzu sorglich die Hände über ihn aus. So aber könne nie ein ganzer Mann aus ihm werden.

Hans sei nun einmal zum künftigen Chef der Rodenberg-Werke ausersehen. Freilich sei das ein wenig unklug von dem Großvater. Aber es gäbe ja schließlich erfahrene Männer, die das Werk besser führen könnten als ein unreifer Knabe.

Bei dieser Anspielung warf Ralf, obwohl er innerlich vor Zorn kochte, einen Blick auf Mertens, der ihm andeuten sollte, daß er, Mertens, besser dazu tauge, als irgendein anderer. Mertens glaubte sich vollkommen verstanden von dem Manne, dem er seine Tochter als Lohn für seine Bereitwilligkeit, einen Schurkenstreich auszuführen, zugedacht hatte.

»Sie können sich also um den künftigen Chef der Werke verdient machen, Herr Doktor«, schloß er endlich mit einem fatalen Schmunzeln, »und mir zugleich einen Dienst erweisen, indem sie Hans in das reale Leben der Großstadt einführen. Wir haben eine solche ja in nicht allzuweiter Ferne. Sie müssen ihm die Augen öffnen und ihn veranlassen, sich die Hörner abzulaufen. Ich als älterer Mann und künftiger Vormund kann das selbstverständlich nicht tun, aber Sie sind noch jung und haben wahrscheinlich in der Stadt die nötigen Verbindungen. Sie können ihn genügend aufklären über manche heikle Frage. Sie sind ja Student gewesen und wissen Bescheid. Wenn es nach mir gegangen wäre, hätte Hans studieren müssen, um sich in der Zeit gründlich auszutoben, aber mein Schwiegervater fürchtet wohl, daß sein Temperament ihm einen Streich spielen könne, wie es bei seinem einzigen Sohne der Fall war. Es ist Ihnen vermutlich bekannt, daß dieser bei einer Rauferei einen Menschen erschlagen hat. Nun, ich will nicht wünschen, daß meinen Neffen das gleiche Unglück trifft, aber – lieber Gott – wird der Junge einmal in eine Rauferei verwickelt und erhält dabei einen kleinen Dämpfer, kann das nur gesund für ihn sein. Es muß, wie gesagt, ein anderer Zug in den Bengel kommen. Ich hätte ja meinen Sohn dazu ausersehen, seinen Vetter in die Schule zu nehmen, aber mit dem steht Hans sich nicht gut. Aber Ihnen scheint er sehr anhänglich zu sein, und Sie haben genügend Einfluß auf ihn, daß er Ihnen blindlings folgen wird. Die Lebewelt unserer Stadt ist Ihnen sicherlich zur Genüge bekannt, damit Sie ihn an rechter Stelle einführen können, verstehen Sie mich?«

O ja, Ralf verstand ihn, verstand ihn so gut, daß er ihn am liebsten in das feiste, fleischige Gesicht geschlagen hätte. Ein wertvolles junges Leben sollte er verpfuschen helfen, sollte dafür sorgen, daß Hans sich in einem liederlichen Leben austobte und seine Gesundheit dabei aufs Spiel setzte. Er sollte entkräftet und entnervt, sollte zum willenlosen Werkzeug von Mertens herabgewürdigt werden – wenn er nicht ganz und gar zugrunde ging.

Das alles war Ralf schauerlich klargeworden, während er Mertens' heuchlerischen Ausführungen folgte. Wie gern hätte er ihm gesagt, daß er wert sei, daß man ihm ins Gesicht speie. Aber es galt, sich zu beherrschen. Lehnte er ab, fand Mertens sicherlich ein willigeres Werkzeug für seine verbrecherischen Absichten. Eilte er zu dem alten Herrn und enthüllte ihm die Gemeinheit dieses Menschen, so war Mertens imstande, den Entrüsteten zu spielen, darüber, daß man seinen herrlichsten Absichten eine solche Deutung geben könne. Denn immerhin war er schlau genug gewesen, alles nur zu umschreiben und anzudeuten. Deutlich war das alles nur für Ralf Bernd, weil er diesen Mann vollkommen durchschaute. Es blieb ihm daher nichts anderes übrig, als gute Miene zum bösen Spiel zu machen.

Das von Mertens über Eva Maria Gesagte brachte Ralf beinahe um seine Selbstbeherrschung, aber gerade der Gedanke an sie gab ihm Kraft, die widerwillig übernommene Rolle weiter durchzuführen.

»Also lieber Doktor, ich kann in dieser Angelegenheit bestimmt auf Sie rechnen?« klang Mertens ölige Stimme in Ralfs jagende Gedanken.

»Jawohl, Herr Direktor«, – Ralf hatte sich aufgerichtet und sein Gesicht trug einen entschlossenen Ausdruck –, »ich werde Herrn Hans schon in die Lehre nehmen, darauf können Sie sich verlassen. Er soll sein Leben genießen. Weshalb auch nicht – er braucht sich kaum mit schweren Pflichten abzuplagen, die Rodenberg-Werke sind ja bei Ihnen in den besten Händen, darüber sind wir uns alle klar. Es weiß ein jeder, daß in Wahrheit Sie die Seele des Unternehmens sind, und am besten bleibt darum alles in Ihren Händen.«

Diesen Ausfall glaubte Ralf Bernd wagen zu können. Er wollte Mertens noch sicherer machen und ihm noch mehr von seinen Absichten entlocken. Und abermals ging der schlaue Mertens in die Falle. Wieder drückte er Bernds Hand und sah ihn blinzelnd an.

»Ich sehe, mein lieber Herr Doktor, wir verstehen uns. Ich hoffe, wir werden immer Hand in Hand gehen. Es soll Ihr Schaden nicht sein. Und wenn Sie mir weiter treu ergeben sind, werden Sie bald eine führende Stellung in den Werken einnehmen. Sie sollen nach mir im technischen Betriebe der Erste werden. Wir werden, denke ich, stets einen Halt aneinander haben. Es gibt ja schließlich auch noch engere Bande, die uns aneinanderketten können. Sie können versichert sein, daß ich Ihnen kein Hindernis in den Weg legen werde«, sagte er bedeutungsvoll mit einem seltsamen Lächeln.

Ralf Bernd horchte auf. Was meinte Mertens mit »noch engeren« Banden? Jolantes deutliche Avancen fielen ihm ein, und es wurde ihm ein wenig schwül bei dem Gedanken, daß Mertens darauf hinzielte.

Ein Ekel überfiel Ralf, und er sagte sich, daß jedes Mittel gut und recht sei, um diesen Wicht zu entlarven und seine schurkischen Pläne zu vereiteln.

Nur sehr schwer zwang er sich zur Ruhe, aber keine Miene verriet, was er empfand. Er verbeugte sich scheinbar sehr ergeben.

»Ich danke Ihnen, Herr Direktor, daß Sie mich Ihres Vertrauens wert halten. Ich kenne Ihre Wünsche nunmehr ganz genau und – mein Wort darauf, ich werde dementsprechend zu handeln wissen.«

Das konnte Ralf mit seinem Wort bekräftigen, denn er versprach ja nur »dementsprechend« zu handeln. Was er darunter verstand, war seine Sache.

Befriedigt beendete Mertens endlich die Unterredung und sagte lächelnd:

»Jetzt wollen wir aber zu den Damen zurückkehren. Meine Tochter wird schon schmollen, daß ich Sie so lange in Anspruch genommen habe.«

Ralf erwiderte auf diese abermalige deutliche Anspielung kein Wort, aber das Blut stieg ihm zu Kopfe. Mertens wollte es sich anscheinend viel kosten lassen, ihn zu seinem Werkzeug zu machen, da er so unverblümt mit der Hand seiner Tochter winkte. Den künftigen Schwiegersohn glaubte er ganz sicher in den Händen zu haben. Aber er sollte auch darin irren. Sein Herz ging andere Wege.

Als die beiden Herren zu den auf der Terrasse sitzenden Damen zurückkehrten, sah Jolante schmollend über ein Buch hinweg, in dem sie gelesen hatte.

»Über eine Stunde hast du Doktor Bernd in deinem Arbeitszimmer festgenagelt, Papa, während wir, Mama und ich, uns sträflich gelangweilt haben, das ist nicht nett von dir.«

Mertens rieb sich lächelnd die Hände.

»Geschäft ist Geschäft, Jo, das solltest du als Tochter eines Kaufmanns wissen.«

»Als Tochter eines Kaufmanns weiß ich aber auch, daß Sonntags keine Geschäfte gemacht werden sollen. Und jetzt will auch ich zu meinem Recht kommen. Herr Doktor, ich entführe Sie jetzt zu einem Spaziergang durch den Wald. Ein Stündchen haben wir noch Zeit bis zur Teestunde, nicht wahr, Mama?«

Frau Melanie sah unbehaglich nach der Uhr. Sie hätte Jo am liebsten dieses selbst herbeigeführte Alleinsein mit Doktor Mertens untersagt, weil sie es unpassend fand. Aber sie wußte nur zu gut, daß Jo sich nicht daran kehren würde. Und außerdem hatte sie Ralf Bernd sehr gern, so daß sie ihn bereitwilligst an ihr schwiegermütterliches Herz genommen hätte. Mochte Jo also ihr Glück versuchen. Ein wenig unsicher, fast wie um Entschuldigung bittend, sagte sie:

»Nun ja, ein Stündchen ist noch Zeit bis zum Tee.«

Ralf wäre gerne dem Alleinsein mit Jo entgangen; hastig sagte er daher:

»Ich darf die Herrschaften nicht länger stören. Es ist an der Zeit, mich zu verabschieden.«

»Oh, Sie werden doch den Tee noch mit uns trinken, Herr Doktor, von einer Störung kann überhaupt nicht die Rede sein. Aber – wenn Sie lieber hier draußen auf der Terrasse sitzen und mit uns plaudern wollen?«

»Nein, nein, Mama, stillgesessen habe ich nun genug, und Doktor Bernd auch, wir wollen uns jetzt ein bißchen auslaufen, nicht wahr, Herr Doktor?«

Ralf hätte viel lieber das Anerbieten der Hausfrau angenommen, da er sich nach der liebenswürdigen Einladung zum Tee nun einmal nicht entfernen konnte, aber eine Absage an Jo hätte diese brüskieren müssen, und das wollte er nicht tun. So verneigte er sich und sagte artig:

»Ich habe sehr gern etwas Bewegung, gnädige Frau, und

bin dem gnädigen Fräulein sehr dankbar, daß sie mich begleiten will.«

Jolante nahm ohne weiteres seinen Arm und zog ihn lachend mit sich fort. Arthur Mertens sah den beiden mit befriedigter Miene nach, legte dann, wie in zärtlicher Aufwallung den Arm um die Hüften seiner Frau und sagte neckend:

»Nun, Melanie, würde dir Doktor Bernd nicht als Schwiegersohn gefallen?«

Mit verschämt glücklichem Lächeln sah sie zu ihm auf.

»Ach Arthur, meinst du wirklich, daß er Absichten auf Jo hat?«

»Natürlich! Jo ist doch die Enkelin von Georg Rodenberg.«

Unsicher sah sie ihn an.

»Doktor Bernd ist so wenig ein berechnender Mensch wie du, mein Arthur.«

Er schluckte und wurde sich bewußt, etwas Dummes gesagt zu haben.

»Ich meine ja nur, die Hauptsache ist, daß Jo Absichten hat, und darüber hat sie uns doch nicht in Zweifel gelassen.«

Frau Melanie seufzte.

»Jo ist so schrecklich modern, ich kann mich manchmal gar nicht in ihr Wesen finden.«

»Laß nur, Melanie, sie weiß, was sie will. Und heute hat die Jugend andere Ansichten als damals, als wir jung waren.«

»Ich staune, Arthur, daß du diese Verbindung ernsthaft in Erwägung ziehst, du warst anfangs doch so sehr dagegen, als Jo davon sprach!«

Er tätschelte ihre Hand.

»Bin ich vielleicht ein Rabenvater? Ich will doch meine Kinder glücklich sehen.«

Sie fiel ihm um den Hals.

»Du lieber, guter Mann, wie froh bin ich, daß es ohne Kampf abgehen wird. Mir ist Doktor Bernd immer lieb und wert gewesen; er hat ein so vornehmes, angenehmes Wesen.

Und ich wünsche, daß Jo trotz ihrer modernen Weltanschauung so altmodisch glücklich wird wie ihre Mutter.«

Arthur Mertens war arrogant genug, zu glauben, daß er wirklich seine Frau glücklich gemacht habe. Und mit leisem Zynismus sagte er:

»Unbesorgt, sie wird mindestens ebenso glücklich werden wie du, wenn auch vielleicht auf andere Art.«

## 7

Jo ging Seite an Seite mit Ralf durch den Wald, der ganz still und menschenleer vor ihnen lag. Ralfs Blicke flogen sehnsüchtig nach dem schönen, vornehmen Hause auf der Höhe. Er wünschte sich weit fort von Jo. Wieviel lieber wäre er dort oben in Gesellschaft Eva Marias gewesen. Dieser schöne Frühsommersonntag war so recht dazu geeignet, ihn mit einem lieben und geliebten Menschen zu verbringen. Und er mußte das törichte Geplauder dieses ihm ziemlich unsympathischen Geschöpfes anhören.

»Sie sind so schweigsam, Herr Doktor, darf ich fragen, wohin Ihre Gedanken spazierengehen«, sagte Jo plötzlich ein wenig scharf.

Er fuhr auf aus seiner Versunkenheit und lachte ein wenig.

»Ich dachte daran, daß in einigen Stunden dieser schöne Sonntag vorüber sein wird. Man freut sich die ganze Woche darauf, und dann ist er so schnell vergangen.«

Sie funkelte ihn mit ihren schwarzen Augen von unten herauf an.

»Ah, Sie haben sich also wenigstens auf diesen Sonntag gefreut? Das ist doch endlich etwas Nettes, was Sie mir sagen.«

»Habe ich sonst nichts Nettes gesagt, gnädiges Fräulein?«

»Nein!«

»Dann muß ich mich schelten, einer jungen Dame sollte man immer nur nette Dinge sagen.«

»Nun also, dann holen Sie nur schnell das Versäumte nach. Sie sind immer so schrecklich korrekt, das mag ich gar nicht leiden.«

»Ich bin wirklich untröstlich, mir Ihr Mißfallen zugezogen zu haben.«

»Dann machen Sie das schnell wieder gut, indem Sie mir etwas Angenehmes sagen.«

»Zum Beispiel, daß dieser herrliche Frühsommertag mit einer jungen Dame zu vergleichen ist.«

»Mit welcher jungen Dame?« kokettierte sie.

Er verneigte sich.

»Es ist ja nur eine anwesend.«

»Also gilt das Kompliment mir?«

»Selbstverständlich.«

»Was haben wir also gemeinsam, der Frühsommertag und ich?«

»Sie sind beide so jung, so licht und sonnig.«

»Ah, bravo. Warum lassen Sie sich so nötigen, ein Kompliment zu machen, wenn sie so reizende Dinge sagen können?«

»Erstens war es mir unbekannt, ob Sie Komplimente gern hören. Manche Damen mögen das nicht. Und dann wußte ich nicht, ob ich Geschick habe, Komplimente zu machen.«

»Haben Sie das noch nicht erprobt?«

»Wie sollte ich? Hier gibt es nicht viel Gelegenheit, mit Damen zu verkehren.«

»Und ehe Sie nach Rodenberg kamen?«

»Da habe ich fleißig studiert und bin wenig in Damengesellschaft gewesen.«

»Wie lange sind Sie eigentlich schon in Rodenberg?«

»Etwas über zwei Jahre.«

»Aber Sie verbringen doch sonst Ihre Sonntage in der Stadt und auch Ihre Abende?«

»Die Sonntage wohl zuweilen, die Abende selten.«

»Und gibt es in der Stadt nicht genug hübsche Damen, denen Sie gern Komplimente machen?«

»Meistens sind wir Ingenieure zusammen – und da wird geulkt –, Damen sind dann selten dabei.«

»Aber zuweilen doch?«

»Ja, gewiß.«

»Was sind das für Damen?«

»Damen, von denen ich nicht gern mit Ihnen sprechen möchte.«

»Ah, also Halbweltdamen?« fragte sie keck mit kurzem Auflachen.

»Ich bitte um Verzeihung – über so etwas spricht man nicht mit einer jungen Dame der Gesellschaft.«

»Oh, ich bin nicht prüde, und ich verdenke es einem jungen Mann nicht, wenn er sich vor der Ehe mit diesen Dämchen amüsiert. Ungerecht finde ich es nur, daß man uns Frauen nicht die gleiche Bewegungsfreiheit einräumt.«

Fassungslos sah er sie an.

»Mein gnädiges Fräulein, dies Thema müssen wir wohl fallenlassen.«

»Warum – es geniert mich nicht.«

»Aber mich!« erwiderte er sehr ernst.

Sie ließ seinen Arm los und schnippte mit den Fingern.

»Da hat man's! Die Herren der Schöpfung finden es viel angenehmer und bequemer, wenn die Frauen auch weiterhin mit Scheuklappen durch das Leben gehen. Aber die Zeiten sind vorbei, Herr Doktor, unsere Generation hat gelernt, scharf und klar ins Leben zu blicken. Ich habe eine moderne Weltanschauung, und mit mir können Sie ungeniert auch über heikle Dinge sprechen.«

Es wurde ihm heiß bei diesen Worten. Jos so oft betonte moderne Weltanschauung, über die er sich bisher nur amüsiert hatte, mißfiel ihm jetzt gründlich. Ihm fehlte die Lust, weiter bei diesem Thema zu bleiben. Schnell beugte er sich herab, um eine Waldblume zu pflücken.

»Sehen Sie, wie schön diese Blume in ihrer Unberührtheit ist«, sagte er ablenkend, ihr die Blume reichend.

Sie nahm sie und befestigte sie an ihrem Kleide. Dabei seufzte sie ein wenig. Dieser Doktor Bernd schien doch verteufelt altmodische Ansichten vom Leben zu haben. Im Grunde paßte er viel besser zu Eva Maria. Aber er war doch ein bezaubernder Mensch, so interessant und vornehm. Wenn er nur erst kapierte, daß sie ihn ernsthaft begehrte und ihn mit ihrer Hand beglücken wollte, dann würde er schon auftauen. Aber das brauchte bei ihm anscheinend viel Zeit. Man mußte sich ihm schon ein wenig anpassen.

So wechselte sie plötzlich das Thema, sprach anscheinend ganz harmlos von allerlei Dingen und legte ihre »moderne Weltanschauung« vorläufig einmal beiseite, um ihn nicht »kopfscheu« zu machen. Ralf Bernd atmete auf und ging mit Feuereifer auf eine unverfängliche Unterhaltung ein. Jo zeigte sich ihm auf einmal von einer anderen Seite und berührte allerlei Tagesfragen, und er fand, daß sie ein sehr kluges und belesenes Geschöpf war, mit der man ganz vernünftig über praktische Dinge plaudern konnte, sobald sie ihre »moderne Weltanschauung« aus dem Spiele ließ. Jo war wirklich klug und merkte, daß sie ihn auf diese Weise mehr fesselte als zuvor.

Nun gut, dachte sie, fangen wir es eben andersherum an, ihn zu fesseln. Schließlich muß man jeden Mann erst zu nehmen lernen.

So langten sie in bestem Einvernehmen wieder in der Villa an. Hier war inzwischen Eva Maria mit ihrem Bruder und Großvater eingetroffen. Georg Rodenberg hatte Lust gehabt, seiner Tochter und seinem Schwiegersohn einen Besuch abzustatten. Hans und Eva Maria, die ja wußten, daß Ralf Bernd bei den Mertens eingeladen war, hatten es verhindern wollen und den Großvater vor der Anstrengung gewarnt. Er hatte aber lachend geantwortet:

»Morgen trete ich meine geregelte Tätigkeit in den Werken

wieder an, da wäre es schlimm, wenn ein Besuch bei meinen Kindern schon über meine Kräfte gehen würde. Wir trinken den Tee bei Tante Melanie, sie wird sich freuen.«

So fuhr man gemeinsam im Auto hinüber. Hans chauffierte selbst, da der Chauffeur einen freien Tag hatte. Arthur Mertens empfing die Verwandten ein wenig befangen, er hätte gern den Besuch Ralf Bernds verschwiegen. Daß Hans und durch diesen Eva Maria schon darum wußten, ahnte er nicht. Er legte aber eine große Freude an den Tag, half dem Schwiegervater selber sehr sorglich aus dem Auto und führte ihn auf die Terrasse, wo Frau Melanie den Vater mit inniger Freude begrüßte. Auch Eva Maria und Hans hieß sie herzlich willkommen, gab ihrer Freude Ausdruck, sie endlich wieder einmal bei sich zu sehen.

»Wo ist denn Jo?« fragte der alte Herr, nachdem er Tochter und Schwiegersohn begrüßt hatte.

»Sie macht einen kleinen Spaziergang mit Doktor Bernd, den ich zu Mittag eingeladen hatte, um noch einiges mit ihm über seine Erfindung zu besprechen. Außerdem wollte ich ihm durch diese Aufmerksamkeit beweisen, daß meine anfängliche Stellungnahme seiner Erfindung gegenüber durchaus nicht persönlich gemeint war«, sagte Arthur Mertens, schnell gefaßt.

Der alte Herr klopfte ihm lächelnd auf die Schulter.

»Bist doch ein guter Mensch, Arthur, trotzdem du ein so ausgezeichneter Geschäftsmann bist. Also Doktor Bernd ist hier! Freut mich. Und – dich wird es auch freuen – Hans?«

Aber bei dieser Frage sah er nach Eva Maria hinüber und bemerkte, daß sie errötete.

Hans war zu ehrlich und wahrhaftig, als daß er eine freudige Überraschung vorgetäuscht hätte, und konnte doch nicht eingestehen, daß er um Ralf Bernds Anwesenheit wußte. So nickte er nur zu den Worten des Großvaters und begrüßte die Tante.

Frau Melanie ließ schnell noch drei Gedecke auf den Teetisch legen, der schon auf der Terrasse aufgestellt war, und Mertens führte den Schwiegervater sorglich zu einem windgeschützten Platze.

Eva Marias Augen schweiften ein wenig unruhig über die zwischen Wald und Villa liegende Wiese hinweg, die mit tausend Blumen überstreut war. Trotzdem sie keine Eifersucht empfand, war ihr doch beklommen zumute, als sie erfuhr, daß Jolante jetzt allein mit Ralf Bernd im Walde umherstreifte und ungestört Gelegenheit hatte, ihm Avancen zu machen. Sie sollte aber nicht lange in Unruhe bleiben, denn gleich darauf kamen die beiden aus dem Walde heraus und schritten über den Wiesenweg dem Hause zu. Als Jolante Eva Maria neben dem Großvater und Hans erblickte, schob sie schnell wieder ihre Hand unter Ralf Bernds Arm.

»Ich bin sehr müde geworden, Herr Doktor, bitte führen Sie mich.«

Und eng an seine Seite geschmiegt schritt sie auf die Terrasse zu. Ralf war leise zusammengezuckt, als er die angekommenen Gäste erblickte. Es war ihm nun doppelt unangenehm, daß Jolante seinen Arm nahm und so dicht neben ihm herging. Am liebsten hätte er sie abgeschüttelt, und es kostete ihn viel Überwindung, das nicht zu tun. Er atmete erlöst auf, als er endlich ihren Arm freigeben konnte. Sein Herz wurde aber erst wieder leicht und frei, als Eva Maria ihm mit ihrem lieben, gütigen Lächeln die Hand reichte. Auch Georg Rodenberg begrüßte ihn mit freundlichen Worten. Zuletzt trat er an Hans heran, der etwas abseits stand.

»Ich konnte Großvater nicht von diesem Besuch zurückhalten, Herr Doktor, hoffentlich kommen wir nicht ungelegen und störend?« sagte Hans leise.

»Unbesorgt, alles schon erledigt. Morgen mehr davon«, flüsterte Ralf schnell zurück und begrüßte Hans dann mit lauten Worten.

Gemeinsam nahm man den Tee ein; Jolante schlug Ralf gegenüber einen bewußt vertraulichen Ton an. Ihre Augen blitzten dabei boshaft zu Eva Maria hinüber. Ralf Bernds Haltung war jedoch sehr zurückhaltend und korrekt und gab Jolante wenig Gelegenheit zu triumphieren. Eva Maria bemerkte sehr wohl, daß er mit der größten Zurückhaltung auf Jolantes Vertraulichkeiten reagierte.

Als Georg Rodenberg nach etwa einer Stunde mit seinen beiden Enkelkindern wieder aufbrach, erhob sich auch Ralf, um sich zu verabschieden.

»Dann können Sie mit uns fahren, Herr Doktor, wir setzen Sie an den Werken ab«, sagte Georg Rodenberg freundlich.

Ralf Bernd wohnte in dem sogenannten Ingenieurhause, das dicht neben dem Seiteneingang zu den Werken lag, zwischen einigen kleinen Wohnhäusern, die von den verheirateten Oberingenieuren und Beamten bewohnt wurden.

Dankend nahm er die Einladung an. Als er sich von Mertens verabschiedete, sagte dieser leise:

»Also strengste Verschwiegenheit in der besprochenen Angelegenheit, lieber Herr Doktor.«

»Selbstverständlich, Herr Direktor.«

»Und Sie werden alles unternehmen wie verabredet?«

»Ich werde nichts vergessen.«

Jolante schritt neben Eva Maria bis zum Auto und flüsterte ihr zu:

»Es war ein himmlischer Sonntag, Eva Maria, Doktor Bernd ist ein entzückender Mensch. Du glaubst nicht, was für Komplimente er mir während unseres Spazierganges gemacht hat. Er geht heftig ins Feuer.«

Eva Maria merkte die Absicht, wurde aber nicht verstimmt.

»Dann tut es dir wohl leid, daß ihn Großvater entführt?« fragte sie und konnte sogar lächeln dabei.

»Ach nein, weißt du, zu einem ungestörten Alleinsein kommt es doch nicht mehr, Mama ist so gräßlich ängstlich, daß etwas gegen den sogenannten guten Ton geht. Sie ist eben vollständig rückständig und merkt nie, wenn sie überflüssig ist. Aber wir werden schon beide dafür sorgen, daß wir uns zuweilen allein treffen.«

Sie wollte Eva Maria damit einen Stich versetzen, aber diese brachte es fertig, ganz ruhig und gelassen auszusehen.

Ralf sah, am Wagenschlag stehend, den beiden jungen Damen entgegen. Sein Herz klopfte laut und stark bei Eva Marias Anblick. Sie trug den Hut an einem Band am Arm hängend, und die Sonnenstrahlen konnten ungehindert auf ihrem blonden Haar spielen, das sich in weichen Locken um den feinen Kopf schmiegte. Wie jugendschön und echt weiblich wirkte ihre schlanke Gestalt neben Jolantes magerem Knabentyp. Sie stach sehr vorteilhaft von ihrer Cousine ab.

Georg Rodenberg verabschiedete sich unterdessen von seiner Tochter, die herzlich bedauerte, daß Egon nicht zu Hause sei und den ersten Besuch des Großvaters nicht hatte miterleben können.

Jolante ränkelte noch ein wenig mit Hans, dessen kraftvolle Jünglingsgestalt einen erfrischenden Anblick bot.

»Mcin Gott, Hans, ich glaube, du setzt Fett an«, sagte sie spöttisch.

Hans sah wenig liebevoll und wenig galant an ihrer Gestalt herab.

»Sorge dich nicht um meine schlanke Taille, gib dir lieber Mühe, ein wenig Fett anzusetzen, damit man weiß, daß du ein Mädel bist und kein Junge«, erwiderte er in vetternhafter Ruppigkeit.

Jolante hob abwehrend die Hände und fuhr dann selbstgefällig an ihren überschlanken Hüften herab.

»Um Gottes willen, ich soll wohl so dick werden wie Eva Maria! Ihr müßt wohl wirklich etwas mehr Sport treiben, ihr beiden.«

Eva Maria lachte harmlos zu dieser Taktlosigkeit.

»Bis jetzt drückt mich das Fett noch nicht, Jo, wenn ich es auch wohl nie zu deiner betonten Schlankheit bringen werde.«

Dabei traf ihr Blick zufällig in den Ralf Bernds, in dessen Augen sie eine so heiße Bewunderung aufflammen sah, daß sie nicht im Zweifel sein konnte, wem er den Vorzug gab.

Jolante sah diesen Blick zum Glück nicht. Sie war befriedigt, daß sie einige Bosheiten an die Geschwister losgelassen hatte. Sie verabschiedete sich von Ralf mit einem aufdringlichen Blick. Er half dann dem alten Herrn und Eva Maria in den Fond des Wagens und nahm selber neben Hans Platz, der wieder am Steuer saß. Jo wollte noch etwas zu Ralf Bernd sagen, aber Hans fuhr so plötzlich an, daß ihre Worte spurlos verflogen.

Ralf Bernd fand, daß diese kurze Autofahrt der Ausgleich des Tages war, denn er durfte Eva Marias Stimme hören und ihr reizendes Profil bewundern, wenn er ein wenig über die Schulter sah. Er bedauerte nur, daß die Fahrt so kurz war. Es sollte ihm aber noch eine große Freude zuteil werden. Als der Wagen am Seiteneingang der Werke hielt und ihn absetzte, sagte Georg Rodenberg, sich von ihm verabschiedend: »Ich hoffe, Sie schenken auch uns nächstens einmal einen Ihrer freien Sonntage, Herr Doktor. Abendliche Gesellschaften will ich mir noch nicht zumuten, sonst würde ich wieder einmal meine Herren Ingenieure einladen, aber das muß ich noch verschieben, bis ich mich kräftiger fühle. Ihre angenehme Gesellschaft jedoch bitte ich mir für einen Sonntagnachmittag aus. Paßt es Ihnen am übernächsten Sonntag? Eva Maria, ich darf dir doch ohne weiteres einen Tischgast einladen?«

Mit einem Lächeln bemerkte der alte Herr, daß Ralfs und Eva Marias Augen hell bei seinen Worten leuchteten.

Jo kann ihre Bemühungen ruhig einstellen, sie werden erfolglos sein, dachte der alte Herr, und Hans dachte etwas Ähnliches.

Ralf aber dankte mit leise bebender Stimme, aus der man seine Freude herausklingen hörte. Und Eva Maria bemühte sich, ruhig und hausfraulich zu bemerken, daß ihr ein Gast durchaus keine Umstände mache.

Hans drückte Ralf die Hand so fest, daß dieser den Druck noch lange spürte. Der alte Herr rief Ralf Bernd noch zu:

»Morgen vormittag kommen Sie also zum Vortrag in mein Kontor auf den Werken, ich brauche Sie nun nicht mehr zu mir ins Haus zu bemühen. Auf Wiedersehen, Herr Doktor!«

Mit einer tiefen Verbeugung trat Ralf zurück. Seine Augen trafen noch einmal in die Eva Marias. Hans rief ihm noch einen Gruß zu, dann fuhr der Wagen davon.

In tiefes Sinnen verloren, suchte Ralf seine Wohnung auf. Es gelüstete ihn nicht mehr nach einem der üblichen Sonntagsvergnügen in der Stadt. Er ließ die Erlebnisse des Nachmittags in sich ausklingen. Und da fiel ihm erneut ein, welches schmachvolle Ansinnen Mertens an ihn gestellt hatte. Es war die größte Beleidigung, die ihm je widerfahren war, und doch hatte er nicht in der richtigen Weise darauf antworten können, weil er Hans schützen wollte.

Zornig ballte er die Faust.

»Der Schuft!« murmelte er vor sich hin, und seine Augen glühten. Ärgerlich warf er ein Buch zur Seite und trat an das Fenster. Seine Augen suchten die Villa Rodenberg oben auf dem Berge. Er konnte nur die oberen Etagen über den Baumwipfeln sehen. Sein Herz war voll Sehnsucht.

Eva Maria! Süße, holde Eva Maria! Werde ich dich mir erringen können? Wird mir ein so großes Glück beschieden sein?

## *8*

Als Ralf Bernd am nächsten Vormittag aus dem Kontor Georg Rodenbergs wieder in sein Büro zurückkam, fand er dort Hans Dornau vor. Dieser sah mit einem seltsam blassen, verstörten Gesicht zu Ralf empor, während er damit beschäftigt war, eine kleine Fleischwunde an seiner Hand zu verbinden.

»Was ist geschehen, Herr Hans, wie sehen Sie aus – was machen Sie da?« fragte Ralf erschrocken.

»Nur eine kleine Verletzung, Herr Doktor, aber es konnte schlimmer kommen.«

Ralf betrachtete die Wunde am Ballen der linken Hand.

»Wie haben Sie sich das zugezogen?«

Hans lachte ein wenig geistesabwesend.

»Es zittert noch ein wenig in meinen Nerven, Herr Doktor, wahrhaftig, wie eine alte Jungfer bin ich erschrocken und habe mein Gleichgewicht noch nicht wiedergefunden. Hören Sie zu, ich war an dem neuen Grubenschacht, wo neue Pfähle mit dem Rammklotz eingerammt werden. Die Arbeiter waren in der Kantine beim Frühstück. Ich war ein bißchen neugierig und ein bißchen leichtsinnig und wollte mir den halb eingerammten Pfahl genau betrachten. Er steckte in dem eisernen Ring, damit ihn der Rammklotz nicht zersplittern konnte. Ich beugte den Kopf darüber, ganz vergessend, daß da über mir der mehrere Zentner schwere Rammklotz hing, den eine leichte Bewegung auslösen konnte. Plötzlich ist mir, als höre ich das leise Einschnappen der Feder, die den Rammklotz löst. Ich werfe mich instinktiv zurück, bleibe aber mit der Hand zwischen Pfahl und Eisenring hängen, jedoch zum Glück nur ein wenig, so daß ich mich noch losreißen konnte. Aber in dem Moment sauste auch der schwere Rammklotz herab. Eine Sekunde früher – und mein Kopf läge unter dem Rammklotz.«

Ralf Bernd wurde noch blasser als Hans.

»Um Gottes willen, Herr Hans, wie konnte sich der Rammklotz lösen? Sie sagten doch, die Arbeiter seien nicht anwesend gewesen?«

Hans strich sich über die Stirn, und seine Hand zitterte ein wenig.

»Ja – jetzt kommt erst das Komische an der Geschichte«, sagte er heiser, »als ich mich umwende und sehen will, wer den Rammklotz ausgelöst hat, da ich mich doch ganz allein wähnte – da sehe ich einige Schritte entfernt – meinen Onkel Arthur stehen – er notierte sich anscheinend seelenruhig etwas in seinem Notizbuch. Ich trat, etwas aus dem Konzept gebracht, da ich kaum dem sicheren Tod entgangen war, vor ihn hin. ›Wer war eben an dem Rammklotz, Onkel Arthur‹, fragte ich etwas verstört.«

Er sah mich erstaunt an, aber es fiel mir auf, daß er sehr blaß war und daß seine den Bleistift haltende Hand merkbar zitterte.

›Am Rammklotz? Kein Mensch war daran, die Arbeiter sind in der Kantine.‹

›Hast du mich nicht an dem Rammklotz gesehen?‹ fragte ich weiter.

›Dich? Nein, ich habe mich nicht umgesehen, ich hatte mir notwendige Notizen zu machen.‹

Ich berichtete ihm nun, was geschehen war, daß ich kaum dem Tode entgangen sei und wie es geschehen war. Da wurde er rot und blaß und schrie mich heiser an: ›Wie konntest du so unvorsichtig sein?‹ Ich zeigte ihm dic kleine Verletzung. – ›Es ist glimpflich abgelaufen‹, fuhr ich fort, ›aber mein Leben hing an einem Faden und ich möchte doch wissen, wer die Feder am Rammklotz gelöst hat.‹

›Das kann selbstverständlich nur von selbst geschehen sein. Es war ja kein Mensch an dem Rammklotz. Wahrscheinlich haben die Leute die Feder nicht ordentlich gesichert, und sie hat sich von selber gelöst. Verdammte Bande, immer gibt es Nachlässigkeiten. Da muß ich mal wieder mit einem Donnerwetter dazwischenfahren‹, schrie er aufgeregt. Schimpfend und tobend ging er dann nach der Kantine hinüber.

Doktor Bernd umfaßte tief erschüttert die Schultern des jungen Mannes. Sie sahen sich beide mit großen Augen in die blassen Gesichter. Einer las in den Augen des andern den furchtbaren Verdacht. Wie im Krampf drückten sie einander die Hand.

»Gottlob, Herr Hans, daß ich Sie gesund und bis auf diese kleine Wunde unversehrt vor mir sehen kann.«

»Wie hätte das bloß meine arme Schwester überstehen sollen«, sagte Hans heiser.

Und dieser Gedanke brachte ihn um die letzte Kraft. Er sank plötzlich haltlos in einen Sessel und stützte den Kopf in die Hand.

Ralf Bernd füllte ein Glas mit Wasser und hielt es ihm an die Lippen.

»Trinken Sie, Herr Hans!«

Dieser schluckte gehorsam und raffte sich auf.

»Scheußlich, Herr Doktor, daß man wie eine nervöse alte Jungfer schlappmacht, aber es war nur der Gedanke an Eva Maria und an meinen Großvater. Nun ist mir schon wieder besser.«

Mit einer fast zärtlichen Bewegung strich Doktor Bernd über den blonden Haarschopf des Jungen.

»Gottlob – Sie leben – und Ihr Fräulein Schwester darf nichts davon erfahren, wie nahe Sie dem Tode waren. Auch Ihr Herr Großvater nicht – wäre Ihnen dies Unglück widerfahren –, das hätte auch Ihr Herr Großvater bei seinem Herzleiden nicht überlebt.«

Wieder sahen sie sich beide mit verhaltenem Blick an. Sie sprachen beide nicht aus, was sie dachten. Endlich sagte Hans:

»Um keinen Preis dürfen Großvater und meine Schwester etwas davon erfahren. Eva Maria wird ja die kleine Verletzung sehen und verbinden wollen, ich muß dann irgend etwas erfinden, wie ich sie mir zugezogen habe. Versprechen Sie mir, zu schweigen.«

»Ich verspreche es Ihnen, Herr Hans, aber – Sie müssen mir auch etwas versprechen.«

»Was soll ich versprechen?«

»Daß Sie in Zukunft sehr, sehr vorsichtig sein wollen und sich nicht wieder leichtsinnig in solche Gefahr begeben.«

Hans sah ihn ernst an.

»Sie können versichert sein, daß ich vorsichtig sein werde. Es gibt ja genug derartiger gefährlicher Stellen auf den Werken – wo man – ganz zufällig – zu Schaden kommen kann. Dieser etwas merkwürdige Unfall soll mir eine Warnung sein.«

In diesem Moment wurde plötzlich die Tür geöffnet und Direktor Mertens stand auf der Schwelle. Sein fleischiges Gesicht war noch etwas fahl, und die Augen blickten unstet hinter den Brillengläsern hervor.

»Nun Hans, hast du die kleine Schramme verbunden? Ich habe ein geharnischtes Donnerwetter losgelassen auf die Häupter der Arbeiter. Laufen von der Arbeit fort, ohne den Rammklotz genügend zu sichern. Pflichtvergessene Bande! Das hätte dich vielleicht einen Finger kosten können, Hans.«

Hans warf seinem Onkel einen seltsamen Blick zu. Seinen Mund umspielte ein bitteres Lächeln.

»Vielleicht auch den Kopf!« rief er heiser.

Direktor Mertens lachte heiser auf.

»Unsinn! Mach nicht solche Witze, Hans. Gottlob ist es mit einer Schramme abgegangen. Wie konntest du so unvorsichtig sein? Du bist doch ein Kind der Rodenberg-Werke und solltest wissen, daß da überall Gefahren drohen.«

Hans sah ihn mit einem Blick an, in dem ein schwerer Ernst lag.

»Du kannst sicher sein, daß ich in Zukunft vorsichtiger sein werde.«

Ralf Bernd hatte Mertens während der ganzen Zeit nicht aus den Augen gelassen. Er mußte alle Kraft aufbieten, um ruhig zu bleiben.

Mertens wandte sich wieder zum Gehen. Er zwang sich zu einem Lächeln.

»Sie haben doch nicht vergessen, Herr Doktor, was wir gestern besprochen haben?« fragte er.

»Nein, Herr Direktor«, stieß Ralf hervor und beugte sich über seine Arbeit, er vermochte Mertens jetzt nicht anzusehen.

Dieser blieb nochmals vor Hans stehen.

»Großvater, Tante Melanie und deine Schwester dürfen selbstverständlich nichts von diesem kleinen Unfall erfahren, Hans. Großvater ist noch nicht ganz über den Berg, und Frauen haben solchen Dingen gegenüber schwache Nerven.«

»Sie werden nichts erfahren«, sagte Hans rauh und kurz.

Mertens ging. Draußen auf der Treppe taumelte er ein wenig und mußte nach dem Geländer fassen. Er zog sein Taschentuch hervor und wischte den Schweiß von seiner Stirn.

Dann ging er nochmals zu der neuen Grube hinüber, wo die Arbeiter wieder am Rammklotz bei der Arbeit waren. Hier wetterte er noch einmal los und verhörte die Arbeiter nochmals sehr eingehend – er wollte genau wissen, wie sie sich das Niedergehen des Rammklotzes erklärten. Sie konnten ihm keine Erklärung geben. Mertens stellte fest, daß keiner der Arbeiter einen Verdacht hatte, daß – er es gewesen sein könne, der die Feder berührt hatte. Gesehen hatte ihn niemand, das stand fest. Er hatte sich ja auch schon vorher vorsichtig umgeblickt, niemand war in der Nähe gewesen. Niemand durfte wissen oder ahnen, daß er mit einer schnellen Handbewegung die Feder gelöst hatte. Wäre ihm geglückt, was sein verbrecherisches Hirn durchzuckt hatte, wäre sein Ziel mit einem Schlage erreicht gewesen, denn Georg Rodenberg hätte bei seinem schwachen Herzen schwerlich den Tod seines Enkels überlebt. Jetzt gierte er nur noch stärker nach Erfüllung seiner Wünsche. Wie lange würde es aber dauern, bis sich wieder eine solche, seinen Plänen günstige Gelegenheit finden würde? Man mußte warten – und warten war schwer.

Er ahnte nicht, daß Hans Verdacht geschöpft hatte und daß Doktor Bernd diesen Verdacht teilte.

Als Hans und Ralf Bernd wieder allein waren, sagte der letztere leise:

»Herr Hans, ich habe Ihnen allerlei von gestern zu berichten. Wenn ich noch im Zweifel war, ob ich Ihnen über alles reinen Wein einschenken sollte, so ist dieser Zweifel jetzt behoben. Wollen Sie mich anhören oder sind Sie noch nicht wieder aufnahmefähig?«

Hans trank noch einen Schluck Wasser.

»Doch, bitte sagen Sie mir alles.«

Ralf Bernd ging erst noch einmal zur Tür und sah hinaus, um sich zu überzeugen, daß Mertens nicht etwa draußen stehe und lausche. Dann trat er dicht an Hans heran, sah ihm ernst in die Augen und sagte aufatmend:

»Ihr Herr Onkel hat mir gestern, erst etwas verblümt, dann aber ziemlich deutlich den Auftrag erteilt. Sie in lockere Gesellschaft zu bringen. Sie mit zweifelhaften Frauen bekannt zu machen, Sie zu einem Lebemann heranzubilden, der seine Kraft und seine Gesundheit in verlodderter Gesellschaft aufs Spiel setzt – kurzum –, ganz klar herausgesagt, ich soll Sie auf irgendeine Weise verderben.«

Hans rührte sich nicht, es war, als sei er gelähmt. Nur seine blauen Augen sahen entsetzt zu Ralf Bernd empor. Endlich sagte er heiser:

»Von meines Onkels Seite kann ich mich über nichts mehr wundern, Herr Doktor. Wie aber haben Sie sich aus der Affäre gezogen?«

»Indem ich zu allem ja gesagt habe, um Sie vor ähnlichen Angriffen zu schützen. Und Sie müssen mir helfen, in Direktor Mertens den Glauben zu wecken, daß ich seinen Auftrag ausführe. Ich habe eine elende Komödie spielen müssen, und ich habe mich vor mir selbst geschämt. Aber – jetzt fühle ich keine Hemmungen mehr – einen Schurken kann man nur mit seinen eignen Waffen bekämpfen.«

Die letzten Worte fuhren Ralf Bernd wider Willen heraus, aber er nahm sie nicht zurück. Hans faßte die Hand des jungen Ingenieurs.

»Wie soll ich Ihnen danken?«

»Dadurch, daß Sie mir rückhaltlos vertrauen und daß Sie

sich gefallen lassen, daß ich immer und überall zu Ihrem Schutze bereit bin. Ich würde Ihnen vielleicht raten. Ihrem Herrn Großvater dies alles zu verraten, aber Direktor Mertens hat das alles in einen so sanften Ton gekleidet, daß er mich anklagen würde, ihn falsch verstanden zu haben. Und – was Ihnen heute geschehen ist – kann ja auch nur ein Zufall gewesen sein, nicht wahr?«

Hans drückte seine Hand wie im Krampf.

»Beweisen kann man nichts.«

Wieder sahen sie sich bedeutungsvoll an. Dann sagte Ralf Bernd:

»Ihr Herr Großvater darf seines Herzleidens wegen nicht aufgeregt werden, und auch Ihr Fräulein Schwester nicht zuviel wissen. Ich würde am liebsten sehen, wenn alles verschwiegen bliebe, um sie nicht zu beunruhigen, aber sie muß für alle Fälle eingeweiht werden, weshalb Sie jetzt plötzlich zuweilen des Nachts außer dem Hause sein und wo Sie sich befinden werden.«

Hans sah ihn fragend an.

»Wie soll ich das verstehen?«

»Nun, Sie werden zuweilen eine Nacht in meinem Zimmer schlafen. Ich habe einen sehr bequemen Diwan. Sie müssen sich dann heimlich aus dem Hause schleichen, damit Ihr Onkel, von mir unterrichtet, sehen kann, daß Sie wirklich einen unsoliden Lebenswandel führen. Während er dann aber glaubt, daß ich mit Ihnen in die Stadt fahre, um Sie in den Großstadtsumpf einzuführen, werden wir behaglich in meinem Zimmer sitzen und uns auf eine harmlosere Art die Zeit vertreiben.«

Wieder faßte Hans seine Hand mit festem Druck.

»Jetzt verstehe ich, wir sollen beide die Komödie aufführen, als würde der Auftrag, den er Ihnen gegeben, restlos ausgeführt?«

»Ja, das müssen wir tun, um ihm so viel Vertrauen zu mir einzuflößen, daß er überzeugt ist, mir auch noch andere

Schandtaten zumuten zu dürfen. Es wird vielleicht lange dauern, bis ich Ihren Onkel entlarvt oder zum mindesten in bezug auf Sie unschädlich gemacht habe. Aber ich werde mein Ziel jetzt mit rücksichtsloser Energie verfolgen. Und Sie müssen mir dabei helfen.«

Hans atmete tief auf.

»Glauben Sie, mir ist ein Stein vom Herzen gefallen, weil ich jetzt gewiß weiß, daß der Mann meiner armen Tante Melanie mein Mißtrauen wirklich verdient, und daß ich ihm damit nicht unrecht getan habe?«

»Ja, das glaube ich Ihnen, Herr Hans. Menschen unseres Schlages glauben lieber zuviel Gutes, niemals zuviel Schlechtes von anderen Leuten. Also, Sie helfen mir?«

»Selbstverständlich, Herr Doktor, bestimmen Sie nur, was ich zu tun habe, ich werde mich Ihnen bedingungslos anvertrauen und unterordnen.«

Ralf Bernd klärte Hans nunmehr genau darüber auf, was er vorhabe und in welcher Weise Hans ihm helfen könne. Sie sprachen leise, ohne ihre Arbeit zu unterbrechen. Nur schaute Ralf immer wieder einmal hinaus, ob sich kein Lauscher in der Nähe befinde.

Zwei Tage später sagte Ralf Bernd leise zu Direktor Mertens, als er mit diesem zufällig zusammentraf:

»Die heutige Nacht wird Herr Hans mit mir in der Stadt verbringen. Ich werde ihn in die Mysterien der Großstadt einführen. Er wird sich kurz nach zehn Uhr, wenn in Villa Rodenberg alles zur Ruhe gegangen ist, heimlich aus dem Hause schleichen. Einen Doppelschlüssel hat er sich auf meinen Rat schon machen lassen. Am Fuße des Berges, in der Nähe des Seitenausganges der Werke, werde ich mit ihm zusammentreffen.«

Arthur Mertens zwinkerte ihm zu.

»Gut, gut! Sie haben ihn ja schnell gewonnen.«

»Es bedurfte keiner großen Mühe, Herr Direktor. Er hat

sich schon danach gesehnt, sich ausleben zu dürfen und hat nur nicht gewußt, wie er das anfangen sollte. Passende Gelegenheit und das nötige Taschengeld haben ihm gefehlt, denn solche Nachttouren sind teuer.«

»Sie werden ihm das nötige Geld vorschießen?«

»So habe ich es mit ihm besprochen.«

»Bitte, belasten Sie mein Konto damit, Herr Doktor, er soll nicht mit dem Gelde sparen – der Junge soll sein Leben gründlich genießen. Ein reicher Erbe wie er braucht nicht zu sparen.«

»Das dachte ich auch, Herr Direktor.«

»Sie erstatten mir morgen Bericht. Ich erwarte Sie in meinem Kontor morgen um zehn Uhr.«

»Ich werde mich pünktlich einfinden und Ihnen über alles Bericht erstatten.«

Mertens nickte ihm zu, und sie trennten sich.

Am Abend dieses Tages, kurz nach zehn Uhr, schlich Hans sich leise aus dem Haus. Er brauchte große Vorsicht gar nicht einmal vorzutäuschen, denn um keinen Preis wollte er, daß der Großvater seine Entfernung bemerkte. Nur Eva Maria war eingeweiht.

Hans schlich sich im Park von Baum zu Baum, den Berg hinunter. Als er außer Sichtweite des Hauses war, trat er bestimmter auf und ging scheinbar unbekümmert weiter. Aber er lauschte dabei angestrengt in den Park hinein, und da vernahm er zuweilen das Rascheln eines Zweiges oder das leise Knirschen des Kieses unter einem vorsichtigen Tritt. Das bewies ihm, daß Arthur Mertens ihn belauschte. Er ignorierte es aber scheinbar.

Hans hatte Eva Maria so viel von seinen Vereinbarungen mit Ralf verraten, daß sie sich nicht zu sorgen brauchte, sollte sie vielleicht zufällig gewahr werden, daß er sich in der Nacht entfernte. Sie stand nun in ihrem dunklen Zimmer und sah verstohlen dem Bruder nach. Dabei bemerkte sie sehr wohl, daß ein dunkler Schatten hinter Hans herschlich, und das

Herz klopfte ihr angstvoll. Konnte Mertens Hans da draußen im Dunkel nicht etwas Böses antun?

Aber sie sagte sich zum Trost, daß Ralf Bernd den Bruder bewachen und ihm nichts geschehen lassen würde. Wie froh war sie, daß Ralf ihres Bruders Freund war und ihm helfen würde. Ihre Hände falteten sich zum Gebet. Sie flehte Gott an um Schutz für den geliebten Bruder.

Am Fuße des Berges erwartete Ralf Hans Dornau.

»Hallo, Herr Hans, sind Sie es?« rief er ihn an, absichtlich laut genug, daß auch der im Dunkel schleichende Mertens es hören konnte. Wenn er diesen auch nicht sah, war er doch überzeugt, daß er Hans nachspionierte, schon um sich zu überzeugen, daß Ralf ihm recht berichtet hatte.

»Ja, Herr Doktor, ich bin es!«

»Haben Sie sich unbemerkt von zu Hause fortschleichen können?«

»Dank des Nachschlüssels, den ich mir habe machen lassen, ging es ganz glatt. War eine famose Idee von Ihnen, daß ich mir den Schlüssel beschaffen sollte.«

»Gut! Nun wollen wir hinüber zum Wagen. Ich habe ihn drüben am Seiteneingang der Werke hinter Tannengebüsch verborgen. Es ist ein Mietsauto aus der Stadt, und ich habe dem Chauffeur Anweisungen gegeben, zweimal in der Woche hier zu halten. Es ist ja wahrlich an der Zeit, daß Sie flügge werden. Sie sollen eine vergnügte Nacht durchleben – und viele andere werden folgen. Vertrauen Sie sich mir unbekümmert an. In die nettesten und wildesten Sachen werde ich Sie einführen.«

»Ich danke Ihnen von Herzen, Herr Doktor, daß Sie mir die Genüsse der Großstadt erschließen wollen. Ich sehne mich längst danach, mich gründlich auszuleben. Und allein hätte ich nicht den Mut dazu gefunden.«

»Nun ja, aller Anfang ist schwer! Aber Sie werden so viel Vergnügen an diesen heimlichen Ausflügen finden, daß Sie schnell Geschmack daran bekommen werden. Vorläufig gehen wir zweimal in der Woche aus, bis Sie daran gewöhnt sind, später können wir öfter fahren.«

»Famos, Herr Doktor, aber das kostet wohl viel Geld.«

»Danach braucht der künftige Erbe von Rodenberg nicht zu fragen. Ich schieße Ihnen vor, soviel Sie wollen.«

»Nett von Ihnen, Herr Doktor! Bisher kam ich ja mit meinem Taschengeld reichlich aus, aber in Zukunft werde ich wohl manche Anleihe bei Ihnen machen müssen.«

»Tun Sie das nur. Und nun los, Herr Hans, in das tolle vergnügte Nachtleben hinein!«

Sie hatten das alles laut genug gesprochen, daß ein Lauscher es hören konnte. Und Arthur Mertens, der sich hinter Hans hergeschlichen hatte, um sich zu überzeugen, daß Ralf Bernd wirklich seinen Auftrag ausführte, konnte jedes Wort verstehen.

Die beiden jungen Leute gingen nun hinüber zum Seitenausgang der Werke. Dort hielt mitten in einer dichten Tannengebüschgruppe ein Mietsauto. Den Chauffeur hatte Ralf Bernd genau instruiert. Er wußte, daß er in Zukunft jede Woche an bestimmten Tagen zweimal an dieser Stelle zu warten hatte. Er sollte sich nicht darum kümmern, ob jemand einstiege oder nicht, sollte einfach auf Befehl losfahren bis zur Stadt zu einer bestimmten Stelle. Stieg dort niemand aus, war seine Aufgabe erledigt. Stieg jemand aus, würde er weitere Anweisungen erhalten. Dem Chauffeur war es selbstverständlich gleichgültig, ob jemand in dem Wagen sitzen würde oder nicht, wenn man ihn nur bezahlte. Diese Fahrten bedeuteten jedenfalls ein sehr gutes Geschäft für ihn. Hans und Ralf Bernd traten dicht an das Auto heran, gaben den Anschein, einzusteigen und schlugen den Wagenschlag wieder zu.

»Vorwärts!« rief Ralf dabei laut, und der Wagen setzte sich sofort in Bewegung. Das Gebüsch war so dicht, daß niemand in der Dunkelheit sehen konnte, ob die beiden Herren wirklich eingestiegen waren.

Das war selbstverständlich nicht der Fall. Ralf Bernd und Hans Dornau standen reglos in dem dichten Tannengebüsch und gaben keinen Laut mehr von sich. Die Fenster des Wagens waren, wie es Ralf gewünscht hatte, mit dichten Gardinen verhängt, und der Wagen war innen nicht erleuchtet. Er fuhr im schnellen Tempo auf der Fahrstraße dahin. Gleich darauf sahen die beiden reglos Dastehenden, daß sich jenseits der Straße das Gebüsch teilte, und daß Arthur Mertens heraustrat. Mitten auf der Straße blieb er stehen und schaute dem Wagen nach, in dem er seinen Neffen und Doktor Bernd vermutete. In diesem Moment kam der Mond durch die Wolken und beleuchtete sein Gesicht, und Hans erschrak vor dessen haßerfülltem Ausdruck und vor dem teuflischen Lächeln, das Mertens' Lippen umspielte. Eine Weile sah der dem davonrollenden Auto mit boshafter Befriedigung nach, dann ging er in den Wald zurück, diesmal in der Richtung nach Villa Melanie.

Noch eine Weile verharrten die beiden jungen Männer reglos im Gebüsch, dann zog Ralf seinen Gefährten am Arm dem Seitenausgang der Werke zu. Zu diesem Ausgang besaß er, wie alle Ingenieure, einen Schlüssel, denn das Ingenieurhaus lag innerhalb der Mauer in nächster Nähe.

Er schloß das Tor auf, und sie traten ein. Ohne ein Wort zu sprechen, gingen sie zu dem Ingenieurhause hinüber. Ralf öffnete auch die Haustür und zog Hans mit sich hinein. Niemand sah sie kommen. Sie sprachen nicht, bis sie Ralfs Zimmer erreicht hatten. Ralf hatte die Rolljalousien dicht herabgelassen und das Licht nicht gelöscht, weil er wissen wollte, ob die Jalousien keinen Lichtstrahl herausdringen ließen. Davon hatte er sich schon überzeugt, ehe er ging, um sich mit Hans zu treffen, denn er mußte auch damit rechnen, daß Mertens mißtrauisch seine Fenster kontrollieren würde.

Leise zog der junge Ingenieur die Tür hinter sich zu, und nun standen sie sich aufatmend gegenüber.

»Haben Sie ihn erkannt«, flüsterte Hans.

Ralf nickte.

»Ich ahnte, daß er spionieren würde, deshalb hatte ich Ihnen jedes Wort vorgeschrieben, das wir wechseln wollten. Er muß die Überzeugung gewinnen, daß ich seinen Auftrag ausführe, mit allen Finessen, die er mir nur zwischen den Zeilen angedeutet hat. Auf diese Weise werden wir ihm immer beibringen, was wir ihn wissen lassen wollen. Einige Male wird er sicherlich noch den Aufpasser spielen, und wir werden uns immer so verhalten, als sei es echt. Aber – nun machen Sie es sich bequem, Herr Hans, und Sie brauchen nicht so leise zu flüstern. Hier sind wir vor Lauschern sicher. Mein Zimmer liegt am Ende des Hauses, so habe ich nach rechts keinen Nachbarn. Nach links liegt erst mein Schlafzimmer zwischen meinem Wohnzimmer und dem Zimmer meines Nachbarn, Doktor Bode. Der ist entweder selbst in der Stadt oder er schläft einen Bärenschlaf, wenn er schon mal zu Hause ist. Und nach dem Korridor liegen, wie Sie gesehen haben, Doppeltüren vor meinem Zimmer. Wir können also ganz ungestört plaudern. Ein Stündchen können wir uns noch unterhalten, ehe wir zur Ruhe gehen.«

Hans legte Hut und Mantel ab und setzte sich nachdenklich in einen Sessel.

»Scheußlich, lieber Herr Doktor, daß Sie meinetwegen zu solchen Winkelzügen gezwungen werden.«

Ralf lächelte.

»Bilden wir uns ein, wir sind auf der Jagd nach einem gefährlichen Raubtier, das wir beschleichen müssen, dann werden wir alle Hemmungen verlieren. Um einen Schurkenstreich zu vereiteln, ist keine List verwerflich. Da sind Zigaretten! Rauchen Sie? Ich freue mich, daß ich auf diese Weise zu einem ungestörten Plauderstündchen mit Ihnen komme. Bei der Arbeit fehlt es immer an der nötigen Sammlung.«

Er setzte sich Hans gegenüber. Sie steckten sich beide eine Zigarette an, und dann fragte Ralf:

»Weiß Ihr Fräulein Schwester, daß Sie heute nacht außer Hause sind?«

»Ja, soviel wie möglich habe ich sie eingeweiht, es muß jemand wissen, wo ich mich befinde. Meine Schwester ist Ihnen mindestens so dankbar wie ich, denn – sie hängt sehr an mir, und ein Leid, das mich träfe, würde sie doppelt unglücklich machen.«

»Das weiß ich.«

»Es würde meinem Onkel auch nicht leicht werden, mich in ein Lotterleben nach seinem Sinne zu verstricken, selbst dann nicht, hätte er ein willigeres Werkzeug für seine Schurkerei gefunden. Das würde ich weder meiner Schwester noch meinem Großvater antun. Aber man weiß nicht, was er sonst noch für Pläne aushecken würde, um sein Ziel zu erreichen. Wären Sie nicht auf seinen Vorschlag eingegangen, hätte er wohl jemanden gefunden, der auf seine Schurkereien eingegangen wäre.«

»Nun, ich werde ihm eine so grandiose Beschreibung von Ihrem Lotterleben machen, daß er befriedigt sein wird. Nach allem, was ich mir zusammengereimt habe, ist ihm darum zu tun, Sie körperlich und geistig zu ruinieren, wenn – nun ja – wenn er sie nicht auf andere Weise vernichten kann. Sie dürfen ihm kein Hindernis sein, der Erste auf den Rodenberg-Werken zu werden, wenn Ihr Herr Großvater eines Tages nicht mehr sein wird. Er will alle Macht an sich reißen, soviel ist mir klar, und in der Art seiner Mittel dazu ist er nicht eben wählerisch. Nach so einem scheinbaren Ausflug müssen Sie ihm eine große Müdigkeit und Abspannung vorspielen, wenn er in Ihre Nähe kommt. Er muß Ihnen anmerken, daß Sie selbst auf Ihre Vernichtung hinarbeiten, um so weniger wird er Sie anderweitig bedrohen.«

Hans Dornaus Augen blitzten kampfeslustig.

»Oh, er soll seine Freude an mir haben. Auch ich kenne ihm gegenüber keine Hemmungen mehr. Wüßte ich nur, wie ich Großvater auf unverfängliche Art beibringen könnte, wie Herr Direktor Mertens wirklich ist.«

»Haben Sie nur Geduld, Herr Hans, es wird mir schon gelingen, ihm die Schminke vom Gesicht zu waschen. Je fester er mir vertraut, desto leichter wird es mir werden, ihn zu entlarven. Er glaubt, mich schon ganz in der Hand zu haben, ich werde immer wieder betonen, daß ich so schuldig bin wie er – wohlverstanden auf diplomatische Weise. Außerdem winkt er mir mit so fürstlichen Belohnungen, daß er bestimmt annehmen dürfte, daß ich alles tun werde, um den Judaslohn zu verdienen.«

»Welchen Preis verspricht er Ihnen denn für eine Schurkerei?« fragte Hans bitter.

Ralf lachte.

»Erst einmal verspricht er mir, daß ich demnächst durch seine Bemühung zum Oberingenieur avancieren werde.«

»Ah«, sagte Hans verächtlich, »sein Geiz sucht nach Belohnungen, die ihn nichts kosten. Und was noch?«

»Er stellt mir in Aussicht, daß ich, wenn er erst an erster Stelle steht, die zweite Stelle auf den Werken einnehmen soll. Dies ist ein Köder für mich, das meinige zu tun, ihm zu dieser ersten Stelle zu verhelfen. Und zuletzt – nun – zuletzt sprach er auch von engeren Banden, die uns verbinden sollen.«

Hans stutzte.

»Engere Bande? Was meint er damit.«

»Darüber möchte ich nicht sprechen.«

Forschend sah Hans in sein Gesicht – dann sprang er auf.

»Ah, ich ahne, was er meint! Jo machte Eva Maria gegenüber kein Hehl daraus – aber nein – das will auch ich nicht aussprechen. Wenn wir uns auch gegenseitig nicht ausstehen können, Jo und ich, so ist sie doch Tante Melanies Tochter und eine Dame. Ich möchte sie daher nicht bloßstellen. Aber wir wissen wohl, was diese engeren Bande zu bedeuten haben. Und – das alles wollen Sie aufgeben?«

Ernst sah Ralf zu ihm auf.

»Ich hoffe, daß Sie mich genug kennen, um zu wissen, daß

mich das alles nicht zu einer Schurkerei verleiten könnte, auch wenn der Preis mir verlockend wäre.«

»Aber, er ist es nicht?«

»Nein, ganz gewiß nicht! Und ich möchte es keinem anderen Menschen verdanken müssen, gelingt es mir, im Leben vorwärtszukommen. Ich denke, selbst Manns genug zu sein, mir mein Schicksal zu zimmern.«

Mit festem Druck faßte Hans seine Hand. Und er dachte bei sich, daß er Eva Maria jedes Wort dieser Unterhaltung mitteilen müsse. Sie würde sich freuen. Denn er hatte inzwischen Eva Maria und Ralf Bernd scharf beobachtet, wenn sie einmal zusammentrafen, und hatte erkannt, daß sie einander nicht gleichgültig gegenüberstanden.

Es kam zwischen den beiden jungen Leuten nunmehr zu einer anderen Unterhaltung. Ralf machte Hans in freundschaftlicher Weise darauf aufmerksam, welche Gefahren der Großstadtsumpf für einen jungen, unerfahrenen Menschen bot.

»Ihr Herr Großvater wird vielleicht nicht die rechten Worte dafür finden, Herr Hans, und Ihr Fräulein Schwester ist selbst unerfahren und unwissend. Einen Vater haben Sie nicht mehr, und meines Wissens auch keinen anderen Freund als mich. Ich will Sie warnen, damit Sie nicht einmal aus Unkenntnis in eine Gefahr geraten, wie sie Ihnen jetzt gedroht hätte, wenn Ihr Onkel nicht gerade mich zu seinem Werkzeug gewählt hätte.«

Und er sprach ernst und herzlich mit dem jungen Menschen und mahnte ihn, seine Gesundheit nicht aufs Spiel zu setzen und sich nicht selbst zu verlieren.

»Ich traue es Ihnen nicht zu, Herr Hans, daß Sie je Ihrem Großvater oder Ihrer Schwester Kummer bereiten könnten. Aber gerade das, was uns hier zusammenführte, veranlaßte mich, Ihnen die Augen zu öffnen, damit Sie gewappnet sind, könnte ich Ihnen einmal nicht zur Seite stehen.«

Hans hörte ihm mit ernster Miene zu, und sein unbeschränktes Vertrauen zu Ralf Bernd ließ ihn selbst manche Frage stellen über vieles, was ihm bisher als Mysterium erschienen war. So kamen sich beide in dieser vertraulichen Stunde noch viel näher, und dankbaren Herzens drückte Hans dem Freunde die Hand, als sie später zur Ruhe gingen. Ralf bereitete Hans ein Nachtlager auf seinem Diwan. Das nötige Nachtzeug hatte Hans am Tage vorher mit in Ralfs Büro gebracht, und dieser hatte es mit in seine Wohnung genommen.

Früh am Morgen weckte Ralf Hans Dornau. Er stand erst eine Weile vor dem fest schlafenden Jüngling und betrachtete ihn mit einem guten, fast väterlichen Lächeln.

Er ließ Hans, nachdem sich dieser schnell angekleidet hatte, heimlich hinaus, und dieser eilte hinauf auf den Berg, zur Villa Rodenberg. Ungesehen erreichte er sein Zimmer. Und zur gewohnten Zeit saß er frisch und munter mit dem Großvater und Eva Maria am Frühstückstisch.

Vorher noch hatte er Gelegenheit gehabt, Eva Maria von seinem Ausflug und von allem mit Ralf Bernd Gesprochenem zu unterrichten. Mit Vergnügen merkte er, daß sie errötete, als er ihr erzählte, in welcher ablehnenden Art dieser über die »engeren Bande« gesprochen hatte, mit denen Mertens ihn hatte verlocken wollen. Geschickt vermied er in seinem Bericht alles, was Eva Maria zu sehr hätte beunruhigen können, und auch alles, was Männer nur unter sich besprechen.

Eva Maria hatte ihm mit glänzenden Augen zugehört, und als Hans schließlich enthusiastisch sagte: »Eva Maria, einen so wertvollen Menschen wie Doktor Bernd gibt es nicht noch einmal, wir müssen ihm sehr dankbar sein«, da hatte sie das Haupt geneigt und leise geantwortet: »Nie können wir ihm genug danken, Hans.«

# 9

Wochen waren vergangen. Ralf Bernd war längst zum Oberingenieur befördert worden. Mertens hatte sich aufgespielt, als sei das nur auf seine Veranlassung hin geschehen, und Ralf hatte sich in keiner Weise anmerken lassen, als wisse er, daß seine Ernennung einzig und allein durch Georg Rodenberg erfolgt war. Er dankte Mertens sehr für seine erfolgreichen Bemühungen und versprach seinen Dank durch sein Verhalten zu beweisen.

Ralf hatte Mertens verschiedene Berichte erstattet über das »Ausleben« seines Neffen Hans und es dabei nicht an phantastischen Ausschmückungen fehlen lassen. Hans tat ebenfalls das Seine, und so konnte Mertens befriedigt konstatieren, daß Hans anscheinend sehr schlaff und arbeitsmüde war.

Eines Tages sagte Ralf zu Mertens:

»Ich brauche Ihren Neffen wahrhaftig nicht mehr zu animieren, er hat Blut geleckt und würde am liebsten jeden Abend in die Stadt fahren. Ich hätte nicht gedacht, daß ein so junger Mensch dermaßen ausschweifend sein könne.«

Dabei sah er es seltsam in Mertens Augen aufblitzen. Dieser zwang sich zu einem nachsichtigen Lächeln.

»Lassen Sie ihn sich nur ruhig austoben, lieber Herr Doktor, legen Sie ihm nicht etwa Hemmschuhe an. Die Jugend will ihr Recht.«

»Wenn es nur nicht zuviel wird. Seine Gesundheit muß entschieden darunter leiden, er ist schon jetzt recht schlaff und kraftlos.«

Hastig wehrte Mertens ab.

»Aber lieber Herr Doktor, machen Sie sich doch keine Kopfschmerzen. Er ist so leicht nicht unterzukriegen«, sagte er grimmig.

»Wenn aber Herr Rodenberg davon erfährt, daß ich ihn dazu verleitet habe? Schließlich fällt es vielleicht auch ihm auf, daß Herr Hans so müde und träge ist. Ich möchte doch nicht meine Stellung verlieren, so gern ich Ihnen auch dienen möchte.«

»Seien Sie doch nicht so zimperlich mit diesem Bengel, Herr Doktor. Und machen Sie sich keine Sorge, die Verantwortung übernehme ich. Ich glaube nicht, daß sein Großvater etwas merkt, denn in dessen Gegenwart, das habe ich schon bemerkt, reißt er sich zusammen. Also keine Angst. Lassen Sie ihn nur seine Jugend genießen, es hat noch keine Eile, ihm einen Hemmschuh anzulegen. Sagen Sie mal, was sind denn das für Dämchen, mit denen er jetzt so regen Umgang pflegt?«

»Nun, eine sehr leichte Sorte – er hat gerade für die das größte Faible, die aus einer Hand in die andere gehen. Es ist einfach toll, wie er sich ins Zeug legt.«

Mertens kicherte vor sich hin.

»Recht so, recht so, er ist ja schließlich alt genug, seine Wahl zu treffen.«

»Ich soll ihn also gewähren lassen, Herr Direktor?«

»Vollständig«, erwiderte Mertens, während es unheimlich hinter seinen Brillengläsern funkelte. »Der Bengel macht mir Spaß, hätte nicht gedacht, daß er so losgehen würde.«

»Sie glauben nicht, daß es zu gefährlich ist, wenn man ihn gewähren läßt?« forschte Ralf weiter, um immer tiefer in Mertens Pläne einzudringen.

Dieser lachte auf.

»Gefährlich, wenn ein junger Mensch sich ein bißchen die Hörner abläuft? Haben Sie das nicht auch getan, als Sie jung waren?«

»Nicht in dem Maße, Herr Direktor, dabei wäre ich wahrscheinlich draufgegangen.«

»Reden Sie keinen Unsinn, so ein Bärenkerl geht nicht gleich drauf, weil er seine Jugend ein bißchen forsch genießt. Lassen Sie ihm ruhig seinen Willen.«

So kam Ralf Bernd immer mehr hinter Mertens' dunkle Pläne, und er dankte dem Schicksal, daß er gerade ihn zu seinem Werkzeug ausersehen hatte. Menschen von der strengen Ehrenhaftigkeit Ralf Bernds kannte Mertens nicht. Er hielt es nicht für möglich, daß so glänzende Versprechungen, wie er sie Ralf gemacht hatte, wirkungslos sein könnten.

Er ließ Jo freien Willen in der Verfolgung ihres Zieles und erkundigte sich zuweilen neckend, wie weit sie schon gekommen sei.

Jo hatte es oft genug verstanden, ein Alleinsein mit Ralf herbeizuführen. Dieser hatte es wahrlich nicht leicht, sich immer wieder ihren schlau aufgestellten Netzen zu entziehen. Sie brachte es aber doch nicht so weit, daß er seine strenge Korrektheit aufgab.

Jo war aber weit davon entfernt, zu ahnen, daß er sie ablehnte. Sie glaubte, sie habe ihm noch nicht deutlich genug zu verstehen gegeben, daß er nur zuzugreifen brauche. Und in seiner altmodischen Ritterlichkeit würde er auch leider noch lange zögern.

Zu seinem Leidwesen sah Ralf Jolante viel öfter als Eva Maria. War er aber einmal mit ihr zusammen, dann waren es köstliche Feierstunden für ihn.

Die Einladung Georg Rodenbergs hatte er mit Freuden angenommen, und es war ein sehr glücklicher Tag, den er in Gemeinschaft von Großvater und Enkelkindern in der Villa verlebte. Nach Tisch, als der alte Herr sich etwas zum Schlafe zurückzog, saß er mit Eva Maria und Hans auf der Terrasse. Zum ersten Male hatte sich Eva Maria mit ihm aussprechen können über das, was ihr Hans berichtet hatte. Mit einem warmen Aufleuchten ihrer Augen hatte sie ihm danach die Hand gereicht.

»Wir sind so sehr Ihre Schuldner geworden, Herr Doktor, daß ich nicht weiß, wie wir diese Schuld abtragen können. Es hat mich schon lange gedrängt, Ihnen meinen Dank wenigstens vorläufig wörtlich ausdrücken zu können. Was Sie für meinen Bruder getan haben, haben Sie auch für mich getan. Ihr Schutz und Ihre Hilfe sind uns überaus wertvoll. Abgesehen von Großvater stehen wir schutzlos im Leben da. Ihn dürfen wir aber mit solchen Dingen nicht behelligen, weil er sich aufregen und sich schaden könnte. Mein Bruder ist noch zu jung, um wirksam gegen Onkel Arthur vorgehen zu können und – was vermag ich gegen ihn? So ist es für uns eine große Erleichterung, daß wir Sie auf unserer Seite haben. Ich hoffe sehr, daß ich Ihnen meinen Dank eines Tages auch durch die Tat beweisen kann.«

So hatte sie mit bebender Stimme gesagt, und ihre Worte und der dankbare Blick ihrer Augen hatten ihm das Herz warm gemacht. Impulsiv hatte er ihre Hand an seine Lippen geführt.

»Sie belohnen mich reich durch Ihre Worte, mein gnädiges Fräulein, wenn es eines Dankes bedarf, und die Anhänglichkeit Ihres Herrn Bruders ist mir auch ein schöner Lohn. Ich wünsche mir nichts sehnlicher, als ihm treu zur Seite stehen zu dürfen, und hoffentlich gelingt es mir, eines Tages jede Gefahr für ihn beseitigt zu haben, die Anschläge gegen Ihren Herrn Bruder aufzudecken und solche Beweise dafür zu schaffen, daß sein Feind unschädlich für ihn gemacht werden kann.«

Sie sahen einander bei diesen Worten so selbstvergessen an, daß Hans, der bei ihnen saß, die Gewißheit bekam, daß Ralf Bernd und seine Schwester sich liebten.

Nach diesem Sonntag hatte Ralf Bernd Eva Maria noch zweimal gesehen. Einmal besuchte sie ihren Großvater auf den Werken, und da hatte er das Glück gehabt, sich gerade in dessen Kontor zu befinden. Das zweite Mal traf er sie mit ihrem Bruder Hans an einem Sonntagvormittag im Walde. Hans hatte ihn aufgefordert, sich einem Spaziergang anzuschließen, und das hatte er nur zu gern getan. Sie waren über eine Stunde gemeinsam im Walde umhergeschlendert, und die Geschwister erzählten Ralf Bernd voll Besorgnis, daß der Großvater doch nicht wieder so recht vital werden wollte, wie man es gehofft hätte. Sein Herzleiden verursachte ihm viele Beschwerden, doch wollte er nicht, wie der Arzt verlangte, seine Tage in absoluter Ruhe verbringen.

»Ohne Arbeit kein Leben!«

Das war der Wahlspruch des alten Herrn. Anfälle seines Herzleidens wiederholten sich immer häufiger. Eva Maria wandte sich angstvoll an den Arzt, und dieser verordnete dann auch sehr streng, daß der alte Herr für einige Wochen zur Kur nach Nauheim gehen müsse. Er willigte schließlich ein unter der Bedingung, daß Eva Maria ihn begleiten sollte, und der Tag der Abreise war bereits festgesetzt. Es war inzwischen Ende August geworden, aber die Tage waren noch sehr schön und warm.

Eines Abends, kurz vor der geplanten Abreise, war die Familie Mertens in der Villa Rodenberg erschienen, um sich von dem Großvater zu verabschieden. Auch Egon Mertens war mitgekommen, denn er verlebte gerade einen Teil seiner Semesterferien zu Hause.

Er wollte hauptsächlich Hans gegenüber seine Überlegenheit betonen, prahlte mit seinen Mensuren und mit seinen »Lebemannerfahrungen«. Hans reagierte nicht darauf, gab sich nicht anders als sonst und bemühte sich, gegen die Damen sehr artig zu sein. Dem Großvater ging er kaum von der Seite und mühte sich liebevoll, jeden Wunsch von seinen Augen abzulesen.

Arthur Mertens beobachtete ihn hämisch.

Wie der Bengel sich verstellen kann, er tut doch wahrhaftig, als könne er kein Wässerchen trüben, dachte er, teils befriedigt, teils empört. Und er nahm sich vor, Hans ein wenig wegen seiner nächtlichen Ausflüge in die Enge zu treiben, sobald der Großvater in Nauheim sein würde. Sein Haß auf Hans nahm zu von Tag zu Tag, und er wollte diesem Haß wenigstens dadurch ein wenig Luft machen, daß er Hans wegen seiner nächtlichen Ausflüge ängstigte, so daß er fürchten mußte, er würde dem Großvater davon berichten. Daß er sich an dieses Lotterleben schon genug gewöhnt hatte, um es auch dann nicht aufzugeben, davon war Arthur Mertens überzeugt.

Daß Hans aber ihm auch weiterhin so wenig Respekt entgegenbrachte, ärgerte den machtgierigen Mann. »Der Bengel« sollte einige Dämpfer von ihm bekommen, das stand für ihn fest. Und dazu wollte er sein Wissen über Hans Dornaus nächtliche Ausflüge benutzen.

Als er vom Arzt die Befürchtung vernommen hatte, daß der alte Herr leicht einem seiner Anfälle erliegen könne, zehrten seine Wünsche wie fressende Flammen. Wartete er doch schon seit Jahren, daß Georg Rodenberg den Platz für ihn frei machte, nach dem er gierte. Mit Hans wollte er dann schon auf irgendeine Art fertig werden.

Jetzt aber zeigte er sich sehr besorgt um den Schwiegervater, bat ihn wieder und wieder, recht vorsichtig zu sein, und ermahnte Eva Maria dringend, ihm jede Aufregung fernzuhalten.

Eva Maria konnte seinen falschen Ton, seit sie wußte, was für ein Ansinnen Arthur Mertens an Ralf Bernd gestellt hatte, noch schwerer als früher ertragen. Wenn sie auch nichts von der Szene am Rammklotz erfahren hatte, so genügte ihr doch schon, was sie wußte, um ihn zu verachten und zu fürchten. Am liebsten hätte sie ihm immer, wenn sie ihn sah, eine wilde Anklage ins Gesicht geschleudert, aber sie mußte sich beherrschen. Als er sie aber nun so dringend ermahnte, auf den Großvater zu achten, sagte sie ziemlich schroff:

»Du brauchst mich nicht dazu zu ermahnen, das tue ich schon aus eigenem Antriebe.«

Jo mißgönnte Eva Maria die Reise nach Nauheim.

»Du hast es gut, Eva Maria, du kommst auf diese Weise zu einer amüsanten Badereise«, sagte sie ärgerlich.

Der Großvater lachte.

»Nun Jo, du würdest in Nauheim kaum auf deine Kosten kommen, da gibt es wenig Vergnügen für junges und gesundes Volk. Aber, damit du nicht zu kurz kommst, werde ich dir zu Weihnachten eine Reise zu einem Winterkurort zum Geschenk machen. Das ist sicher mehr nach deinem Geschmack.«

Jubelnd fiel ihm Jo um den Hals.

»Famos, Großvater! Darf ich nach St. Moritz?«

»Wenn deine Mutter dich dahin begleiten will.«

»Aber selbstverständlich! Nicht wahr, Mama, du freust dich auch darauf?«

Frau Melanie sah erst, wie stets, ehe sie Entschlüsse faßte, zu ihrem Gatten hinüber. Dieser winkte ihr gnädig gewährend zu, und so sagte sie lächelnd:

»Ich muß mich wohl freuen, Jo, wenn ich dir dies Vergnügen nicht stören will. Allein kannst du ja doch nicht reisen.«

Jo zuckte die Achseln.

»Gott, Mama, heutzutage ist es doch nichts Besonderes, wenn eine junge Dame allein reist.«

»Dazu würde ich nie meine Einwilligung geben«, erwiderte Frau Melanie entrüstet.

Jo zuckte nur die Achseln über ihre rückständige Mutter, behielt aber ihre gute Laune wegen der versprochenen Wintersportreise. Man plauderte noch ein Stündchen. Egon pirschte sich heimlich an den Großvater heran und schmeichelte ihm einen Hundertmarkschein ab, weil er ewig in finanziellen Schwierigkeiten war. Aber dann brachen die Mertens auf. Der Großvater war müde geworden, die laute Gesellschaft von Jo und Egon verbrauchte immer sehr rasch seine Kräfte. Erleichtert atmete er auf, als wieder Ruhe und Stille um ihn her war.

»Gottlob, jetzt ist wieder Ruhe«, sagte er lächelnd und lehnte sich behaglich in seinen Lehnstuhl zurück.

Eva Maria merkte sogleich, daß der Besuch seiner Familie über seine Kräfte gegangen war und legte ihm ein Kissen in den Rücken.

»Mache ein Nickerchen, Großvater, Hans und ich verhalten uns ganz ruhig, und es ist noch so schön warm hier draußen.«

Er nickte seinen Enkelkindern lächelnd zu und faßte ihre Hände.

»Ich bin nicht abgeneigt, Eva Maria, ihr könnt aber getrost miteinander plaudern, du und Hans. Ihr beiden seid nie so laut wie Jo und Egon.«

Hans neigte sich über ihn und küßte seine Stirn.

»Schlaf sanft und ruhig, Großvater.«

»Ja, mein Junge, ich danke dir. Dank, Eva Maria!«

Er lächelte auch dieser zu, die ihn liebevoll küßte und sich dann leise zurückzog. Eine Weile plauderten die Geschwister halblaut, weil das der Großvater wollte, aber als sie dann merkten, daß er eingeschlafen war, legten sie lächelnd den Finger auf den Mund und verstummten.

Über eine Stunde saßen sie sich so still gegenüber, beide in ein Buch vertieft, während der Großvater schlief. Aber plötzlich stieß dann der alte Herr einen halberstickten, gurgelnden Laut aus, er fuhr aus dem Sessel empor und starrte auf die Treppe, die zur Terrasse heraufführte. Mit überirdisch strahlenden Augen sah er anscheinend auf eine Erscheinung.

»Lutz – Lutz – mein Lutz!« rief er und streckte die Hände aus, als wolle er jemand umfassen.

Die Geschwister waren erschrocken aufgesprungen und eilten zu ihm hinüber.

»Großvater! Lieber Großvater, was ist dir?«

Wie aus einem Traum erwachend, sah dieser auf seine Enkelkinder. Eine jähe Freude trieb dunkle Röte in sein Gesicht.

»Da war Lutz – er war bei mir und lächelte mir zu. Lutz lebt – Lutz lebt!« rief er wie außer sich vor Glück.

Und dann sank er, von Eva Maria und Hans aufgefangen, in seinen Sessel zurück – und war tot.

Ein Herzschlag hatte seinem Leben ein jähes Ende gemacht. Er hatte wohl, wie so oft, von seinem Sohn Lutz geträumt, hatte ihn dann erwachend, noch vom Traum befangen, vor sich gesehen und war vor Freude darüber gestorben.

Eva Maria und Hans vermochten nicht gleich zu fassen,

daß der geliebte Großvater für immer von ihnen gegangen sei. Zu groß war der Verlust, der sie betroffen hatte, verloren sie doch in ihm ihren allzeit gütigen Beschützer, der ihnen Vater und Mutter ersetzt hatte.

Erschrocken knieten sie vor dem Toten nieder und faßten seine Hände.

»Großvater – lieber Großvater!« rief Eva Maria bange und ahnungsvoll.

Und als sie in die starren Augen sah, warf sie sich dem Bruder in die Arme.

»Hans – ach Hans –, Großvater ist von uns gegangen«, flüsterte sie mit blassen Lippen, als wolle sie die Ruhe des Toten nicht stören.

Hans starrte sie fassungslos an.

»Nein – nein, Eva Maria, das kann doch nicht sein –, es darf nicht sein«, würgte er hervor.

Eva Maria zog den Bruder mit sich empor und drückte dem Großvater weinend die Augen zu. Tief erschüttert sahen die Geschwister in das erstarrte, blasse Gesicht, aus dem nun alles Leben gewichen war. Stumm sanken sie sich dann in die Arme und hielten sich fest, als suche einer bei dem anderen Schutz und Trost. Dann knieten sie wieder nieder, um zu beten, und in dieser Stellung fand sie der alte Diener Hermann, der seinen Herrn zur Ruhe bringen wollte.

Eva Maria richtete sich weinend auf.

»Hermann – ach Hermann –, unser lieber Großvater hat uns für immer verlassen – ganz plötzlich ist er gestorben.«

Hermann kam bestürzt herbei.

»Das kann doch nicht sein, gnädiges Fräulein, der gnädige Herr war doch gerade heute so frisch und munter wie seit langer Zeit nicht mehr und sprach noch so hoffnungsvoll von seiner Reise nach Nauheim.«

Hans fuhr sich durch seinen blonden Schopf.

»Er hatte so schön ruhig geschlafen, nachdem unsere Verwandten fortgefahren waren. Plötzlich sprang er auf, rief

Lutz – Lutz – mein Lutz! Und streckte sehnsüchtig die Hände aus, als sähe er Onkel Lutz vor sich stehen. Dann sah er uns so voll Freude an und rief: Das war Lutz, er war bei mir und lächelte mir zu. Lutz lebt! Lutz lebt! – Und wie überwältigt von Glück brach er zusammen – und lag leblos in seinem Stuhl. Hermann, guter Hermann – unser lieber Großvater.«

Der alte Diener faltete die Hände, als verrichte er ein stilles Gebet.

»Da ist ein großer, guter Mensch gestorben, Herr Hans – ich weiß es besser als viele andere Menschen, und ich weiß, was Sie verloren haben. Aber, jetzt müssen wir den Arzt herbeirufen – wenn er auch leider nicht mehr helfen kann. Auch die gnädige Frau Melanie muß gerufen werden.«

Es gab nun große Unruhe überall. Der tote Hausherr wurde von seinen Dienern ins Haus getragen. Der Arzt wurde von Hans telefonisch herbeigerufen, und danach rief Eva Maria selbst in Villa Melanie an, wo eben erst die Herrschaft wieder heimgekehrt war. Tante Melanie wurde an das Telefon gerufen und meldete sich.

»Bist du es, Tante Melanie?«

»Ja, Eva Maria, was gibt es?«

»Ach, liebe Tante Melanie – Großvater –«

Eva Maria konnte nicht weitersprechen, sie schluchzte fassungslos auf.

»Was ist mit Großvater? Mein Gott, Eva Maria, so rede doch. Warum weinst du? Ist etwas geschehen?«

»Komm schnell – bitte, komm schnell, Tante Melanie –, Großvater – er ist tot!«

Ein leiser Aufschrei antwortete ihr – anscheinend war Frau Melanie fassungslos zusammengebrochen, denn gleich darauf meldete sich Arthur Mertens Stimme.

»Was ist denn geschehen, Eva Maria? Tante Melanie ist vor Schreck halb ohnmächtig, und wir bringen nichts aus ihr heraus.«

»Großvater ist gestorben«, sagte Eva Maria tonlos.

Eine Weile blieb es still, auch Arthur Mertens hatte diese Nachricht die Sprache verschlagen, wenn auch aus einem anderen Grunde.

»Wir kommen sofort hinüber«, sagte er dann hastig.

Eva Maria hängte ein. Es widerstrebte ihr, mit diesem Manne weiter über des Großvaters Tod zu sprechen. Hand in Hand saßen die Geschwister neben der auf einem Ruhebett gelagerten Leiche, wie Kinder, die sich im Dunkeln fürchten. Sie wußten beide, daß jetzt schlimme Tage kommen würden, wagten aber nicht, darüber zu sprechen. Auch war der Schmerz um ihren Verlust noch so stark und heftig, daß sie kaum klar denken konnten.

Es dauerte nicht lange, da fuhr das Auto wieder vor, mit dem die Familie Mertens vor kaum zwei Stunden fortgefahren war. Tante Melanie wankte, auf den Arm ihres Gatten gestützt, gleich darauf ins Zimmer, und Egon und Jolante folgten mit bestürzten Gesichtern. In dem Großvater war auch ihnen ein Mensch gestorben, der immer eine gütige, offene Hand für sie gehabt hatte, was sie von ihrem Vater nicht behaupten konnten.

Frau Melanie sank am Totenlager ihres Vaters nieder.

»Wie ist das so schnell geschehen?« fragte sie schluchzend.

Mit bebender Stimme gab Eva Maria ausführlichen Bescheid. Hans sah mit bangem, forschendem Blick in Arthur Mertens' Gesicht. Ihm wollte scheinen, als blitze es triumphierend hinter den gefärbten Brillengläsern auf. Und ganz deutlich sah er ein spöttisches Zucken um seinen Mund, als Frau Melanie nach Eva Marias Bericht sagte:

»Das ist doch seltsam! Ob Lutz nicht doch vielleicht noch lebt?«

»Wie kannst du so etwas Törichtes glauben, Melanie? Wir wissen doch alle, daß dein Bruder mit dem Schiff untergegangen ist. Verliere dich nicht gar in ähnlichen Phantastereien wie dein Vater. Großvater hat sich in den Glauben verbissen, daß sein Sohn noch leben könne, und in seiner letzten Stunde galt all sein Denken diesem verlorenen Sohne. Das ist alles.«

Eva Maria und Hans dünkte es fast unerträglich, jetzt die falsche, ölige Stimme Arthur Mertens' anhören zu müssen. Es erschien ihnen wie eine Entweihung ihres geliebten Toten, daß er nun hier verweilen durfte. Zum Glück verließ er bald das Zimmer, um allerlei Anordnungen zu treffen und sich schon jetzt als Hausherr aufzuspielen. Die Zurückbleibenden konnten sich ungestört ihrem Schmerz hingeben. Es versöhnte die Geschwister fast mit Jolante und Egon, daß auch sie in dieser Stunde ehrlich betrübt erschienen.

Als nach einiger Zeit Arthur Mertens sich wieder zu den anderen gesellte, die inzwischen das Zimmer, in dem der Tote lag, verlassen und im Nebenzimmer Platz genommen hatten, trat er zu Hans heran, der traurig und in sich zusammengesunken dasaß.

»Nun, mein Bürschchen, jetzt kommt wohl die Reue über dein heimliches Lotterleben, über das mir allerlei zu Ohren gekommen ist?«

Hans wollte empört auffahren, aber Eva Maria drückte unbemerkt seinen Arm. Da dachte er an sein Ralf Bernd gegebenes Versprechen – und schwieg. Aber ein heißer Grimm gegen diesen Mann stieg in ihm auf und ein Grauen, daß sein Geschick jetzt in dessen Hand gegeben war, für Jahre noch.

Mertens hatte sich aber schon wieder von Hans abgewandt und befehligte die Dienerschaft. Dann kam der Arzt, der selbstverständlich nur noch den Tod Georg Rodenbergs feststellen konnte.

Wie von einem bösen, drückenden Traum befangen, sahen die Geschwister vor sich hin und faßten einander immer wieder bei den Händen.

## 10

Georg Rodenberg war zur letzten Ruhe bestattet worden in dem Mausoleum, in dem bereits seine verstorbene Gattin den ewigen Schlaf schlief. Dies Mausoleum lag in einem abgelegenen Teil des Parkes unter breitästigen alten Buchen.

Die gesamte Arbeiterschaft, alle Beamten und viele, aus allen Teilen des Landes herbeigeströmte Trauergäste hatten ihm, außer seinen Hinterbliebenen, das letzte Geleit gegeben.

In ehrlicher Trauer folgten alle seinem Sarge. Aber am tiefsten schmerzte der Tod des alten Herrn doch seine beiden Enkelkinder Eva Maria und Hans. Selbst Frau Melanie Mertens wurde nicht so tief davon betroffen.

Hans hatte sich Ralf Bernd gegenüber darüber ausgesprochen, wie groß der Verlust des alten Herrn für ihn und seine Schwester sei. Dieser konnte nur zu gut nachfühlen, wie tief bekümmert die Geschwister waren, hatte er doch Gelegenheit gehabt, das innige Verhältnis zwischen Großvater und Enkelkindern zu beobachten. Er tröstete Hans, so gut er es vermochte, und Hans sagte, seine Tränen tapfer hinunterschluckend:

»Bewahren Sie Ihre Freundschaft meiner Schwester und mir, denn wir brauchen einen Freund wahrlich sehr nötig. Wir haben schon in diesen Tagen schmerzlich empfinden müssen, wie allein wir dastehen. Meine Tante Melanie versucht zwar, uns zu trösten, aber was vermag sie sonst für uns zu tun. Sie kennt ja nur einen Willen, den ihres Gatten. Und dieser hat uns schon recht nette Proben seines Machtkollers gegeben. Und wo er nur kann, greift er mich mit seinen Bosheiten an. Denken Sie sich, als ich gestern ein letztes Mal an Großvaters Totenlager kniete, um Abschied von ihm zu nehmen, ehe man ihn einsargte, trat er zu mir und sagte hämisch: Heuchle doch keine Trauer, du Lotterbube, du hast ja deinen Großvater seit Monaten auf die schlimmste Art hintergangen und betrogen, hast heimlich ein lasterhaftes Leben geführt. Du mußt nicht glauben, daß deine skandalösen Ausschweifungen mir verborgen geblieben sind. Du triumphierst wohl schon, daß du der Herr der Rodenberg-Werke wirst, aber vorläufig stehst du noch fast fünf Jahre unter meiner Vormundschaft, und ich werde dich schon Mores lehren, mein Bürschchen. – Was sagen Sie dazu?«

Ralf Bernd zog die Stirn zusammen.

»Es ist allerdings ein starkes Stück, daß er Ihnen jetzt Vorwürfe macht über Ihr vermeintliches Lotterleben, von dem ich ihm allerdings ziemlich abschreckende Beschreibungen geliefert habe, wie es in meinen Plan paßt. Jedenfalls will er jetzt Ihre vermeintlichen Ausschweifungen dazu benutzen, Sie unter seine Macht zu beugen. Was haben Sie geantwortet?«

»So gern ich ihn in sein infames Gesicht geschlagen hätte, habe ich mich beherrscht, habe ihn nur groß angesehen und ihm gesagt: Störe die Ruhe dieses Toten nicht! Da hat er sich abgewendet. Meinen Blick verträgt er seit der Sache mit dem Rammklotz noch schwerer als sonst.«

»Lieber Herr Hans, selbst auf die Gefahr hin, daß er Ihnen noch schlimmere Dinge über Ihren lasterhaften Lebenswandel sagt, muß ich Sie immer wieder bitten, nicht mit einem Worte zu verraten, daß Sie die vermeintlichen tollen Nächte ruhig und friedlich auf meinem Diwan verschlafen haben.«

»Daran ist nicht zu denken, Herr Doktor. Wir würden ja nichts erreichen, als daß er erklären würde, Sie hätten ihn mißverstanden. Er würde Sie von den Rodenberg-Werken entfernen, und wir hätten unseren letzten Freund verloren. Diesem schlauen Fuchs ist doch nicht beizukommen.«

»Nur Geduld, eines Tages werden wir ihn so gründlich entlarven, daß Sie gegen ihn vorgehen können.«

»Geduld werde ich allerdings sehr nötig gebrauchen. Die ersten Zwangsmaßregeln hat er mir schon angedroht. Er sagte mir heute morgen, ich möge mich bereithalten, gleich nach der Testamentseröffnung, die morgen erfolgt, in sein Haus überzusiedeln – und Eva Maria auch. Das würde ich nicht ertragen, Herr Doktor, jeder Bissen würde mir im Munde quellen, jeder Atemzug würde mir vergiftet erscheinen. Nein – da ginge ich lieber auf und davon, so lieb mir die Rodenberg-Werke sind und so ungern ich meine Schwester verlassen würde.«

Besorgt und erschrocken hatte ihn Ralf Bernd angesehen.

»Was aber wollen Sie dagegen tun?«

Hans Dornaus Brust hob sich wie befreit.

»Gottlob, damit hat er einen Schreckschuß ins Blaue getan. Wir beide, meine Schwester und ich, wissen, daß Großvater anders in seinem Testament verfügt hat. Laut diesem Testament wird die Villa Rodenberg mit allem Inventar meiner Schwester und mir gehören, zum Ausgleich dafür, daß Großvater für meine Tante die Villa Melanie bauen und ausstatten ließ. Und weil Großvater wußte, daß wir nicht sehr gut mit Jolante und Egon harmonieren, wollte er es uns ersparen, mit Familie Mertens zusammenleben zu müssen. So hat er denn bestimmt, daß wir unseren Wohnsitz in Villa Rodenberg behalten sollen, solange wir selbst es nicht anders haben wollen. Eva Maria ist außerdem gottlob bereits mündig und nicht mehr von Mertens abhängig, wie leider ich. Falls meine Schwester sich verheiratet, soll ich mich gütlich mit ihr einigen wegen der Verteilung der Räume. Vorläufig ist ja daran noch nicht zu denken. Großvater wußte genau, daß zwischen Eva Maria und mir nie Streitigkeiten entstehen würden. So sind wir also jedenfalls dieser Zwangsmaßnahme Arthur Mertens gegenüber gesichert. Meine Schwester wäre selbstverständlich nicht einverstanden gewesen, mit in Villa Melanie überzusiedeln, aber er weiß genau, daß sie mich nicht allein gelassen hätte, und so hätte er mit mir auch sie unter seine Macht bekommen.«

Ralf Bernds Augen flammten auf.

»Ein Glück, daß dies zu verhindern ist. Wie gut, daß Ihr

Herr Großvater diese Bestimmung traf. Herrn Direktor Mertens wird das freilich eine Enttäuschung sein.«

»Oh, er wird noch weitere Überraschungen erleben bezüglich des Testamentes. Ich habe vor Ihnen keine Geheimnisse, Herr Doktor, ich darf nun ja auch darüber sprechen, da Großvater nicht mehr am Leben ist. Arthur Mertens glaubt, daß er, wenn er nur mich unter seine Fuchtel bekommt, vollständig Herr über die Rodenberg-Werke sein kann. Aber darin täuscht er sich, es sind ihm da allerlei Beschränkungen auferlegt, bis zu einem gewissen Zeitpunkt, der mit meinem fünfundzwanzigsten Geburtstag ungefähr zusammentreffen wird. Sie wissen, Großvater hatte einen einzigen Sohn, der bei einem Schiffbruch ums Leben kam. Mein armer Onkel Lutz hatte das Unglück, bei einer Rauferei, in die er mit einigen Studienfreunden verwickelt wurde, einen Menschen mit einem Schlagring so unglücklich zu treffen, daß er tot niedersank. Mit Hilfe meines Großvaters floh Onkel Lutz erst nach Spanien und schiffte sich dort ein, um nach Südamerika zu entkommen. Aber der Dampfer ging unter, und alle kamen ums Leben. Großvater hat aber nie die Hoffnung aufgegeben, daß sein Sohn doch irgendwie sein Leben habe retten können, und daß er nur verschollen bleiben wollte, um ihm die Unruhe zu ersparen und die Angst, daß sein Sohn dennoch eines Tages seine Tat im Gefängnis büßen müsse.«

Hans erzählte nun von den letzten Worten seines Großvaters und fuhr dann fort:

»Daraus können Sie ersehen, Herr Doktor, daß mein Großvater bis zu seiner letzten Stunde die Hoffnung nicht aufgegeben hatte. Noch in seiner Todesstunde sah er seinen Sohn lebend vor sich und – ich glaube, dadurch ist ihm seine Sterbestunde leicht und glücklich gemacht worden. Jedenfalls aber hat er in seinem Testament nicht mich in erster Linie zum Erben der Rodenberg-Werke eingesetzt, sondern meinen Onkel Lutz, und daran knüpfen sich allerlei Klauseln, die es Arthur Mertens, auch wenn er mich übergehen würde, unmöglich machen, alle Macht an sich zu reißen. Erst wenn mein Onkel Lutz zwanzig Jahre nach seinem Verschwinden nicht wieder auftaucht, geht das Erbe auf mich über. Uns, meiner Schwester und mir, hat er davon Mitteilung gemacht, weil er in seiner gütigen Art verhindern wollte, daß ich mir zu große Hoffnungen auf das Erbe der Rodenberg-Werke machen sollte. Aber bei Gott, Herr Doktor, für mich wäre es eine Erleichterung, wollte Onkel Lutz wirklich wieder auftauchen, denn dann würde Mertens seine Feindseligkeiten gegen mich einstellen. Er haßt in mir ja nur den begünstigten Erben. Er selbst möchte Chef der Werke sein, das weiß ich gewiß. Werde ich wirklich eines Tages der Chef des Gesamtunternehmens, dann wird das auch keine reine Freude für mich sein, denn Mertens wird auch dann noch in seinem Amt als kaufmännischer Direktor bleiben. Nur Onkel Lutz dürfte auch ihn entlassen können, falls er wiederkäme, weil ihm als Großvaters einzigem Sohne uneingeschränktes Recht über alles zustände. Onkel Lutz würde nur verpflichtet sein, mich neben sich auf den Werken zu dulden, niemanden sonst. So hat Großvater bestimmt. Es ist eine sehr komplizierte Sache, dieses Testament, aber dabei doch so klar und bestimmt, daß alles geregelt ist. Onkel Lutz müßte natürlich auch Tante Melanie und meiner Schwester und mir einen bestimmten Anteil am Reinertrag der Werke auszahlen. So, wie ich das auch tun müßte, würde ich eines Tages der Erbe sein. Jedenfalls können Sie sich denken, Herr Doktor, wie sehnlichst ich wünsche, daß Onkel Lutz noch lebt und zurückkehrt. Dann wäre ich doch frei. Aber das wird leider nicht geschehen. Immerhin wird Mertens sehr verdrießlich sein, daß er in seiner Macht auch als mein Vormund nicht ganz unbeschränkt ist.«

Aufmerksam hatte Doktor Bernd zugehört. Nun sagte er ernst:

»Es ist kaum anzunehmen, daß Ihr Onkel Lutz noch am

Leben ist, und somit werden Sie immer mit Direktor Mertens zu rechnen haben. Sicherlich sieht er nur in Ihnen das Hindernis, sich hier ganz als Herr zu fühlen, denn – wenn Sie nicht mehr am Leben wären, hätte er als Vertreter seiner Frau das uneingeschränkte Recht, sich als Chef der Rodenberg-Werke zu betrachten.«

Hans strich sich das Haar aus der Stirn.

»So ist es, auch das wird im Testament ausdrücklich zur Sprache gebracht, daß er, falls mir etwas zustößt, in Vertretung seiner Frau und Kinder und meiner Schwester, die Oberleitung der Werke übernehmen soll. Großvater hat eben ein zu großes Vertrauen in ihn gesetzt.«

»Weil er selbst ein zu ehrenhafter Mensch war, um einen Mann wie Direktor Mertens durchschauen zu können. Dieser hat allezeit Ihrem Herrn Großvater gegenüber Komödie gespielt. Jedenfalls sind Ihnen leider die Hände gebunden, sich jemals ganz von diesem Zwange zu befreien – wenn Sie nicht den Spieß umdrehen und Mertens unschädlich machen können. Nur wenn er sich irgendwie unwürdig zeigt, Ihr Vormund zu sein, und wenn wir die Beweise dafür erbringen können, würde Änderung geschafft werden können.«

Überrascht sah Hans auf.

»Meinen Sie, daß man ihm dann das Recht der Vormundschaft entziehen könnte?«

»Gewiß, es würde meiner Ansicht nach schon genügen, wenn wir ihn anklagen könnten, daß er Sie zu einem lasterhaften Lebenswandel verführen wollte. Aber, Sie wissen, daß er sich so schlau und zweideutig ausgedrückt hat, daß ich ihn wohl dahin verstehen mußte, daß man ihm aber nicht seine böse Absicht beweisen kann. Er würde sich schon irgendwie herausreden. Wir müssen bessere und ganz klare Beweise haben, ehe wir gegen ihn vorgehen können – und –, Ihnen diese Beweise zu verschaffen, soll mein unermüdliches Bestreben sein. Gelingt es mir, den Beweis zu erbringen, daß er sich als Ihr Vormund unwürdig gemacht hat, dann werden Sie frei sein – und dafür lohnt es schon, weiter ein wenig Komödie zu spielen.«

Hans faßte seine Hand.

»Oh, daß Sie das erreichen könnten, Herr Doktor. Sie können mir glauben, es martert mich unsagbar, daß ich diesem Menschen auf Gnade und Ungnade ausgeliefert bin, denn – abgesehen von allem andern – ich muß es einmal aussprechen und kann das nur Ihnen gegenüber – ich habe das sichere Gefühl, daß er mir nach dem Leben trachtet und den bestimmten Verdacht, daß es seine Hand war, die damals die Feder am Rammklotz auslöste«, stieß er erregt hervor.

Ernst und besorgt sah Ralf Bernd in sein zuckendes Gesicht.

»Ich will nicht aussprechen, Herr Hans, daß ich den gleichen Verdacht hege. Da wir wissen, mit was für einem gefährlichen Gegner wir es zu tun haben, müssen wir doppelt vorsichtig sein. Seien Sie überzeugt, daß ich Ihre Sache ganz zu der meinen gemacht habe, und ich hoffe bestimmt, wenigstens zu erreichen, daß wir Direktor Mertens zwingen können, seine Vormundschaft freiwillig niederzulegen. Denn an einem öffentlichen Skandal kann Ihnen auch nichts gelegen sein.«

»Gewiß nicht, ich wäre froh, wenn er zu vermeiden wäre. Wie gut ist es, daß ich Sie auf meiner Seite habe, Herr Doktor, meine Schwester ist auch sehr glücklich darüber.«

Ralfs Stirn rötete sich, aber er erwiderte nichts, drückte nur die Hand des jungen Mannes fest und warm und sah ihm mit einem guten Lächeln in die Augen.

Am zweiten Tage nach der Bestattung Georg Rodenbergs sollte die offizielle Testamentseröffnung stattfinden. Zu diesem feierlichen Akt war in dem großen Konferenzsaal des Direktionshauses alles vorbereitet worden. Außer den Angehörigen des Verstorbenen waren auf dessen Wunsch die obersten Beamten der Rodenberg-Werke und die gesamte Dienerschaft aus Villa Rodenberg geladen worden, denn Georg Rodenberg hatte verschiedene Bestimmungen für die Beamten hinterlassen und für seine Dienerschaft Legate ausgesetzt.

Arthur Mertens war der festen Überzeugung, daß er den Inhalt des Testamentes ganz genau kenne, denn der Verstorbene hatte verschiedene Punkte mit ihm durchgesprochen und ihn so weit in Kenntnis gesetzt, als es nicht seinen Sohn Lutz betraf. Zu seinem großen Erstaunen erfuhr er nun, daß der Schwiegervater seinen Sohn Lutz zum Erben eingesetzt habe, und daß Hans Dornau erst dann als Erbe an die Reihe kam, wenn Lutz Rodenberg bis zwanzig Jahre nach seinem Verschwinden nicht wieder auftauchen würde. Ein verächtliches Lächeln über diese törichte Schwäche des alten Herrn umspielte seinen Mund, aber dieses Lächeln verschwand, als er weiter hörte und erfuhr, daß ihm dadurch mancher Hemmschuh angelegt wurde. Noch mehr ärgerte er sich, als er hörte, daß Villa Rodenberg den Geschwistern Eva Maria und Hans Dornau zufallen und daß diese darin zusammen wohnen bleiben sollten, bis sie selber Änderungen zu treffen wünschten. Damit war Mertens eine Handhabe genommen, bestimmend und demütigend in das häusliche Leben der Geschwister einzugreifen, wie er es beabsichtigt hatte. Da Eva Maria bereits mündig war, fehlte ihm nun die nötige Veranlassung dazu. Das schürte natürlich seinen Haß auf die Geschwister und vornehmlich auf Hans noch mehr.

Die Tatsache, daß Lutz Rodenberg formell als Erbe eingesetzt war, bekümmerte ihn wenig, Lutz war tot und somit ungefährlich. Nur daß er dadurch in mancher Beziehung nicht freie Hand hatte, ärgerte ihn. Jetzt war der alte Herr aus dem Wege; nun mußte auch Hans aus dem Wege geräumt werden. Mit dem Phantom eines toten Erben wollte er sich nicht lange herumschlagen.

Noch ein Passus im Testament ärgerte ihn. Georg Rodenberg hatte bestimmt, daß in eine große Anzahl der bedeutendsten Zeitungen des In- und Auslandes ein Inserat gerückt werden solle, das seinem Sohn Lutz von seinem Ableben Kunde bringen und ihm die Mitteilung machen sollte, daß ihm sein Erbe bis zwanzig Jahre nach seinem Verschwinden sichergestellt sei.

Auch dazu lächelte Mertens verächtlich und sagte sich im stillen: Diesen Unfug werde ich natürlich nicht mitmachen. Ein großes Inserat in so vielen Zeitungen kostet eine Menge Geld, und ich habe nicht Lust, es einfach auf die Straße zu werfen wegen der törichten Idee eines schwachsinnigen Greises.

Und so unterblieb die Aufgabe dieses Inserates wirklich, trotzdem Hans und Eva Maria Mertens wiederholt daran erinnerten.

Zunächst vertröstete Mertens die Geschwister auf später, es habe nicht so große Eile. Dabei hoffte er, daß es ganz in Vergessenheit geraten könne. Aber Hans und Eva Maria mußten immer daran denken, daß ein Wunsch des Großvaters unerfüllt geblieben sei, und ständig machten sie Mertens darauf aufmerksam, daß er diesen Wunsch erfüllen müsse.

So geschah es eines Tages wieder. Hans ersuchte den Onkel ganz energisch, das Inserat aufgeben zu lassen. Da fuhr ihn Mertens zornig an.

»Laß doch diese Komödie! Du weißt so gut wie wir alle, daß Lutz Rodenberg tot ist. Du willst dich nur aufspielen, als sei dir daran gelegen, einem andern das Erbe zu überlassen. Höre endlich auf mit diesem Unsinn, das Inserat wird nicht erlassen.«

»Es war aber Großvaters Wille, und uns kommt es zu, ihn zu erfüllen.«

»Großvater war in dieser Beziehung unzurechnungsfähig.«

Hans fuhr auf.

»Wie kannst du so etwas sagen? Großvater war ein viel zu klardenkender und sich seines Tuns und Denkens voll bewußter Mensch, als daß er in irgendeinem Punkte als unzurechnungsfähig hingestellt werden könnte.«

Mertens sah ihn haßerfüllt an.

»Ich denke, er hat kein klares Denken bewiesen, als er einen unfähigen, unreifen Knaben wie dich zum Erben der Rodenberg-Werke gemacht hat«, stieß er giftig hervor.

Tapfer hielt Hans seinem Blick stand.

»Vorläufig hat er Onkel Lutz zum Erben bestimmt, und wenn ich nach ihm an die Reihe kommen soll, so geschieht das, weil meine Mutter seine älteste Tochter war. Es ist unerhört von dir, daß du es wagst, Großvater als unzurechnungsfähig hinzustellen, nur, weil er nicht an den Tod seines einzigen Sohnes zu glauben vermochte. Es kommt uns nicht zu, an seinen Bestimmungen zu drehen und zu deuteln, wir müssen sie erfüllen.«

Mertens sah mit einem so vernichtenden Blick zu Hans, daß dieser bei aller Tapferkeit erbleichte.

»Hinaus, du Lotterbube, spiele dich nicht als Musterknabe auf, sonst werde ich dir das austreiben! Mische dich nicht in Dinge, die dich absolut nichts angehen! Vorläufig bin ich der Herr hier und habe zu bestimmen, was geschieht, verstanden!« rief er drohend. Hans sah ihn einen Moment groß und ernst an, dann wandte er sich zum Gehen. Er begab sich in Doktor Bernds Büro und berichtete diesem die ganze Szene.

»Es ist eine Gemeinheit von ihm, daß er Großvaters Wunsch unerfüllt läßt. Kann man ihn denn nicht dazu zwingen, Herr Doktor!« rief er außer sich.

Ralf dachte nach, dann zuckte er die Achseln.

»Vielleicht könnte man ihn dazu zwingen, man müßte dann aber mit dem Notar sprechen, und ich weiß nicht, ob ich Ihnen dazu raten soll.«

»Aber bedenken Sie doch, Herr Doktor, immerhin könnte doch eine Möglichkeit bestehen, daß mein Onkel Lutz doch nur verschollen und nicht tot ist. Irgendwo in der Welt könnte er vielleicht noch leben und würde es nie erfahren, daß sein Vater tot ist und ihn zum Erben eingesetzt hat.«

»Es ist doch wohl kaum anzunehmen, daß er noch lebt. Und – wenn Sie Direktor Mertens zu etwas zwingen wollen, was er nicht freiwillig tut, dann kommen doch nur Unannehmlichkeiten für Sie heraus.«

Hans ballte die Fäuste.

»Daß ich so machtlos bin! Meine Schwester bedrückt es auch sehr, daß dieser Wunsch unseres Großvaters unerfüllt bleiben soll. Mag es zwecklos sein oder nicht, es war immerhin sein Wunsch und Wille, und daß dieser erbärmliche Mensch das ignoriert, ist unerhört.«

Daß Hans nun auch seine Schwester erwähnte, bewegte Ralf Bernd noch mehr. Er hätte ja am liebsten die Sterne vom Himmel geholt, um ihr einen Wunsch erfüllen zu dürfen.

»Ich könnte mich jedenfalls einmal erkundigen, ob Direktor Mertens gezwungen werden kann, diesem Wunsch des Verewigten Folge zu leisten.«

Ehe Hans antworten konnte, wurde die Tür geöffnet und auf der Schwelle erschien Eva Maria Dornau. Sie war noch nie in Doktor Bernds Arbeitsraum gewesen. Anscheinend war sie sehr erregt.

»Ist mein Bruder hier, Herr Doktor? Ach, Hans, da bist du ja! Verzeihen Sie, Herr Doktor, daß ich in Ihr Büro eindringe, aber ich muß Hans sofort sprechen und vermutete ihn hier.«

Ralf hatte eine rote Stirn bekommen vor freudiger Erregung über diesen Besuch. Seine Augen strahlten, und er stellte schnell einen Stuhl für Eva Maria bereit.

»Bitte, mein gnädiges Fräulein, nehmen Sie Platz. Ich werde mich sofort entfernen, damit Sie ungestört mit Ihrem Herrn Bruder sprechen können.«

Errötend sah sie ihn an und hob bittend die Hand.

»Nein, nein, bitte bleiben Sie«, sagte sie Platz nehmend, »es ist mir lieb, wenn Sie auch hören, was ich meinem Bruder zu sagen habe. Ich weiß, daß Sie durch Hans in unsere Familienverhältnisse eingeweiht sind, und Sie haben für alles, was uns betrifft, ein so warmes Interesse an den Tag gelegt, daß Sie sich sicherlich mit uns freuen werden über das, was ich Hans berichten möchte.«

Dieser hatte die Hand seiner Schwester erfaßt.

»Du bist so erregt, Eva Maria – hoffentlich bringst du keine schlechte Nachricht.«

»O nein, Hans, ich sage ja, es ist etwas Erfreuliches – nur kommt es leider zu spät, da Großvater es nicht mehr hören kann. Denke dir, was ich heute in der Zeitung gelesen habe – Onkel Lutz ist unschuldig hinaus in die Welt und in den Tod getrieben worden. Nicht er hat damals den jungen Mann mit dem Schlagring erschlagen; du weißt, Großvater hat uns berichtet, daß Onkel Lutz gesagt hatte, er wisse nicht genau, ob er den tödlichen Schlag geführt habe, wisse nur, daß er allein von der ganzen Gesellschaft einen Schlagring besessen habe, und so müsse er es daher wohl gewesen sein.«

»Ja, ja, Eva Maria, aber, wie kommst du nun darauf, daß Onkel Lutz unschuldig war?«

Sie öffnete mit bebenden Händen ihre Handtasche und entnahm ihr ein Zeitungsblatt. Das entfaltete sie und reichte es dem Bruder hin. Sie deutete auf einen Artikel, den sie rot angestrichen hatte.

»Hier, lies das, Hans, lies es laut vor, damit Herr Doktor Bernd es auch gleich mithört.«

Hans las die bezeichnete Stelle vor:

Späte Rechtfertigung.

Bergrat Doktor Natusius, der am 18. August nach langem Krankenlager gestorben ist, hat auf seinem Sterbelager ein Geständnis abgelegt, das einen Unschuldigen von einem Verdacht reinwäscht. Doktor Natusius hat vor langen Jahren bei einer Schlägerei, in die er als Student mit mehreren Kollegen verwickelt war, einen jungen Menschen, der ihn mit mehreren anderen anrempelte, mit dem Schlagring so gegen die Schläfen geschlagen, daß dieser sofort tot zusammenbrach. Der Verdacht lenkte sich damals auf den jungen Doktor-Ingenieur Lutz Rodenberg, der eben erst sein Studium beendet hatte und mit zu den Begleitern des Doktor Natusius gehörte, weil er, nach Ansicht seiner Begleiter, der einzige war, der einen Schlagring besaß. Dieser Verdacht war also unbegründet, aber Doktor Lutz Rodenberg muß das selbst nicht gewußt haben, da er gleich darauf ins Ausland floh und sich so seiner Verhaftung entzog. Doktor Natusius hat nun auf seinem Sterbebett ausgesagt, er sei es gewesen, der den tödlichen Schlag geführt habe, denn auch er sei im Besitze eines Schlagringes gewesen. Aus Angst, des Totschlags bezichtigt zu werden, warf er damals seinen Schlagring in einen Fluß. Den Mut, alles aufzudecken, fand er jedoch erst auf seinem Sterbebette und tilgte durch das Geständnis den Flecken auf dem Namen Rodenberg. Wie man weiß, ist vor kurzer Zeit der Vater von Doktor Lutz Rodenberg, Chef der weltbekannten Rodenberg-Werke, gestorben. Er hat seinen einzigen Sohn tief betrauert und kann nun leider dessen Ehrenrettung nicht mehr erfahren. Wir halten es für eine Ehrenpflicht, durch diese Mitteilung dazu beizutragen, daß der Name des Doktor Lutz Rodenberg von jedem Schatten befreit wird.

Hier ließ Hans die Zeitung sinken und seufzte tief auf.

»Oh, Eva Maria, daß Großvater das nicht mehr erleben konnte!« rief er erschüttert.

Sie nickte, schmerzlich bewegt.

»Das war auch mein erster Gedanke, Hans. Aber nicht deshalb allein trieb es mich jetzt zu dir. Bedenke doch – wenn Onkel Lutz wirklich noch irgendwo in der Welt lebte, niedergedrückt von dem Gedanken, ein Totschläger zu sein – müßte man dann nicht alles tun, um ihm die Nachricht von seiner Unschuld zukommen zu lassen?«

Hans sah erregt fragend auf Ralf.

»Was sagen Sie dazu, Herr Doktor?«

Dieser hatte selbstvergessen seine Augen auf Eva Marias reizendem Gesicht ruhen lassen und schrak auf. Der Wunsch, ihr zu helfen und zu dienen, ließ ihn nachdenken.

»Mein gnädiges Fräulein, Herr Hans hat soeben erst einen

vergeblichen Appell an Herrn Direktor Mertens gestellt, dem Wunsch Ihres verewigten Herrn Großvaters bezüglich der Inserate nachzukommen. Herr Direktor Mertens hat in sehr scharfer Weise abgelehnt und würde auch jetzt eine Aufforderung Ihrerseits, diese Angelegenheit in die Hand zu nehmen, zurückweisen. Wir haben soeben darüber debattiert, ob man ihn nicht zwingen kann, den letzten Wunsch Ihres Herrn Großvaters zu erfüllen, aber – das ist fraglich. Er glaubt so fest daran, daß Lutz Rodenberg nicht mehr lebt, daß er die Ausgabe für diese Inserate für sinnlos vergeudetes Geld hält. Aber – jetzt ist mir ein Gedanke gekommen. Schließlich bedürfen Sie ja nicht einmal seiner Mitwirkung, wenn Sie dem Wunsch Ihres Herrn Großvaters nachkommen und zugleich in diesem Inserat mit bekanntgeben wollen, daß die Unschuld von Lutz Rodenberg erwiesen worden ist. Sie könnten doch selbst die Aufgabe der Inserate in die Hand nehmen. Versuchen Sie an Hand dieser Nachricht noch einmal, Ihren Herrn Onkel zu bewegen, das Inserat in die Zeitungen zu setzen. Lehnt er es ab, so kann Sie doch kein Mensch hindern, selbst das Erforderliche zu veranlassen.«

Die Geschwister sahen sich mit aufleuchtenden Augen an.

»Ja! O ja, Hans, das wollen wir tun!«

Hans nickte erregt. Die Freude, des Großvaters Wunsch erfüllen zu können, ohne Rücksichtnahme auf Arthur Mertens, sprang ihm aus den Augen.

»Er wird es selbstverständlich erfahren, wenn die Inserate erscheinen.«

»Mag er doch! Dann kann er es aber nicht mehr hindern.«

»Nein, sehr richtig! Herr Doktor, Sie haben einen famosen Einfall gehabt, das tun wir! Aber – da fällt mir ein –, wo nehmen wir das Geld dazu her, Eva Maria? Ich bin ziemlich auf dem Trocknen, und wenn ich Mertens um eine größere Summe bitte, gibt es eine peinliche Untersuchung, und dann bekomme ich es nicht. Wie ist es mit dir? Hast du Geld? Und wieviel wird das überhaupt kosten?«

Ratlos sah Eva Maria zu Ralf hinüber.

»Es wird wohl sehr teuer sein?«

»Mehrere hundert Mark werden herauskommen, wenn Sie alle großen Zeitungen beauftragen wollen.«

Sie seufzte.

»So viel besitze ich momentan auch nicht. Was tun wir da, Herr Doktor?«

Er war glückselig, daß sie in ihrer Not sich so vertrauensvoll an ihn wandte. Und er lachte, um ihre Sorge zu zerstreuen.

»Das ist sehr einfach – Sie leihen sich das Geld, bis die Inserate erschienen sind. Ihnen kann ja dann Herr Direktor Mertens, soviel ich weiß, das Geld nicht vorenthalten, da Sie mündig sind und über ein eigenes Bankguthaben verfügen. Herr Hans würde es kaum von Direktor Mertens ausgezahlt bekommen, aber Ihnen kann er es nicht verweigern.«

»Aber wer leiht uns so viel Geld?« fragte die in Geldangelegenheiten ziemlich unerfahrene Eva Maria.

»Ja, wer leiht uns das Geld?« fragte auch Hans.

»Wenn Sie gestatten, ich. Bitte, legen Sie ruhig alles in meine Hände. Ich werde das Inserat verfassen und es Ihnen durch Herrn Hans zur Korrektur vorlegen lassen. Dann veranlasse ich irgendwie, daß es in allen großen Zeitungen des In- und Auslandes erscheint, so wie es Ihr Herr Großvater gewünscht hat. Ich lege vorläufig aus, was es kostet, und Sie sollen sich gar nicht weiter darüber beunruhigen.«

Ein wenig verzagt, aber sehr dankbar sah sie ihn an.

»Wir kommen ja immer tiefer in Ihre Schuld, Herr Doktor. Aber – wir nehmen Ihr Anerbieten an, nicht wahr, Hans?«

Dieser nickte energisch.

»Sicher, Eva Maria! Ich hoffe ja, daß du später so viel Geld aus Mertens herausquetschst, daß du unsere Schuld an Doktor Bernd begleichen kannst – ich meine die finanzielle Schuld?«

»Das kann er mir nicht verweigern, Hans, wenn das Geld einmal ausgegeben ist, hat er nichts mehr dreinzureden.

Würde ich es vorher zu diesem Zwecke ausgezahlt verlangen, würde er es hintertreiben. Aber nachher nicht mehr. Ich kann ja zum mindesten völlig frei über meinen Anteil am Erbe unseres Vaters verfügen; du weißt, daß Großvater das für uns verwaltet hat. Es ist nur das Unangenehme, daß alles durch Onkel Arthurs Hände gehen muß. Also – wenn Sie uns helfen wollen, Herr Doktor –, dürfen wir Sie wirklich damit belästigen?«

»Von Belästigung kann nicht die Rede sein, mein gnädiges Fräulein, Sie machen mich sehr stolz, daß Sie meine Hilfe annehmen. Bitte verfügen Sie ganz über mich.«

Mit warmem Druck reichte sie ihm die Hand.

»Sie sind ein ehrlicher, hilfsbereiter Freund, wir können nur danken.«

»Ich habe aber eine Bedingung, mein gnädiges Fräulein.«

»Nun?«

»Direktor Mertens darf keinesfalls erfahren, daß ich Ihnen in dieser Angelegenheit geholfen habe, weil er aus gewissen Gründen nicht wissen darf, daß ich auf Ihres Herrn Bruders Seite stehe.«

»Ich verstehe, Herr Doktor. Es ist selbstverständlich, daß wir darüber strengstes Stillschweigen bewahren. Weiß ich doch selbst, wieviel für meinen Bruder davon abhängt, daß Onkel Arthur Sie auf seiner Seite glaubt. Es wäre doch wunderschön, wenn Onkel Lutz wirklich noch leben und zurückkehren würde, nicht wahr, Hans?«

Dieser seufzte.

»So schön, daß es leider nicht wahr werden wird. In der Wirklichkeit gibt es schöne Märchen nicht.«

Mit einem warmen, guten Lächeln sah Ralf auf die Geschwister.

»Wenn man hört, mit welcher Sehnsucht Sie die Rückkehr eines Verschollenen herbeiwünschen, der Ihnen ein reiches, stolzes Erbe fortnehmen würde, kann man Herrn Hans nur bewundern wegen seiner Selbstlosigkeit.«

Hans warf den Kopf zurück und fuhr mit den Händen durch seinen blonden Schopf.

»Ach, lieber Herr Doktor, wieviel lieber wäre ich ein freier Mensch, der ein bescheideneres Erbe in Ruhe antreten könnte, als wegen des reichen Erbes immer bedroht zu sein. Weiß Gott, ich würde mich am meisten freuen, wenn Onkel Lutz zurückkäme, würde dann nur innig bedauern, daß Großvater das nicht mehr erleben konnte.«

Zärtlich strich Eva Maria ihm das Haar aus der Stirn.

»Schon deinetwegen wünschte ich es, Hans, aber leider ist sehr wenig Hoffnung. Wenn Großvater nicht vor seinem Tode fast wie eine Prophezeiung ausgerufen hätte: Lutz lebt!, dann würde ich gar nicht an eine solche Möglichkeit denken. Aber vielleicht ist ein Wunder geschehen! Jedenfalls müssen wir alles tun, um Großvaters Wunsch zu erfüllen und um Onkel Lutz, weilt er wirklich noch unter den Lebenden, Nachricht zu senden, daß er unschuldig ist. Auf eine solche Nachricht hin würde er sicherlich zurückkehren.«

Hans umarmte die Schwester.

»Ja, Eva Maria, das sind wir Großvater schuldig.«

Eva Maria verabschiedete sich nun. Sie gab Hans einen Kuß, um den ihn Ralf Bernd glühend beneidete und reichte diesem die Hand.

»Nochmals innigen Dank, Herr Doktor! Auf alle Fälle gebe ich Ihnen Bescheid durch Hans.«

Verehrungsvoll zog er ihre Hand an seine Lippen.

»Bitte, danken Sie mir nicht. Ich muß Ihnen danken, daß Sie mir so großes Vertrauen schenken, es – macht mich glücklich«, sagte er leise.

Das Blut stieg ihr verräterisch ins Gesicht, und Hans erkannte wieder einmal mit Vergnügen, daß zwischen den beiden alles andere eher herrschte als Gleichgültigkeit.

# 11

Eva Maria begab sich unverzüglich zur Villa Melanie. Sie wollte früher dort sein als Mertens, weil sie hoffte, Tante Melanie überreden zu können, ihr zu helfen. Sie wußte zwar, daß diese keinen eigenen Willen hatte, aber in diesem Falle müßte sie doch die Tochter ihres Vaters sein und nicht nur die Gattin Arthur Mertens.

Als sie in Villa Melanie eintraf, begegnete ihr Jolante.

»Tag, Eva Maria! Sieht man dich endlich auch einmal wieder? Du läßt dich ja gar nicht mehr sehen.«

»Diesen Vorwurf könnte ich dir zurückgeben, Jo, seit Großvaters Beerdigung warst du nicht mehr bei uns, während ich schon einige Male zu euch kam.«

»Wirklich? Dann irre ich mich also. Jedenfalls freue ich mich, dich wiederzusehen. Weißt du, ich merke, wie schnell die Zeit vergeht, ich habe immer so viele Verabredungen. Fast jeden Tag treffe ich mich mit Doktor Bernd. Und in seiner Gesellschaft vergeht die Zeit rasend schnell.«

Eva Maria wußte, daß Jolante wieder einmal nicht ganz bei der Wahrheit blieb – und lächelte.

»Nun, Jo, Doktor Bernd hat doch mindestens acht Stunden am Tage auf den Werken zu tun, das ist noch nicht anders geworden, seit er Oberingenieur geworden ist. Da hat er also keine Zeit, dir unausgesetzt Gesellschaft zu leisten, und so würde wohl zuweilen ein Stündchen für dich übrigbleiben.«

Jolante zeigte nicht die mindeste Verlegenheit.

»Oh, wenn du denkst, daß ich die Geschäftsstunden respektiere, dann bist du im Irrtum. Ich suche Doktor Bernd sehr oft in seinem Büro auf. Ärgerlich ist dabei nur, daß Hans meistens dabei ist. Könntest du ihm nicht mal einen Wink geben, daß er verschwinden soll, wenn ich komme. Er ist so schrecklich schwerfällig und merkt nicht, daß er überflüssig ist.«

»Du vergißt, Jo, daß Hans mit Doktor Bernd zusammenarbeitet.«

Jolante lachte spöttisch auf.

»Arbeitet? Da muß ich lachen! Er räkelt sich zuweilen recht faul herum, und das habe ich Papa auch schon gesagt, aber der lacht darüber. Er hat Mama neulich so allerlei über Hans erzählt. Ich danke – er entwickelt sich zum Lebemann. Ich sollte zwar nichts davon hören, aber schließlich lauscht man ein wenig, wenn es mal interessante Neuigkeiten gibt.«

»Das solltest du nicht tun, Jo.«

»Huch! Sei so gut und verschone mich mit deinen tugendhaften Anwandlungen. Aber nun komm zu Mama, sie hat schon lange Sehnsucht nach dir, und wenn du wieder fort bist, wirst du mir wieder in allen Tonarten als leuchtendes Beispiel vorgehalten – unausstehlich ist das. Versuche doch mal, ein wenig aus der Rolle zu fallen, damit Mama merkt, daß du auch nur ein Mensch bist und kein vom Himmel gefallener Engel.«

»Liebe Jo, ich bin durchaus kein Engel, wenn ich auch etwas anders geartet bin als du.«

Eva Maria hatte inzwischen abgelegt und begleitete die Kusine in den kleinen Salon Tante Melanies. Hier war alles weich und behaglich, aber die unscheinbare Frau paßte schlecht in die elegante Umgebung. Ehrlich erfreut erhob sie sich und kam Eva Maria entgegen.

»Wie freue ich mich, Eva Maria. Komm, setz dich zu uns. Wie geht es dir und Hans? Ist es dir jetzt nicht recht einsam in Villa Rodenberg?«

»Allerdings, Tante Melanie, ich zähle immer die Stunden, bis Hans heimkommt.«

»Es wäre besser für dich gewesen, wenn ihr zu uns übergesiedelt wäret, so wie es Onkel Arthur wünschte. Aber wenigstens solltest du uns öfter besuchen. Jo langweilt sich ebenfalls sehr häufig.«

»Nun ja, so eine Trauerzeit ist auch geradezu entsetzlich.

Das ewige Schwarz, das mich ohnedies nicht kleidet, macht einen ganz melancholisch, und den ganzen Tag bekommt man keinen Menschen zu sehen«, murmelte Jo.

Eva Maria lächelte amüsiert.

»Du sagtest doch eben, daß du so viel Zerstreuung hättest, Jo.«

»Oh, lange nicht genug«, erwiderte diese ohne jede Verlegenheit.

Frau Melanie nahm Eva Marias Hand.

»Du siehst blaß aus, Eva Maria, und an den Augen merkt man, daß du viel geweint hast.«

Eva Maria krampfte die Hände zusammen.

»Ich kann den Verlust von Großvater noch nicht verschmerzen. Mir fehlt er doch am meisten, das siehst du ein, nicht wahr?«

Zärtlich küßte Frau Melanie die Nichte, froh, daß sich jemand von ihr küssen ließ.

»Ja, mein Kind, das sehe ich ein. Mir ist ja auch das Herz oftmals sehr schwer seinetwegen – aber sieh, ich habe meinen Mann und die Kinder. Aber du hast nur Hans und – leider, leider wird dir Hans auch jetzt viel Kummer machen.«

»Hans? Wie sollte er, Tante Melanie?«

»Nun ja, du hast deinen Bruder viel zu lieb, um einzugestehen, daß er jetzt ein sehr wenig einwandfreies Leben führt. Dir kann es doch nicht entgangen sein, daß er so oft des Nachts außer Hause ist. Es bekümmert mich sehr, daß er in schlechte Gesellschaft geraten ist. Ich hätte das nie von ihm erwartet.«

Eva Maria preßte die Lippen zusammen. Wie gerne hätte sie etwas zur Verteidigung ihres Bruders gesagt, aber das durfte sie nicht, Tante Melanie sagte sicherlich ihrem Gatten jedes Wort wieder. So fragte sie nur:

»Wer hat dir von Hans erzählt – und was?«

»Onkel Arthur sprach davon, man trägt es ihm zu, daß Hans sich in der schlechtesten Gesellschaft herumtreibt, daß er dann schlaff und faul bei der Arbeit ist. Er soll ja tolle Geschichten machen, und dabei wird er seine Gesundheit ruinieren. Du solltest ihm einmal ins Gewissen reden, ich bekomme ihn ja nun kaum noch zu Gesicht, er läßt sich nie mehr bei uns sehen.«

»Ach Gott, Mama, mach' doch nicht eine Staatsaktion daraus, wenn Hans mal ein bißchen durchgeht«, warf Jolante ins Gespräch. »Wozu ist er denn ein junger Mann und reicher Erbe? Er wäre doch direkt dumm, wenn er sein Leben nicht genießen würde. Papa macht sicherlich zuviel Aufhebens davon. Väter vergessen immer, wie sie es als junge Leute getrieben haben. Mir gefällt Hans so viel besser, als wenn er ein Duckmäuser wäre und Eva Maria ewig am Schürzenband hinge. Nächstens freunde ich mich mit ihm an, und ich wollte, ich könnte ihn auf seinen nächtlichen Ausflügen einmal begleiten.«

»Aber Jo«, entsetzte sich die Mutter, »du redest da von Dingen, die du nicht verstehst.«

Jolante lachte laut auf.

»Meine kleine Mama, vielleicht besser als du«, sagte sie mitleidig überlegen.

»Höre nicht auf Jo, Eva Maria, sie tut sich etwas darauf zugute, immer so entsetzliche Sachen zu sagen, und man muß sich immer wieder vorhalten, daß sie das nicht ernst meint. Sonst müßte man ja graue Haare bekommen. Nimm dir nur Hans einmal ordentlich vor – oder schicke ihn zu mir.«

Eva Maria wußte, daß Hans freiwillig nicht mehr zur Villa Melanie gehen würde, und sie konnte es ihm nicht verdenken. Wohl ahnte sie nichts von des Bruders Verdacht, daß Arthur Mertens ein Attentat auf ihn versucht hatte, aber sie wußte doch genug, um zu verstehen, daß er es vermied, dem Onkel zu begegnen, wo es nur anging. Schlimm genug war es, was Arthur Mertens dem Bruder antun wollte, und ebenso schlimm, daß er ihn nun bei seiner Gattin verklagte, seit er sein Ziel erreicht zu haben glaubte. Es war immerhin besser, Tante Melanie glaubte Schlimmes grundlos von dem Bruder als mit Grund. Aber um die Tante zu beruhigen, sagte sie:

»Ich werde einmal mit Hans reden, Tante Melanie.«

»Mein Gott, macht bloß keinen Duckmäuser aus ihm, laß ihn doch sein junges Leben genießen«, sagte Jo, sich eine Zigarette ansteckend.

»Ich bin fest davon überzeugt, daß Hans nichts Böses tut, wenn er vielleicht auch ein wenig leichtsinnig ist. Aber, ich darf nicht vergessen, Tante Melanie, daß ich aus einem ganz bestimmten Grunde heute hierhergekommen bin. Heute morgen habe ich in einer Berliner Zeitung einen Artikel gefunden, der dir, wie Hans und mir, sehr viel Freude machen wird«, lenkte Eva Maria auf ein anderes Thema über.

Sie nahm das Zeitungsblatt aus ihrer Handtasche und reichte es der Tante.

»Was bringst du mir?« fragte diese und sah fragend in Eva Marias Gesicht.

»Die Rechtfertigung deines Bruders Lutz, Tante Melanie. Er war unschuldig, ein anderer hat jenen jungen Mann mit dem Schlagring erschlagen und beichtete das auf seinem Sterbebett. Und wegen der Schuld eines anderen mußte Großvater seinen einzigen Sohn verlieren.«

Frau Melanies Gesicht war blaß geworden. Erregt nahm sie der Nichte das Zeitungsblatt ab, und bei der Lektüre des Artikels stürzten ihr Tränen aus den Augen.

»Mein armer Bruder! Mein armer Vater!« rief sie außer sich.

»Aber Mama, rege dich doch nicht so auf.«

»Das ist doch entsetzlich, Jo!«

»Wenn dein Bruder gerechtfertigt wird, so ist das doch nicht entsetzlich.«

»Aber bedenke doch, meines Bruders Leben wurde vernichtet, dadurch, daß er schuldlos fliehen mußte. Und wie schwer hat mein armer Vater darunter gelitten. Ach, Eva Maria, wenn Großvater das wenigstens noch hätte erleben dürfen, daß Lutz' Name rein von Schuld geworden ist.«

»Das wünschte ich auch, Tante Melanie. Und – ich muß jetzt immer wieder daran denken, daß Großvaters letzte Worte waren: Lutz lebt! Seit ich dies gelesen habe, kann ich mich des Gedankens nicht erwehren, daß Onkel Lutz noch lebt.«

Frau Melanie seufzte tief auf.

»Denke dir, Eva Maria, seit Großvaters Tod quält mich die gleiche Unruhe.«

Jo lachte hart auf.

»Verliert euch doch nicht beide in solche Phantastereien! Das sollte Papa bloß hören, Mama, dann würde er sehr ärgerlich – und mit Recht.«

Ängstlich sah Frau Melanie zur Tür, als erwarte sie den Eintritt und eine Strafpredigt ihres Gatten.

»Du hörst ja, Jo, Eva Maria geht es ebenso.«

»Nun ja, ihr seid auch beide reichlich sentimental. Das liegt wohl bei euch in der Familie. Großvater war ja auch ein Phantast in dieser Beziehung. Ich bitte dich, Mama, laß dich von Eva Maria nicht anstecken.«

»Jedenfalls hoffe ich aber, Tante Melanie, daß du mir hilfst, Onkel Arthur klarzumachen, daß Großvaters Wunsch bezüglich der Zeitungsinserate erfüllt werden muß. Und selbstverständlich muß dazugesetzt werden, daß Onkel Lutz' Unschuld klar erwiesen ist, und daß er kein Menschenleben auf dem Gewissen hat. Denke nur, wenn Großvaters Annahme zuträfe, daß Onkel Lutz nur darum verschollen ist, weil er an dem Tode eines Menschen schuld zu sein glaubt! Wenn ihn – falls er dennoch durch ein Wunder gerettet wäre – nur dieses Bewußtsein veranlaßte, für seine Angehörigen tot gelten zu wollen – dürften wir ihn dann auch nur einen Tag länger, als es unbedingt nötig ist, unter so schwerem seelischen Druck weiterleben lassen? Nicht wahr, du wirst mir helfen, Onkel Arthur zu veranlassen, das Inserat aufzugeben?«

»Da wirst du kein Glück haben, Eva Maria. Papa sagt, ein

Inserat in so vielen Zeitungen kostet in die Tausende, und es sei doch Unsinn, so viel Geld dafür auszugeben. Ich wüßte auch was Besseres damit anzufangen. Ein komisches Mädchen bist du. Gibst doch vor, deinen Bruder zu lieben, und willst alles tun, was möglich ist, um ihm sein Erbe zu entreißen. Denkst du denn nicht daran, daß Hans die Rodenberg-Werke nicht bekommen würde, wenn plötzlich dieser sagenhafte Onkel Lutz wieder auftauchen würde?«

»Hans wäre der erste, der Onkel Lutz mit Freuden begrüßte, das kannst du mir glauben, Jo.«

Diese zuckte die Achseln.

»Ich werde jedenfalls keinen Finger rühren, zumal die Sache ganz aussichtslos ist.«

»Aber du wirst mir helfen, Tante Melanie.«

»Lasse das lieber bleiben, Mama, du verdirbst Papa nur die Laune damit, und es kommt doch nichts dabei heraus.«

Unsicher sah Frau Melanie von ihrer Tochter zu der sie flehentlich ansehenden Eva Maria.

»Ach, Eva Maria, Onkel Arthur wird sicherlich schelten, er ist eben ein praktischer Geschäftsmann und bezeichnet es als Geldverschwendung, wenn man es für so ein Inserat ausgibt.«

»Du willst also meine Bitte nicht unterstützen, trotzdem du zugestehst, daß du jetzt auch eine leise Unruhe fühlst, ob dein Bruder nicht doch noch leben könnte?« bedrängte Eva Maria die schwache Frau.

Ehe diese antworten konnte, trat Arthur Mertens ein. Seine Frau lief ihm aufgeregt entgegen, warf sich in seine Arme und berichtete ihm in überstürzten Worten von ihres Bruders Rechtfertigung. Er hörte etwas ungeduldig zu, löste ihre Arme von seinem Hals und begrüßte Eva Maria mit seiner heuchlerischen Liebenswürdigkeit. Dann las er den Artikel, und als er zu Ende war, faltete er die Zeitung zusammen und sagte ruhig:

»Nun ja, es ist ja sehr nett, wenn es sich herausgestellt hat, daß dein Bruder kein Totschläger war. Man kann sich ja freuen, daß dieser Schandfleck von dem Namen Rodenberg getilgt wird. Aber das ändert doch nichts an der Tatsache, daß dein Bruder tot ist.«

Eva Maria bezwang ihren Ärger über den Ton, in dem Mertens sprach, aber legte ihm trotzdem ihre Bitte vor. Mertens wehrte aber sofort energisch ab.

»Fällt mir gar nicht ein, für solchen Unsinn eine Menge Geld auszugeben. Was denkst du denn, was das kosten würde? So ein großes Inserat in den hauptsächlichsten Zeitungen der ganzen Welt, das kostet mindestens zehntausend Mark. Ich wäre ein schlechter Geschäftsführer der Rodenberg-Werke und ein schlechter Verwalter eurer Vermögen, wenn ich in so etwas willigen wollte.«

»Aber es war doch Großvaters Wunsch – und von ihm haben wir doch alles geerbt, was vorhanden ist«, sagte Eva Maria energisch.

»Laßt mich endlich damit zufrieden, das habe ich heute bereits deinem sauberen Herrn Bruder gesagt, der mir auch damit kam.«

Furchtlos sah Eva Maria in seine falschen, hinterlistigen Augen.

»Warum sprichst du so verächtlich von meinem Bruder? Er ist der künftige Chef der Rodenberg-Werke, wenn Onkel Lutz nicht wieder auftaucht.«

Arthur Mertens Gesicht zeigte eine dunkle, drohende Röte.

»Ein Lotterbube ist er, der nie würdig sein wird, diese Stellung einzunehmen. In schlechter Gesellschaft treibt er sich herum, trotz der so ostentativ zur Schau getragenen Trauer um seinen Großvater«, stieß er haßerfüllt hervor.

Ihre Augen wichen nicht von ihm, obwohl ihr Herz bange und furchtsam klopfte.

»Wenn dein Sohn Egon früher solche Streiche machte, wie sie Hans jetzt vorgeworfen werden, dann pflegtest du zu sagen: Jugend muß sich austoben. Und Hans nanntest du dann einen Duckmäuser, weil er solche Streiche nicht beging. Du zogst ihn auf damit, daß er mir am Schürzenband hinge. Warum soll bei Hans so verwerflich und verächtlich sein, was du bei Egon immer entschuldigt hast?«

Er stutzte einen Moment. Eva Marias tapferer Ausfall zugunsten ihres Bruders verblüffte ihn. Aber er faßte sich schnell und erwiderte:

»Was Egon tat, waren harmlose Jugendeseleien, wie er sie jetzt als Student auch noch verübt. Was aber dein Herr Bruder treibt, das spottet jeder Beschreibung. Ich will deine zarten Ohren damit verschonen. Aber das Bürschchen wäre wert, daß man es übers Knie legte und ordentlich verprügelte. Nächstens werde ich das auch sicherlich tun.«

Eva Maria richtete sich stolz empor.

»Das wage nicht – so weit geht deine Macht als Vormund nicht, so hat sie Großvater bestimmt nicht aufgefaßt.«

Für sich selbst hätte sie kaum gewagt, dem heimlich gefürchteten Mann so bestimmt entgegenzutreten und ihm in dieser Weise Widerstand zu leisten, aber für Hans vermochte sie es.

Mertens war ein wenig zusammengezuckt, irgendwie beirrten ihn Eva Marias blitzende Augen. Aber er faßte sich schnell.

»Was weißt du, wie weit meine Machtbefugnisse gehen. Ein Vormund kann sein Mündel verprügeln, wenn es sich danach beträgt.«

Eva Marias Augen erschienen fast schwarz vor Erregung.

»Ich rate dir, das zu unterlassen, Onkel Arthur, es würde wahrscheinlich ein Unglück geben. Hans ist ein Heißsporn, diese Schmach ertrüge er gewiß nicht«, sagte sie mit bebender Stimme.

»Das werden wir sehen!« stieß Mertens zornig hervor. Und er überlegte bei sich, ob er nicht gerade durch eine Tracht Prügel Hans zu irgendeiner Torheit hinreißen könne, die ihn unschädlich machen würde. Aber er mußte sich auch sagen, daß Hans ihm an Körperkräften weit überlegen war, selbst jetzt noch, da, wie er meinte, seine Gesundheit durch allerlei Ausschweifungen untergraben war. Schließlich vergriff er sich dann an ihm, und das konnte immerhin schlimm ablaufen, auch für ihn. Außerdem war ihm doch unter Eva Marias zornigen Augen etwas unbehaglich zumute geworden.

Nun legte sich auch seine Gattin noch ins Mittel.

»Du bist vielleicht etwas zu streng mit Hans, weil es eben deine Pflicht als Vormund ist, lieber Arthur. Er wird ja schon wieder zur Vernunft kommen.«

Mit einem heuchlerischen Lächeln legte er den Arm um ihre Schulter. Er fand es doch klüger, einzulenken.

»Jetzt fehlt bloß noch, daß sich auch Jo für den Bengel ins Zeug legt«, scherzte er.

»Tue ich auch, Papa, laß ihn doch ruhig seine Streiche machen, dann wird er erst ein richtiger Mann werden und keine Trantüte.«

»Das ist ja ein merkwürdiger Ausdruck im Wortschatz einer jungen Dame.«

»Stammt aus der Pension, Papa!«

Eva Maria hatte sich etwas beruhigt. Sie wandte sich wieder an den Onkel und fragte beherrscht:

»Wirst du also das Inserat erlassen, Onkel Arthur?«

Er zuckte die Achseln.

»Ich denke nicht daran! Zehntausend Mark ungefähr für solchen Unsinn hinauswerfen, da gehörte es sich doch, daß man mir die geschäftliche Führung der Rodenberg-Werke und die Verwaltung eures Erbes entzöge. Nein, meine liebe Eva Maria, das ist mein letztes Wort, das Geld kann ich nützlicher anlegen. Wenn du sonst einen Wunsch hast – du weißt, ich mache mir eine Freude daraus, ihn dir zu erfüllen. Brauchst du Geld zu einer hübschen Toilette oder dergleichen, es steht dir zur Verfügung.«

Er spielte sich auf, als gehe das Geld für Eva Marias Toiletten aus seiner Tasche. Sie sah ihn stolz abweisend an.

»Meine Toilette bezahle ich selbst«, entgegnete sie ziemlich schroff.

Seine Augen glitzerten gefährlich und verrieten ihr, daß man ihn nicht ungestraft reizen dürfe.

»Ah, richtig, du bist ja mündig und kannst eigenmächtige Verfügungen treffen über deine Einkünfte, aber du darfst immerhin nicht vergessen, daß Großvater wünschte, daß du größere Ausgaben erst mit mir besprechen sollst.«

»Ich trage keine Toiletten, deren Anschaffung eine größere Ausgabe in diesem Sinne bedeuten würde. Und nun will ich nicht länger stören.«

Mertens war wütend über diese stolze Abwehr Eva Marias, aber er vermochte sich immer zu beherrschen, wo es ihm nötig erschien, und so sagte er mit heiterer Überlegenheit, als spräche er mit einem Kinde, dem man manches nachsehen mußte:

»Du störst durchaus nicht, Eva Maria, willst du nicht zu Tisch bleiben, wir würden uns freuen.«

»Danke, Onkel Arthur, Hans erwartet mich, wir speisen zusammen.«

»Das ist ebenfalls so eine verrückte Verschwendung, daß für euch beide ein so großer Haushalt extra geführt wird. Ihr hättet viel besser getan, wenn ihr zu uns übergesiedelt wäret. Villa Rodenberg könnte dann geschlossen werden bis zu deiner Verheiratung.«

»Großvater hat es so bestimmt«, sagte Eva Maria, dankbar, daß der Großvater diese Verfügung getroffen hatte. »Im übrigen habe ich den Haushalt schon bedeutend eingeschränkt. Großvaters Zimmer sind alle abgeschlossen und auch die großen Gesellschaftsräume, die wir ohnehin jetzt nicht benutzen. Ich habe einige Diener entlassen und sonst allerlei Einschränkungen getroffen, schon aus eigner Bequemlichkeit. Denn sonst wäre das nicht nötig, meine Einkünfte gestatten mir doch eine Lebenshaltung im großen Stile; selbst jetzt, wo du Hans sehr in seinem Taschengeld beschränkst und ich selbstverständlich mit für ihn eintrete, mache ich noch Ersparnisse.«

Das alles sagte Eva Maria in einem so bestimmten Ton, daß Mertens klar werden mußte, daß sie sich nicht nach seinen Einwänden richten würde.

»O du Glückliche!« rief Jo, »du kannst lachen. Mich hält Papa verteufelt knapp, denke dir, er will mir nicht einmal gestatten, die Reise zum Wintersport nach St. Moritz zu machen, die mir Großvater doch versprochen hatte.«

»Das tut mir leid für dich, Jo, ich weiß, du möchtest gern hin.«

»Nun ja, gerade jetzt, wo die Trauerzeit hier so langweilig ist.«

»Dein Vater wird mit sich reden lassen. Ich weiß ja, Großvater hatte es dir versprochen.«

»Bitte sehr, als Entgelt dafür, daß du mit ihm nach Nauheim gehen würdest. Und da Großvater nicht mehr am Leben ist, kann er keine Versprechungen mehr halten. Jo hat hier auch genug Gelegenheit, Wintersport zu treiben, es fehlt weder an Schnee noch an einer geeigneten Schlittenbahn. Und auf dem kleinen Waldsee kann sie auch Schlittschuh laufen.«

»Gott, Papa, als wenn mir das St. Moritz ersetzen könnte.«

Eva Maria verabschiedete sich und entfernte sich schnell.

Daheim wartete Hans schon sehnlichst auf seine Schwester. Sie teilte ihm ihre Unterredung mit Onkel und Tante mit.

»Also kein Erfolg! Ich dachte es mir. So werden wir also Doktor Bernd bitten, die Angelegenheit zu erledigen.«

»Es bleibt uns nichts anderes übrig, wenn wir Großvaters Wunsch erfüllen wollen.«

Sie teilte dann dem Bruder mit, daß der Onkel ihm Prügel angedroht hatte. Er sprang zornig empor.

»Er soll sich hüten, dazu gehören zwei – und wahrlich –, er würde die Prügel eher bekommen als ich.«

»Ich bitte dich, Hans, sei vernünftig. Nur um dich zu warnen, sage ich dir das. Laß es nicht dazu kommen. Da ist Vorsicht der bessere Teil der Tapferkeit. Wenn du merkst, daß er dich schlagen will, ergreife einfach die Flucht.«

Hans reckte seine kraftvolle Gestalt.

»Keine Sorge, Eva Maria, wenn er an mich heran will, hebe ich ihn am Kragen empor und setzte ihn vor die Tür. Basta! Damit soll er mir nicht kommen – das Scheusal!« rief er zornig.

Seine Schwester seufzte.

»Es ist doch schrecklich, daß du so sehr abhängig von ihm bist. Ich konnte ihm heute ein paar Wahrheiten sagen, die ihm nicht gefielen, die er aber einstecken mußte. Er spielte sich auf als mein Gönner, als habe er darüber zu bestimmen, was ich für Toilettengeld brauche.«

Und sie erzählte ihm auch das. Höhnisch lachte Hans auf.

»Ah, das hätte ihm passen können, daß auch du noch von ihm abhängig wärst. Gottlob, daß es nicht der Fall ist, und daß wir hier wenigstens in Sicherheit sind. Großvater wollte uns dadurch nur vor Jo und Egon schützen, er ahnte nicht, daß wir viel mehr vor Mertens geschützt werden mußten.«

Eva Maria strich ihm lächelnd durch das Haar.

»Denke dir, Jo nahm deine Partei, dadurch, daß du, wie sie glaubt, ein großartiges Lebemanndasein führst, hast du ihr imponiert.«

Hans lachte.

»Das ist ja amüsant! Aber Jo ist doch eine dumme Gans.«

»Sage das nicht, sie ist nur durch ihre ›moderne Weltanschauung‹ aus dem Gleichgewicht gekommen. Wenn sie jemand hätte, der ihr so recht imponieren könnte und Einfluß auf sie bekäme, dann könnte noch ein ganz vernünftiges Menschenkind aus ihr werden.«

»Gut, so wollen wir ihr also wünschen, daß sie diesen Jemand finden wird. Aber nun habe ich einen Bärenhunger, Eva Maria.«

Lächelnd nahm die Schwester seinen Arm und führte ihn

so in das Speisezimmer hinüber. Bei Tisch besprachen sie noch allerlei, waren aber sehr vorsichtig dabei, solange der junge Diener Fritz, der die Speisen servierte, anwesend war. Der alte Hermann, der nach dem Tode seines Herrn eine Art Hausmeisterstellung in Villa Rodenberg einnahm, weil sich die Geschwister nicht von ihm trennen wollten, hatte ihnen verraten, daß Fritz anscheinend Spionendienste für Direktor Mertens übernommen hatte. Er hatte ihn schon wiederholt beim Lauschen ertappt und bemerkt, daß er Erlauschtes notierte. Dann hatte er ihn im Park mit Herrn Direktor Mertens zusammen gesehen und hatte bemerkt, daß Fritz aus demselben Notizbuch Bericht erstattete.

Der Kammerdiener Hermann hatte nie viel von Direktor Mertens gehalten; er war über vierzig Jahre im Dienst bei seinem Herrn gewesen und hatte von Anfang an miterlebt, wie sich Mertens bei dem alten Herrn einschmeichelte. Er wußte, daß sich Mertens das Vertrauen seines Herrn nur erschlichen hatte.

An den Geschwistern hing er dafür mit großer Treue. So konnte er sich zuweilen schon ein vertrauliches Wort gestatten, und daher hatte er den Geschwistern ruhig gesagt:

»Der Fritz ist ein Spitzel des Herrn Direktor Mertens, bitte, sehen Sie sich vor, er darf nichts hören und sehen, was für Herrn Direktor Mertens von Wichtigkeit ist.«

Danach richteten sich nun die Geschwister, und Fritz hatte nur Gelegenheit, das an seinen Auftraggeber zu berichten, was dieser erfahren sollte.

Wieder waren einige Wochen vergangen.

Mertens hatte es auf die Dauer doch als zu beschwerlich empfunden, Hans zu beobachten und die nächtlichen Exkursionen seines Neffen selber zu belauschen, deshalb hatte er Fritz angeworben, unter dem Vorwand, daß er als Vormund genau über den Lebenswandel seines Neffen unterrichtet sein müsse. Da er Fritz für seine Dienste gut bezahlte, war dieser ein williges Werkzeug geworden, ohne zu ahnen, daß der alte Hermann hinter seine Schliche gekommen war. Sobald also Hans scheinbar einen Ausflug nach der Stadt machte, ließ er es auf irgendeine Art Fritz merken und amüsierte sich darüber, wie dieser auf der Lauer lag und ihn beobachtete.

So war Mertens fest überzeugt, daß Hans immer wieder in den Großstadtsumpf untertauchte. Er war nur sehr unzufrieden, daß die Entkräftung, die solch ein unsolides Leben mit sich bringen mußte, nicht rapidere Fortschritte machte. Hans war ihm noch viel zu gesund, obwohl dieser mit grimmigem Vergnügen seinem »liebevollen Onkel« Komödie vorspielte. Ralf Bernd war dauernd bemüht, immer mehr das Vertrauen Arthur Mertens zu gewinnen, und er zeigte sich ihm deshalb oft von einer Seite, daß er sich fast vor sich selber schämte. Aber um Hans Dornaus willen nahm er das alles auf sich. Mertens verriet sich auch zuweilen in unbedachten Momenten immer mehr, aber er war doch ein zu schlauer Fuchs, als daß er sich ganz in seine Karten hätte sehen lassen, auch von Ralf nicht, in dem er doch sein williges Werkzeug und seinen künftigen Schwiegersohn vermutete.

Immer häufiger wurde Ralf, zu seinem Leidwesen, zur Villa Melanie eingeladen. So oft es irgend anging, schob er Abhaltungen vor, aber zuweilen mußte er doch die Einladungen annehmen. Jolante nutzte diese Stunden aus so gut sie konnte, ohne ihren Wünschen gemäß vorwärtszukommen. Sie war jedoch viel zu eitel, um sich einzugestehen, es mache ihr viele Mühe, Ralf »aufzutun«, und daß sie ihn durchaus noch nicht erobert hatte. Wie sie Eva Maria gegenüber immer mit ihren »Erfolgen« aufschnitt, so tat sie es auch den Eltern gegenüber. Und wenn sie der Vater neckte und ausforschte, wie weit sie mit Doktor Bernd sei, spielte sie sich überlegen auf.

»Ich will nichts übereilen, Papa, aber ich kann dir sagen, daß er sich, wenn ich will, jeden Tag erklären wird. Ich brauche ihm dazu nur Gelegenheit zu geben. Aber wie gesagt, es eilt mir noch nicht. Ich will es ihm auch nicht zu leicht machen, er soll merken, daß die Beute, auf die er Jagd macht, eine kostbare und wertvolle ist. Eines Tages wirst du ihm aber doch deinen väterlichen Segen geben müssen. Doch diesen Zeitpunkt will ich bestimmen.«

Sie glaubte es im Grunde selbst, und deshalb überzeugte sie auch ihren Vater. Sie war so von sich eingenommen, daß ihr der Gedanke, Ralf Bernd könne sie verschmähen, gar nicht kam. Daß er sich ziemlich zurückhaltend verhielt, mißfiel ihr ebenfalls nicht; sie glaubte nur, er sei zu klug, um sich einen Korb zu holen und wolle erst genügend Sicherheit haben, ihr Jawort zu erhalten, sobald er sich zu einer Werbung entschließen würde.

Vorläufig fand sie an dem Spiel noch großen Gefallen, und dann sagte sie sich auch, daß während der Trauerzeit eine Verlobung sowieso nicht in Frage kommen würde. So etwas deutete sie Ralf auch eines Tages während einer Unterhaltung an, und er atmete heimlich auf und dachte: Zeit gewonnen, alles gewonnen. Um sein Ziel zu erreichen, mußte Mertens möglichst lange in dem Irrtum befangen bleiben, daß er um Jolante würbe, und so konnte er nicht gar zu deutlich Abwehr markieren. Daß er Jolantes Herz nicht brechen würde bei Nichterfüllung ihres Wunsches, ihn an sich zu fesseln, wußte er. Es war bestimmt nicht Liebe, was sie für ihn empfand. Und deshalb hatte er auch gar keine Gewissensbisse.

Wieder war Ralf eines Sonntags im Hause Mertens eingeladen, und diesmal war auch Egon anwesend, der für einen Sonntag nach Hause gekommen war, um zu versuchen, irgend jemanden um Geld zu bitten, da er sich in einer besonders quälenden Geldklemme befand.

Um Ralf Bernds Besuche zu motivieren, zog sich Mertens nach Tisch immer mit ihm auf ein Stündchen in sein Arbeitszimmer zurück. Er benutzte die Zeit zumeist, um Ralf auszuforschen über das, was Hans inzwischen angestellt hatte. Ralf gab immer die Berichte, die ihm gut erschienen zur Erreichung seines Zieles. So sagte er an diesem Sonntag:

»Leider will mir scheinen, als stehe mir Herr Hans in letzter Zeit ein wenig mißtrauisch gegenüber. Ich weiß, daß er schon einige Male in die Stadt gefahren ist, ohne mit mir darüber zu sprechen. Das Auto wartet zwar immer an der bestimmten Stelle, aber ich weiß, daß er dem Chauffeur befohlen hat, mir nichts davon zu sagen. Dieser hat es mir aber doch berichtet, weil ich ihm doch gewissermaßen den guten Verdienst vermittelt habe. So weiß ich trotzdem immer, wenn er wieder eine Nacht ausfliegt, und ebenso, daß er diese vor mir verheimlichten Nächte in besonders lockerer Gesellschaft verbringt. Ich wollte mir nun von Ihnen Anweisungen holen, Herr Direktor, ob ich ihm auf irgendeine Art begreiflich machen soll, daß diese Ausflüge besonders gefährlich für ihn sind. Er könnte doch dabei einmal sehr unliebsame Erfahrungen machen.«

In Mertens Augen lag der unheimliche, hinterhältige Ausdruck. Er überlegte eine Weile, dann sagte er:

»Nein, nein, lassen Sie ihn nur, lieber Herr Doktor. Jugend muß sich austoben, und man tut nicht gut, so etwas zu unterbinden.«

»Nun, ganz offen, ich war etwas unsicher geworden. Herr Hans hat mir kürzlich gesagt, daß Sie ihm schwere Vorwürfe machen wegen seiner Bummelei; folglich nahm ich an, daß sie Ihnen doch jetzt unerwünscht geworden sind.«

Mit einem listigen Lächeln hob Mertens die Hand.

»Wo denken Sie hin? Wenn ich ihm zuweilen Vorwürfe mache, geschieht das nur, um ihn fühlen zu lassen, daß er mir keinen Sand in die Augen streuen kann. Und dann – verbotene Früchte schmecken am besten –, wenn es ihm nicht ein bißchen schwer gemacht wird, verliert die Sache ihren Reiz.«

Damit hatte sich Mertens wieder einmal ein wenig in die Karten gucken lassen.

»Ah, nun verstehe ich, Herr Direktor, Sie wollen durch Ihre Vorwürfe diese Ausflüge nur begehrenswerter und schmackhafter machen?«

Mertens vergaß seine Vorsicht und lachte mit.

»Sie haben es richtig erfaßt, mein lieber Herr Doktor, lassen Sie ihn sich nur ruhig austoben, bis er selbst genug hat. Und verscherzen Sie sich sein Vertrauen nicht, damit ich immer von allem unterrichtet bleibe. Wie schon oft gesagt, es soll Ihr Schaden nicht sein. Aber, Sie haben mir noch immer nicht gesagt, was für Auslagen Sie in dieser Angelegenheit gehabt haben. Was hat denn mein Herr Neffe in all dieser Zeit verputzt?«

»Das hat ja keine Eile, Herr Direktor, ich habe es noch nicht zusammengerechnet. Für einen unmündigen jungen Mann ist es ja ziemlich viel, aber für den künftigen Chef der Rodenberg-Werke eine Bagatelle. Ich werde Ihnen zur Zeit schon die Rechnung vorlegen. Am liebsten würde ich Sie ja gar nicht damit belasten, es macht mir doch Freude, Ihnen dienen zu können.«

Mertens schlug Ralf listig lächelnd auf das Knie und hob dann neckisch drohend den Finger.

»Nun ja, ich weiß, Sie denken, es bleibt gewissermaßen in der Familie«, sagte er.

Das war eine sehr deutliche Anspielung, so deutlich, daß Ralf das Blut in die Stirn schoß. Er vermochte nicht zu antworten und war so verlegen, daß er Mertens nicht ansehen konnte. Das erschien diesem als Einverständnis. Er legte vertraulich die Hand auf seinen Arm und sagte mit seinem öligen Biedermannston:

»Na, lassen Sie es nur gut sein, wenn ich hier erst alle Macht in Händen habe, werden Sie merken, wie wohl ich Ihnen gesinnt bin. Aber um nochmals auf meinen Neffen zu kommen, Sie meinen also, er mißtraut Ihnen in letzter Zeit?«

»Es will mir scheinen, als sei er nicht mehr so offen zu mir wie früher. Vielleicht ahnt er, daß ich Ihnen von seinen nächtlichen Ausflügen berichte.«

»Ah, das könnte sein, da müssen wir sorgen, daß er sein Vertrauen wiederfindet; es darf auf keinen Fall geschehen, daß er Ihnen mißtraut. Ich werde gelegentlich fallenlassen, daß ich von anderer Seite unterrichtet worden bin, er wird ja in der Stadt von vielen Menschen gesehen worden sein.«

»Ja, bitte, tun Sie das, Herr Direktor, denn wenn ich Ihnen weiter wie bisher dienen soll, muß ich sein ganzes Vertrauen behalten.«

»Verlassen Sie sich darauf, das wird geregelt, vielleicht morgen schon. Und lassen Sie ihn ruhig allein in die Stadt fahren, es ist ja eine Erleichterung für Sie, wenn Sie nicht immer dabeisein müssen. Sie sagen, der Chauffeur teilt Ihnen jedesmal mit, wenn er ohne Ihr Wissen bestellt ist?«

Es lag bei dieser Frage ein so lauernder Blick in Mertens Augen, daß Ralf sofort merkte, daß er dabei einen üblen Hintergedanken hatte. Irgend etwas mußte wieder in Mertens vorgehen.

»Ganz gewiß, ich erfahre es jedesmal.«

Das unheimliche Glimmen in Mertens Augen gab Ralf zu denken.

»Nun, Sie müssen es mich auch immer wissen lassen, wenn er allein nach der Stadt fährt, es – es interessiert mich selbstverständlich.«

»Sie werden es jedesmal von mir hören, Herr Direktor.«

So sagte Ralf scheinbar diensteifrig, aber dabei dachte er: Zum Teufel, mir scheint, er hat wieder etwas vor, da heißt es aufpassen.

Während die beiden Herren im Arbeitszimmer zusammensaßen, befand sich Egon mit seiner Schwester im Salon. Sie rauchten beide Zigaretten und starrten gelangweilt vor sich hin. Aber dann fragte Egon:

»Was hat denn Papa plötzlich für eine Vorliebe für diesen Doktor Bernd? Ich kann den Kerl nicht leiden, er ist so schauderhaft vortrefflich.«

»Du wirst dich aber trotzdem mit dem Gedanken vertraut machen müssen, daß er dir einmal sehr nahetreten wird«, erwiderte Jolante ruhig.

»Nanu, wieso denn?«

»Weil ich ihn zu heiraten gedenke.«

»Mach' noch so 'nen Witz, Jo«, sagte er verblüfft.

»Es ist kein Witz!«

»Also fürchterlicher Ernst?«

»Jawohl!«

»Na, weißt du, das hättest du mir schonender beibringen können, das ist ja verheerend. Du hättest mir einen Schwager aussuchen können, der mir sympathischer wäre.«

Jolante sah dem Rauch ihrer Zigarette nach.

»Wirst du mal bei der Wahl deiner Gattin Rücksicht darauf nehmen, ob sie mir sympathisch ist?«

Er lachte.

»Da brauchst du keine Angst zu haben, wer wird denn so unmodern sein, zu heiraten.«

Sie zuckte die Achseln.

»Ihr Männer habt es eben unverdient gut. Aber so um die Fünfzig rum bekommt ihr dann doch Sehnsucht nach einer Lebensgefährtin, die euch pflegen kann. Setzt die euch dann Hörner auf, klagt ihr zwar die Welt an, aber das ist dann doch nur ausgleichende Gerechtigkeit.«

»Na, damit hat es gottlob noch lange Zeit! Aber sag', ist es wirklich dein Ernst, gerade diesen unausstehlichen, vortrefflichen Doktor Bernd willst du heiraten?«

»Ja! Gegensätze ziehen sich eben an.«

»Wann soll denn die Chose platzen?«

Sie seufzte.

»Das Trauerjahr um Großvater muß doch erst zu Ende sein.«

»Dann habe ich also noch Zeit, meine Aversion zu besiegen und zu versuchen, mich an den Gedanken zu gewöhnen.«

»Tue das, Egon, ich verspreche dir im gleichen Falle jede Rücksichtnahme.«

»Darauf verzichte ich, aber vielleicht könntest du mir mit etwas Geld aushelfen?«

»Aber Egon, was machst du nur mit dem vielen Geld?«

»Vielem Geld? Daß ich nicht lache. Papa hält mich scheußlich knapp, unter uns, er ist ein Knauser, unser Erzeuger, denn Mama hält er auch so knapp, deshalb kann sie mir nicht so helfen, wie sie möchte. Und deshalb bin ich ewig in Not.«

»Ich leider aus demselben Grunde auch. Weißt du, ich beneide Eva Maria, weil sie über ihr Erbe schon verfügen kann.«

»Und ich beneide Hans!«

»Ach du, der ist nicht gerade zu beneiden, den hält Papa noch knapper als uns, dank seiner Macht als Vormund. Ich kann dir sagen, der hat nichts zu lachen. Papa ist einfach schauderhaft zu ihm. Er könnte mir fast leid tun.«

»Das ist ausgleichende Gerechtigkeit, warum soll er in allen Dingen vom Schicksal bevorzugt sein. Später kann er ja mit dem Gelde nur so herumwerfen, während wir ewig von Papa abhängig sein werden. Eigentlich empörend, Mama, die doch im Grunde die Erbin ist und das Geld hat, muß sich von Papa die Groschen zuzählen lassen.«

Jolante zuckte die Achseln.

»Mama sieht eben leider Gottes in Papa immer noch ihr Ideal, und wir haben das Nachsehen.«

»Also du hast wirklich kein Geld, Jo?«

»Leider nicht, und wenn ich welches hätte, würdest du es bestimmt auch nicht bekommen. Du bekommst ohnedies viel mehr als ich.«

»Na, erlaube mal, was weißt du davon, was das Leben kostet, du sitzt hier zu Hause und brauchst keinen Pfennig.«

»Hast du eine Ahnung! Wenn ich mich hübsch und elegant kleiden will, muß ich mein ganzes Taschengeld mit opfern, denn was Mama mir auf Papas Veranlassung aussucht, ist einfach nicht zu tragen, da muß ich der Modistin immer noch heimlich zuzahlen. Du hast schon recht, Papa ist ein Knauser.«

»Wem sagst du das, es ist einfach verheerend. Da wird man

überall beneidet, weil man der Enkel Georg Rodenbergs ist, und dabei muß man ewig krummliegen, weil Papa nichts herausrückt und Mama nicht den Mut hat, etwas zu fordern, um ihren Kindern zu helfen. Ich weiß nicht, was ich machen soll, ich habe Schulden gemacht, die ich unbedingt bezahlen muß, und Mama erklärt, auch nichts zu haben. Papa aber läßt sich lieber ein Loch ins Knie bohren, ehe er außer der Zeit mit einer Spende herausrückt. Was meinst du, ob ich es mal bei Eva Maria versuche?«

Jolante lachte hell auf.

»Was die für ein Gesicht dazu machen würde, möchte ich wissen.«

»Nun, hoffentlich ein liebenswürdigeres als du. Sie ist im Grunde gar nicht so übel.«

»So versuche es doch!«

»Tue ich auch!«

Die Geschwister wurden gestört durch den Vater und Doktor Bernd, die in den Salon traten.

Egon bemühte sich, sich etwas besser mit Ralf Bernd zu stellen, und zwar, indem er ihm kolossal mit studentischen Erfahrungen zu imponieren suchte. Er tat sich viel auf das vornehme Korps zugute, dem er angehörte, und tat den akademischen Verein, dem Ralf angehörte, wie etwas sehr Minderwertiges ab. Ralf lächelte nur darüber und sagte ruhig:

»Mir war immer das Studium die Hauptsache, lieber Herr Mertens.«

Ekelhafter Streber, dachte Egon im stillen und sah Jolante an, als wollte er ihr zu verstehen geben: Du hast dir ja was Nettes ausgesucht. Er wunderte sich nur, daß sein Vater Ralf Bernd so sehr auszeichnete und ihm so deutlich sein Wohlwollen bekundete. Als er später wieder eine Weile mit Jolante allein war, fragte er sie:

»Sag mal, weiß Papa, daß du dir diesen Doktor Bernd als Ehegemahl erkoren hast?«

Jo nickte überlegen.

»Selbstverständlich habe ich ihn nicht im unklaren darüber gelassen.«

»Dann wundert mich nur, daß er so liebenswürdig zu ihm ist.«

»Oh, bitte, er hält meine Wahl für eine sehr zufriedenstellende, er schätzt Doktor Bernd sehr hoch und nennt ihn einen genialen Ingenieur. Er ist ja auch, so jung er noch ist, schon Oberingenieur und hat eine bedeutende Erfindung gemacht.«

»Hm, soviel ich weiß, war Papa von dieser Erfindung gar nicht besonders entzückt.«

»Zuerst nicht, aber dann hat er doch eingesehen, wie großartig sie ist, sie ist ja auch auf allen Gruben zur Ausführung gekommen und hat sich glänzend bewährt.«

»Na meinetwegen, ich gönne dir diese Leuchte zum Gemahl, wenn er mir auch vorläufig noch etwas auf die Nerven fällt.«

Jolante schnippte mit den Fingern, als wolle sie andeuten, daß ihr das sehr gleichgültig sei. Sie war selber schlechter Laune, weil sich heute absolut keine Gelegenheit zu einem Alleinsein mit Ralf finden wollte. Dieser verabschiedete sich sehr bald. Frau Melanie, die sich wegen eines Migräneanfalls nach Tisch zurückgezogen hatte und nun erholt wieder erschien, bat ihn, doch noch zum Tee zu bleiben, aber er gab vor, noch eine Verabredung zu haben. Jolante sah ihn vorwurfsvoll an.

»Sie wollen schon fort und haben kaum zehn Worte mit mir gewechselt, Herr Doktor.«

»Das bedaure ich sehr, mein gnädiges Fräulein, aber ich habe eine Verabredung mit Doktor Diehl, den ich in der Stadt treffen will, und muß vorher noch in meine Wohnung.«

»Gut, ich werde Sie noch ein Stück durch den Wald begleiten. Egon, kommst du mit?«

Egon hatte keine Lust und wußte sehr wohl, daß seine Schwester eine Absage erwartete.

»Tut mir leid, Jo, aber ich will noch nach Villa Rodenberg

hinüber und Eva Maria einen Besuch machen – du weißt doch!«

Sie nickte ihm verständnisinnig zu.

»Dann grüße Eva Maria! Kommen Sie, Herr Doktor, dann gehen wir eben allein.«

Das war Ralf durchaus nicht angenehm, er hatte guten Grund, solche einsamen Spaziergänge mit Jolante zu fürchten. Brennend beneidete er Egon, der Eva Maria sehen durfte. Aber er verbeugte sich mit tadellosem Anstand.

Frau Melanie sah ihn unsicher, wie für ihre Tochter um Vergebung flehend, an, sie fand Jolantes Art, sich ein Alleinsein mit Doktor Bernd zu verschaffen, nach wie vor unpassend. Mertens aber nickte Ralf verständnisinnig zu, als wollte er sagen: Nur Mut, meinen Segen haben Sie, junger Mann.

Jolante kam aber auch heute nicht weiter mit Ralf Bernd, obwohl sie ihn in allerlei verfängliche Situationen brachte. Sie glitt einmal aus, so daß er sie stützen mußte, blieb dann mit dem Haar an einem Zweige hängen, da sie zu ihrem Pelz keinen Hut trug, so daß er sie befreien mußte und flüchtete schließlich aufschreiend in seine Arme, als etwas in den Tannen raschelte. Es nutzte aber alles nichts, Doktor Bernd half ihr seelenruhig aus all diesen Situationen, ohne die Grenzen der Korrektheit zu überschreiten. Jolante ärgerte sich teils darüber, teils imponierte es ihr.

Er will erst seiner Sache ganz sicher sein, ehe er sich eine Blöße gibt, dachte sie.

Ralf Bernd aber war sehr froh, als er sich endlich von Jolante verabschieden konnte. Er suchte zunächst seine Wohnung auf und ruhte sich von den Strapazen des Nachmittags aus. Die Verabredung mit Doktor Diehl war nur ein Vorwand gewesen, um fortzukommen, denn diese sonntäglichen Besuche in Villa Melanie waren ihm eine Qual, die er nur Hans Dornau zuliebe auf sich nahm.

Während er auf dem Diwan lag, flogen seine Gedanken

sehnsüchtig zu der Villa Rodenberg hinüber. Er wünschte sich an Egons Stelle. Der konnte, sooft er wollte, dorthin gehen und Eva Maria sehen. Wie lange war es her, daß er sie gesehen hatte. Er rechnete es aus, und es erschien ihm sehr lange.

Aber dann dachte er wieder an Arthur Mertens, an das unheimliche Aufglühen seiner Augen, als er ihm davon gesprochen hatte, daß Hans zuweilen allein nach der Stadt führe. Irgendein teuflischer Gedanke war dabei in Mertens schwarzer Seele aufgewacht, das erschien ihm sicher. Und eine unklare Angst und Sorge um Hans beschlich ihn. Jedenfalls mußte er seine Wachsamkeit verdoppeln. Und ganz gewiß würde er dafür sorgen, daß Hans auf gar keinen Fall allein zur Stadt fuhr. Um Direktor Mertens ganz sicher zu machen, war Ralf einige Male wirklich mit Hans in die Stadt gefahren und hatte sich in verschiedenen Lokalen mit ihm gezeigt, so recht auffällig, damit Mertens, wenn er Nachforschungen anstellte, erfuhr, daß sein Neffe gesehen worden sei. War Hans Dornau doch als Erbe der Rodenberg-Werke allgemein bekannt. Sie waren aber immer nach kurzer Zeit wieder heimgekehrt, hatten höchstens ein Theater oder ein Konzert besucht. Zweimal war Hans auch allein in die Stadt gefahren, hatte dabei die Vorhänge von den Wagenfenstern zurückgeschlagen und den Wagen erhellt. Beide Male war ihm der Diener Fritz so nahe auf den Fersen gewesen, daß er das hatte riskieren müssen, um ihn zu überzeugen. Und Fritz hatte befriedigt konstatieren können, daß Herr Hans in dem erleuchteten Wagen saß.

So hatten sie alle Vorsichtsmaßregeln getroffen, um keinen Verdacht in Arthur Mertens aufkommen zu lassen. Und am nächsten Mittwoch war Hans abermals in die Stadt gefahren und hatte dort das Theater besuchen wollen. Aber nun Ralf Bernd das unheimliche Glimmen in Mertens Augen gesehen hatte, stand es fest für ihn, daß Hans nicht wieder allein den Abend außerhalb verbringen würde. Ralf fühlte instinktiv, daß Mertens die Geduld ausging. Es dauerte ihm anscheinend zu lange, bis Hans sich bei seinen nächtlichen Ausschweifungen ruinierte; sicherlich plante er deshalb eine neue Teufelei. Da hieß es aufpassen.

## 12

Egon hatte seinen Entschluß ausgeführt und war zur Villa Rodenberg hinübergegangen. Zu seinem Leidwesen traf er Eva Maria nicht allein an, sie saß mit Hans zusammen im Wohnzimmer. Er ließ sich seine Enttäuschung nicht anmerken und begrüßte die Geschwister besonders freundlich.

»Obwohl ich nur knapp zwei Tage zu Hause bin, will ich es doch nicht versäumen, euch meinen Besuch zu machen und mich vor allem nach deinem Befinden erkundigen, Eva Maria.«

Diese reichte ihm freundlich die Hand.

»Das ist sehr lieb von dir, Egon. Es geht mir gut. Bitte, nimm Platz. Willst du mit uns zu Abend essen?«

Unschlüssig sah Egon zu Hans hinüber, der ihn nicht gerade sehr freundlich begrüßte.

»Ich weiß nicht, ob ich euch nicht ungelegen komme.«

»Ganz gewiß nicht! Hans und ich sind allein und freuen uns, wenn wir Gesellschaft bekommen.«

»Hans sieht aber nicht eben sehr erfreut aus«, sagte Egon in einem Ton, der gegen seine sonstige, überhebliche Art abstach.

Hans sah ihn mit großen Augen an.

»Wundert dich das so sehr, Egon? Ich weiß doch genau, wie wenig freundschaftlich du mir gegenüberstehst. Außer Tante Melanie empfindet kein Mensch bei euch sehr freundlich für uns. Wie sollen wir da anders für euch empfinden?«

Eva Maria sah bittend zu dem Bruder auf.

»Laß das doch, Hans, wir wollen uns freuen, daß Egon den Weg zu uns gefunden hat.«

Hans lachte kurz auf.

»Nun gut, ich freue mich – und –, wenn du ohne Hintergedanken kommst, sollst du uns willkommen sein, schon weil du Tante Melanies Sohn bist.«

Egon nahm Platz, er sah ein wenig verlegen aus, und das war bei ihm sehr auffallend.

»Ohne Hintergedanken? Wie meinst du das, Hans?«

»Ich meine, wenn dich wirklich verwandtschaftliche Gefühle zu uns führen.«

Eva Maria suchte zu vermitteln und einen wärmeren Ton anzuschlagen.

»Wie gefällt es dir auf der Universität, Egon?«

»Ganz gut würde es mir gefallen, wenn das Leben nicht so entsetzlich teuer wäre.«

»Das kann dich doch nicht bekümmern«, warf Hans ein.

»Hast du eine Ahnung, Hans. Ich habe schreckliche Sorgen, wie ich in dem teuren Korps mit meinem jämmerlichen Wechsel auskommen soll. Mein alter Herr hält mich elend knapp, und ich komme aus Geldschwierigkeiten eigentlich nicht mehr heraus.«

Dabei sah Egon so erbarmungswürdig aus, daß Eva Maria plötzlich erkannte, daß die Kinder Arthur Mertens' im Grunde sehr zu bedauern seien. Aber Hans sagte ungerührt:

»Nun, wie ich Tante Melanie kenne, wird sie das großzügig ausgleichen.«

»Ach du lieber Gott, Mama wird von Papa im Verhältnis noch knapper gehalten als Jo und ich, sie kann kaum etwas erübrigen.«

Hans warf den Kopf zurück.

»Warum laßt ihr euch das gefallen? Ihr seid doch Großvaters Erben, deine Mutter in erster Linie und nach ihr Jo und du. Euer Vater hat doch absolut kein Anrecht darauf. Er bezieht sein Gehalt als kaufmännischer Direktor, das wahrlich hoch genug ist. Aber über euer Vermögen hat er doch im Grunde gar nicht zu verfügen, das ist allein Tante Melanies Recht.«

Egon verzog mit bitterem Lächeln den Mund.

»Du bist doch der Erbe von den Rodenberg-Werken, also ein notorisch reicher Mann – wirst du es fertigbringen, Papa zu veranlassen, dir mehr auszuzahlen, als er freiwillig geben will?«

»Nein, weil er leider Gottes mein Vormund ist«, entfuhr es Hans.

Egon lachte.

»Siehst du! Du bezweifelst doch nicht, daß wir, Mama, Jo und ich, auch unter seiner Vormundschaft stehen? Da geht es uns nicht besser als dir. Die einzige, die ihre Bewegungsfreiheit hat, ist Eva Maria, weil sie mündig ist und schon jetzt über ihr Vermögen verfügen kann.«

»Aber auch nur in beschränktem Maße, Egon, alle meine Ausgaben stehen gewissermaßen unter der Kontrolle deines Vaters. Das wird erst anders, wenn ich mich eines Tages verheirate.«

Egon fuhr sich verzweifelt über die Stirn.

»O weh, das habe ich nicht gewußt, Jo sagt doch, daß du mit deinem Gelde machen kannst, was du willst.«

»Doch nicht ganz. Freilich kann dein Vater mir nicht verwehren, Geld auszugeben, aber er erfährt immer, wofür ich es ausgegeben habe, weil ich ihm die Rechnungen vorlegen muß. Aber – warum bekümmert das dich?«

»Das möchte ich dir unter vier Augen sagen, Eva Maria. Kannst du uns nicht eine Viertelstunde allein lassen, Hans?«

Dieser erhob sich mit einem spöttischen Lächeln.

»Nun, Egon, das merkt ja schon ein Blinder, was du auf dem Herzen hast. Aber ich werde dir den Gefallen tun und verschwinden, bis wir zu Tisch gehen. Eva Maria, du kannst mich bitte rufen lassen, wenn Egon dir sein süßes Geheimnis anvertraut hat.«

Und lachend verließ er das Zimmer. Egon sah unsicher zu Eva Maria hinüber.

»Du siehst heute entzückend aus, Eva Maria, im Gegenteil zu Jo kleidet dich Schwarz ganz vorzüglich.«

Eva Maria lachte ein wenig.

»Die Welt fällt ein, du machst mir Komplimente, Egon? Aber deshalb wünschtest du doch sicher nicht eine Unterredung unter vier Augen mit mir?«

Egon seufzte.

»Ach, Eva Maria!«

»Was hast du denn auf dem Herzen, Egon?« fragte sie etwas beklommen.

»Na, weißt du, Eva Maria, scharfsichtig bist du nicht gerade. Hans hat es wohl längst erraten, wo mich der Schuh drückt. Also kurz und gut, ich brauche Geld, so etwa zweitausend Mark, wenn es nicht mehr sein kann. Würdest du mir das leihen können?«

Erschrocken sah ihn Eva Maria an. Sie dachte daran, daß sie bei Ralf Bernd Schulden hatte wegen des Inserates, und daß sie dies Geld sehr bald von Onkel Arthur würde fordern müssen.

»Zweitausend Mark – ach, Egon, so viel besitze ich momentan nicht. Ich habe noch etwas für laufende Toilettenausgaben, aber das würde nicht reichen. Ich müßte es von deinem Vater fordern und ihm dann sagen, wozu ich es brauche.«

Wieder seufzte Egon tief auf.

»Das darf natürlich nicht sein, das gäbe eine Katastrophe. Und zu diesem Zweck würde dir Papa das Geld ganz bestimmt nicht geben. Wieviel besitzest du denn momentan?«

»Etwa sechshundert Mark.«

»Das ist freilich nicht viel, wenn man zweitausend Mark braucht. Mehr hast du nicht?«

»Nein, und außerdem habe ich eine große Zahlung vor, zu der ich sicherlich nicht die Billigung deines Vaters finde, wenn er mir auch das Geld nicht verweigern kann.«

»Aha, ich verstehe, du willst Hans Geld verschaffen.«

»Nein, gewiß nicht. Wozu sollte Hans Geld brauchen?«

»Nun, seine nächtlichen Ausflüge, von denen ich hörte, müssen doch eine Menge Geld kosten, und Vater bewilligt ihm das gewiß nicht.«

»Du irrst, Hans hat nie einen Pfennig von mir verlangt, er kommt gut mit seinem Taschengeld aus, das ihm Onkel bewilligt.«

Egon lächelte ironisch.

»Dies Kunststück möchte ich fertigbringen. Hans macht doch wilde Sachen, die viel Geld kosten. Aber freilich, dem Erben von Rodenberg stehen sicher genügend Geldquellen zur Verfügung, ihm wird man überall leihen, soviel er will.«

Eva Maria hätte sich fast verraten. Sie wollte sagen: Du irrst, Hans macht keine wilden Sachen, wie du es nennst. Aber sie schwieg und sagte dann nur:

»Ich kann dir mein Wort geben, daß Hans nie Geld von mir für solche Dinge verlangt, und dafür würde ich ihm auch bestimmt nichts geben.«

»Also, du kannst mir wirklich nicht helfen, ohne daß Papa davon erfährt?«

»So leid es mir tut, nein. Alles, was ich dir geben könnte, wären die sechshundert Mark, die ich noch besitze – wenn dir damit gedient ist.«

Er sprang auf.

»So gib mir wenigstens das, Eva Maria, ich will sehen, ob mir Mama das übrige nicht beschaffen kann.«

Und Egon war froh, daß er zweitausend Mark verlangt hatte, sonst hätte er, wie er meinte, sicher noch weniger bekommen. In Wahrheit hatte er nur eintausend Mark Schulden, er hatte nur für den nächsten Monat Vorsorgen wollen. Nun hatte er wenigstens sechshundert Mark, vierhundert mußte Mama unbedingt noch schaffen.

Eva Maria ging in ihr Zimmer und holte das Geld. Mit einem Lächeln überreichte sie ihm die Summe, und Egon hatte es nun mit einmal sehr eilig, wieder fortzukommen. Er verabschiedete sich unter dem Vorwand, daß er lieber zum Abendessen zu Hause sein wolle, um den Vater bei guter Laune zu erhalten. Die Rückkehr von Hans wartete er gar nicht ab, wahrscheinlich war es ihm doch unangenehm, von diesem durchschaut worden zu sein.

Als Eva Maria wieder allein war, ließ sie Hans rufen. Erstaunt sah dieser sich im Zimmer um, als er wieder eintrat.

»Nun, wo ist denn unser teurer Vetter Egon geblieben?«

»Er ist wieder heimgegangen.«

»Und – um wieviel hat er dich erleichtert?«

Eva Maria lachte gutmütig.

»Leider hatte ich nur sechshundert Mark, und zweitausend brauchte er.«

»Sag' doch nicht leider, Eva Maria, das Geld wirst du ohnedies in den Schornstein schreiben müssen.«

»Das wußte ich vorher, wie soll er es auch schaffen, wenn sein Vater ihn so knapp hält.«

Hans umarmte und küßte seine Schwester.

»Du bist sehr großmütig, Eva Maria, Egon hat das wahrlich nicht verdient.«

»Laß nur, Hans, schließlich versöhnt man mit so kleinen Opfern das neidische Geschick.«

»Nun – ich an seiner Stelle wäre lieber gestorben, als mir von einer Dame Geld geben zu lassen. Aber da hört bei ihm die Großartigkeit auf. Es wird nicht lange dauern, dann wird er wieder eine Anleihe bei dir machen.«

»Er weiß ja nun, daß es sich nicht lohnt, da sein Vater von größeren Summen erfahren müßte. Er muß schon arg in der Klemme sein, sonst wäre er sicherlich nicht zu mir gekommen.«

»Oh, unser Geld anzunehmen, ist er nicht zu stolz, so verhaßt sind wir ihm doch noch nicht. Er ist ja seines Vaters Sohn«, sagte Hans bitter.

Sie strich mit einer mütterlich liebevollen Gebärde das Haar aus seiner Stirn.

»Deshalb ist er doch zu bedauern, nicht wahr, Hans?«

Er fing ihre Hand ein und küßte sie.

»Du bist ein bewundernswert guter Mensch, Eva Maria.«

»Und jetzt laß uns zu Tisch gehen, Hans.«

Er reichte ihr den Arm und führte sie in das vornehm ausgestattete Speisezimmer, wo der kleine runde Tisch für sie gedeckt war und der alte Hermann und Fritz bereitstanden. Eva Maria entließ die beiden Diener, sobald sie aufgetragen hatten, und Hermann wußte, daß er nun ein wachsames Auge auf Fritz haben mußte, damit dieser nicht lauschen konnte. Hans sah seine Schwester an und sagte:

»Weißt du, Eva Maria, es ist eigentlich dumm von uns, daß wir immer so allein essen. An den Sonntagen, wenn ich nicht auf den Werken bin, merke ich doch, wie einsam es jetzt um uns ist.«

»Du hast wenigstens in der Woche Anregung und Ablenkung im Betrieb, aber ich bin dann ganz allein. Ich komme jetzt in der Trauerzeit fast mit keinem Menschen zusammen. Tante Melanie läßt sich sehr selten sehen, und Jo, auf deren Gesellschaft ich freilich nicht viel Wert lege, auch nicht.«

»Ganz recht. Und deshalb könnten wir uns doch zuweilen einen Gast einladen, zum Beispiel Doktor Bernd, der ein vorzüglicher Gesellschafter ist. Würdest du ihn nicht zuweilen gerne bei uns sehen?«

Sie errötete zu ihres Bruders heimlichem Vergnügen, sagte aber tapfer:

»Selbstverständlich, Hans, wenn er kommen möchte.«

»Daran zweifle ich nicht – ganz bestimmt nicht!« neckte er lächelnd.

Sie errötete noch mehr.

»Aber, wird das gehen, Hans? Wenn Onkel dann Verdacht schöpfte – wegen deiner Beziehungen zu Doktor Bernd?«

»Das würde sich schon irgendwie arrangieren lassen. Wenn

es dir recht ist, können wir schon morgen abend mit ihm speisen. Wir können ja Fritz irgend etwas aufbinden, weshalb wir Doktor Bernd empfangen, damit er es Mertens in uns genehmer Form mitteilen kann. Ich werde das morgen mit Doktor Bernd besprechen. Nicht wahr, du gestattest, daß ich ihn einlade.«

»Aber gewiß, Hans, wir sind ihm doch so vielen Dank schuldig.«

»Ja, Eva Maria, mehr als wir je abtragen können.«

Am nächsten Vormittag, als Hans wieder im Büro Doktor Bernds arbeitete, sprach sich Ralf darüber aus, daß er das unheimliche Gefühl habe, als plane Mertens wieder irgend etwas gegen Hans Dornau. Er berichtete ihm von dem Inhalt seines Gespräches mit Mertens und wie er zu seinem neuerlichen Verdacht gekommen sei. Hans wurde ein wenig blaß.

»Es ist ein sehr unbehagliches Gefühl, Herr Doktor, wenn man fühlt, daß einem nach dem Leben getrachtet wird. Daß Mertens das tut, darüber besteht bei mir kaum noch ein Zweifel, und ich bin fest davon überzeugt, daß ich längst nicht mehr am Leben wäre, wenn Mertens mich in einer für sich ungefährlichen Weise hätte beseitigen können. Wenn ich an das unheimliche Glitzern hinter seinen Brillengläsern denke, überläuft es mich jedesmal ganz kalt. Vielleicht hat er gestern, als Sie ihm von meiner Fahrt in die Stadt ohne Ihre Begleitung erzählten, an einen netten kleinen Autounfall gedacht.«

»Woran er gedacht hat, weiß ich nicht, aber etwas Gutes war es jedenfalls nicht. Sie dürfen keinesfalls jetzt wieder in die Stadt fahren zu einer Zeit, in der er Sie unterwegs wüßte. Beunruhigen Sie sich aber nicht zu sehr, wir wissen jedenfalls, daß Mertens nichts gegen Sie unternehmen wird, wobei er als Täter in Frage kommen könnte, und das ist immerhin eine gewisse Sicherheit für Sie. Beunruhigen Sie auch bitte Ihr Fräulein Schwester nicht damit, und überlassen Sie alles andere mir, ich werde über Sie wachen wie bisher. Nur das präge ich Ihnen nochmals ein, seien Sie auf der Hut bei allem, was Sie auf den Werken tun, wenn Sie nicht bei mir sind, vor allem aber, wenn Sie Ihren Onkel in Ihrer Nähe wissen. Ein Alleinsein mit ihm vermeiden Sie um jeden Preis. Ich fühle, daß Ihnen nur dann ein Unglück droht, wenn es auf einen Zufall hinauszuführen wäre.«

Hans nickte.

»Selbstverständlich, Mertens wird sich hüten, etwas gegen mich zu unternehmen, was ihn in einen Mordverdacht bringen könnte. Aber ich kann wohl sagen, ich wünschte dringend, daß er endlich unschädlich gemacht werden könnte. Doch nun wollen wir von anderen Dingen reden, Herr Doktor, meine Schwester läßt Sie bitten, mir mitzuteilen, was Sie für die Inserate ausgelegt haben. Wir haben das Inserat heute morgen in einer Berliner Zeitung gelesen.«

»Ja, es hat eine ganze Weile gedauert, bis ich alles in die Wege leiten konnte. Es mußte jedenfalls vermieden werden, daß Direktor Mertens irgendwie herausbekam, daß ich meine Hand im Spiele habe.«

»Und wie haben Sie es nun arrangiert?«

»Ich habe einen Freund von mir, der als Rechtsanwalt in Frankfurt lebt, brieflich gebeten, die Angelegenheit zu ordnen. Forscht nun Direktor Mertens bei der Inseratenfirma danach, wer das Inserat aufgegeben hat, was leicht möglich ist, dann bekommt er den Bescheid, daß es der Rechtsanwalt Doktor Corell in Frankfurt getan hat. Befragt aber Direktor Mertens Sie oder Ihr Fräulein Schwester, wen Sie damit beauftragt haben, das Inserat in die Zeitungen zu lancieren, so erwidern Sie, daß Sie Doktor Corell die nötige Weisung gegeben haben. Sie haben zufällig den Namen dieses Rechtsanwaltes in einer Zeitung gefunden und sich an ihn gewandt. In derselben Weise ist auch mein Freund Corell instruiert, falls Ihr Herr Onkel dort anfragen sollte. Mein Name wird ganz aus dem Spiel bleiben, weil das so sein muß.«

Hans drückte ihm die Hand.

»Das haben Sie famos gemacht. Und unsere Schuld Ihnen gegenüber wird immer größer. Wenn ich nicht die Hoffnung hätte, daß wir Ihnen einmal nicht nur durch Worte, sondern durch Taten unsere Dankbarkeit beweisen können, dann würde ich mich noch viel bedrückter fühlen.«

»Das sollen Sie nicht. Ich freue mich aufrichtig, Ihnen helfen zu können. Und ich wünsche nur sehnlichst, daß ich Ihre Sache zu einem guten Ende führen kann, indem ich Direktor Mertens überführe.«

Hans seufzte tief auf.

»Ach, wäre es nur erst soweit! Wenn Sie wüßten, wieviel Selbstbeherrschung ich brauche, Mertens gegenüber ruhig zu erscheinen.«

»Das kann ich mir sehr gut denken. Aber – es wird eine gute Schule für Sie sein, Herr Hans, und Sie werden ein ganzer Mann werden. Solche Kämpfe festigen den Charakter.«

Hans lächelte ein wenig.

»Aber auf eine etwas sehr anstrengende Art. Doch nun sagen Sie mir, was Sie verauslagt haben. Meine Schwester will, sobald die Sache mit Mertens zur Sprache kommt, sogleich die Summe erheben. Sie konnte das nicht eher tun, bis die Inserate erschienen waren, weil Mertens es sonst möglicherweise noch hintertrieben hätte.«

»Es eilt ja nicht, Herr Hans!«

»Aber meine Schwester drückt diese Schuld. Und mich, offen gestanden, auch. Wir nehmen Sie schon ohnedies über Gebühr in Anspruch.«

Lächelnd nahm Ralf aus seiner Brieftasche eine Rechnung. Er reichte sie Hans.

»Es ist ein ziemlich teures Vergnügen, Herr Hans, aber immer noch nicht so teuer, wie ich angenommen hatte. Doktor Corell hat die Rechnung mit allen Details ausgestellt, und sie ist von diesem auf meine Veranlassung beglichen worden. Ihr Fräulein Schwester kann die Summe gleich an Doktor Corell überweisen lassen, dieser wird sie dann wieder auf mein Bankkonto einzahlen. So ist es am einfachsten und auch am unverfänglichsten.«

Hans steckte die Rechnung zu sich.

»Nun müssen Sie aber meiner Schwester auch Gelegenheit geben, Ihnen ihren Dank abzustatten. Wie wäre es, wenn Sie heute abend mit uns speisten? Wir wären überhaupt sehr erfreut, wenn Sie uns zuweilen Gesellschaft leisten wollten.«

Das Verlangen, diese Einladung anzunehmen, leuchtete Ralf aus den Augen. Sehnte er sich doch danach, wieder einmal Eva Marias Gesellschaft zu genießen. Und gar einen ganzen Abend lang. Aber er riß sich zusammen.

»Direktor Mertens würde durch Fritz sofort erfahren, daß ich bei Ihnen war, ich darf es nicht darauf ankommen lassen, daß er merkt, daß wir irgendwie liiert sind.«

»Das hat mich auch lange genug abgehalten, Sie einmal zu uns zu bitten. Aber sollte sich nicht eine Ausrede finden lassen, die Mertens überzeugen würde, daß diese Besuche in seinem eigenen Interesse stattfinden würden? Denn auf einen einzigen Besuch wollen wir uns nicht beschränken. – Wenn Sie Mertens nun selbst Mitteilung machen würden, daß Sie Besuche in unserem Hause für ihn wichtig finden?«

Ralf dachte nach, dann klärte sich sein Gesicht auf.

»Ja, das ist gut! Ich werde ihm sagen, daß Sie mich eingeladen haben, und werde ihn selber fragen, ob ich diese Einladung annehmen soll. Es liegt ihm ja sehr viel daran, daß ich mir Ihr Vertrauen erringe. Ich sagte ihm gestern, mir schiene es, als seien Sie mir gegenüber etwas mißtrauisch geworden, wohl, weil er Ihnen Vorwürfe machte wegen Ihrer Ausflüge. Ich tat dies absichtlich, um ihn zu veranlassen, Sie mit diesen Vorwürfen zu verschonen.«

»Richtig, deshalb sagte er mir heute morgen, es sei ihm wieder durch einen Lokalinhaber in der Stadt zu Ohren gekommen, was ich für Streiche machte. Dieser sei sein Gewährsmann und hinterbringe ihm alles, weil mein Verhalten schon skandalös sei.«

Ralf nickte.

»Gut, gut, er wird nun glauben, daß Ihre Einladung eine Folge davon ist, daß Sie sich überzeugt haben, daß nicht ich ihm diese ›Berichte Ihres Lotterlebens‹ liefere.«

»Ich überlasse es Ihnen, ihn zu überzeugen. Sie werden ihm das schon plausibel machen. Und Fritz werden wir keine Gelegenheit geben, etwas zu berichten, was uns nicht genehm ist. Der gute alte Hermann wird ihn schon überwachen und ihn nur lauschen lassen, wenn wir es wünschen.«

»Das dürfte nötig sein. Noch sind wir nicht in der Lage, unsere Karten aufzudecken. Ich freue mich aufrichtig, zuweilen einen Abend in Ihrer und Ihrer Fräulein Schwester Gesellschaft verbringen zu dürfen. Werde ich ihr aber nicht ungelegen kommen?«

Es blitzte schalkhaft in Hans Dornaus Augen auf, aber er sah Ralf dabei nicht an.

»Sie hat mich doch beauftragt, Sie einzuladen, und wird sich nicht weniger freuen als ich. Bringen Sie nur Mertens auf irgendeine Art bei, daß Sie uns recht oft besuchen müssen. Wir führen ein sehr einsames Leben jetzt, vor allem meine Schwester, und ich gönne ihr eine so anregende Gesellschaft wie die Ihre.«

Doktor Bernd machte es wirklich Direktor Mertens plausibel, daß es gut und nützlich für ihn sei, wenn er zuweilen einen Abend in der Villa Rodenberg verbringe. Er suchte ihn in seinem Kontor auf und besprach zunächst etwas Geschäftliches mit ihm. Dann sagte er:

»Herr Hans hat mich vorhin gebeten, heute abend in die Villa Rodenberg zu kommen, um mit ihm und seiner Schwester zu Abend zu essen. Ich staune um so mehr darüber, als er plötzlich wieder sehr zutraulich geworden ist.«

Mertens lächelte verschmitzt.

»Also war es doch nur der Verdacht, daß Sie mir seine Streiche berichtet haben, diesen Verdacht habe ich ihm heute morgen genommen, indem ich durchblicken ließ, daß ein Lokalinhaber aus der Stadt mir diese Berichte geliefert hat. Übrigens habe ich wirklich von dem Inhaber einer Bar erfahren, daß Hans dort war. Der Mann berichtete mir das freilich ganz harmlos.«

Ralf dachte, wie gut es gewesen war, einige Male mit Hans flüchtig durch derartige Lokale gegangen zu sein.

»Dann ist es verständlich, daß Herr Hans plötzlich wie umgewandelt ist. Er will mich anscheinend für seinen Verdacht dadurch entschädigen, daß er mir diese Einladung zuteil werden ließ. Ich war so überrascht, daß ich erst einmal zugesagt habe. Ich weiß aber nicht, ob es Ihren Wünschen entspricht, wenn ich wirklich zur Villa Rodenberg gehe. Lehne ich es ab, dann ist er vielleicht gekränkt.«

»Nein, nein, lehnen Sie nicht ab, gehen Sie ruhig hin«, rief Mertens hastig. »Es kann mir ja nur lieb sein, wenn Sie meinen Neffen möglichst unter Ihrem Einfluß halten. Schließlich – will ich ja nur sein Bestes.«

Das sagte er wieder mit seinem heuchlerischen Ton, hinter dem immer etwas anderes versteckt lag. Anscheinend war Mertens besonders vorsichtig, um Ralf nicht in seine Karten gucken zu lassen, weil ihm wohl nachträglich zum Bewußtsein gekommen war, daß er zuweilen etwas unvorsichtig gewesen war. Wenn er Ralf auch traute, soweit ein Schurke seinem Spießgesellen trauen mag, so fand er es doch für nötig, sich als sorgsamen, liebevollen Onkel und Vormund aufzuspielen, weil er eben wieder besondere Pläne hegte.

Ralf verneigte sich.

»Ich danke Ihnen, nun weiß ich doch, daß ich in Ihrem Sinne handle, wenn ich zuweilen einen Abend in Villa Rodenberg verbringe. Ich möchte mir um keinen Preis Ihre Gunst verscherzen.«

Mertens schlug ihm jovial auf die Schulter.

»Keine Angst, ich weiß, daß Sie mich richtig verstehen, auch ohne daß ich viele Worte mache.«

»Ganz gewiß, Herr Direktor! Ich weiß ja, daß es im Grunde eine schreiende Ungerechtigkeit ist, daß man diesen jungen Menschen zum Herrn eines solchen Unternehmens machen will, wo doch ein Mann wie Sie, der dazu prädestiniert ist, vorhanden war, und zumal Sie ja als Vertreter Ihrer Frau Gemahlin mindestens dasselbe Recht dazu hatten.«

Das war wieder ein Fühler, den Ralf ausstreckte, und Mertens ging ihm, trotzdem er noch eben etwaige Unvorsichtigkeiten hatte verwischen wollen, doch wieder glatt in die Falle. Er faßte mit festem Druck Ralfs Hand.

»Können Sie mir nachfühlen, wie mich das gekränkt hat? O ja, Sie können mich verstehen – und –, in Ihnen hätte ich eine tüchtige Stütze. Sie könnten neben mir an erster Stelle stehen, wenn – nun –, ich will vorläufig noch nicht an zarte Dinge rühren, die mit Geschäften verbunden werden sollen. Aber – was möglich ist, soll auch sonst geschehen, mein lieber Doktor. Dieser Knabe ist leider vollkommen unfähig, solch einem Riesenbetrieb vorzustehen, er wird nie dazu fähig sein. Das Herz dreht sich einem im Leibe herum, wenn man sich ausmalt, was unter solcher Leitung aus den Rodenberg-Werken werden würde.«

»Mein einziger Trost ist, daß im Grunde doch Sie an erster Stelle stehen werden – es darf nicht dazu kommen, daß Herr Hans wirklich Chef wird. Er wird immer nur so leicht in den Tag hineinleben. Kann man denn nicht irgendwie die Dinge korrigieren, Herr Direktor?«

Mertens drückte mit seiner fleischigen Hand den Arm Ralfs. Seine Augen glühten unheimlich hinter den gefärbten Brillengläsern. Es war –, als wolle er Ralf in dieser Stunde einen vollen Blick in sein Inneres tun lassen, und dieser fieberte vor heimlicher Spannung. Schon glaubte er am Ziel zu sein, schon fühlte er, daß Mertens jetzt die letzte Hülle fallen lassen und ihm seine ganze schurkische Verbrecherseele enthüllen würde – aber da ließ plötzlich der Druck der fleischigen Hand nach, das Glühen der Augen verlor sich und machte dem alten biedermännischen Ausdruck Platz. Mit öliger Sanftheit sagte er, seine Erregung meisternd:

»Man muß Geduld haben.«

Das klang so seltsam falsch und hinterlistig, daß Ralf fühlte, er meinte ganz etwas anderes.

»Ja«, sagte auch er, »Geduld muß man haben.«

Und er sah Mertens dabei verständnisinnig an, meinte aber ganz etwas anderes damit, als Mertens glaubte.

Ralf verabschiedete sich dann. Mertens drückte ihm die Hand.

»Sie berichten mir morgen, wie der heutige Abend verlaufen ist, Herr Doktor.«

»Selbstverständlich, Herr Direktor, Sie erfahren alles von mir, was irgendwie von Interesse für Sie sein könnte.«

Als Ralf draußen war, bekam sein Gesicht einen völlig veränderten Ausdruck. Seine Zähne bissen sich fest aufeinander, und seine Züge verrieten angespannteste Energie. Er hatte instinktiv den verbrecherischen Vernichtungswillen gespürt, der gleich einem elektrischen Strom von Mertens ausstrahlte. Und der mußte unschädlich gemacht werden für Hans Dornau, koste es, was es wolle. Eva Marias Bruder durfte nicht das Opfer dieses Schurken werden, das stand fest. Diesem Ziel mußten jetzt alle seine Kräfte gewidmet werden.

Er ging langsam, in tiefes Nachdenken verloren, in sein Büro zurück. Hans war nicht anwesend. Vom Fenster seines Büros konnte Ralf das Portal des Direktionsgebäudes, in dem sich Mertens' Kontor befand, sehen. Durch dieses Portal mußte Mertens ein und aus gehen, und schon oft war er von Ralf dabei beobachtet worden. Auch heute rückte er seine Arbeitstafel wieder so, daß er die Pforte im Auge behielt. Immer, wenn Hans nicht sicher und geborgen bei ihm weilte, beobachtete er sie besonders scharf. Und heute beherrschte ihn eine ganz besondere Unruhe, als sei ein Warnungssignal aufgerichtet worden mit dem Wort: Gefahr! Daran war wohl schuld, daß er heute den bösen Charakter Mertens' besonders scharf gespürt hatte.

Daß Hans in der großen Maschinenhalle zu tun hatte, wußte Ralf, und das war ein gefährliches Terrain. Solange er freilich Mertens drüben in seinem Kontor wußte, war Hans nicht in Gefahr. Also mußte er achtgeben, daß Mertens das Portal nicht passierte, solange Hans nicht wieder bei ihm war. Ralf hatte solche Stimmungen nicht zum ersten Male, fühlte er sich doch gewissermaßen verantwortlich für seinen Schützling.

Er wurde auch heute erst wieder ruhig, als Hans wieder bei ihm eintrat.

Er berichtete ihm von seiner Unterredung mit Mertens, verschwieg ihm aber seine eigenen, warnenden Empfindungen, um ihn nicht nervös zu machen. Denn es war keine Kleinigkeit für diesen jungen Menschen, sich unablässig bedroht zu fühlen. Und auch Ralf wünschte sehnlichst, es möge ihm gelingen, Mertens zu entlarven, damit die Nervenmarter aufhörte, die auch ihm immer stärker fühlbar wurde.

## *13*

Am Nachmittag mußte Hans noch einmal zur Maschinenhalle hinüber, um dort einen Auftrag Ralf Bernds auszuführen. Er hatte eine Zeichnung fertig gemacht, und Ralf hatte ihn belobt wegen der exakten Ausführung. Stolz leuchteten die Augen des Jünglings auf, aber seine Stirn rötete sich doch vor Verlegenheit über dieses Lob. Hastig verabschiedete er sich dann von Ralf, denn er wollte von der Maschinenhalle aus gleich nach Hause gehen.

»Also auf Wiedersehen bei uns, Herr Doktor«, sagte er.

»Auf Wiedersehen, Herr Hans, ich werde pünktlich zum Abendessen eintreffen.«

Ralf sah vom Fenster aus eine Weile hinter Hans her und freute sich an der ranken, schlanken Gestalt mit der stolzen, freien Haltung und den kraftvoll elastischen Bewegungen. Dann trat er wieder an seine Zeichentafel heran, aber so, daß er das Portal drüben nicht aus den Augen verlor. Noch immer spürte er die Gefahr von heute morgen in sich. Und plötzlich zuckte er zusammen, als er gerade wieder von seiner Arbeit aufblickte und Mertens aus dem Direktionsgebäude treten sah.

Mertens hatte von seinem Fenster aus Hans zur Maschinenhalle gehen sehen, und plötzlich hatte sich wiederum sein Verbrecherinstinkt geregt, der ihn so oft hinter Hans hertrieb und heute ganz besonders. Denn trotz seiner Worte: Geduld muß man haben, hatte er heute weniger denn je Geduld. Alles in ihm drängte, dies junge Leben zu vernichten, weil es sich zwischen ihn und die Erfüllung seiner Absichten drängte. Wie von einer unsichtbaren Macht getrieben, verließ er das Kontor, um Hans zu folgen.

Es lag etwas Schleichendes, Katzenartiges in seiner Haltung, und Ralf spürte, daß eine unheimliche Angst um Hans in ihm aufstieg. Das Warnzeichen »Gefahr« stand wieder ganz groß und deutlich vor seiner Seele.

Wie ein Raubtier, das auf Beute ausgeht, schlich Mertens dahin, und Ralf sah ihm besorgt nach, wie immer, wenn er Hans nicht in Sicherheit wußte. Noch unruhiger wurde er, als er bemerkte, daß Mertens langsam, sich immer wieder vorsichtig umsehend, ebenfalls der Maschinenhalle zustrebte.

Auch er fühlte sich plötzlich wie unter einem Zwange stehen; irgend etwas trieb ihn hinaus, hinter Mertens her, der jetzt in der Maschinenhalle verschwunden war. Mit fliegender Eile schritt auch Ralf auf diese zu und erreichte sie nur wenige Minuten später als Mertens. Ein betäubender Lärm herrschte hier. Große Dynamos arbeiteten. Hier war gewissermaßen das Herz der Rodenberg-Werke. Tausend Geräusche schwirrten durcheinander, ein Scharren, Schleifen und Stampfen, das Tackern der Motoren, das Rütteln und Sausen unzähliger Maschinen erfüllte den Raum. Das alles bewegte sich im ewigen Gleichmaß, und es erschien fast gespensterhaft, daß man dabei keine Arbeiter sah, alles lief wie durch Zauber allein.

Unruhig forschend sah sich Ralf um, und endlich erblickte er Hans, der hoch oben über einer Riesenmaschine stand und sich wie lauschend darüberbeugte. Er beobachtete mit brennendem Interesse die Bewegungen der gewaltigen Räder und Scheiben, die sich glatt und gefügig ineinanderschmiegten.

Ja, Hans hatte seine Freude an dem blanken, rastlosen Maschinengetriebe. Ganz versunken war er in den Anblick der sich ruhelos gegeneinanderreibenden Metallscheiben und Räder. Ralf selbst hatte ihm das warme Interesse an diesen stummen, ständig bereiten und so beweglichen Maschinen eingeflößt, die so enorme Arbeit für die Menschen verrichteten und nie müde wurden. Wie wundervoll korrekt da ein Teil in das andere griff, wie glatt und scheinbar mühelos sich das alles bewegte. Und doch genügte ein einziger Hebeldruck, alles zum Stillstand zu bringen, wie wiederum ein Hebeldruck genügte, um es wieder in Gang zu bringen. Und diese Kräfte durchdrangen die Rodenberg-Werke mit ihrem Leben.

So versunken stand Hans in den Anblick dieser treibenden Kraft, daß er nichts um sich her sah und hörte. Dort oben befand sich außer ihm kein Mensch, das wußte er, und er konnte in dem ohrenbetäubenden Lärm nicht die leise schleichenden Schritte hören, die dicht hinter ihm die eiserne Treppe heraufkamen. Arthur Mertens hatte seinen Neffen sofort beim Betreten der Maschinenhalle erblickt. In seinen Augen glühten Raubtiergelüste. Der schlanke, blonde Bursche dort oben stand zwischen ihm und der Befriedigung seiner Wünsche, zwischen ihm und dem, was er für sein Glück hielt. Niemand war in der Nähe. Wenn er jetzt hinter ihm stände und ihm unversehens einen Stoß versetzte, dann – dann stürzte er kopfüber in das riesige Rädergetriebe – und wurde zermalmt. – Ein Unfall, durch eigne Unvorsichtigkeit herbeigeführt! Der gierige Wunsch, Alleinherrscher über die Rodenberg-Werke zu werden, tötete jede Spur von Menschlichkeit in Mertens' Herzen. Hier war wieder eine so günstige Gelegenheit wie damals am Rammklotz – die durfte nicht ungenutzt bleiben. Kein Zeuge war vorhanden, niemand zu erwarten, keiner würde sehen, wenn er den Stoß ausführte, der ihm den Weg frei machte. Diesmal würde er Glück haben. Der blonde Bursche da oben war in den Anblick der Maschine vertieft und sah und hörte nichts, außer dem, was ihn ganz gefangennahm. Noch eine halbe Minute mußte er so stehenbleiben, so vorgebeugt, daß ein leiser Schwindel ihn von selbst hineinstürzen konnte, nur eine halbe Minute, ohne sich umzublicken. Niemand würde ahnen, daß er den Stoß geführt, dies blühende Leben vernichtet hatte. Leise und vorsichtig würde er sich nach der Tat davonschleichen und in Sicherheit bringen, ehe noch jemand ahnte, daß der Erbe der Rodenberg-Werke zermalmt zwischen den Riesenrädern hing. Keine Ahnung hatte er, daß Doktor Bernd ihm gefolgt war und nun da unten stand und zu Hans hinaufsah.

Aber nun gewahrte Ralf auch zwischen dem durchsichtigen Treppengeländer die schleichende Gestalt Arthur Mertens'; er sah, wie dieser mit gleitendem Raubtierschritt in gebückter Haltung da hinaufschlich, wo Hans stand, und das Herz wollte ihm fast stillstehen. Er wollte schreien, rufen, Hans warnen – aber er wußte, dieser Schrei würde ungehört verklingen in dem Lärm. Und dann wollte er mit einem Hebeldruck die Dynamos zum Stillstand bringen – aber er sagte sich, daß die große Maschine, über die Hans gebeugt stand, nicht sofort ihren Lauf einhalten würde, sie würde noch zucken und treiben, lange genug, um den jungen Körper vernichten zu können. Das alles zog blitzartig durch seinen Kopf, er sah kommen, was Mertens vorhatte, sah Eva

Marias Bruder in höchster Gefahr – und dann jagte er auch schon hinter Mertens her die Treppe hinauf, mit großen Sätzen die einzelnen Stufen nehmend, nur von dem brennenden Wunsche beseelt, Mertens zuvorzukommen, ihn daran zu hindern, was ihm auf dem verzerrten Gesicht geschrieben stand. Und die Angst gab ihm Kraft, er flog nur so empor und war nun schon dicht hinter Mertens, als dieser die oberste Stufe der Treppe erreicht hatte. Dicht hinter Hans stand Mertens jetzt und zauderte einen Moment, als überlege er noch einmal die Folgen seiner Tat. Aber der verbrecherische Instinkt behielt Macht über ihn, seine Augen starrten auf die schlanke Jünglingsgestalt mit wütender Vernichtungsgier. Er hob den Arm, um seinem Opfer den vernichtenden Stoß zu versetzen, der es hinabschleudern sollte in den grausigen Tod. Aber da war auch Ralf schon hinter ihm. Mit einem Aufschrei riß er ihn zurück.

Mertens wankte, wurde totenblaß und hätte, zurücktaumelnd, Hans fast doch noch hinabgestoßen, aber Ralf hatte Hans schon am Arm gefaßt und riß auch ihn zurück. Er riß ihn zu sich heran, in seine Arme, und starrte ihm ins Gesicht, als müsse er sich überzeugen, daß er lebe, heil und unversehrt sei.

Hans sah sich erschrocken um. Er sah in Ralf Bernds blasses, gespanntes Gesicht, in dem die Muskeln vor unterdrückter Erregung zuckten – und dann erblickte er über Ralfs Schulter das ebenso blasse, fleischige Gesicht seines Onkels, der, atemlos vor Schrecken, an einem Pfeiler lehnte und wie von Sinnen auf die beiden jungen Männer starrte.

Ralf Bernds Gedanken arbeiteten fieberhaft. Hatte er jetzt Arthur Mertens entlarvt, konnte er ihn jetzt des versuchten Mordes an seinem Neffen anklagen? Nein! Er hatte ja nicht warten können, bis der vernichtende Stoß erfolgt war. Und die zum Stoß ausgestreckte Hand – sie konnte auch dazu ausgestreckt worden sein, um Hans zu halten. Das würde Mertens unbedingt so hinstellen – und niemand konnte ihm beweisen, daß er Hans töten wollte. Sagte er ihm jetzt auf den Kopf zu, daß er Hans hatte hinabstoßen wollen in den sicheren Tod, dann würde ihn Mertens einen elenden Verleumder schelten, würde ihn entlassen und von den Rodenberg-Werken entfernen. Dann war Hans allein und schutzlos.

Nein, es half nichts, die günstige Gelegenheit, diesen Schurken zu entlarven, mußte abermals ungenützt vorübergelassen werden. Man mußte die ekelhafte Komödie noch weiterspielen, so gut es eben mit dem bis zum Rande mit Grimm angefüllten Herzen ging. Und er zwang ein Lächeln in sein erschrecktes Gesicht und rief, so laut er konnte, um das Getöse zu übertönen:

»Verzeihen Sie, daß ich Sie zurückriß, Herr Direktor, ein Arbeiter machte mich unten auf Ihre und Herrn Hans' gefährliche Lage aufmerksam.«

Mertens erschrak noch mehr. Ein Arbeiter hatte ihn gesehen? Das hatte er nicht geahnt. Es war ja auch nur von Ralf erfunden worden, um sein Eingreifen zu erklären.

Ralf schob Hans mit festem Druck zur Treppe hin, so daß er hinabgehen mußte. Hans fühlte den krampfhaften Druck und begriff langsam, daß er wieder einmal knapp dem Tode entronnen war. Ein Blick in seines Onkels blasses, verzerrtes Gesicht verriet ihm, was er wissen wollte.

Er gehorchte etwas benommen Ralfs dirigierendem Druck und stieg hinab. Ralf aber wandte sich, obwohl es ihm schwerfiel, mit einem besorgten Blick zu Mertens, faßte ihn scheinbar sorglich am Arm und führte auch ihn die Treppe hinab. Hinter Hans her gingen sie beide ins Freie, ohne jetzt noch ein Wort zu sprechen, da es ohnedies lautlos verklungen wäre.

Draußen im Freien aber, als die Tür der Maschinenhalle hinter ihnen zugefallen war, und sie nun wieder hören konnten, was gesprochen wurde, sagte Ralf, der sich inzwischen überlegt hatte, was zu tun sei:

»Gottlob, daß ich Sie wieder sicher vor mir sehe, Herr Direktor. Einer der Arbeiter winkte mir zu, als ich die Maschinenhalle betrat, und zeigte stumm zu Herrn Hans hinauf, um mir wohl anzudeuten, was für einen gefährlichen Platz er einnähme. Schon wollte ich ihm mit einem Scherz abwinken, denn ich weiß, daß Herr Hans schwindelfrei ist, trotzdem es mir bekannt ist, daß diese Stelle besonders gefährlich ist. Aber – da erblickte ich auch Sie, Herr Direktor, wie sie die Treppe hinaufgingen, wahrscheinlich, um Ihren Neffen von der gefährlichen Stelle zurückzuholen. Aber mir war, als sähe ich Sie taumeln, und eine große Besorgnis erfüllte mich. Wenn Sie da oben einen Schwindelanfall bekamen, konnten Sie in das Getriebe der Maschine stürzen und hätten vielleicht auch Herrn Hans mit hineingerissen. Deshalb rannte ich hinter Ihnen her. Verzeihen Sie, daß ich mich hinreißen ließ von meiner Angst, Sie zurückzureißen und auch Herrn Hans. Dort oben muß unbedingt ein Schutzgitter angebracht werden, das ist mir klargeworden. Fühlen Sie sich jetzt besser, Herr Direktor?«

So sagte Ralf, scheinbar sich um Hans gar nicht mehr sorgend, als sei dieser ihm nebensächlich. Hans fing aber einen Blick von Ralf auf, der ihn warnte, sich einzumischen.

Mit Aufbietung aller Kraft hatte sich Mertens gefaßt. Er sah Ralf mit einem forschenden Blick an, las aber in dessen Gesicht nur Besorgnis. Am liebsten hätte er ihn im ersten Augenblick, als er sein Werk vereitelt hatte, zu Boden geschlagen, aber als Ralf dann von einem Arbeiter sprach, der ihn und Hans gesehen hatte, glaubte er, daß Ralf ihn vor einer nicht gutzumachenden Torheit bewahrt habe. Hätte er in einem Arbeiter einen Zeugen seiner Tat gehabt, wäre es sehr bedrohlich für ihn gewesen. Er fragte sich nun, ob Ralf etwas von seinem Vorhaben gemerkt habe und nur dazwischengefahren sei, weil er für Mertens in dem Arbeiter den Zeugen fürchtete.

Er zwang sich auch zu einem harmlos erschrockenen Gesicht.

»Ich sah meinen Neffen, wie er sich unvorsichtig über die Maschine beugte und wollte ihn warnen und zurückhalten. Aber – ich war dabei wohl ein wenig erregt – in meiner Angst um ihn – und dabei bin ich wohl ein wenig taumelig gewesen – ich habe selbst nichts davon gemerkt. Also, ein Arbeiter machte Sie aufmerksam?«

Bei dieser Frage bohrte sich sein Blick in Ralfs Augen. Dieser sah ihn an mit einem seltsamen Ausdruck und nickte.

»Ja, der Arbeiter beobachtete Sie beide und ging erst davon, als er sah, daß ich zu Ihnen hinaufstieg.«

Da atmete Mertens tief auf. Er glaubte nun, Ralf habe ihn davor gerettet, als Mörder beschuldigt zu werden. Der Arbeiter, von dessen Anwesenheit er keine Ahnung gehabt hatte, würde sicher gesehen haben, daß er Hans hinabstieß. So hatte Ralf Bernd wohl seinen Plan zerstört, aber zugleich hatte er ihn auch vor einer schlimmen Gefahr behütet.

Mertens fragte sich im stillen, ob Ralf wohl auch dann hinaufgekommen wäre und ihn zurückgerissen hätte, wenn der Arbeiter nicht als Zeuge hätte auftreten können. Daß Ralf Hans auch gern beseitigt gesehen hätte, weil er dann glaubte, an die zweite Stelle auf den Werken emporzusteigen, glaubte Mertens fest. Nein, nein, ganz allein mußte er sein Werk vollbringen. Und wenn es auch sehr schade war, daß diese glänzende Gelegenheit nicht hatte ausgenutzt werden können, so war es doch besser, daß sie ungenützt vorübergegangen war, als daß er einen Mitwisser gehabt hätte – oder gar zwei –, den Arbeiter und Ralf Bernd. Daß der Arbeiter überhaupt nicht vorhanden gewesen war, ahnte er nicht. Sonst wäre ihm wohl plötzlich ein Licht aufgegangen, daß Ralf durchaus nicht auf seiner Seite stand. Er hatte sich nun wieder in der Gewalt und sagte:

»Jedenfalls danke ich Ihnen für Ihre Besorgnis, Herr Doktor, wenn sie auch nicht nötig war.«

»Keine Ursache, zu danken, Herr Direktor, ich bin froh, daß es nichts Schlimmes ist. Es sah jedenfalls verteufelt gefährlich aus, und ich habe einen reichlich großen Schrecken bekommen.«

»Und du bist mit deiner Unvorsichtigkeit an alledem schuld, Hans. Wie konntest du dich an einer so gefährlichen Stelle so leichtsinnig über die laufende Maschine beugen. Man hat doch nichts als Ärger und Not mit dir«, fuhr Mertens jetzt auf Hans los.

Hans hatte mit großen Augen von Ralf zu Mertens gesehen. Als dieser jetzt so auf ihn losfuhr, packte ihn eine so grimmige Wut, daß er ihn am liebsten gewürgt hätte. Um sich nicht hinreißen zu lassen, drehte er sich plötzlich um und ging ohne ein Wort davon.

Mit giftigem Blick sah Mertens hinter ihm her, zwang sich aber gleich wieder zu einer harmlosen Miene und sagte nur ungehalten:

»Da sehen Sie, mein lieber Herr Doktor, was das für ein Lümmel ist. Nicht einmal ein Wort des Dankes hat er dafür, daß wir beide ihn von der gefährlichen Stelle zurückgeholt haben.«

Ralf zuckte die Achseln.

»Seinetwegen hätte ich wahrlich keinen Finger gerührt – ich sorgte mich nur um Sie, Herr Direktor. Er kann manchmal sehr flegelhaft sein, und wenn er erst mal an das Ruder kommt, wird es auf den Rodenberg-Werken kein schönes Leben mehr geben.«

Sie sahen einander an – Mertens glaubte, daß Ralf ihm auf jeden Fall ein ergebener Bundesgenosse sein würde. Er ahnte nicht, daß dieser jedes an ihn gerichtete Wort berechnete. Aber trotzdem, das letzte wollte er ohne Ralf tun, dabei konnte er keinen Bundesgenossen, keinen Mitwisser gebrauchen. Aber er reichte Ralf die Hand. Mit seinem heuchlerischen Ton und einem milden Lächeln sagte er:

»Er wird ja vielleicht mit den Jahren anders werden, Herr Doktor.«

»Das wollen wir hoffen und wünschen, Herr Direktor. Jedenfalls bin ich froh, daß ich Sie heil und unverletzt vor mir sehe. Was sollte ohne Sie aus den Werken werden.«

Verständnisinnig sah Mertens ihn an. Aber nun, da die Erregung abebbte, spürte er, daß seine Nerven einen harten Schlag bekommen hatten, als er, sich schon dicht an der Erfüllung seiner Wünsche glaubend, plötzlich von Ralf zurückgerissen worden war. Ein leichter Schwächeanfall ließ ihn taumeln, er klammerte sich an Ralfs Arm.

»Mir ist wahrhaftig ganz übel zumute, die Angst um den Bengel hat mich zu sehr aufgeregt. Ich muß einen Kognak in der Kantine trinken, kommen Sie mit?«

»Gern, wenn Sie gestatten. Ich gestehe, daß auch ich eine kleine Herzstärkung nötig habe. Mir ist der Schreck in alle Glieder gefahren, zumal ich das ängstliche Gesicht des Arbeiters sah. Es muß jetzt unbedingt sofort ein Schutzgitter da oben angebracht werden, denn auch die Arbeiter können an dieser Stelle in Gefahr kommen. Gleich morgen lasse ich es anbringen, damit nicht mal ein Unglück geschieht.«

Die beiden Herren gingen hinüber in die Kantine und ließen sich jeder einen großen Kognak einschenken. Sie wechselten dabei nur belanglose Worte und trennten sich dann mit einem Händedruck. Mertens suchte sein Kontor wieder auf und ließ sich schwer in einen Sessel fallen, um sich erst einmal von der gehabten Aufregung zu erholen. Daß auch diesmal sein Plan mißglückt war, Hans aus dem Wege zu räumen, erfüllte ihn mit einer stummen Wut. Er war weit davon entfernt, seinen Plan, Hans zu vernichten, aufzugeben. Im Gegenteil, die Gier, es zu tun, brannte nur noch heftiger, und er fühlte, daß er es nicht lange mehr ertragen würde, ihn neben sich zu dulden. Sobald sich wieder eine Gelegenheit ergab, würde er es zum dritten Male versuchen – und dann mußte es glücken. Er hatte schon einen andern Plan gehabt, ehe diese günstige Gelegenheit heute ihn verlockte – und dieser Plan mußte nun ausgeführt werden. Jetzt mußte er aber erst noch eine Weile den guten, besorgten Onkel spielen, damit niemand ahnte, wie sehr er seinen Neffen haßte. Auch Doktor Bernd gegenüber mußte er noch vorsichtiger sein als bisher, er durfte ihn nicht zu tief in seine Karten sehen lassen. Also – jetzt den guten, zärtlich besorgten Onkel spielen –, und damit wollte er gleich anfangen. Er erhob sich wieder und ging hinüber in Ralf Bernds Büro, wo er Hans vermutete.

Hans befand sich bereits wieder im Büro. Er lehnte an der Zeichentafel und zeichnete gedankenlos Striche auf den Rand eines aufgespannten Papierbogens. Als Ralf eintrat, wandte er sich nach ihm um und faßte mit krampfhaftem Druck seine Hand.

»Ich weiß es, Herr Doktor, heute danke ich Ihnen mein Leben, wenn ich mir auch sonst nicht alles erklären kann«, stieß er heiser hervor, und sein Gesicht zuckte vor unterdrückter Erregung.

Eine tiefe Rührung bemächtigte sich Ralfs, er zog ihn wortlos in seine Arme und hielt ihn eine Weile fest, als müsse er ihn jetzt noch vor einer drohenden Gefahr beschützen. Endlich gab er ihn frei und sagte mit verhaltener Stimme:

»Gottlob, Sie stehen heil und unversehrt vor mir! Aber, Sie versprachen mir doch, vorsichtig zu sein. Ist es vorsichtig, wenn Sie sich an so einer gefährlichen, ungeschützten Stelle über das Getriebe einer Riesenmaschine stellen?«

Hans atmete tief auf, es klang wie ein Stöhnen.

»Ich glaubte allein zu sein, keine Ahnung hatte ich, daß Mertens hinter mir die Treppe heraufgekommen war.«

»Zum Glück sah ich ihn hinter Ihnen her nach der Maschinenhalle gehen. Da erfaßte mich große Unruhe. Es gibt Eingebungen, denen man immer folgen soll – Gott sei Dank, daß ich es tat.«

»Und – was geschah dann?«

»Als ich die Maschinenhalle betrat, sah ich Sie oben stehen und sah Ihren Onkel – weiß Gott, wie ein Raubtier schlich er hinter Ihnen die Treppe hinauf. Es ist nicht wahr, daß ein Arbeiter mich aufmerksam machte, kein Mensch war zugegen außer mir. Das erfand ich nur, um Mertens mein Eingreifen verständlich zu machen, und damit er keinen Verdacht fassen sollte, daß ich Sie bewache und Sie retten wollte. Ich weiß nicht, wie ich hinter Mertens her die Treppe hinaufgekommen bin. Die Angst um Sie muß mir Flügel gegeben haben, denn er war nur einige Stufen von Ihnen entfernt. Ich kam gerade noch zurecht, um zu sehen, wie er den Arm hob, um – ich will es nicht aussprechen, ich will glauben, daß er Sie halten wollte. Denn, müßte ich annehmen, daß er Sie hinabstoßen wollte, dann – hätte ich ihn würgen müssen wie einen tollen Hund!«

Das stieß Ralf wie einen Schrei hervor, seine Erregung machte sich endlich Luft in diesem Aufschrei. Hans sah ihn mit brennenden Augen an, und seine Hand stahl sich in die seines Beschützers.

»Lieber – lieber Herr Doktor – bitte, beruhigen Sie sich – so habe ich Sie noch nie gesehen.«

Ralf faßte sich.

»Es ist kein Wunder, daß meine Nerven nachlassen, ich habe einige furchtbare Augenblicke durchgemacht, als ich fürchtete, zu spät zu kommen. Und dann mußte ich mich in der Gewalt behalten und die verdammte Komödie weiterspielen – damit er keinen Verdacht schöpfte, daß nur die Angst um Sie mich da hinaufgetrieben hatte. Er hätte ja doch geleugnet, wenn ich ihm auf den Kopf zugesagt hätte, daß – nun ja, er hätte bestimmt behauptet, daß er Sie nur hatte halten wollen.«

Hans lachte hart auf.

»Mich halten? Das glauben Sie doch nicht, Herr Doktor.«

»Ich habe ja leider keinen Gegenbeweis, Herr Hans, ich konnte ja nicht abwarten, bis ich feststellen konnte, ob er Sie halten – oder – hinabstoßen wollte.«

Hans warf sich plötzlich an Ralfs Brust, umklammerte ihn mit den Armen und sah ihn mit brennenden Augen an.

Ralf strich lächelnd über seinen blonden, zerwühlten Schopf.

»Nur Ruhe, Herr Hans – gottlob, es ist alles gutgegangen.«

»Dank Ihrer steten Hilfsbereitschaft, Herr Doktor. Aber bitte, nennen Sie mich nicht mehr Herr Hans, lassen Sie den Herrn weg, wenigstens wenn wir allein sind. Sagen Sie ›du‹ zu mir, ich will mich nicht mehr anders von Ihnen nennen hören. Ihnen danke ich mein Leben, das ist gewiß und – wir sind doch echte Freunde.«

»Fürs ganze Leben, mein lieber Junge, aber dann darfst du mich auch nicht mehr mit dem Herrn Doktor ärgern, ich heiße Ralf.«

Begeistert schüttelte Hans ihm die Hand.

»Das betrachte ich als eine große Ehre, lieber Ralf. Gern hätte ich dich schon lange gebeten, mich zu duzen, aber ich wagte es nicht.«

»Auch mich verlangte danach, aber ich glaubte, dem künftigen Chef der Rodenberg-Werke das Du nicht antragen zu dürfen. Heute aber – heute, mein lieber Junge, habe ich mir das Recht erworben –, ich habe gefühlt, wie teuer du mir bist – als ich dich da oben in Gefahr sah. Doch wir müssen sehr vorsichtig sein, Mertens darf nicht hören, daß wir uns so vertraulich anreden. Es hat mich vorhin viel Überwindung gekostet, die elende Komödie weiterzuspielen, um ihn zu überzeugen, daß ich nicht um dich besorgt war, sondern um ihn. Will ich ihn entlarven, so muß er überzeugt sein, daß ich sein Bundesgenosse bin und mit ihm durch dick und dünn gehe. Er wird nicht haltmachen, bis er sein Ziel, Alleinherrscher auf den Rodenberg-Werken zu sein, erreicht hat. Um dies verhindern zu können, muß ich scheinbar auf seiner Seite stehen und ihn davon überzeugen, daß auch ich vor einer Teufelei nicht zurückschrecke. Gerade diese beiden Fehlschläge werden eine große Ungeduld in ihm auslösen und ihn antreiben, einen neuen Plan zu deiner Vernichtung auszuhecken – ich habe im Gefühl, als sei das von heute nur das Ausnutzen einer günstigen Gelegenheit gewesen und als ob er noch einen besonderen Plan hat. Ich bitte dich nochmals, Hans, außerordentlich vorsichtig zu sein, und ich muß alles daransetzen, ihn überführen zu können.«

»Oh, er ist ein schlauer Fuchs.«

»Auch der Schlaueste macht zuweilen eine Dummheit, und ich spüre ihm nach auf Schritt und Tritt. Daß er heute einen so gewagten Schritt unternahm – er konnte ja wirklich auch von einem Arbeiter gesehen werden, in der großen Maschinenhalle kann sich überall jemand aufhalten, ohne gleich bemerkt zu werden –, beweist mir, daß er seine Machtgelüste kaum noch zu zügeln vermag. Bisher hatte er bei aller Schlauheit noch Glück, es war ihm noch nichts nachzuweisen, aber vielleicht verrät er sich doch einmal, so daß ich zupacken kann.«

Wieder faßte Hans die Hand seines Beschützers.

»Daß ich dich auf meiner Seite habe, Ralf, muß ich dem Schicksal danken. Mertens hätte ja auch auf jemand treffen können, der gemeinsame Sache mit ihm machte – dann wäre ich verloren gewesen. Wenn Eva Maria das alles wüßte!«

»Sie darf nichts wissen, bis alle Gefahr für dich vorüber ist. Darf Sie wissen, daß wir uns duzen?«

»Oh, sicher, es wird sie sehr freuen, und einem Menschen muß ich doch anvertrauen, wie stolz ich auf deine Freundschaft bin.«

Ein erlöstes Lachen kam über Ralfs Lippen. Aber plötzlich zuckte er zusammen; er sah Mertens wieder drüben aus dem Portal treten.

»Mertens kommt, es ist möglich, er sucht uns auf.«

»Dann mache ich mich vorher aus dem Staube, denn ich könnte ihm jetzt nicht mit der nötigen Ruhe begegnen.«

»Du mußt, Hans, schnell, nimm dir eine Arbeit vor, und zeige dich ganz unbefangen, wir müssen ihn sicher machen. Erst wenn er wieder fort ist, darfst du den Heimweg antreten.«

Hans tat, wie ihm Ralf geheißen, und so waren sie beide scheinbar in ihre Arbeit vertieft, als sie einen schleichenden Schritt vernahmen. Gleich darauf wurde die Tür geöffnet.

Scheinbar erstaunt sahen die beiden von der Arbeit auf in Mertens' Gesicht, das eitel Sanftmut und Liebe ausstrahlte, als es sich auf Hans richtete.

Den treibt das böse Gewissen hierher, dachte Ralf und begrüßte ihn artig wie immer, obwohl er ihn am liebsten die Treppe hinuntergeworfen hätte.

Mit einem öligen Lächeln trat Mertens zu Hans heran und legte ihm wie in verhaltener Güte die Hand auf den Kopf.

»Weiß Gott, du Schlingel, heute habe ich erst gemerkt, wie sehr du mir doch ans Herz gewachsen bist, mir wurde wahrhaftig ganz übel vor Angst, als ich dich so unvorsichtig in der gefährlichen Stellung über die Maschine gebeugt stehen sah.«

Hans sah mit einem unbeschreiblichen Blick zu ihm auf und richtete sich schnell empor, daß Mertens' Hand von seinem Kopfe glitt.

»Ich bin schwindelfrei, hinabgestürzt wäre ich wahrlich nicht – du hättest dich nicht zu sorgen brauchen«, vermochte er scheinbar harmlos zu sagen.

Mertens wandte sich lächelnd an Ralf.

»Das junge Volk glaubt nie an Gefahr. Ich bin gekommen, lieber Herr Doktor, um Sie zu bitten, ja nicht zu vergessen, daß da oben an der Treppe ein Schutzgitter angebracht wird. Gerade an der Treppe kann ein Mensch ins Straucheln kommen, und dann ist das Unglück geschehen.«

»Es wird gleich morgen angebracht, Herr Direktor, das stand schon für mich fest, als ich Sie da oben auf der Treppe taumeln sah. Den Schrecken verwinde ich nicht so bald. Es ist mir unbegreiflich, daß es bisher übersehen wurde, diese Stelle zu schützen. Und gerade diese suchte sich Herr Hans aus, um Sie in Angst und Sorge zu versetzen. Ich habe ihm schon schwere Vorwürfe deswegen gemacht. Trotz seiner anscheinend beneidenswert guten Konstitution konnte er bei dem Surren und Sausen der Maschinen einen kleinen Schwindelanfall bekommen, und das wäre schon genug gewesen, um das Unglück herbeizuführen. Er hätte auch Sie dabei mit hinabreißen können – das alles wäre nicht auszudenken.«

Mertens sah Ralf forschend an, aber dieser sah ihm nur bekümmert und unbefangen in die Augen. Mit seinem falschen Lächeln nickte Mertens ihm zu.

»Jedenfalls sind Hans und ich Ihnen großen Dank schuldig, daß Sie sich so um uns gesorgt haben. Bist vorhin davongelaufen, ohne dich bei Herrn Doktor Bernd zu bedanken.«

»Ich habe es nachgeholt«, erwiderte Hans kurz.

Noch einmal lächelte ihm der Onkel gespielt liebevoll zu.

»Sei nur nie wieder so leichtsinnig und unvorsichtig, immer geht das nicht so gut aus.«

»Der liebe Gott scheint doch noch allerhand mit mir vorzuhaben, sonst wäre ich damals schon am Rammklotz erledigt gewesen. Ich habe, wie mir scheint, einen besonderen Schutzengel«, erwiderte Hans scheinbar unbekümmert.

In das fleischige Gesicht Arthur Mertens' stieg eine jähe Röte. Aus seinen Augen schoß ein Blitz auf Hans.

»Sei nicht frivol, danke lieber Gott, daß er dich so gnädig behütet hat.«

»Das tue ich, herzlicher und inniger, als du ahnst«, sagte Hans ernst.

Mertens seufzte.

»Es wird mir wahrhaftig schwer, dich heute streng anzufassen, zu deutlich habe ich heute empfunden, daß du mir lieb bist wie mein eigen Fleisch und Blut. Aber es hilft nichts, zu viel hast du noch zu lernen, zu viele Fehler abzulegen, und ich habe als dein Vormund die Pflicht, dir nichts durchgehen zu lassen. Mache mir meine Pflicht nicht gar zu schwer, mein lieber Hans, glaube mir, ich fühle wie ein treuer Vater für dich.«

Damit strich er nochmals über Hans Dornaus Kopf, was dieser zu seinem Leidwesen nicht hindern konnte. Dann nickte er Ralf lächelnd zu und ging wieder hinaus.

Hans und Ralf sahen sich, sobald sie allein waren, stumm

in die Augen. Sie verstanden sich ohne Worte, beide sagten sich, daß diese auffallende Liebenswürdigkeit Arthur Mertens' einen besonderen Grund haben müsse.

Erst als Ralf Mertens wieder drüben im Portal verschwinden sah, sagte er leise:

»Wenn er so freundlich ist, erscheint er mir doppelt gefährlich.«

»Mir auch, und jetzt gehe ich heim, ich habe das dringende Bedürfnis, mir den Kopf zu waschen, weil seine Hand auf ihm geruht hat. Du kommst doch pünktlich, Ralf, läßt uns nicht warten?«

»Ganz bestimmt nicht, Hans, empfiehl mich inzwischen deinem Fräulein Schwester.«

Hans sprang auf, stülpte seinen Hut auf und zog seinen Mantel über.

Mit einem festen Händedruck schied er von Ralf.

## *14*

Eva Maria war in das Speisezimmer getreten, um noch einmal selbst nachzusehen, ob die Tafel, die für drei Personen gedeckt war, auch einladend genug aussah. Sie hatte Hermann Befehl gegeben, daß ein besonders gewähltes Menü serviert werden solle, weil sie einen Gast erwarte. Da jetzt selten Gäste im Hause waren, hatte Hermann schon aus eigenem Antrieb alles so hübsch wie möglich arrangiert. Die kleine runde Tafel sah entzückend aus. Eine behagliche Wärme durchströmte den hohen Raum. Es war alles in schönster Ordnung. Ralf Bernd sollte merken, daß man ihn als Gast besonders ehren wollte. Eva Maria freute sich darauf, ihm einen behaglichen Abend bereiten zu können. Unten im Ingenieurhaus war er ja auch gut untergebracht, aber es war doch nur ein Junggesellenheim, und sie wußte von ihm selbst, daß er viel Sinn für häusliches Behagen hatte. Er hatte ihr einmal erzählt, daß seine Mutter ein großes Talent besessen hätte, das elterliche Heim mit Behagen zu erfüllen, und daß er sich seither immer danach gesehnt habe, wieder einmal in solch echtem, häuslichem Behagen untertauchen zu dürfen. Das hatte er ihr an jenem Sonntag gesagt, als der Großvater ihn eingeladen hatte, und es war ihr nicht entgangen, daß er diese Geborgenheit in Villa Rodenberg gefunden hatte. Er sollte es heute wieder finden, deshalb sah sie selbst noch einmal nach allem.

Eva Maria war, im Gegensatz zu ihrer Kusine Jolante, ein ziemlich verschlossener Charakter. Sie hätte nicht einmal sich selbst eingestanden, daß Ralf Bernd ihrem Herzen teuer sei. Aber ein träumerisches Sehnen lag jetzt in ihren Augen, als sie zu der Uhr blickte, um zu sehen, wie lange es noch dauerte, bis sie ihn erwarten durfte.

Sie ging in das Nebenzimmer und trat vor einen hohen Spiegel. Prüfend betrachtete sie sich. Sie trug auch heute ein schwarzes Kleid, es war aus einem hauchfeinen, schleierartigen Gewebe über schwarzer weicher Seide gearbeitet und mit zarten Chantilly-Spitzen besetzt. Ihr blondes Haar wirkte noch goldiger im Kontrast zu dem tiefen Schwarz, und der blütenfrische Teint wirkte noch zarter und reiner als sonst. Sie konnte zufrieden sein mit ihrem Spiegelbild, und weil sie das fühlte, stieg eine zarte Röte in ihre Wangen.

Und dann hörte sie Hans kommen und ging ihm in das Vestibül entgegen. Er riß den Hut vom Kopfe und warf den Mantel dem Diener Fritz zu, dann trat er zu Eva Maria ins Wohnzimmer. Hier umarmte und küßte er sie stürmisch, und sie merkte, daß er sehr erregt war. Immer auf etwas Schlimmes gefaßt, sah sie ihn besorgt an.

»Was ist dir, Hans? Du bist so erregt, es ist dir doch nichts Böses widerfahren?«

Er drückte sie wieder fest an sich, und der Gedanke, daß man ihr vielleicht seinen blutigen Leichnam vor die Füße gelegt hätte, wenn Ralf nicht gewesen wäre, überwältigte ihn einen Augenblick.

»Nein, Eva Maria, dank dem lieben Gott und Doktor Bernd stehe ich gesund vor dir!« entfuhr es ihm unbesonnen.

»Hans!«

»Ja, Eva Maria, nun ist es mir herausgerutscht, du mußt Doktor Bernd sehr dankbar sein, denn ohne ihn hättest du deinen Bruder vielleicht nicht mehr lebend und gesund wiedergesehen.«

Sie wurde sehr blaß und wankte.

»Mein Gott, Hans, lieber Hans!«

Und sie umfaßte ihn, zitternd vor Erregung.

»Oh, ich Schafskopf!« rief er ärgerlich auf sich selbst, beruhigend über ihr Haar streichelnd. »Aber, wenigstens mußte ich dir sagen, daß ich Ralf Bernd mein Leben danke, nicht wahr, so was darf ich dir doch nicht verschweigen?«

»Was ist denn geschehen, Hans«, stammelte sie schreckensbleich.

Er seufzte.

»Du, Doktor Bernd wird schön schelten, daß ich dir den Schreck eingejagt habe. Bei allem ist ja immer sein erster Gedanke, daß du nicht beunruhigt wirst. Und nun habe ich das, scheint mir, gründlich getan in meiner Tölpelei. Aber du mußt ruhig sein, Eva Maria, Ralf Bernd ist der reine Schutzengel für mich. Und – so hat er mich auch heute vor einem bösen Sturz bewahrt, der mich sicher das Leben gekostet hätte; es war in der Maschinenhalle.«

Eva Maria sank in einen Sessel, sah bleich bis in die Lippen zu ihm auf und fragte zitternd:

»Wie geschah das? Erzähle mir.«

Er lachte, ärgerlich über sich selbst, streichelte ihr blasses Gesicht und zeigte sich unbekümmert.

»Ich bin wirklich ein rechter Tolpatsch, Eva Maria. Wie gesagt, ich wäre fast gestürzt, aber Ralf hat mich festgehalten. Weiter sage ich dir nichts, denn du hast eine blühende Phantasie und malst dir dann allerlei Schrecknisse aus. Nur so viel, Ralf Bernd danke ich mein Leben, das sollst du wissen. Und du mußt dich nicht wundern, wenn wir uns ›du‹ nennen, wir haben heute einen Freundschaftsbund fürs Leben geschlossen. Ich bin sehr stolz darauf, einen solchen Freund zu haben. Du ahnst ja gar nicht, was für ein wertvoller Mensch Ralf ist und wie treu er zu mir steht. Sei recht gut zu ihm, ja, er verdient es.«

In ihr blasses Gesicht kam jetzt die Farbe zurück.

»Wie hast du mich erschreckt, Hans!«

»Das wird mir Ralf nie verzeihen, und er hat recht, wenn er mich auszankt. Aber nun mußt du alles vergessen, du siehst ja, ich stehe heil und gesund vor dir.«

Sie sprang auf und schloß ihn in ihre Arme.

»Du mußt vorsichtiger sein, Hans, du warst sicher wieder sehr ungestüm und unbesonnen. Wie oft hat dir Großvater gesagt, daß auf einem Werk wie Rodenberg fast jeder Schritt vorsichtig zu bedenken und zu wägen ist.«

Er fing ihre Hände ein und küßte eine nach der anderen.

»Zanke nur nicht, ich habe schon von Ralf Vorwürfe genug bekommen. Und wie ihm, so verspreche ich auch dir, daß ich von jetzt an doppelt auf der Hut sein werde. Aber nun laß dich ansehen. Entzückend siehst du aus! Ich bin sehr stolz auf meine schöne Schwester. Und hast du ein gutes Menü zusammengestellt? Ich habe einen Bärenhunger – und Ralf wahrscheinlich auch. Und eine gute halbe Stunde dauert es noch bis zum Essen.«

So suchte er Eva Maria abzulenken. Sie sah ihn immer noch besorgt und ängstlich an, atmete aber auf, als sie ihn in seiner ganzen lebendigen Frische vor sich sah.

»Hast du dich auch ganz gewiß nicht verletzt?« fragte sie.

Übermütig schlug er einen Purzelbaum auf dem Teppich.

»Du siehst, ich bin ganz springlebendig, Eva Maria. Willst du weitere Beweise, dann klettere ich auf diesen Schrank.«

Sie wehrte lachend ab, und er lachte mit. So lachten sie

sich alle Beklommenheit von der Seele. Hätte Eva Maria freilich geahnt, was geschehen war, so hätte sie keine ruhige Stunde mehr gehabt. Aufatmend wollte sie seinen blonden Schopf zausen, aber er dachte daran, daß diesen Mertens' fleischige, widerliche Hände berührt hatten und wich ihr aus.

»Nicht zausen, Eva Maria, ich muß mir erst den Kopf waschen, das Haar ist bei der Arbeit so schmutzig geworden.«

»Nun, so mache dich schnell fertig, und bändige deinen Haarschopf, damit du bei Tisch manierlich aussiehst. Doktor Bernd ist immer korrekt gekleidet.«

»Er hat's leicht, gut auszusehen, Eva Maria, er ist ein so bedeutender und eleganter Mensch. Gelt, er gefällt dir auch, ganz abgesehen davon, daß er unser treuer Freund ist?«

»Gewiß gefällt er mir!« sagte sie errötend, »aber du könntest auch ein sehr hübscher, ansehnlicher Mensch sein, wenn du nur mehr auf dein Äußeres halten wolltest.«

Er lachte.

»Das kommt schon noch, Eva Maria, wenn erst mal die Frauen in meinem Leben eine Rolle spielen. Glaubst du, daß ich mal Glück haben werde bei den Frauen?«

Sie mußte lachen über sein drollig wichtiges Gesicht.

»Ach Hans, wenn du nur mal Glück bei einer Frau hast, das ist wichtiger, als bei vielen Frauen. Aber nun eile dich, sonst muß ich Doktor Bernd allein empfangen.«

Es blitzte in seinen Augen auf.

»Das wäre doch auch kein Unglück.«

»Ich möchte es aber nicht gern, Hans, nun geh schnell, damit du fertig wirst.«

Und sie schob ihn zur Tür hinaus.

Hans ließ sich aber recht viel Zeit, und als nach etwas mehr als einer halben Stunde Ralf eintraf, mußte ihn Eva Maria doch allein empfangen.

»Sie müssen entschuldigen, Herr Doktor, wir haben uns ein wenig versäumt, und Hans ist noch nicht fertig. Er teilte mir mit, daß Sie ihn heute aus ernster Lebensgefahr errettet haben und darüber bin ich sehr erschrocken. Wie soll ich Ihnen nur danken«, sagte sie mit bebender Stimme und reichte ihm die Hand.

Er sah sie bestürzt an.

»Wie konnte Hans Sie so erschrecken? Wir hatten doch verabredet, daß Sie in keiner Weise beunruhigt werden sollten, mein gnädiges Fräulein.«

Sie atmete tief auf und sah ihn mit ihren lieben Augen dankbar an.

»Er hat mir auch gar nicht berichtet, was eigentlich geschehen ist, sagte mir nur, daß Sie ihn vor einem Sturz bewahrt und ihm das Leben gerettet haben. Wollen Sie mir sagen, was eigentlich geschehen ist, er will nicht mit der Sprache heraus, gewiß war er sehr unvorsichtig.«

Ralf hatte erleichtert aufgeatmet. Seine Augen hingen selbstvergessen in den ihren.

»Es ist besser, wir reden nicht mehr davon, damit Sie sich nicht mit den Details herumquälen. Er war allerdings etwas unvorsichtig – und ich kam glücklicherweise gerade im rechten Moment dazu, um ihn vor einem Fall zu bewahren. Das ist alles. Bitte, vergessen Sie das.«

Sie hielt seine Hand fest. Ihre Augen blickten ihn in so unverhüllter Liebe und Dankbarkeit an, daß sein Herz rebellisch klopfte.

»Nein, nein, ich will es nicht vergessen, daß mein Bruder Ihnen nun auch noch sein Leben zu danken hat. So einfach, wie Sie mir das schildern wollen, ist es sicherlich nicht gewesen. Ich kenne Hans, er bauscht nichts auf, und wenn er so erregt, so aus den Fugen ist wie heute, steckte nichts Unbedeutendes dahinter. Lassen Sie sich nur meine Dankbarkeit gefallen – lieber Herr Doktor, und hoffentlich geben Sie mir einmal Gelegenheit, sie Ihnen beweisen zu können durch die Tat.«

Er sah sie mit einem Blick an, der sie erbeben ließ.

»Wenn Sie wüßten, wie glücklich es mich macht, Ihnen

dienen zu dürfen«, stieß er von seinem Gefühl überwältigt hervor.

Sie sah in seine Augen, und sie hätte keine Frau sein dürfen, um nicht zu fühlen, daß sie seinem Herzen teuer war. Und so scheu und zurückhaltend sie auch bisher gewesen war, jetzt verrieten ihm ihre Augen, was sie für ihn empfand. Tief ergriffen beugte er sich über ihre Hand und preßte seine Lippen darauf. Zum ersten Male stieg die beglückende Gewißheit in ihm auf, daß sie ihn liebte.

Sie vermochten beide nicht weiterzusprechen. Stumm standen sie einander gegenüber, und ihre Augen hingen ineinander, als wollten sie sich bis ins Herz hineinsehen. Ralf hätte in seinem aufsteigenden Glücksgefühl am liebsten laut aufgejauchzt, und auch in Eva Marias Seele klang es wie Glockenjubel, weil sie fühlte, daß sie geliebt wurde von diesem Manne, der ihr hoch über allem stand – und – daß sie ihn liebte.

So standen sie noch in tiefer Versunkenheit, beide unfähig, sich dem Zauber dieses Augenblicks zu entziehen, als die Tür geöffnet wurde und Hans erschien. Er hatte sich bemüht, sein Äußeres zu verschönern. Der blonde, noch etwas feuchte Schopf war mühsam zu einer Scheitelfrisur gebändigt, der Smoking saß elegant und korrekt auf der kraftvollen Jünglingsgestalt, und tadellos waren auch Oberhemd und Kragen. Nur die selbstgebundene Krawatte war ein wenig schiefgerutscht.

Das sah Eva Maria zuerst, und sie rückte sie mit etwas verlegenem Lächeln zurecht.

»Du hast warten lassen, Hans«, sagte sie unsicher.

Er küßte die Finger, die sich um ihn mühten.

»Nicht zanken, Eva Maria. Du mußt entschuldigen, Ralf, aber ich kam mit der Krawatte nicht zurecht. Du, wenn die Herren alle so wenig entzückt sind, wenn sie in den Frack oder Smoking steigen müssen wie ich, hängt das sicherlich nur mit der Krawatte zusammen.«

Ralf hatte sich aus seiner Versunkenheit aufgerafft und sah lächelnd in das frische Gesicht seines jungen Freundes.

»Du hast deinem Fräulein Schwester schon gesagt, daß wir uns ›du‹ nennen?«

»Selbstverständlich, das war mein erstes – nachdem ich mich in meiner Erregung verplaudert und ihr verraten hatte, daß du mich aus Lebensgefahr errettet hast.«

»Ich hörte schon, daß du das leider getan hast.«

»Schimpf nur nicht – und –, ich wäre auch daran erstickt, wenn ich ihr nicht hätte sagen können, daß ich dir mein Leben danke. Sonst habe ich sie mit Einzelheiten verschont – aber –, heftig erschrocken ist sie doch, Frauen sind so schrecklich sensibel. Ganz blaß ist sie geworden, trotzdem sie mich doch heil und unversehrt vor sich sah.«

Eva Maria hatte sich wieder in der Gewalt.

»Ein Wunder war das nicht! Und wenn du deinen blonden Schopf nicht zu Ehren unseres Gastes so herrlich gebändigt hättest, würde ich dich zausen, weil du wieder so unvorsichtig gewesen bist.«

Lachend fuhr Hans mit drolliger Behutsamkeit über seinen Scheitel.

»Ralf, hast du auch eine Schwester?«

»Nein, ich habe überhaupt keine Geschwister.«

»Ich wollte mich nur erkundigen, ob alle Schwestern so versessen darauf sind, ihre Brüder zu zausen, wenn sie mal was angestellt haben.«

Sie lachten alle drei, und Eva Maria fragte Ralf, ob er ganz allein im Leben stehe, oder ob er seine Eltern noch habe.

»Nur noch meinen Vater, meine Mutter starb vor fünf Jahren an einer bösen Grippe, die damals epidemisch auftrat. Mein Vater aber ist noch sehr rüstig.«

»Dann sind Sie immer noch zu beneiden, Herr Doktor. Aber nun wollen wir zu Tisch gehen.«

Artig bot Ralf Eva Maria den Arm, und ein heißes Glücksgefühl stieg in ihm auf, als er ihre kleine Hand auf seinem

Arm spürte. Hans folgte beiden mit vergnügtem Lächeln, er hatte sehr wohl ihre Befangenheit bei seinem Eintritt bemerkt. Aber bei Tisch half er ihnen mit seinem lebhaften, drolligen Geplauder großmütig darüber hinweg. Niemand merkte ihm an, daß er heute nachmittag so dicht an der Schwelle des Todes gestanden hatte. Und auch Ralf vergaß alles Drückende und Quälende. Er fühlte sich in der harmonisch vornehmen Häuslichkeit, dem schönen, geliebten Mädchen gegenüber und in der munteren Gesellschaft seines jungen Freundes wie im Paradiese. Seit dem Tode seiner Mutter hatte er nie mehr die Geborgenheit eines durch sorgende Frauenhände verschönerten Heims gefühlt. Jahrelang führte er ein Junggesellendasein, denn wenn er auch zuweilen nach Hause fuhr, um seinen Vater zu besuchen, so fand er doch in dessen, jetzt von bezahlten Dienern geleitetem Haushalt nicht das warme, häusliche Behagen, nach dem er sich immer sehnte.

Er war ein Mensch mit regem Familiensinn, mit dem Verlangen nach harmonischer Häuslichkeit. In Villa Melanie hatte er sich nie sehr wohl gefühlt, ganz abgesehen von seiner Abneigung gegen Mertens. Dort spürte man als feinfühliger Mensch, daß die Familienmitglieder sich im Grunde alle fremd und kalt einander gegenüberstanden, wenn auch die Hausfrau kein liebeleeres Herz besaß. Die Einrichtung des Hauses war ebenso glänzend wie kostbar, und überall herrschte tadellose Sauberkeit und Akkuratesse, aber das warme Behagen inniger Zusammengehörigkeit fehlte.

In Villa Rodenberg jedoch hatte er sich immer wohl gefühlt, auch noch zu Lebzeiten des alten Herrn, gleichviel, ob er in großer Gesellschaft hier gewesen war oder als einziger Gast. Immer hatte er empfunden, daß hier eine herzliche Gemeinschaft die Familienmitglieder miteinander verband. Heute aber fühlte er das mehr denn je, heute, da er einen Blick in Eva Marias Herz hatte tun dürfen. Er hätte immer wieder dankbar ihre kleine Hand küssen mögen, dafür, daß sie ihm diesen reizenden, friedlichen Abend schenkte, diesen Abend voll so vieler süßer Geheimnisse und Verheißungen. Gerade nach dem aufregenden Tage, den er hinter sich hatte, tat ihm diese Entspannung seiner Nerven ungemein wohl. Der holde, von Eva Maria ausstrahlende Frieden hüllte ihn ein, und er wußte, daß er diesen Abend nie vergessen würde.

Auch Eva Maria schien ganz eingesponnen in glückverheißende Träume. Hatte doch auch sie einen Blick in das Herz des Mannes getan, den sie, das wußte sie nun, schon liebte, solange sie ihn kannte, und dem sie doch erst in letzter Zeit durch Hans nähergetreten war. Sie spürte glücklich, daß seine Nähe ein Gefühl süßen Geborgenseins in ihr auslöste, wie sie es noch nie empfunden hatte.

Und mit Wonne fühlte sie sich diesem Manne zu Danke verpflichtet. Ihre Augen leuchteten auf, wenn Hans sich in herzlicher Dankbarkeit über den Tisch hinüberbeugte und Ralfs Hand drückte wie in tiefer Bewegung. Und wenn dann Ralfs Augen eine so ehrliche, herzliche Freundschaft für den Bruder zurückstrahlten, dann wurde ihr das Herz warm und weit. Sie freute sich, daß Hans und Ralf so gut miteinander harmonierten, daß sie so gute Freunde geworden waren trotz des Altersunterschiedes.

Und über dem allen vergaß sie weiterzuforschen und zu fragen, was heute nachmittag geschehen war und wie Hans in Lebensgefahr hatte geraten können. Denn daß dies alles nicht so einfach war, wie es ihr die beiden einreden wollten, fühlte sie instinktiv. Eines bloßen von Ralf verhüteten Strauchelns halber wäre Hans nicht so aus dem Gleichgewicht geraten, wie es der Fall gewesen war. Sie wußte nur, daß Ralf ihren Bruder gerettet hatte. Diese Gewißheit erfüllte sie mit tiefer Dankbarkeit und deshalb freute sie sich, ihm ihr ganzes Herz zugewandt zu haben. Ihre Liebe sollte ihr Dank sein. Und heute gestand sie sich ohne Scheu, daß sie sehr unglücklich geworden wäre, hätte Jolante wirklich Ralf Bernd erobert.

Flüchtig kamen sie auch auf die Familie Mertens zu sprechen, auch auf Jolante; aber die Art, wie Ralf kurz und kühl über dies Thema hinwegging, verriet Eva Maria, wie wenig es dieser gelungen war, Eindruck auf ihn zu machen. Nur von Tante Melanie sprach er mit Wärme und prägte ein Wort für sie, das Eva Maria außerordentlich zutreffend erschien. Er nannte sie »eine freiwillige Sklavin aus Liebe«. Das machte Eva Maria plötzlich das Wesen der Tante verständlich. Ja, sie war eine freiwillige Sklavin, weil sie liebte, viel mehr liebte, als sie geliebt wurde. Ihr Gatte unterjochte sie – dafür liebte sie ihn. Ihre Kinder gingen gleichgültig über sie hinweg, wenn sie nicht von ihnen ausgenützt wurde aus egoistischen Motiven – und sie liebte sie dafür. Arme Tante Melanie!

Nach Tisch zogen sich die Geschwister mit ihrem Gast in Eva Marias kleinen Salon zurück. Es war das erstemal, daß Ralf diesen Raum betrat. Er strahlte so recht das Charakteristische ihres Wesens aus, und Ralf betrat ihn mit einem Gefühl der Andacht und fühlte sich geehrt und erhoben, daß er ihn betreten durfte.

Hier ließ Eva Maria den Mokka reichen. Hermann hatte dies Amt übernommen. Fritz, der nicht geahnt hatte, daß am Abend Gäste kommen würden und daß es demzufolge vielleicht etwas zu spionieren gäbe, hatte schon am Vormittag um Urlaub nach dem Abendessen gebeten, und dieser war ihm gern bewilligt worden. Er hatte freilich zu Hause bleiben wollen, als er hörte, daß Doktor Bernd zu Gaste geladen sei, aber Hermann hatte ihm kurzerhand gesagt, er könne ruhig gehen, sobald abserviert sei, später werde er die Herrschaften allein bedienen.

So war man vor Lauschern sicher. Bei Tisch hatte man nur über Dinge gesprochen, die Mertens ruhig berichtet werden konnten.

Die drei jungen Menschen plauderten über allerlei schöngeistige Fragen und freuten sich, daß sie auch darin übereinstimmten. Dann kamen sie auf Georg Rodenberg zu sprechen, auf seine menschliche Güte und Schlichtheit und auf seine Großzügigkeit in allen Dingen. Auch sprachen sie davon, wie er bis zum letzten Atemzug darauf gehofft hatte, daß sein Sohn noch am Leben sei. Hans holte Lutz Rodenbergs Bild und zeigte es Ralf. Dieser sah überrascht darauf nieder.

»Das ist seltsam, du gleichst ihm wie ein Zwilling, Hans. So wirst du auch aussehen, wenn du sein Alter erreicht hast, also etwa in zehn Jahren.«

»Ja, das hat Großvater auch immer gesagt. Onkel Lutz war achtundzwanzig Jahre, als diese Aufnahme von ihm gemacht wurde, die letzte vor seinem Verschwinden.«

»Es scheint ein sehr gutes Bild zu sein, man sieht sogar, daß er hier unter dem rechten Auge eine Narbe hatte.«

»Ja, das Bild soll sprechend ähnlich gewesen sein. Eva Maria findet auch, daß ich Onkel Lutz sehr ähnlich bin.«

»Unbedingt, es ist eine sehr auffallende Ähnlichkeit. Wie lange ist er eigentlich schon verschollen – oder tot?«

»Seit zirka fünfzehn Jahren. Lebte er noch, würde er jetzt im Beginn der Vierzig stehen.«

»Ich kann verstehen, wie tief dein Großvater seinen Sohn betrauert hat. Er hatte ein edelgeformtes Gesicht und ist sicher ein guter und wertvoller Mensch gewesen.«

»Oh, du hättest Großvater von ihm erzählen hören sollen.«

»Es ist kein Wunder, daß er nicht an den Tod dieses lebensvollen Menschen hat denken mögen. Gewiß war er dir auch im Wesen ähnlich.«

»Großvater behauptete es oft. Nicht wahr, es ist ihm nicht nur als Schrulle anzurechnen, wenn er nicht an seinen Tod glauben wollte.«

»Nein, gewiß nicht.«

»Mertens rechnete es Großvater immer als verächtliche Schwäche an«, sagte Hans zornig.

Ralf winkte hastig ab.

»Bitte, nenne diesen Namen nicht in diesem Raume, Hans«, sagte er mit zusammengezogener Stirn, »es erscheint mir wie eine Entweihung.«

Eva Maria sah errötend zu ihm hinüber.

»Du hast recht, Ralf«, erwiderte Hans ernst und trug dann das Bild Lutz Rodenbergs wieder in des Großvaters Zimmer hinüber. Eva Maria und Ralf waren eine Weile allein.

»Dieser Raum ist wunderschön, mein gnädiges Fräulein, man spürt darin die Seele seiner Bewohnerin«, sagte Ralf leise.

»Gefällt er Ihnen, Herr Doktor?«

Seine Augen blickten tief in die ihren.

»Gefallen? Was für ein armseliges Wort für das, was ich beim Betreten dieses Raumes empfand.«

»Großvater hat mir zu meinem zwanzigsten Geburtstag gestattet, das Zimmer ganz nach meinem Geschmack einrichten zu lassen. Ich war ihm sehr dankbar dafür. Das ist nun schon über zwei Jahre her.«

»Wie gut, daß wenigstens Sie schon mündig waren, als Ihr Herr Großvater starb.«

Sie seufzte tief auf.

»Ja, gottlob, so bin ich wenigstens bloß in einem gewissen Grade von meinem Onkel Mertens abhängig. Vollständig unabhängig von ihm werde ich freilich erst sein, wenn ich mich eines Tages verheiraten sollte.«

Dabei trafen die Blicke der beiden Menschen wieder ineinander. Mit einem heißen, sehnenden Forschen sah Ralf in Eva Marias Augen, und sie fühlte, wie ihr das Blut jäh ins Gesicht schoß. Sie sprachen nicht weiter, bis Hans zurückkam, aber es war ein bedeutungsvolles Schweigen.

»Eva Maria, du könntest uns eigentlich ein paar Lieder singen. Nicht wahr, Ralf, so ein bißchen Hausmusik ist ganz schön?« sagte Hans.

»Aber Hans, bitte, du weißt doch, daß ich nie vor Fremden singe.«

»Mein Freund Ralf ist kein Fremder«, protestierte Hans.

Eva Maria lächelte.

»Nein, du hast recht, so meinte ich es auch nicht. Aber ich möchte niemandem mit meinem Gesang lästig fallen. Herr Doktor Bernd wird gewiß lieber plaudern.«

Bittend sah Ralf zu ihr hinüber.

»Sie dürfen es nicht als Kompliment auffassen, wenn ich sage, daß ihre Stimme mir verrät, daß Sie sehr gut singen können müssen. Und ich höre Gesang sehr gern. Sie würden mich ehren und erfreuen, wenn Sie mir gestatten wollten, Ihnen zuzuhören.«

Da erhob sich Eva Maria ohne Zögern.

»Sie haben heute meinem Bruder das Leben gerettet, ich möchte Ihnen daher keine Bitte abschlagen. Aber Sie dürfen sich keinen großen Genuß versprechen, ich habe niemals eigentlichen Gesangsunterricht gehabt und habe immer nur für Großvater und Hans gesungen.«

»Um so höher schätze ich es ein, wenn Sie mir gestatten, Ihnen zuzuhören.«

Sie war zu ihrem kleinen Flügel getreten, der im Zimmer stand.

»Willst du mich begleiten, Hans?«

»Gern, Eva Maria!«

Ralf staunte.

»Du bist auch musikalisch, Hans?«

»Nur für den Hausgebrauch und nur, wenn ich gereizt werde«, scherzte Hans und nahm am Flügel Platz.

Eva Maria wählte ein Notenblatt aus und legte es vor Hans hin. Dieser begann sogleich mit dem Vorspiel, und Ralf horchte überrascht auf. Er hätte Hans diesen weichen, leichten Anschlag nicht zugetraut, hatte ihn überhaupt nicht für musikalisch gehalten. Und nun bereitete ihm Hans einen so angenehmen Genuß, er spielte mit feinem Verständnis.

Bald fiel Eva Marias Stimme ein, ihr Gesang war nicht groß und stark, aber ungemein weich und süß. Ganz rein perlten die Töne über ihre Lippen. Ralf freute sich, daß sie seinen Lieblingskomponisten gewählt hatte, Solveigs Lied aus Peer Gynt von Grieg klang mit großer Innigkeit durch den Raum. Voll Andacht lauschte Ralf den reinen, weichen Tönen, er ließ dabei seinen Blick nicht von ihrem lieblichen Antlitz. Sie wagte nicht, zu ihm hinzusehen. Ihre Stimme klang erst ein wenig unsicher, sie war es nicht gewohnt, andere Zuhörer zu haben als den Großvater und den Bruder.

Und nun saß gar Ralf Bernd dort drüben, dessen bloße Anwesenheit genügte, um sie befangen zu machen. Aber sie bezwang diese Unsicherheit bald, und ihre Stimme wurde immer klarer und freier.

Als sie geendet hatte und das Notenblatt hinlegte, blieb es zunächst ganz still. Ralf blieb ganz in sich versunken sitzen und lauschte noch immer den Tönen nach, die sich in sein Herz geschmeichelt hatten.

Eva Maria nahm still ihren Platz wieder ein, und Hans spielte noch eine Piece von Chopin. Er sah dabei zu Ralf hinüber, und ein leises Lächeln huschte um seinen Mund – ein verstehendes Lächeln.

Als Hans zu Ende war und sich vom Flügel erhob, richtete sich Ralf jäh aus seiner Versunkenheit empor. Und jetzt erst vermochte er Eva Maria für den Genuß zu danken, den sie ihm bereitet hatte. Sie wehrte verlegen ab.

»Sie beschämen mich, Herr Doktor, von einem Genuß kann wohl kaum die Rede sein.«

Mit einem brennenden Blick sah er sie an.

»Wenn ich Ihnen nur ausdrücken könnte, wie innig dankbar ich Ihnen bin, daß Sie mich für wert hielten, Ihnen zuhören zu dürfen. Ich kann meine Dankbarkeit nur dadurch beweisen, daß ich nicht so vermessen sein will, Sie um ein weiteres Lied zu bitten.«

Sie schüttelte verlegen den Kopf.

»Sie müssen mir nicht so viel Schmeichelhaftes sagen, ich kann nicht verstehen, daß mein Gesang jemandem einen Genuß verschafft. Aber – wenn Sie wirklich noch ein Lied hören möchten, singe ich es Ihnen gern.«

»Würden Sie das wirklich tun?« fragte er mit freudig glänzenden Augen.

»Aber gewiß! Vielleicht haben Sie einen besonderen Wunsch.«

»Sie haben gleich meinen Lieblingskomponisten gewählt, wenn Sie mir noch ein zweites Lied von Grieg singen wollen, bin ich so unbescheiden, darum zu bitten.«

Ruhig lächelnd stand sie auf.

»Komm Hans, wir wollen den Wunsch unseres Gastes erfüllen.«

Hans trat an den Flügel heran und suchte unter den Noten.

»Jetzt werde ich bestimmen, was du singst, Eva Maria. Hier, dies Lied von Grieg liegt dir besonders gut, das mußt du singen.«

Er sagte das scheinbar harmlos, aber es zuckte leise um seinen Mund.

Eva Maria sah auf das Notenblatt herab, und plötzlich schoß ihr das Blut verräterisch ins Gesicht. Unsicher sah sie zu Ralf hinüber und wollte einen Einwand machen, aber Hans begann schon mit dem Vorspiel, und so mußte sie einsetzen:

»Du mein Gedanke, du mein Sein und Werden,
Du meines Herzens höchste Seligkeit,
Ich liebe dich, wie nichts auf dieser Erden,
Ich liebe dich in Zeit und Ewigkeit.«

Ralf stützte den Kopf in die Hand und verbarg sein Gesicht in der Hand. Er trank die süßen Töne in sich hinein, als seien sie ein holdes Geständnis, als seien diese Worte für ihn bestimmt.

Ich liebe dich in Zeit und Ewigkeit!

Er hätte ihr das zurufen mögen, als sie geendet hatte. Hans merkte ihm an, was in ihm vorging, mit Bedacht hatte er gerade dieses Lied gewählt, und der Schelm blitzte ihm aus den Augen. Er freute sich, freute sich unbändig, daß die Herzen dieser beiden Menschen, die ihm die liebsten waren auf der Welt, einander zuflogen. Niemandem außer Ralf hätte er die zärtlich geliebte Schwester gegönnt.

Als Eva Maria geendet hatte und ihren Platz wieder einnahm, spielte Hans noch eine Weile weiter. Er wollte den beiden Liebenden Zeit lassen, sich zu fassen, denn daß Eva Maria tief verwirrt war, weil er sie gerade dies Lied hatte singen lassen, spürte er. So ungestüm und unbesonnen Hans auch sein konnte, so konnte er auch sehr feinfühlig und zart sein.

Als er endlich sein Spiel beendet hatte, fragte er lachend:

»Nun, Ralf, was sagst du zu unseren musikalischen Darbietungen?«

»Ich bin freudig überrascht – und tief bewegt. Über den Gesang des gnädigen Fräuleins will ich kein Wort verlieren – sie hat mir eine köstliche Feierstunde geschenkt, mehr will und kann ich nicht darüber sagen. Aber daß du den Flügel so bewundernswert beherrschst, das hat mich mit Staunen und Bewunderung erfüllt. Ich hätte dir dies feine musikalische Verständnis kaum zugetraut.«

»Ja, siehst du, man stellt zuweilen seine schönsten Lichter unter den Scheffel.«

Eva Maria hatte ihre Fassung wiedererlangt.

»Nicht wahr, Herr Doktor, Hans hat einen guten Anschlag und begleitet mit großem Verständnis.«

»Unbedingt, wie gesagt, ich staune.«

»Aber Ralf, was ist da zu staunen. Ich habe kaum drei Jahre Klavierunterricht gehabt, bevor ich die ersten Klassen des Gymnasiums besuchte, nachher mußte ich zu viel büffeln, weil mir alles ein bißchen schwerfiel, was mit Bücherweisheit zusammenhängt. Ich habe dann aber doch in meinen Mußestunden weiter geübt, und als wir dann Eva Marias Stimme entdeckten, Großvater und ich, da habe ich sie begleitet, und das ging sehr gut. Großvater hörte Eva Maria sehr gern.«

»Das kann ich begreifen!« rief Ralf mit einem bewundernden Blick auf Eva Maria.

»Nicht wahr, Ralf, sie hat eine wunderschöne, süße Stimme, ich könnte ihr stundenlang zuhören.«

»Ich auch!« sagte Ralf leise.

Aber Eva Maria hatte es doch gehört, und ihre Wangen röteten sich. Ralf fand diesen schnellen Farbenwechsel in ihrem Gesicht entzückend; eine Frau, die nicht erröten konnte, war für ihn keine echte Frau. Die modernen jungen Damen hatten das Erröten fast verlernt, es gab kaum noch etwas, das ein solches bei ihnen auslöste. Jolante Mertens zum Beispiel gehörte zu diesen Frauen; es gab für sie keine Situation mehr, die ihr das Blut in die Wangen getrieben hätte. Das erschien ihr rückständig und unmodern. Ihm aber erschien es unschön und unweiblich, wenn eine Frau nicht mehr erröten konnte.

Man plauderte noch ein Stündchen, und dann verabschiedete sich Ralf, obwohl er gern noch länger geblieben wäre. Herzlich dankte er den Geschwistern für den reizenden Abend, und Hans erwiderte lebhaft:

»Das wiederholen wir sehr bald, Ralf, wir können nur alle dabei gewinnen, und du hast es Mertens ja plausibel gemacht, daß du uns zuweilen besuchen mußt. Weißt du, Eva Maria, wir setzen einfach zwei Abende in der Woche fest, die Ralf bei uns verbringt. Darüber sprechen wir noch, Ralf, wir einigen uns, welche Abende am besten passen.«

Ralf sah Eva Maria fragend an.

»Werden Sie damit einverstanden sein, mein gnädiges Fräulein?«

»Das bedarf keiner Frage, ich werde mich immer freuen, Sie bei uns zu sehen.«

Er küßte ihre Hand.

»Ich danke Ihnen von ganzem Herzen, auch dir, lieber Hans«, sagte er warm.

»Du darfst nicht danken, Ralf, was wollen wir dann tun? Und wir gewinnen doch mehr von deiner Gesellschaft. Eva Maria fühlt sich jetzt ohnedies so einsam. Also es bleibt dabei – wir erwarten dich jede Woche zweimal.«

Ralf entfernte sich, und die Geschwister sahen ihm vom Fenster aus nach. Eva Maria hatte ihr kleines Auto für ihn vorfahren lassen, das ihn nach Hause bringen sollte. Er verbeugte sich noch einmal, ehe er einstieg. Dann lehnte er sich mit geschlossenen Augen in die Kissen zurück, die denselben feinen Duft ausströmten, der Eva Maria stets umgab. Ihm war, als sei sie noch bei ihm und als höre er wiederum ihre weiche Stimme:

Ich liebe dich in Zeit und Ewigkeit!

»Eva Maria – süße Eva Maria«, flüsterte er.

Oben am Fenster standen die beiden Geschwister noch eine Weile, bis Hans die Schwester zurückzog.

»Das war wirklich ein reizender Abend, Eva Maria! Findest du nicht auch, daß Ralf Bernd ein großartiger Mensch ist?«

»Ja, Hans, man hat das Gefühl, als könne man ihm unbedingt vertrauen.«

»Ha! Und ob man das kann! Nicht wahr, du freust dich auch, daß er jetzt öfter zu uns kommt?«

»Gewiß, wenn uns nur Onkel Arthur keinen Strich durch die Rechnung macht, wenn er so oft kommt.«

»Nun, jedesmal braucht er es ja nicht zu wissen.«

»Du vergißt Fritz.«

Hans zog die Stirn zusammen.

»Den werden wir entlassen! Weshalb sollen wir einen Spion des Herrn Direktor Mertens bei uns in Lohn und Brot behalten, das sehe ich nicht ein.«

»Wir könnten ihn allerdings entlassen, Hans, aber dann würde Onkel Arthur einen von unsern andern Leuten bestechen, damit er ihm Spionendienste leistet. Und wir wüßten dann nicht, wen er angeheuert hat. Hier wissen wir wenigstens Bescheid und können uns schützen, zumal Hermann gut achtgibt.«

»Richtig! Also lassen wir es schon dabei, und Ralf wird Mertens schon für seine Besuche bei uns die nötige Erklärung geben. Hoffentlich ist diese Komödie nicht mehr lange mehr nötig!«

Die letzten Worte klangen in einen Seufzer aus.

## *15*

Am nächsten Morgen saß Arthur Mertens mit seiner Frau und seiner Tochter am Frühstückstisch. Er war sehr schlecht gelaunt. Das Mißglücken seines zweiten Attentates auf seinen Neffen hatte ihm eine unruhige Nacht verursacht. Frau Melanie beobachtete ihren Gatten mit ängstlich besorgter Miene.

Jolante ignorierte jedoch des Vaters schlechte Laune vollständig. Sobald er sich eine Zigarre ansteckte, zündete sie sich eine Zigarette an und sah gelangweilt den Rauchwölkchen nach. Der Vater warf ihr einen mürrischen Seitenblick zu.

»Mußt du gleich am frühen Morgen Zigaretten rauchen, Jo?«

Erstaunt sah sie ihn an.

»Du rauchst doch auch, Papa. Stört dich der Rauch meiner Zigarette?«

»Mich nicht, aber vielleicht Mama. Du könntest zum mindesten erst um Erlaubnis fragen.«

»Oh? Da du rauchtest, ohne Mama um Erlaubnis zu fragen, tat ich es auch.«

Er schlug mit der Hand auf den Tisch.

»Sei nicht so frech!« schrie er sie an.

»Aber Jo, wie kannst du in diesem Ton mit Papa reden«, mahnte Frau Melanie mit einem ängstlichen Blick auf den Gatten.

Jolante zuckte nur die Achseln, erhob sich und verließ das Zimmer.

»Schlecht hast du deine Kinder erzogen, Melanie«, tadelte der übelgelaunte Hausherr.

Frau Melanie nahm den Tadel ruhig hin.

»Soll ich dir noch eine Orange schälen, Arthur?« fragte sie freundlich.

Die Sanftmut seiner Frau brachte ihn zuzeiten mehr auf, als es ein zorniger Widerspruch getan hätte. Aber er bezwang sich. Melanie mußte in dem Glauben erhalten werden, daß er sie über alles liebte. Gegen sie wurde er daher niemals ausfällig.

»Meinetwegen«, gestattete er gnädigst und fuhr dann mit sanftem Tadel fort: »Du bist wirklich zu nachsichtig den Kindern gegenüber, Melanie. Sicherlich hast du Egon wieder heimlich Geld zugesteckt.«

Sie errötete, wagte aber nicht zu leugnen.

»Nur eine Kleinigkeit, Arthur.«

»Schwache Mutter! Er muß doch lernen, auszukommen. Als ich in seinem Alter war, mußte ich mich mit dem zehnten Teil einrichten.«

Sie schälte die Orange auf sehr liebevolle Art und legte sie auf seinen Teller. Er vertiefte sich wieder in seine Zeitung. Plötzlich fuhr er auf und starrte ungläubig auf ein großes Inserat, in dem ihm der Name Lutz Rodenberg aufgefallen war. Wieder schlug er mit der geballten Faust auf den Tisch und bekam einen roten Kopf.

»Das ist doch unerhört! Was ist das für eine Frechheit, meinen Willen zu ignorieren?« brauste er auf.

Erschrocken sah ihn seine Gattin an.

»Um Himmels willen, was ist denn, Arthur?«

Er hielt ihr die Zeitung so dicht vor die Augen, daß sie nichts lesen konnte.

»Da, sieh dir das an! Da steht ein Inserat in den Zeitungen – mit einer Ehrenerklärung für Lutz Rodenberg, mit der Versicherung seiner Unschuld und mit der Nachricht, daß sein Vater tot und er der Erbe von Rodenberg sei. Ich habe doch klar und deutlich meine Einwilligung zu diesem Unsinn versagt. Wer hat dieses Inserat in die Zeitungen lanciert? Denn wie in dieser Zeitung, wird es noch in unzähligen andern stehen. Unerhört! Steckst du etwa mit dahinter, Melanie?«

Sie nahm ihm zitternd die Zeitung ab und las. Ganz blaß war sie vor Schrecken geworden, und ängstlich wehrte sie ab:

»Aber nein, Arthur, du weißt doch, daß ich nie etwas gegen deinen Willen tue.«

Er sprang auf und ballte die Zeitung wütend zusammen.

»Das haben die beiden drüben in Villa Rodenberg getan, dein sauberer Neffe und Eva Maria. Gegen meinen ausdrücklichen Willen haben sie es getan. Das viele Geld mußte nutzlos vergeudet werden. Und gar nicht groß und fett genug konnten sie es drucken lassen. Ein Skandal ist es, wie hier mit dem Gelde herumgeworfen wird.«

Mit großen, ängstlichen Augen sah Melanie zu ihm auf. Es war sehr selten, daß Mertens sich so gehenließ, fast immer hatte er sich in der Gewalt.

»Beruhige dich doch, lieber Arthur, du schadest deiner Gesundheit, wenn du dich so aufregst.«

»Wie kann ich ruhig sein, wenn diese Gesellschaft mich so aufregt und in einem fort ärgert. Das ist doch uncrhört, mcinen Willen so zu ignorieren.«

Das traf ihn immer am härtesten, wenn jemand seinen Wünschen entgegenhandelte. Seine Machtgier fand schon darin eine unerträgliche Beschränkung.

»Ich verstehe das nicht, Arthur, wie konnten sie das nur tun«, sagte Frau Melanie verzagt und verschüchtert.

»Nun, ich werde ihnen den Standpunkt gründlich klarmachen, hier hat nichts gegen meinen Willen zu geschehen.

Gleich jetzt fahre ich hinüber und stelle fest, wer mir das angetan hat«, stieß er wütend hervor.

Seine Frau wagte nicht, ihn aufzuhalten, bat ihn nur wieder, sich nicht zu sehr aufzuregen, weil ihm das nicht gut tue. Und als er dann in seiner Wut grußlos davongehen wollte, fragte sie kläglich:

»Bekomme ich denn keinen Kuß zum Abschied, Arthur?«

Er bezwang sich, und es fiel ihm wieder ein, daß er die Komödie des liebenden Gatten weiterspielen mußte. Wie in überwallender Zärtlichkeit zog er sie an sich.

»Du bist meine geliebte Frau, du ärgerst mich nie. Verzeihe mir, daß ich mich hinreißen ließ, aber du mußt doch verstehen, daß ich mir nicht so auf dem Kopf herumtanzen lassen kann. Wo bleibt da meine Autorität?«

»Sei doch nicht so böse, mein Arthur. Sieh mal, Eva Maria und Hans wollten doch nur Vaters Wunsch erfüllen.«

»Nimmst du sie etwa in Schutz?«

»Nein, nein, du sollst dich nur nicht aufregen.«

»Nur mir zum Trotz haben sie das getan, aber ich werde ihnen das austreiben, allen beiden.«

Und wütend, daß man seinen Willen nicht respektiert hatte, fuhr er zur Villa Rodenberg hinüber, gewillt, seine Macht zu demonstrieren. Hans war schon nach den Werken hinübergegangen, er traf Eva Maria allein an. Zornig hielt er ihr das Zeitungsblatt vor die Augen.

»Was ist das?« fuhr er sie an.

Aber zu seinem Erstaunen blickte sie ruhig und furchtlos in seine Augen.

»Du siehst es ja, es ist das Inserat, das Großvater in die Zeitung gerückt haben wollte, und zugleich die Erklärung, daß Onkel Lutz schuldlos ist.«

»Ich habe doch aber strengstens untersagt, daß das Inserat in die Zeitungen gesetzt werden sollte.«

»Mir war Großvaters Wunsch maßgebender als dein Verbot«, erwiderte sie ebenso ruhig.

Er lachte zornig auf.

»Woher habt ihr das Geld, um dieses Inserat zu bezahlen?«

»Es ist noch nicht bezahlt, und ich will dich bei dieser Gelegenheit gleich bitten, das Geld anweisen zu lassen.«

»Fällt mir nicht ein!«

»Ich will das Geld bezahlen, Onkel Arthur, du hast kein Recht, es mir zu weigern.«

Er stutzte.

»Wie, du willst die Kosten allein tragen?«

Eva Maria und Hans hatten vereinbart, jeder die Hälfte der Kosten zu übernehmen, aber Eva Maria wußte, daß Mertens für Hans keinen Pfennig herausrücken würde. So beschloß sie, alles von ihrem Konto zu begleichen. Mit Hans setzte sie sich dann später auseinander, wenn er selbst über sein Geld verfügen konnte. Und so sagte sie ruhig, auch um Hans Vorwürfe zu sparen:

»Gewiß, weise die Summe von meinem Konto an.«

Er ärgerte sich, daß er jetzt eigentlich keine Handhabe mehr hatte, zu protestieren. Und so sagte er nur:

»Du bist aber doch verpflichtet, mir alle größeren Ausgaben, die über dein laufendes Nadelgeld hinausgehen in jedem Falle zu melden.«

»Das tue ich hiermit«, erwiderte Eva Maria, ohne sich einschüchtern zu lassen.

»Es ist leider nicht mehr rückgängig zu machen, auch wenn ich das tun wollte.«

»Nein, gottlob nicht, deshalb habe ich dir ja vorher nichts davon gesagt. Du hättest es sonst hintertrieben, und das durfte nicht sein. Du kannst auch die Auszahlung nicht verweigern, da ich damit nur einen ausdrücklichen Wunsch Großvaters erfüllt habe.«

Er biß wütend die Zähne zusammen und sagte erst nach einer Weile:

»Man müßte dich unter Arrest stellen, weil du das Geld so sinnlos hinauswirfst.«

Eva Maria erblaßte. Sie wußte, das würde er nur zu gern tun. Aber sie atmete auf.

»Dazu hast du gottlob kein Recht, denn wie gesagt, ich erfüllte einen Wunsch unseres Großvaters. Und außerdem bin ich vollständig zurechnungsfähig und vergeude keinen Pfennig.«

»Mit dieser sinnlosen Handlungsweise hast du das Gegenteil bewiesen«, sagte er giftig.

»Ich betone nochmals, daß ich damit Großvaters in seinem Testament festgelegten Wunsch erfüllt habe. Da du das nicht getan hast, wie es deine Pflicht war, habe ich es getan.«

Er sah, daß er sie nicht einschüchtern konnte, und so sehr auch die Wut noch in ihm tobte, bezwang er sich doch und fuhr in einem gemäßigteren Tone fort:

»Nun gut, so trage auch die Kosten allein. Aus den Werken ziehe ich diesen Betrag nicht, und deine Miterben werden auch nicht damit belastet.«

»Ich habe dir bereits gesagt, daß ich die Kosten allein trage. Ich werde dir die Rechnung geben, und du hast die Güte, das Geld von meinem Konto auf das des Rechtsanwaltes Doktor Corell in Frankfurt zu überweisen.«

»Wie kommst du denn zu diesem Doktor Corell?«

»Ich las seinen Namen in der Zeitung, ganz zufällig, und da ich jemand haben mußte, um die Sache in Fluß zu bringen, wandte ich mich an ihn.«

»Auch noch Anwaltskosten! Es hätte doch genügt, direkt einem Inseratenbüro den Auftrag zu geben. Und alles das hinter meinem Rücken!«

Sie sah ihn mit großen Augen an.

»Du lehntest so entschieden ab, daß uns nichts anderes übrigblieb, als ohne dein Wissen und deine Einwilligung zu handeln. Uns war es unmöglich, Großvaters Wunsch unerfüllt zu lassen, ganz gleich, ob es zwecklos ist oder nicht.«

Da er Eva Maria nichts anhaben konnte, wandte sich sein Groll gegen Hans.

»Selbstverständlich hat dein sauberer Bruder das ausgeheckt, um mich zu ärgern. Der Lümmel macht es mir wahrlich schwer genug, sein Vormund zu sein. Man müßte ihm wirklich eine Tracht Prügel verabreichen.«

Sie richtete sich hoch auf.

»Ich habe dir schon einmal gesagt, daß es besser ist, wenn du das unterläßt. Nie würde ich es dir verzeihen, wenn du die Hand an meinen Bruder legtest.«

Ihre letzten Worte ließen ihn leise zusammenzucken. Er dachte daran, wie sehr er gestern gewillt gewesen war, die Hand an Hans zu legen, als er ihn über die Maschine gebeugt stehen sah. Und zugleich fiel ihm wieder ein, daß er seinen Haß auf Hans sorgfältig verbergen müsse, damit niemand einen Verdacht gegen ihn hegen könne, wenn er seinen heimlichen Plan ausführen würde, Hans zu beseitigen. Er zwang sich zu einem Lächeln.

»Nun, nun, rege dich nicht auf, Eva Maria, so etwas spricht man einmal im Ärger, und ich habe mich ein bißchen aufgeregt, weil ihr das Inserat doch einrücken ließet. Ich weigere mich doch wahrlich nur in eurem Interesse, ihr solltet das schöne Geld nicht sinnlos hinauswerfen. Es hat doch absolut keinen Zweck, Lutz ist tot, das steht doch fest. Daß ich Hans nicht wirklich verprügeln würde, kannst du dir doch denken, trotz allem habe ich den Schlingel dennoch lieb. Erst gestern habe ich ihm gesagt, daß er mir teuer ist wie mein eigen Fleisch und Blut. Ich habe mich gestern so namenlos um ihn geängstigt, daß mir ganz übel wurde, als er in der Maschinenhalle so unvorsichtig über der großen Maschine stand und in das Getriebe hinabblickte. Ein kleiner Schwindelanfall hätte genügt, um ihn hinabzustürzen. Ich bin wie von Sinnen die Treppe hinaufgerannt, um ihn zurückzureißen. Kein Mensch war in der Nähe, der ihn hätte halten können. Aber gleich nach mir kam auch Doktor Bernd, und wir rissen Hans gemeinsam aus seiner gefährlichen Stellung zurück. Da habe ich so recht gefühlt, wie lieb mir der Schlingel ist. Da kannst du dir doch denken, daß ich im Ernst nie die Hand gegen ihn erheben würde.«

Das alles sagte er mit seinem falschen, sanften Ton, der immer unecht auf Eva Maria wirkte.

Sie war zusammengezuckt, als Mertens von der Maschinenhalle sprach. Ihr Gesicht wurde blaß, und sie starrte ihn ganz betreten an.

»Was sagst du? Was ist gestern geschehen?« stieß sie heiser hervor.

»Nun, ich sage dir doch, Hans war in seiner Unvorsichtigkeit nahe daran, in das Getriebe einer großen Maschine zu stürzen. Ich wollte ihn gerade zurückreißen, aber Doktor Bernd kam mir schon zuvor.«

Immer noch starrte ihn Eva Maria mit großen Augen an. Warum hatten ihr Hans und Doktor Bernd verschwiegen, daß Arthur Mertens dabeigewesen war. Ein Blick in dessen falsches, scheinheiliges Gesicht jagte ihr einen Schauer über den Rücken. Weshalb sprach er plötzlich so ganz anders von Hans – als liebe er ihn wie sein eigen Fleisch und Blut? Das mußte doch einen Grund haben. Instinktiv fühlte sie, daß es von diesem Manne ausströmte wie eine Gefahr für den Bruder. Gerade seine übergroße Freundlichkeit, das Betonen seiner Liebe erschienen ihr gefährlich.

»Du? Du warst dabei?« fragte sie bestürzt.

»Nun ja, hat dir das Hans nicht erzählt, hat er dir nicht gesagt, wie ich mich um ihn gesorgt habe?«

Sie schüttelte den Kopf, immer wieder darüber nachgrübelnd, weshalb ihr die beiden verschwiegen hatten, daß Mertens bei jener Affäre zugegen gewesen war.

»Hans sprach nur davon, er sei unvorsichtig gewesen und daß Doktor Bernd ihn zurückgerissen und ihn wegen seiner Unvorsichtigkeit ausgescholten habe. Aber – von dir sprach er nicht.«

Das hörte Mertens sehr gern, es schien ihm ein Beweis, daß Hans keinen Verdacht gegen ihn hegte, sonst hätte er sicher von ihm gesprochen.

»Nun siehst du, kein Wort verliert der Schlingel darüber,

daß man sich seinetwegen so gesorgt und gebangt hat. Weil ich als Vormund die Pflicht habe, zuweilen etwas streng mit ihm zu sein, deshalb ist er mir gram. Und ich meine es doch so gut mit ihm.«

Das sagte er in einem gekränkten Ton. Eva Maria achtete kaum darauf, sie fragte sich nur immer wieder, warum Hans und Doktor Bernd Mertens gar nicht erwähnt hatten, und es fiel ihr nun doppelt auf, daß sie nicht darüber sprechen wollten, was eigentlich geschehen sei. Halb geistesabwesend sagte sie nur:

»Du brauchst wahrlich nicht so streng zu Hans zu sein, er tut ja nichts Schlimmes.«

»Oh, du weißt eben nicht, was für Streiche er heimlich macht. Ich bin wahrlich nicht zu streng, eher zu nachsichtig. Aber ab und zu muß ich ihn doch mal ausschelten, weil er so tolle Sachen macht.«

Eva Maria biß sich auf die Lippen, sie durfte ja den Bruder nicht verteidigen, wie sie es gern gewollt hätte.

»Er wird schon wieder vernünftig werden«, sagte sie nur.

»Nun ja, das wollen wir hoffen, wie alle, die ihn liebhaben. Du ahnst ja gar nicht, wie er mir ans Herz gewachsen ist. Aber – nun will ich mich nicht länger aufhalten, es ist Zeit, daß ich ins Kontor komme. Also, da nun nichts mehr an der Inseratenangelegenheit zu ändern ist, werde ich die Rechnung begleichen – allerdings muß ich dein Konto damit belasten. Du kannst nicht verlangen, daß ich Tante Melanies Erbe dadurch schmälere.«

»Nein, nein, das verlange ich nicht. Bitte erledige es gleich – ich bringe dir sofort die Rechnung herüber.«

Und sie ging in ihr Zimmer und holte diese herbei. Arthur Mertens sagte ihr noch allerlei Liebenswürdigkeiten, machte Eva Maria Komplimente über ihr Aussehen und erkundigte sich, ob sie noch andere Wünsche habe. Sie zwang sich zur Ruhe und verneinte. Es kostete sie viel Selbstüberwindung, ihm die Hand zum Abschied zu reichen; als er endlich gegangen war, wusch sie sich erst einmal gründlich die Hände, was sie immer tat, wenn sie die seinen hatte anfassen müssen. Ihr war dann immer, als habe sie etwas Unreines berührt. Aber dabei grübelte sie unablässig darüber nach, warum ihr Hans und Doktor Bernd verheimlicht hatten, daß Mertens gestern in der Maschinenhalle gewesen war. Hans war in Gefahr gewesen, das war sicher. Aber wie hing das alles zusammen, warum hatte man ihr das nicht erzählt?

Es erschien ihr jetzt unheimlich, daß Hans nicht mit der Sprache hatte herauskommen wollen. Auch daß er in Gefahr gewesen und Ralf Bernd ihn gerettet hatte, war ihm nur wider Willen herausgefahren, und Doktor Bernd hatte ihn deshalb vorwurfsvoll angesehen.

Unruhig und beklommen, nicht zuletzt auch wegen Mertens' auffallender Freundlichkeit, ging sie ihren häuslichen Geschäften nach. Sie sah überall im Haushalt selbst nach dem Rechten und faßte auch selbst mit zu, wo es nötig war. Voll Ungeduld erwartete sie die Heimkehr des Bruders, und als er endlich eintrat, umfaßte sie ihn und sah ihn forschend an.

»Hans, was ist gestern eigentlich geschehen? Warum habt ihr beide, du und Doktor Bernd, mir nicht gesagt, daß Mertens dabei war, als Doktor Bernd dir das Leben rettete.«

Hans bekam vor Schreck einen roten Kopf.

»Wie kommst du denn darauf, woher weißt du, daß Mertens dabei war?«

»Er hat es mir selbst gesagt.«

»Er selbst? Wo hast du ihn getroffen?«

»Er war hier! Er hat das Inserat in der Zeitung gelesen und kam in hellem Zorn, um mich deswegen zur Rede zu stellen. Und da er mir nichts anhaben konnte und ich ihm ruhig sagte, daß ich das Inserat bezahle und er also nichts dagegen einzuwenden habe, wurde er böse auf dich, meinte, du habest das eingefädelt, um ihn zu ärgern. Und er drohte wieder einmal, dich zu prügeln, worauf ich ihm sagte, er möge das nie tun, denn das würde ich ihm nie verzeihen. Und plötzlich wurde er dann ganz anders, legte eine greuliche, falsche Freundlichkeit an den Tag, behauptete, dich zu lieben wie sein eigen Fleisch und Blut und erzählte mir von seiner Angst und Sorge um dein Leben, als du dich gestern sehr unvorsichtig über eine Maschine gebeugt habest. Er habe dich zurückreißen wollen – aber da sei zugleich Doktor Bernd gekommen und habe dich zurückgehalten. Siehst du, Hans, seine seltsame Freundlichkeit, die unechte Versicherung seiner Zuneigung zu dir, die er ganz gewiß nicht empfindet, hat mir Angst gemacht. Dahinter steckt doch irgend etwas.«

Hans lachte bitter auf.

»Diese Komödie hat er mir gestern schon vorgespielt – aus welchem Grunde, weiß ich nicht.«

»Aber warum hast du mir nicht gleich gesagt, daß er dabei war und was überhaupt geschehen ist? Und jetzt fällt mir ein, ihr saht euch gestern abend so seltsam an, als Doktor Bernd dir Vorwürfe machen wollte, daß du mir überhaupt etwas mitgeteilt hattest. Ihr verschweigt mir etwas, Hans, was ist denn eigentlich geschehen?«

So fragte sie erregt und ängstlich.

Hans wußte nicht, was er erwidern sollte. Er zog sie an sich, streichelte sie und sagte dann stockend:

»Ach weißt du, Eva Maria, Mertens' Gegenwart war eigentlich so – so nebensächlich, du kannst dir doch denken, daß er sich nur hat aufspielen wollen. Wenn er schon den liebevollen Verwandten heuchelt, ist das zum Davonlaufen. Er, und sich um mich bangen? Das ist ja ekelhafte Heuchelei! Der Schuft, der Schuft!«

Das stieß Hans in höchster Erregung hervor. Aber dann bezwang er sich und fuhr ruhiger fort: »Ich bitte dich, Eva Maria, laß uns nicht mehr daran denken, ich mag nicht mehr davon sprechen. Ich war eben nur unvorsichtig und werde es nie mehr sein. Bitte, laß es ruhen.«

Und er machte ein so gequältes Gesicht, daß sie abließ mit Fragen. Aber sie wußte nun gewiß, daß ihr Hans etwas

Schwerwiegendes verschweigen wollte, etwas, das sie beunruhigt hätte. Und daß es mit Mertens zusammenhing, war ihr ebenfalls klar. Hatte sie schon immer ein heimliches Grauen vor ihm gehabt, so verstärkte sich das jetzt noch. Daß sie nur für ihren Bruder, nicht für sich zu fürchten hatte, fühlte sie. So sagte sie nur bedrückt und traurig:

»Ich werde dich nicht mehr fragen, Hans, weil ich fühle, daß du mir etwas verbergen willst, was mich beunruhigen könnte. Aber ich sage dir, es beunruhigt mich mehr, als wenn du es mir sagen würdest. Etwas Gutes ist es jedenfalls nicht. Du verheimlichst mir doch sonst nichts.«

Er streichelte ihre Hand.

»Es ist nur, weil ich Ralf Bernd versprochen habe, dich nicht zu beunruhigen. Ich darf doch mein Wort nicht brechen. Er hat es mir heute von neuem eingeschärft. Bitte, quäle dich nicht weiter, du kannst ganz ruhig sein, Ralf wacht über mich.«

Sie merkte, wie schwer es ihm fiel, nicht offen sein zu dürfen, und nickte ihm lächelnd zu. Sie zwang sich auch, heiter und unbekümmert zu scheinen und plauderte von anderen Dingen mit ihm, aber er merkte, wie sehr sie bekümmert war.

Hans berichtete Ralf getreulich den Inhalt seiner Unterredung mit Eva Maria. Dieser erschrak, und seine Augen blitzten zornig auf.

»Mußte Mertens auch noch deiner Schwester das Herz schwermachen! Oh, ich sehe schon, warum er das tat, er wollte die Gelegenheit benutzen, sich aufzuspielen als ein wenn auch strenger, so doch sehr liebevoller Vormund. Dich lieben wie sein eigen Fleisch und Blut? Nun, das ist vielleicht nicht einmal übertrieben, denn für einen sehr liebevollen Vater vermag ich ihn nicht eben anzusehen. Jedenfalls scheint er heftig bemüht zu sein, jeden Verdacht von sich abzuwehren, falls dir etwas zustoßen sollte. Vielleicht wollte er nur deine Schwester aushorchen, ob du irgendeinen Verdacht geäußert hättest. Und da wird es ihn sehr beruhigt haben, daß wir gar nicht von ihm gesprochen haben.«

Hans seufzte tief auf.

»Jedenfalls ist Eva Maria sehr bedrückt. Sie fühlt, daß ich ihr etwas verberge, und das wird sie kränken, denn wir haben sonst keine Geheimnisse voreinander.«

Ralf strich sich über die Stirn. Es quälte ihn, Eva Maria nicht beruhigen zu können. Schließlich sagte er:

»Gestern war ich sehr unzufrieden mit dir, daß du deiner Schwester überhaupt etwas verraten hattest, aber nun ist es doch vielleicht gut gewesen, da Mertens davon gesprochen hat. Nun frage ich mich, was für ihre Ruhe besser ist, wenn wir ihr alles sagen oder wenn wir weiter verschweigen, welchen Verdacht wir gegen Mertens haben?«

»Darüber wollte ich mich mit dir aussprechen, Ralf. Weißt du, Eva Maria kann sehr tapfer sein, sobald sie einer Gefahr ins Auge sieht, aber sie kann ebenso verzagt sein, wenn sie eine solche wohl ahnt, aber nicht weiß, worin sie besteht. Sie hat vor Mertens dasselbe Grauen wie ich und spürt gleich mir, daß mir etwas von ihm droht. Ich hatte das Empfinden, als ahne sie schon ein wenig von der Wahrheit. Und da sie nun leider schon so viel weiß, ist es vielleicht doch besser, wenn wir nichts mehr verheimlichen. Was meinst du?«

Ralf hatte vor sich hingegrübelt. Nun hob er den Kopf.

»Da der Wurm sowieso schon an ihrem Herzen nagt, ist es vielleicht besser, wir schenken ihr reinen Wein ein.«

Hans nickte.

»So dachte ich auch. Ungewißheiten sind immer viel unerträglicher als Gewißheiten, wenn sie auch noch so hart sind. Und wir brauchen keine Sorge zu haben, daß sie sich irgendwie Mertens gegenüber verrät. Ich wollte nur erst mit dir darüber sprechen.«

»Gut, Hans, bringe ihr heute abend alles möglichst schonend bei, und beruhige sie, so gut es geht. Versichere ihr, daß du sehr vorsichtig sein wirst und daß ich alles tun werde, was in meiner Kraft steht, um dich zu schützen. Sage ihr, daß wir allen dir eventuell drohenden Gefahren gegenüber gewappnet sind.«

Hans sah ihn bittend an.

»Am besten, Ralf, du kommst heute abend mit mir nach Hause. Wenn wir beide sie beruhigen, wird es wirksamer sein.«

Ralf stimmte nur zu gern zu, trieb ihn doch sein Herz, Eva Maria das innere Gleichgewicht wiederzugeben. Er wußte, wie sehr sie den Bruder liebte.

Am Abend begleitete er Hans zur Villa Rodenberg. –

Eva Maria hatte den Nachmittag in heimlicher Sorge und Unruhe verbracht und atmete auf, als sie den Bruder wiedersah. Daß Ralf Bernd ihn begleitete, freute sie, aber sie konnte sich nicht erklären warum. Hans ließ ihr aber gar keine Zeit zu fragen.

»Eva Maria, ich habe Doktor Bernd gebeten, mit mir zu kommen, weil wir dir etwas zu sagen haben. Wir haben heute nachmittag hin und her überlegt, ob es besser sei, dir reinen Wein einzuschenken, oder ob wir dich in Ungewißheit lassen wollen über das, was geschehen ist. Ich nehme an, daß dich die Ungewißheit mehr quälen wird, als die Gewißheit, wenn sie auch nicht erfreulich ist.«

Sie sah die beiden mit blassem, unruhigem Gesicht an.

»Bitte, sage mir alles, Hans, du weißt, ich kann alles leichter ertragen, wenn ich klar sehe. Und ich fühle, du und Herr Doktor Bernd wollt mir etwas verbergen, was ich wissen muß. Ich habe heute den ganzen Tag in großer Angst und Sorge verbracht.«

»Wir haben uns das gedacht, mein gnädiges Fräulein, und Hans bat mich daher, ihn zu begleiten, damit auch ich versuche, Sie zu beruhigen. Es ist für uns sehr schmerzlich, daß Sie, zuerst durch ein unvorsichtiges Wort von Hans und dann durch Herrn Direktor Mertens, aus dem Gleichgewicht gebracht wurden, wir hätten es Ihnen gern erspart. Aber da in Ihnen anscheinend sowieso ein Verdacht aufgestiegen ist, ist es wirklich besser, Sie erfahren alles, was wir selber wissen«, sagte Ralf.

Impulsiv faßte sie seine Hand und sah ihn vertrauenvoll an. »Verschweigen Sie mir nichts«, bat sie mit halb erstickter Stimme.

»Wir müssen aber vor Lauschern sicher sein«, sagte er.

Sie hatten nur halblaut miteinander gesprochen. Eva Maria nickte.

»Kommen Sie mit mir in Großvaters Arbeitszimmer, da sind gepolsterte Doppeltüren, und kein Wort dringt heraus. Großvater hatte hier zuweilen geheime Konferenzen, es ist für unbedingte Schallsicherheit gesorgt.«

Sie gingen nun alle drei in dies Zimmer, und hier erfuhr Eva Maria alles. Zuerst sprach Hans von jenem seltsamen »Zufall« am Rammklotz, dann von seiner Unterredung mit Ralf und von dem in ihnen aufgestiegenen Verdacht. Anschließend berichtete Ralf ganz ausführlich von seiner Unterredung mit Mertens in Villa Melanie, von dessen vorsichtigen und doch durchsichtigen Worten, die ihn dazu bringen sollten, Hans durch ein lasterhaftes Leben zu ruinieren.

»Das geht ihm aber anscheinend noch nicht schnell genug, trotzdem sich Hans auf meinen Rat hin bemüht, ihm eine geschwächte Gesundheit vorzutäuschen«, schloß er diesen Bericht und schilderte nun den Vorfall in der Maschinenhalle sehr genau. Ohne Scheu sprach er aus, daß Mertens sich wie ein Raubtier hinter Hans die Treppe hinaufgeschlichen und wie er, gerade als er hinter ihm stand, den Arm gehoben habe.

Darauf nahm Hans wieder das Wort.

»Als mich Ralf zurückriß, taumelte ich erschrocken in seine Arme und sah über seine Schulter hinweg in Mertens' fahles, verzerrtes Gesicht. So sieht kein Mensch aus, der vorgehabt hat, einen anderen vor dem Verderben zu retten, sondern nur einer, der ein Verbrechen begehen wollte, der daran gehindert wird und nicht weiß, ob man ihn bei seinem Vorhaben ertappt hat. Wie das personifizierte schlechte Gewissen sah er aus und zugleich wie ein wütendes Tier, dem man sein Opfer entrissen hat. Ich wußte, fühlte sogleich, daß er mir ein zweites Mal nach dem Leben getrachtet hatte. Erst, als Ralf ihm einige klug berechnete Worte zurief, die ihn überzeugen sollten, daß man keinen Verdacht gegen ihn hege, atmete er auf, und seine Züge nahmen wieder den gewöhnlichen Ausdruck an.«

»Ja, ich wußte, daß er wieder nicht zu überführen war. Er wäre es nur gewesen, wenn ich ihn den Stoß hätte ausführen lassen. Da ich es gottlob verhindern konnte, hätte er selbstverständlich geleugnet, hätte behauptet, wie er es ja auch nachher tat, daß er Hans habe zurückhalten wollen. So, mein gnädiges Fräulein, nun wissen Sie alles, und nun bitten wir Sie beide, seien Sie tapfer, und sehen Sie die Dinge nicht noch schlimmer an, als sie sind.«

Eva Maria hatte blaß und zitternd zugehört. Nun barg sie das Gesicht in den Händen.

»Wie schrecklich, wie entsetzlich, was ist das für ein Mensch!«

»Ein sehr schlechter, mein gnädiges Fräulein, daran ist leider kein Zweifel möglich. Er will nichts, als seine Machtgier befriedigen. Hans ist ihm dabei im Wege, er will ihn beiseite schaffen, um selbst Chef der Rodenberg-Werke zu werden. Aber zum Glück will er das, da er im Grunde eine feige Natur ist, nur auf eine für ihn ungefährliche Art tun. Es darf nicht wie ein Mord aussehen, denn dann könnte man doch fragen: Wer hat einen Vorteil davon, wenn Hans Dornau ums Leben kam, und dann könnte ihn ein Verdacht treffen. Wäre diese feige Angst nicht bei ihm vorhanden, hätte er wohl schon eine andere Gelegenheit gefunden. So scheint er nur auf eine zu warten, wo es wie ein Unfall, ein Zufall aussehen könnte. Zweimal ist ihm das mißglückt – ich gehe wahrscheinlich nicht fehl, wenn ich vermute, daß er jetzt auf einen dritten wartet. Aber eine Gefahr, die man kennt, ist schon keine Gefahr mehr.«

Eva Maria erhob sich zitternd und bebend und legte ihre Arme um des Bruders Hals, seinen Kopf an sich pressend. Sie konnte vor Erregung nicht sprechen, sah nur wie um Hilfe flehend in Ralfs zuckendes Gesicht, der nicht weniger erregt war, weil er sie nicht so trösten und beruhigen konnte, wie er es gern getan hätte.

Hans streichelte die Hände seiner Schwester.

»Nun beruhige dich doch, Eva Maria, ich bin ja heil und unversehrt und werde es auch dank Ralfs Schutz bleiben.«

Ihre Augen wurden feucht. Sie streckte die Hand nach Ralf aus.

»Dank – o Dank, tiefgefühlten, innigen Dank«, schluchzte sie auf.

Er faßte ihre Hand und preßte seine Lippen darauf.

»Nun müssen Sie aber auch Ihr Versprechen halten und tapfer und mutig sein.«

»Oh, Herr Doktor, ist es denn auszudenken, daß es einen solchen Schurken gibt, ein solches Scheusal? Mein armer Großvater, wie ist er von diesem Menschen getäuscht worden. Was sollen wir tun, Herr Doktor? Um Gottes willen, ich beschwöre Sie, schützen Sie meinen Bruder!«

Wieder küßte er innig ihre Hand und führte Eva Maria zu ihrem Sessel.

»Bitte, bitte, beruhigen Sie sich. Machen Sie sich klar, daß wir die Gefahr kennen und Mertens bei jedem Schritte beobachten. Hans weiß, daß er vorsichtig sein muß, daß er nie mit Mertens allein bleiben darf, wo es auch sei, und daß Mertens nur etwas unternehmen wird, was ihn nicht selbst in Verdacht bringt. Er will ja die Früchte seiner Tat ernten. Und ein bißchen Gottvertrauen müssen Sie auch haben, der liebe Gott wird Hans auch weiter beschützen. Und was in meiner Macht liegt, wird geschehen, um diesem Manne endlich die Maske vom Gesicht zu reißen. Hans darf nicht jahrelang von ihm abhängig sein und immerfort in Gefahr bleiben. Wie ich schon sagte, eine Gefahr, die man kennt, ist keine Gefahr mehr.«

»Und doch wäre ihm gestern sein teuflischer Plan geglückt, wenn Sie nicht dazwischengekommen wären.«

»Hans war eben unvorsichtig. Das wird er nicht mehr sein, und ich werde ihn so wenig wie möglich von meiner Seite lassen.«

Eva Maria schauerte zusammen.

»Die arme Tante Melanie – wenn sie das wüßte!«

»Auch um Ihre Tante zu schonen, nicht nur, um Hans zu retten, müssen wir Mertens an einem Verbrechen hindern. Aber wir müssen alles tun, ihn so bald wie möglich zu überführen, daß er verbrecherische Absichten hat, und müssen ihn dann zwingen, sein Amt als Vormund niederzulegen und ihn unschädlich machen. Noch können wir nichts unternehmen, das zu erreichen, da wir keine direkten Beweise haben. Ich würde mich zwar schon jetzt nicht scheuen, ihm auf den Kopf zuzusagen, daß es in seinem Plane liegt, Hans auf irgendeine Art aus dem Wege zu räumen, aber wie gesagt, beweisen kann ich es ihm nicht, und er würde leugnen und mich als Lügner entlassen. Dann stünde Hans ganz allein in diesem Kampfe.«

»Um Gottes willen!« entfuhr es Eva Marias Lippen. Sie errötete jäh, fuhr aber tapfer fort: »Nein, Herr Doktor, bitte tun Sie nichts, was uns Ihrer Hilfe, Ihrer Gegenwart beraubt, die uns so tröstlich ist. Ach, wäre doch Onkel Lutz hier, damit dieser schreckliche Mensch die Feindseligkeiten gegen meinen armen Bruder aufgäbe. Dann würde alles gut sein! Nicht wahr, Herr Doktor, Sie verlassen uns nicht?«

Ralfs Augen strahlten beglückt in die ihren. Wie froh machte es ihn, daß sie vertrauensvoll bei ihm Schutz suchte.

»Davon dürfen Sie überzeugt sein. Ich werde nicht ruhen, bevor ich Mertens überführt habe und Hans vor seinen Anschlägen in Sicherheit weiß!«

Sie sah ihn mit feuchten Augen an, in denen innige Dankbarkeit und ein festes Vertrauen leuchteten.

Dann verabschiedete sich Ralf, er wollte heute nicht länger bleiben. Die Geschwister hielten ihn auch nicht, obwohl sie ihn am liebsten nicht mehr von sich gelassen hätten. Aber da sie sich von Spionen umlauert fühlten, war es besser, wenn er heute nicht schon wieder den Abend mit ihnen verbrachte. Wohl war Mertens damit einverstanden, daß Ralf zuweilen in seinem Interesse einen Abend in Villa Rodenberg verbrachte, aber zu oft durfte das nicht sein. Bei Tisch sprachen die Geschwister in Gegenwart des Dieners Fritz davon, daß sich Doktor Bernd ein Buch geholt habe, das er Hans geliehen hatte. Ralf sollte sich am anderen Tag bei Mertens darüber beschweren, daß Hans ihm seit langer Zeit das Buch geborgt und es ihm nicht wiedergebracht habe, deshalb sei er gestern gleich selbst mit hinauf zur Villa Rodenberg gegangen und habe es persönlich zurückgeholt.

Das tat Ralf auch am nächsten Tage, aber zu seinem Erstaunen schimpfte Mertens nicht auf seinen Neffen, sondern sagte mit einem sanften Lächeln:

»Selbstverständlich hat der Lausbube das über seinen Amüsements vergessen, wahrscheinlich hat er nicht einmal Zeit gehabt, in das Buch hineinzusehen. Aber Jugend hat keine Tugend, seien Sie ihm nicht böse. Man kann ihm ja gar nicht böse sein.«

Ralf fragte sich: Was hat das zu bedeuten? Weshalb heuchelte er jetzt immer viel mehr den liebevollen Vormund, als den strengen. Das gab zu denken! Er beschloß daher, mehr denn je auf der Hut zu sein.

# 16

Über die weiten Grasfluren, Campos genannt, jagte auf einem feurigen Rassepferd eine jugendlich schlanke Gestalt. Sie trug Beinkleider und einen langen Reitrock, und auf dem Kopf einen breitrandigen Hut, der mit einem Riemen um das Kinn festgeschnallt war. Das Pferd stürmte in schnellem Lauf auf eine Hazienda zu, die inmitten des weiten brasilianischen Wiesenlandes lag, und die von einem großen, blühenden Garten umgeben war, in dem neben unzähligen herrlichen Blumen die wundervollsten Edelfrüchte durch das grüne Laub schimmerten.

Weit dahinter lagen im blauen Dunst hohe, bewaldete Berge und zwischen diesen eine Gruppe kahler, schroffer Felsen.

Am Fuße dieser schroffen, gänzlich unbewachsenen Felspartie breitete sich das große Silberbergwerk aus, dessen Schornsteine ihren Rauch zum klarblauen Himmel emporsandten. Dieses Silberbergwerk war vor etwa vierzehn Jahren gegründet worden, unter der Leitung eines deutschen Ingenieurs, der die Besitzerin dieses weitläufigen Grund und Bodens, die junge Witwe Helena Vanzita, geheiratet hatte. Weder sie, noch ihr verstorbener erster Mann, hatten je geahnt, daß in diesen schroffen Felsen reiche Silberadern lagerten. Ihr zweiter Gatte hatte diese, kurz nach der Hochzeit, auf einem einsamen Ritt in die Berge entdeckt und seine Gattin überredet, ein Silberbergwerk zu gründen. Es hatte sich reichlich gelohnt, denn es wurden ungeahnte Schätze zutage gefördert.

Nach dem Tode Helenas war dieser ganze reiche Besitz laut Testament des Vaters auf ihre Tochter Dolores aus erster Ehe übergegangen. Dolores Vanzita zählte jetzt fünfzehn Jahre. Sie war es, die auf dem edlen Vollblut über die Campos jagte, auf die Hazienda zu, die ihre Heimat war.

Als sie nahe an das blumengeschmückte Wohnhaus herangekommen war, stieß sie einen hellen jauchzenden Ruf aus. Dieser Ruf machte einen Herrn auf sie aufmerksam, der, in einen hellen Leinenanzug gekleidet, auf der Veranda saß und Notizen in ein Buch machte. Er erhob sich sofort und trat an die Treppe heran, die von der Veranda nach dem Garten führte.

»Hallo! Wildfang, laß dir Zeit!« rief er, die Hände wie einen Schalltrichter an den Mund legend.

Ein erneutes Aufjauchzen antwortete ihm, aber Dolores Vanzita hemmte den Gang ihres Pferdes nicht eher, bis sie mitten durch den blühenden Garten ritt. Vor der Veranda parierte sie das Pferd, sprang mit einem kühnen Satz aus dem Sattel, noch ehe der Reitknecht herbeikam, um das Pferd zu halten, und löste eine lederne Tasche, die mit einem Riemen am Sattel befestigt war. Nun riß sie ihren Hut so hastig vom Kopf, daß die kurzen, kastanienbraunen Locken, die wie rotes Gold glänzten, um ihr reizendes, blühendes Gesicht fielen.

»Hallo! Lutzvater, ich habe eine Menge Post und viele Zeitungen. Hast du schon darauf gewartet?«

Sie sprang mit großen Sätzen die Verandastufen empor und warf sich in die ausgebreiteten Arme des hochgewachsenen, kraftvollen Mannes, der sie lachend festhielt.

»Du Wildfang, warst du mir entwischt! Ich suchte dich vergebens im ganzen Hause, als ich von den Werken herüberkam.«

»Ach, Lutzvater, heute ist doch Posttag, und Pedro hat sich den Fuß so arg verstaucht, daß er nicht aufs Pferd kann. Ich weiß aber doch, wie sehnsüchtig du immer auf die Post und auf deine deutschen Zeitungen wartest. Da bin ich gleich selbst losgeritten.«

Er strich ihr liebevoll über das Haar.

»Und um mich nicht auf die Post warten zu lassen, reitest du stundenlang in der Sonnenhitze über die Campos. Konntest du nicht wenigstens das Auto nehmen?«

»Ich tat es doch für dich! Und ich hatte Lust zu einem

frischfröhlichen Ritt. Außerdem hatte ich Langeweile. Und nun bin ich da – und habe Hunger!«

»Das kann ich mir denken.«

»Hier ist die Post, Lutzvater. Jetzt kleide ich mich schnell um, und du kannst die Eingänge inzwischen flüchtig durchsehen. Nachher gehen wir zu Tisch. Und nach dem Essen darfst du dich in deine Zeitungen vertiefen, ich werde ganz still dabeisitzen und dich nicht stören.«

Sie drückte ihm die Posttasche in den Arm, nickte ihm strahlend zu und verschwand im Hause. In der großen Halle klatschte sie in die Hände, worauf sofort zwei schwarze Dienerinnen, eine junge und eine alte, herbeikamen. Es waren Mutter und Tochter. Die Mutter war Dolores' persönliche Bedienung, eine Art Zofe, seit sie auf der Welt war. Die Tochter wurde jetzt von der Mutter angelernt, um ihre Nachfolgerin zu werden, denn die Mutter wurde trotz des guten Lebens, das sie führte, alt. Die Mutter hieß Boni und die Tochter Joni. Dolores selbst hatte sie so getauft, und sie hörten beide auf keinen andern Namen.

»Schnell, schnell, Boni, Joni, ein Bad und meine Kleider!«

»Ist schon alles fertig, kleine Herrin«, sagte Boni, die Mutter, und beide gingen mit Dolores in deren Ankleidezimmer und begannen ihren Dienst. Boni half ihr beim Baden, und Joni legte alles zurecht. Nach dem Bade durfte Joni der Herrin Schuh' und Strümpfe überstreifen, während Boni ihr Haar mit stolz leuchtenden Augen ordnete. Und jede brannte darauf, der Herrin zuliebe etwas tun zu können. Mit einer liebevollen Zartheit und einer großen Geschicklichkeit bedienten die beiden Negerinnen das junge, reizende Geschöpf, so daß man ihnen anmerkte, diese war ihr Abgott. Boni war die Gattin des Dieners Pedro, und Dolores erkundigte sich freundlich, wie es ihm gehe. Sie bekam von beiden einen lebhaften Bericht. Dolores war sehr freundlich zu ihrer Dienerschaft, und während des Umkleidens gab es allerlei kleine Scherze und Neckereien. Boni und Joni zeigten ihre weißen Zähne und waren glücklich, daß die Herrin lachte. Sie hielt durchaus nicht so still, wie es zum Gedeihen des Werkes nötig gewesen wäre. Aber nach kaum einer halben Stunde war Dolores doch fertig. Sie war in ein hauchfeines Kleid gehüllt, hatte weiße feine Seidenstrümpfe und weiße Schuhe an und sah entzükkend aus. Boni und Joni strahlten vor Stolz über ihr Werk und zupften noch an ihr herum, bis sie lachend hinauslief.

Sie ging auf die Veranda hinaus, die in stattlicher Breite das ganze Haus umgab.

»Da bin ich, Lutzvater, nun komm zu Tisch!«

Er sah lächelnd auf die reizende Erscheinung, und sein ernstes Gesicht, aus dem die blauen Augen ein wenig schwermütig herausschauten, erhellte sich.

»Das ist ja schnell gegangen, Dolo!«

»Ich weiß doch, daß du auch Hunger hast. Gibt es gute Post, Lutzvater?«

»Ich habe sie nur flüchtig durchgesehen, Dolo, es ist eine ganze Menge.«

»Das merkte ich, die Tasche war ordentlich schwer.«

Der Stiefvater reichte ihr lächelnd den Arm und führte sie ins Haus. Würdevoll, wie eine erwachsene Dame, schritt sie neben ihm her. Sie gingen durch die mit bunten Matten ausgelegte Halle zu dem Speisezimmer, das, wie alle Räume im Hause, hell und luftig gehalten war. Freilich waren die weißen Möbel des Speisezimmers etwas schwerer als die der anderen Räume; die großen, zwei Wände einnehmenden Kredenzen waren verschwenderisch mit Silbergerät und Kristall dekoriert. Auf der reich gedeckten Tafel lag ein mit wundervollen Spitzen besetztes Damasttuch, auch die Kredenzen waren mit Spitzendecken belegt. Den Fußboden bedeckten echte Teppiche in besonders schönen Mustern. Die Mitte der Tafel, auf der ebenfalls Silber mit Kristall um die Wette glänzte, zierte eine kunstvoll gearbeitete Schale, mit köstlichen, ein herrliches Aroma ausströmenden Früchten. Man merkte der Einrichtung dieses Raumes an, daß die Besitzer dieses Hauses reiche Leute waren, aber doch herrschte kein aufdringlicher Prunk, alles war zweckmäßig und selbstverständlich.

Artig wartete der Stiefvater, bis Dolores Platz genommen hatte, und ließ sich erst dann selber nieder. Sie nickte ihm zärtlich zu.

»Lutzvater, du bist doch der vollendetste Kavalier, den ich kenne.«

»Du bist ja nun auch schon eine kleine Dame, Dolo.«

Sie unterhielten sich, wie zumeist, in deutscher Sprache, die Dolores von ihrer Mutter und ihrem Stiefvater gelernt hatte. Dolores' Mutter war eine Deutsche gewesen, ihr Vater Portugiese. Sie beherrschte die deutsche Sprache vollkommen, wenn auch mit einem leisen, fremdartigen Akzent.

»Ich kenne keinen Mann, der so zuvorkommend wäre wie du.«

»Du kennst ja noch nicht viele Kavaliere, Dolo.«

»Oh, wenn auch nicht persönlich, Lutzvater, aber du hast mir doch so viele Bücher geschenkt, in denen es viele Kavaliere gibt. Mit dir hält überhaupt keiner einen Vergleich aus, vielleicht, weil ich außer dir keinen deutschen Mann kenne. Ich kann es meinem armen toten Mütterlein nachfühlen, daß sie nur dich zum Manne haben wollte. Und ich begreife, wie schwer ihr die Trennung von dir geworden ist. Wenn ich mal einen Mann habe, wie du einer bist, dann möchte ich auch nicht so jung sterben wie meine Mutter.«

Seine Augen brannten, und er sah schmerzlich ins Weite.

»Sprich nicht von ihr, Dolo, die Wunde, die mir ihr Tod geschlagen hat, brennt noch immer zu sehr.«

»Es ist doch wundervoll, Lutzvater, wie sehr ihr euch geliebt habt, Mütterchen und du. Wie ein herrlicher Roman erscheint mir euer beiderseitiges Schicksal. Weißt du, Lutzvater, wenn ich mal heirate, dann will ich auch mit meinem Manne so glücklich sein wie Mütterchen es war. Aber dazu müßte ich eben auch einen Mann haben, wie du einer bist. Es muß dann aber wohl ein Deutscher sein, denn die Männer unseres Landes haben alle nicht die Eigenschaften, die mir bei einem Manne liebenswert erscheinen.«

»Das hat ja noch lange Zeit, Dolo, du bist doch noch viel zu jung zum Heiraten.«

»Oh, Lutzvater, die Frauen hierzulande heiraten doch zuweilen schon in meinem Alter.«

»Nun ja, die Vollportugiesinnen, aber du bist halb Portugiesin und halb Deutsche. In Deutschland heiraten die Frauen viel später.«

»Nun ja, und ich fühle mich viel mehr als Deutsche. Mutter war ja auch eine Deutsche, und in dir sehe ich meinen wirklichen Vater, wenn du auch mein Stiefvater bist. Meinen richtigen Vater habe ich doch gar nicht gekannt.«

»Das ist kein Wunder, Dolo, du warst ja kaum ein Jahr alt, als er starb.«

»Und war kaum zwei Jahre alt, als du mein zweiter Vater wurdest. Weißt du, Mütterchen ist mit meinem Vater gar nicht glücklich gewesen, das wurde sie erst durch dich.«

Ernst sah er in ihre goldbraunen Augen hinein.

»Darüber mußt du nicht nachgrübeln, Dolo.«

»Doch, ich bin doch kein Kind mehr, Lutzvater. Und Boni hat mir überdies erzählt, daß mein Vater viel, viel älter war als Mütterchen, und daß sie ihn nur geheiratet hat, weil ihre Eltern, die als deutsche Siedler hier ins Land kamen, bei einem Aufstand nicht nur all ihre Habe, sondern schließlich auch das Leben verloren. Und Mütterchen stand ganz allein und schutzlos im Leben und hatte Eltern und Heim verloren. Und da war mein Vater so gut zu ihr und nahm sie zu sich. Er liebte sie sehr, meine schöne Mutter, die erst achtzehn Jahre alt war, während mein Vater über dreißig Jahre älter war als sie. Und weil er Mutter gar so sehr liebte und so gut und hilfreich zu ihr gewesen war, deshalb wurde sie seine Frau, obwohl sie nichts für ihn empfand. Er liebte aber ihr goldblondes Haar und ihre weiße Haut und war sehr beglückt, als sie einwilligte, seine Frau zu werden. Aber so recht von Herzen glücklich ist Mütterchen nicht mit ihm geworden, erst als ich nach dreijähriger Ehe zur Welt kam, hat sie sich mit ihrem Schicksal abgefunden. Du weißt, sie hat mich sehr geliebt. Aber dann ist mein Vater gestorben, ehe ich noch ein Jahr alt war, und Mutter ist seine Erbin geworden. All seinen Reichtum hat er ihr vererbt, nur mit der Bedingung, daß nach ihrem Tode alles mir zufallen solle. Mutter hat Vater sehr herzlich betrauert, weil er doch so gut zu ihr war – aber –, glücklich ist sie dann erst mit dir geworden, und deshalb habe ich dich auch so lieb.«

»Und das alles hat dir Boni, die Plaudertasche, erzählt?«

»Ja, Lutzvater. Und es ist doch alles wahr.«

»Ja, Dolo, es ist wahr, und schließlich bist du nun alt genug, daß man mit dir darüber reden kann.«

Lebhaft nickte sie.

»O ja, das tue nur. Und du könntest mir auch einmal ganz ausführlich erzählen, wie du Mütterchen kennen und lieben gelernt hast. Ich weiß nur, daß Mütterchen dich eines Tages von einer weiten Segelfahrt mit heimgebracht hat, und daß du damals sehr krank gewesen bist. Mehr wußte mir Boni nicht davon zu sagen.«

»Nun, es ist mir lieber, wenn du in Zukunft zu mir kommst, statt zu Boni, falls du etwas wissen willst. Boni ist eine Phantastin.«

Dolo lachte.

»Das weiß ich, und darum ziehe ich von allem, was sie mir berichtet, schon immer ein wenig ab, weil sie zu überschwenglich ist. Aber sie meint es gut, und für dich und mich geht sie durchs Feuer, wie früher für Mütterchen auch. Aber wenn du mir alles erzählen willst, ist das viel hübscher. Nicht wahr, Mütterchen wohnte damals für einige Zeit in unserem Sommerhaus am Meere?«

Er strich sich über die Stirn.

»Ja, Dolo, und du weißt, wenn wir in diesem Sommerhause

wohnten, zur Erholung, weil Mütterchen das heiße Klima hier nicht sehr gut vertrug, dann blieb sie manchmal tagelang auf dem Meere auf ihrer kleinen Segeljacht.«

»Und wir mit ihr, Lutzvater – ach, was waren das für herrliche Tage. Aber – du wolltest mir doch erzählen.«

»Erst nach Tisch, jetzt wird erst gegessen. Bis jetzt hast du mehr geplaudert als gespeist.«

Sie lachte und holte das Versäumte tapfer nach, dabei immer wieder den servierenden Dienern ein gütiges Scherzwort zurufend. Es gab nur schwarze Bedienung im Hause, die aber ohne Ausnahme mit ergebener Treue an Dolores hing. Es waren alles Leute, die schon lange Jahre im Hause waren, und die Aufsicht über sie führte Boni mit ihrem Gatten Pedro. Nach dem Tode seiner Gattin hatte Lutz eine weiße Hausdame engagieren wollen, aber Dolores hatte entsetzt dagegen protestiert.

»Wie denkst du dir das, Lutzvater? Sie wird uns beiden ewig nur im Wege sein, wird uns mit tausend ›Wenn und Aber‹ ärgern und sich zwischen uns drängen. Laß das nur lieber sein, ich bin doch schon alt und verständig genug, um dem Hauswesen vorzustehen. Mir gehorchen die Diener aufs Wort, und was ich will, geschieht.«

Und »Lutzvater«, wie sie ihren Stiefvater von Kindheit auf nannte, war im Grunde froh, daß sie so energisch protestierte, denn ihm graute vor einem fremden Wesen, auf das er tausend Rücksichten würde nehmen müssen und das immer da sein würde, wenn man allein zu sein wünschte. Er machte nur schwache Einwände:

»Du wirst sehr einsam sein, da ich den größten Teil des Tages auf dem Werke bin, und Verkehr für dich gibt es hier nur wenig.«

»Reichlich genug! Ich habe doch dich. Was soll bei uns so eine fremde Frau. Sie wird mit uns bei Tische sitzen, wird in jede unserer Unterhaltungen mit hineinreden und wird immer da sein, wenn man sie nicht gebrauchen kann. Senhora Patisa und Senhora Lambeja sind auch solche schrecklich aufdringliche Frauen.«

Er hatte gelacht. Diese beiden Damen waren die Gattinnen von Beamten des Silberbergwerkes, und sie gehörten nicht gerade zu den Perlen ihres Geschlechts.

»Es gibt ja auch noch andere Damen.«

»Ehe wir die ausprobiert und die richtige gefunden haben, sind wir beide alt und grau geworden, und dann brauchen wir keine Hausdame mehr. Nein, nein, ich mag keine Fremde im Haus haben. Boni und Joni sind mir genug, sie helfen mir, das Hauswesen zu führen. Es soll alles wie am Schnürchen gehen, Lutzvater. Und wenn ich Langeweile habe, dann lasse ich mir Angela Frasquita oder Inez Hermado auf ein paar Tage kommen.«

Diese beiden jungen Portugiesinnen waren Freundinnen von Dolores und im gleichen Alter wie sie. Sie hatten zusammen gespielt und gelernt, obwohl sie stundenweit auseinander wohnten. Angela Frasquita war die Tochter des Postmeisters, der der nächsten Poststation vorstand, und Inez Hermados Vater besaß eine große Ranch, war einer der reichsten Rancheros im ganzen Lande und besaß auch am Meere ein Sommerhaus, ganz nahe bei dem Dolores gehörenden. Mit dem Auto konnten die jungen Mädchen sich in zwei Stunden erreichen. Aber solche Entfernungen schreckten weder Dolo noch ihre beiden Freundinnen. Sie sahen sich jede Woche ein- oder zweimal und besuchten sich abwechselnd. Und da alle drei sehr lebhaft und übermütig waren, fanden sie zumeist Gelegenheit zur Ausführung von lustigen Streichen aller Art. Auf der Ranch Senhor Hermados hatte Dolores auch gelernt, auf einem ungesatteltem Pferd zu reiten und den Lasso zu werfen. Das war immer eine Freude. Oft blieben die Freundinnen auch einige Tage zusammen.

Jedenfalls war also keine Hausdame nach »Armada« gekommen. So hieß die Hazienda, deren Erbin Dolores war.

War Dolores schon durch ihren Vater eine reiche Erbin gewesen, so tat Lutz Rodenberg – denn dieser Totgeglaubte war Dolores' Stiefvater, das Seine noch dazu durch die Entdekkung und Erschließung des Silberbergwerkes. Ihr Erbe war dadurch mehr als doppelt so groß, und auch Lutz Rodenberg selber war ein reicher Mann geworden, da er prozentual am Gewinn des Bergwerkes beteiligt war.

Nach Tisch gingen Stiefvater und Tochter auf die Veranda hinaus, wo sie in bequemen Sesseln aus Bambusrohr auf der Schattenseite Platz nahmen, während ihnen Mokka serviert wurde.

Als die Diener sich entfernt hatten, bat Dolores lebhaft:

»Und nun erzähle, Lutzvater. Mütterchen hat mir einmal gesagt, sie habe dich im Meer gefunden. Das ist doch wohl nur ein Scherz gewesen?«

Lutz Rodenberg zündete sich eine Zigarette an und sah deren Rauch eine Weile nachdenklich nach.

»Nein, Dolo, das war kein Scherz, es ist buchstäbliche Wahrheit, daß deine Mutter mich im Meere gefunden hat. Du weißt, ich bin ein deutscher Ingenieur und weißt auch, daß ich eines Tages aus der Heimat fliehen mußte, weil ich das Unglück hatte, in einem Streit einen Menschen niederzuschlagen, so daß er starb.«

Sie nickte und sah ihn mitleidig an.

»Ja, Lutzvater, das hast du mir eines Tages erzählt. Und ich weiß auch, daß das noch heute dein Herz bedrückt, obwohl du doch im Grunde nichts dafür konntest. Du wehrtest dich, weil du von ihm angegriffen wurdest, und wolltest ihn gewiß nicht töten.«

»Das macht mich nicht schuldlos, Dolo, es ändert nichts daran, daß ein Mensch sein Leben verlor.«

»Es war doch dein Feind, und seine Feinde darf ein Mann doch niederschlagen«, sagte sie naiv.

Er fuhr sich durch sein blondes Haar, das etwas dunkler war als das Hans Dornaus und an den Schläfen schon einen grauen Schein hatte.

»Das gilt hierzulande, Dolo, du kennst nur die wilden Sitten der Campos. In Deutschland ist das anders, da gilt es als Verbrechen, wenn man einen Menschen, aus welchem Grunde es auch sei, niederschlägt. Und da ich in meinem ganzen Denken und Empfinden Deutscher bin, fühlt sich mein Gewissen dadurch belastet. Ich wäre ins Gefängnis gekommen, wenn ich damals nicht aus Deutschland geflohen wäre. Meinem Vater hätte es das Herz gebrochen, hätte man seinen einzigen Sohn ins Gefängnis gesteckt. Deshalb verhalf er mir zur Flucht; wir nahmen schmerzlichen Abschied voneinander und – haben uns nie mehr wiedergesehen. Er hält mich für tot, denn der Dampfer, auf dem ich von Spanien aus übers Meer fahren wollte, ging damals mit Mann und Maus unter.«

Dolo schlang erregt die Hände ineinander.

»Warum aber hast du deinem Vater nie mitgeteilt, daß du noch lebst?«

»Laß mich erst weitererzählen, Dolo, dann wirst du mich verstehen«, sagte er tief aufseufzend. »Also das Schiff ging unter in einer schauerlich stürmischen Nacht. Ich hatte eine Planke erwischt, auf die ich mich rettete und die führerlos in dem aufgepeitschten Meer dahintrieb. Ich hatte meine letzten Kräfte aufgeboten, um mich auf die Planke schwingen zu können, denn ich hatte schon lange schwimmend versucht, mich zu retten. Ohnmächtig sank ich auf der Planke zusammen, und es ist ein Wunder, daß ich nicht herabgespült wurde. Wie lange ich so von den Wellen umhergetrieben wurde, weiß ich nicht, es muß sehr lange gewesen sein. Die Sonne schien hell, als ich von den Leuten, die eine Segeljacht steuerten, entdeckt wurde. Das Meer war inzwischen ganz ruhig geworden. Diese Jacht, Dolo, gehörte deiner lieben Mutter. Sie war auf einer Segelfahrt, die sie, sie wußte selbst nicht, warum, weiter als sonst ausgedehnt hatte. Deine Mutter wohnte damals, wie immer in der heißesten Zeit, in dem kleinen Sommerhaus am Meere. Und als sie ihren Leuten gerade Befehl zur Umkehr gegeben hatte, entdeckten diese in der Ferne die schwimmende Planke, auf der sie einen Menschen zu erkennen glaubten. Sofort gab deine Mutter Befehl, auf sie zuzuhalten, und so wurde ich gerettet. Man zog mich an Bord der Jacht, obwohl man schon glaubte, ich sei nicht mehr am Leben. Deine Mutter entdeckte, als man mich ihr zu Füßen legte, daß noch schwaches Leben in mir war und mühte sich vergeblich, mich zu Bewußtsein zu bringen. Sie ließ nun die Jacht schnell zum Lande bringen, und ich wurde in ihr Sommerhaus gebracht. Dort lag ich wochenlang ohne Besinnung, immer dicht am Tode. Ein wildes Fieber hatte mich befallen, und in meinen Fieberreden verriet ich deiner Mutter, die mich treulich pflegte, nicht nur, daß ich ein Landsmann von ihr sei, sondern auch, was mich in die Welt hinausgetrieben hatte. So wußte sie fast alles, was ich auf der Seele hatte und was mich bedrückte, noch ehe ich zu Bewußtsein kam. Wie ich aber auf die Planke ins Meer gekommen war, erfuhr sie aus meinen Fieberreden nicht. Und das Sommerhaus liegt, wie du weißt, so abgelegen von allem Verkehr, daß sie auch nichts davon erfuhr, daß ein spanischer Dampfer in der Nähe der brasilianischen Küste untergegangen war.

Pedro, der sich schon damals im Dienste deiner Mutter befand und der einige medizinische Kenntnisse hatte, half mich gesundzupflegen, und Boni, damals noch eine junge Frau, ebenfalls. Als ich nach langen Wochen endlich wieder fieberlos und bei vollem Bewußtsein war, sah ich das engelhaft schöne Gesicht deiner lieben Mutter über mich gebeugt. Sie lächelte mir zu und hielt ein kleines Kind auf dem Arm, das drollige Laute von sich gab. Wie eine Madonna erschien mir deine Mutter, und dein drolliges Kauderwelsch nötigte mir das erste Lächeln ab.

So gütig und teilnahmsvoll sahen mich die Augen deiner Mutter an, daß ich glaubte, im Paradiese zu sein. Aber sonst wußte ich nichts von mir, es dauerte abermals wochenlang, bis ich mein Gedächtnis wiederfand und mich erholte. Als ich endlich wieder klar denken konnte, brachte mir deine Mutter meine Papiere und mein Geld, das ich in einem dichten Gummibeutel auf der Brust getragen hatte. Deine Mutter hatte es für mich verwahrt, und so war ich wenigstens im Besitz meiner Papiere und der ziemlich namhaften Summe, die mein Vater mir mit auf die Flucht gegeben hatte. Als ich das alles vor mir sah, lichteten sich die letzten Nebel, und alles wurde wieder klar, was hinter meiner Bewußtseinsschwelle verborgen gelegen hatte. Deine Mutter sagte mir, daß über zwei Monate vergangen waren, seit sie mich im Meere aufgefischt hatte. Nun wußte ich wieder, daß der Dampfer, mit dem ich hatte fliehen wollen, auf dem Grunde des Meeres lag. Später erfuhr ich aus dem Inhalt alter Zeitungen, daß nur ein Matrose und ein Steuermann außer mir gerettet worden seien. Aber von meiner Rettung war keinem Menschen etwas bekannt, und ich wußte nun, daß mein Vater mich seit zwei Monaten als Toten betrauerte. Da war mir, als müsse ich es als Sühne für mein Vergehen auf mich nehmen, auch weiterhin als Toter zu gelten. Ich sagte mir, mein Vater würde den Schmerz um mich einmal verwunden haben, und daß es vielleicht tröstlicher für ihn sei, mich für tot zu halten, als zu denken, ich, der Totschläger, müsse ruhelos durch Länder und Meere irren. Ich steigerte mich immer mehr darein und gelobte mir feierlich, diese Sühne auf mich zu nehmen, um mich selbst zu bestrafen. Wäre ich damals nicht so elend und kraftlos gewesen, wer weiß, ob ich dann vor mir selber ein solches Gelübde abgelegt hätte. Aber ich tat es – und –, so schwer es mir manchmal geworden ist, ich habe es gehalten.

Mein Vater war ein stolzer, ehrenhafter Mann, und nur, weil er mich so sehr liebte, hat er mir, gegen das Gesetz, damals zur Flucht verholfen. Ich las dann in deutschen Zeitungen, die gerichtliche Verfolgung gegen mich sei eingestellt worden, weil ich nicht mehr am Leben sei. Das bestärkte mich noch mehr in dem Vorsatz, auch weiterhin als Toter zu gelten. So konnte wenigstens mein Vater seinen Kopf wieder höher tragen; er, der Chef der großen Rodenberg-Werke, brauchte nicht mehr zu fürchten, daß sein Sohn doch noch eines Tages ins Gefängnis kam. Damals, in meiner tiefen Zerknirschung, glaubte ich, meinem Vater, da er einmal meinen Tod verschmerzt hatte, eine Wohltat zu erweisen, wenn ich mich selbst aus dem Leben striche. Später sind mir freilich zuweilen Zweifel gekommen, aber ich hatte mein Gelübde getan und wollte es halten um jeden Preis. So wahr ich den Tod jenes Menschen verschuldet hatte, so wahr wollte ich für meine Angehörigen tot sein. Denn ich besaß noch eine Schwester, die zwei Kinder hatte, und meine älteste Schwester, die kurz vor meiner Flucht aus der Heimat bei einem Eisenbahnunglück ums Leben kam, was meine Mutter vorzeitig ins Grab brachte, hatte auch zwei Kinder hinterlassen. Diese Kinder wurden im Hause meines Vaters erzogen, und ich tröstete mich mit dem Bewußtsein, daß der Sohn meiner ältesten Schwester meinem Vater den verlorenen Sohn ersetzen möchte.

Ich beichtete deiner Mutter alles, und sie sagte mir, daß sie das schon zum großen Teil meinen Fieberreden entnommen hatte. Sie hat mich so gütig und liebreich getröstet und aufgerichtet, daß ich den Wunsch, zu sterben, aufgab und versuchte, mich wieder im Leben zurechtzufinden. Ich sagte ihr auch, was für ein Gelübde ich getan und bat sie, mir zu helfen, daß mein Vater nichts von meiner Rettung erführe. Sie widersprach mir nicht, zeigte mir ein feines Verständnis für meine Seelenkämpfe und machte mir dann den Vorschlag, mit ihr auf die Hazienda zu gehen, wo ich vorläufig leichte Arbeit und Pflichten finden und wo ich mich vollends erholen könne.

Mein Herz war bereits so fest an sie gefesselt, daß ich eine Trennung von ihr ohnedies als einen großen Schmerz empfunden haben würde. Sie erzählte mir, daß sie vor Monaten ihren Gatten verloren hätte, sagte mir auch offen, daß sie nur aus Dankbarkeit die Gattin deines Vaters geworden sei, und ließ durchblicken, daß sie sehr eines männlichen Schutzes und einer Hilfe bedürfe, da sie mit ihrem Kinde allein im fremden Lande stehe und nur farbige Diener um sich habe, die ihr zwar treu ergeben seien, sie aber trotzdem ihre Einsamkeit schmerzlich fühlen ließen.

So ging ich mit deiner Mutter nach Armada und begann hier ein ganz neues Leben. Ich war sehr glücklich, als ich in kurzer Zeit deiner Mutter meine Dankbarkeit dadurch beweisen konnte, daß ich, meine Kenntnisse als Ingenieur verwertend, auf einem Ritte durch dic unwirtliche Felspartie die Silberadern entdeckte. Sie glaubte mir ohne weiteres, daß hier in ihrem Grund und Boden unschätzbare Werte verborgen lagen, und legte ohne Zögern einen großen Teil ihres Barvermögens in der Gründung des Silberbergwerks an. Großmütig drang sie darauf, daß ich am Gewinn beteiligt sein solle als der Entdecker der Silberadern und als Leiter des Bergwerks. Ich legte auch die in meinem Besitz befindliche Summe in dem Bergwerk an, und so konnte ich auch für mich ein ansehnliches Vermögen erwerben, was mir um so lieber war, da es mich unabhängig von deiner Mutter machte. Sie hat mich zwar nie fühlen lassen, daß sie viel reicher war als ich, und daß sie mir unzählige Wohltaten erwiesen hat, aber ein Mann will einer Frau nicht gerne etwas verdanken müssen.

Daß mir deine Mutter ihre Liebe schenkte, betrachtete ich als eine unverdiente Gnade des Schicksals. Mir war, als habe der Himmel mein Gelübde angenommen als Sühne für das von mir vernichtete Menschenleben, und als dürfe ich nun doch noch glücklich sein. Da deine Mutter mich mit ihrer Liebe beglückte und mir vertrauensvoll ihre Hand zum Lebensbunde reichte, beschloß ich, mein Wissen und Können ganz in ihren Dienst zu stellen und nur noch für sie zu leben. Sie – sie hat mich unaussprechlich glücklich gemacht.«

Er schwieg überwältigt und schloß eine Weile, tief ergriffen, die Augen. Dolores saß ganz still und sah ihn liebevoll und mitleidig an. Erst nach einer Weile legte sie leise die Hand auf seinen Arm.

»Lutzvater!«

Er richtete sich auf und nickte ihr zu.

»Ja, kleine Dolo, du hast auch ein gutes Teil dazu beigetragen, mein Leben, das ich schon für ein zerstörtes gehalten hatte, wieder mit Licht und Sonne zu füllen. Du bist mein liebes Kind geworden, und wenn ich dich auf den Armen hielt und du mir jauchzend zuriefst: ›Ich hab' dich lieb, Lutzvater‹, da konnte ich alles vergessen, was aus der Vergangenheit immer wieder mahnend aufstieg. Und – als ich dann nach unsagbar glücklichen Jahren deine liebe Mutter hergeben mußte, warst du es wieder, die mir Trost und Hilfe wurde. Hab' Dank, kleine Dolo!«

Er reichte ihr die Hand, und sie legte mit einem strahlenden Lächeln die ihre hinein.

»Ich muß danken, daß du mir ein so guter, liebevoller Vater wurdest.«

»Nun, so stehen wir uns gleich gegenüber, mein liebes Kind. Bald nach meiner Rettung begann der große Weltkrieg, und ich hätte mich gern dem Vaterland zur Verfügung gestellt, wenn es möglich gewesen wäre, durchzukommen, ohne gefangengenommen zu werden. Und – dann hielt mich auch die Liebe zu deiner Mutter fest. Ich habe mir damals zum Trost gesagt, daß, wenn ich daheimgeblieben wäre, mein Vater mich wahrscheinlich sowieso durch den Krieg verloren hätte.«

»So glaubt dein Vater noch heute, daß du damals mit dem Dampfer umgekommen bist. Ihr habt nie wieder voneinander gehört?«

»Nein, Dolo, nicht direkt. Ich lese zuweilen Berichte über die Rodenberg-Werke, die unter meines Vaters Leitung immer mehr florieren. Auch habe ich zuweilen vorsichtig durch ein Büro Erkundigungen eingezogen und dadurch mancherlei in Erfahrung gebracht. So weiß ich, daß meine jüngste Schwester Melanie noch immer mit ihrem Manne und ihren Kindern auf den Rodenberg-Werken lebt, ihr Mann ist kaufmännischer Direktor der Rodenberg-Werke geworden. Ich fand ihn übrigens nie sympathisch und hielt ihn für einen unechten Menschen. Die Kinder meiner ältesten, meiner Lieblingsschwester, die so jung einen grauenvollen Tod fand, leben noch im Hause meines Vaters, und ihr Sohn gilt allgemein als der künftige Chef der Werke. So ist mein Vater gottlob von Liebe umgeben und wird meinen Tod längst verschmerzt haben, wenn er mich auch nie vergessen wird, das weiß ich. Zu sehr haben wir aneinander gehangen. Um so schwerer war die Buße, die ich mir auferlegte. Aber solche Gelübde muß man halten.«

Dolores sprang auf und umarmte den Vater.

»So muß ich dir nun alles ersetzen, mein armer Lutzvater, alles, was du verloren hast, und da muß ich mir sehr viel Mühe geben und dich sehr, sehr liebhaben.«

Er drückte sie an sich.

»Meine kleine Dolo, du bist mir wahrlich ein großer Herzenstrost. Ich fühle wie ein echter, rechter Vater für dich, das weißt du. Nicht wahr, mein Kind, die gemeinsame Liebe zu deiner Mutter bindet uns fester als Bande des Blutes?«

Sie nickte ihm unter Tränen lächelnd zu, und sie saßen lange stumm beieinander, sich bei den Händen haltend. Und dann begann Dolo von der geliebten Toten zu plaudern, erinnerte ihn an dies und jenes kleine Erlebnis mit ihr, und es war, als weile sie noch bei ihnen.

Aber endlich schrak Lutz auf.

»Nun haben wir uns so lange verplaudert, daß mir keine Zeit mehr für meine Post bleibt. Ich muß jetzt noch einmal nach dem Werk hinüber.«

»Oh, Lutzvater – und deine Zeitungen?«

»Die hebe ich mir für den Abend auf, jetzt muß ich fort!«

»Oh, bitte, warte noch fünf Minuten, dann begleite ich dich hinüber.«

»Dann schnell, Dolo!«

Sie eilte leichtfüßig davon, das weiße Kleid flatterte um ihre flinken Füße. Trotzdem ihr junger schlanker Körper schon leise an eine Frau erinnerte, war sie in ihrem ganzen Wesen doch noch ein Kind – ein süßes, reizendes Kind.

Sie rief im Hause nach Boni und Joni und wirbelte die beiden Getreuen durcheinander mit ihrem: »Schnell, schnell, Lutzvater wartet!« Sie war so sehr gewöhnt, schnell und willig bedient zu werden, daß sie es als selbstverständlich betrachtete, daß man sich mühte, ihre Wünsche zu erfüllen. Trotz ihres Reichtums und trotz ihres Verwöhntseins war sie doch im Grunde ein anspruchsloses Geschöpf, dem man gern diente, weil es immer freundlich bat, nie hart und rauh befahl.

Schnell war sie fertig und stand vor Freude glühend wieder vor dem Vater. Ihre Augen, die immer funkelten, als hätten sich Sonnenstrahlen darin gefangen, sahen ihn fragend an:

»Hat es länger gedauert als fünf Minuten, Lutzvater?«

»Sechs und eine halbe«, sagte er lächelnd und betrachtete sie mit Wohlgefallen. Jetzt, in ihrem Reitdreß, sah sie beinahe aus wie ein Junge, nur die zarte pfirsichfarbene Haut und die unter dem schnell aufgestülpten Hut hervorquellenden goldroten Locken verrieten das Mädchen. Sie trug wieder die Reithosen und die lange Reitjacke aus weißem Leinen, wie vorhin.

»Oh, wirklich schon sechseinhalb?«

»Schadet nichts, dafür stehen die Pferde schon bereit, also los, Dolo.«

Sie gingen hinunter, wo die beiden edlen Pferde gesattelt standen. Lutz Rodenberg beugte seine noch immer schlanke Gestalt und hielt Dolo seine Hand hin, damit sie ihren Fuß hineinsetzte. So schwang sie sich in den Sattel. Dann sprang auch Lutz auf sein Pferd, und nun jagten die beiden edlen Tiere Flanke an Flanke dahin durch das weiche Campos-Gras, hinüber zu dem Silberbergwerk, in dem in der Mehrzahl farbige Arbeiter beschäftigt wurden. In einer halben Stunde waren sie dort.

Lutz Rodenberg war eine imponierende Erscheinung, und er hätte sehr gut der Vater von Hans Dornau sein können, so ähnlich sahen sich die beiden Menschen, die doch so weit voneinander entfernt waren. Auch Lutz hatte blondes Haar, nur eine Nuance dunkler als Hans. Die Augen waren von demselben Blau und lagen genauso tief unter der schöngebauten Stirn gebettet. Wohl waren die Züge von Lutz härter und fester als die Hans Dornaus, aber es waren doch dieselben. Die Familienähnlichkeit war sehr stark ausgeprägt. Lutz stand im Beginn der Vierzig, wirkte aber älter und reifer. Man sah ihm die harten Seelenkämpfe an, die er durchgemacht hatte. Aber das reiche Glück, das er an der Seite von Dolores' Mutter gefunden, zauberte einen weichen Schimmer in seine blauen Augen. Der stete Wunsch, zu sühnen, hatte ihm mit der Zeit etwas Abgeklärtes, Gütiges und Reifes gegeben.

Überall im Silberbergwerk waren die Arbeiter fleißig, so fleißig, wie es das heiße Klima zuließ. Während der heißesten Zeit des Tages wurde nicht gearbeitet, dafür fing die Belegschaft früher am Morgen an. In diesem heißen Lande mußte Maß gehalten werden mit den Kräften der Leute, und nur unvernünftige Arbeitgeber laugten deren Kräfte über Gebühr aus. Das gab es bei Lutz Rodenberg nicht. Er hielt seine Leute gut, und aufrührerische Ideen waren hier noch nicht aufgetaucht.

Lutz inspizierte alle Arbeitsstätten, blieb hier stehen, um eine Rüge auszusprechen und dort, um ein Lob zu erteilen. Nie war er hart zu den Leuten, und auch wenn er einmal tadeln oder gar strafen mußte, geschah es ohne Zorn, in ruhiger, wenn auch bestimmter Weise. Und nie wurde jemand ungerecht behandelt. Dafür waren die Schwarzen auch sehr empfänglich, eine verdiente Rüge oder Strafe nahmen sie willig hin, eine unverdiente machte sie störrisch.

Dolores hielt tapfer an der Seite ihres Stiefvaters aus, bis alles inspiziert war. Dann ritten sie miteinander heim und plauderten angeregt dabei.

## 17

Nach dem Abendessen setzte sich Lutz Rodenberg seiner Stieftochter gegenüber an den runden Tisch in dem luftigen, ganz weiß gehaltenen Wohnzimmer. Dolo vertiefte sich in ein spannendes Buch, und Lutz breitete mit Behagen seine Zeitungen aus. Stand er doch nur durch sie mit der Außenwelt in Verbindung.

Nur durch die Zeitungen hatte er erfahren, welch schwere Zeiten für Deutschland gekommen waren. Mit Entsetzen hatte er die schrecklichen Hungerberichte und danach die verheerenden Inflationsleiden vernommen, und es war ihm ein Trost gewesen, daß die Rodenberg-Werke immer durchgehalten hatten.

Wenn Lutz eine deutsche Zeitung in die Hand nahm, glänzten seine Augen wieder heller, und seine Gedanken flogen hinüber zu der alten Heimat, zu dem Vater, ohne daß er geahnt hätte, daß er nicht mehr lebte.

Auch heute schaute er mit frohem Blick auf die große vor ihm liegende Zeitung. Lächelnd blickte Dolores zuweilen zu ihm hinüber. Aber plötzlich sah sie ihn zusammenzucken, sah, daß seine Hand krampfhaft das Blatt umspannte, sah sein Gesicht schlaff und fahl werden, und daß seine Augen starr und weit blickten. Erschrocken richtete sie sich auf und legte die Hand auf seinen Arm.

»Lutzvater! Was ist dir?«

Er barg das Gesicht aufstöhnend in den Händen.

»Dolo – mein Vater – ist tot«, stieß er hervor.

Die schmale, feine Kinderhand strich zart und leise über sein gesenktes Haupt.

»Armer Lutzvater! Tut es sehr weh?« fragte sie leise. »Du hast ihn doch schon so lange verloren.«

Er richtete sich langsam empor und sah sie an mit einem Blick, der sie erschütterte.

»Aber er lebte, Dolo, und meine Gedanken konnten zu ihm fliegen, ich konnte mir im Geiste Trost bei ihm holen, wenn mich danach verlangte. Immer sah ich ihn lebend vor mir, sah seine gütigen, lebensvollen Augen. Nun sind sie gebrochen, und nun fühle ich, wie ich heimlich doch immer noch eine leise Hoffnung hegte, ihn eines Tages wiederzusehen. Man glaubt immer an Wunder, wenn man eine große Sehnsucht im Herzen trägt. Diese Hoffnung ist nun gestorben – mit meinem Vater! Kannst du das verstehen, Dolo?«

Sie nickte und streichelte seinen Arm. Ihr Gesicht war sehr blaß geworden und ihre Augen feucht.

»Armer Lutzvater, ich denke mir, daß dir jetzt so zumute ist wie mir, als Mütterchen starb. Es tut furchtbar weh, wenn ein Mensch, den man geliebt hat, aufhört zu leben. Wann ist dein Vater denn gestorben?«

Er atmete tief und schwer.

»Ich weiß noch nicht. Noch habe ich hier nichts weiter gelesen, als daß Georg Rodenberg gestorben ist, und daß Lutz Rodenberg sein Erbe ist. Wie seltsam, Dolo, daß man ein Inserat in die Zeitungen setzt, in dem man schreibt, daß Lutz Rodenberg sich melden soll, wenn er noch lebt. Also hat man doch noch die Möglichkeit erwogen, ich könnte noch am Leben sein. Warte – laß mich nun erst zu Ende lesen, was in diesem Inserat noch steht. Sieh nur, ganz groß und fett gedruckt ist mein Name, er fiel mir gleich in die Augen.«

Sie beugten sich beide über die Zeitung herab und lasen

das Inserat durch. Und da schrie Lutz plötzlich auf, schrie, als wolle es ihm die Brust zersprengen, denn als er weiterlas, sah er erst, daß seine Unschuld erwiesen worden war, daß nicht er, sondern der Bergrat Natusius der Schuldige war, und daß dieser das auf seinem Sterbebett bekannt hatte.

Leichenblaß sank er zurück, und ein qualvolles Stöhnen kam über seine Lippen. Sein Studienfreund Natusius hatte den verhängnisvollen Schlag geführt, hatte es gewußt all die Jahre und hatte ihn doch in dem bedrückenden Glauben gelassen, daß er der Täter gewesen sei.

Freilich, Natusius glaubte wie alle anderen daheim an seinen Tod. Auch Dolores hatte das nun gelesen, und sie umschlang den Stiefvater, als fühle sie, daß er jetzt einen Halt, eine Stütze brauche.

»Lutzvater – ach mein lieber, lieber Lutzvater, so freue dich doch, sieh nicht so entsetzlich blaß und verstört aus, freue dich, daß du unschuldig bist, daß nicht du es warst, der jenem Mann den Tod brachte.«

Wie im Krampf bissen sich seine Zähne aufeinander, er faßte Dolores bei beiden Armen und schüttelte sie ein wenig.

»Verstehe doch, Kind – das alles war umsonst! Umsonst all die Qualen, die Gewissensnot, umsonst die Trennung von meinem Vater, umsonst seine Sorge und Qual um mich. Das alles hätte nicht zu sein brauchen, ich hätte mich nicht selbst für meine Lieben versteckt halten müssen, wenn der wahre Täter den Mut gehabt hätte, seine Schuld einzugestehen«, stieß er außer sich hervor.

Sie streichelte liebevoll sein Haar.

»Wie gut verstehe ich dich, Lutzvater. Aber – bedenke, was dir ein Trost sein muß – dann hättest du auch Mütterchen nicht kennengelernt, ihr hättet euch nicht in Liebe finden, hättet nicht so glücklich miteinander sein können. Kann dich das nicht ein bißchen trösten?«

Sein Gesicht zuckte, aber der starre Krampf darin löste sich.

»Daß Mütterchen das nicht mehr erleben konnte, Dolo! Sie hat getreulich allen Kummer, alle Herzensnot mit mir getragen – konnte sie nicht auch meine Befreiung miterleben? Denn eine Befreiung ist es trotz allem. Lies mir das alles noch einmal laut vor, Dolo, damit ich es fasse, damit ich begreife, daß ich frei von Schuld bin – und –, daß mein Vater nicht mehr lebt.«

»Ja, Lutzvater, das alles ist auch für einen so starken Mann, wie du bist, ein wenig viel. Ich kann es dir nachfühlen. Komm, lehne dich zurück, und fasse dich, ich werde dir alles ganz langsam und deutlich vorlesen.«

Sie drückte ihn liebevoll besorgt in seinen Lehnstuhl zurück und las dann mit lauter, klarer Stimme den Inhalt des Inserates, das Eva Maria und Hans durch Ralf Bernd in die Zeitungen lanciert hatten:

»Lutz Rodenberg,

falls er noch am Leben, kund und zu wissen, daß sein Vater gestorben und ihn zum Erben der Rodenberg-Werke eingesetzt hat, falls er innerhalb zwanzig Jahren nach seinem Verschwinden wieder auftaucht. Lutz Rodenberg kann unbesorgt heimkehren, denn er ist nicht schuldig. Bergrat Natusius hat auf seinem Sterbebett das Geständnis abgelegt, daß er einen Schlagring besaß und damit jenen Mann tötete. Schnellste Meldung dringend erwünscht, Georg Rodenberg starb am 23. August dieses Jahres.«

Als sie zu Ende gelesen hatte, saßen sich Vater und Tochter lange stumm gegenüber. Dolores fühlte, daß all dies erst in dem Herzen des Stiefvaters ausklingen mußte. Er saß ihr mit geschlossenen Augen und zurückgeneigtem Haupte gegenüber, und seine Gedanken waren in die Heimat geflogen und hielten Zwiesprache mit dem toten Vater. Seine Brust hob sich immer wieder in tiefen, schweren Atemzügen, und die

Muskeln seines Gesichts zuckten wie im Krampf. Dolores sah immer wieder mitleidig besorgt zu ihm hinüber, aber endlich hielt sie dies Schweigen nicht mehr aus.

»Lutzvater, das ist doch das Wunder, auf das du heimlich gehofft hattest. Nun ist alle Schuld von deiner Seele herunter. Freue dich doch darüber.«

Er öffnete die Augen und sah sie an. Langsam richtete er sich empor.

»Ja Kind, wie ein Wunder ist es. Nur schade – für meinen armen Vater kam es zu spät, und ich frage mich jetzt, ob ich recht getan habe, daß ich jenes Gelübde ablegte und ihm den Glauben ließ, daß ich tot sei.«

Sie trat neben ihn, umfaßte sein Gesicht mit den Händen und sah ihn mit einem energischen Ausdruck an.

»Lutzvater, jetzt quäle dich nicht wieder in ein neues Schuldbekenntnis hinein, kaum daß du das alte los bist. Es muß dir genügen, daß du das Beste gewollt hast, daß du willig eine große Strafe auf dich nahmst, trotzdem du sie nicht verdient hattest. Wir Menschen sind nicht allwissend, allwissend ist nur der liebe Gott. Und der ließ das alles zu – also muß es auch in seinem Sinne gewesen sein. Was du erlittest, hast du schuldlos gelitten. Du hast ein fast übermenschliches Opfer gebracht, weil du eine eingebildete Schuld sühnen wolltest. Daß es nicht nötig gewesen wäre, wußte nur der liebe Gott – und jener Bergrat Natusius. So, wie du gehandelt hast, mußtest du es deiner Wesensart nach tun, und kein Vorwurf kann dich treffen. Bedauerlich ist es, daß du und dein Vater so schwer unter der Schuld eines anderen leiden mußtet, aber deswegen kann man dich nur bemitleiden. Habe ich nicht recht?«

Er zog sie an sich, und ein mattes Lächeln flog um seinen Mund.

»Meine kleine, resolute Trösterin, ja, du hast recht. Und ich muß mich damit abfinden, daß ich meinen Vater nie wiedersehen werde. Aber – heimkehren kann ich nun, kann mich meinen Angehörigen wieder nähern, denn mein Gelübde ist nun hinfällig.«

Dolores sah ihn bestürzt an.

»Du willst nach Deutschland gehen, Lutzvater?«

Er atmete tief auf, und seine Augen leuchteten.

»Zweifelst du daran, Dolores? Kannst du nicht verstehen, daß ich mich sehne, die Heimat wiederzusehen, wenigstens am Grabe meines Vaters zu beten – und am Grabe meiner Mutter?«

Sie war sehr blaß, sagte aber tapfer:

»Ja – oh, ja –, das kann ich verstehen. Aber du wirst doch wiederkommen, Lutzvater, wirst mich doch nicht allein lassen?«

»Meine kleine Dolo, das ist doch selbstverständlich; du und ich, wir gehören doch zusammen. Ich würde dich vielleicht gleich mit mir nehmen, aber erst möchte ich einmal hinüber und sehen, wie die Dinge in Rodenberg liegen. Der Mann meiner jüngsten Schwester ist kaufmännischer Direktor, und der Sohn meiner ältesten Schwester ist, soviel mir berichtet worden, zum künftigen Chef der Rodenberg-Werke bestimmt. Sicherlich hat man dies Inserat nur erlassen, um einen letzten Wunsch meines Vaters zu erfüllen. Vielleicht lebte dieser bis zu seinem Ende in der Hoffnung, ich könnte bei jenem Schiffsunglück auf irgendeine Art gerettet sein. Er – o ja –, er hätte es verstanden, daß ich verschollen bleiben wollte, um zu sühnen. Nun hat er sterben müssen, ohne meine Schuldlosigkeit zu erfahren, aber vielleicht ist es gut, daß er es nicht mehr erfuhr. Es hätte ihn, wie mich auch, furchtbar geschmerzt, daß dies alles umsonst gewesen. Unerkannt und heimlich will ich in die Heimat gehen, und nur, wenn mein Wiederauftauchen Freude bereitet, will ich mich zu erkennen geben. Sonst gehe ich still wieder von dannen. Ich kann dich also jetzt nicht gleich mitnehmen, Dolo, du bleibst hier. Ich bitte die Mutter deiner Freundin Angela Frasquita, dich in der Zeit meiner Abwesenheit unter ihren Schutz zu nehmen. Sie wird gern einige Monate mit ihrer Tochter in Armada verweilen, meinst du nicht auch?«

Dolo nickte, sah aber sehr betrübt aus.

»So lange soll ich mich von dir trennen, Lutzvater? Monatelang wirst du fortbleiben?«

»Schneller läßt sich das nicht erledigen, bedenke die weite Reise. Du wirst tapfer sein, nicht wahr?«

Sie seufzte.

»Wenn es denn sein muß! Aber, wenn deine Leute dich nicht wieder fortlassen wollen?«

»Dann hole ich dich! Es ist selbstverständlich, daß du bleibst, wo ich bleibe. Und Mutter wünschte doch, daß du, wenn du erwachsen bist, Europa, vor allem Deutschland kennenlernen solltest. Wie es auch kommt, wir gehören zusammen, und die Trennung wird schneller vergehen, als du glaubst.«

Ungestüm warf sie sich in seine Arme.

»Ich wäre auch furchtbar einsam und verlassen ohne dich, das weißt du und wirst immer daran denken, nicht wahr?«

»Wie ich ohne dich, Dolo, das weißt du auch. Es wird nur eine Trennung auf kurze Zeit sein.«

»Monatelang ist keine kurze Zeit.«

»Ich kürze sie, soviel ich kann. Und wir schreiben einander, so oft wir können; du sollst sehen, die Zeit vergeht schnell. Angela und Inez werden dir Gesellschaft leisten. Sei tapfer, kleine Dolo.«

Sie atmete auf und nickte ihm lächelnd zu. Da es nicht anders sein konnte, wollte sie ihm keine Sorge machen mit ihrer Verzagtheit.

Lutz' Reise nach Deutschland wurde nun nach allen Seiten beleuchtet. Sie besprachen und berieten alles gemeinsam, und Dolores bezwang die Angst vor der Trennung. Sie war ein mutiges Geschöpf und gewohnt, sich in Unvermeidliches zu fügen.

Ein Risiko war es nicht, Dolores allein zurückzulassen. Sie

wurde von ihren Leuten vergöttert, und keiner hätte zugelassen, daß man ihr ein Leid zufügte. Außerdem waren die portugiesischen Beamten da, die in Lutz' Abwesenheit für Ordnung sorgen würden wie sonst, wenn er in der heißen Zeit am Meere gewesen war.

Als sie über alles im klaren waren, gingen sie zur Ruhe.

Gleich am nächsten Morgen besprach Lutz alles mit seinen Beamten, und dann fuhr er mit Dolo im Auto zur Poststation, um Senhora Frasquita zu bitten, für die Zeit seiner Abwesenheit nach Armada überzusiedeln. Angela jauchzte auf, als sie hörte, daß sie monatelang mit der Freundin zusammensein dürfe auf der himmlisch schönen Armada. Das war ein Fest für sie. Auch Senhora Frasquita zögerte nicht lange, diese Gelegenheit zu einer angenehmen Ausspannung zu ergreifen. Ihre nicht sehr glänzenden Verhältnisse ließen ihr einen Aufenthalt in dem reichen Haushalt sehr wünschenswert erscheinen. Ihr Gatte durfte sie an den Sonntagen besuchen und begnügte sich in der Zwischenzeit gern mit der farbigen Dienerin, die ihn betreuen würde, um seiner Frau und seiner Tochter diese Ausspannung zu gönnen.

Dolo fing langsam an, sich mit der Trennung von dem geliebten Vater vertraut zu machen. Die lustige Freundin malte ihr alles in den leuchtendsten Farben aus, sie wollten schon lustig und vergnügt sein, zumal auch Inez für einige Wochen kommen würde. So konnte sie sich etwas getrösteter mit Lutzvater in seine Reisepläne vertiefen.

An den Abschied vermochte sie freilich noch nicht zu denken, ohne Herzweh zu bekommen, aber das verbarg sie tapfer, um den Vater nicht zu betrüben. Denn daß auch ihm der Abschied von ihr nicht leicht werden würde, wußte sie.

Trotz seiner steten Wachsamkeit hatte Ralf Bernd noch nichts entdeckt, womit er Mertens hätte überführen können. Dieser war im Gegenteil von einer auffallenden Liebenswürdigkeit Hans gegenüber. Daß aber Mertens seinen Plan, Alleinherrscher auf den Werken zu werden, nicht fallengelassen hatte, ging aus mancherlei Äußerungen hervor, die er »seinem Bundesgenossen« gegenüber fallenließ, wenn Ralf immer wieder seine Fühler ausstreckte. Aber er war auch in dieser Beziehung noch vorsichtiger als sonst. Noch immer wurde Ralf zuweilen nach Villa Melanie eingeladen, und immer weniger verbarg Jolante, daß sie in Ralf ihren künftigen Gatten sah. Sie wurde immer deutlicher, und Ralf hatte Mühe, sich ihren Netzen zu entziehen. Er war gefeit gegen Jolantes Koketterien, sein Herz gehörte Eva Maria, und er wußte und fühlte, daß auch das ihre ihm gehöre. Wie hätte ihm da Jolante gefallen können? Er war jetzt jede Woche zweimal in Villa Rodenberg, und zwar mit Mertens' vollster Billigung. Er hinterbrachte diesem dann immer am nächsten Tage allerlei, was diesem Freude machte, selbstverständlich immer im Einverständnis mit den Geschwistern, und nur das, was der Diener Fritz hatte erlauschen können. So erhielt Mertens immer von zwei Seiten die gleichen Berichte und war sicher, daß er stets die Wahrheit erfuhr. Dabei wurde aber sowohl das Freundschaftsverhältnis zu Hans, als auch die Beziehungen zwischen Ralf und Eva Maria immer inniger und wärmer. Hans begünstigte die Annäherung Ralfs an seine Schwester in jeder Weise; er sorgte zuweilen für ein kurzes Alleinsein der beiden und merkte, daß sie ihre Liebe kaum noch verbergen konnten. Es war eine Zeit voll heimlichen Glücks für die beiden Liebenden. Eva Maria zählte die Stunden von einem Besuch Ralfs zum anderen, und wenn sie ihm auf seinen innigen Wunsch ihre Lieder vorsang, verriet ihm der Klang ihrer Stimme, was sie für ihn empfand. Es kam zuweilen zu einem atemlosen Ineinandertauchen ihrer Blicke. Sie fühlte, daß er um sie warb mit jedem Atemzug, mit der ganzen Innigkeit einer starken, tiefen Liebe. Ralf fühlte immer deutlicher, daß dieses herrliche Geschöpf ihm ganz gehörte. Aber Worte hatte er seiner Liebe noch nicht gegeben, er wollte einerseits ihre Trauer um den Großvater noch respektieren, andererseits hätte er gern Mertens erst noch zur Strecke gebracht, um der Geliebten ihre Herzensruhe wiederzugeben. Wie sehr sie sich heimlich um den Bruder bangte, wußte er nur zu gut. Mit der Furcht vor Mertens' verbrecherischem Vernichtungswillen und mit der quälenden Notwendigkeit, immer wieder diesem eine häßliche Komödie vorspielen zu müssen, gab es doch kein ungetrübtes Glück, weder für ihn noch für sie.

Jolante hatte in Erfahrung gebracht, daß Ralf zuweilen in Villa Rodenberg einen Abend verbringe. Das gefiel ihr durchaus nicht. Erst als der Vater eine Anspielung machte, daß diese Besuche auf seinen speziellen Wunsch stattfänden, beruhigte sie sich darüber. Sie war nicht willens, Eva Maria das Feld zu räumen, aber gerade, daß sie fühlte, daß Ralf auch Eva Maria begehrenswert erschien, ließ sie um so hartnäckiger an ihrem Plan festhalten, Ralf Bernd für sich zu gewinnen. Um Eva Maria unschädlich zu machen, sprach sie in Ralfs Gegenwart viel über Eva Maria und suchte sie in seinen Augen lächerlich zu machen als langweiliges Tugendgänschen, nicht ahnend, wie widerwärtig sie Ralf dadurch erschien. Er konnte sie geradezu hassen, wenn sie etwas Abfälliges über Eva Maria äußerte.

Jolante fand allmählich, daß die Angelegenheit lange genug in der Schwebe gehalten worden sei und beschloß, energischer auf ihr Ziel loszugehen.

Wieder war Ralf so eines Sonntags im Hause Mertens zu Tisch geladen. Frau Melanie freute sich stets herzlich über Ralfs Besuche, sie hatte ihn ehrlich in ihr Herz geschlossen, nur machte sie Jolantes ungeniertes Verhalten ihm gegenüber ein wenig befangen. Sie konnte sich nicht denken, daß ein Mann wie Doktor Bernd daran Gefallen zu finden vermöge.

Und wieder, wie so oft, forderte Jolante Ralf nach Tisch zu einem Spaziergang im Walde auf. Dieser bemerkte mit sehr gemischten Gefühlen, daß sie mit ihrem Vater einen verständnisinnigen Blick tauschte. Aber er konnte Jolantes energische Aufforderung zu einem gemeinsamen Spaziergang nicht zurückweisen, ohne unhöflich zu scheinen. Noch reservierter und noch korrekter ging er neben ihr her und mühte sich, bei einem unverfänglichen Thema zu bleiben. Jolante trug heute wieder ihren Pelzmantel und ein elegantes Pelzmützchen dazu. Die Waldwege waren verschneit, und Jolante gab sich immer wieder den Anschein, auszugleiten, bis sie es richtig nach einer Weile wieder soweit gebracht hatte, daß er ihr den Arm bieten mußte. Sie schmiegte sich an seine Seite, sah ihn neckisch ermunternd von unten herauf an und spitzte die Lippen, als wolle sie ihn einladen, sie zu küssen.

Aber er reagierte in keiner Weise auf diese nur gar zu deutlichen Avancen und behielt seine steife, korrekte Haltung bei. Sie gedachte das aber nicht länger ruhig mit anzusehen. Man muß ihm ganz deutlich kommen, sonst hat er keinen Mut und zieht die Sache ins Unendliche, dachte sie. Und ihre ganze »moderne Weltanschauung« zu Hilfe nehmend, blieb sie plötzlich dicht vor ihm stehen, blitzte ihn mit ihren dunklen Augen herausfordernd an und sagte:

»Sagen Sie mal, Herr Doktor, wie lange soll denn das so weitergehen?«

Er fühlte sofort, worauf sie zielte, merkte, daß sie jetzt um jeden Preis eine Entscheidung herbeiführen wollte, und sagte sich, daß er das nicht mehr hindern konnte. Es war ihm peinlich, ihr eine Enttäuschung bereiten zu müssen, und er dachte angestrengt darüber nach, wie er das so zart wie möglich machen könnte. Vorläufig stellte er sich noch begriffstutzig.

»Was soll so weitergehen, mein gnädiges Fräulein?«

Sie stampfte ungeduldig mit dem Fuße.

»Mein Gott, lassen Sie doch dieses steife, förmliche ›gnädige Fräulein‹ beiseite. Ich heiße für Leute, die mich gernhaben, Jo.«

Er verneigte sich.

»Ich weiß, mein gnädiges Fräulein, Ihre Angehörigen nennen Sie so, und sie allein haben ein Recht darauf.«

Sie machte ein Mäulchen und reckte es ihm kußbereit entgegen.

Da er nicht reagierte, sagte sie ungeduldig:

»Mein Gott, Doktor, begreifen Sie doch endlich, daß Sie nicht nötig haben, sich Reserve aufzuerlegen. Mir brauchen Sie nicht länger Komödie vorzuspielen, ich weiß, daß Ihnen viel daran liegt, sich eine Enkelin Georg Rodenbergs zu erringen. Nun haben Sie schon endlich Mut, ich habe wirklich nicht länger Verwendung für Ihre scheue Anbetung. Und ich bin ein viel zu modernes Mädchen, um Sie noch länger in Hangen und Bangen und schwebender Pein zu erhalten. Ein Mann wie Sie braucht doch nicht so ängstlich zu sein.«

Das brachte sie halb neckend, halb in ernster Herausforderung hervor. Ihre Augen sahen ihn dabei fordernd und hingebungsvoll an.

Ralf stand einen Moment fassungslos, er wußte genau, wenn er jetzt nicht ganz energisch und rücksichtslos abwinkte, lag sie ihm im nächsten Moment in den Armen, ob er wollte oder nicht. Es war ihm ein furchtbar peinliches Gefühl, einer Dame eine Abweisung zuteil werden zu lassen. Aber dabei erschien ihm Jolantes Verhalten so unweiblich und abstoßend, daß er Gott dankte, daß sein Herz anders gewählt hatte. Er war nicht der Mann, sich auf solche Weise erobern zu lassen.

Entschlossen trat er einen Schritt zurück – und nun kam ihm zum Glück ein Einfall, wie er die peinliche Situation mildern konnte.

»Mein gnädiges Fräulein, ich weiß, daß Sie sich jetzt einen übermütigen Scherz mit mir machen wollen. Im Ernst denken Sie ebensowenig daran, mir Ihre Hand zu reichen, wie ich mir erlauben würde, darum zu bitten. So vermessen wäre ich auch dann nicht, wenn mein Herz noch frei wäre. Ich weiß, Sie sind gern ein wenig übermütig, und im Übermut provozierten

Sie mich, um mich hinterher tüchtig auszulachen. Aber ein Mann wie ich läßt sich auch von der reizendsten Dame nicht auslachen.«

Sie hatte aus dieser diplomatischen Abwehr nur eines herausgehört – daß sein Herz nicht mehr frei sei, und daß er nicht daran denke, sie um ihre Hand zu bitten, und wenn sie es ihm noch so leicht machte. Ihre Eitelkeit war dadurch viel mehr getroffen als ihr Herz. Sie war so wütend auf ihn, daß sie ihn am liebsten ins Gesicht geschlagen hätte. Aber ihre Klugheit riet ihr, sich nicht noch mehr zu blamieren. Sie hatte angenommen, daß es nur eines Wortes ihrerseits bedürfe, um ihn zu einer Werbung zu veranlassen. So sehr war sie von ihrem Wert als Enkelin Georg Rodenbergs überzeugt, daß sie keinen Augenblick gezweifelt hatte, daß er mit beiden Händen zugreifen würde. Einen Moment fragte sie sich, was wohl ihre Mutter zu dem eben von ihr Erlebten sagen würde. Und um aus dieser für sie wirklich nicht angenehmen Situation zu retten, was noch zu retten war, rief sie, hart und laut auflachend:

»Ah, jetzt endlich habe ich Sie aus Ihrem Bau gelockt, Herr Doktor. Sie sind sehr scharfsichtig und haben gleich durchschaut, daß ich mir selbstverständlich nur einen Scherz gemacht habe. Ich wollte nämlich unbedingt herausbringen, ob Ihr Herz schon vergeben sei. Nun haben Sie sich verraten und müssen auch Farbe bekennen. Ist es meine Cousine Eva Maria, der Ihr Herz gehört?«

Er sah ein gefährliches, böses Glitzern in ihren Augen und sagte sich, daß er, wenn er sich jetzt verriet, Jolante zur gefährlichen Feindin Eva Marias machte. Das durfte nicht sein, bevor er wirksam für Eva Maria eintreten konnte. Er lachte scheinbar amüsiert auf.

»Dachte ich es mir doch, mein gnädiges Fräulein, daß Sie einen übermütigen Scherz mit mir treiben wollten. Und da ich mich nun einmal in meiner Überraschung verraten habe, muß ich Ihnen gestehen, daß mein Herz schon vergeben war, ehe ich meine Stellung in den Rodenberg-Werken antrat. Damit ist auch zugleich Ihre andere Frage beantwortet, es wäre mir peinlich, wenn der Name Ihres Fräulein Cousine in dieser Angelegenheit genannt werden müßte. Ich will das nicht gehört haben.«

Sie lachte schrill auf.

»Seien Sie unbesorgt, das darf Ihnen nicht peinlich sein. Diesen Scherz haben wir nämlich gemeinsam ausgesonnen, meine Cousine und ich, wir sprachen unlängst darüber, ob Sie wohl schon verlobt seien. Ich behauptete, ja, und meine Cousine, nein. Wir haben um eine Bonbonniere gewettet – und die habe ich somit gewonnen.«

»Das haben Sie freilich sehr geschickt angefangen«, sagte er lachend, als glaube er an ihre Worte. Aber er wußte ganz genau, daß Eva Maria keine Ahnung von alledem hatte. Er wußte auch, daß Jolante keinen Scherz gemacht hatte, sondern daß es ihr sehr ernst gewesen war. Allerdings nur so ernst, wie eine Frau wie Jolante Mertens es in Herzenssachen sein konnte. Daß sie überhaupt nicht wußte, was Liebe war, und daß sie ganz gewiß für ihn keine Liebe empfand, folglich auch nicht an einem gebrochenen Herzen sterben würde, fühlte er ganz genau. Aber er dankte dem Schicksal, daß ihm dieser rettende Gedanke gekommen war. Aber auf keinen Fall durfte Jolante jetzt ahnen, daß Eva Maria seinem Herzen teuer war. Gerade jetzt in ihrer gekränkten Eitelkeit konnte sie Eva Maria gefährlich werden.

Und da schoß ihm plötzlich ein erschreckender Gedanke durch den Kopf. Er kannte Jolante genau genug, um zu wissen, daß diese imstande war, Eva Maria mitzuteilen, was er von seinem inneren Gebundensein gesagt hatte. Wie mußte das auf Eva Maria wirken, wenn sie hörte, daß sein Herz nicht mehr frei gewesen, bevor er zu den Rodenberg-Werken kam? Das durfte nicht sein, nicht eher, bis er Eva Maria wiedergesehen und ihr über diese Unterredung mit Jolante selbst mit den nötigen Erklärungen berichten konnte. Er wollte das trotz allem allerdings in einer Weise tun, daß Jolante möglichst nicht bloßgestellt wurde. Sein ritterliches Empfinden ließ das nicht zu.

Jolante hatte sich gefaßt.

»Nun ja, so leicht ist es nicht, einem Herrn ein solches Geheimnis zu entreißen. Da muß man etwas wagen.«

»Ich bitte Sie aber, mein gnädiges Fräulein, niemand zu verraten, was ich Ihnen über meine Herzensangelegenheit gebeichtet habe.«

Sie sah ihn etwas mißtrauisch forschend an.

»Nur allein meiner Cousine, da ich ihr doch beweisen muß, daß ich meine Wette gewonnen habe.«

Es zuckte keine Miene in seinem Gesicht.

»Allerdings, Ihrem Fräulein Cousine müssen Sie es mitteilen, aber haben Sie die Güte, auch hier Diskretion zu wahren. Ich – ich bin nämlich noch nicht imstande, mich öffentlich zu verloben und zu heiraten – und da möchte ich nicht, daß es bekannt würde, die Kollegen necken einen dann zuviel.«

Nun war Jolante überzeugt, daß sein Herz doch nicht Eva Maria gehöre, und sie dachte daran, daß Eva Maria nun ebenfalls das Nachsehen hätte. Das tröstete sie fast in ihrem Ärger über ihre Niederlage.

»Oh, wie geheimnisvoll, Herr Doktor«, spottete sie.

»Herzensgeheimnisse verrät man nicht gern aller Welt, das werden Sie begreifen, gnädiges Fräulein.«

Sie biß sich auf die Lippen, es war ihr doch sehr unangenehm, ihn von Herzensgeheimnissen mit einer andern sprechen zu hören. Wenn sie ihn auch nicht wirklich liebte, ein wenig verliebt war sie doch in ihn gewesen. Und außerdem ärgerte sie die Niederlage, die sie erlitten hatte. Trotzdem sie es ihm als Scherz hingestellt hatte oder vielmehr, obwohl er an einen Scherz zu glauben schien, wußte sie doch nicht ganz genau, ob er sie nur hatte schonen wollen. Sie war ärgerlich, daß sie sich so lange vergeblich um ihn bemüht hatte, aber sie war doch ehrlich genug, um sich einzugestehen, daß er ihr nie Veranlassung gegeben hatte, sich irgendwelche Hoffnungen zu machen. Und wenn er wirklich sich nur den Anschein gegeben hatte, als mache sie einen Scherz, um sie zu schonen, so war das doch im Grunde sehr nett von ihm.

Sie gingen nun weiter, und Jolante plauderte und lachte scheinbar übermütig, obwohl ihr gar nicht danach zumute war. Aber ein wenig tröstete sie doch der Gedanke, daß Eva Maria nun auch eine Enttäuschung erleben müsse. Sobald wie möglich wollte sie zu ihr gehen und ihr berichten, Doktor Bernd habe sein Herz schon verloren vor seiner Ankunft in den Rodenberg-Werken. Was für ein Geschöpf mußte es denn nur sein, das Ralf Bernds Herz gewonnen hatte? Wohl irgendein armes, obskures Mädchen, da er sie noch nicht heiraten konnte, und zu dem er sich nicht bekennen mochte. Aber – sehr lieb mußte er sie doch haben, wenn er zu ihr hielt, obwohl sie arm war und er doch eine reiche Erbin hätte haben können. Gab es denn überhaupt noch so etwas, eine Liebe ohne selbstsüchtige Berechnungen?

Schade – schade war es doch, daß man so etwas nicht kennenlernen konnte. Es mußte doch ganz schön sein, so um seiner selbst willen geliebt zu werden – und – so recht von Herzen wiederlieben zu können.

Ja, Jolantes moderne Weltanschauung hatte einen kleinen, ganz kleinen Stoß erhalten. Aber das gestand sie sich vorläufig nicht einmal selber ein.

Jedenfalls war Doktor Bernd jetzt für sie erledigt, ganz gründlich. Trotzdem war sie klug genug, mit ihm zu plaudern wie immer, und so kamen sie scheinbar in gutem Einvernehmen wieder zu Hause an. Jolante war viel zu eitel, sich ihre Niederlage anmerken zu lassen. Sie brachte es fertig, Ralf wie sonst zu begegnen. Aber als er sich eine Stunde später verabschiedete, schützte sie Kopfweh vor und zog sich in ihr Zimmer zurück. Hier warf sie sich in einen Sessel und zündete sich eine Zigarette an. Verdrießlich starrte sie vor sich hin –

nur verdrießlich, nicht unglücklich. Und sie überlegte schon in dieser Stunde, wem sie nun ihre Gunst zuwenden sollte, da Doktor Bernd nicht mehr dafür in Frage kam.

## 18

Ralf Bernd ging langsam durch den Wald auf die Werke zu, er wollte seine Wohnung aufsuchen. Immer wieder atmete er befreit auf, daß er nun von Jolante keine weiteren Annäherungsversuche zu befürchten hatte. Aber die Unruhe, wie er Eva Maria vor einer Mitteilung Jolantes behüten konnte, daß sein Herz schon nicht mehr frei gewesen, als er nach den Rodenberg-Werken kam, beherrschte ihn auf dem ganzen Wege. Sehnsüchtig flogen seine Gedanken zur Villa Rodenberg. Könnte er doch dort sein, in Eva Marias reine, stolze Augen blicken und ihr sagen, daß er Jolante damit ein Märchen aufgebunden hatte. Unwillkürlich machte er einen Umweg, der ihn ziemlich nahe zu der Villa Rodenberg hinführte – und –, wie von seiner Sehnsucht herbeigezaubert, stand plötzlich Eva Maria, die soeben aus einem Nebenweg herausgetreten war, vor ihm. Beide sahen sich mit aufleuchtenden Augen an, und Eva Marias Gesicht überzog eine helle Röte. Sie trug ein weißes, gestricktes Sportkostüm und eine weiße Mütze, unter der ihr blondes Haar hervorsah. Ralf meinte, sie noch nie so schön gesehen zu haben. Die frische Winterluft hatte ihre Wangen gerötet, und ihre jugendschöne Gestalt verriet die kraftvolle Elastizität eines gesunden Körpers.

Ralf zog den Hut und verneigte sich.

»Mein gnädiges Fräulein, ich betrachte es als ein ganz besonderes Glück, daß ich Ihnen gerade jetzt begegne. Ich dachte soeben darüber nach, wie ich es anfangen könnte, Sie für einige Minuten sprechen zu dürfen.«

Sie sah ihn fragend an.

»Das kann gleich geschehen, Herr Doktor. Hoffentlich haben Sie mir nicht etwas Schlimmes zu sagen?«

»Nein, nein, gewiß nicht, ich – ich weiß nur nicht recht, wie ich das, was ich Ihnen sagen möchte, in Worte kleiden soll. Ich komme soeben von Villa Melanie.«

»Das dachte ich mir.«

»Und – ich habe nach Tisch einen Spaziergang mit Fräulein Jolante durch den Wald gemacht.«

Eine leise Schelmerei spielte um ihre Lippen. Sie wußte, daß Ralf nicht sehr erbaut von solchen Spaziergängen mit Jolante war.

»Haben Sie sich gut unterhalten?« neckte sie.

Es fiel ihr nicht ein, eifersüchtig auf Jolante zu sein. Zu sicher war sie Ralfs Liebe, obwohl er sie ihr noch mit keinem Wort gestanden hatte.

Er atmete etwas beklommen auf; es war doch schwerer, als er geglaubt hatte, ihr zu sagen, was er sagen mußte.

»Fräulein Mertens ist eine sehr witzige und geistvolle junge Dame, man langweilt sich nie in ihrer Gesellschaft. Aber – sie sagte mir etwas, was ich nicht glauben kann und – deshalb möchte ich Sie fragen, ob es wahr ist.«

»Kann ich Ihnen denn sagen, ob es wahr ist?«

»Ja, nur Sie.«

»So fragen Sie, Herr Doktor.«

»Darf ich auch fragen, wenn es eine etwas heikle Frage ist?«

»Wir sind doch gut Freund, Herr Doktor, unter Freunden muß man auch einmal auf eine heikle Frage gefaßt sein.«

»Also, wie gesagt, ich vermochte nicht zu glauben, was mir Fräulein Mertens sagte.«

Sie lächelte nachsichtig.

»Jo nimmt es manchmal nicht sehr genau mit der Wahrheit.«

»Es betraf Sie.«

Überrascht blickte sie auf.

»Mich?«

»Ja, sie sagte mir, Sie beide hätten sich darüber unterhalten, ob ich schon verlobt sei oder nicht. Sie habe diese Frage mit ja beantwortet, während Sie dieselbe verneint hätten. Und darauf hätten Sie beide eine Wette abgeschlossen um eine Bonbonniere, und Fräulein Mertens habe sich daran gemacht, die Wahrheit an den Tag zu bringen.«

Das Blut schoß Eva Maria ins Gesicht.

»Ich hoffe, Herr Doktor, daß Sie mir die Taktlosigkeit einer solchen Wette nicht zutrauen.«

»Nein, ganz gewiß nicht, Fräulein Mertens ersann das wohl allein«, sagte er.

Eva Maria ahnte, daß Jolante in ihrer aufdringlichen Art Ralf wieder Avancen gemacht und dabei die taktlose Frage gestellt hatte. Daß sie dabei behauptete, daß sie mit ihr eine solche Wette abgeschlossen hätte, war sehr unverschämt, und Eva Maria sagte ärgerlich:

»Jo sollte solche Unwahrheiten nicht aussprechen. Vielleicht hätten Sie ihr doch glauben können, und was hätten Sie da von mir gedacht?«

»Das hätte ich gewiß nicht getan. Vielleicht bin ich auch selbst ein wenig daran schuld, daß Fräulein Mertens sich dahin ausredete, daß sie mit Ihnen gewettet hatte. Ich bin nicht imstande, Ihnen das alles zu erklären – nur soviel will ich Ihnen noch sagen, daß ich Fräulein Mertens gleichfalls etwas Unwahres gesagt habe.«

»Sie hatten sicher ihre Gründe dafür.«

»Allerdings. Ich sagte ihr, daß mein Herz nicht mehr frei gewesen, als ich zu den Rodenberg-Werken kam.«

Sie wurde sehr blaß und sah ihn erschrocken an. Aber ehe sie etwas erwidern konnte, fuhr er fort:

»Wie gesagt, ich habe ihr damit die Unwahrheit gesagt – aber ich mußte es tun, weil Fräulein Mertens eine sehr indiskrete Frage an mich richtete, die Sie betraf, und die ich nicht anders beantworten konnte.«

Die Farbe kam wieder in Eva Marias Wangen, und ihr war, als wisse sie jetzt ganz genau, welcher Art diese indiskrete Frage gewesen sei. Dann mußte es aber auch zu einer Entscheidung zwischen Jo und Doktor Bernd gekommen sein. Ihr Herz schlug laut und stark, und ihre Lippen zuckten vor verhaltener Erregung.

»Jo ist zuweilen sehr indiskret und tut sich viel darauf zugute, daß sie eine moderne junge Dame ist. Sie kann oft die unglaublichsten Dinge sagen – und doch tut sie mir leid, weil sie so gar keine Illusionen hat und alle Dinge so nüchtern und sachlich ansieht.«

»Darum ist sie auch zu bedauern. Ich war nun gar nicht im Zweifel, daß sie Ihnen erzählen würde, was ich ihr gesagt habe, und – das wäre mir sehr schmerzlich gewesen – Sie – Sie sollen nicht glauben, daß mein Herz nicht mehr frei war, als ich hierherkam.«

Sie sah seine Unruhe, seine Sorge, und ein heißes Glücksgefühl überströmte sie. Wußte sie doch längst, daß er sie liebte. Mit einem Blick, der ihn bis ins Herz traf, sagte sie leise:

»Ich hätte es auch nicht geglaubt.«

Da war es mit seiner Selbstbeherrschung zu Ende.

»Eva Maria!« rief er mit leidenschaftlicher Innigkeit.

Sie schlug die Augen nieder, aber nur einen Moment. Dann sah sie ihn mit stolzer Offenheit an. All ihre Liebe lag in ihren Augen.

Er faßte ihre Hand.

»Eva Maria?«

Das war eine Frage voll verhaltener Glückseligkeit. Sie ließ ihre Hand still in der seinen ruhen, und ihre Augen senkten sich tief ineinander. So standen sie eine Weile ganz versunken im gegenseitigen stummen Schauen und Fragen. Und dann zog er sie ganz nahe an sich heran.

»Eva Maria – du weißt, wie sehr ich dich liebe. Wie ich weiß, daß du mich liebst. Darf ich das glauben?«

Sie errötete tief, aber ihre Augen ließen nicht die seinen.

»Ja – ja, Ralf –, ich liebe dich!«

»Eva Maria!«

Wie ein Jauchzen klang jetzt ihr Name. Er riß sie in seine Arme und preßte seine brennenden Lippen auf die ihren. Sie ließ es willig geschehen, lag ganz still an seinem Herzen. Und als ihre Lippen sich endlich widerwillig trennten, sahen sie sich wieder tief und glückselig in die Augen.

»Eva Maria, nun habe ich doch den Mut gefunden, dir meine Liebe zu gestehen.«

»Gehörte so viel Mut dazu, Ralf?«

»Ja, weil ich meine Aufgabe, Hans zu befreien, noch nicht gelöst habe, ich wollte nicht eher an meinem Glück bauen, bis das geschehen war. Und auch, weil du Georg Rodenbergs Enkelin bist.«

»Ich weiß, daß dir das nichts gilt. Ein Mann wie du sieht nicht nach äußeren Dingen, wenn er sich eine Frau wählt.«

»Gesegnet sei dein Glaube! Ich habe es manchmal bedauert, daß du bist, was du bist, weil ich fürchtete, es könnte eine Mauer zwischen uns sein.«

»Hast du das wirklich je gefürchtet?«

»Ja, früher, als ich dir noch nicht so nahe getreten war durch Vermittlung deines Bruders.«

»So liebst du mich schon lange?«

»Seit ich dich das erstemal gesehen habe. Und seit wann liebst du mich?«

Versonnen sah sie vor sich hin.

»Ich weiß es nicht – es war schon immer da. Es ist nur immer stärker geworden, je näher ich dich kennenlernte. Seit du meines Bruders Freund und Lehrer wurdest, habe ich dich erst so recht schätzengelernt. Großvater hielt auch so viel von dir, Ralf. Ich glaube, er hätte unsern Bund gesegnet.«

»Das macht mich froh, Eva Maria – meine –, meine Eva Maria. Gibt es so viel Glück? Ich halte dich in meinen Armen, wie ich es so oft ersehnt habe, und du hältst still und siehst mich mit deinen lieben, schönen Augen so zärtlich an.«

»Es macht mich so glücklich, Ralf, daß ich in deinen starken Armen, an deinem treuen Herzen Schutz und einen Hort gefunden habe.«

»Und was wird Hans dazu sagen?«

Sie lachte schelmisch.

»Hans? Oh, ich glaube, wir werden ihn gar nicht so sehr überraschen. Er hat zuweilen so merkwürdige Augen gemacht, wenn er mir von dir erzählte und wenn ich gar nicht genug von dir hören konnte.«

»Du glaubst, er ahnt, daß wir uns lieben?«

Sie nickte lächelnd.

»Ich müßte mich sehr irren, ahnte er es nicht.«

»Und meinst du, daß ich ihm als Schwager willkommen bin?«

»Darauf könntest du dir wohl die Antwort selber geben. Du weißt, daß du ihm sehr lieb und wert bist.«

»Nun ja, als Freund. Aber als künftiger Gatte seiner über alles geliebten Schwester wird ihm so leicht keiner gut genug scheinen.«

»Du gewiß! Aber er wird dir die nötige Antwort selber geben, hüte dich aber, daß du deine Autorität über ihn nicht verlierst, wenn du so törichte Fragen stellst«, neckte sie.

Er küßte das Schelmenlächeln von ihren Lippen.

»Eva Maria – süße Maria, wie schön ist die Welt!«

Sie seufzte leise.

»Wieviel schöner könnte sie noch sein, wenn die Angst von unseren Herzen herunter wäre, die bedrückt. Sage mir, hat Mertens heute wieder eine neue Teufelei ausgeheckt?«

»Er hat nichts gesagt, was darauf schließen ließ.«

»Aber Jo – Ralf, was wird Jo dazu sagen, wenn sie erfährt, daß wir uns verlobt haben?«

Er sah nachdenklich vor sich hin.

»Eva Maria, meine erste Bitte an dich wird dich etwas befremden. Bitte, lasse unsere Verlobung vorläufig noch Geheimnis bleiben.«

»Jos wegen?«

»Nein, deinetwegen, ich fürchte, sie ist etwas rachsüchtig.«

Ernst sah sie zu ihm auf.

»Ralf – ich weiß doch, daß Jolante die Absicht hatte, dich zu heiraten.«

Er zögerte eine Weile, dann sagte er entschlossen:

»Da du das weißt, verrate ich ja nichts, was deine Cousine bloßstellen könnte. Und es soll kein Geheimnis zwischen uns geben. Ich habe deine Cousine heute sehr kränken und beleidigen müssen – weil ich ihr sagen mußte, daß mein Herz einer anderen gehöre. Sie fragte sogleich, ob du diese andere wärest, und es blitzte dabei gefährlich rachsüchtig in ihren Augen auf. Und ich dachte daran, daß sie die Tochter Mertens' ist. So erzählte ich ihr ein Märchen. Wenn sie aber erfährt, daß wir uns verlobt haben, gerade jetzt, in ihrem Ärger über ihre verletzte Eitelkeit, dann könnte sie sich auf irgendeine Weise an dir rächen wollen. Und dann – auch Mertens' wegen möchte ich sie noch nicht veröffentlichen. Er würde mir sofort sein Vertrauen entziehen, wüßte er, daß ich Hans' Schwager werden will. Soll ich Hans helfen, muß ich noch eine Weile Komödie spielen, ich hoffe, nicht mehr gar zu lange. Siehst du das ein?«

»Ja, Ralf, so schrecklich es für mich ist, daß du um meines Bruders willen diese häßliche Komödie spielen mußt, sehe ich doch ein, wie nötig sie ist. Wenn man es mit einem solchen Feind zu tun hat, darf man nicht mit edlen Waffen kämpfen, weil man dann unbedingt unterliegen würde. Und ich sorge mich gar so sehr um Hans.«

Er streichelte ihre Hände.

»Könnte ich doch endlich diese Sorge von deinem Herzen nehmen, meine Eva Maria. Also du bist einverstanden, daß wir unsere Verlobung noch geheimhalten?«

Sie nickte und sah bittend zu ihm auf.

»Aber Hans soll es wissen! Bitte, gehe jetzt gleich mit mir zu ihm, damit wir es ihm sagen können. Es wird ihn glücklich machen.«

»Ist Hans zu Hause?«

»Er rodelt den Berg herab und erwartet dort meine Rückkehr. Wir wollen dann zusammen heimgehen. Ich hatte Lust, mich einmal tüchtig auszulaufen.«

»Zum Glück führte dich dein Weg zu mir. Ich glaube, meine Sehnsucht hat dich gerufen. Aber – ist Hans allein im Walde?«

»Ja, heute wußten wir ja dich bei Mertens, da drohte ihm keine Gefahr, und er wollte sich mal tüchtig im Schnee austoben.«

»So komm, Eva Maria, laß uns zu ihm gehen.«

Hand in Hand schritten die beiden Liebenden dahin durch den weißverschneiten Wald. Sie hatten einander noch sehr viel Liebes zu sagen, und ihre Blicke ruhten immer wieder leuchtend ineinander. Zuweilen vermochte Ralf die in ihm aufsteigende Glückseligkeit nicht zu beherrschen, dann blieb er stehen, nahm sein Glück in den Arm und küßte Eva Maria wieder.

So kamen sie ziemlich langsam voran, aber endlich sahen sie Hans auf seinem Rodelschlitten den Berg herabsausen. Ralf rief ihn an, und Hans gab jauchzend Antwort. Er vergaß aber dabei auf die Bahn zu achten, überschlug sich mit dem Schlitten und landete kopfüber in dem aufgeschaufelten Schneewall an der Seite des Weges. Lachend und prustend arbeitete er sich heraus, und Ralf half ihm dabei. Es war ein prachtvoller Anblick, wie Hans, in kurzen Beinkleidern, weißem Wollsweater und weißer Mütze auf dem blonden Haar gesund und kraftstrotzend vor ihnen stand. Hätte ihn Mertens so gesehen, dann hätte er ingrimmig merken müssen, daß seine Gesundheit in keiner Weise angegriffen war. Ein frohes Lachen lag auf dem frischen, geröteten Gesicht.

»Ah, Ralf, das ist ja famos, daß Eva Maria dich mitbringt. Wo hast du ihn aufgeladen, Eva Maria?«

»Da drüben! Irgendwo im Walde stand er plötzlich vor mir, wie vom Himmel gefallen«, scherzte Eva Maria.

»Und dabei kam ich doch durchaus nicht vom Himmel herab, sondern nur aus Villa Melanie«, meinte Ralf übermütig.

Hans sah die beiden seltsam forschend an.

»Ich weiß nicht, ihr beiden seht so riesig vergnügt aus, nein, das ist nicht die richtige Bezeichnung – ganz verdächtig glücklich seht ihr aus. So strahlend! Was ist denn mit euch geschehen?«

»Du hast scharfe Augen, Hans, mir ist auch ein großes Glück begegnet – ein riesengroßes Glück«, sagte Ralf, tief aufatmend.

»Mir auch, Hans!« stimmte Eva Maria bei und fiel dem Bruder lachend und weinend um den Hals.

Er drückte sie an sich.

»Eva Maria! Ralf! Na, endlich! Meinen Segen habt ihr!«

»Was denn, Hans? Was meinst du denn?« fragte Eva Maria halb neckend, halb verlegen.

»Na, erlaube mal, Eva Maria, das sieht doch ein Blinder, daß man es hier mit einem Brautpaar zu tun hat.«

»Und du gibst mir deine Zustimmung, Hans, daß ich deine Schwester zu meiner Frau machen will?« fragte Ralf.

Hans schüttelte ihm, nachdem er die Schwester herzhaft geküßt hatte, die Hand fast aus den Gelenken.

»Keinem anderen als dir gönne ich sie, die Eva Maria!«

»Und du bist gar nicht überrascht?«

Hans lachte hell auf.

»Überrascht? Nachdem ich seit Monaten sehnsüchtig auf diesen Knalleffekt gewartet habe? Kinder, warum habt ihr bloß so lange gezögert, bis ihr euch endlich verlobt habt? Ich konnte es kaum mehr mitansehen, wie euch gegenseitig die helle Sehnsucht aus den Augen sprang. Wenn es noch lange gedauert hätte, würde ich ein Machtwort gesprochen haben. Ralf – Herrgott, ist das schön, daß du mein Schwager wirst. Dafür kriegst du noch einen Kuß, Eva Maria.«

So überspielte Hans seine Rührung. Und er umarmte die Schwester froh und ungestüm und küßte sie, daß sie um

Gnade flehte. Und dann faßte er Ralf wieder bei den Händen, und sie sahen sich ernst und ergriffen in die Augen. Wie auf Verabredung umschlossen sie dann beide zugleich Eva Maria und standen so eine Weile umschlungen beieinander.

Hans zog dann lachend seinen Rodelschlitten aus dem Schneewall und klopfte sich den Schnee von dem Anzug.

»Und jetzt gehen wir heim und feiern Verlobung, mit allen Feierlichkeiten und mit Sekt und so, wie das bei einem solchen glücklichen Ereignis üblich ist.«

Ralf hielt ihn fest.

»Halt! Nicht so stürmisch, Hans! Erst höre mal zu. Unsere Verlobung muß noch Geheimnis bleiben«, sagte er und setzte ihm die Gründe auseinander. Hans sah sehr enttäuscht aus, am liebsten hätte er es jedem Menschen erzählt, daß Ralf Bernd sein Schwager würde. Vor allen Dingen hätte er es Jolante gern berichtet, weil er wußte, daß diese es als ganz selbstverständlich ansah, daß Ralf sie heiraten würde.

Die wird sich wundern, dachte er befriedigt. Aber er sah ein, daß er warten mußte, Ralfs Gründe überzeugten ihn. Aber er sagte bittend:

»Aber so ein ganz klein bißchen müssen wir dennoch feiern, ganz still, bloß wir drei zusammen. Wir müssen doch mit Sekt auf euer Wohl anstoßen. Fritz ist glücklicherweise in der Stadt, um das Kino zu besuchen, wir brauchen keine Spionage zu fürchten. Gelt, Eva Maria, jetzt lassen wir Ralf auf gar keinen Fall fort?«

Eva Maria strich Hans lächelnd über die Stirn. Er hatte die Mütze abgerissen, weil ihm vor Freude zu warm geworden war. Liebevoll sah sie zu Ralf hinüber.

»Nein, Hans, wir lassen ihn nicht fort. Warum hat er sich einfangen lassen.«

Ralf zog ihre Hand an seine Lippen.

»Wie gern ich bleibe, wißt ihr beiden.«

Hans lud seinen Schlitten auf die Schulter, und Eva Maria

schritt zwischen ihm und Ralf den Berg hinan bis zur Villa Rodenberg.

Und es wurde eine sehr stimmungsvolle heimliche Verlobungsfeier. Und als sich Ralf dann gegen zehn Uhr entfernte, umarmte ihn Hans noch einmal und sagte:

»Ralf, keinem hätte ich die Eva Maria gegönnt außer dir, keinem. Du wirst sie glücklich machen, und sie dich, das weiß ich. Und ich sitze dann mitten zwischen euch und bin auch schrecklich glücklich – wenn erst mein Vormund nicht mehr mein Vormund ist. Gott mag geben, daß er bald ausgedient hat in diesem Amte. Meinetwegen mag er dann Sultan von Marokko werden oder Kaffernhäuptling. Da kann er herrschen, soviel er will. Gelt, Ralf, du setzt ihn bald ab?«

Ralf strich ihm liebevoll über den blonden, heute arg zerzausten Schopf.

»Gott mag geben, daß es bald geschieht, mein lieber Kerl! Er mag mir helfen, dich und meine Eva Maria von diesem bedrückenden Joch zu befreien. Gute Nacht, Hans, nun schlafe dein Räuschlein aus, daß du morgen wieder einen klaren Kopf hast. Gute Nacht, Eva Maria! Und tiefinnigsten Dank, daß du dich mir zu eigen gabst.«

Rasch preßte er seine Lippen noch einmal auf ihren Mund. Dann verließ er das Zimmer.

Wieder sahen ihm die Geschwister nach. Er hatte heute den Wagen abgelehnt, ihn verlangte danach, mit seinem Glück durch den dunklen, verschneiten Wald zu gehen. Sie winkten einander zu, bis Ralf aus dem Lichtbereich der Bogenlampe kam und im Winterwald verschwunden war.

# 19

Lutz Rodenberg hatte nach einem schmerzlichen Abschied von Dolores seine Reise nach Deutschland angetreten. Ohne jeden Umweg fuhr er, in Hamburg angekommen, in seine Heimat. Eine fieberhafte Sehnsucht hatte ihn gepackt, wenigstens am Grabe seines Vaters beten zu können. Er wußte, daß der Vater seine letzte Ruhe hatte in dem Mausoleum finden wollen, wo auch die Mutter ruhte, hinter dem die Villa Rodenberg umgebenden Park.

Das Bewußtsein, den Vater nicht mehr lebend wiederzufinden, stieg immer wieder wie ein wilder Schmerz in ihm empor, aber sein erster Weg sollte der zu seinem Grabe sein. Sein ganzes Erbe hätte er freudig dafür hingegeben, hätte er den Vater lebend wiedersehen und ihm sagen können: Ich bin unschuldig am Tode jenes Menschen! Auch danach sehnte er sich, all die Stellen wiederzusehen, die er als glücklicher junger Mensch betreten hatte. Immer wieder stellte er sich die Frage, wie seine Angehörigen ihn wohl aufnehmen würden. Er sagte sich, sein Neffe Hans, der doch zum Erben der Rodenberg-Werke erzogen worden war, würde kaum Freude empfinden können, tauchte er jetzt wieder auf, um das Erbe für sich in Anspruch zu nehmen. Niemand daheim glaubte wohl ernstlich an seine Wiederkunft. Das Inserat war sicherlich nur Formsache gewesen, wohl, weil der Vater, wahrscheinlich in einem vor Jahren gemachten Testament, ihn zum Erben der Rodenberg-Werke eingesetzt hatte.

Aber seine Schwester Melanie? Sie lebte noch, und sie würde sich vielleicht freuen, wenn sie den totgeglaubten Bruder wiedersah. Sie war ein so gutes, liebes Geschöpf gewesen, wenn sie auch sehr unscheinbar war und ihrer schönen Schwester, die so elend ums Leben gekommen war, durchaus nicht glich. Ja, Melanie würde sich freuen. Aber ihr Mann? Mit diesem hatte er nie sympathisiert, er war ihm aus irgendeinem Grunde unangenehm gewesen; mit ihm würde er sicherlich auch jetzt nicht sympathisieren. Und die Kinder Melanies? Die waren nun wohl auch, wie Hans und Eva Maria, erwachsene junge Leute geworden, sie alle würden sich wenig um den wiederauftauchenden Onkel kümmern.

Und es überkam ihn eine leise Verzagtheit, und er fragte sich, ob es nicht besser sei, sich gar nicht zu erkennen zu geben. Schließlich war es das beste, er betete am Grabe seiner Eltern und fuhr wieder fort, hinüber zu seiner kleinen Dolo, die ihn liebte.

Jedenfalls war er fest entschlossen, erst einmal inkognito aufzutreten und sich die Verhältnisse erst einmal von weitem anzusehen.

Er hatte sich vorsichtshalber in den vergangenen Wochen einen Bart wachsen lassen, um sich möglichst unkenntlich zu machen.

Von Hamburg aus fuhr er sofort zu seiner Heimatstadt, in deren Nähe die Rodenberg-Werke lagen. In einem kleinen Hotel, wo er früher niemals gewesen, nahm er Wohnung und schrieb sich unter einem fremden Namen ein. Und gleich am nächsten Morgen fuhr er mit der Elektrischen bis zur Endstation und legte den Rest des Weges zu Fuß zurück, um keinerlei Aufsehen zu erregen. Durch den verschneiten Wald bahnte er sich einen Weg in den nur durch eine niedrige Hecke eingezäunten Park. Über diese Hecke stieg er hinweg, sich vorsichtig umsehend, und kam so, unaufgehalten und von keinem Menschen gesehen, zu dem kleinen Mausoleum. Hier löste sich der Druck, der noch immer auf seiner Seele lag; ihm war, als habe er heimgefunden, und er könne mit dem toten Vater sprechen, als sei er noch am Leben, als müsse der alles verstehen und alles billigen, was er getan und was er unterlassen. Es war eine weihevolle Stunde für ihn, eine Stunde, in der sein Herz weich wurde wie das eines Kindes, und in dem alles Quälende von ihm abfiel, als hätten ihn linde Vater- und Mutterhände sanft gestreichelt. Wunderbar getröstet und aufgerichtet konnte er nach etwa einer Stunde den Rückweg wieder antreten. Mit freierem Herzen und klaren Augen sah er über das Gelände der Werke hinweg. Ihm war, als grüße ihn jeder Schornstein, jeder Hammerschlag. Ihm war, als sähe er den Vater, wie er ihn so oft erlebt hatte, durch die Werke schreiten, die hohe stolze Gestalt aufrecht, das kluge, gütige Auge geradeaus gerichtet.

Vater – lieber Vater! Ich grüße dich in deinem Werke!

Und er zog den breitrandigen Hut vom Kopfe, als grüße er ihn wirklich.

Da drüben stand noch wie damals das große Direktionsgebäude, gleichsam im Mittelpunkt, alles beherrschend. Eine neue, große Maschinenhalle war entstanden neben der alten, und manches Gebäude war ebenfalls neu.

Allerlei Veränderungen und Neuerungen waren getroffen, und doch war ihm, als kenne er jeden Pulsschlag dieses großen Unternehmens, dessen Erbe er nun war. Dieser Gedanke schwellte doch seine Brust mit stolzer Freude. Hier schaffen, arbeiten dürfen, fortführen, was der Vater begonnen, alles in seinem Sinne leiten und führen – schön mußte das sein, schöner, als im fremden Lande mit fremden Menschen arbeiten.

Er atmete tief auf, seine Augen wurden feucht. Alle diese Geräusche grüßten ihn im Namen seines Vaters, das fühlte er. Dann schrak er plötzlich zusammen, die Sirenen heulten und kündeten die Mittagspause an. Die Arbeiter strömten aus den Arbeitssälen, aus den Schächten und Gruben, alle diese kraftvollen Gestalten im Arbeitskittel oder in Bergmannstrachten. Wie in einem aufgestörten Ameisenhaufen trieb alles durcheinander, auch Frauen und Mädchen fanden sich darunter. Alle hasteten ihrer Behausung zu, um im Kreise ihrer Familien das Mittagessen einzunehmen und ein Stündchen zu ruhen.

Lutz blieb, zwischen Tannengebüsch versteckt, stehen, bis sich der Schwarm verlaufen hatte. Er sah dann ein Auto an sich vorüberfahren. Darin saß Arthur Mertens, der nicht ahnte, an wem er da vorüberfuhr. Und auch Lutz wußte nicht, wer in dem Auto saß.

Langsam wandte sich Lutz dann ab und ging in Richtung der Villa Rodenberg davon. Seine Augen schweiften ringsum. Er grüßte die bewaldeten Berge, die jetzt mit Schnee bedeckt waren. Wie oft war er da oben bei den Holzfällern gewesen, hatte in ihren Hütten mit ihnen gefrühstückt, Speck und Schwarzbrot, was es daheim nicht gab, und was so herrlich verboten schmeckte. In überschüssiger Kraft hatte er beim Fällen der Bäume geholfen, die unten in den Werken Verwendung finden sollten.

Jetzt sah er Villa Rodenberg oben auf dem Berge liegen. Er blieb stehen und blickte hinauf. Und da sah er, von dem Seitenausgang der Werke her, eine schlanke, kraftvolle Jünglingsgestalt daherkommen. Vom Gebüsch verborgen, sah er ihr entgegen. Es war Hans Dornau, der in der Mittagspause nach Hause ging. Wie immer schritt er schnell und elastisch aus, machte große Sätze über kleine Hindernisse hinweg und riß den Hut vom Kopf, als sei ihm zu warm. Da quoll ein blonder, dichter Haarschopf hervor, und nun war er so nahe an dem Versteck Lutz Rodenbergs, daß dieser ihm genau ins Gesicht sehen konnte. Lutz' war plötzlich, als setze sein Herzschlag aus. War er das nicht selber, so wie er als Jüngling hier über alle Hindernisse hinweggestürmt war? Genauso hatte ihm das blonde Haar um die hohe Stirn gestanden, es waren seine Augen, die aus diesem jungen Gesicht herausstrahlten. Ja, so hatte er selbst ausgesehen, als er so jung war. Zwar hatte er sich inzwischen sehr verändert, aber er mußte doch staunen, wie ähnlich ihm dieser junge Mann war. War das Hans Dornau, der Erbe der Rodenberg-Werke nach ihm? Oder war es Melanies Sohn Egon? Beide mußten ungefähr gleich alt sein. Und unverkennbar war dieser junge Mann ein Rodenberg.

Und Lutz fühlte, dieser junge Mann war seinem Vater ein Trost gewesen, er hatte ihm wohl ein wenig den verlorenen Sohn ersetzt.

Er atmete auf, die eigene Jugend grüßte ihn aus den Zügen dieses Jünglings. Er fühlte, das war Blut von seinem Blute, das war ein Rodenberg, mochte er nun Dornau oder Mertens heißen. Am liebsten wäre er aus seinem Versteck getreten, hätte den Dahineilenden angehalten und ihn gefragt: Wer bist du? Aber er hielt sich zurück. Abwarten! Doch das Herz war ihm warm geworden. Lange sah er Hans nach, wie er mit kraftvollen Sätzen den Berg hinaufstürmte, zuweilen mitten durch das Gehölz, um ein Stück Weg abzuschneiden – genauso, wie er selbst es vor Jahren oft getan hatte. Dann entschwand er seinen Augen.

Es zog Lutz hinauf zu seinem Vaterhaus, aber die Angst vor Enttäuschung, die Furcht, von den Seinen fremd und kalt empfangen zu werden, hielt ihn zurück. Nein, heute wollte er keine Enttäuschungen erleben, heute wollte er in sich ausklingen lassen, was am Grabe seiner Eltern warm und weich in ihm aufgestiegen war, alle Härten tilgend, die das Leben und seine Kämpfe in seinen Charakter gemeißelt hatten. Es hatte ja Zeit – nichts lief ihm davon.

Langsam schritt er aus dem Park hinaus und auf dem Waldweg dahin, der zu dem Seitenausgang der Werke führte. Von dort wollte er noch einen Blick tun auf das Ingenieurhaus und auf die Wohnhäuser der verheirateten Beamten. Da waren wohl auch einige neue dazugekommen. Nachher wollte er noch nach Villa Melanie hinübergehen und von weitem einen Blick auf sie werfen.

In Gedanken versunken, schritt er dahin und schrak auf, als plötzlich aus einem Nebenweg ein Mensch auf seinen Weg trat. Unwillkürlich zog er den breitrandigen Hut noch ein wenig tiefer ins Gesicht, schob ihn aber gleich darauf wieder zurück, als er erkannte, daß der junge Herr, der ihm unerwartet gegenüberstand, ein Fremder für ihn war, anscheinend einer der Ingenieure der Werke, der sich hier in der Mittagspause im Freien erging.

Es war Ralf Bernd, der ihm begegnete. Er hatte soeben seine Mahlzeit im Kasino beendet und machte, wie gewöhnlich, danach einen Spaziergang in dem Walde, wo er Villa Rodenberg wenigstens von weitem liegen sah.

Etwas erstaunt sah er auf den hochgewachsenen Fremden. Es verirrte sich selten jemand hierher, der nicht zu den Werken gehörte. Und diesem Fremden sah man auf den ersten Blick den Ausländer an. Ralf wollte vorübergehen, aber irgend etwas in der Erscheinung des Fremden fesselte ihn, so daß er nicht, wie er es sonst wohl getan hätte, seine Augen diskret von ihm abschweifen ließ. Etwas zwang ihn, den Fremden scharf und forschend anzusehen. Und Lutz Rodenberg sah auch ihn an. So waren sie einander ganz nahe gekommen, und, einem zwingenden Impuls folgend, zog Ralf den Hut, und der Fremde tat das ebenfalls. Sobald der Fremde den Hut abgenommen hatte, stutzte Ralf, sah ihn mit großen, ungläubigen Augen an und vermochte nicht weiterzugehen. Auch Lutz blieb stehen.

»Sie sehen mich so seltsam an, mein Herr? Ist etwa das Betreten dieser Waldwege nicht gestattet?« fragte er.

Ralf stand wie versteinert, auch die Stimme des Fremden erschien ihm ebenso vertraut wie das Gesicht. Ja – diese Stimme gemahnte ihn an Georg Rodenberg. Und dann das blonde Haar mit dem eigenartigen Ansatz an Stirn und Schläfen? Und die Augen?

Plötzlich ging ein Ruck durch Ralfs Gestalt; da unter dem rechten Auge – diese seltsam geformte Narbe – die hatte er doch auf dem Bilde von Lutz Rodenberg gesehen. Eine große Erregung befiel ihn.

»Mein Herr, verzeihen Sie, wenn ich Sie aufhalte und so anstarre. Das Betreten dieser Waldwege ist wohl gestattet, aber – nicht deshalb sehe ich Sie so an. Sie – Sie sehen jemand, der mir freundschaftlich sehr nahesteht, so auffallend ähnlich und – die Narbe unter Ihrem rechten Auge – mein Gott – wenn Sie nicht ein Totgeglaubter sind, dann finde ich keine Erklärung für diese Ähnlichkeit.«

Lutz war leise zusammengezuckt.

»Mit wem habe ich die Ehre?« fragte er zunächst zurückhaltend.

Ralf stellte sich vor und fuhr dann fort:

»Ich bin ein Freund des jungen Hans Dornau – der als Erbe der Rodenberg-Werke gilt, wenn nicht sein verschollener und totgeglaubter Onkel wiederkehrt. Hans Dornau und seine Schwester haben ein Inserat in viele Zeitungen aufnehmen lassen, das einen Verschollenen draußen in der Welt suchen soll. Bitte, sagen Sie mir, sind Sie Doktor Lutz Rodenberg? Ich frage nicht aus Neugier, viel steht auf dem Spiele. Sie sehen meine Erregung, bitte, sprechen Sie, sind Sie Doktor Lutz Rodenberg?«

Lutz überlegte eine Weile, dann fragte er:

»Und wenn ich es wäre?«

»Oh, dann gibt es zwei Menschen, die Ihre Auferstehung mit jubelnder Freude begrüßen werden. Und ich würde das im Interesse meines jungen Freundes ebenfalls tun, obwohl Sie sich fragen werden, was mich das angehen würde.«

Lutz schüttelte verständnislos den Kopf.

»Das begreife ich nicht. Sie sagen mir, daß Hans Dornau Ihr Freund ist, und doch würden Sie den Mann mit Freuden begrüßen, dessen Auftauchen Ihrem Freunde sein Erbe entreißen würde?«

Ralfs Augen strahlten auf.

»Oh, nun weiß ich schon, daß Sie Lutz Rodenberg sind! Gott sei Lob und Dank. Also hat Georg Rodenberg seine Ahnung doch nicht getrogen! Er wollte und konnte nicht an den Tod seines einzigen Sohnes glauben. Noch in seiner letzten Stunde vermochte er es nicht, und seine letzten Worte waren: ›Lutz lebt!‹ Oh, mein Herr, Hans Dornau und seine Schwester waren es ja, die das Inserat erließen, wie es ihr Großvater gewünscht hatte, trotzdem Direktor Mertens, der Onkel der Geschwister, dagegen protestierte und es ihnen unmöglich machen wollte.«

Es blitzte in Lutz Rodenbergs Augen auf. Er ergriff Ralfs Hand. Er gab seine Zurückhaltung auf.

»Sagen Sie mir eines – hat Georg Rodenberg vor seinem Tode noch erfahren, daß sein Sohn unschuldig war?«

»Nein – leider hat er es nicht erfahren. Eva Maria Dornau entdeckte nach seinem Tode einen Zeitungsbericht, in dem das Geständnis des Bergrats Natusius stand. Bis dahin hatte sie vergeblich versucht, ihren Onkel zu veranlassen, daß er, wie es Georg Rodenberg in seinem Testament bestimmt hatte, ein Inserat in allen großen Zeitungen setzen lassen sollte. Direktor Mertens glaubte fest an den Tod seines Schwagers und nannte es eine sinnlose Geldverschwendung, das Inserat zu erlassen. Als Fräulein Dornau nun in der Zeitung las, daß ihr Onkel Lutz unschuldig sei, hielt sie nichts mehr ab. Gegen den Willen und ohne Wissen ihres Onkels rückte sie im Einverständnis mit ihrem Bruder das Inserat in die Zeitungen, und die Geschwister nahmen die Kosten auf sich. Wenn Sie Hans Dornau kennen würden wie ich, dann wüßten Sie, daß er Ihnen mit Freuden das Erbe abtritt, das er nie als das seine angesehen hat. Denn sein geliebter Großvater hatte ja die Hoffnung nie verloren, daß sein Sohn noch leben könne und nur aus irgendeinem Grunde kein Lebenszeichen gegeben hatte.«

In tiefer Bewegung hatte Lutz Rodenberg zugehört. Nun faßte er wieder die Hand Ralfs.

»Wer Sie auch sind, mein Herr, und wie Sie zu meinen Angehörigen stehen, Sie haben mir nach langen Jahren die erste Kunde vom Leben meines Vaters gebracht. Das verpflichtet mich Ihnen zum Danke. Auch das, was Sie mir sonst noch sagten. Also ja – ich bin Lutz Rodenberg. Aber bitte, verraten Sie das vorläufig keinem Menschen. Ich habe Gründe, die mich veranlassen, vorläufig noch unerkannt zu bleiben.«

Ralf nahm seine Hand mit festem Druck. Seine Augen leuchteten in heller Freude.

»Darf ich es nicht wenigstens Hans und Eva Maria Dornau

sagen? Diesen beiden würde es eine große, reine Freude sein, daß Sie noch unter den Lebenden weilen.«

Lutz überlegte, dann schüttelte er den Kopf.

»Nein, bitte auch ihnen nicht, ich bitte Sie ernstlich darum. Wenn Sie mir auch sagen, daß sie sich über meine Heimkehr freuen würden. Ich möchte dessen erst ganz sicher sein. Ich habe das Inserat gelesen, und die Nachricht von meiner Unschuld entband mich von einem Gelübde, das ich ablegte, um mir eine Sühne aufzuerlegen, weil ich mich schuld am Tode eines Menschen wähnte. Ich hatte kaum noch damit gerechnet, die Heimat wiederzusehen. Nun bin ich hier, und mein erster Gang galt dem Grabe meiner Eltern. Wenn meine Wiederkehr aber bei meinen Angehörigen keine Freude auslöst, dann will ich lieber stumm wieder verschwinden und weiter als tot gelten.«

»Um Gottes willen, nein, das dürfen Sie nicht! Wenn ich Ihnen doch alles sagen dürfte! Wenn ich Ihnen erklären könnte, was auf dem Spiele steht und wie nötig Ihre Wiederkehr ist. Sie müssen bleiben; viel hängt für meinen jungen Freund davon ab – vielleicht sein Leben.«

Lutz sah ihn staunend und betroffen an.

»Sein Leben?«

Ralf strich sich, den Hut abnehmend, über die heiße Stirn.

»Nun ja, ich habe es gesagt, und will es nicht zurücknehmen, und es hilft nun weiter nichts, ich muß Ihnen alles offenbaren, alles erklären. Aber – hier im Freien geht das nicht – wenn die Mittagspause vorüber ist, können Sie hier überdies gesehen werden. Ich müßte ungestört mit Ihnen sprechen können – und unbelauscht. Es ist vielleicht sehr gut, wenn Sie vorläufig noch unerkannt bleiben. Wie und wann könnte ich Sie sprechen? Ich betrachte es als eine günstige Fügung des Himmels, daß ich Ihnen begegnet bin.«

»Nun wohl, können Sie in die Stadt kommen? Heute abend vielleicht?«

»Gewiß!«

»So suchen Sie mich im Hotel auf, ich erwarte Sie dort. Mir scheint, Sie können mich über mancherlei aufklären, was ich gern wissen möchte, ehe ich eventuell meinen Angehörigen gegenübertrete. Ich werde Sie um acht Uhr erwarten. Ich wohne im Habsburger Hof, fragen Sie dort nach Senhor Vanzita. Unter diesem Namen habe ich mich dort eingeschrieben.«

Die beiden Männer reichten sich die Hände mit festem, warmem Druck. Trotzdem sie sich in dieser Stunde zum erstenmal in ihrem Leben gesehen hatten, wußten sie doch beide, daß sie einander mit schnell erwachter Sympathie gegenüberstanden.

Schnell entfernte sich Lutz Rodenberg, seinen Hut wieder tief in das Gesicht ziehend. Ralf sah ihm mit einem aufstrahlenden Blick und einem erlösten Aufatmen nach und ging dann wieder an seine Arbeitsstätte, denn die Sirene verkündete den Schluß der Mittagspause.

In seinem mäßig eleganten, aber sehr sauberen Hotelzimmer erwartete Lutz Rodenberg am Abend Ralf Bernd. Dieser traf pünktlich ein.

»Verzeihen Sie, Herr Doktor, daß ich Sie in dies ziemlich primitive Hotel bestellt habe. Ich wollte aber in keinem der großen, eleganten Hotels absteigen, da ich möglichst unbemerkt bleiben möchte. Ich denke, wir sind hier ungestört und vor Lauschern sicher. Ich habe mich inzwischen orientiert, daß mein Zimmer an der einen Seite an die Hauswand stößt, auf der anderen Seite liegt mein Badezimmer zwischen diesem und dem nächsten Gelaß. Zu dem Korridor führen, wie Sie bemerkt haben, Doppeltüren, sogar mit Polsterung, wenn diese auch etwas primitiv ist. Wir können also ganz unbesorgt miteinander sprechen.«

»Das ist sehr gut, Herr Doktor, denn was ich Ihnen zu sagen habe, verträgt keine Zeugen.«

Lutz rückte für Ralf einen Sessel an den runden Tisch und

nahm ihm gegenüber Platz. Eine Weile sahen beide sich stumm und forschend an, dann sagte Ralf mit einem schwachen Lächeln.

»Es ist auffallend, wie sehr Hans Dornau Ihnen gleicht, er könnte sehr wohl Ihr Sohn sein. Was ich Ihnen zu sagen habe, geschieht in Hans Dornaus Interesse. Sie sind lange der Heimat fern gewesen. Ihr Neffe und Ihre Nichte sind inzwischen herangewachsen, und Ihre jüngste Schwester Melanie lebt, soviel ich das beurteilen kann, in einer, wenn auch freiwilligen, seelischen, einer Leibeigenschaft nahekommenden Abhängigkeit von ihrem Gatten, Herrn Direktor Mertens. Ich weiß nicht, ob Sie diesen näher gekannt haben?«

Lutz schüttelte den Kopf.

»Nein! In der Zeit, da meine Schwester Melanie heiratete, studierte ich auf der Hochschule in Charlottenburg und kam nur in den Ferien nach Hause. Und – wenn ich zu Hause war, lockte mich nichts, in nähere Beziehung zu meinem Schwager zu treten. – Ich habe niemals Sympathie für ihn gehegt, so innig ich mit meinem andern Schwager, dem Vater Hans Dornaus, befreundet war. Ich weiß, daß mein Vater nur nach langem Widerstreben seine Einwilligung zur Verheiratung meiner Schwester mit Mertens gab, und ich wunderte mich, daß er sich dann doch mit dieser Ehe abfand. Warum fragen Sie mich danach?«

»Weil ich schwere Anklagen gegen diesen Mann vorzubringen habe, der leider von Ihrem Herrn Vater zu Hans Dornaus Vormund bestimmt wurde. Mertens ist gewiß ein tüchtiger Geschäftsmann – er nützt den Werken durch diese Eigenschaft gewiß sehr viel, aber –, als Mensch ist er sicherlich von Ihrem Herrn Vater weit überschätzt worden.«

Nachdenklich sah Lutz in Ralfs erregtes Gesicht.

»Sie sind so sicher, daß ich annehmen muß, daß Sie schwerwiegende Gründe dafür haben müssen. Ein Mann wie Sie scheint mir nicht geeignet, so etwas ins Blaue hinein zu behaupten.«

»Nein, wahrlich nicht, Herr Doktor! Hans Dornau gilt bei Direktor Mertens, der an Ihren Tod unbedingt glaubt, als der künftige Erbe und Chef der Rodenberg-Werke – und –, deshalb haßt er ihn.«

Lutz zuckte zusammen und sah Ralf scharf an.

»Ah, Sie stellen da eine gewagte Behauptung auf. Also, Arthur Mertens glaubt fest an meinen Tod?«

»So fest, daß er es als lächerliche Schrulle und Schwäche Ihres Herrn Vaters hinstellte, daß dieser nicht an Ihren Tod glauben wollte, so fest, daß er es für hinausgeworfenes Geld ansah, was für ein Inserat ausgegeben werden sollte, wie es Ihr Herr Vater letztwillig bestimmt hatte. Als Fräulein Eva Maria Dornau und ihr Bruder Hans ihn wiederholt mahnten, den Willen des Großvaters zu erfüllen, lehnte er dies Ansinnen mit schroffen Worten ab, bis die Geschwister schließlich, um den Wunsch ihres geliebten Großvaters zu erfüllen, heimlich eigenmächtig handelten und die Kosten selber trugen.«

Und Ralf erzählte ausführlich, wie das Einrücken des Inserates zustande gekommen war.

Lutz Rodenberg hörte aufmerksam zu. In seinem Gesicht zuckte es erregt.

»Also, Hans Dornau gab sich so viel Mühe, den Mann heimzurufen, der ihm das große Erbe fortnehmen würde?«

Ralf machte Lutz erst jetzt Angaben über das Testament des alten Herrn. Dann fuhr er fort:

»Wenn Sie Hans Dornau und seine Schwester kennen würden, erschiene es Ihnen selbstverständlich, daß Ihr Neffe alles getan hat, um den Wunsch seines Großvaters zu erfüllen, der nicht daran zu glauben vermochte, daß sein Sohn nicht mehr am Leben sei.«

Und Ralf erzählte Lutz von den Traumgeschichten seines Vaters, auch von dem in seiner Todesstunde.

Lutz wurden die Augen feucht, und wieder überfiel ihn die Qual des Bewußtseins, unter welchem Verhängnis sein und des Vaters Leben gestanden hatten. Er mußte die Zähne zusammenbeißen.

»Genaueres über das alles werden Sie von den Geschwistern Dornau erfahren, Herr Doktor«, fuhr Ralf fort. »Nur mit diesen beiden hat Ihr Herr Vater von Ihnen gesprochen, sonst mit keinem Menschen, vor allen Dingen nicht mit Direktor Mertens. Denn so sehr er diesem sonst vertraute, merkte er doch wohl, daß er sich über ›die törichte Schwäche eines alten Mannes‹ mokierte. Es gab also doch wohl im Unterbewußtsein Ihres Herrn Vaters eine Stelle, wo er Arthur Mertens aus seinem Vertrauen ausschaltete. Aber immerhin war dieses leider groß genug, daß er ihn zum Vormund seines Enkels ernannte, und damit hat er diesen einer großen Gefahr ausgeliefert.«

Lutz hatte seine Rührung bezwungen.

»Wie meinen Sie das, Herr Doktor? Ich bitte Sie, sprechen Sie ganz frei und rückhaltlos, ich muß hier klarsehen.«

Ralf spürte, daß er diesem Mann vertrauen konnte. So sagte er: »Gut, ich will Ihnen nur klarmachen, welche Gefahr Hans Dornau droht. Mertens sieht in ihm den künftigen Chef der Werke, und seine Machtgier und sein Ehrgeiz sind so groß, daß er Hans das Erbe neidet und – auch vor dem Schlimmsten nicht zurückschrecken wird – um ihn unschädlich zu machen und an seine Stelle zu rücken.«

Lutz sah ihn starr an.

»Sie behaupten da Ungeheuerliches, Herr Doktor!«

Ralf war blaß vor unterdrückter Erregung, er wußte, was er wagte, aber er sagte fest und bestimmt:

»So hören Sie mich an, Herr Doktor, dann werden Sie erkennen, daß meine Vermutungen nicht aus der Luft gegriffen sind. Hans Dornau weiß auch, daß sein Onkel ihn verderben will, auf irgendeine Weise.«

Und er berichtete nun genau und ausführlich, was an dem Rammklotz geschehen war, was Mertens ihm dann für ein

Ansinnen gestellt hatte, und was dann in der Maschinenhalle geschehen war. Er verschwieg nichts, zeichnete alles so klar und präzise, daß er Lutz überzeugen mußte. Zum Schluß sagte er aufatmend:

»Ich gebe mich mit diesem Bericht ganz in Ihre Hand, Herr Doktor. Sie können vielleicht zweifeln an dem, was ich Ihnen sagte, denn Sie haben nicht die haßerfüllten Blicke gesehen, mit denen Mertens Hans zuweilen ansieht, und waren nicht Zeuge wie ich, wie er ihn quält und peinigt. Freilich in den letzten Tagen, nach der Affäre in der Maschinenhalle, legt er scheinbar eine große Liebe und Zärtlichkeit für Hans an den Tag. Aber gerade das macht mich besonders besorgt. Ich fürchte, er will damit nur verhindern, daß man ihn verdächtigt, falls Hans etwas zustößt. Wie oft hat Hans sehnsuchtsvoll ausgerufen: ›Wenn doch Onkel Lutz noch lebte und wiederkäme, dann hätte Mertens keinen Grund mehr, mich mit seinem Haß zu verfolgen.‹ Daraus können Sie am besten ersehen, wie sehr er sich freuen wird, wenn Sie wieder auftauchen.«

Ralf verschwieg Lutz auch nicht, was für eine Komödie er ersonnen hatte, um Hans schützen zu können, und um zu versuchen, Mertens zu überführen, damit er die Vormundschaft über Hans aus den Händen geben müsse und unschädlich für ihn gemacht werden könne.

»Bisher ist es mir noch nicht gelungen, ausschlaggebende Beweise zu beschaffen. Mertens ist sehr schlau und gerissen und glatt wie ein Aal. Er findet für alles eine Ausrede. Aber, so wahr Sie lebend zurückgekehrt sind, Herr Doktor, so gewiß trachtet Mertens Hans nach dem Leben, und ich irre mich wohl nicht, wenn er nicht in allernächster Zeit einen neuen ›Unfall‹ herbeiführen wird. Daher werden Sie verstehen, wie froh ich über Ihr Auftauchen bin, und wie glücklich Hans und seine Schwester darüber sein werden. Denn auch Fräulein Eva Maria leidet selbstverständlich unsagbar unter dieser fortwährenden Angst und Sorge. Wie ich Ihnen alles offen bekannt habe, Herr Doktor, so will ich Ihnen auch noch gestehen, was bisher Geheimnis geblieben ist, daß Eva Maria und ich uns verlobt haben. Nicht zuletzt um ihretwillen habe ich Hans Dornaus Sache zu der meinen gemacht. Wir lieben uns schon seit langer Zeit, aber ich habe erst kürzlich den Mut gefunden, ihr meine Liebe zu gestehen. Nun werden Sie verstehen, Herr Doktor, wie innig ich mit dieser Angelegenheit verbunden bin.«

Lutz Rodenberg hatte den Kopf in die Hand gestützt und sah mit brennenden Augen in die Ralf Bernds. Dann streckte er diesem die Hand über den Tisch entgegen.

»Ich kann nicht anders, ich muß Ihnen glauben –, jedes Wort – denn es war wohl nicht grundlos, daß ich Mertens nie habe leiden können. Und ich danke Ihnen, daß Sie mir so vertrauensvoll alles berichtet haben; ich sehe ein, es gehörte viel Mut dazu. Und mir scheint, ich bin doch zu irgend etwas nötig hier und bin wohl gerade noch zur rechten Zeit gekommen. Aber lassen Sie mir noch einige Tage Zeit, das alles zu verarbeiten, um meine Fühler auszustrecken. Das kann ich besser, wenn noch niemand etwas von meiner Rückkehr weiß. Denn, ist Mertens wirklich der Schurke, als den Sie ihn erkannt haben, dann werde auch ich mich zu hüten haben und möchte ihm nicht ohne Waffen entgegentreten. Jedenfalls bleiben wir beide in steter Verbindung. Es könnte ja gerade in diesen Tagen etwas geschehen, wobei ich Ihnen von Nutzen sein könnte. Bitte, verdoppeln Sie also Ihre Achtsamkeit, lassen Sie weder Hans noch Mertens aus den Augen. In wenigen Tagen werden mein Neffe und auch Ihre Braut dann von aller Unruhe befreit sein. Dann werde ich auf der Bildfläche erscheinen. Leider können wir nicht mit der ganzen Rigorosität vorgehen, die wohl nötig wäre. Der Umstand, daß Mertens der Mann meiner Schwester ist, wird ihn mehr schützen, als gut sein dürfte. Aber unschädlich muß er irgendwie gemacht werden, und das soll auch geschehen, darauf können Sie sich verlassen. Ich habe draußen in der Welt, im Verkehr mit allerlei wilden Elementen, gelernt, mit solchen Leuten fertig zu werden.«

»Darf ich fragen, wo Sie all die Zeit gelebt haben, und wie Sie bei jenem Schiffsunglück gerettet wurden, Herr Doktor?«

Lutz erzählte Ralf in kurzen Worten von seinem Schicksal, sagte ihm auch, was für ein Gelübde er abgelegt und wie dann die Nachricht auf ihn gewirkt hatte, daß er unschuldig und daß all dies umsonst gewesen war.

»Ich wäre kaum jemals wieder in die Heimat zurückgekehrt, hätte kaum erfahren, daß keine Schuld auf mir lag, wenn mir das Inserat nicht vor Augen gekommen wäre. Und daß Eva Maria und Hans mir diese Botschaft sandten und auch Sie dabei geholfen haben, Herr Doktor, das macht mich zu ihrem Schuldner. Denn ich habe ein sehr subtiles Gewissen und, wie gesagt, ich mußte mir eine Buße auferlegen, um den Gedanken ertragen zu können, daß ich schuld am Tode eines Menschen war. Welche Erlösung es für mich bedeutete, als ich vernahm, daß nicht ich es gewesen, der jenen Mann niederschlug, kann wohl nur ein Mensch begreifen, der selbst in meiner Lage war.«

Mit teilnahmsvollem Interesse hatte Ralf zugehört.

»Ich kann Sie verstehen, Herr Doktor, kann Ihnen nachfühlen, wie sehr Sie gelitten haben und auch das, wie schwer es Sie getroffen haben muß, daß Sie sich umsonst diese Buße auferlegten, die zugleich Ihrem Vater Schmerzen bereiten mußte. Aber lassen Sie sich von Eva Maria erzählen, wie zäh der alte Herr an der Hoffnung festhielt, Sie könnten noch am Leben sein.«

Lutz wischte sich hastig über die Augen.

»Ich sehne mich danach, mit Hans und Eva Maria darüber zu sprechen, aber einige Tage muß ich das noch hinausschieben. Als ich heute am Grabe meines Vaters stand, war mir, als sei er bei mir – und ich habe ihm alles gesagt. Das hat mich etwas befreit.«

Lange saßen die beiden Herren noch beisammen und unterhielten sich über mancherlei. Ralf mußte Lutz auch von den Werken berichten, von dem geschäftlichen Stand der Dinge. Er schilderte die Unbeliebtheit des Direktors Mertens, der den Arbeitern das meiste wieder entziehen wollte, was Georg Rodenberg ihnen zugebilligt hatte.

»Wir haben zu Lebzeiten Ihres Herrn Vaters nie unzufriedene Leute gehabt, auch in den schwersten Zeiten, als es überall gärte, ist alles ruhig abgegangen. Ihr Herr Vater ließ den Leuten auch alles zukommen, was sie haben mußten. Jeder fühlte, daß er sein Recht bekam. Jetzt murren die Leute schon zuweilen, und wenn Direktor Mertens durch die Werke geht, folgen ihm böse Blicke. Hans jedoch lieben sie alle und hoffen auf ihn wie auf eine bessere Zukunft. Ich glaube mich nicht in Ihnen zu täuschen, wenn ich annehme, daß Sie alles wieder im Sinne Ihres verstorbenen Vaters führen werden.«

»Darauf können Sie sich verlassen, das ist Ehrensache für mich. Wir halten es drüben mit unsern Leuten auch so, daß sie zufrieden sein können. Zu uns ist allerdings der Geist des Aufruhrs noch nicht vorgedrungen, unsere Leute sind zufrieden. Wie gesagt, es soll auf den Rodenberg-Werken nichts geschehen, was mein Vater nicht billigen würde. Und Arthur Mertens soll, wenn er so ist, wie Sie ihn erkannt haben, hier nicht mehr viel zu sagen haben. Um meiner Schwester willen werde ich ihn leider schonen müssen, aber nur so weit, wie es unbedingt nötig ist.«

Es war Mitternacht vorüber, als Ralf Bernd Lutz Rodenberg verließ. Ein tiefer Atemzug hob seine Brust. Nur noch einige Tage mußte er die unerfreuliche Komödie spielen, dann würde er erlöst sein und Hans und Eva Maria auch. Aber diese wenigen Tage mußte er noch gut achthaben auf Hans.

Er hatte mit Lutz Rodenberg verabredet, wie sie in Verbindung bleiben könnten. Ralf sollte, im Falle, daß etwas Außergewöhnliches geschah, Lutz Botschaft ins Hotel schicken unter dem Namen Vanzita. Wenn Lutz sich aber entschlossen hatte, sich seinen Angehörigen zu erkennen zu geben, dann wollte er Ralf eine briefliche Mitteilung senden und Weiteres mit ihm vereinbaren.

## *20*

Am andern Morgen trat Arthur Mertens in Ralfs Büro. Hans war mit einem Auftrag von Ralf in den großen Zeichensaal geschickt worden. Dorthin kam Mertens nie, und deshalb hatte ihn Ralf ruhig gehen lassen.

Mertens sah sich mit seinem öligen Lächeln um.

»Na, wo steckt denn Hans? Wieder mal nicht ausgeschlafen? Mir war, als hörte ich heute bald nach Mitternacht das Auto auf der Fahrstraße. Ist er zu der Zeit etwa erst in die Stadt gefahren?«

»Nein, Herr Direktor, um diese Zeit bin ich aus der Stadt heimgekommen, ich war gestern abend einmal allein in der Stadt. Sie haben das Auto gehört?«

»Ja, ich hatte das Fenster meines Zimmers gerade ein wenig geöffnet, um den Zigarrenrauch hinauszulassen, da hörte ich von weitem den Motor. Sonst kommt ja kein Auto bis zu den Werken heraus. Es fiel mir auf. Also, das waren Sie? Auch mal ein bißchen gelumpt?« scherzte er.

Ralf lachte und widersprach nicht.

»Also Hans wird jetzt am Ende solide? Sehen Sie, lieber Herr Doktor, nun hat er sich sicherlich ausgetobt und wird wieder vernünftig werden, mir scheint, als sei er jetzt lange nicht ausgekniffen in der Nacht?«

Er sagte das alles in einer milden, sanften Art, aber Ralf sah wieder das unheimliche Glimmen hinter den Brillengläsern und war auf der Hut.

»Er will am Donnerstag wieder in die Stadt fahren, aber wiederum allein, ich hörte es vom Chauffeur«, sagte er und beobachtete Mertens bei diesen Worten scharf. Dessen Augen zuckten auf. Für eine kurze Weile erstarb das Biedermannslächeln, und ein lauernder Ausdruck trat an dessen Stelle. Aber er sagte dann, sich zu einem falschen Lachen zwingend:

»Also ganz solide wird er doch noch nicht. Am Donnerstag wird er wieder ausfliegen – und ohne Sie?«

»Ja, meine Begleitung scheint ihm nicht erwünscht zu sein.«

Ralf hatte tatsächlich für den Donnerstag wieder einmal das Auto bestellt, und Hans sollte eine Fahrt nach der Stadt vortäuschen, damit Mertens wieder einmal befriedigt wurde. Aber auf gar keinen Fall sollte Hans wirklich am Donnerstag in die Stadt fahren, man wollte es Mertens nur wieder einmal vortäuschen.

Mertens lachte, anscheinend harmlos amüsiert. Aber dabei verzerrte sein Gesicht für einen Moment der raubtierähnliche Ausdruck, den Ralf schon kannte, und der ihn immer mahnte.

Er war auf der Hut. Und sagte heimlich forschend:

»Soviel ich weiß, ist Herr Hans schlecht bei Kasse, und ehe er am Donnerstag zur Stadt fährt, wird er wieder eine Anleihe bei mir machen müssen. Soll ich ihm nicht lieber meine Kasse sperren?«

»Nein, nein«, stieß Mertens hastig hervor, »den Winter über wollen wir ihn nur noch gewähren lassen, aber dann werde ich mal in aller Güte und Liebe vernünftig mit ihm sprechen. Es ist dann genug, sonst schadet er am Ende doch seiner Gesundheit, und das würde mich schmerzen. Also, versorgen Sie ihn zum Donnerstagabend noch einmal mit Geld.«

Mertens besprach nun etwas Geschäftliches mit Ralf, sich den Anschein gebend, als habe nur das ihn hergeführt. Aber Ralf hatte das bestimmte Gefühl, daß Mertens nur hatte in Erfahrung bringen wollen, wann Hans wieder in die Stadt führe.

Mertens wandte sich zum Gehen, blieb an der Tür aber noch einmal stehen und fragte leichthin:

»Hans benutzt noch immer dasselbe Auto zu seinen Fahrten nach der Stadt?«

»Ja, Herr Direktor, es steht immer auf derselben Stelle, wie Sie ja wissen.«

Mertens lachte wieder.

»Wird ja immer eine hübsche Rechnung machen, der Herr Chauffeur.«

»Umsonst tut er es nicht, er läßt sich gut bezahlen.«

»Kann ich mir denken. Was ist das denn eigentlich für ein Mensch, der Chauffeur? Er ist hoffentlich vorsichtig beim Fahren?«

»Na, er ist so eine Art von Draufgänger, er fährt zuweilen ein bißchen leichtsinnig. Wenn ich dabei bin, bremse ich immer, aber Herr Hans treibt ihn immer an; wenn er allein ist, gibt's stets eine tolle Fahrt.«

Ralf wußte nicht, weshalb er das sagte, es entsprach der Wahrheit durchaus nicht. Der Chauffeur war ein sehr bedächtiger Mensch und hätte sich auf riskante Fahrten gar nicht eingelassen. Ralf sagte das alles eigentlich nur, um etwas zu sagen, er wußte nicht, warum. Und es entging ihm nicht, daß Mertens' Augen wieder unheimlich aufglühten. Als er endlich gegangen war, sah Ralf grübelnd vor sich hin.

Das sieht mir ganz nach einer neuen Teufelei aus. Warum interessiert er sich plötzlich dafür, wie der Chauffeur fährt?

Dieser Gedanke ließ ihn nicht mehr los. Als später Hans wieder bei ihm im Büro war, erzählte er ihm, was er mit Mertens gesprochen hatte.

»Du kannst mir glauben, Hans, er hat wieder irgend etwas vor, das böse Glimmen in seinen Augen warnt mich immer. Selbstverständlich wirst du am Donnerstagabend nicht in die Stadt fahren. Du wirst es aber wieder vortäuschen, wirst bis zum Auto gehen und dann tun, als wenn du einstiegest. Aber – da fällt mir ein – man müßte den Chauffeur vielleicht irgendwie warnen – er muß achtgeben, daß sich nicht etwa jemand heimlich an das Auto heranschleicht und es beschädigt. Ich kann mir nicht helfen, immer geht es mir jetzt im Kopf herum, daß Mertens einen Autounfall für dich plant.«

Hans nickte energisch.

»Das sagte ich dir ja schon kurz nach der Geschichte in der Maschinenhalle.«

»Nun, ich muß sagen, ich will froh sein, wenn die nächsten Tage vorüber sind«, stieß Ralf hervor.

»Warum gerade die nächsten Tage, Ralf?«

Dieser durfte natürlich nicht darüber sprechen, daß Lutz Rodenberg aufgetaucht war, und so sagte er nur:

»Ich weiß nicht, mir ist bloß so, als habe Mertens den nächsten Donnerstag für eine neue Teufelei ausgesucht. Aber wir werden wachsam sein, mein Junge, und du versprichst mir, sehr vorsichtig in allen Dingen zu sein. Zu deiner Sicherheit werde auch ich am Donnerstag abend zur Stelle sein, werde mich schon vorher im Tannengebüsch verstecken und aufpassen.«

»Ich verspreche dir, die größte Vorsicht walten zu lassen, Ralf. Aber weiß Gott, allmählich wird mir das alles unerträglich.«

»Habe nur noch kurze Zeit Geduld, vielleicht fassen wir Mertens diesmal ab.«

»Es wäre eine Wohltat, dies schleichende Ungeheuer beim Kragen zu packen. So ist es immer ein Kampf mit etwas Unfaßbarem.«

Ralf strich ihm über den Kopf.

»Nur Mut, mein Junge! Auch das wird vorübergehen, und vielleicht eher, als du glaubst.«

Hans sah Ralf forschend an.

»Ralf, mir ist, als wolltest du mir etwas verbergen.«

Dieser faßte seine Hand und sah ihn ernst an.

»Du fühlst das gleich, Hans, wenn ich mal nicht ganz offen zu dir bin. Aber du weißt, wenn ich dir etwas verberge, ist es nur zu deinem Besten. Vertraue mir wie bisher, und glaube mir, ohne weiter zu fragen, daß du und Eva Maria in einigen

Tagen von aller Angst und Sorge befreit sein werdet. Hilf mir nur durch doppelte Vorsicht, dich glücklich über diese wenigen Tage noch hinwegzubringen. Dann wirst du von allen Gefahren befreit sein.«

Hans fuhr sich über die Stirn, als sei ihm zu warm. Aber er drückte Ralfs Hand fest und warm.

»Wenn du recht hättest, Ralf! Schon Eva Marias wegen wäre das eine Wohltat. Ich fühle, sie ängstigt sich sehr, und sie ist immer mit ihrer Angst und Sorge bei mir. Du ja auch, Ralf, ihr beiden nehmt es wahrhaftig fast schwerer als ich selbst, obwohl es auch für mich kein Hochgenuß ist, immer diesen verbrecherischen Schleicher auf meiner Spur zu wissen. Nur in unseren vier Wänden daheim habe ich das Gefühl, vor ihm sicher zu sein. Ein scheußlicher Zustand ist das.«

»Nur noch wenige Tage Geduld, Hans; Geduld und Vorsicht.«

»Das verspreche ich dir!« –

Am Abend dieses Tages saß Ralf im Dunkeln in seinem Zimmer am Fenster und starrte hinaus, über die Werke hinweg. Das Herz war ihm noch nie so schwer wegen Hans gewesen wie jetzt. Er fühlte sich in diesen Tagen mehr denn je für ihn verantwortlich. Er sann über alles nach, was gestern und heute geschehen war. Es war eine Gewohnheit von ihm, im Dunkeln zu sitzen, wenn er etwas besonders Wichtiges zu überlegen hatte. Ihm war immer, als seien seine Gedanken dann besonders scharf und klar. Wieder grübelte er darüber nach, was Mertens wohl am Donnerstag vorhaben möchte. Und er nahm sich fest vor, den Chauffeur zu warnen, besonders langsam und vorsichtig zu fahren, denn um sein verbrecherisches Ziel zu erreichen, würde Mertens auch nicht davor zurückscheuen, noch ein zweites Leben aufs Spiel zu setzen. War es so, wie er vermutete, wollte er irgendwie einen Autounfall herbeiführen, um Hans zu vernichten; dann war auch der Chauffeur in Gefahr. Hans würde ja nicht in dem Wagen sitzen, wohl aber der Chauffeur. Wenn man nur eine Ahnung hätte, was Mertens vorhatte. Ralf grübelte allen Möglichkeiten nach und sagte sich schließlich, wolle Mertens wirklich einen Autounfall herbeiführen, dann würde nur der Teil der Straße in Betracht kommen, der vom Seiteneingang der Werke bis zur großen Fahrstraße führte. Auf dieser war auch abends zuweilen Verkehr; die Elektrische fuhr noch bis gegen elf Uhr, und zuweilen kehrten auch Beamte mit einem Auto aus der Stadt zurück. Auf der belebten Straße würde Mertens vermutlich nichts unternehmen, es konnte nur auf dem Wege vom Seiteneingang nach der Fahrstraße geschehen, da hier am Abend nur das Auto fuhr, das anscheinend immer für Hans bestellt war.

Aber – was konnte Mertens da unternehmen?

Immer intensiver grübelte er darüber nach, und dabei starrten seine Augen hinaus, als müsse er das Dunkel durchdringen, das über den Werken ruhte. Es war eine sternenlose Nacht, der Himmel war bewölkt, und der Mond nicht zu sehen. Aber Ralfs an die Dunkelheit gewöhnten Augen sahen die Konturen der Gebäude und von ferne die riesigen Hochöfen, die Tag und Nacht in Betrieb waren.

Plötzlich fiel Ralf, während er so grübelnd vor sich hin starrte, etwas auf. Er bemerkte einen schwachen, zuckenden Lichtschein, der aus dem Fenster eines der großen Schuppen, in denen allerlei Material aufbewahrt wurde, herausdrang. Ganz flüchtig war der Lichtschein durch das durch Kohlenstaub verschleierte Fenster des einen Schuppens geirrt. Ralf stutzte und richtete sich auf. Wie kam um diese Zeit ein Licht in den verschlossenen Schuppen, da niemand etwas darin zu tun hatte? Hatte er sich geirrt? Aber nein – da zuckte das Licht abermals für einen Moment auf. Hatte in dem Schuppen irgend etwas Feuer gefangen – durch eine Unvorsichtigkeit? Oder waren vielleicht Diebe am Werk?

Ohne sich lange zu besinnen, erhob sich Ralf, steckte seinen Revolver ein und verließ das Zimmer. Lautlos glitt er die Treppe hinab, öffnete ohne jedes Geräusch die Tür des Ingenieurhauses und trat hinaus, die Tür leise wieder hinter sich ins Schloß drückend. Nun eilte er, trotz der Dunkelheit unausgesetzt Deckung suchend, zum Schuppen hinüber, jedes Geräusch vermeidend. Er schlich an das Fenster heran, aus dem der Lichtschein gekommen war, und spähte durch die halb blinden Scheiben in das Innere hinein. Fast im gleichen Moment glomm der Lichtschein drinnen wieder auf, irrte im Schuppen umher, aber so, daß Ralf nicht davon geblendet wurde. Er gewahrte drinnen eine untersetzte Gestalt, die anscheinend mit einer Taschenlampe nach etwas suchte. Aufmerksam verfolgte Ralf jede Bewegung dieser Gestalt, die nur wie ein Schatten in dem engbegrenzten Lichtkreise wirkte. Er erkannte, daß die Gestalt in einen weiten Mantel gehüllt war und einen breitrandigen Hut trug, der tief ins Gesicht gezogen war, so daß man es nicht erkennen konnte. Ralf sah, wie das Licht der Taschenlampe immer weiter hin und her irrte und schließlich auf einem aufgestapelten Haufen von Drahtseilen ruhenblieb. Er bemerkte, daß die Taschenlampe seitwärts auf diesen gelegt wurde, und nun beleuchtete sie zwei Hände, die jetzt begannen, von einem der Drahtseilbündel ein Stück abzuwickeln, und zwar so, daß die eine Hand das Drahtseil um Hand und Ellenbogen der anderen Hand aufwickelte. Dann erblickte er in der einen Hand eine Zange, die das so aufgerollte Stück des Drahtseils durchknipste. Dabei fiel ihm auf, daß an dieser Hand ein großer Solitär blitzte, es war also keine Arbeiterhand. Wenn Ralf gedacht hatte, daß es sich hier um einen gewöhnlichen Diebstahl von Drahtseilen handelte, so wurde ihm diese Ansicht jetzt genommen. Ein Mann mit weißen, gepflegten Händen, an denen ein kostbarer Solitär blitzte, hatte es doch nicht nötig, ein Stück Drahtseil in dunkler Nacht zu stehlen – es sei denn, er brauchte es zu geheimnisvollen Zwecken. Weiße, fleischige Hände von kurzer, gedrungener Form waren es, die er da gesehen hatte.

Die Gestalt im Schuppen richtete sich jetzt empor und barg

das zusammengewickelte Drahtseil unter dem weiten Mantel. Dann erlosch das Licht.

Ralf beschlich ein unheimliches Gefühl. Wer war der Mann da drinnen, und zu welchem Zwecke stahl er das Stück Drahtseil – es konnten seiner Schätzung nach höchstens fünfundzwanzig Meter gewesen sein?

Er mußte das ergründen, mußte wissen, was der Mann mit dem Drahtseil anfangen wollte, und wer er war. Er vergegenwärtigte sich die untersetzte Gestalt und die weißen, fleischigen Hände mit dem kostbaren Solitär, und plötzlich mußte er an Arthur Mertens denken. Der hatte solche Hände, und er trug auch einen kostbaren Solitär an seiner Hand; ein Geschenk seines verstorbenen Schwiegervaters.

Jetzt war Ralfs ganzes Wesen nur noch angespannte Energie. Er schlich im Dunkeln auf die andere Seite des Schuppens, wo sich die Tür befand, und verbarg sich hinter einem Holzstapel. Von hier aus konnte er die Tür im Auge behalten. Regungslos wartete er. Endlich wurde die Tür des Schuppens leise und vorsichtig geöffnet, und die dunkle Männergestalt schob sich vorsichtig heraus. Leise schloß sie die Tür ab und sah sich vorsichtig nach allen Seiten um. Ralf hielt den Atem an, um sich nicht zu verraten. Er sah nun den Mann mit seltsam gleitenden Schritten davongehen. Der Mond schien jetzt ein wenig durch eine dünnere Wolkenwand, so daß ein schwaches Licht auf den Weg fiel. Ralf kannte diesen schleichenden Raubtierschritt – ja, es mußte Mertens sein, der sich jetzt, im Schatten Deckung suchend, davonschlich.

Was hatte das alles zu bedeuten? Weshalb kam Mertens nachts aus seiner Villa zu den Werken herüber, um sich wie ein Dieb ein Stück Drahtseil zu holen? Warum tat er das nicht offen und ungeniert am hellen Tage? Was hatte er mit diesem Drahtseil vor? Dahinter konnte doch nur wieder eine Teufelei stecken.

Ohne sich lange zu besinnen, nahm Ralf die Verfolgung Arthur Mertens' auf. Er schlich hinter ihm her, gleichfalls immer Deckung suchend, und sah, daß Mertens den Seitenausgang der Werke passierte, er hatte den Schlüssel dazu bei sich und war wohl auch auf diesem Wege gekommen. Ralf besaß diesen Schlüssel auch, wie alle Ingenieure. Er wartete eine Weile, nachdem Mertens hinausgegangen war und die Tür wieder verschlossen hatte. Dann schloß er sie leise wieder auf und schlüpfte hinaus. Er fror nicht einmal in der kalten Frostnacht, obwohl er nur seinen Hausrock trug. Die Erregung machte ihm warm. Atemlos lauschte er und vernahm nach einer Weile sich entfernende Schritte. In derselben Richtung folgte Ralf, und nach einer Weile sah er Mertens zwischen den Bäumen auftauchen. Zu seinem Erstaunen entfernte er sich nicht in der Richtung zur Villa Melanie. Von den weiß verschneiten Wegen hob sich die dunkle Gestalt in dem weiten Mantel ab. Ralf folgte ihr, immer hinter den Bäumen Dekkung suchend und jedes Geräusch vermeidend.

Mertens ging jetzt am Rande der Fahrstraße dahin, die von dem Seitenausgang zu der Hauptfahrstraße führte. Hier war die Verfolgung schwieriger, weil die Schatten der Bäume nicht mehr so dunkel waren. Ralf mußte schnell und lautlos von Baum zu Baum huschen. Etwa fünf Minuten war Mertens so auf der Straße dahingegangen, als er plötzlich stehenblieb und sich nach allen Seiten vorsichtig umsah. Ralf hatte gerade noch Zeit, hinter einer dicken Buche Deckung zu suchen, die ihn vollständig vor Mertens' spähenden Augen verbarg. Ralf stand kaum fünfzehn Schritt von ihm entfernt und konnte jede Bewegung des Verfolgten genau beobachten. Mertens schritt jetzt auf einen aufgeschaufelten Schneehaufen zu, der an der Seite des Weges lag. Hier zog er das Drahtseil unter dem Mantel hervor und warf es auf den Boden. Dann grub er mit beiden Händen ein tiefes Loch in den Schneehaufen, und als es groß genug war, barg er das zusammengerollte Drahtseil darinnen und bedeckte es sorgfältig mit Schnee. Mertens mußte gewußt haben, daß hier der Schneehaufen lag, er hatte ihn wohl schon vorher als Versteck für das Drahtseil bestimmt. Und da er das Drahtseil so heimlich entwendet hatte, wollte er also nicht, daß jemand wußte, daß er es besaß.

Ralf hörte an einem befriedigten Atemzug, daß Mertens sein Werk beendet hatte. Der Direktor nahm jetzt den Hut vom Kopf und wischte mit dem Taschentuch über die runde Kugel, auf der kein Haar zu sehen war, als sei ihm zu heiß geworden. Ralf konnte nun ganz deutlich in dem immer heller hervortretenden Mondlicht Mertens erkennen.

Dieser setzte den Hut wieder auf, zog ihn aber nicht mehr so tief ins Gesicht, als habe er jetzt nichts mehr zu verbergen. Dann ging er davon, seiner Villa entgegen.

Ralf folgte ihm nicht weiter, es hatte keinen Zweck mehr. In Gedanken versunken blieb er stehen und starrte auf den Schneehaufen. Was hatte Mertens mit dem im Schnee vergrabenen Drahtseil vor?

Er brachte das alles mit seinen Eindrücken von heute morgen zusammen, und es war nun nicht mehr schwer für ihn zu erraten, was Mertens zu alledem veranlaßt hatte. Dies Drahtseil hatte er hierhergeschafft, damit er es übermorgen, am Donnerstag abend, hier zur Hand hätte. Donnerstag abend glaubte er, daß Hans mit dem Auto zur Stadt fahren würde. Er hatte das Drahtseil schon heute hierhergeschafft, falls er morgen nicht dazu kam. Es lag ja gut und sicher verborgen hier im Schnee. Wenn Ralf richtig vermutete, so hatte Mertens vor, das Drahtseil zu benutzen, um ein abermaliges Attentat auf Hans auszuführen. Wenn das Drahtseil hier über die Straße gespannt wurde, von Baum zu Baum, so konnte sehr leicht ein Unfall herbeigeführt werden. Die Stelle war mit teuflischer Klugheit berechnet, denn kurz vorher machte der Weg eine Kurve. Wenn das Auto um diese herumbog, sah der Chauffeur das dünne Drahtseil entweder überhaupt nicht, oder erst zu spät, wenn er den Wagen nicht mehr bremsen konnte. Deshalb hatte es Mertens so stark interessiert, ob der Chauffeur schnell oder langsam fuhr. Je schneller er fahren würde, um so sicherer führte dieser »Autounfall« zur Vernichtung von Hans Dornau. Daß auch der Chauffeur dabei mit ums Leben kam, was kümmerte das den in seiner Machtgier halb irr gewordenen Verbrecher? War das Unglück geschehen, dann konnte Mertens schnell das Seil wieder entfernen, ehe hier auf dieser abgelegenen Straße jemand das Unglück entdeckte. Und – gelang ihm das Entfernen des Seiles nicht – wer würde wagen, dem so liebevoll um seinen Neffen besorgten Onkel dies Verbrechen zuzutrauen? Es konnte sich dann eben nur um einen Raubüberfall gehandelt haben. Irgendwelche Verbrecher hatten das Seil gespannt, um die Insassen des Wagens zu berauben. So etwas kam oft genug vor. Irgendwie hätte Mertens sich sicherlich wieder herausgeredet. Aber gottlob – gottlob, eine Fügung des Himmels hatte es gegeben, daß Ralf das geplante Verbrechen entdeckte, ehe es zur Ausführung kommen konnte. Hatte er dadurch auch nicht Hans das Leben gerettet, da dieser nicht in dem Auto gefahren wäre, so konnte er doch dem Chauffeur das Leben retten. Und – diesmal sollte Mertens überführt werden.

Wie überwältigt von seinen Gedanken und Gefühlen lehnte Ralf an dem Baum. Wahrlich, das war ein teuflischer Plan, wie er nur Arthur Mertens' Hirn entspringen konnte. Was für ein Mensch! Auf welche grausame Weisen hatte er seinen schuldlosen Neffen nun schon umbringen wollen. Und ganz sicher glaubte er sich. Das alles war augenscheinlich seit langer Zeit schon vorbereitet und ausgesonnen.

»Teufel, verbrecherischer Teufel!« stieß Ralf hervor. Und nun schauerte er zusammen und merkte erst, daß er in seinem dünnen Hausrock fror. Schnell lief er zu seiner Wohnung zurück, warf sich in einen Sessel und überlegte, was geschehen mußte, um Mertens diesmal zu überführen und vor allen Dingen, um den »Autounfall« zu verhindern.

Nachdem er alles gründlich erwogen, erhob er sich befriedigt, um sein Lager aufzusuchen. Vorher schrieb er aber noch einige Worte an »Senhor Vanzita«. Er bat diesen, ihn morgen abend in seinem Hotel zu erwarten, da er sehr Wichtiges mit ihm zu besprechen habe. Diesen Brief wollte er morgen früh mit einem Boten nach der Stadt schicken.

Lutz Rodenberg erwartete Ralf am nächsten Abend. Ralf hatte Hans vorläufig kein Wort von seiner Entdeckung gesagt, hatte ihn nur dringend abermals gewarnt, am Donnerstag keinesfalls das Auto zu besteigen. Ehe Ralf zu Lutz ins Hotel gegangen war, hatte er den Chauffeur aufgesucht, der so oft am Seiteneingang der Werke hatte warten müssen. Er teilte ihm mit, daß er am Donnerstag wieder warten, sich aber auf keinen Fall mit seinem Auto vom Platz rühren solle, bis er es ihm selber sagen werde, er werde etwas später am Platze sein.

Der Chauffeur versprach das, und Ralf ging beruhigt davon. Solange Mertens Hans nicht im Wagen glaubte, drohte diesem keine Gefahr. – Lutz empfing Ralf mit warmem Händedruck. Er hatte inzwischen vorsichtig allerlei Erkundigungen eingezogen und hatte über Ralf Bernd nur Gutes und Lobenswertes gehört. Das entsprach dem Eindruck, den Ralf auf ihn gemacht hatte.

Ohne Zögern, in seiner ruhigen, bestimmten Art, die Lutz so gut gefiel, ging Ralf auf den Kern der Dinge los und berichtete Lutz, was er gestern abend beobachtet habe, und wie er sich alles zusammenreime. Gespannt hörte Lutz ihm zu, und seine Stirn zog sich in drohende Falten.

»Wenn das wirklich alles so zusammenhängt, wie Sie vermuten, und wie auch ich es kaum anders annehmen kann, dann ist es wirklich höchste Zeit, daß Mertens unschädlich gemacht wird«, sagte er.

»Wir müssen ihn überführen, Herr Doktor!« rief Ralf aufgeregt.

»Aber wie?«

»Darüber habe ich lange genug nachgegrübelt, aber nun ist

mein Plan fertig, und diesmal sollen ihm keine Ausflüchte helfen.«

Und Ralf setzte Lutz nun auseinander, was er sich ausgedacht hatte, um Mertens zu fangen.

»Ich rechne dabei auf Ihre Mitwirkung, Herr Doktor«, schloß er seinen Bericht. »Würde ich allein die Sache ausführen, so würde Mertens allerlei Winkelzüge machen und sich wieder herauszureden versuchen. Hans genügt auch nicht als Zeuge – und – einen fremden Menschen möchte ich nicht in diese Angelegenheit verwickeln, um einen Skandal zu verhüten. Ihrer Frau Schwester und des Namens Rodenberg halber dürfen wir die Öffentlichkeit nicht mit dieser Affäre bekannt machen.«

Lutz Rodenbergs Züge zeigten angespannte Energie.

»Sie haben recht, wir müssen die Sache mit Mertens allein abmachen. Es muß alles in der Familie bleiben, obwohl Gnade hier nicht am Platze ist, wenn Ihre Vermutung zutrifft. Ich helfe Ihnen selbstverständlich. Darauf können Sie sich verlassen. Jetzt wird es Zeit, daß auch ich in Aktion trete. Vermutlich würde es Mertens hindern, das Verbrechen auszuführen, wenn ich plötzlich auf der Bildfläche erscheinen würde, aber Menschen wie er müssen unschädlich gemacht werden, und so wollen wir getrost Ihren Plan, den ich für sehr gut halte, ausführen.«

»Ich bin sehr froh, Herr Doktor, daß ich Sie als Zeugen auf meiner Seite haben werde. Sie werden ja selbst sehen, wie aalglatt Mertens ist. Aber es wird ihm diesmal nichts helfen, wir werden ihn überführen und ihn dann zu allerlei Zugeständnissen zwingen. Das habe ich mir so gedacht.«

Und Ralf erklärte Lutz, wozu sich Mertens würde verpflichten müssen und wie sie ihn dazu bringen wollten.

Lutz nickte beistimmend.

»Ihr Plan ist gut – sehr gut. So fangen wir ihn in seiner eigenen Schlinge. Herrgott, meine arme Schwester! Ist ihr Mann wirklich ein solches Scheusal, woran man kaum noch zweifeln kann, dann kann sie mir von Herzen leid tun. Und seine Kinder? Gott verhüte, daß sie den Charakter ihres Vaters geerbt haben!«

Ralf zuckte die Achseln.

»Man weiß nicht, was in einem Menschen schlummert, bevor nicht alle seine Instinkte sich Bahn brechen. Aber ich halte weder Fräulein Jolante noch Herrn Egon für fähig, ein Verbrechen zu begehen. Sie sind in Glanz und Reichtum aufgewachsen, werden voraussichtlich auch bis an das Ende ihrer Tage vor Not und Sorge geschützt sein – und –, ich halte beide für ziemlich oberflächlich, im guten wie im bösen Sinne. Ich glaube nicht, daß Sie bei ihnen auf große Gefühle irgendwelcher Art stoßen werden. Für schlecht halte ich sie jedoch beide nicht, höchstens für ein wenig boshaft.«

»Meine arme Schwester, so wird sie nicht einmal in ihren Kindern einen Trost finden können«, sagte Lutz tiefbekümmert.

Eine Weile saßen sich die beiden Männer mit tiefernsten Gesichtern gegenüber. Dann besprachen sie Ralfs Plan noch einmal in allen Einzelheiten, und anschließend verabschiedete sich Ralf. Er fuhr mit der Elektrischen bis zur Endstation und legte den Rest des Weges zu Fuß zurück. Er überzeugte sich, daß der große Schneehaufen noch an Ort und Stelle lag, sicher würde niemand daran rühren; er würde liegenbleiben, bis er bei Tauwetter dahinschmolz. Gern hätte er sich überzeugt, ob das Drahtseil noch im Schnee verborgen lag, aber er ging doch besser vorüber, als ahne er nichts von dem Inhalt des Schneehaufens.

Er war sehr unruhig. Würde er mit all seinen Vermutungen recht haben? War das nicht der Fall, hatte er sich doch in Mertens getäuscht, dann stand er morgen als Verleumder vor Lutz Rodenberg. Daß er ein gewagtes Spiel spielte, war ihm klar gewesen, seit er das erste Wort zu Lutz gesprochen hatte. Denn er hatte ja keine Beweise. Alles war Vermutung. Wohl war er selbst fest davon überzeugt, daß Mertens Hans nach dem Leben trachtete, aber wie konnte er es beweisen, wenn morgen nicht das geschah, was er vermutete? Wie konnte er vor Lutz Rodenberg bestehen, wenn er keine Beweise schaffen konnte? Eine leise Verzagtheit wollte ihn überkommen, dann aber hob er den Kopf und blickte wieder ruhig. Er hatte sein Bestes getan, um Hans zu schützen, um ein möglicherweise geplantes Verbrechen zu verhüten, das mußte ihm genügen. Und was morgen abend auch geschehen würde, Lutz Rodenberg lebte, war hier und würde sich morgen seinen Angehörigen gegenüberstellen. Mit dem Moment, wo er auftauchte als Erbe von Rodenberg, war Hans in Sicherheit vor den Angriffen seines Onkels und – Eva Maria bekam ihre Ruhe wieder. Seine Eva Maria! Seine Gedanken flogen sehnsüchtig zu ihr.

Jolante war in letzter Zeit sehr schlechter Laune. Auch heute, am Donnerstagmorgen, saß sie verdrießlich ihren Eltern gegenüber am Frühstückstisch. Ihr Vater schien auch nicht in besonders guter Stimmung zu sein, er war sehr nervös und hatte an allem etwas auszusetzen. Er gab seiner Frau, die sich besorgt erkundigte, ob ihm nicht wohl sei, kurze, unfreundliche Antworten, lenkte aber gleich wieder ein, streichelte ihre Hand und bat sie, ihn in Ruhe zu lassen, er fühle sich ganz wohl, habe nur geschäftlichen Ärger.

»Macht dir Hans etwa wieder zu schaffen?« fragte Frau Melanie.

»Aber nein, Melanie, absolut nicht. Er scheint sich die Hörner abgelaufen zu haben und hat mir in letzter Zeit nur noch Freude gemacht. Ich freue mich, dir das sagen zu können, denn es hätte mich tief geschmerzt, wenn er nicht zur Vernunft gekommen wäre. Man hat doch den Schlingel viel zu lieb, als daß man ruhig mitansehen könnte, daß er verlumpt.«

Frau Melanie freute sich innig über diese Worte, sie hatte sich viel Sorge um Hans gemacht. Jolante aber sah den Vater etwas verblüfft an, seine plötzlich erwachte Liebe zu Hans erschien ihr aus irgendeinem Grunde verdächtig.

Was hat denn der alte Herr mit einem Male mit meinem Cousin? dachte sie und machte eine schnippische Bemerkung darüber. Da fuhr Mertens wütend auf sie los, sie möge sich nicht einen derartigen Ton gegen ihren Vater erlauben, es sei ein Skandal, wie sie sich benehme. Nicht nur ihren Eltern gegenüber sei sie so schnippisch, in letzter Zeit sei sie es auch Doktor Bernd gegenüber gewesen. Am vorigen Sonntag, als sie mit ihm aus dem Wald zurückgekommen sei, wäre ihm das direkt unangenehm aufgefallen. Und sie möge die Angelegenheit nicht mehr unnötig lange hinausziehen. Weshalb sie eigentlich immer wieder eine Erklärung Ralf Bernds verhindere. Diese Herumzieherei habe keinen Sinn.

Jolante hatte die Eltern in der Meinung belassen, daß sie den Zeitpunkt bestimmen könne, wann Doktor Bernd um sie anhalten solle. Des Vaters Zurechtweisung verbesserte Jolantes Laune zwar nicht, lenkte sie aber ab von der Frage, weshalb der Vater plötzlich so liebevoll von Hans sprach. Sie fuhr auf und sagte ärgerlich:

»Ich habe mir die Sache anders überlegt, Papa, mir scheint doch, daß wir zu wenig zusammenpassen, Doktor Bernd und ich. Er hat so gräßlich altmodische Ansichten, hat keinen Elan – ich –, ich mag einfach nicht!«

Der Vater war vollständig verwirrt. Es bedurfte einiger Zeit, bevor er sich zu fassen vermochte.

»Du magst ihn nicht? Mit einem Male magst du ihn nicht, nachdem du durch dein Benehmen allerlei Hoffnungen in ihm geweckt hast? Das ist unglaublich!«

»Aber Papa, weshalb ereiferst du dich denn, du hattest doch erst allerlei dagegen einzuwenden, daß ich ihn heiraten wollte. Nun gut, ich habe eingesehen, daß du mit deinem Widerstand recht hattest, und die Sache ist erledigt.«

»Nein, sie ist durchaus nicht erledigt! Jetzt habe ich es satt mit deinen Launen. Erst willst du ihn durchaus zum Mann, beschwatzest mich, daß ich meinen anfänglichen Widerstand aufgebe und ihn ins Haus ziehe. Dadurch mußte er deutlich merken, daß ich seine Werbung gutheiße. Und nun plötzlich weht der Wind bei dir wieder aus einer andern Richtung. Wie stehe ich nun vor ihm da? Es ist unerhört, daß du ihn jetzt plötzlich irgendeiner Laune halber nicht mehr willst.«

Jolante sprang auf und zerrte nervös an ihrem Taschentuch.

»Nun, so muß ich Farbe bekennen, damit du weißt, daß es keine Laune von mir ist, sondern daß ich mich nur der Notwendigkeit füge. Also, ich habe mich geirrt, Doktor Bernd hat durchaus nicht die Absicht, um mich zu werben, er hat mir am Sonntag rundheraus erklärt, daß sein Herz schon vergeben war, ehe er zu den Rodenberg-Werken kam. So, nun weißt du, weshalb ich meinen Sinn geändert habe. Schließlich kannst du nicht verlangen, daß ich ihm nachlaufe, wenn er mich nicht haben will.«

Ärgerlich aufweinend verließ sie das Zimmer. Mertens sah ihr fassungslos nach. Was er da gehört hatte, kam für ihn vollständig unerwartet. Also Doktor Bernd war es nicht darum gegangen, sein Schwiegersohn zu werden, er hatte es anscheinend dann nur auf seine hervorragende Stellung im Betriebe abgesehen, als er sich in seine besonderen Dienste stellte! Im Grunde war das ja einerlei für ihn – aber –, hatte er sich nicht doch vielleicht zu sehr in die Karten blicken lassen, in der Annahme, daß Bernd sein Schwiegersohn würde? Er grübelte darüber nach, beruhigte sich aber endlich. Nein, er war hinreichend vorsichtig gewesen. Gut, daß er in letzter Zeit Ralf gegenüber immer betont hatte, daß er Hans liebhabe wie einen eigenen Sohn. Man mußte fortan doppelt vorsichtig sein, da Bernd nun nicht mehr zur Familie gehören würde. Jedenfalls verbesserte dieser Zwischenfall seine Laune durchaus nicht. Und als seine Frau nun auch noch anfing zu jammern, daß Jolante sich Doktor Bernd gegenüber etwas vergeben haben könne, sprang er ärgerlich auf.

»Macht diesen Weiberkram gefälligst mit euch selbst aus,

ich habe andere Sorgen im Kopfe. Erziehe deine Kinder besser, meine liebe Melanie, das kann ich dir nur raten. Guten Morgen!«

Und der Abschiedskuß fiel heute etwas flüchtiger aus als sonst – man merkte ihm an, daß er sehr nervös war, und Frau Melanie war viel mehr besorgt als gekränkt.

Sie begab sich, als ihr Gatte fort war, in das Zimmer ihrer Tochter. Schließlich hatte Jo Doktor Bernd doch sehr gern gehabt, wenn sie sich auch immer mit einer modernen, kühlen Anschauung vom Leben brüstete. Wahrscheinlich hatte sie trotzdem Herzweh, wie andere junge Mädchen auch, wenn sie eine Enttäuschung erlebten. Da wollte die gute Mutter ihre Tochter trösten.

Aber sie fand Jolante nicht mehr in ihrem Zimmer. Die Dienerin, die gerade ihr Zimmer aufräumte, berichtete, daß das gnädige Fräulein zur Villa Rodenberg hinübergegangen sei, um Fräulein Dornau einen Besuch zu machen.

Jolante ging mit raschen Schritten durch den Wald zur Villa Rodenberg hinüber. Sie brauchte jemand, an dem sie ihre schlechte Laune auslassen konnte, und dazu erschien ihr Eva Maria geeignet. Sie hatte diese seit Sonntag noch nicht wiedergesehen und hatte somit noch keine Gelegenheit gehabt, ihr den Dolch mit der Nachricht ins Herz zu jagen, daß Doktor Bernd sich schon anderweitig gebunden habe, ehe er nach Rodenberg kam. Denn daß Eva Maria trotz ihres Ableugnens in Ralf Bernd verliebt war, glaubte sie genau zu wissen.

Sie traf Eva Maria in ihrem kleinen Salon damit beschäftigt, ihre Noten zu ordnen. Diese begrüßte Jo in ihrer freundlichen Art und fragte, was sie schon am frühen Morgen zu ihr herüberführe.

»Ach, eigentlich nur Papas schlechte Laune, vor der ich entflohen bin. Er war heute gräßlich nervös und unausstehlich. Du weißt gar nicht, wie gut du es hast, Eva Maria, daß du niemandes böse Laune zu ertragen hast«, erwiderte diese, sich in einen Sessel werfend.

Ernst sah Eva Maria zu ihr hinüber.

»Ach, Jo, wie gern wollte ich so kleine Launen ertragen, wenn ich meine Eltern noch haben könnte.«

Jolante zuckte die Achseln.

»Warum reist du nicht irgendwohin zum Wintersport, Eva Maria? Dir könnte das doch niemand verwehren.«

»Nein, Jo, aber was soll ich draußen in der Welt allein? Wintersport kann ich hier zu Hause auch treiben. Ich mag mich nicht von meinem Bruder trennen.«

Jolante schüttelte verwundert den Kopf.

»Du bist ein sonderbares Mädchen, Eva Maria! Was mir schon an einer Trennung von meinem Bruder läge. Hans ist doch kein Wickelkind.«

»Du erscheinst mir gewiß ebenso sonderbar wie ich dir, Jo, wir sind eben anders geartet.«

»Gottlob, ja! Mit deiner hausbackenen Tugendhaftigkeit wüßte ich nichts anzufangen. Sag' mal, Doktor Bernd war wohl in letzter Zeit ziemlich oft des Abends bei euch?«

Befriedigt sah Jolante, wie Eva Maria bei dieser Frage rot wurde.

»Zuweilen, ja, Hans unterhält sich gern mit ihm.«

»Wann war er denn das letztemal hier?«

»Am Sonntag abend, als er von euch kam. Wir trafen zufällig mit ihm zusammen. Hans rodelte den Berg hinunter. Da hat ihn Hans dann aufgefordert, noch ein Stündchen mit heraufzukommen.«

»Und das war dir natürlich schrecklich unangenehm«, spottete Jolante.

Eva Maria zwang sich zur Ruhe.

»Nein, warum, Jo, er ist doch ein sehr angenehmer Gesellschafter.«

»Finde ich gar nicht, er hat schrecklich altmodische Ansichten.«

»Dann hast du deine Ansicht über ihn sehr geändert.«

»Gründlich! Bei näherer Bekanntschaft verliert er sehr. Er

ist langweilig und altmodisch, und er würde im Grunde viel besser zu dir passen. Aber mache dir keine Hoffnungen, weil ich ihn aufgebe, ich habe nämlich in Erfahrung gebracht, daß er sein Herz bereits vergeben hat.«

Wieder stieg Eva Maria das Blut ins Gesicht unter dem boshaft glitzernden Blick Jolantes. Sie wußte, daß diese sie mit dieser Nachricht verwunden wollte. Dank Ralfs Bekenntnis traf dieser Schuß ins Leere. Und Eva Maria konnte lächeln.

»Das wußte ich längst, Jo«, sagte sie ruhig.

Jolante fuhr auf.

»Du wußtest das und warntest mich nicht? Ich sagte dir doch, daß ich ihn heiraten wollte.«

»Damals wußte ich es noch nicht genau, und übrigens hättest du mir doch nicht geglaubt.«

»Nun, ich finde es wenig kameradschaftlich von dir, daß du es mir nie gesagt hast.«

Eva Maria sah die Cousine mit ernsten Augen an.

»Sei einmal ehrlich, Jolante, ist dein Verhalten mir gegenüber sehr nett? Und – es war doch schließlich Doktor Bernds Geheimnis, das ich hätte preisgeben müssen.«

»Nun, vielleicht hätte ich nicht anders gehandelt, aber ich brüste mich auch nicht mit allerhand Tugenden.«

»Das tue ich gewiß nicht. Nur du sprichst immer sehr spöttisch von meinen Tugenden.«

»Nun, jedenfalls staune ich, daß du es so ruhig ertragen hast, daß Doktor Bernd eine andere liebt. Gesteh' nur, du warst gründlich in ihn verschossen. Ich weiß es ganz bestimmt.«

»So, das wußtest du?«

»Selbstverständlich! Gerade darum machte es mir ja Spaß, ihn für mich zu erobern.«

Es zuckte ein Lächeln um Eva Marias Gesicht.

»Oh, Jo, verwandtschaftlich war das auch nicht. Aber du bist wenigstens ehrlich.«

»Ich plage mich nicht mit sentimentalen Unwahrheiten herum, es ist viel bequemer, ehrlich zu sein.«

»Trifft das wirklich immer bei dir zu?«

Jolante lachte.

»Nun, ja, manchmal ist ein kleiner Schwindel bequemer.«

Eva Maria überkam ein tiefes Mitleid mit Jolante. Sie erhob sich und trat dicht an sie heran. Und mit der Hand leise und sanft über ihr Haar streichelnd, sagte sie in ihrer gütigen Art:

»Arme Jo! Ich glaube, du quälst dich schrecklich herum mit deiner modernen Weltanschauung. Im Grunde bist du wahrscheinlich viel besser, als du die Menschen glauben machen willst. Du kokettierst nur mit deiner nüchternen Gleichgültigkeit gegen alles, was wie Gefühl aussehen könnte. Du kannst sehr froh sein, daß Doktor Bernd schon vergeben ist, denn hättest du ihn geheiratet, dann wärest du nicht glücklich geworden.«

Jolante war unter diesen gütigen Worten etwas benommen zumute.

»Warum denn nicht?« fragte sie, sich gegen dies Gefühl zur Wehr setzend.

»Weil du ihn nicht liebst.«

»Ach, geh doch mit solchen Sentimentalitäten. Was ist denn Liebe? Eine Illusion.«

»Nein, Jo, Liebe ist etwas Gutes, Schönes und Herrliches, und ich wünsche dir von ganzem Herzen, daß du einmal einen Mann so recht aus tiefstem Herzen liebst, und daß dieser dich wiederliebt. – Dich. Nicht die glänzende Partie in dir. Glaube mir, du wirst dann ein viel besserer und zufriedenerer Mensch sein und alle deine Torheiten und deine nüchterne Sachlichkeit über Bord werfen und dich von Herzen glücklich fühlen, daß du es tun kannst.«

Eva Maria sagte das so ernst und warm, daß Jolante eine Weile ganz still und beklommen zu ihr aufsah. Aber dann sprang sie auf, als wehre sie sich gegen das wärmere, bessere Gefühl, das in ihr aufsteigen wollte.

»Ach, Eva Maria, ich glaube nicht, daß ich mich jemals so verlieben könnte.«

»Nicht nur verlieben, sondern lieben – von ganzem Herzen lieben.«

»Das gibt es doch gar nicht. Sieh dir doch all diese Ehen an, die aus sogenannter Liebe geschlossen wurden. Die Lüge wird bald offenbar. Zum Beispiel die Ehe meiner Eltern! Das soll doch eine reine Liebesheirat gewesen sein. Mama glaubt heute noch daran. Was ist denn diese Liebe? Mama betet Papa freilich noch immer an – rein gewohnheitsmäßig, weil sie an ihre Liebe glauben will; und Papa? Offen heraus, Eva Maria. Er spielt eine erbärmliche Komödie, wenn er immer wieder Liebesversicherungen vom Stapel läßt. Er liebt nur sich selbst, sonst keinen Menschen, auch uns nicht. Er macht die Komödie nur mit, um Mama die Illusion zu erhalten oder besser, um sie damit zu beherrschen. Ich fühle schon seit Jahren, daß alles das Theater ist. Warum quälen sich die Menschen mit solchen Lügen? Wenn sie ehrlich wären, würden sie sich sagen: wir verbinden unsere Interessen miteinander und wollen sehen, wie wir möglichst gut miteinander auskommen können. Wäre das nicht viel vernünftiger?«

»Arme Jo, du tust mir leid! Du hattest in der Ehe deiner Eltern wohl nicht das rechte Beispiel vor Augen. Das hat dich anscheinend beeinflußt. Ich wünsche dir, daß du einmal eine Ehe führen kannst, die dich überzeugt, daß man sehr glücklich sein kann, wenn man einander liebt.«

Jolante strich sich hastig über die Stirn.

»Ich habe leider zu scharfe Augen und sehe das Leben, wie es ist. Aber man könnte dich beneiden um deinen Glauben an so eine Liebe. Sag doch mal ehrlich, hast du Doktor Bernd geliebt?«

Eva Maria wurde wieder dunkelrot, aber sie sah Jolante groß und offen an.

»Ja!«

»Und was tust du nun mit dieser Liebe?«

»Sie wird immer mein Herz ausfüllen, Jo, und ob mich Doktor Bernd wiederliebte oder nicht – nie hätte ich diese Liebe missen mögen.«

Verständnislos schüttelte Jolante den Kopf.

»Das verstehe ich nicht! Ich mochte ihn auch sehr gern, aber in dem Moment, da ich erfuhr, daß er eine andere liebt, war er für mich einfach erledigt – unausstehlich.«

»Weil du ihn eben nicht geliebt hast.«

»Lieben, so wie du es meinst, kann ich wohl nicht.«

»Doch, wenn nur der Rechte kommt.«

Eine Weile sah Jolante Eva Maria nachdenklich an. Dann zuckte sie die Achseln.

»Diesem Rechten werde ich wohl nie begegnen. Wie sollte ich auch? Was mir bisher über den Weg gelaufen ist an edler Männlichkeit, hat mich kalt gelassen. Doktor Bernd erschien mir noch am begehrenswertesten. Aber mein Herz ist nicht gebrochen, als ich merkte, daß er eine andere liebt, wenn es mich auch ein Weilchen geärgert hat. Wie gut, daß ich ihn nicht wirklich geliebt habe, so wie du es meinst. Du mußt doch schrecklich unglücklich sein mit so einer unerwiderten Liebe im Herzen.«

Eva Maria wandte sich ab.

»Darauf werde ich dir später einmal Antwort geben, Jo, momentan kann ich es nicht.«

»Oh, ich kann es abwarten. Jetzt will ich aber wieder heimgehen. Offen gestanden, ich war nur gekommen, um dich mit dieser Nachricht zu ärgern, wie auch ich mich geärgert habe. Geteiltes Leid ist halbes Leid. Ich mag dich heute nicht belügen, weil du so – so herzlich zu mir warst.«

Eva Maria strich ihr wieder über das Haar.

»Es ist wirklich schade um vieles Gute, was in dir schlummert, Jo, ich wünsche dir, daß du immer so ehrlich bist.«

Jolante lachte ein wenig.

»Um Gottes willen, da käme manchmal wenig Erfreuliches zum Vorschein.«

»Ich habe aber seit heute Hoffnung, daß wir zwei uns doch eines Tages näherkommen werden. Seit heute glaube ich nicht mehr so unbedingt daran, daß du mit deiner modernen Weltanschauung alt wirst. Wenn du sie doch über Bord werfen könntest.«

»Jetzt sprichst du wie Mama. Du bist wirklich manchmal wie eine alte Großmutter. Bist gar nicht mit der Zeit fortgeschritten. Also – adieu! Und – gelegentlich auf Wiedersehn!«

Damit drückte Jolante plötzlich Eva Maria einen Kuß auf die Lippen, der so gar nichts gemein hatte mit ihrer sonstigen kühlen Begrüßung. Und in ihren dunklen Augen lag ein seltsam sinnender Ausdruck, wie ihn Eva Maria noch nicht darinnen gesehen hatte.

Sehr nachdenklich legte Jolante den Heimweg zurück. Eva Marias Worte waren nicht ohne Eindruck auf sie geblieben. Und sie fragte sich ganz im stillen, ob es nicht doch ganz schön sein müsse, einen Menschen zu haben, den man so recht von Herzen lieben könnte.

## *21*

Ralf war heute morgen etwas unruhig und zerstreut. Hans sah während ihrer gemeinsamen Arbeit einige Male forschend zu ihm hinüber. Als Hans vor etwa einer Stunde in das Büro gekommen war, hatte er Ralf so in Gedanken versunken gefunden, daß dieser ihm auf keine Frage Antwort gab. Daß Mertens kurz vorher bei Ralf gewesen war, wußte er, denn Mertens war ihm begegnet und hatte ihm sehr freundlich zugenickt, allerdings mit einer Freundlichkeit, die Hans als falsch erkannte. Da Ralf ihm aber nichts darüber sagte, fragte er auch nicht, wie es Ralf verlangt hatte.

Mertens war allerdings in aller Frühe bei Ralf gewesen, hatte wieder allerlei Liebes und Gutes von Hans gesprochen, und es war, als fließe sein Herz über von Zärtlichkeit für seinen Neffen. Ralf ahnte, daß dieser Herzenserguß nur von ihm vorgetäuscht wurde, um zu dokumentieren, wie lieb Mertens seinen Neffen habe. Wenn Hans ein Unglück zustoßen würde, sollte niemand sagen können, daß sein Onkel ihn gehaßt hatte. Niemand durfte daran zweifeln, daß ihm ein Unfall seines Neffen sehr nahegehen würde.

Keine Ahnung hatte Mertens, wie sehr er von Ralf durchschaut wurde und wie genau dieser von seinen neuen verbrecherischen Plänen unterrichtet war. Ehe er Ralf verlassen hatte, sagte er lächelnd:

»Also, mein lieber Herr Doktor, versorgen Sie nur unsern Wildfang heute noch einmal mit dem nötigen Gelde. Hat er Sie schon darum gebeten?«

»Allerdings, Herr Direktor, und er sagte mir auch offen, daß er heute abend um zehn Uhr allein zur Stadt fahren wolle. Ich solle es ihm nicht übelnehmen, daß er mich nicht dazu aufgefordert habe, aber er habe eine galante Verabredung, bei der jeder Dritte nur störend sei.«

Mertens hatte anscheinend harmlos gelacht.

»So ein Schlingel! Aber lassen Sie ihn nur, das werden die besten und tüchtigsten Männer, die sich in der Jugend austoben, und ich habe nun doch Hoffnung, daß er mal ein tüchtiger Chef der Rodenberg-Werke wird. Und dann kann er uns beiden, Ihnen und mir, nur Dank dafür wissen, nicht wahr? Ich werde jedenfalls dafür sorgen, daß Ihnen eine Beförderung zuteil wird. Aber verraten Sie ihm keinesfalls schon jetzt, wie milde und liebreich ich über das alles denke, vorläufig muß er noch ein wenig Respekt vor dem gestrengen Vormund haben.«

Und mit seinem falschen Lächeln hatte er Ralf die fleischige Hand gereicht, an der auch jetzt der große Solitär funkelte.

Nur mit großem Widerwillen hatte Ralf diese gefaßt, und als Mertens gegangen war, schüttelte er die seine, als sei sie unrein geworden. Dann war er in tiefe Gedanken versunken, so, wie ihn Hans noch antraf. Ralf wußte nun ganz genau, daß Mertens heute abend seinen verbrecherischen Plan ausführen würde – soweit er und Lutz Rodenberg ihn nicht daran hindern würden.

Der Tag verging ohne jeden weiteren Zwischenfall. Kurz vor Feierabend sagte Ralf zu Hans:

»Jetzt höre mir einmal genau zu, mein lieber Junge. Du wirst also heute abend um zehn Uhr wie gewöhnlich bis zu der Stelle gehen, wo das Auto auf dich wartet. Du steigst nicht ein, entfernst dich auch nicht, sondern bleibst, in dem Tannengebüsch versteckt, ruhig stehen. Hast du eine Ahnung, ob Fritz dich wieder belauschen wird?«

»Nein, Ralf, Fritz hat sich gestern auf zwei Tage Urlaub geben lassen; angeblich, weil seine Schwester Hochzeit hat.«

Ralf fragte sich, ob nicht Mertens hinter diesem Urlaub stecke. Es war sehr wahrscheinlich, daß er Fritz für heute abend aus dem Wege haben wollte.

»Also, du bleibst stehen und wartest – bis du diesen Pfiff hörst.«

Dabei zog Ralf eine kleine, silberne Pfeife, die er zuweilen brauchte, wenn er Arbeiter bei der Arbeit beaufsichtigte und ihnen ein Zeichen geben mußte, hervor und setzte sie an die Lippen.

Hans sah ihn erstaunt an.

»Was soll dann geschehen, wenn ich dich pfeifen höre?«

»Dann setzt du dich sofort in Bewegung und kommst auf der Straße, die nach der Hauptfahrstraße führt, schnell herbei, dahin, wohin dich mein Pfeifen ruft. Aber achte darauf, daß du dich nicht eher von der Stelle rührst, bis du den Pfiff hörst, ich muß mich ganz unbedingt darauf verlassen können. Sobald du meinen Pfiff vernommen hast, gibst du mir Antwort durch einen lauten Ruf und läufst los. Hast du das kapiert?«

»Ja, Ralf.«

»Gib mir dein Wort darauf, genau nach meiner Vorschrift zu handeln.«

Hans sah ihn unruhig forschend an, fragte aber nicht.

»Es ist gut, Ralf, ich gebe dir mein Wort.«

Sie drückten sich fest die Hände. Und dann sagte Ralf weich:

»Grüße Eva Maria herzlich von mir, und sage ihr, ich lasse sie bitten, heute abend nicht eher zu Bett zu gehen, bis du wieder zu Hause bist. Wahrscheinlich werde ich dich nach Hause begleiten – und –, da möchte ich Eva Maria noch sprechen.«

Hans nickte.

»Ich werde das bestellen, Ralf.«

»Gut, mein lieber Junge, und nun gehe heim. Will's Gott, hast du morgen ein leichtes Herz, und Eva Maria auch.«

Sie schüttelten sich die Hände und trennten sich. Hans ging nach Hause, und Ralf begab sich in seine Wohnung, erfrischte sich und kleidete sich um. Dann nahm er im Kasino sein Abendessen ein, aber es wollte ihm heute nicht schmecken, seine Unruhe steigerte sich von Minute zu Minute. Einige Herren, die mit ihm am Tisch saßen, neckten ihn wegen seiner Zerstreutheit. Er entschuldigte sich, und gleich nach dem Essen zog er sich zurück. In der Garderobe nahm er seinen Mantel und einen breitrandigen Hut, den er sonst nicht zu tragen pflegte. Den zog er tief in die Stirn und ging schnell zu dem Seitenausgang der Werke. Vorsichtig sah er sich um. Kein Mensch war zu sehen. Aber er trat an die Tannengebüschgruppe heran, in der versteckt später der Wagen warten sollte. Jetzt stieß Ralf einen leisen Pfiff aus, und sofort teilte sich das Gebüsch, und eine hochgewachsene Männergestalt trat heraus.

Sie sahen einander in der Dunkelheit, da der Himmel wieder bewölkt war, nur wie dunkle Schatten, faßten sich aber sofort bei den Händen.

»Zur Stelle!« flüsterte Lutz Rodenberg.

»Gut, wir wollen jetzt gleich die bewußte Stelle aufsuchen. Noch ist es zu früh, aber wir müssen die ersten sein. Bitte kommen Sie, halten Sie sich dicht an meiner Seite.«

Schweigend, jedes Geräusch vermeidend, gingen die beiden Herren Seite an Seite dahin. Sie hielten sich im Schatten der Bäume und spähten mit scharfen Augen um sich. Endlich hielt Ralf Lutz Rodenberg fest und deutete auf einen großen Schneehaufen, der sich nur wenige Schritte entfernt von ihnen an der Seite des Fahrwegs befand. Lutz nickte verständnisvoll. Sie sahen sich nach einem Versteck um und entschlossen sich für eine Gebüschgruppe, die nur wenige Schritte in den Wald hinein lag.

Vorsichtig zwängten sie sich in das Gebüsch hinein, so daß nur wenig Schnee von den Ästen fiel.

Von diesem Versteck aus konnten sie, zumal in der Dunkelheit jedem Auge verborgen, einen Teil der weiß beschneiten Fahrstraße überblicken, ebenso die Bäume, die rechts und links diese Straße einsäumten und in der Nähe des Schneehaufens standen. Ralf zog seine Uhr, und das erleuchtete Zifferblatt zeigte neun Uhr fünfzehn Minuten.

»Wir werden gut eine halbe Stunde warten müssen, Herr Doktor, denn erst muß meiner Berechnung nach das Auto von der Stadt aus hier vorübergefahren sein. Dann aber wird Mertens sofort an das Werk gehen müssen. Ich habe den Chauffeur deshalb etwas früher als sonst bestellt, damit Mertens weiß, daß er Zeit hat. Denn, daß Hans nicht vor zehn Uhr zu dem Wagen kommen wird, weiß er«, sagte er leise.

»Gut, wir werden warten.«

»Haben Sie alles Nötige bei sich?«

»Alles, wie verabredet. Sie auch?«

»Gewiß!«

»Wird Hans uns auch keinen Strich durch die Rechnung machen?«

»Ausgeschlossen, er wird genau nach Vorschrift handeln. Still! Sehen Sie da drüben?«

Die beiden Herren starrten mit scharfen Augen in den Wald hinein, wo Ralf gesehen hatte, daß sich ein Schatten bewegte.

Auch Lutz bemerkte den sich Nähernden, der sich vorsichtig im Schatten der Bäume hielt.

»Hoffentlich sucht er nicht gerade Deckung in unserem Gebüsch«, flüsterte Ralf erregt.

»Ruhe!« flüsterte Lutz zurück.

Sie rührten sich nicht mehr, wagten kaum zu atmen. Der Schatten glitt näher, immer näher. Er hielt direkten Kurs auf den Schneehaufen zu. Nun war er so nahe herbeigekommen, daß die beiden Herren eine untersetzte Gestalt in weitem, schwarzem Mantel mit tief in das Gesicht gezogenem, breitrandigem Hut erkennen konnten. Sie faßten sich erregt bei den Händen. Jetzt trat die Gestalt auf die Fahrstraße hinaus und lauschte vorsichtig nach beiden Seiten. Als alles ruhig war, glitt sie an den Schneehaufen heran, grub eifrig mit beiden Händen den Schnee beiseite und holte das zusammengerollte Drahtseil heraus.

Ralfs Herz klopfte bis zum Halse hinauf. Ganz fest drückte er Lutz Rodenbergs Hand, und dieser gab den Druck wie im Krampf zurück.

Mertens hatte keine Ahnung, daß er belauscht wurde, aber vorsichtig verbarg er das Drahtseil, nachdem er den Schnee abgeschüttelt hatte, unter seinem Mantel, grub aber erst das Loch im Schneehaufen wieder zu. Diesmal hatte er dicke Handschuhe an. Leise schlich er wieder in den Wald hinein mit dem Ralf so bekannten Raubtierschritt. Ganz dicht kam er an dem Gebüsch vorbei, wo die beiden atemlos verharrten. Schon glaubten sie, daß Mertens dasselbe Versteck aufsuchen wollte, aber zum Glück ging er vorüber und verbarg sich einige Schritte weiter hinter einem dicken Baumstamm.

Etwa zehn Minuten vergingen so, die Ralf und Lutz wie Stunden erschienen. Sie rührten sich nicht. Endlich vernahmen sie das Rattern eines Motors. Leise erzitterte die Erde. Auf der Fahrstraße wurde der Schein der Autolampen sichtbar. In ihrem Licht sahen die beiden Herren Mertens' blasses, fleischiges Gesicht hinter dem Baumstamm vorsichtig hervorschauen. Ganz deutlich konnte Ralf Mertens' Gesicht erkennen. Drüben von der Straße war das unmöglich, selbst wenn der Chauffeur herübergeblickt hätte, hätte er Mertens nicht zu entdecken vermocht. Die Herren sahen ihn nur, weil sie seitwärts von ihm standen.

Nun war der Wagen vorüber, der Schein der Lampen verglomm hinter der Kurve. Da kam Leben in die dunkle Gestalt hinter dem Baum. Mit katzenartiger Behendigkeit eilte Mertens über die Fahrstraße hinüber, schon im Gehen das Drahtseil unter dem Mantel hervorziehend. Um einen Baumstamm jenseits der Straße wand er schnell das eine Drahtseilende. Genau konnten Lutz und Ralf das nicht erkennen, sie sahen nur, wie er hantierte, und konnten sich denken, was er tat. Nach einigen Minuten war das Drahtseil drüben befestigt, und nun kam Mertens über die Straße zurück, das Drahtseil durch die behandschuhten Hände gleiten lassend. Ganz nahe der Stelle, wo die beiden Herren atemlos lauschten, befestigte er nun das andere Ende um einen Baumstamm, dabei das Drahtseil ganz fest anziehend, so daß es nun glatt über die Straße gespannt war, etwa einen halben Meter hoch. Der Atem kam ihm bei dieser Anstrengung stoßweise aus der Brust. Mehrere Male schlang er das Drahtseil um den Baumstamm herum und befestigte das übrige Ende noch um einen danebenstehenden Baum, damit es ja recht festhalten sollte. Als er gerade damit fertig war, sprangen plötzlich die beiden Herren aus ihrem Versteck hervor und faßten mit festem Griff jeder einen Arm des vor Schreck und Entsetzen fast gelähmten Mertens. Ralf hatte schon einen Strick bereit, den er mitgebracht hatte, und mit diesem Stricke fesselten sie nun Mertens' Hände und befestigten das Ende des Strickes an demselben Baumstamm, an dem das Drahtseilende befestigt worden war, so daß Mertens nicht entfliehen konnte. Das alles geschah so schnell, daß Mertens noch gar nicht fassen konnte, was eigentlich mit ihm geschehen war. Nur wurde ihm klar, daß sein drittes Attentat auf seinen Neffen abermals mißglücken würde.

Jetzt zog Lutz Rodenberg seine Taschenlampe hervor und leuchtete Mertens ins Gesicht, während er selbst im Dunkeln blieb. Ralf aber sagte hart und laut:

»Diesmal hilft Ihnen kein Leugnen, Herr Direktor Mertens, diesmal sind Sie wohl auch um eine Ausrede verlegen. Das dritte Attentat auf Ihren Neffen können Sie nicht als einen Zufall hinstellen.«

Mertens hatte jetzt Ralf erkannt, und er glaubte in der anderen Gestalt, die im Dunkeln geblieben war, seinen Neffen Hans zu erkennen. Nach Fassung ringend, suchte er jetzt die Situation für sich zu retten.

»Was fällt Ihnen ein, Herr Doktor Bernd, wie können Sie wagen, mich wie ein Wegelagerer zu überfallen, Sie und mein sauberer Herr Neffe. Was ist das für eine Komödie, die Sie hier aufführen? Ich möchte doch wissen, was Sie hier treiben. Ich kam zufällig hier vorüber und sah zu meinem Entsetzen ein Drahtseil über den Weg gespannt. Natürlich wollte ich es lösen. Haben Sie dies Seil etwa gespannt, um harmlose Menschen zu erschrecken, oder wie soll ich mir das erklären. Und was soll das heißen, daß Sie mich überfallen und binden wie zwei Straßenräuber?«

So stieß er, immer sicherer werdend, hervor.

»Sparen Sie sich solche Ausflüchte, Herr Direktor Mertens, diesmal hilft Ihnen kein Leugnen und keine noch so fein ausgeklügelte Ausrede. Wir haben uns vorgesehen und Zeugen zur Stelle geschafft, schon seit fast einer Stunde beobachten wir Sie und haben gesehen, daß Sie das Drahtseil höchst eigenhändig von Baum zu Baum über den Weg spannten. Sie wollten einen netten, kleinen Autounfall arrangieren, um Ihren Neffen Hans auf diese Weise aus dem Wege zu räumen, nachdem Ihnen das zweimal bereits mißglückt war.«

»Unverschämter, was erlauben Sie sich? Sie sind sofort entlassen!«

»Darüber werden Sie zum Glück nicht mehr zu bestimmen haben, geben Sie die große Pose auf. Sie sehen, ich habe für Zeugen gesorgt. Dieser Herr ist nicht Hans. Hans Dornau weiß noch gar nicht, daß Sie ihm heute nacht abermals eine so liebevolle Behandlung zugedacht haben. Er weiß nur, daß Sie ihn einmal mit dem Rammklotz zerschmettern wollten, und daß Sie ihn mit einem Stoß in das Getriebe einer Riesenmaschine befördern wollten. Daß Sie sich außerdem Mühe gaben, ihn durch mich einem lasterhaften Leben zuzuführen, um ihn gesundheitlich und moralisch zu vernichten, weiß er auch, aber auch dieses Ansinnen ist zunichte gemacht worden. Hans pflegte die Nächte, in denen ich ihn einem Lotterleben zuführen sollte, ruhig und friedlich auf meinem Diwan zu schlafen, während der Wagen leer an Ihnen vorüberfuhr. Er wäre auch heute abend leer gewesen, Ihr Attentat hätte nur den Chauffeur getroffen, wenn ich diesen nicht gewarnt hätte. Ich will Ihnen auch gleich, um Ihnen zu zeigen, daß Sie keine neuen Märchen auszusinnen brauchen, mitteilen, daß Sie gesehen worden sind, als Sie vorgestern abend das Drahtseil aus dem Schuppen holten und dann hier in diesem Schneehaufen vergruben, wo Sie es vorhin, diesmal mit Handschuhen, wieder herausholten. Dies alles hat Zeugen gehabt. Und wenn Sie wieder einmal solche Teufeleien vorhaben und sich einen Spießgesellen suchen, dann müssen Sie sich Ihre Leute genauer ansehen. Ich wäre Ihnen am liebsten an die Gurgel gesprungen, als Sie mir die Beleidigung zufügten, mich für diese Schurkerei zu gewinnen. Nur Hans zuliebe habe ich es unterlassen und Ihnen eine ekelhafte Komödie vorgespielt – vorspielen müssen, denn Sie sind ein gefährlicher Mensch, ein gewissenloser Schurke, den man nur mit seinen eigenen Waffen bekämpfen kann. Gottlob, daß es mir endlich geglückt ist, Sie zu überführen.«

Mertens sah ein, daß seine Sache verloren war, aber er machte noch einen Versuch, sich zu retten. Noch immer glaubte er, der Mann im Dunkeln sei Hans, denn dieser hatte noch kein Wort gesprochen. Und er hoffte, ihn einzuschüchtern.

»Löse mir endlich die Hände, du Schlingel, und mache der Komödie ein Ende. Ich verstehe nicht, was Doktor Bernd da für Unsinn schwatzt. Denkst du, daß du mich schrecken kannst mit solchen faustdicken Lügen? Was sind das schon für Zeugen, die ihr haben wollt? Ist ja alles nur Schwindel. Ihr, du und der saubere Herr Doktor Bernd, der Knall und Fall aus den Werken hinausfliegen wird, habt hier ein Theater aufgeführt, um irgendeine Erpressung an mir vorzunehmen oder mich als Vormund unschädlich zu machen. Es paßt dir nicht, mein Bürschchen, daß ich dir die Zügel knapp halte, und du willst meiner Zucht entschlüpfen. So haben wir nicht gewettet! Schnell, löse mir die Fesseln, sonst sollst du mich kennenlernen.«

Jetzt richtete Lutz Rodenberg die Taschenlampe auf sein Gesicht.

»Bitte, überzeugen Sie sich, daß ich nicht Ihr Neffe Hans bin.«

Mertens starrte erschrocken in das ihm fremde Gesicht, über das der Schein der Lampe unruhig hin und her zuckte. Und nun verließ ihn der Mut.

»Wer sind Sie? Lösen Sie mir die Fesseln«, sagte er kläglich.

Lutz hielt jetzt die Lampe ganz still, so daß sein Gesicht klar und hell beleuchtet wurde.

»Schauen Sie mich einmal genauer an, Herr Direktor Mertens, denken Sie sich den Bart weg. Fällt Ihnen nicht auf, daß ich Hans Dornau sehr ähnlich bin? Und sehen Sie die Narbe unter meinem rechten Auge – wissen Sie nicht, daß Lutz Rodenberg diese Narbe hatte? Ja, Herr Direktor Mertens, die Toten stehen auf, um Sie Ihrer Schurkerei an Ihrem Neffen Hans zu überführen. Mein guter Vater legte Ihnen das Amt des Vormundes in die Hände, wie schlecht haben Sie es verwaltet. Zur rechten Zeit bin ich heimgekommen, um zu helfen, Ihnen das Handwerk zu legen, es ist wahrlich nicht Ihr Verdienst, daß ich erfuhr, daß ich heimkommen dürfe. Und Ihnen werde ich sicherlich nicht gelegen kommen«, sagte er hart und laut.

Mertens starrte ihn fassungslos an, als sei er wirklich von den Toten auferstanden. Sein Kiefer klappte herab, ihm wurde übel vor Angst. Jetzt gab er seine Sache verloren.

»Lutz Rodenberg! Das – das kann doch nicht sein!« stotterte er hervor.

»Sie sehen mich doch vor sich stehen! Und nun Schluß mit dieser elenden Komödie, haben Sie wenigstens den Mut, ihr Verbrechen einzugestehen. Wir werden Sie jetzt der Polizei übergeben.«

Jetzt kam die ganze erbärmliche Feigheit Arthur Mertens' zutage. Er jammerte wie ein altes Weib, bat um Gnade, man möge an seine unschuldige Familie denken und ihr nicht die Schmach antun, ihn der Polizei auszuliefern. Er habe sich mit dem Drahtseil nur einen harmlosen Scherz machen wollen, um Hans von seinen nächtlichen Fahrten in die Stadt abzubringen.

Ekel vor dieser Erbärmlichkeit stieg in den beiden Männern auf. Lutz machte eine hastig abwehrende Bewegung.

»Genug, lassen Sie das. Es ist scheußlich, wenn man einen so erbarmungslosen Verbrecher, der zwei junge Leben gewissenlos opfern wollte, um seine Machtgier zu befriedigen, wie ein altes Weib flennen sieht. Wenn wir Sie nicht der Polizei ausliefern, dann geschieht das nur, um meine arme Schwester zu schonen. Aber Leute Ihres Schlages müssen unschädlich gemacht werden, und das soll geschehen, so wahr Sie meinen Vater schmachvoll betrogen und sich in sein Vertrauen eingeschlichen haben.«

»Was haben Sie mit mir vor?« jammerte Mertens völlig gebrochen.

»Das sollen Sie gleich erfahren! Herr Doktor, bitte rufen Sie Hans herbei, ihm soll für alle Quälerei, die er erdulden mußte, Genugtuung gegeben werden.«

Ralf sprang mitten auf den Fahrweg und setzte die silberne

Pfeife an den Mund. Ein lauter Ruf antwortete ihm. Und bald darauf sah man Hans Dornau um die Kurve biegen. Im vollen Lauf kam er heran.

»Was ist, Ralf?«

Dieser fing ihn vor dem Drahtseil in seinen Armen auf und drückte ihn an sich.

»Sieh dir dies nette Drahtseil an, mein Junge. Es war bestimmt, deinem jungen Leben ein Ende zu machen. Das Auto, das dich angeblich zur Stadt bringen sollte, wäre gegen das Drahtseil gerannt und hätte sich überschlagen.«

Hans sah ihm erblassend ins Gesicht.

»Mertens!« rief er tonlos.

»Ja, Hans, komm hier herüber und sieh dir diese Jammergestalt von einem Vormund an. Jetzt winselt er um Gnade, denn diesmal habe ich einen Zeugen mitgebracht, um ihn endlich zu überführen.«

Er hatte Hans zu dem Baum geführt, an dem Mertens noch angebunden war. Lutz stand wieder im Dunkeln, nur die andern waren beleuchtet. Hans sah Mertens mit großen, zornigen Augen an.

»Das drittemal hast du mir nach dem Leben getrachtet, das erstemal konnte ich mich selbst noch retten, das zweitemal danke ich meine Rettung meinem Freunde Ralf, den du angestiftet hattest, mich gesundheitlich und moralisch zu vernichten. Jetzt wolltest du mich durch diesen nett inszenierten Autounfall ums Leben bringen, und mit mir zusammen den unschuldigen Chauffeur. Du bist ein Schuft, ein ehrloser Schuft, und man müßte dich ins Gesicht schlagen, wenn man sich damit nicht die Hände beschmutzte«, stieß Hans heiser vor Erregung hervor.

»Herr Doktor Bernd, wollen Sie jetzt Direktor Mertens das Schriftstück zur Unterschrift vorlegen, das wir aufgesetzt haben«, sagte Lutz Rodenberg, ohne sich Hans zu erkennen zu geben. »Ich werde inzwischen das Drahtseil entfernen, damit der Weg für den Chauffeur frei wird.«

Ralf zog ein Schriftstück hervor und hielt es Mertens hin, es hell beleuchtend.

Hans sah, noch immer vor Erregung bebend, hinter dem Fremden her, der das Drahtseil löste und zusammenwickelte. Dann schaute er wieder auf Mertens. Mit verzerrtem Gesicht las der das Schriftstück durch. Es lautete:

Ich bekenne, daß ich dreimal ein Attentat auf meinen Neffen Hans Dornau unternommen habe. Dreimal ist er durch Gottes Hilfe davor bewahrt worden, meinen verbrecherischen Absichten zum Opfer zu fallen. Ich bekenne mich schuldig des dreimal versuchten Mordes.

»Das soll ich unterschreiben?« kreischte Mertens auf.

»Ja, das sollen Sie unterschreiben, damit wir eine Waffe gegen Sie in den Händen haben. Nur wenn Sie unterzeichnen, verzichten wir darauf, Sie sofort der Polizei auszuliefern«, erwiderte Ralf ruhig und bestimmt.

»Erlassen Sie mir das, ich verspreche Ihnen, daß ich nicht das geringste mehr unternehmen werde, um meinem Neffen zu schaden.«

»Entweder Sie unterschreiben oder Sie werden der Polizei ausgeliefert. Lassen Sie alle Weitschweifigkeiten.«

»Erbarmen Sie sich doch, ich bin dann ein verlorener Mann.«

»Das sind Sie ohnedies. Auf Ihr Versprechen geben wir nichts, dies Papier wird ein wirksamerer Schutz gegen Ihre Teufeleien sein. Wenn Sie sich in Zukunft nicht so betragen, wie wir es verlangen, dann wird das Papier der Polizei ausgeliefert. Führen Sie einen untadeligen Lebenswandel, dann haben Sie nichts zu fürchten. All dies geschieht nur aus Rücksichtnahme auf Ihre Familie. Sonst wären Sie schon der Polizei ausgeliefert worden. Also bitte, unterschreiben Sie?«

»Ich werde doch keine ruhige Stunde mehr haben, wenn ich das unterschrieben habe.«

»Hoffentlich sorgt schon Ihr Gewissen dafür, daß Sie keine

ruhige Stunde mehr haben. Und nun halten Sie uns nicht länger auf, entweder Sie unterschreiben oder wir liefern Sie der Polizei aus.«

»Aber – Sie versprechen mir, keinen Gebrauch von dem Papier zu machen.«

»Nicht, solange Sie sich so benehmen, wie wir es erwarten, das versprechen wir, und von Männern unseres Schlages wird jedes Versprechen gehalten. Was sonst noch zu verhandeln ist, wird morgen geschehen. Wir werden Sie rufen lassen, wenn wir Ihrer bedürfen. Bis dahin bleiben Sie in Ihrer Wohnung. Ihrer Gattin wegen können Sie ja ein Unwohlsein vorschützen.«

Die letzten Worte hatte der Fremde gesprochen, der noch immer im Dunkeln stand, und Hans sah etwas betroffen zu ihm hin und lauschte der Stimme nach, die ihm irgendwie bekannt und vertraut erschien. Wer war dieser Mann, und warum hatte Ralf ihn als Zeugen herbeigerufen?

Von diesem Gedanken wurde Hans aber immer wieder abgelenkt durch die übrigen Vorgänge, so daß er das Grübeln aufgab.

»Also gut, ich werde unterschreiben, es bleibt mir ja nichts anderes übrig. Bitte, lösen Sie mir die Hände«, jammerte Mertens ganz geknickt.

Während Lutz, im Dunkeln bleibend, leuchtete, löste Ralf Mertens die Fesseln und reichte ihm einen Füllfederhalter. Das Papier legte er auf eine Unterlage von zusammengefalteten Zeitungen, die er als notwendige Unterlage mitgebracht hatte. Mertens' Hände waren nun frei, aber er war immer noch an dem Baum festgebunden.

Jammernd unterschrieb er das Dokument seiner Schmach. Ralf reichte es mit leuchtenden Augen Hans hinüber.

»Verwahre das gut, mein Junge, es ist ein sehr wertvolles Dokument.«

Hans steckte es zu sich. Angeekelt durch Mertens' unmännliches Jammern, wandte er sich ab und suchte das Gesicht des fremden Mannes zu erkennen, was ihm aber nicht gelang, da dieser ihm auswich.

Ralf löste nun auch noch den Strick, der Mertens an den Baum fesselte.

»Sie sind frei, Herr Direktor Mertens! Wenn Sie wollen, können Sie jetzt ungehindert nach Hause gehen.«

Ohne noch ein Wort zu sagen, stolperte Mertens davon. Er knirschte mit den Zähnen, als er durch den Wald dahinschritt, aber er wußte, daß sein Geschick in den Händen dieser Männer lag.

Diese sahen ihm eine Weile stumm nach, bis er wie ein Schatten im Walde verschwunden war. Da wandte sich Hans an Ralf:

»Willst du nicht die Güte haben, Ralf, mich diesem Herrn vorzustellen? Du kannst dir denken, daß ich gern wissen möchte, wem ich diese Hilfe zu danken habe, und wen du in diese Dinge eingeweiht hast.«

Ralf legte den Arm um seine Schulter.

»Ich habe eine Bitte an dich, Hans, laß uns jetzt mit diesem Herrn, der unseres Vertrauens würdig ist, nach Villa Rodenberg gehen. Er hat deiner Schwester und dir etwas mitzuteilen, was sehr wichtig ist. Deshalb bat ich dich, Eva Maria zu sagen, sie möchte sich vor deiner Heimkehr nicht zur Ruhe begeben. Seinen Namen wird euch dieser Herr dann selber sagen.«

Hans verbeugte sich vor Lutz.

»Nicht nur, weil ich Ihnen vielen Dank schuldig bin, sondern auch, weil mein Freund Ralf es wünscht, werden Sie uns willkommen sein. Ralf umgibt sich seit einigen Tagen mit Rätseln, und ich bin das nicht von ihm gewöhnt. Aber ich vertraue ihm schrankenlos, so schrankenlos, wie meine Dankbarkeit ist, daß er mir abermals das Leben gerettet hat und mich von einem quälenden Druck befreite.«

Nach diesen Worten warf sich Hans in Ralfs Arme, und der Fremde erwiderte bewegt:

»Ja, Herr Dornau, Sie danken allerdings ganz allein Herrn Doktor Bernd Ihr Leben. Ich konnte ihm nur helfen, auszuführen, was er zu Ihrer Rettung und Befreiung geplant hatte. Ich danke Ihnen, daß Sie mich in Ihr Haus einladen, und hoffe, daß Sie das nicht bereuen werden.«

Die drei Männer gingen nun davon, Ralf nahm das Drahtseil an sich. Sie begaben sich zuerst zu dem Chauffeur, dem Ralf mitteilte, daß er jetzt zur Stadt zurückfahren könne. Der Chauffeur, der inzwischen auf seinem Sitz ein Nickerchen gemacht hatte, war sehr froh, heimfahren zu können. Ohne Zögern kurbelte er an, ahnungslos, daß er dem Manne, der ihn heimschickte, sein Leben dankte. Er hatte nichts von den Vorgängen bemerkt, die sich in seiner Nähe abgespielt hatten.

Eva Maria war voller Sorge zurückgeblieben, als Hans sich um zehn Uhr entfernt hatte. Sie ging unruhig durch die hellerleuchteten Zimmer. Alle Lampen hatte sie eingeschaltet, weil ihr so bange und unbehaglich zumute war. Gleich Hans fühlte sie, daß Ralf irgend etwas Besonderes vorhatte.

Angstvoll lauschte sie immer wieder hinaus; die Minuten wurden ihr zu Ewigkeiten, und sie atmete wie erlöst auf, als sie endlich im Schein der noch brennenden Bogenlampe drei Gestalten den Berg heraufkommen sah und Ralf und Hans erkannte. Wer der sie begleitende dritte Herr war, ahnte sie nicht, sie sah nur, daß er hochgewachsen war, und daß den unteren Teil seines von einem breitkrempigen Hut beschatteten Gesichtes ein Vollbart bedeckte. Und was bedeutete das, daß Ralf ein aufgewickeltes Drahtseil am Arme trug? Aber ehe sie sich über das alles ganz klar wurde, waren die Herren schon im Hause verschwunden. Erwartungsvoll stand sie mitten im Zimmer, und als die Tür geöffnet wurde, trat Hans zuerst ein.

»Verzeih', Eva Maria, daß ich so spät noch einen Gast mitbringe, es geschah auf Ralfs Wunsch.«

Ralf hatte draußen das Drahtseil abgelegt und, gleich Hans,

Hut und Mantel draußengelassen. Nur der Fremde erschien in Hut und Mantel, und Eva Maria war erstaunt, daß er den Hut nicht abnahm, als er sich jetzt vor ihr verneigte.

»Verzeihen Sie, mein gnädiges Fräulein, daß ich so spät noch störe, aber besondere Ereignisse gestatten eine Abweichung vom Herkömmlichen«, sagte Lutz.

Eva Maria verneigte sich.

»Es bedarf keiner Entschuldigung, mein Herr; wenn Sie in Gesellschaft Doktor Bernds kommen, sind Sie uns angenehm. Aber bitte, wollen Sie nicht ablegen.«

Hans war auch etwas befremdet, daß der Fremde nicht wenigstens vor seiner Schwester den Hut abnahm. Einen ungehobelten Eindruck hatte er sonst nicht auf ihn gemacht.

Lutz stand jetzt direkt unter dem Kronleuchter. Langsam nahm er seinen Hut ab, so daß das Licht voll auf sein Gesicht fiel. Mit einem Lächeln sah er auf Eva Maria und Hans.

»Muß ich mich vorstellen oder erkennt ihr den Verschollenen, den ihr durch euer Inserat über das Meer zurückgerufen habt?«

Die Geschwister standen wie gelähmt. Trotz des Bartes sahen sie, wie ähnlich der Fremde Hans war. Und nun erblickte zuerst Eva Maria die Narbe unter seinem rechten Auge.

»Onkel Lutz!« schrie sie auf. »Onkel Lutz – gütiger Gott, du lebst! Hans, siehst du denn nicht die Narbe? Das ist Onkel Lutz!«

Und sie taumelte erregt auf diesen zu. Er zog sie in seine Arme.

»Meine liebe, schöne Nichte Eva Maria – so hast du mich doch erkannt?«

Sie nickte lachend und weinend.

»An der Ähnlichkeit mit Hans und an der Narbe. Ach, Onkel Lutz, wie herrlich, daß du lebst, und wie jammervoll, daß Großvater das nicht mehr erleben durfte!«

Bei diesen Worten schluchzte sie haltlos auf.

Nun hatte sich auch Hans von der Überraschung erholt. Er trat an den Onkel heran und drückte seinen Arm.

»Onkel Lutz, du? Herrgott, wie habe ich mich manchmal danach gesehnt, daß du wiederkehren möchtest. Und nun stehst du so plötzlich vor mir!«

»Und komme ich dir nicht ungelegen, Hans? Dein Freund Ralf hat mir zwar schon versichert, daß es nicht der Fall sein würde, aber ich möchte es auch von dir selber hören, daß du mir nicht zürnen wirst, wenn ich dir dein Erbe fortnehme.«

Hans lachte befreit auf.

»Gottlob, daß du da bist! Dir gönne ich die Rodenberg-Werke von Herzen, denn dir waren sie von Großvater bestimmt. Ach, daß Großvater deine Heimkehr nicht mehr erleben durfte, ich muß es ebenso schmerzlich bedauern wie Eva Maria. Aber – nun sage mir, wie bist du mit Ralf zusammengekommen und gerade in der Stunde, in der ich – aber nein – das müssen wir Eva Maria erst schonend beibringen.«

»Was ist geschehen, Hans?« fragte diese erblassend.

»Du sollst alles hören, Eva Maria, und es ist gar kein Grund mehr, zu erschrecken«, sagte Lutz Rodenberg. »Dank dem wackeren Eingreifen des Herrn Doktor Bernd, den ich schon seit einigen Tagen das Vergnügen habe, zu kennen, ist dein Bruder heil und gesund zurückgekehrt. Du hast dir einen tüchtigen, ehrenwerten Mann als Lebensgefährten ausgesucht.«

Errötend sah Eva Maria zu Ralf hinüber, der lächelnd die Gruppe betrachtete.

»Das weißt du auch schon, Onkel Lutz?«

»Jawohl, ich bin durch Doktor Bernd bereits in alles eingeweiht. Aber, ich denke, wir nehmen behaglich Platz und erzählen dir alles der Reihe nach, damit du klarsiehst, was sich alles begeben hat seit meinem Auftauchen auf den Rodenberg-Werken. Und dann müßt ihr mir von meinem Vater erzählen – viel erzählen. Weiß Gott, daß ich ihn nicht lebend wiederfinde, ist ein bitterer Wermutstropfen in dem Kelch meiner Freude, die Heimat wiederzusehen.«

Und von seinen Gefühlen überwältigt, sank Lutz in einen Sessel und sah sich mit großen Augen in dem Zimmer um. Es war das Wohnzimmer, und hier stand noch jedes Möbelstück an seinem Platz wie einst, als er das letztemal vor seiner Flucht hier geweilt hatte. Die Erinnerung an jenen Tag stieg in ihm auf. Vor dem Gefängnis hatte er damals fliehen müssen und hatte sich schuldig geglaubt. Er sah des Vaters schmerzverzogenes Gesicht wieder vor sich, und es zuckte und arbeitete in ihm wie ein Krampf:

Eva Maria merkte feinfühlig, was in ihm vorging, und streichelte liebevoll tröstend seinen Arm.

»Lieber Onkel Lutz, daß du nur lebst und heimgekehrt bist. Glaube mir, Großvater ist jetzt bei uns mit seiner Liebe. Seine Ahnung hat ihn nicht betrogen. Immer sprach er davon, daß du noch am Leben sein könntest, er hat es nie glauben wollen, daß du tot sein könntest.«

Lutz faßte die streichelnde Hand und führte sie an seine Augen.

»Du mußt mir das alles erzählen, Eva Maria. Doktor Bernd sagte mir, daß Vater nur zu dir und Hans von mir gesprochen habe. Aber vor allem laß dir erst erzählen, aus welcher Gefahr Doktor Bernd deinen Bruder errettet hat.«

Die drei Herren berichteten nun abwechselnd, was sich zugetragen hatte. Rot und blaß wurde Eva Maria dabei. Sie sprang auf und umarmte den Bruder, als müsse sie ihn jetzt noch schützen, und dann warf sie sich in Ralfs Arme.

»Ralf, lieber Ralf, zum zweiten Male danke ich dir meines Bruders Leben. Wie soll ich das je gutmachen?«

Ralf zog sie fest an sich, sprechen konnte er nicht, das Glück, Eva Maria von ihren Sorgen befreit zu haben, leuchtete ihm nur aus den Augen. Lutz sah lächelnd zu den beiden auf.

»Nun, ich denke, dazu wirst du genug Gelegenheit bekommen, wenn ihr erst verheiratet seid.«

Und nun erzählten die Herren weiter von Mertens' Entlarvung, und Hans rief erregt:

»Du hättest diesen erbärmlichen Schuft nur winseln hören sollen, Eva Maria. Erst hat er natürlich noch geleugnet.«

»Ja, aber das Auftauchen von Lutz Rodenberg als Zeugen seiner Tat hat ihn dann stumm gemacht«, sagte Ralf. »Du kannst dir denken, Eva Maria, daß es für mich ein Wagnis war, deinen Onkel Lutz in meinen Verdacht einzuweihen. Ich hatte doch keine Beweise. Wie hätte ich vor ihm bestehen sollen, wenn Mertens nicht überführt wurde? Er hätte mich für einen Verleumder halten müssen.«

Lächelnd drückte Lutz seine Hand.

»So viel Menschenkenntnis müssen Sie mir schon zutrauen, lieber Herr Doktor, daß ich Sie nicht für einen Verleumder gehalten hätte. Ich habe Ihnen jedes Wort glauben müssen.«

»Die arme Tante Melanie!« rief Eva Maria mitleidig aus. »Welch ein Unglück, die Gattin eines solchen Mannes sein zu müssen.«

»Beruhige dich ihretwegen, Eva Maria, sie wird nie erfahren, daß ihr Mann ein Verbrecher ist. Wir werden schweigen. Ihr Glück hat wohl stets nur in einer Illusion bestanden, wir wollen ihr diese nicht rauben, wenn es nicht sein muß. Ich werde dafür sorgen, daß Mertens in Zukunft ein einwandfreies Leben führt«, sagte Lutz.

»Dieser Ansicht möchte ich mich anschließen, seine Familie braucht nicht zu erfahren, was geschehen ist. So wird Mertens zwar unverdient geschont werden müssen, aber Frau Melanie wird ein schweres Leid erspart, und das halte ich für wichtiger«, fügte Ralf hinzu.

»Was hast du mit Mertens vor, Onkel Lutz?« fragte Hans.

»Ich muß mir das erst reiflich überlegen. Jetzt aber, da eure Angelegenheit erledigt ist, laßt mich von meinem Vater hören.«

Die Geschwister erzählten nun alles, was für Lutz wissenswert war.

Tief ergriffen hörte er ihnen zu. Als sie ihm schilderten, welchen Traum sein Vater gehabt hatte, daß er Lutz auf der Veranda eines fremdartigen Hauses gesehen, das mitten in einem blühenden Garten lag, in dem fremdartige Blumen blühten, atmete er tief auf.

»Dies Traumbild hätte vielleicht der Wirklichkeit entsprechen können.«

»Er sah dich an der Seite eines noch kindhaften jungen Mädchens, das goldenes Haar hatte und dich Vater nannte«, berichtete Eva Maria weiter.

Lutz preßte die Hand an die Augen und saß eine Weile fassungslos.

Dann sagte er heiser:

»Goldenes Haar hat meine kleine Dolo nur, wenn die Sonne daraufscheint, sonst ist es kastanienfarbig.«

Die Geschwister sahen ihn fragend an.

»So bist du verheiratet, Onkel Lutz, und hast eine Tochter?«

Lutz berichtete nun von seiner Rettung durch seine Frau, von seiner glücklichen Ehe und dem leider zu frühen Tod seiner Gattin. Und in liebevoller Weise sprach er dann von seiner kleinen Stieftochter Dolores. Er entnahm seiner Brieftasche zwei Fotos, das eine stellte seine verstorbene Frau in den ersten Tagen seiner glücklichen Ehe dar, das andere Dolores. Dieses war zu Dolores' fünfzehntem Geburtstag aufgenommen worden, also ein Bild ganz neuen Datums. Eva Maria vertiefte sich zuerst in das schöne sanfte Gesicht Helena Rodenbergs. Hans aber sah mit großen Augen auf das reizende Gesicht von Dolores Vanzita.

Ganz eigen warm und weh wurde ihm dabei zumute, ein Gefühl, wie er es noch nie empfunden, durchzog seine Seele. In einer sonderbaren Scheu, und doch wie magnetisch angezogen, blickte er immer wieder auf die Züge dieses jungen Mädchens, als müsse er ein Rätsel ergründen. Nur zögernd reichte er es Eva Maria hinüber, die es auch sehen wollte, und als sie es angesehen hatte, faßte er noch einmal danach.

»Hast du sie mit nach Deutschland gebracht, Onkel Lutz?« fragte er, sich zu einem ruhigen Ton zwingend.

»Nein, Hans, ich habe sie zurückgelassen auf Armada, weil ich doch noch nicht wußte, ob ich hierbleiben würde. Aber ich werde sie herüberholen, ihr müßt sie kennenlernen und gut Freund mit ihr werden. Sie ist ein liebes, reizendes Geschöpf, ein bißchen wild und unbändig aufgewachsen, aber mit einem goldnen Herzen. Es würde mich freuen, Eva Maria, wenn du sie ein wenig in die Schule nehmen würdest, sie muß noch vieles lernen, nicht an Schulwissen, denn da habe ich sie alles gelehrt, was ich selber weiß, soweit sie nicht von einer Lehrerin, bei der sie mit zwei Freundinnen Unterricht nahm, unterrichtet wurde, aber es fehlt ihr manches, was eine junge Dame der Gesellschaft braucht. Und da wird sie an dir das beste Beispiel finden.«

»Ich stelle mich ganz zur Verfügung, Onkel Lutz, und freue mich sehr auf deine junge Tochter.«

Hans gab seiner Freude keinen Ausdruck, es war eine nie gekannte Scheu in ihm, zu verraten, einen wie tiefen Eindruck das Bild von Dolores Vanzita auf ihn gemacht hatte. –

Viel hatten sich diese vier Menschen noch zu sagen, sie dachten nicht an Trennung, bis die Nacht fast vorüber war. Immer wieder hatten sie zu berichten und zu fragen. Hans lauschte immer sehr interessiert, wenn Lutz die Rede auf Dolores brachte. Aber er machte ein fast gleichgültiges Gesicht dazu – er wollte nicht, daß man ihm anmerkte, wie sehr ihn dieses junge Geschöpf interessierte.

Hermann, der alte Diener, saß draußen im Vestibül und war eingeschlafen. Man hatte ihn vergessen. Erst als man sich endlich entschloß, zur Ruhe zu gehen, fand Eva Maria den alten Diener schlafend.

Sie hatte es als ganz selbstverständlich angesehen, daß Onkel Lutz gleich in Villa Rodenberg bliebe.

»Hans hilft dir mit Nachtzeug aus, und morgen früh lassen wir dein Gepäck aus dem Hotel holen, es ist ganz ausgeschlossen, daß wir dich fortlassen«, hatte sie gesagt.

Als sie Hermann nun Weisung gab, was für ein Zimmer gerichtet werden sollte, sagte sie:

»Armer Hermann, jetzt haben Sie die halbe Nacht im Sessel zubringen müssen. Ganz vergessen haben wir Sie, aber das werden Sie begreifen, wenn ich Ihnen sage, für wen das Zimmer gerichtet werden soll.«

Hermann hatte sich schnell ermuntert.

»Für den Herrn, der mit Herrn Hans und dem Herrn Doktor kam, gnädiges Fräulein?«

»Ja, Hermann, aber sie werden staunen, wenn Sie hören, wer dieser Herr ist. Sie haben ihn wohl noch nicht genau angesehen?«

»Nein, gnädiges Fräulein.«

»Es ist Lutz Rodenberg, der Totgeglaubte.«

Fassungslos fuhr der alte Diener zurück.

»Herr Lutz? Mein Gott – Herr Lutz, das kann doch nicht sein?«

»Sehen Sie ihn nur genau an. Kommen Sie mit hinein, Sie müssen ihn doch begrüßen.«

»Ach, du lieber Gott, und unser seliger gnädiger Herr erlebte das nicht mehr!« rief Hermann ganz verstört.

Aber er ging mit hinein, und als ihm Lutz lächelnd die Hand reichte und ihm zunickte, da erkannte ihn Hermann doch.

»Das haben Sie nicht gedacht, Hermann, daß ich wiederkehren würde, nicht wahr?«

»Nein, Herr Lutz – wollte sagen, gnädiger Herr, keiner hat mehr darauf gehofft, nur unser seliger gnädiger Herr. Und – ich habe Sie vorhin, als Sie kamen, wahrhaftig nicht erkannt.«

»Nun, morgen früh holen Sie mir den Bart herunter, Hermann, er ist mir ohnedies sehr lästig, weil ich nicht daran gewöhnt bin. Und dann werden Sie mich schon erkennen.«

»Das tue ich schon jetzt, gnädiger Herr!«

Für Lutz wurde das Zimmer zurechtgemacht, das er als junger Mann bewohnt hatte, und das seither nicht benutzt werden durfte. Eva Maria sah selbst mit nach dem Rechten und stellte die große Fotografie des Großvaters, die letzte Aufnahme vor seinem Tode, auf den Nachttisch. Dann ging sie wieder hinunter.

»Es ist alles bereit, Onkel Lutz.«

»So wollen wir uns nun für heute trennen. Gute Nacht, Herr Doktor – morgen trinken wir Brüderschaft, wie es sich für gute Freunde und Verwandte gehört. Beides werden Sie mir sein. Alles andere morgen früh drüben in den Werken, ich komme mit Hans.«

Lutz und Ralf drückten sich mit aufleuchtenden Augen die Hand, und damit wurde eine Freundschaft für Lebenszeit besiegelt.

»Ich bringe dich hinauf, Onkel Lutz«, sagte Hans, der sich schon von Ralf verabschiedet hatte und nun Eva Maria und Ralf noch einen Abschied unter vier Augen gönnen wollte.

Als die Liebenden allein waren, zog Ralf Eva Maria in seine Arme.

»Sind nun alle Ängste und Sorgen verschwunden, mein Liebes?«

Sie schmiegte sich an ihn.

»Dank dir, mein Ralf. So leicht und frei ist mir nun wieder ums Herz.«

»Du vergißt, daß die Ankunft deines Onkels ohnedies alle Sorge von dir genommen hätte, denn seine Rückkehr hätte Mertens schnell überzeugen müssen, daß Hans ihm nun nicht mehr im Wege war.«

»Aber du vergißt, mein Ralf, daß Onkel Lutz vorhatte, noch mindestens eine Woche unerkannt hier zu verweilen. Da wäre er zu spät gekommen, um Hans zu retten. Nein, nein, mein lieber Ralf, dir allein danke ich das Leben meines Bruders, und ich bin froh und glücklich, daß du uns geholfen hast. Wie kann ich es dir nur danken?«

»Hab' mich lieb, das ist Dank genug.«

Mit einem hinreißenden Lächeln sah sie ihn an.

»Ich muß dich lieben, ob ich will oder nicht, kann nichts dazu tun – muß dich lieben – lieben«, sagte sie mit verhaltener Zärtlichkeit.

Er küßte sie heiß und innig.

»Und nun gibt es keine Heimlichkeit mehr, Eva Maria, wir können uns zu unserer Liebe bekennen.«

Sie seufzte leise.

»Jo war heute morgen bei mir. Sie wollte mir sagen, daß du eine andere liebst, und meinte, geteiltes Leid sei halbes Leid. Ein wenig wird es ihr doch weh tun, wenn sie erfährt, daß wir verlobt sind. Es wurde mir schwer, ihr zu verheimlichen, daß ich diese andere bin. Wenn sie es auch wegleugnen will, sie hat dich doch sehr gern gehabt.«

Er streichelte ihr Haar.

»Und das bedrückt das gütige Herz meiner Eva Maria. Du mußt dich nicht um sie sorgen, es geht nichts tief bei ihr.«

»Wenn nur einmal für sie der Rechte käme. Es ist doch viel Gutes in ihr, was nur unter ihren törichten Schrullen über moderne Weltanschauung versteckt ist. Wenn sie den Rechten finden würde, dann könnte sie all die Torheiten vergessen.«

»Meinst du?«

»Ja, ich hatte heute so recht das Gefühl, daß sie mehr zu bedauern als zu verurteilen ist.«

»Ich bin herzlos genug, mich das jetzt nicht kümmern zu lassen, diese Minuten sind mir zu kostbar, um sie zu verschwenden.«

Und er küßte Eva Maria, bis sie beide atemlos waren. Dann gab er sie frei und verabschiedete sich.

Seine Brust hob sich in tiefen Atemzügen, als er durch den noch dunklen morgendlichen Winterwald dahinschritt. Auch ihm war das Herz leicht und frei geworden. Hans war in Sicherheit, seine Eva Maria ohne Sorge, er hatte einen neuen Freund fürs Leben gefunden – und –, er brauchte nicht mehr die häßliche Komödie zu spielen, die ihm so herzlich sauer geworden war.

## 22

Mit unbeschreiblichen Gefühlen war Arthur Mertens in seine Wohnung zurückgekehrt. Da er seit Jahren getrennte Schlafzimmer mit seiner Gattin bewohnte, war es ihm möglich gewesen, sich unbemerkt fortzuschleichen und unbemerkt wiederzukommen. Wie zerbrochen fiel er auf sein Lager, schlafen konnte er nicht. Seine ehrgeizigen machthungrigen Pläne waren zerstört, er war bis in den Staub gedemütigt worden und hatte ein Dokument unterschreiben müssen, das ihn für immer in die Hand dieser drei Menschen gab. Immer wieder sagte er sich den Wortlaut des Dokumentes vor und biß die Zähne zusammen vor Wut und Verzweiflung.

Dann wieder mußte er mit Grauen daran denken, wie ihm zumute sein würde, wenn sein Plan geglückt und Hans eine Leiche gewesen wäre, und wenn danach Lutz erst aufgetaucht wäre. Dann wäre er zum Mörder geworden, ohne sein Ziel zu erreichen. Dieser Gedanke jagte doch einen Schauder über seinen Rücken. Hans war jetzt nicht mehr wichtig für ihn – aber Lutz und Doktor Bernd haßte er nun mit Ingrimm. Dieser Haß würgte ihn förmlich, weil er sich nicht Luft schaffen konnte. Das Dokument, das er unterschrieben hatte, knebelte ihn. Und was hätte er auch gegen Lutz unternehmen können? Der war nicht so leicht zu beseitigen wie ein unreifer Junge. Aber Ralf, den hätte er gern mit seinen Händen erwürgt, ihm dankte er das Mißglücken seiner Pläne und die Demütigung. Wie er ihn betrogen, wie er sein Spiel mit ihm getrieben hatte. Und wie tölpelhart er sich von ihm hatte narren lassen. Die Wut erstickte ihn fast. Auch Ralf Bernd konnte er nichts anhaben, er mußte sich gefallen lassen, daß er verächtlich auf ihn herabsah. Wie er nur zu Lutz Rodenberg gekommen war? Diesen hatte zweifelsohne das verwünschte Inserat heimgerufen, sonst wäre er kaum zurückgekehrt. Der konnte jetzt den Kopf hochtragen, da seine Unschuld erwiesen war, sonst hätte man ihn ducken können. Oh, daß er so ohnmächtig war. Was würde man nun morgen über ihn beschließen? Zum Glück würde man Rücksicht nehmen müssen auf seine Frau und seine Kinder. Ja, nur ihretwegen hatte man es ihm erspart, ihn der Polizei auszuliefern. Man würde weder Melanie noch seinen Kindern etwas von seinen Vergehen berichten, um sie zu schonen, dessen konnte er sicher sein. Das war das einzig Tröstliche an dieser Sache, in seinem Hause würde er wenigstens seine Autorität behalten, sonst würde es ein jammervolles Leben werden. Jammervoll würde es sich ohnedies gestalten.

Und dafür suchte er nicht bei sich die Schuld. Selbstvorwürfe kannte er nicht, nur Doktor Bernd und Lutz waren schuld.

Unruhig wälzte er sich auf seinem Lager und fand keinen Schlaf. Er brauchte am Morgen wahrlich nicht zu heucheln, als er seiner Frau mitteilte, daß er sich nicht wohl fühle und noch einige Stunden im Bett bleiben wolle.

Frau Melanie betreute ihn liebevoll, sie fühlte seinen Puls, quälte ihn mit hundert Fragen, holte alle möglichen Medikamente herbei und wollte den Arzt rufen lassen. Er mußte sich das energisch verbitten, aber die liebevolle, demütige Sorge seiner Frau war ihm doch eine kleine Wohltat. Es labte ihn, daß sie sich um ihn sorgte, und in seiner seelischen Zerknirschung gab er ihr allerlei Kosenamen, die sie lange nicht mehr von ihm gehört hatte, und die sie beseligten. Sie hatte keine Ahnung, daß der angebetete Gatte ein Schuft war und zugleich ein Feigling, der hinter seiner Frau Deckung suchte vor den Folgen seines Verbrechens.

Gegen elf Uhr wurde dann von den Werken telefoniert, Herr Direktor Mertens möge kommen, es sei Wichtiges zu besprechen. Frau Melanie wollte absagen, aber ihr Mann riß ihr den Hörer aus der Hand und beeilte sich zu sagen, daß er sofort kommen werde.

Schnell kleidete er sich an und ließ inzwischen den Wagen vorfahren. In einer halben Stunde war er in den Werken, in dem ehemaligen Arbeitszimmer Georg Rodenbergs. Dorthin hatte man ihn beordert.

In den Werken hatte sich inzwischen allerlei ereignet. Die unerwartete Heimkehr des Totgeglaubten wühlte alle Gemüter auf. Aber fast alle, außer einigen Spitzeln Arthur Mertens', freuten sich darüber, schon deshalb, weil Mertens nicht mehr Alleinherrscher sein konnte. Dessen Macht mußte doch dadurch gebrochen werden.

Wie sehr sie gebrochen war, ahnte niemand, das wußten nur Hans und Doktor Bernd, die seit dem frühen Morgen mit Lutz konferierten. Teilweise wurden auch einige der hohen Beamten mit hinzugezogen, und so vollzog sich Lutz Rodenbergs »Übernahme« ohne alle Schwierigkeiten.

Lutz hatte Hans und Ralf mitgeteilt, was er über Mertens beschlossen hatte, und nun erwarteten sie ihn. Er trat ziemlich beklommen ein, mühte sich aber, Haltung zu wahren. Es war freilich schwerer, seinen Anklägern jetzt im hellen Tageslicht gegenüberzustehen als gestern abend im Dunkeln.

Lutz hatte sich gleich heute morgen von Hermann den Bart abnehmen lassen, und so hatten ihn die Leute, die schon vor seiner Flucht in den Werken angestellt gewesen waren, leicht wiedererkannt. Er ließ Mertens nicht lange im unklaren über sein Schicksal.

»Zum Glück hat mein Vater mir in seinem Testament keine Vorschriften darüber gemacht, ob ich jemand entlassen will oder nicht, wenn er mir auch ans Herz legt, alte, verdienstvolle Beamte und Arbeiter festzuhalten. Zu den verdienstvollen Beamten können Sie sich nach dem Vorgefallenen nicht mehr zählen. Wenn Sie auch ein guter Geschäftsmann waren unter der Leitung meines Vaters, so haben Sie doch nachher, wie ich in Erfahrung gebracht habe, manchen Fehler begangen, hauptsächlich in der Behandlung der Leute, die sehr erbittert sind darüber, daß Sie Vergünstigungen, die mein Vater ihnen einräumte, zurückgezogen haben. Jedenfalls wird für Sie schnell ein Ersatz gefunden werden.«

Lutz sah ihn streng an.

»Sie wollen mich doch nicht meiner Stellung entheben?« keuchte er.

Mertens' fleischiges Gesicht wurde sehr fahl.

»Sie haben doch nicht angenommen, daß wir mit einem Manne Ihrer Art gemeinsam arbeiten wollen? Schon dafür, daß Sie meines Vaters gütiges Vertrauen, das Sie sich erschlichen haben, so schmählich mißbrauchten, hätten Sie Ihre Entlassung verdient – man hätte allen Grund, Sie einfach davonzujagen. Aus Rücksicht auf meine arme Schwester wollen wir diese harte Form nicht anwenden. Sie werden meiner Schwester, wenn Sie nach Hause kommen, mitteilen, daß es Ihnen unmöglich erscheint, unter meiner Führung in den Rodenberg-Werken zu bleiben. Unter meines Vaters Leitung wäre Ihnen das möglich gewesen, da er der ältere war, ich sei zu jung, als daß Sie sich mir unterordnen könnten. Das wird meine Schwester verstehen. Melanies Erbe ist groß genug, um alle Sorgen von ihr fernzuhalten. Es ist bestimmt, daß ihr Vermögen in den Werken arbeiten soll. Ich bin indes willens, Ihnen ein Fünftel ihres Vermögens auszuzahlen, damit Sie damit eine eigne Existenz gründen oder sich an einem anderen Unternehmen beteiligen können. Villa Melanie kaufe ich meiner Schwester gerne ab. Da Villa Rodenberg den Geschwistern Dornau gehört, würde ich in Villa Melanie wohnen. Alles Inventar können Sie mitnehmen, wenn Sie übersiedeln, ich werde mir das Haus nach meinem Geschmack einrichten lassen. Bis Sie Ihr Domizil gewechselt haben, was möglichst bald geschehen soll, werde ich in Villa Rodenberg als Gast wohnen.«

Mertens versuchte sich aufzulehnen.

»Und das bestimmen Sie alles über meine Familie und mich, ohne mich zu fragen?«

»Nicht über Ihre Familie. Ich bedauere tief, daß Ihre Frau und Ihre Kinder an dieser Verbannung teilnehmen müssen, aber wenn Sie hierbleiben würden, wäre auf die Dauer nicht zu verbergen, wie ich über Sie denke. Wenn Sie wünschen, werde ich die Verbannung auf Sie allein erstrecken und werde meiner Schwester dann die Gründe dafür nennen.«

Entsetzt hob Mertens die Hände.

»Um Gottes willen, demütigen Sie mich nicht auch noch vor meiner Familie!«

»Gut, so fügen Sie sich meinen Anordnungen. Sie können alles als Ihren eignen Entschluß hinstellen, damit meine Schwester nicht mit Ihnen gedemütigt wird. Also – sind Sie einverstanden?«

Mertens ließ die Arme schlaff herabsinken.

»Ich muß wohl, Sie haben ja die Macht!«

»Und Sie haben eine weit schlimmere Behandlung verdient, das machen Sie sich nur klar, und danken Sie dem Schicksal, daß man aus Rücksicht auf Ihre Familie so glimpflich mit Ihnen verfährt.«

»Was wird meine Frau dazu sagen, wie soll ich ihr das beibringen«, jammerte Mertens.

»Nun, Sie sind ja sonst nicht darum verlegen gewesen, ihr Komödie vorzuspielen. So können Sie auch jetzt das Ihre tun, um der Ärmsten wenigstens die Illusion ihres Glückes zu erhalten. Aber ich rate Ihnen – behandeln Sie Frau und Kinder gut, vergessen Sie nie, daß Sie nur von ihrer Gnade leben, sonst werden Sie die Folgen zu tragen haben. Ich werde auch aus der Ferne über meine Schwester wachen, und wehe Ihnen, wenn sie sich je über Sie beklagen sollte.

Und nun habe ich Ihnen weiter nichts mitzuteilen. Sie werden ja wohl in Ihrem Kontor noch mancherlei zu tun haben und werden sich auch von den Beamten verabschieden. Es soll jeder Skandal vermieden werden aus Rücksicht auf meine Schwester. Wir trennen uns scheinbar nach gütlicher Übereinkunft. Ich werde inzwischen meine Schwester aufsuchen, mich ihr zu erkennen geben und ihr sagen, daß wir schon gestern zusammengetroffen sind und ich Sie gebeten habe, ihr nichts von meinem Wiederauftauchen zu verraten. Ich werde ihr auch schonend beibringen, daß Sie sich selbständig zu machen gedenken. Meine Schwester darf nicht ahnen, wie wir zusammen stehen, deshalb müssen wir möglichst vermeiden, in ihrer Gegenwart zusammenzutreffen. Und nun habe ich nichts mehr hinzuzufügen. Ich werde alles Nötige in die Wege leiten.«

Damit war der bisherige Herr der Rodenberg-Werke schmachvoll entlassen.

Als er gegangen war, mit einem tückischen Blick auf Lutz und Ralf, sagte der letztere:

»Man muß sich die ganze Scheußlichkeit seines verbrecherischen Charakters vor Augen halten, um ihn nicht bedauern zu müssen. Nicht um alle Schätze der Welt möchte ich so vor einem Menschen stehen, wie er vor uns hat stehen müssen.«

Lutz faßte ihn bei beiden Armen.

»Mein lieber Ralf, du bist auch gottlob aus anderem Holz geschnitten als er.«

Er hatte gleich heute morgen Ralf das verwandtschaftliche Du angetragen, und Ralf hatte sich sehr darüber gefreut. Er brachte Lutz eine so starke Sympathie entgegen, daß er es als eine Auszeichnung betrachtete, von ihm zum Freunde erwählt worden zu sein.

Lutz fuhr sogleich nach Villa Melanie hinüber. Seine Schwester promenierte gerade im Garten, als der Wagen vorfuhr. Erstaunt sah sie auf, als Lutz den Garten betrat, ohne auf den Diener zu achten. Er trat auf sie zu.

»Melanie!«

Sie sah erschrocken auf. Wie kam der fremde Mann dazu, sie bei ihrem Vornamen zu rufen. Abweisend sah sie schärfer zu ihm hinüber, und plötzlich wurde sie blaß und öffnete die Augen weit.

»Lutz! Du? Allgütiger Gott, Lutz – du lebst!«

Und aufweinend flog sie auf ihn zu und umfaßte ihn.

Das sah Jolante vom Fenster aus. Erstaunt kam sie heraus. Sie lachte ein wenig. Ihre Mutter in den Armen eines fremden Mannes, das war doch komisch. Wer war dieser Fremde?

Aber da rief die Mutter schon, mit Lutz herankommend:

»Jo, komm doch schnell, sieh doch – Jo, Onkel Lutz –, er lebt!«

Das brachte Jo nicht aus der Fassung.

»Daß er lebt, sehe ich, Mama! Also Onkel Lutz bist du? Ich staunte schon, daß Mama einem fremden Manne um den Hals flog und konnte mir bereits denken, daß das keine illegitime Sache sein könne. Nun, shakehand, Onkel Lutz, wir können uns ja ohne Hintergedanken an deinem Wiederauftauchen freuen. Aber Hans Dornau wird ein langes Gesicht machen!«

So sagte sie in ihrer etwas burschikosen Art, die Lutz nicht sonderlich gefiel. Aber immerhin – eine solche Art junger Damen war ihm bisher nicht bekannt, und er stellte sich amüsiert auf den gleichen Ton mit ihr ein.

»Nein, denke dir, Jo, Hans machte kein langes Gesicht, sondern er freute sich sogar ehrlich über meine Ankunft, und Eva Maria auch.«

»Ah – also in Villa Rodenberg ist die Bombe schon geplatzt? Na ja, das sind eben sonderbare Menschen, mein Cousin und meine Cousine; ist schon möglich, daß sie sich freuen. Wie ulkig, daß wir nun plötzlich einen Onkel Lutz haben, der schon mal tot war. Du, Mama, was wird denn Papa dazu sagen?«

»Er hat sich schon dazu geäußert, Jo. Ja, Melanie, ich habe schon gestern abend eine heimliche Zusammenkunft mit deinem Gatten gehabt und habe ihn gebeten, dir nicht zu verraten, daß ich aufgetaucht sei. Ich wollte dich überraschen.«

»Aha, das hat Papa so aus dem Gleichgewicht gebracht, daß er heute morgen krank war?«

Frau Melanie war ein wenig unruhig.

»Dann warst du wohl jetzt auf den Werken, Lutz, mit Arthur zusammen?«

Sie konnte sich denken, daß ihr Mann ihre Freude an der Wiederkehr ihres Bruders nicht teilte.

»Ja, Melanie, wir hatten allerlei Wichtiges zu besprechen, was erst erledigt werden mußte.«

»Aber nun komm doch erst ins Haus, Lutz! Mein Gott, die Freude hat mich ganz schwindelig gemacht.«

Lutz merkte sehr wohl, daß die Schwester etwas unfrei war. Er ahnte, daß sie in Sorge war, wie ihr Mann sein Heimkommen aufgenommen habe. Fast war ihm Jolantes kühle, ehrliche Offenheit lieber als die etwas bedrückte Freude der Schwester. Sie gingen in das Haus, und Frau Melanie gab als sorgliche Hausfrau sofort Befehl, daß eine Erfrischung gebracht würde. Lutz fand die Schwester sehr verändert, ja, Ralf hatte recht, als er ihm gesagt hatte, Frau Melanie sei eine freiwillige Sklavin aus Liebe. Und er fühlte, daß es ihren Lebensnerv getroffen haben würde, wenn man ihr die Binde von den Augen genommen hätte.

Und so erklärte er ihr schonend, Arthur und er seien darüber einig geworden, daß dieser aus den Rodenberg-Werken ausscheide und sich irgendwie selbständig mache. Er könne es ihm auch nicht verdenken, daß er jetzt nicht an zweite Stelle rücken wolle, wo er seit des Vaters Tod doch allein an der Spitze gestanden habe. Dem Vater habe er sich wohl früher unterordnen können, aber er selbst sei zu jung, um von Arthur zu verlangen, daß er sich von ihm abhängig mache.

»Wir haben uns ganz friedlich darüber ausgesprochen und geeinigt. Eventuell will Arthur in eine andere Firma eintreten, vielleicht werdet ihr in eine Großstadt übersiedeln, Melanie.«

Frau Melanie hörte nur aufatmend, daß ihr Mann und ihr Bruder sich friedlich geeinigt hatten, das war ihr eine Erlösung. Alles andere kümmerte sie wenig. Sie würde sich in alles fügen, was ihr Gatte beschlossen hatte.

Jolante klatschte in die Hände.

»Oh, Mama, vielleicht kommen wir nach Berlin! Das wäre herrlich! Hier ist es nämlich schrecklich langweilig, Onkel Lutz, es ödet mich entsetzlich an. Zumal jetzt in der Trauerzeit. Denke dir mein Pech, Großvater hatte mir kurz vor seinem Tode eine Winterreise nach St. Moritz versprochen und konnte dann selbstverständlich sein Versprechen nicht halten. Denkst du nun, Papa hätte das nötige Geld dazu herausgerückt? Ausgeschlossen! Und so sitze ich hier fest. Mama hätte mich sehr gern begleitet, es hätte ihr wohl auch sehr gut getan, mal eine andere Luft zu atmen als die hiesige.«

Lutz sah nachdenklich in Jolantes Gesicht. Hier war vielleicht eine Gelegenheit, die Schwester mit Jolante auf einige Zeit aus dem Wege zu scharfen, damit sie nichts merkte von seinem Verhältnis Mertens gegenüber.

»Nun, Jo, wenn ich mich nun als guter Onkel bei dir einschmeichelte und dich mit deiner Mutter auf einige Wochen nach St. Moritz schickte auf meine Kosten! Schnee gibt es da sicherlich noch genug, trotzdem hier der Winter bald vorüber sein wird.«

Jolante jubelte laut auf und fiel ihm um den Hals.

»Herrlich! Du bist ein famoser Mensch, du gefällst mir. Mama, wann werden wir reisen?«

»Aber Jo, laß mich doch erst zu Verstand kommen, ich weiß ohnedies nicht, wo mir der Kopf steht. Ich will auch nicht gleich von Onkel Lutz fort. Und dann – Papa braucht mich jetzt sicherlich sehr nötig, wo eine so große Veränderung bevorsteht.«

»Ach, glaube das doch nicht, Mama, wenn Männer wichtige Geschäfte haben, sind die Frauen nur im Wege. Und du könntest dich noch ein bißchen stärken, ehe die Übersiedlung deine Kräfte in Anspruch nimmt. Acht Tage bewillige ich dir zu zärtlichem Gedankenaustausch mit deinem Bruder. Dann aber auf nach St. Moritz!«

Auch Lutz unterstützte Jolantes Bitte, er rechnete aus, daß die Schwester dann so lange fernbleiben könne, bis er abreiste, um Dolores zu holen, und um seine Geschäfte drüben abzuwickeln. Dann kam er nicht in ihrer Gegenwart mit Mertens zusammen.

Melanie hätte Jolante gern ihren Wunsch erfüllt, aber sie war noch ganz aus den Fugen und unfähig, einen Entschluß zu fassen, ohne ihren Gatten zu fragen. So sagte sie schließlich:

»Nun gut, wenn Papa zustimmt, dann reisen wir.«

Jolante zog ein Mäulchen und meinte seufzend:

»Dann wird's natürlich wieder Essig!«

Lutz aber lachte und sagte:

»Ich übernehme die Garantie, daß dein Vater einwilligt, Jo.«

Sie sah ihn bewundernd an:

»Du imponierst mir, Onkel Lutz, und somit bist du der erste Mann, der das fertigbringt. Schade, daß man seinen Onkel nicht heiraten kann. Aber am Ende bist du vielleicht schon verheiratet?«

»Ich war es, Jo – meine Frau ist leider gestorben.«

Und er berichtete kurz von seiner Rettung durch seine Frau und von seinem Leben und Treiben in Brasilien. Er tat es aber in anderer Art, als er es diese Nacht Eva Maria und Hans berichtet hatte. Es klang viel kühler und sachlicher. Vor Menschen, die ihm innerlich nicht nahestanden, verschloß er seine Gefühle. Mit Bedauern hatte er gemerkt, daß seine Schwester ihm fremd geworden war, daß ihre Freude darüber, daß er lebte, sehr durch ihre Unruhe gedämpft wurde, wie wohl ihr

Gatte darüber denken mochte. Für sie existierten eben nur ihr Mann und ihre Kinder. Er nahm es ihr nicht übel, fand sich nur damit ab, indem er sein Innerstes nicht preisgab. Und Jo? Nun, sie machte wenigstens kein Hehl daraus, daß sie für Gefühle nicht viel übrig habe.

Melanie fragte nun:

»Du warst also schon bei Eva Maria und Hans? Sie waren sicherlich ebenfalls überrascht?«

»Mein erster Weg führte mich allerdings zu meinem Vaterhause, Melanie, das kannst du dir denken.«

Und nun fiel ihm ein, daß er Eva Maria heute morgen versprochen hatte, bei seiner Anwesenheit in Villa Melanie Jolante möglichst schonend von ihrer Verlobung mit Ralf Mitteilung zu machen. Und so fuhr er fort:

»Ich kam übrigens gestern abend gerade zu einer Familienfeier in Villa Rodenberg zurecht.«

Mutter und Tochter staunten.

»Eine Familienfeier? Wie meinst du das, Onkel Lutz? Geburtstag haben doch weder Hans noch Eva Maria jetzt.«

»Es war auch keine Geburtstagsfeier, sondern eine Verlobungsfeier.«

Jolante sah ihn fragend an.

»Eine Verlobung? Hat Eva Maria sich vielleicht verlobt? Denn Hans kommt doch nicht in Frage.«

»Ja, Eva Maria.«

»Das begreife ich nicht. So schnell? Mit wem hat sie sich denn verlobt, Onkel Lutz?«

»Mit dem Ingenieur Doktor Bernd.«

Jolante zuckte leise zusammen, und ihre Lippen preßten sich aufeinander. Lutz, der von Eva Maria gehört hatte, daß Jolante Ralf hatte heiraten wollen, staunte über ihre Selbstbeherrschung. Frau Melanie aber sah besorgt zu ihrer Tochter hin und war ziemlich fassungslos. Jolante brachte es aber fertig, ein ganz gleichgültiges Gesicht zu zeigen, obwohl es momentan in ihr stürmte und tobte. Also war es doch Eva Maria gewesen? Da konnte sie leicht ruhig dabei bleiben, als sie von ihr hörte, daß Ralf eine andere liebe. Ralf Bernd hatte ihr nur nicht verraten wollen, daß es Eva Maria war, die er liebte. Liebte? O nein, wer glaubte daran, er hatte eben weise erwogen, daß Eva Maria vorzuziehen war, weil sie ihr Erbe bereits hatte antreten können.

»Na, meinen Segen!« rief sie plötzlich hart und laut.

Und sie nahm sich vor, Eva Maria nicht den Gefallen zu tun, sich über diese Verlobung zu ärgern. Pöh! Man ging nach St. Moritz, da konnte man Verehrer haben, so viele man wollte. Mochte Eva Maria mit ihrem langweiligen, korrekten Doktor glücklich werden. Das Erwachen würde früh genug kommen, er war eben ein scheinheiliger Heuchler – wie alle Männer. Zu beneiden war die Cousine jedenfalls nicht. Damit machte Jolante einen Schlußpunkt unter diese Enttäuschung. Sie plauderte in ihrer burschikosen Art noch eine Weile mit Onkel Lutz, versuchte, ihm mit ihrer modernen Weltanschauung zu imponieren, was ihr aber mißlang, da er lachend erklärte, er sei etwas mißtrauisch gegen eine solche Weltanschauung einer jungen Dame, bevor sie nicht den Beweis erbracht hätte, daß sie genau verstünde, was eine Weltanschauung sei. Sie wollte schmollen, mußte aber dann lachen. Onkel Lutz gefiel ihr immer mehr. Als er sich nach etwa einer Stunde verabschiedete, erbot sie sich, da er den Wagen fortgeschickt hatte, ihn ein Stück Wegs zu begleiten. Er nahm dankend an. Als sie allein waren, sagte sie unbekümmert:

»Sag mal, Onkel Lutz, bist du mit Papa wirklich so friedlich übereingekommen bezüglich seines Austritts aus den Werken, oder hat es Krach gegeben?«

Er sah sie amüsiert an.

»Nein, es hat keinen Krach gegeben – aber –, ein bißchen heiß ist es hergegangen. Unter uns – dein Vater ist nicht sehr entzückt von meinem Auftauchen.«

Sie nickte.

»Das dachte ich mir!«

»Du scheinst ein recht verständiges Mädchen zu sein, Jo, trotz deiner modernen Weltanschauung. Und da du mir angeboten hast, mir gelegentlich deine Dankbarkeit zu beweisen dafür, daß ich dir die Reise nach St. Moritz schenke, möchte ich dich gleich beim Wort nehmen. Willst du mir einen Gefallen tun?«

»Gern, wenn ich kann.«

»Nun, so versuche, deine Mutter möglichst lange in St. Moritz festzuhalten, es kommt mir nicht auf ein paar Tausender an. Ganz offen, wenn es auch nicht direkt einen Krach gegeben hat, so ist doch die Sache aus gewissen Gründen auch nicht ganz friedlich abgegangen.«

»Also – kurz heraus, Papa ist sauer, daß er nicht mehr Alleinherrscher ist. Ich verstehe!«

»Nun, nehmen wir an, daß es so ist, wie du sagst. Ich möchte aber deiner Mutter ersparen, daß sie merkt, daß wir etwas verknurrt sind, dein Vater und ich. Du weißt, sie ist eine friedliebende Seele, und es soll ihr nicht weh getan werden, wenn es sich verhüten läßt. Ich möchte deshalb möglichst wenig in Gegenwart deiner Mutter mit deinem Vater zusammentreffen. Wenn du mir dazu etwas helfen könntest?«

Sie sah ihn nachdenklich an.

»Ich will Hase heißen, Onkel Lutz, wenn mein Erzeuger nicht irgendwas angestellt hat. Das Ganze sieht mir doch sehr nach Strafversetzung aus. Aber – ich frage nicht weiter, will mir das letzte Restchen Respekt vor meinem Vater nicht selber rauben. Mama darf aber davon nichts erfahren; wenn sie ihren Mann nicht mehr anbeten kann, geht für sie die Welt unter.«

Er sah sie mit ernsten Augen an,

»Du bist unheimlich klug für deine Jahre.«

Es war fast ein Ausdruck des Schmerzes, der um Jolantes Lippen bebte.

»Warum bin ich denn hinter meine moderne Weltanschauung geflüchtet, Onkel Lutz? Weil ich zu klug bin, um zu wollen, daß ich auch mal so eine arme Sklavin werde wie meine Mutter. Ich will mir wenigstens keine Illusionen machen. Ja, ich bin zu klug, um nicht zu erkennen, daß bei uns eine gräßliche Komödie gespielt wird. Ich will nicht sagen, von wem. Und das macht einen schlecht und bösartig. Neulich hat mir Eva Maria mal furchtbar ernsthaft und lieb ins Gewissen geredet, und wenn sie mir inzwischen auch einen Streich gespielt hat, schadet nichts, ich hätte ihr den gleichen Streich gespielt. Aber, was sie mir da gesagt hat, hat mir plötzlich die Augen darüber geöffnet, wie schlecht ich geworden bin. Und ich habe seither viel darüber nachdenken müssen und weiß nun, woher das kommt. Es ist im Grunde nichts als Empörung, daß meine Mutter sich so geduldig alles gefallen läßt. Aber, laß uns nicht mehr davon sprechen, es nützt nichts. Und, was an mir liegt, soll geschehen, um Mama recht lange in St. Moritz zu halten. Es ist so komisch, wenn sie längere Zeit nicht unter Papas Einfluß steht, dann lebt sie immer förmlich auf und wird ein ganz anderer Mensch. Es wird ihr guttun. Nur mußt du uns die oberhoheitliche Erlaubnis von Papa verschaffen, denn ohne diese bringen wir Mama nicht fort.«

Lutz hatte Jolante mitleidig angesehen. Er verstand sie, verstand auch das, was sie nicht aussprechen wollte, da er ihren Vater kannte. Schade um das gute Wesen, was in Jolante verborgen lag, es lohnte sich, das zutage zu fördern. Eva Maria hatte recht, Jolante war besser, als sie scheinen wollte. Aber er sprach das nicht aus, weil er fühlte, daß sie Mitleid nicht vertragen würde. Aber er nahm sich vor, in dieser jungen Seele nach Gold zu schürfen. Vielleicht konnte man sie später eine Weile aus dem elterlichen Hause lösen und sie zurückholen.

Jetzt sagte er nur:

»Über all das sprechen wir gelegentlich noch, Jolante,

und, glaube mir, Eva Maria steht dir im Herzen sehr viel näher, als du glaubst. Wenn du gehört hättest, was sie mir über dich gesagt hat. Sie glaubt fest an das Gute in dir – und –, ich tue das auch. Und die Erlaubnis deines Vaters verschaffe ich dir.«

Er sah, daß sie mit einer tiefen Bewegung kämpfte, sah, daß sie hastig eine Träne fortwischte.

Aber dann zwang sie sich schnell wieder zu ihrem alten Tone.

»Wenn du das fertigbrächtest? Nimm dir nicht zu viel vor, Papa hat einen Dickkopf.«

»Ich auch – und was ich verspreche, halte ich.«

Jo staunte ihn an.

»Also, wie gesagt, du imponierst mir, und es ist nur schade, daß ich dich nicht heiraten kann.«

»Oh, Jo, das würde dir nicht gefallen, erstens bin ich viel zu alt für dich, und zweitens müßtest du dann deine ganze moderne Weltanschauung über Bord werfen.«

Sie sah ihn seltsam an.

»Um einen Mann wie dich lohnt es sich vielleicht. Und außerdem – ich merke, daß meine moderne Weltanschauung in letzter Zeit doch einen Knacks bekommen hat.«

Er faßte ihre Hand mit festem Druck.

»Scherz beiseite, Jo, du wirst glücklicher werden, wenn du versuchst, ohne sie auszukommen.«

Es zuckte um ihre Lippen, und ein tiefer Seufzer hob ihre Brust.

»Mal sehen, was sich tun läßt. Also, ich halte Mama in St. Moritz fest, solange du willst, und wenn ich mich krank ins Bett legen müßte.«

»Das wird hoffentlich nicht nötig sein.«

Sie plauderten noch eine Weile, er erzählte ihr von Armada, von den weiten Campos, über die die Pferde dahinstürmten, und von dem Silberbergwerk, das seiner Stieftochter gehörte. Sie lauschte aufmerksam, und ihre Augen glänzten.

»Da möchte ich mal einige Ferienwochen verbringen«, sagte sie lachend.

»Es ist sehr einsam und abgelegen.«

»Oh, ich dachte mir die Campos belebt von glutäugigen Portugiesen, von Reitern, die auf ungesattelten Pferden dahinstürmen.«

»Das tun die Pferdehirten allerdings, und sogar meine kleine Dolo, die eine verwegene Reiterin ist, reitet auf ungesattelten Pferden und wirft den Lasso. Aber die Pferdehirten würden dir nicht gefallen, und elegante Kavaliere gibt es dort überhaupt nicht.«

Sie zog ein Mäulchen.

»Dann danke ich!«

Und lachend plauderte sie weiter. Aber in ihren Augen lag immer noch der ihnen sonst fremde sinnende Ausdruck.

## *23*

Jolante reiste wirklich schon nach einigen Tagen mit ihrer Mutter nach St. Moritz ab. Zu ihrem Erstaunen hatte ihr Vater ohne weiteres eingewilligt. Mertens war es eine Erleichterung, jetzt nicht immer den sorgenden Augen seiner Gattin ausgesetzt sein zu müssen. Auf ihre Frage, warum er seine Position so schnell aufgegeben habe, sagte er mit erzwungenem Lächeln: »Es lockt mich mehr, mein eigener Herr zu sein. In meinem Alter beugt man sich nicht gern einem neuen Herrn, der noch dazu jünger ist als ich. Und dann – ich werde mich bemühen, in Berlin etwas zu finden. Jo wollte doch immer gern nach Berlin, und dort findet sie eher einen Mann nach ihrem Geschmack, man muß auch ein wenig an seine Kinder denken.«

Seine Frau war darüber sehr gerührt; Jolante aber, die das hörte, war so erstaunt, daß ihr die schnoddrige Antwort verging. Die Milde ihres Vaters und sein Vorgehen, daß er ihretwegen nach Berlin übersiedeln wolle, erschienen ihr sehr verdächtig. Sie kannte ihn leider zu gut, um das glauben zu können.

Also, wie ich schon Onkel Lutz gesagt habe, das Ganze sieht einer Strafversetzung verflixt ähnlich. Sicherlich hat Papa irgend etwas angestellt, so daß man ihm den Laufpaß gegeben hat, dachte sie. Und so hatte sich alles glatt abgewickelt. Jolante war auch zur Villa Rodenberg hinübergegangen, mit einem großen Blumenstrauß, und hatte Eva Maria zur Verlobung gratuliert. Kein Wort hatte sie geäußert, daß Eva Maria nicht offen ihr gegenüber gewesen sei; sie war ehrlich genug, sich zu sagen, daß sie das sich selbst durch ihr Verhalten verscherzt hatte. Aber sie küßte Eva Maria sehr herzlich und sagte lächelnd:

»Ich denke, ihr zwei paßt sehr gut zusammen. Und selbstverständlich werde ich Brautjungfer zu deiner Hochzeit.«

Eva Maria fiel ein Stein vom Herzen, daß Jolante so leicht darüber hinweggekommen war, und sie küßte sie ebenso herzlich.

»Es macht mich froh, daß du diesen Wunsch aussprichst, Jo.« –

Als Jolante und ihre Mutter abgereist waren, lebte Arthur Mertens sehr zurückgezogen. Er fuhr nur einige Male nach Berlin, um neue Verbindungen anzuknüpfen. Das geschah wieder einmal, kurz bevor seine Frau und seine Tochter heimkehren sollten. Lutz hatte sich bereits zur Abreise nach Brasilien entschlossen, um seine Stieftochter zu holen. Mertens benutzte immer sein Auto auf diesen Fahrten nach Berlin, und diesmal sollte ihn das Schicksal ereilen, das er seinem Neffen zugedacht hatte. Sein Auto stieß an einem Bahnübergang mit einem Güterzug zusammen, und er konnte nur tot unter den Trümmern des Autos hervorgezogen werden, während sein Chauffeur wie durch ein Wunder mit einer unbedeutenden Fleischwunde davonkam. Die Kunde von dem Unglücksfall wurde den Rodenberg-Werken gemeldet.

Lutz Rodenberg, sein Neffe Hans und Ralf Bernd sahen sich mit großen Augen an, als diese Kunde eintraf. Jeder von ihnen sah ein Gottesgericht in diesem Unfall.

Lutz wurde dadurch in die traurige Lage versetzt, nach St. Moritz zu reisen und seiner Schwester und Jolante die Trauernachricht bringen zu müssen. Er mußte seine Abreise deshalb noch einige Tage verschieben. Frau Melanie erlag fast diesem Schicksalsschlag.

Sie war in so guter Stimmung gewesen, weil Jolante in St. Moritz sich wirklich ehrlich in einen jungen Mann verliebt hatte, der sie sehr schick und amüsant fand und sie wiederliebte. Gerade in diesen Tagen hatte sich der junge Mann erklärt, und Melanie hatte ihre Zustimmung gegeben unter der Voraussetzung, daß ihr Mann einwilligen würde. Der Brief, in dem sie ihren Gatten um sein Jawort bat, hatte diesen nicht mehr erreicht.

Die Verhältnisse des jungen Mannes waren zufriedenstellend, er war aus guter Familie, der einzige Sohn eines reichen Fabrikanten. Er hieß Heinz Vollmer und war ein lustiger, sehr sympathischer Mensch, der auch Lutz sehr gut gefiel.

Die Todesnachricht ihres Vaters fiel wie ein Schatten auf Jolantes junges Glück, aber sie kam viel leichter darüber hinweg als die Mutter. Sie war viel weicher und weiblicher geworden und hatte ihre moderne Weltanschauung als überflüssigen Ballast über Bord geworfen, schon ehe ihre Verlobung perfekt wurde, und wahrscheinlich hatte gerade das dazu beigetragen, daß sie Heinz Vollmer gefesselt hatte.

Arthur Mertens' Tod hinterließ bei niemand eine Lücke, außer bei seiner Frau, und selbst diese kam leichter darüber hinweg, als man gefürchtet hatte, vielleicht deshalb, weil sie sich in dieser Zeit viel inniger an Jolante angeschlossen hatte und sich jetzt sehr gut mit ihr verstand. Jo zeigte sich der

Mutter wirklich als ein Trost und eine Stütze, es war, als sei ihr die Mutter jetzt nähergerückt, weil sie nicht mehr so sklavisch an ihrem Manne hing.

Lutz nahm die beiden Damen mit nach Hause, und obwohl nun die Veröffentlichung von Jolantes Verlobung aufgeschoben werden mußte, erwartete man doch in nächster Zeit den Besuch Heinz Vollmers und seines Vaters, der die künftige Schwiegertochter kennenlernen wollte. Die beiden Herren, Vater und Sohn, wurden während ihres Aufenthaltes als Gäste in Villa Rodenberg beherbergt.

Dadurch kam auch ein innigeres Verhältnis zwischen Eva Maria und Jolante zustande.

Es war nun keine Rede mehr davon, daß Frau Melanie ihr Heim verlassen sollte, aber sie war einverstanden, daß Lutz ihr Villa Melanie abkaufte, und daß sie gewissermaßen als seine Hausdame bei ihm blieb. Das Inventar der Villa wurde zum großen Teil Jolante zur Verfügung gestellt, wenigstens was die kostbaren Stücke betraf. Ein anderer Teil wurde für Egon in einem Speicher aufbewahrt, bis dieser eine Rechtsanwaltspraxis eröffnen würde. Frau Melanie behielt nur die Ausstattung ihrer Zimmer und was sie persönlich gebrauchte. Lutz wollte sich Villa Melanie nach eigenem Geschmack einrichten lassen. Das alles sollte geschehen, während er über das Meer fuhr, um Dolo nach Deutschland zu holen und drüben die Geschäfte nach bestem Wissen und Können für seine Stieftochter und auch in seinem eigenen Interesse zu ordnen. Er wollte wohl seinen dauernden Aufenthalt in den Rodenberg-Werken nehmen, wollte aber jedes Jahr einmal drüben nach dem Rechten sehen. Aufgeben wollte er das einträgliche Silberbergwerk noch nicht, denn er sagte sich, vielleicht würde Dolores eines Tages einen Mann heiraten, der es weiterführen könne.

Eva Marias Hochzeit sollte erst stattfinden, wenn Lutz mit Dolores zurückgekommen war. Erstens war das Trauerjahr um Georg Rodenberg noch nicht vorbei, dann wollte man auch Tante Melanies Trauer Rechnung tragen. Doktor Ralf Bernd war zum Direktor der Werke ernannt worden und sollte während Lutz Rodenbergs Abwesenheit mit Hans und den leitenden Beamten die Werke führen. Ein neuer kaufmännischer Direktor, der prima Referenzen vorlegen konnte, war bereits engagiert und zeigte sich als hervorragende Kraft. So war Arthur Mertens auch hier völlig ersetzt. Sein Tod hatte auf einfache Art alle Konflikte, die sich vielleicht hätten ergeben können, gelöst.

Lutz reiste nach herzlichem Abschied von seinen Angehörigen nach Hamburg, um sich dort mit einem deutschen Dampfer einzuschiffen.

Eva Maria und Ralf hatten sich dareingefügt, daß der Termin ihrer Hochzeit noch um einige Monate verschoben wurde. Ihre Brautzeit war eine so wundervolle, daß sie es nicht gar so schwer empfanden. Hans freute sich heimlich auf die Ankunft von Dolores Vanzita, aber kein Mensch ahnte etwas davon. Niemand wußte auch, daß er sich täglich in das Zimmer seines Onkels Lutz geschlichen und dort das aufgestellte Bild von Dolores lange Zeit immer wieder betrachtet hatte. Um keinen Preis hätte er das verraten, er zeigte immer ein sehr gleichgültiges Gesicht, wenn von Dolores gesprochen wurde.

Aber während Lutz Rodenbergs Abwesenheit kaufte er sich ein Reitpferd und nahm Reitunterricht – er wußte ja, daß Dolores eine exzellente Reiterin sei. Niemand ahnte aber, daß er nur ihretwegen darauf gekommen war, Reitunterricht zu nehmen. Es fiel auch weiter nicht auf, da es ja bei der Ausdehnung der Werke sehr praktisch für ihn war, ein Reitpferd zu besitzen.

Im ganzen fühlte sich Hans jetzt wie neugeboren, da er das beklemmende Gefühl los war, immer von einer ungewissen Gefahr bedroht zu sein. Aber er war etwas unduldsam den Zärtlichkeiten des Brautpaares, Ralf und Eva Maria, gegenüber.

»Brautleute sind im Grunde ein schrecklicher Umgang für vernünftige Menschen, ich möchte nur wissen, ob ich als Bräutigam einmal in so rosenroten und himmelblauen Wolken schwebe«, sagte er eines Tages. Und dabei mußte er seltsamerweise an Dolores Vanzita denken. Ralf und Eva Maria lachten darüber, sahen sich glückstrunken in die Augen und küßten sich.

Sara
**KISHON**

*Mein geliebter Lügner*

Bekenntnisse der
»besten Ehefrau von allen«

BASTEI LÜBBE

Warum ist das Schwimmbad der einzig wahre Ort, um ernsthafte Bekanntschaften zu schließen? Was hat Ephraim Kishon mit einem Wesen von einem anderen Stern gemein? Warum ist die Ehe nur für Frauen erfunden worden?

Diesen und vielen anderen Fragen geht Sara Kishon in ihrem unkonventionellen Ehe-Porträt nach, das zugleich eine humoristische Offenbarung für alle Kishon-Fans ist, die hier die »beste Ehefrau von allen« und ihren Angetrauten einmal von einer ganz anderen Seite kennenlernen.

»Praktisch jeder Satz dient dem Amüsement einer Leserschaft, die für ihr Interesse auf jeder Seite dutzendfach belohnt wird.« Welt am Sonntag

ISBN 3-404-14389-2

BASTEI LÜBBE